DAS BUCH

In ihrer neuen Heimat Ceragan führen die Orks unter ihrem Oberbefehlshaber Stryke ein friedliches, beschauliches Leben. Zu beschaulich, wie einige von ihnen meinen! Da kommt der Auftrag des Zauberers Arngrim gerade recht, die im fernen Acurial von Menschen versklavten Artgenossen zu befreien – zumal an der Spitze der Unterdrücker eine alte Bekannte steht: die Hexe Jennesta, die auf unerklärliche Weise den Sturz in den Strudel überlebt hat. Stryke und seine Gefährten sollen sich mit Hilfe der Instrumentale nach Acurial versetzen und die geknechteten Orks befreien. Wie sie bald feststellen, ist dort bereits eine Widerstandsbewegung entstanden – und ihr Erscheinen entspricht einer uralten Prophezeiung. Doch die Schreckensherrschaft der Menschen wird immer brutaler, seit Jennesta, die Erzfeindin der Vielfraße und unrechtmäßige Besitzerin der Instrumentale, die Invasion mit ihren Zauberkräften vorantreibt. In die Enge getrieben von ihren Feinden, treten sie die Flucht nach vorn an: eine neuerliche Reise durch Raum und Zeit. Ein Fehler, wie sich bald herausstellt. Denn jetzt geht das Abenteuer erst richtig los, und die letzte Schlacht der Orks beginnt ...

Die Orks – Die Rückkehr enthält die drei Romane:

Die Orks – Blutrache
Die Orks – Blutnacht
Die Orks – Blutjagd

DER AUTOR

Stan Nicholls war viele Jahre in London als Lektor, Herausgeber, Journalist und Kritiker tätig, bevor er sich ganz dem Schreiben von Fantasy-Romanen widmete. Seit dem internationalen Bestseller von *Die Orks* gehört der Brite zur ersten Garde zeitgenössischer Fantasy-Autoren. Nicholls lebt mit seiner Frau in den West Midlands.

www.twitter.com/HeyneFantasySF
@HeyneFantasySF
www.heyne-magische-bestseller.de

STAN NICHOLLS

DIE ORKS

DIE RÜCKKEHR

Drei Orks-Romane in einem Band

WILHELM HEYNE VERLAG
MÜNCHEN

Titel der englischen Originalausgaben:

ORCS – BAD BLOOD (1): WEAPONS OF MAGICAL DESTRUCTION
ORCS – BAD BLOOD (2): ARMY OF SHADOWS
ORCS – BAD BLOOD (3): INFERNO

Deutsche Übersetzung von Jürgen Langowski

Verlagsgruppe Random House FSC-DEU-0100
Das für dieses Buch verwendete
FSC®-zertifizierte Papier *München Super*
liefert Arctic Paper Mochenwangen GmbH.

Taschenbuchausgabe 12/2012
Redaktion: Angela Kuepper, Ralf-Oliver Dürr
Copyright © 2008, 2009, 2011 by Stan Nicholls
Copyright © 2012 der deutschsprachigen Ausgabe by
Wilhelm Heyne Verlag, München,
in der Verlagsgruppe Random House GmbH
Printed in Germany 2012
Umschlaggestaltung: Nele Schütz Design, München
Umschlagillustration: Lee Gibbons
Karte: Erhard Ringer
Satz: C. Schaber Datentechnik, Wels
Druck und Bindung: GGP Media GmbH, Pößneck

ISBN: 978-3-453-31410-8

INHALT

Blutrache
Seite 7

Blutnacht
Seite 487

Blutjagd
Seite 901

BLUTRACHE

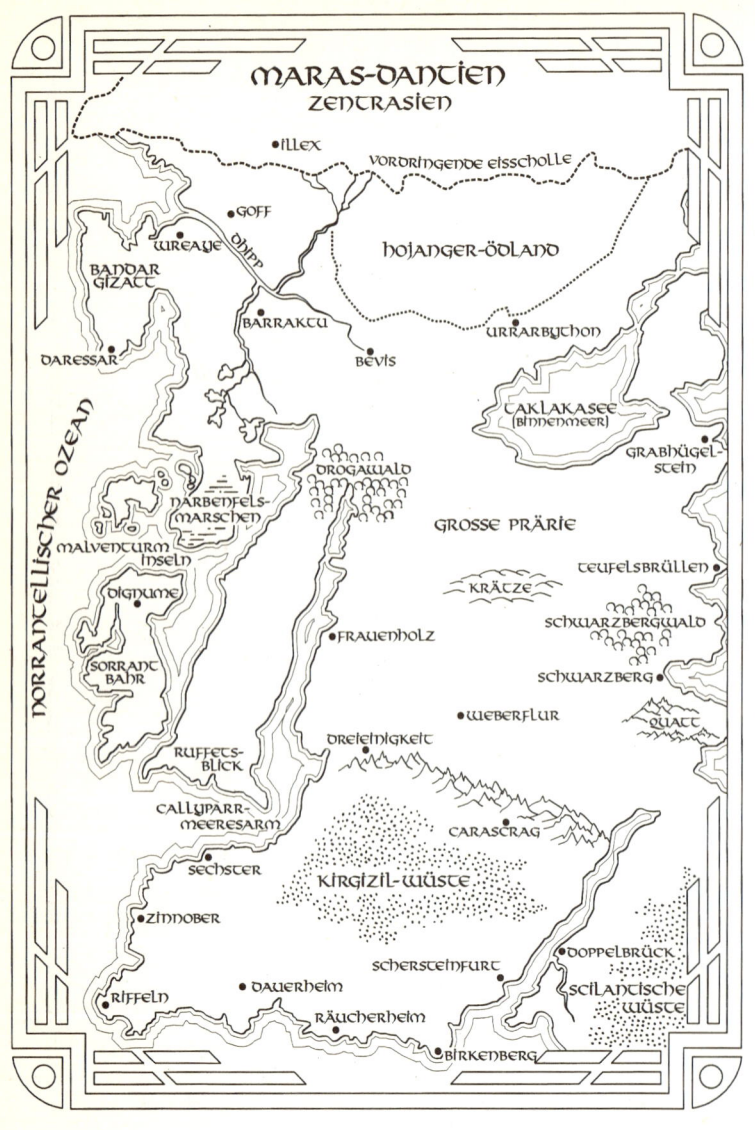

*Mit den allerbesten
Erinnerungen an David Gemmell,
1948–2006*

Was bisher geschah ...

Wie die Vielfraße die Freiheit gewannen

Maras-Dantien wimmelte von den unterschiedlichsten Lebensformen. Unweigerlich kam es zu Auseinandersetzungen zwischen den älteren Rassen, doch gegenseitige Achtung und Duldung verhinderten das Schlimmste.

Bis eine neue Rasse kam.

Sie nannten sich Menschen und drangen, der unwirtlichen Wüstenei trotzend, von Süden her nach Maras-Dantien. Zuerst kamen nur wenige, nach einigen Jahren war es eine wahre Sintflut. Sie beanspruchten das Land für sich, benannten es in Zentrasien um und machten sich daran, seine Schätze zu plündern. Sie verseuchten die Flüsse, rodeten die Wälder und zerstörten die Siedlungen der älteren Rassen. Für die Kulturen, auf die sie stießen, empfanden sie nichts als Verachtung. Sie demütigten die Ureinwohner, verdarben sie und machten sie bestechlich.

Ihr größtes Verbrechen aber bestand darin, Maras-Dantiens Magie zu besudeln.

Gierig und voller Verachtung für die natürliche Ordnung der Dinge, raubten sie dem Land die Lebenskraft und schwächten die Magie, von der die älteren Rassen abhingen. Dies zerstörte auch das Klima. Nicht lange, und von Norden her schob sich ein Eisfeld vor.

So kam es zum Krieg zwischen den älteren Rassen und den Menschen.

Keineswegs aber waren die Fronten klar. Beide Seiten waren auch in sich zerstritten. Alte Zwistigkeiten zwischen den älteren Rassen flammten wieder auf, und manche schlugen sich sogar auf die Seite der Neuankömmlinge. Die Menschen litten ebenfalls unter einer religiösen Spaltung. Einige folgten dem Weg der Mannigfaltigkeit, sie wurden Mannis genannt und feierten heidnische Rituale. Andere unterwarfen sich den Geboten der Unitarier. Sie wurden als Unis bezeichnet, und in ihrer jüngeren Sekte galt der Monotheismus. Zwischen Unis und Mannis wucherte ebenso viel Feindschaft wie zwischen den älteren Rassen und den Menschen.

Die Orks, die einzige eingeborene Rasse ohne magische Kräfte, machten ihren Nachteil durch überlegene Kriegskünste und eine wilde Kampfeslust wett.

Stryke befehligte als Hauptmann eine dreißig Köpfe starke Kriegertruppe, die man die Vielfraße nannte. Seine Offiziere waren die Feldwebel Haskeer und Jup, Letzterer der einzige Zwerg, und die Gefreiten Alfray und Coilla, Letztere die einzige Frau der Bande. Die restlichen fünfundzwanzig waren gemeine Soldaten. Als Teil einer größeren Horde standen die Vielfraße in den Diensten der grausamen Königin Jennesta, einer mächtigen Zauberin, die für die Mannis Partei ergriffen hatte. Sie war das Produkt der Vereinigung von menschlichen und nyadischen Eltern, und ihre Vorliebe für sadistische Spiele und sexuelle Ausschweifungen war legendär.

Jennesta schickte die Truppe auf eine gefährliche Mission, um ein altes Artefakt aus einer Festung der Unis zu stehlen. Die Vielfraße brachten neben dem Artefakt, das in einer versiegelten Kapsel steckte, auch einen Vorrat des Rauschmittels Pelluzid in ihren Besitz. Stryke beging jedoch den Fehler, seine Truppe nach dem Erfolg feiern zu lassen. Am folgenden Morgen, als sie sich viel zu spät auf den Rückweg zu Jennesta begeben wollten und bereits ihren Zorn fürchteten, wurden sie von Koboldbanditen überfallen, die das Artefakt stahlen. Da Stryke wusste, dass sie einen schrecklichen Preis für ihr Versagen würden zahlen müssen, beschloss er, die Räuber zu verfolgen.

Jennesta, inzwischen davon überzeugt, dass die Vielfraße sie hintergangen hatten, erklärte sie zu Gesetzlosen und befahl, sie tot oder lebendig festzunehmen. Zugleich wandte sie sich an ihre Brutschwestern Adpar und Sanara, mit denen sie in telepathischer Verbindung stand. Die Feindseligkeit zwischen den Schwestern hinderte Jennesta jedoch daran herauszufinden, ob eine von ihnen irgendetwas über den Verbleib der Truppe oder des kostbaren Artefakts wusste.

Auf der Suche nach den Kobolden bekam Stryke Visionen von einer Welt, in der nur Orks lebten, in Harmonie mit der Natur und als Herren über ihr eigenes Schicksal. Orks, die nichts von Menschen oder den anderen älteren Rassen wussten.

Er fürchtete, den Verstand zu verlieren.

Die Vielfraße fanden indes die Kobolde, übten blutige Rache und holten sich das Artefakt zurück. Dabei befreiten sie einen Gremlin-Gelehrten namens Mobbs, der die Ansicht vertrat, die zylinderförmige Kapsel enthalte etwas, das unmittelbar mit dem Ursprung der älteren Rassen zusammenhinge. Er glaubte, der Inhalt habe mit Vermegram und Tentarr Arngrim zu tun, zwei Sagengestalten aus Maras-Dantiens Vergangenheit. Vermegram war eine Zauberin und die nyadische Mutter Jennestas, Adpars und Sanaras. Angeblich sei sie von Arngrim getötet worden, einem Menschen, dessen magische Fähigkeiten sich mit den ihren messen konnten.

Mobbs' Erklärungen weckten den rebellischen Geist der Truppe, und Stryke setzte sich mit dem Vorschlag durch, den Zylinder zu öffnen. In seinem Innern entdeckten sie einen Gegenstand, der aus einem unbekannten Material bestand. Es handelte sich um eine Kugel, von der sieben unterschiedlich lange Stacheln ausgingen. Die Orks erinnerte der Gegenstand an einen Stern; das Ding hätte ein Kinderspielzeug sein können. Mobbs erklärte ihnen jedoch, es sei ein Instrumental, ein Totem von großer magischer Kraft, von dem man bislang angenommen hatte, es existiere allein in den Legenden. Mit seinen vier Gegenstücken verbunden, vermochte es eine tiefe Wahrheit über die älteren Rassen zu enthüllen – eine Wahrheit, die den Orks den Überlieferungen zufolge die Freiheit schenken sollte. Auf Strykes Drängen kündigten die Vielfraße der Herrscherin Jennesta ihre Gefolgschaft auf und machten sich auf den Weg, auch die anderen Sterne zu suchen. Ihrer Ansicht nach war selbst eine ergebnislose Suche besser als die Knechtschaft, in der sie bisher gelebt hatten.

Ihre Suche führte sie zuerst nach Dreieinigkeit, einer Uni-Siedlung, die von dem fanatischen Priester Kimball Hobrow beherrscht wurde. Dort wurde ein Instrumental verehrt und angebetet. Die Truppe brachte ihn in ihren Besitz, konnte mit knapper Not entkommen und zog zur Krätze, dem unterirdischen Heimatland der Trolle, wo sie einen weiteren Stern zu finden hoffte.

Erzürnt über ihre Untertanen, setzte Jennesta die rücksichtslosen Kopfgeldjäger Micah Lekmann, Greever Aulay und Jabez Blaan ein. Sie hatten sich darauf spezialisiert, abtrünnige Orks zu jagen, und versprachen, mit den Köpfen der Vielfraße zurückzukehren.

Die Expedition der Truppe in die Krätze verlief erfolgreich, und sie konnten einen dritten Stern in ihren Besitz bringen. Doch Haskeer, von einer seltsamen Störung gepackt, floh mit den Artefakten. Coilla verfolgte ihn und geriet in die Gewalt der Kopfgeldjäger, die sie an Goblin-Sklavenhändler verkaufen wollten. Haskeer selbst, überzeugt, dass die Sterne auf irgendeine Weise zu ihm sprachen, wurde von Kimball Hobrows fanatischen Anhängern, den sogenannten Aufsehern, gefangen genommen.

Nach der Rettung von Coilla und Haskeer erfuhr die Truppe, dass sich ein weiterer Instrumental möglicherweise im Besitz eines Zentauren namens Keppatawn und seines Klans im Droganwald befinde.

Jennesta verstärkte zur selben Zeit die Jagd auf die Vielfraße und schickte mehrere Drachenpatrouillen unter Leitung Glozellans, der Herrin der Drachen, auf die Suche. Auch hielt sie weiterhin telepathischen Kontakt mit ihren Brutschwestern Adpar und Sanara, die als Königinnen in anderen Regionen Maras-Dantiens herrschten. Adpar, die Regentin des unter dem Meer gelegenen Nyadd-Reichs, führte Krieg gegen eine benachbarte Rasse, die Merz. Jennesta bot ihr an, gemeinsam die Sterne zu suchen und die Macht zu teilen. Adpar, die ihrer Schwester nicht traute, schlug das Angebot aus. Erzürnt setzte Jennesta die Magie ein und erlegte ihrer Schwester einen bösen Fluch auf.

Auf dem Weg nach Drogan begegnete die Truppe mehrmals einem geheimnisvollen Menschen namens Seraphim, der sie vor drohenden Gefahren warnte und auf unverständliche Weise wieder verschwand.

Im Droganwald nahm die Truppe der Vielfraße Kontakt mit dem Zentauren Keppatawn auf. Keppatawn, ein berühmter Waffenschmied, war lahm, und er besaß einen Stern, den er Adpar in seiner Jugend gestohlen hatte. Ihr Zauberspruch hatte ihn jedoch verkrüppelt, und nur eine ihrer Tränen konnte ihn heilen. Keppatawn erklärte, er werde den Stern hergeben, wenn die Vielfraße ihm dieses eigenartige Heilmittel verschafften. Stryke willigte ein.

Die Orks machten sich auf den Weg zum Reich der Nyadd. Die Nyadd und die Merz lagen im Krieg, und Adpar war nach Jennestas magischem Angriff in eine Ohnmacht gefallen. Nachdem sie sich zu ihren Privatgemächern durchgekämpft hatten, fanden die Vielfraße die Königin auf dem Totenbett vor, von ihren Höflingen verlassen. Als ihre Sache verloren schien, vergoss sie eine einzige Träne des Selbstmitleids, die Stryke in einer Ampulle auffing. Diese Träne heilte Keppatawn von seiner Krankheit, und er überließ ihnen den Instrumental.

Strykes Visionen rissen nicht ab, sondern verstärkten sich sogar noch, bis er zu der Ansicht gelangte, die Sterne sängen für ihn.

Der letzte Instrumental befand sich in einer Manni-Siedlung namens Ruffettsblick, wo sich in der Erde ein Riss aufgetan hatte, aus dem ungerichtete magische Energie strömte. Dort scharte die Truppe zahlreiche unzufriedene Orks um sich, darunter viele Abtrünnige aus Jennestas Horde. Als ihm zu Ohren kam, dass zwei Heere gen Ruffettsblick marschierten – es waren die Truppen von Jennesta und Hobrow Kimball –, erlaubte Stryke widerstrebend den Abtrünnigen, sich ihm anzuschließen. Darauf folgte eine Belagerung, und im Chaos nach den Kämpfen konnten die Vielfraße mit dem letzten Stern entkommen.

Als sie miteinander verbunden wurden, bildeten die fünf Artefakte ein Gerät, das die Truppe auf magische Weise nach Illex beförderte, einer eisigen Region im äußersten Norden von Maras-Dantien. In einem fantastischen Eispalast entdeckten sie Sanara, die sich im Gegensatz zu ihren tyrannischen Schwestern wohlwollend zeigte. Sie wurde von den Sluagh gefangen gehalten, einer erbarmungslosen Rasse fast unsterblicher Dämonen, die seit Jahrhunderten hinter den Instrumentalen her waren. Die Orks vermochten die Sluagh nicht zu besiegen und wurden von ihnen eingesperrt.

Ihr Retter erschien in Gestalt des geheimnisvollen Seraphim, der sich als der legendäre Zauberer Tentarr Arngrim entpuppte, der Vater von Jennesta, Sanara und Adpar. Von ihm erfuhr Stryke, dass Maras-Dantien niemals die Welt der Orks oder einer der anderen älteren Rassen gewesen war. Arngrims ehemalige Geliebte und jetzige Feindin, die Zauberin Vermegram, hatte die Orks nach Maras-Dantien gebracht, um sich ein Sklavenheer zu erschaffen. Doch durch die magischen Portale, die sie geöffnet hatte, waren auch Angehörige der anderen Rassen aus ihren jeweiligen Dimensionen herübergekommen. Ironischerweise war Maras-Dantien stets die Heimatwelt der Menschen gewesen.

Strykes Visionen waren, wie sich herausstellte, kein Anflug von Wahnsinn gewesen, sondern Blicke in die Heimatwelt der Orks, ausgelöst durch den Kontakt mit den mächtigen Energien der Instrumentale.

Tentarr Arngrim hatte versucht, wiedergutzumachen, was die Menschen angerichtet hatten, und die Instrumentale geschaffen, die dabei helfen sollten, die älteren Rassen in ihre heimatlichen Dimensionen zurückzubringen. Doch der Plan war gescheitert, und die Sterne waren in alle Winde verstreut worden.

Der Zauberer verhalf den Vielfraßen zur Flucht; auch konnten sie die Instrumentale von den Sluagh zurückerobern. In den Gewölben des Eispalasts befand sich ein Portal, zu dem sie der Zauberer führte. Doch als er sie in die Dimension der Orks zurückschicken wollte, tauchte Jennesta mit ihrem Heer auf. Eine magische Schlacht, in der Arngrim und Sanara auf einer und Jennesta auf der anderen Seite kämpften, endete damit, dass Jennesta in die wirbelnden Energien des Portals geworfen wurde. Die Zauberin wurde von den gewaltigen Kräften zerfetzt oder möglicherweise in eine Paralleldimension geschleudert.

Jup, der Zwerg in der Vielfraßtruppe, entschloss sich, lieber in der Welt zu bleiben, die er kannte, statt zur heimatlichen Dimension der Zwerge überzuwechseln. Er und Sanara setzten sich ab und hofften, im Schutze des Durcheinanders, das im Eispalast herrschte, zu entkommen. Tentarr Arngrim wollte in der zerfallenden Feste bleiben und die Sluagh in Schach halten, damit die anderen fliehen konnten. Er vertraute Stryke die Instrumentale an und richtete das Portal auf die Dimension der Orks aus.

Und dann traten die Vielfraße in den Strudel ...

1

Eine Seuche suchte das Land heim.
Eine wandelnde Pestilenz war es. Eine mickrige Rasse von widerlichem Aussehen mit weichem, bleichem Fleisch und gefräßigen Bäuchen. Eine unersättliche Landplage, die auf Zerstörung aus war. Sie riss die Eingeweide der Erde auf, plünderte ihre Schätze und vergiftete das Wasser. Zwietracht und Krankheit brachte sie über das Land. Sie vernichtete die Magie.

Die Zerstörungswut wurde nur noch von ihrer Überheblichkeit übertroffen. Sie empfanden Verachtung für alle anderen Rassen und schlachteten sie begeistert ab. Die Feindseligkeit richtete sich jedoch nicht nur gegen jene, die anders waren. Auch untereinander kämpften sie. Es kam zu Blutvergießen zwischen ihren Fraktionen und Kriegen zwischen ihren Stämmen. Sie töteten sich ohne triftigen Grund, und alle anderen Rassen fürchteten sich vor ihnen.

Bis auf eine.
Im Gegensatz zur Pestilenz mordeten sie nicht zum Vergnügen und zerstörten nicht aus bloßer Freude an der Zerstörung. Es mangelte ihnen nicht an Edelmut oder Ehre, und sie boten keinen schrecklichen Anblick. Sie sahen gut aus und waren mutig. Sie waren die ...

»Orks!«, krähten die Kinder im Chor.

Thirzarr grinste. »Ihr zwei seid zu schlau für mich.«

»Wir sind *immer* die Helden in den Geschichten«, erinnerte Corb sie.

»Hier sind doch keine Menschenungeheuer in der Nähe, Mami?«, erkundigte sich sein Bruder etwas ängstlich.

»Nein, Janch«, beruhigte Thirzarr ihn, »in ganz Ceragan gibt es keine Menschen.«

»Ich würde sie umbringen, wenn sie da wären!«, verkündete Corb und zog sein kleines Holzschwert.

»Gewiss würdest du das tun, mein Lieber. Aber jetzt gib es mir.« Widerwillig drückte er Thirzarr das Schwert in die ausgestreckte Hand. »Es ist Zeit, dass ihr schlaft.«

»*Neeiiiiin!*«, protestierten sie.

»Du musst die Geschichte zu Ende erzählen!«, drängelte Corb.

»Erzähl uns noch was über Jennesta!«, forderte Janch.

»*Ja!*«, bekräftigte sein Bruder und hüpfte auf und ab. »Erzähl uns von der Hexe!«

»Dann bekommt ihr zwei doch nur wieder Albträume.«

»*Die Hexe! Die Hexe!*«

»Also gut, also gut. Beruhigt euch.« Sie beugte sich über

die Bettchen und deckte sie zu, dann hockte sie sich hin. »Ihr müsst mir aber versprechen, gleich danach einzuschlafen.«

Mit Augen groß wie Untertassen, die Decken bis zum Kinn hochgezogen, nickten sie feierlich.

»Jennesta war eigentlich keine Hexe«, erzählte Thirzarr.

Sie war eine Zauberin.

Als Magierin und Tochter von Magiern besaß sie große Kräfte. Kräfte, die stärker wurden, je mehr sie ihrer Verderbtheit nachgab, denn das Leid, das sie anderen zufügte, stärkte ihre Magie.

Ihre Eltern waren menschlich und nyadisch, was ihre beängstigende Erscheinung erklärte. Der menschliche Anteil trug zweifellos zu ihrer Grausamkeit bei. Ihre gemischte Herkunft verlieh ihr jedoch keinerlei Mitgefühl für eine dieser beiden Rassen oder irgendeine andere. Sie behandelte alle mit gleicher Kaltherzigkeit.

Jennesta nannte sich Königin. Obwohl sie ihren Titel und ihr Reich durch Täuschung und Brutalität erworben hatte, wagte es niemand, ihre zweifelhaften Ansprüche infrage zu stellen. In ihrem Reich regierte die Furcht, und sie hielt stets die Peitsche in der Hand. Sie mischte sich in die Angelegenheiten der Menschen ein, unterstützte sie hier und bekämpfte sie dort, wie es ihrem eigenen Interesse eben diente. Sie brach sinnlose Kriege vom Zaun und gab sich ihren sadistischen Neigungen hin. Sie säte Zwietracht und überzog das Land mit Blutvergießen und Feuer.

»Und zahlte mit dem Leben dafür.«

»*Papi!*«, riefen Corb und Janch. Sie richteten sich auf und warfen die Decken von sich.

Seufzend wandte Thirzarr sich an die Gestalt, die leise eingetreten war. »Ich versuche gerade, sie zum Schlafen zu bringen, Stryke. Oh, hallo, Haskeer. Hab dich gar nicht gesehen.«

Die Orkkrieger schoben sich herein. »Tut mir leid«, hauchte Stryke.

Zu spät, die Brut war schon auf den Beinen. Die Kinder stürmten zu ihrem Vater, klammerten sich an dessen Beine und forderten lautstark seine Aufmerksamkeit.

Er lachte. »Langsam, langsam. Und was ist mit Haskeer? Wollt ihr ihn nicht auch begrüßen?«

»Hallo, Onkel Haskeer.«

»Ich glaube, er hat etwas für euch«, fügte Stryke hinzu.

Sofort richteten sie ihre ganze Zuneigung auf Haskeer und trampelten in seine Richtung. Er packte die Bürschchen im Nacken, jeden mit einer riesigen Pranke, und hob sie kichernd hoch.

»*Was hast du uns mitgebracht? Was hast du uns mitgebracht?*«

»Das wollen wir mal sehen«, brummte er und setzte sie wieder auf der festgestampften Erde ab.

Dann langte er in sein Wams und zog zwei schmale, in Tuch gehüllte Bündel hervor. Bevor er sie den Kindern gab, warf er einen fragenden Blick zu Thirzarr, die nickend ihr Einverständnis gab.

Die Brüder rissen die Verpackung auf und keuchten

freudig auf, als sie die wundervoll gearbeiteten Beile entdeckten. Die Waffen waren klein, für junge Hände gemacht, und hatten polierte, messerscharfe Klingen und geschnitzte Holzgriffe.

»Aber das wäre doch nicht nötig gewesen«, sagte Thirzarr. »Nun, Jungs, was sagt ihr?«

»Danke, Onkel Haskeer!« Strahlend hackten sie in der Luft herum.

»Tja, es müsste doch bald Zeit für ihr erstes Blutvergießen sein«, überlegte Haskeer. »Sie ... wie alt sind sie denn jetzt?«

»Corb ist vier, Janch ist drei«, erklärte Stryke.

»Dreieinhalb!«, berichtigte Janch ihn empört.

Haskeer nickte. »Da wird es höchste Zeit, dass sie etwas töten.«

»Das werden sie schon noch tun«, versicherte Thirzarr ihm. »Danke für die Geschenke, Haskeer, aber wenn es dir nichts ausmacht, würde ich die beiden jetzt gern ins Bett bringen.«

»Kann es denn schaden, wenn sie noch ein bisschen aufbleiben?«, fragte Stryke.

»Sie sollen sich nicht wieder so aufregen. Könntet ihr nicht vielleicht ... etwas Feuerholz sammeln oder so?«

Stryke hatte die leise Drohung verstanden und war zu klug, um zu widersprechen. So ließ er sich mit Haskeer widerstandslos hinausscheuchen.

Der Sommernachmittag war in den frühen Abend übergegangen, das weiche Licht verlor das Gold und nahm die Farbe von Möhren an. Eine sanfte Brise wehte den süßen Duft der fruchtbaren Erde herbei. Leise Vogelstimmen waren zu hören.

Acht oder neun Blockhäuser standen in der Nähe, außerdem gab es eine Koppel und zwei Scheunen. Die Siedlung befand sich auf einer niedrigen Hügelkuppe, von der aus der Blick in alle Richtungen über grünes Land schweifte. Saftige Wiesen wechselten sich ab mit dichten Wäldern, und in der Ferne zog der Silberfaden eines Flusses durch den smaragdgrünen Teppich.

»Lass uns ein Stück laufen«, schlug Stryke vor.

Ein jeder von ihnen war ein Musterbild von einem erwachsenen Ork mit breiten Schultern, einem mächtigen Oberkörper und der muskulösen Statur. Aus runzligen Gesichtern ragten markante Unterkiefer hervor, und in ihren Augen blitzte es wie Feuerstein. Beide trugen verblassende Narben auf den Wangen, wo die Tätowierungen – ihre alten Rangabzeichen und die Symbole ihrer Versklavung – entfernt worden waren.

Nachdem sie eine Weile schweigend gelaufen waren, sagte Haskeer: »Ist es wirklich schon so lange her?«

»Hm?«

»Ich staune, dass unsere Bälger schon so alt sind. Kaum zu glauben, dass wir bereits so lange hier sind.«

»Tja, so ist es aber.«

»Die Zeit vergeht wie im Fluge.«

»Sie schleppt sich dahin«, antwortete Stryke abwesend.

»Was?«

»Hattest du schon mal das Gefühl ...«

»Was denn?«

»Versteh mich nicht falsch. Thirzarr zu finden, hier zu landen und Corb und Janch zu bekommen ... das ist das Beste, was mir je geschehen ist. Aber ...«

»Nun spuck's schon aus, Stryke, verflucht noch eins.«

»Dieser Ort hier ist genau das, was wir uns immer gewünscht haben. Genug Wild, das wir jagen können, immer satt zu essen, Kameradschaft, Turniere, Blockhäuser für alle. Trotzdem, ist es dir nicht hin und wieder ein wenig ... langweilig?«

Haskeer blieb wie angewurzelt stehen. »Ich bin froh, dass *du* das sagst. Ich dachte, ich wäre der Einzige, dem es so geht.«

»Du also auch, was?«

»Und ob. Den Grund kenne ich nicht. Wie du schon sagtest, hier lässt es sich gut leben.«

»Vielleicht ist das der Grund.«

Verwundert legte Haskeer die Stirn in Falten. »Was meinst du damit?«

»Wo ist die Gefahr? Wo ist der *Feind*? Sicher, manchmal haben wir Scharmützel mit fremden Stämmen, aber das ist etwas anderes. Was mir fehlt, ist ... eine Aufgabe.«

Haskeer schritt eine Weile schweigend aus und grübelte über das Gehörte nach. »Gut möglich«, meinte er schließlich. »Aber da können wir wohl nicht viel tun.«

»Abgesehen davon, einen Krieg zwischen den Klans anzuzetteln, nein. Bleib ruhig, Haskeer. Das war eben ein *Scherz*.«

»Oh.«

»Aber du hast wahrscheinlich recht. Wir sollten dankbar sein für das, was wir haben.«

»Wie auch immer, du bist jetzt für Thirzarr und die Kinder verantwortlich.«

»Das ginge schon in Ordnung. Wenn wir eine Aufgabe hätten, würde sie es verstehen.«

»Wirklich?«

»Aber klar. Das wäre bei dir nicht anders, wenn du verheiratet wärst.«

Haskeer schnaubte. »Ich will mich nicht an eine Frau binden. Das würde mich nur behindern.«

Sie liefen über einen gewundenen, gut ausgetretenen Pfad, der bis hinunter zum Weideland führte. Die Schatten wurden länger.

Als sie weitergingen, kamen sie durch ein kleines Gehölz und überquerten auf Trittsteinen einen Bach. Auf der anderen Seite erhob sich eine breite Felsklippe, in der es zahlreiche Höhlen gab. Vor dem klaffenden Schlund der größten blieben sie stehen.

Nicht zum ersten Mal fragte Stryke sich, warum es ihn so oft zu diesem Ort zog.

Haskeer fühlte sich in dieser Gegend nicht wohl. »Hier bekomme ich immer eine Gänsehaut.«

»Ich dachte, dich könnte nichts erschüttern.«

»Verrate es jemandem, und ich reiße dir die Lungen aus dem Leib. Aber fühlst du es nicht auch? Wie ein übler Geschmack. Oder wie Aasgestank.«

»Dennoch kommen wir immer wieder hierher.«

»*Du* gehst hierher.«

»Das erinnert mich an die letzte Mission der Vielfraße.«

»Mich erinnert es vor allem daran, in welcher Verfassung wir hier angekommen sind. Das würde ich gern vergessen.«

»Stimmt schon, es war ... unangenehm.« Stryke dachte kurz an ihren Übergang, wie er es nannte, und unterdrückte ein Schaudern. Sie hatten einen umgestürzten Baum erreicht, auf den er sich nun setzte.

Haskeer ließ sich neben ihm nieder, den Blick auf den schwarzen Schlund der Höhle geheftet. »Von dort sind wir in dieses Land herübergekommen. Ich verstehe nur nicht, wie es vor sich ging.«

»Ich verstehe es auch nicht; nur, dass Seraphim sagte, es sei so ähnlich wie eine Tür, die nicht in andere Räume, sondern in andere Welten führt.«

»Wie kann das sein?«

»Das ist eine Frage für seinesgleichen, für einen Zauberer.«

»*Magie.*« Haskeer war voller Verachtung, beinahe spie er das Wort aus.

»Immerhin hat es uns hierhergebracht. Mehr brauchen wir nicht zu wissen.« Stryke machte eine ausholende Geste. »Es sei denn, das alles hier ist nur ein Traum oder das Reich des Todes.«

»Du glaubst doch nicht ...«

»Nein.« Er bückte sich, riss ein Büschel Gras ab, zerrieb es und blies die Krümel von seinen verfärbten Fingern. »Das ist doch mehr als echt, oder?«

»Schon, aber ich mag es einfach nicht, wenn ich etwas nicht genau weiß. Das macht mich immer so ... nervös.«

»Die Art und Weise, wie wir hierhergelangt sind, wird für alle Orks ein unergründliches Geheimnis bleiben. Finde dich damit ab.«

Haskeer war nicht zufrieden. »Woher wollen wir wissen, ob wir hier auch sicher sind? Und wie kann man verhindern, dass es noch einmal passiert?«

»Es brauchte die Sterne, um zu funktionieren. Die Sterne sind wie ein Schlüssel, und sie haben es vollbracht, nicht diese Welt hier.«

»Du hättest sie zerstören sollen.«

»Ich weiß nicht, ob wir das überhaupt könnten. Aber sie sind an einem sicheren Ort, wie du weißt.«

Haskeer grunzte skeptisch und starrte unverwandt den Eingang der Höhle an.

Eine Weile saßen sie schweigend beisammen.

Es war still bis auf das Rascheln kleiner Tiere und das leise Zirpen von Insekten. Vogelschwärme zogen gemächlich über sie hinweg, die Tiere kehrten zu ihren Nistplätzen heim. Allmählich ging die Sonne unter, es wurde kühl.

»Stryke.«

»Ja?«

»Siehst du das auch?«

»Ich sehe nichts.«

»Schau doch!«

»Du bildest dir nur was ein. Da ist nichts ...« Eine

Bewegung erregte seine Aufmerksamkeit. Er sah scharf hin, um Näheres zu erkennen.

In der Höhle schwebten winzige bunte Lichtpunkte. Sie wirbelten umeinander und flackerten, anscheinend wuchsen sie, und ihre Zahl nahm zu.

Die Orks standen auf.

»Fühlst du es auch?«, fragte Stryke.

»Ein Erdbeben?«, überlegte Haskeer.

Das Beben wurde stärker, eine Reihe von Erschütterungen lief durch die Erde, und der Ursprung war die Höhle. Die Funken hatten sich zu einem leuchtenden, gleichmäßig pulsierenden Dunst verdichtet.

Dann gab es einen starken Lichtblitz, und eine sengend heiße Bö fegte aus der Höhle. Stryke und Haskeer mussten sich abwenden.

Das Licht erstarb, auch das Beben ebbte ab.

Schweigen senkte sich über die Landschaft. Kein Vogel sang, auch die Insekten waren verstummt.

In der Höhle regte sich etwas.

Eine Gestalt tauchte auf. Steifbeinig kam sie in ihre Richtung.

»Ich hab's dir doch gesagt, Stryke!«, brüllte Haskeer.

Sie zogen ihre Klingen.

Die Gestalt war jetzt nahe genug, sodass die beiden sehen konnten, was sie da vor sich hatten, und der Schock des Erkennens traf sie wie ein Faustschlag ins Gesicht.

Der Neuankömmling war noch recht jung, soweit man das bei dieser Rasse überhaupt erkennen konnte, die Haare ein feuerrotes Gestrüpp, das Gesicht mit widerlichen braunen Punkten besprenkelt. Das Wesen war vornehm gekleidet, sicher nicht für den Kampf. Eine Waffe war nirgends zu sehen.

Vorsichtig rückten sie mit erhobenen Schwertern weiter vor.

»Obacht«, murmelte Haskeer. »Vielleicht kommen noch mehr.«

Der Besucher näherte sich ihnen. Er lief kaum, sondern schlurfte eher, und glotzte sie an. Mühsam hob er den Arm. Dann taumelte er, seine Beine gaben nach, er stürzte. Der Boden war uneben, und er rollte noch ein Stück, ehe er liegen blieb.

Wachsam schlichen Haskeer und Stryke näher.

Stryke stieß ihn mit der Fußspitze an. Als keine Reaktion kam, trat er zweimal fester zu. Das Wesen regte sich nicht. Er bückte sich und tastete am Hals den Puls. Nichts.

Haskeer starrte das Wesen an. Er war außer sich. »Was hat so einer hier zu suchen?«, fragte er. »Und was hat ihn umgebracht?«

»Ich kann keine offensichtlichen Verletzungen erkennen«, erklärte Stryke, während er die Leiche untersuchte. »Komm, hilf mir mal.«

Haskeer kniete nieder, und sie drehten den Körper herum.

»Damit wäre das beantwortet«, sagte Stryke.

Das Menschenwesen hatte ein Messer im Rücken.

2

Sie pirschten sich an die Höhle an, um sich zu vergewissern, dass ihnen dort nicht etwa Menschen auflauerten.

In der überraschend großen und hohen Höhle roch es noch ein wenig nach Schwefel, doch sie konnten im Zwielicht niemanden entdecken.

Dann kehrten sie zu dem Toten zurück.

Stryke bückte sich, packte den Dolch und zog ihn heraus. Das Blut wischte er am Mantel des toten Mannes ab. Die Klinge war leicht gekrümmt, und der silberne Griff war mit gravierten Zeichen geschmückt, die ihm fremd erschienen. Er stieß den Dolch in den Boden.

Zusammen drehten sie den Toten wieder herum. Die Farbe war aus seinem Gesicht gewichen, was das hellrote Haar und die Sommersprossen nur noch deutlicher hervortreten ließ.

Der Mensch trug an einer dünnen Kette ein Amulett um den Hals. Die Zeichen darauf unterschieden sich von denen auf dem Dolch, waren den Orks aber ebenso unvertraut. In den Jackentaschen und Hosentaschen des Toten war nichts zu finden, auch hatte er keinerlei Waffen bei sich.

»Der ist nicht gerade für eine lange Reise ausgerüstet«, bemerkte Haskeer.

»Und Sterne hat er auch keine.«

»So viel zu der Idee, sie wären ein Schlüssel.«

»Warte mal.«

Stryke zog dem Mann einen Stiefel aus, hielt ihn am Absatz, schüttelte ihn und warf ihn weg. Als er das Gleiche mit dem anderen Stiefel tat, fiel etwas heraus. Es war so groß wie ein Entenei und in dunkelgrünes Tuch gewickelt.

Das Ding sprang über den Boden und landete vor Haskeer. Er wollte es ergreifen, dann hielt er inne. »Das könnte ...«

»Der sieht nicht besonders gefährlich aus.« Stryke nickte zur Leiche hin. »Das gilt vermutlich auch für die Sachen, die er im Stiefel hat.«

»Bei denen weiß man nie so genau«, erwiderte Haskeer düster.

»Tja, irgendwann müssen wir es uns ansehen.« Stryke zögerte noch kurz, dann hob er den Gegenstand auf.

Sobald das Tuch entfernt war, kam nicht etwa eine kleinere Form der Sterne zum Vorschein, wie sie es schon beinahe erwartet hatten, sondern ein Edelstein.

Ob er wertvoll war oder nur eine Nachbildung aus Glas, wussten sie nicht zu sagen. Jedenfalls füllte er die Hand eines Orks gut aus und war schwer. Eine Seite war flach, die andere hatte viele kleine geschliffene Flächen, und im ersten Augenblick konnte man ihn für schwarz halten. Erst als sie genauer hinsahen, erkannten sie, dass der Edelstein die Farbe vom dunkelsten Rotwein hatte.

»Vorsicht«, warnte Haskeer.

»Sieht doch ganz harmlos aus.« Stryke strich über die glänzende Oberfläche. »Ich frage mich, ob ... *verdammt!*« Er warf den Edelstein weg.

»Was ist los? Was ist passiert?«

»Heiß!«, klagte Stryke, blies sich auf die Finger und wedelte mit der Hand. »Verdammt heiß.«

Der Edelstein lag im Gras, die rote Färbung war jetzt deutlicher zu erkennen.

»Der macht irgendwas, Stryke!« Haskeer hatte wieder das Schwert gezogen.

Stryke vergaß seine Schmerzen und starrte nur.

Der Edelstein glühte. Auf einmal entstand lautlos ein Strahl, der eigentlich weniger an Licht und eher an Rauch erinnerte. Es war ein sehr disziplinierter Rauch, hell wie Schnee, der vollkommen gerade nach oben stieg und sich von der abendlichen Brise nicht stören ließ. Am oberen Ende der Rauchsäule, die mittlerweile größer war als die Orks, bildete sich eine breite, ovale Form heraus. Sie wirbelte und schimmerte.

»Das ist eine Sprengfalle!«, schrie Haskeer und machte

Anstalten, mit der Klinge auf den Edelstein einzuschlagen.

»*Nein!*«, protestierte Stryke. »Warte! *Schau nur!*«

Die Rauchsäule, die vom Edelstein aufstieg, war inzwischen nicht mehr weiß, sondern blau. Dann wechselte die Farbe zu Rot, das Rot schließlich zu Gold. Andauernd änderte sich die Farbe, bis die Rauchsäule in schneller Folge das ganze Spektrum durchlaufen hatte. Die jeweils verblassenden Farben gingen in der eiförmigen Wolke auf, die über ihren Köpfen schwebte, bis ein kunterbuntes Durcheinander entstand.

Haskeer und Stryke sahen wie gebannt zu.

Der bunte Dunst schien sich zu verfestigen, als sei eine Leinwand in der Luft aufgehängt worden. Eine Leinwand, auf die ein geistesgestörter Künstler Farbtöpfe geworfen hatte. Doch bald wich das Chaos der Ordnung, und ein Gesicht schälte sich heraus.

Ein menschliches Gesicht.

Es gehörte einem Mann mit schulterlangem braunem Haar und einem kurz getrimmten Bart. Er hatte blaue Augen und eine Hakennase, und der anmutig geformte Mund wirkte beinahe weiblich.

»Er ist es!«, rief Haskeer. »Seraphim!«

Stryke brauchte niemanden, der es ihm vorsagte, er hatte Tentarr Arngrim sofort erkannt.

Der Magier war für Orkaugen von unbestimmbarem Alter; sie wussten jedoch, dass er viel älter war, als man vermutet hätte. Ganz egal, wie fremd ihnen die Menschheit auch war, die Ausstrahlung und Autorität des Mannes waren auch für sie unverkennbar, und der Eindruck litt nicht einmal durch die Übertragung mittels eines verzauberten Edelsteins.

»*Seid gegrüßt, Orks*«, sagte Arngrim, als stünde er vor ihnen.

»Aber du bist doch tot!«, rief Haskeer.

»Ich glaube, er kann dich nicht hören. Das ist nicht ... jetzt.«

»Was?«

»Sein Ebenbild wurde irgendwie in den Edelstein gegossen.«

»Meinst du, er ist trotzdem tot?«

»So hör doch einfach zu.«

»*Habt keine Angst*«, fuhr das Abbild des Zauberers fort. »*Natürlich ist mir klar, wie dumm es ist, so etwas zu einer Rasse zu sagen, die so mutig ist wie die eure. Seid jedenfalls versichert, dass ich euch nichts Böses antun will.*«

Haskeer war alles andere als beruhigt, und sie dachten nicht im Traum daran, die Schwerter sinken zu lassen.

»*Ich spreche jetzt zu euch, weil dieser Stein so vorbereitet wurde, dass er sich aktiviert, sobald Stryke in der Nähe ist.*« Arngrim lächelte und fügte überflüssigerweise hinzu: »*Ich hoffe, dies ist nun auch der Fall, und du kannst meine Worte hören, Hauptmann der Vielfraße. Wie dir Parnol, der Bote, der dir diese Botschaft überbrachte, sicher schon erklärt hat, kann ich dich weder hören noch sehen. Er ist ein vertrauenswürdiger Jünger, lasst euch nicht durch seine Jugend täuschen. Er ist weiser, als man es den Jahren nach vermuten würde, und ein tapferer Kämpfer, wie ihr herausfinden werdet.«* Der Zauberer lächelte wieder. *»Verzeih mir, wenn es dich in Verlegenheit bringt, Parnol; ich weiß ja, wie sehr dir so ein Aufhebens missfällt.«*

Stryke und Haskeer blickten zum leblosen Körper des Boten.

»Wie Parnol euch sicher schon erklärt hat, besteht seine Aufgabe darin, euch den Edelstein zu bringen und als euer Führer zu dienen, falls ihr meinen Vorschlag annehmt.«

»Ein Führer?«, fragte Haskeer.

»Allerdings hat Parnol euch noch nichts über die Natur der Aufgabe erzählt«, fuhr der Zauberer fort. *»Ich hielt es für das Beste, euch selbst darüber in Kenntnis zu setzen.«* Er hielt inne, als wolle er seine Gedanken sammeln. *»Wahrscheinlich habt ihr mich für tot gehalten. Die Begleitumstände, unter denen wir uns getrennt haben, legen diese Schlussfolgerung nahe. Ich hatte jedoch Glück und verfügte auch über die notwendigen Fähigkeiten, um die Zerstörung des Palasts in Illex zu überleben. Meine Geschichte ist im Moment allerdings nicht von Bedeutung. Viel wichtiger ist der Grund dafür, dass ich mich an euch wende, und der Sinn dieser Botschaft.«*

»Das wird aber auch Zeit«, grummelte Haskeer.

»Sch-scht!«

»Dabei will ich mich an das Prinzip halten, dass ein Bild mehr sagt als tausend Worte. Seht euch dies hier an.«

Arngrims Antlitz wich einem Kaleidoskop verschiedener Bilder: Orks wurden ausgepeitscht, aufgehängt und bei lebendigem Leibe verbrannt oder von Kavalleristen niedergemacht. Fliehende Orks, deren Blockhäuser geplündert und deren Vieh fortgetrieben wurde. Orks, die wie wilde Tiere gescheucht wurden, um eingesperrt oder abgeschlachtet zu werden. Gedemütigte, verhöhnte, geschlagene, mit dem Schwert zerstückelte Orks.

In allen Fällen waren die Täter Menschen.

»*Ich schäme mich meiner Rasse*«, sagte Arngrim, der die Bilder erläuterte. »*Viel zu oft handeln wir wie Tiere. Was ihr seht, geschieht in diesem Augenblick. Diese Schreckenstaten ereignen sich in einer Welt, die der euren sehr ähnlich ist. Allerdings ist es eine unglücklichere Welt, in der die Orks von grausamen Unterdrückern beherrscht werden und keine Freiheit genießen, genau wie ihr damals.*«

»Orks werden von Menschen eingemacht«, murmelte Haskeer. »Was gibt es sonst noch Neues?«

»*Ihr könnt euren Mitgeschöpfen helfen*«, erklärte ihnen der Zauberer. »*Ich sage nicht, dass es leicht wird, aber eure Kampfkünste und eure Tapferkeit könnten vielleicht dazu beitragen, sie zu befreien.*«

Haskeer grunzte verhalten. Stryke warf ihm einen scharfen Blick zu.

»*Warum solltet ihr euch auf diese Mission begeben? Nun, wenn euch das Unglück eurer Ork-Kameraden noch nicht genug ist, dann schaut euch etwas anderes an, das ihr kennt.*«

Die Szenen der Verfolgung und Vernichtung verblassten und wichen einer weiblichen Gestalt, nicht ganz menschlich, aber auch nicht ohne Weiteres einer anderen Rasse zuzuordnen. Ihre Augen waren ein wenig verhangen und hatten ungewöhnlich lange Wimpern, und sie waren dunkel und unermesslich tief. Die Adlernase und der wohlgeformte Mund saßen in einem Gesicht, das ein wenig zu flach und zu breit war, eingerahmt von hüftlangem Haar, das schwarz war wie die Tinte eines Tintenfischs. Am auffälligsten aber war ihre Haut, die grünlich und silbrig schimmerte und den Eindruck erweckte, sie sei von winzigen Schuppen bedeckt. Sie war schön, schien aber zugleich dem Wahnsinn nahe.

»*Jennesta*«, erklärte der Magier unnötigerweise.

Bei ihrem Anblick lief es Stryke und Haskeer kalt den Rücken hinunter.

»*Ja, sie hat den Durchgang durchs Portal überstanden. Ich weiß nicht, wie es ihr gelang. Und obwohl sie mein eigenes Kind ist, bedauere ich zutiefst, dass sie überlebt hat.*« Jennesta wurde auf einem schwarzen Streitwagen an der Spitze eines Triumphzuges gezeigt. Vom Balkon eines Palasts aus sprach sie zu einer tobenden Menge und befahl eine Massenhinrichtung. »*Ich will ganz offen sein. Die Tatsache, dass sie immer noch lebt, ist ein weit größeres Problem für eure Brüder, ganz egal, wie schwer ihr Los jetzt schon ist. Denn wenn man ihr nicht Einhalt gebietet, wird sie immer mehr Angehörige eures und meines Volks unterjochen. Auf mich allein gestellt, vermag ich Jennesta nicht zu besiegen. Es könnte jedoch in eurer Macht liegen, sie aufzuhalten und Rache zu üben. Falls ihr euch für diesen Weg entscheidet, wird Parnol euch gründlich einweisen. Wenn er euch als Führer dienen soll, braucht er allerdings die Instrumentale, die ihr besitzt. Seine Reise in eure Welt war nur in dieser Richtung möglich. Ich vertraue darauf, dass ihr sie noch habt, sonst ist das Unternehmen von vornherein zum Scheitern verurteilt.«* Wieder lächelte Arngrim. *»Irgendwie bin ich davon überzeugt, dass ihr sie noch besitzt.«*

»Klugscheißer«, murmelte Haskeer.

Ein neues Bild tauchte auf: Fünf vollkommene Kugeln von unterschiedlicher Farbe, jede so groß wie die Faust eines Neugeborenen. Sie bestanden aus einem unbekannten Material, aus allen ragten unterschiedlich lange Dornen in unterschiedlicher Anzahl hervor. *»Die Instrumentale oder Sterne, wie ihr sie lieber nennt, besitzen bemerkenswerte Kräfte. Sogar noch größere, als es mir bewusst war, während ich sie erschuf. Vielleicht hätte ich es aber wissen sollen, wenn ich bedenke, wie sehr es mich erschöpft hat, sie herzustellen. Es war eine Leistung, wie ein Zauberer sie nur einmal im Leben vollbringen kann. Einen zweiten Satz könnte ich nicht mehr konstruieren. Aber passt auf – die Instrumentale sind zwar seltene, aber keineswegs einzigartige Objekte.«*

»Meint er etwa, es gibt noch mehr davon?«, flüsterte Haskeer.

»Ich denke schon. Wie sonst hätte der da hierherkommen können?« Stryke deutete mit dem Daumen auf den Toten.

»Parnol kann die Sterne, die ihr besitzt, dazu benutzen, um die Portale auszurichten«, erklärte Arngrim. *»Um die Welt zu erreichen, die ihr als Letztes verlassen habt, nämlich Maras-Dantien, müssen sie auf diese Weise angeordnet werden.«* Während er sprach, fügten sich die Kugeln auf eine unmöglich erscheinende Art und Weise zusammen und bildeten ein zusammenhängendes Ganzes. *»Um in das Land zu reisen, das ich euch gezeigt habe, müssen sie auf diese Weise verbunden werden.«* Wieder ein unmögliches Manöver, und wieder vereinigten sich die Sterne zu einem Ganzen. *»Und um zu eurer jetzigen Welt zurückzukehren …«* Sie verlagerten sich und bildeten eine ganz andere, aber nicht minder vollkommene Kombination. *»Wenn man die Instrumentale benutzt, ohne sie vorher richtig eingestellt zu haben, ist ihre Wirkung willkürlich, und das kann sehr gefährlich sein. Macht euch aber keine Sorgen wegen ihrer Funktionsweise. Das ist Parnols Aufgabe.«* Jetzt wurde seine Stimme ernster. *»Eure Aufgabe besteht darin, sie zu behüten wie euer eigenes Leben. Abgesehen davon, dass sie für euch den einzigen Rückweg in die Heimat darstellen, dürfen sie keinesfalls in die falschen Hände fallen. Ich bitte euch dringend, die von mir umrissene Aufgabe anzunehmen, Vielfraße. Um des Wohls eurer Rasse und um des Wohls des Ganzen willen.«*

Das Licht erlosch, und sofort wurde die Rauchsäule zurück in den Edelstein gesogen. Die abendlichen Schatten und die Stille kehrten zurück.

»Ja, leck mich doch«, sagte Haskeer.

»Du drückst es aus wie ein Dichter.«

»*Seid gegrüßt, Orcs.*«

Mit erhobenen Klingen fuhren sie zum Edelstein herum, der immer noch glühte.

»*Habt keine Angst. Natürlich ist mir klar, wie dumm es ist ...*«

Der Stein zischte, ein graues Licht waberte um ihn.

»*... so etwas zu einer Rasse zu sagen, die so mutig ist ...*«

Grüner Dampf stieg vom Edelstein auf, der knisterte und spuckte.

»*... wie die eure. Seid jedenfalls versichert ...*«

Es gab einen lauten Knall, und die Stücke des Steins flogen in alle Richtungen.

Stryke stieß die kokelnden Überreste mit der Schwertspitze an. Die sterbende Glut stank erbärmlich.

Eine Weile standen sie schweigend da, dann sagte Haskeer: »Was, zum Teufel, soll man nun davon halten?«

»Es könnte genau das sein, was wir uns gewünscht haben.«

»Was denn, du nimmst das doch nicht ernst, oder?«

»Haben wir uns nicht darüber unterhalten, wie gut es wäre, wieder eine Aufgabe zu haben?«

»Ja, sicher, aber ...«

»Was wäre besser, als wieder unsere Klingen zu wetzen und ein paar Orkbrüdern zu helfen? Obendrein bekommen wir noch die Gelegenheit, es diesem Miststück Jennesta heimzuzahlen.«

»Du bist verrückt. Warum schlägt er sich auf unsere Seite und nicht auf die der anderen Menschen? Wenn wir eins gelernt haben, dann dies, dass man Menschen nicht trauen darf.«

»Er hat uns schon einmal geholfen.«

»Ja, als es ihm gerade in den Kram gepasst hat. Ich nehme an, es steckt mehr dahinter, als er uns verraten hat.«

»Kann sein.«

»Wie auch immer, das ist sowieso bloß müßiges Geschwätz.« Er nickte zu Parnol hin. »Der kann uns nicht mehr führen.«

»Vielleicht brauchen wir ihn nicht.«

»Ach, hör doch auf, Stryke. Du konntest doch dieses Gefummel mit den Sternen, das Seraphim uns vorgeführt hat, sowieso nicht nachvollziehen ... oder etwa doch?«

»Die Bewegungen, die uns hierher zurückbringen ... die habe ich mir einzuprägen versucht.«

Haskeer war sichtlich beeindruckt. »Und die anderen?«

»Äh ... nein.«

»Dann nützt uns das doch nichts. Er hat gesagt, es sei gefährlich, wenn ...«

»Ich weiß, was er gesagt hat. Aber etwas lässt mir keine Ruhe.«

Er beugte sich über den Toten, kniete nieder und nahm dem Mann das Amulett ab. Haskeer sah Stryke über die Schulter, während dieser das Schmuckstück untersuchte.

Die Gravuren waren winzig, und sie mussten angestrengt blinzeln, ehe sie etwas erkennen konnten. Es waren mehrere Reihen von jeweils fünf Symbolen. Die Symbole waren Kreise, aus denen in unterschiedlichen Winkeln Strahlen entsprangen. Stryke betrachtete es eine Weile.

»Ich hab's«, verkündete er schließlich.

»Was denn?«

»Siehst du diese dritte Gruppe von Figuren? Das entspricht der Position der Sterne, wenn wir hierher zurückkehren wollen.«

Haskeer gab sich keine Mühe, seine Verständnislosigkeit zu verbergen. »Ach, wirklich?«

»Sieht ganz so aus. Diese Markierungen hier sind ganz anders, und es gibt erheblich mehr als die drei Kombinationen, die Seraphim uns gezeigt hat.«

»Meinst du ... man kann hier ablesen, wie man die Sterne benutzen muss?«

»Ich denke schon. Der Bote hat die Kette wohl als Gedächtnisstütze mitgenommen. Wie eine Landkarte. Ich möchte wetten, die erste Linie hier zeigt, wie man nach Maras-Dantien kommt, und die zweite führt zu der Welt mit den unterdrückten Orks. Die anderen ... wer weiß?«

»Du bist viel klüger als die meisten von uns, Stryke.« Haskeer sah ihn bewundernd an.

Stryke legte sich die Kette um den Hals. »Freu dich nicht zu früh, ich könnte mich auch irren. Aber ich habe mich oft gefragt, warum Arngrim mir die Sterne gegeben hat. Vielleicht wissen wir es jetzt.«

»Glaubst du denn, er hat das alles geplant?«

»Gut möglich, dass er schon damals mit Schwierigkeiten gerechnet hat.«

»Und damit, dass wir uns darum kümmern.«

»Wer kann das schon sagen? Die Menschen haben zwei Gesichter.«

»Da hast du sicher recht.«

Stryke dachte nach. »Die Bilder, die er uns gezeigt hat, waren seltsam. Ist dir das aufgefallen? Kein einziger Ork hat sich gewehrt.«

Haskeer hatte es nicht bemerkt. »Nein? Wirklich nicht?«

»Wann hätte unser Volk jemals dem Feind die andere Wange hingehalten?«

»Was ist denn nur los mit denen?«

Darauf konnte Stryke nur mit den Achseln zucken.

Haskeer deutete auf die Leiche. »Und wer hat ihn umgebracht?«

»Das weiß ich nicht. Aber ich will es herausfinden. Machst du mit?«

»Aber immer, wenn es dabei einen Kampf gibt. Was tun wir jetzt?«

»Wir suchen unsere Meisterin der Strategie auf.«

3

Ein Eimer Wasser besteht aus Milliarden winzigen Tropfen. Flüsse und Meere aus ungezählten Trillionen.

Für das Meer der Parallelwelten lässt sich überhaupt keine Zahl mehr benennen.

Unendlich war die Zahl der Partikel in diesem Ozean. Sie schmückten die Leere als dichte, schimmernde Wolke, und jedes Staubkörnchen war eine Welt. Hätte dies jemand – was freilich unmöglich war – betrachtet, so hätte er all die winzigen Körnchen nicht voneinander unterscheiden können.

Ein einziges Kügelchen aber, das aussah wie alle anderen und weder heller oder schwächer leuchtete, unterschied sich in einem wichtigen Punkt von allen anderen.

Es starb.

Hätte der theoretische Beobachter genauer hingeschaut,

dann hätte er eine Welt im Umbruch gesehen. Eine Sphäre voll ätzendem Wasser und stinkender Luft.

Die Oberfläche dieser Welt war von Extremen geprägt. Vieles war noch blaugrün, doch die Trockenheit breitete sich wie mit Tentakeln über die ganze Kugel aus. Weiße Massen schoben sich von den Polen her vor wie die Soße, die über einen Pudding rinnt, und die Atmosphäre wurde von einem garstigen Gestank besudelt.

Es gab vier Kontinente. Der größte, auf dem einst ein gemäßigtes Klima geherrscht hatte, beherbergte jetzt gewaltige Flächen subtropischer Vegetation. In seiner Mitte hatte sich eine Sandwüste gebildet, die nach und nach das einst fruchtbare Land verschlang.

Eine fünfzig Mann starke Miliz bahnte sich einen Weg durch die Wildnis. In ihrer Mitte gingen zwei Männer, die Mühe hatten, sich auf den Beinen zu halten. Beide waren mit gefesselten Händen an Pferde gebunden, hinter denen sie laufen mussten.

Die Soldaten trugen das Wappen eines Tyrannen auf den rotbraunen Tuniken. Die Gefangenen waren Zivilisten, ihre Kleidung war von Schweiß und Staub verschmutzt.

Es war heiß. Wenn der Mittag käme, würde es noch heißer werden, doch keinem der Männer war es erlaubt worden, etwas zu trinken. Ihre Lippen waren rissig und ihre Münder so trocken, dass sie kaum noch sprechen konnten. An den Füßen hatten sie Blasen.

Sie waren fast im gleichen Alter. Der eine, geringfügig Ältere, sah aus wie jemand, der ein bequemes Leben geführt hatte. Um seine Hüfte waren Ringe gewachsen, und die rosige Haut wirkte teigig. Seine Augen waren immer in Bewegung, unstet, wie manche sagen würden, und die blutleeren Lippen wurden von einem dünnen Ziegenbart umrahmt. Das schwarze Haar zeigte einen Schimmer von Grau und war schütter, der Ansatz einer Tonsur zeichnete sich ab.

Der Jüngere der beiden war besser in Form und größer. Er war kräftig, hatte volles blondes Haar und war, bis auf einen zwei Tage alten Flaum, glatt rasiert. Seine Augen waren braun, und seine Haut hatte einen gesunden Ton. Seine schmutzige Kleidung war erheblich schlichter als die seines Gefährten.

Der ältere Mann warf dem jüngeren einen missmutigen, besorgten Blick zu. »Wann wirst du endlich etwas tun?«, zischte er.

»Was *soll* ich denn tun?«

»Mir Respekt erweisen. Das wäre ein guter Anfang.«

»Was soll ich denn tun, *mein Gebieter*?«

»Es gehört zu deinen Pflichten, mich zu beschützen. Bisher hast du völlig ...«

»Ruhe da hinten!«, bellte ein Offizier. Einige der Reiter schossen feindselige Blicke in ihre Richtung ab.

»... versagt«, fuhr der Ältere heiser flüsternd fort. »Du hast verdammt wenig getan, um zu verhindern, dass sie uns geschnappt haben, und jetzt bist du ...«

»Du hast dich selbst in diese Lage gebracht«, gab der Jüngere nicht ohne Schärfe zurück. »Ich war das nicht.«

»*Uns.* Wir stecken beide in der Klemme, falls dir das noch nicht aufgefallen ist.«

»Also heißt es *du*, wenn alles in Ordnung ist, und *wir*, wenn du in der Scheiße steckst. Wie üblich.«

»Eines Tages wird man dir deine freche Zunge aus dem Mund herausschneiden.« Die Röte in seinem Gesicht vertiefte sich. »Warte nur, bis ich …«

»Bis du was? Du bist im Moment ja nicht gerade Herr deiner Entscheidungen.«

Der ältere Mann wischte sich mit einer sauber manikürten Hand die Stirn ab. »Du weißt doch, was uns blüht, wenn sie uns zu Hammrik bringen, nicht wahr?«

»Ich kann mir denken, was dir passieren wird.«

»Was gut ist für den Herrn, ist auch gut für den Diener.«

»Da wäre ich nicht so sicher.« Er nickte, als vor ihnen ein Gebäude in Sicht kam. »Wir werden es aber bald herausfinden.«

Die Türme einer Festung tauchten vor ihnen auf, sie waberten in der heißen Luft wie ein Phantombild.

Die Anlage war aus gelbem Sandstein erbaut, den Farben nicht unähnlich, die ihre Umgebung nach und nach annahm. Ihre mächtigen Mauern erweckten den Eindruck, sie könnten sogar einem Erdbeben trotzen. Aus der Nähe waren Kampfspuren zu erkennen. Frische Narben, Kratzer und Scharten verrieten, dass vor Kurzem ein Angriff stattgefunden hatte.

Vor der Feste lag ein heruntergekommener Ort. Ein Durcheinander von Hütten und Zelten stand im Schatten der Mauern, Verschläge lehnten sich an die Wälle. Menschen und Nutztiere drängten sich überall. Wasserträger, fliegende Händler, Nomaden, Bauern, Söldner, Dirnen, Priester im Talar und viele Soldaten. Räudige Hunde rannten frei herum. Hühner scharrten, Ferkel fraßen Abfälle. Es roch unangenehm nach Abwasser und Weihrauch.

Die Reiter bahnten sich einen Weg durch die Menge und zerrten ihre Gefangenen hinter sich hier. Sie kamen an sich kabbelnden Straßenburschen vorbei, an Wächtern mit harten Augen und Kaufleuten, die Geleitzüge von überladenen Eseln führten. Die Menschen gafften, einige stießen Beleidigungen aus.

Dann passierten sie Stände, auf denen die Händler Brot, Ziegenkäse, Gewürze, Fleisch und schlaffes Gemüse aufgetürmt hatten. Einige boten Wein, Fässer mit Branntwein oder Eimer mit Bier feil. Begierig starrten die Gefangenen die Auslagen an. Alles, was sie abbekamen, war ein halbherziges Trommelfeuer von verschimmelten Früchten, die in kleinen Staubwolken auf ihrem Rücken zerplatzten.

Auch die Tore der Festung waren beeindruckend ringsherum mit Heldenstatuen und Wappen geschmückt. Alles war jedoch alt und verwittert. Drinnen lag ein großer Innenhof. Auch dort herrschten Lärm und Gedränge, obschon es hier geordnet und soldatisch zuging.

Grüße wurden ausgetauscht, die Gefangenen wurden angeglotzt oder ignoriert. Dann wurde abgesessen. Stallburschen kamen und führten die Pferde zur Tränke. Offenbar wurden hier sogar die Tiere besser behandelt als die Gefangenen, die mit gefesselten Händen erschöpft aufs warme Pflaster sanken. Niemand wies sie zurecht.

Sie lagen vor einem kleinen Garten, der von einer niedrigen Mauer umgeben war. Er war in früheren, üppigeren Zeiten gebaut worden und längst vertrocknet. Die Erde war wie Pulver, und die beiden Bäume in der Mitte waren ausgedörrt und erinnerten an Skelette.

Die Eskorte der Gefangenen verstreute sich größtenteils, nur vier blieben da und beäugten sie aus der Ferne, während sie sich mit einem Offizier berieten.

Der ältere Gefangene wandte das Gesicht ab und flüsterte: »Lass uns weglaufen.«

»Keine gute Idee«, erwiderte sein Gefährte. »Wir haben hier keine Verbündeten. Unter den Menschen da draußen sind wir nicht sicher.«

»Das ist immer noch besser, als hier zu warten wie das Vieh vor der Schlachtbank, oder?«

»Nur wenn du scharf darauf bist, einen Pfeil in den Rücken zu bekommen.« Er deutete auf die Wälle, von denen mehrere Bogenschützen herunterschauten.

»Die werden uns nicht töten. Hammrik wäre wütend, wenn sie ihm diese Freude nähmen.«

»Ich glaube aber nicht, dass sie Befehl haben, uns nicht zu verwunden. Wenn du gern ein paar Bolzen in die Beine kriegen willst, dann geh nur los, geliebter Herr und Meister.«

Der ältere Mann starrte ihn ob dieser neuerlichen Unverschämtheit erbost an, dann schmollte er weiter.

Eine Weile darauf weckten die Wächter ihn mit Stößen und Tritten. Er fragte, ob er etwas zu trinken bekommen könne.

»Gunstbeweise sind unserem Herrn vorbehalten, nicht mir«, erwiderte der Offizier mit dem höchsten Rang, während er sie hochriss.

Die kurze Ruhepause hatte nur dazu geführt, dass sie ihre Schmerzen noch deutlicher spürten, als sie sich jetzt wieder in Bewegung setzten. Ihre Glieder waren steif, die Muskeln verkrampft. Doch ihre Häscher behandelten sie deshalb keineswegs behutsamer. Scharfe Hiebe mit ledernen Reitgerten beschleunigten ihre Schritte.

So wurden sie bis zu einer Doppeltür getrieben, hinter der die eigentliche Burg begann. Dort drinnen war es für ihre geblendeten Augen finster, und es war viel kühler, was sie als Gnade empfanden.

Wie in allen Festungen, die im Lauf der Jahre vielfach erweitert und verstärkt worden waren, herrschte auch hier ein Durcheinander von Gängen, Fluren und Treppen, durch die sie geleitet wurden. Sie kamen an Kontrollposten vorbei und mussten warten, bis Türen aufgesperrt wurden. Fenster gab es kaum, dafür umso mehr Schießscharten.

Schließlich erreichten sie einen recht großen Saal. Er war mit Holz vertäfelt und hatte eine hohe Decke, die Vorhänge waren als Schutz gegen die Hitze vorgezogen. Als Lichtspender dienten Öllampen und Kerzen, die Luft war stickig. Hoch droben, wo die Vertäfelung endete und der nackte Stein begann, hatten früher Wappen gehangen. Sie waren erst vor Kurzem abgenommen und zerstört worden, dahinter kam heller Granit zum Vorschein.

Im Saal wachten livrierte Leibwächter, außerdem waren einige Zivilbeamte anwesend.

Abgesehen von einem Eichenthron auf einem Podest am anderen Ende war der Raum unmöbliert. Auch der Thron war beschädigt; irgendjemand hatte die Herrschaftszeichen auf der hohen Lehne zerhackt. Die Gefangen mussten vor dem Thron Aufstellung nehmen.

Einige Minuten vergingen in eisigem Schweigen. Sie wechselten einen Blick.

Hinter dem Thron befand sich eine raffiniert versteckte Tür, die mit der Vertäfelung verschmolz. Sie öffnete sich, und jemand trat ein.

Herrscher gibt es in vielen Gewändern. Diejenigen, die ihr Amt erben, sind häufig ohne Anmaßung. Diejenigen, die es ergreifen, treten nicht selten wie brutale Krieger auf. Kantor Hammrik kam daher wie ein Schreiber. Das passte gut zu ihm, da er das Königreich praktisch gekauft hatte. Gekauft in dem Sinne, dass er den blutigen Umsturz und den Königsmord an seinem Vorgänger finanziert hatte.

Hammrik ähnelte einem Federfuchser, weil er das in gewisser Weise auch war. Schon früh im Verlauf seiner verbrecherischen Karriere hatte er die Gleichung zwischen Geld und Macht gelöst. Er hatte seine Lektion gelernt und an der Stelle verinnerlicht, wo man sonst sein Herz hätte vermuten können. Ebenso klug wie skrupellos hatte er sich darauf verlegt, seine unrechtmäßig erworbenen Reichtümer zu benutzen, bis ihn eine Woge aus dem Blut anderer Menschen, von ihm bestellt und bezahlt, nach oben gespült hatte.

Seiner Statur nach hätte man eher vermutet, dass er vor jedem Kampf floh, statt sich darauf einzulassen. Er war eher schmächtig gebaut, und der einzige gut ausgebildete Körperteil war sein Kopf. Auf den Haarverlust hatte er reagiert, indem er sich den Schädel vollständig rasiert hatte, was seine eckigen Gesichtszüge noch hervorhob. Das grobknochige, bartlose Gesicht wurde von scharfen grauen Augen beherrscht. Aber wehe dem, der in ihm tatsächlich nur einen Buchhalter sah.

Als Hammrik hereinkam, wurden die Gefangenen auf die Knie gezwungen. Alle Anwesenden verneigten sich.

»Ah, Micalor Standeven«, sagte der Usurpator, als er sich auf dem gestohlenen Thron niederließ. »Ich dachte schon, ich könnte mich nie wieder Eurer Gesellschaft erfreuen.«

Der ältere Gefangene schaute auf. »Bin ebenfalls sehr erfreut, Euch zu sehen, Kantor.« Er versuchte es mit lässiger Freundlichkeit.

Hammrik sah ihn hart und drohend an.

»Wollte sagen«, berichtigte Standeven sich hastig, »seid gegrüßt, mein Lehnsherr. Darf ich die Gelegenheit ergreifen, Euch meine Glückwünsche auszusprechen, da Ihr nun auf diesem hohen …«

Hammrik brachte ihn mit einer Geste zum Schweigen. »Lasst uns die Artigkeiten als erledigt betrachten, ja?« Sein Blick fiel auf Standevens Begleiter. »Wie ich sehe, habt Ihr wie üblich Euren Schoßhund mitgebracht.«

»Ja, Herr. Er ist …«

»Er kann für sich selbst sprechen. Wie ist dein Name?«

»Pepperdyne, hoher Herr«, erwiderte der jüngere Gefangene. »Jode Pepperdyne.«

»Du bist sein Leibeigener?«

Pepperdyne nickte.

»Dann bist auch du haftbar.«

»Falls es ein Missverständnis ist, das sich um Geld dreht«, erklärte Standeven, als sei es ihm gerade erst eingefallen, »dann bin ich sicher, wir können eine so unbedeutende Angelegenheit in herzlichem Einvernehmen klären.«

»Unbedeutend?«, dräute Hammik.

»Nun ja, für einen Mann, der seit Kurzem Euren Rang bekleidet, muss es doch eine bloße …«

»Haltet den Mund.« Hammrik winkte einem alten Beamten, der dienstbeflissen an seiner Seite stand. »Wie viel?«

Der Mann eilte mit einem eselsohrigen Kassenbuch herbei, befeuchtete einen Daumen mit Speichel und blätterte die Seiten durch.

»Eine grobe Schätzung reicht mir schon«, sagte Hammrik.

»Gewiss, Herr.« Er fand die Eintragung und kniff die

Augen zusammen. »Mal sehen. Mit Zinsen wären das etwa … vierzigtausend.«

»Ist es wirklich so viel?«, rief Standeven mit gespielter Überraschung. »Nun ja, nun ja. Dennoch bin ich etwas überrascht, dass Ihr uns deshalb habt holen lassen. Ich verstehe, dass es notwendig gewesen wäre, wenn Ihr ein Geldverl… wenn Ihr finanzielle Dienstleistungen anbieten würdet. Aber Ihr braucht das Geld doch sicherlich nicht jetzt gleich auf der Stelle?«

»Seht Euch um. Kommt Euch das wie ein blühendes Königreich vor? Wyvell zu stürzen, war ein teurer Spaß, und auch wenn seine Anhänger besiegt sind, sie sind noch nicht völlig zerschmettert. Das alles kostet Geld.«

»Gewiss.«

»Schulden sind Schulden, und Eure sind überfällig.«

»Unbedingt. Es ist eine Frage der Ehre.«

»Was wollt Ihr dann in dieser Angelegenheit tun?«

Standeven starrte ihn an. »Könnte ich vielleicht etwas zu trinken bekommen? Wir waren schrecklich lange draußen in der Sonne, müsst Ihr wissen, und …«

Hammrik hob eine Hand und rief, man solle Wasser bringen. Ein junger Lakai kam mit einem ledernen Wasserschlauch. Hammrik stand auf und stieg zum knienden Standeven hinunter, gab ihm jedoch nicht den Schlauch, sondern hielt ihn schräg, bis ein einzelner Tropfen auf Standevens ausgestreckte Hand fiel. Die Stirn gerunzelt, leckte der Gefangene das Wasser mit der ausgedörrten Zunge ab.

»Ein Tropfen«, erklärte Hammrik. »Was glaubt Ihr, wie lange es dauern würde, sagen wir, vierzigtausend Tropfen zu Euch zu nehmen?«

Standeven war viel zu verblüfft, um dazu etwas zu sagen.

»Wahrscheinlich geht es blitzschnell«, fuhr Hammrik fort, »wenn Ihr alles auf einmal bekommt. Beispielsweise in einem Krug.«

»Kantor ... ich meine, Herr, ich ...«

»Aber angenommen, Ihr bekommt immer nur einen Tropfen wie gerade eben. Wie lange würde das wohl dauern? Tage? Wochen?« Hammrik hielt den Schlauch auf Armeslänge vor sich und betrachtete ihn nachdenklich. »Dieses Zeug wird hier bald sehr wertvoll sein, wenn man bedenkt, wie sich das Land entwickelt. Die ganze Welt sogar. Ich sehe die Zeit kommen, da Wasser so kostbar sein wird wie ... Blut.«

Standeven regte sich unbehaglich, Pepperdyne ließ sich nichts anmerken.

»So sieht es aus«, fuhr Hammrik fort. »Bezahlt mich mit Geld, oder ich nehme mir Euer Blut. Vierzigtausend Tropfen, einen nach dem anderen.« Er beugte sich zu Standeven hinunter. »Das ist nicht im übertragenen Sinne gemeint.«

»Ich kann bezahlen!«, protestierte Standeven.

»Hat er das Geld?«, wollte Hammrik von Pepperdyne wissen.

»Nein.«

»Ihr fragt einen *Sklaven* nach meinen finanziellen Möglichkeiten?«, beklagte sich Standeven. »Was weiß der schon?«

»Er ist klüger als Ihr. Oder vielleicht auch nicht, denn offenbar hat er Euch bisher noch nicht im Schlaf die Kehle durchgeschnitten. Aber wenigstens hat er mich nicht mit einer Lüge beleidigt. Damit hat er sich einen schnelleren Tod als Ihr verdient.«

»Ihr könnt ihn haben.«

»Was?«

»Um die Schulden zu begleichen. Er ist kräftig und kann arbeiten, und ...«

Hammrik lachte. »Und ich dachte immer, *ich* wäre ein gerissener Hund. Der da ist nicht mehr als einen Bruchteil von dem wert, was Ihr mir schuldet. Warum sollte ich noch einen Mund haben wollen, den ich füttern muss?«

»Ich kann bezahlen, Hammrik. Ich brauche nur noch etwas Zeit, um meine ...«

»Ich habe schon genug Zeit mit Euch verschwendet. Mir bleibt nichts anderes übrig, als Euch beide hinrichten zu lassen. *Wachen!*«

Seine Männer traten vor und packten die Gefangenen.

»Dazu besteht doch kein Grund«, flehte Standeven. »Wir können doch sicher irgendeine Lösung finden!«

Hammrik entfernte sich bereits.

»Und wenn wir Euch nun etwas Wertvolleres als Geld verschaffen könnten?«, rief Pepperdyne ihm nach.

Der frisch gebackene König hielt inne und drehte

sich um. »Was könntet ihr schon haben, das mich interessiert?«

»Etwas, das Ihr schon immer haben wolltet.«

»Fahre fort.«

»Jeder weiß, wie lange Ihr schon die Instrumentale sucht.«

Ein gieriger Funke loderte in Hammriks Augen auf, auch wenn seine Worte abweisend klangen. »Und viele haben gelogen, als sie sagten, sie wüssten, wo man sie finden kann.«

»Das sieht bei uns anders aus. Wir könnten Euch wirklich helfen, sie zu bekommen.«

»Wie denn?«

»Mein Herr hat nicht die Unwahrheit gesagt, als er meinte, er könne seine Schulden bei Euch begleichen. Unser Plan war, sie zu finden, sie an den höchsten Bieter zu verkaufen und mit dem Erlös die Schulden bei Euch zu begleichen. Wir waren ihnen sogar schon auf der Spur, als Eure Männer uns geschnappt haben.«

»Warum hast du das nicht früher gesagt?«

»Hättet Ihr es denn gesagt, und wäret Ihr das Wagnis eingegangen, eine solche Beute zu verlieren?«

Standeven beobachtete erstaunt die unerwartete Wendung. Schließlich nickte er eifrig. »Es ist wahr. Wie Ihr habe ich die Geschichten gehört, obwohl ich gestehen muss, keine genaue Vorstellung davon zu haben, wozu die Instrumentale eigentlich nützlich sind. Mir war aber immer klar, dass derjenige, der sie findet, ein Vermögen damit verdienen kann.«

»Ich habe kein Interesse, sie zu Geld zu machen«, erklärte Hammrik.

»Ihr Wert interessiert Euch nicht?« Standeven war sichtlich schockiert.

»Nicht der Geldeswert. Wenn sie so funktionieren, wie man den Gerüchten entnehmen kann, dann gibt es eine Chance, dass ich und meine Leute aus dieser stinkenden Welt fliehen können.«

Pepperdyne und Standeven waren gleichermaßen erstaunt über diese Bemerkung, zogen es aber vor, den Mund zu halten.

»Was bringt Euch nun auf die Idee, ausgerechnet Ihr könntet finden, was alle anderen vergeblich gesucht haben?«, fragte Hammrik.

»Wir sind auf Beweise gestoßen«, erwiderte Pepperdyne.

»Was für Beweise?«

»Ihr werdet uns sicher nachsehen, dass wir nicht das einzige Unterpfand aus der Hand geben, das wir besitzen«, erwiderte Standeven.

»Ihr wollt mich übertölpeln, ihr zwei.«

»Könnt Ihr es Euch wirklich nicht leisten, das Risiko einzugehen?«

»Denn was würdet Ihr schon verlieren, falls wir wirklich lügen?«, fügte Pepperdyne hinzu.

Hammrik dachte über die Einwände nach. »Was ist nötig, um die Instrumentale zu finden? Was müsste ich tun?«

»Bei allem Respekt, Herr«, erwiderte Pepperdyne. »Wir, nicht Ihr.«

»Erkläre das.«

»Unsere Informationen lassen vermuten, dass sie im Norden zu finden sind.«

»Wie weit im Norden?«

»Sehr weit, im neuen Land.«

»In Zentrasien? Nach allem, was man hört, hausen dort nur Missgeburten und Ungeheuer.«

»Angeblich gibt es dort auch eine Art Magie. Damit wäre es auch der naheliegende Ort, an dem man finden kann, was wir suchen, nicht wahr?«

»Was könnt ihr tun, das ich nicht mit einem Heer erreichen könnte?«

»Habt Ihr denn ein Heer, das Ihr schicken könnt? Im Übrigen haben wir schon Kontakte geknüpft.«

»Warum lasse ich euch nicht einfach foltern, um herauszufinden, was ihr wisst?«

»Unsere Kontakte werden nur direkt mit uns verhandeln. Wenn jemand anders auftaucht, verschwinden sie.«

Ein langes Schweigen folgte, während Hammrik die Möglichkeiten durchdachte. Endlich sagte er: »Ehrlich gesagt, glaube ich dir nicht. Aber wenn es eine Gelegenheit gibt, wäre ich dumm, sie nicht zu ergreifen.«

Standeven hatte alle Mühe, einen lauten Seufzer der Erleichterung zu unterdrücken.

»Selbstverständlich steht Euch nur eine begrenzte Zeitspanne zur Verfügung«, erklärte Hammrik ihm, »und ich werde Eure Eskorte persönlich aussuchen.«

»Unsere Eskorte?«

»Aber *natürlich*. Ihr glaubt doch nicht, dass ich Euch einfach so abschwirren lasse, oder?«

»Nein. Nein, natürlich nicht.«

»Wenn Ihr die Instrumentale beschaffen könnt, sind Eure Schulden gestrichen, und ich gewähre Euch sogar eine Belohnung. Falls es ein Trick ist, habt Ihr Euer Todesurteil nur um eine kurze Gnadenfrist im Land der Schrecken aufgeschoben. Ihr beide werdet hierher zurückgebracht, und ich werde euch töten. Verstanden?«

Sie nickten.

Ohne ein weiteres Wort stolzierte er davon.

Standeven wandte sich an seinen Leibeigenen. »Was hast du dir nur dabei gedacht?«, flüsterte er. »Wir haben doch keine Ahnung, wo diese Dinger zu finden sind oder ob sie überhaupt existieren.«

»Wäre es dir lieber, sie würden uns gleich auf der Stelle umbringen? Ich musste mir etwas einfallen lassen, das uns Zeit erkauft.«

»Und was passiert, wenn seine Schläger herausfinden, dass wir ihm einen Bären aufgebunden haben?«

»Keine Ahnung. Dann denken wir uns eben was aus.«

»Das sollte dann aber eine verdammt gute …«

»*Sch-scht!*«

Ein Offizier näherte sich. Es war derjenige, der ihnen vorher das Wasser verweigert hatte.

»Da Ihr jetzt mit meinem Herrn auf gutem Fuße steht«, verkündete er, »wenigstens im Augenblick, so denke ich, Ihr könnt etwas Wasser haben.«

Standeven schaute erwartungsvoll auf.

Unter dem Gelächter der meisten Menschen im Raum kippte der Offizier den Inhalt seiner Feldflasche über Standevens erhobenes Gesicht.

Er schüttelte den Kopf wie ein Hund, der aus dem Fluss steigt, und ließ eine Million Wassertröpfchen fliegen.

4

Glas war ein seltenes Gut. Die Ork-Handwerker wussten, wie man es herstellt, machten sich aber kaum einmal die Mühe, abgesehen von besonderen Zwecken wie Vitrinen in bestimmten Stätten, die der Andacht dienten, und von ein oder zwei Wohnsitzen der Häuptlinge. Gelegentlich fand man es auch in Schenken.

Als Stryke und Haskeer sich dem Gasthof näherten, den sie aufsuchen wollten, bekamen sie eine handgreifliche Begründung dafür, warum Glas so selten als Baumaterial eingesetzt wurde.

Mit lautem Krachen kam ein Ork durchs Fenster geflogen. Er überschlug sich einige Male, ehe er in den Scherben liegen blieb.

Die Tür der Schenke war stabil, aber nicht stabil genug, um einem weiteren fliegenden Körper standzuhalten.

Der besiegte Ork, der sie durchbrach, konnte sogar noch zwei Schritte laufen, ehe er umkippte.

Drinnen war die Hölle los, ein unbeschreiblicher Lärm von zerschmettertem Steingut, zerbrechenden Möbeln und lauten Flüchen.

»Hier sind wir richtig«, sagte Stryke.

Sie traten durch den zersplitterten Türrahmen. Knapp vor ihnen landete ein Ork auf dem Rücken. Er prallte so schwer auf den Boden, dass die Dielen bebten.

Stryke nickte ihm zu. »Guten Morgen, Breggin.«

»Hauptmann«, stöhnte der Ork.

Das Innere des Gasthofs bestand im Grunde nur aus einem einzigen großen Raum. An einem Ende gab es einen Serviertisch, im Zentrum tobte ein Sturm. Das Auge des Wirbelsturms stand breitbeinig auf einem Tisch.

Coilla schwenkte einen eisernen Kochtopf. Sie hielt ihn am Griff und ließ ihn über den Köpfen von einem halben Dutzend Männern kreisen, die sie erreichen wollten.

Sie war eine ausgesprochen hübsche Orkfrau mit ihrer gesprenkelten Haut, den dunklen, blitzenden Augen, den zackigen Zähnen und dem kräftigen Körper einer Kriegerin. Am aufregendsten war die Tatsache, dass sie kämpfte wie ein Dämon mit Zahnschmerzen.

Als Stryke und Haskeer eintraten, verpasste sie soeben einem Gegner, der zu spät abtauchte, einen gut gezielten Tritt vor das Kinn. Er ging zu Boden wie ein leerer Sack. Die anderen versuchten, ihre Beine zu packen und sie umzuwerfen, doch sie wich mühelos aus. Dann verlegten sich die Angreifer darauf, am Tisch zu wackeln.

»Sollen wir helfen?«, überlegte Haskeer.

»Ich fürchte, sie ist uns über«, erwiderte Stryke trocken.

Wie ein Glockenschlag traf Coillas Kochtopf die Schläfe eines Gegners, der bewusstlos zu Boden ging.

Haskeer bemerkte einen halb vollen Krug Bier. Er bediente sich und trank. Stryke lehnte sich unterdessen mit verschränkten Armen an die Theke und beobachtete den Kampf.

Die vier noch kampffähigen Männer konnten endlich den Tisch umkippen. Coilla sprang mit den Füßen zuerst herunter und traf die Brust eines Gegners. Er sackte in sich zusammen und war ausgeschaltet. Sofort richtete sie sich wieder auf und schlug dem Nächsten mit dem Kochtopf die Nase zu Brei. Er stürzte rückwärts um und verhedderte sich in umgekippten Stühlen.

Die beiden, die noch standen, gingen gleichzeitig auf sie los. Einer wurde durch die einfache Tatsache ausgeschaltet, dass er gegen ihren erhobenen Ellenbogen rannte, der seinen Nasenrücken traf, und bewusstlos zusammenbrach. Unter dem Schlag des letzten Orks duckte sie sich weg und knallte ihm die geballte Faust ins Gesicht. Auch er verlor sofort das Bewusstsein.

Coilla sah sich einen Augenblick lang voller Genugtuung um, dann warf sie den Kochtopf weg und begrüßte Stryke und Haskeer munter, als wäre nichts geschehen.

»Was war denn hier los?«, fragte Haskeer. Er stellte den leeren Bierkrug ab und rülpste.

»Zuerst haben sie *um* mich gestritten, und dann war es auf einmal ein Kampf *gegen* mich.« Sie zuckte mit den Achseln. »Das Übliche.«

»Wenn du deine Balzrituale nicht änderst, gehen dir irgendwann die Verehrer aus«, bemerkte Stryke.

»Meinst du wirklich, ich ließe mich mit einem von dem Pack hier ein? Du machst wohl Witze. Wer mich nicht niederschlagen kann, kommt schon mal nicht in Betracht. Was wollt ihr zwei überhaupt hier?«

»Wir haben Neuigkeiten«, erklärte Stryke ihr. »Lass uns nach draußen gehen.«

Ein wundervoller Tag war angebrochen. Die Sonne badete das Land in angenehmer Wärme, Vögel flogen und Bienen summten.

Sie liefen ein Stück und setzten sich auf einen kleinen Hügel. Stryke berichtete, was sich ereignet hatte, und Haskeer steuerte wenig hilfreiche Unterbrechungen bei. Sie zeigten ihr das Amulett.

»Aber Jennesta muss tot sein«, wandte sie ein. »Wir haben doch gesehen, wie sie im Strudel zerfetzt wurde.«

»Vielleicht kann man sie doch nicht ganz so einfach umbringen«, widersprach Haskeer. »Bei den Kräften, die das Miststück besaß, würde ich sogar damit rechnen, dass sie überhaupt nicht getötet werden kann.«

»Ich denke, ein Stück kalter Stahl durchs Herz würde ihr die Hexerei austreiben«, erwiderte Stryke.

»Meinst du denn, sie hat eins?«

»Wir wissen nicht, wie sie überlebt hat, aber anscheinend ist es ihr gelungen, und jetzt quält sie die Orks. Was wollen wir dagegen tun?«

»Du weißt doch, was uns erwartet, wenn wir dieses Land verlassen«, erinnerte Coilla ihn. »Vorurteile über uns, Hass und Ablehnung. Willst du dir das alles wirklich noch einmal antun?«

»Wir haben schon Schlimmeres überstanden als ein paar Beschimpfungen.«

»Nicht die Beschimpfungen machen mir Sorgen. Wir können jedenfalls kaum erwarten, überall auf Freunde zu treffen.«

»Ich sage ja nicht, dass wir nicht mit Mühsal, Schweiß und Gewalt rechnen müssen.«

»Genau wie in alten Zeiten, was?«

»Also, wo stehst du, Coilla? Sagst du Nein?«

Sie grinste. »Ach, Quatsch. Es ist schön hier, aber mit der Zeit wird es langweilig. Ich sehne mich nach einem richtigen Kampf; dieses harmlose Geplänkel bin ich längst leid.«

Ein keuchender Ork kam aus der Schenke getaumelt und spuckte Zähne.

»Dann bist du dabei?«

»Na klar.«

»Und was jetzt?«, fragte Haskeer.

»Wir trommeln den Rest der Truppe zusammen und erzählen es ihnen«, entschied Stryke.

Haskeer runzelte die Stirn. »Seltsam, dass die Vielfraße sich wieder zusammentun.«
»Falls sie sich zusammentun wollen«, sagte Coilla.

Nep und Gleadeg waren leicht zu finden. Sie lagen neben Breggin bewusstlos in der Schenke. Zoda und Prooq fischten ein Stück flussaufwärts mit Speeren. Reafdaw half beim Bau eines Langhauses, nachdem er sich an einer Rauferei beteiligt hatte und von den Dorfältesten zum Arbeitseinsatz verdonnert worden war. Calthmon wurde betrunken vor der Treppe eines Wirtshauses gefunden und musste durch Eintauchen in ein Regenfass zu Bewusstsein gebracht werden. Orbon und Seafe hatten wie Stryke geheiratet und kümmerten sich daheim um ihre Nachkommen. Vobe, Gant, Finje und Noskaa nahmen in der Nähe an einem Turnier teil. Toche und Hystykk saßen im Gefängnis, nachdem sie Unfug getrieben hatten, unter anderem Krawall und Brandstiftung. Sie mussten gegen Kaution ausgelöst werden.

Stryke berichtete ihnen von dem geheimnisvollen Menschen, der durchs Portal gekommen war, und gab Seraphims Botschaft wieder. Darauf folgten einige Diskussionen, die trotz Coillas Zweifeln jedoch in überraschende Einmütigkeit mündeten. Sosehr sie ihre hart erkämpfte Freiheit auch schätzten, war ihnen allen langweilig, und sie freuten sich darauf, wieder eine echte Aufgabe zu haben.

Am Spätnachmittag machte Stryke sich abermals auf die Suche. Sie brauchten frische Rekruten, um die Verluste der früheren Schlachten zu ersetzen und die Truppe wieder auf ihre volle Stärke zu bringen. Ein halbes Dutzend mögliche Anwärter, auf die er schon früher ein Auge geworfen hatte, galt es nun aufzuspüren.

Rasch sprach sich herum, dass etwas im Gange war. Am Abend versammelte sich eine neugierige Menge auf der Lichtung, wo Stryke seine Truppe zusammenstellte.

Auch einige Gattinnen der Vielfraße waren gekommen. Thirzarr war da und trug den hellroten Kopfputz, den Stryke in seinen Visionen von diesem Land gesehen hatte. Sie sonderten sich ein wenig von den anderen ab.

»Bist du sicher, dass es dir nichts ausmacht?«, fragte Stryke zum wiederholten Male.

»Würde es denn etwas ändern? Nun schau nicht so trübselig drein. Ich weiß doch, dass du auf jeden Fall gehen willst.«

»Drück es nicht so aus. Ich komme doch zurück. Es ist nur …«

Sie legte ihm einen plumpen Finger auf die Lippen. »Ich weiß schon. Du musst mir die Instinkte eines Orks nicht eigens erklären. Es tut mir nur leid, dass ich nicht mitkommen kann.«

Erleichtert über ihre Reaktion, begann er zu strahlen. »Das wäre schön gewesen. Wir hatten nie das Vergnügen, Seite an Seite zu kämpfen. Ich hatte immer das Gefühl, in unserer Verbindung fehlte noch etwas.«

»Ich auch. Paare sollten zusammen Blut vergießen.«

»Eines Tages werden wir es tun«, versprach er ihr.

»Sei vorsichtig«, warnte sie ihn, auf einmal ernst werdend. »Das klingt so dumm, aber ich würde wirklich gern hoffen dürfen, dass der Vater unserer Kinder da sein wird, wenn sie aufwachsen. Geh kein Wagnis ein, Stryke.«

»Ganz bestimmt nicht«, log er. Dann sah er sich um. Haskeer hatte die Vielfraße halbwegs ordentlich antreten lassen. Auf einer Seite stand eine zweite, kleinere Gruppe von Orks, die mit den Füßen scharrten und verunsichert dreinschauten. »Ich werde da gebraucht.«

Sie nickte, und er ging zu seiner Truppe.

»Augen auf!«, bellte Haskeer.

Die Mannschaft stand stramm.

»Es freut mich, dass ihr dabei sein wollt«, sagte Stryke. »Wir haben immer gut zusammengearbeitet, und das können wir jetzt wieder tun.« Seine Stimme wurde härter. »Aber eines müsst ihr euch merken. Wir sind eine wohlgeordnete Kampftruppe. Oder wir waren es. Wir haben natürlich etwas nachgelassen, seit wir hier sind. Ein paar von uns sind verweichlicht. Wenn ihr euch für diese Mission meldet, werdet ihr wie früher der militärischen Disziplin unterworfen. Ich führe das Kommando, und es wird eine Hierarchie von Offizieren geben.« Er warf einen Seitenblick zu Haskeer. »Hat jemand ein Problem damit?«

Niemand erhob Einwände.

»In einem Augenblick wie diesem wollen wir der gefallenen Kameraden gedenken«, fuhr er fort. »Kestix, Meklun, Darig, Slettal, Wrelbyd, Talag.« Er hielt inne.

»Damit ist auch klar, dass wir noch nicht die volle Stärke haben. Deshalb hole ich Ersatz.« Er winkte den Rekruten und rief sie einzeln auf. »Das sind Ignar, Keick, Harlgo, Chuss, Yunst und Pirrak. Heißt sie willkommen. Zeigt ihnen unseren Drill und führt sie in die Art und Weise ein, wie wir die Dinge handhaben. Sie sind gute Kämpfer, aber noch nicht kampferprobt. Das werden sie hoffentlich sein, wenn wir mit ihnen fertig sind.«

Es gab Gelächter, das auf Seiten der Rekruten leicht nervös ausfiel.

»Einen, den wir verloren haben, werden wir allerdings nie ersetzen können«, fuhr Stryke fort. »Wir haben Alfray sehr geachtet.« Die anderen nickten zustimmend. »Er war nicht nur der Heiler unserer Truppe, sondern auch ein erfahrener Kämpfer. Außerdem war er ein Glied in der Kette, die uns mit der Vergangenheit unseres Volks verband. Ihn können wir nicht ersetzen, aber wir brauchen neben Coilla einen zweiten Gefreiten, also werden wir die Lücke schließen, so gut es eben geht.« Er winkte, und ein Ork trat aus der Menge vor.

Er war nicht mehr jung, aber immer noch im Vollbesitz seiner Kräfte und kampferprobt. Das Licht in seinen klugen Augen sah freilich eher nach Herbst denn nach Sommer aus, und unter allen Kämpfern war er sicherlich der älteste. Selbstbewusst kam er näher.

»Das ist Dallog«, erklärte Stryke.

Der ältere Ork nickte leicht, eine kleine, aber freundliche Geste.

»Einige kennen ihn vielleicht schon, besonders wenn ihr mal einen Knochenbruch hattet, der gerichtet werden musste.« Wieder erhob sich Gelächter. »Er ist ein fähiger Heiler. Auch ist er kräftig und klug, und deshalb ernenne ich ihn zum Gefreiten. Davon abgesehen, bekommt er eine wichtige Aufgabe.« Stryke hob eine Hand.

Ein junger Bursche kam angetrabt und brachte eine Lanze mit einem zusammengerollten Banner, die er Dallog übergab. Auf Strykes Zeichen öffnete Dallog das Banner und zeigte den anderen die Standarte der Truppe. Dann stellte er die Lanze senkrecht auf und ließ das Banner in der Abendbrise flattern. Die Vielfraße jubelten, nur Haskeer schnitt eine saure Miene.

»Du bist für die Standarte verantwortlich«, sagte Stryke. »Pass gut auf sie auf.«

»Mit dem Leben werde ich sie beschützen«, versprach Dallog und kehrte ins Glied zurück.

»Wir haben heute Abend noch eine Menge zu tun«, ermahnte Stryke sie alle, »also macht euch an die Arbeit. *Wegtreten!*« Als sie sich entfernten, rief er ihnen hinterher: »Und macht euch mit den Neuen bekannt! Sie sind jetzt Vielfraße!«

Haskeer kam zu ihm. »Das ist nicht wahr«, klagte er.

»Was denn?«

»Was du gerade über die Neuen gesagt hast, die jetzt Vielfraße wären. Das müssen sie sich erst verdienen.«

»Wir haben alle mal klein angefangen.«

»Wir waren schon kampferprobt, als wir zu den Vielfraßen gekommen sind. Ganz im Gegensatz zu diesen ... *Zivilisten.*«

»Das ist der entscheidende Punkt. Wir müssen die Truppe möglichst schnell in Höchstform bringen, und das heißt, sie müssen sich von Anfang an als vollwertige Mitglieder fühlen.« Er betrachtete seinen Feldwebel. »Ist das der einzige Grund für deine miese Laune?«

Haskeer sagte nichts, doch sein Blick wanderte zu Dallog, der sich mit der Standarte entfernte.

»Ah«, meinte Stryke. »Deshalb bist du also sauer.«

»Er ist kein zweiter Alfray.«

»Niemand sagte, er sei es.«

»Warum brauchen wir ihn dann?«

»Die Befehlskette, erinnerst du dich? Wir brauchten einen zweiten Gefreiten und einen Heiler in der Truppe. Ich denke, Dallog fügt sich da gut ein.«

»Also, mir gefällt das nicht.«

»Dann hast du eben Pech gehabt. Du hast gerade gehört, dass ich das Kommando habe. Wenn es dir nicht passt, dann kannst du ...«

»Ach, verdammt.«

Stryke ballte die Hände zu Fäusten. »Willst du Streit mit mir, Feldwebel?«

»Nein. Ich meinte, sieh mal, wer da kommt.«

Der Bursche, der sich ihnen näherte, war noch weit davon entfernt, zum Mann zu werden. Für einen Ork war er äußerst ungewöhnlich gekleidet. Sein Wams bestand aus verschiedenfarbigen Streifen unterschiedlichen Materials, und seine Hosen waren fliederfarben. Dazu trug er bunte Stiefel. An einem Riemen um den Hals hing ein Saiteninstrument mit langem Griffbrett und einem Korpus wie eine geteilte Erdbeere. Er wiegte es behutsam wie ein Neugeborenes.

»Oh, verdammt«, sagte nun auch Stryke. »Sei höflich. Vergiss nicht, wer er ist.«

Haskeer grunzte ergeben.

»Stryke! Haskeer!«, begrüßte sie der Bursche. »Ich habe euch schon gesucht.«

»Wheam«, sagte Stryke.

»Was willst du hier?«, fragte Haskeer mit versteinertem Gesicht.

»Ihr brecht nun auf in ein großes Abenteuer«, sagte Wheam begeistert, »und das muss gefeiert werden.«

»Vielleicht haben wir Zeit zum Feiern, wenn wir wieder da sind«, erwiderte Stryke. »Aber im Augenblick ...«

»Nein, nein, ich meine, es muss in Versen gepriesen werden.«

»Oh, diese Mühe wollen wir dir keinesfalls zumuten.«

»Dies ist ein historischer Augenblick, er muss einfach für die Nachwelt aufgezeichnet werden. Ich habe jedenfalls schon begonnen, eine Heldenballade über eure Mission zu komponieren. Sie ist natürlich noch nicht fertig, aber ...«

»Na ja, wenn sie noch nicht fertig ist, dann ...«

»Wie könnte das auch sein? Ihr seid ja noch nicht einmal aufgebrochen, was?«

»Das stimmt.«

»Also dachte ich, ich bringe euch schon mal die Einleitung zu Gehör. Als eine Art Inspiration.«

»Muss das sein? Ich meine, muss das *jetzt* sein?«

»Es dauert auch nicht lange. Es sind bisher auch nur vierzig Verse.«

»Wir haben grad jede Menge zu tun, und ...«

Wheam entlockte dem Instrument einige missglückte Akkorde, räusperte sich laut und sang schief:

»Gerüstet zur Schlacht ist die Vielfraßtruppe
Sie wetzen die Klingen und löffeln die letzte Suppe ...

Es ist schwer, auf ›Vielfraßtruppe‹ einen Reim zu finden, aber ich arbeite daran.

Ihr Hauptmann kühn ergriff sofort die Gelegenheit
Nahm geschwind den Dolch, das Schwert, hielt die
Lanze bereit
Und spie ganz frech dem Schicksal ins Gesicht
So führt' er seine Recken im frühsten Tageslicht ...«

»Bei den Göttern«, murmelte Haskeer.

»Mit stolzgeschwellter Brust und rein im Herzen
Löschten sie die Feinde aus wie kleine Kerzen ...«

Coilla kam und schnitt hinter dem Rücken des Minnesängers eine Grimasse. Als sie Strykes und Haskeers flehende Blicke bemerkte, erbarmte sie sich.

*»Auf dem Schlachtfeld fließt gar rot das Blut
Seine wackeren Mannen kühn er führen tut
Dann hebt er hoch sein Hackebeil ...«*

»Verzeihung.«

»Und hackt sich durch bis ...«

Coilla stupste Wheams Schulter mit einem knochigen Finger an.
»Autsch!«
»Entschuldigung«, sagte sie lächelnd. »Ich muss mich mit meinen vorgesetzten Offizieren beraten. Du weißt schon, Einsatzbesprechung.«
»Aber ich habe doch noch gar nicht richtig angefangen.«
»Ja«, schaltete sich Stryke ein. »Das ist wirklich sehr schade. Wir müssen uns den Rest wohl ein andermal anhören.«
»Wann denn?«, fragte Wheam.
»Später.«
Stryke und Haskeer packten den protestierenden Minnesänger an den Ellenbogen und bugsierten ihn in Richtung der Zuschauer.
Als er zu Coilla zurückgekehrt war, atmete Stryke tief durch. »Danke, dafür sind wir dir was schuldig.«
»Wenigstens werden wir ihn jetzt eine Weile nicht mehr sehen.«
»Nie wieder, wenn's nach mir geht«, meinte Haskeer.

»Wolltest du etwas von uns, Coilla, oder war das nur eine Art Rettungseinsatz?«, fragte Stryke.

»Eigentlich wollte ich mich nach den Sternen erkundigen.«

»Wie du weißt, haben wir sie an fünf verschiedenen Orten versteckt. Vier habe ich schon zurückbekommen. Der fünfte ...« Am Rande der Menge gab es eine Unruhe. »Ich denke, da kommt er gerade.«

Ein stattlicher Kerl tauchte mit seinem Gefolge auf. Er war schon älter, aber immer noch eine furchterregende Erscheinung. Um den Hals trug er ein Tapferkeitsabzeichen, eine Kette aus den Zähnen von Schneeleoparden. Es waren mindestens ein Dutzend. Er hatte zahlreiche Narben von Kämpfen und war voller Stolz.

»Kaum zu glauben, dass der so einen Affen gezeugt hat«, bemerkte Coilla.

»Behalt das jetzt mal lieber für dich, Coilla«, riet Stryke ihr.

Der Häuptling und sein Gefolge bauten sich auf.

»Gut, dass du gekommen bist, Quoll«, begrüßte Stryke ihn.

Quoll schnaubte. »Du hast mir ja keine andere Wahl gelassen.«

»Tut mir leid, dass ich so gedrängt habe. Wir müssen uns beeilen.«

»Brecht ihr bald auf?«

»Im Morgengrauen.«

»Habt ihr auch alles, was ihr braucht?«

»Alles bis auf das Objekt, das du aufbewahrt hast. Hast du es dabei?«

»Selbstverständlich. Aber ich hab mir was überlegt.«

»Bei allem Respekt, Häuptling, was hast du dir überlegt?«

»Ich dachte mir, ihr könntet mir vielleicht einen Gefallen tun.«

»Wir helfen immer gern«, erwiderte Stryke vorsichtig. »Falls es in unserer Macht steht.«

»In diesem Fall steht es in deiner Macht, Hauptmann.«

»Und immer vorausgesetzt, es gefährdet nicht unsere Mission.«

»Das ist kaum zu befürchten. Du kennst meinen Sohn?«

Stryke ahnte Schreckliches. »Wheam? Er war gerade hier.«

»Wahrscheinlich hat er wieder dummes Zeug von sich gegeben.«

»Genau«, warf Haskeer ein.

Stryke warf ihm einen vernichtenden Blick zu. »Was ist mit Wheam, Häuptling?«

»Er soll euch begleiten.«

»*Auf keinen Fall!*«, rief Haskeer.

»Wer hat hier das Kommando?«, fragte Quoll. »Du oder dein Feldwebel?«

»Ich«, bestätigte Stryke. »Halt den Mund, Haskeer. Damit ich das richtig verstehe, Quoll – wir sollen deinen Sohn auf diese Mission mitnehmen?«

»Genau.«

»Warum?«

»Sieh ihn dir doch an.« Er deutete auf Wheam, der gerade für ein paar gelangweilte Zuschauer Laute spielte. »Ich habe einen Lackaffen in die Welt gesetzt. Einen Trottel.«

»Was hat das mit uns zu tun?«

»Ich will ihm die Flausen austreiben. Er muss ein Mann werden.«

»Wir haben keinen Platz für Anfänger. Die Vielfraße sind eine disziplinierte Kampfeinheit.«

»Genau das braucht er doch: Disziplin. Ihr habt andere unerfahrene Rekruten angeheuert, dann könnt ihr auch Wheam nehmen.«

»Die anderen haben bewiesen, dass sie kämpfen können. Das vermag ich bei deinem Sohn nicht zu erkennen.«

»Dann wird's Zeit, dass er's lernt.«

»Warum gerade wir? Es muss doch andere Möglichkeiten geben, ihn zur Vernunft zu bringen.«

»Keine ist so gut wie eine echte Mission, in der sein Leben auf dem Spiel steht.«

»Und unseres. Wir haben jetzt schon sechs Anfänger und können nicht noch jemanden mitschleppen, der nicht ausgebildet ist und auch nicht über die nötigen Fähigkeiten verfügt. Das bringt die ganze Truppe in Gefahr.«

»Ich sag's nur ungern, Stryke, aber du und deine Truppe, ihr habt ziemlich freie Hand gehabt, seit ihr hergekommen seid. Ist es nicht an der Zeit, an eine Gegenleistung für unsere Gastfreundschaft zu denken?«

»So ungern *ich* es sage, Quoll, aber dieses Land gehört dir nicht. Du bist ein Klanhäuptling, und das respektieren wir, aber du bist nicht der Einzige in Ceragan.«

»Ich bin der Einzige in dieser Gegend, und ich verlange, dass Wheam an dieser Mission teilnimmt.«

»Und wenn wir uns weigern?«

»Wenn ihr das tut, dann fürchte ich, wird es einige Verzögerungen ... einige sehr *langwierige* Verzögerungen bei der Suche nach dem Artefakt geben, das ich für euch aufbewahre.«

Stryke seufzte. »Ich verstehe.«

»Das ist Erpressung!«, rief Coilla.

Quoll sah sie finster an. »Das will ich überhört haben.«

»Überhöre, was du willst, es ist wahr.«

»Das reicht, Gefreite«, wies Stryke sie zurecht.

»Aber der kann doch nicht ...«

»*Es reicht!*« Er wandte sich an Quoll. »Also gut. Wir nehmen ihn mit.«

Der Häuptling lächelte. »Gut.« Er schnippte mit den Fingern.

Einer seiner Gefolgsleute kam mit einer kleinen Holzkiste nach vorn. Quoll öffnete sie und nahm den letzten Instrumental heraus. »Ich muss gestehen, dass ich froh bin, ihn loszuwerden. Ich war nicht glücklich damit, ein so mächtiges Totem in meinem Haus zu haben.«

Während Coilla und Haskeer stumm kochten, überreichte er den Stern Stryke, der ihn in seine Gürteltasche schob.

»Wheam wird sich heute Abend bei euch melden«, erklärte Quoll. Er wollte schon gehen, dann fiel ihm etwas ein. »Noch eine Sache, Stryke. Falls ihm etwas zustößt, mach dir gar nicht erst die Mühe, wieder herzukommen.«

Der Häuptling zog sich im Kreis seines Gefolges zurück.

»Ist das nicht wundervoll?«, stöhnte Haskeer. »Jetzt sind wir auch noch Kindermädchen.«

»Beruhige dich«, riet Stryke ihm.

»Haskeer hat recht«, überlegte Coilla. »Das Letzte, was wir brauchen können, ist ein Lahmarsch.«

»Was hätte ich denn sonst tun sollen?«

»Du hättest dich weigern sollen, was sonst?«

»Und den Stern nie wiedersehen?«

»Wir hätten ihn uns nehmen können.«

»Das wäre nicht klug gewesen, Coilla. Dies hier ist jetzt unsere Heimat.«

»Nicht mehr, wenn der Idiot umkommt«, widersprach Haskeer.

»Es ist sinnlos, darüber zu streiten. Wir haben ihn am Hals. Lasst uns versuchen, das Beste daraus zu machen, ja? Wir geben ihm Schlafpulver oder so was und lassen einen erfahrenen Kämpfer auf ihn aufpassen.«

»Das nimmt keinen guten Anfang«, knurrte Haskeer. »Ein Spaßmacher im Team.«

»Ich werde mich nicht dafür entschuldigen. Es gibt aber etwas anderes, für das ich dich um Verzeihung bitten muss, Coilla.«

»Was denn?«

»Eigentlich hätte ich dich schon lange befördern sollen, damit du den verwaisten Posten des zweiten Feldwebels übernehmen kannst, und du hättest es sicher auch verdient.«

»Danke, Stryke, aber das ist mir nicht so wichtig. Ehrlich. Und auf die größere Verantwortung bin ich auch nicht scharf. Ich bin mit dem Rang, den ich bekleide, ganz zufrieden.«

»Tja, ich sagte ja schon, dass die Truppe zwei Gefreite braucht, und das ist nicht bei allen gut angekommen.« Er warf einen Blick zu Haskeer. »Aber wir brauchen auch zwei Feldwebel.«

»Dann denkst du tatsächlich daran, mich zu befördern?«

»Nein, daran denke ich nicht.«

»Was denn nun?«

»Ich will die Truppe so weit wie möglich in der alten Form zusammenstellen.«

»Tja, aber das bedeutet doch, dass du Jup brauchst, und der ist ... oh.«

»Genau. Wir kehren nach Maras-Dantien zurück.«

5

»Die sind gefährlich«, flüsterte Coilla. »Denk nur dran, was sie Haskeer angetan haben. Zur Hölle, vergiss auch nicht, was sie *dir* angetan haben.«

Stryke starrte die Instrumentale an, die er einigermaßen geordnet auf einer Bank ausgelegt hatte: zwei Stacheln, vier Stacheln, fünf, sieben und neun Stacheln. Grau, blau, grün, gelb, rot. Er fand es faszinierend.

»Stryke!«, zischte Coilla.

»Schon gut, ich sehe sie mir nur an. Hier geschieht nichts Böses.«

»Du weißt, was sie anrichten können, Stryke. Wenigstens teilweise weißt du es. Und was sie tun, ist überhaupt nicht gut.«

»Sie sind nur ein Werkzeug.«

»Ach, wirklich?«

»Solange du dich nicht zu sehr auf sie einlässt.«

»Genau das meine ich doch.«

»Warum flüstern wir eigentlich?«

»Ihretwegen.« Sie nickte zu den Sternen hin. »Wenn sie alle zusammen sind wie jetzt, dann flüstert man.«

»Ich frage mich, woraus sie bestehen.«

»Verdammt will ich sein, wenn ich das jemals herausfinden konnte.«

»Ich wünschte, ich hätte mir eine Klinge daraus schmieden lassen.«

»Schlag sie dir aus dem Kopf. Wir haben schon genug Probleme in der Truppe, da musst du nicht noch blöde im Kopf werden.«

»Danke, dass du es so zartfühlend ausgedrückt hast.«

»Es ist mein Ernst, Stryke. Wenn diese Dinger wieder zu dir singen ...«

»Das werden sie nicht tun.«

»Du wirst sie tragen. Du bist ihnen die ganze Zeit ausgesetzt. Das könnte doch eine Wirkung auf dich haben.«

»Darüber habe ich nachgedacht. Könntest du einen übernehmen, sobald wir in Maras-Dantien sind? Vielleicht wird ihr Einfluss gedämpft, wenn sie getrennt sind.«

»Ich fühle mich geschmeichelt. Du warst früher nicht so leicht bereit, dich von ihnen zu trennen.«

»Und sieh nur, was passiert ist. Also, wirst du einen für mich verwahren? Ich hätte auch Haskeer fragen können, aber er ist so ein verrückter Hund.«

»Dann bürdest du es also lieber der hilflosen Frau auf, ja? Verdirb's dir nicht mit mir, Stryke.«

Er lächelte. »Ich bin kein Mensch und denke nicht im Traum daran, dass du hilflos sein könntest.«

»Natürlich übernehme ich das. Aber wenn es nicht funktioniert? Wirst du dann noch weitere abgeben?«

»Ich will nicht riskieren, auch nur einen zu verlieren. Deshalb ... ich weiß nicht.«

»Wie schön. Noch ein Punkt, über den wir uns Sorgen machen müssen.«

»Darum kümmern wir uns, wenn es so weit ist. Es wird Zeit, wir sollten uns vorbereiten.«

Sie zogen ihre schweren Hosen, die gefütterten Stiefel und dann die Felljacken an. Coilla band sich vorher noch die Scheiden mit den Wurfmessern an die Unterarme.

»Kommt mir komisch vor, so was während einer Hitzewelle zu tun«, bemerkte sie.

»In Maras-Dantien ist es erheblich kälter als hier, so viel ist sicher.« Er sammelte die Instrumentale ein und schob sie in seine Gürteltasche.

Dann rüsteten sie sich mit Schwertern, Dolchen und Beilen aus.

»Vergiss die Handschuhe nicht«, sagte Stryke.

»Hab sie schon.«

»Also gut, dann lass uns gehen.«

Draußen vor der Mündung der Höhle, durch die sie damals nach Ceragan gelangt waren, wartete die Truppe. Alle schwitzten in ihren Fellen. Haskeer sorgte für Ordnung, wenn er nicht gerade angewiderte Blicke auf Wheam abschoss, der darauf bestanden hatte, seine Laute mitzunehmen.

Quoll und sein übliches Gefolge standen vorn in der Traube der Zuschauer. Auch Thirzarr und die Kinder waren dort. Stryke ging zu ihnen.

Bevor er etwas sagen konnte flüsterte Thirzarr: »Wir haben uns schon verabschiedet. Zieh es um ihretwillen nicht in die Länge.« Sie deutete auf Corb und Janch.

Stryke kniete nieder. »Ich verlasse mich darauf, dass ihr auf eure Mutter aufpasst. In Ordnung?«

Sie nickten feierlich.

»Und seid brav, während ich fort bin.«

»Ganz bestimmt«, versprach Janch.

»Bring die Hexe um!«, quiekte Corb.

Sein Bruder hüpfte begeistert auf und ab, und sie schwenkten vor Aufregung ihre kleinen Beile.

Stryke grinste. »Wir werden uns Mühe geben.«

Nach einem letzten Blick auf seine Brut drehte er sich um.

»Lebewohl«, sagte Quoll, als Stryke an ihm vorbeikam.

Stryke nickte leicht, sagte aber nichts.

Am Eingang der Höhle wandte er sich noch einmal an seine Truppe.

»Schon bei unserem letzten Aufenthalt in Maras-Dantien waren die Bedingungen schlecht«, sagte er. »Jetzt dürfte es noch viel schlimmer sein. Rechnet mit äußerst widrigen Umständen, und damit meine ich nicht nur das Wetter. Das gilt besonders für unsere neuen Rekruten. Bleibt bei dem Gefährten, dem ihr zugeteilt seid. Da ich annehme, dass wir in Illex im hohen Norden herauskommen, können wir keine Pferde mitnehmen; sie würden die Witterung nicht aushalten. Seid auf einen langen, harten Marsch nach Süden gefasst.« Die nächsten Worte wog er sorgfältig ab. »Beim letzten Mal bekamen wir es mit den Sluagh zu tun.« Er wäre jede Wette eingegangen, dass die meisten Angehörigen seiner Truppe einen Schauder unterdrückten, als er sie an die widerliche Dämonenrasse erinnerte. »Ich weiß nicht, ob wir ihnen auch dieses Mal begegnen werden, aber wir haben sie einmal besiegt, und das schaffen wir auch jetzt, wenn wir müssen. Sind wir bereit, Feldwebel?«

»Bereit und gespannt«, erwiderte Haskeer.

»Falls jemand es sich noch einmal überlegen will, dies ist die letzte Gelegenheit für einen Rückzug. Wir werden das nicht als unehrenhaft betrachten.« Er starrte Wheam an. Niemand sagte etwas. »Noch Fragen?«

Wheam hob eine Hand.

»Ja?«

»Der Durchgang durch ... durch dieses Portalding. Tut das weh?«

»Nicht so sehr wie mein Stiefel in deinem Arsch«, versicherte Haskeer ihm.

Das Gelächter lockerte die Spannung ein wenig.

Stryke vergewisserte sich, dass die Zuschauer weit genug entfernt waren, und nickte.

Haskeer bellte einen Befehl. Fackeln wurden angezündet, Wämser zugeschnürt.

Ein rhythmisches Pochen setzte ein. Die Zuschauer schlugen die Speere auf die Schilde, um nach Art der

Orks die Krieger zu verabschieden, die in den Kampf zogen. Einige riefen Ermutigungen, ein paar Hochrufe waren zu hören.

Stryke führte seine Truppe in die Höhle.

Drinnen war es kühl, ihre Schritte hallten laut.

Coilla schloss zu Wheam auf. »Der Durchgang ist ungemütlich«, erklärte sie. »Vergiss nicht, dass wir alle gleichzeitig gehen.«

»Danke«, sagte er, erbleichte und ging weiter.

Stryke hatte es gehört. »*Ungemütlich?*«

»Ich konnte doch schlecht sagen, dass es entsetzlich ist, oder? Er ist noch ein Kind.«

Sie hatten die Höhlenmitte erreicht, und Stryke hieß sie sich im Kreis aufstellen. Im Licht der Fackeln betrachtete er das Amulett. Dann holte er die Sterne hervor und stellte sie ein.

Einen beklommenen Augenblick lang fürchtete er, es nicht zu schaffen. Die Art und Weise, wie sie sich miteinander verbanden, war kaum nachzuvollziehen. Er fummelte nervös herum und kam durcheinander. Dann verhakten sich rasch und fugenlos vier Sterne, und er konnte sofort sehen, wie der letzte hineinpasste.

»Achtung jetzt«, warnte er sie und setzte ihn an die richtige Stelle.

Sie stürzten durch einen Schacht aus Licht.

Gewunden, pulsierend, unendlich. Jenseits der durchsichtigen Wände war blauer Samt, auf dem Sterne glühten.

Schneller und schneller fielen sie. Der Sternenhimmel wurde zu einem Durcheinander farbiger Streifen, blitzschnell tauchten Bilder auf und verschwanden, flüchtige Blicke in andere Welten.

Geräusche waren zu hören. Ein unerklärlicher, misstönender, dröhnender Lärm.

Es dauerte eine Ewigkeit.

Bis sie ein schwarzer Abgrund verschlang.

Stryke schlug die Augen auf.

Er fühlte sich, als hätte er eine Tracht Prügel bekommen, und er hatte mörderische Kopfschmerzen.

Auf den Knien hockend, brauchte er einen Augenblick, um sich zu orientieren. Leider sah er nicht das, was er erwartet hatte.

Kalt war es, aber Schnee oder Eis konnte er nicht entdecken. Die trostlose Landschaft befand sich im Griff des tiefsten Winters. Die Bäume hatten keine Blätter, die Grasnarbe war braun und dünn, und die meisten Pflanzen schliefen nicht, sondern waren tot. Schwarze Wolken ballten sich am Himmel. Ein schroffer Gegensatz zu dem milden Klima, das sie gerade verlassen hatten.

Er stand auf.

Die anderen Mitglieder seiner Truppe waren in der Nähe. Einige lagen noch benommen am Boden, mehrere stöhnten. Die Glücklichen, die sich schneller erholt hatten, waren schon auf den Beinen.

»Alle wohlauf?«, rief er.

»Die meisten«, meldete Haskeer. Höhnisch deutete er mit dem Daumen auf Wheam, dem übel war. Er lehnte an einem Stein, Dallog kümmerte sich um ihn.

Coilla und Haskeer kamen zu Stryke. Sie wirkten nach dem Übergang erschüttert, trugen es aber mit Fassung.

»Das hier ist nicht Illex«, erklärte Haskeer.

»Was du nicht sagst«, erwiderte Stryke.

»Aber wir sind in Maras-Dantien«, schaltete sich Coilla ein. »Ich kann ein paar Landmarken erkennen. Ich würde sagen, wir sind am Rand der Großen Prärie in der Nähe von Bevis.«

»Das könnte hinkommen«, stimmte Stryke zu. »Es scheint so, als setzten uns die Sterne nicht jedes Mal genau am gleichen Ort ab.« Erst jetzt wurde ihm bewusst, dass er sie immer noch festhielt. Er nahm sie auseinander.

»Wenigstens müssen wir nicht so weit marschieren.«

»Und wenn wir etwas Glück haben, müssen wir auch nicht nach Illex gehen, wenn wir sie das nächste Mal benutzen.« Er stopfte die Instrumentale in seine Gürteltasche. »Jetzt tut es mir leid, dass wir die Pferde nicht mitgenommen haben.«

»Der Morgen ist hier noch nicht angebrochen«, sagte Haskeer.

Coilla seufzte. »Du bist wirklich die erste Wahl, wenn es darum geht, etwas Offensichtliches zu verkünden.«

Es sah nach einem Spätnachmittag aus, der langsam in den frühen Abend überging.

»Und die Jahreszeit stimmt auch nicht«, fügte Haskeer hinzu.

»Da bin ich nicht so sicher«, widersprach Stryke. »Dies könnte durchaus das sein, was heutzutage in Maras-Dantien als Sommer gilt.«

Coilla sah sich um. »Ist es wirklich so schlimm geworden?«

»Es hatte sich bereits in diese Richtung entwickelt, als wir fortgegangen sind, warum also nicht?«

Haskeer runzelte die Stirn. »Was wollen wir jetzt tun? Rasten wir bis zum Morgengrauen?«

»Ich würde sagen, wir sollten marschieren«, schlug Coilla vor. »Ich meine, wir sind doch erst vor zwei Stunden aufgestanden. Es ist ja nicht so, als brauchten wir Ruhe.«

Stryke nickte. »Das finde ich vernünftig. Wenn wir dort sind, wo du uns vermutest, Coilla, dann müssen wir nach Südwesten gehen. Es ist immer noch ein höllisch langer Marsch bis Quatt, aber nicht so weit, wie wir befürchtet haben.«

»Vielleicht finden wir unterwegs ein Transportmittel.«

»Darauf hoffe ich. Also gut, lasst uns die Sache organisieren. Haskeer, sieh mal nach, wie die Neuen sich machen. Coilla, du sicherst die Umgebung. Stell ein paar Wachen auf.«

Coilla ging los und wählte die Wächter aus, Haskeer kümmerte sich um Dallog und Wheam.

Der ältere Gefreite hatte die Standarte neben sich in den Boden gesteckt und bot dem jungen Rekruten seine Feldflasche an. Wheam nahm sie mit zitternden Händen.

»Was soll die Trödelei?«, fauchte Haskeer.

»Der Übergang hat ihn erschüttert«, erklärte Dallog.

»Er kann selbst reden.« Haskeer sah Wheam wütend an. »*Nun?*«

Der Bursche zuckte zusammen. »Der Durchgang durch ... durch dieses Ding hat mich wirklich ... mitgenommen.«

»Oh, das ist aber schade. Möchtest du zu deinem Papi?«

»Du musst jetzt wirklich nicht ...«

»*Das hier ist keine verdammte Landpartie. Wir sind im Einsatz. Reiß dich zusammen!*«

»Immer mit der Ruhe, Haskeer«, beschwichtigte Dallog.

»Der Tag, an dem ich *deinen* Rat brauche«, brüllte Haskeer, »wird der Tag sein, an dem sie mich packen und mir die Kehle durchschneiden können. Übrigens habt ihr mich *Feldwebel* zu nennen. Das gilt für euch beide.«

»Ich tu nur meine Arbeit, Feldwebel.«

»Du verhätschelst ihn.«

»Ich nehme lediglich etwas Rücksicht auf den Burschen. Er kennt sich eben noch nicht aus.«

»Genau wie du. Du warst noch nie im Einsatz, und du kennst unsere Truppe nicht.«

»Mag sein. Aber ich kenne die Orks, Feldwebel, und ich weiß, wie man sie zusammenflickt.«

»Es gab nur einen Vielfraß, der das konnte, und der bist du nicht.«

»Ich bin sicher, Alfray war ein ...«

»Es steht dir nicht zu, seinen Namen auszusprechen, Dallog. Niemand kann es mit Alfray aufnehmen.«

»Dann ist es schade, dass ihr nicht besser auf ihn aufgepasst habt.«

Haskeers Gesicht lief dunkel an. »*Wie war das?*«

»Die Dinge ändern sich. Finde dich damit ab. *Feldwebel.*«

Wheam glotzte nur.

»Die Tatsache, dass du alt bist, wird dir die Prügel nicht ersparen«, knurrte Haskeer und ballte die Hände zu Fäusten.

»Wann immer du willst. Aber dies ist vielleicht kein guter Augenblick.«

»Willst du mir jetzt auch noch vorschreiben, was ich zu tun und zu lassen habe?«

»Ich meine, wir sollten uns nicht vor der Truppe streiten.«

»Warum denn nicht?« Haskeer näherte sich drohend. »Die können ruhig sehen, wie ich dir etwas Respekt beibringe.«

Jemand rief etwas, andere nahmen den Ruf auf.

»Äh ... Feldwebel ...« Wheam deutete hinter ihn.

Haskeer hielt inne und drehte sich um.

Eine Gruppe von Reitern war aufgetaucht und näherte sich ihnen durchs Gras. Es war schwer, ihre Anzahl zu schätzen.

»Wir klären das später«, versprach er Dallog.

»Was ist los, Feldwebel?«, fragte Wheam. »Wer sind die?«

»Ich glaube nicht, dass die ein Empfangskomitee sind. Macht euch kampfbereit. Und bereitet der Truppe keine Schande, indem ihr sinnlos sterbt.« Er ließ den entsetzt dreinschauenden Wheam stehen.

Als Haskeer sich wieder zu Stryke und Coilla gesellte, waren die sich nähernden Reiter bereits gut zu erkennen.

»Wie schön«, murmelte Haskeer. »Die sind mir am liebsten.«

»Was schätzt ihr?«, fragte Coilla. »Etwa sechzig?«

»Mehr oder weniger«, erwiderte Stryke. »Und sie sehen zerlumpt aus, keine Uniformen.«

Dallog kam und wechselte finstere Blicke mit Haskeer. »Was sind sie denn nun, Hauptmann?«

»Menschen.«

»Die sehen ... grässlich aus.«

»Ja, die sind nicht gerade hübsch, was?«

»Und sie wollen zu uns«, erinnerte Coilla die anderen.

»Genau«, stimmte Stryke zu. »Wir müssen davon ausgehen, dass sie uns feindlich gesonnen sind.« Er wandte sich an Haskeer und Dallog. »Stellt die Leute da drüben am Tafelfelsen zur Abwehr auf, und behaltet die neuen Rekruten im Auge. Marsch!«

Sie eilten davon und brüllten Befehle.

»Und ich?«, fragte Coilla.

»Wie viele gute Bogenschützen haben wir?«

»Fünf oder sechs, darunter zwei Neue.«

»Und dich. Stellt euch oben auf den Fels. Los!«

Der Fels, den Stryke meinte, war eine Platte in der Größe einer Hütte. Sie ragte schräg aus dem Boden empor, und die höchste Stelle war eben und so hoch wie ein Baum.

Die Kämpfer zogen ihre Klingen und legten die schweren Pelze ab, die im Gefecht nur gestört hätten.

Coilla führte ihre Bogenschützen zum Felsen und kletterte mit ihnen hinauf. Stryke gesellte sich zu den anderen Vielfraßen unter der überhängenden Wand.

Die Menschen kamen im Galopp und machten eine Menge Lärm. Stryke war sicher, das Wort *Ungeheuer* zu hören.

Er klopfte über sich an den Fels. »Wir haben hier eine natürliche Verteidigung«, erklärte er der Truppe, »solange wir nicht aus der Reihe tanzen.« Die Veteranen wussten Bescheid, er erklärte es vor allem den Rekruten. »Lasst sie die Schilde sehen!«

Die alten Kämpfer zogen ihre Schilde geschickt in einer einzigen fließenden Bewegung vom Rücken vor die Brust. Die Neuen fummelten eine Weile herum. Wheam hatte die größten Schwierigkeiten, als er versuchte, den Schild gegen seine geliebte Laute auszutauschen.

»So geht das«, erklärte Stryke dem Burschen. »Und *so* musst du dein Schwert halten.«

Wheam nickte, grinste unsicher und war ziemlich durcheinander. Stryke seufzte.

Das Geschrei der Reiter wurde noch lauter.

Sie griffen an.

Coillas Einheit hatte die Pfeile eingelegt und die Sehnen gespannt. Einige knieten lieber, sie selbst stand aufrecht.

Die vordersten Menschen waren kaum mehr als einen Speerwurf entfernt. Ihre Pferde hatten weiße Flecken, der Atem stand in Dampfwolken vor den Nüstern.

»*Aufpassen!*«, brüllte Haskeer.

Coilla wartete bis zum allerletzten Augenblick, ehe sie »*Feuer!*« rief.

Ein halbes Dutzend Pfeile sauste den Angreifern entgegen. Einer der vordersten Reiter bekam einen in die Brust, wurde von der Wucht des Aufpralls vom Pferd geworfen und kam mehreren aufschließenden Reitern in den Weg, von denen ebenfalls einige stürzten.

Eine Handvoll Menschen hatte Bogen, sie erwiderten das Feuer. Da sie im Reiten schossen, verfehlten die meisten Pfeile das Ziel.

Die nächste Salve der Orks erledigte drei weitere Angreifer. Ein Mann bekam einen Pfeil in den Schenkel, der zweite wurde an der Schulter getroffen, der dritte fing sich einen Streifschuss an der Schläfe ein. Er stürzte und wurde niedergetrampelt.

Coillas Truppe schoss weiter.

Als die Menschen dem Fels zum Greifen nahe waren, stellten sie ihren Angriff ein und boten vorübergehend ein Bild der Verwirrung. Rufe ertönten, dann teilten sie sich in zwei Gruppen auf. Die größere machte kehrt und galoppierte um den Felsvorsprung herum, um die Bogenschützen von hinten anzugreifen. Die anderen rückten gegen die Orks vor, die sich unten vor dem Fels befanden.

Einige aus Strykes Truppe hatten Schleudern dabei. Als die Menschen sich näherten, feuerten sie ihre Geschosse ab. Die Steine brachen ein paar Angreifern den Schädel und den einen oder anderen Arm. Für mehr als zwei Schüsse war jedoch keine Zeit, dann hatten die Reiter ihre Linien erreicht.

Ihre Pferde verschafften ihnen den Vorteil größerer Höhe, und die auskeilenden Hufe stellten eine tödliche Gefahr dar. Reichweite war das Entscheidende. Um anzugreifen und zuzuschlagen, mussten die Orks sich vorwagen, und dadurch wurden sie angreifbar.

Überall vor dem Fels waren stampfende Pferde und blitzende Klingen. Schwerthiebe prasselten auf die erhobenen Schilde der Orks herab. Sie schlugen zurück und kämpften, um die Reiter aus den Sätteln zu holen. In manchen Fällen reichte schon ein Stich mit dem Dolch in den Schenkel, in anderen mussten mehrere Orks zusammenarbeiten, um die Reiter herabzureißen. Ein wütender Nahkampf entbrannte.

Etwa ein Dutzend Reiter stiegen aus freien Stücken ab, um sich besser ins Kampfgetümmel einschalten zu können.

Ein Mensch hatte es besonders auf Stryke abgesehen. Er war ein stämmiger Kerl voller Narben von früheren

Kämpfen mit einem viel zu langen, filzigen Bart. Wie seine Kumpane trug auch er schlecht sitzende, zerlumpte Kleider. Er schwang eine doppelschneidige Axt.

Stryke wich aus und spürte den Luftzug, als die Axt über ihm vorbeisauste. Bevor sie das Ende des Schwungs erreicht hatte, sprang er los und schlug mit seiner Klinge nach dem Mann. Der Mensch war schnell und wich zurück, um dem Hieb zu entgehen. Dann griff er wieder an und ließ einen weiteren mörderischen Schlag los. Stryke ließ sich fallen und behielt den Kopf auf den Schultern.

Nun verlegte sich der Mann darauf, Strykes Schild mit wuchtigen Hieben zur Seite zu dreschen. Stryke ließ die Schläge über sich ergehen, und sobald er eine Lücke sah, antwortete er mit einer Reihe vernichtender Streiche. Er konnte die Deckung des Menschen nicht durchdringen, hatte aber den Eindruck, dass der Gegner allmählich müde wurde, nachdem er die Axt so heftig geschwungen hatte. Stryke wollte dennoch die Formation nicht verlassen. Er zwang den Mann, zu ihm zu kommen.

Fauchend vor Wut ging der Mensch erneut auf ihn los. Ungemütlich nahe zischte ein weiterer Schlag an Strykes Kopf vorbei. Stryke bedrängte nun den Gegner und benutzte den Schild als Rammbock. Es gab ein Handgemenge, Ork und Mensch stemmten sich mit aller Kraft gegeneinander. Unversehens aber wich Stryke zur Seite aus und zog seinen Schild zurück. Der Mann verlor das Gleichgewicht und taumelte nach vorn, wobei ihm die Axt entglitt. Sie baumelte an einem Riemen am Handgelenk. Er griff eilig danach, um sie wieder zu packen, doch Stryke kam ihm zuvor. Mit einem wilden, senkrecht von oben nach unten geführten Streich schlug er dem Menschen die Hand ab. Der Mann heulte, rotes Blut spritzte aus der Wunde, die Axt lag im Dreck.

Mit einem Stich ins Herz erlöste Stryke ihn von seinen Qualen.

Als der Axtkämpfer fiel, nahm ein Kumpan seinen Platz ein. Der finster dreinschauende Kerl mit den abgebrochenen Zähnen ging mit Messer und Schwert auf Stryke los. Das Klirren ihrer Klingen mischte sich in den Schlachtlärm.

Die Kampflinie der Orks hielt, auch wenn sie im Getümmel unter dem Fels nicht mehr klar zu erkennen war.

Von oben schossen Coilla und ihre Bogenschützen Pfeile ab, wann immer sich ein Ziel bot. Als der Nahkampf in vollem Gange war und Freund und Feind dicht voreinander standen, fiel es ihnen schwerer. Coilla schätzte die Angreifer als undisziplinierte Meute ein, die so unordentlich kämpfte, wie sie gekleidet war. Nicht dass sie deshalb weniger entschlossen gewesen wären, und die Unordnung machte die Gegner zudem unberechenbar, womit sie sogar gefährlicher sein mochten als eine gut organisierte Streitmacht.

Coilla verlegte sich auf die Wurfmesser, die sie in einer chaotischen Lage wie dieser besser und genauer einzusetzen wusste als den Bogen. Sie orientierte sich und machte zwei mögliche Ziele aus. Ein Mensch mit wilden Augen und dichter Haarmähne auf einem Schimmel, der einem Ork mit einem Breitschwert zusetzte. Sie zielte und schleuderte ein Messer, das sich in seine Kehle bohrte. Mit ausgebreiteten Armen kippte er nach hinten und ging zu Boden. Darauf geriet sein Pferd in Panik, trat aus und erledigte einen weiteren Fußsoldaten.

Ihr zweites Ziel war bereits zu Fuß unterwegs. Ein kahlköpfiger und bartloser Mann mit einem Körperbau wie ein Plumpsklo. Während Coilla ihn beobachtete, rannte er mit erhobenem Speer auf die Verteidiger zu. Sie holte aus und warf mit voller Kraft. Zwar hatte sie genau gezielt, doch der Mensch machte eine unerwartete Bewegung, um einem gefallenen Kameraden auszuweichen. Die Klinge bohrte sich nahe der Hüfte in seine Seite und fügte ihm eine schmerzhafte, aber nicht tödliche Wunde bei. Er brüllte, wäre fast gestolpert, und riss das Messer heraus. Rasch nahm sie ein neues und warf noch einmal. Dieses Mal saß es in seiner Brust, wo sie es haben wollte.

Stryke zog sein Schwert aus den Innereien eines Menschen und ließ ihn fallen. Er sah sich um. Überall lagen Tote auf dem Boden und behinderten die Reiter, doch es waren immer noch etliche Gegner übrig, um die sie sich kümmern mussten.

Ein Stückchen entfernt sah sich Wheam dem Angriff eines Gegners mit einem Streitkolben ausgesetzt. Die

Metallkeule schlug unablässig auf seinen Schild und verformte ihn. Wheam hielt ihn mit weißen Knöcheln einfach fest und machte keine Anstalten, sich zu wehren. Es blieb den Veteranen links und rechts neben ihm überlassen, einzugreifen und seinen Peiniger zu erledigen.

Gleich neben ihm schlug Dallog sich wacker. Die Standarte der Truppe steckte neben ihm im Boden, und er verstand sein Schwert und den Dolch einzusetzen. Nachdem er einem Angreifer das Gesicht aufgeschlitzt hatte, setzte der ältere Gefreite mit einem Stich in den Bauch des Mannes nach.

Aus voller Kehle brüllend, stach ein Mensch mit seinem Speer nach Stryke. Der sprang jedoch zur Seite und packte den Schaft. Ein heftiges, von wütendem Knurren begleitetes Ringen um den Besitz der Waffe entbrannte. Stryke entschied den Kampf mit einem brutalen Kopfstoß zu seinen Gunsten. Sein Gegner verlor das Bewusstsein und musste loslassen. Stryke drehte den Speer um und stach ihn dem Mann in die Brust.

Immer noch kreisten Reiter um den Fels, ab und zu schoss einer einen Pfeil auf Coilla und ihre Bogenschützen ab. Keiner richtete irgendeinen Schaden an, doch es war wohl nur eine Frage der Zeit, bis jemand Glück hatte.

Oben auf dem Fels stand Coilla Schulter an Schulter neben dem Rekruten Yunst, der mit dem Bogen recht geschickt umgehen konnte.

Sie warf ein Messer. Ein Mensch stürzte kopfüber auf den kahlen Boden.

»Guter Wurf«, sagte Yunst.

»Zählst du deine?«, fragte sie.

»Eigentlich nicht.«

»Gleichstand, würde ich sagen.«

»Das kommt nicht in Frage.« Er zielte und spannte die Bogensehne. »Mal sehen, ob ich den ...«

Es gab einen dumpfen Aufprall, und Coilla war mit Blut bespritzt. Ein Pfeil hatte Yunsts Hals durchbohrt. Er kippte mit seinem ganzen toten Gewicht gegen sie, und sie ging in die Knie. Der Aufprall ließ sie bis zur Kante des Felsens taumeln. Sie schrie und stürzte hinab.

Es war kein tiefer Sturz, doch Coilla kam unglücklich auf. Der Ruck bei der Landung trieb ihr die Luft aus den Lungen, und sie hätte beinahe das Bewusstsein verloren. Von Schmerzen überwältigt, lag sie auf der Seite und rang nach Luft. Überall ringsum wurde gekämpft, überall waren scharrende Füße und stampfende Hufe. Rufe und Schreie. Stöhnend drehte sie sich auf den Rücken, dann hob sie den Kopf.

Verschwommen tauchte etwas vor ihr auf, irgendjemand beugte sich über sie. Sie blinzelte, bis sie klar sehen konnte. Ein höhnisch grinsender Reiter holte aus und zielte mit der Eisenspitze seines Speers auf ihre Brust. Coilla versuchte, sich in Sicherheit zu bringen, und tastete nach ihrer Klinge. Es stand ungefähr fünfzig zu fünfzig, ob sie vom Speer durchbohrt werden oder ob ihr das steigende Pferd die Rippen zerschmettern würde.

Dann war jemand bei ihr und warf sich zwischen sie und die Gefahr. Es war Haskeer. Er hatte das Geschirr des Pferds mit beiden Händen gepackt, duckte sich und wich dem Speer aus, der noch sein Ziel suchte. Ork und Tier rangen miteinander. Mehrmals hob das scheuende Pferd Haskeer vom Boden hoch. Die Speerstöße kamen ihm bedenklich nahe. Schließlich verlor er die Geduld.

Er ließ los, holte aus und versetzte dem Pferd einen wuchtigen Schlag. Die Vorderbeine des Tiers knickten ein, es senkte benommen den Kopf. Schreiend stürzte der Reiter aus dem Sattel und verlor seinen Speer. Als er aufprallte, stürmten mehrere Orks vor und machten ihm den Garaus.

Stryke tauchte auf. Zusammen mit Haskeer zog er Coilla auf die Beine und zerrte sie in die Sicherheit ihrer Kampflinie.

»Was gebrochen?«, fragte Stryke.

Sie schüttelte den Kopf. »Ich glaube nicht.«

»Was ist da oben passiert?«

»Wir haben einen Neuen verloren. Yunst.«

»Mist.«

»Das haben wir davon, Amateure einzusetzen«, meinte Haskeer.

»Er war ein guter Kämpfer«, wies Coilla ihn zurecht. »Und Pferde schlägt man nicht, du Hurensohn.«

»Nein, du musst dich wirklich nicht bedanken«, gab Haskeer bissig zurück. »Ich hab dir ja bloß das Leben gerettet.«

»Wir haben Arbeit«, ermahnte Stryke ihn.

Sie wandten sich wieder den Angreifern zu.

Die Reihen der Menschen wurden dünner, aber immer noch wurde heftig gekämpft. Ermutigt, nachdem sie Yunst getötet hatten, verdoppelten die Angreifer ihre Anstrengungen und stellten die Verteidigung der Orks auf eine harte Probe. In der sonst so stillen Landschaft hallten das Klirren von Stahl auf Stahl und die Schreie der Sterbenden.

Da er alles andere als entschlossen gekämpft hatte, war Wheam bisher nur dank seines Glücks und seiner Kameraden am Leben geblieben. Jetzt aber wurde sein Glück auf eine harte Probe gestellt. Als alle Kämpfer in seiner Nähe beschäftigt waren, sprengte ein Mensch herbei und fiel voller Eifer über ihn her. Wheam beschränkte sich wie zuvor darauf, hinter seinem Schild in Deckung zu gehen und die Schläge einfach abzuwehren. Doch dieser Angreifer war wild entschlossen. Er schwang das Breitschwert mit beiden Händen und hämmerte erbarmungslos auf den Schild ein, dass die Funken nur so stoben. Ein mächtiger Schlag riss Wheam schließlich den Schild aus den Händen.

Mit entsetztem Gesicht stand er, abgesehen von seinem Schwert, schutzlos dem Feind gegenüber. Er wackelte damit hin und her und berührte kaum die Klinge des Gegners. Der wuchtige Hieb, den er sich daraufhin einfing, schlug ihm fast die Waffe aus der zitternden Hand. Ein weiterer Hieb zerbrach sein Schwert. Jetzt stand er nur noch benommen da und wartete auf das Unvermeidliche.

Ein Ork warf sich dem Menschen entgegen. Sie kämpften, Wheam war vergessen. Einen Augenblick lang sah es aus, als hätte der Vielfraß die Oberhand gewonnen, doch im Kampf hatte er dem Feind den Rücken zugekehrt. Ein Mensch, der in der Nähe stand, ergriff die Gelegenheit und trieb ihm die Klinge ins Kreuz. Als der Ork zu Boden ging, hackten beide Menschen erbarmungslos auf ihn ein.

»Das ist Liffin!«, rief Coilla. Sie setzte sich in Bewegung.

»Stellung halten!«, bellte Stryke. Dann fügte er leiser hinzu: »Du kannst nichts mehr für ihn tun.«

Die beiden Menschen hatten kaum Zeit, ihren Erfolg zu genießen. Von der Spitze des Felsblocks aus zahlten es ihnen die Bogenschützen heim. Der Mann mit dem Breitschwert wurde von drei Pfeilen getroffen, von denen jeder allein schon tödlich gewesen wäre. Sein Kamerad fing sich zwei ein. Außerdem rannten mehrere Vielfraße los und machten ihrem Zorn mit Stahl und Speeren Luft.

Jetzt tobte sich die Truppe aus. Die Menschen, die sich in ihre Nähe wagten, wurden zerfetzt, verprügelt, verstümmelt und niedergemacht. Bald war ihre Zahl dezimiert, und ihre Entschlossenheit ließ nach. Als mehr als die Hälfte ihrer Kämpfer tot war oder im Sterben lag, zogen sich die Angreifer zurück. Sie ritten davon und suchten in der Prärie das Weite.

Endlich konnten die Vielfraße aufatmen. Dann bargen sie Yunsts und Liffins Leiche und machten sich daran, die Verletzten zu versorgen und die Klingen zu säubern.

»Das ist ein verdammt mieser Anfang«, tobte Haskeer. »Zwei sind tot, ausrechnet Liffin hat es erwischt!«

»Wir mussten mit Verlusten rechnen«, erklärte Stryke ihm gleichmütig. »Das gehört zum Geschäft, und das weißt du auch.«

»Wenn das in dem Tempo weitergeht, sind wir alle tot, bevor wir Jup überhaupt gefunden haben. Wir sind noch keine Stunde hier, und schon passiert so was!«

»Wut bringt sie nicht zurück«, beschwichtigte Coilla.

Haskeer wollte sich nicht abregen. »Wir hätten sie nicht verlieren dürfen! Zumindest Liffin nicht. Der Neue ist mir egal, aber Liffin ist schon lange dabei. Er hat sein Leben weggeworfen für diesen ... was? Für diesen kleinen Arsch!«

»Er ist für die Truppe gefallen. Wir passen aufeinander auf, das weißt du doch.«

»Es gibt ein paar, bei denen sich das Aufpassen nicht lohnt. Wenn es nach mir ginge ...«

Wheam tauchte auf, immer noch das zerbrochene Schwert tragend. »Ich wollte ... ich wollte nur sagen, dass es mir leidtut ...«

»*Du feiger Drecksack!*«, kreischte Haskeer. »Ich könnte dich umbringen für das, was du gerade getan hast.«

»Das reicht!«, warnte Stryke ihn.

Verlegen versuchte Wheam es noch einmal. »Ich wollte noch nicht ...«

»Liffin war zehn von deiner Sorte wert, du verdammter Jammerlappen!«, donnerte Haskeer.

»Halt den Mund, Haskeer!«, befahl Stryke.

»Ich werde *ihm* den Mund stopfen!« Er sprang los und klatschte Wheam die flachen Hände auf die Brust. Der Bursche fiel rückwärts hin. Dann tastete Haskeer nach seinem Messer.

Stryke und Coilla packten ihn und hielten seine Arme fest.

»Ich sagte, es reicht!«, brüllte Stryke seinem Feldwebel ins Ohr. »Ich dulde keine Insubordination in dieser Truppe!«

»Schon gut, schon gut.« Haskeer hörte auf, sich zu wehren, und sie lockerten den Griff. Er schüttelte sich frei.

»Noch so ein Auftritt, und du bist wieder ein Gemeiner«, versprach Stryke ihm. »Hast du das verstanden?«

Widerwillig nickte Haskeer. »Aber wir sind noch nicht fertig«, knurrte er und zielte mit dem Finger auf Wheam. »Passt nur auf, dass mir diese Missgeburt nicht in die Quere kommt.«

6

Die Tradition hätte es eigentlich erfordert, die Toten einzuäschern. Allerdings konnten sie es sich nicht erlauben, durch ein Feuer Aufmerksamkeit zu erregen, und so hoben sie für Liffin und Yunst tiefe Gräber aus und beerdigten sie mit den Schwertern in der Hand. Dallog, der gut schnitzen konnte, fertigte kleine Plaketten mit den Symbolen von Neaphetar und Wystendel an, den orkischen Göttern des Krieges und der Kameradschaft.

Als sie das Ritual beendet und einige herrenlose Pferde der Menschen eingesammelt hatten, war schon ein guter Teil des Tages verstrichen. Endlich, die blasse Sonne stand schon hoch am Himmel, brach die Truppe ins Heimatland der Zwerge auf.

Selbst wenn sie zu zweit aufstiegen, hatten sie nicht genug Pferde für alle, und ein Drittel der Gruppe musste jeweils laufen. Die einzige Ausnahme bildete Haskeer, der eine derart miese Laune hatte, dass Stryke ihn lieber allein reiten ließ. Außerdem sorgte er dafür, dass Wheam, der mit Dallog zusammen ritt, so weit wie möglich vom Feldwebel entfernt blieb. Beides war nicht eben geeignet, ihr Fortkommen zu beschleunigen.

Stryke und Coilla hatten die Führung übernommen. Sie ritten zusammen auf einem Pferd und versuchten, einen Weg zu wählen, auf dem die Gefahr eines Hinterhalts möglichst gering war. So zogen sie durch ein kaltes, jämmerliches Land und begegneten in vier Stunden keinem einzigen Lebewesen. Keiner von ihnen war besonders gesprächig, meist blieben sie stumm.

Coilla brach schließlich das Schweigen, wenngleich sie nur halblaut sprach. »Weißt du, er hatte recht, Stryke.«

»Hm?«

»Haskeer. Ich meine nicht sein Verhalten, sondern das, was er gesagt hat. Es war kein guter Anfang.«

»Nein.«

»Es tut mir leid um Liffin. Er war ein Waffenbruder, und wir haben zusammen eine Menge durchgemacht. Aber wegen Yunst fühle ich mich noch mieser. Das erste Mal im Kampfeinsatz, er verlässt sich auf uns, und ...«

»Ich weiß.«

»Glaube aber nicht, dass ich dir die Schuld gebe.«

»Nein, keine Sorge.«

»Wenn überhaupt, dann gebe ich mir selbst die Schuld. Was Yunst angeht, meine ich. Ich habe die Abteilung geführt, ich hätte auf ihn aufpassen müssen.«

Stryke drehte den Kopf zu ihr herum. »Was meinst du wohl, wie ich mich fühle?«

Sie schwiegen wieder eine Weile.

»Hast du eine Ahnung, wer diese Menschen waren?«, fragte Coilla, um das Gespräch in unverfänglichere Bahnen zu lenken.

»Plünderer, würde ich sagen. Sie kamen mir nicht vor wie Unis oder Mannis, dazu fehlte es ihnen an Disziplin.«

»Wenn die jetzt typisch für Maras-Dantien sind, dann ist das Land noch tiefer in der Anarchie versunken.«

»Umso mehr ein Grund, dies jetzt zu tun.« Stryke griff in die Gürteltasche, zog etwas heraus und gab es ihr. »Falls du ihn noch nehmen willst.«

Sie nahm den Instrumental entgegen. Es war der blaue, der vier Stacheln hatte. Er fühlte sich seltsam an, als sei er gleichzeitig zu schwer und zu leicht. Außerdem hatte er etwas Tiefes an sich, das Coilla kaum ermessen konnte.

Sie riss sich aus ihrem Tagtraum. »Natürlich will ich ihn haben«, meinte sie und steckte ihn in ihre eigene Gürteltasche.

»Gib ihn mir zurück, falls er dir Schwierigkeiten macht.«

»Wie wäre es, wenn die anderen ihn abwechselnd tragen? Jeder für zwei Stunden? Natürlich nicht alle, sondern nur die echten Vielfraße.«

»Und was wäre, wenn Haskeer mitmachen will? Nein, das führt nur zu Problemen. Aber wenn du ihn nicht willst ...«

»Ich sagte doch, ich übernehme das.« Instinktiv griff sie zur Gürteltasche und fragte sich, wie es für ihn war, da er vier dieser Dinger trug. Abermals wechselte sie das Thema. »Was meinst du, wie lange wir noch bis Quatt brauchen?«

»Bei diesem Tempo vielleicht zwei Tage.«

»Hoffentlich ist Jup auch wirklich dort.«

»Tja, heute Abend werden wir das jedenfalls nicht mehr herausfinden.«

Ein silbriger Mond war groß und strahlend aufgegangen. Wolkenschwaden zogen über sein Antlitz. Kalter Wind kam auf.

»Wo willst du das Lager aufschlagen?«

»Du bist unsere Strategin. Welche Stelle ist am leichtesten zu verteidigen?«

Coilla sah sich im öden Land um. Es war flach und besaß so gut wie keine Landmarken. »Hier ist die Auswahl nicht sehr groß. Warte mal – was ist das?« Sie deutete nach vorn.

Ein gutes Stück vor ihnen, nicht weit von dem Weg entfernt, dem sie folgten, war ein Durcheinander verschiedener Umrisse zu erkennen.

»Kann ich nicht sagen«, erwiderte er, während er schärfer hinsah. »Neugierig?«

»Und ob.«

»Dann lass uns in diese Richtung reiten.«

Als sie nahe genug heran waren, erkannten sie, dass es sich um Ruinen handelte. Einst musste es eine kleine Siedlung gewesen sein, jetzt standen hier nur noch die leeren Gerippe der Häuser. Einige Gebäude waren bis auf die Fundamente zerstört. Verkohlte Balken verrieten ihnen, dass ein Feuer zum Vernichtungswerk beigetragen hatte. Sie entdeckten auch umgestürzte Zäune und einen aufgegebenen Wagen. Kranke grüne Flechten wuchsen auf den Steinen. Unkraut überwucherte die Wege.

Stryke befahl der Truppe abzusitzen.

»Hier haben Menschen gelebt«, sagte Coilla.

»Sieht ganz so aus«, stimmte Stryke ihr zu.

»Ich frage mich, was ihr Dorf zerstört hat.«

»Wahrscheinlich andere Menschen. Du weißt doch, wie die sind.«

»Allerdings.«

»Wir müssen uns aufteilen. Ich will, dass Wachen aufgestellt werden. Kümmere dich darum.«

Sie machte sich an die Arbeit.

Stryke rief den nächsten Gemeinen zu sich. »Finje! Das da könnte ein Brunnen sein. Dort drüben, siehst du? Geh hin und überprüfe das.«

Haskeer kam, sein Gesicht war hart wie Granit.

»Lass den Ort durchsuchen«, wies Stryke ihn an. »Wir können keine weiteren Überraschungen gebrauchen.«

»In Ordnung«, grunzte der Feldwebel verdrossen und machte kehrt.

»Noch etwas, Haskeer.«

Haskeer sah sich um.

»Was mit Liffin und Yunst geschehen ist, das ist vorbei. Finde dich damit ab. Deine Launen bringen die ganze Truppe durcheinander, und das kann ich nicht dulden. Spar dir deine Wut für unsere Feinde.«

Haskeer nickte knapp, dann machte er sich daran, seinen Suchtrupp zusammenzustellen.

»Der Brunnen ist trocken!«, rief Finje. Er demonstrierte es, indem er einen leeren Eimer umdrehte. Nur Sand und Kies rieselten heraus.

Coilla kehrte zurück. »Wie viel Wasser haben wir noch?«

»Im Augenblick ist es noch kein Problem«, erwiderte Stryke. »Aber es wäre gut, wenn wir bald eine saubere Quelle finden würden. Sind die Wachen postiert?«

»Erledigt. Es gibt aber noch etwas, das du sehen solltest.«

»Dann zeige es mir.«

Sie führte ihn zu der größten und am besten erhaltenen Ruine. Drei Mauern standen teilweise noch, und man konnte erkennen, dass das Gebäude früher ein Spitzdach gehabt hatte. Zwei große, schwere Türen lagen im Schutt. Es sah aus, als wären sie mit Gewalt aufgebrochen worden.

Als sie sich umsahen, kam Haskeer zu ihnen.

»Was ist so Besonderes an dem Haus?«, wollte er wissen.

»Ich nehme an, es ist ein Ort der Anbetung«, erklärte Coilla.

»Und?«

»Sieh mal hier.«

Sie folgten ihr zu einer niedrigen Steinmauer. Teilweise war sie zusammengebrochen, die Überreste eines Tors waren erhalten geblieben. Die Mauer schloss ein kleines Stück Land ein, auf dem außer drei oder vier hageren Bäumen nicht viel wuchs. Dutzende Steinplatten und hölzerne Markierungen ragten aus dem Boden hervor, viele davon standen schief.

»Du weißt, was das ist, oder?«, fragte Stryke.

»Ja. Ein Friedhof.«

»Oh, wie schön«, murmelte Haskeer.

»Du wirst doch keine Angst vor ein paar toten Menschen haben, oder?«

Er sah sie böse an.

»Aber warum wächst hier nichts?«, fragte sie. »Schau mal, dort – überall Unkraut. Die Natur erobert das Gelände. Warum nicht auch hier?«

»Vielleicht haben sie etwas gemacht, damit hier nichts wächst«, überlegte Stryke. »Salz auf den Boden gestreut oder ...«

»Warum?«

»Aus Achtung vor den Toten? Wer weiß schon, was Menschen denken.«

»Und ob«, stimmte Haskeer zu. »Die sind doch völlig verrückt.«

Stryke fand diese Bemerkung aus Haskeers Mund ein wenig fehl am Platze, behielt aber seine Gedanken für sich. »Dieser Ort ist so gut wie jeder andere, um die Nacht zu verbringen. Die Mauer dient als Windschutz. Lass die Leute das Lager aufschlagen, Haskeer. Aber macht kein Feuer.«

»Das wird nicht gerade Begeisterungsstürme wecken.«

»Tu es einfach.«

Unglücklich marschierte Haskeer davon.

Coilla sah ihm nach. »Munter und fröhlich wie immer.«

»Das ist nicht unser einziges Problem.«

»Wheam?«

»Wheam.«

»Was willst du mit ihm tun?«

»Ihm eine Aufgabe übertragen, die dafür sorgt, dass er uns nicht in die Quere kommt und Haskeer nicht über den Weg läuft. Komm mit.«

Wheam stand neben Dallog an der Mauer und beobachtete verwirrt das Treiben ringsum. Unbehaglich verzog er das Gesicht, als Stryke sich ihm näherte.

Bevor Stryke etwas sagen konnte, ergriff Wheam das Wort. »Du willst mich bestrafen, nicht wahr?«

»Wegen Liffin?«

»Natürlich. Weil ich Angst hatte und …«

»Unter meinem Kommando wird niemand dafür bestraft, dass er Angst hatte.«

»Oh.« Jetzt war Wheam erst recht verwirrt.

»Nur Narren haben keine Angst«, fuhr Stryke fort. »Unser Überleben hängt allerdings von dem ab, was du trotz deiner Angst tust. Deshalb wirst du zum Kämpfer ausgebildet, und du wirst üben, was wir dich lehren. Einverstanden?«

»Äh … ja.«

»Wir schleppen keine Nichtkombattanten mit uns

herum. Bei uns muss jeder kämpfen. Das ist dein Teil der Abmachung. Verstanden?«

»Ja, Herr. Hauptmann.«

»In Ordnung. Morgen stelle ich ein Übungsprogramm für dich auf. Wenn du Liffin ehren willst, dann halte dich daran. In der Zwischenzeit brauchst du eine Aufgabe. Welche besonderen Fähigkeiten hast du?«

»Ich könnte unser offizieller Balladensänger sein«, erwiderte Wheam hoffnungsvoll und hob die Laute.

»Ich dachte an etwas Nützliches.« Stryke wandte sich an seinen neuen Gefreiten. »Dallog, was machst du jetzt?«

»Ich wollte mich um die Verwundeten kümmern. Verbände wechseln und so weiter.« Er nickte in Richtung einer kleinen Gruppe wartender Orks.

»Wheam kann dir helfen. Ist das in Ordnung?«

»Schön. Wenn die heutigen Ereignisse ein Maßstab sind, kann ich einen Helfer gut gebrauchen.«

Wheam schwante nichts Gutes.

»Wir können es uns nicht erlauben, Licht für dich zu machen«, sagte Stryke. »Kannst du hier arbeiten?«

»Der Mond ist hell genug.«

»Dann fang an.«

Dallog zog Wheam zu sich heran, dann winkte er dem Ersten in der Schlange zu. Pirrak, ein Neuer, trat vor. Er hatte einen schmutzigen Verband auf dem Unterarm.

»Wie sieht es aus?«, fragte Dallog.

»Tut etwas weh«, antwortete Pirrak.

Dallog wickelte den Verband ab. »Wusstest du, dass Blutungen bei Vollmond stärker sind als sonst?«, bemerkte er beiläufig und an niemand im Besonderen gerichtet.

»Klar wusste ich das«, erwiderte Coilla. »Ich bin eine Frau.«

»Ah, ja.« Die Antwort des Gefreiten klang ein wenig verunsichert.

Er wickelte den Verband weiter ab, und je weiter er kam, desto schmutziger wurden die Schichten, die er löste, bis endlich die Wunde freigelegt war.

Abwesend hängte Dallog den blutigen Verband über die Mauer des Friedhofs.

»Hm, eine Menge geronnenes Blut. Vielleicht muss ich den Schnitt nähen. Siehst du die losen Hautlappen an den Wundrändern, Wheam? Und der Eiter hier ...«

Ein Stöhnen ertönte, dann folgte ein schwerer Aufschlag.

»Wheam ist ohnmächtig geworden«, sagte Coilla.

Die wartenden Orks prusteten vor Lachen. Pirrak stimmte ein, auch wenn er zusammenzuckte.

»Was für ein Ork ist der eigentlich?« Mit den Zähnen zog Coilla den Stöpsel aus ihrer Feldflasche und kippte Wheam etwas Wasser ins aschgraue Gesicht.

»Sei sparsam damit«, warnte Stryke sie. »Wir dürfen es nicht verschwenden.«

Wheam spuckte und keuchte, was bei den Zuschauern einen weiteren Heiterkeitsausbruch auslöste.

»Ich kümmere mich um ihn.« Dallog kniete sich seufzend neben seinen neuen Patienten.

Stryke und Coilla überließen die beiden sich selbst.

»Vielleicht ist die Medizin doch nicht Wheams Berufung«, bemerkte sie trocken.

»Ich frage mich, ob er überhaupt eine hat.«

»Irgendetwas muss er aber tun.«

»Was denn? Als Wache oder Jäger würde ich ihn nicht einsetzen. Vielleicht könnte er Latrinen ausheben oder Essensrationen vorbereiten, aber ich würde ihm zutrauen, dass er uns versehentlich vergiftet.«

»Ich glaube nicht, dass Quoll so etwas im Sinn hatte.«

»Zur Hölle mit ihm. Er hätte seinen Sprössling von Anfang an ordentlich erziehen sollen, statt ihn uns aufzuhalsen.«

»Vielleicht treiben die Übungen, die du ihm versprochen hast, Wheam die Flausen aus.«

»Vielleicht.«

»Es ist immer schwierig, neue Leute einzugliedern, Stryke.«

Er nickte. »Was hältst du von Dallog?«

»Den mag ich. Er hat heute mutig gekämpft und ist ein guter Heiler. Er ist kein zweiter Alfray, aber wer wäre das schon?«

»Ich wünschte, alle würden so denken.«

Sie hatten den zerstörten Heuwagen erreicht und hockten sich auf die noch intakte Deichsel, um der Truppe zuzusehen, die das Lager aufschlug und verschiedene

Arbeiten erledigte. Der Wind wurde kälter, als der Abend in die Nacht überging.

Während Dallog die Verwundeten versorgte, legte er abwesend die blutigen Verbände hinter sich auf die Steinmauer. Mehr als ein Dutzend weiße Streifen waren dort versammelt und flatterten im Wind. Auf einmal wehte sie eine stärkere Bö unbemerkt davon. Sie flogen bis auf den Friedhof, einer verfing sich in den dürren Ästen eines Baums, ein anderer blieb an einem hölzernen Grabmal hängen. Die Übrigen wurden auf dem kahlen Boden verstreut.

Hoch über ihnen blinkten die Sterne wie harte Diamanten.

»Seltsam, dass wir unter diesem Himmel geboren sind«, überlegte Coilla. »Hast du schon einmal Heimweh gehabt?«

»Nein.«

»Nicht einmal eine winzige Sehnsucht?«

»Damals war es ein anderes Land. Die Menschen haben es zerstört.«

»Das ist wahr. Aber es fühlt sich eigenartig an, wieder hier zu sein. Alles scheint so lange her, und doch kommt es mir vor, als wäre es erst gestern gewesen. Falls du das verstehen kannst.«

Er lächelte. »Ich weiß schon, was du meinst.«

Eine Weile schwiegen sie und sahen den anderen zu. Nach und nach richtete sich die Truppe für die Nacht ein. Die Kämpfer säuberten ihre Waffen und reichten Rationen herum. In einiger Entfernung gingen Wachen auf und ab.

Die beiden Gemeinen, die noch auf Dallogs Zuwendung warteten, hatten sich auf die Mauer des Friedhofs gehockt. Wheam, immer noch etwas wacklig auf den Beinen, hatte für den Gefreiten Verbände sortiert.

»Ich bin fertig«, verkündete er schließlich. »Was kann ich sonst noch tun?«

»Ich bin hier noch beschäftigt«, sagte Dallog, der gerade eine Schürfwunde säuberte, die Wheam sich nicht näher ansehen wollte. »Lass dir was einfallen.« Dann besann er sich und sah sich um. »Mach dich nützlich und heb die Verbände auf. Es wäre nicht gut, wenn sich Infektionen verbreiten.«

»Was nehme ich, um …«

»Hier.« Dallog gab ihm eine kleine Schultertasche aus Segeltuch, in der normalerweise Geschosse für Katapulte transportiert wurden.

Nicht eben begeistert machte Wheam sich an die Arbeit. Er schnitt eine Grimasse und begann mit den beiden Verbänden, die noch an der Mauer hingen. Mit Daumen und Zeigefinger klaubte er sie auf und hielt sie auf Armeslänge vor sich. Die Orks, die ihn beobachteten, versetzten einander Rippenstöße und grinsten.

Anschließend spähte er zum Friedhof und bemerkte die anderen verstreuten Verbände. Ungeschickt kletterte er über die Mauer. Drinnen bückte er sich, hob den ersten Verband auf und stopfte ihn in den Beutel. Dann bemerkte er den nächsten, der an einem hölzernen Grabmal hing, und holte ihn. Langsam arbeitete er sich durch den Friedhof und sammelte die besudelten Fetzen ein.

Schließlich bückte er sich, um einen Verband aufzuheben, der auf einem Grab lag. In diesem Augenblick hörte er ein Geräusch. Er erstarrte und lauschte. Nichts. Wieder griff er nach dem Verband. Als seine Finger ihn fast berührten, ertönte das Geräusch noch einmal. Abermals hielt er inne und versuchte herauszufinden, was es sein könnte. Es hatte wie eine Art Schlurfen oder Kratzen geklungen, als wühle irgendetwas im Untergrund herum. Wheam suchte den Boden ab. Die Erde wölbte sich und verlagerte sich. Er sah genauer hin.

Der Boden platzte auf. Eine knochige Hand fuhr heraus und packte sein Handgelenk. Wheam wehrte sich gegen den eisernen Griff. Er öffnete den Mund und wollte rufen, doch kein Ton kam heraus.

Rings um ihn brach das Erdreich auf und spie zuckende Gestalten aus.

Coilla und Stryke saßen unterdessen auf der Deichsel des Wagens, atmeten die Nachtluft ein und genossen die Stille.

»Jetzt scheint es gar nicht mehr so schlimm zu sein, was?«, meinte Coilla. »Wenn der Mond aufgegangen ist, und die Ruhe kehrt ein, könnte man fast meinen, wir seien in Ceragan.«

»So weit würde ich nun nicht gerade gehen.«

»Was würdest du tun, wenn du in so einer Nacht dort wärst?«

»Wenn ich zu Hause wäre, dann würde ich ...«

Ein durchdringender Schrei störte die Stille.

Coilla sprang auf. »Was, zur Hölle ...«

»Da drüben! Auf dem Friedhof. Komm mit!«

Sie rannten zur Friedhofsmauer, auch andere folgten dem Ruf.

Ein weiterer lauter Schrei ertönte.

Als sie ankamen, entdeckten sie Wheam mitten auf dem Friedhof, wie er gebückt an etwas zerrte, das wie eine riesige Wurzel aussah. Ringsherum stiegen verschwommene Gestalten aus der Erde.

Coilla und Stryke näherten sich ihm; der größte Teil der Truppe folgte ihnen und betrachtete die Szene. Die Gräber warfen seltsame Früchte aus. Dinge, die aussahen wie verfaulte Melonen oder übergroße rissige Eier, drängten durchs Erdreich empor. Sie brauchten einen Moment, um zu erkennen, dass es Schädel waren.

Geschöpfe stiegen dort empor, wanden und schlängelten sich aus dem Lehm. Als sie auftauchten, waren auch ihre Körper zu erkennen. Sie waren Menschen, oder sie waren es einmal gewesen. Ihre Körper waren verwest. Einige stanken und hatten noch verfärbtes, faulendes Fleisch auf den Knochen. Andere waren fast schon Skelette, auf deren nackten Knochen nur noch Fetzen von Haut und Kleidung hingen.

Wie besessen rückten sie vor, die verwesenden Gliedmaßen zuckten und bebten, und in ihren Augen brannte ein böser Hunger. Außerdem stanken sie entsetzlich.

Eins der Wesen hob einen blutigen Verband auf und stopfte ihn sich in den Mund. Der ausgehakte Unterkiefer klickte laut, als das Gerippe auf dem nassen Stoff kaute.

Zwanzig lebende Tote waren emporgestiegen, und weitere folgten. Wie gebannt sahen die Orks zu.

Haskeer kam keuchend gerannt. »Was, zur Hölle, ist hier los?«

»Das habe ich mich auch gerade gefragt«, erwiderte Coilla.

»Los jetzt, Vielfraße!«, rief Stryke. »Die nehmen wir uns vor!«

Sie zogen die Schwerter und eilten zur Mauer.

»Ich hole Wheam«, sagte Coilla.

»Können wir den kleinen Dreckssack nicht einfach vergessen?«, schlug Haskeer vor.

Coilla hörte nicht auf ihn.

Als sich die Truppe näherte, hielten die wandelnden Leichen inne und drehten wie ein Mann die Köpfe herum. Dann marschierten sie gegen die Orks.

Das Wesen, das Wheams Arm gepackt hatte, war inzwischen aus dem Grab heraus. Es war schon stark verwest, die Brust war zerfallen, die Rippen und die zersetzten Eingeweide lagen bloß. Wheam bemühte sich verzweifelt, sich dem Griff des Untoten zu entwinden, tastete mit der freien Hand nach dem Schwert und wollte seine Waffe ziehen. Das Wesen zerrte ihn näher an sich heran.

Die Vielfraße erreichten die Mauer, Coilla sprang sofort hinüber und rannte auf den Friedhof. Stryke und

Haskeer drängten durchs geborstene Tor. Zwei der Ungeheuer schlurften ihnen entgegen, und es kam Stryke so vor, als bewegten sie sich jetzt schneller und fließender. Er griff den ersten Gegner an. Das Wesen sprang zur Seite, war aber nicht schnell genug, um dem Angriff zu entgehen. Strykes Schwert traf auf keinen Widerstand, als es in die stinkende Brust eindrang. Die einzige Wirkung bestand daran, dass der Gegner ein wenig taumelte, und als Stryke die Klinge zurückzog, stieg eine kleine Staubwolke auf.

Haskeer schlug mit seinem Schwert zu und stieß es tief in die Seite seines Gegners. Es zerfetzte die pergamentartige Haut und zersplitterte die Knochen, konnte die Kreatur aber nicht aufhalten. Dann setzte Haskeer mit einem mächtigen Schlag auf den Bauch nach. Die Eingeweide quollen heraus, ein widerlicher Gestank breitete sich aus. Mit baumelnden Innereien ging das Scheusal weiter auf ihn los, die Finger wie Klauen vorgestreckt.

Immer mehr dieser Kreaturen torkelten aus dem Tor. Andere schleppten sich zur niedrigen Mauer. Die Orks stellten sich ihnen mit Stahl und Speer entgegen. Allerdings erwies sich Strykes Eindruck, dass die Geschwindigkeit und Beweglichkeit der Ungeheuer zunahm, als richtig. Einer von ihnen griff überraschend schnell an und verpasste einem Gemeinen einen mächtigen Schwinger an die Schläfe, der ihn bewusstlos zusammenbrechen ließ. Ohne auf die drohenden Klingen zu achten, prallte ein Weiterer gegen einen Ork und setzte zu einer erdrückenden Umarmung an wie ein Bär. Die beiden gingen, miteinander ringend, zu Boden.

Coilla wich den Kämpfen so gut wie möglich aus, um Wheam zu erreichen. Die Wesen waren jetzt merklich schneller, wenngleich immer noch langsam im Vergleich zu den Lebenden. Auf Geschwindigkeit kam es aber nicht mehr an, als ein riesiges Exemplar ihr mit ausgebreiteten Armen den Weg versperrte. Ihr Schwung trug sie noch ein Stück weiter, als sie abrupt abbremste. Das verwesende Biest schlug sofort nach ihr und traf ihr Gesicht. Coilla ging zu Boden.

Sie rollte sich ab und kam rasch wieder auf die Beine, spuckte Blut und ging ihrerseits mit vorgestrecktem Schwert zum Angriff über. Ihr Gegner machte einen Schritt, in die gestoßene Klinge hinein. Sie drang kurz über seinem Herzen ein, oder jedenfalls an der Stelle, wo das Herz hätte sein sollen, und trat im Rücken wieder aus. Die Klinge traf auf keinen Widerstand und richtete keinen Schaden an. Coilla zog sie heraus und setzte statt der Spitze die Schneide ein.

Die Hackerei verursachte etwas mehr Schaden und zerfetzte das faulende Fleisch. Doch aufhalten konnte sie den Gegner nicht. Dann verfluchte Coilla sich selbst, weil sie die naheliegende Lösung nicht schon längst erkannt hatte. Sie sprang zur Seite, außer Reichweite des Wesens, bückte sich und schwang das Schwert. Es schnitt glatt durch das Bein. Der Knochen war so ausgetrocknet, dass ein Hieb ausreichte. Nachdem sie knapp unter dem Knie amputiert war, verlor die Kreatur das

Gleichgewicht, krachte auf den Boden und schlug um sich. Coilla ließ sie liegen.

Wheam versuchte immer noch, sich zu befreien. Coilla sah, dass er es mit einer Frau zu tun hatte. Sie hatte strähniges, einst blondes Haar, und irgendetwas in den hageren Zügen erinnerte noch an ihre frühere Schönheit. Mit einer Hand hielt sie Wheams Handgelenk fest, mit der anderen hatte sie sein Wams gepackt und zog ihn an sich.

Die Tote zerrte Wheam dicht vor ihr fleckiges Gesicht und riss den Mund auf. Dabei entblößte sie zwei ungewöhnlich lange gelbe Eckzähne. Wie eine Giftschlange stieß sie den Kopf vor und biss Wheam in den Hals.

Coilla kam ihm zu Hilfe, stieß einen Schrei aus und hob das Schwert. Die Frau wich zurück, Blut troff aus den Mundwinkeln und von ihren widerlichen Lippen. Wheam war vor Schreck wie erstarrt, sein Gesicht aschgrau. Am Hals hatte er eine blutende Wunde. Ohne sein Handgelenk loszulassen, drehte sich die Kreatur um. In der Brust klaffte ein großes Loch, durch das Rippen und Eingeweide zu sehen waren. Wheams Blut tröpfelte gerade wieder heraus.

Coilla holte aus und trennte dem Geschöpf den Arm ab. Wheam kippte weg, die verweste Hand hing noch an seinem Handgelenk. Mit gebleckten Zähnen und garstig entstelltem Gesicht stieß die Frau ein kehliges Fauchen aus.

Noch einmal schwang Coilla das Schwert und köpfte das Wesen. Der Kopf rollte in die Dunkelheit davon, der enthauptete Körper blieb noch einen Moment stehen, dann brach er zusammen, und nur noch ein Haufen trockener Haut, Staub und Knochen blieben zurück.

»*Blutsauger!*«, rief Coilla. Die anderen an der Mauer hörten es, doch Stryke und seine Gefährten hätten die Warnung nicht gebraucht. Die Untoten, gegen die sie kämpften, hatten es allesamt auf Orkkehlen abgesehen.

»Wie kann man sie erledigen?«, rief Haskeer, der sich mit Speerstößen einen gierigen Leichnam vom Hals hielt.

»Köpfen!«, brüllte Stryke und deckte seinen eigenen Gegner mit Hieben ein.

»In Ordnung«, rief Haskeer zurück. Er warf den Speer weg, nahm seine Axt und machte sich ans Werk.

»Und Feuer«, ergänzte Dallog.

Nachdem er seinem Gegner den Kopf von den Schultern geschlagen hatte, rief Stryke einen Befehl. »*Setzt Feuer ein! Nehmt die Bogen!*«

Eine Handvoll Bogenschützen löste sich aus dem Kampf. Einige hatten geteerte Pfeilspitzen, die sie jetzt rasch aufsetzten, die anderen nahmen Stofffetzen, die sie mit Öl tränkten. Feuersteine wurden angeschlagen.

Dann zogen Brandpfeile eine feurige Bahn durch die Nacht. Sie trafen die Blutsauger, die sofort in Flammen aufgingen. Als wandelnde Fackeln taumelten die Kreaturen heulend umher.

Dallog ging das Problem auf direktere Weise an. Er zückte eine Taschenflasche und kippte einen ordentlichen Schuss Branntwein über den vordersten Untoten. Ein Funke, und der Leichnam war ein stolperndes Fanal.

Stryke war beeindruckt. »Gut ausgedacht!« Er holte seine eigene Flasche hervor und benetzte eine weitere Kreatur. Als sie brannte, stieß sie mit einem Kumpan zusammen, der ebenfalls in Flammen aufging.

Haskeer schielte missbilligend herüber, nachdem sein Hauptmann Dallogs Anregung aufgegriffen hatte.

»Komm schon, Haskeer«, knurrte Stryke. »Was ist denn?«

»Ich soll meinen *Branntwein* hergeben?« Instinktiv wanderte seine Hand zum Gürtel.

»*Haskeer!*«

»Schon gut, verdammt.« Er nahm die Flasche und zog den Stöpsel ab. Dann kam ihm noch eine andere Idee. Er riss einem enthaupteten Blutsauger einen Stofffetzen ab und stopfte ihn in den Flaschenhals. Dann zündete er die Lunte an einer brennenden Leiche an.

Er holte weit aus und schleuderte die Flasche auf eine Truppe von drei Untoten. Sie explodierte zwischen ihnen, und die brennende Flüssigkeit verteilte sich. Alle drei taumelten und stürzten, lichterloh brennend. Die Orks stießen Jubelrufe aus.

Nach zehn Minuten Köpfen und Brennen waren die Kreaturen erledigt.

»Ist jemand verletzt?«, rief Stryke.

»Hier«, rief Coilla zurück.

Sie rannten in den Friedhof. Wheam saß am Boden, Coilla wachte über ihm.

»Was ist passiert?«, fragte Stryke.

»Er wurde gebissen.«

»Das sieht ihm ähnlich«, murmelte Haskeer. »Dummer kleiner Trottel.«

»Mir geht es gut«, erklärte Wheam ihnen.

Dallog kniete vor ihm nieder. »Du siehst aber nicht so aus.«

»Ich ... mir geht es gut. Was ... was waren das für Wesen?«

»Zuerst einmal waren sie Menschen«, erklärte Stryke.

»Sind ... sind die Menschen immer so?«

»Nein«, erwiderte Coilla. »Sie sind übel, aber normalerweise nicht so widerlich. Nicht ganz.«

»Aber was ...«

»Ich glaube, es war die Magie«, erklärte Stryke. »Dieses Land ist voller Magie. So war es jedenfalls, bis die da gekommen sind. Ihre Gier und ihre Plünderungen haben es ausbluten lassen. Ich schätze, was dann noch da war, ist jetzt irgendwie verkommen und verfälscht ... Ich weiß nicht, ich bin kein Zauberer.«

Coilla griff den Gedanken auf. »Und als die Menschen gestorben sind und hier begraben wurden, ist die verfälschte Magie über sie gekommen, wie wir es hier gesehen haben?«

»Kannst du dir eine bessere Erklärung vorstellen?«

»Davon verstehe ich nichts«, sagte Dallog, der Wheams Hals untersuchte, »aber ich weiß, dass die Wunde verbunden werden muss.«

»Mehr als das«, warnte Stryke.

»Was meinst du damit?«

»Wir sind früher schon einmal Vampiren begegnet. Anders als diese, aber so ähnlich. Sie geben die Infektion weiter.«

Coilla nickte. »Stryke hat recht. Wenn wir uns nicht sofort darum kümmern, wird Wheam wie sie.«

»Was?«, quietschte Wheam.

»Der Blutdurst ist ansteckend, und die Erreger hocken in der Wunde. Sie muss gereinigt werden.«

Dallog wühlte in seiner Arzttasche herum. »Wie denn?«

»Nicht mit Kräutern oder Salbe, so viel ist sicher.«

»Die Wunde muss mit dem gleichen Mittel behandelt werden, das die meisten von ihnen erledigt hat«, fügte Stryke hinzu. »Hat noch jemand Branntwein übrig?«

»Ich bin aber sicher, dass mir gar nichts passiert ist«, protestierte Wheam schwach.

»Hier.« Coilla reichte ihm ihre Taschenflasche.

»Jemand muss Feuer machen«, befahl Stryke. »Und haltet ihn fest.«

Wheams schwache Gegenwehr nützte nichts, sie hielten ihn am Boden fest. Dallog kippte Schnaps auf die Wunde, worauf Wheam vor Schmerzen stöhnte. Mit kaum verhohlener Schadenfreude zündete Haskeer den Fusel an.

Wheam kreischte.

Eine halbe Minute lang hielten die Schreie an, bis der Alkohol verbrannt war.

»Er ist ohnmächtig«, verkündete Dallog.

»Typisch«, höhnte Haskeer.

»Ob es funktioniert hat?«, überlegte Stryke.

Dallog besah sich den Schaden. »Sieht so aus. Wir werden es bald wissen. Ich binde ihn vorsichtshalber fest.«

Stryke und Coilla standen auf. Links und rechts kokelten Leichen.

»So viel zu der Idee, vorsichtshalber kein Feuer zu machen«, sagte sie.

7

Ein ungeschliffener Diamant fällt in einem Schauer von Hagelkörnern nieder. Ein Käfer wandert gemächlich über einen Tisch, auf dem einige Weintrauben liegen. Eine Lilienblüte wird vom Wind in einen fernen Schwarm Möwen geweht. Sie sind nicht weniger real, nur weil sie schwer zu sehen sind.

Ganz ähnlich auch im unendlichen Ozean der Existenz, wo Parallelwelten in ungeahnter Zahl umeinanderwirbelten. Es gab Anomalien – Konstrukte, die von der Norm abwichen, obwohl sie äußerlich identisch schienen. So selten waren sie, dass man fast nicht an ihre Existenz glauben mochte, und doch gab es sie.

Eine Singularität dieser Art war eine strahlende Kugel, die dank der Kraft einer unvorstellbar mächtigen Magie entstanden war und erhalten blieb. In ihrem Innern existierte eine Welt, deren Ressourcen und Bevölkerung nur einem einzigen Zweck gewidmet waren. Dieses Unternehmen wurde in aller Heimlichkeit ausgeführt, und sein Brennpunkt lag in ihrer einzigen Stadt.

Die Stadt war ebenso bemerkenswert wie die eigenartige Welt, die erschaffen worden war, um sie zu beherbergen. Hätte ein Außenstehender sie sehen dürfen – nicht, dass jemals einer hierherkam –, dann hätte er voller Ehrfurcht die verblüffende Vielfalt bestaunt. Unzählige architektonische Stilrichtungen existierten nebeneinander. Kristallene Türme und gedrungene Gebäude, himmelhohe Bögen und gesichtslose Kästen. Große Amphitheater erhoben sich neben vom Wind durchwehten Baumhäusern, Gruppen runder Hütten standen im Schatten von Zitadellen mit vielen Türmen. Aus Stein, Glas, Holz, Quarz, Muscheln, gestampftem Lehm, aus Eisen, Ziegeln, Marmor, Ebenholz, Segeltuch, Stahl und aus anderen Baustoffen, die sich nicht bestimmen ließen, bestand die Stadt.

Viele Gebäude dienten unverständlichen Zwecken und hatten keinen offensichtlichen praktischen oder ästhetischen Sinn. Einige gingen nahtlos in ihre Nachbarn über, als wären sie natürlich gewachsen und nicht künstlich errichtet worden. Manche schienen auch der Schwerkraft zu trotzen, oder sie waren ständig in Bewegung, veränderten sich und nahmen fast unmerklich immer neue Formen an.

Prachtstraßen und Wasserläufe zogen sich durch die Stadt. Gewundene Nebenstraßen, manchmal über Erhebungen verlaufend, anderswo in unterirdischen Labyrinthen aufgehend, folgten widersinnigen Richtungen, und nur ein kleiner Teil der Kanäle und Fahrrinnen führte tatsächlich Wasser. In anderen bewegte sich etwas Zähflüssiges, das unterschiedliche Farben annahm und stellenweise an Quecksilber erinnerte.

Das ganze verwirrende Durcheinander konnte kaum als Metropole gelten, und doch besaß es auf eine exzentrische Weise einen inneren Zusammenhalt. Wenn ein Besucher, von denen es freilich keine gab, genügend Zeit gehabt hätte, dann wäre ihm schließlich bewusst geworden, dass man die Stadt am besten als Treffpunkt vieler Kulturen auffassen musste. Ein Blick auf die Bewohner hätte diese Einschätzung bestätigt.

Im Stadtzentrum erhoben sich einige besonders beeindruckende Gebäude. Überragt wurden sie von einem Turm, der an poliertes Ebenholz erinnerte. Er hatte keine Fenster und brauchte auch keine, denn jene, die sich in ihm befanden, sahen mehr, als Glasscheiben ihnen zeigen konnten.

Der wichtigste Raum des Turms war eine große Kammer nahe der Spitze. Wäre ein Fremder eingetreten, dann hätte er Wände gesehen, an denen Hunderte gerahmter Kunstwerke hingen, alle von der gleichen Größe, einförmig und rechteckig. Bei näherer Betrachtung hätte sich gezeigt, dass die Rahmen keine Gemälde oder Zeichnungen bargen und nicht einmal stehende Bilder zeigten. Die Darstellungen waren in Bewegung.

Die Rahmen ähnelten Öffnungen, durch die man in eine verblüffende Vielfalt sich ständig verändernder

Landschaften hinausblicken konnte: Wüsten, Wälder, Ozeane, Städte, Dörfer, Flüsse, Felder, Weiler, Klippen, Berge, Sümpfe, Dschungel, Seen und andere, unbeschreibliche Landschaften, bizarr und fremd.

An einer Seite wurde der Raum nicht durch eine Wand begrenzt. Dort klaffte eine riesige Öffnung, vor der eine Art öliger, durchsichtiger Folie flatterte. Die Szene, die auf ihr dargestellt wurde, war jedoch schwerer zu begreifen als die anderen. Abgesehen von fünf winzigen goldenen Lichtpunkten, die dicht beieinanderstanden und glühten wie Holzkohle, war die Fläche völlig schwarz.

Vertreter vieler Rassen waren anwesend, die wie gebannt daraufstarrten.

Der Ranghöchste unter ihnen war ein Mensch. Karrell Revers ging dem Herbst des Lebens entgegen, er hatte silbergraues, kurz geschnittenes Haar und einen ebensolchen Bart, war aber immer noch tatkräftig und ungebeugt. Hinter seinen jadegrünen Augen arbeitete ein wacher Verstand.

»Da sind sie«, erklärte er und deutete aufs Bild. »Wir haben sie gefunden.«

»Seid Ihr sicher?«, fragte Pelli Madayar. Sie war eine junge Vertreterin des Elfenvolks, anmutig und mit zarten, fast zerbrechlich wirkenden Gesichtszügen. Das Äußere konnte jedoch leicht über ihre Zähigkeit und Willenskraft hinwegtäuschen.

»Ihr habt die Instrumentale noch nicht über das Spürgerät beobachtet, Pelli«, erwiderte Revers. »Ich dagegen habe sie im Lauf der Jahre zwar selten, aber immerhin schon mehrmals verfolgen können. Glaubt mir, wir haben sie gefunden.«

»Und sie wurden aktiviert.«

Er nickte zum Schirm hin. »Wie Ihr sehen könnt.«

»Wissen wir, wer es war?«

»Angesichts der Position der Artefakte können wir begründete Vermutungen äußern. Ich glaube, sie sind im Besitz der einzigen Rasse, die im Corps der Torhüter nicht vertreten ist.«

»Die Orks?«

»Ich würde jede Wette eingehen.«

»Dann glaubt Ihr also, dies sei der Satz Instrumentale, den der Zauberer Arngrim erschaffen hat.«

»Mit großer Gewissheit. Wir sind sicher, dass sie hier hergestellt wurden ...« Er deutete wieder auf den Schirm. »Diese Region wird von den Einwohnern Maras-Dantien genannt. Die Objekte wechselten oft den Besitzer, bevor sie von einer Truppe aufsässiger Orks in Besitz genommen wurden.«

»Und dann sind sie verschwunden.«

»Das war vor einigen Jahren, kurz nachdem wir die letzten Aktivitäten empfangen haben. Dies war natürlich ein Hinweis darauf, dass sich die Besitzer, wer sie auch waren, an einen anderen Ort versetzt haben. Wir haben keine Vorstellung, wo dies gewesen sein mag. Das Spüren ist eine ungenaue Kunst, bei der es in erheblichem Maße auf das Glück ankommt. Wo sie auch waren, die Instrumentale haben bis jetzt geschlafen.«

»Wir wissen also nicht genau, ob es wirklich diejenigen sind, die Arngrim geschaffen hat.«

»Ihre Herkunft kann bestimmt werden. Wie Ihr wisst, hat jeder Satz von Instrumentalen eine Signatur, sein eigenes Lied. Wir können ihre Herkunft ermitteln, sobald wir sie haben. Das ist aber nicht so wichtig. Wichtig ist, dass ein Satz aktiviert wurde und dass die möglichen Folgen schon im günstigsten Fall mehr als erschreckend sind. Die Vorstellung aber, sie könnten sich im Besitz einer Rasse wie jener der Orks befinden ...«

»Auch das wissen wir nicht genau. Vielleicht sind sie bei jemand anderem gelandet.«

»Bei jemandem, der fähig wäre, sie den Orks wegzunehmen? Kaum zu glauben. Ich denke auch nicht, dass die Orks die Instrumentale wieder hergeben, sobald ihnen klar ist, wozu sie imstande sind.«

»Können sie das überhaupt? Das Potenzial der Objekte erkennen, meine ich? Die Orks stehen nicht gerade im Ruf, besonders helle zu sein.«

»Wir müssen davon ausgehen, dass sie über eine gewisse natürliche Gerissenheit verfügen. Die scheint immerhin so weit zu reichen, dass sie fähig waren, die Instrumentale einzusetzen. Man braucht allerdings magische Fähigkeiten, um die Artefakte völlig zu kontrollieren, und wir sollten dankbar sein, dass dies etwas ist, was die Orks nicht haben.«

»Das gilt auch für die meisten Angehörigen Eurer Rasse, Kommandant«, erinnerte sie ihn sanft.

»Ihr wollt doch nicht andeuten, dass sie auf einmal der Zauberei mächtig sind?«

»Wer weiß schon, welche Kapriolen sich die Natur mit einem ungeschliffenen Bewusstsein einfallen lässt? Vielleicht half ihnen auch jemand, der die notwendigen Fähigkeiten bereits besitzt.«

»Somit hätten wir gleich zwei beunruhigende Aussichten. Instrumentale in den Händen einer unwissenden Rasse, die zu Bluttaten neigt, oder jemanden, der die Orks zu ganz eigenen Zwecken anleitet. Die Auswirkungen beider Möglichkeiten sind kaum abzuschätzen.«

»Was sollen wir tun?«

»Wir erfüllen die Aufgaben, die dem Corps übertragen worden sind – die Pflicht, die unsere Vorfahren seit Jahrhunderten erfüllen. Wir tun, wozu wir geboren sind, Pelli. Was auch immer es kosten mag.«

»Ich verstehe.«

»Diese Angelegenheit muss auf allerhöchster Ebene behandelt werden. Da Ihr meine Stellvertreterin seid, vertraue ich Euch die Aufgabe an, die Artefakte zu bergen.«

Sie nickte.

Revers wandte sich an die anderen Mitglieder seiner Gruppe. Zwerge, Gnome, Kobolde, Zentauren, Elfen und Abgeordnete von einem halben Dutzend weiterer Rassen starrten ihn an. Alle trugen unterschiedlich geschnittene Exemplare der schwarzen Gewänder, die auch er und Madayar angelegt hatten. Auf der Brust war das Tuch mit einem stilisierten Sternenfeld geschmückt.

»Eine Krise braut sich zusammen«, erklärte Revers ihnen. »Es kommt äußerst selten vor, dass Instrumentale in die Hände von Unbefugten fallen. Einige von Euch werden vermutlich das erste Mal überhaupt davon hören. Ihr seid jedoch für diesen Fall ausgebildet worden, und ich erwarte, dass Ihr den hohen Anforderungen des Corps der Torhüter gerecht werdet.« Noch einmal blickte er zum Schirm und den fünf leuchtenden Punkten. »Wir nehmen die Vielfalt der Welten als etwas Selbstverständliches hin. Wir wissen nicht, wer ihre Existenz als Erster entdeckt hat und wer herausfand, wie man zwischen ihnen reisen kann. Manche meinen, es sei eine alte, längst ausgestorbene Rasse gewesen. Andere mögen es den Göttern zuschreiben. Wir könnten ewig darüber spekulieren, ohne die Antwort zu finden. So wenig, wie wir den wahren Ursprung der Magie ergründen können. Das spielt jedoch keine Rolle. Unsere Aufgabe besteht nicht darin, das Geheimnis aufzudecken. Vielmehr ist es unsere Pflicht, verantwortungslosen Gesellen den Zugang zu den Portalen zu verwehren.« Er betrachtete nacheinander die Gesichter seiner Mitarbeiter und sah ihre Entschlossenheit. »Das Corps hat noch nie versagt, wenn es darum ging, geortete Instrumentale zu bergen oder diejenigen zu bestrafen, die für ihren Missbrauch verantwortlich waren. Die heutige Situation wird keine Ausnahme sein. Ihr kennt Eure Aufgaben, nun macht Euch ans Werk.«

Die Zuhörer entfernten sich.

Er wandte sich wieder an Madayar. »Wir müssen rasch handeln, bevor die Artefakte wieder eingesetzt werden und wir sie aus den Augen verlieren. Sucht Euch aus, wen Ihr für den Einsatz einteilen wollt, und nehmt alles mit, was Ihr an Vorräten benötigt.«

»Habe ich freie Hand, wie ich die Sache angehe?«

»Ihr könnt handeln, wie Ihr es für richtig haltet. Ich weiß, dass ich viel von Euch verlange, aber vergesst nicht, dass die Existenz des Corps unter allen Umständen geheim bleiben muss.«

»Das wird nicht leicht. Vor allem nicht, wenn wir Gewalt anwenden müssen.«

»Versucht es mit Überredung, wenn es möglich ist. Allerdings bezweifle ich, dass dies bei Orks etwas fruchtet. Sie sind völlig unzurechnungsfähig. Vergesst nicht, dass Ihr einem höheren Ziel dient. Wenn es nötig ist, jemanden zu töten, der sich Euch in den Weg stellt, dann müsst Ihr es tun. Eure Waffen sind allem überlegen, was es in Maras-Dantien geben mag.«

»Hoffentlich kommt es nicht dazu. Wir Elfen denken gern, dass es niemanden gibt, der unrettbar verloren ist. Auch die Orks müssten doch eigentlich für Vernunftgründe zugänglich sein.«

8

Stryke zog seine Klinge aus dem Bauch des Menschen und ließ ihn fallen, drehte sich herum und schlitzte dem nächsten Menschenmann die Kehle auf, bis ihm rotes Blut entgegenspritzte. Dann warf er sich einem dritten entgegen und schlug mit brutalen, hallenden Schwertstreichen zu.

Links und rechts waren die Vielfraße in einen grimmigen Nahkampf verwickelt. Coilla und Haskeer schalteten zwei Gegner aus, sie mit zwei Dolchen, die sie geschickt in beiden Händen führte, er mit wuchtigen Beilhieben. Dallog spießte einen Gegner mit der Lanze auf, die sonst die Standarte der Truppe trug. Der vergilbte Rasen, auf dem sie standen, war glitschig vom Blut.

Es dämmerte schon, und sie kämpften in einem behelfsmäßigen Lager, das sie hinter einem dichten Wäldchen im Schutz einer Senke angelegt hatten. Ein gedeckter Wagen stand dort, in der Nähe waren mehr als zwanzig Pferde angeleint. Ungefähr ebenso viele Menschen wehrten sich, um die Tiere zu verteidigen.

Der Kampf war heftig, aber nicht von Dauer. Nachdem sie um mehr als die Hälfte dezimiert waren, rief einer der Menschen einen Befehl, worauf sich alle zurückzogen und flohen.

»Lasst sie laufen!«, brüllte Stryke. »Wir haben jetzt, was wir brauchen.«

Coilla sah den fliehenden Menschen nach. Einer war eine Frau, die langes hellblondes Haar hatte.

»Siehst du das?«

»Was denn?«, fragte Haskeer.

»Die Menschen, wie sie fliehen. Darunter war eine Frau. Jung, noch nicht einmal richtig erwachsen.«

»Und?«

»Ich glaube, ich habe sie schon einmal gesehen, aber verdammt will ich sein, wenn ich mich erinnere, wo es war.«

»Für mich sehen alle Menschen gleich aus.«

»Stimmt auch wieder.« Sie zuckte mit den Achseln. »Ist wohl nicht so wichtig.«

Stryke kam zu ihnen. Er wischte mit einem Tuch das Blut von seiner Klinge. »Tja, das war mal ein glückliches Zusammentreffen. Für uns jedenfalls.«

»Was denkst du, wer sie waren?«, fragte Coilla.

»Spielt das eine Rolle?«

»Ist dir aufgefallen, dass viele von ihnen ähnlich gekleidet waren? Vielleicht waren es Unis.«

»Dann sind die Menschen also immer noch untereinander zerstritten. Das wäre nichts Neues. Lass uns zur Sache kommen, ja? Auf dem Wagen müssten wir Trinkwasser und Lebensmittel finden, und jetzt haben wir auch genug Pferde für alle. Wenn wir uns beeilen, können wir Quatt heute noch erreichen.«

Obwohl sie nach Süden in eine angeblich mildere Klimazone reisten, wurde das Gelände sogar noch öder, als es schon war. Kein Baum trug grüne Blätter, und ein Bach, den sie passierten, war gelb vor Fäulnis.

»Bist du sicher, dass wir auf dem richtigen Weg sind?«, fragte Coilla.

Stryke, der neben ihr ritt, warf ihr einen genervten Blick zu. »Zum zehnten Mal, ja.«

»Es sieht nicht so aus wie in meinen Erinnerungen, das ist alles.«

»Das Land ist mehr als vier Jahre von Menschen malträtiert worden. So etwas hinterlässt Spuren. Außerdem haben sie die Magie zerstört. Die Blutsauger waren nur ein Ausdruck davon.«

»Wenigstens scheint es Wheam wieder besser zu gehen.« Sie drehte sich um und blickte an der Reihe der Reiter entlang nach hinten, wo Wheam und Dallog nebeneinander ritten. Der Bursche schnitt wie üblich ein unglückliches Gesicht, und sein Hals war verbunden, aber die natürliche olivbraune Farbe seiner Haut war zurückgekehrt.

»Was ist das?«, sagte Stryke auf einmal.

Coilla konzentrierte sich wieder auf die Straße. Eine kleine Gruppe von Gestalten näherte sich ihnen. Einige fuhren auf einem wackligen Wagen, die meisten liefen.

Haskeer kam nach vorn galoppiert. »Gibt es Ärger, Stryke?«

»Keine Ahnung, besonders gefährlich kommen sie mir aber nicht vor.«

»Könnte eine Falle sein.«

»Bleibt wachsam!«, warnte Stryke sein Gefolge.

Coilla beschirmte die Augen und beobachtete mit zusammengekniffenen Augen die Neuankömmlinge. »Das sind Elfen.«

»Ziemlich heruntergekommen, wie es scheint«, fügte Haskeer hinzu.

Die Gruppe bestand aus höchstens einem Dutzend Elfen. Diejenigen, die zu Fuß liefen, schleppten sich mühsam dahin. Auf dem Wagen saßen drei oder vier Alte und zwei Junge. Alle waren müde und unterernährt. Sie reagierten in keiner Weise auf die Orks und verlangsamten auch nicht die schlurfenden Schritte.

Der Anführer war ein Mann. Er war erwachsen, obwohl es immer schwer war, das Alter eines Elfen zu schätzen. Die einstmals gute Kleidung war schäbig, und er war verdreckt, nachdem er viel zu viele Tage auf Wanderschaft gewesen war.

Als er die Orks erreichte, hob er eine entsetzlich dürre Hand, und sein Gefolge hielt knirschend an.

»Wir haben nichts«, erklärte er sofort.

»Wir wollen auch nichts von euch«, erwiderte Stryke.

»Schließt das unser Leben ein? Über mehr verfügen wir nämlich nicht.« Seine Stimme klang mutlos.

»Wir tun niemandem etwas, der uns nicht bedroht.« Stryke beäugte die traurigen Gestalten. »Ihr seid weit von daheim entfernt.«

»Wir haben kein Zuhause.«

»Warum ist die edle Rasse der Elfen so heruntergekommen?«, fragte Coilla.

»Das Gleiche könnte ich über die Orks sagen.«

»Oh, wir kommen schon zurecht«, informierte Haskeer ihn grantig.

»Dann seid ihr Ausnahmen unter Euresgleichen«, entgegnete der Elf. »In diesem Land gedeiht keine Rasse mehr. Keine außer einer.«

»Du meinst die Menschen«, erwiderte Stryke.

»Wen sonst? Sie schwingen sich zu Herrschern auf, und die älteren Rassen werden in immer entlegenere Gebiete zurückgedrängt. Bald wird unsere Art nur noch ein Mythos sein, soweit die Menschen betroffen sind.«

Stryke hätte ihm erklären können, dass dies von Rechts wegen die Welt der Menschen war, die sie eigentlich nicht einmal erobern mussten. Doch er fragte nur: »Wohin wollt ihr?«

»Ein paar Zufluchtsorte bleiben uns noch, weit entfernt. Wir haben uns für den hohen Norden entschieden.«

»Das ist aber eine trostlose Gegend.«

»Es kann nicht schrecklicher sein, als es das Leben hier geworden ist.«

»Ihr seid doch sicher nicht alles, was vom Volk der Elfen geblieben ist?«, fragte Coilla.

»Nein. Unsere Zahl ist stark geschrumpft, aber doch noch nicht so weit. Wir sind nur die Überreste eines Klans.«

»Und die anderen deines Volks?«

»Diejenigen, die nicht starben, wurden versklavt oder in alle Winde verstreut. Wir überleben nun voneinander getrennt, sofern wir überhaupt überleben.«

»Warum weglaufen?«, grollte Haskeer. »Wehrt euch doch und kämpft gegen die menschlichen Bastarde.«

»Wir besitzen nicht die überlegene Kampfkraft der Orks und sind auch nicht so erpicht aufs Blutvergießen. Die Magie war unsere einzige echte Waffe. Sie ist jedoch so erschöpft, dass sie beinahe nutzlos geworden ist. Nun bleibt uns nur mehr eines: die Hoffnung, dass wir doch noch irgendwie überleben werden.«

»Können wir etwas tun, um euch zu helfen?«, fragte Stryke.

»Ihr habt unser Leben verschont, das ist Hilfe genug in diesen schweren Zeiten. Wenn ihr uns jetzt erlauben würdet, weiterzugehen ...«

Stryke zog seinen Wasserschlauch hervor und bot ihn dem Elf an. »Wahrscheinlich könnt ihr das gebrauchen, und wir können auch etwas Essen erübrigen.«

Der Elf zögerte kurz, dann nahm er den Schlauch und bedankte sich mit einem Nicken. Stryke ließ einige Gemeine Vorräte auf den Wagen der Elfen laden.

Als die Elfen aufbrechen wollten, hielt ihr Anführer noch einmal inne. »Ich will eure Freundlichkeit mit einer Warnung vergelten, obwohl ihr wahrscheinlich schon wisst, was ich sagen werde. In Maras-Dantien gibt es nichts als Elend und Verderben, selbst für die Orks. Es ist ein Schicksalsrad geworden, auf dem auch die stärkste Seele zerbricht. Ihr wärt gut beraten, euch in einer Festung zu verschanzen und abzuwarten, bis die Zeiten besser werden, genau wie wir.« Ohne auf eine Antwort zu warten, drehte er sich um und ging weiter.

Die Vielfraße sahen der kleinen Gruppe nach, die weiter nach Norden zog.

Als sie außer Hörweite waren, sagte Haskeer: »Was hältst du davon?«

»Ich kann dir sagen, was ich denke«, erwiderte Coilla. »Warum bringt ihr Männer es nicht über euch, einfach mal nach dem Weg zu fragen?«

Sie ritten scharf und erreichten Quatt nur drei Stunden später.

Der einst grüne Bezirk erweckte den Anschein, es sei ein endloser Winter über ihn gekommen. Genau wie die anderen Gegenden, die sie durchquert hatten, wirkte auch dieser Landstrich ausgelaugt und blutleer.

Von einem Hügel aus blickten sie auf das bewaldete Herz der Heimat der Zwerge hinab.

»Mir ist nicht ganz wohl«, gestand Coilla.

»Warum?«, erwiderte Stryke. »Fürchtest du, sie werden uns nicht willkommen heißen?«

»Wir sind Orks, Stryke. Wer freut sich schon, uns zu sehen? Aber das meinte ich gar nicht. Ich mache mir eher Sorgen, dass sie fort sind wie die Elfen. Oder dass Jup tot ist.«

»Vielleicht haben auch die Unfreundlichen hier das Sagen«, warf Haskeer ein.

Stryke starrte ihn an. »Die Unfreundlichen?«

»Diejenigen, die sich des Lohnes wegen mit den Menschen zusammentun.«

Coilla verdrehte die Augen. »Nicht das schon wieder!«

»Zwergen kann man nicht trauen, das weißt du doch.«

»Jup schon«, erinnerte Stryke ihn. »Und sein Stamm ist nicht übergelaufen.«

»Ich meine doch nur ...«

»Willst du umkehren?«

»Nein. Ich meine nur ...«

»*Was?* Was meinst du?«

»Leck mich doch, Stryke. Ich sage nur, was wir alle wissen. Zwerge sind verräterisch. Dafür sind sie bekannt.«

»Behalte deine Meinung für dich. Wir haben auch ohne deine Wut schon genug Ärger am Hals. Und jetzt kehre ins Glied zurück, Feldwebel.«

»Wir sollten gut aufpassen, das ist alles«, grollte Haskeer, während er sein Pferd herumzog und es antrieb.

Stryke bemerkte Coillas Gesichtsausdruck. »War ich zu streng mit ihm?«

»Kann man mit Haskeer überhaupt zu streng sein? Also gut, ja. Vielleicht warst du es. Ein wenig.«

»Na ja, man muss schon sehr deutlich werden, damit etwas durch seinen dicken Schädel dringt. Und ich würde lieber mit Jups Leuten verhandeln, als mich mit ihnen zu prügeln.«

»Meinst du denn, du kannst ihn überzeugen, falls er noch lebt?«

»Keine Ahnung. Er hat es schon einmal abgelehnt, Maras-Dantien zu verlassen. Wir müssen also auf eine Absage gefasst sein. Aber das finden wir nicht heraus, indem wir hier herumsitzen. Los jetzt.« Er winkte der Truppe, ihm zu folgen.

Quatt lag in einem weiten Tal; das andere Ende konnte man in der dunstigen Luft kaum erkennen. Die Bäume, die das Zentrum umgaben, waren traurige Gestalten im Vergleich zur fruchtbaren Vegetation, an die sich die Truppe erinnern konnte. Doch das Blattwerk war noch dicht genug, um eine Barriere zu bilden.

Sie folgten einem gewundenen, überwachsenen Weg, auf den das fahle Tageslicht kaum vordringen konnte. Die Gerüche des Waldes waren alles andere als sommerlich – der beißende Verwesungsgestank erinnerte eher an den Herbst. Kein Geräusch war zu hören außer dem Pochen ihrer eigenen Hufschläge auf dem Laub. Sie hielten ständig eine Hand am Schwertgriff, während sie langsam ins Innere vordrangen.

Das Zwielicht wich trübem Tageslicht, als sie eine recht große Lichtung erreichten. Im Zentrum gab es einen von Felsen umgebenen großen Teich, der von einer unterirdischen Quelle gespeist wurde. Das schwefelhaltige Wasser blubberte leicht, Girlanden von verwitterten Blumen lagen ringsherum. In drei Richtungen entfernten sich Spuren vom Teich.

»Wohin jetzt?«, fragte Coilla.

Strykes Blick irrte zwischen den Wegen hin und her. »Wartet mal, ich habe die Orientierung verloren.«

»Ach, wie schön.«

»Es ist lange her, dass ich das letzte Mal hier war. Es sieht ganz anders aus.«

»Sollten wir Späher losschicken?«

»Ich will die Truppe nicht zersplittern. Wir finden den Weg zu den Zwergen gemeinsam.«

»Äh ... ich glaube, sie haben bereits uns gefunden, Stryke.«

Über die Wege und durchs Unterholz kam eine größere Gruppe stämmiger Männer auf die Lichtung. Sie waren mit Stäben und Kurzschwertern bewaffnet und mindestens im Verhältnis vier zu eins in der Überzahl. Rasch umstellten sie die Orktruppe.

»Ruhig!«, warnte Stryke seine Leute.

Ein kräftiger Zwerg trat vor. »Wer seid ihr?«, fragte er finster. »Was habt ihr in unserem Wald zu suchen?«

»Wir kommen in Frieden«, erklärte Stryke ihm. »Wir haben keine bösen Absichten.«

»Seit wann haben Orks friedliche Absichten, wenn sie irgendwo auftauchen?«

»Immer dann, wenn wir einen Verbündeten suchen.«

»Ihr habt hier keine Verbündeten.« Der Zwerg deutete

auf den Fels und den Teich. »Dies ist ein heiliger Ort. Eure Gegenwart beleidigt die Götter.«

»Leben eure Götter eigentlich unter Wasser?«, mischte sich Haskeer ein.

Der Zwerg schoss einen tödlichen Blick ab, und seine Begleiter zuckten sichtlich zusammen.

»Haskeer!«, zischte Stryke böse.

»Die Götter leben überall im Wald«, erwiderte der Zwerg und warf sich in die Brust. »Sie sind in den Bäumen und im Geist der Tiere im Wald. Auch in der Erde selbst leben sie.«

»Oh, ach so. Dann nehmen sie wohl gern mal ein Bad, was?«

»Haskeer!«, fauchte Stryke. Er wandte sich an den Zwerg. »Bitte achte nicht auf meinen Untergebenen. Er ... er weiß nichts über euch.«

»Dummheit ist keine Entschuldigung für Gotteslästerung.«

Haskeer sah ihn böse an. »Wen nennst du hier ...«

»Halt den Mund, Feldwebel!«, brüllte Stryke. »Hör zu«, wandte er sich wieder an den Zwerg, »wenn ich dir erklären könnte ...«

»Du sollst Gehör finden. Wir in Quatt sind nicht unvernünftig. Aber zuerst müsst ihr eure Waffen abliefern.«

»Das kannst du von einem Ork nicht erwarten«, wandte Coilla ein.

»Sie hat recht«, stimmte Stryke zu. »Das tun wir nicht.«

»Wenn ihr sie haben wollt, dann holt sie euch«, fügte Haskeer hinzu.

»Wenn ihr die Waffen nicht abgebt«, erwiderte der Zwerg kalt, »dann seid ihr Feinde. Ich gebe euch eine letzte Möglichkeit, die Klingen abzulegen.«

Haskeer hustete demonstrativ, spuckte aus und verfehlte knapp die Stiefelspitzen des Zwergs. »Du kannst meinen Schuppenarsch küssen, abgesägter Zwerg.«

Waffen wurden gehoben, die Zwerge rückten vor. Die Orks zogen die Schwerter.

Jemand drängte sich in der Menge nach vorn.

»Ja, da steck mir doch einer die Lanze in den Arsch.«

»Nur wenn du wirklich darauf bestehst«, sagte Coilla lächelnd. »Hallo, Jup.«

9

»Dann kannst du tatsächlich die Instrumentale steuern?«, fragte Jup.

»In gewisser Weise«, erwiderte Stryke. »Aber nur deshalb.« Er zog das Amulett heraus.

»Darf ich mal sehen?«

Stryke zog die Kette über seinen Kopf und reichte sie ihm.

Jup untersuchte sie und zupfte sich abwesend am Bart. »So etwas wie diese Schrift habe ich noch nie gesehen.«

»Ich auch nicht, aber sie hat uns hierhergebracht.«

Jup gab ihm das Amulett zurück. »Was ist mit dem Einfluss der Sterne? Du weißt schon, wie sie ... wie heißt das noch? Wie sie dich und Haskeer in ihren Bann geschlagen haben. Macht dir das keine Sorgen?«

»Was wäre das Leben, wenn man nicht mal ein Wagnis eingeht?«

»So einfach kannst du das nicht abtun, Stryke.«

»Nein. Coilla passt auf einen auf. Ich dachte mir, ihre Kraft wird eingedämmt, wenn wir sie trennen.«

»Was, du zeigst Schwäche?« Er lächelte. »Aber das ist sicher eine gute Idee.«

Sie blickten zu Coilla hinüber, die ein Stück entfernt zwischen den Eichentischen stand.

Die Tische waren in Reihen auf einer Lichtung aufgebaut, die noch größer war als die erste. Hier gab es genug Platz für ein ganzes Dorf mit strohgedeckten Hütten, Lagerschuppen und Pferchen für das Vieh. In flachen Gruben brannten Feuer, die die ungewöhnliche Kälte vertrieben und über denen Fleisch briet.

Die Zwerge hatten die Orks willkommen geheißen, sobald Jup nachdrücklich erklärt hatte, dass sie Ehrengäste seien. Doch viele Zwerge waren anscheinend nachtragend. Die meisten saßen ein Stück abseits und beäugten die Vielfraße voller Misstrauen.

Haskeer kam und ließ sich neben Stryke und Jup nieder.

»Wie geht es dir, alter Gauner?«, sagte Jup.

»Ich habe Hunger.« Haskeer rutschte hin und her. »Und die Sitze sind viel zu klein.«

»Die wurden eben nicht für breite Ärsche wie deinen gebaut. Ach, wie ich diesen finsteren Blick vermisst habe. Wisst ihr, ich kann mich noch gar nicht richtig daran gewöhnen, dass ihr keine Rangtätowierungen mehr habt. Sieht komisch aus. Wie seid ihr sie losgeworden?«

»Das war der Knochenflicker in Ceragan«, erklärte Stryke. »Er hat eine Art Vitriol benutzt. Hat höllisch gebrannt und eine Ewigkeit gedauert, bis es abgeheilt ist.«

»Und dann hat es noch einen Monat teuflisch gejuckt«, fügte Haskeer hinzu. »Aber das war es wert. Es zeigt, dass wir niemandes Sklaven mehr sind.« Er starrte die Halbmonde auf Jups Wangen an, die ihn früher als Feldwebel ausgewiesen hatten. »Du solltest deine auch loswerden. Darf ich sie rausschneiden?« Er langte nach dem Messer.

»Nicht der Mühe wert, danke. Die Tätowierungen haben mir hier sogar ein gewisses Ansehen verschafft.«

»Wirklich?«, fragte Stryke. »Ich dachte, Jennestas Truppen waren nicht sonderlich beliebt.«

»Hier hat sie niemand als das böse Miststück gesehen, das wir kennen und hassen gelernt haben. Da ist noch etwas, das ich nicht ganz begreife. Wie konnte sie nur diesen ... diesen Strudel überleben?«

»Keine Ahnung. Aber wie auch immer, anscheinend ist es ihr gelungen, wenn man Seraphim glauben kann.«

»Das ist ein großes Wenn.«

Ein Zwerg kam mit Krügen und stellte sie wortlos auf den Tisch. Haskeer schnappte sich einen und trank einen großen Schluck.

Auch Stryke bediente sich. »Seltsam«, überlegte er, als er den Krug wieder absetzte. »Wäre Jennesta nicht gewesen, dann hätten wir nie von Ceragan erfahren. Ich wäre Thirzarr nicht begegnet und hätte keine Nachkommen gezeugt.«

»Du hast Kinder?«, fragte Jup.

»Zwei. Zwei Jungs.«

»Dann hat sich wirklich eine Menge verändert.«

»Wie ich schon sagte, wenn Jennesta uns nicht den Auftrag gegeben hätte, den ersten Stern zu holen ...«

Haskeer knallte seinen Krug auf den Tisch. »Einen Dreck haben wir ihr zu verdanken. Wir haben nur bekommen, was uns zustand.«

Jup nickte. »Sosehr es mir missfällt, diesem Latrinenbewohner da drüben zuzustimmen, aber so sehe ich es auch. Es scheint ein gerechter Ausgleich für den Kummer zu sein, den sie allen zugefügt hat. Da wir gerade von Ceragan reden ...« Er sah sich auf der Lichtung um. »Ich entdecke da einige neue Gesichter, während vertraute fehlen.«

»Das eine hängt mit dem anderen zusammen«, murmelte Haskeer düster. Er deutete mit dem Daumen auf Wheam und Dallog.

»Hör nicht auf ihn.« Coilla setzte sich zu ihnen.

»Wann hätte ich das jemals getan?«

Sie hob einen Krug. »Hm. Starkes Zeug.«

»Wir sind stolz auf unsere Braukunst.«

Coilla trank noch einen Schluck und fuhr leise fort: »Dein Volk nimmt seine Götter ziemlich ernst, was?«

»Einige schon. Das hat sich verstärkt, seit diese Welt auseinanderfällt. Der religiöse Fanatismus hat in Maras-Dantien eine Blütezeit erlebt, nachdem ihr fortgegangen seid, und zwar nicht nur unter den Menschen.«

»Auf dem Weg hierher sind uns einige Elfen begegnet. Sie meinten, die Menschen wären das Ende der älteren Rassen.«

»Früher hätte ich dem widersprochen. Da jetzt die Fanatiker die Oberhand haben, bin ich allerdings nicht mehr so sicher.«

Coilla schnippte mit den Fingern. »Fanatiker. Natürlich. *Sie* war es!«

»Wer?«

»Die Frau, die ich gestern sah, als wir den Menschen die Pferde wegnahmen.«

»Was ist mit ihr?«, fragte Stryke.

»Sie kam mir bekannt vor. Es war Milde Hobrow. Die Tochter dieses verrückten Kimball Hobrow. Erwachsen, aber ich habe sie erkannt.«

Jup stieß einen leisen Pfiff aus. »Da hast du aber Glück gehabt. Sie ist so verrückt wie ihr Alter, und sie führt seine Arbeit fort. Ihre Gruppe ist eine Anlaufstelle der Unis, und ihr Gefolge ist sogar noch größer als das ihres Vaters. Sie sind eine Landplage in dieser Gegend.«

»Wir haben ihr noch einen weiteren Grund gegeben, uns nicht zu mögen«, bemerkte Stryke.

»Dann seid ihr gut beraten, in Zukunft einen großen Bogen um sie zu machen.«

»Wir haben sowieso nicht die Absicht, lange hierzubleiben. Aber da wir gerade von Vätern und Töchtern reden, Jup – ich wollte noch etwas fragen. Als wir uns das letzte Mal gesehen haben, hast du Sanara aus dem Palast in Illex geholt. Was ist aus ihr geworden?«

»Gute Frage. Jennestas Heer war in Auflösung begriffen, und die hier haben uns geholfen, unbeschadet durchzukommen.« Er deutete auf seine Tätowierungen. »Dann sind wir tagelang über die Eisfelder marschiert. Die Frau war zäh, das kann ich dir sagen. Aber als wir unten in der Ebene waren ... nun ja, ich habe sie nicht direkt verloren, aber sie ist verschwunden. Frag mich nicht, wie. In einem Augenblick war sie da, im nächsten war sie fort.«

»Diese verdammten Zauberer«, grollte Haskeer. »Schlüpfrig wie ein Haufen Eingeweide.«

»Jedenfalls«, fuhr Jup fort, »habe ich bald aufgehört, sie zu suchen, und bin hierhergekommen. Seitdem habe ich sie nicht mehr gesehen.«

»Nette Familie, was?«, bemerkte Coilla. »Seraphim und seine Brut.«

Einige Zwerge kamen mit hölzernen Serviertellern, auf denen Berge von Fleisch dampften, in ihre Richtung.

Stryke versetzte Haskeer einen Rippenstoß. »Sieht aus, als würde dein Mangen bald zu knurren aufhören.«

»Tut mir leid, wenn es kein Festessen wird«, meinte Jup. »Der Wald gibt nicht mehr so viel her wie früher, das Wild ist rar geworden.«

Wheam und Dallog kamen herüber.

»Dürfen wir uns zu euch setzen?«, fragte Dallog.

»Wenn es sein muss«, knirschte Haskeer.

Coilla sah ihn scharf an. »Aber natürlich, lasst euch nieder.«

Teller mit gewürztem, gebratenem Fleisch wurden auf den Tisch gestellt, dazu gab es Körbe voll warmem Brot. In Schälchen standen Beeren und Nüsse bereit.

»Du weißt gar nicht, wie gut das nach unseren Feldrationen tut«, meinte Stryke.

»Hmpf«, machte Wheam mit vollem Mund. »Das ist lecker.«

»Wir sind dankbar«, fügte Coilla hinzu. »Besonders, da die Jagd so schlecht ist.« Sie versetzte Haskeer einen Knuff mit dem Ellenbogen. »Sind wir doch, oder?«

Er sah sie böse an und wischte sich mit dem Ärmel den Mund ab. »Schon gut. Könnte nur etwas mehr sein.«

»Ist dies das Essen, das die Zwerge normalerweise verspeisen?«, fragte Dallog diplomatisch.

»So ungefähr«, erwiderte Jup. »Allerdings wäre es uns lieber, wenn wir mehr davon hätten.« Das war an Haskeer gerichtet, der jedoch so tat, als hätte er nichts gehört.

»Die unter uns, die aus Ceragan kommen, haben noch nie einen Zwerg gesehen«, fuhr Dallog fort. »Fasse meine Unwissenheit also bitte nicht als Mangel an Höflichkeit auf.«

»Kein Problem. Ich weiß noch, wie ich mich gefühlt habe, als ich das erste Mal einen Ork vor mir hatte.«

»Aber du hast uns doch nicht für ebenso widerlich wie die Menschen gehalten, oder?«, schaltete Wheam sich ein.

Jup lächelte. »Keineswegs. Allerdings haben uns die Geschichtenerzähler eingeredet, ihr würdet das Fleisch eurer eigenen Toten essen, und noch einige andere Dinge.«

»Ich bin nämlich ein Balladensänger«, verkündete Wheam stolz.

»Die Laute habe ich schon bemerkt.«

»Das war vielleicht etwas übertrieben«, wandte Stryke ein. »Sagen wir mal, du hoffst, irgendwann einer zu werden.«

»Ich kann es beweisen«, protestierte Wheam. »Ich könnte etwas singen.«

»Bei den Göttern«, stöhnte Haskeer und hob den leeren Krug. »Ich brauch noch was zu trinken.«

»Davon haben wir genug«, erklärte Jup und winkte einer Zwergin, die ein Holztablett trug.

Sie war wohlgeformt, soweit es ein Ork überhaupt beurteilen konnte. Ihre Haut war glatt wie Porzellan, und das lange kastanienbraune Haar war zu Zöpfen geflochten. Sie war kräftig und gesund, bewegte sich aber trotz des stämmigen Körperbaus für eine Zwergin mit erstaunlicher Anmut.

Als sie das Tablett abgesetzt hatte, beugte sie sich vor und küsste Jup. Der Kuss dauerte recht lange.

»Das nenne ich aber mal eine freundliche Bedienung«, bemerkte Coilla.

Die beiden lösten sich voneinander.

»Entschuldigung«, sagte Jup. »Das ist Spurral.«

»Ist sie ... etwas Besonderes?«, fragte Stryke.

»Sie ist mein Gespons.« Sie verstanden nicht, was er

damit meinte. »Meine bessere Hälfte. Meine Gemahlin, Gefährtin, Partnerin. Gattin.«

»Du hast recht«, sagte Stryke. »Es hat sich wirklich viel verändert.«

Coilla lächelte. »Das freut mich für euch.«

Haskeer setzte den Krug ab. »Teufel, ich hätte nie gedacht, dass du dich mal so einwickeln lässt, Jup. So was Dummes auch.«

»Du musst Coilla sein.« Spurral lächelte die Orkfrau an. »Und du bist Stryke.«

»Gut geraten.«

»Oh, ich habe eine Menge über euch gehört.« Das Lächeln verschwand. »Und du musst Haskeer sein.«

Haskeer prostete ihr zu und setzte den Krug gleich wieder an die Lippen.

»Spurral und ich kennen uns schon seit unserer Kindheit«, erklärte Jup. »Als ich wieder hier war, dachten wir, wir können es auch offiziell machen.«

»Damit wurden dann zwei stolze Zwergenfamilien vereint«, fügte Spurral hinzu. »Ich bin eine Gorbulew, Jup ist ein Wispot.«

Haskeer hätte sich fast verschluckt. »Da hast du völlig recht«, platzte er heraus.

»Wispot«, wiederholte Jup mit zusammengebissenen Zähnen. »Wispot.«

Haskeer schüttelte sich vor Lachen. »Dann bist du ...« Er deutete auf Spurral, die ihn mit versteinerter Miene ansah. »... Dann bist du jetzt keine Gorbulew mehr, sondern eine Piss...«

»Haskeer!«, knurrte Jup böse.

»Na ja, man lernt eben jeden Tag dazu«, fuhr Haskeer ungerührt fort. Er kam auf seine Kosten, und ihre säuerlichen Mienen waren ihm egal. »Du hast uns nie gesagt, dass du ein ... ein Wispot bist.«

»Ich frage mich nur, warum«, warf Spurral trocken ein.

»Das reicht, Haskeer«, warnte Stryke ihn mit einem drohenden Unterton.

»Hör doch auf. Ich weiß, dass man jeden Humor verliert, wenn man heiratet, aber ...«

»Wir sind hier Gäste. Vergiss das nicht.«

Haskeer beruhigte sich. »Scheint so, als wäre es sinnlos gewesen, überhaupt herzukommen.«

»Wie war das?«, fragte Jup.

»Ich sehe nicht, wie du dich uns anschließen kannst, da du jetzt eine Ehefrau hast und so weiter. Die Reise war eine Zeitverschwendung.«

Jup und Spurral wechselten einen Blick.

»Nicht unbedingt«, widersprach Jup.

Coilla deutete auf die Zwerge, die überall auf der Lichtung herumliefen. »Ich dachte, du bist ihretwegen hiergeblieben.«

»Was hättest du getan, wenn die einzige andere Möglichkeit gewesen wäre, dein Leben bei einer fremden Rasse zu verbringen?«

»Du hättest auch zur Heimatwelt der Zwerge zurückkehren können. Seraphim hat es dir angeboten.«

»Dort kannte ich doch niemanden.«

»Warum hast du es dir jetzt anders überlegt?«

»Ich hätte nie gedacht, dass ich es eines Tages sagen werde, aber ich will hier weg. Die Zeit ist reif.«

»Ihr seht ja selbst, wie das Land stirbt«, warf Spurral ein, »und unser Volk stirbt auch. Habt ihr euch unsere Leute genau angesehen? Die meisten sind alt, gebrechlich oder krank.«

Jup zuckte mit den Achseln. »Eigentlich würden wir lieber bleiben, aber ...«

»Wir?«, fiel Stryke ihm ins Wort.

»Ich gehe keinesfalls ohne Spurral.«

»Das macht die Dinge kompliziert, Jup.«

»Warum denn? Es sei denn, ihr habt ein Problem damit, dass Zwerge in der Truppe sind.«

»Du weißt, dass dem nicht so ist. Aber wir haben keine Ahnung, worauf wir stoßen werden, abgesehen davon, dass es gefährlich wird.«

»Ich kann schon auf mich aufpassen«, protestierte Spurral. »Oder nehmt ihr keine Frauen mit?«

»Falls du es noch nicht bemerkt hast«, erklärte Coilla ihr, »ich bin eine Frau. Wichtig ist aber die Fähigkeit zu kämpfen.«

Mehr als ein Blick wanderte zu Wheam.

»Spurral ist eine gute Kämpferin«, erwiderte Jup. »Das muss sie auch sein.«

»Du wirst in diesem Punkt nicht nachgeben, was?«, sagte Stryke.

»Nein. Wir beide oder keiner.«

»Ich führe die Truppe wie früher ziemlich scharf. Befehle werden gegeben und ausgeführt.«

»Damit haben wir keine Probleme.«

»Du willst dich doch nicht etwa darauf einlassen, Stryke?«, klagte Haskeer.

»Ich treffe die Entscheidungen über die Truppe, nicht du.«

»Dann triff keine schlechten Entscheidungen. Wir schleppen sowieso schon genügend Ballast mit uns herum, und ...«

»Sagte Stryke nicht gerade, dass alle den Befehlen gehorchen müssen?«, unterbrach Spurral ihn. »Das kommt mir aber nicht so vor.«

»Halte du dich da raus.«

»Es geht doch um mich!«

»Sag ihr, sie soll den Mund halten, Jup«, knurrte Haskeer.

»Sie kann gut auf sich selbst aufpassen.«

»Und ob.« Spurral baute sich vor Haskeer auf. »Probier's doch mal aus.«

»Ich schlage keine Frauen.«

Coilla lachte. »Seit wann?«

»Das reicht«, entschied Stryke. »Jup, Spurral, lasst es gut sein. Setzt euch alle.« Sie gehorchten. »Schon besser. Ich denke über Spurral nach, Jup. In Ordnung?«

»Mehr verlangen wir gar nicht.«

»Dann lass es auf sich beruhen.«

»Ja. Eigentlich sollten wir jetzt feiern. Wir brauchen noch was zu trinken.« Er nahm sich einen Krug und füllte ihre Becher nach. »Wir haben auch ein wenig Pelluzid, falls jemand ...«

»Oh, nein. Nicht nach den letzten Erfahrungen. Erst die Mission, dann das Vergnügen.«

»So ein Scheiß«, murmelte Haskeer.

»Wie wäre es mit einem Lied?«, regte Jup an. »Wheam?«

Coilla verdrehte die Augen. »Ihr Götter, muss das sein?«

Wheam hatte schon die Laute in der Hand. »Es ist noch etwas ungeschliffen, ich muss die Verse erst polieren.« Er schlug die Akkorde an.

»Die Vielfraße, allzeit kühn und munter
Kämpften sich im Land herauf und runter
Bahnten sich den Weg durch Schnee und Schlamm
Da wurde ihren Feinden bald ums Herz ganz klamm.

Auf böse Feinde trafen sie in böser Schlacht
Bald schon waren sie ums Leben gebracht
Keines Dämons Ingrimm und keine Menschenriegen
Konnten im Kampf gegen die Vielfraßklingen siegen

Die Truppe kam schließlich in der Zwerge Land
Denen ging es nicht sehr gut, wie sie fand
Trotzdem war das Willkommen erklecklich
Die Gastfreundschaft wahrlich erschröcklich ...«

»Wer bringt ihn um, du oder ich?«, wollte Spurral von Jup wissen.

»Jetzt kommt der Kehrreim«, verkündete Wheam und zupfte etwas schneller.

»Wir sind die Vielfraße!
Wir marschieren und vereiteln böse Ränke!
Geschwind zu Fuß, mit starker Waffe in der Hand!
Wir ...«

»Es ist schon spät«, verkündete Stryke laut.

Wheam brach mitten in der Strophe ab. »Aber ich habe doch noch nicht ...«

»War ein langer Tag«, sprang Coilla ihm bei und streckte sich.

»O ja«, stimmte Jup zu. »Und morgen haben wir viel vor.«

Wheam war sichtlich enttäuscht. »Ihr lasst mich nie zu Ende ...«

»Hau dich hin, sonst zerschlage ich dir diesen verdammten Strippenkasten auf dem Kopf«, versprach Haskeer.

»Wird Zeit, dass wir alle in die Kiste gehen«, sagte Dallog und fasste Wheam am Arm.

»Wir brechen morgen früh auf«, erklärte Stryke ihnen. »Sehr früh.«

Sie zogen sich in ihre Unterkünfte zurück. Die meisten Gemeinen wurden in zwei Langhäusern untergebracht. Jup und Spurral führten Stryke, Haskeer und Coilla zu zwei kleineren Hütten.

»Stryke«, sagte Jup, »du kannst dir mit Haskeer diese hier teilen.« Er stieß die Tür auf.

Als er eintrat, stieß Haskeer sich den Kopf am Türrahmen, worauf er eine wahre Flut von Flüchen losließ.

Spurral hielt sich die Hand vor den Mund, um ihre Schadenfreude zu verbergen.

»Vergesst nicht, dass hier alles nach den Maßstäben der Zwerge gebaut ist«, fügte Jup hinzu.

»Danke für die Erinnerung«, erwiderte Haskeer. Dann sah er sich im engen Raum um und erblickte die Pritschen. »Das gilt hier als Bett, was? Die wären höchstens für Kinder geeignet.«

»Wir schlafen auf dem Boden«, entschied Stryke. »Und wenn du schnarchst, dann töte ich dich.«

»Das bleibt euch überlassen«, entgegnete Jup. »Sagst du uns wegen Spurral Bescheid, Stryke?«

»Gleich morgen Früh.«

Coilla wurde zur benachbarten Hütte geführt.

Spurral schob sie hinein. »Die hier hast du für dich allein, aber das Bett ist nicht größer als die anderen.«

»Das ist egal, ich könnte auf einem Stapel Messer schlafen.«

Sie zog die Decken vom Bett ab und warf sie auf den Boden.

Coilla war so müde, dass sie sich nicht einmal die Stiefel auszog. Kaum, dass sie ausgestreckt war, schlief sie auch schon.

Es war der schwarze Schleier des Vergessens. Ohne Bewusstsein, zeitlos, alles umfassend.

Das erste Morgengrauen fiel durch die Ritzen neben der Tür und durch die Fensterläden.

Sie regte sich.

Sofort spürte sie, dass sie nicht allein war. Eine Gestalt beugte sich über sie. Sie wollte sich bewegen.

Die kalte Schneide eines Messers wurde gegen ihren Hals gepresst.

Eine unverkennbar menschliche Stimme flüsterte: »Still, sonst schneide ich dir die Kehle durch.«

10

»Wenn du das willst, dann bring's hinter dich«, erwiderte Coilla, das Messer an der Kehle.
»Wir wollen dir nichts tun.«
»Wir?«
»Ich bin nicht allein.«
Aus dem Augenwinkel sah sie eine zweite Gestalt im Schatten lauern.
»Wir wollen dir nur helfen«, fügte der Mensch hinzu.

»Du hast aber eine komische Art, es zu zeigen.« Coillas Finger tastete nach ihrem eigenen Messer.

»Ich will nur vermeiden, dass du alles zusammenbrüllst und andere anlockst.« Er packte ihre Hand, zog das Messer aus der Armscheide und warf es weg. »Oder dass du auf dumme Gedanken kommst.«

»Wer seid ihr?«

»Das ist eine lange Geschichte.«

»Warum wollt ihr einem Ork helfen?«

»Noch eine lange Geschichte.«

»Du bist wohl nicht sehr gesprächig, was?«

»Wir haben nicht viel Zeit. Dieser Ort wird bald angegriffen, aber ihr könnt vielleicht etwas dagegen tun, wenn ihr euch rechtzeitig aufstellt.«

»Warum sollte ich das glauben?«

»Wir haben gesehen, was sich da draußen zusammenbraut. Du kannst mir glauben.«

»Einem Menschen?«

»Wie könnte so eine Warnung eine Falle sein? Hör mal, wenn ich das Messer wegnehme, benimmst du dich dann?«

Coilla nickte.

Er zog die Klinge weg und wich ein Stück zurück.

Sie blieb liegen. »Lass mich dich wenigstens sehen.«

Der Mensch fummelte kurz herum, dann flogen Funken, und eine Kerze wurde angezündet.

Soweit Coilla die Menschen überhaupt einschätzen konnte, war er jung und kräftig. Er hatte eine blonde Mähne, aber keine Haare im Gesicht, wie es viele Angehörige seiner Rasse gern trugen.

Er schwenkte die Kerze ein Stück, bis der Lichtschein den zweiten ungebetenen Besucher erfasste. Dieser war älter und hatte den Körperbau eines Mannes, der im Überfluss gelebt hatte. Seine schütteren schwarzen Haare waren teils ergraut, und er hatte einen akkurat geschnittenen Bart. Auf der bleichen Haut glänzte trotz der morgendlichen Kälte der Schweiß.

»Habt ihr auch Namen?«, sagte sie.

»Ich bin Jode Pepperdyne«, erwiderte der jüngere Mann. »Das hier ist mein ... das ist Micalor Standeven. Und du?«

»Coilla.« Sie richtete sich auf.

Jetzt ergriff der ältere Mann das Wort. »Wir verschwenden unsere Zeit. Ein kleines Heer religiöser Fanatiker wird jeden Augenblick hier eintreffen.« Er war offensichtlich viel nervöser als sein Begleiter.

»Unis?«, fragte Coilla.

»Spielt das eine Rolle?«, erwiderte Pepperdyne. »Ihr müsst nur wissen, dass sie darauf aus sind, euch abzuschlachten.«

»Wir werden gut bewacht.«

»Wirklich? Wir sind mühelos hereingekommen.«

»Ich verstehe nicht, warum ihr für uns und gegen eure eigenen Leute Partei ergreift.«

»Mit denen haben wir nichts zu tun«, sagte Standeven nachdrücklich.

»Sagen wir einfach, dass wir gemeinsame Interessen haben«, fügte Pepperdyne hinzu. »Und wenn ihr nicht sofort eure Verteidigung aufbaut, sind wir alle tot. Vertrau mir.«

»Das ist aber viel verlangt.«

»Was hast du denn schon zu verlieren? Wenn wir lügen, ist nichts weiter passiert, außer dass du alle umsonst alarmiert hast. Wenn wir die Wahrheit sagen, habt ihr die Möglichkeit, den Angriff abzuwehren.«

»Was sagst du dazu, Coilla?«, fragte Pepperdyne.

»In Ordnung. Aber wenn das ein Trick ist, werdet ihr dafür büßen«, drohte sie.

Dankbar lächelte er. »Sei leise. Wir wollen die Angreifer nicht warnen.«

»Ach, wirklich? Darauf wäre ich im Traum nicht gekommen.« Sie warf ihm einen vernichtenden Blick zu und ging zur Tür. »Ihr zwei bleibt in meiner Nähe. Es gibt hier viele, die euch umbringen würden, sobald sie euch sehen.«

Sie führte sie zur benachbarten Hütte und trat ohne Umstände ein.

Haskeer schlief noch, er schnarchte laut. Stryke stand auf der anderen Seite und zog gerade seine Klinge ab. Erschrocken fuhr er herum.

Coilla hob beide Hände. »Langsam.«

Böse sah er die Menschen an. »Was, zum Teufel, hat das zu bedeuten?«

»Sie ... sie sind Freunde. Oder wenigstens nicht feindselig.«

»*Was?*«

»Hör zu, Stryke. Möglicherweise steht ein Angriff bevor.«

»Wer sagt das?«

»Die da.« Sie deutete auf Pepperdyne und Standeven. »Und ich glaube nicht, dass wir es uns erlauben können, die Warnung in den Wind zu schlagen.«

»Aber ...«

»Wenn sie recht haben, dürfen wir keine Zeit verschwenden, und ... kannst du nicht den verdammten Lärm abstellen?«

»Was? Oh, sicher.« Er drehte sich um und versetzte dem schnarchenden Feldwebel einen Tritt.

Haskeer sprang auf und verhedderte sich in seiner Decke. »Äh? Verdammt! Menschen!« Er zog ein Messer.

»Beruhige dich«, sagte Stryke. »Wir wissen es doch.«

»Aber was ...«

»Es gibt vielleicht Ärger.«

»Ärger?« Haskeer war noch nicht richtig wach.

»Ja, das sagen sie jedenfalls.«

»*Die* sagen das?«, wiederholte er und rieb sich den Schlaf aus den Augen. »Die sind doch nur verlauste ...«

»Es freut uns, dass du weißt, wer wir sind«, fiel Pepperdyne ihm ins Wort.

»Wir wissen, *was* ihr seid«, grollte Haskeer.

»Und ihr habt keinen Grund, uns zu vertrauen. Aber wenn ihr nicht auf uns hört, bekommt ihr es umgehend mit einer Meute von Verrückten zu tun.«

»Das ist nicht von der Hand zu weisen, Stryke«, sagte Coilla. »Wir haben Milde Hobrow und ihre Unis in Rage gebracht. Wenn die unseren Spuren gefolgt sind ...«

Stryke wandte sich an die Menschen. »Welches Interesse habt ihr daran?«

»Wir haben keine Zeit, euch unsere Lebensgeschichte zu erzählen«, erwiderte Pepperdyne.

Mehrere Augenblicke verstrichen, während Stryke ihre Gesichter betrachtete und sich die Sache überlegte. »Also gut, wir schlagen Alarm.« Haskeer wollte Einwände erheben. Stryke wehrte ihn mit einer Geste ab. »Lieber so, als überrumpelt werden.«

Haskeer seufzte resigniert. »Was machen wir mit denen?« Er nickte in Richtung der beiden Männer.

»Sperrt sie irgendwo ein.«

Pepperdyne sträubte sich. »Niemand sperrt uns ein. Wir mischen mit.«

»Die können doch nicht bewaffnet hier rumlaufen«, wandte Haskeer ein.

»Ich bin unbewaffnet«, sagte Standeven. Zum Beweis öffnete er sein Wams.

Haskeer war entsetzt. »Unbewaffnet? Diese Menschen sind wirklich verrückt.«

»Der hier hat eine Klinge«, sagte Coilla.

»Und wenn jemand sie haben will«, gab Pepperdyne trotzig zurück, »dann muss er sie sich holen.«

Das gefiel Coilla. »Diese Haltung können wir achten.«

»Aber wenn es ein Trick ist«, versprach Stryke ihm, »dann wird deine Waffe uns nicht daran hindern, dir das Fell abzuziehen. Und letzt los.«

Sie verließen die Hütte. Stryke befahl den Menschen zu warten, während Coilla sie im Auge behielt. Unterdessen schlich er zusammen mit Haskeer von Tür zu Tür und weckte heimlich die anderen. Hinter ihnen sammelten sich leise die bewaffneten Orks und Zwerge.

Mit zerzausten Haaren kamen Jup und Spurral über die Lichtung zu Stryke.

Spurral schien empört. »Was haben die denn hier zu suchen?« Sie deutete auf Coillas Schutzbefohlene.

»Sie haben uns gewarnt. Das sagen sie jedenfalls. Und ehe du fragst, ich habe keine Ahnung, wer sie sind.«

»Glaubst du ihnen etwa?«

»Es ist besser, kein Wagnis einzugehen.« Er wandte sich an Jup. »Können deine Leute eine Verteidigungsstellung einnehmen?«

»Im Schlaf. Mit wem bekommen wir es zu tun?«

»Keine Ahnung. Ich weiß nicht einmal, ob überhaupt etwas passiert. Aber wenn, dann könnte es unangenehm werden.«

»Du hast ja die Verfassung unseres Stammes gesehen. Wir haben nicht viele gute Kämpfer.«

»Ihr habt uns.«

Jup nickte und entfernte sich. Spurral funkelte ein letztes Mal die beiden Menschen an und folgte ihm.

Haskeer kam zurück. »Die Truppe ist bereit, Stryke. Wie stellen wir uns auf?«

»Wir müssen beweglich bleiben. Wir teilen uns in fünf Gruppen auf, angeführt von mir, dir, Coilla, Jup und Dallog.«

»*Dallog?*«

»Ich diskutiere nicht darüber. Stelle die Abteilungen auf und verteile die neuen Rekruten gleichmäßig auf die erfahrenen Kämpfer.«

Er überließ es Haskeer, sich darum zu kümmern, und kehrte im Laufschritt zu Coilla und den Menschen zurück.

»Ich teile die Truppe in kleinere Abteilungen auf«, erklärte er ihr. »Eine davon führst du. Wir richten ein Versteck für Nichtkombattanten ein, dort können wir die beiden hier unterbringen.«

»Das ist mir recht«, antwortete Standeven sofort.

Pepperdyne sah ihn verächtlich an. »Mir aber nicht.«

»Du hast hier nichts zu sagen.«

»Ich kann kämpfen, und ihr braucht jeden Arm, der ein Schwert führen kann.«

»Dein Platz ist an meiner Seite!«, gab Standeven zurück.

Sein Tonfall veranlasste Stryke und Coilla, einen verwunderten Blick zu wechseln.

Pepperdyne achtete nicht weiter auf seinen nörgelnden Herrn. »Hier draußen bin ich nützlicher.«

»Tu, was du willst«, entschied Stryke. »Wir haben keine Zeit für solche Streitigkeiten.«

»Dann bleibst du in meiner Einheit«, entschied Coilla. »Es sei denn, du willst mit den Feinden verwechselt werden.«

Pepperdyne nickte. »In Ordnung.«

»Haskeer weist die Gruppen ein«, erklärte Stryke. »Geh zu ihm rüber und nimm ihn mit.« Er deutete auf Standeven. »Der da kann mit den Alten und Säuglingen in Deckung gehen.« Er stieß Pepperdyne mit dem Finger vor die Brust. »Und du – mach eine falsche Bewegung oder behindere uns, und du bist tot.«

Die Zwerge waren darin geübt, Eindringlinge abzuwehren, und nahmen schnell ihre Positionen ein. Späher kletterten auf hohe Bäume, Bogenschützen richteten sich auf Hausdächern ein. Die fünf Ork-Abteilungen besetzten strategisch wichtige Punkte auf der Lichtung.

Standeven und die anderen, die nicht kämpfen konnten, zogen sich in die massivste Scheune zurück. Wheam bekam die Aufgabe, sie zu beschützen. Eine sinnlose Aufgabe, denn falls der Feind so weit vordringen sollte, wäre sowieso alles verloren.

Als die Unruhe vorbei war, richteten sich alle auf die Wartezeit ein. Nichts, nicht einmal Vogelgezwitscher, störte die frühmorgendliche Stille.

Coillas Gruppe hockte hinter einem kleinen Gebüsch und war bereit, Brandpfeile abzuschießen, wenn es nötig wurde. Pepperdyne kniete neben ihr, seine Hosen waren feucht vom Tau. Ein halbes Dutzend Gemeine, die ihrem Befehl unterstanden, beäugten ihn wachsam.

Die Minuten dehnten sich wie zäher Brei.

»Ich hoffe in deinem Interesse, dass du recht hast«, flüsterte sie, während sie den Waldrand musterte.

»Ganz sicher.«

»Wirklich? Die lassen sich aber Zeit, ehe sie sich zeigen.«

»Sie werden schon kommen.« Er drehte sich zu ihr um. »Weißt du eigentlich, was dir bevorsteht?«

»Wir haben uns schon öfter mit Unis geschlagen.«

»Wie lange ist das her?«

»Ein paar Jahre.«

»Es heißt in dieser Gegend, sie seien jetzt rücksichtsloser denn je.«

»Demnach bist du nicht aus dieser Gegend?«

»Nicht direkt«, antwortete er ausweichend.

»Vielleicht weißt du dann auch nichts über uns Orks.«

»Diese Fanatiker sind Wilde. Ein Totenkult.«

»Wir auch.« Sie lächelte.

Es gab einen Schrei, und ein Stück entfernt stürzte ein Zwerg, von Pfeilen durchbohrt, aus einem Baum. Bolzen pfiffen durchs Blattwerk, zerfetzten Blätter, rissen die Baumrinde auf und bereiteten schwarz gekleideten Figuren den Weg, die aus dem Wald auftauchten.

Coilla schnappte sich ihr Schwert. »Jetzt kannst du zeigen, aus welchem Holz du geschnitzt bist, Rotgesicht.«

Strykes Gruppe hatte ein ganzes Stück von Coilla entfernt einen Graben der Zwerge besetzt. Jup blieb vorerst hinter mehreren Heuwagen, die mitten auf der Lichtung standen, in Deckung. Dallogs Leute hielten sich in einer etwas abseits liegenden Scheune versteckt. Haskeers Gruppe, die nicht weit vom Waldrand entfernt in einem Gebüsch steckte, fing den ersten Vorstoß der Feinde ab.

Leise kamen die Menschen, wie eine Woge auf einem Meer aus Pech.

Aus ihren Verstecken ließen die Bogenschützen eine Salve von Pfeilen mit gefährlichen Zacken los. Zwanzig Angreifer stürzten. Dann verließen dreißig oder vierzig Zwerge ihre Deckung und brachten sich mit Kurzschwertern und Stäben in das Gefecht ein. So blieb auch Haskeers Truppe nichts anderes übrig, als den Kampf aufzunehmen.

Die ersten paar Minuten des Kampfes schienen sich endlos zu dehnen und überwältigten die Sinne. Alles war in Bewegung, überall klirrten Waffen, überall der durchdringende Gestank der Angst. Nur Blutdurst zählte hier.

Haskeer stemmte sich der Angriffswelle entgegen und machte kurz nacheinander zwei Männer nieder. Der dritte fing den Hieb mit seinem Breitschwert ab, geriet aber aus dem Gleichgewicht. Dabei verlor er auch die Deckung, und Haskeers Klinge fand ihr Ziel. Blut spritzte hoch, der Mann stürzte. Haskeer fuhr sofort herum und stellte sich dem Nächsten.

Schwertstreiche hallten, Kämpfer brüllten Flüche oder stießen gequälte Schreie aus. Mitten im Getümmel kämpften Haskeers Leute, um die menschliche Flutwelle aufzuhalten, und fällten feindliche Kämpfer wie ein Bauer das Korn mäht.

Auch die Zwerge kämpften verbissen, doch nur wenige Rassen besaßen eine den Orks vergleichbare Kampfkraft. So waren die Zwerge auch die Ersten, die fielen.

Einer brach mit gespaltenem Kopf direkt vor Haskeer zusammen. Der Ork stieg über den Toten hinweg und griff den Mörder an. Der starke Mann mit den beeindruckend breiten Schultern kämpfte mit zwei Äxten, die in seinen riesigen Fäusten wie Spielzeug wirkten. Und er bewegte sich mit einer Geschwindigkeit, die seiner Körpergröße Hohn sprach.

Haskeer duckte sich und wich einem weiten Schwinger mit einer Axt aus. Dann tauchte er gleich noch einmal ab, als auch die zweite Axt nach seinem Leben trachtete. Er landete auf allen vieren und brachte sich kriechend in Sicherheit, machte kehrt und griff erneut an. Abwechselnd hackend und sich duckend, suchte er nach einer Lücke in der Deckung des Gegners. Doch der Mensch führte seine Äxte äußerst geschickt und schien unermüdlich. Haskeer hatte alle Mühe, nicht selbst getroffen zu werden.

Da ihm bewusst war, dass irgendein Mensch im Handgemenge jederzeit auf die Idee kommen konnte, ihn in den Rücken zu stechen, legte er sich ins Zeug. Er drang vor und versuchte, sich mit roher Gewalt durchzukämpfen, doch der Mensch wehrte ihn ab. Haskeer sammelte sich und versuchte es noch einmal. Es gab ein Patt, beide teilten erbitterte Schläge aus, und keiner wollte nachgeben. Schließlich verließen den Mann die Kräfte, und er zog sich einen Schritt zurück. Haskeer drehte noch weiter auf, er traf Metall, und seine Klinge kreischte auf.

Dann drang er durch und verpasste dem Gegner eine tiefe Schnittwunde. Von der Armbeuge bis zum Handgelenk war der Arm des Mannes verletzt, das Blut spritzte heraus, und er ließ eine Axt fallen. Haskeer zögerte keinen Herzschlag lang. Ein rascher Hieb mit seiner Waffe, und er traf ein zweites Mal das Fleisch des Gegners. Der Mensch schrie auf, auf seiner Brust breitete sich ein roter Fleck aus. Die Verletzung war schmerzhaft, wenn auch nicht tödlich, schwächte ihn aber immerhin so sehr, dass er nun die zweite Axt fallen ließ. Er taumelte.

Haskeer stürmte vor, packte eine der Äxte und schwang sie. Der abgetrennte Kopf des Gegners hüpfte davon, der Rumpf blieb noch einen Moment stehen, eine rote Fontäne brach aus dem Hals hervor, dann sank er in sich zusammen.

In seiner Nähe drohte Seafe gerade im Kampf mit einem kräftigen Schwertträger ins Hintertreffen zu geraten. Haskeer warf die Axt, die den Menschen mitten in den Rücken traf. Mit rudernden Armen brach er zusammen. Seafe bedankte sich mit erhobenem Daumen bei seinem Feldwebel, dann ging der Kampf weiter. Haskeer griff mit gereckter Klinge den nächsten Menschen an. Es stand zu befürchten, dass Quatt einfach überrannt wurde.

Eine eng formierte Gruppe von Kämpfern drängte sich durch die Menge. Sie bewegten sich zielstrebig und machten jeden Widerstand nieder. Nach wenigen Minuten hatten sie Haskeers Abteilung erreicht und schalteten sich in den Kampf ein.

»Das wird aber auch Zeit!«, grollte Haskeer und lenkte den stochernden Speer eines Menschen ab.

»Sei froh, dass wir überhaupt gekommen sind«, gab Coilla zurück.

Sie schlug einem Uni das Schwert aus der Hand und durchbohrte seinen Schädel. Sein Gefährte bekam gleich darauf ihre Klinge in den Bauch. Coilla hatte kräftig genug zugestoßen, um durch den Bauch des ersten hindurch auch noch den Mann dahinter aufzuspießen.

Keuchend stand sie da, als sich zwei weitere Unis vorsichtig näherten. Während sie noch überlegte, ob sie ihre kostbaren Wurfmesser auf die Gegner verschwenden sollte, bemerkte sie Pepperdyne.

Der Mensch bewegte sich durch die feindlichen Reihen wie ein Fisch im Wasser. Meisterhaft und offenbar mit großer Erfahrung setzte er seine Klinge ein. Er wand sich, drehte sich und wich dem pfeifenden Stahl mit nahezu verächtlicher Gelassenheit aus. Wenn er zuschlug, dann tat er es gedankenschnell, und er traf immer sein Ziel.

Zwei Männer tötete er kurz nacheinander, keiner kam auch nur dazu, ihn anzugreifen. Als sie stürzten, suchte er sich sofort den nächsten Gegner und führte das Schwert mit der Geschicklichkeit eines Chirurgen. Augenblicke später fiel seinem geschmeidigen Tanz ein weiterer schwarz gekleideter Mensch zum Opfer.

Auch Haskeer sah es, als er seine Klinge aus dem Bauch eines weiteren Speerträgers zog und den Mann zu Boden sinken ließ.

Die Angreifer kamen aus allen Richtungen. Keine Handbreit am Rand der Lichtung gab es, wo nicht gekämpft wurde. Stellenweise waren die Linien sogar schon durchbrochen worden, und die Verteidiger mussten zurückweichen. Die Zwerge erlitten Verluste, die Orks hatten sich bisher zum Glück nur leichte Verletzungen zugezogen. Stryke bezweifelte allerdings, dass es so bleiben würde.

Er kämpfte gleichzeitig mit Schwert und Dolch und dezimierte die Eindringlinge. Ein Doppelstoß erledigte gleich zwei auf einmal, und mit seinen schnellen Klingen erledigte er drei weitere binnen ebenso vieler Herzschläge. Doch unablässig tauchten neue Feinde auf.

Plötzlich sah Stryke sich einem Morgenstern gegenüber. Sein Besitzer ging nicht unbedingt sehr geschickt mit der Waffe um, aber seine wilden beidhändigen Schläge waren deshalb nicht weniger gefährlich. Eine volle Minute lang konnte Stryke nichts anderes tun, als sich vor ihnen in Sicherheit zu bringen. Dann hatte er den Gegner eingeschätzt. Er wartete, bis der nächste Schwinger kam, tauchte unter dem gestreckten Arm des Mannes hinweg und durchbohrte dessen Oberkörper. Der Uni brach zusammen.

Stryke wischte sich mit dem Handrücken die schweißnasse Stirn ab und machte sich wieder an die Arbeit.

Trotz des erbitterten Widerstands konnten einige Menschen bis in die Siedlung vorstoßen. Die meisten blieben dicht beisammen, kriegerische und fanatische Vorboten, die alles niedermachten, was sich ihnen in den Weg stellte. Die Verteidiger konnten zwar den Vorstoß bremsen, die Angreifer jedoch nicht völlig aufhalten.

Dallogs Truppe hielt sich an die Befehle, in der Nähe der Scheune zu bleiben, und hatte bisher noch nicht eingegriffen. Das sollte sich nun rasch ändern. Eine Truppe heulender Menschen, doppelt so stark wie Dallogs Abteilung, rannte los, um sie anzugreifen. Ein halbes Dutzend ungleicher Duelle entbrannten.

Dallog, der ganz vorn stand, sah sich von drei tobenden Fanatikern gleichzeitig angegriffen. Ihre Wut und ihre Zahl halfen ihm sogar, denn Wut ist ein schlechter

Ratgeber, und sie mussten aufpassen, um sich nicht gegenseitig zu behindern. Er konnte bald Kapital daraus schlagen. Ein kräftiger Hieb gegen die Schläfe eines Uni, und der erste Gegner war ausgeschaltet.

Die Gefährten des Gefallenen waren jedoch nicht so leicht zu besiegen. Einer stach mit einem gekürzten Speer, dessen Spitze böse Stacheln trug, nach Dallog. Der Zweite verlegte sich darauf, ihn zu umgehen und von der Seite oder von hinten anzugreifen. Sie arbeiteten gut zusammen, und die Dezimierung der Zahl hatte ihre Gefährlichkeit erhöht. Eine Ironie, die Dallog keineswegs entging.

Er wich dem Speer aus und schlug nach dem Schwertträger, der ihn umgehen wollte. Das Metall klirrte laut, als die Breitschwerter aufeinanderprallten. Ein Patt entstand und hätte angehalten, wäre nicht der Speerträger dazwischengegangen. Er verlor die Geduld und stürzte los, um mit der Waffe auf Dallog einzustechen. Die Kampfeswut hatte über den Verstand die Oberhand gewonnen. Seine Unbesonnenheit aber war ein Geschenk. Dallog wirbelte herum, zog die Klinge scharf herunter und schlug dem Uni den Speer aus den Händen. Sofort setzt er nach und ließ den tödlichen Hieb folgen.

Die Geschwindigkeit, mit der Dallog den Speerkämpfer getötet hatte, brachte den Schwertkämpfer aus dem Gleichgewicht. Ehe er sich erholt hatte, war Dallog schon wieder nahe an ihn herangetreten und machte ihm den Garaus. Der Ork schlug zu und schlitzte den

Uni von der Achselhöhle bis zur Hüfte auf, dann legte er seine ganze Kraft in einen hohen Schwinger und trieb die Klinge tief in den Schädel des Mannes. Der Mensch brach auf der Stelle zusammen.

Dallog stützte sich schwer atmend auf das blutige Schwert und hoffte, dass keiner der Rekruten seine Müdigkeit bemerkte.

Die Unis hatten die Scheune in Brand gesteckt. Dicker schwarzer Rauch drang aus den offenen Türen, Flammen fraßen sich an der Holzwand empor, das Dach qualmte. Ein kreischender Mensch mit brennenden Kleidern stolperte vorbei. Orks und Unis kämpften erbittert, überall herrschte Chaos.

Etwas erregte Dallogs Aufmerksamkeit. Zwischen den Bäumen waren große Schemen aufgetaucht. Zuerst konnte er sie nicht erkennen, doch als sie auf die Lichtung vordrangen, begriff er es. Schwarz gewandete Reiter, es waren Dutzende.

»Die zweite Welle!«, rief er. »Die zweite Welle!«

11

Die Reiter stürmten über das Schlachtfeld, trampelten die Verteidiger nieder und hackten auf sie ein. Mitten auf der Lichtung stand Jups Truppe vor zwei Heuwagen. Sie waren in ein erbittertes Gefecht Mann gegen Mann verwickelt und bemerkten nicht, was ringsherum vor sich ging.

Spurral kämpfte neben Jup, beide waren mit den traditionellen Waffen der Zwerge ausgerüstet. Er schwang einen am Ende mit Blei beschwerten Stab, sie ein Krummschwert und ein Messer. Sie wussten ihre Waffen einzusetzen.

Jup duckte sich unter dem Hieb eines Gegners weg und knallte ihm den Stab auf den Kopf. Dann drehte er die Waffe herum und stieß einem weiteren Gegner das beschwerte Ende in den Bauch. Er setzte seinen Stab schnell und mit einer Gewandtheit ein, wie sie nur der erfahrene Kämpfer entwickelt. Spurral war mit ihren

Klingen nicht weniger geschickt. Zwei Unis bedrängten sie, einem zerhackte sie das Gesicht, und der andere bekam ihr Messer zu spüren.

Eldo kämpfte dicht bei ihnen, wehrte sich erfolglos gegen einen zudringlichen Kerl mit einer Keule und musste einen Schlag einstecken, der ihm den Helm verbeulte und ihn zurücktaumeln ließ. Spurral fing den nächsten Schlag des Keulenträgers ab und schlitzte ihm den Bauch auf. Eldo nickte dankbar und benommen, und Spurral hatte sich soeben den Respekt der Gemeinen erworben, die ihren Einsatz gesehen hatten.

Endlos ging der Kampf weiter, dann gab es endlich eine kleine Atempause, die jedoch keine Erleichterung verhieß.

Chuss, einer der neuen Rekruten, streckte aufgeregt den Arm aus. »Seht nur!«

Die Reiter griffen an.

Zwei Kavalleristen brachen durch die äußere Verteidigung und kamen in ihre Richtung galoppiert.

»In Deckung!«, brüllte Jup und winkte seine Truppe zu den Wagen zurück.

Er wies Chuss und den anderen Neuen, der Ignar hieß, an, unter dem Wagen Schutz zu suchen. Die anderen stellten sich in einer Verteidigungsformation auf. Jup und Spurral stiegen auf den Wagen, der den anrückenden Reitern zugewandt war.

Wenige Augenblicke später hatten die Macheten schwingenden Angreifer den Wagen erreicht. Ihre Pferde dampften und hatten Schaum vor den Mäulern.

Einer der Unis wollte geradewegs auf Jup und Spurral losgehen. Sie wehrten sich, der Reiter konnte allerdings dank seiner Beweglichkeit außerhalb ihrer Reichweite bleiben. Unterdessen beugte sich sein Gefährte vor, um auf die dicht gedrängt stehenden Orks einzuhacken. Sie wichen den Huftritten aus und stachen und schlugen nach dem Reiter.

So ging das Handgemenge weiter, ohne dass eine Seite einen Vorteil erringen konnte. Schließlich hatte der erfahrene Gleadeg eine Idee. Er zog eine Schleuder hervor, lud sie und ließ sie kreisen. Die Geschosse trafen das Gesicht und die Brust des Reiters, der aufschrie, das Gleichgewicht verlor und aus dem Sattel stürzte. Sein Pferd ging durch. Die Orks stürmten herbei und erledigten ihn.

Jup wollte Gleadegs Beispiel folgen und ebenfalls seine Schleuder einsetzen, um auch den anderen Reiter auszuschalten, doch als er danach greifen wollte, erfüllte ein scharfes Zischen die Luft. Ein Schwarm Pfeile prasselte auf den Reiter ein und warf ihn aus dem Sattel.

Als Jup und die anderen sich umdrehten, sahen sie ein Dutzend oder mehr mit Bogen bewaffnete Zwerge auf den Dächern der Langhäuser sitzen. Die Vielfraße bedankten sich winkend, doch die Zwerge achteten nicht auf sie. Sie waren vollauf damit beschäftigt, die Reihe der Reiter zu lichten.

Damit war der Angriff der Unis jedoch keineswegs ausgestanden. Immer noch drangen sie bis auf die Lichtung vor, auch wenn es weniger wurden. Jup und seine Kameraden schnappten sich wieder ihre Schwerter.

Die Kämpfer im äußersten Ring hatten mit den feindlichen Reitern alle Hände voll zu tun. Ihre Aufgabe bestand vor allem darin, den Zustrom der Gegner so weit wie möglich auszudünnen. Haskeer und Coilla sahen sich mit ihren Leuten einem ausgewachsenen Kavallerieangriff ausgesetzt. Tote und sterbende Menschen, Zwerge und Pferde lagen überall im Kampfgebiet herum, doch das Gefecht ging weiter.

Haskeer packte eine herrenlose Lanze und pfählte einen angreifenden Uni. Der Angriff fegte den Mann förmlich vom Pferd, der Speer blieb in seiner Brust stecken. Also gebrauchte Haskeer seine zuverlässige Klinge, um den nächsten Eindringling anzugehen.

Coilla hatte großzügig ihre Messer verteilt, jetzt besaß sie nur noch drei. Eines warf sie nach einem tobenden Reiter. Sie hatte auf die Brust gezielt, doch er drehte sich im letzten Moment herum, sodass die Klinge über seiner Achsel einschlug. Immerhin war der Wurf fest genug gewesen, um ihn im Sattel schwanken zu lassen. Er verlor die Kontrolle über sein Pferd, die Zügel pendelten frei umher. Zwei Orks packten sie und zogen fest daran, um Pferd und Reiter zu Fall zu bringen. Mit Speeren und Beilen setzten sie seinem Leben ein Ende.

Auch Pepperdyne kämpfte verbissen. Er schien nicht zu ermüden, seine Geschicklichkeit ließ nicht nach. Schneller, als das Auge folgen konnte, schwang er ein erbeutetes Schwert, schlitzte Kehlen auf, durchbohrte Lungen und trennte Gliedmaßen ab. Bisher hatte er noch jeden Gegner im Kampf oder durch eine List bezwungen.

Coilla hatte indessen einen weiteren Reiter aufs Korn genommen, der mit einer Axt über eine Gruppe von Zwergen herfallen wollte. Einem hatte er gerade den Schädel gespalten, der Tote fiel zu Boden wie ein Stein. Sie zog ihr vorletztes Messer, zielte genau und hoffte dieses Mal auf einen tödlichen Wurf.

Sie verfehlte ihr Ziel. Das Messer streifte den Hals seines Pferds. Erschrocken bäumte sich das verletzte Tier auf und warf den Reiter ab. Er stürzte schwer, kam aber wutentbrannt sofort wieder auf die Beine. Dann bemerkte er Coilla und kämpfte sich in ihre Richtung vor. Sie machte sich schon auf den Nahkampf mit ihm gefasst, als eine Klinge sie um Haaresbreite verfehlte. Unbemerkt hatte sich ein anderer Uni aus dem Gedränge gelöst und griff sie an.

Coilla drehte sich zu ihrem neuen Gegner um, ihre Schwerter prallten laut klirrend aufeinander. Wie besessen teilten sie Hiebe aus. Der Mann war kräftig, und was ihm an Geschicklichkeit fehlte, machte er durch seine Stärke wett. Fechten konnte man es kaum nennen, sie prügelten einfach wild aufeinander ein. Coilla musste einige harte Schläge parieren.

Dann hatte der Mensch Glück. Sie war einem wilden Schwinger zu spät ausgewichen, und seine Klinge schälte von den Knöcheln ihrer Schwerthand die Haut ab, sodass die Waffe ihr entglitt. Sie flog davon und war nicht mehr zu erreichen. Coilla wich zurück und wollte ihren letzten Dolch ziehen, die einzige Waffe, die sie jetzt noch hatte. Als sie danach tastete, tauchte auch der vom Pferd gestürzte Uni vor ihr auf.

Die beiden Menschen starrten sie böse an und kamen näher. Einer hatte ein Breitschwert, der andere eine Axt. Mit einem Dolch war sie ihnen, vor allem im Hinblick auf die Reichweite, hoffnungslos unterlegen. So konnte sie sich nur ducken und versuchen, den Angriffen auszuweichen. Doch die Zeitspanne, die sie ihnen entgehen konnte, war begrenzt. Schnell verlor sie an Boden. Die Menschen rückten nach und wollten sie töten.

»Coilla!«

Auf einmal war Pepperdyne da. Er warf ihr ein Schwert zu, dann griff er den zweiten Uni an und überließ ihr den Axtträger.

Sie legte sofort los und wollte dem Gegner ein schnelles Ende bereiten. Zuerst tauchte sie unter einem Axthieb durch, dann drang sie schnell und geduckt, mit vorgestreckter Klinge, auf ihn ein. Er wich aus und drehte sich halb, um ihrem Angriff auszuweichen. Coillas Schwert traf ihn, glitt aber ab und streifte nur seine Hüfte. Es war keineswegs eine tödliche Verletzung, andererseits aber schmerzhaft genug, um ihn zu behindern. Das gab Coilla genügend Raum, sich ebenfalls zu drehen und noch einmal zuzuschlagen.

Diesmal traf ihr Streich, wie er sollte. Sie versenkte die Klinge zu einem Drittel im Bauch des Uni. Dann riss sie das Schwert wieder heraus, hob es und ließ es auf seinen Kopf heruntersausen. Leblos sackte der Mann zu Boden.

Schwer atmend warf Coilla einen Blick zu Pepperdyne. Er hatte seinen Gegner bereits bezwungen und bückte sich, um den tödlichen Hieb anzubringen. Als er dem Uni die Kehle durchgeschnitten hatte und sich aufrichtete, fing sie seinen Blick ein und nickte, um sich zu bedanken. Dabei wunderte sie sich, dass er auf ihrer Seite gegen seine eigene Art kämpfte.

»Seht euch das an!«

Haskeer deutete auf einen Reiter am Rand der Lichtung. Es war unverkennbar eine Frau. Ihr langes blondes Haar wehte offen hinter ihr, und sie trug einen Harnisch, der im schwachen Sonnenlicht metallisch glänzte. Sie ritt einen makellosen Schimmel, der stieg, während sie mit erhobenem Schwert ihre verbliebenen Gefolgsleute sammelte.

»Milde Hobrow«, fauchte Coilla.

»Das Miststück. Warum hat man auch nie einen Bogen zur Hand, wenn man ihn braucht?«

Die Frau nahm ihr Pferd herum und verschwand zwischen den Bäumen.

Auch die Verteidiger in der vordersten Linie, dicht am Wehrgraben, hatten die Anführerin bemerkt. Ihre Anhänger zogen sich zusammen mit ihr zurück, die Nachzügler wurden von wütenden Zwergen gehetzt und mit Pfeilen und Speeren eingedeckt. Überall auf der Lichtung wichen die Unis zurück.

»War wohl eher ein letztes Stöhnen als die zweite Welle«, meinte Stryke, als er sich umsah.

Breggin nickte.

»Wir können hier nicht mehr viel tun. Ruf die Truppe zusammen, sie sollen die Waffen einsammeln.«

Der Soldat grunzte und trollte sich.

Stryke betrachtete die Überreste des Gemetzels. Ein Dutzend tote Zwerge lagen herum, aber erheblich mehr Menschen. Noch viel größer war die Zahl der gehfähigen oder liegenden Verwundeten. In die letzte Kategorie fielen allerdings keine Orks. Lebende Menschen gab es überhaupt keine mehr. Mit seiner Truppe im Gefolge kehrte er zu den Hütten zurück.

Die anderen Vielfraße hatten sich bereits dort versammelt.

»Jemand verletzt?«, rief Stryke.

»Mehrere«, antwortete Dallog, »aber keiner schwer.«

»Coilla? Alles klar?«

»Das hier?« Sie wedelte geringschätzig mit der bandagierten Hand. »Das ist bloß ein Kratzer.«

»Sie ist nicht die Einzige, die einen Kratzer abbekommen hat«, warf Haskeer ein.

»Was meinst du damit?«, fragte Stryke.

»Wheam.«

Stryke seufzte. »Was ist mit ihm?«

»Er hat einen Pfeil im Arsch.« Mit dem Daumen deutete er über die Schulter.

Eine kleine Gruppe näherte sich. Mehrere Burschen trugen Wheam, der mit dem Gesicht nach unten auf einem Brett lag. Aus seinem Hinterteil ragte ein Pfeil. Standeven folgte mit verdrossenem Gesicht.

Haskeer konnte seine Schadenfreude nicht verhehlen. »Das wird ja immer besser«, fuhr er fort. »Das ist einer von unseren Pfeilen.«

Wheams behelfsmäßige Trage wurde unsanft auf den Boden gesetzt. Er stöhnte laut.

»Kümmere dich um ihn«, befahl Stryke.

Dallog kniete nieder und kramte in seiner Arzttasche herum.

Etwas abseits fand Coilla Gelegenheit, unter vier Augen mit Pepperdyne zu reden.

»Danke«, sagte sie.

Er nickte nur.

»Du bist ein guter Kämpfer.«

Der Mensch lächelte ein wenig gezwungen.

»Wo hast du das gelernt?«, bohrte sie.

Er zuckte mit den Achseln. »Hier und da«, antwortete er ausweichend.

»Du redest mich schon wieder in Grund und Boden.«

Dieses Mal war sein kleines Lächeln gar nicht so unfreundlich. »Das ist eine lange Geschichte.«

»Ich will sie hören.«

»Pepperdyne!« Standeven drängelte sich zu ihnen durch.

Pepperdynes Gesichtsausdruck war sofort wieder verschlossen wie zuvor.

»Dein Platz ist an meiner Seite«, ermahnte ihn der ältere Mann.

»Ich weiß.«

Coilla fand sein Verhalten beinahe unterwürfig. »Was ist das nur mit euch beiden?«, fragte sie.

»Coilla!« Stryke winkte sie zu sich.

Mit einem letzten scharfen Blick ließ sie die beiden Menschen stehen.

Stryke beriet sich mit Jup und Spurral, die sehr besorgt dreinschauten.

»Was ist los?«, fragte Coilla.

»Unser Volk hat einen hohen Preis bezahlt«, erwiderte Spurral mit einer Geste zum Schlachtfeld hin.

»Aber ihr habt euch gut geschlagen. Besonders da ihr so wenig kampferprobte Veteranen habt.«

»Jetzt sind wir weniger denn je«, warf Jup düster ein.

»Bei jedem Kampf gibt es Tote«, erklärte Stryke. »Das weißt du doch.«

»Die Vielfraße hat es lange nicht so schlimm getroffen.«

»Wir sind geborene Kämpfer, wir haben Erfahrung. Wenn wir Verluste hätten, dann würden wir es hinnehmen.«

»Die meisten Zwerge haben in diesen Dingen eine andere Einstellung als die Orks.«

»Das sehe ich.« Coilla nickte.

Sie folgten ihrem Blick zu einer Gruppe von Dorfbewohnern, die mitten auf der Lichtung standen. Sie blickten zu den Vielfraßen herüber und tuschelten miteinander. Andere gesellten sich zu ihnen, die Menge schwoll rasch an.

»Das könnte unangenehm werden«, meinte Stryke. »Jup, was denkst du?«

»Sie sind wütend. Ich würde mich jetzt vorsichtig verhalten, bis Gras über die Sache gewachsen ist.«

»Coilla?«

»Ich muss gerade an den alten Spruch denken – du

weißt schon: Vertrau auf die Götter, aber binde dein Pferd an.«

Stryke beäugte die Menge. »Dem schließe ich mich an. Wir werden nichts tun, was sie provozieren könnte. Aber wir sollten wachsam bleiben.« Er wandte sich an Dallog. »Bring Wheam auf die Beine.«

»Ich glaube nicht, dass er ...«

»Er wird's überleben. Mach schon.«

Dallog zuckte mit den Achseln und winkte zwei Gemeine zu sich. »Helft mir mal«, befahl er. »Haltet ihn fest. Festhalten!«

Er beugte sich über seinen Patienten. Wheam wimmerte. Dallog zog rasch den Pfeil heraus, was dem Grünschnabel einen Schrei entlockte. Dann zückte der Gefreite eine Flasche mit hochprozentigem Alkohol, den er großzügig auf der Wunde verteilte. Wheam heulte auf. Nachdem sie ihn in aller Eile verbunden hatten, zogen ihn die Gemeinen unsanft auf die Füße, was ihm abermals einige Schmerzensschreie entlockte. Wheams Gesicht war leichenblass, und er schnitt eine Grimasse, als hätte er ein Dutzend Zitronen verspeist.

Unter empörtem Gemurmel hatte sich die Meute der Zwerge den Orks genähert. Einige hatten Verletzungen davongetragen, andere humpelten. Viele hatten ihre Waffen gezogen.

»Zu mir!«, befahl Stryke.

Seine Truppe scharte sich um ihn.

Ganz vorn im Mob tauchte ein bekanntes Gesicht

auf – es war der Zwerg, der sie bei ihrer Ankunft in Quatt behelligt hatte.

Er marschierte zu den Vielfraßen, warf sich in die Brust und hob einen Kurzspeer.

»Habt ihr eine Ahnung, was ihr hier für ein Gemetzel angerichtet habt?«, rief er.

»Das waren die Unis«, erwiderte Stryke ruhig.

»Und sieh nur, wie viele deiner Leute dafür bezahlt haben!«

»Die Orks haben auf unserer Seite gekämpft, Krake«, erinnerte Jup ihn. »Ohne sie hätten wir nicht gewonnen.«

»Ohne sie hätten wir gar nicht erst kämpfen müssen!«

In der Menge erhob sich zustimmendes Gemurmel.

»Das ist nicht gerecht«, widersprach Jup. »Wir sollten uns glücklich schätzen, dass sie für uns Partei ergriffen haben.«

»Das sieht dir ähnlich, dass du dich auf ihre Seite schlägst. Du hast uns sowieso bloß Ärger eingebrockt.«

»Es scheint mir«, sagte Stryke, »es ist an der Zeit, dass ihr euch den Menschen allein stellt.«

»Glaubst du, das hätten wir noch nicht getan?« Krakes Gesicht lief puterrot an. »Aber wir laufen nicht herum und bringen sie gegen uns auf!«

Wieder stimmte ihm die Meute zu.

»Das kannst du den Orks wirklich nicht vorwerfen«, wandte Jup ein. »Du weißt doch, wie verrückt die Unis sind. Wenn nicht die Vielfraße, dann wäre es etwas anderes gewesen.«

»Schon wieder unterstützt du die Fremden«, fauchte der Aufwiegler. »Sie sind dir wohl ans Herz gewachsen, diese ... diese Missgeburten.«

»Wen nennst du hier eine Missgeburt?«, fragte Haskeer empört.

Krake starrte ihn an. »Wer aufschreit, war gemeint.«

»Ich würde mich nicht mit unserem Gefreiten anlegen«, riet Coilla ihm.

»Immer mit der Ruhe«, warnte Jup.

»Verräter!«, schimpfte Krake.

»Wage es nicht, meinen Jup einen Verräter zu nennen«, schaltete sich Spurral ein.

»Wer ist hier eine Missgeburt?«, wiederholte Haskeer.

»Da steht gerade eine vor mir«, sagte Krake. Er fuchtelte vor Haskeers Nase mit dem Speer herum.

Die Menge johlte.

»Das würde ich nicht tun«, warnte Coilla ihn.

»Von Missgeburten nehme ich keine Ratschläge an«, ließ Krake sie wissen. »Von Weibern schon gar nicht.« Er lachte verächtlich. Die Menge stimmte ein.

Haskeer schnappte sich den Speer, drehte ihn blitzschnell um und stieß ihn dem Zwerg in den Fuß. Eine rote Fontäne spritzte hoch. Krake kreischte und brachte sich taumelnd in Sicherheit, bis seine Anhänger ihn auffingen. Die Menge keuchte wie aus einem Munde.

»Oh, wundervoll«, stöhnte Jup.

Die aufgebrachten Zwerge kamen mit erhobenen Waffen, und die Orks machten sich bereit, sie zu bekämpfen.

»Bitte, kämpft nicht gegen meine Leute, Stryke!«, flehte Spurral.

»Nein, das wollen wir nicht«, stimmte Jup zu, der die anrückenden Zwerge nicht aus den Augen ließ.

»Vielfraße, Rückzug!«, brüllte Stryke. »Alle!«

Die Truppe zog sich zurück. Bald darauf standen sie vor einer großen Hütte.

»Da rein.« Stryke öffnete die Tür mit einem Tritt.

Sie drängten hinein, zogen Möbel vor den Eingang und sperrten das einzige Fenster ab. Draußen erhoben sich die Stimmen der Meute.

Coilla sah Haskeer böse an. »So viel zu dem Befehl, sie nicht zu provozieren.«

»Der kleine Mistkerl hat es doch herausgefordert. Er hatte Glück, dass ich nicht ... was machen *die* denn hier?« Er zeigte mit einem Finger auf Pepperdyne und Standeven.

»Sie haben uns gewarnt, schon vergessen?«

»Na und?«

»Wir können jetzt wohl nicht mehr viel tun, oder?«

»Ich könnte durchaus«, erwiderte Haskeer drohend.

Stryke ging dazwischen. »Willst du noch einen Befehl missachten?«

»Ich erinnere mich an keinen Befehl, der mit ihnen zu tun hatte.«

»Jetzt gibt es einen: Lass das. Ich freue mich so wenig wie du, wenn Menschen in der Nähe sind, aber im Augenblick haben wir dringendere Sorgen.«

Ein Gemeiner kam aus dem hinteren Teil des Gebäudes herbei. »Das da ist die einzige Tür, Hauptmann. Es gibt keinen anderen Ausgang.«

Stryke blickte zur hohen Decke hinauf. »Das Dach erreichen wir auch nicht.«

Kaum hatte er es gesagt, da waren oben Bewegungen zu hören.

»Aber sie kommen von außen da rauf«, bemerkte Coilla.

Jemand hämmerte gegen die Tür, die in den Scharnieren bebte. Mehrere Gemeine eilten herbei und stemmten sich von innen dagegen.

»Wir können nicht fliehen, wir können nicht kämpfen«, grollte Haskeer. »Was nun, Stryke?«

»Wir könnten die Rückwand aufbrechen und ...«

»Riecht ihr das?«, fragte Spurral.

Das Hämmern hatte aufgehört.

»Verdammt.« Coilla deutete auf die Tür. Dicker schwarzer Rauch quoll durch die Ritzen. »Sie haben das Haus in Brand gesteckt.«

Auch durch die Bretter der Wände drang Rauch, der sich über ihnen unter den Dachsparren sammelte.

»Wollen die uns so dringend an den Kragen, dass sie dafür eines ihrer eigenen Häuser abfackeln?«, fragte Stryke.

»Die sind ziemlich sauer«, bestätigte Jup.

»Und, was jetzt?«, wollte Haskeer wissen.

Stryke streckte die Hand aus. »Coilla, den Stern. Hast du ihn?«

»Aber sicher. Ich vergewissere mich alle zehn Atemzüge.« Sie holte ihn heraus.

Er trat an einen primitiven Tisch und legte den Instrumental darauf, dann nahm er die anderen aus der Gürteltasche und legte sie daneben. Er konsultierte das Amulett, das er am Hals trug, runzelte vor Konzentration die Stirn und fügte die Sterne zusammen.

Der Rauch wurde dichter und brannte in den Augen, einige mussten husten. Dallog riss Tücher in Fetzen, tauchte sie in einen Bottich mit Wasser, den er gefunden hatte, und reichte sie herum, damit die Gemeinen sich den Mund bedecken konnten.

Die Decke brannte. Funken und brennende Holzstücke fielen herunter. Ein beißender Gestank breitete sich aus.

Stryke fummelte mit den Sternen herum.

Inzwischen hatten sich alle um ihn versammelt und sahen aufmerksam zu. Nur Pepperdyne und Standeven standen schweigend und vergessen etwas abseits.

Stryke musste nur noch ein Stück einpassen.

»Das gefällt mir nicht«, schniefte Wheam.

»Ach, halt's Maul«, schimpfte Haskeer.

Stryke schob den letzten Stern an seinen Platz.

»Festhalten!«, rief Coilla.

Pepperdyne packte Standevens Handgelenk und zog ihn näher an die Orks heran.

Es gab eine Explosion von etwas, das kein Licht war.

Dann stürzten sie ins Bodenlose.

12

Leise Geräusche störten die Ruhe. Ein Bach plätscherte einen sanften, von Felsen übersäten Hang herunter und mündete in einen träge dahinströmenden Fluss. Hin und wieder übertönte das ferne Blöken von Schafen das geschäftige Summen der Bienen.

Saftige Felder und leicht gewellte Wiesen erstreckten sich am Ufer. Blühende Bäume besprenkelten die Landschaft. Sanfte Hügel, gekrönt von grünen Hainen, erhoben sich am Horizont. Hoch droben flatterten Vögel gemächlich durch den wundervollen blauen Himmel.

Es war ein stiller, warmer Tag. Eine bukolische Gelassenheit erfüllte die Welt.

Dann veränderte sich die Luft ein wenig. Ein Stück über dem Boden geriet sie in Wallung, als steige an einem Sommernachmittag über Felsen die erwärmte

Luft auf. Ein trüber, strahlender Fleck erschien und wurde größer. Daraus entstand ein schneller Wirbel, in dem bunte Punkte kreisten. Aus dem Wirbel wehte ein Lufthauch heraus, der sich rasch zu einem starken Wind, dann gar zu einem Sturm entwickelte. Das Gras neigte sich unter seiner Kraft, auch die Pflanzen und Bäume mussten sich beugen.

Es endete mit einem grellen weißen Blitz, der so hell war wie die Mittagssonne.

Das klaffende, wirbelnde Loch spie seine Fracht aus. Gestalten taumelten über das Gras.

Schlagartig erstarb der Wind, und der Wirbel verschwand.

Schwefelgestank hing in der Luft.

Dreißig oder mehr Gestalten lagen am Flussufer. Eine ganze Weile regte sich niemand, dann richteten sie sich nach und nach auf. Ein paar stöhnten, einige übergaben sich.

Stryke und Coilla waren unter den Ersten, die wieder auf die Beine kamen.

»Bei den Göttern, es wird beim zweiten Mal nicht leichter.« Coilla schüttelte den Kopf, um die Benommenheit zu überwinden. Dann sah sie sich um. »Hast du uns nach Hause gebracht? Nach Ceragan?«

»Nein. Es sieht zwar ganz danach aus, aber ich habe die Sterne auf den Ort eingestellt, den Seraphim uns beschrieben hat.«

»Es soll doch ein unterdrücktes Land sein, oder? Und es gibt hier Orks?«

Er sah sich um. »Irgendwo.«

»Vorausgesetzt, wir sind am richtigen Ort herausgekommen.«

»Das werden wir bald wissen.« Stryke wurde bewusst, dass er immer noch die zusammengefügten Sterne festhielt. Er pflückte einen heraus und gab ihn ihr. Er war grün und hatte fünf Stacheln. »Willst du immer noch ...?«

»Klar.« Sie nahm ihn. »Das ist ein anderer. Vorher hatte ich einen blauen, der nur ...«

»Spielt das eine Rolle?« Er löste auch die anderen voneinander und steckte sie in seine Gürteltasche.

»Nein, natürlich nicht. Das war dumm. Ich bin wohl noch benommen von der Reise hierher. Wo auch immer dieses *Hier* ist.«

Jup und Spurral kamen zu ihnen. Sie waren bleich und standen unter einem leichten Schock.

»Das ist aber eine höllische Art zu reisen«, meinte Jup.

»Wo sind wir überhaupt?«, wollte Spurral wissen.

»Keine Ahnung«, erwiderte Stryke. »Auf jeden Fall dort, wo wir unsere Aufgabe erfüllen müssen.«

Haskeer hatte die Truppe vergattert, jetzt kam auch er herüber.

»Alles klar?«, wollte Stryke wissen.

»Mehr oder weniger, was aber nicht unbedingt seinen Leuten zu verdanken ist.« Er sah Jup finster an.

»Meine Leute waren nicht bei Sinnen«, räumte Jup ein. »Sie dachten eben, sie hätten Grund zur Klage.«

»Grund zur Klage? Das ist aber mal eine nette Umschreibung.«

»Was willst du damit sagen?«

»Ihr Zwerge seid wechselhaft wie der Wind.«

»Was soll das heißen?«

»Was da drüben passiert ist – dass sie sich gegen uns gewandt haben ... Nun, dafür seid ihr ja bekannt.«

»Ach, die alte Leier mal wieder.«

»Und sie hat sogar einen Namen.« Haskeer beugte sich drohend über Jup. »Verrat.«

Jup hatte große Mühe, sich zu beherrschen. »Einige Angehörige meines Volks ... einige wenige ... vermochten der erzwungenen Armut zu entkommen, indem wir uns als Glücksritter verdingten. Du könntest sagen, ich habe das ebenfalls getan, als ich mich Jennestas Horde anschloss. Es war übrigens das Heer, in dem auch du gedient hast.«

»Du konntest dich frei entscheiden. Wir nicht. Pisspott.« Er stieß dem Zwerg den Zeigefinger fest auf die Brust.

»Wollen wir das gleich an Ort und Stelle klären?« Jup ballte die Hände zu Fäusten.

»Jup, bitte!«, flehte Spurral. »Dies ist nicht der richtige Augenblick, um ...«

»Wann immer du willst«, knurrte Haskeer. Auch er hob die mächtigen Fäuste.

Stryke ging dazwischen und stieß sie zur Seite. »Hört auf damit!«, brüllte er. »Wir sind eine disziplinierte Truppe, kein Gesindel!«

»Er hat angefangen«, murmelte Jup.

»Das reicht! Ich werde keine Unordnung dulden, und wenn es gar nicht anders geht, lasse ich euch auspeitschen, um es euch einzubläuen.«

Haskeer und Jup zogen es vor, sich gegenseitig anzustarren, statt Strykes Blick zu erwidern.

»Genau wie in alten Zeiten, was?«, durchbrach Coilla die angespannte Stille. »Du hast ein kurzes Gedächtnis, Haskeer. Wann hätte Jup uns je im Stich gelassen? Auch Spurral hat heute tapfer gekämpft.«

»Na, das ist doch prima, oder?«, erwiderte Haskeer nicht ohne Spott. »Dann hast du jetzt ja noch eine Frau, mit der du dich abgeben kannst.«

»Wir können gern zusammen für dich Blümchen pflücken.«

Spurral verkniff sich ein Grinsen.

»Heimatlose und Vagabunden«, murmelte Haskeer voller Abscheu. »Was für ein verdammter Zirkus.«

»Haskeer«, sagte Stryke drohend.

»Schon gut, schon gut. Aber was ist mit denen da?« Er deutete zum Flussufer, wo Pepperdyne und Standeven warteten. »Wenn die kein Ballast sind, dann weiß ich auch nicht ...«

»Der Jüngere hat mich aus einer üblen Lage herausgehauen«, erinnerte Coilla ihn.

»Frag dich doch mal, warum er das tut«, gab Haskeer sofort zurück. »Was führen sie im Schilde?«

»Du hast recht«, stimmte Stryke zu. »Ausnahmsweise. Ich will von den beiden ein paar Antworten hören, ehe wir weiterziehen.«

»Das wird aber auch Zeit.« Haskeer wollte sich in Bewegung setzen.

»Nicht du, Feldwebel. Hast du Wachen aufgestellt? Und Späher ausgesandt? Nein? Dann tu das. Jetzt sofort.«

Haskeer trollte sich grollend.

»Läuft das immer so bei euch?«, fragte Spurral.

»Mehr oder weniger«, bestätigte Coilla.

»Besonders wenn Haskeer sich wegen irgendwas benimmt, als hätte er eine Wespe im Arsch«, fügte Jup hinzu.

»Ich will nicht, dass die ganze Meute über die beiden Menschen herfällt und ihnen zusetzt«, entschied Stryke. »Dann werden sie sowieso nichts mehr sagen.«

»Wir könnten es sicher aus ihnen herausprügeln«, bot Jup etwas halbherzig an.

»Wenn es sein muss, werde ich das tun. Vorher sollen sie aber eine Gelegenheit bekommen, freiwillig zu reden. Das sind wir ihnen für die Warnung schuldig, und weil sie Coilla herausgehauen haben. Also hilf den anderen, Jup. Und geh Haskeer aus dem Weg. Verstanden?«

Jup nickte und trollte sich. Spurral begleitete ihn.

»Was ist mit mir?«, fragte Coilla.

»Wir gehen zusammen zu den Menschen. Du kommst ja gut mit ihnen zurecht.«

»He, warte mal. Ich habe keine Freunde unter den Menschen.«

Er drehte sich um, ohne zu antworten, und marschierte in Richtung Flussufer. Sie folgte ihm.

Die Truppe erholte sich allmählich wieder. Wer bisher noch keine Gelegenheit gefunden hatte, wischte den Dreck von den Waffen. Andere ließen sich ihre Wunden versorgen. Haskeer reagierte sich ab, indem er Befehle brüllte.

Die beiden Menschenmänner waren direkt am Wasser. Pepperdyne stand da und schaute auf Standeven hinab, der im Gras saß und die Knie an die Brust gezogen hatte. Er schwitzte und zitterte.

»Was ist los mit ihm?«, fragte Stryke.

»Vielleicht ist dir aufgefallen, dass der Übergang hierher recht unruhig war«, erwiderte Pepperdyne.

»Dir ist aber nicht viel passiert.«

Er zuckte mit den Achseln. »Wo sind wir überhaupt?«

»Wir stellen hier die Fragen. Wer seid ihr?«

»Wie ich schon sagte, ich bin Jode Pepperdyne, und ...«

»Ich meine, was seid ihr?«

»Händler«, erwiderte Standeven ein wenig zu schnell. Schaudernd blickte er zu ihnen hoch. »Das war höllisch. Ich habe nicht daran geglaubt, ich hätte es einfach nicht für möglich gehalten.«

»Was redest du da?«

»Diese ... diese Objekte haben uns hierhergebracht.«

»Demnach hast du schon von ihnen gehört? Bevor ihr uns getroffen habt?«

Die Menschen wechselten einen kurzen Blick.

Pepperdyne übernahm das Antworten. »Gerüchte über die Instrumentale gibt es schon, solange ich mich zurückerinnern kann.«

»Wir haben keine derartigen Geschichten gehört«, erwiderte Stryke. »Das begann erst vor kurzer Zeit.«

»In unserem Gewerbe hört man alle möglichen Geschichten. Darunter auch einige, die Außenstehenden gewöhnlich nicht zu Ohren kommen.«

»Ihr sagt, ihr seid Händler.«

»Ja«, bestätigte Standeven. »Ich bin jedenfalls Händler. Er ist mein Gehilfe.«

»Für den Lakaien eines Händlers kämpft er ziemlich gut«, bemerkte Coilla.

»Es gehört auch zu seinen Aufgaben, mich zu beschützen. Kaufleute erregen unweigerlich die Aufmerksamkeit von Räubern.«

Sie wandte sich direkt an Pepperdyne. »Du hast das Kämpfen aber nicht bei Kaufleuten gelernt.«

»Ich bin etwas herumgekommen«, sagte er.

»Militärdienst?«

»Auch das.«

»Seid ihr Mannis?«, wollte Stryke wissen.

Standeven schien überrascht. »Was?«

»Ihr habt uns vor den Unis gewarnt.«

»Nein, wir sind keine Mannis. Nicht alle Menschen gehören irgendwelchen religiösen Gruppen an. Außerdem kommen wir überhaupt nicht aus Zentrasien. In unserem Teil der Welt liegen die Dinge etwas anders.«

»Das heißt Maras-Dantien«, antwortete Coilla pikiert. »Zentrasien ist der Name, den ihr Außenseiter unserem Land angehängt habt.«

Pepperdyne ergriff anstelle seines verwirrten Herrn das Wort. »Tut mir leid«, sagte er.

»Das verstehe ich nicht«, überlegte Stryke mit gerunzelter Stirn. »Ihr seid keine Mannis, aber ihr helft uns gegen andere Menschen. Warum?«

»Ihr seid hinter etwas her, nicht wahr?«, fügte Coilla hinzu.

»Ja«, gab Pepperdyne zu.

Standeven macht ein schockiertes Gesicht und wollte etwas erwidern.

Doch Pepperdyne kam ihm zuvor. »Wir brauchen eure Hilfe.«

Stryke starrte ihn an. »Erkläre dich.«

»Wir haben euch nicht gewarnt, weil die Unis unsere Feinde wären. Wir haben euch gewarnt, weil es einen Feind gibt, der ebenso der eure wie der unsere ist.«

»Das ist so klar wie ein Schlammloch.«

»Die Hexenkönigin«, fuhr Pepperdyne fort. »Jennesta.«

Darauf lief es Stryke kalt den Rücken hinunter, und er wusste, dass es Coilla genauso ging. »Was, bei der Hölle, meinst du damit?«

»Sie ist uns etwas schuldig. Wir haben gehört, dass sie in gewisser Weise auch euch etwas schuldig ist.«

»Was wisst ihr schon über Jennesta? Seid offen und ehrlich, sonst ist die Reise auf der Stelle für euch vorbei. Ich meine es ernst.« Strykes Miene ließ keinen Zweifel daran.

»Mein Arbeitgeber hier hat eine wertvolle Lieferung verloren. Es stellte sich heraus, dass sie dahintersteckte.«

»Was war es?«

»Edelsteine, außerdem ein paar gute Männer. Darunter einige Verwandte meines Herrn.«

»Wo ist das passiert?«

»Am Rand des Ödlandes. So nennen wir es jedenfalls. Die Wildnis, die Zentr... ich meine, Maras-Dantien vom Rest der Welt trennt.«

»Darauf seid ihr nach Maras-Dantien gekommen.«

»Um eine Entschädigung zu bekommen, ja.«

Coilla blieb skeptisch. »Nur ihr zwei? Und nur einer, der den Mut hat zu kämpfen?« Sie starrte Standeven an.

»Wir waren nicht allein. Eine Gruppe Kämpfer begleitete uns. Aber als wir hier ankamen ... oder besser *dort* ... herrschte das Chaos. Unis haben uns überfallen und die meisten unserer Männer getötet. Einige wurden gefangen und eine Weile festgehalten. Von ihnen erfuhren wir vom Angriff, und dort hörten wir auch eure Geschichte.«

»Haben euch die Unis wirklich von uns erzählt?«

»Ja. Wusstet ihr denn nicht, dass die Vielfraße in dieser Gegend einen legendären Ruf genießen? Jedenfalls konnten wir fliehen, und dann ...«

»Wie konntet ihr fliehen?«, wollte Stryke wissen.

Pepperdyne zuckte mit den Achseln. »Das war nicht sehr heldenhaft. Sie waren vor allem daran interessiert, euch und die Zwerge anzugreifen. Wir wurden nur nachlässig bewacht.«

»Und ihr dachtet, indem ihr uns helft ...«

»Wir hatten gehofft, dass ihr uns helft, uns an Jennesta zu rächen.«

»Jennesta wird für tot gehalten. Haben euch die Unis das nicht erzählt?«

»Sie sagten, sie sei seit einer Weile nicht gesehen worden. Das ist aber nicht dasselbe, oder? Wisst ihr etwas Genaues?«

Stryke und Coilla hielten sich bedeckt.

»Ihr dachtet also, wir wären so dankbar, dass wir uns eurer kleinen Mission anschließen würden«, fasste Stryke zusammen.

»Etwas in dieser Art.«

»Und wenn Dankbarkeit nicht ausreichen würde?«

»Vielleicht eine Belohnung. Wenn die Edelsteine geborgen werden, wäre mein Herr sicher bereit, mit euch zu teilen.«

»Wir töten, was wir essen, und wir nehmen uns, was wir brauchen. Reichtümer sind nutzlos für uns.«

»Aber wohin führt uns das?«, fragte Standeven verunsichert.

»An einen Ort, an dem ihr nicht erwünscht seid.«

»Was habt ihr mit uns vor?«, fragte Pepperdyne.

»Ich denke noch darüber nach«, gab Stryke zurück. »Geht der Truppe aus dem Weg. Ich kümmere mich später um euch.«

Er machte auf dem Absatz kehrt, Coilla folgte ihm.

Als sie außer Hörweite waren, stichelte sie: »Na, wie fühlt man sich denn so als Legende?«

»Glaubst du ihnen etwa?«

»Ich weiß nicht. Vielleicht.«

»Mir kam das wie ein Haufen Unfug vor.«

»Ist dir aufgefallen, dass der Diener mehr Worte verloren hat als sein Herr? So viel hat er noch nie gesprochen.«

»Vielleicht ist er der bessere Lügner. Ich glaube, es lässt tief blicken, dass sie von den Sternen wussten. Wir selbst haben das erst vor wenigen Jahren erfahren.«

»Vielleicht steckt wirklich nichts weiter dahinter. Wir haben abgeschieden gelebt, als wir in der Horde waren. Da ist uns vieles entgangen.«

»Trotzdem haben wir Gerüchte aufgeschnappt. Ich glaube ihnen kein Wort. Warum sollte sich Jennesta eine Lieferung Edelsteine unter den Nagel reißen? Sie hatte alles, was sie wollte, in der Nähe.«

»Vielleicht schon, aber zutrauen würde ich ihr so ziemlich alles. Eins noch, Stryke … ich bin Pepperdyne was schuldig. Ich wäre vielleicht nicht hier, wenn er nicht …«

»Ich weiß. Und sie haben uns immerhin vor dem Angriff gewarnt, ganz egal, welche Beweggründe sie hatten. Deshalb habe ich ihnen auch nicht gleich auf der Stelle die Kehlen durchschneiden lassen.«

»Würdest du es tun?«

»Ganz sicher, wenn ich den Eindruck gewinne, dass sie auf Verrat aus sind.«

»Vielleicht sagen sie ja doch die Wahrheit. Was machen wir mit ihnen?«

»Wir sehen zu, dass wir sie so schnell wie möglich loswerden.«

Dallog hatte inzwischen die Standarte der Gruppe aufgerichtet. Sie flatterte träge im schwachen Wind. Der Gefreite beschäftigte sich bereits mit den Verwundeten, war aber nach dem Übergang selbst noch etwas wacklig auf den Beinen.

Wheam sah übel aus. Er lag auf der Seite, um seine verletzten Körperteile zu schonen, und starrte, auf einen Ellenbogen gestützt, in eine Holzschale, die er soeben gefüllt hatte.

Dallog richtete sich auf, als Stryke und Coilla sich näherten.

Er deutete mit einer weit ausholenden Geste auf die Landschaft. »Das hier könnte durchaus Ceragan sein«, meinte er.

»Ist es aber nicht«, informierte Coilla ihn.

Pepperdyne und Standeven sahen Coilla und Stryke hinterher.

Als sie weit genug entfernt waren, wandte Standeven sich mit hartem Gesicht an seinen Diener. »Was wolltest du mit dem Unsinn erreichen, den du ihnen da erzählt hast?«

»Ich habe uns das Leben gerettet, nicht mehr und nicht weniger. Ich habe ihnen einen Grund gegeben, uns mitgehen zu lassen.«

»Aber eine Lieferung Edelsteine? Und diese Jennesta, von der wir nur in haarsträubenden Geschichten gehört haben? Du reitest uns immer tiefer hinein.«

»Sie können uns kaum das Gegenteil beweisen.«

»Das Gefährliche beim Lügen ist, dass du dir immer neue Lügen ausdenken musst, um die alten zu bekräftigen. Glaube mir, ich weiß darüber Bescheid.«

»Wenn du in dieser Hinsicht ein Experte bist, dann dürfte es dir ja nicht schwerfallen, das Gewünschte zu liefern.«

»Wann immer man eine Geschichte erzählt, dann muss sie gut durchdacht sein. Sie muss einleuchtend klingen. Als wir mit angehört haben, wie die Unis den Angriff geplant haben, als wir uns versteckt und gelauscht haben, hätten wir uns selbst einen Plan zurechtlegen sollen. Eine wasserdichte Lüge.«

»Wir hatten nicht genug Zeit, und wir mussten die Gelegenheit beim Schopf ergreifen. Schließlich hatten wir einige Gerüchte aufgeschnappt, dass die Orks im Besitz der Instrumentale seien. Jetzt wissen wir es genau.«

»Oh, und ob wir es wissen.« Standeven standen die Strapazen des Übergangs noch deutlich ins Gesicht geschrieben. »Aber was nützt uns das?«

»Willst du die Artefakte haben oder nicht?«

»Brauche ich sie denn überhaupt noch?«

Pepperdyne seufzte entnervt. »Du hast doch fast gesabbert beim Gedanken, sie zu bekommen. Du hast mir nicht einmal, sondern hundertmal vorgebetet, wie wertvoll sie seien.«

»Hüte deine Zunge«, gab Standeven zurück. Er warf sich in die Brust. »Vergiss nicht, wer hier der Herr ist.«

»Was willst du denn tun? Die Lage hat sich verändert. Jetzt geht es ums nackte Überleben.«

Standeven kochte, widersprach aber nicht.

»Ich sag dir, warum du die Instrumentale brauchst«, fuhr Pepperdyne fort. »Kantor Hammrik. Er wird nicht aufgeben, bis er dich gefunden hat, und sie sind das Einzige, was du als Verhandlungsmasse einsetzen kannst.«

»Wie will er uns überhaupt hier finden?«

»Ich habe die Absicht zurückzukehren. Du etwa nicht? Es geht mir ebenso um meinen wie um deinen Hals.«

»Trotzdem, ich glaube nicht ...«

»Ich kann uns hier nicht rauskämpfen, wie ich es bei Hammriks Eskorte getan habe. Es wäre Selbstmord, gegen eine Kriegertruppe der Orks anzutreten. Wir müssen heimlich vorgehen und den richtigen Augenblick abwarten. Oder hast du eine bessere Idee?«

Falls Standeven eine Antwort darauf hatte, so bekam er keine Gelegenheit mehr, sie zu äußern. Weiter unten am Ufer, wo sich der größte Teil der Truppe aufhielt, brach ein Getöse aus. Zwei Späher waren zurückgekehrt und hatten jemanden mitgebracht.

»Lass uns sehen, was dort los ist«, schlug Pepperdyne vor.

Standeven streckte eine Hand aus und ließ sich von ihm hochziehen.

Die Späher hatten einen Ork mitgeschleppt. Er war im besten Alter oder vielleicht schon darüber hinaus, soweit es die Menschen beurteilen konnten. Seine Kleidung bestand aus einem ärmellosen schaftledernen Wams, weiten Wollhosen und kräftigen, halbhohen Lederstiefeln. Sein hölzerner Stab überragte ihn ein wenig.

Sie führten ihn zu Stryke. Der Gefangene blickte ängstlich von einem zum anderen, während sich die Truppe um ihn sammelte.

»Wir werden dir nichts tun«, versicherte Stryke. »Hast du das verstanden?«

Der Hirte nickte.

»Wie heißt du?«

»Yelbra«, antwortete er zögernd.

»Bist du allein hier draußen?«

Wieder ein Nicken.

»Wir haben sonst niemanden gesehen«, bestätigte einer der Kundschafter.

»Wo ist die nächste Stadt, Yelbra?«, fragte Stryke.

Der Hirte hatte die Frage nicht gehört, er starrte Jup und Spurral fassungslos an. »Was ... was sind die da?« Er deutete auf die beiden.

»Hast du noch keine Zwerge gesehen?«

Sein Kopfschütteln fiel erheblich nachdrücklicher aus als das Nicken.

»Die gehören zu uns. Mach dir ihretwegen keine Sorgen, sie werden dir nichts tun. Wo ist die nächste Stadt?«

»Weißt du das nicht?« Seine Verwirrung nahm noch zu.

»Sonst hätten wir nicht gefragt«, grollte Haskeer.

»Es ist ...« Wieder irrte sein Blick ab, und er riss die Augen auf. Dann gab er einen Laut von sich, der irgendwo zwischen einem Keuchen und einem Stöhnen lag.

Der Grund seiner Verblüffung waren Standeven und Pepperdyne, die sich durch die Menge nach vorn drängten.

Zitternd sank Yelbra auf die gichtigen Knie und sagte: »Meine Herren.« Sein Gebaren war denkbar unterwürfig.

»Was soll das denn jetzt, verdammt?«, wollte Haskeer wissen.

Der Schäfer schaute zu ihm auf, sein Gesicht war vor Angst verzerrt. »Runter«, zischte er. »Erweise ihnen Achtung!«

»Denen da?«, höhnte Haskeer. »Diesen *Menschen*? Die können mir mal den pickligen Buckel runterrutschen.«

Yelbra war ehrlich schockiert. Er sperrte den Mund auf, aus seinem Gesicht war jegliche Farbe gewichen.

»Seit wann werfen sich Orks vor einem Menschen nieder?«, fragte Coilla.

Der Schäfer sah sie an, als verstünde er die Frage nicht.

»Seraphim sagte doch, dass die Menschen hier die Oberhand haben«, überlegte Stryke. »Anscheinend hatte er recht. Steh auf«, befahl er Yelbra.

Der Hirte blieb, wo er war, und starrte wie gebannt Pepperdyne und Standeven an.

Stryke verständigte sich nickend mit den Spähern, die den Schäfer hochzogen, bis er zum Stehen kam. Der Mann klammerte sich an seinen Stab, als wäre er alles, was ihn aufrecht hielt.

»Ich stelle hier die Fragen«, ermahnte Stryke ihn barsch, »nicht die beiden da. Wie heißt dieses Land?«

Immer noch starrte er wie gebannt und zitternd die Menschen an und bekam kein Wort heraus.

»Hierher.« Stryke winkte Pepperdyne zu sich.

Der Mensch zögerte kurz, dann kam er näher.

»Du befragst ihn«, sagte Stryke.

»Ich?«

»Er ist wie hypnotisiert von euch. Los, fang an.«

Etwas unsicher räusperte Pepperdyne sich. »Äh ... Yelbra, wie heißt dieses Land?«

Obwohl er den Kopf gesenkt hatte, um Pepperdynes Blick auszuweichen, war deutlich, dass er über die Wissenslücke des Menschen entsetzt war. »Acurial, Herr, wenn es Euch gefällt.«

»Das gefällt mir, aber ich bin nicht dein Herr. Hast du das verstanden?«

Der Schäfer warf ihm einen weiteren verwirrten Blick zu, in den sich ein leises Bedauern für den offenbar geisteskranken Menschen schlich. »Ja, Herr ... äh ... ich habe verstanden.«

»Gut. Wie lautet der Name der nächsten Siedlung?«

»Taress.«

»Gibt es dort Orks?«

»Natürlich. Viele sogar.«

»Wo ist es und wie weit?«

»Direkt nach Süden. Zu Fuß könnt Ihr den Ort bis Sonnenuntergang erreichen.«

»Danke, Yelbra.« Pepperdyne wandte sich an Stryke und wollte sich schon zurückziehen, als der Hirte noch einmal das Wort ergriff.

»Verzeiht mir, mein ... Verzeihung, aber ich begreife einfach nicht, warum Ihr dies nicht wisst. Ist es eine Prüfung?«

»Nein. Wir kommen ... aus einem fernen Land.«

»Das muss aber sehr weit weg sein.«

»Weiter, als du es dir vorstellen kannst«, schaltete sich Stryke ein. Er verscheuchte Pepperdyne mit einer Geste. »Ich habe es ernst gemeint, Yelbra. Wir werden dir nichts tun. Aber du musst mir versprechen, niemandem zu verraten, dass du uns gesehen hast. Oder muss er es dir noch einmal sagen?« Er deutete mit dem Daumen auf Pepperdyne.

»Das würde mir sowieso niemand glauben, und hier draußen begegnen mir auch nicht viele Leute. Schafe hüten ist ein einsames Geschäft.«

»Ist das überhaupt eine Arbeit für einen Ork?«, fragte Haskeer voller Verachtung.

Abermals schien der Schäfer die Frage nicht zu verstehen. Inzwischen war ihm zudem noch etwas anderes aufgefallen. »Ihr tragt ja Waffen«, flüsterte er, als bemerkte er es erst jetzt. Es klang verwundert und ängstlich.

»Ist das denn ungewöhnlich in dieser Gegend?«, fragte Coilla.

»Ihr kommt wirklich aus einem fernen Land. Es ist gesetzlich verboten.«

»Wir haben uns lange genug hier aufgehalten«, entschied Stryke und wandte sich von Yelbra ab.

Ein Stück von den anderen entfernt beriet er sich mit seinen Offizieren.

»Wir müssen nach Taress«, erklärte er ihnen. »Und es sieht aus, als müssten wir unsere Waffen verbergen.«

»Gehen wir alle hin?«, fragte Coilla. »Oder richten wir ein Basislager ein?«

»Dieses Mal nicht. Wenn wir Hals über Kopf noch einmal die Sterne zu Hilfe nehmen müssen, dann sollten wir alle beisammen sein.«

Jup sah sich zu den Menschen um. »Was machen wir mit denen?«

»Die nehmen wir lieber mit. Möglicherweise bieten sie uns die einzige Möglichkeit, dass jemand mit uns redet.«

»Das gefällt mir nicht«, protestierte Haskeer.

»Mir auch nicht. Aber wir können sie jederzeit wegjagen, wenn wir sie nicht mehr brauchen. Jetzt organisiert die Truppe für den Marsch.«

Als sie sich entfernten und sich um ihre Aufgaben kümmerten, rief sie der Schäfer.

»Was ist mit mir? Ich muss mich um meine Herde kümmern.«

»Du kannst gehen«, rief Stryke zurück.

»Ja«, fügte Coilla hinzu. »Schaff das Viehzeug hier weg.«

13

Acurials Schönheit bildete einen starken Kontrast zum zerstörten Maras-Dantien. Die jadegrünen Felder und die üppigen Wiesen wurden von dichten Gehölzen begrenzt. Kristallklare Bäche plätscherten, in den Wäldern gab es reichlich Wild, kleine Geschöpfe gruben Baue in der Erde. Vögel in vielen Farben flatterten am wolkenlosen Himmel.

Der Fluss strömte nach Süden, und so folgten die Vielfraße mehrere Stunden lang seinem Verlauf. Als er eine Biegung nach Westen beschrieb, fanden sie einen Weg, der in die richtige Richtung führte, und folgten ihm. Andere Reisende trafen sie keine.

Als der Tag sich seinem Ende näherte, ließ die Wärme nach.

Stryke marschierte ganz vorn, Jup ging neben ihm.

Der Zwerg blickte zur Truppe zurück. »Sie werden

allmählich müde. Können wir nicht eine Pause einlegen? Sie haben seit gestern nichts Anständiges mehr gegessen, und das war eine Welt entfernt.«

Stryke nickte. »Aber nur eine kurze, und wir machen kein Feuer. Wir essen die Rationen, die wir mitgebracht haben. Ich will nicht, dass jemand auf die Jagd geht.«

Die Truppe verließ den Weg und zog sich in den Schutz einer Baumgruppe zurück. Dann wurden Posten eingeteilt, und Schiffszwieback und Wasser wurden verteilt.

Als alle satt waren, gestattete Stryke ihnen eine kurze Rast. Einige hockten auf umgestürzten Baumstämmen und redeten darüber, wie sehr sich Acurial von der Welt unterschied, die sie vor Kurzem verlassen hatten.

»Verglichen mit der Gegend hier«, meinte Jup, »war Maras-Dantien völlig im Eimer. Ernteausfälle, unfruchtbares Vieh, verseuchte Flüsse. Ihr wisst das ja selbst.«

»In Acurial gibt es ebenfalls Menschen«, antwortete Coilla, »aber hier haben sie anscheinend nicht alles vermasselt.«

Mehr als nur zwei Augenpaare richteten sich mit finsterem Blick auf Standeven und Pepperdyne.

»Bisher noch nicht«, räumte Jup ein. »Wir wissen nicht, wie lange sie schon hier sind. Sie haben eine Generation gebraucht, um Maras-Dantien zu zerstören, und es wird noch länger dauern, bis die Magie verschwunden ist.«

»Ich frage mich, ob Magie in dieser Welt überhaupt wirkt«, überlegte Coilla.

»Darauf bin ich noch gar nicht gekommen. Aber ... warum eigentlich nicht? Wenn Maras-Dantien nicht in irgendeiner Weise etwas Besonderes ist, dann verfügen vielleicht alle Welten über Magie. Oder wenigstens über die Energie, die nötig ist, damit sie funktioniert.«

»Finde es heraus«, schlug Stryke dem Zwerg vor. »Deine Fähigkeiten könnten nützlich für uns sein.«

»In Ordnung.« Jup stand auf und sah sich um. »Ich versuche es da drüben.«

Unter den neugierigen Blicken der anderen zog er sich in einen dreißig oder vierzig Schritte entfernten Graben zurück, in dem ein kleiner Bach plätscherte. Im Schatten zweier großer Bäume zog Jup sein Messer und hockte sich ans Wasser. Er grub ein Loch, und als es groß genug war, steckte er die Hand hinein.

»Was macht er da?«, fragte Wheam.

»Die Magie zeigt sich verschiedenen Rassen auf verschiedene Weise«, erklärte Stryke. »Bei den Zwergen ist es die Fernsicht.«

Wheam verstand es nicht. »Fernsicht?«

»Dinge spüren, die außerhalb der Reichweite von Augen oder Ohren liegen.«

»Sehr praktisch beim Fährtenlesen«, fügte Coilla hinzu.

»Die Kraft der Magie lebt in der Erde«, fuhr Stryke fort, »und in der Nähe von Gewässern ist sie besonders stark. Den Grund weiß ich nicht. Zwerge, die die Fernsicht beherrschen, können jedenfalls die Stärke und den Fluss der Energie spüren.«

»Wie zeigt sich die Magie bei den Orks?«, wollte Pepperdyne wissen.

»Überhaupt nicht. Wir besitzen keine Magie. So wenig wie die Menschen.«

»Wenn es in dieser Welt also nur Orks und Menschen gibt, dann praktiziert auch niemand Magie?«

»Das ist richtig.« Stryke ließ Seraphim, der auch unter den Menschen als große Ausnahme galt, ebenso unerwähnt wie die Möglichkeit, dass sich Jennesta in dieser Welt aufhielt. Er sah keinen Grund, Pepperdyne und seinem Herrn mehr zu verraten als unbedingt nötig.

Jup kam zurück und schüttelte den Dreck von den Händen. »Ich hatte recht. Hier fließt magische Energie, und sie ist sogar stark. Rein. Ich würde sagen, dass es nicht weit entfernt eine große Konzentration gibt, und der Magiestrom verläuft nach Süden.«

»Nach Taress?«, fragte Stryke erstaunt.

»So muss es wohl sein.«

»Wir sollten aufbrechen.«

Wheam schob sich nach vorn. Irgendwie hatte seine geliebte Laute alle Fährnisse überstanden. Er schwenkte sie. »Vielleicht ein Lied, bevor wir aufbrechen? Damit wir federnden Schritts dahinwandeln?« Der Gesichtsausdruck der anderen entging ihm nicht. »Vielleicht eine kleine Melodie? Etwas Aufmunterndes, damit wir ...«

»Wenn du das tust«, sagte Haskeer, »dann bringe ich dich um.«

»Auf die Beine, Vielfraße«, rief Stryke. »Abmarsch!«

Der alte Schäfer sollte recht behalten. Sie trafen zur Stunde des Sonnenuntergangs an ihrem Ziel ein.

Von einer Hügelkuppe aus schaute die Truppe auf die Siedlung hinunter, überrascht von deren Größe. Ein weites Gebiet war mit Häusern bebaut, zwischen denen Gassen, Straßen und verwinkelte Wege verliefen. Zum Zentrum hin waren die Gebäude größer, einige Türme erhoben sich dort und wohl auch etwas, das eine Festungsanlage sein mochte. Obwohl es schon dämmerte, waren nur wenig Lichter zu sehen.

Sie versteckten die Waffen unter der Kleidung und stiegen hinab.

Ohne irgendjemandem begegnet zu sein, erreichten sie die Ausläufer der Ansiedlung. Auf einer breiten gepflasterten Straße näherten sie sich den ersten Häusern. Sie wirkten schäbig, und von den Bewohnern war nichts zu sehen.

»Hier leben Orks?«, fragte Coilla.

»Kommt mir eher so vor, als lebe hier überhaupt keiner«, erwiderte Stryke.

Sie drangen in das Straßenlabyrinth ein. Alle Türen waren verschlossen, die Fensterläden zugeklappt. Nirgends ein Licht.

»Wo sind die nur alle?«, fragte sich Spurral.

»Da ist einer.« Jup streckte den Arm aus.

Auf der anderen Straßenseite kam eine einsame Gestalt in ihre Richtung gerannt.

»Versteckt euch, sofort«, befahl Stryke.

Die Truppe zog sich rasch in den Schatten einer abzweigenden Gasse zurück.

Aus der Nähe konnte Stryke erkennen, dass es ein junger Ork war, der dort rannte. Er trug einen grauen Mantel.

»Was ist denn los?«, rief er ihm zu.

Der Ork wurde langsamer und sah Stryke an, offenbar verwirrt. »Was meinst du damit?«

»Wo sind die denn alle?«

»Weißt du nicht, welche Stunde es ist?«

»Was hat das mit ...«

»Es ist schon fast dunkel! Du musst von der Straße verschwinden, sie kommen gleich!«

»Wer denn?«

Der Ork antwortete nicht, sondern rannte weiter und verschwand um eine Ecke.

Coilla kam aus der Gasse heraus. »Bei der Hölle, was hatte das zu bedeuten?«

»Womöglich sind wir auf den einzigen verrückten Ork in der Stadt gestoßen«, meinte Jup.

»Und was jetzt?«, wollte Haskeer wissen.

»Wir gehen weiter«, entschied Stryke, »aber bleibt wachsam.«

Sie wanderten tiefer in die stille, verlassene Stadt hinein. Straßenzug um Straßenzug blieb das Bild unverändert – verriegelte Türen, versperrte Fenster und unbeleuchtete Gebäude. Nicht einmal ein streunender Hund oder eine pirschende Katze ließen sich blicken.

Endlich erreichten sie einen weiten Platz, der ringsum von Häusern begrenzt wurde. Vier Straßen mündeten hier ein; in der Mitte befand sich ein weiter Fleck voll matschiger, mit Gras bewachsener Erde, in dessen Zentrum eine hohe Holzkonstruktion aufragte.

»Erkennt ihr, was das ist?«, fragte Coilla.

Stryke blinzelte im Zwielicht. »Nein. Was ist es?«

»Ein Galgen.«

»Dann werden hier öffentliche Hinrichtungen veranstaltet.«

»Ja, aber wer sind die Opfer?«

»Stryke«, warf Haskeer unruhig ein. »Wo ist unser Ziel? Wohin müssen wir überhaupt?«

»Das weiß ich nicht. Mit einer Geisterstadt habe ich nicht gerechnet.«

»Na, wundervoll. Dann haben sie uns bald am Arsch.«

»Hättest du eine bessere Idee gehabt?«

»Ich hätte mir wenigstens einen Plan zurechtgelegt.«

»Die Götter mögen uns vor deinen Plänen behüten.«

»Jedenfalls würde ich hier nicht umhertaumeln wie zwei Titten beim Bauchtanz.«

»Hüte deine Zunge, Feldwebel. Sonst nehme ich deinen Helm und stecke ihn dir ...«

»Sch-scht!« Coilla legte einen Finger an die Lippen.

»Halte du dich da raus, Gefreite.«

»Nein, ich meine, hört doch.«

Sie hielten inne.

Es war noch weit entfernt, aber unverkennbar, und es wurde rasch lauter.

»Marschtritt«, flüsterte Jup.

»Woher kommt das?«, fragte Stryke.

»Kann ich nicht erkennen.«

Die Geräusche wurden lauter und kamen näher.
»In Deckung!«, befahl Stryke.
Sie setzten sich in Bewegung.
Keiner kam weiter als zehn Schritte, ehe an der nächsten Ecke eine Gruppe Menschen auf den Platz trat. Es waren etwa vierzig, deren Uniformen im Zwielicht schwarz oder dunkelblau aussahen. Alle waren schwer bewaffnet, etwa ein Drittel hatte abgeblendete Laternen dabei.
An der Spitze ging der Kommandant, und er war es auch, der den Befehl brüllte: »Halt!«
Seine Soldaten schwärmten hinter ihm aus, bis sie fast in einer Linie nebeneinanderstanden.
Die Vielfraße blieben wie angewurzelt stehen und sahen Stryke fragend an.
Sie hätten weglaufen können, aber er wollte es nicht riskieren, die Truppe zu zersplittern. Außerdem lag es ihnen sowieso nicht im Blut, einfach zu fliehen. Er winkte ihnen, an Ort und Stelle zu bleiben.
Als er Coillas Blick bemerkte, hauchte er: »Vielleicht können wir uns ja irgendwie herausreden.«
Skeptisch hob sie eine Augenbraue.
Der menschliche Kommandant war klein und vierschrötig. Er hatte einen dicken schwarzen Schnauzbart, der unter der Nase klebte und bei Weitem nicht so breit war wie sein höhnisches Grinsen. Das pechschwarze Haar war lang und glatt zurückgekämmt.
Als die Soldaten so nahe an die Orks herangekommen waren, dass sie beinahe hätten hinüberspucken

können, rief er einen zweiten Befehl, und sie blieben stehen. Der Kommandant ging als Einziger weiter, lediglich begleitet von zwei Adjutanten, die links und rechts ein oder zwei Schritte hinter ihm blieben. Das Manöver verriet lange Übung. Eine militärische Präzision, die beinahe lächerlich wirkte.

Das Trio baute sich vor Stryke, Haskeer und Coilla auf, die vor den anderen Orks standen.

»Was, bei der Hölle, habt ihr hier zu suchen?«, donnerte der Kommandant.

»Wir schnappen nur frische Luft.« Stryke spielte das Unschuldslamm.

»*Ihr ... schnappt ... nur ... frische ... Luft*«, wiederholte der Mensch höhnisch. »Und dabei pfeift ihr einfach auf die Sperrstunde, ja?«

»Ich wusste gar nicht, dass es eine gibt.«

Das Gesicht des Kommandanten lief rot an. »Willst du mich ...« Dann fiel sein Blick auf Jup und Spurral, und er hielt inne. »Wer sind *die* denn?«

»Nicht schon wieder«, schnaufte Jup leise.

Als er einen Schritt vortrat, um besser sehen zu können, bemerkte der Kommandant Pepperdyne und Standeven im Hintergrund. Seine Verwirrung nahm deutlich zu. »Seid ihr etwa die Gefangenen dieser Kreaturen?«

»Nein«, erwiderte Pepperdyne. »Wir gehören zusammen.«

»Ihr gehört *zusammen*? Ihr fraternisiert mit den Eingeborenen?«

»Was meinst du mit ›Eingeborenen‹?«, wollte Haskeer wissen.

»Wir haben hier eine Truppe von Spaßvögeln«, erklärte der Kommandant so laut, dass seine Leute es hören konnten. »Eine Narrenkompanie. Wir werden ja sehen, wer zuletzt lacht.«

»Ich fürchte, das wirst du nicht sein«, erwiderte Coilla.

Er wandte sich an sie. »Was hast du gesagt?«

»Dass du nicht der bist, der lachen wird.«

»Ach, wirklich?«

»Aber klar. Wenn du lachen willst, muss dein Herz schlagen.«

»Das tut es.«

»Nicht mehr lange.«

»Willst du mir etwa drohen?« Das schien er lustig zu finden.

»Nenne es eine ... eine Vorhersage.«

»Tja, hier ist meine Vorhersage. Ihr Verrückten werdet dafür büßen, dass ihr euch euren Herren widersetzt.«

Coilla lächelte. »Dann fang mal an.«

Er schnappte ein Paar vernietete Lederhandschuhe und schlug sie ihr fest um die Ohren.

Die anderen atmeten scharf ein.

Coilla betastete ihre Wange. Aus einem Mundwinkel rann Blut. Sie spuckte aus und verfehlte die glänzenden Stiefel des Kommandanten nur knapp. Dann starrte sie ihm in die Augen und sagte ruhig: »Der gehört mir.«

Der Kommandant lachte. »Ach, wirklich? Und seit wann habt ihr den Mut, euch gegen eure Herren aufzulehnen?«

»Seit grade eben«, informierte sie ihn freundlich.

Blitzschnell versetzte sie ihm einen Tritt zwischen die Beine. Er stöhnte vor Schmerzen und krümmte sich. Sie sprang vor, packte seine Ohren, zog den Kopf herunter und knallte ihn zweimal auf das gehobene Knie. Mit einem vernehmlichen Knirschen brach sein Nasenbein.

Als sie ihn fallen ließ, zogen Stryke und Haskeer ihre Klingen. Haskeer rammte einem Leutnant das Schwert tief in die Brust, Stryke stach dem anderen seine Dolche in die Seiten.

Es geschah so schnell, dass die übrigen Menschen einen Augenblick lang überhaupt nicht reagierten. Die meisten starrten nur erschrocken und ungläubig.

Dann rief einer: »Terroristen!«, und das Chaos brach aus.

Mit gezogenen Waffen prallten die Vielfraße und die Menschen aufeinander. Mitten auf dem Platz trafen sie sich, und dann schälten sich zwanzig einzelne Kämpfe heraus.

Obwohl in der Unterzahl, wobei Standeven und Wheam sowieso nicht als Kämpfer zählten, machten die Orks ihren Nachteil wett, indem sie mit der üblichen Wildheit zur Sache gingen. Anfangs hatten sie noch einen anderen Vorteil. Die verblüfften Menschen konnten es nicht fassen, dass Orks überhaupt zu kämpfen wagten.

Eine schreckliche Harmonie bestimmte die Zusammenarbeit der Kriegertruppe. Sie hackten, hauten und hieben und fegten alles weg, was sich ihnen in den Weg stellte. Pepperdyne war der Einzige, der so etwas wie die hohe Schule der Kampfkunst an den Tag legte.

Seine Kampfweise ähnelte jener der anderen Menschen. Wo Orks einfach drauflosschlugen, versuchte er es mit einer Finte. Aber ob wildes Gemetzel oder die Kunst des Schwertkampfs, das Ergebnis war das gleiche. Bald waren die Pflastersteine rot vom Blut und glitschig. Nur ein Drittel der Menschen hatte den ersten Ansturm überlebt, aufseiten der Vielfraße hatte es geringfügige Verletzungen und keine Ausfälle gegeben.

»Die haben wir kalt erwischt«, frohlockte Haskeer.

»Freu dich nicht zu früh«, erwiderte Stryke. »Sieh nur.«

Auf der anderen Seite des Platzes kamen weitere Uniformierte gerannt. Es waren mindestens doppelt so viele wie die Einheit, die gerade von den Orks dezimiert worden war.

»Seit wann kümmert es uns, wenn wir in Unterzahl sind?«

»Sie könnten die Vorhut von noch viel mehr Feinden sein.«

»Und was sollen wir jetzt tun?«

»Sie umbringen«, zischte Stryke.

»Warum hast du das nicht gleich gesagt?« Haskeer drehte sich um und schlug einem angreifenden Menschen ein klaffendes Loch in den Brustkorb.

Auch Coilla, die zusammen mit Jup und Spurral kämpfte, hatte die Neuankömmlinge bemerkt. »Die kriegen Verstärkung!«, rief sie.

Jup zerschmetterte mit seinem Stab einem Gegner den Schädel. »Ich sehe sie. In dieser Truppe hier wird es einem nie langweilig.« Er fuhr herum, brach einem Angreifer den Arm und stieß ihn zu Spurral hinüber, die ihn mit zwei Messerstichen erledigte.

Coilla fand diese Zusammenarbeit bewundernswert.

»Vielleicht hätten wir diese Bande nicht angreifen sollen«, gab Spurral zu bedenken.

»Da hätten wir aber eine schöne Rauferei verpasst«, erwiderte Coilla. »So was liegt uns nicht.« Sie konnte allerdings erkennen, dass die Menschen beim Anblick der Verstärkung frischen Mut schöpften und härter kämpften.

Dann änderte sich die Lage.

Als hätten sie ein geheimes Signal vernommen, lösten sich die Menschen aus dem Kampf und zogen sich zurück. Sie ließen die Toten und Sterbenden liegen, wie sie gefallen waren.

Jup hob eine Faust. »Sie hauen ab!«

»Darauf würde ich mich nicht verlassen«, sagte Coilla.

Die Menschen wichen rückwärts und zur Seite aus, und die Orks sahen eine neue Abteilung. An der Spitze kamen drei Gestalten, deren Kleidung sie von allen anderen unterschied. Sie trugen lange Gewänder und Kapuzen.

Wo vorher noch der Kampflärm geherrscht hatte, trat

jetzt tiefe Stille ein. Die Vielfraße hielten die Stellung und warteten ab.

»Sind das Priester, oder was hat das zu bedeuten?«, überlegte Haskeer.

Stryke zuckte mit den Achseln.

»Verdammt, was sie auch sind, worauf warten wir noch?«

»Ruhig. Da ist etwas im Gange.«

Die drei Kapuzenmänner zogen Objekte aus ihren Gewändern. Aus der Ferne war schwer zu erkennen, was es war, doch sie ähnelten offenbar kleinen Dreizacken aus Metall in der Größe langer Dolche.

»Bei der Hölle, was machen die da?«, sagte Haskeer.

»Keine Ahnung, aber es gefällt mir nicht.«

Die drei hoben die Dreizacke und zielten damit auf die Orks.

»Alles runter!«, brüllte Stryke.

Ein greller Lichtblitz entstand. Aus den Dreizacken entsprangen grelle rote, grüne und gelbe Lichtbalken.

Den Bruchteil eines Herzschlags, bevor das knisternde Licht über ihre Köpfe hinwegzog, war die Truppe abgetaucht. Zwei Lichtfinger trafen hinter der liegenden Kriegertruppe auf ein Gebäude, zerstörten eine schwere Tür und schlugen ein Loch in die Wand. Ziegelsteine und Mörtel fielen herunter. Der dritte Blitz traf eine Ecke des Galgens, der sofort Feuer fing.

Als die zweite Salve kam, rollten sich die Vielfraße ab, um den sengend heißen Strahlen auszuweichen. Die Blitze tasteten über den Boden, rissen Pflastersteine aus dem Gefüge und schlugen Funken.

Stryke hob den Kopf und sah sich um. Hystykk und Jad waren dicht neben ihm in Deckung gegangen. Beide hatten Bogen. Er kroch zu ihnen hinüber.

»Erledigt die Schweinehunde!«, befahl er ihnen.

Unbeholfen zogen die Gemeinen ihre Bogen vom Rücken, legten Pfeile ein und zielten auf die Gestalten mit den Gewändern.

Ein Pfeil traf die Brust eines Kapuzenträgers. Er taumelte und stürzte.

»Was?«, murmelte Hystykk.

Er hatte nicht geschossen. Keiner der beiden hatte geschossen.

Eine Pfeilsalve traf die anderen beiden Kapuzenträger. Einer ließ im Stürzen noch einen grellen Energiestrahl zum Himmel fahren, dann starb er.

Gebrüll erhob sich.

Eine neue Meute raste auf den Platz. Sie waren mehr in der Zahl als die Menschen, und sie rannten, um anzugreifen.

Stryke rappelte sich auf.

Coilla rannte zu ihm. »Das sind Orks!«

»Was ist hier los, verdammt?«, rief Haskeer.

Stryke schüttelte den Kopf. »Zieht die Leute zurück, in Verteidigungsstellung formieren.«

Er gehorchte und rief Befehle, und die Vielfraße sammelten sich rasch.

Vor ihnen brach ein blutiges Handgemenge aus. Fünf oder sechs Orks lösten sich aus dem Gedränge und eilten zu ihnen herüber.

Der vordere rief: »Wer hat hier das Kommando?«
»Ich«, sagte Stryke.
»Kommt mit.« Dann sah er die Menschen und die Zwerge. »Gefangene?«
»Nein, die gehören zu uns.«
Der Ork war entsetzt. »Du machst Witze.«
»Sie gehören zu uns«, wiederholte Stryke.
»Wir können keine Menschen mitnehmen«, protestierte einer der anderen. Er sah Standeven, Pepperdyne und die Zwerge böse an.
»Wir klären das später«, entschied der Anführer. »Los jetzt!«
»Wohin?«, fragte Stryke.
»Da kommen noch mehr. Wenn ihr hierbleibt, werdet ihr sterben.«
»Wer seid ihr?«
»Komm schon!« Er setzte sich in Bewegung.
Stryke zögerte einen Moment, dann gab er seiner Truppe ein Zeichen, den anderen zu folgen.
Als sie durch die düsteren Straßen liefen, raunte Coilla: »Stryke, die Menschen haben Magie eingesetzt!«

14

Wenn die Gebäude der Herrscher deren Einstellung den Beherrschten gegenüber zeigen, dann sprach die Festung im Herzen von Taress Bände. Die Zugänge waren schwer bewacht, die Tore verschlossen. Bogenschützen patrouillierten auf den Wehrgängen. Ausgucke waren auf den Türmen postiert, und hinter den abweisenden, undurchdringlichen Mauern lag ständig eine Garnison in Bereitschaft.

Ein Maßstab für den Ruf der Burg, oder besser, für das Wesen ihrer Bewohner, war die Tatsache, dass nur wenige sie freiwillig betraten.

In dem am höchsten gelegenen Bereich blieb ein ganzes Stockwerk einem einzigen Menschen vorbehalten. Angesichts seiner Stellung hätte man annehmen können, dass seine Gemächer gut ausgestattet und vielleicht sogar luxuriös waren. Doch die Einrichtung war bescheiden. Es gab nur die nötigsten Möbelstücke, so gut wie keinen Schmuck und nichts, was der Bequemlichkeit diente. In dieser Hinsicht entsprach die Wohnung dem Gemüt eines Menschen, der sich ganz und gar dem Militärdienst verschrieben hatte.

Die Untergebenen nannten Kappel Hacher meist nur »Eisenhand«.

Seine Erscheinung und sein Auftreten passten jedoch überhaupt nicht zu diesem Spitznamen. Er war nicht mehr der Jüngste, noch kein alter Mann zwar, aber deutlich über die besten Jahre hinaus. Das kurz geschnittene Haar war silbergrau, und wer ihn nicht kannte, nahm an, dass er aus diesem Grund keinen Bart trug. Andererseits zeigte er nicht die geringste Eitelkeit. Er hatte den Körper eines erheblich jüngeren Mannes, nur sein Gesicht war voller Falten, und auf den Handrücken saßen Leberflecken. Er hielt sich kerzengerade und trug seine makellose Uniform, als wäre er darin zur Welt gekommen. Insgesamt wirkte er wie ein etwas kleinlicher, aber sonst recht freundlicher Onkel. Das war jedenfalls der Eindruck, den er bei einem flüchtigen Beobachter erweckte.

Für einen Menschen, der eine so herausragende Stellung bekleidete, schien er seinen Pflichten mühelos nachzugehen. In der Tat verfügte er über eine gewaltige Macht. Hacher war zugleich der Gouverneur eines Gebiets, das die Eroberer als Provinz bezeichneten, und der Kommandant eines Besatzungsheeres. In der letzteren Eigenschaft bekleidete er den Rang eines Generals.

Er speiste allein, wie es seine Gewohnheit war. Dabei übte er sich in Zurückhaltung, und seine Mahlzeiten waren schlicht: Geflügel, Brot und Obst. Wein trank er nur selten, und wenn, dann mit Wasser vermischt. Unter anderem aus diesem Grund war er bei seinen Vorkostern nicht sehr beliebt.

Als Bedienung beschäftigte er zwei alte Orkfrauen. Schweigend stellten sie ihm das Essen auf einen sauber geschrubbten Tisch, der schon den größten Teil des Mobiliars ausmachte. Hacher nahm sie kaum wahr, für ihn hätten sie auch unsichtbar sein können.

Es klopfte.

»Herein!«, rief Hacher knapp.

Zwei Menschen traten ein. Einer trug eine dunkelblaue Uniform, der andere ein braunes Gewand mit zurückgeschlagener Kapuze. Beide waren höchstens halb so alt wie der General.

»Verzeihung, Herr«, sagte der uniformierte Adjutant, »aber wir haben Neuigkeiten von ...«

Hacher unterbrach ihn mit erhobener Hand und entließ die Dienerinnen mit einem Nicken. Mit gesenkten Köpfen gingen sie hinaus, während die Besucher ihnen hochmütig hinterhersahen.

»Was wolltet Ihr sagen, Frynt?« Hacher legte das Messer ab, das er zum Essen benutzt hatte.

»Es hat schon wieder einen Aufruhr gegeben. Und das auch noch während der Sperrstunde.«

»Gab es Tote?«

»Wir zählen noch, aber es waren viele.«

»Darunter drei Angehörige des Ordens«, fügte der Mann im Priestergewand hinzu. Er warf Frynt einen scharfen Blick zu.

»Welches Unglück, Grentor«, kondolierte Hacher. »Der Staat spricht den Männern seinen Dank für ihr edelmütiges Opfer aus. Sie sollen dafür geehrt werden.«

»Beileidsbekundungen sind schön und gut, wir würden es jedoch vorziehen, wenn uns das Militär angemessen schützen würde. Das ist doch das Mindeste, was wir erwarten können.«

»Angesichts der magischen Erfahrung Eurer Brüder hätte ich angenommen, dass sie durchaus fähig sind, sich selbst zu verteidigen.«

»Ich hoffe doch, das ist nicht als Kritik an der Kompetenz meines Ordens aufzufassen, General.«

»Aber keineswegs. Mir ist selbstverständlich bewusst, welch unersetzlichen Beitrag er leistet.«

Frynt erwiderte Grentors Blick. »Im Übrigen wurden sie ja beschützt. Die Zahl unserer Gefallenen beweist es.«

»Dennoch kamen meine Brüder, die Eure Streife begleitet haben, ums Leben.«

»Ihr habt drei verloren, wir dagegen erheblich mehr.«

»Welche Verluste haben wir den Gegnern zugefügt, Frynt?«, unterbrach Hacher.

»Wir haben ein paar getötet, Herr, und ein halbes Dutzend Gefangene gemacht.«

»Seht Ihr, Grentor? Es war somit nicht ganz einseitig.«

»Soll das ein Trost sein? Was ist das Leben dieser Kreaturen im Vergleich zu einem Menschenleben?«

»Jeder Rebell, den wir töten, ist einer weniger. Ein Schritt weiter auf dem Weg, Acurial von dieser ... von diesen Schwierigkeiten zu befreien.«

»Allerdings hätte diese Situation gar nicht erst entstehen dürfen!«

»Wir wollen doch das richtige Augenmaß bewahren. Die große Mehrheit der Orks ist fügsam, wie Ihr wisst. Wie viel Widerstand haben sie geleistet, als wir das Land erobert haben? Eine kleine Minderheit bereitet uns die gegenwärtigen Schwierigkeiten. Ein paar Unruhestifter, mehr nicht.«

»Und wenn diese paar Unruhestifter Einfluss auf die übrige Bevölkerung gewinnen? Ein Fieber kann sich rasch zu einer Seuche auswachsen, General.«

»Hier besteht sicher keine Ansteckungsgefahr, das entspricht nicht ihrem Wesen.«

»Sie haben eine Anlaufstelle. Diese Sylandya, die sogenannte Oberste. Sie hätte uns nicht entwischen dürfen.«

»Niemand begreift sie als Anlaufstelle. Nach allem, was wir wissen, könnte sie längst tot sein. Grentor, ich kann gut verstehen, wie bekümmert Ihr über den Verlust Eurer Brüder seid. Wenn man wirklich einen Vorschlaghammer braucht, um diese Nuss zu knacken, soll es mir recht sein. Und was Sylandya angeht, so werden wir unsere Bemühungen verstärken, sie zu finden oder zumindest aufzuklären, was mit ihr geschehen ist.«

»Eure Worte beruhigen mich sehr, General.«

»Es freut mich, Eure Billigung zu finden.«

»Meine Billigung hängt vom Ausgang ab, nicht von den Absichten. Der Orden wird Eure Maßnahmen ebenso beurteilen wie Eure Erfolge.«

»Selbstverständlich.« Hacher stand auf. »Wenn Ihr mich jetzt entschuldigen wollt, Bruder Grentor. Ihr könnt sicher verstehen, dass ich mit meinem Adjutanten einiges zu besprechen habe.«

Grentor sah zu Frynt. Die Blicke beider Männer waren alles andere als freundlich. »Natürlich.« Er nickte fast unmerklich, drehte sich um und ging.

Frynt schloss hinter ihm die Tür und seufzte müde.

»Ich weiß«, sagte Hacher mitfühlend. Ein kleines Lächeln spielte um seine Lippen. »Unsere magischen Verbündeten können bisweilen recht anstrengend sein.«

»Man könnte fast glauben, nicht wir, sondern sie hätten die Hauptlast dieser Unruhen zu ertragen.«

»So ist es. Ich meinte es allerdings ernst, als ich mich für eine bessere Zusammenarbeit zwischen den Diensten aussprach. Wir müssen zusammenhalten, damit sich Vorfälle wie der von heute Abend nicht wiederholen.«

»Ja, Herr. Da wir gerade davon reden – habt Ihr besondere Anweisungen hinsichtlich der neuen Gefangenen?«

»Ihr kennt meine Ansichten, Frynt. Wir müssen dazu beitragen, dass die Welt ein schönerer Ort wird. Lasst sie hinrichten. Natürlich erst, nachdem Ihr ihnen unter Folter alles entlockt habt, was sie uns verraten können.«

»Jawohl. Wollt Ihr neue Befehle geben und die Sicherheitsvorkehrungen verstärken?«

»Das werde ich tun.« Er massierte mit Daumen und Zeigefinger seinen Nasenrücken. »Gleich morgen Früh.«

»Ich glaube, Ihr habt Grentor mit den neuen Maßnahmen beeindruckt«, fügte der Adjutant hinzu. »Sonst geht Ihr nicht so schnell auf seine Forderungen ein. Wenn ich so frei sein darf, Herr.«

»Ich tat es nicht allein, um Grentor und dem Orden zu Gefallen zu sein.«

»Herr?«

»Diese Unruhen sind zu einem denkbar ungünstigen Zeitpunkt ausgebrochen«, sagte er leise. »Behaltet es für Euch, aber ich wurde unterrichtet, dass wir mit einem Besuch von höherer Stelle rechnen müssen.«

»Ist das ein Problem, Herr?«

»Wenn es um eine ganz bestimmte hochgestellte Persönlichkeit geht, dann wäre dies noch eine äußerst zurückhaltende Formulierung.« Er schien auf einmal sehr müde. »Lasst mich jetzt allein, Frynt, ich muss ruhen.«

»Gewiss, Herr.«

Der Adjutant zog sich leise zurück.

Auf der anderen Seite des Raumes befand sich eine Doppeltür, die an diesem warmen Abend weit offen stand. Hacher trat auf den Balkon hinaus.

Er war dafür bekannt, sich durch nichts erschüttern zu lassen. Selbst er empfand jedoch auf einmal Furcht, als er auf die verdunkelte Stadt hinabschaute.

Die Vielfraße wurden in der Dunkelheit durch gewundene, verwinkelte Straßen geführt und verloren rasch jede Orientierung.

Schließlich erreichten sie am Ende einer schmalen Gasse ein abgedunkeltes Haus, das sich in keinster Weise von den Hunderten anderer Häuser unterschied, die sie unterwegs gesehen hatten. Der Ork, der sie führte, klopfte mit dem Schwertgriff ein Signal an die Tür, dann wurden alle rasch hineingeschoben. Der Wächter hinter der Tür riss die Augen auf, als er die Menschen und Zwerge sah, sagte aber nichts dazu.

Das Haus wirkte verlassen. Keine Möbel, auf dem nackten Boden lag Staub. Die große Gruppe wurde in ein kleines Hinterzimmer geführt, wo ein Haufen vermodernder Bretter lag. Nachdem sie zur Seite geschoben worden waren, tauchte eine Falltür auf. Stryke zögerte kurz, dann stieg er die Leiter hinunter. Die anderen folgten ihm.

Sie befanden sich nun in einem geräumigen Keller, in dem sich eine große Zahl von Orks versammelt hatte. Alle schauten recht misstrauisch drein.

Der Ork, der die Vielfraße hergebracht hatte, kam als Letzter herunter. Im Licht einiger Fackeln und Laternen konnten sie ihn genauer in Augenschein nehmen. Er war ungefähr vierundzwanzig Sommer alt und ziemlich groß, beinahe schon schlaksig, wenn man den Körperbau berücksichtigte, der bei seiner Rasse als normal galt. Er hatte ein markantes Gesicht und hielt sich sehr aufrecht. Offenbar war er auch recht kräftig, und eine Orkfrau hätte ihn sicher anziehend gefunden. Aus der Art und Weise, wie die anderen mit ihm umgingen, konnte man schließen, dass er eine gewisse Autorität genoss.

»Wir sollten euch die Waffen wegnehmen«, sagte er.

»Nur über meine Leiche«, gab Stryke zurück.

»Ich hatte gehofft, dass du das sagst.«

»Warum?«

»Es ist ein weiterer Beweis, dass ihr seid wie wir. Etwas Besonderes.«

»Etwas Besonderes?«

»Ihr kämpft. Deshalb seid ihr hier.«

»Was ist so ungewöhnlich daran, dass ...«

»In anderer Hinsicht seid ihr aber nicht wie wir.« Er deutete auf Standeven, Pepperdyne und die Zwerge, die in eine Ecke verfrachtet worden waren. »Warum lasst ihr euch mit *Menschen* ein?« Er spuckte das Wort fast aus. »Und mit denen da, was sie auch sind.« Er deutete auf Jup und Spurral.

Stryke blieb nichts anderes übrig, als die Geschichte, die er schon einmal erzählt hatte, weiter auszuführen und zu hoffen, diese Orks wären ebenso beschränkt wie der Schäfer. »Wir kommen nicht aus dieser Gegend.«

»Was?«

»Wir sind Reisende.«

»Woher kommt ihr dann?«

»Die Welt ist groß«, antwortete Stryke ausweichend. »Du weißt doch, dass sie mehr umfasst als nur Taress.«

»In welcher Gegend dieser Welt lassen sich Orks mit Menschen ein und mit ...«

»Man nennt sie Zwerge«, half Stryke aus.

»Wo leben Orks, Menschen und diese Zwerge zusammen?«

Stryke hatte gehofft, sich mit vagen Antworten herauswinden zu können. Jetzt musste er im Trüben fischen. »Im Norden. Weit entfernt im Norden.«

Ein Murmeln erhob sich unter den Zuschauern.

»In der Wildnis?«, sagte der Anführer. Er schien beeindruckt, vielleicht sogar ehrfürchtig. Oder ungläubig. Es war schwer zu erkennen.

Stryke nickte.

»Wir wissen nicht viel über diese Gegend. Dort ist sicher vieles ganz anders.«

Stryke konnte sein Glück kaum fassen. Beinahe hätte er erleichtert geseufzt. »Ganz anders, ja.«

»Aber ihr kämpft so diszipliniert wie wir. Wir haben es gesehen. Wenn Menschen und diese anderen da mit den Orks verbündet sind, gegen wen kämpft ihr dann?«

Wieder musste Stryke sich rasch etwas einfallen lassen. »Gegen die Menschen.«

»Aber wie ...«

»Einige Menschen, wie unsere Kameraden hier, verurteilen das, was ihre Artgenossen uns angetan haben, und schlagen sich auf unsere Seite. Die Zwerge haben sowieso schon immer für uns Partei ergriffen.«

»Davon habe ich noch nie gehört. Die Menschen hier behandeln uns wie Vieh.«

»Wie du selbst gesagt hast, weißt du nicht viel über

die Gegenden im Norden. Dort ist vieles anders als in Taress.«

»Wenn du die Wahrheit sagst«, überlegte der Anführer, »dann kann ich mir vorstellen, dass es vorteilhaft ist, menschliche Verbündete zu haben. Immer vorausgesetzt, man kann ihnen trauen.«

»Einigen kann man trauen.« Während Stryke dies aussprach, fürchtete er zugleich, es könnte sich als die größte Lüge seines Lebens entpuppen.

»Ich verstehe bloß nicht, wieso ihr überhaupt Kämpfer seid.«

»Dort, wo wir herkommen, kämpfen alle Orks.«

Wieder erhob sich Gemurmel im Keller, lauter als beim ersten Mal.

»*Alle?*«

»Warum überrascht dich das?«, antwortete Stryke. »Ihr kämpft ja auch.«

»Ich sagte bereits, dass wir etwas Besonderes sind. Wir sind anders. Die meisten Orks in Acurial kämpfen nicht.«

»Bei uns ist es genau andersherum.« Es kostete ihn eine große Anstrengung, den Blick nicht auf Wheam zu richten. »Aber warum ist es bei euch, wie es ist?«

»Wer weiß? Vielleicht haben wir zu lange bequem gelebt, bevor die Besatzer kamen. Einige von uns, wenige nur, sind jedoch vom Blutdurst getrieben. Die Bürger halten uns deshalb für abartig. Wir dagegen verstehen uns als Patrioten.« Er sah Stryke scharf an. »Warum ist deine Truppe in den Süden gekommen?«

Die Frage hätte Stryke fast übertölpelt. Er sagte das Erste, was ihm einfiel. »Um Kämpfer zu rekrutieren.«

»Dachtet ihr, es sei hier wie bei euch daheim? Dass alle Orks kämpfen?«

»Das hatten wir gehofft.«

»Dann müsst ihr jetzt enttäuscht sein.«

»Wir sind gerade angekommen und müssen uns erst einmal zurechtfinden.«

»Deine Worte sind nicht erfreulich. Wenn ihr aus einem Land kommt, in dem alle Orks kämpfen, und es ist euch dennoch nicht gelungen, die Unterdrücker zu besiegen ... ihr habt sie doch nicht bezwungen, oder?«

»Nein.«

»Welche Aussichten haben wir dann hier, wo kaum jemand bereit ist, die Waffen zu erheben?«

»In den Ländern im Norden gibt es viel weniger Orks.«

Der Anführer seufzte. »Das ist auch unser Problem. Wir sind zu wenige.«

»Wer seid ihr überhaupt?«, wollte Stryke wissen.

»Ich heiße Brelan.« Er winkte jemandem zu, der im dunklen Teil des Kellers gestanden hatte. »Das ist Chillder.«

Eine Orkfrau trat ins Licht. Ihre Ähnlichkeit mit Brelan fiel sofort ins Auge. Abgesehen von den offensichtlichen Unterschieden, die das Geschlecht mit sich brachte, glichen sie einander wie ein Ei dem anderen.

»Hast du noch nie Zwillinge gesehen?«, fragte sie Stryke, der sie wie gebannt anstarrte.

»Selten.«

»Und wie denkt man in deinem Land darüber?«

»Es ist ein Glücksfall«, antwortete er wahrheitsgemäß.

»Das wäre ein weiterer Unterschied. Hier gelten wir als Unglücksraben.«

»Dann wollen wir hoffen, dass das Unglück eure Feinde trifft.«

Chillder gestattete sich ein flüchtiges Lächeln. »Wir wissen, dass du Stryke heißt. Die anderen ...« Sie deutete zu den übrigen Vielfraßen.

»Das dort sind Haskeer, Coilla und Dallog«, erwiderte er, »meine Offiziere.« Er war der Ansicht, die beiden seien noch nicht so weit zu akzeptieren, dass auch Jup ein Offizier war. Dann zielte er mit dem Daumen auf die Rekruten und fuhr ironisch fort: »Die anderen wirst du schon noch kennenlernen, wenn es sich denn so ergibt.«

»Vielleicht.« Ihr Gesichtsausdruck war undurchdringlich.

Stryke betrachtete die aufmerksamen Gesichter. »Das hier ist also der Widerstand?«

»Ein Teil davon.«

»Und du führst sie an?«

»Zusammen mit meinem Bruder.«

»Wir sind Außenstehende«, warf Coilla ein. »Erzählt uns, was hier passiert ist.«

»Es dürfte das Gleiche sein wie bei euch«, antwortete Chillder. »Wir haben ziemlich lange gut gelebt. Vielleicht zu gut, wie Brelan sagte. Dann hat Peczan das Land besetzt.«

»Peczan?«

Sie beäugte Coilla misstrauisch. »Das Menschenreich.«

»Oh, die. Für uns sind sie einfach nur dreckige gemeine Menschen.« Das kam sogar ihr selbst etwas lahm vor.

Chillder ließ es dabei bewenden. »Als die Invasoren kamen, war der Widerstand nur schwach. Die Spanne zwischen Neumond und Vollmond hat ausgereicht, um uns zu überrennen.«

»Hat denn niemand eine ordentliche Verteidigung organisiert?«

»Sylandya hat es versucht. Unsere Oberste.« Sie sah Coilla fragend an. »Acurials Anführerin. Sie hat als Einzige unter denen, die Macht besaßen, ernsthaft versucht, eine Verteidigung auf die Beine zu stellen.«

»Was ist aus ihr geworden?«

Chillder zögerte, ehe sie antwortete. »Das weiß niemand. Jedenfalls wird Taress nun von fremden Besatzern beherrscht. Wir sind jetzt eine Provinz von Peczan. Glauben sie.« Ihre Worte klangen ausgesprochen giftig. »Tag für Tag wird das Leben unter der Eisenhand schwerer.«

»Wer?«

»Eigentlich heißt er Kappel Hacher. Er bezeichnet sich als unser Gouverneur.«

»Und die Menschen setzen Magie ein?«

»Und ob! Nun sag nicht, auch das wäre im Norden anders.«

»Äh ... nein, natürlich nicht. Ich mache mir nur meine Gedanken.«

»Ich nehme an, es funktioniert bei euch so wie bei uns. Die Magie ist in den Händen einer Elite unter den Menschen, die sich als Orden der Helix bezeichnet. Die meisten nennen sie einfach den Orden.«

Coilla nickte, als wüsste sie Bescheid.

»Ich habe keine Ahnung, wie das bei euch war«, fuhr Chillder fort, »aber die Magie war der Vorwand, mit dem sie ihre Invasion hier im Süden begonnen haben. Peczan meinte, wir hätten hier magische Vernichtungswaffen, die sie als Bedrohung empfänden. Welch ein Witz.«

»Hattet ihr welche?«

»Ich wünschte, wir hätten sie gehabt. Wenn wir solche Waffen *und* die Fähigkeit besessen hätten, sie einzusetzen, dann wäre alles anders gelaufen.«

»Wir wollen euch helfen, die Menschen zu bekämpfen«, sagte Stryke.

»Rekruten können wir immer brauchen«, entgegnete Brelan. »Aber ... wir müssen uns erst beraten.« Als er sich abwandte, bemerkte er die Tätowierungen auf Jups Wangen. »Was ist das da in seinem Gesicht?«

»Ich kann für mich selbst sprechen«, informierte Jup ihn.

»Und was sind das nun für Abzeichen?«

»Es sind Zeichen der Versklavung.«

Chillder betrachtete die Gesichter der anderen Vielfraße und bemerkte die verblassenden Narben. »Ihr hattet sie alle«, sagte sie.

Stryke nickte. Er hoffte, die Zwillinge würden einfach

unterstellen, die Menschen seien dafür verantwortlich gewesen.

Chillder und Brelan wechselten einen Blick und entfernten sich. Als sie sich in die hinterste Ecke des Kellers zurückgezogen hatten, gesellten sich noch einige andere zu ihnen, und eine getuschelte Unterhaltung begann.

Die Vielfraße warteten, von mehreren Dutzend misstrauischen Augen beobachtet.

»Da hast du ihnen aber eine schöne Geschichte erzählt, Stryke«, flüsterte Coilla.

»Ich weiß nicht. Ich bin nicht einmal sicher, ob ich es selbst geglaubt hätte.«

»Der Teil, dass wir aus dem Norden gekommen wären, hat jedenfalls einen guten Eindruck gemacht.«

»Reines Glück.«

»Was werden sie jetzt tun?«, fragte Haskeer.

Stryke zuckte mit den Achseln. »Es kann so oder so ausgehen.«

Wheam mischte sich ein. »Werden wir gegen sie kämpfen?«

»Das aus deinem Mund ist wirklich gediegen«, höhnte Haskeer. »Ich dachte, du würdest dich im Kreise so vieler Feiglinge richtig wohlfühlen.«

Wheam setzte zu einer empörten Antwort an, doch Dallog brachte ihn mit einer Geste zum Schweigen.

Die Zwillinge kehrten an der Spitze einer kleinen Delegation zurück.

»Nun?«, fragte Stryke.

»Wie ich schon sagte, wir können Rekruten brauchen«, erklärte Brelan. »Aber wenn ihr wirklich dazugehören wollt, müsst ihr euch bewähren.«

»Falls ihr uns eine Aufgabe geben wollt, nur zu.«

»Nennen wir es eine Prüfung. Wir haben heute Abend ein paar gute Orks verloren, als wir euch geholfen haben. Geschehen ist geschehen. Allerdings wurden sieben aus unserer Gruppe gefangen, und denen droht euretwegen der sichere Tod.«

»Das könnte man auch anders sehen.«

»Spar dir das.« Er blickte zu den Menschen und zielte dann mit dem Finger auf Pepperdyne. »Der Jüngere da scheint besser in Form zu sein.«

»Was soll er tun?«, fragte Stryke.

»Er könnte bei eurem Auftrag nützlich sein, da er einer von *ihnen* ist. Er ist eine Art Schlüssel, verstehst du?«

»Wie lautet der Auftrag?«

»Ihr sollt unsere gefangenen Kameraden befreien. Du und deine drei Offiziere, dieser Mensch und zehn aus deiner Truppe. Du kannst dir aussuchen, wen du mitnimmst.«

»Ich brauche die volle Kraft meiner Truppe, um so etwas zu schaffen.«

»Nein. Der andere Mensch, die Zwerge und die übrigen Angehörigen deiner Einheit bleiben hier. Wenn du versagst, werden sie sterben.«

15

Die Morgendämmerung hatte noch nicht eingesetzt, und die Luft war kühl. Die Festungsanlage entpuppte sich als hässliche Ansammlung primitiver Gebäude am Rand von Taress. Umgeben war sie von einem hohen Palisadenzaun; in regelmäßigen Abständen ragten Wachtürme empor. Ringsherum gingen Wächter auf Streife, und eine kleine Abteilung verteidigte das einzige Tor.

Ganz in der Nähe lagen mehrere Gestalten an einer Hügelflanke in einem Wäldchen auf dem Bauch und beobachteten das Gelände. Stryke, Coilla, Haskeer und Dallog hielten sich dort mit Pepperdyne, zehn gemeinen Vielfraßen und zwei Widerstandskämpfern versteckt. Pepperdyne trug eine dunkelblaue Uniform.

»Sie benutzen diese Festung nur für Verhöre und Hinrichtungen«, erklärte ein Widerstandskämpfer. »Die Ge-

fangenen sitzen da drüben in dem größten Gebäude.«
Er deutete darauf. »In den kleineren Häusern befinden sich die Folterkammern und die Todeszellen.«

»Wo sind deine Kameraden?«, wollte Stryke wissen.

»Sie könnten überall sein.«

»Na, wundervoll«, bemerkte Coilla.

Der Ork deutete noch einmal auf die Anlage. »Seht ihr die beiden Gebäude dort? Die mit den Strohdächern? Das sind die Offiziersmesse und das Mannschaftsquartier.«

»Das wäre dann deine Aufgabe, Dallog«, sagte Stryke.

Der Gefreite nickte und drehte sich zu Nep, Zoda, Gant und Reafdaw um, die sich Bogen über den Rücken geschlungen hatten. »Werdet ihr damit fertig?« Die vier bestätigten es ihm mit erhobenem Daumen.

»Die Wachen und dazu die Türme, das kann schwierig werden«, überlegte Dallog.

»Eigentlich ist die ganze Mission schwierig.« Die letzte Bemerkung war an die Widerstandskämpfer gerichtet.

»Die Ausgangssperre ist fast vorbei«, erwiderte einer von ihnen. »Ihr müsst also genau den richtigen Zeitpunkt treffen.«

»Als ob wir das nicht wüssten«, gab Coilla trocken zurück.

»Wenigstens habt ihr das Überraschungsmoment auf eurer Seite. Sie rechnen nicht damit, dass jemand so dreist ist.«

»Willst du damit sagen, dass noch keiner dergleichen versucht hat?«

258

Er schüttelte den Kopf. »Noch nie.«

»Das wird ja immer besser.«

»Können wir auf eure Hilfe zählen?«, wollte Stryke wissen.

»Wir sind nur hier, um zu beobachten und danach zu berichten. Aber wenn ihr wieder herauskommt, stellen wir euch die Transportmittel.«

Stryke verkniff sich eine scharfe Antwort und wandte sich an Pepperdyne. »Bei dir alles klar?«

»Bleibt uns denn etwas anderes übrig?« Er schob zwei Finger hinter den zugeknöpften Kragen seiner Uniform und versuchte, ihn zu dehnen. »Das verdammte Ding sitzt zu eng«, beklagte er sich.

»Das Herumfummeln macht es nicht besser.«

»Das da macht mir noch größere Sorgen.« Er deutete auf einen kleinen dunkelroten Fleck auf der Brust.

»Das gehört vermutlich zum letzten Besitzer. Hoffentlich bemerkt es keiner.«

Pepperdyne starrte das Gelände an. »Was ist, wenn sie ein Passwort verlangen oder so was?«

»Dieses Wagnis müssen wir eingehen«, erklärte Stryke ihm.

»Das ist doch eine Offiziersuniform«, warf ein Widerstandskämpfer ein. »Sogar von hohem Rang. Damit müsstest du hineinkommen.«

»Ich bin eher beunruhigt, weil wir nur zu dritt sind«, sagte Haskeer. Er warf einen Blick zu Pepperdyne. »Und einer ist außerdem ein Mensch.«

»Mehr Leute würden Misstrauen erregen«, wandte der Widerstandskämpfer ein.

Stryke seufzte. »Na schön, wir wollen es hinter uns bringen.« An Coilla gewandt, fügte er hinzu: »Halte dich bereit zum Eingreifen und zögere nicht.«

Geduckt entfernte er sich, während Haskeer und Pepperdyne ihm folgten.

Am Fuß des Hügels und außer Sichtweite der Anlage erreichten sie einen offenen Wagen, auf den sie kletterten.

»Es wird Zeit, euch zu fesseln«, sagte Pepperdyne, während er ein zusammengerolltes Seil aufhob.

»Das gefällt mir nicht«, grollte Haskeer.

»Dazu ist es jetzt etwas zu spät«, antwortete Stryke. »Komm, fang mit mir an.« Er drehte ihm den Rücken zu.

Der Mensch fesselte seine Handgelenke, dann ließ sich auch Haskeer widerwillig auf die gleiche Weise behandeln.

»Ich habe nur lockere Knoten gemacht«, versicherte Pepperdyne ihnen. »Wenn ihr einmal kräftig zieht, seid ihr frei. Setzt euch jetzt.«

Er stieg auf den Kutschbock und ließ die Zügel knallen, um die beiden Zugpferde in Bewegung zu setzen.

So holperten sie um den Hügel herum und schwenkten auf die Straße ein. Gleich darauf tauchte die Festung vor ihnen auf.

Als Pepperdyne den Wagen auf die Zufahrt lenkte, nahmen die drei Wachen am Tor Haltung an. Sie hatten seinen Rang erkannt, aber nicht ihn, und zögerten kurz, ehe sie salutierten. Dann trat der älteste Soldat vor.

»Kann ich helfen, Herr?«

»Zwei Gefangene«, erwiderte Pepperdyne knapp.

Der Wächter warf einen Blick zu Stryke und Haskeer. »Wir haben keinen Befehl, dass neue Gefangene kommen sollen.«

»Wie war das?«

»Ich sagte, wir haben keinen ...«

»Ich meinte die Art und Weise, wie du mich angeredet hast, Feldwebel. Redest du immer so mit vorgesetzten Offizieren?«

»Nein, ich ... Herr! Nein, Herr!«

»Schon besser. Die Truppe wird mir viel zu nachlässig. Manch einer mag das hinnehmen, aber ich nicht. Was wolltest du nun sagen?«

»Bitte um Verzeihung, Herr, aber wir haben keine Nachricht bekommen, dass Gefangene eintreffen, Herr.«

»Tja, ich habe Befehl, sie herzubringen.«

Dem Feldwebel war nicht wohl in seiner Haut. »Herr, unsere Anweisungen sind klar. Ich muss beim Lagerkommandanten rückfragen, Herr.«

»Dann stellst du meine Autorität infrage?«

»Nein, Herr, ich wollte nur ...«

»Du sagst, dass du dem Wort eines vorgesetzten Offiziers nicht traust. So kommt zum Ungehorsam noch Aufsässigkeit hinzu. Möchtest du vielleicht meine Befehle kontrollieren? Ja? Ist es das? Na gut.« Er langte in die Tasche seiner Tunika. »Ich bin sicher, dass General

Hacher höchst erfreut ist, wenn ein Feldwebel die Anweisungen überprüft, die er mir persönlich gegeben hat.«

Der Feldwebel erbleichte. »General ... Hacher, Herr?«

»Lass dich davon nur nicht aufhalten. Ich bin sicher, dass du ihm alles erklären kannst, nachdem er dich ausgepeitscht hat, *Soldat*.«

»Ich wollte doch nicht ... ich meine, ich ... tretet ein, Herr!« Er wandte sich an seine beiden Gefährten. »Öffnet und lasst den Offizier durch! *Bewegung!*«

Sie stießen eilig die Torflügel auf, und der Wagen rollte hinein. Drinnen waren zwei weitere Wächter postiert. In einiger Entfernung gingen andere Soldaten ihren verschiedenen Aufgaben nach.

An Stryke und Haskeer gewandt, flüsterte Pepperdyne: »Macht euch bereit.«

Er hielt den Wagen an und warf einen Blick zum nächsten Wachturm. Der Späher achtete nicht auf sie. Ein Wächter näherte sich, Pepperdyne sprang vom Kutschbock und ging ihm entgegen.

»Was kann ich für Euch tun, Herr?«, fragte der Wächter.

»Leg dich schlafen.«

»Ähm?«

Pepperdyne versetzte ihm einen kräftigen Kinnhaken. Der Mann ging zu Boden wie ein gefällter Baum.

Stryke und Haskeer streiften die Fesseln ab und sprangen herunter. Sie zogen die Klingen, die sie versteckt hatten, und Haskeer schnappte sich das Schwert des bewusstlosen Wächters.

Der zweite Wächter erholte sich gerade von seinem Schreck und wollte zur Alarmglocke rennen, die an der Wand befestigt war. Stryke warf ein Messer und traf ihn genau zwischen den Schulterblättern. Der Mann stürzte auf den Bauch.

Dann zogen sie den ersten Wächter hoch, brachten ihn mit ein paar Ohrfeigen zu sich und setzten ihm eine Klinge an den Hals.

»Rufe die da draußen herein«, sagte Stryke.

»Fahr zur Hölle.«

»Ich lasse dir gern den Vortritt. Los jetzt.«

Pepperdyne blickte zum Wachturm. Der Ausguck hatte immer noch nicht bemerkt, was unten vorging, aber lange würde es nicht mehr gut gehen. »Stryke, beeil dich!«

Stryke hob die Klinge und hielt dem Wächter die Spitze unter das Auge. »Versuchen wir es mal so.«

»Schon gut, schon gut, ich tu's ja!«

Sie stießen ihn in Richtung Tor.

»Eine falsche Bewegung, und du bist tot«, versprach Stryke ihm.

Er und Haskeer wichen seitlich aus und überließen es Pepperdyne, den Wächter mit einem Dolch in Schach zu halten.

»Was soll ich denn sagen?«, fragte der Mann.

»Rufe sie einfach nur. Das Reden übernehme ich.«

Zitternd klopfte der Mann zweimal ans Tor. Wenig später wurde es einen Spalt geöffnet.

»Was ist los?« Sie erkannten die Stimme des Feldwebels.

»Wir brauchen hier drinnen Hilfe.«

»Warum denn?«

Pepperdyne drückte dem Mann die Messerspitze etwas fester in den Rücken und schaltete sich ein. »Feldwebel, bei unserem Wagen ist die Achse gebrochen. Wir brauchen Hilfe beim Anheben.«

»Jawohl, Herr!«

Der Feldwebel und einer der Wächter schoben sich durch den Spalt herein.

Stryke und Haskeer sprangen sie an. Nach ein paar kräftigen Schlägen und Tritten waren sie ausgeschaltet. Mit dem Seil fesselten sie die beiden und den Wächter, den Pepperdyne in seiner Gewalt hatte. Als die Soldaten sicher verschnürt waren, verstauten die Orks sie zusammen mit dem toten Wächter im kleinen Torhaus.

»Das dauert mir zu lange«, beklagte sich Haskeer.

Wie aufs Stichwort zischte ein Pfeil zum nächsten Wachturm und traf den Posten, der sofort zusammenbrach.

»Jetzt geht es los«, sagte Stryke.

Haskeer machte eine finstere Miene. »Wir sind nicht bereit. Da ist immer noch einer draußen.«

Ein zweiter Pfeil flog hoch über ihnen vorbei und traf den Posten im zweiten Wachturm.

»Darum kümmere ich mich«, bot Pepperdyne an.

Er huschte hinaus, und der letzte Wächter nahm sofort Haltung an.

»Wir brauchen dich auch«, sagte Pepperdyne.

Der Wächter zögerte. »Herr, ich …«

»Was?«

»Das ist ein Dauerbefehl, Herr. Dieser Posten darf niemals unbesetzt sein.«

»Aber … ach, zum Teufel.« Er versetzte dem Soldaten einen Tritt in den Bauch. Der Mann krümmte sich, und Pepperdyne zerrte ihn durchs Tor hinein.

Während sie sich mit ihm beschäftigten, trafen die ersten Brandpfeile die Strohdächer der Gebäude.

»Reißt das Tor weit auf!«, befahl Stryke.

Coilla und die anderen Vielfraße rannten schon den Hügel herunter.

»Da kommen sie«, sagte Haskeer.

»Und dort kommt noch jemand anders«, fügte Stryke hinzu.

Ein Trupp Soldaten rannte in ihre Richtung, während andere sich zu den brennenden Häusern bewegten.

»Auf den Wagen!«, rief Stryke.

Sie sprangen hinauf, und dieses Mal ergriff Stryke die Zügel. Er trieb die Pferde an, den sich nähernden Soldaten entgegen. Pepperdyne und Haskeer standen hinten, hielten sich mit einer Hand fest und hatten mit der anderen das Schwert erhoben.

Der Wagen beschleunigte. Stryke behielt die Richtung bei, bis er nahe genug war, um im Haufen einzelne Männer zu unterscheiden. Einige riefen etwas, die Worte konnte er allerdings nicht verstehen.

Gleich darauf erreichte der Wagen die Truppe, die Soldaten stoben fluchend und schreiend in alle Richtungen davon. Die meisten brachten sich mit einem Sprung in Sicherheit, aber einige, die mit knapper Not auswichen, fielen Haskeers und Pepperdynes Klingen zum Opfer. Einer schaffte es, einen Pfeil abzuschießen, der sein Ziel jedoch weit verfehlte.

Stryke orientierte sich kurz und bog ab. Dabei geriet der Wagen ins Schlingern, und die Räder hoben sich auf einer Seite ein Stück weit vom Boden. Als sie sich wieder auf die Straße senkten, fuhr den Orks auf dem Wagen ein heftiger Ruck durch die Knochen.

Die Strohdächer brannten lichterloh, überall rannten aufgeregte Männer umher und bildeten Eimerketten.

Der Wagen aber wendete und nahm Kurs auf die Gefängniszellen.

Coillas Trupp erreichte das Haupttor. Nur sechs Vielfraße waren bei ihr. Dallog und seine Bogenschützen bildeten die Nachhut, sie sollten etwas später nachrücken.

Es blieb keine Zeit, sich ordentlich zum Kampf aufzustellen. Acht oder neun Soldaten aus dem Trupp, durch den Stryke mit dem Wagen gepflügt war, hielten weiter aufs Tor zu und trafen fast gleichzeitig mit den Vielfraßen ein.

Den Ersten nahm sich Coilla persönlich vor. Es war ein Offizier, und er war fuchsteufelswild. Gegen aufgebrachte Gegner kämpfte sie am liebsten, denn die konnten nicht klar denken.

Wütend griff er sie an, hackte mit seinem Schwert wild um sich und brüllte etwas Unverständliches. Es fiel ihr nicht schwer, seinen Hieben auszuweichen. Etwas schwieriger war es dagegen, an seinen bösartigen Ausfällen vorbeizukommen. Dabei wusste sie nur zu gut, dass sie keine wertvolle Zeit vergeuden durfte.

Nach einer Weile wurde auch sie selbst zornig. Sie schlug auf die Klinge des Mannes ein und setzte seine Verteidigung unter Druck, soweit diese überhaupt vorhanden war. Nachdem sie seine Abwehr überwunden hatte, bohrte sie ihm den blanken Stahl in die Brust.

Anschließend sah Coilla sich nach dem nächsten Feind um. Es war nicht nötig. Ihre Leute erledigten gerade ohne ihre Hilfe den letzten Menschen.

Seafe kam zu ihr. »Das war ja ein Kinderspiel.« Er wirkte enttäuscht.

»Die sind wohl nicht daran gewöhnt, dass Orks ihnen Widerstand leisten. Das wird sich aber bald ändern.«

»Gefreite!«, rief einer der Gemeinen.

Dallog und seine vier Bogenschützen waren eingetroffen.

Er betrachtete die Toten. »Ihr habt ja ordentlich hingelangt.«

»Es werden bald neue Gegner eintreffen. Wir müssen uns richtig aufstellen. Du und du«, Coilla wandte sich nickend an zwei Kämpfer, »ihr bleibt hier und bewacht den Ausgang. Die anderen folgen mir.«

Sie eilten in die Festung hinein.

Unterdessen hatte Stryke mit seinem Wagen das Gefängnis erreicht. Es war ein beeindruckender Bau, hoch und fensterlos bis auf wenige schmale Löcher dicht unterm Dach, die an Schießscharten erinnerten. Es gab nur einen Eingang – eine massive Doppeltür, die fast fugenlos in der Außenwand saß.

Als Stryke den Wagen abbremste, ging eine der Türen einen Spaltbreit auf. Es war gerade weit genug, dass im schwach beleuchteten Inneren ein bleiches Menschengesicht zu erkennen war. Langsam schloss sich die Tür wieder.

Pepperdyne sprang vom Wagen, bevor dieser zum Stillstand gekommen war, und rannte zur Tür.

»Halt!«, rief er.

Der muskulöse Türhüter erstarrte. Pepperdyne konnte erkennen, dass der Mann eine schwere Kette in Händen hielt, die offenbar irgendwo an der Decke befestigt war. Anscheinend gehörte sie zu einer Art Flaschenzug mit Gegengewichten, der die massiven Türflügel bewegte.

»Lass mich rein!«, verlangte Pepperdyne.

Der Türhüter starrte ihn an, dann fiel sein Blick auf Stryke und Haskeer, die den Wagen anhielten. »Das darf ich nicht, Herr.«

»Das ist ein Befehl!«, brüllte Pepperdyne.

Der Mann hörte nicht auf ihn, sondern zog an der Kette. Die Tür setzte sich wieder in Bewegung.

Pepperdyne wollte ihn aufhalten, stemmte sich mit der Schulter dagegen und drückte mit aller Kraft. Die Tür näherte sich unerbittlich dem Rahmen.

Haskeer kam gerannt und half. Zusammen vermochten sie die Tür aufzuhalten, konnten sie aber nicht weiter aufstemmen. Der Türhüter zog jetzt mit aller Kraft an der Kette, sein Gesicht war vor Anstrengung verzerrt.

Da gesellte sich Stryke zu ihnen. Er zog das Schwert und stieß es durch den Spalt hinein. Die Spitze traf den Schenkel des Türhüters. Er schrie auf, hielt aber störrisch die Kette fest. Stryke stach noch mehrmals auf ihn ein, bis die Hose des Mannes dunkelrot war. Schließlich gelang es dem Wächter nicht länger, gleichzeitig der Klinge auszuweichen und die Kette festzuhalten. Er ließ los und stürzte, worauf die Kette klirrend nach oben schoss. Die Tür gab unter Haskeers und Strykes Gewicht sofort nach, sie stürzten beinahe ins Innere.

Der Türhüter hockte auf den Knien und griff gerade nach seinem Schwert. Stryke stach ihn nieder.

Sie stiegen über den Toten hinweg und sahen sich um.

Der Raum, in dem sie standen, wäre gerade groß genug für ihren Wagen gewesen. Die Decke war so hoch wie das Dach, dort oben saß ein schmales Fenster, das vermutlich der Belüftung diente. Abgesehen von zwei an der Wand befestigten Fackeln, den einzigen Lichtspendern im Raum, waren die Wände nackt und schmucklos.

Auf der anderen Seite des Raumes befand sich eine weitere, viel kleinere Tür. Neben ihr hing ein Schlüsselbund an einem Metallring in der Größe einer Fußkette, wie weibliche Orks sie als Schmuck trugen. Verständlicherweise war die Tür verschlossen. Sie probierten mehrere Schlüssel, bis sie den richtigen gefunden hatten.

Nachdem sie vorsichtig eingedrungen waren, standen sie im zentralen Bereich des Gebäudes, der lang gestreckt, eng und leicht zu überblicken war. In der Mitte gab es einen Gang, zu beiden Seiten befanden sich Käfige. Keine Zellen, wie man vielleicht hätte erwarten können, sondern im Grunde nur aus Metallstangen gebaute Verschläge. Sie waren zu niedrig, um darin zu stehen, der Boden war mit schmutzigem Stroh bedeckt. In jedem Käfig hockte ein niedergeschlagener Ork. Außerdem stank es.

»Wie die Tiere werden sie hier eingepfercht«, knurrte Haskeer.

»Warum siehst du mich dabei an?«, gab Pepperdyne zurück.

»Was glaubst du wohl?«

»Ich habe das nicht getan.«

»Aber es waren deine Leute.«

»*Maul halten*«, zischte Stryke. »Alle beide. Noch haben wir es nicht überstanden.«

Die Gefangenen bemerkten allmählich, was sich am Eingang tat, wurden aufsässig und machten Lärm. Am anderen Ende des Ganges öffnete sich eine Tür, ein Uniformierter trat ein. Die Eindringlinge bemerkte er nicht. Ihm kam es vor allem darauf an, die Gefangenen zum Schweigen zu bringen. Er ging seiner Aufgabe mit einer Art Speer nach, dessen zackige Spitze er zwischen den Gitterstäben hindurchstieß.

»Das reicht mir jetzt«, erklärte Haskeer und rannte den Gang hinunter.

»Lass ihn nur.« Stryke hielt Pepperdyne am Ärmel fest.

Haskeer war schon halb den Gang hinunter und beschleunigte noch, bevor der Mensch ihn überhaupt bemerkte. Einen Augenblick lang starrte der Mann ihn verblüfft an, dann zog er hastig Hand um Hand den Speer aus einem Käfig zurück. Er hatte es fast geschafft, doch dann prallte Haskeer gegen ihn.

Der Mensch wurde heftig zurückgeworfen und musste den Stab loslassen. Eigentlich hätte er stürzen müssen, aber Haskeer packte ihn mit eisernem Griff an den Schultern. Der Mann schrie auf. Haskeer warf ihn zu einer Seite und knallte seinen Kopf gegen die Stangen eines Käfigs. Es klang beinahe melodisch. Immer wieder stieß er den Kopf des Wächters gegen die Stäbe, bis der Schädel sich in eine blutige Masse verwandelt hatte. Endlich ließ er ihn los, und der Mensch fiel leblos zu Boden.

Die eingesperrten Orks, die gerade noch gelärmt hatten, verstummten.

Stryke und Pepperdyne schlossen zu Haskeer auf, Stryke schob sich an ihm vorbei und ging zur Tür, durch die der Mann gekommen war. Mit einem Stiefeltritt verschaffte er sich Zutritt. Es war eine leere Wachstube.

Den Schlüsselbund hatte er noch in der Hand. Er kehrte in den Gang zurück und hob ihn, damit die Gefangenen ihn sehen konnten. »Wir wollen die Widerstandskämpfer befreien, die letzte Nacht gefangen wurden«, erklärte er ihnen. »Eure Namen könnt ihr uns auch später sagen, aber vergesst nicht, dass es noch nicht vorbei ist, wenn wir die Käfige aufsperren. Wenn ihr das Lager lebendig verlassen wollt, dann müsst ihr kämpfen. Ihr müsst euch irgendwo Waffen besorgen oder improvisieren!« Mit einem Blick auf Pepperdyne fügte er hinzu: »Und dieser Mensch hier gehört zu uns!« Er warf Haskeer die Schlüssel zu. »Lass sie raus.«

Draußen herrschte Chaos. Die Mannschaftsunterkünfte und Offiziersquartiere brannten lichterloh. Fettiger schwarzer Rauch verdeckte beinahe die aufgehende Sonne, und der Geruch von verkohltem Holz würzte die Luft. Die meisten Soldaten bekämpften die Brände, andere irrten ziellos umher. Unterdessen verstärkten die Bogenschützen der Vielfraße noch das Chaos, indem sie willkürlich immer neue Ziele suchten. Zusätzlich schossen sie weitere Brandpfeile auf alles ab, was aussah, als könnte es Feuer fangen. Eine Wachhütte stand bereits in Flammen, auch die Stützpfeiler eines mächtigen Wasserturms brannten.

Coilla und Dallog erreichten mit ihren Leuten die Gebäude, in denen die Gefangenen gefoltert und hingerichtet wurden. Sie hatten keine Ahnung, welches Gebäude welchem Zweck diente, aber da sie sich nicht aufteilen wollten, nahmen sie sich einfach gemeinsam das erste Gebäude direkt vor ihnen vor. Es war kahl wie der Zellentrakt, hatte keine Fenster und nur einen einzigen Zugang. Allerdings hatten sie weniger Glück als Stryke. Diese Tür war fest verschlossen.

»Was jetzt?«, fragte Dallog.

»Im Zweifelsfall langen wir zu«, erklärte Coilla.

Zwei Vielfraße hatten zweischneidige Äxte. Sie befahl ihnen, die Tür zu zerstören. Während sie auf die Tür einhackten, standen die Bogenschützen mit eingelegten Pfeilen daneben. Leider war die Tür so massiv, wie sie wirkte, und es war eine ganze Reihe von Schlägen nötig, ehe das Holz splitterte und knarrend nachgab. Dann endlich war es geschafft.

Sie hatten damit gerechnet, im Innern Verteidiger vorzufinden, doch es war niemand zu sehen. Coilla löste mit einigen Tritten die Reste der geborstenen Tür aus dem Rahmen und übernahm die Führung.

Eine breite Steintreppe führte zu einem kurzen Gang hinab, an dessen anderem Ende sich eine weitere Tür befand. Auch sie war verschlossen, aber nicht annähernd so robust wie die Eingangstür. Nach zwei Axtschlägen sprang sie auf.

Jetzt standen sie im Herzen des Gebäudes, dessen Funktion ihnen sofort klar wurde. An einer Seite nahm eine brusthohe Plattform, zu der eine Treppe hinaufführte, die ganze Wand ein. An einem kräftigen Querbalken waren sechs Seile befestigt, die in Schlingen ausliefen. Unter jeder Schlinge gab es eine Falltür. Auf der anderen Seite des Raumes standen Bänke für die Zuschauer bereit. Der Raum schien verlassen.

»Kein Zweifel, was sie hier tun«, bemerkte Dallog erbost.

Coilla nickte. »Lasst uns verschwinden. Hier ist nichts ...«

»Gefreite«, flüsterte Reafdaw. Er nickte in Richtung des dunklen Lochs unter der Plattform.

Die anderen hatten es bemerkt und lauschten. Gleich darauf ertönte ein winziges Geräusch. Stumm winkte Coilla den beiden Orks, die direkt vor der Plattform standen.

Blitzschnell bückten sie sich und drangen in den Hohlraum ein. Es gab ein Scharren, dann das Klatschen von Fäusten, die nackte Haut trafen. Schließlich zerrten sie einen Menschen hervor. Sein Gesicht war blutig, seine Angst unübersehbar.

»Da war nur er drunter«, berichtete einer der Soldaten.

»Und wer bist du nun?«, fragte Coilla.

»Möchte wetten, dass er ein Scharfrichter ist«, meinte Dallog.

Reafdaw zückte einen Dolch. »Sollen wir ihn töten?«

Der Mann wurde kreidebleich und wollte um sein Leben flehen.

»Maul halten«, befahl Coilla. »Warte mal, Reafdaw.« Sie wandte sich an den zitternden Menschen. »Du bekommst nur eine einzige Gelegenheit, dein Leben zu retten. Kannst du uns zur Folterkammer führen?«

Sein panischer Blick zuckte zwischen Reafdaw und Dallog hin und her, dann zurück zu ihr. Er sagte kein Wort.

»Also gut«, sagte Coilla und wandte sich ab. »Schneide ihm die Kehle durch.«

»Nein!«, flehte der Mann. »Ich kann das. Ich führe euch hin.«

»Dann los.« Sie stieß ihn zur Tür.

Der Mann sträubte sich. »Nicht da lang.«

»Warum nicht?«

»Durch den Haupteingang können wir nicht gehen. Der ist versperrt wegen ... wegen dem, was da draußen passiert.«

»Dann ist es ja sinnlos, dich am Leben zu lassen.«

»Nein, warte! Es gibt noch einen anderen Weg. Da unten.« Er deutete in den dunklen Raum unter den Galgen. »Da wollte ich gerade hin, als ihr mich erwischt habt.«

Coilla sah ihn scharf an. »Wenn das ein Trick ist ...«

»Nein, ganz bestimmt nicht, ich zeige es euch.«

Sie blieben dicht hinter ihm, als er sie unter die Plattform führte. Nachdem sie etwa zehn Schritte in der Hocke gekrochen waren, gelangten sie in einen Bereich, in dem sie wieder aufrecht stehen konnten. Über ihnen befanden sich die Falltüren.

Der Mensch ging weiter zur Wand. »Hier«, sagte er.

Zuerst konnte Coilla nicht erkennen, was er meinte. Sie berührte die Wand mit den Fingerspitzen und spürte eine Fuge. Es musste eine im Schatten verborgene Tür sein. Sie drückte, und dahinter war Licht.

Jetzt blickten sie in einen Tunnel, der von dicken, in Nischen stehenden Kerzen beleuchtet war.

»Direkt von der Folterkammer zum Galgen, was?«, sagte Dallog.

»Und damit die ... die Verstorbenen unauffällig beseitigt werden können«, erklärte der Mensch.

»Unauffällig, soso«, wiederholte Coilla empört. Sie versetzte ihm einen kräftigen Stoß. »Geh weiter!«

Der Tunnel endete vor einer Reihe von Metallsprossen, über die man eine Falltür erreichen konnte.

»Wie viele sind da oben?«, flüsterte Coilla.

»Das weiß ich nicht«, erwiderte der Mensch. »Ehrlich.«

Coilla betrachtete die anderen Kämpfer ihres Trupps, die sich im engen Tunnel drängten. Es gefiel ihr nicht, dass sie nur einzeln hochsteigen konnten. Ein perfekter Ort für einen Hinterhalt. »Wir wollen nicht trödeln«, sagte sie zu den anderen. »Wir müssen schnell hinaufklettern. Macht euch auf alles gefasst.« Dann sagte sie zum Menschen: »Du zuerst.«

Er stieg hoch und hob die Falltür an. Ihm folgte Coilla, ihr wiederum Dallog.

Sie kamen in einem Gebäude heraus, das in etwa die gleichen Ausmaße hatte wie dasjenige, das sie eben verlassen hatten. Allerdings war es ganz anders unterteilt. Vor ihnen auf der linken Seite verlief ein gepflasterter Gang. Die rechte Seite war mit Ziegelwänden vom Fußboden bis zur Decke in Nischen unterteilt, die jeweils neun oder zehn Schritte breit waren. Der Anblick erinnerte Coilla an einen Stall.

Inzwischen tauchten nach und nach die anderen Orks aus dem Gang auf. Die Langsamen packte Dallog am Kragen, um sie anzutreiben. Coilla drehte sich kurz zu den Nachzüglern um. Die kurze Ablenkung war alles, was ihr Gefangener brauchte.

Er setzte sich ab und rannte schreiend den Gang hinunter. Das meiste konnten sie nicht verstehen, aber es war unverkennbar, dass er Alarm schlagen wollte.

»Verdammt!«, fluchte Coilla.

Bevor sie eingreifen konnte, rannte Dallog an ihr vorbei. Trotz seines Alters bewegte er sich überraschend schnell und fing den Menschen, wie es schien, mühelos wieder ein. Es gab ein kurzes Handgemenge, das rasch entschieden war. Dallog packte den Kopf des Mannes und drehte ihn abrupt herum. Ein vernehmliches Knacken, und sein Genick war gebrochen. Blitzschnell war aus dem Mann eine Leiche geworden. Er ging zu Boden.

Allerdings waren seine Warnrufe gehört worden. Vor ihnen tauchten mehrere Gestalten aus den Nischen auf und kamen mit gezogenen Waffen den Orks entgegen.

»Runter!«, rief Coilla.

Dallog brauchte einen Herzschlag, um zu verstehen, dass sie ihn meinte, dann tauchte er ab. Ein Schwarm Pfeile segelte über seinen Kopf hinweg und schaltete die beiden ersten Menschen aus. Der dritte und letzte Mensch wollte sich gerade in Sicherheit bringen, als die Vielfraße die nächste Salve abschossen. Beinahe hätte er es geschafft.

»Gut gemacht«, sagte Coilla zu Dallog, als dieser wieder aufgestanden war. »Durchsucht das Gebäude«, befahl sie den anderen.

Gleich darauf wurde sie zu einer der Nischen gerufen.

Ein Ork war an die Wand gekettet. Er war bewusstlos und voller Blut, in der Nähe stand eine Schale mit glühenden Kohlen. Böse aussehende Eisengeräte wurden dort erhitzt. Andere Folterwerkzeuge lagen auf einer mit Blut besprenkelten Bank.

»Ein paar Nischen weiter hängt noch einer«, erklärte ihr ein Soldat. »Er ist in ähnlich schlechter Verfassung.«

»Holt sie da runter, Dallog soll ihre Wunden versorgen.«

Auf dem Gang entstand Unruhe. Sie trat aus der Nische und ging einigen ihrer Leute entgegen, die einen Gefangenen zu ihr schleppten.

»Sieh mal, was wir gefunden haben«, sagte einer.

Es war ein großer, starker Mann in der traditionellen schwarzen Lederkluft der Inquisitoren, einschließlich der Kappe und der Halbmaske. Sein Oberkörper war nackt und glänzte nach der anstrengenden Arbeit vor Schweiß.

»Dein Werk?« Coilla nickte zum Gefangenen hin, der gerade befreit wurde.

»Und ich bin stolz darauf.« Er sprach verächtlich und zeigte keineswegs die Angst, die ihren letzten Gefangenen gepackt hatte. »Außerdem«, fügte er hochmütig hinzu, »seid ihr nicht so schmerzempfindlich wie eure Herren.«

»Wenn du meinst.« Blitzschnell zog sie ein Eisen aus dem Feuer und stieß es ihm in den Bauch.

Er heulte, der Geruch von verschmorter Haut breitete sich aus. Coilla überlegte, ob sie es wiederholen sollte, besann sich und warf das Eisen weg. Stattdessen hob sie das Schwert und brachte den kreischenden Mann mit einem sauberen Stoß zwischen die Rippen zum Schweigen.

»Ich nehme an, so etwas tut jedem weh«, sagte sie zu dem leblosen Körper. »Baut zwei Tragen«, befahl sie ihren Leuten. »Wir verschwinden hier.«

Sie brachen von zwei Bänken die Beine ab und benutzten die glatte Fläche, um die gefolterten Orks hinauszutragen. Durch den Haupteingang verließen sie das Gebäude.

Draußen auf dem Gelände herrschte immer noch ein großes Durcheinander.

»Seht mal, da!«, rief irgendjemand.

Stryke, Haskeer und Pepperdyne kamen zu ihnen gerannt. Sie hatten eine große Zahl befreiter Gefangener im Schlepptau.

»Alles klar?«, fragte Stryke.

Coilla nickte. »Ja. Die haben hier das Leiden und den Tod zur Kunst erhoben.« Sie konnte es sich nicht verkneifen, Pepperdyne einen scharfen Blick zuzuwerfen. Er schwieg dazu.

»Wenigstens haben wir die Leute da gerettet«, erwiderte Stryke.

Ein lautes Krachen ertönte. Die brennenden Stützen des Wasserturms hatten nachgegeben. Der riesige hölzerne Behälter zerbarst, als er auf den Boden prallte, und sein Inhalt ergoss sich über das Gelände und warf einige Soldaten um.

»Damit dürften sie erst einmal beschäftigt sein«, meinte Haskeer.

»Es wird Zeit zu gehen«, sagte Stryke.

Sie rannten zum Haupttor, wo sich die beiden Vielfraße, die dort Wache gehalten hatten, wieder zu ihnen gesellten. Sobald sie auf der Straße waren, fuhren zwei große gedeckte Wagen vor. Auf den Kutschböcken saßen die beiden Widerstandskämpfer, die zuvor die Vielfraße zum Lager geführt hatten. Sie legten die Verletzten auf die Ladefläche, und dann kletterten alle anderen ebenfalls hinauf.

Es war noch früh, auf der Straße waren nicht viele Leute oder Fahrzeuge unterwegs. Auf jeden Fall hatten sie es nicht weit. Statt in den Ort zu fahren, umrundeten die Wagen die Ansiedlung und nahmen Kurs auf ein ländliches Gebiet. Bald erreichten sie eine Ansammlung von scheinbar verlassenen Gebäuden, die zu einem Bauernhof gehörten. Am Eingang wachten einige Orks, die die Wagen durchwinkten. Im weiten Hof dahinter hielten sie an.

Stryke stieg ab. Hier wimmelte es vor Widerstandskämpfern. Brelan kam als Erster, Chillder blieb im Hintergrund.

»Du hast um sieben gebeten«, sagte Stryke und zeigte mit dem Daumen auf die Passagiere, die gerade abstiegen. »Ich habe dir dreißig mitgebracht.«

»Ich bin beeindruckt«, gab Brelan zu.

»Außerdem habe ich noch etwas für dich«, fügte Stryke hinzu und verpasste Brelan einen Kinnhaken. Der Ork ging zu Boden. »Das ist dafür, dass du meine Truppe in Gefahr gebracht hast.«

Ringsherum griffen die Widerstandskämpfer nach ihren Waffen. Einige näherten sich schon.

Brelan hielt sie mit erhobener Hand auf. »Schon klar«, sagte er und spuckte Blut aus. »Ich glaube, wir werden uns gut verstehen.«

16

»Was ich immer noch nicht richtig verstehe«, sagte Brelan, während er ein Stück Fleisch mit seinem Dolch aufspießte, »ist, wie sich ein Mensch auf die Seite der Orks schlagen kann.«

»Wie ich es sehe«, erwiderte Pepperdyne, »geht es überhaupt nicht um Menschen oder Orks. Es geht um Richtig und Falsch.«

»Sieht das dein Kumpel genauso?« Chillder beäugte Standeven. »Der redet nicht viel.«

»Ähm ... ich ...« Standeven zielte mit dem Finger auf Pepperdyne. »Bin ganz seiner Meinung.«

»Er ist eher ein Denker«, erklärte Pepperdyne. »Er redet nicht so gern.«

»Ist er ein so guter Kämpfer, wie du es dem Vernehmen nach bist?«

»Du wärst ... du würdest dich wundern, was alles in ihm steckt, Chillder.«

Helfer kamen und füllten ihre Becher mit Wein, und die Unterhaltung schlief ein.

Es war Abend. Brelan und Chillder hatten Stryke und seine Offiziere an ihren Tisch eingeladen. Auch die Menschen waren dabei, ebenso Jup und Spurral, auch wenn Stryke sich gut vorstellen konnte, dass die Geschwister nicht eben glücklich damit waren. Die übrigen Vielfraße aßen irgendwo im verfallenen Bauernhaus.

Schließlich brach Stryke das Schweigen. »Wie sieht nun der Plan aus?«

»Welcher Plan?«, fragte Brelan.

»Wie wollt ihr euren Aufstand in Gang bringen?«

Brelan lächelte, es wirkte jedoch eher zynisch als belustigt. »Aufstände brauchen die Unterstützung der Bevölkerung. Im Gegensatz zu eurem Land im Norden verspüren die hiesigen Orks kaum das Bedürfnis, sich zu erheben. Wie ich schon sagte, wir im Widerstand sind anders, wir sind bereit, gegen die Eindringlinge zu kämpfen. Aber wir sind nicht mehr als ein Stachel im Fleisch. Was ihr allerdings heute getan habt ...«

»Das könntet ihr jeden Tag tun«, versicherte Coilla ihm. »Auch wir sind nur wenige, falls dir das entgangen ist. Entschlossenheit ist wichtiger als die Anzahl.«

»Wichtig sind natürlich auch Ausbildung und Erfahrung«, ergänzte Stryke.

»Nicht dass es nicht nützlich wäre, über eine große Streitmacht zu verfügen«, warf Dallog ein.

»Für weitere tausend Krieger würde ich meinen Schwertarm hergeben«, stimmte Brelan zu. »Aber die Kriegsführung liegt uns Orks nun einmal nicht. Wenigstens nicht in diesem Teil der Welt.«

Haskeer hatte sich eifrig mit Geflügelfleisch vollgestopft. Jetzt wischte er sich das Fett mit einem Ärmel vom Kinn. »Ja, warum sind sie denn eigentlich in dieser Gegend solche Waschlappen?«

Stryke sah ihn scharf an. »Verzeihung. Mein Feldwebel ist nicht an gesittete Tischgespräche gewöhnt.«

Haskeer zuckte mit den Achseln und riss sich einen großen Kanten vom Brotlaib ab.

»Orks geben ihre Meinung gern unverblümt zum Besten«, erwiderte Chillder. »In dieser Hinsicht sind wir unseren Brüdern im Norden zumindest ebenbürtig, und das ist auch gut so. Außerdem hat er recht. Wir schämen uns für die Schwäche unseres Volks.«

»Wir dagegen sind eher erstaunt«, erwiderte Stryke. »Dass Orks sich vor einem Kampf drücken könnten ... nun, so etwas verstehen wir einfach nicht.«

»Ich glaube, wir sind zu zivilisiert geworden. Mir scheint, die Einöde im Norden sorgt dafür, dass ihr nicht verweichlicht. Hier ist das Leben schon lange viel zu angenehm, und dabei geht unsere natürliche Leidenschaft vor die Hunde.«

»Aber tief im Innern brennt das Feuer noch. Du selbst bist der Beweis dafür.«

»Nein, *ihr seid* der Beweis«, widersprach Brelan. »Wir unterscheiden uns kaum von den anderen Einwohnern Acurials. Ihr dagegen scheint beinahe aus einer anderen Welt zu kommen.«

Stryke lächelte etwas gezwungen. »So würde ich das nicht unbedingt ausdrücken.«

»Ich schon. Ihr seid anders als alle Orks, die ich je kennengelernt habe. Beispielsweise habt ihr militärische Ränge wie die Menschen. Wie kommt das?«

Stryke hatte schon wieder das Gefühl, auf Eierschalen zu laufen. Er konnte kaum zugeben, dass ihnen dies auferlegt worden war, als ihre Horde unter dem Befehl einer wahnsinnigen Zauberin gestanden hatte. »Wir haben uns eben organisiert und eine klare Befehlskette erschaffen, damit wir die Feinde besser bekämpfen können. Das solltet ihr vielleicht auch tun.«

»Es ist dem Verhalten der Menschen so ähnlich. Außerdem diese Tätowierungen, die ihr alle hattet. Ich dachte, sie hätten euch vielleicht mit Gewalt in den Dienst gepresst.«

»Machen sie das hier so?«, fragte Coilla.

»Nein. Versucht haben sie es, aber sie mussten feststellen, dass Orks keine guten Kämpfer sind. Wir verstehen so wenig vom Kämpfen, dass wir nicht einmal das Handwerk des Waffenschmieds kennen. Wir müssen unsere Waffen selbst schmieden oder den Besatzern stehlen.«

»Die Dinge scheinen hier unten wirklich schlecht zu stehen«, überlegte Stryke.

Chillder nickte. »So ist es. Aber was deine Truppe an einem einzigen Tag geleistet hat, schenkt uns neue Hoffnung. Wenn ihr uns ausbilden und uns helfen würdet, uns zu organisieren, dann könnten wir den Besatzern einen echten Schaden zufügen, statt sie nur zu ärgern.«

»Das gefällt mir«, sagte Haskeer. Er kippte seinen Wein hinunter, ein paar Tropfen rannen über sein Wams.

»Dabei können wir euch helfen«, bestätigte Stryke.

Als Nächstes wandte Chillder sich an die Zwerge. »Jup, sind deine Leute ebenso kriegerisch wie diese Orks aus dem Norden?«

»Wir schlagen uns ganz gut.«

»So wie jeder in der Truppe«, ergänzte Stryke.

»Wie sollen wir uns denn deiner Ansicht nach gegen die Menschen hier wehren, Jup?«, fragte Brelan.

»Ich denke, ihre Überzahl könnte ein Problem sein.«

»So viele sind sie gar nicht. Sicher, sie haben mehr Leute als der Widerstand. Viel mehr. Aber nicht so viele, wie eigentlich nötig wären, um eine ganze Nation zu unterdrücken.«

»Wie meinst du das?«

»Liegt das nicht auf der Hand? Bei einer derart zaghaften Bevölkerung brauchen sie keine großen Regimenter, um uns klein zu halten. Deshalb waren wir eine so verlockende Beute. Nicht die Macht der Waffen erzeugt das Gleichgewicht, sondern die verdammte Magie.«

»Da den Orks diese Fähigkeit fehlt, wird sich an den Verhältnissen auch nicht viel ändern.«

»Es war jedoch die Lüge, wir beherrschten die Magie, die zur Invasion geführt hat.«

»Wie sieht das bei den Zwergen aus?«, fragte Chillder.

Spurral hatte unschlüssig in ihrem Essen herumgestochert. Jetzt schaute sie auf. »Was?«

»Wir wissen, dass einige Menschen die Zauberei beherrschen. Ist das bei den Zwergen genauso?«

»Wir betrachten sie geringschätzig, aber diese Gabe besitzen wir nicht. Unsere Sorgen wären schon längst vergessen, wenn wir sie hätten.«

»Eine Schande.« Chillder wandte sich wieder an Pepperdyne und Standeven.

»Es nützt nichts, wenn du uns so anstarrst.« Pepperdyne hob abwehrend die Hände. »Die Magie wird von einer Elite praktiziert, der wir nicht angehören.«

»Du kannst uns also nicht helfen, die Zauberei gegen sie einzusetzen.« Chillder seufzte.

»Vergiss die Magie. Die wird wohl nie zum Arsenal der Orks gehören«, sagte Stryke. »Aber den Mangel kann man mit kaltem Stahl ausgleichen.«

»Wie denn?«, wollte Brelan wissen.

»Ein toter Magier kann keine Sprüche wirken. Menschen sind sterbliche Wesen und können bluten. Konzentriert euch vor allem darauf.«

»Leichter gesagt als getan«, widersprach Chillder. »Was können wir denn tun, um das zu erreichen?«

»Genau das, was ihr schon getan habt, nur besser. Wir haben schon oft gegen Menschen und auch gegen die Magie gekämpft. Beides kann man besiegen. Wir lehren euch, was wir können, und zeigen euch, wie ihr aus dem, was ihr habt, das Beste macht.«

»Ich hätte da eine Idee«, schaltete sich Coilla ein.

»Nur zu«, ermunterte Brelan sie.

»Mir ist aufgefallen, dass ihr eine Reihe von Frauen in euren Reihen habt, aber soweit ich es sehen kann, verrichten sie nur Hilfsarbeiten. Kämpfen sie denn gar nicht?«

Nicht Brelan, sondern seine Schwester antwortete. »Ah, da hast du einen wunden Punkt berührt, Coilla. Unter den Frauen im Widerstand bin ich die Einzige, die sich den Feinden im Kampf stellt, und das auch nur, weil mein Bruder es nicht wagen würde, es mir zu verwehren.«

»Das ist doch gar nicht wahr«, protestierte Brelan. Seine Schwester sah ihn scharf an. »Na gut, es ist wahr. Aber im Allgemeinen lassen wir die Frauen nicht kämpfen.«

»Warum nicht?«, fragte Coilla.

»Wie ich schon sagte, wir sind nicht viele. Es ist unsere Pflicht, die Frauen zu beschützen, weil sie Kinder bekommen können.«

»Habt ihr sie eigentlich mal gefragt, was sie selbst dazu sagen? Hör mal. Brelan, du bist ein Ork, aber wie die Orks hier in Acurial leben, das ist nicht … es ist nicht natürlich. Du musst begreifen, dass die Frauen unseres Volks so kämpferisch sind wie die Männer. Oder jedenfalls können sie es sein. Das ist ein Vorteil, den ihr ohne Not aus der Hand gebt.«

»Aber das ist hier einfach nicht üblich.«

»Dann ändert ihr das eben. Ihr kämpft für die Freiheit für alle. Also sollten auch alle kämpfen.«

»Hört, hört«, rief Chillder.

Brelan schwieg eine Weile, als müsste er gründlich über Coillas Worte nachdenken. Dann sagte er: »Sie können nicht an der Seite der Männer kämpfen. Sie wären in Gefahr, weil sie nicht die Fähigkeiten dazu besitzen.«

Coilla nickte. »Das dachte ich mir schon. Dann lass mich doch eine Truppe aus Frauen zusammenstellen. Sie tragen und schleppen nicht mehr für euch Männer, sondern kämpfen wie ihr.«

Chillder lächelte. »Meine Zustimmung hast du.«

»Ich hoffe sehr, dass du mitmachen wirst. Du auch, Spurral.«

»Warum nicht?«, gab Brelan nach. »Wenn es der Sache dient ...«

»Schön. Hier müssten zwanzig oder dreißig Frauen sein, die eine gute Truppe abgeben würden.«

»Du solltest auch Wheam dazu einladen«, murmelte Haskeer.

»Was hat er gesagt?«, wollte Brelan wissen.

»Hör nicht auf ihn«, erwiderte Coilla, während sie Haskeer böse ansah.

»Also gut, dann beginnen wir gleich morgen Früh«, versprach Chillder.

Damit war die Zusammenkunft mehr oder weniger beendet. Einer nach dem anderen verabschiedeten sich die Gäste von der Tafel und legten sich irgendwo zum Schlafen nieder. Stryke und Coilla verspürten das Bedürfnis, noch etwas frische Luft zu schnappen, und verließen das Bauernhaus. Draußen, ein Stück von den Wachen entfernt, lehnten sie sich an einen Zaun.

»Irgendetwas macht dir Sorgen«, sagte sie.

»Es gefällt mir nicht, die Orks anzulügen – über das, was wir sind, woher wir kommen, warum wir hier sind ...«

»Glaubst du denn, sie fänden die Wahrheit angenehmer?«

»Zur Hölle, nein. Wahrscheinlich würden sie uns auf den Scheiterhaufen stellen.«

»Dann hast du es richtig gemacht. Genau wie Spurral, als sie vorhin leugnete, dass auch Zwerge magische Fähigkeiten haben können. Sie sind für die Wahrheit noch nicht bereit, so einsichtig Chillder auch erscheinen mag.«

»Kann schon sein.«

»Hier ist alles durcheinander. Ich meine, jetzt ist klar, warum die Menschen diese Welt nicht so verschandelt haben wie Maras-Dantien. Sie haben begriffen, dass die Magie nur funktioniert, wenn das Land gesund bleibt.«

»Die werden schon noch einen anderen Weg finden, Mist zu bauen.«

»Ganz bestimmt.« Sie drehte sich zu ihm um. »Ich dachte, du wärst sauer auf mich.«

»Warum denn das?«

»Wegen meiner Idee, eine weibliche Kampftruppe aufzubauen. Aber trotz der kurzen Zeit, die wir hier sind, bin ich schon ganz rappelig wegen dieses Unfugs. Die nennen sich zivilisiert, aber wenn es darum geht, dass Frauen mitspielen, ist es aus mit der Zivilisation.«

»Urteile nicht so hart über sie. Sie haben die Verbindung zu ihren Wurzeln verloren und wissen nicht mehr, was es bedeutet, ein Ork zu sein. Nein, es stört mich nicht. Wer immer den Menschen einen Tritt in den Hintern versetzt, hat meine Unterstützung.«

»Schön. Mir ist sogar schon ein Name für die Truppe eingefallen. Wir sind die Vielfraße, sie könnten dann die Füchsinnen sein.«

Er lächelte. »Das klingt gut.«

»Trotzdem weichen wir dem wichtigsten Punkt aus.«

»Und der wäre?«

»Jennesta. Wir konnten bisher keine Spur von ihr entdecken, obwohl wir doch ihretwegen hier sind.«

»Unter anderem.«

»Wir wären gar nicht erst hierhergekommen, wenn wir nicht darauf hoffen könnten, ein für alle Mal mit ihr abzurechnen.«

»Das ist richtig. Andererseits haben wir noch nicht viel von Taress gesehen. Jennesta wird nicht ohne Schutz in dieser Welt herumlaufen.«

»Die Abrechnung mit ihr war für die meisten der Truppe der wichtigste Grund, sich überhaupt zu beteiligen. Das darfst du nicht vergessen.«

»Werde ich nicht.«

»Außerdem höre ich, dass die meisten etwas gegen Pepperdyne und Standeven haben.«

»Das macht die Sache nicht besser.«

»Stryke, wir stecken bis über die Ohren im Schlamassel.«

Er hob einen Finger an die Lippen und nickte in Richtung des Bauernhauses.

Brelan kam zu ihnen herüber.

»Da seid ihr ja«, sagte er.

»Es freut mich, dass wir ohne die anderen mit dir reden können«, erklärte Stryke. »Was den Kinnhaken angeht ...«

Brelan rieb sich das Kinn, als schmerze es noch von dem Schlag. »Ich hab's verstanden, aber das ist schon vergessen. Ich bin nicht gekommen, um noch einmal damit anzufangen. Es gibt Neuigkeiten.«

»Was denn?«

»Es scheint, als solle aus Peczan eine Art Gesandtschaft eintreffen.«

»Und?«

»Angeblich ist es nicht irgendein unbedeutender Beamter, sondern eine hochgestellte Persönlichkeit. Jemand, der wichtig genug ist, um unter den Mitarbeitern des Gouverneurs und in der Garnison für Unruhe zu sorgen.«

»Woher weißt du das?«

»Nicht alle Orks wollen kämpfen, aber einige geben gern weiter, was sie aufschnappen. Diese Informationen gehen auf Diener in Hachers Hauptquartier zurück.«

»Wenn wir also an die Betreffenden herankommen, wer es auch sein mag ...«

»Vielleicht. Oder wir veranstalten irgendetwas, das Hacher in ihren Augen als unfähig erscheinen lässt. So oder so können wir ihnen mit eurer Hilfe einen Schlag versetzen.«

»Ihr habt aber keine Ahnung, wer diese Abgesandten sind und wie viel Macht sie besitzen?«

»Nein. Nur, dass ihr Besuch bei Hacher nichts Gutes verheißt.«

»Schon«, warf Coilla ein. »Aber für wen?«

17

Die Orks von Acurial und vor allem diejenigen in Taress hatten sich daran gewöhnt, dass im Morgengrauen Soldaten an ihre Türen hämmerten. Gewöhnlich war dies das Vorspiel dafür, dass sie eingesperrt, gefoltert oder gleich hingerichtet wurden. Mitunter wurden sie gezwungen, der Exekution anderer Orks beizuwohnen. Manchmal verhängten die Besatzer auch Kollektivstrafen für echte oder eingebildete Unbotmäßigkeiten. Hilflos mussten die Bürger zusehen, wie ihre Häuser niedergebrannt, ihre Tiere geschlachtet und ihre Felder mit Salz unfruchtbar gemacht wurden.

Seltener kam es vor, dass sie aus den Häusern gerufen wurden, um in der Straße Aufstellung zu nehmen. Ausgerüstet mit Bannern in den Farben der Eroberer, mussten sie dann einen Würdenträger begrüßen, der zu Besuch kam.

So gut wie nie geschah es, dass das Objekt ihrer vorgetäuschten Begeisterung mit höchster Geschwindigkeit in einer schwarzen Kutsche vorbeidonnerte, deren Fenster gegen neugierige Augen verhangen waren.

In Begleitung weiterer, ähnlich geheimnisvoller Kutschen und einer Ehrengarde von Elitesoldaten mit harten Gesichtern bewegte sich der Geleitzug zur Festung im Zentrum der Stadt. Kaum dass er eingefahren war, wurden hastig die Tore versperrt.

Im obersten Stockwerk der Burg erwartete Kappel Hacher die Abordnung in seinen Gemächern. Wie immer wirkte er äußerlich völlig gefasst, ganz im Gegensatz zum Magier Grentor, der an seiner Seite stand.

»Sagt mir, Gouverneur, seid Ihr unserem Gast schon einmal begegnet?« Grentor spielte nervös mit seinen Betperlen.

»In der Tat. Es war in Peczan.«

»Und wie war Euer Eindruck?«

»Ich glaube, ›außergewöhnlich‹ wäre wohl das richtige Wort. Und Ihr, Bruder? Hattet Ihr schon die Ehre?«

»Nein. Auch wenn es sich genau genommen um die oberste Autorität unseres Ordens handelt, hatte ich noch nie das Vergnügen.«

»Ich weiß nicht, ob man hier von Vergnügen sprechen kann.«

»Wie meint Ihr das?«

Sie wurden durch ein Klopfen an der Tür unterbrochen.

»Herein!«, rief Hacher.

Sein Adjutant Frynt öffnete. »Sie sind da, Herr«, verkündete er atemlos.

»Ihr seid aufgeregt«, sagte Hacher. »Dann habt Ihr wohl unseren Gast schon mit eigenen Augen gesehen.«

»Ja, Herr. Die Eskorte kommt gerade herauf.«

»Nun gut, dann lass uns allein. Nein, nimm die andere Tür.«

Offensichtlich erleichtert verließ der Adjutant den Raum.

Grentor schaute ihm verblüfft hinterdrein.

»Ein guter Rat, Hohepriester«, sagte Hacher zu ihm. »Ihr werdet feststellen, dass unser Gast, so könnte man sagen ... einen starken Willen hat und nicht bereit ist, Widerspruch hinzunehmen. Es handelt sich um eine Persönlichkeit von großer Macht und enormem Einfluss. Das dürfen wir nicht vergessen.«

Grentor hätte gern noch etwas gesagt, aber jetzt flog die Doppeltür, die zu Hachers Gemächern führte, mit einem Knall auf.

Zwei Gestalten traten ein. Sie waren Menschen, jedenfalls dem Äußeren nach. Es waren Männer, die über beeindruckende Muskeln verfügten. Wie fürs Gefecht waren sie mit schwarzen Lederhosen, Wämsern und Schuhen mit Stahlkappen bekleidet und mit Krummsäbeln bewaffnet.

Abgesehen von diesen Äußerlichkeiten wirkten sie unecht. Mit ihren Augen stimmte etwas nicht. Sie waren starr, und ihnen fehlte jegliche Menschlichkeit. Auch die Gesichter waren eigenartig. Die Haut war übermäßig gespannt und gelblich, die Mienen ausdruckslos. Sie bewegten sich nicht wie lebende Menschen, sondern hölzern, als wären ihre Wirbelsäulen steif, und sie schlurften ein wenig.

Die beiden untersuchten den Raum, schauten hinter Vorhänge und öffneten Türen, ohne ein Wort zu sagen. Anscheinend zufrieden, dass nirgends Meuchelmörder lauerten, wandten sie sich schließlich an Hacher und den Priester. Einer streckte eine fleischige, papierbleiche Hand aus.

»Ich hoffe, ihr habt nicht die Absicht, auch mich zu durchsuchen?«, beklagte Hacher sich entrüstet.

»Das lassen wir Euch dieses Mal noch durchgehen.«

Mit diesen Worten betrat eine Frau den Raum. Selbst Hacher, der ihr schon einmal begegnet war, zuckte zusammen, als er sie sah. Für Grentor war es eine ganz neue, erschreckende Erfahrung.

Ihr Anblick war verblüffend, um nicht zu sagen beängstigend. Ihr Gesicht war auf eine eigenartige Weise asymmetrisch. Ein wenig zu flach und zu breit, besonders an den Schläfen, während das Kinn schmal und spitz auslief. Die Haut hatte einen seltsamen Farbton, als wäre sie mit einer silbrigen und grünen Patina überzogen und bestünde aus winzigen Schuppen wie bei einem Fisch. Die Nase sprang leicht vor, der wohlgeformte Mund wirkte übermäßig breit. Das pechschwarze Haar fiel bis zu den Hüften herab.

Besonders auffällig fanden Hacher und Grentor jedoch ihre Augen. Sie waren dunkel und zweifellos hypnotisierend, aber es steckte noch etwas anderes in ihnen, etwas Beunruhigendes. Als wären sie Zugänge, die den Betrachter einen Blick auf das Schattenreich der Welt erhaschen ließen – unendlich tief, unerbittlich, chaotisch.

Zugleich war die Frau auf eine unirdische Weise schön – schön im gleichen Sinne wie eine fleischfressende Pflanze, eine Wolfsspinne oder ein hungriger Hai. Albtraumhaft und doch verlockend. Gefährlich.

Sie schnippte mit den Fingern, ein lautes und scharfes Geräusch. In der Stille, die sich über den Raum gelegt hatte, war es fast erschreckend. Die beiden Leibwächter mit den toten Augen reagierten, als hätte sie einen Befehl mit Worten gegeben. Wie ein Mann drehten sie sich um und schritten hinaus. Hacher und Grentor starrten ihnen hinterdrein.

Hacher fasste sich als Erster und begrüßte den Gast. »Meine gnädigste Jennesta.« Höflich neigte er den Kopf.

»Hacher.«

»Darf ich Euch Bruder Grentor vorstellen, den Hohepriester des Ordens …«

»Ja, ja.« Sie unterbrach ihn mit einer geringschätzigen Handbewegung. »Ich weiß schon, wer er ist.«

Grentor, der sich verbeugt hatte, richtete sich unglücklich wieder auf.

»Bitte, meine Gnädigste«, sagte Hacher und komplimentierte sie zum bequemsten Stuhl im Raum. »Nehmt doch Platz.«

Sie betrachtete ihn mit dem Missmut einer Herrscherin, die einen Thron erwartet hatte. Doch sie nahm die Demütigung hin und setzte sich unter leisem Rascheln ihrer smaragdgrünen Gewänder.

»Eure Leibwächter ...«, hub Hacher an und blickte unwillkürlich zur Tür, als rechne er jeden Augenblick mit ihrer Rückkehr.

»Ist es nicht eine angenehme Art, Missetäter zu beschäftigen, Gouverneur?«, entgegnete Jennesta lächelnd. Sie hatte kleine, weiße und rasiermesserscharfe Zähne.

»Missetäter?«

»Staatsfeinde. Abweichler. Jeden, der unsere Autorität infrage stellt.«

Hacher war sicher, dass sie ausschließlich ihre eigene Autorität meinte, behielt diese Einsicht aber tunlichst für sich. »Einer von ihnen ... ich glaubte, ich hätte ihn erkannt ...«

»Das ist gut möglich. Verrat macht nicht vor hohen Positionen Halt. Diese Plage kann auch jene treffen, die in der Regierung einen bevorzugten Rang bekleiden.«

Für Hacher bestand kein Zweifel daran, dass diese kaum verhohlene Drohung gegen ihn gerichtet war.

»Welch bessere Strafe könnte es für einen Verräter geben, als ihn dem Staat dienen zu lassen, den er zu untergraben suchte?«, fuhr Jennesta fort. »Tot und doch nicht tot, ein gar köstliches Schicksal.« Ihre Freude war fast körperlich spürbar. »Aber ich bin nicht gekommen, um über meine Schoßhündchen zu reden. Es gibt Schwierigkeiten, Hacher.«

»Gnädigste?«

»Ihr wisst genau, was ich meine. Die Lage hier ist unerquicklich.«

»Wohl wahr, wir hatten gewisse Unannehmlichkeiten, aber solche Unruhen gibt es hin und wieder in allen Provinzen. Wir haben die Lage unter Kontrolle.«

»Wirklich? Was ist denn gestern geschehen? War das ein Beispiel dafür, wie gut Ihr die Lage im Griff habt?«

»Ah, dann habt Ihr davon gehört.«

»Ich höre alles, Gouverneur. In dieser Hinsicht solltet Ihr keinen Zweifel haben.«

»Es gibt hier eine kleine Bande von Abweichlern. Sie hatten Glück.«

»Bei ihnen war ein *Mensch*.« Sie starrte Hacher unheilvoll an. »Ist der Verrat denn schon so weit gediehen?«

»Das war ein unglücklicher Zufall. So etwas ist bisher noch nie vorgekommen.«

»Ja, bisher. Wie viele Menschen werden wohl Eurer Ansicht nach noch die Seite der Tiere ergreifen?«

»Es war, Gnädigste, ein ernster Zwischenfall. Das will ich gar nicht leugnen. Aber es wäre ein Fehler, aufgrund dieses einen Vorfalls den Schluss zu ziehen ...«

»Es ist doch nicht bloß ein einziger. Hier keimt gerade eine Rebellion.«

»So weit würde ich aber nicht gehen.«

»Nein, natürlich nicht. Ihr seid zu selbstgefällig. Welche Maßnahmen habt Ihr gegen das Militär ergriffen, das die Schuld an diesem Vorfall trägt?«

»Die Verantwortlichen wurden bereits gemaßregelt, und ...«

»Lasst sie alle hinrichten.«

»Unsere eigenen Leute?«

»Ich dachte, man nennt Euch die Eisenhand.« Sie lachte verächtlich. »Ihr werdet weich, Hacher. Deshalb steht es auch so schlecht um diese Provinz. Die Disziplin muss wiederhergestellt werden, und Ihr werdet damit beginnen, indem Ihr die Todesurteile unterzeichnet, die ich Euch diktiere.«

»Ich protestiere gegen diese Überschreitung Eurer ...«

»Wenn Ihr nicht wollt, dass ein entsprechender Befehl mit *Eurem* Namen ans Burgtor genagelt wird, dann solltet Ihr in Eurer Verwaltung schleunigst einige Dinge ändern.«

Angesichts ihrer höheren Position nahm Hacher die Drohung schweigend hin.

Als Nächstes wandte Jennesta sich an Grentor. »Es gibt überhaupt keinen Grund, hämisch zu grinsen.«

»Ich kann Euch versichern, Gnädigste, dass ich ...«

»Der Orden hat seine Sache in Acurial so schlecht gemacht wie das Militär«, fuhr sie fort. »Militär und Magie sollen Hand in Hand arbeiten und einander gegenseitig unterstützen. Offensichtlich ist dies hier nicht geschehen.«

»Da bin ich anderer Meinung. Wir haben so etwas noch nie erlebt.«

»Aber wie der Gouverneur sagt, handelt es sich nur um eine Handvoll Rebellen.« Ihre Worte trieften vor Hohn. »Ach ja, und außerdem macht ein einzelner Mensch gemeinsame Sache mit ihnen. Das ist wohl zu viel für Euch, selbst angesichts der Magie, über die Ihr verfügt.«

»Bei allem Respekt, einige Mitglieder des Ordens haben im Kampf gegen die Rebellen schon das Leben verloren«, informierte Grentor sie ernst.

»Dann haben sie es verdient, und fort mit Schaden. Wer seiner Aufgabe nicht gewachsen ist, hat in dem Orden, den ich anführe, nichts zu suchen.«

»Ihr seid ein wenig zu streng, wenn ich das sagen darf. Wie Ihr wisst, Gnädigste, kann die Magie bisweilen eine recht ungenaue Kunst sein.«

»Narr. Sie ist gerade so ungenau, wie es den Fähigkeiten der Ausübenden entspricht.« Rasch wickelte Jennesta ihr seidenes Halstuch ab und knüllte es zusammen. »Hier, fangt.« Sie warf es dem Priester zu, als wäre es ein kleiner Ball.

Instinktiv wollte er es auffangen. Das Knäuel flog jedoch über seine ausgestreckte Hand hinweg, rollte sich auf und verwandelte sich in ein langes Band. Dann verschwamm es und änderte noch einmal seine Gestalt, während es sich flatternd um seinen Oberkörper legte.

Grentor schnaufte vernehmlich. Das Halstuch hatte sich inzwischen um seinen Hals gewickelt, aber es war längst kein Halstuch mehr. Was vorher bestickte Seide gewesen war, entpuppte sich nun als dreiköpfige, schwefelgelbe Schlange mit einem schwarzen Zickzackstreifen auf dem schuppigen Rücken. Sie zog sich zusammen und schnürte dem Priester die Luft ab. Aus dem zischenden Kopf kam eine gespaltene Zunge zum Vorschein, und die messerscharfen Reißzähne suchten seinen Hals.

Obwohl er wusste, dass es nur ein Zauber war, geriet Grentor in Panik. Er wollte schreien, bekam aber nur ein Krächzen heraus. Sein Gesicht färbte sich aschgrau. Die Schlange drückte fester zu.

Hacher hatte entsetzt zugeschaut, jetzt setzte er sich in Bewegung, als wolle er dem Priester helfen.

Jennesta machte eine kleine Handbewegung.

Die Giftschlange verschwand, und Grentor seufzte erleichtert. Er taumelte ein paar Schritte bis zum großen Eichentisch in der Mitte des Raumes, auf den er sich keuchend und mit gesenktem Kopf stützte.

Das Halstuch war unterdessen in Jennestas Hand zurückgekehrt. Sie legte es wieder an, als hätte sich das kleine Drama nie abgespielt. »Es gibt keine Entschuldigung«, sagte sie. »Die Magie fließt stark durch dieses Land, sie ist rein und mächtig. Ganz im Gegensatz zu einigen anderen Orten, die ich kenne.«

Hacher und Grentor waren zu ängstlich oder zu eingeschüchtert, um groß zu fragen, was sie damit meinte.

»Hört genau zu, Priester«, fuhr Jennesta eindringlich fort. »Die Lage muss sich bessern. Ein Hohepriester kann sich jederzeit im Kreise einfacher Brüder wiederfinden. Falls ihm nicht noch Schlimmeres widerfährt.«

Immer noch benommen nickte Grentor. Er rieb sich den Hals, und in seinen Augen stand die nackte Angst.

Schweigen senkte sich über den Raum. Jennesta schien es nicht zu stören, aber Hacher fühlte sich nicht wohl dabei. Da ihm nichts Besseres einfiel, und so unpassend es auch klang, sagte er schließlich: »Ihr müsst mich für einen schlechten Gastgeber halten, Gnädigste. Darf ich Euch Erfrischungen anbieten?«

Sie schoss einen Blick auf ihn ab, den er kaum ertragen konnte. »Die Erfrischungen, die ich zu mir nehme, sind von einer ganz bestimmten Art, und ich ziehe es vor, sie allein für mich zu genießen. Das erinnert mich allerdings daran, dass ...« Sie blickte zum Eingang, und die Türflügel öffneten sich, als wären sie ihrem Willen unterworfen.

Ihre gesichtslosen Leibwächter schlurften herein. Einer hatte eine mit schönen Schnitzereien geschmückte Holzkiste unterm Arm, die er Jennesta überreichte. Als sie das Kästchen öffnete, wirkten ihre sonst teilnahmslosen Beschützer beinahe lebendig. Sie leckten sich mit schwarz gesprenkelten Zungen die Lippen und sabberten.

Jennesta fischte etwas aus dem Kästchen heraus. Es war rötlich und hätte ein Stück Dörrfleisch oder ein fetter Wurm sein können. Auf Armeslänge ließ sie es vor sich baumeln, worauf die Leibwächter in offenbar geübter Hast auf die Knie sanken und bettelten. Sie warf ihnen das Stückchen zu.

Es gab ein kurzes Gerangel, dann stopfte sich einer der Leibwächter das Stück in den Mund und zerkaute es mit großer Freude. Sein Gefährte war bekümmert, begann aber zu strahlen, als sie ihm ebenfalls ein Bröckchen zuwarf. Heftig kauend ließen die beiden sich auf dem Boden nieder, brauner Saft lief ihnen übers Kinn.

Dann bemerkte Jennesta, wie Hacher die offene Kiste anstarrte. »Sie brauchen schließlich etwas zu essen«, erklärte sie. »Außerdem finde ich es angenehm, meine Untergebenen zu kastrieren. Da ich jede Art von Verschwendung hasse ...«

Hacher riss die Augen noch weiter auf. »Meint Ihr etwa ...«

»Geschlechtsteile sind äußerst nahrhaft. Das kann ich Euch gern aus eigener Erfahrung bestätigen.« Sie fuhr damit fort, ihre Bewacher wie Hunde zu füttern.

Grentor wurde aschfahl im Gesicht. Er presste sich eine Hand auf den Mund und wandte sich ab.

Hacher atmete unterdessen tief durch und rang um seine Fassung. »Was erwartet Ihr hinsichtlich der hiesigen Lage von uns, Gnädigste?«

»Ich kenne die Orks von früher. So angenehm die Sorte hier in Acurial auch sein mag, ich weiß, wozu sie fähig sind. Besonders wenn sie einem bösartigen Einfluss von außerhalb ausgesetzt sind, was, wie ich glaube, der Fall ist.« Damit warf sie ein weiteres Stück Fleisch zu ihren Leibwächtern hinüber. »Taress braucht ein Schreckensregime«, erklärte sie, während ihre Bewacher schmatzend die Leckerbissen verschlangen.

18

Blutrot ging die Sonne auf. Nach einigen schönen Tagen zogen sich nun bedrohliche graue Wolken zusammen, und ein kalter Wind wehte. Für das Wetter interessierten sich die Angehörigen der Gruppe, die sich auf einem Hügel versteckt hatten und Taress beobachteten, jedoch nicht. Es war eine bunt gemischte Versammlung von Wesen, über die sowohl Menschen als auch Orks entsetzt gewesen wären, wenn sie sie gesehen hätten. Genau aus diesem Grund setzten sie praktische und magische Mittel ein, um nicht entdeckt zu werden.

Eine aus ihren Reihen zog sich ein wenig zurück, um sich auf ihre Aufgabe zu konzentrieren. Ein Stück von den anderen entfernt kniete sie am Rand eines Teichs. Sie hatte gewisse Kräuter und andere Zutaten auf die stille Wasseroberfläche gestreut und die passenden Anrufungen gesprochen. Das Wasser hatte gebrodelt und geschäumt und sich in einen glatten, glänzenden Spiegel verwandelt.

Jetzt betrachtete Pelli Madayar, eine Angehörige des Elfenvolks, das Antlitz des Menschen Karrell Revers. Dank der Macht der Zauberei konnten sie und der oberste Torhüter sich über Dimensionen hinweg verständigen.

»Ich glaube, ich habe einen Fehler gemacht«, gestand sie. »Ich hätte mich den Vielfraßen schon in Maras-Dantien nähern sollen.«

»Warum habt Ihr es nicht getan?«, fragte Revers.

»Es hat sich kaum eine Gelegenheit ergeben, da das Land von solchen Unruhen erschüttert wurde. Ich musste fürchten, wir wären als Feinde erschienen, wenn wir uns ihnen gezeigt hätten.«

»Wenn das Eure Einschätzung war, dann habt Ihr Euch klug verhalten.«

»Aber gerade *weil* in Maras-Dantien großes Chaos herrschte, wäre das eine bessere Gelegenheit gewesen, uns der Kriegertruppe zu nähern und sie wenn nötig zu bekämpfen. Hier ist die Gefahr, Unschuldige zu verletzen, um einiges größer.«

»Es gereicht Euch zur Ehre, dass Ihr die Instrumentale auf friedliche Weise bergen wollt, Pelli. Aber vergesst nicht, dass Ihr sie um jeden Preis und mit welchen Mitteln auch immer beschaffen müsst.«

»Lasst es mich auf meine Weise versuchen.«

»Damit bin ich durchaus einverstanden. Doch solltet Ihr auf Gegenwehr stoßen, dann verfügt Ihr über die nötige Ausrüstung, sie zu überwinden.«

»Diese Welt ist besser geordnet und stärker unterdrückt als Maras-Dantien. Es gibt hier nur zwei Völker, die Orks und die Menschen, und die Orks werden grausam unterjocht. Unsere Bewegungsfreiheit ist stark eingeschränkt. Hier könnten wir uns keinen Augenblick halten, ohne entdeckt zu werden.«

»Dann nutzt die Kunst, um Euch zu tarnen.«

»Das tun wir, wenn nötig. Ihr wisst allerdings, wie anstrengend dies sein kann.«

»Ich vertraue Eurem Urteilsvermögen. Noch etwas, Pelli ... es gefällt mir, dass Ihr Mitgefühl mit den unterdrückten Orks zeigt. Das ist ein nobler Zug. Allerdings müsst Ihr Euch das aus dem Kopf schlagen. Diese Wesen haben eine Neigung zur Grausamkeit, die bei allen anderen Rassen ihresgleichen sucht. Lasst Euch nicht durch Euer Mitgefühl zu Fehlern verleiten.«

»Ich verstehe.«

»Dies ist besonders wichtig, weil uns gerade noch etwas anderes zu Ohren gekommen ist.«

»Ja?«

»Unsere Seher haben in Eurem Sektor eine Anomalie entdeckt.«

»Ein weiterer Satz von Instrumentalen?«

»Wir sind noch nicht sicher, aber es ist auf jeden Fall eine mächtige Quelle magischer Kraft, und sie ist nicht weit von Eurem gegenwärtigen Standort entfernt. Es könnte eine einzelne Person oder eine Gruppe sein. Einzelheiten vermögen wir in diesem frühen Stadium noch nicht zu erkennen.«

»Ein weiterer Mitspieler?«

»Möglicherweise. Wer es auch ist, Ihr müsst nun doppelt vorsichtig sein.«

»Wir werden aufpassen.«

»Wie sehen Eure Pläne aus?«

»Im Augenblick erholt sich die Gruppe noch vom Sprung. Wir werden in Kürze mit der Aufklärung beginnen. Sobald sich eine Gelegenheit ergibt, die Kriegertruppe zu stellen, werden wir sie ergreifen.«

»Gut. In der Zwischenzeit wollen wir hoffen, dass die Vielfraße nichts tun, was die Instrumentale noch böseren Kräften in die Hände spielen könnte.«

»Dann wäre das geklärt«, flüsterte Stryke. »Wenn einer von uns fällt, übernimmt der Zweite die Sterne. Falls wir beide getötet werden, ist Dallog an der Reihe.«

»Und wenn er auch nicht mehr da ist?«, überlegte Coilla.

»Einer der Gemeinen.«

»Jeder außer Haskeer, was?«

»Ich würde Haskeer mein Leben anvertrauen. Aber die Sterne, das ist etwas anderes.«

»Falls er jemals herausfindet, dass wir uns hinter seinem Rücken verschwören ...«

»Wir verschwören uns nicht, wir beschützen nur etwas Wertvolles.«

»Also schön. Aber es ist doch eine Schande, dass wir die verdammten Dinger nicht einfach irgendwo verstecken können.«

»Wo denn?«

»Wie ich schon sagte, es ist eine Schande, dass es nicht möglich ist. Könnten wir uns jetzt auf das konzentrieren, was wir hier eigentlich tun wollen?«

Sie befanden sich im Zentrum von Taress. Trotz der frühen Stunde wimmelten die Straßen vor Leben. Wagen mit Vorräten drängten sich zwischen den Maultierkarawanen der Kaufleute. Fliegende Händler boten auf Brettern ihre Waren feil, auf Ständen am Straßenrand warteten Fleisch, Mehl und Wein auf Käufer.

Die große Mehrheit der Passanten waren Orks. Unübersehbar waren allerdings auch die menschlichen Patrouillen. Zu zweit standen Soldaten an vielen wichtigen Kreuzungen und beäugten das Treiben. Hin und wieder schoben sich Kavalleristen durch die Menge.

Trotz der Geschäftigkeit waren kaum müßige Unterhaltungen oder erhobene Stimmen zu hören. Die Einwohner wirkten bedrückt, über ihnen färbte sich der Himmel schiefergrau. Ein ungemütlicher, trüber Tag.

Stryke und Coilla hatten die Köpfe gesenkt und bemühten sich, so auszusehen wie alle anderen, die ihren Geschäften nachgingen. Sie trugen einfache Arbeitskleidung, die ihnen der Widerstand zur Verfügung gestellt hatte, und ihre Waffen waren gut verborgen.

Wie es der Wegbeschreibung entsprach, umgingen sie den zentralen, am stärksten bevölkerten Teil der Stadt. Über Plätze hinweg und durch Gassen erreichten sie schließlich mit gleichmäßigem Schritt und ausdruckslosem Gesicht ihr Ziel. In diesem Viertel gab es zahlreiche

Lagerhäuser und Viehhöfe, außerdem eine einzige heruntergekommene Schenke.

Brelan und Chillder erwarteten sie schon. Sie saßen an einem schlichten Holztisch draußen vor dem Lokal.

»Wir dachten schon, ihr wollt kneifen«, zog Chillder sie auf.

»Kommen wir denn noch rechtzeitig?«, fragte Stryke, während er sich zwischen Tisch und Bank schob, um sich zu setzen.

»Mehr oder weniger«, erwiderte Brelan. »Aber falls noch irgendetwas passiert, wird es knapp.«

»Dann müssen wir dafür sorgen, dass nichts passiert«, sagte Coilla. Sie hatte sich aufs Ende des Tischs gehockt und einen Stiefel auf die Sitzbank gestellt. »Das ist auch nicht zu befürchten, solange sich alle an ihre Befehle halten.«

»Wir werden das ganz bestimmt tun.«

»Dann brauchen wir uns ja keine Sorgen zu machen.«

»Ist mit Jup, Spurral und den Menschen alles in Ordnung?«, erkundigte sich Stryke.

»Sie sind schon wieder im Hauptquartier und helfen wie abgesprochen bei der Ausbildung«, erklärte Chillder. »Du verstehst das doch, Stryke? Wir konnten sie bei diesem Einsatz einfach nicht mitmachen lassen. Wenn jemand sie bemerken würde ...«

»Ich verstehe.« Es war die Wahrheit, aber er spürte durchaus die Vorurteile. Die Ursachen dafür waren allerdings, zumindest im Hinblick auf die Menschen, leicht nachvollziehbar.

»Seht mal da.« Coilla nickte.

Haskeer und vier Orks im Rang einfacher Soldaten kamen ihnen entgegen, aus der anderen Richtung näherte sich Dallog mit drei weiteren.

»Ein guter Platz, um sich zu treffen«, verkündete Haskeer, als er eingetroffen war. »Wie wäre es mit einem Schluck?«

»Nein!«, sagte Stryke scharf. »Wir brauchen jetzt einen klaren Kopf.«

Brelan stand auf. »Die anderen müssten inzwischen auf ihren Posten sein. Wir sollten beginnen.«

»Weiß jeder, was er zu tun hat?«, fragte Coilla.

»Ja doch, ja«, erwiderte Haskeer ungeduldig. »Lasst uns endlich anfangen.«

Sie bildeten drei Gruppen. Die erste bestand aus Stryke, Coilla, Chillder und zwei Soldaten. Haskeer, Brelan und zwei weitere Soldaten bildeten die zweite Gruppe, Dallog mit den restlichen drei Gemeinen die dritte. Die Aufteilung berücksichtigte die Notwendigkeit, dass in jeder Gruppe mindestens ein Widerstandkämpfer sein musste, der die Gegend kannte.

Ohne ein weiteres Wort machten sich die drei Trupps ans Werk. Haskeer und Dallog gingen mit ihren Leuten ins Stadtzentrum, Stryke drang tiefer in die Speicherstadt ein.

Hier standen große, gesichtslose Gebäude, und die Straßen waren breiter als in den Wohnvierteln, damit die schweren Wagen genügend Platz hatten. In dieser Gegend war kaum jemand unterwegs.

»Dein Plan ist gut, Coilla«, sagte Stryke.

»Aber?«

»Es gibt Risiken.«

»Das wissen wir.«

»Ich denke dabei nicht so sehr an uns. Es werden viele Zivilisten im Weg sein ...«

»Darüber haben wir schon gesprochen. Sieh dir die Straßen an. Hohe Gebäude und kaum eine Lücke dazwischen. Das ist der perfekte Kanal.«

»Ich denke weniger an die Straßen in diesem Viertel.«

»Die anderen Gruppen werden den Strom leiten. Außerdem wird der Widerstand dafür sorgen, dass die Bürger nicht in die Schusslinie kommen.«

»Wegen der heutigen Ereignisse werden das die Menschen für uns erledigen«, warf Chillder ein. »Das ist das Schöne daran.« Sie deutete nach vorn. »Da wären wir.«

Vor ihnen endete die Straße vor einem brusthohen Holzzaun, in den ein breites Weidetor eingelassen war. Hinter dem Zaun erstreckte sich unebenes Land, auf dem vereinzelte Nebengebäude standen. Noch weiter hinten war ein großer, mit kräftigen Balken abgesperrter Pferch zu erkennen.

Selbst aus der Ferne konnten sie das Vieh hören und riechen, das dort eingesperrt war.

»Bist du sicher, was die Wachen angeht, Chillder?«, fragte Stryke.

»Es sind nur ein paar, die uns nicht für eine Bedrohung halten werden.«

»Sind die Wachen Menschen?«

»Immer. Orks vertrauen sie keine Waffen an. Orks arbeiten nur als Handlanger.«

Sie vergewisserten sich, dass niemand zuschaute, und näherten sich dem Tor. Es war nur mit einem Eisenbolzen gesichert, eine Kette war über den Torpfosten gelegt. Sie lösten die Kette und huschten hinein. Einer der Soldaten blieb zurück und hielt Wache.

Sie standen jetzt auf zerwühltem, getrocknetem Schlamm, in dem kein Grashalm wuchs. Rechts erhob sich das größte Gebäude auf dem Gelände.

»Das Schlachthaus«, erklärte Chillder leise.

Im gleichen Moment öffnete sich eine Tür, die sie noch nicht bemerkt hatten. Im drinnen brennenden Licht zeichnete sich ein Umriss ab. Dann ertönten Rufe, zweifellos aus menschlichen Kehlen, und eine Gruppe Männer kam heraus. Es waren vier, zahlenmäßig so stark wie Strykes Trupp, und sie waren bewaffnet.

Ein vierschrötiger Mann mit kahl rasiertem Kopf trat vor und brüllte: »Was habt ihr denn hier zu suchen?«

Strykes Trupp blieb stehen, aber niemand sagte etwas.

»Ich hoffe, ihr habt einen verdammt guten Grund, einfach hier einzudringen!«, knurrte der Kahlrasierte.

Die Männer schwärmten mit gezückten Waffen vor den Orks aus.

»Na?«, hakte der Anführer nach, offenbar erzürnt über das Schweigen.

»Die sind zu blöd, um zu antworten«, höhnte einer seiner Kumpane.

»Wenn ihr Arbeit sucht«, fuhr der Anführer fort, »dann

habt ihr Pech gehabt. Wir haben so viel von euch, wie wir brauchen. Und jetzt verschwindet.«

Stryke verschränkte langsam die Arme vor der Brust. Immer noch schwiegen sie.

Der Kahlrasierte kam einen Schritt näher und tat so, als wolle er den Orks gut zureden. »Hört mal, wir wollen doch keinen Ärger.«

»Wir schon«, erwiderte Coilla. »Wir sind Orks.«

Ihre Hand verschwand im weiten Ärmel, sie zog ein Messer aus der Armscheide und warf es nach ihm. Der Einschlag der Klinge riss den Mann von den Beinen.

Stryke und die anderen ließen sich nicht zweimal bitten. Auch sie zogen rasch ihre verborgenen Waffen und fielen über die restlichen Menschen her. Der Kampf war kurz und blutig. Stryke und der Gemeine erledigten ihre Gegner mit jeweils zwei Streichen, Chillder brauchte sogar nur einen.

»Und jetzt los«, sagte Stryke zu seinen Leuten.

Sie ließen die Toten liegen, wie sie gefallen waren, und rannten zum eingefriedeten Bereich, wobei sie aufpassten, ob sich noch weitere Menschen zeigten.

Der Pferch war größer, als Stryke erwartet hätte. Als er auf den Zaunlatten stand, blickte er auf ein Meer aus braunen Rücken und spitzen Hörnern hinab.

»Fast tausend Stück«, erklärte Chillder ihm. »Ein Ort von der Größe Taress' braucht jeden Tag eine Menge Fleisch.«

»Das sollte reichen.« Er deutete auf den Gemeinen. »Bleib hier am Tor. Wenn du unser Signal siehst, tust du deine Arbeit und verschwindest. Coilla, Chillder, los.«

Sie rannten zum anderen Ende des Pferchs und zogen Feuersteine, Flaschen mit Öl und wie Keulen geformte Fackeln mit Pech an den Spitzen aus den Falten ihrer Bauernkleidung. Stryke hob eine Fackel hoch, Chillder tränkte sie mit Öl, und Coilla schlug einen Funken. Spuckend entstand eine gelbe Flamme.

Stryke kletterte auf den Zaun der Koppel. Die Tiere in der Nähe wurden bereits unruhig, muhten ängstlich und versuchten, den Flammen auszuweichen. Er hob die Fackel über den Kopf und schwenkte sie hin und her.

Die beiden Soldaten an den Toren bemerkten das Signal, entriegelten die Tore und brachten sich auf höherem Gelände in Sicherheit.

Mit seiner eigenen Fackel zündete Stryke nun auch Coillas und Chillders an. Sie stiegen auf den Zaun, verscheuchten die Tiere mit den Fackeln und brüllten.

Zuerst drehten sich die erschrockenen Rinder ziellos umeinander, doch dann gewann der Instinkt die Oberhand. Die Tiere am Tor fanden den Ausgang und liefen hinaus. Da nun ein Punkt dem wachsenden Druck nachgab, folgten die anderen Rinder sofort. Die ganze Herde strömte aus dem Pferch und schlug den einzig möglichen Weg ein. Panisch rannten die Rinder über den mit Schlamm bedeckten Hof und folgten dann dem Weg, der zur Straße führte. Als sie dort ankamen, war aus dem Rückzug bereits eine panische Flucht in vollem Galopp geworden.

Die Rinder donnerten die Straße hinunter, nahmen sie auf der ganzen Breite in Anspruch und rissen sich an den Wänden das Fell auf. Unter dem Donnern der Hufe erbebten die Gebäude.

Weiter unten beschrieb die Straße eine Kurve und führte ins Stadtzentrum. Die Rinder rannten mit voller Geschwindigkeit um die Ecke, dass die Hufe auf dem Pflaster widerhallten. Neben der Straße stand ein großer Baum; er wurde mitgerissen und stand noch einen Moment aufrecht wie die Standarte eines außer Rand und Band geratenen Rinderheeres.

Dann wurde die Straße wieder schmaler, und die Panik der Herde verstärkte sich noch. Außerdem waren in dieser Gegend die Straßen nicht mehr völlig verlassen. Orks rannten in alle Richtungen und stürzten sich in offene Türen, um Sicherheit zu finden, oder sprangen hoch und hielten sich in gefährlicher Lage an Fensterbänken fest. Einige ließen, als die Herde sich näherte, ihre Wagen im Stich, die kurzerhand in Kleinholz verwandelt wurden.

Glücklicherweise waren die Straßen nicht ganz so stark bevölkert wie sonst, was vor allem den Ereignissen im Zentrum, aber auch den diskreten Warnungen des Widerstands zu verdanken war.

Die Rebellen hatten sich in der Zwischenzeit mit anderen Dingen beschäftigt. Unter Leitung von Haskeer, Dalldog und anderen Vielfraßen hatten sie Wagen gekapert und mit ihnen einige Seitenstraßen blockiert. Zusätzlich, um das Chaos zu verstärken, hatten sie die Straßensperren in Brand gesteckt. Der Sinn der Sache war, die Herde auf einen bestimmten Weg zu treiben.

Die meisten Bürger und Besatzungstruppen hatten sich in einem anderen Stadtteil versammelt. Im Laufe der Nacht waren sechs Schiffe aus Peczan in die Gewässer von Acurial eingelaufen. Die Flottille war der Küste gefolgt und langsam in eine Bucht eingefahren, in die der Hauptstrom des Landes mündete. In der Morgendämmerung hatten sie schließlich den Hafen von Taress erreicht.

Beinahe fünfzehnhundert Soldaten waren von Bord gegangen, um die geplante Razzia zu unterstützen. Sie formierten sich auf dem Kai und marschierten zum Trommeln und Flöten einer Militärkapelle unter wehenden Bannern in die Stadt. Wieder einmal mussten die ortsansässigen Orks – mit Ausnahme der unabkömmlichen Arbeiter – gezwungenermaßen die Neuankömmlinge begrüßen. Sie drängten sich auf den Gehwegen, mussten aber hinter hölzernen Barrieren bleiben, damit die Beifallsbekundungen für ihre ruhmreichen Befreier in geregelten Bahnen verliefen.

Die Truppen der Eroberer marschierten nach Osten ins Stadtzentrum.

Die durchgehende Rinderherde näherte sich dagegen in westlicher Richtung dem Zentrum.

Voller Panik legten die Kühe weitere Bäume um, zerstörten Stände mit Lebensmitteln am Straßenrand und rissen die Baldachine von den Geschäften, zertrampelten aufgegebene Wagen und rissen reiterlose Pferde mit sich. Unter dem Druck der zahllosen trommelnden Hufe bekam die Straßenoberfläche Risse.

Die Flöten und Trommeln hatten ein munteres Marschlied angestimmt. Stolz schritten die Soldaten die Reihen der bedrückten, zwangsrekrutierten Zuschauerschaft ab. Im Tross folgten Vorratswagen und die Kutschen der Offiziersfrauen.

Allmählich wurden die Soldaten auf ein Geräusch aufmerksam, das die lustlosen Rufe der Zuschauer und ihre eigenen Marschtritte übertönte. Es war nicht nur ein Geräusch, sondern ein Zittern, ein Beben.

In diesem dicht besiedelten Viertel standen nach den Maßstäben von Taress recht hohe Gebäude, sodass der Eindruck einer schmalen Schlucht entstand. Vor ihnen beschrieb die Straße eine scharfe Kurve. Die Schlucht aus Holz und Stein wand sich und führte in unbekanntes Gebiet.

An der Ecke, direkt vor den Marschierenden, stand ein Haus. Es hatte drei Stockwerke und ragte weiter in die Straße hinein als seine Nachbarn. Vor ihren Augen begann dieses Haus zu zittern. Staub und Putz fielen herunter, als es immer heftiger bebte, bis sich schließlich große Stücke aus der Fassade lösten.

Die marschierenden Soldaten wurden langsamer, die Orks verstummten hinter ihren Barrieren. Jetzt war das geheimnisvolle, rhythmische Geräusch besser zu hören, und die Soldaten konnten es sogar schon durch die Stiefelsohlen spüren. Die ersten Ziegel fielen aus dem bebenden Gebäude. Die Marschierenden blieben stehen.

Eine einzelne Kuh tauchte auf. Sie trabte auf der Straße entlang, bewegte sich aber ziellos umher, als wäre sie betrunken. Die Zuschauer und sogar einige Soldaten lachten.

Dann stürmten tausend panische Rinder um die Ecke.

Es war eine Sintflut aus Fell, die Pferde, Wagenteile und Schutt mitgerissen hatte. Nachdem die Tiere gerannt waren, stieg Dampf von ihren Körpern auf, und den vorderen stand der Schaum vor dem Mund. Sie warfen die mächtigen Köpfe mit den spitzen Hörnern hin und her, und wenn sie überhaupt etwas von den Hindernissen vor ihnen bemerkten, dann kümmerte es sie nicht. Sie trampelten alles nieder.

Anfangs hatten die weiter hinten marschierenden Soldaten keine Ahnung, was vorne los war, und liefen einfach weiter. Die vorderen Soldaten standen inzwischen nicht mehr, sondern rannten bereits zurück, ihren nachrückenden Kameraden entgegen.

Als die Rinderherde sich näherte, verwandelte sich der ordentliche Marschzug im Handumdrehen in ein unübersichtliches Chaos. In diesem Durcheinander breitete sich rasch Panik aus. Zahllose Menschen versuchten, über die Barrieren zu klettern, die eigentlich so gebaut waren, dass man sie nicht überklettern konnte. Nur eine Handvoll Kavalleristen, die aus den Sätteln sprangen, hatten Erfolg. Für die Mehrheit war dies jedoch kein Ausweg.

Die Zuschauer, die inzwischen verstummt waren, begannen spontan zu jubeln. Was vorher nur halbherzig geklungen hatte, kam jetzt mit Inbrunst heraus.

Einige Soldaten besaßen genügend Geistesgegenwart,

Pfeile auf die Rinder abzuschießen. Es war eine ebenso entschlossene wie nutzlose Geste. Zwei Leitochsen gingen getroffen zu Boden, die nachfolgenden Rinder prallten gegen sie, und ein kreischendes, tretendes Durcheinander entstand. Das Tempo der Herde jedoch änderte sich nicht. Wenn überhaupt, dann nahm die Angst der Tiere noch zu. Sie wichen den gestürzten Artgenossen entweder aus oder setzten einfach über sie hinweg. Die Soldaten waren inzwischen zu einer dichten Traube zusammengedrängt und konnten nicht weiter zurückweichen. So blieben sie stehen, als müssten sie einen feindlichen Angriff abwehren.

Dann brach die Woge über sie herein. Männer und Tiere prallten aufeinander, Knochen brachen, Körper wurden zerquetscht. So dicht gedrängt die Menschen auch standen, die Rinder drangen tief in ihre Reihen ein, und der Druck von hinten trieb sie immer weiter. Die Wirkung war so, als hätte man einen Würfel Butter von der Seite mit einem Schlegel getroffen.

Das Blutbad nahm seinen Lauf. Ein Rind wurde auf den Speer eines Soldaten aufgespießt. Ein anderes prallte in vollem Lauf gegen einen Wagen, überschlug sich und stürzte in die Barriere. Soldaten griffen die Rinder mit Schwertern an, was die Tiere erst recht in Rage versetzte. Etliche Männer wurden einfach niedergetrampelt.

Den Kavalleristen erging es etwas besser, auch wenn viele Pferde zusammen mit ihren Reitern von dieser unaufhaltsamen Flut mitgerissen wurden. In der aufgeriebenen Kolonne hatten sich auch Magier befunden, die jetzt ihre blitzenden, knallenden Energiestöße abfeuerten. Der Geruch von verkohltem Fleisch stieg auf, und das Chaos breitete sich immer weiter aus.

Im trüben Himmel donnerte es, dicke Regentropfen fielen.

Das Zerstörungswerk spielte sich im Schatten der Festung ab. Auf einem hohen Balkon, der aus der sonst glatten Fassade ragte, stand Jennesta und beobachtete die Szene. Ihr schwarzer Mantel flatterte im Wind und gab ihr das Aussehen eines übergroßen Raubvogels, der gleich hinabstoßen wollte. Ihrer Miene war nicht zu entnehmen, was in ihr vorging, doch sie hatte das Geländer so fest gepackt, dass ihre Knöchel kreidebleich wurden.

Nicht weit entfernt beobachteten andere Augen das Geschehen vom Dach eines niedrigeren, bescheideneren Gebäudes aus.

»Das läuft besser, als ich gehofft hatte«, sagte Brelan.

»Wir haben uns Mühe gegeben«, antwortete Coilla.

Chillder wandte sich an Stryke. »Damit hat sich deine Truppe als würdig erwiesen.«

»Ich dachte, das hätten wir schon getan.«

»Dann habt ihr es ein weiteres Mal getan. Wir glauben, jetzt ist der Augenblick gekommen, euch jemandem vorzustellen.«

»Wem?«

»Dem wichtigsten Ork im ganzen Land.«

19

Die Vergeltung der Besatzer kam schnell und brutal.

Sie überfielen Häuser und schleppten vermeintliche Sympathisanten zum Verhör. Gewisse Schenken, die sie für Versammlungsorte der Abweichler hielten, wurden geschlossen oder niedergebrannt. Willkürlich verhafteten sie Orks auf den Straßen und richteten sie auf der Stelle hin. In den Straßen zeigten sich mehr Soldaten denn je.

Das alles machte jede Bewegung ungemütlich und gefährlich. Nach mehr als einer Stunde, nachdem sie immer wieder Streifen ausgewichen war und Umwege eingeschlagen hatte, erreichte die kleine Gruppe unter Führung von Brelan und Chillder endlich ihr Ziel.

»Ziemlich heruntergekommen«, bemerkte Haskeer.

»Wie ich schon sagte, wir hätten ihn nicht mitnehmen sollen«, seufzte Coilla.

»Hört auf damit«, ermahnte Stryke die beiden. Dann wandte er sich an Chillder. »Es kommt mir in der Tat bescheiden für jemanden vor, der so wichtig ist, wie du sagst.«

»Man soll ein Buch nicht nach dem Einband beurteilen. Kommt mit.«

Das winzige Haus lag an einer schmalen, mit Schmutz übersäten Gasse. Alle Gebäude wirkten schäbig und heruntergekommen, aber keines war so unansehnlich wie ihr Ziel. Die Fenster waren vernagelt, die Balken morsch. Kaum zu glauben, dass hier überhaupt jemand wohnte.

Brelan klopfte in einem bestimmten Rhythmus an die Tür, worauf ein geschickt verborgener Spion geöffnet wurde. Schließlich wurden die Riegel zurückgelegt, und die Tür ging auf.

»Hinein«, drängte Chillder sie. »Trödelt nicht herum.«

Zwei Wächter mit versteinerten Gesichtern beäugten sie, als sie eintraten. Drinnen brannte kein Licht, es war düster, und es stank stechend nach Verwesung.

Das Haus war schmal, aber tief, und größer, als es von außen den Anschein hatte. Vor ihnen lag ein langer Gang, der sich hinten im Schatten verlor. Links führte eine Treppe nach oben. Die Wächter winkten ihnen, und sie stiegen die knarrenden Stufen hinauf. Auf dem ersten Absatz blieben sie vor einer Tür stehen. Brelan klopfte und stieß sie auf, ohne auf eine Einladung zu warten.

Ein klebrig süßer Geruch von Weihrauch wehte heraus, der den Schimmelgestank teilweise sogar zu überdecken vermochte. Dort drinnen brannten einige Kerzen, und anscheinend herrschte ein großes Durcheinander, das, wie sich bei näherer Betrachtung herausstellte, zum größten Teil aus Büchern bestand. Sie waren an den Wänden aufgereiht und standen in ungleichmäßigen Stapeln auf dem nackten Boden. Bücher in allen Größen, gebunden in Leder, Pergament oder schlichte Pappe. Die meisten wirkten alt, und nicht wenige waren völlig zerlesen und zerfielen bereits. Einige waren geöffnet. An Möbeln gab es nicht viel außer einem schiefen Tisch, der ebenfalls mit Büchern bedeckt war, und zwei Stühlen, die schon bessere Zeiten gesehen hatten.

Auf einem saß ein weiblicher Ork. Sie war über die besten Jahre hinaus und konnte wohl keine Kinder mehr bekommen, war aber noch nicht alt zu nennen. Ihre einfache Kleidung bestand aus einem schlichten grauen Kleid und Pantoffeln, sie trug weder Edelsteine noch anderen Schmuck. Dennoch hatte sie eine Ausstrahlung, die den wackligen Stuhl beinahe in einen Thron zu verwandeln schien.

»Dies ist die Oberste Sylandya, die wahre Herrscherin von Acurial«, verkündete Chillder. An die Frau gewandt, sagte sie: »Dies sind die Krieger, von denen wir dir erzählt haben: Stryke, Haskeer und Coilla. Sie waren dem Widerstand eine große Hilfe.«

Die Frau begrüßte die drei Gäste mit einem leichten Nicken.

»Ich weiß nicht, wie wir dich anreden sollen«, erklärte Stryke. »Wir haben mit Herrschern sonst nicht viel zu tun. Die meisten, die wir trafen, hatten das Verbeugen und die Kratzfüße nicht verdient.«

»Genau«, stimmte Haskeer zu. »Wir kriechen niemandem in den Arsch.«

Sie lächelte. »Orks, die frei heraus sagen, was sie denken. Das gefällt mir.«

»Wir wollen keineswegs respektlos sein«, versicherte Stryke ihr.

»Verdirb es nicht. Ich weiß Aufrichtigkeit zu schätzen. In der Politik kommt sie viel zu oft zu kurz.«

»Mit Reden allein werdet ihr eure Probleme nicht lösen können«, warf Coilla ein.

»Das ist Sylandya durchaus bewusst«, sagte Brelan. »Immerhin ist sie die Anführerin unserer Widerstandsgruppe.«

»Und wie es der Zufall will, ist sie auch unsere Mutter«, fügte Chillder hinzu.

Stryke nickte. »Ich hätte es mir denken können.«

»Wegen der Ähnlichkeit?«

»Der gleiche Mumm.«

»Das fasse ich mal als Lob auf.«

»Da kommst du in der Welt herum«, meinte Haskeer, »und landest dann in so einem Schweinestall.«

»Sagte ich nicht schon, dass wir ihn nicht hätten mitnehmen sollen?«, murmelte Coilla.

Sylandya hob beschwichtigend eine Hand. »Ich habe nichts dagegen, wenn jemand sagt, was er denkt. Ja, ich lebe hier nicht sehr bequem, aber so geht es allen Orks, die unter dem Joch der Eroberer leiden. Das Mindeste, was ich tun kann, ist, es mit ihnen zusammen zu ertragen.«

»Ertragen reicht nicht«, sagte Stryke. »Überwinden wäre besser.«

»Glaubst du, das versuchen wir nicht?«

»Ihr seid zu wenige. Du magst es, wenn man frei heraus spricht, also werde ich es unverblümt sagen. Irgendwie sind die Orks hier zu selbstgefällig geworden. Kleinlaut.«

»Eher schon Feiglinge«, warf Haskeer ein.

»Das ist eine Unverschämtheit«, donnerte Brelan und machte einen Schritt auf Haskeer zu.

Sylandya hielt ihn mit einer Handbewegung auf. »Wir können es nicht bestreiten, mein Sohn. Feige sind sie vielleicht nicht, aber sie haben keinen Kampfgeist mehr.« Dann wandte sie sich wieder an Stryke. »Allerdings ist es nicht allen Orks so ergangen, wie mir scheint.«

»Deine eigenen Kinder sind der beste Beweis«, gab Stryke zurück, »genau wie alle anderen, die sich dem Widerstand angeschlossen haben.«

»Es sind erbärmlich wenige. Es gab einmal eine Zeit, als unser Volk sich niemals hätte unterwerfen lassen. Wir waren furchterregende Krieger und niemandem untertan. So, wie ihr Orks im Norden es immer noch seid. Oder woher ihr auch kommen mögt«, stichelte sie.

»Vielleicht waren wir dank unserer Abgeschiedenheit vor den Veränderungen in jenen Regionen geschützt, wo das Leben angenehmer verläuft«, antwortete Stryke und hoffte, damit ihr Misstrauen zu zerstreuen.

»Mag sein. Es erscheint mir allerdings seltsam, dass die Kraft der Krieger praktisch überall ans Licht kommt, nur ausgerechnet nicht in unserer Heimat.«

»Wir können ewig über die Gründe reden, ohne zu einem Ergebnis zu kommen«, schaltete sich Coilla ein. »Wichtig ist jetzt aber vor allem, wie wir die Orks dazu bringen, dass sie kämpfen.«

»Ich glaube, dabei können die Menschen helfen.«

»Wie meinst du das?«

»Sie haben Lügen verbreitet und uns auch mit Worten bekämpft. Die Einwohner von Acurial haben sich nicht gewehrt. Die Eroberer haben sich Vorwände einfallen lassen, um bei uns einzudringen. Wir haben uns nicht gewehrt. Sie haben uns das Land und unsere Reichtümer weggenommen. Wir haben uns immer noch nicht gewehrt. Sie haben uns wie Vieh behandelt, uns erniedrigt und nach Lust und Laune getötet. Abgesehen von einigen wenigen haben wir gelitten und nichts unternommen. Ihre Herrschaft wird immer härter, und die meisten Orks tun nichts weiter, als die Bürde schweigend zu tragen. Doch der Zeitpunkt wird kommen, da der Ast unter dem Druck brechen muss. Dann wird der Geist wiedererwachen.«

Haskeer schnaubte. »Darauf würde ich nicht mein Leben verwetten.«

»Ich bin überzeugt, dass tief drinnen in unserem Volk die alte Glut noch brennt. Wenn sie angefacht wird, könnte sie wieder aufflammen.«

»Was wäre dazu nötig?«, fragte Stryke.

»Zweierlei«, erwiderte Sylandya. »Zuerst einmal müssen wir die Menschen drangsalieren, so oft und so energisch wir nur können. Dabei hat deine Truppe uns sehr geholfen.«

»Das werden sie sich nicht gefallen lassen. Sie werden Vergeltung üben.«

»Darauf hoffen wir.« Sie hielt seinem Blick stand. »Ich weiß, es klingt brutal, aber es ist nicht schlimmer als das, was uns die Menschen auf lange Sicht sowieso antun werden. Wenn dadurch der Funke der Revolte entfacht wird, dann hat es sich gelohnt.«

»Und zweitens?«

»Wenn der richtige Zeitpunkt gekommen ist, werde ich die Bürger aufrufen, sich zu erheben, und sie anführen.«

»Werden sie denn auf dich hören?«

»Ich hoffe, dass sie Grilan-Zeat folgen werden.«

»Wem?«

»Es ist keine Person«, erklärte Chillder.

»Seht euch um.« Sylandya deutete auf die vielen Bücher im Raum.

»Bücher«, murmelte Haskeer verächtlich. »Hab nie im Leben eins gelesen.« Darauf war er offenbar richtig stolz.

Coilla musterte ihn skeptisch. »Kannst du überhaupt lesen?«

»Ich habe viele Stunden meiner Verbannung mit diesen Bänden verbracht«, fuhr Sylandya fort, »und nach einem Hinweis in unserer Vergangenheit gesucht, der eine Antwort auf die Fragen der Gegenwart geben und uns in unserer Not helfen könnte. Möglicherweise habe ich ihn in Grilan-Zeat gefunden.«

»Das musst du erklären«, sagte Stryke.

»Trotz aller Versuche der Eindringlinge, sie auszulöschen, haben wir unsere Geschichtsschreibung bewahrt. Wären sie nicht von Patrioten gerettet worden, dann wären diese Bücher verbrannt worden. Es erscheint mir wie ein Scherz, dass wir es ausgerechnet in der berühmten Geschichte von Grilan und Zeat entdeckt haben.« Sie beäugte ihn genau. »Eine Geschichte, die Ihr eigentlich kennen müsstet.«

»Wir sind im Norden von den meisten Dingen abgeschnitten. Hilf uns doch, uns zu erinnern.«

»Vor mehr als einem Jahrhundert stürzte Acurial in eine Krise. Unsere Anführer wurden damals noch von den Häuptlingen der Clans gestellt. Es war ein ererbtes Amt, auf das zwei Stämme Anspruch erhoben. Grilan war ein Bewerber, der andere war Zeat. Das Land wurde geteilt, ein Bürgerkrieg drohte.«

»Zwischen Orks, die nicht kämpfen?«

»Beinahe hätten sie es getan. Voller Leidenschaft standen sie einander gegenüber. Es war das letzte Mal, dass wir dem Krieg so nahe waren.«

»Wie wurde er denn verhindert?«

»Durch ein Omen. Am Himmel erschien ein Licht, das anschwoll, bis es ihn ganz ausfüllte. Da die Priester die Götter angefleht hatten, diesen bösen Streit beizulegen, nahmen es viele als ein Vorzeichen. Nicht zuletzt auch Grilan und Zeat, die Frieden schlossen und übereinkamen, gemeinsam zu herrschen. Wie sich herausstellen sollte, haben sie damit die Grundlage unseres modernen Staates gelegt. Noch bevor der Komet verblasste, wurde er nach ihnen benannt.«

»Was hat das mit der heutigen Lage zu tun?«, wollte Coilla wissen.

»Als wir uns tiefer in die Chroniken einarbeiteten, stießen wir auf einen eigenartigen Umstand. Der Komet ist schon vorher beobachtet worden. Er war mehr als ein Jahrhundert vor Grilan und Zeat schon einmal erschienen, und noch einmal mehr als ein Jahrhundert davor. Insgesamt fanden wir vier Berichte über vier Sichtungen und einige Hinweise auf noch frühere Ereignisse. Ob auch die früheren Sichtungen wie bei Grilan und Zeat mit großen Ereignissen einhergingen, ist uns nicht bekannt, aber eines wissen wir ganz sicher. Die Zeitspanne zwischen den Sichtungen war immer exakt gleich. Der Komet kehrt zu festgesetzten Zeiten zurück, und wenn er sich an diese Regel hält, dann taucht er bald wieder auf. Sehr bald.«

»Damit ich das richtig verstehe«, sagte Stryke. »Ein Komet hat eure Ahnen davon abgehalten, die Waffen zu erheben. Jetzt hofft ihr, dass genau das Gegenteil geschieht, wenn er wiederkommt.«

»Dazu müssen sie ihn jedoch erst einmal als Omen anerkennen«, fügte Coilla hinzu.

»Es gibt eine Prophezeiung, die mit diesem Kometen zusammenhängt«, erklärte Brelan. »Angeblich erscheint er immer in den Zeiten größter Not und zeigt den Weg zur Erlösung.«

»Ach, hör doch auf. Prophezeiungen sind so zahlreich wie Pferdeäpfel und weniger nützlich.«

»Mag sein, aber es kommt vor allem darauf an, was die Bürger glauben.«

»Die Prophezeiung besagt noch etwas anderes«, ergänzte Chillder. »Es heißt, der Komet werde von einer Leibwache von Kriegern begleitet. Von einer Truppe von Helden, die uns befreien.«

Stryke starrte sie an. »Du meinst doch nicht ...«

»Wem der Helm passt.«

»So ein *Mist*. Das könnt ihr nicht von uns verlangen.«

Haskeer pfiff leise durch die Zähne. »Ja, leck mich doch, wir sind Helden.«

»Wir hätten ihn wirklich nicht mitnehmen sollen«, erklärte Coilla.

»Alte Prophezeiungen sind eine Sache«, erklärte Stryke, »aber zieht uns nicht in eure Fantasien hinein. Wir sind Kämpfer, ja, aber wir sind ganz normale Orks.«

»Schwerlich«, erwiderte Sylandya. »Ihr seid im Augenblick der Not hierhergekommen, oder etwa nicht? Ihr unterstützt unsere Sache, oder nicht? Außerdem besitzt ihr einen Kampfgeist, den unser Volk verloren hat. Die Götter wissen, dass wir sonst nicht viel haben, was uns Mut machen könnte.«

Stryke wollte sie schon unwirsch abweisen, aber dann sah er ihre Gesichter und beherrschte sich. »Wann soll dieser Komet denn kommen?«, fragte er stattdessen.

»Wir wissen es nicht genau. Nicht auf die Stunde genau. Aber wenn die Berechnungen stimmen, müsste er irgendwann während des abnehmenden Mondes erscheinen.«

»Wann wäre das?«

»In dreizehn Tagen«, erklärte Brelan.

»Bis dahin wollt ihr also einen Aufstand in Gang setzen.«

»Wir müssen«, erklärte Sylandya. »Es sei denn, ihr habt Hemmungen, gegen die Menschen vorzugehen.«

Das verschlug Stryke die Sprache. »Warum sollten wir?«

»Wie ich höre, tut ihr euch mit ihnen zusammen.«

»Ah, du meinst Pepperdyne und Standeven. Für die verbürge ich mich.«

»Du stehst auf der Seite von Menschen?«

»Was diese beiden angeht ... ja.«

»Ich frage mich, ob sie auch zu dir stehen.«

»Das haben sie schon getan. Einer von ihnen jedenfalls.«

»Lass dich mit Menschen ein, und du bekommst Ärger.«

»Die sind anders«, warf Coilla ein. »Sie sind nicht wie die Menschen hier. Sie haben Mitgefühl für die Not der Orks.«

»Mitfühlende Menschen. Ich habe ja schon viel in meinem Leben gesehen, aber das ist mir nun wirklich neu.«

»Du musst es uns einfach glauben«, sage Stryke und hoffte, Haskeer würde den Mund halten.

»Eigentlich würde ich diese einzigartigen Menschen gern kennenlernen, aber irgendwie bin ich noch nicht ganz dazu bereit. Ich würde mich zu sehr wie ein Lamm fühlen, das die Gesellschaft eines Wolfs sucht. Deine anderen Gefährten würde ich aber gern begrüßen, diese ...«

»Die Zwerge, Mutter«, half Brelan ihr.

»Es wäre jedoch nicht klug, sie hierherzubringen. Vielleicht ein andermal.« Sie richtete den scharfen Blick wieder auf Stryke. »Mitfühlende Menschen und eine unbekannte Rasse kleiner Wesen. Ihr seid von vielen Rätseln umgeben.« Sie lenkte etwas ein und lächelte leicht. »Aber das ist mir egal, solange ihr uns helft.«

»Die beiden Menschen könnten uns nützlich sein«, sagte Brelan. »Und die Götter wissen, dass wir jeden Verbündeten brauchen, den wir nur bekommen können. Besonders, da diese neue Gesandtschaft eingetroffen ist.«

»Habt ihr mehr über sie herausgefunden?«, fragte Stryke.

»Was wir gehört haben, verheißt nichts Gutes. Es scheint, als hätten wir es nun mit einer Rücksichtslosigkeit zu tun, gegenüber welcher Hachers Regentschaft vergleichsweise milde erscheint.«

»Könnt ihr das jetzt schon sagen? Die Abgesandten sind doch erst seit zwei Tagen hier.«

»Das ist lange genug für grausame Taten und eine böse Säuberung im Hauptquartier der Menschen. Das haben uns unsere Spione jedenfalls berichtet. Was wir gestern getan haben, dürfte Hacher geschadet haben. Also steht es eins zu null für uns.«

»Können wir diese Gesandten irgendwie schnappen?«, überlegte Coilla. »Sie zu ermorden, wäre ein vernichtender Schlag.«

»Das glaube ich nicht. Die Abordnung ist sicherlich gut bewacht, und nach allem, was wir hören, sind sie wahrhaft beängstigende Gegner. Es heißt auch, an ihr sei etwas sehr Seltsames.«

Stryke und Coilla wechselten einen Blick.

»An ihr?«, fragte Stryke.

»Sagte ich das nicht? Sie haben uns eine Hexe geschickt.«

20

»Nein, nein, nein!« Dallog entriss Wheam den Stab und zeigte ihm die richtige Haltung. »So geht das.« Er gab die Waffe zurück. »Versuche es noch einmal.«

Wheam fuchtelte damit herum, und Dallog musste es ihm ein weiteres Mal vorführen. »So ist es richtig. Hier ist dein Gegner.« Er deutete auf eine Strohpuppe, die an einem Balken hing. Das aufgemalte Gesicht entsprach dem, was die Orks sich unter einem Menschengesicht vorstellten.

Wheam zappelte nervös herum.

»Nun steh nicht da rum wie ein Trottel«, schimpfte Dallog. »Angriff!«

Vorsichtig näherte sich der Bursche der Übungspuppe und schlug zaghaft zu.

»Du gehst das an wie ein Küken. Dein Gegner wird

dich umbringen, wenn du ihn nicht vorher tötest. Nun leg etwas mehr Kraft in den Schlag!«

Wheam versuchte es noch einmal. Er holte weit aus, stolperte, ließ einen unbeholfenen Schlag los und traf nicht die Puppe, sondern eine Öllampe, die an der Wand hing. Sie ging entzwei.

»Na gut«, sagte Dallog. »Mach eine Pause.«

Wheam ließ den Stab fallen und schlurfte fort. An der Wand sank er zu Boden, lehnte sich an und stützte das Kinn auf die angezogenen Knie. »Ich bin zu nichts nütze«, seufzte er.

»Das ist nicht wahr.«

»Das sagst du nur so.«

»Du bist nicht gut ausgebildet, das ist alles.«

»Nein, das ist nicht alles. Ich ...« Er sah sich um, ob nicht noch jemand in Hörweite war, und flüsterte: »Ich habe Angst.«

»Gut.«

»Was?«

»Es ist nicht falsch, Angst zu haben. Zeig mir einen Ork, der ohne Angst in die Schlacht zieht, und ich zeige dir einen Dummkopf.«

»Das verstehe ich nicht.«

»Die Angst ist die Verbündete des Kriegers. Sie treibt ihn an wie ein Dolch im Rücken. Mut zu haben heißt nicht, keine Angst zu haben. Es heißt, die Angst zu überwinden. Wenn du klug bist, machst du die Angst zu deiner Freundin und wendest sie gegen deinen Feind. Weil unser Volk das so gut versteht, sind wir so tapfere Krieger.«

»Warum sehen die hiesigen Orks es nicht genauso?«

»Ich weiß nicht, aber irgendwie ist bei ihnen etwas schiefgelaufen.«

»Wirklich? Sie leben doch im Frieden. Sie haben nicht so viel mit Tod und Zerstörung zu tun wie wir. Vielleicht hätte ich in Acurial zur Welt kommen sollen.«

»Ich will mal so tun, als hätte ich das nicht gehört. Sieh dir doch an, wohin ihre Lebensart sie geführt hat. Du solltest stolz auf dein Erbe sein.«

»Du redest wie mein Vater. Der hat mir auch immer gesagt, was ich sein sollte, und außerdem meint er, sei ich ein Feigling.«

»Es ist schwer, in die Fußstapfen eines großen Orks zu treten, wie dein Vater einer ist. Es war jedoch nicht richtig, dass er dich einen Feigling genannt hat.«

»Du bist hier vermutlich der Einzige, der so denkt. Alle anderen hassen mich.«

»Nein, sie hassen dich nicht.«

»Sie hassen mich, weil ich der Sohn meines Vaters bin. Die Vielfraße, die gestorben sind ... das war meine Schuld.«

»Nein, war es nicht. Schlag dir das aus dem Kopf. Ich weiß selbst, wie es ist, ein Außenseiter zu sein und den Platz eines anderen einzunehmen. Aber wenn du dir die Achtung der Bande verdienen willst, dann solltest du deine Abstammung nicht verleugnen, sondern ihr alle Ehre machen.«

»Leichter gesagt als getan.«

»Du könntest beginnen, indem du eifrig übst. Indem du wirklich hart arbeitest.«

Wheam starrte den Stock an, den er weggeworfen hatte. »Ich bin nicht sehr gut darin.«

Dallog bückte sich, nahm den Stock und hielt ihn dem Burschen hin. Wheam packte ihn und ließ sich auf die Füße ziehen.

»Sieh deinen Feind an.« Dallog nickte zur pendelnden Puppe hin. »Er ist der Grund dafür, dass du dich mies fühlst. Er ist alles, was du hasst und fürchtest. All der Zorn, den du aufgestaut hast, der Zorn auf diese Truppe, auf dich selbst, auf … auf deinen Vater.«

Wheam stieß einen gellenden Schrei aus und stürmte auf die Puppe los. Er schlug auf sie ein, holte aus und ließ mächtige Hiebe auf sie los. Nach drei oder vier Streichen rieselte das Stroh aus dem aufgerissenen Oberkörper. Wheam schrie und prügelte weiter auf sie ein.

»Gut!«, rief Dallog. »Gut!«

Die Tür des Bauernhauses öffnete sich, und Stryke und Coilla traten ein.

»Gut gemacht, Wheam!«, rief Coilla, als sie an ihm vorbeikamen.

Der Bursche strahlte und drosch weiter auf die Puppe ein.

»Vielleicht ist er doch ganz nützlich«, meinte sie.

»Ja, falls wir jemals gegen Strohpuppen kämpfen müssen«, erwiderte Stryke.

Sie betraten den großen Raum im hinteren Teil des Hauses, der als Speisesaal diente. Im Augenblick waren die meisten Bänke unbesetzt. In einer Ecke suchten sie sich Plätze, die möglichst weit von den wenigen übrigen Gästen entfernt waren.

Am Ende ihres Tischs stand ein Fässchen mit Wasser. Coilla schöpfte einen Becher voll heraus und trank. »Ich komme immer noch nicht darüber hinweg.«

»Jennesta? Das sollte uns nicht überraschen. Seraphim sagte uns doch, dass sie hier ist. Deshalb sind wir ja hergekommen.«

»Da sie jetzt so nahe ist, wird es auf einmal sehr bedrohlich. In Maras-Dantien haben wir viel Zeit damit verbracht, uns so weit wie möglich von ihr zu entfernen. Seltsam, dass wir jetzt das Gegenteil tun.«

»Ich würde ihr gern nahe genug kommen, um ihr die Kehle durchzuschneiden.«

»Wer würde das nicht gern tun? Auf jeden Fall würde das auch den Aufstand unterstützen, den Sylandya plant.«

»Ein Angriff auf Jennesta wäre allerdings ein Selbstmordkommando.«

»Wirklich? Der Widerstand hat Spione in der Festung. Vielleicht können sie uns hineinschmuggeln.«

»Das ist eine Überlegung wert. Ich rede mal mit Brelan und Chillder. Allerdings sind sie mit anderen Dingen beschäftigt – etwa damit, in dreizehn, nein, in zwölf Tagen einen Aufstand anzuzetteln.«

»Sie werden doch sicher einsehen, dass es ihnen nur nützen kann, wenn wir Jennesta ausschalten.«

»Einsehen werden sie es, aber sie sind vermutlich nicht scharf darauf, ihre ohnehin schon zu geringe Zahl von Mitstreitern noch weiter auszudünnen.«

»Das müssen sie auch nicht. Wenn wir Hilfe von innen bekommen, reichen zwei von uns aus, die Sache zu erledigen. Ich denke da eher an Heimlichkeit als an einen offenen Sturmangriff.«

»Du verlässt dich darauf, dass Jennesta leicht zu besiegen ist. Klingen gegen Zauberei, das wird schwierig.«

»Ich will es jedenfalls versuchen. Frage doch die Geschwister, ob sie uns nicht einen Plan der Festung besorgen können. Das wäre immerhin ein Anfang.«

»Ich frage sie.«

Sie trank den Becher aus. »Da wir gerade von Plänen reden, was glaubst du, wie ihre Aussichten sind, was diesen Kometen angeht?«

»Da gibt es viele Mutmaßungen, aber mehr haben sie wohl nicht.«

Sie lächelte. »Ich hätte mich beinahe verplappert, als sie über den abnehmenden Mond gesprochen haben. Ich wusste nicht einmal, dass es hier überhaupt einen gibt.«

»Ich auch nicht.«

»Es gibt so viele Dinge, die wir nicht wissen. Ich denke immer, dass wir uns früher oder später verraten werden. Allerdings ist mir nicht klar, wie schlimm das wirklich wäre.«

»Wenn sie wüssten, woher wir wirklich kommen? Das

Wagnis ist mir zu groß. Die Orks hier sind anders. Wir wissen nicht, wie sie es aufnehmen würden.«

»Ja, sie sind anders, und zwar nicht nur, weil sie solche Furcht vor dem Kämpfen haben. Wie war das noch gleich? Sie haben einen *Staat*? Städte? So was tun Orks eigentlich nicht. Wenn ich mir vorstelle, dass wir keine Möglichkeit mehr hätten, nach Hause zurückzukehren ...«

»Passt du auch gut auf den Stern auf?«

»Nun zieh nicht so ein ängstliches Gesicht. Hier ist er.« Sie klopfte auf die Gürteltasche. »Mach dir deshalb keine Sorgen mehr.«

Die Tür des Bauernhauses knallte laut, Haskeer stiefelte breitbeinig herein. Er zögerte kurz, um Wheam und Dallog mit einer geringschätzigen Bemerkung zu bedenken, und kam an ihren Tisch.

»Na, wie geht es meinen Heldenkollegen heute Morgen?«

»Hör bloß auf damit«, schalt Coilla ihn.

»Du zeigst aber keinen großen Respekt vor der Prophezeiung.«

»Nur Idioten glauben an Prophezeiungen.«

Er ignorierte die Bemerkung und sah sich um. »Gibt es hier was zu trinken?«

»Nicht das, was du gern hättest.« Stryke nickte und blickte zum Wasserfässchen.

Haskeer verzog das Gesicht. »Kein Schnaps, kein Kristall, keine Kämpfe. Wo bleibt da das Vergnügen? Ich dachte, wir wollen hier eine Revolution anzetteln.«

»Es wird schon sehr bald zum Kampf kommen.«
»Gut. Ich sehne mich nach einem kleinen Gemetzel.«
»Das gilt wohl für uns alle. Wie machen sich die neuen Rekruten?«
»Geht so.« Er warf einen verächtlichen Blick zu Wheam. »Die meisten jedenfalls.«
»Ich muss mich auf sie verlassen können. Sie werden als normale Mitglieder der Truppe eingesetzt und ...«
»Keine Panik, Stryke. Die werden sich schon einfügen.«
»Ich verlasse mich auf dich.«
Haskeer hätte noch etwas erwidert, wären nicht Jup und Spurral in diesem Augenblick gekommen. »Ah, die Pisspötte«, begrüßte er sie.
»Soll ich dir den Eimer Wasser in den Arsch schieben?«, fragte Spurral.
»Ooh!« Haskeer hob beide Hände, als hätte er Todesangst. »Halte sie auf, Jup!«
»Ich würde ihr eher helfen, nur dass ich ihn dir über den Kopf stülpen würde. Das würde dein Aussehen beträchtlich verbessern.«
»Das würde ich gern mal sehen, kleine Wanze.«
»Wann immer du bereit bist.«
Sie standen auf und funkelten einander an.
»Hört auf damit!«, fauchte Stryke. »Setzt euch, ihr zwei. Wir können diesen Unfug nicht gebrauchen. Spart euch das für die Feinde auf.«
»Ich würde gern mal welche sehen«, beklagte sich Jup, während er sich auf seinen Platz sinken ließ. »Spur-

ral und ich werden verrückt, wenn wir hier noch länger festsitzen.«

»Ich weiß, es ist nicht leicht«, sagte Stryke, »aber ihr dürft auf keinen Fall gesehen werden.«

»Warum sind wir dann überhaupt hier? Wozu sind wir nütze, wenn wir unser Versteck nicht verlassen dürfen?«

»Ihr werdet schon noch euren Teil beitragen können. In den nächsten zwölf Tagen wird es hier eine Menge Unruhe geben, und dann wird es kein Problem mehr sein, wenn ihr zwei euch auf den Straßen blicken lasst.«

»Ich weiß nicht, ob ich das schmeichelhaft finden soll oder nicht«, bemerkte Spurral. Sie wandte sich an Coilla. »Wir sollten loslegen.«

»Du hast recht. Komm mit.«

»Ihr werdet doch nicht zu spät zum Nähkreis kommen?«, neckte Haskeer die beiden.

»Du kannst gern mitmachen.«

Coilla und Spurral verließen die behelfsmäßige Kantine durch die hintere Tür und traten auf ein Stück Land hinaus, das von einer niedrigen Trockenmauer umgeben war. Etwa zwanzig Frauen warteten auf sie, fürs Gefecht gekleidet und bewaffnet. Chillder stand vor ihnen.

»Gute Beteiligung«, sagte Coilla.

»Sie reißen sich darum«, erklärte Chillder.

Coilla wandte sich mit erhobener Stimme, damit alle sie hören konnten, an die Frauen. »Ihr wisst, wie der Plan aussieht. In den nächsten Tagen wird einiges passieren, und wir müssen möglichst schnell kampfbereit sein. Das bedeutet, dass wir als Einheit zusammenarbeiten werden. Die beste Gruppierung ist diejenige, die es auch in meiner Truppe gibt. Es ist eine militärische Struktur wie bei den Menschen. Ich bin die Kämpferin mit der größten Erfahrung, also führe ich die Truppe an. Wenn jemand Einwände hat, sollte er es jetzt sagen.« Niemand ergriff das Wort. »Na gut. Chillder hier ist die Zweite nach mir. Die übrigen Offiziere werden wir bestimmen, sobald wir sie brauchen.« Sie deutete mit dem Daumen auf die Zwergenfrau. »Denjenigen, die sie noch nicht gesehen haben, sei gesagt, dass dies hier Spurral ist. Sie gehört einer Rasse an, die ihr hier nicht kennt, und sie kommt euch vielleicht ... sonderbar vor. Aber sie ist eine gute Kämpferin und der Sache der Orks treu ergeben. Ihr könnt ihr vertrauen.« Coilla konnte nicht erkennen, wie die Zuhörerinnen darüber dachten. »Wir werden hoffentlich bald unseren ersten Einsatz haben. Sehr bald schon«, fuhr sie fort. »Deshalb werden wir euch hart rannehmen, damit ihr gut in Form seid. Der Widerstand braucht jedes Schwert, das er bekommen kann, aber die Männer scheinen in dieser Gegend nicht besonders zu schätzen, was wir Frauen zu bieten haben. Füchsinnen, wir wollen ihnen zeigen, was wir können!«

Sie jubelten und pfiffen, einige schwenkten ihre Klingen.

»Das ist gut angekommen«, flüsterte Spurral.

»Ich glaube, so viel habe ich nicht mehr geredet, seit ... ach, ich weiß nicht. Aber wir müssen ...« Etwas hatte ihre Aufmerksamkeit erregt.

Gleich hinter der Steinmauer stand eine Reihe Ställe. Eine Tür war offen, und dort war eine Gestalt erschienen und sofort wieder verschwunden.

»Was ist?«, fragte Chillder, die ihren Blick bemerkt hatte.

Coilla schüttelte den Kopf. »Nichts.«

Standeven zog sich von der Tür in den dunklen Stall zurück. »Schau sie nur an«, sagte er. Er war fast außer sich vor Empörung. »Die lassen jetzt sogar Frauen kämpfen.«

»Wo ist denn das Problem?«, antwortete Pepperdyne. »Die üben doch bloß.«

»Ich hätte gleich wissen sollen, dass du Partei für sie ergreifst.«

»Wobei denn? Wenn sie nur üben?«

»Sie bereiten sich darauf vor, dass es noch mehr Ärger gibt.«

»Genau, das tun sie. Sie sind ein Kriegervolk.«

»Diese Kreaturen kämpfen gegen unsere Leute. Stört dich das nicht?«

»Unsere Leute?«

»Gegen unsere Rasse, meinetwegen. Gegen unsere Art.«

»Sie kämpfen gegen die Unterdrückung, sie wollen ihre Freiheit zurückhaben.«

»Sie provozieren den Zorn der Herrscher dieser Gegend, und wir stecken mittendrin.«

»Die Leute, die du Herrscher nennst, sind Usurpatoren. Es ist nicht ihr Land. Sie haben es sich einfach genommen.«

»Typisch, dass du es so siehst.«

»Wenn ich an die Geschichte meines Volks denke, fällt es mir schwer, die Sache anders zu sehen.«

»Das ist immer noch kein Grund, dich jetzt mit den Eingeborenen einzulassen.«

»Du hast ein kurzes Gedächtnis. Nicht ich war es, der Hammrik hinterging. Wir sind deinetwegen in dieser Lage.«

Standevens Gesicht färbte sich dunkelrot. »Es gab Zeiten, da hättest du es nicht gewagt, auf diese Weise mit mir zu sprechen.«

»Diese Zeiten sind vorbei. Es geht nicht mehr um Herr und Sklave. Es geht ums Überleben.«

»Glaubst du denn, du kannst dein Leben retten, wenn du dich mit diesen Kreaturen einlässt?«

»Sie haben einen guten Grund für ihre Unzufriedenheit und kämpfen für eine gerechte Sache.«

»Ich frage mich nur, wie groß ihr Interesse wäre, dich als Verbündeten zu gewinnen, wenn sie wüssten, was ich über dich weiß.«

»Keine Ahnung. Vielleicht sehen sie diese Dinge hier anders. Erzähl es ihnen doch einfach.«

Standeven schwieg.

»Deine Drohungen nützen hier nichts«, erklärte Pepperdyne ihm. »Du brauchst mich, um in dieser Lage zu überleben, und das weißt du auch. Das geht dir allerdings ziemlich quer hinunter, *Herr,* nicht wahr?«

Draußen hatten sich die Füchsinnen aufgeteilt, um den Schwertkampf in Paaren zu üben. Das Klirren der Klingen erfüllte die Luft.

»Ich will hier raus«, sagte Standeven etwas kleinlaut. »Wenn möglich heil und unversehrt.«

»Ich auch. Aber das liegt nicht in unseren Händen.«

»Sollte es aber. Zwischen uns und dem Heimweg stehen nur die Instrumentale.«

»Es wäre hilfreich zu wissen, wie man sie benutzt. Sie Stryke wegzunehmen, würde erheblich mehr als nur ein bisschen Glück erfordern.«

»Glaube nur nicht, dass er sie alle hat.«

»Was meinst du damit?«

»Die Orkfrau, diese Coilla – sie verwahrt einen.«

»Woher weißt du das?«

»Es ist immer gut, sich unauffällig zu verhalten und die Ohren zu spitzen.«

»Man nennt das auch schnüffeln.«

»Ich hab's zufällig gehört«, gab Standeven grantig zurück. »Anscheinend wollte Stryke die Objekte aus irgendeinem Grund verteilen. Über die Gründe können wir nur spekulieren.«

Pepperdyne zuckte mit den Achseln. »Wahrscheinlich, um jemanden wie dich daran zu hindern, sie sich anzueignen.«

»Ich habe den Eindruck, dass noch mehr dahintersteckt.«

»Das spielt aber alles keine Rolle. Wir können den Orks die Instrumentale nicht wegnehmen. Selbst wenn wir es hinbekämen, brauchten wir außerdem das Amulett, das Stryke besitzt, und dann müssen wir das alles auch noch verstehen.«

»Aber bekommen müssen wir sie. Wenn wir ohne sie in unsere Welt zurückkehren, sind wir nirgends vor Hammrik sicher. Sie sind die einzigen Wertgegenstände, mit denen wir verhandeln können.«

»Du wirst sie wohl eher an den Höchstbietenden verkaufen. Ich weiß doch, wie du arbeitest.«

»Entweder wir kaufen uns bei Hammrik mit ihnen frei, oder wir verkaufen sie so teuer, dass wir weit genug vor ihm fliehen können. So oder so garantieren sie unser Leben.«

»*Unser* Leben?«

»Ich bin einem treuen Diener gegenüber, der in diesem Durcheinander zu mir gehalten hat, nicht undankbar.«

»Wie ich schon sagte, es wäre ein Wunder, wenn sie uns hier in die Hände fielen. Wir können erst dann versuchen, sie an uns zu bringen, wenn wir wieder daheim sind. Falls wir überhaupt so weit kommen.«

»Dann müssen wir uns weiterhin mit den Vielfraßen gut stellen, sofern sie das zulassen, und hoffen, dass sie uns mit ihnen zurückkehren lassen. In dieser Hinsicht bin ich aber nicht ganz so zuversichtlich wie du.«

»Welche anderen Möglichkeiten haben wir schon?«

Standeven sah ihn mit einem eiskalten Blick scharf an. »Vielleicht gibt es doch so etwas wie ein Wunder.«

21

»So, das hätten wir.« Coilla ergänzte ihr verborgenes Waffenarsenal um ein Beil und legte sich einen Schal um die Schultern.

»Ob das klappt?«, fragte Pepperdyne.

»Ein Mensch und ein Haufen Orkfrauen? Damit gelangen wir bestimmt hinein.«

»Ich habe den Fleck immer noch nicht herausbekommen.« Er leckte sich die Finger und rieb über seine gestohlene Uniformtunika.

»Mach nicht so ein Theater, das ist schon in Ordnung.«

»Wir haben das schon einmal durchgezogen. Ob sie abermals darauf hereinfallen?«

»Ich rechne damit, dass sie denken, wir würden es kein zweites Mal versuchen.«

»Und wenn du dich irrst?«

»Dann werden sie feststellen, dass sie es nicht mit zaghaften Handlangern zu tun haben.«

Seine Miene verfinsterte sich. »Du setzt ja großes Vertrauen in mich.«

»Du hast bereits bewiesen, dass du ordentlich mitspielst. Oder sollte sich das jetzt ändern?«

»Wenn es hart auf hart kommt, bin ich einer von ihnen. Ein Feind.«

»Keine Sorge, sobald ich das Gefühl bekomme, du hintergehst uns, werde ich dich töten.« Sie lächelte liebenswürdig.

»Lass uns aufbrechen«, sagte er.

Die Füchsinnen hatten zwei offene Wagen beschafft. Coilla und Pepperdyne stiegen auf den Kutschbock des ersten Wagens. Spurral saß weiter hinten, eingeklemmt zwischen zwei Orkfrauen und das Gesicht hinter einem großen Kopftuch verborgen. Wie alle Füchsinnen trug sie einfache Arbeitskleidung. Brelan lenkte den zweiten Wagen.

Für eine von Orks bewohnte Stadt war Taress, zumindest im Zentrum, ausgesprochen ordentlich. Die meisten Dinge, die eine Stadt brauchte, damit sie funktionierte – Lagerhäuser, Verteilung von Vorräten, Versorgung mit Trinkwasser, Pferche für das Vieh – waren in jeweils eigenen Vierteln untergebracht. Nach der Invasion hatten die Menschen ein weiteres Viertel errichtet, von dem aus sie ihre Kolonie regierten. In diesen Bereich fuhren die Wagen.

Orkarbeiter waren noch dabei, die Schäden zu reparieren, die die durchgehende Rinderherde angerichtet hatte. Unter den aufmerksamen, kalten Blicken menschlicher Aufseher schleppten sie umgerissene Bäume weg und bauten die Mauern wieder auf. Gruppen von Straßenarbeitern schaufelten den Schutt auf ganze Flotten von Pferdewagen.

Die Fahrt der Füchsinnen war kurz, aber nicht ohne Gefahr. Unter anderem galt es, einige Straßensperren zu überwinden. Die erste an der Hauptstraße, die in den Verwaltungsbezirk führte, war zugleich die größte. An der Seite stand ein Wächter, die Straßenmitte war mit einer Barriere aus Balken blockiert. Dahinter waren zahlreiche weitere Wächter postiert.

Die beiden Wagen reihten sich in die Schlange der Fahrzeuge ein, die ebenfalls hineinwollten. Zwei davon waren die Karren von Orkhändlern, außerdem gab es einige Kutschen mit Menschen, die Beamte sein mochten. In einer von ihnen saß eine Frau, bei der es sich um eine Offiziersgattin handeln mochte, neben einem vierschrötigen Kutscher. Schließlich warteten noch einige Berittene, die meisten davon Uniformierte, in der Schlange.

»Anscheinend winken sie die Menschen schneller durch«, flüsterte Pepperdyne.

»Natürlich«, erwiderte Coilla. »Was hast du erwartet? Aber rechne bloß nicht damit, dass das auch für uns gilt.«

Endlich erreichten sie das vordere Ende. Ein Feldwebel trat vor, erkannte Pepperdynes Rangabzeichen und salutierte. Falls er den seltsamen Fleck auf der falschen Offiziersjacke bemerkte, so gab er es nicht zu erkennen.

Er streckte eine schwielige Hand aus. »Eure Papiere, Herr?«

Pepperdyne reichte ihm ein zusammengefaltetes Pergament.

Der Feldwebel studierte das Dokument und beäugte besonders das Siegel. Dann nickte er zu den weiblichen Fahrgästen hin. »Wer sind die da?«

»Putzgeschwader«, erklärte Pepperdyne.

»Wohin geht es, Herr?«

»Zum Büro des Steuereinnehmers.«

Der Feldwebel ging an der Seite des Wagens entlang und schaute hinein. Die Frauen hielten die Köpfe fügsam gesenkt. Einige hatten Holzeimer im Schoß. Besen, Schrubber und anderes Werkzeug lag auf der Ladefläche. Der Posten ging zum zweiten Wagen weiter und nahm auch ihn flüchtig in Augenschein. Dann schlenderte er zu Pepperdyne zurück.

Coilla beobachtete die Halsschlagader des Mannes und legte für alle Fälle die Fingerspitzen an ein verborgenes Messer. Er fing ihren Blick auf, deutete ihn als schlichte Unverschämtheit und funkelte sie an. Sie ließ den Blick sinken und gab sich demütig.

»Braucht Ihr Hilfe, damit sie nicht aus der Reihe tanzen, Herr?«, fragte der Feldwebel. »Ich könnte ein paar Soldaten entbehren, die Euch begleiten würden.«

»Um auf diese Schlampen aufzupassen?«, gab Pepperdyne zurück. »Das wäre Zeitverschwendung. Die Truppe ist so fügsam wie eine Kuhherde.«

Der Feldwebel blickte zu den Orks und grinste. »Hab

schon verstanden.« Er gab das Pergament zurück und winkte sie durch.

In sicherer Entfernung wandte Coilla sich an Pepperdyne. »Schlampen? Kühe?«

»Sie erwarten, so etwas zu hören.«

»Du hättest es nicht ganz so boshaft sagen müssen.«

»Ich spiele nur meine Rolle.« Er stopfte sich das Dokument in die Tasche.

»Ihr Menschen habt große Achtung vor euren Papieren.«

»Viel zu viel, wenn man diesen Feldwebel betrachtet. Es ist keine sehr gute Fälschung.«

»Aber sie war gut genug, uns den Weg zu öffnen.«

»Freu dich nicht zu früh. Bald müssen wir sie wieder vorlegen.«

Die zweite Straßensperre war viel weniger beeindruckend. Sie bestand nur aus einem Bauernwagen, der die Straße blockierte, und einer kleinen Wachabteilung. Da die Orks die erste Absperrung bereits passiert hatten, war die Überprüfung mehr als flüchtig. Ein Blick auf die gefälschten Papiere, ein einzelner Wächter betrachtete lustlos die Fahrgäste, und die Füchsinnen durften passieren.

An der dritten und letzten Sperre mussten sie nicht einmal anhalten. Ein gelangweilter Soldat blickte nur kurz vom Würfelspiel auf und winkte sie durch.

»Das ging ja glatt«, meinte Coilla.

»Wollen wir hoffen, dass wir ebenso leicht wieder hinauskommen. Vorausgesetzt, wir leben überhaupt so lange.«

Coilla sah sich zu Brelan um, der den zweiten Wagen lenkte. Er nickte vorsichtig, bemühte sich aber, keine Miene zu verziehen.

Wegen der Zugangssperre waren die Straßen in diesem Viertel viel weniger bevölkert als im übrigen Taress, dafür waren hier mehr Uniformierte unterwegs. An Kreuzungen standen Trupps von Soldaten, und auf den Gehwegen waren Fußstreifen unterwegs. Hier und dort waren Posten aufgestellt.

Die Orkfrauen auf den Wagen zogen viele Blicke von Soldaten und neugierigen Passanten auf sich. Sie hätten liebend gern auf diese Aufmerksamkeit verzichtet.

»Das wird mir ungemütlich«, beklagte sich Pepperdyne.

»Tu einfach so, als gehörtest du hierher. Es ist nicht mehr weit.«

In diesem Viertel hatten die Eroberer auf Kosten älterer Bauten, die sie mit Beschlag belegt und abgerissen hatten, eine Reihe neuer Häuser errichtet. Einem dieser neueren Gebäude näherten sich die Wagen jetzt.

Sobald sie um die Straßenecke bogen, lag das Ziel vor ihnen. Ganz ähnlich wie viele andere von den Eroberern errichtete Gebäude war auch dieses in den ersten Tagen der Besetzung entstanden und eher zweckmäßig als schön zu nennen. Es befand sich ein Stück von der Straße entfernt hinter einem hohen Eisenzaun und war aus schlichten Steinplatten gebaut. Nur wenige hohe Fenster durchbrachen die Front, und es wirkte stabil genug, um einem größeren Angriff zu widerstehen.

Die Wagen hielten am Tor. Während sie auf die beiden Wächter warteten, die zu ihnen geschlendert kamen, winkte Pepperdyne Brelan zu sich und stieg vom Kutschbock ab.

»Bist du sicher, dass ihr den Putztrupp erwischt habt, den sie eigentlich erwarten?«, fragte Pepperdyne.

Brelan nickte. »Sie werden ein Dutzend Querstraßen weiter von einem eigens inszenierten Unfall aufgehalten.«

»Merken es diese Menschen denn nicht, wenn auf einmal lauter neue Gesichter auftauchen?«, fragte Coilla.

»Die können uns so wenig auseinanderhalten wie wir sie.«

»Was ist mit dem da?« Coilla deutete mit dem Daumen auf Pepperdyne. »Sie werden jedenfalls erkennen, dass *er* noch nicht hier war.«

»Diese Abteilungen haben nicht immer dieselben Begleiter.« Es klang ein wenig entnervt. »Wir haben das doch schon tausendmal ...«

»Ruhe«, warnte Pepperdyne sie. »Da sind sie.«

Die Wächter öffneten das Tor gerade weit genug, damit sie sich durchquetschen konnten, und kamen zu den Wagen.

Sie gingen zielstrebig vor und waren einigermaßen wachsam. Wieder kamen die gefälschten Papiere zum Einsatz, wieder überprüften die Soldaten oberflächlich die Wagen. Dann stellten sie einige der üblichen Fragen, nickten schließlich, zogen das Tor auf und geleiteten die Wagen hindurch.

Vor der breiten Tür des Hauses stiegen die Füchsinnen mit ihren Eimern ab. Sie waren besorgt darüber gewesen, dass Spurrals geringe Körpergröße auffallen könnte, doch niemand zog auch nur eine Augenbraue hoch. Wie der Widerstand ihnen erklärt hatte, kam es gar nicht so selten vor, dass auch Kinder für solche Arbeiten eingesetzt wurden. Auf einmal machte Coilla sich Sorgen, es könnte noch eine Leibesvisitation geben, doch erwiesen sich ihre Befürchtungen als unnötig. Die Menschen kamen anscheinend nicht auf die Idee, dass Frauen eine Bedrohung darstellen konnten.

Einer der Wächter klopfte mit dem Heft seines Schwerts an die Tür. Daraufhin wurde eine Klappe geöffnet, und er sprach mit jemandem. Dann ging die Tür auf, und die Truppe strömte hinein.

Drinnen war das Haus erheblich vornehmer anzuschauen als draußen. Die Wände waren mit kühlem grauem Marmor verkleidet und sogar mit einigen Mosaiken verziert, die hohe Decke war mit Schnitzwerk versehen. Doch der Schmuck war unvollendet, anscheinend waren die Arbeiten noch nicht abgeschlossen.

»Die leben viel besser als wir«, flüsterte Chillder.

»Welche Überraschung«, meinte Coilla.

Einer der Wächter, der die Führung übernommen hatte, drehte sich um und sah sie wütend an. Sie verstummten.

Das Gebäude war groß. Die Besen über die Schultern gelegt und die Eimer in der anderen Hand, marschierten die Füchsinnen durch einen scheinbar endlosen Gang. Sie kamen an mehreren Türen vorbei. Einige standen offen, in den Räumen hockten Menschen an Tischen, auf denen Papiere und Kassenbücher verteilt waren. Hier und dort schleppten Orks Kisten herum. In einem Raum, der größer war als die meisten anderen, befanden sich Dutzende von Objekten. Unter der Aufsicht von Menschen packten Orkdiener goldene Statuen, Schnitzereien und Paradewaffen in mit Stroh gefüllte Kisten.

»Verdammt«, murmelte Brelan leise.

»Was?«, hauchte Coilla.

»Unser Vermächtnis«, zischelte er. »Geplündert, damit es jetzt die Salons von Hofschranzen im Reich schmücken kann.«

»He!«, rief der Wächter. »Das ist kein Vergnügungsausflug. Hört auf zu quatschen!«

»Genau«, schaltete sich Pepperdyne ein. »Haltet den Mund! Und trödelt nicht!« Er unterstrich seine Worte, indem er Brelan und Coilla einen festen Stoß versetzte. Als Coilla sich umdrehte, zwinkerte er. Sie erwiderte die Geste nicht.

Endlich erreichten sie eine hohe Doppeltür. Dahinter lag ein geräumiges Zimmer, das beinahe schon ein Saal war. Ausgestattet war der Raum mit Reihen von Schreibtischen und hohen Ständern für Bücher. Die Wände waren vom Boden bis zur hohen Decke mit Regalen zugestellt, die oberen Regalfächer konnte man mit Leitern erreichen. Hier lagerten Röhren für Schriftrollen, gebundene Bücher und Kisten mit Dokumenten. Durch die schmalen, hohen Fenster drang ein wenig Tageslicht ein. Obwohl es draußen taghell war, brannten Dutzende dicker Kerzen in hölzernen Lüstern, und es gab eine Vielzahl von Lampen.

Etwa ein Dutzend Menschen, überwiegend Schreiber, waren an den Tischen beschäftigt. Zwei oder drei Orkdiener holten ihnen die benötigten Dokumente.

Ein spindeldürrer schlaksiger Mensch kam ihnen entgegen. Der Kleidung und dem Verhalten nach konnte es sich nur um einen Aufseher handeln. Seine gequälte Miene verstärkte diesen Eindruck noch.

Wie eine zimperliche Hausmutter klatschte er in die Hände und brachte mit seinen knochigen Händen einen seltsam trockenen Laut hervor. »Hört mir zu!«, rief er mit beinahe schriller Stimme. »Ihr Orks versteht sowieso nicht, was hier im Büro des Steuereinnehmers vor sich geht. Ihr müsst nur wissen, dass dies hier viel wichtiger ist als euer elendes kleines Leben. Wir dulden hier keine Nachlässigkeiten. Wenn ihr auch nur ein Blatt oder Pergament beschädigt, werdet ihr ausgepeitscht. Habt ihr das verstanden?« Er wartete nicht auf die Antwort, aber das war egal, weil die Füchsinnen sowieso nicht gehorchen wollten.

Coilla und Spurral wechselten einen Blick, Coilla nickte leicht.

Der Aufseher gab Befehle, zielte mit einem Finger auf die vermeintlichen Putzfrauen und teilte sie ein. »… und du, du und du«, erklärte er, indem er auf Coilla zeigte. »Ihr kümmert euch um die Latrine.«

»Ich glaube nicht«, erwiderte Coilla.

Der Aufseher zuckte zusammen und wandte sich an Pepperdyne. »Hat diese Kreatur mit mir gesprochen?«

»Frag sie doch selbst.«

»Wie war das?«

»Sag's ihm, Coilla.«

»Du kannst dein verdammtes Scheißhaus selbst putzen«, sagte Coilla.

Der Aufseher lief puterrot an. »Wie kannst du nur so mit deinen Vorgesetzten sprechen!«

»Ich mache einfach den Mund auf, und es kommt heraus.«

Auf der Stirn des Aufsehers pulsierte eine Ader. »Das ist übelster Ungehorsam!« Er wandte sich wieder an Pepperdyne. »Habt Ihr denn diese Kreatur nicht unter Kontrolle?«

Pepperdyne zuckte mit den Achseln. »Es sieht so aus, als wolle sie deine Latrine nicht putzen.«

»Ich kann nicht glauben, dass Ihr auch noch für dieses Tier Partei ergreift. Seid Ihr betrunken?«

»Das wäre zur Abwechslung mal wieder ganz schön.«

»Wenn das ein Scherz sein soll ...«

»Aber einer, der auf deine Kosten geht«, sagte Coilla. »Wir verstehen vielleicht nicht, was hier vorgeht, aber wir können es auf jeden Fall unterbinden.«

Erschrocken wich der Aufseher zurück und begann zu schreien. »Wachen! Wachen!«

Die beiden Wächter, die mit der Truppe hereingekommen waren, hatten verwirrt den Wortwechsel verfolgt.

Jetzt rührten sie sich. Der vordere wollte Coilla packen. Sie schwang ihren Eimer und traf frontal seine Stirn. Der Mann taumelte. Sie schlug noch einmal zu und landete einen weiteren Volltreffer, dann noch einmal. Der Wächter brach zusammen. Sein Gefährte ging in den Schlägen und Tritten eines Schwarms Füchsinnen zu Boden.

Die Gesichtsfarbe des Aufsehers wechselte von Rot zu Kreidebleich. Coilla wandte sich an ihn. »Jetzt halte den Mund und tu, was wir dir sagen.«

Sie brüllte einen Befehl, die Füchsinnen holten ihre verborgenen Waffen hervor, auch Pepperdyne zog sein Schwert.

»Verräter!«, spuckte der Aufseher.

Pepperdyne zeigte ihm seine Schwertspitze. »Sie sagte doch, du sollst den Mund halten.«

Die Füchsinnen nahmen die falschen Böden aus ihren Eimern und holten die versiegelten Ölfläschchen heraus.

»Verteilt das Zeug so weit wie möglich«, befahl Coilla.

Der Aufseher riss die Augen auf. »Flegel!«, rief er. »Tiere! Wie könnt ihr es wagen ...«

Pepperdyne verpasste dem Mann einen Kinnhaken. Er ging lautlos zu Boden.

Coilla nickte anerkennend, dann teilte sie die Füchsinnen ein. »Jetzt die Abteilung für die Schatzkisten.« Zehn Frauen traten vor. »Ihr kennt eure Aufgabe. Nehmt diesen Blutsaugern die Steuern weg, die sie den Bürgern abgepresst haben. Vergesst nicht: Jede Münze, die ihr findet, gibt dem Widerstand ein neues Schwert in die Hand. Los jetzt.«

Die Gruppe machte sich an die Arbeit.

Coilla sah sich um. Die menschlichen Schreiber und ihre orkischen Hilfsarbeiter standen erschrocken herum und gafften. Sie winkte drei Füchsinnen. »Schafft die Zivilisten weg und lasst sie ja nicht aus den Augen, bis wir hier fertig sind.«

Die Zuschauer wurden zusammengetrieben und abgeführt, zwei Orkfrauen schleiften den Aufseher an den Beinen hinaus. Als die Orks mit gesenkten Köpfen vorbeikamen, stichelte Coilla: »Das wäre nicht nötig gewesen, wenn ihr etwas Mumm hättet!«

»Urteile nicht so hart über sie«, bat Chillder. »Sie wissen es doch nicht besser.«

Coilla zuckte mit den Achseln.

»Was ist mit den Schätzen?«, fragte Brelan.

»Was?«, fragte Coilla verständnislos.

»Unser Erbe. Die Kunstgegenstände, die ...«

»Ja, was ist damit?«

»Wir können sie nicht hierlassen.«

»Wir wollten die Beute einsacken und das Haus niederbrennen. Niemand hat etwas davon gesagt ...«

»Wir können sie nicht hierlassen«, sprang Chillder ihrem Bruder bei. »Das wäre Gotteslästerung.«

»Wir haben doch jetzt schon zu wenig Helfer.«

»Wir brauchen deine Erlaubnis nicht, wenn es um unser Erbe geht«, erklärte Brelan einfach.

Coilla seufzte. »Na schön. Ihr zwei kümmert euch

darum.« Sie betrachtete ihre schrumpfende Streitmacht. »Aber wir können nicht mehr als vier entbehren. Wir treffen uns auf dem Rückweg. Und wenn jemand versucht, euch aufzuhalten ...«

»Wir wissen, was wir zu tun haben.«

Die Geschwister suchten rasch ihre Helfer aus und verschwanden durch die Tür.

»Darauf hätten wir gut verzichten können«, grollte Coilla.

Spurral nickte. »Wir haben nicht genug Leute.«

»Lass uns weitermachen«, drängte Pepperdyne.

Die Füchsinnen verwüsteten den Raum, rissen Akten aus den Regalen, zerfetzten die Dokumente, zerschmetterten die Möbel und verstreuten das Holz. Über die Trümmer schütteten sie das Öl.

»Gut«, sagte Coilla. »Sobald die anderen wieder hier sind ...«

Weiter hinten im Raum regte sich etwas. Eine Tür, die sie übersehen hatten, weil sie fugenlos in der Wand saß, flog auf. Drei Männer in langen Gewändern traten heraus. Coilla erkannte die wie Dreizacke geformten Waffen sofort.

»Verdammt!«, rief sie. Eine der Gestalten zielte mit dem Dreizack auf sie.

»Runter!«, rief Pepperdyne.

Die Füchsinnen tauchten sofort ab.

Ein violetter Strahl durchschnitt die Luft, sie spürten die Hitze über sich. Das grelle Licht schmerzte in den Augen. Der Strahl schlug hinter ihnen in die Regale, zerstörte das Holz und ließ flatternde Blätter aufsteigen. Sofort danach kam der zweite Strahl, der von einer Säule abprallte. Marmorstücke bröckelten, und ein stechender Schwefelgeruch erfüllte den Raum.

Die Füchsinnen gingen in Deckung. Coilla und Spurral duckten sich hinter einen umgekippten Tisch. Pepperdyne hatte in der Nähe einen Trümmerhaufen zerstörter Möbel gefunden.

Im Gleichschritt rückten die Menschen mit erhobenen Dreizacken vor. Wieder knisterte ein purpurner Energiestrahl in der Luft, traf eine Wand und ließ Putz und Gestein rieseln.

»Wir müssen sie ausschalten, Coilla«, sagte Spurral. »Auf der Stelle.«

»Was du nicht sagst.«

»Warum haben wir eigentlich keine Bogen dabei?«

»Wir haben das hier.« Coilla schob ihren weiten Ärmel zurück und entblößte die Scheide mit den Wurfmessern. Sie nahm eins heraus und gab es Spurral. »Wirf erst, wenn ich es dir sage.« Coilla drehte sich um, machte Pepperdyne auf sich aufmerksam und warf ihm ein weiteres Messer hinüber. Er fing es geschickt auf. Dann gab sie einen stummen Befehl, zählte lautlos mit den Fingern bis drei und deutete auf die anrückenden Zauberer. »Gleichzeitig«, hauchte sie. Er verstand und nickte.

Die Gestalten mit den Gewändern kamen näher, ließen immer wieder zischende tödliche Strahlen los und zerstörten Holz, Stein und Glas.

Als die drei an einem Schutthaufen vorbeikamen, sprang eine Füchsin mit erhobenem Schwert aus ihrem Versteck.

»Nein!«, rief Coilla.

Die Füchsin wollte den nächsten Zauberer erschlagen. Er fuhr herum und zielte mit dem Dreizack auf sie. Es gab einen grellen Blitz, die Klinge der Füchsin fing den Angriff ab und glühte rot wie ein Schüreisen. Der Magier machte Anstalten, ihr den Rest zu geben.

»Jetzt!«, rief Coilla.

Sie, Spurral und Pepperdyne sprangen auf und warfen ihre Messer. Coillas Wurf traf das Ziel. Es landete mitten in der Brust des Magiers, der das Schwert der Füchsin getroffen hatte. Auch Spurral hatte gut gezielt, ihr Opfer war jedoch eher gelähmt als getötet. Die Klinge traf seinen Kopf und setzte ihn außer Gefecht. Pepperdynes Wurf war nicht schlecht, aber er verfehlte sein Ziel, das Messer flog am linken Ohr des Magiers vorbei und blieb in einem Buchrücken stecken.

Der noch stehende Zauberer reagierte mit einer wilden Salve von Energiestößen. Einige Kameradinnen hatten die Füchsin, die angegriffen hatte, inzwischen gepackt und zogen sie aus der Schusslinie, während die Strahlen Schreibtische und Wände demolierten. Die Orks zogen wieder die Köpfe ein.

»Jetzt reicht's«, murmelte Coilla und raffte ihr grobes Bauernkleid hoch, bis das Beil zum Vorschein kam, das sie sich an den Schenkel gebunden hatte. Sie riss es ab, richtete sich auf und holte zum Wurf aus.

Der verbliebene Magier war ein Dutzend Schritte entfernt. Er sah sie und richtete seinen Dreizack aus. Einen Moment lang schien es, als wäre die Szene eingefroren. Es dauerte den Bruchteil eines Lidschlags, der sich jedoch bis in alle Ewigkeit zu dehnen schien. Mit zusammengekniffenen Augen beobachtete er, wie sie zielte, die Muskeln im Arm anspannte und warf. Das Beil verließ ihre Hand.

Es drehte sich im Flug um sich selbst, auf der Klinge spiegelte sich das Licht. Der Magier verfolgte die Flugbahn und legte den Kopf in den Nacken, weil das Beil in eine unerwartete Richtung flog. Nicht auf ihn zu, sondern nach oben.

Über dem Zauberer und ein Stückchen vor ihm hing ein mächtiger Kronleuchter. Die rasiermesserscharfe Klinge des Beils durchtrennte mühelos das Seil, das ihn hielt.

Mit einem gewaltigen Krachen stürzte das Ding zu Boden und zersprang beim Aufprall in tausend Stücke. Brennende Kerzen flogen in alle Richtungen und entzündeten sofort das Öl. Eine Wand von gelblich-weißen Flammen loderte empor und hüllte den Zauberer ein. Sein verletzter Gefährte, der auf Händen und Knien hockte, das Wurfmesser noch in der blutenden Wange, wurde ebenfalls von den Flammen erfasst. Mit brennenden Gewändern tappten die Männer kreischend umher und verbreiteten das Feuer nur noch weiter.

Rasch loderten die Flammen überall dort auf, wo die Orks das Öl vergossen hatten, bis sie im ganzen Raum züngelten, die Wandregale erreichten und sich dort nach oben fraßen.

Wo die verstreuten Kerzen gelandet waren, entstanden weitere Flammenherde, die roten Ranken schlängelten sich zu den Trümmern der Möbel und steckten sie in Brand. Rauchwolken erfüllten den Raum.

»Raus!«, rief Coilla. »Alle raus, sofort!«

Hustend und keuchend, die Ärmel vor den Mund gepresst, tasteten sich die Füchsinnen zur Tür.

»Kommt schon, kommt schon«, drängte Coilla und scheuchte die Gruppe mit Pepperdynes Hilfe hinaus.

Auf dem Flur, wo sich ebenfalls schon der Rauch ausbreitete, zählte sie rasch durch. Alle ihre Schützlinge waren da.

»Sollten wir nicht die Tür schließen?« Spurral deutete zum Inferno, das hinter ihnen tobte.

»Nein«, sagte Coilla. »Es soll sich ruhig ausbreiten.«

Am anderen Ende des Flurs rührte sich etwas. Die Füchsinnen griffen sofort nach den Waffen.

»Ruhig«, warnte Pepperdyne sie. »Die gehören zu uns.«

Die Abteilung, die Coilla ausgesandt hatte, die Schatzkisten zu suchen, kehrte mit den anderen dreien zurück, die sich um die Gefangenen gekümmert hatten. Sie brachten vier oder fünf Holzkisten mit.

Die Füchsin, die sie anführte, eine angenehm muskulöse Orkfrau, betrachtete nickend das Feuer. »Ich hätte nicht gedacht, dass ihr es so früh legt.«

»Wir mussten die Pläne ändern«, erklärte Coilla ihr. »Gab es Schwierigkeiten?«

»Nichts, was wir nicht in den Griff bekommen konnten.«

»Was habt ihr gefunden?«

Sie hoben den Deckel einer Kiste. Gold- und Silbermünzen glänzten im Licht der Flammen.

»Gut.« Coilla wandte sich an die anderen Frauen. »Was ist mit den Gefangenen?«

»Wir haben sie da drüben in einen Hof gesperrt und die Tür verriegelt.«

»Gut. Jetzt müssen wir noch Brelan und Chillder finden, und dann verschwinden wir.«

Coilla übernahm die Führung, Pepperdyne blieb direkt hinter ihr.

Als sie zu dem Raum zurückkehrten, wo die geplünderten Kunstwerke gelagert waren, konnten sie im Gang vor Rauch kaum noch etwas sehen. Anscheinend war niemand in der Nähe. Das änderte sich jedoch, als Coilla im Laufschritt an einer halb geöffneten Tür vorbeikam.

Sie wurde weit aufgestoßen, und ein Mann mit einem Schwert sprang heraus. Die Füchsinnen stießen Warnrufe aus, Coilla fuhr herum und tastete nach ihrer Klinge, das noch in der Scheide steckte. Der Mann ging mit erhobener Waffe auf sie los.

Dann blieb er wie angewurzelt stehen. Seine Brust platzte förmlich auf, ein Schauer von Blut spritzte hervor, und aus seinem Oberkörper ragte die Spitze einer Schwertklinge. Benommen starrte der Mann seine Verletzung an, verdrehte die Augen und ging zu Boden. Er landete vor Coillas Füßen.

Pepperdyne bückte sich und wischte die blutige Klinge an der Tunika des Toten ab.

»Ich bin dir mal wieder was schuldig«, sagte Coilla.

»Vergiss es.«

Vorsichtig liefen sie weiter, trafen aber niemanden mehr, bis sie ihr Ziel erreichten.

Mehrere Menschen lagen in der Schatzkammer tot am Boden. Chillder, Brelan und ihre Helfer verstauten bereits einige Objekte in Kisten.

»Kommt schon«, drängte Coilla, »wir müssen verschwinden!«

»Wir haben es fast geschafft«, erwiderte Chillder. Sie stopfte eine kleine Figur in eine Kiste.

»Wir können nicht alles mitnehmen.«

»Das wissen wir«, erklärte Brelan. »Es ist eine Schande. Aber wir haben die besten Stücke ausgesucht.«

»Beeilt euch.«

Mit drei weiteren Kisten beladen, stieß die Truppe schließlich zum Ausgang vor. Bis sie ihn erreichten, waren die Rauchwolken erheblich dichter geworden.

Sie vergewisserten sich, dass die Straße frei war, luden die Kisten auf den Wagen und bedeckten sie mit Sackleinen. Dann verschlossen sie die Eingangstür, fuhren durchs Tor des Grundstücks und machten sich auf den Weg.

Pepperdyne, der wieder die Zügel des vorderen Wagens übernommen hatte, schien besorgt. »Wenn sie den Brand bemerken, ehe wir verschwunden sind …«

»Wir müssen eben hoffen, dass es nicht geschieht«, erwiderte Coilla. »Also bleibe ruhig und tu unschuldig.«

»Und wenn es nun doch bemerkt wird?«

»Du weißt, was auf dem Spiel steht. Wir kämpfen uns den Weg frei.«

Sie mussten sich sehr bemühen, um sich nicht ständig umzudrehen. Vor ihrem inneren Auge erhob sich eine mächtige schwarze Rauchwolke wie ein anklagender Finger und zeigte auf sie.

Nervös, aber in guter Ordnung erreichten sie den ersten Kontrollpunkt. Auch hier wurden sie nicht ernsthaft überprüft, die Posten nahmen sie kaum zur Kenntnis und ließen sie ohne Halt durchfahren. Beim zweiten Posten sah es ähnlich aus. Gelangweilte Wächter winkten sie durch, ohne sie eines zweiten Blicks zu würdigen.

An der dritten und größten Straßensperre waren die Wächter nicht ganz so achtlos. Eine Schlange wie bei der Einfahrt gab es nicht, aber sie mussten halten.

Der Feldwebel, der sie vorher kontrolliert hatte, überprüfte sie auch dieses Mal. Als er sie sah, wurde er sichtlich misstrauisch.

»Ich hatte nicht damit gerechnet, Euch so bald wiederzusehen, Herr.«

»Nein?«, antwortete Pepperdyne.

»Die Putzkolonnen brauchen normalerweise doppelt so lange.«

»Wirklich?«

»Ja, Herr.«

»Tja, diese hier haben besonders hart gearbeitet.«

»Das ist mal was Neues bei diesen faulen Säcken, Herr.« Er sah Pepperdyne scharf an. »Was ist Euer Geheimnis?«

»Geheimnis?«

»Wie bekommt Ihr sie dazu, die Ärsche zu bewegen?«

»Kein Geheimnis, Feldwebel. Nur die großzügige Anwendung der Peitsche.«

Der Soldat grinste anerkennend. »Ja, Herr.« Dann betrachtete er Coilla, die seinem Blick auswich.

Anschließend begutachtete er die Ladefläche und ließ sich damit so viel Zeit, dass Coilla schon fürchtete, er hätte die Beute bemerkt. Ihre Hand wanderte erneut in die Falten ihrer Gewänder, um eine Klinge zu ziehen.

Endlich kehrte der Feldwebel zu Pepperdyne zurück. »Danke, Herr. Ihr könnt passieren.«

Pepperdyne nickte und ließ die Zügel knallen.

Er und Brelan widerstanden dem Drang, schneller zu fahren. Sie legten ein gleichmäßiges Tempo vor, obwohl hinter ihnen im Sperrgebiet schon der Tumult ausbrach.

Coilla und Pepperdyne wechselten einen Blick und lächelten erfreut.

Die Wagen polterten an einem Stück Ödland vorbei, wo die Besatzungstruppen ein Haus zerstört hatten. Auf dem Grundstück wuchsen Büsche und Unkraut.

Ein besonders scharfsichtiger Passant, und vor allem jemand, der mit der Ausstrahlung der Magie vertraut war, hätte hier etwas Ungewöhnliches gespürt. Einen scheinbar leeren Bereich, der nicht recht zur Umgebung passen wollte. Wie eine halb durchsichtige Blase, die das Licht nicht völlig durchdringen konnte. Allerdings war es so gedämpft und flüchtig, dass ein zufälliger Betrachter es für eine Täuschung seines Auges gehalten hätte.

In ihren Zaubermantel gehüllt, beobachtete die Elfin Pelli Madayar den Beutezug der Füchsinnen und machte sich Sorgen. Zweifellos verstieß die abtrünnige Orkbande massiv gegen die Vorschriften der Torhüter. Sie spielten mit dem Feuer.

Man musste ihnen umgehend Einhalt gebieten.

22

Im großen Saal der Festung von Taress fand eine Versammlung statt. Der Raum war überfüllt. Neben den wichtigsten militärischen Würdenträgern waren auch Vertreter der unteren Stände anwesend. Beamte, Verwalter und Gesetzgeber trafen hier aufeinander. Nachdem sie lange im Stehen hatten warten müssen, scharrten sie mit den Füßen und seufzten halblaut.

Ganz vorn war General Hacher angetreten, eingerahmt von seinem Adjutanten Frynt und dem erleuchteten Bruder Grentor vom Orden der Helix.

»Wie lange soll das noch dauern?«, flüsterte Grentor. »Es ist unerträglich, dass wir hier wie Bittsteller behandelt werden.«

»Vielleicht möchtet Ihr dies der Gesandten persönlich mitteilen, wenn sie eintrifft«, schlug Hacher vor. »Immerhin ist sie dem Rang nach die Vorsteherin Eures Ordens.«

Grentor warf ihm einen giftigen Blick zu und verfiel wieder in verdrossenes Schweigen.

Als sich endlich Schritte näherten, merkten alle Anwesenden auf.

Mit lautem Krachen wurde das Portal der Halle aufgeworfen. Zwei Wächter einer Eliteeinheit traten ein und bauten sich links und rechts neben dem Eingang auf.

Gleich danach folgte Jennesta. Der Saum ihres Mantels, der aus dem glänzenden pechschwarzen Pelz eines Tiers geschneidert war, über das man nur Mutmaßungen anstellen konnte, streifte über den Holzboden. Das Klackern ihrer gefährlich hohen, spitzen Absätze hallte durch den ganzen Saal.

Sie schritt zum vorderen Ende des Raumes und stieg auf die Bühne. Dort ließ sie den Mantel mit einer lässigen Bewegung von den Schultern gleiten. Hacher war nicht der Einzige, der an eine sich häutende Schlange dachte.

Jennesta kam ohne Umschweife zur Sache.

»Ich bin erst seit kurzer Zeit hier«, begann sie, »aber doch lange genug, um zu erkennen, wie diese Provinz geführt wird. Noch wichtiger ist, dass ich nun weiß, *wer* sie führt. Ist es die Macht der bewaffneten Streitkräfte von Peczan? Sind es die Bevollmächtigten des Reichs oder dessen Gesetzgeber? Ist es die Bruderschaft der Helix?« Sie ließ einen kalten Blick über die Anwesenden schweifen. »Nein. Acurials wahre Herrscher sind genau die Kreaturen, die ihr angeblich unterdrückt. Rebellen. Terroristen. Ork-Abschaum. Wie sonst wäre es möglich, dass der sogenannte Widerstand nach Belieben jederzeit zuschlagen kann? Warum rennt eine Viehherde durch die Straßen der Hauptstadt, warum werden Streifen überfallen und Gebäude niedergebrannt? Und warum gibt es dem Vernehmen nach Menschen, die den Aufständischen helfen?« Sie ließ ihre Worte wirken und fuhr dann fort. »Dieser Kolonie mangelt es auf erschreckende Weise an Disziplin. Man muss ein Exempel statuieren, und das gilt nicht nur für die Eingeborenen.« Sie gab den Wächtern am Eingang nickend ein Zeichen.

Abermals öffneten sie die Türen. Zwei von Jennestas untoten Leibwächtern schlurften herein. Zwischen ihnen ging ein verschreckter Soldat, dessen Hände und Füße in Ketten lagen. Der Auftritt der Leibwächter und ihr unschöner Geruch reichten aus, damit die Menge ihnen bereitwillig Platz machte. Schweigend sahen die Anwesenden zu, wie die Zombies ihren Gefangenen nach vorn und auf die Bühne bugsierten, bis er zitternd vor der Hexe stand.

»Der gestrige empörende Vorfall ist vielen in dieser Regierung anzulasten«, verkündete Jennesta, »aber dieser Mann soll stellvertretend für alle stehen, die ihre Pflichten vernachlässigt haben.« Sie richtete den drohenden Blick auf den Angeklagten. Er bemühte sich sehr, aufrecht zu stehen. »Warst du nicht als Feldwebel für eine Straßensperre zuständig, die den Zugang zu dem Viertel kontrollieren sollte, in dem sich das Büro der Steuereinnehmer befindet?«

»Jawohl, Herrin.«

»Und hast du nicht eine Gruppe von Orkterroristen durch deinen Kontrollpunkt gelassen, worauf sie einen Angriff ausführen konnten?«

»Sie wurden von einem menschlichen Offizier begleitet, und ich ...«

»Beantworte meine Frage! Hast du sie durchgelassen?«

»Ja, Herrin.«

»Damit hast du dein Pflichtversäumnis zugegeben und bist schuldig. Ein Fehler von solchen Ausmaßen verlangt eine Strafe, die dem Vergehen entspricht. Bereite dich darauf vor, deine Strafe zu empfangen.«

Der Feldwebel richtete sich auf, weil er damit rechnete, fortgeschafft und in den Kerker geworfen oder gar von einem seiner untoten Bewacher niedergeschlagen zu werden. Nichts dergleichen geschah.

Vielmehr schloss Jennesta die Augen. Ein besonders guter Beobachter hätte vielleicht bemerkt, dass sie stumm die Lippen bewegte und mehrere kleine Gesten machte.

Der Angeklagte sah ihr verblüfft zu, während die Zuschauer verwunderte Blicke wechselten.

»So«, sagte Jennesta und öffnete ihre einzigartigen Augen. Es klang beinahe liebenswürdig.

Einen Moment lang geschah überhaupt nichts. Dann ächzte der Feldwebel, hob die Hände und presste sie an die Stirn. Einer der Wächter riss an der Kette und zerrte die Hände des Mannes wieder herunter. Der Gefangene stöhnte auf, der Laut kam tief aus dem Hals, und er verdrehte die Augen. Er geriet ins Schwanken, als drohe er zu stürzen. Das Stöhnen wurde lauter und höher.

Schließlich verfärbten sich seine Schläfen und die Stirn bis zu den Haaren, als hätte er schwere Prellungen erlitten. Sein Schädel schwoll deutlich an, und in der Totenstille war ein Knacken zu hören, als die Knochen brachen. Er wand sich vor Schmerzen und schrie. Ein einziges Mal nur.

Dann zerplatzte sein Kopf wie eine überreife Melone, die jemand über die Festungsmauer geworfen hatte. Blutige Fetzen behaarter Kopfhaut, Splitter der Schädelknochen und Hirnmasse spritzten durch den Saal. Aus dem Stumpf sprudelte hellrotes Blut, der enthauptete Körper machte noch einen unsicheren Schritt und brach zusammen. Zuckend lag er da, sein Lebenssaft quoll hervor und sammelte sich in einer klebrigen Pfütze.

Die fahlen Gesichter und die feinen Ausgehuniformen vieler Zuschauer in der ersten Reihe wurden durch die Explosion besudelt. Ein unschöner Gestank breitete sich aus.

Einer der Zombiewächter bemerkte, dass Blut und Gehirnmasse auf seinen Arm gespritzt waren. Er leckte die Kleckse lautstark und offensichtlich genussvoll ab.

»Hört mir gut zu!«, fuhr Jennesta streng fort. »Da dieser Mann seine Schuld gestanden hat, entschied ich mich, gnädig mit ihm zu verfahren. Wer aber jetzt noch einen Fehler begeht, wird nicht mehr mit solcher Nachsicht behandelt werden.« Sie berührte leicht ihre Stirn.

»Die Anstrengung hat mich ermüdet. Geht jetzt. Ihr alle. Mit Ausnahme von Euch, Hacher. Ihr bleibt.«

Die Zuschauer strömten hinaus, einige tupften sich mit Taschentüchern ab. Manche beeilten sich und sahen aus, als suchten sie dringend ein stilles Örtchen.

Hacher wischte sich noch den Dreck aus dem Gesicht, als Jennesta sich ihm näherte. Ihre beiden Untoten hoppelten ein paar Schritte hinterdrein.

»Ich hoffe, die Bedeutung dessen, was Ihr gerade gesehen habt, ist Euch nicht entgangen, General«, sagte sie.

Er blickte zum Leichnam des Feldwebels. Blut tropfte vom Rand der Bühne. »Schwerlich.«

»Gut. Dann erwarte ich, dass es in der Verwaltung dieser Provinz Veränderungen gibt. Tief greifende Veränderungen. Sonst lernt Eure Beamtenschaft meine weniger mitfühlende Seite kennen. Ist das klar?«

»Jawohl, Gesandte. Völlig klar.«

»Ich kenne die Orks und weiß, dass Gewalt das Einzige ist, was sie respektieren. Wenn sie aufrührerisch die Hand erheben, dann schneidet sie ab. Wenn sie einen einzigen Soldaten niedermachen, dann schickt zehn Orks ins Leichenhaus. Wenn sie sich zu erheben wagen, zermalmt ihre Knochen zu Staub. Lasst keinen Zweifel daran, wer hier der Herr ist. Wenn Ihr scheitert, gefährdet Ihr unsere Pläne für dieses Schutzgebiet.«

»Welche wären das?«

»Die Reichtümer des Landes ausbeuten und ganz besonders die wertvollste Ressource überhaupt.«

»Ich fürchte, in dieser Hinsicht werdet Ihr eine Enttäuschung erleben. Die paar Lagerstätten von Gold und Silber, die wir gefunden haben, sind …«

»Ich denke an etwas anderes als Gold.«

»Ich kann Euch nicht folgen.«

»Der größte Schatz, den Acurial zu bieten hat, befindet sich nicht unter der Erde, sondern läuft auf ihr herum.«

»Ihr meint doch nicht … die Eingeborenen selbst?«

»Aber gewiss. Die Orks haben das Potenzial, die stärkste kämpfende Einheit zu werden, die es je auf der Welt gab.«

»Aber diese Kreaturen sind ängstlich. Jedenfalls die meisten von ihnen. Diejenigen, die gegen uns die Waffen erhoben haben, bilden eine Ausnahme.«

»Wie ich schon sagte, ich kenne ihr wahres Wesen. Ich weiß, wozu sie fähig sind. Und zwar alle.«

»Selbst wenn sie einen angeborenen Kampfgeist haben, und selbst wenn man ihn zum Vorschein bringen kann, warum sollten sie für uns kämpfen?«

Jennesta deutete auf ihr Zombiegefolge. »Sie haben keine Wahl. Sie sind meinem Willen unterworfen und gehorchen, ohne Fragen zu stellen. Malt es Euch aus – ein Sklavenheer. Unvergleichlich wild und völlig ergeben.«

»Hat dieser Plan den Rückhalt von Peczan?«

»Soweit Ihr betroffen seid, Hacher, *bin* ich Peczan. Also überlasst das Denken lieber mir und konzentriert Euch darauf, die Bevölkerung ein wenig einzuschüchtern.«

Nicht weit von der Festung entfernt fand in der Hauptstadt in einem der vielen Schlupflöcher des Widerstandes eine ganz andere Versammlung statt.

Die Oberste Sylandya hatte, wie es selten genug geschah, ihr Versteck verlassen und war schwer bewacht auf vielen Umwegen zum Treffpunkt geführt worden, um ausnahmsweise an der Beratung teilzunehmen. Sie saß im Zentrum der kleinen Versammlung, ein Becher mit Branntwein und Wasser stand neben ihr bereit.

»Ihr habt gestern einen großen Sieg errungen«, sagte sie und prostete ihren Kindern und Coilla zu. »Die Füchsinnen haben sich schon beim ersten Einsatz bewährt.«

»Es wird Zeit, dass die Frauen eine Gelegenheit bekommen zu kämpfen«, erwiderte Coilla.

»Wie ich schon sagte, der Überfall war ein Sieg. Die Steuergelder, die ihr mitgebracht habt, füllen unsere Kriegskasse auf, und besonders erfreut war ich über die geplünderten Schätze, die ihr geborgen habt.«

»Schmuckstücke zu retten reicht nicht aus, um den Kampf zu gewinnen«, bemerkte Haskeer.

»Unterschätze nicht ihren Wert als Symbole«, erklärte Sylandya ihm. »Dies zeigt den Bürgern, dass ihr Erbe etwas zu bedeuten hat.«

»Und dass es Orks gibt, die sich gegen die Unterdrücker erheben«, fügte Brelan hinzu.

Sylandya nickte. »Wir müssen den Gegnern noch weitere Schläge wie den gestrigen versetzen. Wer weiß – vielleicht schöpfen Peczans Feinde im Osten und Süden neuen Mut, wenn sich zeigt, dass die Besetzung unseres Landes zu scheitern droht.«

»Die östlichen und südlichen Länder sind weit entfernt, Mutter«, erinnerte Brelan sie, »und auch dort leben Menschen. Überwiegend sind es Barbarenstämme. So besteht nur wenig Hoffnung, dass die Feinde unseres Feindes etwas tun, das unserer Sache nützt.«

»Ich glaube, das ist richtig«, stimmte Stryke zu. »Auf Hilfe von außen könnt ihr nicht hoffen.«

»Hättest du nicht *wir* sagen müssen?«, erwiderte Sylandya. »Oder findet ihr Orks aus dem Norden, ihr hättet mit diesem Kampf nichts zu tun?«

»Wir betrachten es als Kampf für alle Orks«, erwiderte Stryke ernst. »Deshalb sind wir ja hier.«

»Können wir wieder zur Sache kommen?«, fragte Chillder. »Grilan-Zeat ist in weniger als einer Woche fällig, und ...«

»Falls er kommt«, warf Haskeer ein.

»Das müssen wir eben glauben«, sagte Chillder. »Es ist eine schwache Hoffnung, aber mehr haben wir nicht. Allerdings bleibt die Frage, was wir sonst noch tun können, um den Aufstand zu beschleunigen.«

»Wir müssten Jennesta ausschalten«, erwiderte Coilla. »Das würde ihnen einen mächtigen Schlag versetzen.«

»Außerdem würden sie massiv Vergeltung üben.«

»Wollen wir das nicht? Einen Tritt, der die Bevölkerung aufweckt und vereint?«

»Wir haben über den Mordanschlag gesprochen«, erklärte Brelan, »und finden, wir sollten es tun.«

Coilla lächelte. »Gut.«

»Aber nicht jetzt gleich.«

»Warum nicht?«, grollte Haskeer. »Je eher wir sie töten, desto besser.«

»Unsere Spione in der Festung brauchen Zeit für die Vorbereitungen und um uns eine Karte zu zeichnen. In der Zwischenzeit können wir den Menschen weiter zusetzen. Wir denken an eine ganz bestimmte Mission, die sie erschüttern dürfte.«

»Was denn?«, wollte Stryke wissen.

»Keine Sorge, wir weihen euch schon noch ein. Aber im Augenblick müssen wir Mutter hier fortschaffen. Sie wäre eine kostbare Beute für die Behörden und muss außer Reichweite bleiben.«

»Ein neues Versteck?«, fragte Coilla.

»Ja. Aber ich sage nicht, wo es ist. Was ihr nicht wisst, können sie nicht aus euch herausholen.«

Brelan und Chillder begleiteten Sylandya hinaus. Die beiden anderen Widerstandskämpfer gingen ebenfalls.

Kaum dass sie fort waren, tauchten Spurral und Dallog auf. Kurz danach kam auch Pepperdyne, der nach einer Übungsstunde schwitzte. Er schleppte Standeven mit.

»Es gibt Neuigkeiten«, verkündete Stryke. »Sie sind damit einverstanden, dass wir uns Jennesta vornehmen.«

Pepperdyne schöpfte Wasser aus einem Fass. »Wirklich?« Er trank gierig.

»Du wirkst nicht besonders begeistert.«

»Ich bin nur vorsichtig. Das wird sicher eine gefährliche Mission, oder?«

»Das scheint dir bis jetzt keine Sorgen gemacht zu haben.«

»Wir wollen uns natürlich immer noch an Jennesta rächen«, warf Standeven eilig ein. »Aber sie ist gefährlich.«

»Was du nicht sagst«, meinte Coilla.

Stryke fasste die Menschen ins Auge. »Ich wollte euch schon lange etwas fragen. Als wir euch getroffen haben, sagtet ihr, ihr seid hinter Jennesta her, weil sie euch eine Ladung Edelsteine, oder was es auch war, gestohlen hätte.«

»Das ist richtig«, bestätigte Standeven.

»Wir wissen allerdings, dass sie seit Jahren nicht mehr in Maras-Dantien war. Warum habt ihr so lange gebraucht, um sie zu verfolgen?«

»Es ist eine große Welt«, erwiderte Pepperdyne. »Jedenfalls die, aus der wir kommen.« Er schüttelte den Kopf, als müsste er sich besinnen. »Ihr wisst schon, was ich meine. Es braucht Zeit, eine Expedition auszurüsten und Geld aufzutreiben. Mein Herr hier musste erst eine kleine Privattruppe ausheben, dann sind wir über die Kontinente gereist, und …«

»Für einen bloßen Adjutanten oder Diener oder was du auch bist, redest du eine ganze Menge. Warum kann dein Herr nicht für sich selbst sprechen?«

»Er kann das besser als ich«, erklärte Standeven schüchtern. »Ich habe immer gesagt, er kann besser verhandeln als ich. Das fällt ihm leicht.«

Haskeer beäugte Pepperdyne misstrauisch. »Du bist doch kein verdammter Verseschmied, oder? Ich hasse diese Hunde. Sie erfinden dumme Geschichten über uns und nennen uns Schurken. Wenn es nach ihnen geht, sind wir gebaut wie ein gemauertes Plumpsklo und scheuen das Licht. Sie sagen, wir fräßen Kinder, dabei weiß doch jeder, dass wir Menschenfleisch nur essen, wenn nichts anderes da ist.«

»Nein, ich bin kein Verseschmied.«

»Erzähle das ja nicht außerhalb der Truppe weiter, Haskeer«, warnte Stryke ihn. »Die Orks in dieser Gegend würden es nicht verstehen. Sie sollen nicht noch einen weiteren Grund finden, uns als Fremde zu betrachten.« Er wandte sich wieder an die Menschen. »Ich weiß nicht genug über euch zwei. Aber macht ja nicht den Fehler, uns für Dummköpfe zu halten.«

»Das fiele mir nicht im Traum ein«, erwiderte Pepperdyne kühl.

»Du bist zu hart, Stryke«, protestierte Coilla. »Pepperdyne hat mir das Leben gerettet. Er hat sich bewährt.« Den anderen entging keineswegs, dass sie Standeven nicht erwähnte.

»Mag sein«, sagte Stryke. »Wir werden sehen.«

»Können wir jetzt was essen?«, fragte Pepperdyne. Ohne auf eine Antwort zu warten, ging er zur Tür. Standeven folgte ihm sofort.

Als sie zugefallen war, wandte Coilla sich noch einmal an Stryke. »Warum bist du auf einmal so feindselig zu ihnen?«

»Ich habe über ihre Geschichte nachgedacht, und sie gefällt mir nicht. Pepperdyne ist vielleicht in Ordnung, aber der andere …«

»Ja, da widerspreche ich dir nicht. Aber ich wäre nicht hier, wenn Jode nicht gewesen wäre.«

»*Jode?*«

»Mit jemandem, der einem das Leben gerettet hat, geht man eben freundlich um.«

»Ich hätte nie damit gerechnet, den Tag zu erleben, an dem du einen Menschen als Freund bezeichnest.«

»Sei nur nicht so hart mit ihm, ja? Er war uns nützlich.«

Stryke betrachtete nacheinander die anderen, bei Jup blieb sein Blick hängen. »Du hast nicht viel gesagt, Feldwebel.«

»Über die Menschen? Da habe ich keine Meinung, abgesehen davon, dass ich ihnen grundsätzlich nicht traue.«

»Dich beschäftigt aber mehr als das.« Spurral legte ihm einen Arm um die Hüfte. »Du bist schon seit Tagen bedrückt. Spuck's aus.«

»Also … ich werde doch bei dem Mordanschlag keine Rolle spielen, oder? Und auch sonst muss ich mich zurückhalten. Ich kann ja kaum in Frauenkleidern losziehen.«

»Warum denn nicht?«, stichelte Haskeer. »Das würde dir stehen.«

»Halt den Rand, Haskeer«, gab Jup zurück. »Ich bin nicht in der Stimmung dazu.«

»Mir ist klar, dass es dir schwerfällt«, stimmte Stryke zu, »aber deine Zeit wird kommen.«

»Wann soll das denn sein?«

»Heute Abend könntest du etwas tun.«

Jup richtete sich auf. »Was denn?«

»Wie wäre es mit einem kleinen nächtlichen Einsatz? Es gehört zu dem Plan, die Menschen zu ärgern. Ich dachte, wir könnten eine Prügelei anzetteln. Bist du dabei?«

23

Abgesehen von den Patrouillen, die auf die Einhaltung der Sperrstunde achteten, hätten die Straßen von Taress in der Nacht verlassen sein sollen. Es waren jedoch noch andere unterwegs.

Eine Handvoll Gestalten schlichen vorsichtig durch die Hauptstadt und huschten von einem in tiefem Schatten liegenden Winkel zum nächsten.

Es waren zehn, Stryke hatte ausschließlich Vielfraße mitgenommen und führte die Truppe selbst an. Coilla, Jup und Haskeer waren direkt hinter ihm. Orbon, Zoda, Prooq, Reafdaw, Finje und Noskaa bildeten die Nachhut.

Durch gepflasterte Straßen und gewundene Gassen arbeitete sich die Truppe bis in einen Bereich vor, der tagsüber vor Bürgern gewimmelt hätte. Einmal nur kamen sie einer Streife nahe, einem Trupp von etwa zwei Dutzend Uniformierten und Männern mit Gewändern, deren Laternen ein intensives violettes Licht abstrahlten, das nur magischen Ursprungs sein konnte. Die Vielfraße versteckten sich in Hauseingängen und schmalen Durchgängen, bis die Patrouille vorbei war.

Endlich erreichten sie eine breite Straße, die jedoch, da sich nichts bewegte, einen trostlosen Eindruck machte. Nur ein leichter Wind regte sich in der milden Sommernacht.

Sie nahmen die Ecke eines größeren Gebäudes als Deckung und beobachteten ihr Ziel. Es war ein einfaches einstöckiges Gebäude auf der anderen Straßenseite, aus Ziegeln gemauert und typisch für dieses Viertel, das zugleich als Wache und Unterkunft diente. Es gab nur eine einzige stabile Tür und ein paar schmale Fenster. Auf einer Seite waren an einem Geländer vier oder fünf Pferde angebunden. Zwei Soldaten hielten vor dem Eingang Wache.

»Was meint ihr?«, flüsterte Stryke.

»Wir haben betrunken schon stärker bewachte Gebäude zerlegt«, meinte Haskeer. »Weißt du, wie viele drinnen sind?«

Stryke schüttelte den Kopf. »Keine Ahnung.« Er wandte sich an Coilla. »Was denkst du?«

»Aber sicher.«

Er vergewisserte sich, dass die anderen bereit waren. »Also los.«

Coilla verließ ihr Versteck und rannte zu den Wächtern.

Zuerst bemerkten die Männer sie nicht, aber dann griffen sie sofort nach den Waffen.

Coilla schrie: »Hilfe! Helft mir! Bitte, helft mir!«

Das brachte die Wächter aus der Fassung. Sie wechselten einen verblüfften Blick und blieben wachsam, rechneten aber offenbar nicht mehr mit einem Kampf.

Coilla lief schreiend weiter und fuchtelte wild mit den Armen, um, wie sie hoffte, wie eine verzweifelte Orkfrau zu wirken. Die Wächter starrten sie an.

Stryke rief einen Befehl. Zwei Gemeine rannten mit angelegten Pfeilen los. Coilla duckte sich und ging in Deckung.

Die Pfeile trafen, die Wächter gingen zu Boden.

Als Coilla sich wieder aufrichtete, wurde die Tür der Wache aufgerissen. Vom Lärm aufgeschreckt, stürzten einige Männer heraus. Die meisten trugen nicht einmal ihre Tuniken und waren nur notdürftig bekleidet, da sie offenbar dienstfrei gehabt hatten. Allerdings hatten sie sich mit Schwertern bewaffnet. Coilla zog ihre Klinge und rannte ihnen entgegen.

Die anderen Vielfraße nahmen ihren Kriegsschrei auf, stürmten aus den Verstecken und griffen an.

Coilla erreichte den vordersten Soldaten. Er machte den Fehler, sie im Nahkampf bezwingen zu wollen. Sie dagegen verließ sich auf ihr Schwert. Als er sich auf sie stürzte, schlug sie zu und schnitt ihm den Bauch auf. Er fiel zu Boden, und sie stieß ihm die Klinge in den Rücken.

Sofort rückte ein zweiter Mann nach. Da er gesehen hatte, wie es dem ersten ergangen war, verhielt er sich vorsichtiger. Coilla griff an, ihre Schwerter prallten aufeinander. Sie kreuzten eine Weile die Klingen, und das Klirren von Stahl hallte laut durch die Nacht. Er war durchaus ein geübter Schwertkämpfer, aber Coilla war die Wildere. Sie lenkte einen Hieb ab, nutzte die Lücke und durchbohrte seine Lunge.

Laut brüllend gingen jetzt auch die anderen Orks zum Angriff über. Die Gegner prallten aufeinander, und ein blutiges Gemetzel brach an, das sich rasch in zahlreiche einzelne Kämpfe aufteilte.

Haskeer schwang eine Zweihandaxt, deren Klinge sein erster Gegner schnell zu spüren bekam. Kreischend fuhr er zurück, nachdem sein linker Arm bis auf einen dünnen Faden durchtrennt war. Schon kam ihm ein weiterer Soldat zu Hilfe. Ein rascher, fester Schlag, und Haskeers Axt traf dessen Hals und enthauptete ihn.

Der Kopf rollte ein paar Schritte weiter und landete vor Jup. Der trat ihn zur Seite und fiel über zwei mit Speeren bewaffnete Wächter her. Sie waren entsetzt, da sie zum ersten Mal im Leben einen Zwerg sahen, und erschrocken, dass ein entfernt menschenähnliches Wesen auf der Seite der Orks kämpfte. Jup wusste ihr Zögern zu seinem Vorteil zu nutzen und stürmte los.

Die Soldaten stocherten hektisch mit ihren Speeren, zielten aber recht ungenau. Jup dagegen war ein überlegener Meister im Kampf mit dem Stab und wusste ihn entsprechend geschickt einzusetzen. Ein paar gewandte Schritte, und er hatte die Waffe des ersten Speerträgers unterlaufen und konnte einen kräftigen Schlag loslassen, der dem Mann den Schädel spaltete.

Der zweite Kämpfer zog sich zurück und hob den Speer, um Jup in Schach zu halten. Der Zwerg täuschte einen Angriff vor, wechselte sofort die Richtung, wich der Waffe aus und versetzte dem Gegner einen Schlag vor den Kopf. Der Mann reagierte geschickt und konnte dem Hieb knapp entgehen. Doch Jup stieß sofort nach. Er ließ den Stab niedrig kreisen und traf die Beine des Mannes, der sogleich zu Boden ging. Reafdaw, der neben ihm kämpfte, fuhr herum und stach dem liegenden Soldaten sein Schwert in den Bauch. Zwerg und Gemeiner hoben die Daumen und stürzten sich wieder ins Getümmel.

Irgendjemand schlug die Alarmglocke an, die neben der Tür des Wachhauses befestigt war. Das schrille Klingeln durchbrach die nächtliche Stille wie ein Axthieb. Zoda hob den Bogen und zielte auf den Mann an der Glocke. Der Pfeil verfehlte das Ziel, und die geschärfte Spitze schlug eine Scharte in die Wand des Wachhauses. Zoda zog einen neuen Pfeil aus dem Köcher.

Haskeer hatte sich inzwischen zum Gebäude vorgearbeitet. Er holte mit seiner Axt so weit aus, dass die Klinge fast sein Rückgrat berührte, und schwang sie, vor Anstrengung grunzend, über den Kopf, um die Waffe zu werfen. Sie drehte sich um sich selbst, flog über die Kämpfer hinweg und traf den Mann an der Glocke fest genug in die Brust, um ihn an die Tür des Wachhauses zu nageln.

Auch als die Tür von innen geöffnet wurde und zwei Nachzügler herauskamen, blieb der Tote hängen. Hinter ihnen fiel die Tür wieder zu, der Tote pendelte unter dem Aufprall hin und her.

Stryke war in einen schwierigen Kampf mit einem kräftig gebauten Feldwebel verwickelt. Ob absichtlich oder aus Verlegenheit, der Mann war mit einem eisernen Schlegel mit langem Stiel bewaffnet, den er ebenso geschickt zu führen wusste wie Stryke sein Schwert. Unermüdlich zog der Mensch den Schlegel hierhin und dorthin. Einige Male kamen seine ausholenden Schläge Strykes Kopf gefährlich nahe, und da der Gegner außerdem noch die größere Reichweite besaß, konnte Stryke nicht viel gegen ihn ausrichten.

Als er des Katz-und-Maus-Spiels überdrüssig war, konzentrierte Stryke sich nicht mehr auf den Gegner, sondern auf die Waffe. Nachdem er einem weiteren Hieb geduckt ausgewichen war, drehte er sich und schlug mit seiner Klinge nach dem Stiel des Schlegels. Der Stahl grub sich nahe am Kopf tief in das Holz, konnte es aber nicht völlig durchtrennen. Ein kurzes Zerren, und die Waffen waren wieder frei.

Grinsend hob der Feldwebel den Schlegel, um noch einmal zuzuschlagen. Dies tat er jedoch mit solcher Gewalt, dass der beschädigte Stiel ganz durchbrach. Die obere Hälfte flog über seine Schulter davon, traf einen seiner Kameraden am Kopf und schaltete ihn aus. Ohne es zu bemerken, schwang der Feldwebel seine Waffe gegen Stryke. Sie hatte ihr Ziel schon fast erreicht, als ihm auffiel, dass die Hälfte fehlte. Während er noch den gesplitterten Stock anstarrte, den er da in der Hand hielt, durchbohrte Stryke ihn mit seiner Klinge.

Die Vielfraße hatten unterdessen die Oberhand gewonnen. Die meisten Wächter lagen tot oder verwundet am Boden, und die Orks machten kurzen Prozess mit denen, die noch standen. Stryke rief einen Befehl, und die Truppe rannte in die Wachstube hinein. Coilla war die Erste. Sie riss die Tür auf, an der immer noch der tote Soldat hing, und stürmte hinein.

Das Innere war kaum mehr als ein lang gestreckter Schlafsaal. An einer Wand befanden sich die Pritschen, an der anderen Spinde und aufgestapelte Kisten. Ganz hinten stand eine Tür offen, die zum Abort führte. Coilla ging davon aus, dass keine Soldaten mehr im Raum waren.

Sie sollte sich irren.

Als sie an den Pritschen vorbeikam, sprang jemand auf. Er hatte sich, entweder als raffinierter Hinterhalt oder aus nackter Angst, zwischen zwei Betten versteckt und schwang nun sein Schwert.

Etwas Unverständliches schreiend, ging er auf sie los. Coilla wich aus, schlug die Klinge zur Seite und versetzte ihm einen Tritt in den Bauch. Er landete auf der Pritsche, rappelte sich wieder auf und kam halb hoch. Dann stürzte er zurück, weil ihre Klinge seinen Bauch durchbohrt hatte. Mit einem Stoß durchs Herz erledigte sie ihn vollends.

Soweit Coilla es bei einem Menschen einschätzen konnte, war er noch jung. Sie fragte sich, warum er sich nicht ergeben hatte, auch wenn sie nicht sicher war, was sie in diesem Fall getan hätte.

Die Tür ging auf. Jup, Haskeer und Stryke kamen herein, gefolgt von einigen anderen.

»Alles klar?«, fragte Stryke.

»Jetzt schon«, erwiderte Coilla.

Sie überprüften den Raum, um ganz sicher zu sein.

»Seht euch das mal an«, rief Jup, der vor einer offenen Kiste kniete.

Die anderen sammelten sich um ihn. Jemand holte eine Laterne und hielt sie über die Kiste. Sie war bis zum Rand voll mit Säbeln, geölt und in Musselin gehüllt.

»Neue Ware«, meinte Stryke. »Gut gearbeitet, wie es scheint. Wir nehmen mit, was wir tragen können.«

Sie schleppten vier Kisten nach draußen. Hinter ihnen fiel die Tür mit der angehefteten Leiche zu.

»Fackeln wir das Haus ab?«, fragte Coilla.

Stryke blickte nach oben. Es wurde schon hell. »Nein, die Sonne geht bald auf. Wir sollten uns verdrücken.« Dann wandte er sich an Jup. »Geht es dir jetzt besser?«

Der Zwerg lächelte. »Ein bisschen Blutvergießen hin und wieder löst den Kalk. Das ist ...«

Bei den angeleinten Pferden tat sich etwas. Sie scheuten und trampelten unruhig. Ein Soldat stieg auf ein Pferd und zog es herum. Als er davongaloppierte, warf Coilla ein Messer. Der Wurf war zu kurz, das Messer fiel klappernd aufs Pflaster. Zwei Gemeine wollten den Reiter verfolgen.

»Lasst ihn«, befahl Stryke und winkte sie zurück.

»Er war anscheinend verwundet«, meinte Jup.

Haskeer nickte. »Vermutlich hat er sich tot gestellt, bis die richtige Gelegenheit gekommen war.«

»Das spielt jetzt keine Rolle mehr«, erklärte Stryke. »Wir haben getan, was wir tun wollten. Lasst uns verschwinden.«

Der Reiter trug keine Tunika, und sein weißes Uniformhemd war mit Blut befleckt. Offenbar unter Schmerzen beugte er sich im Sattel weit vor und ritt im Galopp, um sich schnell von der Wachstube zu entfernen.

Die Straßen waren immer noch verlassen, doch die Dämmerung hatte begonnen, und bald wäre die Sperrstunde vorbei.

Ohne es zu bemerken, eilte der verletzte Soldat an einem kleinen Bereich nahe dem Straßenrand vorbei, der nicht in diese Realität passte. Eine Nische von Unwirklichkeit, in die kein Licht vordrang.

Pelli Madayar hatte sich in der Anomalie verborgen. In der Hand hatte sie etwas, das aussah wie ein Kristall. Es war so groß wie ein Ei und trug Markierungen, die entfernt an ein geöffnetes Auge erinnerten. Die verschiedenen Farben, mit denen es besprenkelt war, ähnelten denen einer Öllache auf Wasser. Dieses Objekt nun hielt sie auf Armeslänge von sich und überblickte langsam die Szene, die sich mehrere Straßenzüge entfernt abspielte. Die Vielfraße schlichen in der sterbenden Nacht mit ihren geplünderten Kisten davon.

»Seht Ihr?«, fragte sie, obwohl außer ihr niemand anwesend zu sein schien.

»Ich sehe es«, antwortete jemand. Die Stimme drang aus dem Kristall und klang, nachdem sie von einer unendlich weit entfernten Welt gesendet worden war, ein wenig verzerrt. Trotz der Störungen war Karrell Revers jedoch gut zu verstehen. »Es bestätigt ein weiteres Mal, dass die Orks eine Gefahr darstellen und sich in die Angelegenheit dieser Ebene einmischen«, fuhr er fort. »Aber das war uns ohnehin schon klar, Pelli. Ihr müsst jetzt handeln.«

»Mir ist bewusst, was wir tun müssen. Ich fürchte nur, dass wir die Situation noch weiter verschlimmern, wenn wir den Schaden beheben wollen, den die Kriegertruppe angerichtet hat. Die Lage hier ist kompliziert. Wir müssen den richtigen Zeitpunkt mit Bedacht wählen.«

»Ihr steht vor dem unauflösbaren Widerspruch, mit dem das Corps immer zu rechnen hat: Um Einmischungen zu verhindern, müssen wir uns selbst einmischen.«

»Wie soll ich nun damit umgehen?«

»Vertraut Eurem Urteilsvermögen. Wenn ich nicht überzeugt wäre, dass Ihr fähig seid, die augenblicklichen Unregelmäßigkeiten beizulegen, dann hätte ich Euch nicht mit dieser Mission betraut. Aber seid gewarnt, Pelli. Je länger Ihr zögert, ehe Ihr eingreift, desto mehr Schwierigkeiten werden sich auftürmen. Wenn Ihr zuschlagt, dann muss es entschlossen geschehen.«

»Ich verstehe.«

»Eines dürft Ihr nicht vergessen: Die Vielfraße müssen um jeden Preis aufgehalten werden, welche Mittel auch immer dazu nötig sein sollten.«

»Ich werde das Gefühl nicht los, dass das Schicksal sie hart strafen wird. Sie kommen mir in diesem Drama immer mehr wie Schachfiguren vor.«

»Das mag sein. Allerdings sind sie ein Kriegervolk, das jeden Tag dem Tod ins Auge sieht. Ich sage es noch einmal: Ihr müsst alle persönlichen Gefühle hintanstellen, die Ihr für diese Kreaturen hegen mögt. Werdet mir nicht zu nachsichtig, Pelli. Äußerst zerstörerische Kräfte sind in Bewegung gekommen, und sie steuern auf einen Zusammenstoß hin.«

Als die Sonne aufging, herrschte rings um die Festung von Taress ein reges Treiben.

Orkarbeiter schufteten im Burggraben und räumten den Schutt aus, der sich dort seit Jahren gesammelt hatte, damit der Graben wieder geflutet werden konnte. Andere Trupps verstärkten die Verteidigungsanlagen. Neue dicke Eisenstangen wurden über Kreuz vor die unteren Fenster gesetzt. Das Hauptor wurde mit Eisenplatten verstärkt.

Kappel Hacher stand auf der Zufahrtsstraße und beobachtete die Fortschritte der Arbeiten. Sein Adjutant Frynt hakte neben ihm auf einem Pergament die Punkte einer Liste ab.

»Es ist eine Schande«, sagte Hacher, »dass die Burg unter den vorherigen Herrschern derart verfallen ist. Die Verteidigungsanlagen sind ein Witz.«

»Sie sind eben kein Kriegervolk, Herr. Sie hielten es wohl nicht für notwendig.«

»Sie hielten es aber durchaus für notwendig, die Festung zu bauen, auch wenn es lange her sein mag.« Er wurde nachdenklich. »Was mich auf die Idee bringt ...«

»Herr?«

»Nichts. Glaubt Ihr denn, die Arbeiten können rechtzeitig beendet werden?«

»Das müsste möglich sein, wenn wir sie Tag und Nacht antreiben.«

»Schafft wenn nötig noch mehr Arbeiter heran. Es muss so schnell wie möglich vollendet werden.«

»Fürchtet Ihr etwa, die Festung könnte angegriffen werden, Herr?«

»Wie es derzeit läuft, ist alles möglich, und ich will der Gesandten keinen Anlass geben, ihr Missfallen zu äußern.«

»Verstehe, Herr. Aber wird dies ausreichen, die gnädigste Jennesta zu beschwichtigen?«

»Für sich genommen nicht, das würde ich auch nicht erwarten. Es ist nur eine Maßnahme von vielen. Auch die geplanten Vergeltungsmaßnahmen sollten sie etwas besänftigen. Wenigstens für eine Weile.«

»Ja, Herr, das wollen wir hoffen.«

»Was die Rebellen angeht ...« Hacher sah sich um, als fürchte er sich vor Lauschern, »was dies angeht, so hat es gewissermaßen einen Durchbruch gegeben.«

»General?«

»Wenn Ihr auch nur ein Wort verratet, lasse ich Euch die Zunge herausschneiden, verstanden?«

Frynt tat verletzt, als läge es ihm fern, mit besagtem Körperteil zu nachlässig umzugehen. »Selbstverständlich, Herr.«

»Wir haben einen Spion. Keinen der üblichen unwichtigen Zuträger, sondern jemanden im Widerstand selbst, der sogar den Anführern nahesteht.«

»Wirklich? Darf ich fragen, wer es ist?«

Falls Hacher die Frage beantworten wollte, dann kam er nicht mehr dazu.

Die Posten, die über die Bauarbeiter wachten, stießen wie aus einem Munde Warnrufe aus.

Ein Soldat galoppierte herbei. Sein Hemd war mit Blut befleckt, und er schrie. Die Wächter eilten zu ihm. Er stürzte ihnen förmlich in die Arme.

24

»Willst du wohl mit diesem verdammten Geklimper aufhören!«, bellte Haskeer.

Wheam zuckte zusammen und setzte seine Laute ab. »Ich habe doch nur ...«

»Du hast mich verrückt gemacht. Jetzt pack das verdammte Ding weg und komm mit.«

»Wohin?«

»Stryke will dir was erzählen. Verdammt will ich sein, wenn ich weiß, warum. Los, beweg dich.«

Haskeer führte ihn in den hinteren Teil des Unterschlupfs zu einer geschlossenen Tür. Wie üblich schenkte er sich jegliche Höflichkeit und platzte einfach hinein.

Es war der größte Raum im Gebäude, und er war überfüllt. Anscheinend hatten sich alle Vielfraße, eine Reihe Widerstandskämpfer und ein paar Füchsinnen versammelt.

Stryke stand neben der Tür.

»Da ist er«, verkündete Haskeer. »Aber was er hier zu suchen hat, das ...«

»Schon gut, Feldwebel. Setz dich irgendwo.«

Grummelnd ging Haskeer weiter und lehnte sich mit verschränkten Armen an eine Wand.

Wheam blickte zu Stryke auf und schluckte schwer. »Was willst du von mir, Hauptmann?«

»Wir bereiten einen Einsatz vor, bei dem wir jeden brauchen, den wir kriegen können. Das schließt dich ein.«

»Mich? Aber ...«

»Wir schleppen keinen Ballast mit uns herum. Es wird Zeit für deine Bewährungsprobe.«

»Ich ... ich wollte dich nicht enttäuschen.«

»Dann gib dir Mühe. Jetzt aber halt den Mund und such dir einen Platz.« Er zeigte mit dem Daumen auf die Zuhörer.

Wheam bemerkte Dallog, schob sich zaghaft durchs Gedränge und ließ sich neben ihm auf dem Boden nieder.

Der Raum war erfüllt von leisem Gemurmel. Was immer passieren sollte, es hatte noch nicht begonnen.

Brelan ging nach vorn und gebot Schweigen. »Sind alle da? Gut. Wie ihr wisst, wird Grilan-Zeat sich bald zeigen. In einigen Tagen wird er gut zu sehen sein. Wenn es so weit ist, wird meine Mutter sich an die Bürger wenden, und dann beginnt der Aufstand. Das hoffen wir jedenfalls. Vorher müssen wir aber die Feinde zermürben und so sehr erzürnen, dass sie zurückschlagen und die Bevölkerung gegen sich aufbringen. Der Topf muss kurz vor dem Überkochen sein, wenn die Oberste in Erscheinung tritt. So haben wir uns das vorgestellt.« Eine unbeholfen gezeichnete Karte war hinter ihm an die Wand geheftet. Er deutete auf einen rot eingekreisten Bereich.

»Was ist das?«, fragte Coilla.

»Ein Heerlager. Eine kleine befestigte Garnison.«

»Wo liegt sie?«

»Ein Stück außerhalb der Stadt im Westen. Die meisten guten Ziele innerhalb von Taress werden besser bewacht, seit unsere Kampagne begonnen hat, deshalb sehen wir uns außerhalb um.«

»Was hat die Wellenlinie daneben zu bedeuten?«

»Das ist ein Fluss. Er fließt sehr schnell, und hier ...« Er deutete auf einen Punkt, wo der Fluss zu enden schien. »Das ist ein Wasserfall.«

»Vielleicht ist die Anlage nicht so gut gesichert wie die Ziele hier in der Stadt«, wandte Jup ein, »aber es ist immer noch eine Festung. Wird das nicht zu schwierig?«

»Deshalb müssen wir eine möglichst große Streitmacht aufbieten.«

»Also werden auch die Füchsinnen wieder dazu beitragen«, erklärte Chillder. »Jup und Spurral, wenn ihr wollt, seid ihr dabei.«

Die Zwerge nickten. »Was ist, wenn wir entdeckt werden?«, fragte Jup.

»Wenn es so läuft, wie wir es uns vorgestellt haben,

wird das keine Rolle spielen. Außerdem werden wir euch verstecken, bis wir die Stadt verlassen haben.«

Hinten im Raum meldete sich Pepperdyne zu Wort. »Was können wir ...« Er warf einen Blick auf Standeven, der mit hängenden Schultern neben ihm stand. »Was kann ich tun?«

»Du kannst uns mit dem Schwert in der Hand helfen«, erklärte Stryke. »Den Trick mit der Uniform können wir allerdings nicht noch einmal anwenden.«

»Nein«, bestätigte Brelan. »Den haben sie inzwischen durchschaut. Allerdings ist das bei unserem Vorhaben auch nicht nötig. Es gibt aber noch etwas anderes, das ihr in diesem Zusammenhang wissen müsst. Der Überfall wird schon morgen stattfinden.«

»Das ist aber eine kurze Vorlaufzeit«, bemerkte Coilla. »Warum schon so bald?«

»Aus zwei Gründen. Zuerst einmal wegen der Sicherheit. Je mehr Zeit zwischen der Planung und der Ausführung verstreicht, desto größer die Wahrscheinlichkeit, dass etwas durchsickert.«

»Habt ihr etwa Spione in euren Reihen?«

»Nein«, gab Brelan grantig zurück. »Aber es gibt nicht viele Orks, die in den Folterkammern von Peczan nicht zerbrechen würden.«

»Was ist der zweite Grund?«, fragte Stryke.

»Wir haben erfahren, dass es in der Festung einen Wachwechsel geben soll. Die neuen Truppen stammen aus den Verstärkungseinheiten, die wir mit der durchgehenden Rinderherde empfangen haben. Sie sollen heute die alte Besatzung ablösen. Morgen ist ihr erster voller Tag im Lager. Wir kennen uns dort besser aus als sie. Es ist ein guter Augenblick, sie anzugreifen.«

»Das verstehe ich. Aber ihr habt uns immer noch nicht verraten, wie wir gefahrlos hineinkommen.«

Chillder lächelte. »Da kennen wir einen Weg.«

»Glaubst du, das klappt?«, fragte Coilla.

Stryke zuckte mit den Achseln. »Was denkst du? Du bist doch unsere beste Strategin.«

»Es ist ein raffinierter Plan, aber er ist kompliziert. Je mehr Bestandteile ein Plan hat, desto mehr kann schiefgehen.«

»Was würdest du verändern?«

»Ich hätte gern einen guten Ausweichplan. Außerdem einen besseren Fluchtweg. Vielleicht sogar mehr als einen.«

»Hast du in dieser Hinsicht eine Idee?«

Sie nickte. »Allerdings müssten wir ein paar Kämpfer aus der vordersten Linie abziehen, und wir müssten über Nacht schwer arbeiten.«

»Überlege dir so schnell wie möglich die Einzelheiten. Ich rede mit Brelan darüber.«

Sie saßen in einem kleinen Innenhof des Hauses, in dem der Widerstand untergekrochen war, auf einer verwitterten, niedrigen Steinmauer. Es war einer der wenigen Orte, wo sie sich ungestört unterhalten konnten.

»Bist du deiner Sache sicher, was Wheam angeht?«, fragte Coilla. »Ich meine, dass er mitkommt.«

»Nein, bin ich nicht. Aber wir müssen uns mit möglichst vielen Köpfen aufstellen. Brelan rechnet mit zweihundert Menschen in der Festung. Wir können von Glück reden, wenn wir auf unserer Seite so viele Kämpfer zusammenbekommen. Außerdem wird er nie in Form sein, wenn wir ihn nicht einsetzen.«

»Ohne Überwachung?«

»Ich stelle jemanden ab, der ihn im Auge behält.«

»Damit bindest du noch einen Kämpfer.«

»Dann teile ich ihn für die Nachhut ein.«

»Ist es das Wagnis wert?«

»Hör mal, wenn Wheam dabei umkommt ... tja, dann hat er Pech gehabt.«

»Ist das dein Ernst? Trotz allem, was sein Vater gesagt hat?«

»Hör doch auf, Coilla. Ich lasse mich durch Drohungen von Quoll so wenig einschüchtern wie durch alles andere. Eigentlich dachte ich, wir hätten all das abgestreift, als wir Maras-Dantien verlassen haben. Wenn Quoll sauer auf uns ist, können wir das mit unseren Klingen regeln. Niemand wird mich davon abhalten, zu Thirzarr und den Kindern zurückzukehren.«

»Da bin ich deiner Meinung. Allerdings bist du zu streng mit Wheam. Er kann doch nichts für seine Zwangslage.«

»Mag sein.« Er seufzte. »Ich bin wohl etwas gereizt.«

»Warum?«

»Ich hätte nicht gedacht, dass es so kompliziert wird.

Am liebsten würde ich einfach alles stehen und liegen lassen und mir Jennesta vorknöpfen.«

»Damit bist du nicht allein, Stryke. Das wollen wir alle. In der Zwischenzeit können wir aber ein paar anderen Orks helfen. Das ist doch gar nicht so schlecht, oder?«

»Nein, wohl nicht.«

»Sag mal, du warst wegen Pepperdyne unsicher, aber jetzt nimmt er am Überfall teil. Warum?«

»Ich könnte sagen, dass ich ihn lieber dort habe, wo ich ihn beobachten kann. Die Wahrheit ist, dass ich immer noch nicht sicher bin. Aber wir brauchen ihn und seine Fähigkeiten, und deshalb ...«

»Ich glaube, du kannst ihm vertrauen.«

»Das hast du schon mehrmals gesagt. Ich gehe davon aus, dass du hier etwas parteiisch bist.«

»Weil er mir das Leben gerettet hat? Und ob.«

»Vergiss nicht, dass er ein Mensch ist, Coilla. Er kann nicht anders, als sein Blut es ihm sagt.«

»Vielleicht sollten wir nicht auf die gleiche Weise urteilen, wie wir selbst beurteilt worden sind.«

»Vielleicht ist das aber auch genau die richtige Art und Weise. Oder möchtest du dem Heer von Peczan gut zureden?«

Sie lächelte. »Dann passen wir eben auf Anfänger und Menschen auf, denen wir nicht trauen. Morgen wirst du jede Menge zu tun haben.«

Mehrere Stunden später, als die meisten Widerstandskämpfer schon dabei waren, sich auf den Überfall vorzubereiten und die Schatten länger wurden, näherte sich ein Mensch verstohlen dem Unterschlupf. Trotz des milden Wetters hatte er sich in einen Mantel gehüllt und trug einen großen Hut, dessen Krempe er tief ins Gesicht gezogen hatte. Er sah sich nach links und rechts um, stieß das Tor auf und huschte hinein.

In der Nähe des Eingangs gab es einen Raum, dessen Tür halb geöffnet war. Sobald der Eindringling vorbeigeschlichen war, sprang Pepperdyne heraus. Sie prallten gegen die Wand, und ein Handgemenge entbrannte. Pepperdyne riss dem Mann den Hut vom Kopf.

»Du!«, rief er.

»Nimm sofort die Hände weg!«, verlangte Standeven.

»Hier hinein!«, knurrte Pepperdyne und zerrte seinen Herrn in das leere Zimmer. Ohne auf die Proteste zu achten, pflanzte er ihn auf einen Stuhl. »Du hast Glück, dass ich gerade Wache habe. Wo, zum Teufel, bist du gewesen?«

»Muss ich jetzt vor dir jede Bewegung rechtfertigen?«

»Jedenfalls dann, wenn du mehrere Stunden verschwindest, ohne ein Wort zu sagen. Was ist hier los?«

Standeven klopfte sich großspurig ab. »Ich musste hier raus.«

»Was denn, um einen Spaziergang zu machen?«

»Du hast hier einiges gesehen. Mich haben sie nur von einem stinkenden Versteck ins nächste gescheucht.«

»Ich war nicht unbedingt zu meinem Vergnügen unterwegs.«

»Das ist deine Entscheidung. Ich musste jedenfalls mal an die Luft und ein paar andere Gesichter sehen. Ich wollte weg von diesen Kreaturen, die du so schätzt.«

»Also hast du einen Spaziergang durch die Stadt gemacht, die voll von ihnen ist.«

»Allerdings. Wie sollte das dieses erbärmliche kleine Unternehmen gefährden?«

»Du Narr. Wenn dich nun die Soldaten aufgegriffen hätten?«

»Die interessieren sich nur für aufständische Orks. Menschen genießen hier besondere Vorrechte, das ist doch bekannt.«

»Sie wissen aber auch, dass ein Mensch für sie arbeitet.«

»Daher kannst du draußen herumlaufen, aber ich nicht? Jode, du bist nicht mein Gefängniswärter.«

»Anscheinend brauchst du einen.«

»Wenn wir jemals nach Hause zurückkehren, dann ...«

»Du hast es immer noch nicht kapiert, was? Die Dinge sind hier anders. Auch zwischen dir und mir steht es anders, *Herr*.«

»Das wird nicht ewig dauern.«

»Fromme Wünsche hast du.«

»Und für den Fall, dass die Dinge wieder so sind, wie sie früher waren, hängt dein Schicksal davon ab, wie du dich jetzt benimmst. Es wäre besser, du würdest das nicht vergessen.«

»Ich bemühe mich nach Kräften, unser Überleben zu sichern. Reicht das nicht?«

Standeven gab sich versöhnlich. »Ich weiß das zu schätzen, Jode. Wirklich.«

»Du hast eine seltsame Art, das zu zeigen. Wie soll ich wissen, was du da draußen ausgeheckt hast?«

»Wäre es nicht dumm von mir, irgendetwas zu tun, das meine eigene Sicherheit gefährdet? Mein Wohlbefinden hängt ebenso von dieser zerlumpten Rebellenbande ab wie deines.« Er spreizte die Finger und fügte beschwichtigend hinzu: »Ich wüsste ja gar nicht, wohin ich mich wenden sollte.«

»Weißt du was, Standeven? Bei dir bin ich mir nie sicher, ob du ein Gauner oder ein Idiot bist.«

»In diesem Fall vermutlich Letzteres. Ich war dumm, es tut mir leid.«

Pepperdyne dachte über die Worte seines Herrn und Meisters nach und sagte schließlich: »Wenn du noch einmal so etwas tust …«

»Werde ich nicht, ich gebe dir mein Wort. Vergiss meine Dummheit und spare dir deinen Zorn für morgen auf.«

Pepperdyne schnaufte vernehmlich und entspannte sich ein wenig. »Ja, morgen. Das wird ein interessanter Tag.«

»Ganz bestimmt«, pflichtete Standeven ihm bei.

25

Der Stützpunkt war alt. In einer längst vergessenen Zeit war er als Teil von Acurials Grenzbefestigungen erbaut worden. Die pazifistischen Orks der gegenwärtigen Epoche hatten ihn verfallen lassen, und die menschlichen Eindringlinge hatten ihn wieder instand gesetzt.

Am Rande einer dreißig oder vierzig Fuß hohen Felsklippe errichtet, überblickte die Anlage eine weite Ebene, die sich bis zum fernen Meer erstreckte. Unterhalb der Festung kauerte dicht am Fuß der Klippe eine Reihe von Holzbauten. Sie waren erst in neuerer Zeit von Orks errichtet worden, um das Getreide der Bauernhöfe in der Nähe einzulagern und im Winter das Vieh unterzustellen. Seit der Ankunft der Menschen wurden diese Gebäude nicht mehr benutzt und verfielen.

Auf der anderen Seite der Festung, wo der Eingang lag, erstreckte sich eine mit Gras bewachsene Ebene bis zur Stadt Taress, die jedoch nicht zu sehen war. Selbst wenn sie nicht zu weit entfernt gewesen wäre, hätte ein Halbkreis niedriger Hügel den Blick versperrt, hinter denen die Festung in einer Mulde lag. So hatte die Straße, die zum Eingang führte, ein leichtes Gefälle. Im Südwesten, ebenfalls vor dem direkten Blick verborgen, verlief ein großer Fluss.

Eine etwa neunzig Köpfe starke Streitmacht von Orks hatte sich heimlich der Festung genähert. Jetzt hockten die Kämpfer hinter der Hügelkuppe. Sie hatten drei Wagen mitgebracht und die Hufe der Pferde mit Säcken umwickelt, um die Hufschläge zu dämpfen. Die Orks hatten sich große Mühe gegeben, ihren Vorstoß zu verbergen, und einige Patrouillen überfallen sowie etliche Späher beseitigt.

Brelan befehligte die Truppe. Haskeer, Dallog und Pepperdyne waren dabei, auch Wheam fehlte nicht. Ungefähr die Hälfte der Vielfraße war mitgekommen, der Rest der Truppe wurde von Widerstandskämpfern gestellt.

Brelan spähte über die Hügelkuppe hinweg zur Festung. Die Mauern bestanden aus Stein, dahinter erhoben sich zwei Türme, auf den Wehrgängen patrouillierten Wachen. Einen Burggraben und ein Fallgatter gab es nicht. Die Straße führte geradeaus und abwärts bis zum hölzernen Tor, das an ein Scheunentor erinnerte, auch wenn es höher und massiver gebaut war.

Brelan zog sich zurück und beorderte die Wagen bis knapp hinter die Hügelkuppe, wo sie noch nicht von unten zu sehen waren. Sie schirrten die Pferde ab und führten sie leise fort, dann entfernten sie die Deichseln der Wagen. Jeder Wagen trug einen kräftigen Baumstamm, dessen vorderes Ende mit einer Eisenspitze verstärkt worden war. Diese Rammen zogen die Orks nun nach vorn und banden sie fest, sodass sie über die Ladefläche hinausragten.

Auf dem Kutschbock gab es einen Hebel, der über Ketten mit der Vorderachse verbunden war.

Pepperdyne betrachtete den Aufbau. »Raffiniert. Aber wie gut kann man mit dem Hebel die Fahrtrichtung steuern?«

»Nicht sehr gut«, gab Brelan zu. »Es reicht, um ein wenig nach links und rechts zu lenken, erfordert aber viel Kraft. Deshalb stellen wir auch zwei Leute auf jeden Kutschbock.«

»Wie sieht es mit Bremsen aus?«

»Wir haben nur die Bremsen des Wagens, aber angesichts des Gewichts sind wir nicht sicher, ob sie überhaupt wirken. Wir verlassen uns darauf, dass sie ausrollen, sobald die Tore durchbrochen sind und das Gelände wieder eben ist.«

»Ziemlich gewagt, was?«

»Besser können wir es nicht machen.«

Pepperdyne drehte sich um und sah Wheam in der Nähe stehen. Er bewegte stumm die Lippen und schien äußerst konzentriert. »Alles klar, Wheam?«

Der Bursche nickte und sagte laut: »Einhundertvier, einhundertfünf, einhundertsechs ...«

»Das machst du prima. Nur weiter so«, ermunterte Pepperdyne den Burschen.

»Einhundertsieben, einhundertacht, einhundertneun ...«
»Gut«, sagte Stryke. »Behalte das Tempo bei.«
Spurral gab ihm mit erhobenem Daumen ein Zeichen und zählte leise weiter.

Sie gehörten zu einer fünfzig Köpfe starken Gruppe, die vorsichtig unter der Festung an der Klippe entlangschlich.

Hier hatte Stryke die Führung übernommen. Spurral, Jup, Coilla und Chillder fungierten als seine Leutnants. Die übrigen Gruppenmitglieder setzten sich aus den restlichen Vielfraßen, allen Füchsinnen und ein paar Widerstandskämpfern zusammen.

Sie pressten sich so dicht wie möglich an die Klippe und fanden unter einem kleinen Überhang etwas Schutz vor neugierigen Blicken von oben. Langsam schlichen sie zum ersten verfallenen Gebäude.

»Wir müssen zum dritten«, erinnerte Chillder ihn flüsternd.

Stryke nickte.

Er wollte nicht das Wagnis eingehen, die Deckung zu verlassen und sich dem Gebäude, in das sie eindringen wollten, von vorn zu nähern. So winkte er zwei Gemeinen, an der Seite des ersten Gebäudes vorsichtig einige Planken zu entfernten. Als die Lücke groß genug war, scheuchte Stryke seine Truppe hindurch.

Drinnen stank es nach Schimmel, der Boden war mit

Abfall übersät. Durch die Spalten fiel gerade genug Licht, damit sie etwas sehen konnten. Sie stolperten zur gegenüberliegenden Wand und entfernten abermals einige Bretter, indem sie die Dolchklingen als Hebel einsetzten.

Glücklicherweise standen die Gebäude dicht nebeneinander. Es gab keinen freien Zwischenraum, in dem die Orks bemerkt werden konnten. Sie mussten nacheinander zwei Holzwände aufbrechen, die jedoch so morsch waren, dass sie keine Schwierigkeiten hatten.

Das zweite Gebäude glich dem ersten, allerdings waren hier einige Balken herabgefallen und versperrten den Zugang zur hinteren Wand.

»Wie weit sind wir, Spurral?«, fragte Stryke.

»Vierhundertneunundsiebzig, vierhundertachtzig ...«

»Gut. Los jetzt«, drängte er die anderen. »Es wird knapp.«

Sie zogen die Balken weg und nahmen die letzte Wand in Angriff, deren Zustand sich nicht von den anderen unterschied. Nicht lange, und sie waren durchgebrochen.

Das dritte Gebäude war das größte bisher, es hatte die Ausmaße einer Scheune und ein hohes Dach.

»Hier entlang.« Chillder führte sie nach hinten.

Stryke gab Befehl, abgedeckte Lampen anzuzünden. An der Rückwand lagen Schutthaufen und Holzstücke.

»Hier«, wies Chillder sie an.

Alle reihten sich ein, um die Hindernisse aus dem Weg zu räumen. Dahinter kam die nackte Felsklippe zum Vorschein. Als sie jedoch die Laternen dicht davorhielten, zeichnete sich ein großer Halbkreis ab, der anders gefärbt war als der Fels.

»Das ist nur Putz«, erklärte Chillder. »Wir haben schon vorgearbeitet, ihr müsst nur noch durchbrechen.«

Drei oder vier Orks kamen mit Vorschlaghämmern nach vorn. Sie hatten die Köpfe der Werkzeuge mit Tüchern umwickelt, um die Schläge zu dämpfen. Nach einigen Hieben bröckelte der Putz und fiel in großen Brocken herunter. Staubwolken stiegen in der ohnehin schon muffigen Luft auf, und die meisten mussten husten und spucken. Nach wenigen Minuten war eine Öffnung freigelegt, die an einen Höhleneingang erinnerte.

Stryke ließ weitere Laternen und Fackeln anzünden.

»Da drinnen ist ein wahres Labyrinth«, warnte Chillder sie. »Ich gehe vor.« Sie nahm eine Fackel.

Vor ihnen lang ein langer Tunnel, der so niedrig war, dass sich alle außer den Zwergen bücken mussten. Es ging steil bergauf, und der Boden war so glatt, dass ihre Stiefel kaum einen Halt fanden.

Endlich erreichten sie ein ebenes Stück. Vor ihnen zweigten zwei weitere Gänge ab. Chillder nahm den rechten. Er war höher als derjenige, durch den sie gekommen waren, aber viel schmaler. Es war bedrückend, durch die Felsen zu tappen. Am Ende des Ganges erreichten sie eine kreisrunde Kammer, hinter der eine aus dem nackten Fels geschnittene Treppe begann. Sie stiegen hinauf.

Nach ungefähr hundert Stufen standen sie in einem Durchgang, von dem ein Dutzend oder mehr Tunnel abzweigten. Ohne Zögern hielt Chillder auf einen davon zu und drang in ihn ein. Der Gang war nur kurz.

Auf einer hohen, aber schmalen Galerie kamen sie heraus. Zu beiden Seiten verliefen Simse, auf denen Schädel und Knochen gestapelt waren: Schenkelknochen, Armknochen, Rippen. So eng gepackt, dass eine gelblich-weiße Wand entstanden war. Alle paar Schritte waren komplette Skelette aufrecht aufgestellt, als hielten sie in diesem Totenhaus Wache.

Hätte ein Bogenschütze einen Pfeil abgefeuert, so hätte dieser kaum das andere Ende des Ganges erreicht. Es mussten Tausende Schädel und Knochen sein, die unverkennbar von Orks stammten. Gut möglich, dass es sogar Hunderttausende waren.

»Willkommen in den Katakomben von Acurial«, verkündete Chillder nicht ohne Ehrfurcht.

»Wie alt ist das?«, fragte Coilla, nachdem sie sich umgesehen hatte.

»Es ist uralt«, erklärte Chillder. »Älter, als wir es uns überhaupt ausmalen können. Vor langer, langer Zeit wurde jeder Ork in so eine Galerie gelegt, wenn sein Ende kam. Unsere Vorfahren ruhen hier seit vielen Jahrhunderten.«

»Und die Menschen wissen nichts davon?«, fragte Jup.

»Es ist nicht einmal sehr vielen Angehörigen meines Volks bekannt. Auch das ist ein Teil unseres verlorenen

Erbes. Der Widerstand hat die Höhlen durch Zufall entdeckt, als wir einen Zugang zur Festung suchten.«

»Wir sollten weitergehen«, drängte Stryke.

Mit gespenstisch hallenden Schritten durchquerten sie die Galerie. Die leeren Augenhöhlen der uralten Toten verfolgten sie auf ihrem Weg.

Am Ende der Galerie begann ein weiterer Gang, von dem abermals einige Tunnel abzweigten. Chillder bog in den ersten ab und zählte im Gehen ihre Schritte. Der Gang war so niedrig, dass sie die Decke mühelos berühren konnte. Auf einmal schaute sie nach oben.

»Hier ist es«, sagte sie.

Die Fackeln beleuchteten ein weißes Kreuz unter der Decke.

»Wie liegen wir in der Zeit, Spurral?«, fragte Stryke.

»Siebenhundertundelf, siebenhundertundzwölf, siebenhundertund…«

»Lasst uns weitermachen.«

Er rief die Gemeinen mit Spitzhacken und Schaufeln nach vorn.

»Wartet!«, rief Jup.

Sie fuhren zu dem Zwerg herum, der die Arme erhoben und die Hände an die Wand gepresst hatte.

»Was ist los?«, wollte Chillder wissen.

»Nicht hier«, sagte Jup. »Das ist nicht gut.«

»Was redest du da?«

Stryke ging zu ihm. »Was spürst du, Jup?«

»Spüren?«, fragte Chillder sichtlich verwirrt.

»Es ist kein guter Ort«, erklärte Jup. »Da ist eine Ballung von ... ich bin nicht sicher. Aber über dieser Stelle wollen wir auf keinen Fall herauskommen. Da ist etwas im Gange. Etwas Böses.«

»Könnte mir mal jemand erklären, was hier los ist?«, fragte Chillder.

»Jup hat ...« Stryke brach ab. »Er kann gewisse Dinge spüren. Bist du sicher, Jup?«

»Die Fernsicht funktioniert hier gut. Besser als jemals in ...« Er warf Chillder einen Blick zu. »Besser als im Norden. Glaube mir, hier sollten wir nicht herauskommen. Können wir nicht ein Stück weiter gehen und eine andere Stelle suchen?«

»Bist du verrückt?«, fauchte Chillder.

Stryke erwiderte ihren Blick. »Wenn Jup sagt, es sei gefährlich, hier durchzubrechen, dann sollten wir auf ihn hören. Bei diesen Dingen hat er sich noch nie geirrt. Glaube mir.«

»Wenn du meinst, wir ändern im letzten Augenblick den Plan, nur weil ein ...«

»Achthunderteinundsiebzig, achthundertzweiundsiebzig ...«, unterbrach Spurral und funkelte sie an.

»Vertrau uns, Chillder«, sagte Stryke. »Entweder das, oder mach Platz. Aber entscheide dich jetzt. Wir haben keine Zeit.«

»Bei den Göttern, ihr seid ja alle verrückt«, erklärte Chillder. »Wir haben das sorgfältig geplant.« Sie deutete zur Decke. »Hier kommen wir hinter einem Nebengebäude heraus, wo wir nicht so schnell entdeckt werden.«

»Das geht nicht. Wo sonst?«

Sie zögerte kurz, betrachtete noch einmal sein entschlossenes Gesicht und seufzte. »Ich muss wohl selbst verrückt sein.« Dann drehte sie sich um und blickte den Tunnel hinab. »Lass mich mal sehen ...«

»Beeilung«, drängte Coilla.

»Lass mich nachdenken!«

Chillder ging weiter durch den Tunnel und starrte nach oben, als müsste sie überlegen, was sich über ihr befand. Die anderen schlurften eilig hinterdrein. Schließlich blieb sie stehen, machte Anstalten, etwas zu sagen, und ging weiter.

Der Tunnel war eine Sackgasse. Sie hatten beinahe das Ende erreicht, als sie wieder anhielt. »Ich glaube, hier geht es.«

»Jup?«, fragte Stryke.

Der Zwerg legte eine Hand an die Decke und schloss die Augen. Quälend langsam verstrich die Zeit, bis er sie wieder öffnete und nickte.

»Bewegung«, befahl Stryke.

Die Gemeinen eilten herbei und bearbeiteten mit den Spitzhacken die Decke.

»Neunhundertvierunddreißig«, zählte Spurral. »Neunhundertfünfunddreißig ...«

»... neunhundertsechsunddreißig«, meldete Wheam. »Neunhundertsiebenunddreißig ...«

»Gut.« Brelan wandte sich an Haskeer und Dallog. »Macht die Wagen bereit.« Sie entfernten sich, um den

Befehl weiterzugeben. Dann sagte er zu Pepperdyne: »Ist der Zeitpunkt richtig?«

Pepperdyne nickte.

»Die Bogenschützen?«

»Warten auf deinen Befehl.«

»Gut. Nimm deine Position ein.«

Auch Pepperdyne trollte sich.

»Wheam?«, sagte Brelan.

»Neunhundertneunundvierzig, neunhundertfünfzig ...«

Mehrere Dutzend Orks schoben den ersten Wagen auf die Hügelkuppe. Auch der zweite und dritte Wagen standen bereit. Zu beiden Seiten der Straße waren die Bogenschützen des Widerstandes angetreten und warteten auf Brelans Kommando.

Er gab dem ersten Wagen ein Zeichen, kurz vor der Hügelkuppe noch einmal anzuhalten. Vierzehn oder fünfzehn schwer bewaffnete Orks stiegen auf.

Dann wandte Brelan sich wieder an Wheam.

»Neunhundertzweiundsiebzig, neunhundert...«

Weiter unten, hinter den wartenden Wagen, sammelte Haskeer die vierzig oder fünfzig Krieger, die die Wagen anschieben und später den Angriff am Boden unterstützen sollten. Seine Methode bestand hauptsächlich darin, ihnen die flache Schwertklinge auf den Hintern zu klatschen und halblaut zu fluchen.

»Wheam«, sagte Brelan noch einmal.

»Neunhundertneunundachtzig, neunhundertneunzig ...«

»Zähle laut weiter.«

»Neunhunderteinundneunzig, neunhundertzweiundneunzig ...«

Brelan zog sein Schwert aus der Scheide und hob es. Aller Augen ruhten auf ihm.

»... neunhundertvierundneunzig, neunhundertfünfundneunzig ...«

Die Orks schoben den ersten Wagen zur Hügelkuppe hinauf und dann darüber hinweg. Sobald er die abschüssige Hügelflanke erreicht hatte, rollte er aus eigener Kraft weiter, und die Orks ließen los. Als er vorbeipolterte, suchte Brelan einen Halt und kletterte hinauf. Der schneller werdende Wagen rumpelte und hüpfte auf der unebenen Straße. Brelan und ein weiterer Widerstandskämpfer hatten den Steuerhebel gepackt.

Die Bogenschützen der Orks deckten die Verteidiger der Festung mit einem Pfeilhagel ein, doch nach und nach begann die Garnison, das Feuer zu erwidern. Die Pfeile zischten am dahinrasenden Wagen vorbei.

Wheam rannte zu Pepperdyne, der am zweiten Wagen stand. »Glaubst du, sie schaffen es?«

»Wenn nicht, haben wir noch zwei weitere Versuche. Jetzt geh auf deinen Posten.«

Wheam gesellte sich am letzten Wagen zu Dallog.

Brelans Abteilung fuhr inzwischen so schnell wie ein galoppierendes Pferd, und sie beschleunigten sogar noch. Eisern hielten sie sich fest, während der Wagen durch die Schlaglöcher holperte. Sie hatten den halben Weg zum Ziel geschafft und waren immer noch auf Kurs. Brelan hoffte, dass es so bleiben würde. Er glaubte nicht, dass er viel ausrichten konnte, wenn sie zu stark vom Weg abwichen.

Oben auf dem Hügel wurde inzwischen der zweite Wagen an seine Position geschoben. Die Besatzung kletterte hinein, und Pepperdyne übernahm zusammen mit Bhose den Steuerhebel. Die Anschieber stemmten sich gegen den Wagen und waren bereit.

»Wartet noch!«, rief Pepperdyne. »Wartet noch etwas!«

Als Brelans Gruppe mit der Abfahrt begonnen hatte, war ihnen die Festung vorgekommen wie ein Puppenhaus. Jetzt füllte sie ihr Sichtfeld aus. Sie konnten schon die groben Steine der Außenmauer und die Gesichter der Verteidiger auf den Wehrgängen erkennen. Je näher sie kamen, desto gefährlicher wurde es. Der Wagen war jetzt das vorrangige Ziel der Bogenschützen in der Festung. Die Geschosse prasselten nur so auf die erhobenen Schilde der Orks herunter.

Es gab einen Ruck, als die Straße wieder eben verlief, aber der Wagen wurde weder langsamer noch kam er vom Kurs ab. Er raste in den Schatten unter den Festungsmauern; die Räder drehten sich so schnell, dass die Speichen nicht mehr zu erkennen waren. Die Verteidiger warfen Speere und schleuderten Steine, die von den Schilden der Orks abprallten.

Direkt vor ihnen ragte das hohe Tor auf.

»Festhalten!«, rief Brelan.

Stryke sah nichts außer blauem Himmel.

Er zog sich hoch und schob vorsichtig den Kopf hinaus. Nach einem raschen Blick duckte er sich wieder. »Wir müssen uns beeilen«, sagte er zu den anderen. »Folgt mir.« Damit kletterte er hinaus.

Er befand sich nahe an der Außenmauer der Festung am Rand des Exerzierplatzes. Jenseits der freien Fläche lag das Tor, nicht weit entfernt standen mehrere massive Steinbauten. Über ihm liefen Männer auf den Wehrgängen herum, die ihn bis jetzt aber noch nicht bemerkt hatten.

Inzwischen kletterten auch die anderen aus dem Loch. Er drängte sie zur Eile und bugsierte sie in den Schutz eines Nebengebäudes.

Als Chillder auftauchte, zog er sie zur Seite. »Wo wären wir herausgekommen, wenn wir uns an den Plan gehalten hätten?«

Sie orientierte sich und deutete auf ein größeres, etwa hundert Schritte entferntes Gebäude. Es war ein schlichter Bau mit wenigen, hoch eingesetzten Fenstern, möglicherweise ein Quartier. »Dahinter.«

Stryke schickte sie zu den anderen. Das Gebäude, das sie ihm gezeigt hatte, behielt er im Auge, bis alle sich versammelt hatten. Dann eilte er geduckt hinter ihnen her.

»Welcher Gefahr sind wir denn nun ausgewichen?« Chillder zweifelte immer noch und wollte es genau wissen.

»Was es auch ist, es befindet sich hinter dem Quartier«, erklärte Stryke ihr.

Sie wurden unterbrochen, als Dutzende Soldaten über den Platz zum Tor rannten.

»Sie haben Brelan bemerkt«, sagte Stryke.

Coilla zog ihr Schwert. »Dann wollen wir sie aufhalten.«

»Es gefällt mir nicht, das da im Rücken zu haben.« Er nickte in Richtung des Quartiers.

»Was tun wir dann?«

»Wir teilen uns auf«, entschied er rasch. »Du bildest mit den Füchsinnen eine Einheit, Jup und ich nehmen die anderen mit.«

Coilla zog eine Münze hervor. »Such es dir aus.« Sie warf die Münze hoch.

»Kopf.«

Sie fing das Geldstück auf und klatschte es sich auf den Handrücken. »Kopf, du gewinnst. Was willst du?«

»Du nimmst das Tor.«

Sie winkte Chillder, Spurral und den anderen Frauen, die sich aus der Gruppe lösten und ihr folgten.

Stryke, Jup und die übrigen Kämpfer eilten zum Quartier.

Dort angekommen, drückten sie sich an die Wand und wichen nach hinten aus, damit sie vom Platz aus nicht gesehen wurden. Ein Wunder, dass die Posten auf den Wehrgängen sie noch nicht bemerkt hatten. Die schienen sich jedoch auf die Vorgänge außerhalb der Festung zu konzentrieren. Vorsichtshalber ließ er zwei seiner Bogenschützen aufpassen.

Er winkte den anderen, in Deckung zu bleiben, und schlich mit Jup zur Ecke. Etwa zwanzig oder dreißig Schritte hinter dem Gebäude, auf dem großen Platz zwischen dem Quartier und der Außenmauer, hatte eine große Gruppe Soldaten Aufstellung genommen. Schweigend standen sie in einem weiten Kreis mit gezogenen Waffen da und starrten den Boden an.

»Die wollten uns begrüßen«, flüsterte Stryke.

»Woher wissen die das nur?«, fragte Jup.

»Gute Frage.«

Vorsichtig zogen sie sich zurück und gesellten sich zu ihren Leuten.

Mit Gesten und leisen Erklärungen weihte Stryke sie ein. Dann teilte er seine Gruppe auf. Eine Hälfte lief unter Jups Führung zu einem Ende des Quartiers. Die zweite Hälfte verlegte er zum gegenüberliegenden Ende. Ein einzelner Ork blieb in der Mitte stehen, um das Signal zu geben, wenn beide Gruppen ihre Positionen erreicht hatten.

Dann stürmten sie hinter den Ecken der Gebäude hervor und griffen die erschrockenen Soldaten, die sie hatten überraschen wollen, von beiden Seiten an, während sie laute Kriegsschreie ausstießen.

Die Füchsinnen hatten schon den halben Weg zum Tor hinter sich gebracht, als sie bemerkt wurden.

Soldaten rannten ihnen entgegen, um sie abzufangen. Pfeile zischten von den Wehrgängen herunter.

Coilla, Spurral und Chillder bildeten die Vorhut und stürzten sich wild entschlossen auf die Menschen. Dreißig kreischende Orkfrauen mit blitzenden Stahlklingen fielen über die Soldaten her wie eine Schar blutrünstiger Harpyen. Ein Dutzend Kämpfe auf Leben und Tod entbrannten mitten auf dem Platz. Weitere Soldaten kamen gerannt.

Dann ertönte ein lautes Krachen, die Torflügel brachen nach innen auf und zerquetschten die Verteidiger auf beiden Seiten, als Brelans Wagen durchstieß. Er pflügte durch fliehende Soldaten, zermalmte sie und holperte über ihre gebrochenen Körper hinweg.

Der Wagen rumpelte über den Platz, die Menschen stoben in alle Richtungen davon. Dann demolierte er die Ecke eines Lagers und rollte stark abgebremst weiter. Endlich prallte er frontal gegen ein weiteres, massives Gebäude und blieb, die Ramme in die Mauer gebohrt, stehen.

Brüllend sprangen die Orks von der Ladefläche und schalteten sich in den Kampf ein.

Das Gemetzel nahm seinen Lauf.

26

»Jetzt!«, rief Pepperdyne. Er und Bhose packten den Steuerhebel. Hinter ihnen machte sich die Angriffsabteilung der Orks bereit. Die Anschieber stießen den Wagen über die Hügelkuppe, bis er von selbst auf der anderen Seite hinabrollte.

Pepperdyne konnte die zerstörten Torflügel der Festung deutlich erkennen, und auf den Wällen waren mehr Verteidiger postiert denn je. Die Bogenschützen der Orks feuerten eine weitere Salve ab, die menschlichen Bogenschützen schossen zurück.

»Das Überraschungsmoment ist verbraucht«, rief Pepperdyne, während der Wind seine Haare zauste. »Wahrscheinlich wird es für uns wesentlich schwieriger als für Brelan.«

Bhose nickte grimmig.

Während sie beschleunigten, betrachtete der Mensch

die Festung und fügte hinzu: »Ich frage mich nur, was da drinnen los ist.«

Stryke und seine Truppe ließen hinter dem Quartier die Falle zuschnappen, und der Kampf entwickelte sich rasch zu einem Blutbad.

Die Menschen waren gegenüber den Orks zwei zu eins in der Überzahl. Allerdings hatte Stryke das Überraschungsmoment und den wilden Kampfgeist der Orks auf seiner Seite. Sobald die Menschen aber keinen Fluchtweg mehr sahen, kämpften sie mit dem Mut der Verzweiflung.

Jup kam es so vor, als wollte die Reihe der Köpfe, die er spalten, und der Rippen, die er zerquetschen musste, einfach nicht abnehmen. So schwang er geschickt seinen Stab und schickte sich ins Unvermeidliche. Den Nachteil seiner geringen Körpergröße glich er mit einer Technik aus, die ihm schon in der Vergangenheit gut gedient hatte. Er griff die Beine seiner Gegner an und bemühte sich, sie umzuwerfen. Sobald sie zusammensackten, konnte er ihnen tödliche Schläge versetzen oder sie mit dem schmalen Dolch durchbohren, den er sich an die Hand gebunden hatte.

Stryke bevorzugte im Nahkampf Schwert und Messer. Als sich vor ihm ein gegnerischer Soldat aufbaute, stach er mit dem Messer zu und traf dessen Brust. Dann setzte er die Klinge wie einen Fleischerhaken ein, zog den Menschen zu sich und setzte mit dem Schwert nach. Kaum war der Mann gefallen, da nahm schon der Nächste seinen Platz ein. Auch ihn schaltete Stryke mit einem Hieb aus, der tief in den Hals eindrang und einen roten Springbrunnen hervorsprudeln ließ.

Die übrigen Orks machten ihrem Zorn auf die Unterdrücker Luft, indem sie draufloshackten und Gliedmaßen abtrennten, was das Zeug hielt. Rasch schwoll die Zahl der Toten und Verletzten an. Die überlebenden Soldaten zogen sich schließlich zurück und bildeten mit dem Rücken zur Wand eine letzte Verteidigungslinie. Strykes Gruppe setzte nach.

Überall auf dem weiten Exerzierplatz wurde gekämpft. Brelans Gruppe hatte den Wagen verlassen und unterstützte die Füchsinnen. Die Hälfte waren Bogenschützen und wurden sofort in einen Schusswechsel mit den Posten auf den Wehrgängen verwickelt. Die anderen stürzten sich ins Getümmel.

Coilla war mit einem jungen Offizier beschäftigt, der weitaus besser mit dem Schwert zu kämpfen verstand als jeder andere Mensch, den sie bisher in Acurial getroffen hatte. So etwas konnte sie überhaupt nicht gebrauchen, und sie bemühte sich sehr, den Kampf so schnell wie möglich zum Abschluss zu bringen. Leider gelang es ihm immer wieder, ihre Hiebe abzuwehren.

Eine ganze Weile verbrachte sie mit Stößen, Täuschen, Drehen und Ducken, bis sich ihre Ungeduld in Wut verwandelte. Jede Vorsicht missachtend, verlegte sie sich auf brutale Gewalt. Sie schlug wild um sich und drang in seine Verteidigung ein. Bevor er zurückweichen konnte, ließ sie mit der flachen Klinge einen mächtigen

Streich auf seinen Schwertarm los. Mit lautem Knacken brachen seine Knochen, der Offizier schrie auf und ließ die Waffe fallen. Coilla stieß sofort nach und traf seine ungeschützte Brust. Die inneren Organe rissen, und er ging Blut spuckend zu Boden.

Brelan kämpfte direkt neben ihr.

»Wo ist Stryke?«, rief er.

»Die Menschen hatten einen Hinterhalt geplant. Er kümmert sich darum.«

»Aber wie …«, wollte er erschrocken fragen.

»Später, Brelan, später!«

Sie suchten sich neue Gegner.

Er näherte sich Chillder, und gleich darauf kämpften die Geschwister Rücken an Rücken in vollendeter Harmonie.

Spurral war mit zwei langen Messern zugange. Eine weitere Waffe hatte keine feste Form – es war die Verwirrung der Menschen, die plötzlich vor einem Zwerg standen. Vor einer Zwergin, um es genauer zu sagen. Wenn die Überraschung dazu führte, dass sie auch nur den Bruchteil eines Augenblicks zögerten, dann verstand sie ihn auszunutzen, und mehr als ein Feind bezahlte für seine Verblüffung mit dem Leben.

Als sie mit zwei Soldaten zu tun hatte, die sich von ihrem Aussehen nicht beeindrucken ließen, stach sie ihnen gleichzeitig ihre Messer in die Oberkörper. Dann wirbelte sie herum, um einen herbeistürmenden Speerträger auszuweichen, brachte ihn im Vorbeigehen ins Straucheln und schnitt ihm mit ihren Klingen den Hals durch. Der Krieger, der seinen Platz einnahm, taumelte gleich darauf mit aufgerissener Kehle zurück.

Coilla näherte sich ihr von der Seite. »Wir dürfen nicht das Tor vergessen!«

Dort sammelten sich wieder Menschen und waren offenbar entschlossen, den Durchbruch zu versiegeln.

»Was sollen wir tun?«

»Komm mit.«

Sie bahnten sich einen Weg durchs Getümmel und sammelten so viele Füchsinnen wie möglich um sich. Mit sechs oder sieben Kämpferinnen im Schlepptau rannte sie zum Tor, was jedoch die Aufmerksamkeit der Posten auf den Wehrgängen erregte. Sie schossen auf die rennenden Frauen.

Nach kaum zehn Schritten wurde eine Füchsin ins Auge getroffen. Sie war tot, bevor sie auf den Boden prallte.

»Verdammt!«, fluchte Coilla.

»Vor uns!«, warnte Spurral und deutete mit einem Messer nach vorn.

Aus einem Quartier stürmte ein Trupp Soldaten, der sie abfangen wollte.

Die kleine Abteilung der Füchsinnen hielt die Stellung. Da hinter ihnen die Schlacht tobte und vor ihnen am Tor die Truppen zusammengezogen wurden, während überall kleinere Gruppen von Soldaten unterwegs waren, blieb ihnen auch nichts anderes übrig.

Die frischen Soldaten stürzten sich in den Kampf, und bald stieß eine Füchsin einen durchdringenden Schrei aus. Ein Speer hatte sich in ihre Brust gebohrt, sie taumelte einige Schritte nach vorn und sank auf die Knie, dann kippte sie tot um.

Gleich danach verlor eine weitere Kämpferin nach einem besonders heftigen Schlag das Bewusstsein, und eine andere trug eine Wunde davon, die ihr fast den Arm abtrennte.

»Das wird fies«, rief Spurral. »Wir brauchen Verstärkung!«

An den Toren entstand Unruhe. Soldaten gingen nieder wie gemähte Getreidehalme, als Pepperdynes Wagen durch sie pflügte. Gewandtere Menschen sprangen zur Seite, während er über den Platz schoss. Ungefähr auf halbem Wege zog Pepperdyne die Handbremse an. Der Wagen schleuderte, wäre fast umgekippt und kam bebend zum Stehen. Die Besatzung war nicht völlig unverletzt geblieben. Einer war tot, und die Pfeile der Verteidiger hatten zwei weitere Kämpfer verletzt. Die anderen sprangen vom Wagen und warfen sich in das Gemetzel.

»Sieht aus, als hätten wir sie bekommen«, bemerkte Coilla.

Oben auf dem Hügel wurde der dritte Wagen in Gang gesetzt. Dallog stand zusammen mit einem mürrischen Widerstandskämpfer am Lenkhebel, Wheam war mit den übrigen Angreifern auf die Ladefläche geklettert.

Dallog drehte sich noch einmal um. »Es wird holprig, haltet euch gut fest.« Die Bemerkung war eher an

Wheam als an die erfahrenen Kämpfer gerichtet, die neben ihm saßen.

Der Bursche nickte eingeschüchtert, sein Gesicht war kreidebleich.

Als der Wagen unterwegs war, führte Haskeer die restliche Truppe den Hügel hinunter.

Strykes Abteilung, die sich mit den Feinden hinter dem Quartier beschäftigte, wusste nicht, was anderswo auf dem Gelände vor sich ging, doch nachdem sie die letzten Menschen rasch und brutal ausgeschaltet hatten, war ihre Aufgabe erledigt.

»Wir haben hier genug Zeit verschwendet«, verkündete Stryke, während er einem Toten das Schwert aus der Brust zog.

»Dann wollen wir uns um den Rest kümmern!« Jups Antwort klang beinahe ausgelassen.

Sie rannten auf den Exerzierplatz.

Was sich vor ihnen abspielte, konnte man nur als Chaos bezeichnen. Von geordneter Kampfweise war keine Rede, es war ein wirres Getümmel von prügelnden Orks und Menschen.

»Wohin, Stryke?«, fragte Jup, während er das Kampfgeschehen überblickte.

»Sieht aus, als könnte Coilla etwas Hilfe brauchen.« Er deutete zum zerstörten Tor.

»Soll mir recht sein.«

Stryke ordnete seine Leute rasch in Keilformation und führte sie in die Schlacht. Den Platz überquerten sie zügig, indem sie ganz einfach jeden Menschen niedermachten, der ihnen in die Quere kam. Sobald sie Coillas Truppe erreicht hatten, löste sich die Keilformation auf.

»Das wird aber auch Zeit«, beschwerte sich Coilla.

»Wir hatten zu tun«, erklärte Stryke ihr, während er die Klinge eines Soldaten ablenkte.

»He, seht mal!«, rief Jup.

Durch das aufgebrochene Tor beobachteten sie den dritten Wagen, der sich der Festung näherte.

Er hatte es schwer. Unablässig flogen die Pfeile, und da die Bogenschützen der Orks hinter dem Wagen liefen und die Schilde über die Köpfe gehoben hatten, als wollten sie einen Regenschauer abhalten, erwiderte niemand das Feuer.

Abgesehen von den Helmen und den Kettenhemden hatten Dallog und sein Beifahrer keinen solchen Schutz. Das erwies sich als verhängnisvoll. Ein Pfeil durchbohrte den Hals des Beifahrers, er stürzte schwer gegen den Lenkhebel und kippte seitlich vom Wagen. Der Wagen schleuderte infolgedessen heftig nach rechts und kam von der Straße ab. Dallog bemühte sich, ihn wieder unter Kontrolle zu bringen.

Ein oder zwei Orks konnten vom Wagen springen, die anderen hielten sich eisern fest, während er weiter beschleunigte. Dallog versuchte zu bremsen, doch der Hebel zerbrach in seinen Händen.

Mittlerweile holperte der Wagen durchs Gras und schwenkte immer weiter nach rechts ab. Er fuhr, einen Speerwurf entfernt, an der Festung vorbei und beschleunigte immer weiter. Unablässig wurde er mit Pfeilen eingedeckt.

Dallog rief etwas, doch seine Worte waren nicht zu hören. Wheam kreischte.

Dann erreichte der Wagen die Klippe und stürzte hinunter.

Ein Trupp Soldaten näherte sich verstohlen den baufälligen Schuppen unter der Klippe. Sie brachen die Türen auf und durchsuchten, mit Laternen gerüstet, die Gebäude.

Der Wagen voll brüllender Orks schoss über ihnen über die Klippe. Wie ein großer, von einer Schleuder erlegter Vogel schlug er durchs Dach eines Gebäudes, worauf mit donnerndem Krachen das ganze Haus zusammenbrach.

Der Aufprall ließ die wackligen Bauten zu beiden Seiten erbeben, die wie eine Reihe von Dominosteinen nacheinander umkippten. Die Wände gaben sofort nach und knickten ein, worauf auch die Dächer zusammenbrachen. Rauch und Flammen stiegen aus den Trümmern auf, entzündet von den Laternen und Fackeln der unglücklichen Soldaten.

Der Aufprall übertönte den Schlachtlärm und war noch oben in der Festung zu hören.

»Diese verdammten Bogenschützen«, heulte Coilla.

Stryke nickte. »Die sind unser nächstes Ziel.«

Unter Haskeers Führung lief die Bodentruppe durchs Tor herein. Sofort entbrannte zwischen den Bogenschützen der beiden Parteien ein heftiger Schusswechsel. Die anderen Kämpfer schalteten sich in das Handgemenge am Boden ein.

Als Stryke bemerkte, wie Pepperdyne in der Nähe einen Gegner erledigte, ließ er Coilla ihre Füchsinnen zusammenrufen und ging zu ihm.

»Hast du Lust, eine Aufgabe zu übernehmen, Mensch?«

»Was soll es denn sein?«

»Die Wehrgänge säubern.«

Pepperdyne blickte zu den Bogenschützen hinauf. Es waren mindestens dreißig. »Ich bin dabei.«

»Wir können aber nicht viele Leute dafür abstellen.«

»Wie ich schon sagte, ich bin dabei.«

»Gut.« Er legte die Hände wie einen Trichter vor den Mund. »Haskeer! Haskeer!« Als der Feldwebel ihn bemerkte, winkte Stryke ihn zu sich.

Unterwegs machte Haskeer schnell einen Soldaten nieder, der ihm in die Quere kam.

»Was ist?«

»Wir nehmen uns die Bogenschützen vor.«

»Gut. Diese Schweinehunde.«

»Wir können aber nicht mehr als sechs Leute abstellen. Nimm dir drei, aber nur Vielfraße.«

Haskeer runzelte die Stirn, als er nachrechnete. »Damit sind wir doch erst fünf.«

»Der da kommt auch mit.« Stryke nickte zu Pepperdyne hin.

Haskeer machte eine verdrossene Miene, sagte aber nichts dazu.

»Unsere Bogenschützen sollen für Deckung sorgen. Los!«

Der Feldwebel stürzte sich wieder ins Gedränge.

»Wie gehen wir es an?«, fragte Pepperdyne.

Stryke deutete auf eine Steintreppe an der Außenmauer, die direkt zu den Wehrgängen hinaufführte. »Dort geht es hinauf.«

»Da sind wir nicht eben gut geschützt, was?«

»Siehst du einen anderen Weg?«

Pepperdyne schüttelte den Kopf.

Gleich darauf kehrte Haskeer mit Prooq, Zoda und Finje zurück. Alle waren mit Blutspritzern übersät.

»Sind wir bereit?«, fragte Stryke.

»Die Bogenschützen legen los, sobald wir an der Treppe sind«, meldete Haskeer.

»In Ordnung. Also los.«

Sie rannten zur Treppe und ließen sich durch keine Gegenwehr aufhalten. Unterwegs gab es zwei oder drei Scharmützel, aber nichts, was sie nicht bewältigen konnten.

Am Fuß der Treppe waren zwei Bogenschützen postiert. Sie zögerten, als sie einen Menschen und fünf Orks kommen sahen. Doch nur einen Moment. Dann feuerten sie. Strykes Leute machten sich flach, und die Pfeile flogen über sie hinweg.

Haskeer war als Erster wieder auf den Beinen. Als die Bogenschützen neue Pfeile einlegten, rannte er los und warf aus vollem Lauf ein Beil. Es traf einen Bogenschützen und schaltete ihn aus. Der Zweite hatte den Bogen gespannt und zielte auf Haskeer. Dann flog ein Brandpfeil am Feldwebel vorbei und traf den Bogenschützen mitten in die Brust. Er ging mit einem Schrei zu Boden, sein Wams stand in Flammen.

»Sauber«, lobte Pepperdyne.

Sie rannten weiter. Als sie sich der Treppe näherten, feuerten die Bogenschützen der Orks weitere mit Pech getränkte Brandpfeile ab. Ein toter Mensch taumelte die Treppe herunter, zwei brennende Schäfte steckten in seinem Rücken.

Stryke übernahm die Führung, als sie die Treppe hinaufstürmten. Sie waren schon fast oben, bevor überhaupt jemand versuchte, sie aufzuhalten. Ein Posten ging mit einem Breitschwert auf Stryke los und versuchte es mit einem mächtigen, von oben nach unten geführten Hieb. Stryke wich aus und rannte weiter, ging in die Hocke und packte die Beine des Mannes, um ihn mit einem Ruck über die Kante zu werfen. Schreiend stürzte der Mann in die Tiefe.

Dann waren sie auf dem Wehrgang. Die meisten Bogenschützen konzentrierten sich auf den Kampf unten im Hof und achteten nicht auf die neue Gefahr. Einige drehten sich jedoch um und wollten sich verteidigen. Da sie nicht mehr dazu kamen, die Bogen zu heben, zogen sie die Schwerter. Strykes Truppe fiel über sie her und brachte nach einem kurzen, heftigen Handgemenge jeden Widerstand zum Erliegen.

Allerdings waren die Bogenschützen, die weiter hinten auf dem Wehrgang standen, die gefährlicheren, selbst wenn die Orks sie in Schach zu halten versuchten. Im Gegensatz zu der ersten Gruppe waren diese dort weit genug entfernt, um ihre Bogen einzusetzen und Strykes Abteilung anzugreifen.

»Wir müssen nahe heran«, sagte er. »Finje, Zoda, Prooq – schnappt euch die Bogen und haltet sie beschäftigt.«

Die Gemeinen nahmen den Toten die Bogen und Köcher ab, während Stryke, Haskeer und Pepperdyne sich auf den Weg machten.

Zuerst begegneten sie zwei Posten, die sie längst bemerkt hatten und sofort angriffen. Stryke und Pepperdyne kämpften mit ihren Schwertern, Haskeer rannte weiter und rammte einen einzelnen Bogenschützen, der gerade sein Ziel anvisierte. Er prügelte den Mann nieder und stieß dessen Kopf gegen die Brüstung, bis das Gehirn spritzte. Stryke und Pepperdyne hatten inzwischen die beiden Posten erledigt und schlossen zu ihm auf. Zu dritt hasteten sie weiter.

Jetzt stand eine Gruppe von vier oder fünf Bogenschützen vor ihnen. Zwei schossen auf sie. Ein Pfeil verfehlte sie weit, der zweite pfiff so dicht an Strykes Ohr vorbei, dass er den Luftzug spürte.

Bevor die Gegner noch einmal schießen konnten, prallten Pepperdyne, Stryke und Haskeer gegen sie. Es gab ein kurzes Handgemenge mit Klingen, Fäusten und Stiefeln, dann lagen vier Tote auf dem Wehrgang. Ein weiterer stürzte auf den Exerzierplatz hinunter.

Von hinten rief Prooq eine Warnung. Stryke und die

anderen ließen sich fallen. Ein Schwarm Pfeile flog über sie hinweg und traf drei Wächter, die sich gerade näherten. Sofort sprangen Stryke, Haskeer und Pepperdyne wieder auf und rannten weiter.

Die nächsten beiden Gegner gingen nicht auf ihre Kappe. Vor ihnen sanken zwei Bogenschützen, von Brandpfeilen getroffen, in sich zusammen.

Zehn Schritte weiter hatte sich ein halbes Dutzend Wächter versammelt. Haskeer schnitt dem ersten, der seiner Klinge zu nahe gekommen war, die Luftröhre durch. Pepperdyne durchbohrte die Brust des zweiten, Stryke erledigte den dritten mit einem heftigen Stoß und wandte sich sodann dem vierten Wächter zu. Pepperdyne schlitzte dem fünften den Bauch auf, während Haskeer den sechsten am Hals packte.

Gleich nachdem die drei eine kurze Spur blutiger Fußabdrücke hinterlassen hatten, stießen sie auf die nächsten Verteidiger. Und so ging es weiter, ohne Atempause, eine anscheinend endlose Reihe von Menschen, die abgestochen, durchbohrt und aufgeschlitzt werden wollten.

Bis sie endlich atemlos am Ende des Wehrganges inmitten von Leichen standen.

Haskeer hatte den letzten Überlebenden gepackt. Er zog den benommenen, angeschlagenen Menschen hoch und wollte ihn über die Brustwehr die Klippe hinunterwerfen. Dann hielt er auf einmal inne, hatte anscheinend jegliches Interesse an dem Mann verloren und ließ ihn achtlos auf den Wehrgang fallen.

»Was ist da unten los?«, sagte er.

Stryke ging zu ihm.

Unten vor der Klippe lagen die Trümmer der demolierten Hütten, an einigen Stellen züngelten Flammen empor, und Rauchwolken stiegen auf. Vor allem aber erregte das Dutzend Soldaten seine Aufmerksamkeit, das sich da zwischen den Ruinen herumtrieb. Es war klar, was sie suchten.

»Die wollen in den Tunnel«, murmelte er.

»Seht euch das mal an!« Pepperdyne, der auf der anderen Seite des Wehrgangs stand, deutete auf die Kämpfenden.

Stryke und Haskeer eilten zu ihm hinüber.

Eine große Zahl Soldaten tauchte zwischen einem Gewirr von Nebengebäuden auf und stürmte auf den Platz.

»Die haben sie als Reserve zurückgehalten«, erkannte Stryke.

»Jetzt sitzen wir in der Patsche«, knurrte Haskeer.

»Es müssen mindestens hundert oder noch mehr sein«, schätzte Pepperdyne. »Stryke, wir können nicht …«

»Ich weiß. Kommt mit!«

Sie rannten über den Wehrgang zu den drei Gemeinen, und dann eilten sie gemeinsam die Treppe hinunter.

Unten tobte immer noch der Kampf. Stryke hielt direkt auf Coilla zu.

»Da sind …«, schrie er.

»Wir haben sie gesehen!«

Die ersten Verstärkungstruppen hatten den Platz bereits erreicht und drängten die Orks zurück.

Keuchend traf Brelan ein. »Sieh mal, wer da bei ihnen ist!« Er deutete auf eine Gestalt, die inmitten der Soldaten marschierte.

»Wer denn?«, fragte Stryke.

»Es ist Kappel Hacher. Der Oberkommandierende höchstpersönlich.«

»Das ist kein Zufall«, meinte Haskeer. »Da hat uns jemand eine Falle gestellt.«

»Mit so vielen Gegnern werden wir nicht fertig«, sagte Coilla.

»Nein«, stimmte Stryke verbittert zu. »Haskeer, blase zum Rückzug.«

Der Feldwebel zog das gekrümmte Horn aus dem Gürtel und hob es an die Lippen.

Als das Signal erklang, rief Stryke zusätzlich: »Rückzug! Zieht euch zurück!«

27

Die schrillen, eindringlichen Töne, die Haskeer seinem Horn entlockte, riefen die Mitstreiter zurück.

Auf dem ganzen Exerzierplatz lösten sich die Orks aus den Kämpfen und eilten zum Tor. Oder wenigstens die meisten. Einige konnten der überwältigenden Zahl von Gegnern nicht entkommen und fanden den Tod. Andere lagen verletzt am Boden oder standen kurz vor der Gefangennahme und richteten die Klingen lieber gegen sich selbst, als dem Feind in die Hände zu fallen. Wer zu entkommen suchte, wurde hitzig verfolgt, überall entbrannten Rückzugsgefechte.

Die abziehenden Vielfraße, Widerstandskämpfer und Füchsinnen sammelten sich am Tor, drängten die Nachzügler weiter und schossen Pfeile auf die Menschen ab, die ihnen auf den Fersen waren.

»Ist der da nicht aus Ceragan?«, rief Coilla und deutete auf das Getümmel.

Stryke nickte. »Das ist Ignar.«

»Er steckt in Schwierigkeiten, Stryke.«

Der Rekrut hatte fast den Rand des Gedränges erreicht, als eine Gruppe von Soldaten ihn einholte. Er hatte große Mühe, sie sich vom Leibe zu halten.

»Ich helfe ihm«, entschied Stryke.

»Ich bin dabei«, sagte sie.

»Ich auch«, erklärte Pepperdyne.

Unter Führung von Stryke rannten sie den Angreifern entgegen.

Unterwegs begegnete ihnen die Vorhut der Verfolger. Vier grölende Soldaten versperrten ihnen den Weg. Mit einem einzigen wuchtigen Hieb erledigte Stryke den Anführer. Coilla und Pepperdyne streckten die anderen nieder, während Stryke schon weiterrannte.

Ignar kämpfte gegen zwei Gegner gleichzeitig. Sie waren besser als er, und er war verletzt. Aus mehreren Wunden strömte das Blut, nicht zuletzt aus einer breiten Schnittwunde auf der Brust. Er konnte die Angreifer mit knapper Not abhalten, und als Stryke kam, sank er auf die Knie. Ein Soldat hob schon das Schwert, um ihm den Todesstoß zu versetzen.

Stryke griff ein. Ein mächtiger Hieb mit seiner Klinge schnitt dem Mann fast den Schwertarm ab. Schreiend stolperte der Gegner davon, aus der Wunde spritzte das Blut. Stryke fuhr sofort herum und nahm sich den nächsten Angreifer vor. Heftig prallten ihre Schwerter aufeinander. Der Kampf war vorbei, als der Stahl voller Wut in den Bauch des Soldaten getrieben wurde.

Ignar war gestürzt. Als Stryke ihn erreichte, war der Rekrut fast schon ohnmächtig. Dann kamen Coilla und Pepperdyne.

»Er ist in schlechter Verfassung«, erklärte Coilla, nachdem sie ihn untersucht hatte. »Er hat viel Blut verloren.«

»Wir schaffen ihn raus«, entschied Stryke.

Er und Pepperdyne schleppten und zerrten Ignar zum Ausgang, während Coilla die nachrückenden Angreifer in Schach hielt. Als sie sich dem Tor näherten, gaben ihnen ihre eigenen Bogenschützen Deckung.

Sie legten Ignar auf den Boden, irgendjemand schob ihm ein zusammengefaltetes Wams unter den Kopf. Er war fast nicht mehr ansprechbar. »Ignar. Ignar!«

Flatternd öffneten sich die Lider des jungen Orks.

»Hier.« Coilla gab Stryke ihre Feldflasche.

»Mit so einer Wunde sollte er nichts trinken«, wandte Pepperdyne ein.

»Das spielt jetzt keine Rolle mehr«, erwiderte Stryke. Er träufelte ein wenig Wasser auf Ignars Lippen.

Ignar versuchte, etwas zu sagen. Stryke ließ ihn einen Schluck aus der Feldflasche trinken. Der Krieger hustete und murmelte etwas. Stryke beugte sich dicht über ihn.

»Es ... es tut mir leid«, flüsterte Ignar.

»Das ist nicht nötig«, erwiderte Stryke. »Du hast gut gekämpft und stirbst als Vielfraß.«

Ignar lächelte schwach. Dann schloss er zum letzten Mal die Augen.

»Verdammt«, zischte Coilla.

»Wir können uns nicht mehr lange halten«, warnte Pepperdyne.

»Setzt die Leute in Bewegung«, befahl Stryke und stand wieder auf.

»Wir haben Kameraden da drin«, protestierte Brelan. »Wir können sie nicht im Stich lassen.«

»Verluste sind unvermeidlich«, sagte Stryke mit einem Blick auf den toten Ignar. »Das ist ein Preis, den man zahlen muss. Wenn wir hier herumtrödeln, verlieren wir noch mehr Leute.«

»Oder sogar alle«, fügte Coilla hinzu. Sie deutete auf das Gedränge auf dem Platz. Die Menschen waren weitaus in der Überzahl und sammelten sich gerade für den entscheidenden Angriff. »Wir müssen verschwinden. Jetzt sofort.«

Widerstrebend nickte Brelan.

Stryke wandte sich an Coilla und Jup. »Alle wissen, wo der Treffpunkt ist. Wer verletzt ist oder zu langsam läuft, muss sehen, wie er hinkommt. Jetzt ist jeder Ork auf sich allein gestellt. Gib das weiter.«

Sie machten sich auf und gaben die Befehle bekannt.

Danach drehte er sich zu Pepperdyne um. »Bist du bereit für eine rasche Flucht, Mensch?«

»Jederzeit.«

Stryke winkte Haskeer. Der Feldwebel stieß noch einmal ins Horn. Die Bogenschützen der Orks verschossen ihre Pfeile schneller denn je.

Der Rückzug begann.

Sie strömten durchs Tor auf die Zufahrtsstraße, warfen überflüssige Ausrüstungsgegenstände und sogar Waffen von sich und suchten im Laufschritt das Weite. Die letzten Flüchtenden hatten gerade die Festung verlassen, da stürzten auch schon die ersten Menschen heraus. Die Pfeile der Orks hielten die Verfolger allerdings etwas auf.

»Wenn sie auch noch Kavallerie haben, sind wir im Eimer«, sagte Coilla, die neben Jup trabte.

»Genau«, keuchte der Zwerg. »Nur die Hoffnung nicht aufgeben.«

Es kamen keine Reiter, aber immer mehr Soldaten verließen die Festung und nahmen die Verfolgung auf.

Die Orks erreichten eine Hügelkuppe und eilten dahinter in die Ebene hinab. Sie hielten auf eine Baumgruppe zu, die einen Pfeilschuss entfernt war.

Pepperdyne, der neben Stryke an der Spitze lief, sah sich um. Die Menschen erschienen schon auf der Hügelkuppe und hoben sich vor dem wolkenlosen Himmel deutlich ab. »Das sieht nicht nach der gesamten Garnison aus. Überhaupt nicht.«

»Gut«, erwiderte Stryke.

»Aber warum verfolgen uns nicht mehr Leute?«

Stryke zuckte mit den Achseln und lief schneller.

Endlich erreichten sie die Baumgruppe und eilten zwischen den Stämmen hindurch. Dahinter lag eine Reihe von Weiden. Auch die überquerten sie und trampelten die Hecken nieder, wenn es keinen leichteren Weg gab. Anschließend folgte wieder offenes Grasland, das von einigen Gehölzen begrenzt war.

»Ob wir sie abhängen?«, fragte Jup.

»Darauf würde ich nicht mein Leben verwetten«, erwiderte Coilla.

»Lange halte ich nicht mehr durch. Wie weit ist es noch?«

»Ich denke, wir sind bald da. Wir müssten gleich einen Wald sehen, und dahinter ist es.«

Sie mussten noch zwei Felder überwinden, bis sie endlich den Wald ausmachen konnten. Mit einem letzten Spurt eilten sie hinüber und verschwanden zwischen den Bäumen.

»Seid wachsam!«, warnte Stryke. »Das ist ein guter Platz für einen Hinterhalt, und davon haben wir für heute genug.«

Pepperdyne schob sich neben ihn. »Jetzt kann ich sie überhaupt nicht mehr sehen.« Er warf einen Blick zum offenen Gelände, das sie gerade verlassen hatten. »Vielleicht haben sie die Verfolgung aufgegeben.«

»Oder sie schleichen um uns herum und fangen uns ab, wie ich gesagt habe. Komm jetzt und schlaf nicht ein.«

Die Orktruppe blieb wachsam und schlich so leise durch den Wald, wie es hundert Kriegern, die sich eilig zurückzogen, überhaupt möglich war. Als sie tiefer in den Wald eingedrungen waren, wich das Sonnengesprenkel einem kühlen grünen Schimmer unter dem Blätterdach. Eine tiefe Stille hüllte sie ein, die nur hin und wieder von den gedämpften Schritten auf dem Lehmboden durchbrochen wurde.

Nach zehn Minuten hörten sie etwas anderes. Der Befehl zum Anhalten wurde gegeben, und sie lauschten. Es war das unverkennbare Geräusch von fließendem Wasser, nicht sehr weit entfernt. Sie gingen weiter. Vor ihnen wurde der Wald lichter, bald kam das Flussufer in Sicht. Stryke und Brelan ließen die anderen zurück und gingen allein bis zum Wasser.

Der Fluss war breit und strömte schnell dahin. Das Wasser donnerte, Gischt stieg auf, weißer Schaum sammelte sich an halb untergetauchten Felsen. Jenseits des Flusses ging der Wald weiter, und dahinter waren die Gipfel grüner Hügel zu erkennen.

Brelan legte die Hände wie einen Trichter vor den Mund und gab eine recht gute Nachahmung eines schrillen Vogelrufs zum Besten, worauf ein Stück weiter unten am Ufer fünf oder sechs Mitstreiter aus den Verstecken kamen.

»Fragt nicht«, sagte Brelan zu ihnen, als sie sich näherten und sich nach dem Verlauf des Überfalls erkundigen wollten. Sein Gesichtsausdruck verriet ihnen jedoch alles, was sie wissen mussten.

»Wir dürfen keine Zeit verschwenden«, drängte Stryke.

Brelan nickte. »Hol die anderen her.«

Stryke winkte ihren wartenden Gefährten. Die Truppe verließ den Wald und verteilte sich am Ufer.

Nicht weit vom Treffpunkt entfernt räumten sie eine Tarnung aus Büschen beiseite, hinter der zehn Flöße verborgen waren. Es waren einfache, aber robuste Konstruktionen aus dicken, zusammengebundenen Baumstämmen. Die Fugen waren mit Pech verschmiert. Jedes Floß besaß ein primitives Ruder, und der einzige Schutz bestand aus einem Seil, das hüfthoch auf drei Seiten an aufrecht stehenden Balken befestigt war.

Als sie zum Ablegen bereit waren, kam Coilla zu Stryke.

»Eine Schande, dass Dallog und Wheam das hier nicht mehr erleben durften.«

»Oder Ignar und all die anderen, die heute dem Verrat zum Opfer gefallen sind.«

»Bist du sicher, dass es ein Verrat war?«

»Die haben nicht zufällig auf uns gewartet.«

»Das würde aber bedeuten, dass jemand im Widerstand ...« Sie ließ den Satz unvollendet.

»Es war ein groß angelegter Einsatz. Vielleicht wussten zu viele von dem Plan.«

»So viele waren es gar nicht, und vor allem die Katakomben sind kaum jemandem bekannt.«

»Da unten waren Menschen.«

»Was?«

»Als wir auf dem Wehrgang waren, habe ich unten an der Klippe Soldaten gesehen. Sie haben den Eingang gesucht. Wheams und Dallogs Wagen habt sie wohl daran gehindert, ihn zu finden.«

Coilla lächelte. »Dann haben sie uns noch einen Dienst

erwiesen.« Sie wurde wieder ernst. »Aber wenn die Menschen über die Katakomben im Bilde waren ...«

»Dann müsste es im Widerstand einen Spion geben, der einen hohen Rang bekleidet.«

»Wenn das zutrifft, stecken wir in Schwierigkeiten, Stryke.«

»Im Augenblick können wir nichts weiter tun. Wir müssen ...«

Rufe ertönten am Ufer. Orks eilten am Wasser entlang, einigen Gestalten entgegen.

Stryke starrte den Aufruhr an. »Was, zur ...«

»Das kann ich nicht glauben!«, rief Coilla. »Komm!« Sie folgte den anderen.

Er zögerte, doch als er sah, was die Unruhe ausgelöst hatte, beeilte er sich.

Die nachrückenden Gestalten waren Orks. Mehr als ein Dutzend, zerschlagen und blutig, einige konnten kaum noch laufen. Ganz vorne kamen Dallog und Wheam.

Pepperdyne starrte sie an. »Wie, zur Hölle ...«

Dallog grinste. »Es war reines Glück.«

Coilla drückte Wheams Arm. »Wir dachten schon, ihr wärt tot.«

»Wir auch«, erwiderte der Bursche mit bebender Stimme.

Stryke drängte sich nach vorn. »Ich hätte nicht gehofft, dich noch einmal zu sehen, Gefreiter. Wir hatten dich schon abgeschrieben.«

»Wir hatten Glück«, erklärte Dallog. »Die Schuppen haben den Aufprall abgefangen, als der Wagen abstürzte.

Die meisten haben nur kleine Wunden davongetragen. Wir haben keinen einzigen Mann verloren.«

»Da waren aber Soldaten«, mischte sich Wheam ein. »Wusstet ihr, dass da unten Soldaten ...«

»Allerdings«, sagte Stryke. »Das wissen wir.«

»Die sind ganz schön erschrocken«, berichtete Dallog nicht ohne Genugtuung.

»Das war ein Glück für uns. Sie hätten uns aufgelauert, wenn wir durch die Katakomben geflohen wären. Entweder das, oder sie wären uns in der Festung in den Rücken gefallen.«

»Aber wenn sie von den Gängen wussten, könnten sie doch auch etwas über diesen Fluchtweg hier wissen?«

»Ein Grund mehr, möglichst schnell nach drüben zu kommen.«

Dallog betrachtete die Orks in der Nähe. »Ignar fehlt.«

»Er hat es nicht geschafft.«

Der Gefreite zog ein langes Gesicht. »Nein?«

»Nein«, bestätigte Stryke.

»Er ist als Kämpfer gestorben«, fügte Stryke hinzu.

»Das tröstet mich«, erwiderte Dallog. »Allerdings habe ich versprochen, auf die jungen Burschen aufzupassen.«

»Ich auch.«

Dallog nickte. Er schwieg einen Moment, dann fügte er hinzu: »Aber der Überfall war erfolgreich, oder?«

Niemand antwortete ihm, schließlich ergriff Pepperdyne das Wort. »Das könnte man auch anders sehen.«

»Kannst du mit deinen Leuten noch weiter, Dallog?«, fragte Stryke.

»Das wird schon gehen.«

»Dann lasst uns aufbrechen.«

Stryke und Brelan riefen Befehle, und die Flöße wurden beladen. Auf jedes passten zwölf oder mehr Fahrgäste. Vielfraße, Füchsinnen und Mitglieder des Widerstandes gingen ungeordnet an Bord. Wie es sich ergab, fuhren Stryke, Jup und Spurral auf demselben Floß. Haskeer und Coilla waren zusammen auf dem zweiten, Chillder und Brelan auf dem dritten. Pepperdyne, Dallog und Wheam bestiegen das vierte.

Auf Brelans Zeichen legten die Fähren ab und wurden mit primitiven Paddeln vom Ufer abgestoßen. Sofort gerieten sie in den Sog der starken Strömung und näherten sich, wie Korken hüpfend, der Mitte des Stroms. Die Orks paddelten wie wild, um Zusammenstöße mit den Felsen zu vermeiden, während die Flöße beschleunigten.

Rasend schnell zog die Uferlandschaft vorbei: große Bäume und üppige Weiden, ein kleiner, von jadegrünen Hügeln umgebener See. Felder mit Schafherden und erschrockene Schäfer. In der Ferne hohe Berge, die im Sonnenlicht schimmerten.

Hinter einer Krümmung wurde der Fluss breiter und strömte schneller. Die Flöße wurden mitgerissen und tanzten auf den Wellen. Bug und Heck wippten auf und ab wie eine Schiffsschaukel.

»He!«, rief Spurral.

»Was ist?«, brüllte Stryke zurück.

»Da hinten!« Sie zeigte es ihm.

Er blinzelte in der Gischt und konnte längliche weiße Flecken erkennen. Sobald der Dunst sich ein wenig klärte, entpuppten sie sich als Segel. Sie gehörten zu einer ganzen Armada von Booten, die ihnen um die Flussbiegung folgten.

Kurz darauf bemerkten auch die Widerständler auf den anderen Flößen die Boote.

Coilla wandte sich an Haskeer. »Jetzt wissen wir, wohin sie verschwunden sind.«

»Die Bastarde sind uns immer einen Schritt voraus.«

»Es muss einen Spion geben.«

»Wenn ich den erwische …«, grollte Haskeer.

»Wir haben dringendere Probleme. Halt dich fest.«

Auf dem Floß, das Dallog, Wheam und Pepperdyne trug, zählten sie die Verfolger.

»Einundzwanzig«, sagte Dallog.

»Zweiundzwanzig«, berichtigte Wheam ihn. »Du hast eins übersehen.«

»So wichtig ist die Zahl auch wieder nicht«, unterbrach Pepperdyne sie giftig. »Wichtig ist allein, dass wir sie abhängen.«

»Sie holen auf!«, rief Wheam.

Brelan und Chillder fuhren auf dem letzten Floß der kleinen Flotte. Die Boote waren nahe genug, um zu erkennen, wer im Bug des führenden Fahrzeugs stand.

»Ja, das ist er«, bestätigte Brelan, der seine Augen mit der Hand abgeschirmt hatte. »Kappel Hacher.«

»Es ist gewiss kein Zufall, dass er hier auftaucht«, überlegte Chillder. »Die ganze Sache stinkt zum Himmel, Bruder.«

Der Fluss schlängelte sich ein oder zwei Meilen dahin, und die Biegungen verlangsamten seine Fließgeschwindigkeit. Dies bremste wiederum die Flöße ab, die auf die Strömung angewiesen waren, und zwang die Orks, zu den Paddeln zu greifen. Die Boote der Verfolger, die über Segel verfügten, schlossen rasch auf. Selbst als der Fluss wieder geradeaus strömte und die Flöße beschleunigten, holten die Gegner weiter auf, bis das erste Boot fast auf Bogenschussweite heran war.

Die Menschen bewiesen dies, indem sie eine Pfeilsalve abfeuerten. Die Pfeile zischten über die Köpfe der Orks hinweg oder fielen ins offene Wasser. Die Bogenschützen der Orks erwiderten den Angriff, fanden aber auf den bockenden Flößen keinen guten Halt und verfehlten die Ziele. Dennoch gaben beide Seiten nicht auf, und hin und wieder gelang ihnen ein Treffer. Ob durch Geschicklichkeit oder Glück, zwei Orks wurden von Pfeilen getroffen. Einer ging über Bord und war verloren, der zweite stürzte verwundet in die Arme seiner Gefährten. Auch ein Mensch bezahlte, von einem Pfeil in die Brust getroffen, mit seinem Leben. Ein zweiter sank an der Reling verletzt in sich zusammen.

Inzwischen waren die Boote bedenklich nahe gekommen, auch wenn die Flöße gegenüber den größeren Fahrzeugen einen kleinen Vorteil hatten. Sie hatten keine Segel, mit denen sich die Besatzung herumschlagen musste, und konnten deshalb leichter manövrieren. So hielten sich die meisten Boote zurück, obwohl sie nahe genug für einen Angriff waren. Speere wurden geworfen, und Pfeile, Wurfmesser und geschleuderte Steine prasselten auf beiden Seiten gegen die erhobenen Schilde.

Da der Fluss zu schnell strömte, gelang es den Booten auch nicht, die Flöße zu rammen. Vielmehr versuchten sie, längsseits zu kommen, damit die Soldaten die Flöße entern konnten. Einige bemühten sich sogar, die Flöße zu überholen, um ihnen den Weg abzuschneiden. Die Orks wehrten sich und versuchten, sie aufzuhalten.

Auf diese Weise spielten die beiden kleinen Flotten Katz und Maus auf dem Fluss. Verfolgung und Angriff, Ausweichen und Abschwenken, Waffenschleudern hin und her.

Nach einer Weile veränderte sich der Flusslauf. Er strömte noch schneller dahin und schien weiter vorn in einer brodelnden Wolke zu verschwinden. Ein dumpfes Grollen war zu hören.

»Was, zur Hölle, ist das?«, fragte Jup.

»Das muss der Wasserfall sein!«, erklärte Stryke.

»Was tun wir jetzt?«, fragte Spurral mit sichtlichem Unbehagen.

»Brelan hat sich etwas überlegt. Jedenfalls hoffe ich das. Haltet euch gut fest.«

Alle Ruder waren mit Widerstandkämpfern besetzt, die genau wussten, was sie wann zu tun hatten. Während die Jagd weiterging, steuerten sie näher zum linken Ufer hinüber und warteten auf das Signal.

Das Tosen des Wassers nahm an Lautstärke zu, der Dunst wallte hoch über ihnen. Mehrere Boote waren inzwischen gleichauf mit den Flößen der Orks.

Am Ufer, der Kante des Wasserfalls gefährlich nahe, stand eine Gruppe von Bäumen. Sie waren größer als alle anderen in diesem Gebiet. Im höchsten Baum blinkte etwas. Das Blinken wiederholte sich mehrmals, bis ein Verbündeter zu erkennen war, der einen Spiegel hielt.

Gleichzeitig schwenkten die Flöße abrupt zum Ufer ab. Die Orks hielten sich fest. Währenddessen deckten Bogenschützen am Ufer, von denen sich einige in den Bäumen verborgen hatten, die Boote der Menschen mit Pfeilen ein.

Die Stelle war gut ausgewählt, denn hier war das Wasser am Ufer flach. Die meisten Flöße setzten einfach auf und blieben knirschend stehen. Die Orks sprangen herunter und liefen spritzend ans Ufer. Einige Flöße konnten, durch die Boote der Verfolger behindert, die flache Stelle nicht erreichen. Sie warfen Anker aus Eisen und Stein über Bord, damit die Orks durchs hüfthohe Wasser zum Ufer waten konnten.

Das unerwartete Manöver hatte die Menschen überrascht, auch wenn ihnen klar gewesen sein musste, dass die Orks sicher nicht den Wasserfall hinabstürzen wollten. Einige versuchten, es den Fliehenden gleichzutun und die Boote im Flachwasser auf Grund zu setzen. Doch da die größeren Schiffe auch einen größeren Tiefgang hatten, liefen sie weit vor dem Ufer auf Grund, sodass die Soldaten keine Lust verspürten, sich ins schnell strömende Wasser zu stürzen.

Andere Boote setzten in voller Fahrt die Anker, doch ihnen erging es kaum besser. Die Strömung war so stark, dass die Anker nicht griffen, sondern von den rasch treibenden Booten über den Grund gezogen wurden. Einige bemühten sich verzweifelt, dem Sog des Wasserfalls zu entkommen und in die Richtung zurückzukehren, aus der sie gekommen waren. Die ganze Zeit über prasselte ein Pfeilhagel auf sie nieder.

Ein Boot geriet völlig außer Kontrolle und drehte sich langsam wie ein Papierschiffchen im brodelnden Strom, der es am Durcheinander der anderen Boote vorbei zum Wasserfall trug. Die Männer sprangen von Deck, nur um festzustellen, dass der Fluss auf sie eine ebenso große Gewalt ausübte wie auf das verlassene Gefährt. Boot und Männer, bald nur noch schwarze Flecken im Schaum, eilten der mächtigen Dunstwolke entgegen. Das Boot, ein dunkler Umriss im Dunst, kippte und schien einen Moment lang auf dem Bug zu stehen, bevor es verschwand.

Unterdessen erreichten die letzten Orks das Ufer und verschwanden zwischen den Bäumen. Die Menschen, die es bis dorthin geschafft hatten, wurden von einem Pfeilhagel empfangen, der sie dicht am Wasser festhielt.

Für die Widerstandkämpfer standen Pferde und zwei Wagen für die Ausrüstung und die Verletzten bereit. Alle stiegen rasch auf, nach wenigen Augenblicken waren sie schon unterwegs und verließen den Wald.

Ihr Weg führte sie zu einer Anhöhe, die parallel zum Fluss verlief. Von dort aus konnten sie das Gewirr der Boote und die am Ufer herumlaufenden Menschen überblicken. Einer war unverwechselbar. Kappel Hacher stand mit geballten Fäusten ein wenig abseits von seinen Männern. Er schaute auf und sah den fliehenden Orks hinterdrein. Selbst auf diese Entfernung war sein ohnmächtiger Zorn zu spüren. Die Orks trieben ihre Pferde an und eilten weiter.

Ein gutes Stück vom Fluss entfernt schlugen sie endlich ein gemächlicheres Tempo an.

Pepperdyne, der neben Stryke und Brelan an der Spitze ritt, hatte eine Frage. »Zählt das jetzt als Niederlage oder als Sieg?«, überlegte er.

»Ein bisschen von beidem«, erwiderte Stryke.

»Ich würde sagen, das ist eine großzügige Betrachtungsweise.«

»Wir haben einigen Schaden angerichtet, und zum Glück für uns haben die Menschen sich mit ihrer Falle recht ungeschickt angestellt.«

»Ich frage mich, ob es das wert war, mehr als vierzig von unseren Leuten zu opfern«, wandte Brelan ein.

»Außerdem haben wir einen Verräter in unseren Reihen, mit dem wir uns jetzt befassen müssen«, fügte Pepperdyne hinzu.

»Das wissen wir nicht«, gab Brelan zornig zurück. »Vielleicht war es reiner Zufall.«

»Ach, hör doch auf.«

»Vielleicht hat Hacher eine überraschende Inspektion angesetzt, und ...«

»Und ebenso zufällig haben sie den Eingang zu den Katakomben gefunden, nachdem wir einige Minuten vorher hineingegangen sind? Was für ein Unsinn.«

»Finde dich doch damit ab, Brelan«, erklärte Stryke. »Es ist sehr wahrscheinlich, dass jemand uns verpfiffen hat.«

»Die Widerstandskämpfer sind unserer Sache treu ergeben«, erwiderte Brelan empört. »Du wirst in unseren Reihen keinen Verräter finden.«

»Das habe ich auch nicht behauptet.«

»Was willst du dann sagen? Wenn es einen Spion gibt, und es war kein Ork aus Acurial, dann bleiben nicht mehr viele übrig, oder?«

»Ich bin mir hinsichtlich der Vielfraße so sicher, wie du es dir bei deinen Kameraden bist.«

»Kannst du wirklich für alle sprechen?« Er warf einen Blick zu Pepperdyne. »Auch für die, die nicht von deiner Art sind?«

»Ich verbürge mich für sie alle«, erwiderte Stryke ungerührt.

»Hoffentlich musst du das nicht eines Tages zurücknehmen. Ich habe jetzt zu tun.« Brelan zog sein Pferd herum und ritt zum hinteren Teil der Kolonne.

»Danke«, sagte Pepperdyne zu Stryke.

»Du hast mein Vertrauen verdient. Falls ich mich irre ... nun ja, das wirst du dann schon merken.«

Bevor der Mensch antworten konnte, kam Coilla galoppiert.

»Was ist mit Brelan los? Er ist an mir vorbeigeschossen und hat ein Gesicht gezogen wie eine Leiche.«

»Er ist sauer, weil es in die Hose gegangen ist«, erklärte Stryke. »Kein Wunder.«

»Außerdem ist er außer sich, weil es möglicherweise einen Verräter in seinen Reihen gibt«, fügte Pepperdyne hinzu. »Aber ich denke, auch das ist kein Wunder.«

»Was ist denn los, Coilla?«, wollte Stryke wissen.

»Ich habe mir die Verletzten angesehen, wie du es wolltest. Zwei werden wohl Gliedmaßen verlieren, die anderen sind nur leicht verletzt. Eigentlich gar nicht so übel.«

»Nein. Wir müssen uns unterhalten, Coilla. Allein.« Er warf Pepperdyne einen auffordernden Blick zu.

»Schon gut«, sagte der Mensch und ließ sich zurückfallen.

»Hast du ihn noch?«, fragte Stryke.

Coilla sah ihn verständnislos an. »Was meinst du?«

»Den Stern.« Er schien gereizt, weil sie es nicht sofort begriffen hatte.

»Oh. Aber natürlich.« Sie schob eine Hand in ihr Wams und zog den Instrumental gerade weit genug heraus, damit er ihn sehen konnte.

»Gut. Pass ja darauf auf. Das ist wichtiger als alles andere.«

»Aber sicher.« Sie verwahrte ihn wieder. »Ehrlich, Stryke, du bist besessen von diesem Ding. Entspann dich und vertrau mir.«

28

Die Widerstandskämpfer blieben eine Woche in Deckung und gruppierten sich neu, ehe sie wieder damit begannen, die Besatzer zu ärgern. Im Gegenzug sprangen die Machthaber strenger denn je mit den Einwohnern um. Da es möglicherweise in ihrer Mitte einen Spion gab, verhielten sich die Rebellen vorsichtig. Es stand zu befürchten, dass sie jederzeit auffliegen konnten, und nicht nur Stryke war bewusst, dass die Menschen und Zwerge in seiner Gruppe misstrauisch beäugt wurden. Das Misstrauen hatte sich womöglich noch verstärkt, nachdem Jups Fähigkeit der Fernsicht gegenüber Chillder enthüllt worden war, auch wenn die Vielfraße es als bloße »Eingebung« abzutun versuchten.

Die Truppe war vollauf damit beschäftigt, die Menschen unter Druck zu setzen. Auch die Füchsinnen trugen ihren Teil dazu bei, Unruhe zu stiften. Nicht lange, und sie wurden durch die ersten Anzeichen von Ungehorsam unter der normalen Bevölkerung belohnt. Die erhoffte Revolution rückte näher.

Verstärkt wurde die Spannung noch durch die Erwartung, dass die Prophezeiung der Wahrheit entsprach und der Komet Grilan-Zeat jeden Augenblick erscheinen konnte.

Für Stryke und seine Truppe stand jedoch ein ganz bestimmtes Ziel im Vordergrund.

Der Plan, Jennesta zu ermorden, war nur sehr wenigen Orks bekannt. Nicht einmal alle Vielfraße wussten davon. Stryke hielt seine Truppe klein und wählte neben Coilla und Haskeer nur Eldo und Noskaa als Rückendeckung aus. Diese Schar sollte ausreichen, da der Plan vor allem auf Heimlichkeit und nicht auf Waffengewalt setzte. Ausgerüstet mit einer groben Karte der Festung, die sie von den in der Burg als Hilfsarbeiter beschäftigten Sympathisanten erhalten hatten, brachen Stryke und die anderen am ersten bewölkten Abend auf.

Wie jede alte Festung war auch die Anlage in Taress weitläufig und groß, nachdem sie im Lauf der Jahrhunderte mehrfach erweitert und umgebaut worden war. Dies wiederum bedeutete, dass es viele Mauern zu bewachen und viele Türen zu verriegeln galt. Besonders ein Anbau, der an der Ostseite aus der Festung ragte und vom alten Burggraben nicht beschützt wurde, ließ die alltäglichen Bedürfnisse der Garnison ins Auge springen. Dort waren Küche und Lebensmittellager untergebracht, dort lagerten die Knochen von ausgeweideten

Tieren und andere Küchenabfälle, bis sie fortgeschafft wurden. Es war das Reich der Diener, und nur sie kannten sich dort aus.

Selbstverständlich gab es, wie überall in der Festung, auch hier einige Wachen, doch es waren nicht viele, und Stryke war über ihre Streifengänge unterrichtet. Heimliche Klingen erledigten sie mühelos, die Leichen wurden unter den Abfallhaufen verborgen.

Stryke klopfte leise an eine tief in der Mauer liegende Tür. So viel Zeit verging, ehe eine Antwort kam, dass er schon drauf und dran war, noch einmal zu klopfen. Endlich hörte er, wie der Riegel zurückgelegt wurde. Die Tür ging einen Spalt auf, ein ängstliches Auge betrachtete die Truppe, dann wurde sie ganz geöffnet, und sie konnten hineinhuschen.

Der Ork, der sie eingelassen hatte, war alt und hatte einen krummen Rücken. Er trug eine ehemals weiße Schürze, die bei der Arbeit schmutzig geworden war und Blutflecken hatte.

»Du weißt, was du zu tun hast?«, erkundigte sich Stryke.

»Ist ja nicht so viel«, erwiderte der Diener. »Ich lasse euch rein. Danach seid ihr auf euch selbst gestellt.«

»Und was ist mit dir?«

»Ich werde verschwinden, sobald ihr drinnen seid, und ich werde heute Nacht nicht der Einzige sein.« Mit tränenden Augen starrte er die Gruppe an. »Ich weiß nicht, wer ihr seid, aber wenn ihr hier seid, um es ... um es dieser Höllenkatze heimzuzahlen, dann bete ich, dass die Götter euch schützen.«

»Du meinst Jennesta.«

»Wen denn sonst?«

»Es wäre besser, du wüsstest nicht, warum wir hier sind. Zu deiner eigenen Sicherheit.«

Der Alte nickte. »Ich hoffe nur, dass es um sie geht. Dieses Miststück. Ihr würdet nicht glauben, wie schlimm die Dinge hier stehen, seit sie gekommen ist.«

»Ich fürchte, das können wir uns durchaus vorstellen«, erwiderte Coilla.

»Wir haben nicht viel Zeit«, drängte Stryke. »Es wird nicht lange dauern, bis die Wachen vermisst werden, und dann …«

»Folgt mir«, sagte der Diener und langte nach einer brennenden Laterne, die neben der Tür auf einem Regal stand.

Er führte sie durch Flure und gewundene Durchgänge, schmale Stiegen hinauf und tiefe Treppenhäuser hinab. Schließlich standen sie vor einer schweren Tür, die er mit einem Messingschlüssel aufsperrte. Dahinter begann wieder eine Treppe, die in einen finsteren Gang führte.

»Dies ist einer der Gänge, über die wir unsere Herren«, er spie das Wort fast aus, »bedienen können, ohne ihnen unseren unwürdigen Anblick zumuten zu müssen.«

»Anscheinend verbringen wir heutzutage viel Zeit in Tunneln«, bemerkte Haskeer.

Der Gang war so schlecht beleuchtet, wie sie es erwartet hatten, und an den Wänden rann Wasser herunter. Offenbar befanden sie sich unter dem Burggraben.

Sie erreichten eine weitere Tür.

»Dahinter liegt die eigentliche Burg«, erklärte ihnen der alte Arbeiter. »Dort müsst ihr eure Karte befragen. Nimm das hier.« Er drückte Haskeer die Lampe in die Hand. »Meine Augen sind an das Zwielicht hier unten gewöhnt. Geht jetzt! Die Tür ist unverschlossen, dafür haben wir gesorgt. Und viel Glück.« Er drehte sich um und verschwand schlurfend im Schatten.

Vorsichtig näherten sie sich der Tür. Auf der anderen Seite befand sich ein weiterer unbeleuchteter Flur, aber hier gab es Wandbehänge und auch einige Möbelstücke. Ein deutliches Zeichen, dass sie von der Welt der Diener in die Welt der Bedienten übergewechselt waren.

Während Haskeer die Lampe hielt, zückte Stryke die Karte und legte sie auf einen mit Schnitzereien verzierten halbrunden Tisch. Was er sah, bestätigte ihn in seiner Erinnerung.

»Wir müssten hier sein.« Er tippte auf das Pergament. »Unser Ziel ist hoch oben, fünf Treppen über uns. Also müssen wir ... dort entlang.« Er deutete nach rechts.

Der lange Flur verzweigte sich mehrmals, verlief aber bis zum Ende geradeaus. Dort begann eine gemauerte Wendeltreppe.

»Auch die ist nur für Diener gedacht«, erklärte Stryke, »und wenn wir richtig im Bilde sind, wird sie heute Nacht nicht benutzt.«

»Wie sieht es mit Wachen aus?«, fragte Coilla. »Es muss doch einige geben.«

»Die Karte zeigt, wo ständig Posten stehen. Sie sind dort, wo man es erwarten würde – vor den Privatgemächern des Gouverneurs und so weiter. Ob zusätzliche Patrouillen unterwegs sind, wissen wir nicht.«

»Die dürften auch eher unregelmäßig kommen.«

»Also passt weiter gut auf.«

Sie stiegen die Treppe hinauf.

Nach etlichen Stufen erreichten sie den ersten Absatz. Dort befanden sich zwei fest verschlossene Türen, an denen sie vorbeischlichen. Das nächste Stockwerk sah ähnlich aus – verschlossene Türen und kein Lebenszeichen. Im dritten Stock lagen die Dinge anders. Hier mündete der Treppenabsatz direkt in einen Flur, der mit dicken Teppichen ausgelegt war. An den Wänden hingen Gemälde. Leise huschten sie vorbei. Auch der vierte Stock war offen, doch im fünften Stock standen sie schließlich vor einer Tür, die sich von allen anderen unterschied. Sie war prächtig oder sogar übermäßig geschmückt. Allerdings waren die Dekorationen alt und verblassten bereits.

»Nicht vergessen«, erinnerte Stryke sie. »Wir müssen gleich nach rechts und dann zwei Gänge weiter.« Er wandte sich an Noskaa. »Du bewachst diese Tür. Wenn wir nicht bald zurück sind, verschwindest du, und zwar schnell.«

Der Gemeine nickte.

»Dann wollen wir mal sehen, ob die Tür verschlossen ist.« Stryke streckte die Hand zur Türklinke aus.

»Aber wenn es hier Magie gibt?«, wandte Coilla ein.

»Dann bringen wir das mit unseren Klingen in Ordnung.« Er drückte die Türklinke herunter.

Vor ihnen öffnete sich ein Gang, der dem Rang jener entsprach, die in ihm wandelten. Er war hell beleuchtet, üppig mit Teppichen ausgelegt und kostbar geschmückt.

»Die brauchst du jetzt nicht mehr«, flüsterte Stryke und deutete auf Haskeers Laterne.

Dankbar stellte der Feldwebel sie auf einem Polsterstuhl ab.

Sie bogen nach rechts ab und tappten bis zum zweiten Flur auf der linken Seite.

»Hier passt du auf, Eldo«, befahl Stryke. Der Posten sollte ihren Fluchtweg sichern. »Für dich gilt das Gleiche wie für Noskaa. Wenn wir nicht bald zurück sind, oder wenn du glaubst, wir wären gefasst worden, dann verschwindest du. Ansonsten erledigst du jeden, der sich dir nähert.«

»Verstanden, Hauptmann.«

Stryke, Coilla und Haskeer betraten den Flur. Er sah so prächtig aus wie der erste, doch von ihm gingen keine Türen ab. Vor ihnen, ungefähr so weit entfernt, wie Haskeer das Bein eines Feindes werfen konnte, bog er scharf nach rechts ab.

An der Ecke flüsterte Stryke: »Hier dürften zwei Wachen stehen. Wir müssen schnell sein und sie geräuschlos ausschalten.«

Coilla nickte und zog ein Wurfmesser aus der Armscheide. Sie gab es ihm und holte für sich selbst ein zweites hervor.

»Bereit?«, sagte Stryke.

Sie nickte.

»Los.«

Rasch liefen sie um die Ecke. Vor ihnen lag ein kurzer Flur, der vor einer beeindruckenden Doppeltür endete. Zwei Wächter standen davor.

Coilla, die bessere Werferin, machte den Anfang. Ihre Klinge schaltete den ersten Wächter sauber aus. Auch Strykes Wurf traf das Ziel, aber nicht mit tödlicher Wirkung. Sein Gegner bekam die Klinge in die Schulter. Coilla schnappte sich sofort ein weiteres Messer und erledigte die Wache.

»Danke«, flüsterte Stryke.

Von Haskeer begleitet, eilten sie weiter zur Tür. Auf halbem Wege bemerkten sie auf der rechten Seite eine Öffnung, die sich als Durchgang entpuppte. Der Eingang war schiefwinklig, und die rechte Seite stand etwas weiter vor als die linke, sodass er kaum zu erkennen war, wenn man nicht direkt davor stand.

»Verdammt«, zischte Coilla. »Der war nicht auf der Karte eingezeichnet.«

Im gleichen Augenblick hörten sie gedämpfte Stiefeltritte. Bevor sie reagieren konnten, tauchte aus dem verborgenen Durchgang eine Streife auf. Die Männer waren so überrascht wie die Orks, vor denen sie auf einmal standen. Doch der Bann hielt nicht lange.

Die Wächter griffen an, und die drei Orks ließen den Stahl sprechen.

»Wir schaffen das allein«, rief Coilla. »Mach schon, beweg dich!«

Stryke duckte sich unter einer wild geschwungenen Klinge hindurch und rannte zur Doppeltür. In vollem Lauf warf er sich dagegen, die Türflügel sprangen nach innen auf, und er stolperte und wäre beinahe gestürzt. Irgendeine Vorrichtung sorgte dafür, dass die Tür hinter ihm wieder zufiel. Er fuhr herum, packte die Türklinke und zog, aber sie ließ sich nicht mehr öffnen.

Jennestas Gemächer waren weitläufig und kostbar ausgestattet. Außerdem waren sie anscheinend leer. Zwar gab es ein großes Bett, das mit feinster Seide bezogen und mit goldenen Kissen mit Quasten geschmückt war, doch es war unbenutzt.

Stryke wollte sich gerade den beiden anderen Türen zuwenden, als eine davon geöffnet wurde.

Kappel Hacher trat ein.

»Ich glaube, wir sind uns noch nicht begegnet«, bemerkte der Gouverneur gleichmütig.

»Ich weiß, wer du bist«, sagte Stryke.

»Dann solltest du vielleicht auch wissen, dass niemand uneingeladen meine Zitadelle betritt. Jedenfalls nicht, wenn er überleben will.«

»Was ich will, hat nichts mit dir zu tun, und du wirst mich nicht aufhalten.«

»Wir werden sehen.«

»Du bist allein, nicht wahr? Keine Kompanie Soldaten, die dich unterstützt?«

»Das bist du nicht wert. Ich brauche keine Hilfe, wenn ich mit deinesgleichen zu tun habe.«

»Unterdrücker.«

»Befreier, wenn es dir nichts ausmacht. Wir haben dieses Land besetzt, damit es keine magischen Zerstörungswaffen mehr gegen uns einsetzt.«

»Das ist Unfug. Orks haben keine Magie. Wo sind denn diese Zerstörungswaffen?«

»Wir haben noch keine gefunden, aber …«

»Lügen. Ein Vorwand für die Invasion. Wen, zur Hölle, habt ihr überhaupt befreit?«

»Die vielen Orks, die nicht darunter leiden wollten, dass ihre Herren ihre verborgene Magie gegen uns eingesetzt haben. Man könnte sogar sagen, dass wir in gewisser Weise eingeladen wurden, auch wenn die Einladung nicht offen ausgesprochen wurde.«

»Das kann nicht dein Ernst sein. Du hast die Orks hier gesehen. Sie sind fügsam und haben nie eine Bedrohung dargestellt.«

»Wie es scheint, sind nicht alle von deiner Art so fügsam, wie du behauptest. Du bist wohl nicht von hier?«

»Genau. Nicht alle Orks sind tief in ihrem Herzen fügsam. Sie sind kampflustig und zäh. Größere Krieger als die Menschen.«

Hacher lachte verächtlich. »Nicht nach allem, was ich gesehen habe. Ein paar Verirrungen der Natur wie deinesgleichen werden daran nichts ändern.«

»Warum dann die vielen Worte?«

»Ja, warum nur.« Hacher zog sein Schwert.

Stryke folgte seinem Beispiel, und der Kampf begann.

Hacher besaß Erfahrung und bekleidete einen hohen Rang. Er war im klassischen Stil ausgebildet, was bedeutete, dass ein solcher Kampf für ihn als Übung in der Fechtkunst galt. Für ihn war ein Kampf ein Duell. Für Stryke war ein Kampf eben ein Kampf.

So standen Geschicklichkeit und eleganter Stil gegen Kampfgeist und brutale Entschlossenheit.

Hacher focht, Stryke hackte. Hacher blockte geschickt die Hiebe ab und verlegte sich auf komplizierte Angriffsmanöver. Stryke schlug drauflos und dachte nur daran, seinem Gegner die Lungen zu durchbohren.

Am Ende behielt der erboste Ork dank seiner größeren Kraft die Oberhand. Er prügelte die Verteidigung des Generals nieder, fand die Lücke und jagte seine Klinge hindurch. Das Schwert traf Hacher zwischen Brustbein und Schulter. Es war keine schwere Verletzung, aber ausreichend, um ihn lahmzulegen. Er stürzte und verlor sein Schwert.

Stryke machte Anstalten, sein Werk zu vollenden. Dann hielt er inne.

Etwas war in den Raum eingedrungen. Jemand, der nicht sprechen musste, um die Aufmerksamkeit auf sich zu ziehen. Er wandte sich von Hacher ab und starrte.

Jennesta war ganz in Schwarz gekleidet, und ein großer Teil ihrer Gewänder bestand aus Leder. Sie trug einen Halsreif mit glitzernden Stacheln und kleinere Ringe an den Handgelenken.

Ihre Ausstrahlung war zugleich unerklärlich und beinahe körperlich fühlbar. Es war eine Faszination, in die sich zu gleichen Teilen auch Abscheu mischte. Sie strahlte eine Macht aus, in der nur sehr wenig Licht war.

Stryke konnte nicht anders, als Ehrfurcht empfinden. Tief in seinem Innersten keimte sogar ein Gefühl, das einem Ork völlig fremd war. Furcht.

»Es ist lange her«, sagte sie überraschend freundlich.

»Ja«, sagte er, weil ihm nichts Besseres einfiel. Er kam sich vor wie ein kleines Kind.

»Weißt du, eigentlich solltest du dich vor mir verneigen. Schließlich stehst du genau genommen immer noch in meinen Diensten. Jedenfalls habe ich dich nie entlassen.«

»Wir verneigen uns nicht mehr und machen auch keine Kratzfüße, seit wir uns die Freiheit genommen haben.«

»Das war aber nicht alles, was ihr euch genommen habt, nicht wahr?«

Stryke konnte sich gerade noch beherrschen, ehe er nach dem Beutel tastete, in dem er die Sterne verwahrt hatte. Er schwieg.

»Aber das können wir jetzt endlich in Ordnung bringen«, erklärte sie ihm. »Wir werden ...«

Hacher stöhnte.

Wütend fuhr sie zu ihm herum. »Nun verschwinde schon, du nutzloser Lump. Verschwinde und lass die

Wunde versorgen. Ich weiß auch nicht, warum ich dich nicht einfach verbluten lasse …«

»Wird er Euch auch nichts tun?«, fragte Hacher.

»Wer ist denn hier der Schwächling? Hier ist nichts, was ich nicht bewältigen kann. Und jetzt verschwinde!«

Der General kam mühsam hoch und humpelte zur Tür, eine Hand auf die blutende Wunde gepresst.

Als er draußen war, konzentrierte sie sich wieder auf Stryke. »Wo waren wir noch gleich? Ach ja, die Instrumentale.« Voller Zorn starrte sie ihn an. »Sie haben von Rechts wegen *mir* gehört. Ich habe jahrelang nach ihnen gesucht, und du hast noch einige Jahre hinzugefügt. So etwas nehme ich nicht hin.«

»Du wirst sie allerdings nicht bekommen«, erklärte Stryke ihr.

»O doch, ich werde sie bekommen. Sie und deinen ausgedehnten Tod als Belohnung für deine Aufsässigkeit.«

»Dann wirst du hoffentlich einem Ork seinen letzten Wunsch erfüllen. Wie bist du geflohen, nachdem du …«

»Nachdem mein Vater mich in den Strudel geschleudert hat, meinst du? In der Hoffnung, ich würde in Stücke gerissen? Nein, das werde ich dir nicht erzählen. Ich erfülle keine Wünsche. Du kannst meinetwegen dumm sterben.«

»Du bist in der Welt der Menschen hoch aufgestiegen. Ich wüsste gern, wie du das geschafft hast.«

»Die Menschen sind Abschaum. Ich empfinde nichts als Verachtung für sie. Sie sind nur ein Mittel zum Zweck. Wie ich bei ihnen aufgestiegen bin, ist ebenfalls eine Geschichte, mit der ich dich nicht behelligen will. Jedenfalls sei so viel gesagt, dass es lächerlich einfach war.«

»Immer die Ränkeschmiedin.«

»Ich bin nur realistisch.« Auf einmal sprach sie ruhig, es klang fast nach einem müßigen Geplauder. »Es ist wirklich schade, dass die Dinge so verlaufen sind. Du warst einmal ein guter Sklave. Ich hätte dir eine hohe Position in meinen Diensten geben können. Wenn ich recht darüber nachdenke, haben wir sogar etwas gemeinsam, nicht wahr?«

»Was, zur Hölle, sollte das sein?«

»Wir haben keine Heimat. Oder kein Reich, soweit ich betroffen bin«, fügte sie verbittert hinzu. »Wir sind entwurzelt und haben keinen Ort, dem wir die Treue schwören könnten. Aber wenigstens hast du noch deine Gefährten. Es gibt jedoch nicht viele wie mich.«

»Das glaube ich gern. Worauf willst du nun hinaus, Jennesta?« Er spürte einen kleinen Stich im Magen, weil er sie nicht mit »Euer Majestät« angeredet hatte. »Soll ich wieder in deine Dienste treten?«

»Aber nicht doch. Ich habe dir nur unter die Nase gerieben, was du nicht haben kannst. Eine Gnadenfrist wird es nicht geben.«

Stryke sprang sie mit erhobenem Schwert an. Sie bewegte rasch und auf geheimnisvolle Weise die Hände.

Er erstarrte. Sosehr er es auch versuchte und trotz all seiner Kräfte konnte er sich nicht mehr bewegen. Er stand da wie eine Statue, mit ausgestrecktem Schwert und bereit zum Stoß.

Sie lachte ihn aus. Dann stieß sie in einer gutturalen, uralten Sprache einen Ruf aus. Gleich darauf schlurften zwei ihrer untoten Wächter herein.

»Ihr wisst, was ihr zu tun habt«, sagte sie zu ihnen, ohne sie auch nur eines Blickes zu würdigen.

Sie nahmen sich Stryke vor und tasteten ihn ab. Die knochigen Finger durchsuchten seine Taschen, gelbe Skeletthände wühlten in seinen Gürteltaschen herum. Aus der Nähe war der üble Gestank der Wesen überwältigend. Doch Stryke konnte nicht ausweichen, so sehr er sich auch bemühte.

Unweigerlich fand einer der Leibwächter den Beutel mit den Sternen. Als er ihn öffnete, fielen sie auf den Teppich, und ein schreckliches Feuer brannte in Jennestas Gesicht. Sie stürmte herbei und verscheuchte den Zombie, der den Beutel ausgekippt hatte, mit einem Faustschlag, als wolle sie ihn für seine Achtlosigkeit bestrafen. Kniend und voller Verehrung sammelte sie die Sterne ein. Falls sie enttäuscht war, nur vier zu finden, so zeigte sie es nicht. Neben allen anderen Sorgen, die er gerade hatte, fand Stryke dies erstaunlich.

»Sie werden mir eine Macht geben, die du dir nicht vorstellen kannst«, prahlte sie und hob triumphierend die Instrumentale. »Ich werde nicht nur ein Reich haben, sondern gleich mehrere. Nicht nur in einer, sondern in vielen Welten werde ich herrschen. Beginnen soll es mit einem Heer aus Orks, die so gehorsam sein werden wie diese beiden hier.« Jennesta warf nickend einen Blick auf die Untoten. »Wie schade, dass du es nicht mehr erleben wirst.« Sie hob eine Hand.

Mit lautem Krachen flogen die Türflügel auf. Haskeer kam mit einer Holzbank herein, die er lässig auf den Boden warf. Ihm folgte Coilla, Schwert und Dolch kampfbereit in der Hand.

Die Eindringlinge störten Jennestas Konzentration, und einen Augenblick lang irrte ihre Aufmerksamkeit ab. Ihre Macht über Stryke, wie sie auch beschaffen war, schwand dahin. Er setzte die unterbrochene Bewegung fort, obwohl Jennesta nicht mehr vor ihm stand, und wäre fast gestürzt. Dann schüttelte er sich und machte sich bereit, noch einmal zuzuschlagen.

Coilla kam als Erste. Während Stryke noch auftaute, warf sie ein Messer nach Jennesta. Es traf, mit dem Heft voran, ihre Schläfe. Die Zauberin schrie auf, teils vor Schmerzen, aber überwiegend vor Wut. Etwas breitete sich auf ihrer Stirn aus, das Blut hätte sein können, wenn es die richtige Farbe besessen hätte. Jennesta wich zurück, nachdem sie den möglicherweise ersten körperlichen Schlag ihres Lebens verspürt hatte, und rief etwas in einer geheimen Sprache.

Die Zombies wurden schlagartig munter. Mit überraschender Geschwindigkeit gehorchten sie ihrer Herrin und griffen an. Haskeer rannte ihnen entgegen und stieß dem ersten die Klinge von vorn in die Brust. Die

Spitze trat in seinem Rücken wieder aus, doch es gab eine Staubwolke und keine Gischt von Blut. Haskeer riss das Schwert wieder heraus. Der Zombie blieb einen Moment schwankend stehen, dann machte er weiter, als wäre nichts geschehen. Haskeer versuchte es noch einmal, jetzt traf sein Schwert den Bauch. Der Zombie zögerte nicht einmal.

»Wir können sie nicht töten!«, brüllte Haskeer.

»Kommt darauf an, wie man es anstellt«, rief Coilla zurück. Sie ging auf den nächsten Schläger los und trennte ihm mit einem Hieb den Arm ab, der nutzlos zu Boden fiel. Dennoch griff der Zombie weiter an.

»Meinst du, wir sollen sie in Stücke hacken?«, fragte Haskeer.

Er bekam keine Antwort. Vor der zerstörten Doppeltür entstand Unruhe, Männer riefen und trampelten in ihre Richtung.

Aus Coillas Sicht stellte Jennesta die größere Gefahr dar, denn sie hatte sich gerade wieder gesammelt, sofern ihr angestrengt verzerrtes Gesicht und die Gesten, die sie machte, etwas zu bedeuten hatten.

Coilla sah einen Ausweg. Er war riskant und konnte sie ebenso leicht töten wie die Gegner. Immerhin bot er eine Gelegenheit. Sie packte Stryke und Haskeer bei den Armen und zog sie an sich.

»Fenster!«, rief sie.

»Was?«, grunzte Haskeer.

»Fenster!«, wiederholte sie und deutete zu der deckenhohen Glastür am anderen Ende des Raumes.

Haskeer begriff. »Genau!«

Sie rannten los, als die Wächter schreiend in den Raum stürmten. Stryke, zwischen Coilla und Haskeer und ebenso sehr mitgeschleift wie durch eigene Anstrengung laufend, war immer noch benommen. Sein Kopf klärte sich sofort, als er das Fenster näher kommen sah.

»Sie hat die Ster...«, konnte er noch brüllen.

Das Klirren der berstenden Scheiben und zerbrechenden Holzstücke übertönte ihn.

Dann wurde es still. Sie stürzten. Sie sahen am Nachthimmel hinter den Wolken Sterne blitzen. Dann die Dächer anderer Gebäude und schließlich den dunklen Boden.

Sie landeten dicht beieinander im Burggraben. Der Aufprall tat weh, fügte ihnen aber keinen ernsthaften Schaden zu, auch wenn das Wasser kalt war und stank. Sie kamen sofort zu sich, schwammen ans Ufer und kletterten hinaus. In der Nähe warteten Eldo und Noskaa, beide recht nervös. Die fünf Orks verschwanden in der Nacht.

Jennesta spielte unterdessen mit ihren neuen Schätzen.

»Ich kann nicht glauben, dass du ihn im Haus gelassen hast«, grollte Stryke, als sie tropfnass in die gegenwärtige Zuflucht des Widerstandes eingelassen wurden.

»Ich kann nicht glauben, dass du deine *mitgenommen* hast«, fauchte Coilla. »In die Höhle des Löwen.«

»Ich dachte, die Sterne mitzunehmen, sei die beste Möglichkeit, sie zu schützen. Ich habe mich geirrt. Aber das ist keine Entschuldigung dafür, dass du deinen einem Risiko ausgesetzt hast.«

»Stryke, wenn ich ihn bei mir gehabt hätte, dann hätte sie jetzt möglicherweise alle in der Hand. Ich dachte, ihn zu verstecken, sei das Sicherste.«

»Du hast mir nichts davon gesagt.«

»Du hättest nur ... genauso reagiert, wie du es jetzt tust. Eigentlich hättest du es nie erfahren müssen.«

Im Haus herrschte Unruhe. Orks der Widerstandsbewegung eilten hin und her, ein Nebenzimmer war überfüllt.

»O nein«, stöhnte Coilla.

»Was ist denn?«, fragte Stryke erschrocken.

»Das sollten wir lieber gleich herausfinden.« Sie marschierte zum überfüllten Zimmer, Stryke folgte ihr.

Als sie sich hineingedrängt hatten, fanden sie Brelan, Chillder und Jup im Herzen des Aufruhrs. Sie starrten ein kleines Kästchen an, das auf dem Boden lag. Der Deckel war aufgebrochen.

»Wie ist es euch ergangen?«, fragte Jup erwartungsvoll.

»Hat nicht geklappt«, gab Coilla zu.

Aus der wachsenden Zuschauerschaft ertönten mitfühlende Rufe.

»Was ist hier los?«, fragte Stryke.

»Oh«, sagte Jup. »Ja, das ist seltsam und beunruhigend.«

»Was ist passiert?«

»Anscheinend ist jemand eingedrungen und hat dieses Kästchen aufgebrochen.«

»Eingedrungen? In dieses Haus? Wo so viele Orks sind und trotz der Wachposten?«

»Es gibt Anzeichen dafür. Ein eingedrücktes Fenster hinten, an dieser Tür wurde das Schloss geknackt.« Er nickte in Richtung der Tür. »Wir versuchen gerade herauszufinden, wem das Kästchen gehört.«

»Es ist meins« sagte Coilla.

»Bitte nicht«, flehte Stryke sie an.

Mit grimmigem Gesicht nickte sie fast unmerklich.

»Deins?«, fragte Chillder.

»Ich hatte es da drüben hinter dem losen Ziegelstein versteckt.« Coilla deutete zur Wand, wo ein Ziegelstein neben dem Loch lag.

»Wer es auch war, er hat das Versteck gefunden«, sagte Brelan. »Sonst wurde anscheinend nichts gestohlen. War etwas Wertvolles darin?«

Sie zögerte einen Augenblick, ehe sie antwortete. »Nein, nur ein paar Erinnerungsstücke. Überwiegend wertlos, aber mir waren sie wichtig.«

»Warum sollte jemand etwas Wertloses stehlen?«, fragte Chillder und sah Coilla scharf an.

»Noch wichtiger«, warf Brelan ein, »ist die Frage, wie es überhaupt möglich war. Wenn jemand so leicht hier eindringen kann, müssen wir unsere Sicherheitsmaßnahmen erheblich verstärken.«

»Falls es überhaupt jemand von draußen war«, sagte Stryke.

»Was?«

»Es gibt noch eine andere Möglichkeit.«

Brelan runzelte die Stirn, als es ihm dämmerte. »Nicht schon wieder, Stryke. Ich habe dir gesagt, die Zuverlässigkeit unserer Leute steht außer ...«

»Ich sage nur, dass es möglich wäre. Würde es denn schaden, jeden hier zu durchsuchen?«

»Sie durchsuchen? Selbst wenn es nicht so widerwärtig wäre, wäre es unmöglich. Heute herrscht ein ständiges Kommen und Gehen, und ich denke, ein Dieb würde sich nicht lange aufhalten. Aber sie alle wegen etwas durchsuchen, das Coilla als wertloses Zeug bezeichnet? Mach mal halblang, Stryke. Als Erstes müssen wir das Haus absichern. Wenn es dir nichts ausmacht, würde ich auch gern etwas über den heutigen Fehlschlag hören, aber ...«

»Auch das könnte wiederum Verrat gewesen sein«, erklärte Stryke ihm.

Brelan sah ihn scharf an. »Komm erst mal zu dir.« Damit marschierte er hinaus.

Die Zuschauer waren inzwischen weitgehend verstummt und verrenkten neugierig die Hälse. Stryke kam sich vor wie in einem Zoo. Er rief Jup zu sich und zog sich mit Coilla und Haskeer in eine stille Ecke zurück. Als sie an einem Tisch hinten im lauten Raum saßen und ihre nassen Sachen am Feuer trocknen konnten, unterrichtete er Jup über die jüngsten Ereignisse.

»Verdammt, Stryke«, sagte der Zwerg. »Das ist ein harter Schlag.«

»Du musst mich abgrundtief hassen, Stryke«, sagte Coilla.

Er schüttelte den Kopf. »Nein. Ich habe dir die Verantwortung übertragen, und du hast so gut gehandelt, wie du konntest. Ich bin der größere Narr, weil ich ihr die Sterne auf dem Silbertablett serviert habe.«

»Glaubst du denn nicht, sie hat auch meinen?«

»Es würde mich wundern, wenn sie ihn *nicht* hätte.«

»Jennesta hat fünf Instrumentale«, murmelte Jup. »Gar nicht auszudenken, was das bedeutet.«

»Und wir sitzen hier fest«, fügte Haskeer hinzu.

»Es wird lustig, wenn wir das dem Rest der Truppe mitteilen«, bemerkte Coilla.

»O nein«, stöhnte Haskeer. »Heißt das, wir haben noch länger diese beiden Menschen am Hals?« Standeven befand sich auf der anderen Seite des Raumes. Er hockte allein in der Ecke und trank aus einem Krug, während rings um ihn wichtige Dinge erledigt wurden.

»Ich hole mir die Sterne zurück«, schwor Stryke finster. »Sie kommen wieder zu uns, und wenn es mich umbringt.«

»Was Jennesta sicherlich freuen würde«, meinte Jup.

»Wir sind im Eimer«, sagte Haskeer.

»Da bin ich mir noch nicht so sicher«, erwiderte Jup. »Überleg mal in Ruhe. Dies ist ein schönes Land, ganz anders als Maras-Dantien. Über Ceragan weiß ich nichts, aber ist es besser als das hier?«

»Es ist nicht von Menschen besetzt«, erklärte Coilla ihm.

»Hier wird sich einiges ändern. Da braut sich eine Revolution zusammen, und wir haben geholfen, sie in

Gang zu bringen. Also gibt es die Aussicht auf Kämpfe, wir bringen die Orks in dieser Gegend zu Sinnen, was wir ja auch wollten, und am Ende können wir ein schönes Heim finden. Es könnte schlimmer sein.«

Coilla lächelte, wenngleich nicht sehr humorvoll. »Das ist ja nett gemeint, aber ich frage mich, wie ihr zwei, du und Spurral, euch in einer Welt voller Orks fühlen würdet.«

»Es wäre mir eine Ehre.«

Sie hob ihr Weinglas und prostete ihm zu. »Vielleicht hast du recht, und wir müssen das Beste daraus machen.«

»Wir holen uns die Sterne zurück«, versprach Stryke. »Ich habe es ernst gemeint, als ...«

»Sch-scht!« Coilla legte einen Finger auf die Lippen und nickte in Richtung der Tür. Chillder kam zu ihnen geeilt.

»Er ist da!«, strahlte sie. »Grilan-Zeat. Der Komet. Er ist da! Kommt mit und schaut ihn euch an!«

Sie standen auf und folgten ihr. Alle anderen waren schon zur Tür unterwegs.

Draußen vor dem Bauernhaus hatte sich eine schweigende, stetig wachsende Menge von Widerstandkämpfern versammelt. Alle hatten sie die Köpfe in den Nacken gelegt und starrten zum Himmel. Stryke und die anderen folgten ihrem Blick. Dort oben war ein Licht. Eine kleine Scheibe, ungefähr von der Größe der kleinsten Münze, die man auf Armeslänge vors Auge hielt. Sie wirkte dunstig und irgendwie wässrig. Doch sie strahlte ein Licht aus, das keinem anderen Objekt am Nachthimmel ähnelte, und schien ein Ziel zu haben.

»Ist das nicht wundervoll?« Chillder gesellte sich zu ihnen. »Jetzt kann meine Mutter die Leute zu den Waffen rufen. Dann werden wir sehen, aus welchem Holz die Orks von Acurial geschnitzt sind.«

Stryke fürchtete, dass dies durchaus der Fall sein konnte.

»Wenn das da stimmt«, verkündete Haskeer, »dann stimmt vielleicht auch der Teil mit den Helden.« Es klang sehr hoffnungsvoll.

Stryke bemerkte Wheam, der in der Menge stand und hingerissen gaffte. In der Nähe waren auch Dallog und die meisten anderen Rekruten aus Ceragan. Alle starrten nach oben, gebannt von dem Wunder und dem Geheimnis. In diesem Augenblick standen in ganz Taress, ja, im ganzen Land unzählige Orks im Freien, schauten nach oben und sahen das Gleiche wie er. Ihm war nur nicht klar, was sie sich dabei dachten.

»Er wird wachsen«, versprach Chillder. »Je näher er kommt, desto größer wird er.«

Coilla hatte sich ein Stück von den anderen entfernt. Sie fand eine niedrige Mauer und setzte sich, um den Himmel zu betrachten. Sie war zerknirscht wegen ihrer Achtlosigkeit, aber das war seltsamerweise nicht ihr wichtigster Gedanke. Als sie den Kometen beobachtete und die gedämpften Unterhaltungen der Zuschauer hörte, wurde ihr bewusst, wie sehr sich dieses Land von ihrer Heimat unterschied. Es waren keine markanten Unterschiede, sondern viele Kleinigkeiten, die insgesamt einen fremdartigen Eindruck ergaben, der sie aus dem Gleichgewicht brachte. Sie fühlte sich erschöpft und war sehr müde.

Jup hatte bemerkt, dass sie sich zurückgezogen hatte, und weil er glaubte, sie müsste aufgeheitert werden, ließ er Spurral stehen und kam zu ihr.

Er zog sich neben ihr auf die Mauer, seine Füße pendelten ein Stückchen über dem Boden, und sagte: »Das ist gewiss nicht das Ende der Welt.«

»Nein«, erwiderte Coilla. »Aber von hier aus kann man es schon fast sehen.«

BLUTNACHT

Die Abenteuer der Vielfraße widme ich Elaine und Sam Clarke sowie Anna und Rod Fry. Alles Gute und meine besten Wünsche für das neue große Abenteuer, in das ihr euch gerade gestürzt habt.

Unter den nie besungenen Helden des Verlagswesens spielen die Übersetzer eine besonders wichtige Rolle. Der Erfolg jeder fremdsprachlichen Ausgabe eines Buchs steht und fällt mit den Fähigkeiten und dem Einfühlungsvermögen des Übersetzers. Deshalb möchte ich an dieser Stelle meine große Dankbarkeit für die Übersetzer der vielen Ausgaben der Orks-Reihe rund um die ganze Welt zum Ausdruck bringen. Besonders erwähnen möchte ich Isabelle Truin in Frankreich, Jürgen Langowski in Deutschland und Lia Belt in den Niederlanden.

Was bisher geschah ...

Vorzeichen, Rebellion und legendäre Helden

Nach der Flucht von Maras-Dantien, ihrer chaotischen Heimat, ließ sich die Kriegertruppe der Vielfraße in Ceragan nieder, einer ausschließlich von Orks bewohnten Welt. Stryke, der Anführer der Gruppe, nahm die Einheimische Thirzarr zur Frau und zeugte mit ihr zwei Kinder. Als Strykes ältester Sprössling vier Jahre alt war, konnten die Krieger ihr allzu beschauliches Leben kaum noch ertragen.

Eines Tages gerieten Stryke und Haskeer, der Feldwebel der Vielfraße, auf der Jagd aufs Neue in die Nähe der Höhle, wo die Truppe ursprünglich in Ceragan angekommen war, und beobachteten erschrocken, wie ein unbekannter Mensch auftauchte. Ein Dolch, der noch in seinem Rücken steckte, hatte ihn schwer verletzt. Wenige Augenblicke später starb der Mann. Die Untersuchung des Toten förderte ein Amulett mit eigenartigen Markierungen und einen Edelstein zutage.

Der magische Stein spielte eine Botschaft von Tentarr Arngrim ab, den die Vielfraße als Seraphim kannten. Dieser Magier hatte ihnen die Flucht von Maras-Dantien ermöglicht. In der Botschaft sahen sie Bilder von Orks auf einer anderen Welt, die von Menschen grausam unterdrückt wurden. Zu Strykes und Haskeers Entsetzen schienen sich die Orks nicht einmal zu wehren. Noch erschreckender war, dass die grausame Regentin Seraphims bösartige Tochter war: die Hexenkönigin Jennesta, eine alte Widersacherin und die ehemalige Herrscherin der Kriegertruppe.

Arngrims durch die Magie des Steins übertragenes Ebenbild versicherte ihnen, dass es durchaus in den Kräften der Vielfraße liege, jenen anderen Orks zu helfen und an Jennesta Rache zu üben. Dazu müssten sie fünf geheimnisvolle Artefakte einsetzen, die »Instrumentale« genannt und von den Orks meist nur kurz als »Sterne« bezeichnet wurden. Seraphim hatte einst diese Objekte geschaffen, die sich noch im Besitz der Kriegertruppe befanden. Die Instrumentale erlaubten es dem Kundigen, zwischen den Dimensionen hin und her zu springen. Nur mit ihrer Hilfe hatten die Orks überhaupt nach Ceragan gelangen können. Hätte ihn nicht irgendjemand ermordet, dann hätte der von Seraphim geschickte Bote der Truppe als Führer dienen sollen.

Stryke war geneigt, die Aufgabe zu übernehmen, obwohl er, was Arngrims Motive anging, durchaus seine

Zweifel hatte. Der Anführer der Kriegertruppe vermutete, dass die Symbole auf dem Amulett zeigten, wie die Sterne zusammengesetzt werden mussten, wenn man in andere Welten reisen wollte. Er sammelte die verstreut lebenden Mitglieder der Vielfraße ein und stellte fest, dass sie ebenso wie er darauf brannten, endlich wieder ein Abenteuer zu erleben.

Stryke war als Hauptmann der Befehlshaber der Truppe. Unter ihm dienten zwei Feldwebel, von denen einer Haskeer war. Der zweite war Jup, der einzige Zwerg in der Truppe. Jup hatte es jedoch vorgezogen, in Maras-Dantien zu bleiben. Unter diesen beiden standen noch zwei Gefreite, von denen ebenfalls einer fehlte. Alfray war jedoch nicht wegen der Entfernung zwischen den Welten von ihnen getrennt, sondern er war gefallen. Die zweite Gefreite war Coilla, die einzige weibliche Angehörige der Truppe und zugleich eine Meisterin der Strategie. Den Offizieren unterstanden dreißig gemeine Soldaten – oder besser, so hätte es sein sollen, wenn nicht im Lauf der Zeit sechs von ihnen gefallen wären.

Um die Truppe zu ergänzen, rekrutierte Stryke ein halbes Dutzend einheimische Krieger, die jedoch allesamt blutige Anfänger waren. Als Ersatz für Alfray und als zweiten Gefreiten wählte er einen nicht mehr ganz jungen Ork namens Dallog aus. All dies schmeckte Haskeer überhaupt nicht, und er war besonders unglücklich darüber, dass sie der Häuptling Quoll zwang, seinen verweichlichten Sprössling Wheam auf die Mission mitzunehmen. Stryke entschied, dass die Truppe zunächst nach Maras-Dantien springen sollte, um Jup zu suchen und ihn, sofern er überhaupt noch lebte, hoffentlich zu überreden, wieder als Feldwebel zu wirken.

Nach einem erschreckenden Übergang fanden sie Maras-Dantien in einem noch schlimmeren Zustand als bei ihrem Abschied vor. Die magische Energie, die durch das Land strömte, war viel schwächer geworden, und was nun noch übrig war, erwies sich als übel und böse.

Die Vielfraße waren kaum eingetroffen, da wurden sie auch schon von menschlichen Räubern angegriffen. Einer der neuen Rekruten und Liffin, ein Veteran der Truppe, wurden getötet. Da Liffin starb, während er Wheam verteidigte, wuchs Haskeers Verachtung für den jungen Kerl noch mehr. Stryke ließ die Truppe eilig nach Quatt weiterziehen, der Heimat der Zwerge. Es war eine Reise voller Gefahren.

Über die Dimensionen verteilt, existierte eine unbekannte Anzahl von Instrumentalen. Als die Kriegertruppe ihre Geräte verwendete, erregte dies die Aufmerksamkeit einer verdeckt operierenden Gruppe, die sich »das Corps der Torhüter« nannte. Es war eine alte Gemeinschaft mit Vertretern aus allen Völkern, die entschlossen waren, die Portale zwischen den Welten zu versperren. Deshalb suchten sie unermüdlich nach den Instrumentalen. Karrell Revers, ein Mensch und der Anführer des Corps, befahl seiner Stellvertreterin, der Elfenfrau Pelli Madayar, die Instrumentale zu beschaffen, die sich im Besitz der Vielfraße befanden. Pellis mit mächtigen magischen Waffen ausgerüstete Einheit hatte die strikte Anweisung, die Mission mit allen Mitteln erfolgreich abzuschließen.

Die Vielfraße kämpften sich unterdessen nach Quatt durch und fanden Jup. Zu ihrer Überraschung hatte auch er inzwischen eine Gefährtin, die Spurral hieß. Da er nicht mehr tatenlos zuschauen wollte, wie sich die Dinge auf Maras-Dantien stetig zum Schlechteren entwickelten, war Jup gern bereit, sich der Truppe wieder anzuschließen. Er beharrte jedoch darauf, dass Spurral mitkommen müsse.

Bevor sie aufbrechen konnten, begegneten die Vielfraße den Menschen Micalor Standeven und Jode Pepperdyne, die sie vor einem unmittelbar bevorstehenden Überfall religiöser Fanatiker warnten. Trotz ihres Misstrauens und ihrer Verachtung für alle Menschen nahmen die Orks die Warnung ernst und schlugen mit Hilfe der Zwerge den Angriff zurück. Während der tätlichen Auseinandersetzung erwies Pepperdyne sich als herausragender Kämpfer und rettete Coilla das Leben. Standeven zeigte sich dagegen weit weniger heldenhaft.

Die Vielfraße wussten nicht, dass Pepperdyne kaum mehr als Standevens Sklave war. Auch war ihnen nicht bekannt, dass die beiden vor einem Despoten namens Kantor Hammrik davongelaufen waren, bei dem Standeven hoch verschuldet war. Standeven und Pepperdyne hatten der Hinrichtung durch Hammrik nur entgehen können, weil Pepperdyne die Gier des Tyrannen, in den Besitz der sagenhaften Instrumentale zu kommen, redlich ausgenutzt hatte. Er hatte den Herrscher überzeugt, dass nur sie die Objekte im Barbarenland von Maras-Dantien finden konnten. Daraufhin hatte Hammrik Standeven und Pepperdyne mit einer bewaffneten Eskorte auf die Reise geschickt, doch die beiden waren ihren Wächtern entkommen. Den Vielfraßen dagegen erzählten sie, sie seien Händler, Jennesta habe ihnen ein Unrecht angetan, und nun sännen sie auf Rache. In Wahrheit begehrte Standeven die Instrumentale der Vielfraße und gedachte sie als Tauschobjekt einzusetzen, um seine Schulden bei Hammrik zu begleichen.

Zornig darüber, dass die Vielfraße Unruhe in ihre Siedlung gebracht hatten, wendeten sich die Zwerge gegen sie. Schließlich wurde die Truppe zusammen mit Jup, Spurral und den beiden Menschen in einem brennenden Langhaus in die Enge getrieben. Als sie erkannten, dass sie nur noch mithilfe der Sterne fliehen konnten, brachte Stryke sie in die Anordnung, mit der sie hoffentlich zu der Welt springen konnten, auf der sie ihre Mission erfüllen wollten.

Die Kriegertruppe kam im fruchtbaren Acurial heraus, dessen einheimische Orks jeglichen Kampfgeist verloren hatten. Das Menschenreich Peczan hatte das Land unter dem Vorwand besetzt, Acurial verfüge über gefährliche magische Waffen. Die Eroberer verhielten sich äußerst brutal.

Bald gerieten die Vielfraße in der Hauptstadt Taress mit den Invasoren aneinander und mussten zu ihrem Erschrecken feststellen, dass die Menschen, die auf Maras-Dantien über keinerlei Zauberkräfte verfügten, in diesem Land eine gewaltige Magie aufbieten konnten. Als sie einer überwältigenden Zahl von Gegnern gegenüberstanden, wurden sie von Widerstandskämpfern der Orks gerettet und in Sicherheit gebracht.

Solche Übergriffe der einheimischen Opposition waren Kappel Hacher, dem General der Besatzungsarmee und dem Gouverneur des Landes, das vom Reich Peczan inzwischen als Provinz betrachtet wurde, natürlich ein Dorn im Auge. Er teilte sich die Bürde der Regentschaft mit Bruder Grentor, dem Hohepriester des Helixordens, und den anderen Hütern und Anwendern der Magie.

Die Anführer der Widerstandsgruppe waren Brelan und seine Zwillingsschwester Chillder. Das wirkliche Oberhaupt war jedoch ihre im Verborgenen wirkende Mutter Sylandya, die vor der Invasion als Herrscherin von Acurial den Titel der Obersten getragen hatte. Um die Anwesenheit Pepperdynes, Standevens und sogar eines Zwergs zu erklären, erzählte Stryke den Widerständlern, er und seine Truppe kämen aus der Wildnis im hohen Norden, wo sich einige Menschen mit den Orks verbündet hätten. Dort oben seien auch die ansonsten in Acurial völlig unbekannten Zwerge heimisch. Die Orks im Norden, flunkerte Stryke, hätten den Kampfgeist niemals verloren. Die Widerständler blieben skeptisch, erlaubten den Vielfraßen aber trotzdem, sich ihnen anzuschließen, nachdem sie ihren Wert bewiesen hätten. Die Prüfung bestand darin, jene Widerstandskämpfer zu befreien, denen die Hinrichtung bevorstand. Obwohl die Hälfte seiner Truppe als Geiseln festgehalten wurde, denen der Tod drohte, falls sie scheiterten, gelang es Stryke, die Gefangenen zu befreien.

Dann machten sich die Vielfraße daran, die Rebellen auszubilden und zu organisieren. Coilla rang Brelan und Chillder die Zustimmung ab, eine nur aus Frauen bestehende Kampfeinheit aufzubauen, die sich »die Füchsinnen« nannte.

Als die Besatzer Acurials einen hochrangigen Gesandten nach Taress schickten, der die Unterdrückung des Widerstands beobachten sollte, stellte sich heraus, dass es sich um niemand anders als Jennesta handelte. Nachdem sie die Ereignisse auf Maras-Dantien irgendwie überlebt hatte, war sie nun in Peczan eine mächtige, einflussreiche Persönlichkeit geworden und stand sogar dem Orden der Helix vor. Auch das Corps der Torhüter traf heimlich in Taress ein und bereitete sich darauf vor, die Instrumentale um jeden Preis in seinen Besitz zu bringen.

Mehr als ein Jahrhundert zuvor hatten zwei Häuptlinge um die Vorherrschaft in Acurial gerungen. Auf dem Höhepunkt der Krise war ein Komet erschienen, den man als Omen gedeutet hatte. Daraufhin hatten sich die beiden entschieden, gemeinsam zu herrschen, was sich zum Wohle aller ausgewirkt hatte. Die Widerständler konnten den alten Dokumenten entnehmen, dass der Komet, der zu Ehren der Häuptlinge Grilan-Zeat genannt wurde, regelmäßig wiederkehrte und dass seine nächste Ankunft unmittelbar bevorstand. Der Widerstand hoffte darauf, die Einwohner würden den Kometen als günstiges Vorzeichen betrachten und sich gegen die Besatzer erheben, wenn Sylandya sich offen zeigte und sie zu den Waffen rief. Eine mit dem Kometen verbundene Prophezeiung besagte auch, dass zusammen mit ihm eine heldenhafte Truppe von Befreiern auftauchen würde. Zum Erstaunen der Vielfraße glaubten die Aufständischen, Stryke und seine Gefährten könnten diese sehnsüchtig erwarteten Retter sein, oder man könne sie wenigstens so darstellen, um die Massen zum Kämpfen zu bewegen.

Die Rebellen verstärkten nun ihre Aktivitäten, um weitere Unterdrückungsmaßnahmen zu provozieren, denn sie hofften, dies könne die träge Mehrheit der Orks aufrütteln. Sylandya war überzeugt, der Kriegergeist werde wieder in den Orks von Acurial erwachen, wenn sie nur hart genug geknechtet würden.

Mehrere Anschläge auf Ziele, die für Peczan von Bedeutung waren, verliefen erfolgreich, bis ein besonders ehrgeiziger Überfall auf eine Garnison der Besatzer auf katastrophale Weise scheiterte. Um die Sache noch schneller voranzutreiben, planten die Vielfraße einen Mordanschlag auf Jennesta, der jedoch ebenfalls fehlschlug. Am Ende brachte die Hexe sogar vier der fünf

Instrumentale in ihren Besitz. Stryke gewann nach und nach den Eindruck, in den Reihen des Widerstands oder gar in seiner eigenen Umgebung müsse es einen Verräter geben. Zu den Verdächtigen zählten auch die Menschen Standeven und Pepperdyne, obwohl diese den Aufstand anscheinend unterstützten.

Dann wurde der fünfte Stern, den Stryke Coilla anvertraut hatte, aus einem sicheren Haus des Widerstands gestohlen. Man musste annehmen, dass auch er Jennesta in die Hände gefallen war.

Als mit zunächst schwachem Licht, aber unverkennbar der Komet erschien, mussten sich die Vielfraße damit abfinden, dass sie auf einer fremden Welt gestrandet waren.

1

Nur fünf von ihnen lebten noch.

Es waren vier Gemeine und ein weiblicher Offizier. Einige waren verwundet, alle der Panik nahe. Die Verteidiger hatten erbitterten, blutigen Widerstand geleistet, doch der Ansturm hatte die Reihen der Gemeinschaft schließlich zerschmettert und die wenigen Überlebenden zum Rückzug gezwungen. Sie gaben die geborstenen Tore auf und rannten in Deckung. Hinter ihnen strömten die wilden Geschöpfe herein und verbreiteten Angst und Schrecken.

Zu fünft eilten sie über den Exerzierplatz zur Unterkunft, einem fensterlosen Gebäude aus Holz und Stein, das nur einen einzigen Zugang hatte. Sie drängten sich hinein und verbarrikadierten hektisch die Tür mit Pritschen und Spinden. Draußen ging unterdessen der Kampf weiter.

»Das ist ein verdammt schlechter Unterschlupf«, klagte ein Infanterist. »Hier gibt es keinen Ausgang mehr.« Seine Stimme brach fast. Ihm stand, wie seinen Gefährten, der Schweiß auf der Stirn, und er atmete schwer.

»Ich begreife das nicht«, fügte ein Kamerad hinzu. »Diese Kreaturen sind doch angeblich zahm.«

»Zahm?«, gab ein anderer zurück. »Einen Dreck sind sie.«

»Was sollen wir jetzt tun?«, fragte der Vierte.

»Reißt euch zusammen«, wies sie die Befehlshaberin zurecht. Sie gab sich große Mühe, ruhig zu bleiben. »Wir bekommen Unterstützung. Wir müssen nur durchhalten.«

»Verstärkung, Hauptmann?«, sagte der Erste zur Anführerin. »Es wird eine Weile dauern, bis wir hier, so weit draußen, Verstärkung bekommen.«

»Umso mehr ein Grund, die Stellung zu halten. Wir wollen jetzt die Wunden versorgen. Und bleibt wachsam.«

Sie zerrissen Bettlaken und verbanden ihre Wunden. Die Anführerin ließ sie auch die Waffen überprüfen und im Schlafsaal nach Reservewaffen suchen. Außerdem gab sie Anweisung, die Tür noch weiter zu verstärken. Alles nur, damit die Leute etwas zu tun hatten.

»He«, rief einer der Kämpfer und hielt inne. »Es ist so still da draußen.«

Sie lauschten.

»Vielleicht sind sie weg.« Der Soldat flüsterte unwillkürlich.

»Vielleicht ist auch Verstärkung eingetroffen«, fügte jemand hoffnungsvoll hinzu.

»Warum hören wir dann keine Kampfgeräusche?«

»Vielleicht hat schon der bloße Anblick der Verstärkung die Kreaturen in die Flucht geschlagen.«

»Wetten, dass nicht?«

»Hört auf!«, fauchte die Anführerin. »Es ist möglich, dass die Angreifer sich zurückgezogen haben. Wir müssen jetzt nur noch …«

Wuchtige Schläge erschütterten die Tür. Sie eilten hinüber und verstärkten die Barrikade mit ihrem eigenen Gewicht. Die nächsten Schläge waren sogar noch stärker, jedes Mal bebte der ganze Möbelberg. Von den Deckenbalken rieselte der Staub herunter.

Dann traf etwas mit einem gewaltigen Krachen die Tür, die Barrikade geriet ins Wanken, und die Erschütterung fuhr den Verteidigern durch alle Knochen. Gerade rechtzeitig vor dem zweiten schweren Schlag konnten sie sich wieder aufrappeln. Ein Schrank kippte um, irgendwo zerschellte ein Tongefäß.

Die Angreifer donnerten nun regelmäßig und fast rhythmisch etwas Schweres gegen die Tür, und jede Attacke schien heftiger als die vorhergehende zu sein. Die Tür verzog sich und splitterte, und der behelfsmäßige Schutzwall löste sich allmählich auf.

»Wir … können … uns … nicht mehr halten«, keuchte ein Soldat.

Dann drang ein Rammbock durch und demolierte, was von der Barrikade noch stand. Er schwenkte herum und zertrümmerte die Reste der Tür, sodass die Späne in alle Richtungen flogen.

Die Soldaten zogen sich eilig zurück. Einer steckte in der Ecke fest, eingeklemmt zwischen Trümmern. Es gab ein schrilles Pfeifen, ein Pfeil sauste herein und traf ihn. Zwei weitere Pfeile folgten. Er brach zusammen.

Seine Gefährten wichen mit gezogenen Waffen zwischen den auf beiden Seiten aufgestellten Feldbetten weiter zurück. Schemenhafte Gestalten strömten durch die Tür herein. Hässliche, groteske Biester. Ungeheuer.

Die Soldaten hoben Pritschen hoch und warfen sie ihren Verfolgern vor die Beine, um sie aufzuhalten. Zwei Kämpfer hoben die Schilde, weil sie weitere Pfeilsalven fürchten. Die blieben zwar aus, doch die widerwärtigen Kreaturen rückten erbarmungslos weiter vor und sprangen über die Hindernisse hinweg oder beförderten sie einfach mit Tritten zur Seite.

Schließlich erreichten die Fliehenden das hinterste Ende der Unterkunft, wo keine Möbel mehr standen. Ihnen blieb nichts anderes übrig, als sich zum Kampf zu stellen. Die Wand im Rücken, blieben sie dicht beisammen und bereiteten sich, so gut sie konnten, auf den unausweichlichen Angriff vor.

Die Kreaturen folgten ihnen, stürmten weiter und kümmerten sich kaum um die blanken Schwerter, die sie aufhalten sollten.

Nun klirrten die Klingen, und die Schilde prallten aufeinander. Bald mischten sich die ersten Schreie in den Lärm. Ein Soldat brach zusammen, nachdem eine Axt ihm den Schädel gespalten hatte. Ein anderer verlor durch einen Schwerthieb seinen Arm und ging unter zahlreichen Stichen zu Boden.

Der Kampf wurde noch hitziger. Vom Mut der Verzweiflung getrieben, wehrten sich die letzten Verteidiger wild entschlossen. Einer schätzte im Blitzen der Schwerter das Tempo falsch ein und öffnete seine Deckung. Eine Klinge fand seinen Bauch, ein weiterer Streich durchtrennte seinen Hals. Der Kopf fiel seitlich herunter, die kopflose Leiche stand noch einen Moment aufrecht, während rotes Blut aus dem Halsstumpf schoss, und brach schließlich zusammen.

Nur die Anführerin war noch auf den Beinen. Keuchend und mit Blut bedeckt, konnte sie kaum noch die Klinge in den nassen Fingern halten. Sie machte sich zum letzten Akt bereit.

Die Ungeheuer hätten sie massiert angreifen und im Handumdrehen erledigen können. Doch sie hielten sich zurück. Nur einer näherte sich ihr.

Die Anführerin brauchte einen Moment, um zu erkennen, dass der Gegner auf ihren Angriff wartete. Sie hob das Schwert. Er tat es ihr gleich, und der Zweikampf begann.

Abgesehen vom Klirren ihrer zwei Klingen herrschte jetzt Schweigen. Sie schlug sich wacker, obwohl sie verletzt war und den Tod ihrer Kameraden hatte mit ansehen müssen. Das Ungeheuer war ihr ebenbürtig, verließ sich jedoch eher auf seine Kraft und seine fast rücksichtslose Kühnheit. Das Duell wogte in der ganzen engen Unterkunft hin und her, doch keines der anderen Wesen behinderte sie oder schaltete sich ein. Sie sahen nur zu.

Das Ende kam, als die Anführerin eine tiefe Schnittwunde im Schwertarm davontrug. Ein schnelles Nachsetzen, und sie hatte eine zweite Wunde in der Seite. Sie taumelte, verlor das Gleichgewicht und ging zu Boden.

Das Wesen beugte sich über sie, und sie blickte ihm in die Augen. Dort erkannte sie mehr als nur brutale Mordlust. Da war etwas Viehisches, auch wenn es durch etwas gemildert wurde, das sie nur als Mitgefühl deuten konnte. Vielleicht auch ein Anflug von Edelmut.

Ein völlig abwegiger Gedanke, und der letzte, der sich jemals in ihr formte.

Das Ungeheuer stieß der Anführerin die Klinge in die Brust.

»Sie hat gut gekämpft«, sagte Coilla, als sie die Klinge aus dem Leib der toten Frau zog.

»Das haben sie alle«, stimmte Stryke zu.

»Aber nur im Vergleich zu anderen Menschen«, höhnte Haskeer.

Gut ein Dutzend Orks waren in die Unterkunft eingedrungen. Alle waren Vielfraße, vom Widerstand war nur der Anführer Brelan mitgekommen. Er drängelte sich nach vorn und achtete kaum auf die tote Menschenfrau. »Höchste Zeit, dass wir hier verschwinden«, warnte er die anderen.

Sie strömten wieder hinaus. Mehr als einhundert Orks befanden sich auf dem Gelände. Die meisten gehörten dem Widerstand an, außerdem waren die übrigen Vielfraße und die Füchsinnen dabei, die Gruppe von Kriegerinnen, die Coilla anführte. Sie waren schon eifrig damit beschäftigt, Waffen zu bergen und alles andere in Brand zu stecken. Die beiden Menschen, die noch lebten, waren schwer verletzt. Die Orks ließen sie in Ruhe.

Als Brelans Befehl zum Rückzug die Runde machte, verschwanden die Kämpfer allein oder in kleinen Gruppen. Ihre Verwundeten nahmen sie mit, die Gefallenen mussten sie wohl oder übel liegen lassen.

Stryke, Haskeer und Coilla blickten ihnen nach. Dallog gesellte sich zu ihnen; er war der älteste Kämpfer der Vielfraße, auch wenn er noch nicht lange zu der Truppe gehörte.

»Wir haben ihnen ordentlich was auf die Mütze gegeben«, bemerkte er.

Stryke nickte. »Allerdings, Gefreiter.«

Haskeer warf Dallog einen giftigen Blick zu, schwieg jedoch.

»Die Anfänger machen sich ganz gut«, warf Coilla zum Ausgleich ein.

»Sieht ganz so aus«, erwiderte Dallog. »Ich setze mich jetzt mit ein paar von ihnen ab.«

»Lass dich bloß nicht von uns aufhalten«, brummte Haskeer.

Dallog starrte ihn an, dann drehte er sich um und ging.

»Wir sehen uns im Hauptquartier!«, rief Coilla ihm nach.

»Sei nett zu ihm, Haskeer«, sagte Stryke. »Er ist nicht Alfray, aber ...«

»Ja, und genau das ist sein Problem.«

Stryke hätte seinen Feldwebel noch einmal erheblich schärfer zurechtgewiesen, wenn nicht Brelan zu ihnen gekommen wäre.

»Die meisten sind schon weg, jetzt solltet auch ihr verschwinden. Versteckt die Waffen und vergesst nicht, dass bald Sperrstunde ist. Trödelt nicht herum.« Dann entfernte er sich im Laufschritt.

Sie hatten ihr Ziel gut gewählt. Die Garnison war vergleichsweise klein und damit erheblich leichter einzunehmen gewesen als viele andere, die stärker bemannt waren. Glücklicherweise lag sie ein Stück außerhalb der Stadt Taress und damit recht isoliert. Das bedeutete aber noch lange nicht, dass die Orks nicht vorsichtig sein mussten. Höchstwahrscheinlich waren in der Nähe Patrouillen unterwegs, und Verstärkungen waren schnell herbeigerufen.

Vor den zerstörten Toren der Festung hatten sich die letzten Angreifer versammelt. Sie legten unterschiedliche Verkleidungen an und entfernten sich in Fuhrwerken, zu Pferd oder überwiegend einfach zu Fuß. Die

Mehrheit würde sich auf verschiedenen Wegen nach Taress durchschlagen und dort im Labyrinth der kleinen Straßen untertauchen.

Haskeer erklärte mürrisch, dass er allein zurückkehren wollte. Stryke ließ ihn gern ziehen. »Denk aber an das, was Brelan über die Sperrstunde gesagt hat, und pass auf, dass du keinen Ärger bekommst.«

Grunzend stapfte Haskeer davon.

»Welchen Weg schlagen wir ein, Stryke?«, wollte Coilla wissen.

»Haskeer geht dort entlang, also …«

Sie deutete in die entgegengesetzte Richtung.

»Genau.«

Sie wanderten über offenes Weideland, bis sie ein Waldstück erreichten. Dabei schritten sie rasch aus, um sich möglichst schnell vom Ort des Überfalls zu entfernen.

Hinter ihnen stiegen von den Trümmern der Festung dicke schwarze und stechend riechende Rauchsäulen auf. Voraus konnten sie gerade eben die höheren Türme von Taress erkennen, die im Licht der untergehenden Sommersonne rotgolden glühten.

Nicht zum ersten Mal wurde Coilla bewusst, wie sehr sich das ländliche Acurial von Maras-Dantien unterschied, dem geschändeten Land ihrer Jugend. Viel stärker ähnelte es dagegen ihrer zweiten Heimat Ceragan.

»Es tut mir leid«, sagte sie.

»Was denn?«, fragte Stryke verwirrt.

»Dass ich den Stern verloren habe, den du mir anvertraut hast. Wahrscheinlich hat Jennesta ihn geholt. Ich komme mir so dämlich vor.«

»Mach dir deshalb keine Vorwürfe. Die anderen vier habe ich ja selbst verloren. Wer ist da der größere Dummkopf?«

»Vielleicht sind wir alle ziemlich dumm. Man hat uns verraten, Stryke. Irgendein Angehöriger des Widerstands muss den Stern gestohlen haben, auf den ich aufpassen sollte.«

»Kann sein. Aber andererseits …«

»Du meinst doch hoffentlich nicht, es sei einer aus unserer eigenen Truppe gewesen.«

»Ich weiß nicht. Vielleicht ist der Dieb auch von draußen gekommen.«

»Glaubst du das wirklich?«

»Wie ich schon sagte, ich weiß es nicht. Von jetzt an wollen wir aber besser auf unsere Sachen aufpassen.«

Sie seufzte. »Natürlich. Dummerweise sitzen wir immer noch hier fest.«

»Vielleicht kann ich daran etwas ändern.«

»Wie meinst du das?«

»Ich will die Sterne zurückholen.«

»Wie willst du sie Jennesta oder dem ganzen verdammten peczanischen Reich wieder abnehmen?«

»Es wird sich schon ein Weg finden. Und in der Zwischenzeit geben wir uns weiter Mühe, die Menschen zu ärgern.«

»Heute haben wir ihnen jedenfalls einen Schlag versetzt.«

»Allerdings, und die Orks auf dieser Welt wachen allmählich auf. Einige jedenfalls.«

»Ich wünschte, ich könnte ebenso große Hoffnungen in sie setzen wie du. Es stimmt schon, der Widerstand hat ein paar neue Rekruten gewonnen. Aber ob das für einen Aufstand reicht?«

»Je schärfer sie die Schraube anziehen, desto mehr werden sich den Rebellen anschließen. Wir müssen die Menschen einfach weiter ärgern, wo wir nur können.«

Es dämmerte bereits, die Schatten wurden länger. Da die Sperrstunde bald beginnen würde, beschleunigten sie ihre Schritte. Inzwischen war der Stadtrand in Sicht, und die ersten Lichter wurden eingeschaltet. Je näher sie der Stadt kamen, desto größer wurde die Wahrscheinlichkeit, dass sie Patrouillen begegneten. Sie mussten sich vorsichtig bewegen. Schließlich überquerten sie einen Fluss und liefen an einem Feld vorbei, auf dem der Mais brusthoch stand. Die Halme nickten im leichten Wind.

Nachdem sie eine Weile geschwiegen hatten, sagte Coilla: »Angenommen ... nur mal angenommen, wir bekommen die Sterne nicht zurück. Wenn wir auf dieser Welt festsitzen, und egal ob es nun eine Revolution gibt oder nicht ... was ist hier für uns schon zu holen? Was wollen wir hier überhaupt?«

Dieser Gedanke hatte auch Stryke schon zu schaffen gemacht, obwohl er sich bemüht hatte, seinen Untergebenen gegenüber nichts dergleichen verlauten zu lassen. Er überlegte, was sie verlieren würden, wenn sie auf Acurial sitzenblieben, und dachte an seine Gefährtin Thirzarr und die Kinder, die unendlich weit entfernt auf einer anderen Welt lebten.

»Wir werden es ertragen«, erwiderte er. »Irgendwie werden wir es schaffen.«

Sie blickten nach oben.

Am Firmament war ein neues Licht entstanden, heller als jeder Stern. Es hatte etwas Ätherisches, als betrachtete man eine brennende Kugel durch eine mächtige Schicht Wasser.

Stryke und Coilla wussten, dass es ein Omen sein sollte. Sie fragten sich nur, wem es Unglück verhieß.

2

Auf der anderen Seite der Stadt, jenseits ihrer Ausläufer, war das Gelände nicht ganz so gut zum Anbau von Getreide geeignet. Hier und dort herrschte sogar Sumpfland vor, und es gab ausgedehnte Hochmoore, in denen kaum etwas außer Büschen und Heidekraut wuchs.

Die Gegend war verrufen. Teilweise lag dies an der unzureichenden Fruchtbarkeit, wenn man einen Vergleich zu anderen, üppig bewachsenen Gebieten zog. *Unzureichend* war allerdings nicht ganz das richtige Wort, um es zu beschreiben. *Pervers* hätte schon eher gepasst. Die Pflanzen, die hier sprossen, hatten etwas Unheimliches an sich, und die Tiere, die umherstreiften, waren überwiegend Aasfresser. Die magische Energie, die durch die ganze Welt strömte, war an dieser Stelle in etwas Übles umgeschlagen.

Außerdem hatte die Gegend einen schlechten Ruf,

weil hier gewisse Artefakte beheimatet waren. Sie waren anscheinend willkürlich im Moor verteilt. Manche Betrachter glaubten jedoch, in ihnen Strukturen zu erkennen. Die Ruinen nannte man Monumente, Tempel, Schreine und Versammlungsplätze, doch keiner wusste um ihre wahre Funktion, und ganz gewiss konnte niemand erraten, welchem Zweck einige dieser erstaunlichen, bizarren Objekte mitunter dienten.

Die Artefakte waren aus Stein gebaut, die irgendjemand von weit entfernten Steinbrüchen hergeschafft hatte, und sie waren unglaublich alt. Niemand konnte sagen, wer sie errichtet hatte.

Eine bestimmte Formation, keineswegs die außergewöhnlichste, stand mitten im Moor. Es war eine Ansammlung von Säulen und Querträgern, aufrecht stehenden Steinen und Erdwällen, die intakt zu sein schienen und zugleich jeglicher Geometrie Hohn sprachen. Die unheimliche Atmosphäre war eher zu fühlen als zu sehen. Absichtlich oder infolge des Verfalls waren einige Teile des Bauwerks schutzlos der Witterung ausgesetzt. Ein Ring aus Steinsäulen hatte die Farbe von faulen Zähnen angenommen.

Mitten im Kreis brannte Licht.

Dort lag ein Klotz aus poliertem Stein, brusthoch und mehrere Tonnen schwer. Wind und Wetter hatten ihn geglättet, doch die geheimnisvollen Symbole waren tief eingeritzt und immer noch sichtbar. Da aus zwei zerfleischten Leichen reichlich Blut herabströmte, traten die Zeichen sogar noch deutlicher hervor. Die

Opfer, ein Mann und eine Frau, waren Menschen. Ein gemeinsam begangenes Verbrechen hatte sie in diese unangenehme Lage gebracht.

Vor dem Altar stand eine einsame Gestalt. Wer die Nacht und die Geschöpfe mochte, die sich im Schutze der Nacht herumtrieben, hätte sie schön genannt. Ihr pechschwarzes Haar reichte bis zur Hüfte und rahmte ein Gesicht mit dunklen, erbarmungslosen Augen ein. Das Gesicht war, besonders in Höhe der Schläfen, eine Spur zu breit, und das Kinn lief spitz zu. Auch der wohlgeformte Mund war ein wenig zu breit. Doch die Haut war das Überraschendste an dieser Gestalt. Sie schimmerte leicht silbern und grün, als bestünde sie aus winzigen Fischschuppen. Es war eine irritierende und doch unverkennbare Schönheit.

Vor ihr lagen neben den ausgeweideten Körpern die fünf Instrumentale, die sie den Vielfraßen gestohlen hatte, auf dem Altar. Die Sterne, wie die Orks sie nannten, waren kleine Kugeln in unterschiedlichen Farben: gelb, grün, dunkelblau, grau und rot. Alle besaßen unterschiedlich viele und unterschiedlich lange Stacheln. Die gelbe Kugel hatte sieben, die dunkelblaue vier, die grüne fünf, die graue zwei und die rote neun Stacheln. Die Instrumentale bestanden aus einem unbekannten Material. Nur eine kleine Elite von Zauberern kannte die Einzelheiten. Die Vielfraße hatten zudem festgestellt, dass die Objekte unzerstörbar waren.

Neben den Instrumentalen stand eine kleine, schmucklose silberne Kassette bereit, der Deckel war schon geöffnet. Sie enthielt eine geringe Menge eines Materials, das organischer Natur und den Einflüssen der Umgebung dennoch völlig entzogen war. Die Substanz fühlte sich wächsern und ledrig an, ein wenig wie Flechten. Ein unangenehmes Gefühl jedenfalls, auch wenn sie süß duftete. In der Sprache der Magier bezeichnete man die Substanz als Empfängerstoff. Die Zauberer, die sie für gute Zwecke verwendeten, nannten sie manchmal freundlich. Gefahrlos war der Umgang mit ihr nie.

Die Hexe sang komplizierte Anrufungen, die jedem sonst die Zunge gebrochen hätten, und vollzog gewisse andere, ebenso verwirrende wie entsetzliche Rituale, bis ihr schließlich die Schweißtropfen auf der Stirn standen. Irgendwann fragte sie sich, ob dieser Spruch vielleicht sogar ihre Kräfte übersteigen würde.

Auf dem Höhepunkt des Rituals glaubte sie, die Instrumentale singen zu hören.

Einen Augenblick lang verschmolz sie mit ihnen. Eine symbiotische Verbindung entstand, eine Vereinigung fand statt, und sie spürte einen Hauch ihrer Energie und erblickte einen Bruchteil ihrer Macht. Was sie fühlte und sah, war erschreckend. Oder besser, es wäre für jeden erschreckend gewesen, dessen Lebensinhalt nicht darin bestand, andere zu terrorisieren. Sie dagegen fühlte sich berauscht.

Der Empfängerstoff billigte die Übertragung. Er teilte sich und nahm die gewünschten Formen an. Kurz danach musterte sie erschöpft die Früchte ihrer Bemühungen und war zufrieden.

Eigentlich konnte man nicht sagen, dass sie ganz allein im Steinkreis stand. Mehrere andere waren zugegen, blieben jedoch respektvoll auf Abstand. Da sie aber genau genommen schon tot waren, konnte man andererseits auch nicht behaupten, dass sie im üblichen Sinne anwesend wären. Es handelte sich um ihre Leibwächter und Handlanger, die wenigen Auserwählten, die sich in ihrer Nähe aufhalten durften. Ihre Treue stand außer Frage, denn sie besaßen keinerlei Willensfreiheit.

Außerhalb des Steinkreises und weit genug entfernt, um nicht zu stören, war eine Gruppe von gewöhnlichen Beschützern angetreten. Dort wachte eine Abteilung der Elitegarde. Noch weiter hinten verlief eine Straße, oder wohl eher ein Feldweg, auf dem zahlreiche Kutschen abgestellt waren. In einer von ihnen hockten zwei Männer und unterhielten sich flüsternd.

Kappel Hacher war den unterdrückten Orks von Acurial auch unter dem Beinamen »Eisenhand« bekannt. Er bekleidete in dieser Provinz unter den Abgesandten Peczans den höchsten Rang. Oder vielmehr, er hatte ihn bekleidet, bis das Reich die Frau geschickt hatte, auf die sie nun warteten. Trotz all ihrer Andeutungen und Drohungen war er immerhin, wenigstens dem äußeren Anschein nach, der Gouverneur des Landes geblieben, und somit war er auch der Befehlshaber der Besatzungsarmee im Rang eines Generals.

Er hatte die besten Jahre schon überschritten, und in seinem Gesicht zeichneten sich die ersten Falten ab.

Dennoch war er so stark wie erheblich jüngere Männer, und er hatte sich in vielen Kämpfen bewährt, bevor er zu dieser Position aufgestiegen war. Sein kurzgeschnittenes Haar war bereits ergraut, und er verstieß in gewisser Weise gegen die Tradition, indem er sich stets glatt rasierte. Er war ein pedantischer Mann mit bolzengeradem Rücken und legte größten Wert darauf, stets eine makellos saubere Uniform zu tragen. Seine Rivalen – in den Niederungen der Politik zog jeder höhere Beamte Neider auf sich – waren der Ansicht, die Bürokratie hätte ihn zu sehr in den Bann geschlagen.

Wenn Hacher das zivile und militärische Oberhaupt der Provinz war, dann verkörperte sein Begleiter die spirituelle Ebene.

Bruder Grentor war in etwa halb so alt wie der General und hatte es seinen herausragenden Fähigkeiten zu verdanken, dass er im Helixorden in so kurzer Zeit zu einem derart hohen Rang aufgestiegen war. Im Gegensatz zum General ließ er sich einen Bart stehen, den er allerdings kurz schnitt. Auf seinem Kopf spross ein Gestrüpp blonder Haare. Wie gewohnt hatte er eine feierliche Miene aufgesetzt, und wie es seine Rolle als Hohepriester verlangte, trug er die schlichte braune Kutte seines Ordens.

Auch Grentor war das Ziel gewisser Lästermäuler. In seinem Fall waren sie der Ansicht, er hüte die Geheimnisse und Privilegien des Ordens gar zu eifersüchtig.

Der Soldat und der heilige Mann verkörperten die beiden Säulen, auf denen das Reich Peczan ruhte. Unweigerlich gab es Spannungen zwischen diesen Fraktionen, einen ewigen Zank um Macht und Einfluss, der auch die Beziehung zwischen Grentor und Hacher gelegentlich überschattete.

Grentor hatte sich ein Spitzentaschentuch auf Nase und Mund gepresst. Er sagte etwas, doch die Worte gingen unter.

»Bei den Göttern, so redet doch deutlich, Mann«, schalt Hacher ihn.

Der Priester nahm vorsichtig das Tuch weg und schnitt eine Grimasse. »Ich habe mich nur gefragt, wie Ihr den Gestank der verwesenden Pflanzen aushaltet.«

»Ich habe schon Schlimmeres erlebt.«

»Es wäre ja nicht ganz so übel, wenn wir es nicht so lange ertragen müssten.« Er blickte zum Steinkreis. »Wo ist sie überhaupt?«

»Oder, noch wichtiger: Was tut sie da eigentlich?«

Grentor zuckte mit den Achseln.

»Ich hätte gedacht, dass gerade Ihr das wissen solltet. Sie ist immerhin das Oberhaupt Eures Ordens.«

Der Priester lachte kurz und humorlos. »Die Gnädigste geruht leider nicht, mich ins Vertrauen zu ziehen. Schließlich bin ich nur der Hohepriester.«

»So respektlos habe ich Euch noch nie über eine so wichtige Persönlichkeit reden hören«, stichelte Hacher.

»Ich zolle ihr den gebührenden Respekt, wann immer es erforderlich ist. In diesem Fall aber ...«

»Ich habe ja versucht, Euch vor ihr zu warnen.«

»Keine Warnung der Welt kann auf die Wirklichkeit vorbereiten, die den Namen Jennesta trägt.«

»Das will ich gern einräumen. Doch im Ernst, was tut sie Eurer Meinung nach da drüben? Es soll auch unter uns bleiben«, versicherte er dem Geistlichen.

»Ich weiß es nicht. Es muss ihr allerdings sehr wichtig sein, und offenbar hat es auch mit der Kunst zu tun.«

»In der Tat, es muss ihr ausnehmend wichtig sein, wenn sie so viel Zeit hier draußen verbringt, während in den Straßen die Unruhe zunimmt.«

»Dann gebt Ihr also zu, dass es nicht nur ein paar Hitzköpfe sind?«

»Ich bin nach wie vor überzeugt, dass wir es lediglich mit einer vergleichsweise geringen Zahl von Rebellen zu tun haben. Doch auch diese wenigen können uns großen Ärger bereiten.«

»Ich weiß. Mein Orden bekommt den größten Teil der Wut zu spüren.«

»Vergesst nur nicht das Militär, Bruder«, gab Hacher ein wenig gereizt zurück. »Wir müssen uns alle damit herumschlagen.«

Grentor blickte wieder zum Steinkreis. »Vielleicht wird das, was sie da tut, unsere Lage irgendwie verbessern.«

»Ihr meint, sie sucht eine magische Lösung? Vielleicht eine Waffe?«

»Wer weiß?«

»Eher würde ich vermuten, dass unsere ehrwürdige Jennesta ganz eigene Ziele verfolgt. Sie scheint recht häufig ihre eigenen Interessen über die des Reichs zu stellen.«

Grentor schluckte den Köder nicht. Es gab Grenzen, und sogar er musste mit seiner Kritik an Jennesta sehr vorsichtig sein.

»Ihr habt sicherlich gehört, was die einheimischen Kreaturen über die Erscheinung am Himmel erzählen«, sagte er, um das Gespräch in ungefährliche Bahnen zu lenken.

»Sie haben dem Licht einen Namen gegeben. Sie nennen es Grilan-Zeat.«

»Ja, und mein Orden hat in dieser Angelegenheit gewisse Nachforschungen angestellt.«

Hacher nickte. Ihm war durchaus bekannt, dass die Tätigkeiten, die der Orden als Nachforschungen bezeichnete, nicht selten mit Folter einhergingen. »Was habt Ihr denn herausgefunden?«

»Anscheinend ist das Licht schon früher erschienen. Mehr als einmal. Es soll regelmäßig wiederkehren.«

»Ich wage zu behaupten, dass dies höchstens unsere Gelehrten interessieren dürfte. Welchen Einfluss sollte der Aufgang und Untergang von Himmelskörpern schon auf uns haben?«

»Die Einwohner halten es für ein Omen. Oder jedenfalls einige von ihnen.«

»Kometen sind nur eine Laune der Natur. Um so etwas kümmert sich kein Soldat.«

»Wichtig ist doch, wie die Bevölkerung darauf reagiert. Wenn die Eingeborenen es nun für ein Omen halten ...«

»Zweifellos werden die Unruhestifter den Aberglauben der Massen für ihre Zwecke ausnutzen. Das heißt aber nicht, dass wir damit nicht fertigwerden.«

»Es wird noch schlimmer werden, da Jennesta derart heftig auf die kleinste Andeutung von Aufsässigkeit reagiert. Sie stachelt das Volk nur noch weiter auf.«

Hacher zuckte zusammen. Er wollte so wenig wie Grentor ins stürmische Fahrwasser politischer Intrigen hineingezogen werden. »Bitte behelligt mich nicht mit den inneren Ränkespielen Eures Ordens.«

»Das will ich auch nicht tun. Ich sage nur, dass alles, was sie unternimmt, Auswirkungen auf uns haben wird. Tut nur nicht so, als machte sie nicht alles noch viel schlimmer. Von übergroßer Nachsicht halte ich so wenig wie Ihr, doch wir müssen hier eine ganze Nation unten halten, und uns stehen nur geringe Kräfte dafür zur Verfügung. Welchen Sinn hätte es, die Einwohner unnötig zu provozieren?«

»Das wird Euch so wenig gelingen, wie eine Schafherde zur Weißglut zu reizen.«

»Ist Euch eigentlich bekannt, dass mit dem Erscheinen von Grilan-Zeat eine Prophezeiung verbunden ist?«

»Nein, dieser Unfug ist mir neu.«

»Es heißt, zusammen mit dem Kometen würde eine Gruppe von Helden auftauchen. Befreier.«

Hacher schnaubte verächtlich. »Helden? Diese Orks haben kein Rückgrat.«

»Das gilt offenbar nicht für alle.«

»Wir reden da über eine kleine Gruppe von ... von Abartigen. Normalerweise sind diese Kreaturen sanftmütig wie Lämmer. Was glaubt Ihr denn, warum wir das ganze Land mit einem so geringen Aufwand besetzen konnten?«

»Unsere Nachforschungen belegen, dass es womöglich nicht immer so war. Die Unterlagen sind alles andere als vollständig, doch es gibt Andeutungen, dass die Orks früher einmal ein Kriegervolk waren.«

»Glaubt Ihr denn, ihr Kampfgeist könne eines Tages wieder erwachen?«

»Das ist gut möglich. Auch hier kommt es wieder darauf an, was sie selbst glauben.«

»Omina, Prophezeiungen, ein verlorener Kampfgeist. Ihr seht Gespenster, Grentor.«

»Mag sein. Aber wäre es nicht besser, gut vorbereitet zu sein?«

»Jeder gute Befehlshaber sollte im Voraus gegen alle möglichen Notfälle gewappnet sein, da gebe ich Euch Recht. Allerdings wendet Ihr Euch an den Falschen. Im Augenblick hat unsere erlauchte Jennesta das Heft in der Hand.«

Grentor zupfte den General am Ärmel und nickte bedeutsam in Richtung des Fensters ihrer Kutsche. »Da wir gerade von ihr reden ...«

»Na endlich«, seufzte Hacher.

Jennesta kehrte zurück. Sie kam nicht allein. Drei ihrer Leibwächter begleiteten sie. Es waren Menschen, oder besser, es waren früher einmal Menschen gewesen. Jennesta hatte sie als Gefahr für ihre Machtstellung angesehen und mit ihrer Zauberei in Untote verwandelt, die ihr zu unbedingtem Gehorsam verpflichtet waren. Ihre Augen waren verhangen und glasig und bar jeder menschlichen Regung. Die Haut, so weit man sie sehen konnte, war straff gespannt und hatte eine ungesunde Farbe, wie Pergament. Die Untoten trugen die schwarze Lederkleidung von Kriegern und mit Stahlkappen verstärkte Stiefel. Bewaffnet waren sie mit Krummsäbeln. Einer von ihnen trug ein mit Stahl bewehrtes Kästchen.

Hacher und Grentor waren bereits ausgestiegen, als die kleine Prozession bei ihnen eintraf. Wenn man ihnen zu nahe kam, bemerkte man den stechenden Geruch, der von den Untoten ausging. Der Hohepriester zückte sofort wieder sein Taschentuch.

»Waren Eure Unternehmungen erfolgreich, Gnädigste?«, fragte der General.

Jennesta warf ihm einen misstrauischen Blick zu, ehe sie antwortete. »Ja. Die Energie ist hier besonders stark und hat einen ... einen Beigeschmack, den ich mag.«

Sie wandte sich ab, um die Verladung ihres Kästchens in die Kutsche zu überwachen. Der Art und Weise, wie sie ihre Untergebenen scheuchte und ausschimpfte, konnte man entnehmen, dass etwas sehr Wichtiges in der Kiste stecken musste. Nicht dass Hacher oder Grentor es jemals gewagt hätten, sich nach Einzelheiten zu erkundigen.

Hacher für seinen Teil war recht froh, dass Jennesta offenbar mit ihrem Erfolg zufrieden war. Er erwartete, dass dies insgesamt ihre Laune heben würde. Diese Hoffnung machte sie jedoch im Handumdrehen wieder zunichte.

Zufrieden, dass die kostbare Fracht sicher verstaut war, richtete Jennesta ihre Aufmerksamkeit wieder auf die beiden Männer. »Ich bin schlechter Dinge«, verkündete sie.

»Oh?«, machte Hacher. »Ich dachte ...«

»Lasst das lieber. Es passt nicht zu Euch. Auf den Straßen gab es schon wieder Unruhen. Warum?«

»Eine Minderheit, die Zwietracht schürt. Nichts weiter.«

»Warum seid Ihr nicht in der Lage, das ein für alle Mal zu unterbinden?«

»Bei allem Respekt, wir können nicht überall sein. Das große Gebiet, das die Streitkräfte des Reichs überwachen müssen ...«

»Wie Ihr selbst sagtet, General, hat dies nichts mit der Zahl der Soldaten zu tun. Es kommt darauf an, was Ihr mit denen tut, die Ihr habt. Diese Aufrührer müssen mit aller Härte in ihre Schranken gewiesen werden. Ich kenne die Orks und ihre angeborene Wildheit und habe immer wieder festgestellt, dass in einer Lage wie dieser äußerste Brutalität das beste Mittel ist.«

»Wenn ich so kühn sein darf, Gnädigste«, schaltete sich Grentor zögernd ein. »Ist es nicht auch denkbar, dass ein schärferes Durchgreifen den Aufständischen nur noch mehr Zulauf verschafft?«

»Nicht, wenn sie tot sind«, erwiderte sie kalt. »Ihr scheint in dieser Hinsicht besonders begriffsstutzig zu sein, Priester. Eigentlich gilt das für Euch beide. Die Gleichung ist ganz einfach: Ein Rebell erhebt den Kopf, wir schlagen ihn ab. Was ist daran so schwer zu verstehen?«

Grentor fummelte ängstlich an seiner Kette herum und suchte den Mut, noch etwas zu sagen.

»*Wartet!*« Jennesta gebot ihnen mit erhobener Hand Schweigen. Sie blickte nach oben und schien sich zu konzentrieren, als wolle sie etwas auffangen, das eigentlich zu leise war.

Eine halbe Ewigkeit blieben sie stehen. Grentor und Hacher fragten sich schon, ob das wieder einmal eine von Jennestas verrückten Ideen sei. Oder, da sie die Hexe gut kannten, der Auftakt zu unangenehmen Erlebnissen.

Aus der Dunkelheit stieß etwas herab. Sie hielten es für einen Vogel, einen Falken vielleicht oder einen Raben. Doch als sich das Wesen auf Jennestas ausgestreckten Arm hockte, erkannten sie, dass es nur oberflächlich einem Vogel ähnelte. In vielen Kleinigkeiten unterschied es sich von allen Tieren, die je geflogen waren, und es hatte eine magische Aura.

Das Wesen hüpfte auf ihrem Arm entlang und zwitscherte Jennesta etwas ins Ohr. Sie hörte aufmerksam zu, und als es fertig war, machte sie eine Geste, als wolle sie etwas Staub von ihrem Ärmel wischen. In einer lautlosen Explosion zerbarst der Zauber, und der Vogel löste sich zu unzähligen golden schimmernden Pünktchen auf, die langsam verblassten, während der Abendwind sie davontrug. Danach blieb nur noch der Geruch von Schwefel zurück.

»Ich habe Neuigkeiten«, erklärte Jennesta ihnen mit einer Miene, die hart war wie Feuerstein. »Anscheinend hat eure kleine Bande von Unruhestiftern eine ganze Garnison ausgelöscht. Wenn Ihr eine noch ausführlichere Erläuterung meines Standpunkts hören wollt, dann sagt es mir.«

Keiner der Männer ließ auch nur ein Wort verlauten.

»Ihr zwei solltet Eure Haltung überdenken«, fuhr sie mit kalter Stimme fort. »In diesem Land muss sich einiges ändern, und wenn ich jeden einzelnen Ork die blanke Klinge spüren lasse. Macht Euch darauf gefasst, der Wandel ist bereits im Gange.« Mit diesen Worten drehte sie sich um und schritt zu ihrer Kutsche.

Hacher und Grentor sahen ihr nach. Dann blickten sie wie an jedem Abend während der letzten Wochen unwillkürlich zum Himmel.

Ein neuer Stern war am Firmament aufgegangen, größer und heller als alle anderen.

3

»Behaltet die Straße im Auge!«, brüllte Stryke.

»Schon gut, schon gut!«, rief Haskeer zurück. Die Knöchel der Hand, mit der er die Zügel gepackt hatte, waren weiß angelaufen.

Hinten auf dem offenen Wagen hielten sich Coilla, Dallog, Brelan und der neue Rekrut Wheam verzweifelt fest.

Mit Höchstgeschwindigkeit rasten sie um eine Ecke. Auf einer Seite hoben die Räder des Fuhrwerks vom Boden ab und krachten hinter der Kurve wieder hinunter. Der Stoß fuhr ihnen durch alle Knochen.

Wenige Augenblicke später donnerte ein halbes Dutzend berittener Kämpfer um die Ecke. Ihnen folgte eine noch viel größere berittene Abteilung. Bei einigen flatterte das offene Hemd im Wind, andere trugen keine Jacken und keine Kopfbedeckung, weil sie überstürzt die Verfolgung aufgenommen hatten. Noch weiter hinten kamen mehrere Wagen mit Milizionären und sogar ein Einspänner, in dem zwei Offiziere saßen. Ganz hinten versuchte eine große Truppe von Fußsoldaten, den Trupp einzuholen.

Das Fuhrwerk der Vielfraße rollte über eine breite Hauptstraße von Taress, an der einige der größten Gebäude der Stadt standen. Jetzt, am Vormittag, waren hier unzählige Passanten unterwegs. Erschrockene Orks brachten sich mit großen Sprüngen vor dem heransausenden Wagen und den menschlichen Verfolgern in Sicherheit.

Strykes Leute suchten sich einen Weg durch das Meer von Händlerkarren, einzelnen Reitern, Kutschen der Besatzer und Maultierkarawanen. Hier und dort gab es Kratzer und Zusammenstöße, viele fluchten und schüttelten drohend die Fäuste. Das Fuhrwerk streifte den Handkarren eines Händlers und warf ihn um. Rüben und Äpfel kollerten auf die Straße und behinderten Pferde wie Passanten. Einige Reiter und Fußgänger stürzten schwer.

Auch wer am Straßenrand stand, war keineswegs sicher. Einige der menschlichen Verfolger ritten auf den Gehwegen, verscheuchten die Gaffer und pflügten durch die Stände der fliegenden Händler. Manch einer prallte dabei jedoch mit dem Kopf gegen tief hängende Vordächer oder Stützbalken und flog aus dem Sattel.

Trotz des Durcheinanders setzte eine große Zahl von Menschen die Verfolgung fort und schloss sogar zu den fliehenden Orks auf. Um die Ernsthaftigkeit ihrer Absichten zu unterstreichen, ließen sie Pfeilsalven auf den Wagen los.

Ein Bolzen verfehlte Coillas Kopf um Haaresbreite und zischte knapp über Haskeers Schulter hinweg. Er fluchte laut und gab den dampfenden Pferden die Peitsche. Ein weiterer Pfeil bohrte sich dicht vor Wheams Fuß ins Holz. Der Bursche erstarrte vor Schreck und konnte den Blick nicht mehr von dem Geschoss wenden. Dallog zerrte ihn herunter und hielt ihn fest. Die Pfeile flogen über sie hinweg oder blieben in der hinteren Ladeklappe stecken.

»Verdammt auch«, knurrte Coilla. Sie hob den Bogen und schoss zurück.

Brelan, der Einzige außer ihr, der mit einem Bogen bewaffnet war, folgte ihrem Beispiel. Das Fuhrwerk bebte und schleuderte so sehr, dass ihre ersten Schüsse fehlgingen. Schließlich hatte Coilla Erfolg und setzte einem der vorderen Menschen einen Pfeil in die Brust. Die Wucht des Aufpralls warf ihn aus dem Sattel, und im Sturz behinderte er die folgenden Reiter, von denen ebenfalls einige zu Boden gingen. Die anderen ließen sich jedoch nicht beirren.

Auch der Hagel der einschlagenden Pfeile wollte nicht enden. Der einzige Trost war, dass die Menschen nicht gut zielen konnten, während sie ritten. Die Pfeile flogen hoch über ihnen oder links und rechts vorbei, einige waren zu kurz gezielt und brachten die Gaffer in Gefahr.

Die Schüsse der Orks waren nicht viel genauer als die der Menschen, doch so hatten sie wenigstens etwas zu tun. Vorn im Wagen kauerten Stryke und Haskeer und versuchten, den gefährlichen Pfeilen eine möglichst geringe Fläche zu bieten.

»Verdammt!«, rief Brelan schließlich. »Ich habe keine Munition mehr.«

Coilla schickte den letzten Pfeil auf die Reise. »Ich auch nicht«, sagte sie.

Dann mussten sie sich rasch ducken, weil wieder ein Schwarm Pfeile geflogen kam.

»Versuch mal das hier.« Er schob ihr eine dicke Seilrolle hinüber.

Coilla holte aus und schleuderte mit Schwung das Seil den Verfolgern entgegen, als wolle sie ein schweres Fischernetz auswerfen. Wie eine klobige Diskusscheibe drehte es sich im Flug und landete direkt vor einem Reiter. Sein Pferd stolperte über das Hindernis und warf ihn ab, die folgenden Pferde trampelten ihn nieder. Die Hufe wickelten das Seil weiter ab, bis sich mehrere Pferde verfangen hatten und ein heilloses Durcheinander entstand.

Brelan hob eine leere Kiste hoch und kippte sie über die hintere Klappe. Als sie auf die Straße prallte, zerbrach sie, und die Trümmerstücke flogen umher und forderten noch mehr Verletzte. Unterdessen rissen Dallog und Wheam die Bretter heraus, die als Sitze gedient hatten, und reichten sie an Brelan und Coilla weiter, die sie als Wurfgeschosse hernahmen und die Feinde eindeckten. Ein Mensch versuchte, die nach ihm geschleuderte Planke zu packen, doch der Aufprall warf ihn aus dem Sattel. Immer noch die zweifelhafte Beute umklammernd, stürzte er zu Boden.

»Wie weit ist es noch, Brelan?«, rief Stryke.

»Nur noch zwei Querstraßen!« Dann erkannte er, wo sie waren. »Dort, die nächste links! Hier!«

Haskeer zerrte heftig an den Zügeln. Der Wagen schwenkte scharf herum und geriet halb auf den Gehweg. Dort war ein Stand mit Töpferwaren aufgebaut, dem das Fuhrwerk nicht mehr ausweichen konnte. Es gab eine Explosion von zerbrochenen Schalen, fliegenden Tellern und Steingutscherben.

Auf der Straße, in die sie abbiegen wollten, herrschte nicht weniger Betrieb. Eher sogar noch mehr, da dies eine der wichtigsten Kreuzungen in Taress war. Die Fußgänger, die sie noch rechtzeitig bemerkten, rannten um ihr Leben. Als die Orks vorbei waren, schlossen sich die Reihen der Passanten wieder. Einen Augenblick später mussten sie abermals ausweichen, weil eine Horde menschlicher Verfolger um die Ecke stürmte. Die Kavalleristen gingen mittlerweile sogar dazu über, mit ihren Säbeln auf die Passanten einzuhacken, um sich einen Weg zu bahnen.

Dank des Getümmels konnten die Orks einen kleinen Vorsprung gewinnen, doch Haskeer fuhr nicht langsamer. Hinter ihnen lösten sich die Verfolger schon wieder aus dem Gedränge und hefteten sich erneut an ihre Fersen. Die Straße war jetzt nahezu frei, weil die Passanten erkannt hatten, was vor sich ging, und in Deckung gerannt waren.

Auf einmal stieß Wheam einen Schrei aus. Sie drehten sich um und sahen einen Wagen, der sich ihnen rasch näherte. Im Gegensatz zu ihrem eigenen war er mit vier Pferden bespannt und beförderte fünf oder sechs Soldaten.

Haskeer trieb die Tiere an, doch dank der größeren Kraft der Zugpferde holte das Fuhrwerk der Menschen rasch auf. Nach wenigen Augenblicken war es neben ihnen. Die Insassen zückten die Schwerter, zwei von ihnen hatten sogar Speere. Sobald die Wagen nahe genug nebeneinander waren, zogen auch die Orks ihre Waffen und machten sich bereit.

Mit einem schrecklichen Krachen rammten die Menschen seitlich das Fahrzeug der Orks. Die Schwerter prallten aufeinander, und das Geklirr des geschärften Stahls hallte weit. Es war kein schöner Kampf. Hauen und Stechen waren wichtiger als Anmut, und es ging hektisch zur Sache.

Brelan erzielte den ersten Treffer. Eher durch Glück als dank überlegener Kampfkunst erwischte er mit einem Schwinger den Arm eines Menschen und trennte ihn beinahe ab. Der Mann stürzte kreischend und bespritzte seine Kameraden mit seinem Blut. Coilla war die Nächste. Sie stieß vor und durchbohrte die Lunge eines Gegners. Dann zog sie sich rasch zurück und entging um Haaresbreite den feindlichen Klingen und Speeren.

Nun wurde auch Wheam mutig und hackte auf die Menschen ein. Seine Bemühungen waren zwar lobenswert, aber vergebens, seine Hiebe waren schlecht gezielt und gingen ins Leere. Dann aber verschätzte er sich, beugte sich zu weit vor, um den Gegner zu erreichen, und einer der Menschen konnte ihn am Wams packen. Der Mann zerrte heftig und versuchte, den Anfänger vom Wagen zu reißen. Wheam wehrte sich und ließ sein Schwert los. Es fiel klirrend auf die Straße und war verloren. Ein zweiter Mensch kam dem ersten zu Hilfe. Wheam schrie um Hilfe, worauf Coilla und Brelan ihn packten und zurückzogen. So ging das Tauziehen hin und her, während Wheam quietschend als Sportgerät diente.

Dallog mischte sich ein und hieb auf die Menschen ein. Zur Belohnung traf ihn eine Klinge, verletzte ihn am Unterarm und zwang ihn zum Rückzug.

»Alles in Ordnung?«, fragte Coilla.

»Ja«, rief er zurück, während er sich ein Tuch um den Arm wickelte, um die Blutung zu stillen. »Passt auf Wheam auf!«

»Genau«, knirschte sie und zerrte entschlossen an dem jungen Burschen. Wheam heulte unentwegt.

Vorne kreuzte Stryke mit seinem menschlichen Gegenüber die Klingen. Die Wagen lösten sich voneinander und prallten erneut zusammen, was die Kämpfenden störte und die Auseinandersetzung unterbrach. Als die Lücke breiter wurde, streckte sich Wheam, und er schrie lauter denn je. Stryke und sein Gegner konnten unterdessen nur noch böse Blicke wechseln. Sobald die Lücke kleiner wurde, hackten sie mit neuem Eifer wieder aufeinander ein.

Hinten bekamen sie Wheam endlich frei und zogen ihn auf die Ladefläche zurück. Coilla stieß ihn zu Boden und brüllte: »Jetzt bleib da unten!«

»Aufpassen«, rief Brelan.

Vor ihnen hatte ein Fahrer seinen Heuwagen im Stich gelassen und war panisch geflohen. Er stand quer und blockierte zwei Drittel der Straße, die beiden Pferde waren noch angeschirrt.

Haskeer hatte ihn bereits bemerkt. Wieder zog er kräftig an den Zügeln und ließ die beiden schäumenden Pferde scharf abbiegen. Um Haaresbreite sausten sie an dem verlassenen Fuhrwerk vorbei, doch die sowieso schon nervösen Zugtiere erschraken und scheuten. Sie machten ein paar Schritte nach vorn in die Lücke, durch welche die Orks gerade geschossen waren, und blockierten jetzt die Straße fast vollständig.

Auch der Kutscher, der das Gefährt der Menschen lenkte, hatte das Hindernis bemerkt, aber noch nicht erkannt, dass die Lücke enger geworden war. Er versuchte, es Haskeer nachzutun, und zerrte verzweifelt an den Zügeln. Für ihn war die Kurve jedoch zu scharf. Der Wagen legte sich schräg, zwei Räder hoben immer weiter ab, und schließlich kippte er um, schleuderte die Insassen hinaus und begrub mehrere unter sich. Dabei brach auch die Deichsel, und die vier Zugpferde kamen frei. Sie schossen los und zerrten den Rest der Deichsel hinter sich her, sodass auf dem Pflaster die Funken stoben.

»Damit wären sie wohl erledigt«, meinte Haskeer.

»Es ist noch nicht vorbei«, widersprach Stryke, nachdem er sich umgesehen hatte.

Die nächsten Verfolger hatten das Wrack erreicht und räumten es hastig zur Seite. Schon drängten sich die ersten Reiter vorbei.

Der Wagen der Orks beschleunigte wieder.

»Die nächste Abzweigung!«, rief Brelan und deutete auf eine von links einmündende Straße.

Sie bogen scharf ab und fuhren in die schmalere und erheblich schwächer bevölkerte Straße hinein. Die Menschen waren ihnen immer noch auf den Fersen.

Stryke und die anderen ließen sich nicht anmerken, dass ihnen die dunklen Gestalten, die in Seitengassen, den oberen Fenstern der Häuser und auf den Dächern lauerten, keineswegs entgangen waren. Sie wurden etwas langsamer, bis die bereits dezimierten Menschen sie fast eingeholt hatten, fuhren jedoch in Schlangenlinien, damit die Verfolger sie nicht überholen konnten.

Sobald die Menschen ihnen in einer dichten Traube folgten und langsamer wurden, schnappte die Falle zu.

Aus den Verstecken und von oben ließen die Widerstandskämpfer einen Strom von Pfeilen auf die dicht gedrängten Ziele los. Unablässig schlugen die Schäfte zwischen den etwa zwanzig Menschen ein. Viele wurden verwundet, einige suchten Schutz hinter abgestellten Fuhrwerken oder wehrten die Pfeile mit Schilden ab. Wer sich zurückziehen wollte, musste feststellen, dass der Ausgang der Gasse längst blockiert war, denn die Widerstandskämpfer hatten gekaperte Wagen auf die Fahrbahn geschoben. Auch dort standen Bogenschützen und schossen, was das Zeug hielt.

Da sie sich von allen Seiten angegriffen sahen, verloren die Milizionäre rasch das Interesse an ihrer Beute.

»Schaff uns hier raus«, sagte Stryke.

Haskeer gab den Pferden die Peitsche, und sie trabten weiter.

Brelan wies ihnen den Weg durch die Seitenstraßen von Taress. Sie fuhren langsam genug, um hoffentlich keine Aufmerksamkeit zu erregen. Nachdem sie einige Male kreuz und quer abgebogen waren, um etwaige Verfolger abzuschütteln, erreichten sie eine besonders schlecht beleuchtete Sackgasse mit windschiefen Häusern. Sie endete vor einer scheinbar massiven Holzwand, die sich bei näherer Betrachtung jedoch als Hintereingang eines Gebäudes erwies, dessen Vorderfront zur benachbarten Straße gehörte. Es war eine hervorragende Tarnung, denn in die Wand war ein gut verborgenes Tor eingelassen, das für ihren Karren gerade groß genug war. Er rollte hinein, und hinter ihnen wurde der Zugang rasch wieder geschlossen.

In einem Bereich, der so groß war wie eine Scheune, stiegen sie aus. Zwei Dutzend Angehörige des Widerstands tummelten sich in der Nähe, einige kamen herbei, um die schwitzenden Pferde zu versorgen. Irgendjemand brachte Dallog eine Flasche Branntwein und

Verbände für seine Wunde. Brelan machte sich auf den Weg, um seinen Kameraden alles zu berichten.

Stryke deutete mit dem Daumen zur Tür. »Das gibt ihnen erst einmal Stoff zum Nachdenken.«

Coilla streckte sich und ballte die Hände zu Fäusten. »Ja. Es ist gut gelaufen.«

»Von dem da mal abgesehen.« Haskeer starrte Wheam böse an.

Der Neuling quietschte und setzte zu einer stotternden Entschuldigung an.

»Ach, halt die Klappe«, knurrte Haskeer.

»Ich wollte es doch nur erklären.«

»Du gibst wie immer nur Unfug von dir.«

»Lass doch mal den Jungen in Ruhe«, sagte Dallog. »Er ist neu.«

»Du nicht?«

»Ich meine, er ist noch so jung. Wir sollten ...«

»Wir? Du bist noch nicht mal lange genug bei uns, um dir allein den Arsch zu wischen, und willst mir sagen, was Sache ist?« Haskeer kochte vor Wut.

»Nein«, gab Dallog gleichmütig zurück. »Ich sage dir nur, dass er Zeit braucht, um in die Gänge zu kommen.«

»Er braucht ein Rückgrat! Um ein Haar hätte er die ganze Mission versiebt.«

»Hat er aber nicht.«

»Nein, habe ich nicht«, bekräftigte Wheam.

»Ich hab genug von euch beiden«, sagte Haskeer drohend und machte einen Schritt auf Dallog und Wheam zu.

Stryke stellte sich ihm in den Weg. »Bist du neuerdings der Anführer?«

Haskeer sah den Hauptmann an, dann wandte er den Blick ab, ohne zu antworten.

»Das reicht jetzt«, fuhr Stryke fort. »Hört auf mit dem Gezänk.« Er nickte in die Richtung der Widerstandskämpfer, die auf der anderen Seite des Raumes beschäftigt waren. »Wenn die einheimischen Orks erfahren, woher wir wirklich kommen ...«

»Ja, ja, schon gut«, murmelte Haskeer.

»Es ist mein bitterer Ernst, Haskeer. Ich lasse nicht zu, dass du oder sonst jemand in der Truppe alles verbockt. Ist das klar?«

»Warum machen wir das überhaupt?«

»Was?«

»Warum geben wir uns mit den Rebellen ab, obwohl wir erst mal die Sterne zurückholen sollten?«

Für Haskeers Maßstäbe war das eine längere Rede gewesen, die Stryke vorübergehend die Sprache verschlug. Teilweise zögerte er auch, weil er die Schuld am Verlust der Instrumentale vor allem sich selbst gab.

»Wir helfen dem Widerstand, weil es richtig ist«, sagte er schließlich. »Und was die Sterne angeht ... die werden wir schon finden.«

»Ich wünschte nur, du würdest damit bald mal anfangen.«

Dieses Mal wich Haskeer Strykes Blick nicht aus. Keiner schien bereit, auch nur eine Winzigkeit zurückzuweichen.

»Lasst doch nicht die Köpfe hängen«, mischte sich Coilla ein. »Wir haben schon öfter in der Klemme gesessen.«

»Was du nicht sagst«, gab Haskeer zurück.

Dann drehte er sich um und ließ sie stehen.

4

In ganz Acurial und besonders in dem am dichtesten besiedelten Gebiet, der Hauptstadt Taress, gab es Unruhen. Die menschlichen Besatzer hatten hart durchgegriffen und den Druck auf die einheimischen Orks noch weiter verstärkt. Mögliche Treffpunkte der Aufständischen wurden schon beim leisesten Verdacht niedergebrannt. Öffentliche Versammlungen jeder Art und Größe wurden brutal aufgelöst. Wer eine abweichende Meinung äußerte, wurde zum Schweigen gebracht. Es gab willkürliche Verhaftungen, Folter stand auf der Tagesordnung, häufig wurden Verdächtige hingerichtet.

Es war genau das, was der Widerstand beabsichtigt hatte. Die Angriffe auf die Invasoren sollten Vergeltungsschläge provozieren, welche ihrerseits hoffentlich die Bürger aufrütteln und deren schlummernden Kampfgeist wieder wecken würden. Unterstützt von Flüsterkampagnen, heimlichen Treffen und markigen Sprüchen gewann die Rebellion an Boden. Inzwischen war auch der Komet Grilan-Zeat für alle sichtbar am Himmel aufgegangen und spendete den Gläubigen Hoffnung.

Es stand auf Messers Schneide, die Revolution lag in der Luft, war jedoch keineswegs unausweichlich. Um die Sache weiter zu beschleunigen, beschlossen die Rebellen, Öl ins Feuer zu gießen. Darauf konzentrierten sich in erster Linie die Vielfraße.

Am frühen Morgen versammelte sich die Kriegertruppe in einem der inzwischen recht zahlreichen sicheren Häuser des Widerstands. Allerdings war »Sicherheit« unter diesen Umständen ein Begriff, den man nur mit großen Vorbehalten gebrauchen konnte.

Die Menschen Standeven und Pepperdyne waren anwesend, ebenso Brelan und seine Zwillingsschwester Chillder. Strykes Truppe verhielt sich sehr vorsichtig, solange einer der beiden in der Nähe war. Sobald die Zwillinge jedoch gegangen waren, konnten sie reden, ohne ein Blatt vor den Mund zu nehmen.

»Ich bin beunruhigt und frage mich, was sie wohl über uns denkt«, sagte Jup.

»Wer denn?«, wollte Stryke wissen.

»Chillder. Ihr Verhalten mir gegenüber hat sich verändert, seit sie beobachtet hat, wie ich den Fernblick eingesetzt habe. Ist dir das nicht aufgefallen?«

»Nein.«

»Tja, du hast ja auch nicht so lange mit den Rebellen in allen möglichen Verstecken herumsitzen müssen wie Spurral und ich.« Es war mehr als deutlich, wie sehr der Zwerg die erzwungene Untätigkeit verabscheute.

»Wir haben ihr doch gesagt, du hättest einfach nur eine Ahnung gehabt.«

»Schon – aber hat sie das auch geglaubt?«

»Deine Warnung hat uns davor bewahrt, in eine Falle zu tappen. Ich nehme an, Chillder ist dankbar genug, um dich nicht mit Fragen zu behelligen.«

»Da bin ich nicht so sicher. Wie ich schon sagte, sie ist mir gegenüber seitdem viel zurückhaltender.«

»Sie hat eben eine Menge zu tun.«

»Verdammt, Stryke«, fluchte Jup. »Es ist schon schlimm genug, dass Spurral und ich so sehr auffallen. Wenn sie uns jetzt auch noch für abartig halten ...«

»Und ob du abartig bist«, murmelte Haskeer.

»Dich hat keiner um deine Meinung gefragt«, gab Spurral zurück und sah ihn scharf an.

»Gott verhüte, dass ich jemanden anpinkle, der Pisspott heißt«, spottete Haskeer.

»Lass das«, warnte Jup ihn. »Ich bin nicht zu solchen Scherzen aufgelegt.«

»Leck mich doch!«

»Davon träumst du wohl.«

Stryke schritt ein, um die Hitzköpfe zur Räson zu bringen. »Du«, sagte er und zeigte mit dem Finger auf Haskeer, »du hältst jetzt die Klappe, weil ich dir sonst eine reinhaue.« Er drehte sich zu Jup um. »Und du springst auf so was nicht mehr an. Wenn ihr mit diesem Mist weitermacht, schlage ich euch die Schädel ein. *Kapiert?*«

Sie nickten mürrisch.

»Wir sind alle gereizt«, fuhr Stryke etwas ruhiger fort. »Es kann jedoch jederzeit zu einem Aufstand kommen, und deshalb müssen wir zusammenhalten.« Die Gemeinen der Truppe, die ein Stück entfernt herumlümmelten, hörten neugierig zu. Er wandte sich wieder an Jup. »Wie es derzeit läuft, wirst du bald reichlich zu tun bekommen.«

»Das erzählst du mir schon viel zu lange.«

»Keine Sorge, es wird bald so weit sein. Dieses Ding am Himmel, die Prophezeiung, der Aufruf, den Sylandya veröffentlichen wird, das alles dürfte die Orks in dieser Gegend auf die Barrikaden bringen. Wir müssen hinter ihnen stehen, das ist das Wichtigste.«

»Wirklich?«, fragte Coilla.

»Was willst du damit sagen?«

»Tut mir leid, Stryke, aber ist es nicht das Wichtigste, die Sterne zurückzuholen?«

Er seufzte. »Ich gebe ja zu, dass ich Mist gebaut habe, aber …«

Sie unterbrach ihn mit erhobener Hand. »Ich mache dir keine Vorwürfe. Mich trifft eine ebenso große Schuld, weil ich den verloren habe, den du mir anvertraut hast. Natürlich sind wir verpflichtet, den Rebellen zu helfen. Aber noch wichtiger ist doch, dass wir einen Weg finden, wieder nach Hause zu kommen, oder?«

»Ich schwöre dir, wir werden die Sterne zurückholen.«

Schweigen senkte sich über die Kriegertruppe. Jode Pepperdyne, der jüngere der beiden Menschen, ergriff schließlich als Erster wieder das Wort.

»Was können wir ...« Er warf einen Blick zu Micalor Standeven. »Was kann ich tun, um euch zu helfen?«

»Nun, ich weiß nicht recht ...«, wich Stryke ihm aus.

»Wir sitzen hier ja auch fest«, protestierte Standeven.

»Aus Sicherheitsgründen müssen wir unsere Pläne streng geheim halten«, erklärte Stryke.

»Du meinst, du traust uns nicht«, sagte Pepperdyne.

»Das hat niemand gesagt«, beruhigte Coilla ihn.

Pepperdyne sah sich im Raum um und bemerkte die vorsichtigen Blicke.

»Was die Leute sagen, entspricht nicht immer dem, was sie denken.«

»Nicht bei mir«, widersprach Haskeer. »Mir macht es überhaupt nichts aus, dir zu sagen, dass meiner Ansicht nach schon viel zu viele Außenseiter über uns Bescheid wissen.«

Coilla funkelte ihn an. »Haskeer«, zischelte sie.

»Und wenn es zu viele wissen«, fuhr er erbarmungslos fort, »dann ist der Verrat nicht weit.«

»Ich muss mir doch diese ... diese *Anspielungen* nicht gefallen lassen«, verkündete Standeven und warf sich in die Brust.

»Wenn es denn welche waren«, sagte Haskeer.

»Du stellst meine Ehre infrage.«

»So was Dummes auch. Verpiss dich doch, wenn dir das nicht passt.«

»Es reicht«, warnte Stryke ihn.

»Ich merke es durchaus, wenn ich nicht erwünscht bin.« Standeven bot die letzten Reste seiner Würde auf und winkte Pepperdyne, als wolle er einen Diener zu sich rufen. »Wir gehen jetzt!«

Pepperdyne zögerte, warf Coilla einen kurzen Blick zu und folgte seinem Herrn und Meister nach draußen.

»Jode!«, rief sie.

Die beiden Menschen knallten hinter sich die Tür zu.

Coilla wandte sich an Haskeer. »Du verdammter Idiot! Du Hornochse! Jode hat mir das Leben gerettet. Wir sind ihm zu Dank verpflichtet.«

»Ja, ihm vielleicht«, erwiderte Haskeer. »Aber was ist mit dem anderen?«

»Ich ... über Standeven weiß ich nichts.«

»Wir können beiden nicht trauen, denn sie sind Menschen. Und du bist viel zu dicke mit dem jüngeren.«

Bevor Coilla eine scharfe Erwiderung anbringen konnte, hob Stryke eine Hand. »Mir scheint, wir vergessen eine Kleinigkeit.« Seine Miene verdüsterte sich. »Das hier soll eine disziplinierte Truppe sein«, erklärte er ihnen. »Allerdings benehmen sich ein paar von euch, als wäre dem nicht so. Es gibt jedoch nur einen Weg, aus alledem heil herauszukommen. Wir schaffen es nur, wenn wir Ordnung halten. Dazu gehört es, die Befehlskette zu respektieren und Befehlen zu gehorchen, ohne aufmüpfig zu werden. *Außerdem bedeutet es, dass dieses Gezeter auf der Stelle aufhört.«*

Wheam und einige weitere Neulinge zuckten zusammen.

»Wir werden dafür sorgen, dass die Disziplin in der Truppe besser wird«, fuhr Stryke fort, »und dass es weniger Gezänk gibt. Ich bitte euch nicht darum, ich sage es euch. Wenn jemand glaubt, er könne die Sache besser machen als ich, dann soll er sich nur melden.« Niemand wagte es, im darauf folgenden Schweigen auch nur einen Mucks von sich zu geben. »Gut. Also hört auf mit dem Mist. Ist das klar?«

Zustimmendes Gemurmel erhob sich.

»Was können wir denn nun hinsichtlich der Sterne tun?«, fragte Dallog.

»Warte ab, wir sind noch nicht so weit. *Noskaa!«* Der Rekrut sprang auf. »Vergewissere dich, dass wir nicht belauscht werden.«

Noskaa ging zur Tür, blickte nach draußen und hob einen Daumen. Er blieb gleich dort stehen und hielt Wache.

»Ob es euch gefällt oder nicht«, fuhr Stryke fort, während er Coilla ansah, »im Widerstand oder sogar in unseren Reihen könnte ein Verräter sein. Deshalb sollten wir besser für uns behalten, was wir im Hinblick auf Jennesta planen.«

Dallog sagte: »Es mag ja dumm klingen ...«

Haskeer räusperte sich. Es klang halb wie ein Lachen und kam einer Insubordination bedenklich nahe.

Dallog funkelte ihn an und versuchte es noch einmal. »Vielleicht ist es ja eine dumme Frage, Stryke, aber woher wissen wir, dass Jennesta tatsächlich alle Sterne hat? Den eingeschlossen, den Coilla bewachen sollte?«

»Das wissen wir nicht, wir sollten aber vorsichtshalber davon ausgehen, dass es so ist.«

»Du hast einen Plan erwähnt«, schaltete sich Jup ein. »Falls es darum geht, in die Festung einzudringen ... also, das ist beim letzten Mal nicht so gut gelaufen, nicht wahr?«

»Vielleicht gibt es noch einen anderen Weg.«

»Welchen denn?«, wollte Coilla wissen. Sie war wegen Pepperdyne immer noch gereizt.

Stryke entschloss sich, sie dafür nicht zu verwarnen. »Etwas, das ich von den Widerständlern gehört habe, könnte sich als nützlich erweisen. Es scheint so, als fahre Jennesta regelmäßig zu einer Art heiligem Ort am Stadtrand. Es soll ein Steinkreis sein.«

»Welchem Zweck dient er?«

Der Anführer zuckte mit den Achseln. »Wer weiß? Es dürfte aber wohl kaum ein angenehmes Ziel sein.«

»Na gut, und was ist damit?«

»Sie fährt mit einem ganzen Konvoi in einer Kutsche hin. Das könnte die einzige Gelegenheit sein, bei der sie angreifbar ist.«

»Warum schnappen wir sie nicht in diesem Steinkreis?«

»Dort ist sie zu gut bewacht, und das Gelände ist zu übersichtlich.«

»Was bringt dich auf die Idee, dass sie die Sterne bei sich hat?«, fragte Haskeer.

»Hättest du sie nicht bei dir?«, gab Stryke zurück. »Nach allem, was sie getan hat, um sie zu bekommen?«

»Sie dürfte auch auf der Straße starken Begleitschutz haben«, überlegte Coilla. »*Besonders* auf der Straße.«

»Natürlich. Auf dem Rückweg biegt die Eskorte allerdings kurz vor der Festung in die Kaserne ab. Das könnte unsere Gelegenheit sein.«

»Knappe Sache.«

»Ich habe nicht behauptet, dass es leicht wird.«

»Brelan und Chillder wollen sicher keinen weiteren Anschlag auf Jennesta verüben«, gab Jup zu bedenken.

»Ich sage ja nicht, dass wir sie töten sollen. Wenn sich allerdings die Gelegenheit dazu bietet ...«

»Stryke, ob wir sie töten oder nicht, der Widerstand wird nicht mitspielen«, sagte Coilla.

»Das ist ein weiterer Grund dafür, dass wir es für uns behalten müssen. Wir tun es, ohne sie einzuweihen.«

»Wie denn?«

»Wir brauchen eine Tarnung. Wenn wir es richtig anfangen, benötigen wir sowieso nur die Hälfte der Truppe.«

»Beim letzten Mal waren wir auch nur so wenige. Du weißt ja, was passiert ist.«

»Dieses Mal ist es etwas anderes. Es wird ein Überfall. Das haben wir in der letzten Zeit schon öfter gemacht.«

»Einen Gegner wie Jennesta haben wir noch nie überfallen.«

»Wenn du eine bessere Idee hast, Coilla …«

»Nein, leider nicht. Ich denke aber immer noch, wir sollten Pepperdyne einweihen.« Haskeer stöhnte vernehmlich, doch Coilla achtete nicht darauf. »Er ist ein guter Kämpfer und könnte uns helfen.«

»Wird er es denn Standeven verschweigen?«, fragte Stryke.

»Ich glaube, das wird ihm nicht schwerfallen.«

»Ich traue den beiden nicht«, beharrte Haskeer.

»Das hast du schon mal gesagt«, antwortete Coilla wütend.

Stryke schüttelte den Kopf. »Nein. Wir brauchen Pepperdyne nicht. Nicht bei dem Plan, an den ich denke.«

»Und wenn er und Standeven Wind davon bekommen?«, überlegte Spurral. »Das könnte doch passieren, wenn wir alle zusammenhocken.«

»Wenn das passiert, dann töten wir sie.«

Coilla runzelte die Stirn, schwieg aber dazu.

»Damit wäre das geklärt«, sagte Stryke. »Wir arbeiten den Plan aus und kämpfen inzwischen weiter mit dem Widerstand. Dabei kann Pepperdyne uns helfen.

Sie brauchen für den bevorstehenden Aufstand jede Klinge, die sie nur bekommen können.«

»Falls er überhaupt ausbricht«, wandte Haskeer ein. »Nur nicht den Glauben verlieren.«

»Den Glauben überlasse ich den Priestern im Tempel.« Er zog sein Schwert und hob es, damit sich das Licht auf dem blanken Metall spiegelte. »Daran glaube ich.« Beinahe andächtig betrachtete er die Klinge.

Stryke lächelte. »Aber klar. Du bist ein Ork.«

»Trotzdem, wir können nicht sicher sein, dass die Rebellen Erfolg haben«, warnte Coilla. »Dies hier ist eine ganz andere Welt. Die meisten Orks sind zahm wie Schafe, und die Menschen besitzen magische Kräfte. Ganz zu schweigen von der Übermacht, der wir ...«

»Das ist einfach«, unterbrach Stryke sie. »Wir kämpfen, sie sterben.«

Daraufhin stießen einige Rekruten Jubelrufe aus.

»Hoffentlich hast du Recht«, sagte sie. »Allerdings tauchen hier immer im unpassendsten Augenblick irgendwelche Probleme auf.«

Er zuckte mit den Achseln. »Ich denke, wir werden schon zurechtkommen, solange wir es nur mit den Menschen zu tun haben.«

Nicht sehr weit entfernt, außerhalb der Stadtgrenzen in einem nur dünn besiedelten und nicht gerade fruchtbaren Gebiet, stand eine verfallene Wassermühle. Das Rad war geborsten, und der Mühlbach, der es angetrieben hatte, war nur mehr ein von Unkraut überwuchertes Rinnsal. Selbst ein sehr aufmerksamer Beobachter hätte nichts anderes gesagt, als dass der Ort verlassen und trostlos war.

Wer dagegen über magische Kräfte oder die von Gott gegebene Gabe des Fernblicks verfügte, hätte sich wahrscheinlich anders geäußert. Diese wenigen hätten den kupfernen Geschmack und die leicht schweflige Ausdünstung der Magie bemerkt, die sich über das Gebäude gelegt hatte. Ein Beobachter, der über besonders starke Fähigkeiten verfügte, hätte vielleicht sogar ein gewisses Kribbeln in der Atmosphäre wahrgenommen, eine Art Spannung, die einem eine Gänsehaut über den Rücken laufen ließ. So fühlte sich ein Spruch an, der den Beobachter täuschen sollte.

Die Mühle war tatsächlich beinahe eine Ruine, doch unbewohnt war sie nicht. Hinter der magischen Fassade hatte eine Spezialeinheit des aus vielen Rassen zusammengesetzten Corps der Torhüter Quartier genommen.

Die Anführerin der Gruppe war in gewisser Weise auch selbst eine Täuschung. Pelli Madayar, eine jugendliche Angehörige des Elfenvolks, wirkte zierlich und so zerbrechlich, dass man sie ohne Weiteres für schwach halten konnte. Dieser Eindruck war jedoch falsch. Sie verfügte über große Energien und Kräfte und eine unerschütterliche Entschlossenheit.

Sie beriet sich gerade mit einem Leutnant, einem kleinen, stämmigen Gnom mit mürrischem Gesichtsausdruck, wie er für seine Art typisch war. Die übrigen

Angehörigen der Einheit warum ringsum mit verschiedenen Aufgaben beschäftigt. Gremlins, Zentauren, Goblins und ein Satyr waren zugegen, außerdem einige Kobolde und Harpyien. Eine kleine Truppe von Feen und mehrere Trolle arbeiteten neben Geschöpfen, die selbst in dieser bunten Gesellschaft exotisch wirkten, darunter eine Schimäre und ein Wendigo. Diese Wesen zogen gewöhnlich die Einsamkeit vor. Die Bedeutung des Einsatzes kam auch dadurch zum Ausdruck, dass so viele unterschiedliche Wesen ihre natürlichen Neigungen zurückstellten und sich dem gemeinsamen Ziel widmeten.

Pelli Madayar unterbrach sich mitten im Satz, schloss die Augen und hob eine Hand an die Stirn. Dann entschuldigte sie sich und entfernte sich eilig. Ihr Untergebener verstand es, denn er hatte es schon viele Male gesehen.

Sie stieg die wacklige Treppe ins obere Stockwerk der Mühle hinauf. In einer Ecke stand ein Fass, das zu groß war, als dass sie es hätte mit den Armen umfassen können. Die Metallreifen waren rot vor Rost. Es war voller Regenwasser, das durch ein Loch im Dach eingedrungen war, und auf der Oberfläche schwamm eine Ölschicht, die in allen Regenbogenfarben schimmerte. Das Wasser war schmutzig und roch übel, doch das störte sie nicht. Es war immer noch ein geeignetes Medium. Außerdem blieb ihr sowieso nichts anderes übrig, wenn ihr Vorgesetzter sich auf diese Weise mit ihr in Verbindung setzen wollte.

Sie legte die Hände auf den Rand des Fasses und blickte hinein. Das Wasser geriet sofort in Wallung, und von unten stiegen Blasen auf, als hätte es den Siedepunkt erreicht. Dann veränderte es sich und war auf einmal kein gewöhnliches Wasser mehr. Ein kaleidoskopischer Strom irgendeiner strahlenden Materie schälte sich heraus. Gleich darauf beruhigte sich das Farbenspiel, und ein Bild entstand.

Sie betrachtete nun Karrell Revers, den Befehlshaber der Torhüter, dessen Abbild über eine unendliche Anzahl von Welten hinweg projiziert wurde. Er hatte die besten Jahre bereits hinter sich, sein kurzgeschnittener Bart und das Haar waren ergraut. Revers bildete unter den Menschen eine Ausnahme, da er über magische Fähigkeiten verfügte.

»Pelli«, begann er. »Es gibt Neuigkeiten.« Seine Stimme hallte ein wenig nach und klang leicht ätherisch.

Trotz der unermesslichen Entfernung zwischen ihnen konnte sie erkennen, dass er sich Sorgen machte. »Was ist denn los?«, fragte sie ihn.

»Ich habe ja bereits die Möglichkeit angedeutet, dass sich in das kleine Drama, das sich derzeit abspielt, ein weiterer Mitspieler einmischen könnte, und dass es Hinweise darauf gibt, jemand anders außer den Orks könnte die Instrumentale in seinen Besitz gebracht haben. Tatsächlich haben wir eine weitere Anomalie entdeckt, die eine neue Einschätzung nahelegt.«

»Ja?«

»Es gibt möglicherweise noch einen weiteren Satz.«

»Noch einen? Hier? Die Wahrscheinlichkeit ist doch sicher äußerst gering.«

»Sie ist sogar … unendlich gering. Trotzdem muss ich eine Warnung aussprechen. Da dies ein beispielloses Ereignis ist, könnten wir die Zeichen missverstehen. Allerdings muss ich einräumen, dass es schwierig wäre, eine andere Schlussfolgerung als diese zu vertreten.«

»Dann müssen wir jetzt also zwei Sätze von Instrumentalen aufspüren.«

»Nun ja … das könnte sein.«

»Bitte, Karrell, helft mir dabei. Ich kann nicht vernünftig arbeiten, wenn ich nicht weiß …«

»Es tut mir leid. Das Problem ist, dass wir nichts Genaues sagen können. Wir bekommen unterschiedliche magische Signaturen herein, die von zwei verschiedenen Quellen ausgehen könnten. Die Charakteristika unterscheiden sich auf eine Weise, die wir noch nie beobachtet haben.«

»Na schön. Und was sollen wir jetzt tun?«

»Wir arbeiten mit allen Mitteln an einer Lösung. Ihr seht jedoch, dass Eure Mission dadurch nur noch wichtiger wird.«

»Ja. Heißt das, ich bekomme neue Befehle?«

»Nein. Im Grunde hat sich nichts geändert. Wenn Ihr die Instrumentale beschafft, von deren Existenz wir wissen, nämlich jene, die sich im Besitz der Orks befinden, dann können wir sie von der Liste streichen. Wichtig ist nur, dass Ihr Euch beeilt.«

»Das ist mir klar.«

»Ich muss schon sagen, Pelli, ich bin beunruhigt, weil Ihr noch nicht zugeschlagen habt.«

»Zeit, die man für Aufklärung verwendet, ist niemals vergeudet. Außerdem mussten wir sicherstellen, dass keine Unschuldigen hineingezogen werden. Hier braut sich etwas zusammen. In der Beziehung zwischen der eingeborenen Bevölkerung und den Unterdrückern baut sich gerade ein großer Konflikt auf, und ...«

»Wir kümmern uns nicht um lokale Angelegenheiten. Wie Ihr genau wisst, ist das eine der Grundregeln des Corps. Ich hoffe nur, Ihr zögert nicht aufgrund irgendeiner Sympathie für die Orks.«

»Ich glaube, dass sie in etwas hineingestolpert sind, das sie nicht überblicken können, und in diesem Sinne kann man ihnen nicht einmal einen Vorwurf machen. Deshalb hoffe ich, die Instrumentale durch überzeugende Argumente ausgehändigt zu bekommen, ehe ich schärfere Maßnahmen ergreife.«

»Ich sagte ja schon, dass Euer Mitgefühl verständlich und lobenswert ist.« Seine Stimme klang ein wenig drängend, vielleicht sogar flehend. »Diese Orks jedoch, über die wir hier reden ... Nun, manche Rassen haben einfach kein Wohlwollen verdient. Gut möglich, dass Euer Mitgefühl gewissermaßen fehlgeleitet ist. Der Erfolg Eurer Mission ist wichtiger als ein paar Individuen. Ihr müsst alle Mittel einsetzen, um das Ziel zu erreichen. Habt Ihr das verstanden?«

»Jawohl.« Sie überlegte einen Augenblick. »Ich wollte

Euch noch etwas fragen. Ihr habt mir keine Befehle erteilt, was mit der Kriegertruppe geschehen soll, nachdem wir ihnen die Instrumentale abgenommen haben.«

»Vorausgesetzt, sie überleben die Begegnung mit Euch und Euren überlegenen Waffen.«

»Ja, das setze ich dabei voraus. Soll ich sie in ihre Heimatwelt zurückbringen?«

Hätte sie ihn nicht besser gekannt, dann hätte Pelli den Blick, den Revers ihr zuwarf, für ausnehmend hart gehalten. »Einen solchen Befehl habt Ihr nicht erhalten«, erklärte er ihr.

Ohne ein weiteres Wort unterbrach er die Verbindung.

5

Wie ein großer Haufen Dung, der mitten in der Jauchegrube schwimmt, zog die mächtige Festung von Taress unweigerlich alle Blicke auf sich. Die dräuenden Mauern und die abweisenden Türme bedrückten die Stadt ebenso wie die menschlichen Besatzer, die das Gebäude in Besitz genommen hatten. Vor langer Zeit hatten Orks, die den Kriegergeist noch nicht verloren hatten, die Festung errichtet, und in der letzten Zeit hatte sich das Schwergewicht von der Verteidigung auf den Angriff verlegt. Der Hort der Sicherheit war ein Ort der tödlichen Bedrohung geworden. Die Burg war eine ewige Erinnerung daran, dass die Eingeborenen ihre Unabhängigkeit und Würde verloren hatten.

Im weitläufigen zentralen Innenhof herrschte ein geschäftiges Treiben. Eine Abteilung Uniformierter, darunter auch einige Frauen, exerzierte, während andere jeweils zu zweit ihren Kampfübungen nachgingen. Die Kammern gaben Waffen aus, Burschen striegelten die Pferde, Helfer beluden Wagen.

Hoch droben, auf dem Balkon vor seinen Gemächern, beobachtete Kappel Hacher aufrecht und streng seine Untertanen. Sein Adjutant und vermutlich derjenige, dem er hier am meisten Vertrauen schenkte, der junge Offizier Frynt, stand neben ihm.

»Jetzt bilden wir schon Schreiber und Ärzte dazu aus, in den Straßen zu patrouillieren«, sagte Hacher.

»Soweit ich weiß, soll bald Verstärkung aus Peczan kommen, Herr«, erwiderte Frynt.

»Ich bin nicht sicher, ob es für Jennesta jemals genug sein wird.«

»Mein Herr?«

»Taress muss vollständig von subversiven Elementen geräumt werden. So drückte sich unsere Herrscherin aus. Was glaubt Ihr, wie viele Soldaten man dazu braucht?«

»Bei allem Respekt, General, Ihr sagtet doch oft, dass die Unruhestifter nur eine kleine Minderheit bilden.«

»Das denke ich immer noch. Allerdings ist es eine Frage der Definition. Wer sind eigentlich die Abweichler?«

»Ist es denn nicht unsere Aufgabe, alle Aufrührer zu vernichten, Herr?«

»Gute Frage. Jennesta macht sich allerdings keine großen Gedanken um die Unterschiede. Ihrer Ansicht nach sollen alle Orks, die irgendwie verdächtig erscheinen, zusammengetrieben und beseitigt werden, falls sie Widerstand leisten. Für Jennesta sind sie sowieso allesamt Revolutionäre. Deshalb sollen wir stetig den Druck verstärken.«

»Man kann auch nicht verleugnen, dass sich die Vorfälle in der letzten Zeit häufen, Herr.«

»Das ist wahr. Was erwartet Ihr, wenn Ihr in ein Hornissennest stecht? Ich glaube, der Widerstand, der eigentliche Kern, ist recht klein. Ich habe nie gesagt, dass sie nicht gefährlich sind, und bin durchaus dafür, sie hart anzugehen. Allerdings habe ich das Gefühl, dass Jennestas Politik alles nur noch schlimmer macht.«

»Vielleicht spornt auch dieser Komet, der die Orks in solche Aufregung versetzt, den Widerstand an, Herr.«

»Wer hat ihnen überhaupt den Floh ins Ohr gesetzt, sie könnten ihn mit Vorzeichen und Prophezeiungen in Verbindung bringen? Nein, wir müssen hier mit dem Florett und nicht mit der Axt operieren.«

»Bedauerlicherweise, Herr, wird Euer Rat die gnädige Jennesta kaum umstimmen können.«

»Was Ihr nicht sagt.« Hacher dachte nach. »Es gibt allerdings eine Waffe in unserem Arsenal, die geeignet wäre, die wahren Aufständischen gezielt zu treffen.«

»Eure ... Quelle«, sagte Frynt mit wissendem Unterton.

Der General nickte. »Ich bin mir nicht völlig sicher, ob ich den Kontakt weiter halten kann, doch er könnte sich als ungemein wertvoll erweisen.«

»All das Gerede über einen Aufstand ist doch angesichts des Wesens der Orks, über die wir herrschen, nicht mehr als eine Theorie. Die Mehrheit verhält sich passiv.«

»Jennesta ist anderer Meinung. Sie ist überzeugt, dass die ganze Rasse zu wildesten Ausschreitungen fähig ist. Fraglich bleibt natürlich, aufgrund welcher Erfahrungen mit den Orks sie zu dieser Schlussfolgerung gekommen ist.«

»Und Ihr, Herr? Glaubt Ihr denn, einige nährten eine heimliche Lust am Kampf?«

Hacher blickte auf die Stadt hinunter. »Das werden wir sicher bald herausfinden.«

In einem sicheren Haus des Widerstands, das im Gewirr der Nebenstraßen der Hauptstadt verborgen war, hatten Jode Pepperdyne und Micalor Standeven einen entlegenen Raum aufgesucht.

»Wie oft muss ich es dir noch sagen?«, protestierte Standeven zornig.

»Nur noch ein einziges Mal«, erwiderte Pepperdyne.

»Ich habe nichts damit zu tun, dass Coillas Stern verschwunden ist!«

»Warum fällt es mir nur so schwer, dir das zu glauben?«

»Warum fragst du mich überhaupt? Da, wo wir herkommen, wäre es eine grobe Unbotmäßigkeit, mich auf diese Weise zu belästigen.«

Pepperdyne lachte ihm ins Gesicht. »Aber dort sind wir nicht mehr, nicht wahr?«

»Das ist wirklich schade.«

»Ich sitze hier so ungern fest wie du. Vorausgesetzt, es macht dir überhaupt etwas aus.«

»Was soll *das* denn nun wieder heißen?«

»Wären die Sterne nicht verlorengegangen, dann wären wir nicht mehr hier.«

»*Damit hatte ich nichts zu tun*«, wiederholte Standeven nachdrücklich.

»Das sagst du jetzt. Aber wenn wir schon davon ausgehen müssen, dass wir hier festsitzen, musst du doch nicht unbedingt der Truppe auf die Nerven gehen. Sie sind die einzigen Verbündeten, die wir hier haben, und sie trauen uns nicht.«

»Sie haben uns noch nie getraut.«

»Damit beziehst du dich aber nur auf dich selbst.«

»Sie sind *Orks* und daher auf Menschen nicht gut zu sprechen. Dies nur für den Fall, dass dir entgangen ist, was die Menschen ihnen hier antun.«

»Ich glaube, sie erkennen es, wenn es jemand ehrlich mit ihnen meint. Die meisten jedenfalls.«

»Du bist ein Dummkopf, Pepperdyne. Wir sind nur deshalb noch am Leben und bei ihnen, weil es ihnen so passt. Setze dein Vertrauen nicht in diejenigen, die es nicht verdient haben.«

»Soll ich etwa lieber *dir* vertrauen?«

»Es gäbe Schlimmeres als das.«
»Ich bin doch nicht bescheuert.«
Standeven kochte die Galle über. »Du solltest sehr genau über deine Stellung mir gegenüber nachdenken, falls wir jemals wieder nach Hause kommen«, entgegnete er giftig.
»Deine Drohungen beeindrucken mich nicht, falls es dir noch nicht aufgefallen ist.«
»Ich erinnere dich nur daran, wie unser Verhältnis früher ausgesehen hat – und dass es eines Tages wieder so sein könnte. Dein Verhalten hier hat Einfluss darauf, wie ich dich in Zukunft behandeln werde.«
»Du kapierst es nicht, was? Wie es jetzt läuft, haben wir möglicherweise überhaupt keine Zukunft mehr. Und wenn du mich schon an andere Dinge erinnern willst, dann vergiss dabei nicht, dass du nicht hier wärst und nicht einmal mehr leben würdest, wenn ich nicht gewesen wäre.«
»Eine deiner Aufgaben ist es, die Sicherheit deines Herrn zu gewährleisten. Das ist deine Pflicht!«
Pepperdyne sprang los und packte Standeven am Kragen. »Wenn du der Ansicht bist, dass du mir nicht dein Leben zu verdanken hast, dann nehme ich es eben wieder zurück.«
»Nimm deine dreckigen Hände weg ...«
Die Tür ging auf.
Pepperdyne ließ Standeven los.
Coilla kam herein. »Jode, bist du ... oh!«
Standeven drehte das puterrote Gesicht zu ihr herum

und starrte sie an. »Ich geh ja schon«, knurrte er, schob sich an ihr vorbei und verschwand.

»Lass ihn nur«, sagte Pepperdyne.

»Ich hatte nicht die Absicht, ihn aufzuhalten«, erwiderte Coilla. Sie schloss hinter Standeven die Tür. »Ihr habt euch gestritten.«

»Hast du das tatsächlich bemerkt?«

»Wenn du allein sein willst, dann ...«

»Entschuldige«, fuhr er etwas versöhnlicher fort. »Er geht mir einfach auf die Nerven.«

»Damit bist du nicht allein.«

Er nickte. »Was willst du von mir, Coilla?«

»Zuerst einmal denke ich, du könntest etwas hiervon gebrauchen.« Sie reichte ihm eine Flasche Branntwein.

Er nahm sie, trank einen Schluck und gab sie zurück. »Und zweitens?«

»Nachdem ihr so eilig verschwunden seid, wollte ich dir vor allem sagen, dass keiner in der Truppe schlecht über euch denkt.«

»Was, über uns beide? Über mich und über ... den da?« Er nickte in Richtung der Tür.

»Nun ja, eigentlich betraf es hauptsächlich dich.«

»Danke.« Er lächelte. »Mit dieser Ansicht bist du aber ziemlich allein.«

»Oh, ich weiß nicht. Ich nehme an, Stryke empfindet durchaus Achtung für dich. Vielleicht noch ein paar andere.«

»Sie haben eine seltsame Art, es zu zeigen.«

»Du darfst nicht vergessen, wie die Dinge zwischen Menschen und Orks stehen. Nicht nur in dieser Welt. Wir haben ... Erfahrungen aus der Geschichte.«

»Das kann ich sogar verstehen.«

»Wirklich?«

»Glaubst du denn, die Orks waren auf unserer Welt die einzige unterdrückte Rasse?«

»Du bist ein Mensch und gehörst zu den Unterdrückern.«

»Es gibt solche und solche Menschen.«

»Wird es nicht Zeit, dass du mal offen und ehrlich über deine Vergangenheit redest?«

»Was gibt es da schon groß zu erzählen?«, antwortete er unbeholfen.

»Verschließe dich nicht vor mir.«

»Würde es denn etwas ändern, wenn ich dir etwas über mich erzählte? Ich meine, habe ich mich nicht schon oft genug bewährt?«

»Mir gegenüber schon. Die meisten anderen aber ...«

»Ich gebe dir mein Wort, dass ich nichts mit dem Diebstahl des Sterns zu tun habe.«

»Was würde dein Partner sagen, wenn ich ihn danach frage?«

»Standeven ist nicht mein Partner«, gab er scharf zurück. »Auch er würde dir jedoch sein Wort geben.«

»Könnte ich ihm das denn glauben?«

»Ja, genau wie ich.«

»Bist du sicher?«

»Wenn Standeven sagt, dass er ...«

»Warum bist du ihm gegenüber so loyal, Jode?«

Er seufzte. »Das dürfte reine Gewohnheit sein. Außerdem gibt es Dinge, die ich nicht einmal ihm unterstellen möchte.«

»Worin besteht denn nun die Verbindung zwischen euch?«

»Das ist kompliziert.«

»Das ist eine faule Ausrede. Erzähl mir mehr.«

Er grinste. »Du bist hartnäckig, Coilla, das muss ich dir lassen.«

»Dann enttäusche mich nicht und vertrau dich mir an. Ich möchte etwas über den Mann wissen, der mir das Leben gerettet hat.«

»Kann ich nochmal die Flasche haben?«

Sie holte sie hervor, und er trank einen Schluck. Auch Coilla bediente sich.

»Nun?«, drängte sie.

»Ich bin ein Trougathianer.«

»Was bist du?«

»Ein Trougathianer. Geboren in Trougath, daher der Name.«

»Davon habe ich noch nie gehört.« Sie rückte sich einen Stuhl heran und setzte sich.

Er folgte ihrem Beispiel und hockte sich auf ein Fass mit Nägeln. »Die Welt, aus der wir kommen, ist viel größer als der Teil, den ihr Maras-Dantien nennt.«

»Den deine Rasse in Zentrasien umbenannt hat«, fügte sie bitter hinzu.

»Manche Menschen sind so. Mein Volk hatte nicht viel Gelegenheit, andere Orte umzubenennen.«

»Was für ein Volk ist es denn?«

»Wir sind ein wenig wie ihr Orks.«

»Wirklich?« Sie konnte sich die Skepsis nicht verkneifen.

»Ein wenig, sagte ich. Es gibt gewisse Ähnlichkeiten. Eine ist die, dass mein Volk ebenfalls eine kriegerische Überlieferung hat.«

»Das erklärt deine Geschicklichkeit mit der Klinge. Demnach hat dein Volk wie wir gekämpft, um seinen Lebensunterhalt zu verdienen?«

»Nein. Bei uns ist es auch nicht angeboren, wir müssen es lernen. Allerdings geht das schon so lange so, dass man inzwischen beinahe sagen könnte, es sei angeboren. Wir sind jedoch nicht deshalb Kämpfer, weil wir es wollen oder es mögen. Es war bitter notwendig. Die meisten Angehörigen meines Volks würden lieber in Ruhe leben.«

»Wenn es nicht freiwillig war, dann habt ihr gekämpft, um etwas zu verteidigen.«

»Genau. Uns selbst und unser Land.«

»Das Erste verstehe ich. Aber für das Land zu sterben, das kommt mir komisch vor. Vielleicht liegt es daran, dass wir Orks noch nie Land besessen haben.«

»Hier besitzen die Orks ein eigenes Land.«

»Das deine Rasse ihnen weggenommen hat.« Sie hob beschwichtigend die Hände. »Entschuldige. Erzähl mir von deiner Heimat.«

»Trougath ist eine Insel vor der Küste von … ach, eigentlich spielt es keine Rolle. Für uns ist sie groß genug, und der Boden ist fruchtbar. Nahe den Küsten gibt es viele Fische. Wir sind Inselbewohner und kennen uns mit dem Meer aus. Außerdem ist die Insel unsere Heimat. Allerdings hat sie einen großen Fehler.«

»Der Ort, an dem sie sich befindet.«

»Du bist klug.«

»Für einen Ork, meinst du?«

»Nein, du bist klug.«

»Das liegt doch nahe. Du hast Feinde, wenn du etwas besitzt, was sie haben wollen, oder wenn du am falschen Ort bist.«

»Ich verstehe jetzt, warum du die Strategin der Truppe bist. Du hast völlig Recht. Die Insel befand sich am falschen Ort. Oder jedenfalls haben sich die Dinge so entwickelt. Trougath liegt an einer Position, wo es die freie Durchfahrt für mehrere Nachbarn bedrohen könnte, falls wir das so gewollt hätten. Wir wollten es nie und steckten doch im Mittelpunkt eines Rades, dessen geschärfte und zugespitzte Speichen auf uns zielten. Alle benachbarten Länder hatten ein lüsternes Auge auf unsere günstig gelegene Insel geworfen. Wer sie eroberte, konnte die anderen erpressen. Deshalb erlernte mein Volk das Kriegshandwerk und hielt die Fremden draußen.«

»Wie war das möglich, da die anderen Länder so stark waren?«

»Mein Volk war schon dort, bevor die benachbarten Länder an Macht gewannen. Wir waren zahlreich und hatten uns gut eingerichtet, wir kannten das Gelände und waren ausgezeichnete Kämpfer, wie es alle sind, die ständig ihr Hab und Gut beschützen müssen. Wir waren stets wachsam und wurden häufig sogar belagert. Wir wehrten uns, obwohl es uns an Waffen und Salz mangelte. Manchmal sogar an Wasser.«

»Wie lange ging das so?«

»Es zog sich über Generationen dahin. Irgendwann dämmerte ihnen, dass sie uns nicht erobern konnten, also verlegten sie sich darauf, uns zu schmeicheln. Abgesehen von der Kampfkunst mussten wir auch die schwarze Kunst der Politik erlernen. Es lief darauf hinaus, sie gegeneinander auszuspielen. Dies und gelegentliche Siege in Kriegen halfen uns, lange Zeit unabhängig zu bleiben.«

»Das klingt nun so, als hätte euch irgendwann das Glück im Stich gelassen. Sonst wärst du nicht hier.«

Er nickte. »Unsere Anführer schlugen sich auf die Seite des falschen Tyrannen. Nicht weil sie ihn besonders mochten, sondern aus reiner Notwendigkeit. Das spaltete mein Volk. Es gab zwar keinen Bürgerkrieg, doch wir standen kurz davor und waren auf jeden Fall stark genug abgelenkt, um in unserer Wachsamkeit nachzulassen. Ausgerechnet der Kriegsherr, mit dem unsere Anführer sich angefreundet hatten, war schließlich derjenige, der die günstige Gelegenheit ergriff.«

»Das wundert mich nicht.«

»Wir empfanden es als Verrat. Zur Hölle mit ihm, es *war* ein Verrat. Es waren dunkle Zeiten, und wir alle haben im Namen des Heimatlandes Dinge getan, auf die wir nicht besonders stolz sind. Das gilt auch für mich. Ich will dich nicht mit Einzelheiten langweilen. Jedenfalls lief es darauf hinaus, dass unser Staat zerschmettert wurde, und die Einwohner, die überlebt hatten, verstreuten sich in alle Winde. Wir wurden heimatlose Zugvögel, wir waren Bauern in fremden Ländern, verarmte Händler und sogar Söldner. Einige wurden auch versklavt.« Letzteres stieß er mit besonderer Verbitterung hervor.

Coilla schwieg eine Weile, ehe sie fortfuhr. »Du sagtest, deine und meine Rasse seien einander in mehr als einer Hinsicht ähnlich.«

»Wir werden beide verleumdet. Wenn die Feinde dich als das reine Böse darstellen, können sie sämtliche Verbrechen und jede Gemeinheit rechtfertigen, die sie dir antun. Unser Name bekam einen schlechten Klang, und das blieb haften. Auch wenn die Niedertracht erlogen ist, fällt sie auf dich wie ein Stein, den man von einem Hügel herunterwirft.«

Das konnte sie gut verstehen. »Die Geschichtenerzähler und die Gelehrten mit ihren Büchern stehen oft auf der Seite der Sieger. Du würdest nicht glauben, welch hässliche Dinge sie über uns Orks verbreiten. Sie behaupten, wir äßen Menschenfleisch oder verspeisten uns sogar gegenseitig. Sie erzählen sogar, wir stammten von *Elfen* ab, um Himmels willen. Alles erstunken und erlogen!«

»Über uns sagten sie, wir würden Dämonen beschwören und Ziegen bespringen.«

Coilla platzte vor Lachen heraus. Pepperdyne blieb ernst, dann stimmte er in ihr Gelächter ein.

»Aber«, fuhr sie fort, als sie sich wieder beruhigt hatte, »was hat nun Standeven mit alledem zu tun?«

Pepperdynes Belustigung verschwand, als hätte jemand eine Kerze gelöscht.

»Ist er auch ein ... Trougathianer?«

»Nein, er ist ein Schweinehund.«

»Der aber auf irgendeine Art und Weise Macht über dich hat«, wandte sie ein.

»Sagen wir einfach, ich muss bei ihm eine Schuld abtragen.«

»Sogar hier in dieser Welt? Hat der Sprung hierher nicht alles verändert?«

»Es ist wahr, hier ist alles anders. Daheim aber ...«

»Möglicherweise kommen wir nie wieder nach Hause, Jode!« Sie nahm sich zusammen. »Verdammt, das ist nicht gut für die Moral. Stryke wäre sauer, wenn er das gehört hätte.«

»Es ist kein Geheimnis, Coilla. Inzwischen dürften alle davon ausgehen, dass wir höchstwahrscheinlich für immer hier festsitzen.«

»Na ja, das würde sich nicht sehr von der Vergangenheit unterscheiden.«

»Was meinst du damit?«

»Als wir Maras-Dantien zum ersten Mal verließen, hat uns jemand etwas erklärt. Weißt du, wie die älteren Rassen dorthin gekommen sind?«

»Was? Sie ... ich dachte, ihr ... wart doch schon immer dort. Oder etwa nicht?«

»Nein. Ich kann nicht behaupten, dass ich es verstehe, aber da draußen ...« Sie machte eine unbestimmte Geste. »Es gibt ganze Welten voller Elfen, Zentauren, Feen und Gnome und anderer Wesen. Orks natürlich auch«, fügte sie eilig hinzu. »Große Gruppen von Angehörigen aller Rassen ... ich weiß nicht wie ... sind irgendwie auf Maras-Dantien herabgestürzt. Eine mächtige Zauberin hat sie wie Fische mit einem Netz von ihren alten Welten geholt.«

»Waren auch Menschen dabei?«

»Wir haben gehört, dass ihr die einzige Rasse wart, die vorher dort gelebt hat.«

»Wie ironisch.«

»Wir fanden das nicht ganz so witzig.« Ihre Augen bekamen einen stählernen Glanz.

»Demnach wären alle Orks ursprünglich von Ceragan gekommen? Auch diese hier?«

Sie runzelte die Stirn. »Das weiß ich nicht. Auf Ceragan, wo wir zuletzt gelebt haben, gab es ausschließlich Orks, die allerdings erheblich kampflustiger waren als die hiesigen.«

»Vielleicht kommen auch die Menschen nicht ursprünglich aus Maras-Dantien. Wer kann schon sagen, wo die Orks, die Menschen oder die anderen Rassen entstanden sind und wie weit sie sich ausgebreitet haben? Macht dich das nicht neugierig?«

»Nein, es macht mir Kopfschmerzen. Ich vereinfache es lieber. Wir könnten es uns beispielsweise so vorstellen, als zögen wir nur von einem Lager in ein anderes um. Dein Volk wandert jetzt ungebunden umher, damit musst du dich eben abfinden.«

»Es ist eine höllische Wanderung, Coilla. Bist du sicher, dass du dir nicht etwas vormachst?«

»Natürlich tue ich das. So sind wir Orks eben. Wir lassen uns nicht unterkriegen.«

»Das hätte auch der Wahlspruch von Trougath sein können.« Er wurde wieder ernst. »In der letzten Zeit habe ich fast das Gefühl, als …«

Er unterbrach sich, weil sich Schritte näherten. Sie waren laut und eilig, und das konnte nur bedeuten, dass es Ärger gab. Pepperdyne und Coilla standen auf und legten die Hände auf die Schwertgriffe.

Chillder platzte keuchend herein.

»Wir haben ein Problem«, verkündete sie. »Wir brauchen alle Klingen, die wir nur bekommen können.«

6

Auf einem der größten Plätze von Taress hatte sich eine große Menge versammelt. Der Pöbel zählte mehrere hundert Köpfe, und die Gemüter waren erregt. Was als Protest gegen Steuern, beschränkten Zugang zu heiligen Orten, Lebensmittelrationierungen, Sperrstunden, Polizeigewalt und alle möglichen anderen Kümmernisse begonnen hatte, entwickelte sich allmählich zu einer allgemeinen Unmutsbekundung über die Besatzer. Die Stimmung näherte sich dem Siedepunkt.

Allerdings war es nicht der drohende Aufruhr, der die Widerständler anzog. Sie gedachten ihn vielmehr als Deckung zu benutzen.

Neben den meisten Vielfraßen waren auch eine Anzahl von Rebellen und außerdem die Füchsinnen anwesend, jene nur aus Frauen bestehende Truppe, die Coilla aufgebaut hatte. Sie hatten sich auf dem Platz verteilt und waren unauffällig gekleidet, die Waffen hatten sie gut verborgen.

»Vor gar nicht so langer Zeit wären diese Orks bei Weitem nicht so aufsässig gewesen«, flüsterte Stryke Brelan ins Ohr.

»Sie hätten sich noch nicht einmal auf die Straße getraut.«

Die beiden standen am Rand der aufgewühlten Menge. In der Nähe hielt sich ein Trupp menschlicher Milizionäre bereit, denen man die Nervosität deutlich anmerkte.

Nicht weit entfernt bemerkte Stryke auch Haskeer, und ein Stück hinter ihm wartete Dallog mit einer Gruppe Gemeiner. Noch weiter entfernt hatte sich Chillder mit einigen Füchsinnen postiert. Von den Kameraden, auf die sie warteten, war jedoch weit und breit nichts zu sehen.

»Bist du sicher, dass alle wissen, was sie zu tun haben?«, fragte Brelan leise.

»*Meine* Truppe ist eingewiesen«, betonte Stryke. »Ich hoffe nur, dass *deine* Informationen stimmen.«

»Daran besteht kein Zweifel. Was wir wollen, ist hier.« Er blickte kurz zu einem Gebäude auf der anderen Seite des Platzes. Auf beiden Seiten klafften Lücken zu den nächsten Nachbarn, und es sah so aus, als sei es erst kürzlich errichtet worden. Der gedrungene einstöckige Bau war weiß gestrichen und hatte vergitterte Fenster. Mit gezogenen Waffen hielt eine Gruppe nervöser Milizionäre vor der schweren Tür Wache.

Stryke achtete darauf, nicht dabei beobachtet zu werden, dass er hinüberstarrte.

»Was ist geschehen?«

»Sieben unserer Kameraden waren in der Nähe, um ein Ziel auszukundschaften. Sie hatten Pech. Die Soldaten konnten sie festnehmen, ohne dass auch nur ein Tropfen Blut geflossen wäre.«

Stryke zog eine Augenbraue hoch.

»Wir wissen nicht, warum sie überhaupt überrumpelt wurden. Uns ist nur bekannt, dass sie hoffnungslos in der Unterzahl waren.«

»Warum sind sie ausgerechnet in dieser Wachstube eingesperrt?«

»Aus Angst. Wegen der Menge hier auf dem Platz konnte man sie nicht in ein normales Gefängnis bringen. Wir nehmen an, dass sie dort festgehalten werden, bis sich die Versammlung wieder aufgelöst hat. Oder bis eine Eskorte eintrifft.«

»Es sind jetzt schon eine Menge Soldaten da.« Stryke sah sich unauffällig um.

»Die bekommen bald etwas anderes zu tun.« Auch Brelan blickte kurz zu der Wachstube hinüber. »Wenn wir sie nicht schnell herausholen, sind sie den Folterknechten der Eisenhand ausgeliefert. Sie sind gute Patrioten und treue Kämpfer, aber irgendwann werden sie reden. Das könnte ein harter Schlag für uns sein.«

Stryke nickte und knuffte Brelan gleich darauf, weil sich einige Priester des Helixordens in vollem Ornat einen Weg durch die Menge bahnten. »Es scheint, als bekämen wir es nicht nur mit dem Militär zu tun.«

»Wo steckt denn euer Mensch?«, fragte Brelan gereizt.

»Er ist nicht *mein* Mensch. Außerdem ist er ... warte mal. Da kommt er schon.«

Pepperdyne tauchte auf. Er trug eine gestohlene Offiziersuniform, die ihnen auch schon bei früheren Gelegenheiten gute Dienste geleistet hatte. Coilla und zwei Kämpferinnen der Füchsinnen begleiteten ihn mit zwei Schritt Abstand, so als führe er sie.

»Die Frauen sollten Ketten tragen«, meinte Brelan. »Das wäre überzeugender.«

»Das würden nicht einmal die zahmen Orks von Acurial schlucken«, widersprach Stryke. »Es sei denn, du willst, dass die Menge ihn in Stücke reißt.«

»Na gut. Ich hätte allerdings nie gedacht, dass ich mal einem Menschen viel Glück wünschen würde. Es ist Zeit, dass die Dinge in Gang kommen.«

Stryke nickte und hob eine Hand vor den Mund, als müsste er ein Husten unterdrücken. Die Vielfraße in der Nähe, die es gesehen hatten, gaben das Signal weiter. Brelan tat das Gleiche bei den Angehörigen des Widerstands. Der wortlose Befehl ging durch die ganze Menge.

Pepperdyne näherte sich mit seinen Begleiterinnen der Wachstube. Unterwegs stellte sich ihnen niemand in den Weg, doch sie ernteten reichlich feindselige Blicke und hin und wieder sogar eine böse Bemerkung.

Die Gaffer waren allerdings etwas verwirrt, und viele beruhigten sich wieder, weil die Frauen ihm offenbar ohne äußeren Zwang folgten. Ihre instinktive Passivität und der Gehorsam, den man ihnen eingeprügelt hatte, veranlasste die meisten sogar, den Weg freizugeben.

Der falsche Offizier hielt den Blick fest aufs Ziel gerichtet und ging ohne Eile weiter. Die Orkfrauen in seinem Gefolge ignorierten die auf sie gemünzten Rufe der Menge.

Die auf dem Platz postierten Rebellen hatten Anweisung, sich zurückzuhalten, bis Pepperdyne die Wachstube erreicht hatte. Kurz danach würden sie in Aktion treten.

Inzwischen hatten der Mensch und seine angeblichen Gefangenen den Rand der Menge erreicht, wo sich eine dünne Linie von Soldaten aufgestellt hatte. Dahinter schloss sich bis zur Wachstube ein etwa dreißig Schritte weiter freier Raum an.

Coilla schob sich an Pepperdyne heran. »*Vergiss nicht, dass du ein Offizier bist. Benimm dich entsprechend.*«

»*Darauf wäre ich im Traum nicht gekommen*«, zischelte er sarkastisch zurück. »*Und jetzt überlass das Reden mir.*«

Sie starrte seinen Rücken an.

Die Soldaten, die die Menge zurückhielten, akzeptierten Pepperdyne sofort. Sie salutierten und machten ihm und den Frauen Platz. Die Posten vor der Tür der

Wachstube waren nicht ganz so leicht zu überzeugen. Offenbar überraschte es sie, den unbekannten Offizier und sein Gefolge zu sehen. Sie waren angespannt und schauten misstrauisch drein.

Als Pepperdyne sie fast erreicht hatte, rief einer der Wächter: »*Halt!*«

Der Mann, der gesprochen hatte, trat vor und ließ sich nach kurzem Zögern zu einem flüchtigen militärischen Gruß herab. Er war klein und drahtig, hatte einen bleistiftdünnen Schnurrbart und ein Gesicht, das Pepperdyne an ein Nagetier erinnerte. Die Streifen wiesen ihn als Feldwebel aus.

Pepperdyne erwiderte den Salut so lässig, wie es hoffentlich seinem Rang entsprach. Er wollte etwas sagen, doch der Feldwebel kam ihm zuvor.

»Kann ich Euch irgendwie helfen … Herr?« Seine Stimme klang durchaus misstrauisch.

Pepperdyne warf sich in die Brust. »Ich habe hier noch drei Gefangene, die Ihr zu den anderen stecken könnt.«

»Ich habe keine solche Anweisung bekommen.«

»Die bekommt Ihr jetzt.«

»Auf wessen Befehl?«

»Reicht Euch mein Rang nicht aus? Übrigens tätet Ihr gut daran, auf angemessene Weise mit Euren Vorgesetzten zu reden.«

»Ja, Herr.« Es war ein Lippenbekenntnis und klang beinahe aufsässig. »Meine Anweisung ist allerdings unumstößlich. Ich darf ohne offizielle Anweisung keine Gefangenen hier aufnehmen. Das bedeutet, ich brauche einen direkten Befehl von einem unmittelbaren Vorgesetzten oder eine schriftliche Genehmigung von ...«

Pepperdyne deutete auf die Menge. »Falls Ihr es noch nicht bemerkt habt, wir haben hier Probleme«, fauchte er den Feldwebel an. »Es ist löblich, dass Ihr Euch an die Regeln halten wollt, aber es droht Unruhe. Die Gefangenen haben mit den Rebellen zu tun und müssen eingesperrt werden.«

»Warum sind sie dann nicht gefesselt?«

»Wollt Ihr etwa andeuten, ich sei nicht fähig, ein paar Orkweiber im Griff zu behalten, Feldwebel?«

»Davon weiß ich nichts, Herr.«

»So langsam bin ich es leid. Wollt Ihr nun meinem Befehl gehorchen und die Gefangenen übernehmen?«

»Erst wenn ich einen ordentlichen Befehl habe.«

»Den gebe ich Euch jetzt.«

»Euer Name und Eure Abteilung, Herr?«

Pepperdyne starrte den Pedanten an. »Wie bitte?«

»Um Eure Berechtigung zu überprüfen. Ich muss erst einen Läufer ins Hauptquartier schicken und ...«

»Ihr solltet wissen, dass ich auf direkten Befehl von General Hacher persönlich handle. Es wird Euch übel ergehen, wenn er davon erfährt.«

»Das mag sein, Herr, aber wir haben Berichte über falsche Offiziere bekommen. Es ist meine Pflicht, die Legitimation jedes ... jedes Offiziers zu überprüfen, der sich hier an der Wache meldet.« Seine Sturheit machte Pepperdyne fast wahnsinnig.

»Wollt Ihr etwa meine Vaterlandsliebe in Zweifel ziehen?«

»Das steht mir nicht zu, Herr.«

»Ist Euch denn nicht klar, dass Ihr Euch nicht nur der Befehlsverweigerung schuldig macht, sondern dass Eure Anbetung der Vorschriften mich auch noch daran hindert, meine Pflicht zu erfüllen? Das ist eine ernste Verfehlung für jemanden von Eurem Rang, Feldwebel!«

»Das werden meine vorgesetzten Offiziere sicher am besten beurteilen können, Herr.«

»Und ich bin einer davon!«

»Vielleicht könnte es helfen, wenn ich es Euch noch einmal erkläre, Herr. Wenn Ihr mir Euren Namen und …«

Pepperdyne beherrschte sich mühsam und setzte eine versteinerte Miene auf. Die anderen Soldaten beäugten ihn jetzt beinahe feindselig. Coilla regte sich unruhig hinter ihm.

Auch Stryke und Brelan, die alles beobachtet hatten, wurden allmählich nervös. »Was ist denn da bloß los?«, murmelte Brelan. »Er hätte sie doch längst hineinlassen müssen.«

»Vielleicht haben wir diesen Trick inzwischen zu oft angewendet.«

»Was jetzt?«

»Wir halten uns an den Plan. Mach dich bereit, das Signal zu geben.«

Pepperdyne tat so, als höre er zu, während der Feldwebel die Vorschriften herunterratterte, doch im Geiste versuchte er längst, einen Ausweichplan zu entwickeln. Seine Hand näherte sich der Schwertscheide.

»Wenn Ihr mir jetzt die Einzelheiten nennen könntet, Sir«, schloss der Feldwebel, »dann können wir die Sache aufklären.«

»Was?«

»Eure Legitimation, Herr. Wie ich es erklärt habe.«

»Hört mal zu, wenn Ihr jetzt weiter ...«

»*Ach, zur Hölle.*« Coilla trat vor und stieß dem Feldwebel einen Dolch in den Bauch.

Er starrte die Waffe benommen an, schwankte und stürzte.

»Verdammt«, sagte Pepperdyne. »Was sollte das denn, Coilla?«

»Endlich kommt die Sache in Gang.« Rasch zog sie ihr verborgenes Schwert. Die beiden Füchsinnen folgten ihrem Beispiel, auch Pepperdyne griff zur Waffe.

Die anderen Wächter, die im ersten Moment vor Schreck wie erstarrt gewesen waren, zogen jetzt ebenfalls blank und rückten vor.

»Das war's!«, rief Brelan, der immer noch am Rand der Menge stand.

»Signal geben«, brüllte Stryke.

Jetzt achteten sie nicht mehr auf Heimlichkeit, sondern gaben ihren Verbündeten mit hektischen Armbewegungen Zeichen. Während der Befehl rasch die

Runde machte, drängten sich Stryke und Brelan rücksichtslos nach vorn zur Wachstube.

Pepperdyne und die Orkfrauen hatten einen Halbkreis gebildet, um sich gegenseitig zu schützen. Ihre Klingen wiesen nach außen wie die Zähne eines Raubtiers. Sie verließen sich blind darauf, dass ihnen von hinten kein Angriff drohte. Die Orks, die vorn in der Menge standen und alles beobachtet hatten, reagierten bereits. Auch einige Wachen, die sie in Schach gehalten hatten, waren aufmerksam geworden, schwankten jedoch noch, ob sie sich am Kampf beteiligen oder die Reihen geschlossen halten sollten.

Kochend vor Wut rückten die Kameraden des toten Feldwebels vor. Pepperdyne, Coilla und die Füchsinnen machten sich auf den Angriff gefasst.

Da ertönte in der Menge ein gewaltiges Brüllen.

Mitten in der wogenden Masse zeichneten sich Inseln der Gewalt ab. Von gut postierten Rebellen und Vielfraßen angegriffen, gerieten die verstreuten Gruppen der Milizionäre binnen Kurzem unter großen Druck. Hier und dort mischten sich auch Zivilisten ein, gewöhnliche Orks, und schwenkten hastig behelfsmäßige Waffen. Einige gebrauchten sogar die bloßen Hände. Die Stellen, an denen Kämpfe ausbrachen, glichen den Ringen, die Regentropfen auf einen See zeichnen. Die kleinen Unruheherde wuchsen sich rasch zu Wellen aus.

Die Soldaten vor der Wachstube erstarrten vor Schreck, als sie den Aufruhr bemerkten. Pepperdyne dagegen blieb in Bewegung. Er nahm sich den nächsten Soldaten vor; sie schlugen mit klirrenden Klingen eine Weile aufeinander ein, und nach kurzer Zeit erwies Pepperdyne sich als der bessere Schwertkämpfer. Die Verteidigung des Mannes brach unter dem heftigen Angriff zusammen, er bekam einen Stich in den Unterleib, und als er sich krümmte, setzte Pepperdyne mit einem Stoß in die Brust nach. Dann trat ein weiterer Wächter in die Lücke, die der Gefallene hinterlassen hatte, und der Kampf ging ohne Unterbrechung weiter.

Coilla hatte bereits ihren ersten Gegner gefällt und hackte gleichzeitig auf zwei weitere ein. Ihre Geschwindigkeit und Beweglichkeit verblüffte die Soldaten. Verzweifelt versuchten sie, einen Schlag zu landen. Sie verpasste jedoch dem ersten einen Hieb, sodass er sich mit blutüberströmter Schulter zurückziehen musste, und erledigte sofort danach den zweiten. Der nächste Gegner war erfahrener oder wenigstens klüger. Mit ihm musste sie tatsächlich eher fechten, als sich aufs bloße Hacken und Stechen verlassen zu können.

Die beiden Füchsinnen kämpften unterdessen Schulter an Schulter und schlugen sich wacker, obwohl sie noch recht unerfahren waren. Sie legten einen Eifer an den Tag, dem nicht viel zur Raserei fehlte, und zugleich eine Rücksichtslosigkeit, die ihre Gegner zögern ließ, ehe sie in dieser Enge angriffen. Da aber noch mindestens zehn Wächter auf den Beinen waren und wer weiß wie viele herbeieilten, reichte der Eifer vielleicht nicht ganz aus.

Die Menge war jetzt in heller Aufregung, überall auf dem Platz waren Schlägereien ausgebrochen. Die Vielfraße und die Rebellen befanden sich stets im Zentrum dieser Stürme, und die Füchsinnen kämpften verbissener als alle anderen. Schon waren eine ganze Reihe von Soldaten tot oder verwundet zu Boden gesunken. Auch einige Orks, Widerstandskämpfer wie Zivilisten, waren gefallen. Doch die Menge ließ sich keineswegs einschüchtern, sondern geriet angesichts der Opfer sogar noch mehr in Rage.

Haskeer stürzte sich mitten ins Getümmel und hackte für den Trupp Gemeiner, die ihm folgten, den Weg frei. Er kämpfte am liebsten mit der Axt, die er großzügig hin und her schwenkte, um Köpfe zu spalten und Gliedmaßen abzutrennen. Ein Stück entfernt schlugen Chillder und eine Abteilung der Füchsinnen mehreren unglücklichen Soldaten die Schädel ein. An anderer Stelle führte Dallog eine Abteilung Rekruten aus Ceragan an. Wheam befand sich jedoch nicht unter ihnen. Es war besser, ihn ausschließlich vor dem Kampf als Kundschafter einzusetzen.

Wie es geplant war, hatten sich ein paar handverlesene Rebellen und Vielfraße zusammen mit Stryke und Brelan der Wachstube genähert. Inzwischen hatte sich die Menge in einen rasenden Pöbel verwandelt. Die Wächter, die sich vor dem Gebäude in einer Linie aufgebaut hatten, stellten längst kein Problem mehr dar, denn die Linie existierte einfach nicht mehr. Der ganze Bereich war inzwischen ein wildes Durcheinander von kämpfenden Orks und Menschen, die einen ohrenbetäubenden Lärm erzeugten.

Stryke und seine Leute kamen im richtigen Augenblick dort an. Pepperdyne und die drei Frauen konnten die Stellung halten, obwohl mehrere Wachen aus der durchbrochenen Linie die Verteidigung der Wachstube verstärkten und die Reihen der Wächter ergänzten. Pepperdyne zog gerade seine Klinge aus dem Bauch eines toten Wächters. Man merkte ihm die Anstrengung an. Seine Bewegungen wirkten schwerfälliger, und er hatte offenbar einen Krampf im Schwertarm. Coilla war mit dem Blut der Feinde bedeckt. Sie grinste.

Stryke, Brelan und ihre Verstärkung nahten wie eine stählerne Brandung. Das gab den Ausschlag, und nach kurzem blutigem Hin und Her waren die restlichen Wächter bezwungen.

»Das wurde aber auch Zeit«, meinte Coilla.

»Wir waren Blümchen pflücken«, entgegnete Stryke mit unbewegter Miene.

»Komm schon«, drängte Brelan. »Die Zeit wird knapp.«

Sie durchsuchten den toten Feldwebel und entdeckten einen Schlüsselbund. Die meisten Kämpfer ihres Trupps hielten Wache, während Brelan zur Tür ging und die Schlüssel durchprobierte. Beim dritten Versuch hatte er den richtigen gefunden.

Brelan versetzte der Tür einen Stoß. »Das hatten wir uns anders vorgestellt«, sagte er und warf Pepperdyne einen scharfen Blick zu. »Andererseits ...«

»Pass auf!« Coilla stieß ihn zur Seite.

Aus der offenen Tür kam ein Pfeil geflogen, der Brelan nur knapp verfehlte. Er zischte zur Menge hinüber und durchbohrte den Arm eines gestikulierenden Zivilisten.

Stryke stürmte mit Coilla, Brelan und Pepperdyne hinein. Drinnen wollte ein Wächter gerade den nächsten Pfeil aus dem Köcher ziehen. Stryke erreichte den Mann als Erster und stieß ihm die Klinge in die Brust.

»Links!«, warnte ihn Pepperdyne.

Stryke wirbelte herum und konnte gerade noch einen Schwertstreich abwehren. Der Kämpfer hatte sich aus dem toten Winkel genähert und griff mit dem Mut der Verzweiflung an. Es kam Stryke ganz gelegen, dass der Mann derart wild um sich schlug. Ein panischer Gegner besitzt kein gutes Urteilsvermögen, was sich stets als Vorteil für den Angreifer erweist. Nachdem Stryke einige weitere Hiebe abgewehrt hatte, war der Mensch erschöpft und vernachlässigte seine Deckung. Stryke ergriff die Gelegenheit und stach ihm die Klinge ins Herz.

Außer diesen beiden waren keine weiteren Menschen im Gebäude. Hinten befanden sich zwei Zellen, eigentlich eher Käfige. In einen davon waren die sieben Widerstandskämpfer gepfercht. Zum massiven

Schloss passte allerdings keiner der Schlüssel vom Bund des Feldwebels, und der Riegel sprang auch nach mehreren wuchtigen Schlägen nicht auf. Eine hastige Suche förderte schließlich einen weiteren Schlüsselbund mit dem passenden Schlüssel zutage.

Die Gefangenen waren offensichtlich misshandelt worden. Sie hatten schwarze Blutergüsse um die Augen, Schnittwunden und Quetschungen, jedoch keine lebensgefährlichen Verletzungen. Die Retter händigten ihnen Waffen aus, einige mitgebrachte und einige, die sie den toten Wächtern abgenommen hatten.

Wenn überhaupt, dann war der Tumult draußen noch lauter geworden.

»Das ging glatt«, sagte Brelan, als er seine befreiten Kameraden hinausführte.

»Wir sind noch nicht in Sicherheit«, erinnerte Stryke ihn. Er drehte sich zu Pepperdyne um. »Bist du bereit?«

»Das ist der Teil, der mir überhaupt nicht gefällt«, erwiderte der Mensch.

»Du kannst nicht einfach mit uns hinausspazieren«, wandte Coilla ein. »Die Meute würde durchdrehen. Noch mehr als jetzt schon.«

»Sie würden dich umbringen«, brachte es Stryke auf den Punkt. »Wenn sie dich aber für einen Gefangenen halten ...«

»Ja, ja, schon gut. Ich hab's kapiert.« Besonders glücklich sah er dabei nicht aus.

Sie umringten Pepperdyne wie eine Eskorte und

machten sich auf den Weg. Vorsichtshalber würden sie dicht am Gebäude bleiben und am Rand der Menge vorbei zu Fuhrwerken laufen, die in einer Seitenstraße warteten. Die Aufständischen in den vorderen Reihen sahen nur einen menschlichen Offizier, der von Orks abgeführt wurde – vermutlich als Geisel. Einige jubelten.

Stryke und die anderen hatten kaum einen Fuß vor die Tür gesetzt, da blitzte es mehrmals unerträglich hell. Die Blitze entstanden mitten in der Menge, es waren flackernde rote, grüne und violette Ausbrüche, die in den Augen wehtaten.

»Der Orden der Helix!«, rief Brelan.

»Ein Grund mehr, nicht zu trödeln«, sagte Stryke. »Geht weiter.«

Abermals entstand mitten im Gedränge ein heller Blitz. Ein Aufständischer brach mit einem kokelnden Loch in der Brust zusammen. Der Geruch von verbranntem Fleisch stieg in die Luft, während die Umstehenden erschrocken zurückwichen. Die Männer in den Priesterroben schossen ihre magischen Strahlen beinahe willkürlich ab und zielten auf jeden, der ihnen im Weg stand.

Haskeer rang ganz in der Nähe mit einem Soldaten. Der Mann war mit Schwert und Schild bewaffnet und wehrte sich störrisch gegen den Ork, der ihn töten wollte. Haskeer freute sich über die Herausforderung. Er deckte den Gegner mit einigen donnernden Schlägen ein und zwang ihn, sich auf die Verteidigung zu beschränken. Der Mann strauchelte bereits, als ein besonders greller Strahl magischer Energie in der Nähe abgefeuert wurde. Vom Licht geblendet, blieben Haskeer und der Soldat blinzelnd stehen.

Haskeer riss sich als Erster aus der Benommenheit und setzte den Angriff fort. Der Milizionär, der noch nicht ganz bei Sinnen war, wehrte sich nur schwach. Mehrere kräftige Schläge mit Haskeers Axt reichten aus, um ihn endgültig zu bezwingen. Ein kräftiger Schlag auf den Kopf ließ ihn auf die Knie sinken, dann kippte er nach vorn.

Abermals gab es einen Blitz, so hell wie der vorherige, und ein weiteres Opfer ging brennend zu Boden. Als Haskeer wieder sehen konnte, bemerkte er verschwommen einen Priester des Ordens, der höchstens zwanzig Schritte entfernt war. Der Mann hatte Haskeer gesehen und hob gerade seinen Stab.

Haskeer duckte sich, und der grelle Strahl schoss so dicht über ihn hinweg, dass er die Hitze spüren konnte. Er kroch auf Händen und Knien zum gestürzten Soldaten, während der Priester erneut auf ihn zielte. Als er die Leiche erreicht hatte, riss er dem Toten den Schild aus der Hand. Immer noch kniend schleuderte er ihn mit aller Kraft auf den Ordenspriester. Die Scheibe flog wie ein Diskus, traf den Hals des Mannes und enthauptete ihn beinahe.

Die Gaffer begriffen es sofort. So furchtbar die Dreizacke auch waren, die Priester waren nicht unverwundbar. Einen Augenblick später griffen die anderen Orks an, und Haskeer und seine Truppe konnten in der Menge untertauchen.

Stryke und seine Rebellen wichen solchen Scharmützeln geflissentlich aus. So rasch, wie sie nur konnten, eilten sie zur Einmündung der nächsten Straße, um den Platz zu verlassen. Als sie fast an der Ecke waren, hielten sie inne.

»Oh verdammt«, knurrte Coilla. »Noch mehr von denen.«

Zwei Wagenladungen Soldaten kamen ihnen auf der Straße entgegen, in die sie einbiegen wollten. Als die Fuhrwerke den Platz erreichten, blieben sie stehen und blockierten den Ausgang. Die Soldaten stiegen ab.

»Es wird Zeit für die hier.« Brelan wühlte im Leinensack, den er sich über die Schulter gehängt hatte, und zog eine Reihe von Tonröhren heraus, die Wasserflaschen ähnelten. Er verteilte die Behälter.

Coilla schnappte sich einen. »Ich liebe diese Dinger.«

»Was ist das?«, wollte Pepperdyne wissen.

»Acurialisches Feuer«, erklärte Brelan. Der Mensch sah ihn verständnislos an. Brelan machte eine Wurfbewegung und sagte: »Bumm.«

»So was hab ich schon mal gesehen«, sagte Pepperdyne.

»Dann setz sie ein, aber richtig«, knirschte Stryke.

Sie schlugen Funken, um die mit Öl getränkten Lumpen zu zünden, die in den Hälsen der Flaschen steckten. Als die Zünder brannten, warfen sie die Granaten nach den Wagen und den absteigenden Soldaten. Beim Aufschlag zerbarsten die Flaschen und explodierten. Große orangefarbene Flammenwände loderten empor. Das brennbare Öl war mit gewissen anderen Bestandteilen zu einer zähflüssigen Paste vermischt, die haften blieb und die Kutschen, den Gehweg und alle Soldaten in Brand setzte, die das Pech hatten, sich in der Nähe aufzuhalten. Nicht lange, und sie stolperten als Feuerkugeln ziellos umher, schrien und schlugen auf ihre Kleidung ein. Die Wagen brannten lichterloh.

Die paar Soldaten, die vom Feuer nicht in Mitleidenschaft gezogen worden waren, unternahmen vergebliche Versuche, die Flammen zu löschen, und schossen hin und wieder sogar Pfeile auf Strykes Gruppe ab. Doch sie waren in Panik und zielten nicht genau. Außerdem hatten sie noch ein anderes Problem. Die Menge wandte sich nun auch gegen sie. Pflastersteine hagelten auf das brennende Chaos nieder.

»Das sollte sie erst einmal beschäftigen«, bemerkte Coilla zufrieden.

»Los jetzt«, drängte Stryke.

Mit Pepperdyne in der Mitte der Truppe wichen sie dem Durcheinander und den verkohlten Leichen aus. Überall auf dem Platz brachten sich jetzt auch die anderen Vielfraße, die Rebellen und die Füchsinnen in Sicherheit. Einzeln oder in kleinen Gruppen zogen sie sich in Verstecke zurück oder legten Verkleidungen an.

Nachdem sich die Meute auf dem Platz zusammengefunden hatte, waren die Straßen in der Umgebung nahezu verlassen. Dort fanden Stryke, Coilla und die anderen wie verabredet ihr Fuhrwerk.

Langsam, um keine unnötige Aufmerksamkeit zu erregen, holperten sie dahin und konnten sich, unter der Plane verborgen, ein wenig ausruhen.

»Sieht aus, als würde der Uniformtrick nicht mehr funktionieren«, überlegte Coilla.

Pepperdyne nickte. »Es war klar, dass sie irgendwann Gegenmaßnahmen ergreifen. Deine Füchsinnen haben sich übrigens geschlagen wie Teufelinnen. So wild habe ich sie noch nie erlebt.«

»Du hast in der letzten Zeit nicht den Mond beobachtet«, erklärte Coilla ihm.

»Den Mond? Wieso das?«

»Du kennst dich wohl mit Frauen nicht so gut aus, Jode.«

Ihm dämmerte es. »Oh, dann meinst du also …«

»Der Augenblick im Mondzyklus, bei dem wir Frauen etwas … reizbar werden.«

»Nach dem, was ich gerade beobachtet habe, würde ich allerdings ein etwas stärkeres Wort als reizbar gebrauchen. Mörderisch zum Beispiel. Aber wie kommt es, dass ihr alle gleichzeitig …«

»Du weißt wirklich nicht viel über Frauen, was? Wenn eine Gruppe von Frauen längere Zeit an demselben

Ort lebt, dann gleichen sich die Zyklen häufig an. Das ist heute passiert.«

Pepperdyne grinste. »Eine Kompanie mondverrückter Orkweiber. Gott stehe den Feinden bei.«

»Die Götter mögen sie verdammen«, sagte Brelan. »Auch die Bürger haben sich gut geschlagen. Ich bin stolz auf sie.«

»Anscheinend entdecken sie nach und nach ihre wahre Orkseele«, stimmte Stryke zu. »Aber sind sie wohl schon bereit für einen ausgewachsenen Aufstand?«

»Der Punkt, an dem es umschlagen wird, ist nahe. Sehr bald wird meine Mutter, die Oberste, ihr Versteck verlassen und die Orks offen zum Widerstand aufrufen. Dagegen wird das, was heute geschehen ist, wie ein Kinderspiel aussehen.«

»Wir wollen es hoffen«, erwiderte Coilla skeptisch.

Der Wagen näherte sich seinem Ziel und fuhr durch ein hohes Tor in den Hof einer verlassenen Villa, die der Widerstand besetzt hatte. Anscheinend waren die anderen Rebellen noch nicht eingetroffen.

Als sie ausstiegen, begrüßte sie Wheam. »Es war ein großer Erfolg, nicht wahr, Brelan?«

»Ein Erfolg war es, aber wie groß, das weiß ich nicht.«

»So etwas werden die Orks einander noch Generationen später erzählen. Ein Wendepunkt, wie du sagtest.«

»Falls die heutigen Ereignisse helfen, die Revolution

auszulösen, könnte man vielleicht sagen, es war ein wichtiger Tag«, räumte Brelan ein.

»Die Verseschmiede werden darüber Geschichten erzählen, und die Liedermacher werden davon singen.«

»Ich ahne, wohin das führen wird«, stöhnte Coilla.

»Wie es der Zufall will«, fuhr Wheam weiter, »habe ich bereits begonnen, eine Heldenballade über diesen großen Tag zu komponieren.« Er deutete auf seine Stirn. »Hab schon alles im Kopf.«

»Es wundert mich, dass da drin so viel Platz ist«, meinte Coilla.

»Ich habe jetzt leider meine Laute nicht dabei …«

»Ein Glück auch«, warf Pepperdyne ein.

»… aber ich könnte die Verse auch ohne Begleitung vortragen.«

»Tja, also …«, begann Stryke.

»Ihr dürft aber nicht vergessen, dass das Werk noch nicht vollendet ist.«

»So wie alle anderen«, murmelte Coilla.

Sie wanderten zum Eingang des sicheren Hauses, und während Wheam sprach, beschleunigten sie unwillkürlich ihre Schritte.

»Ich nenne es ›Die Schlacht auf dem Platz‹«, erklärte er stolz und räusperte sich.

»An diesem Schicksalstag
Da trafen wir den Menschenschlag
Setzten ihm zu mit Klinge und mit Axt
Über den ganzen Platz trieben wir das böse Pack

Und alle, die dabei gewesen, konnten sagen
Dass wir an diesem Tag die Menschen fortgetrieben
  haben.

An diesem Teil muss ich noch etwas feilen. Es geht weiter:

Oh, die Menschen sollen klagen und heulen
Ihre Herzen sollen bluten, und die ...«

»Nun hör doch endlich auf«, fauchte Coilla.
»Möchtet ihr denn nicht den Teil hören, wo ...«
»Mond!«, brüllte sie drohend und tippte sich mit dem Finger auf die Brust.
Wheam zuckte zusammen und verstummte geknickt.
Bevor sie den Eingang erreichten, riss jemand die Tür von innen auf. Zwei Widerstandskämpfer stürmten heraus, Jup und Spurral folgten ihnen mit grimmiger Miene.
»Was ist passiert?«, wollte Stryke wissen und drängte sich und die anderen ins Haus.
»Wir hatten einen ... einen Vorfall«, sagte Jup.
»Was ist los?«, wollte Brelan wissen.
Die Zwerge wechselten einen Blick. »Ich zeig's dir«, bot Spurral an.
Das ganze Haus war in Aufruhr, als die Zwerge die anderen nach unten in den weitläufigen Keller führten.
Nachdem sie durch einen gewölbten Gang in einen

kleinen Raum getreten waren, streckte Jup den Arm aus. »Da.«

Die anderen schoben sich hinein. Auf den groben Steinplatten lag ein unbekannter Ork inmitten einer Blutlache. Auf der anderen Seite stand Standeven; zwei Rebellen hielten ihn fest.

»Was hast du nur getan?«, fragte Pepperdyne.

7

»Irgendjemand sollte mir umgehend berichten, was hier passiert ist«, forderte Brelan.

»So haben wir ihn vorgefunden«, erklärte einer der Rebellen, die Standeven festhielten. »Der Kerl stand direkt vor der Leiche und hatte das hier in der Hand.« Er hielt ein blutiges Messer hoch.

»Wer ist das?«, fragte Stryke und nickte in Richtung des Toten.

Alle schüttelten die Köpfe.

»Ich kenne ihn auch nicht«, bestätigte Brelan. Er wandte sich an Standeven. »Hast du das getan?«

»Ja.« Der Mann war kreidebleich und zitterte, auf seiner Stirn stand der Angstschweiß.

»Bist du denn völlig verrückt geworden?«, rief Pepperdyne.

»Lass ihn sprechen«, forderte Stryke.

»Es war Notwehr«, behauptete Standeven. »Ich hatte keine Wahl«, rief er mit zunehmender Erregung. »Ich bin hier nicht der Schurke. Ihr solltet mir dankbar sein, dass ...«

»Beruhige dich«, ermahnte Stryke ihn streng. »Komm zu dir und erzähle uns, was passiert ist. Von Anfang an.«

Der Mann schluckte. »Man hat mir gesagt, dies sollte ein Lagerraum werden, und ich sollte hier Kisten mit Vorräten aufstapeln.«

»Du taugst ja auch zu kaum etwas anderem«, murmelte Coilla.

»Spar dir das«, knirschte Stryke. »Du hast also Kisten geschleppt.«

Standeven nickte. »Als ich hereinkam, war er schon da.« Er deutete auf den Toten, ohne ihn direkt anzusehen.

»Kennst du ihn?«

»Nein.«

»Was ist dann geschehen?«

»Er hat mich angegriffen.«

»Einfach so? Hat er nichts gesagt?«

»Kein Wort.«

»Aber du hattest ein Messer.«

»Äh ... nein. Es war seins.«

»Hast du es ihm wirklich abgenommen?« Strykes Misstrauen war nicht zu überhören.

»Ich ... ja.«

»Du bist kein Kämpfer«, höhnte Pepperdyne.

»Von dir erwarte ich, dass du mich unterstützt«, empörte sich Standeven. »Du weißt genau, dass es nicht meine Art ist, einfach so ...«

»Ich weiß, dass du eher wegläufst als kämpfst.«

»Das konnte ich doch nicht. Er hat mich angegriffen.«

»Und du, obwohl du kein Kämpfer bist, hast einen Gegner, der ein Messer hatte, entwaffnet und getötet. Das sollen wir dir glauben?«

»Wenn ... wenn das Leben auf dem Spiel steht, entwickelt man ungeahnte Kräfte. Er zog das Messer, und wir haben gekämpft. Es war mehr Glück als alles andere, dass die Klinge schließlich ihn traf.«

»Was ist dann passiert?«, fragte Stryke.

»Was meinst du damit?«

»Was hast du getan, nachdem du ihn erstochen hast?«

»Ich habe um Hilfe gerufen.«

»Warum nicht schon vorher? Warum nicht schon während des Kampfes?«

»Es ging alles so schnell, dass ich ...«

»Na gut. Was hat er getan, als du hereingekommen bist?«

»Was er getan hat? Nichts, soweit ich weiß.«

»Was *glaubst* du denn, was er getan hat?«

»Woher soll ich das wissen? Er war ein Eindringling, ich habe ihn für einen Spion gehalten. Ich hatte angenommen, dass man mir dankt, weil ich ihn aufgehalten habe.«

»Gibt es irgendetwas, woran wir ihn identifizieren können?«, fragte Brelan.

»Nein, wir haben ihn genau untersucht«, erklärten die Rebellen.

»Wie ist er nur hereingekommen?«, überlegte Coilla.

»Das war nicht sehr schwer«, gab Brelan zu.

»Wie bitte?«

»Wir kämpfen gegen Menschen, nicht gegen andere Orks. Dir ist sicher aufgefallen, dass alle möglichen Leute hierherkommen. Bürger, die nicht direkt dem Widerstand angehören, die uns aber insgeheim unterstützen. Sie geben uns Informationen, schenken uns Vorräte, bringen Botschaften …«

»Ist es möglich, dass er nur ein Bote war?«

»Die kennen wir vom Sehen.«

»Also lasst ihr im Grunde jeden rein, der kein Mensch ist«, fasste Stryke zusammen. »Das ist ganz in Ordnung, solange ihr glaubt, dass alle Orks auf eurer Seite stehen und den Mund halten.«

»Ganz so nachlässig sind wir nicht«, protestierte Brelan. »Wir treffen durchaus gewisse Vorkehrungen. Allerdings glaube ich, dass uns die Orks von Acurial tatsächlich unterstützen.«

»Hoffentlich hast du Recht. Trotzdem solltest du die Sicherheitsmaßnahmen verstärken.«

»Wir kommen vom Thema ab«, gab Brelan gereizt zurück. »Ich sehe erst einmal nur, dass ein Mensch hier in unserem sicheren Haus einen Ork getötet hat. Wenn es keine Zweifel hinsichtlich der Gründe gäbe …« Er deutete mit dem Finger auf Standeven. »Dann wäre er längst tot.«

»Vergewissere dich doch erst einmal, dass der Eindringling wirklich niemandem hier bekannt ist«, schlug Stryke vor.

»Und ob ich das tun werde. Aber was wird inzwischen aus dem da?« Er funkelte Standeven an.

»Ich will mit ihm reden. Unter vier Augen«, forderte Stryke.

In Brelans Augen blitzte Misstrauen auf. »Warum?«

»Er ist mit meiner Truppe gekommen und untersteht meinem Befehl. Du legst bei deinen Leuten ebenfalls Wert auf Disziplin. Ich gebe dir mein Wort, dass du es erfahren wirst, wenn ich etwas herausfinde.«

»Und wenn es sich ganz einfach als Mord erweist?«

»Warum hätte ich ihn töten sollen?«, wandte Standeven hitzig ein. »Was hätte ich denn davon, einen …«

»Halt's Maul!«, befahl Stryke. »Wenn es sich wirklich so verhält, dann wird er teuer dafür bezahlen, Brelan.«

»Ja, das wird er.« Er winkte den Rebellen, Brelan loszulassen. »Wir holen den Toten ab, wenn ihr hier fertig seid.« Dann ging er zusammen mit den anderen mit grimmiger Miene hinaus. Sie knallten die Tür hinter sich zu.

Stryke wandte sich an Dallog und Wheam. »Ihr auch. Raus.«

»Ah«, machte Wheam enttäuscht.

Ein Blick von Stryke brachte ihn zum Schweigen. »Bleib in der Nähe, Dallog. Vielleicht brauche ich dich bald.«

Sie gingen, und nun waren nur noch Stryke, Coilla, Pepperdyne und Standeven im Raum.

»So.« Stryke baute sich vor dem Menschen auf. »Was ist hier wirklich passiert?«

»Ich hab's doch gesagt, ich ...«

Stryke packte ihn am Kragen und zog ihn an sich. »Du sagst also, das war die ganze Geschichte?«

»Ich wollte es doch gerade erklären. Das war ... Nun, es gibt etwas, das ich nicht erwähnt habe.«

»Wusste ich's doch!«, knurrte Pepperdyne.

»Nein, halt«, flehte Standeven. »Ich konnte das vor den anderen nicht sagen.«

»Was denn?«

»Lass mich los, Stryke, dann zeige ich es dir.«

Stryke zögerte und sah ihm tief in die Augen, dann gab er ihn frei und stieß ihn von sich. »Ich hoffe, du hast eine gute Erklärung.«

»Und ob«, bekräftigte Standeven. »Wenigstens glaube ich das.«

»Mach schon.«

»Nachdem das passiert war ...« Er winkte in Richtung des toten Orks, »... habe ich nicht direkt um Hilfe gerufen, sondern ihn durchsucht.«

»Warum denn das?«

»Ich wollte wissen, wer mich umbringen wollte. Ich war neugierig.«

»Du hast wohl eher nach Wertgegenständen gesucht«, meinte Pepperdyne.

»Oh, und ich habe durchaus etwas Wertvolles gefunden.« Standeven schob eine Hand in die Hosentasche. Was er herauszog, füllte seine Handfläche aus. Es war eine grüne Kugel mit fünf unterschiedlich langen Dornen, hergestellt aus einem Material, das keiner von ihnen identifizieren konnte.

»Der Stern«, keuchte Coilla.

Stryke schnappte ihn sich und untersuchte ihn. »Das ist derjenige, der dir gestohlen wurde, Coilla«, sagte er. Dann sah er Standeven an. »Hatte er das Ding bei sich?«

Der Mensch nickte. Sein Gesicht war rot angelaufen, und der Schweiß lief ihm in Strömen übers Gesicht.

»Du sagst, dass du ihn bei dem Toten gefunden hast«, überlegte Stryke. »Aber woher wissen wir, dass dies auch der Wahrheit entspricht?«

»Woher sonst sollte ich ihn haben? Und wenn ich etwas zu verbergen hätte, warum sollte ich ihn dir dann geben?«

»Um deine Haut zu retten?«, schlug Coilla vor. »Du könntest hoffen, dass wir schonender mit dir umgehen, nachdem du uns ein derart wertvolles Stück verschafft hast.«

»Was mich angeht, könnte er das Ding in der Tasche gehabt haben, seit es gestohlen wurde«, fügte Pepperdyne hinzu.

»Warum sollte ich so etwas tun?«, gab Standeven zurück. »Ich weiß, ihr glaubt alle, ich hätte ihn gestohlen, aber wenn es so war, warum habe ich ihn dann noch? Hätte ich ihn dann nicht längst verkauft oder ...«

»Oder Jennesta ausgehändigt?«, vollendete Coilla die Frage.

Standeven schwieg dazu.

Stryke seufzte, teils vor Verzweiflung und teils vor Verblüffung. »Damit ich das richtig verstehe – du wirst von einem Ork angegriffen, den du nicht kennst. Du tötest ihn«, er wog den Instrumental in der Hand, »und dann findest du das hier in seiner Tasche.«

»Ja.«

Coilla sprach aus, was sie alle dachten. »Was für ein Unfug.«

Stryke steckte den Stern in seine Gürteltasche. »Unfug oder nicht, wenigstens haben wir ihn wieder.«

»Aber das passt doch alles nicht zusammen, Stryke. Wer war er?« Sie deutete auf die Leiche. »Was hatte dieser Ork hier zu suchen? Warum hatte er ...«

»Ja, ich weiß. Aber solange du keine klugen Ideen hast, fällt mir nichts mehr dazu ein.«

»Angenommen, er hat uns die Wahrheit gesagt.« Pepperdyne starrte Standeven an.

»Ich meine das, was er Brelan erzählt hat. Falls noch mehr dahintersteckt, muss jemand dafür büßen. Ansonsten ...«

»... akzeptieren wir seine Geschichte«, schloss Coilla und fasste Standeven ins Auge.

»Vielleicht können wir nicht einmal das entscheiden.«

»Was soll das heißen?«

»Wir sind hier Fremde. Wenn sich herausstellt, dass der Tote mit dem Widerstand zu tun hatte, oder wenn sie beschließen, Standevens Erklärung nicht zu glauben, dann werden sie selbst handeln.«

»Was wird denn jetzt aus mir?«, fragte Standeven.

»Du gehörst nicht zu meiner Truppe.«

»Den Göttern sei Dank«, murmelte Coilla.

»Du gehörst nicht zu meiner Truppe«, wiederholte Stryke, »aber wir haben dich hierhergebracht, und nun sind wir aufeinander angewiesen. Ganz egal, was ich von dir halte, und das ist nicht sehr viel, bin ich für dich verantwortlich. Nenne es den Stolz der Vielfraße.«

»Ich verstehe«, sagte Standeven, »und ich bin wirklich …«

»Ich bin noch nicht fertig. Sollte sich herausstellen, dass du jetzt gelogen hast, stehst du allein da. Ich würde dich sogar eigenhändig töten. Hast du das verstanden?«

Er nickte.

»Halte dich zurück. Geh den Rebellen so weit wie möglich aus dem Weg und bleibe in der Nähe meiner Truppe. Vielleicht legt sich die Aufregung wieder.«

»Glaubst du das wirklich?«, fragte Pepperdyne.

Stryke zuckte mit den Achseln, trat zur Tür und rief Dallog herein. »Begleite Standeven in unser Quartier. Sorge dafür, dass ihn die Truppe in den nächsten Tagen genau im Auge behält.«

»Wie viel soll ich den anderen hiervon verraten?«

»Sie haben das Recht, es zu erfahren. Aber ich kümmere mich selbst darum. Jetzt schaff ihn fort.«

Dallog packte Standeven am Arm und zerrte ihn nach draußen.

Stryke wandte sich an Pepperdyne und Coilla. »Was haltet ihr davon?«

»Es stinkt zum Himmel«, meinte Coilla. »Ich weiß nur noch nicht, woher der Gestank kommt.«

»Pepperdyne? Du kennst ihn besser als wir.«

»Er ist ein verlogener, hinterhältiger Bastard. Einen Mord hat er aber meines Wissens noch nie begangen. Nicht weil er nicht rücksichtslos genug dafür wäre, sondern weil er ein Feigling ist.«

»Viele Mörder sind Feiglinge.«

»Ich will damit sagen ... ach, ich weiß nicht, was ich davon halten soll, Stryke. Er ist bösartig genug, um zu töten, wenn es ihm nützt, oder er hat jedenfalls nichts dagegen, wenn jemand seinetwegen umkommt. Aber er hat keinen Mumm. Zum Teufel mit ihm. Er bringt immer alles durcheinander.«

»Das wird er mit uns nicht tun.«

»Jetzt müssen wir für ihn Kindermädchen spielen«, sagte Coilla. »Dazu bin ich nicht mitgekommen.«

»Ich auch nicht«, stimmte Stryke zu. »Größere Sorgen mache ich mir allerdings über unser Verhältnis zum Widerstand. Wir haben uns sehr bemüht, ihr Vertrauen zu gewinnen. Das könnte jetzt zerbrechen.«

»Hattest du schon mal das Gefühl, dass wir nicht die

Kontrolle haben? Hier nicht und auch nicht in Acurial?«

»Es beunruhigt mich tatsächlich, dass unser Schicksal nicht in unseren eigenen Händen liegt.«

»Wir haben in Maras-Dantien hart darum gekämpft, und wenn eine Ratte erst einmal an der Freiheit Gefallen gefunden hat, wird sie sich daran festklammern.«

»Das kann ich nur bestätigen«, stimmte Pepperdyne zu.

Stryke sah ihn fragend an, dann wandte er sich an Coilla.

»Jode ist ein Trougathianer«, erklärte sie.

»Ein was?«

»Das ist eine lange Geschichte. Vielleicht erzähle ich sie dir eines Tages.«

Pepperdyne schwieg dazu.

»Aber du hast Recht, was die Kontrolle angeht«, fuhr sie fort. »So leicht finden wir hier keinen Ausweg. Jedenfalls nicht, solange wir nur einen Stern haben.«

»Die anderen holen wir uns.«

»Wann denn?«

»Wir müssen einen Plan machen, Jennestas Route erkunden und uns für Brelan und Chillder eine Geschichte ausdenken ...«

»Wann denn, Stryke?«

»Morgen.«

8

Stryke hielt die Gruppe so klein wie möglich. Er hatte sich für Coilla, Haskeer und Dallog entschieden; Letzterer war der einzige neue Rekrut. Außerdem kamen acht Gemeine mit, die aber alle bereits kampferprobt waren.

Es war spät am folgenden Tag, schon senkten sich die Schatten der Nacht über das Land. Strykes Gruppe hatte in Erfahrung gebracht, dass Jennesta wieder zum Steinkreis außerhalb von Taress gefahren war, und es war bekannt, welche Route sie auf dem Rückweg wählte. Jetzt warteten sie in ihren Verstecken an der Straße, die zur Festung führte.

»Ich bin überrascht, dass uns der Widerstand hat gehen lassen«, sagte Coilla. »Was hast du ihnen erzählt?«

»Brelan und Chillder glauben, wir unternehmen etwas auf eigene Faust, um die Stimmung weiter anzuheizen«, sagte Stryke. »Nach dem, was Standeven angerichtet hat, sind sie wohl froh, uns nicht zu sehen.«

»Ob das gutgeht? Ich bin ja schon den ganzen Tag hier und konnte Standeven nicht selbst im Auge behalten.«

»Die anderen passen auf ihn auf. Pepperdyne folgt ihm wie ein Schatten. Die Rebellen zeigen ihm die kalte Schulter, aber es hat sich herausgestellt, dass niemand den Ork kannte, den er getötet hat. Das macht die Sache vielleicht etwas einfacher.«

»Mir ist immer noch nicht klar, wie wir ihnen diese Mission verheimlichen sollen. Sie werden sicher davon erfahren.«

»Die Menschen werden sich kaum mit einer Niederlage brüsten.«

»Und wenn doch?«

»Über die Sterne werden sie ganz sicher nichts verlauten lassen.«

»Das meinte ich nicht. Ich mache mir Sorgen darüber, was Brelan und Chillder tun werden, wenn sie erfahren, dass wir hinter ihrem Rücken Jennesta angegriffen haben.«

»Was sollen sie denn schon tun?«

»Uns hinauswerfen?«

»Wir können ihnen immer noch helfen, einen Aufstand auszulösen. Deshalb sind wir ja hier.«

»Es wird schwieriger, wenn wir uns im Widerstand Feinde machen.«

»Wir blühen auf, sobald wir Feinde haben, Coilla.

Aber du hast natürlich Recht. Es wäre nicht gut, wenn sich die Rebellen gegen uns stellen würden.«

»Und wie vermeiden wir das?«

»Wie ich schon sagte, Jennesta wird sich nicht mit einer Niederlage brüsten, also wird der Widerstand nichts davon erfahren. Sie würde allerdings herumkrähen, wenn etwas schiefgeht.«

»Du meinst, wir müssen auf jeden Fall Erfolg haben.«

»Genau.«

Haskeer schaltete sich ein. »Ich wüsste nur gern, ob wir sie töten sollen, falls sich die Gelegenheit bietet.«

»Nicht, wenn es uns daran hindert, die Sterne zu holen«, entschied Stryke. »Ansonsten ...«

»Das würden die Rebellen allerdings mit Sicherheit erfahren«, wandte Coilla ein.

»In diesem Fall würden sie uns aber keine Vorwürfe machen. Wenn wir die Gesandte aus Peczan töten, bekommt ihre Sache Auftrieb.«

Sie schwiegen und setzten die Beobachtung fort.

Ihr Versteck befand sich direkt hinter einer Gabelung der Straße. Die Abzweigung führte zu einer großen Kaserne, die von hier aus nicht zu sehen war. Dort war der größte Teil der Garnison einquartiert, deren Aufgabe es war, die Festung zu bewachen. Die Straße, die Stryke, Coilla und Haskeer überwachten, führte direkt in die Burg hinein.

Trotz der Nähe zum Stadtzentrum war es eine beinahe idyllische Gegend, denn zur Festung gehörte ein größeres Stück Land. Früher hatten die schon lange verstorbenen Herrscher hier zum Vergnügen gejagt, jetzt diente das Gelände als Exerzierplatz für das Bataillon der Zitadelle. Auch standen hier mehr Bäume als sonst irgendwo in Taress, und im Vergleich zur übrigen Metropole war es beinahe still. Nur wenige Passanten kamen vorbei, und der Verkehr war schwach. Allerdings hatte die Gegend einen schlechten Ruf, weshalb die Bürger sie meist mieden. Andererseits waren einige Streifen unterwegs, vor denen sich die Orks hüten mussten.

»Wie lange soll das denn noch dauern?«, grollte Haskeer.

»Normalerweise kommt sie ungefähr um diese Zeit zurück«, erklärte Stryke.

»Wenn ich eines hasse, dann diese Warterei.«

»Das gehört zur Arbeit. Nimm's leicht.«

»Zähl doch deine Zehen«, schlug Coilla vor.

Haskeer starrte sie finster an.

Sie warteten, bis es fast dunkel war, und sahen nichts weiter als hin und wieder einen Berittenen oder ein Fuhrwerk, die sich meist recht schnell bewegten, um die Gegend umgehend wieder zu verlassen. Haskeer wurde zunehmend unruhig, und Stryke fürchtete schon, sie müssten die Mission abbrechen.

Coilla bemerkte es als Erste. »Da.« Sie deutete auf die Hauptstraße.

Ein Konvoi näherte sich der Abzweigung. Vorne ritt eine Kavallerieabteilung, dahinter folgten zwei Kutschen. Neben den Kutschern saß jeweils ein Soldat.

Eine weitere Kavallerieabteilung bildete die Nachhut. Die Prozession bewegte sich recht schnell, aber keineswegs mit Höchstgeschwindigkeit.

»Hoffentlich passen die anderen auf«, bemerkte Coilla.

»Falls sie überhaupt wach sind«, murmelte Haskeer.

Stryke warf ihm einen scharfen Blick zu.

»Na ja, Dallog ist bei ihnen.«

»Er hat genug Erfahrung«, widersprach Stryke. »Ebenso die Gemeinen, die bei ihm sind. Spar dir die Sticheleien.«

Haskeer grunzte irgendetwas Unverständliches.

Der Konvoi hatte die Gabelung erreicht, und die beiden Kavallerieabteilungen bogen in Richtung der Kaserne ab. Die jetzt ungeschützten Kutschen beschleunigten, um möglichst schnell die sichere Festung zu erreichen.

Coilla blickte zur anderen Straßenseite. Dort war nichts zu sehen. Nicht, dass sie es erwartet hätte. »Die sind ganz schön schnell.«

»Wir müssen genau den richtigen Augenblick abpassen«, erinnerte Stryke sie. »Nur die Ruhe.«

Sie lächelte, während sie ihren Bogen bereit machte. Mit der Ruhe würde es wohl nichts werden.

Der Konvoi war fast auf gleicher Höhe mit ihnen. Coilla und Haskeer legten die Pfeile ein.

»Seht zu, dass ihr trefft«, warnte Stryke sie. »Eine zweite Gelegenheit bekommt ihr vielleicht nicht.«

»Ich weiß, ich weiß«, erwiderte Haskeer gereizt.

Als der Konvoi nur noch wenige Schritte entfernt war, gab es ein lautes Krachen. Direkt vor dem ersten Gefährt stürzte ein großer Baum mitten auf die Straße. Die Kutschen hielten schleudernd an. Hinter dem zweiten Wagen kippte ein weiterer Baum um, und die Kutschen waren eingesperrt.

»Jetzt!«, rief Stryke.

Coilla und Haskeer ließen ihre Pfeile fliegen. Coillas Schuss traf den Soldaten auf der vorderen Kutsche. Es war ein Volltreffer, der den Mann vom Sitz fegte. Haskeer verfehlte. Stryke und Coilla starrten ihn an.

Fluchend tastete er nach dem nächsten Pfeil. Coilla war schneller, zielte und erledigte auch den Soldaten auf dem zweiten Fahrzeug. Haskeers nächster Schuss traf sein Ziel und tötete den vorderen Kutscher. Inzwischen war der zweite Kutscher jedoch schon auf der anderen Seite heruntergeklettert und zwischen den Bäumen verschwunden.

»Vergesst nicht, dass Jennestas Magie tödlich sein kann«, warnte Stryke seine Gefährten. »Wahrscheinlich sitzt sie in der ersten Kutsche. Die übernehme ich also selbst. Los jetzt.«

Sie verließen ihr Versteck und rannten auf die Straße. Unter Führung von Dallog kam die andere Gruppe gerade aus dem Gebüsch. Einige hatten noch die Äxte in den Händen, mit denen sie die Bäume gefällt hatten. Zwei Gemeine rannten nach links und rechts, um die Straße zu überwachen. Die anderen liefen zu den Kutschen.

Auf einmal kam ein Pfeil aus dem offenen Fenster der zweiten Kutsche geflogen, der Coilla nur knapp verfehlte. Sie ließ sich sofort fallen. Stryke und Haskeer folgten ihrem Beispiel. Halb im Liegen schoss Coilla einen Pfeil ab, der die Tür der Kutsche traf. Der Schütze im Innern erwiderte, doch der Pfeil flog hoch über sie hinweg. Auch Haskeer schoss jetzt wieder. Er traf das Fenster, und drinnen im Dunkeln schrie jemand auf.

Auf der anderen Seite der Kutsche ertönten laute Schläge. Dallogs Leute bearbeiteten bereits die Tür. Stryke, Coilla und Haskeer konnten sich wieder aufrappeln und zu ihrem Ziel rennen. Als sie sich näherten, sprang die Tür der zweiten Kutsche auf, und vier Soldaten erschienen.

»Geh du nur«, rief Coilla an Stryke gewandt.

Er rannte los.

Mit gezogenen Schwertern griffen die Soldaten Haskeer und Coilla an, die unbeirrt vorrückten. Das Klirren von Stahl durchbrach die abendliche Stille. Sofort kamen Dallog und die anderen herum und warfen sich in den Kampf. Jennestas Leibwache wehrte sich beherzt, war jedoch hoffnungslos unterlegen.

Stryke hatte inzwischen die vordere Kutsche erreicht. Er zögerte kurz, dann riss er die Tür auf.

Drinnen im Schatten wartete eine breitschultrige Gestalt auf ihn. Halb stürzte sie und halb sprang sie heraus, drückte Stryke zu Boden und versetzte ihm einen harten Schlag. Das Schwert fiel ihm aus der Hand.

Es war einer von Jennestas untoten Leibwächtern.

Stryke erkannte es vor allem am Geruch. Er wand sich unter dem erdrückenden Gewicht und spürte die Haut des Gegners, vertrocknet und faltig wie altes Pergament. Und er sah den schwarzen Abgrund in den toten Augen.

Der Untote schlang die stinkenden Arme um ihn. Stryke schlug dem Wesen, das einmal ein Mensch gewesen war, beide Fäuste zugleich auf den Kopf, konnte aber die erbarmungslose Umklammerung nicht aufbrechen. Der Untote drohte ihn mit seinen ungeheuren Kräften einfach zu zerquetschen. Stryke wand sich heftig und trat um sich, doch die Umarmung löste sich nicht.

Dann berührte seine blindlings tastende Hand Metall, und er packte das Heft seines Schwerts, das er fallen gelassen hatte. Er hob es und schwang es, um die Seite des Untoten zu treffen. Die Klinge grub sich tief in dessen Leib, doch wo eine Wunde hätte sein sollen, stieg nur eine graue Staubwolke auf.

Stryke schnappte inzwischen verzweifelt nach Luft. Er versuchte es noch einmal und hackte wild auf den Arm des Wesens ein. Mit dem dritten Schlag hatte er ihn abgetrennt. Wieder stieg eine Staubwolke auf, der Arm löste sich, und nun konnte Stryke von der Seite gegen den Untoten drücken und ihn weit genug wegrollen, um sich zu befreien. Rasch kam er wieder auf die Füße.

Auch das Wesen richtete sich auf. Mit leblosen Augen sah es sich um und entdeckte den abgetrennten

Arm. Es bückte sich, hob ihn auf, wog ihn wie eine Keule und torkelte auf Stryke zu. Stryke griff sofort wieder an und stach dem Wesen die Klinge in die Brust. Sie stieß kaum auf Widerstand und brach im Rücken wieder heraus. Abermals wallte Staub. Stryke riss das Schwert zurück und wich ein paar Schritte weit aus. Der Untote folgte ihm unbeeindruckt. Stryke machte sich bereit, erneut anzugreifen.

Nun aber tauchte Haskeer auf und schob sich zwischen sie. »Der gehört mir«, knurrte er und drehte sich zu dem Wesen um. »Geh du nur.« Nachdem er sich unter einem Hieb mit der körpereigenen Keule weggeduckt hatte, hackte und schlug er auf den Untoten ein.

Stryke rannte zur offenen Tür der Kutsche und sprang hinein.

Drinnen saß Jennesta allein auf der Bank. Ihre Miene hätte man beinahe heiter nennen können.

Er ergriff die Gelegenheit und stieß ihr das Schwert ins Herz.

Es kam ihm vor, als hätte seine Klinge einen Amboss getroffen. Der Aufprall erschütterte seinen Arm und dann den ganzen Körper. Noch nie hatte er solche Schmerzen verspürt. Er stellte sich vor, dass es sich ungefähr so anfühlen musste, wenn ihn ein Dutzend Giftschlangen gleichzeitig beißen würden. Die magische Energie, eine böse und üble Kraft, strömte durch ihn und peinigte jede Faser seines Körpers.

Es warf ihn zurück, er landete mit dem Rücken zur

gegenüberliegenden Sitzbank auf dem Boden. Die Schmerzen flauten ab.

Jennesta war von einer halb durchsichtigen Aura eingehüllt, die an die flimmernde Luft eines Sommertags erinnerte. Über die Schutzhülle wanderten strahlende violette Flecken, die sich ständig verlagerten, miteinander verschmolzen und sich neu bildeten. Stryke war sofort klar, dass er mit einem gewöhnlichen Schwert gegen diesen Zauber nichts ausrichten konnte.

»Glaubst du wirklich, ich sei völlig ungeschützt?«, bemerkte sie.

»Es war einen Versuch wert«, knirschte er. Dabei musste er gegen die anerzogene Erfurcht und seine Angst vor ihren Kräften ankämpfen.

Sie lachte. Es war ein beunruhigender Laut.

»Deine Rasse bringt unvergleichliche Kämpfer hervor, aber sobald es darum geht zu denken, seid ihr alles andere als hervorragend.«

»Wenn Klugheit bedeutet, so zu werden wie du, dann bleibe ich lieber dumm«, erwiderte er trotzig.

»Unverschämter Hund!« Sie machte eine Bewegung, als wolle sie einen unsichtbaren Ball werfen.

Ein Schlag, so mächtig wie der erste Schock, von dem er sich gerade erholt hatte, traf ihn mit voller Wucht. Er biss sich auf die Lippe, um nicht vor Schmerzen aufzuschreien.

»Bist du gekommen, um mich zu töten?« Es klang, als führe sie ein ganz belangloses Gespräch.

Er schwieg.

»Oder hast du es auf eine andere Beute abgesehen?«, fuhr Jennesta fort. Unwillkürlich huschte ihr Blick zu einem gut gefüllten Seidenbeutel, der neben ihr auf dem Sitz lag.

Stryke hatte ihn noch nicht bemerkt und gab sich Mühe, ihn nicht anzuschauen. »Dein Tod ist der schönste Preis, den ich mir überhaupt vorstellen kann.«

»Dann mangelt es dir wirklich an Fantasie, du armer Tropf.« Wieder machte sie die Geste.

Ein weiterer Schlag ihrer psychischen Kraft traf ihn. Die Schmerzen setzten jede Zelle seines Körpers in Brand. Er spürte es in den Knochen und in den Zähnen und wusste, dass er nicht mehr viel ertragen konnte. Immer vorausgesetzt, sie tötete ihn nicht.

»Deine Sicht des Universums ist deprimierend und beschränkt«, fuhr sie fort. »Du erkennst nicht mehr als einen kleinen Schimmer der Wahrheit. Wenn du nur so klug wärst zu begreifen, wie viel mehr hinter dem steckt, was du die Wirklichkeit nennst.«

Stryke fand ihre Bemerkung ausgesprochen seltsam, doch andererseits war dies nicht das erste Mal, dass er ihre Äußerungen bizarr und unverständlich fand. Auch dazu schwieg er.

»Warum mache ich mir überhaupt die Mühe?«, fragte Jennesta. »Du und die anderen von deiner Art besitzen den Scharfsinn von Würmern. Kaum zu glauben, dass ich einmal der Ansicht war, mein Hauptmann Stryke könnte sich eines Tages über den viehischen Zustand heraus erheben.«

»Das ist mir neu.«

»Du hast dir eben mein Vertrauen nicht verdient.«

Stryke lachte laut, auch wenn er damit riskierte, sich einen weiteren Schlag einzufangen.

»Du redest, als wäre dein Vertrauen ein Edelstein und kein Imitat aus Klebstoff und Glas.«

»Was für eine poetische Art, es darzustellen. Das ist enorm für ein bloßes Tier. Aus dir hätte einmal viel werden können, Stryke.«

»Ich fühle mich geschmeichelt.«

»Billiger Sarkasmus. Ich hätte mehr erwartet. Allerdings bist du zu beschränkt, um zu erkennen, dass du durch deinen Verrat meinen wohlwollenden Schutz gegen ein Leben voller Kämpfe und Beschwerlichkeiten eingetauscht hast.«

»Wir nennen das Freiheit.«

»Das wird bei Weitem überschätzt«, gab sie lächelnd zurück.

Die Tür der Kutsche stand noch offen. Draußen ertönte Kampflärm, der jedoch seltsam gedämpft klang, als wehe er aus weiter Ferne herbei.

Um sie zu beschäftigen, sagte Stryke das Erstbeste, was ihm in den Sinn kommen wollte. »Du magst ja jetzt die Oberhand haben, aber ...«

»Ach, wirklich? Ich war so töricht, von dir mehr als leere Drohungen und belangloses Geschwätz zu erwarten. Wir wollen nicht um den heißen Brei herumreden. Bis jetzt hat noch keiner von uns den riesigen Basilisken erwähnt, der hier im Raum herumschleicht.

Die Instrumentale, du Trottel.« Wieder blickte sie kurz zum Beutel. Er sah seine Ahnung bestätigt und richtete sich ein wenig auf.

»Was ist damit?«

Sie verdrehte die Augen. »*Was ist damit?*, fragt der Kerl. Bist du denn froh, dass du sie nicht mehr besitzt? Na? Vielleicht wäre eine kleine Ermunterung angebracht.« Sie hob die Hand.

Stryke sprang los, schnappte sich den Beutel und stürzte sich aus der Kutsche. Dann rannte er zu Haskeer und fürchtete die ganze Zeit, jeden Augenblick wieder von einem magischen Schlag getroffen zu werden.

Sein Feldwebel hatte den Untoten enthauptet und starrte ihn an. Selbst ohne Kopf regte sich das Wesen noch, es wand sich und zuckte im Staub.

»*Mach schon!*«, brüllte Stryke. »*Lauf!*«

Haskeer schob sich an seine Seite. Er rechnete damit, dass Jennesta die Kutsche verlassen würde, doch sie ließ sich nicht blicken. Vor ihnen untersuchten Coilla, Dallog und die anderen die toten Soldaten, die auf der Straße lagen.

Stryke löste unterdessen die Schnüre, die den Beutel verschlossen, und überprüfte den Inhalt. Die Instrumentale lagen darin. Triumphierend schob er sich den Beutel ins Wams.

»Hast du sie?«, fragte Coilla, als er nahe genug war.

Er hob einen Daumen.

»Wir kriegen Besuch!«, rief Dallog und deutete mit dem Schwert in Richtung der Baracken.

Eine Kavallerieabteilung kam in vollem Galopp in ihre Richtung gepprescht.

Stryke befahl den Rückzug. Sie rannten zwischen die Bäume und sprangen auf die wartenden Pferde.

Jennesta saß in der Kutsche und lächelte.

Sie teilten sich in vier Gruppen auf, um keine unnötige Aufmerksamkeit zu erregen. Stryke, Coilla und Haskeer blieben zusammen. Nach dem Vorfall mit Standeven waren die Widerständler in ein anderes sicheres Haus umgezogen, und nun mussten die Krieger scharf reiten, um noch vor der Sperrstunde dort einzutreffen. Als sie jedoch die schmalen, gewundenen Straßen der Stadt erreicht hatten, wo viele andere vor Einbruch der Dunkelheit nach Hause eilten, wurden sie wieder langsamer. Schließlich war das Gedränge sogar zu dicht, um im Schritt zu reiten, und sie stiegen ab und führten die Pferde am Zügel.

»Da wir die Sterne wiederhaben, können wir jederzeit verschwinden«, bemerkte Haskeer.

»Erst wenn hier alles im Lot ist«, erwiderte Stryke.

»Ich sag ja nicht, dass wir sofort aufbrechen müssen. Es ist aber gut zu wissen, dass wir es können, wann immer wir wollen.«

»Darauf wollen wir einen heben.«

»Guter Mann.« Haskeer spuckte großzügig aus und verfehlte nur knapp den Fuß eines empörten Einwohners. »Meine Kehle ist so trocken wie das Gemächt eines Trolls.«

»Kommt es mir nur so vor, oder ging die Mission ein bisschen zu glatt?«, überlegte Coilla.

»Das würdest du nicht sagen, wenn du bei Jennesta in der Kutsche gewesen wärst«, klärte Stryke sie auf.

»Aber du lebst noch, ja? Na gut, wir sind auf Widerstand gestoßen, haben aber verhältnismäßig leicht die Oberhand behalten.«

»Wir hatten Glück.«

»Meinst du nicht, Jennesta hätte viel bessere Vorkehrungen treffen müssen? Nicht nur für sich selbst, sondern auch für die Sterne?«

»Du weißt doch, wie Herrscher sind. Immer von sich selbst eingenommen und dummdreist. Sie glauben, niemand würde es wagen, die Hand gegen sie zu erheben. Das Wichtigste ist, dass wir die hier zurückbekommen haben.« Er klopfte auf sein Wams.

»Da hast du wohl Recht.« Ganz überzeugt war sie nicht.

»Wir sind fast da«, warnte Stryke die anderen. »Wir müssen damit rechnen, dass die Rebellen neugierig sind und wissen wollen, was wir heute unternommen haben. Also haltet euch an die Geschichte. Wir haben nur die Miliz ein bisschen geärgert.«

Coilla und Haskeer nickten.

Als sie jedoch den ehemaligen Kornspeicher erreichten, den der Widerstand inzwischen für sich nutzte, fanden sie das Gebäude in heller Aufregung vor. Niemand schien sich dafür zu interessieren, wo sie gewesen waren. Nach einer Weile machte Chillder sie ausfindig und kam ihnen aufgeregt entgegengerannt.

»Was ist los?«, fragte Stryke.

»Der Rat des Widerstands hat beschlossen, dass die Oberste sich offen zeigt. Ist das nicht wundervoll? Unsere Mutter wird eine offene Rebellion ausrufen!«

»Wann denn?«

»Morgen früh.«

»So bald schon?«

»Die Zeit ist gekommen, Stryke. Sorge nur dafür, dass deine Truppe bereit ist. Die Revolution beginnt!«

9

Hacher hatte sich daran gewöhnt, dass Jennesta vor allem in der Nacht aktiv war, oder jedenfalls nahm er es als gegeben hin. Seit sie vor einigen Wochen als Sondergesandte des Reichs nach Taress gekommen war, fragte er sich, ob sie überhaupt jemals schlief. Sofern sie nicht schlief, hatten jedenfalls alle, die ihr dienten, jederzeit auf dem Posten und verfügbar zu sein, zu welcher Tages- oder Nachtstunde auch immer.

Und so musste Hacher kurz vor Morgengrauen in ihren Gemächern antreten, nachdem er den größten Teil der Nacht auf Abruf bereitgestanden hatte.

Jennesta hielt sich draußen auf dem Balkon auf und beobachtete Grilan-Zeat. Der Komet stand als großes, waberndes Licht am Himmel und mochte durchaus mit der Sonne wetteifern, die bald aufgehen würde.

Hacher war im Augenblick allein in ihren Gemächern. Sein Adjutant Frynt war mit einem anderen Auftrag für Jennesta unterwegs, und Bruder Grentor hatte ebenfalls zu einer unerhörten Stunde aufstehen müssen, um ihr zu Diensten zu sein. Ihre untoten Leibwächter waren nirgends zu sehen. Hacher nahm an, dass sie in einer Art Koma lagen, um ihre Kräfte zu erneuern, doch wenn er ehrlich war, wollte er lieber nicht allzu tief darüber nachdenken.

Er war erschöpft, aber neben den Ängsten, die Jennesta in jedem schürte, der ihr begegnete, war in ihm auch eine gewisse Erregung gewachsen. Es war beinahe wie früher in seiner Jugend, wenn er sich auf eine Schlacht vorbereitet hatte.

Die Ängste der vergangenen Nacht hatten freilich ungeahnte Abgründe aufgerissen, nachdem Jennesta am Vorabend überfallen worden war. Nicht, dass sie mehr getan hätte, als das Ereignis mit knappen Worten und beinahe beiläufig zu erwähnen. Auch wenn sie auf eine eingehende Erörterung verzichtct hatte, war er natürlich nicht so dumm zu glauben, die Sache wäre damit erledigt. Seine größte Sorge war, wann und auf welche Weise sie ihrem Unmut Luft machen würde.

Während er noch darüber nachdachte, kehrte sie ins Zimmer zurück. Hacher nahm unwillkürlich Haltung an, wie er es immer tat, wenn sie in der Nähe war. Ganz besonders, wenn er damit rechnen musste, zum Ziel ihres Zorns zu werden.

Aus Erfahrung klug, entschied er sich für die gefährlichere Strategie und brachte von sich aus das Thema zur Sprache. »Ich muss mich bei Euch entschuldigen, Gnädigste. Der Angriff auf Euch ist ein unverzeihliches Versäumnis.«

»Dennoch wollt Ihr Euch sicherlich auf irgendeine Weise rechtfertigen.«

»Nein, Gnädigste. Ich möchte Euch nur das tiefe Bedauern der Streitkräfte übermitteln, dass Ihr auf diese Weise in Gefahr geraten seid.« Er blickte auf ein Pergament, das er mitgebracht hatte. »Wie ich sehe, habt Ihr beim Überfall auch wertvollen persönlichen Besitz verloren.«

»Dieser Punkt soll nicht Eure Sorge sein, General, und außerdem war er sowieso unwichtig und unbedeutend.«

»Das freut mich zu hören, Gnädigste.«

»Die Frage meiner persönlichen Sicherheit ist dagegen keineswegs belanglos. Eure Untergebenen haben sich als unfähig und feige erwiesen. Ansonsten hätte ein solcher Angriff niemals möglich sein können.«

»Eine Reihe von Männern haben ihr Leben gegeben, um Euch zu beschützen, Gnädigste.«

»Aber wohl nicht alle, oder?«

»Gnädigste?«

»Wer hat den Überfall überlebt?«

Hacher überflog den Bericht. »Ein Kutscher und einer der Soldaten, die Euch begleitet haben. Er ist allerdings schwer verletzt.«

»Lasst sie hinrichten.«

»Bei allem gebührenden Respekt, Gnädigste, ich denke doch, wir ...«

»Schade nur, dass Ihr es nicht tut. Denken, meine ich. Diese aufflammende Rebellion könnt Ihr nur unterdrücken, wenn Ihr Eure Untergebenen mit größter Rücksichtslosigkeit behandelt. Sie müssen abgehärtet werden und den Druck an den Abschaum auf den Straßen weitergeben.«

»Ich habe das größte Vertrauen in unsere bewaffneten Streitkräfte«, protestierte Hacher empört. »Ihre Fähigkeiten und ihr Mut stehen außer Frage.«

»Alle Herrscher belügen ihre Untertanen. Wisst Ihr, was die größte Lüge ist? Dass sie die beste Armee der Welt hätten. In Wirklichkeit sind die Truppen der reinste Pöbel, ein Pack von Verbrechern und Halsabschneidern. Nur der unbedingte Gehorsam, durchgesetzt mit Henkersseil und Peitsche, bietet die Gewähr, dass sie ordentlich arbeiten.«

»Unsere Streitkräfte sind sehr diszipliniert, Gnädigste, und als Kämpfer sind sie unübertroffen.«

»Ihr wisst ja nicht einmal, was das bedeutet. Ihr werdet es erst erfahren, wenn Ihr wirklich einmal auf unübertroffene Gegner stoßt, auf gnadenlose und absolut willfährige Kämpfer. Die Exekutionen werden durchgeführt. Und was Euer eigenes Verhalten betrifft, da Ihr ja letzten Endes der Verantwortliche seid, so habe ich Euch wirklich oft genug gewarnt. Dies hier ist die allerletzte Warnung.«

»Gnädigste.« Man mochte ihn seiner Härte wegen Eisenhand nennen, doch nun senkte er den Blick.

»Lasst den Kopf nicht hängen, General«, sagte Jennesta. »Eure Streitkräfte werden bald die Gelegenheit bekommen, Eure Einschätzung zu bestätigen.« Sie blickte zur aufgehenden Sonne hinaus, die blutrot am Horizont stand. »Irgendetwas sagt mir, dass es ein interessanter Tag wird.«

Am Stadtrand, an einem Ort, der auf den Märkten, in Schenken und auf Kornfeldern nur flüsternd genannt worden war, sammelte sich eine Menge. Es war eine ärmliche Gegend, die wenig zu bieten hatte, was einen Fremden anziehen konnte. Obwohl die Dämmerung gerade angebrochen war, hatten sich schon zahlreiche Einwohner eingefunden. Mit jeder Minute kamen mehr zu Fuß, zu Pferd oder in vollgepferchten Kutschen.

Am Himmel war der Komet deutlich zu erkennen und verblasste nicht einmal, als die Sonne aufging.

In diesem Viertel gab es nur schlichte Gebäude, ein paar Ställe und Lagerhäuser, die größtenteils verlassen waren. Die Menge scharte sich um einen bestimmten Bau, der drei Stockwerke hoch war und einst als Kornspeicher gedient hatte. Im ersten Stock befand sich eine Art Galerie oder Veranda, über die man früher die Säcke hineingehievt hatte. Es war genau der richtige Standort, um zur Menge zu sprechen.

Drinnen herrschte eine gespannte Atmosphäre. Viele Rebellen hatten sich versammelt, und alle Vielfraße waren anwesend. Die Menschen Pepperdyne und Standeven fehlten, auch Jup und Spurral waren nicht da. Die Widerständler hielten es für besser, wenn die Menge sie nicht sah.

Die Oberste Sylandya, Acurials alte Matriarchin, stand im Mittelpunkt der Aufmerksamkeit. Sie trug die rote Robe ihres Amtes, auf das sie nie offiziell verzichtet hatte, und saß auf einem einfachen Stuhl, den jemand aufgetrieben hatte, als wäre es ein Thron. Ein kleines Heer von Rebellen wimmelte um sie herum. Ihre Kinder, die Zwillinge Brelan und Chillder, waren ihr stets am nächsten. Dieses Privileg erstreckte sich vorübergehend auch auf Stryke und Coilla. Zumindest Stryke vermutete jedoch, dass Sylandya die Vielfraße vor allem interessant und vielleicht ein wenig exotisch fand.

»Hast du deine Ansprache vorbereitet, Mutter?«, fragte Chillder.

»Nein. Wir haben keine Zeit für Vorträge. Ich werde aus dem Herzen sprechen, und die Worte, die nötig sind, werde ich im rechten Augenblick in mir finden.«

Brelan lächelte. »Wie immer eine weise Entscheidung.«

»Du verstehst dich darauf, deiner alten Mutter zu schmeicheln«, erwiderte Sylandya. »Heute will ich aber nicht mit Samthandschuhen angefasst werden. Ich brauche von euch beiden eine ehrliche Auskunft, was als Nächstes geschehen soll.«

»Hast du denn Zweifel?«, fragte Chillder mit gerunzelter Stirn.

»Aber natürlich habe ich Zweifel. Ich hoffe doch, ich habe euch gut genug erzogen, damit ihr das begreift. Was ich der Menge sagen werde, wird einen Preis kosten. Dieser Preis wird mit Blut bezahlt werden. Die Bürger werden leiden.«

»Sie leiden jetzt schon, und wie es aussieht, wird das niemals aufhören. Gewiss ist es doch besser, den Preis zu bezahlen und uns von den Besatzern zu befreien.«

»Das sagt mir mein Kopf. Meine Gefühle sind nicht ganz so klar.« Sie wandte sich an Stryke. »Was denken unsere Freunde aus ... aus dem Norden?«

Stryke entging das Zögern keineswegs, und nicht zum ersten Mal dachte er, dass sie seiner Truppe gegenüber misstrauischer war als ihre Kinder.

»Die Einheimischen können sich entscheiden. Sie können wie das Vieh sein, das zur Schlachtbank getrieben wird, oder wie die Schneeleoparden, die auf Beute lauern. Wenn sie das Joch abschütteln wollen, dann müssen sie sich an das erinnern, was sie wirklich sind. Dein Ruf, die Waffen zu erheben, und dazu dieses Ding dort oben am Himmel könnte den Wechsel herbeiführen.«

»Schneeleoparden? Das sind Tiere, von denen ich in ganz Acurial noch nie gehört habe. Vielleicht leben sie nur in der Einöde im Norden.« Sie beäugte das Halsband aus Leopardenzähnen, das er als Trophäe trug, und warf ihm einen halb fragenden und halb belustigten Blick zu.

Stryke verfluchte sich selbst, weil er schon wieder

etwas erwähnt hatte, das es in dieser Welt nicht gab. Er hielt den Mund.

»Aber du hast natürlich Recht«, fuhr sie fort. »Die meisten Orks in diesem Land leben schon viel zu lange in einem Traum. Ich hoffe, dass wir sie aufrütteln können. Ob Grilan-Zeat und meine schlichten Worte das erreichen werden, ist unwichtig.« Sie lächelte. »In der Prophezeiung ist natürlich auch von einer Heldentruppe die Rede. Das wollen wir nicht vergessen.«

»Hältst du das alles für wahr?«, fragte Coilla.

»Prophezeiungen und Kometen? Es könnte sehr wohl ein Hirngespinst sein. Allerdings würde ich das eurem Feldwebel Haskeer nicht verraten. Er scheint davon völlig hingerissen zu sein.«

»Unser Haskeer ist ein unverbesserlicher Träumer«, sagte Coilla, ohne auch nur eine Miene zu verziehen.

»Ich habe keine Ahnung, ob die Legenden und Omina wirklich etwas zu bedeuten haben«, bekräftige Sylandya. »Ehrlich gesagt, ist es mir auch egal. Ich nehme, was immer sich anbietet, damit wir unsere Freiheit gewinnen. Es muss geschehen.«

»Hast du denn keine Hemmungen, den Bürgern eine Lüge aufzutischen?«

»Ich sage ja nicht, dass es eine Lüge ist. Aber selbst wenn – manchmal muss man lügen, um die Wahrheit ans Licht zu bringen.«

»Das kann ich nachvollziehen«, räumte Stryke ein.

Brelan drängte sich dazwischen. »Es ist Zeit, Mutter. Bist du bereit?«

»So bereit, wie ich nur sein kann.« Sie nahm seine Hand und auch die seiner Schwester. »Wir springen in ein finsteres Loch und hoffen, auf der anderen Seite das Licht zu finden. Ihr zwei müsst mir versprechen, dass ihr fest an unsere Sache glaubt, was auch immer geschehen mag.«

»Du bist doch da, uns zu erinnern«, erwiderte Chillder.

»Das Schicksal des Volks hängt nicht von einem Einzelnen ab. Die Dinge verändern sich. Versprecht es mir. Was immer geschehen mag, ihr werdet nicht wanken.«

»Ich verspreche es.«

»Ich auch«, sagte Brelan. »Ich glaube aber wirklich, du bist …«

Sylandya legte ihm die Finger auf die Lippen, und er verstummte. »Du sagtest, es sei Zeit.«

Die Zwillinge nickten. Sie stand auf, und die beiden nahmen sie in die Mitte und fassten sie an den Armen. Angeführt von der Obersten und den Zwillingen, setzte sich eine kleine Prozession in Bewegung. Mehrere Mitglieder des Rates folgten ihnen, Stryke und Coilla bildeten den Abschluss. Sie stiegen die Treppe zum nächsten Stockwerk hinauf und betraten von dort aus den Balkon. Dort standen schon einige Rebellen und mehrere Vielfraße, unter ihnen auch Haskeer.

Von ihrem hohen Standort aus konnten sie die Menge überblicken, die inzwischen noch weiter angeschwollen war. Immer noch trafen Orks ein. Als die Zuschauer

Sylandya erkannten, klang ihr Jubel laut wie Donnergrollen.

»Wie will sie sich nur bei diesem Lärm verständlich machen?«, brüllte Coilla Stryke ins Ohr.

Er zuckte mit den Achseln.

Als Brelan die Arme hob, verstummte die Menge augenblicklich. Nachdem er die Oberste angekündigt hatte, jubelten sie erneut, dann herrschte eine erwartungsvolle Stille.

Sylandya befreite sich sachte von den stützenden Armen ihrer Kinder und trat vor. Aufrecht und mit entschlossener Miene schien sie das genaue Gegenteil der gebrechlichen alten Frau zu sein, die sie noch einen Augenblick zuvor gewesen war. Ihre Stimme war erstaunlich kräftig und laut.

»Bürger von Acurial!« Wieder brüllten die Zuschauer, und sie steigerten sich sogar noch, als Sylandya hinzufügte: »Bürger des *freien* Acurial!«

Als der Lärm sich legte, fuhr sie fort. »Wir haben in der Vergangenheit sehr gelitten! Man hat uns die Freiheit genommen und unser Land entehrt. Viel zu lange schon halten wir uns zurück und nehmen widerspruchslos die Demütigungen und die Zerstörung unseres Stolzes hin.«

Auf der Veranda waren Bogenschützen angetreten, die die Menge genau im Auge behielten. Unten hatten sich Rebellen, Vielfraße und Füchsinnen verteilt und achteten auf Anzeichen von Widerstand.

»Es wird höchste Zeit, dass wir die Ketten abstreifen,

die uns die Eindringlinge angelegt haben. Zudem ist uns ein Zeichen erschienen.«

Stryke konnte selbst nicht sagen, was seinen Blick zu der Gestalt zog, die weit hinter der Menschenmenge stand. Der Betreffende hatte mit einem Mantel und einer Kapuze sein Gesicht verhüllt, doch auch viele andere in der Menge hatten sich so gekleidet, weil sie nicht erkannt werden wollten. Außerdem war der Neuankömmling weit genug entfernt, um die Oberste nicht bedrohen zu können. Von dort aus konnte kein Schütze einen Pfeil abschießen und irgendjemanden gefährden. Dennoch starrte Stryke die Gestalt unverwandt an.

»Wir haben den Segen unserer verehrten Vorfahren. Wir haben die Gewissheit unserer Prophezeiung. Dort! Dort im Himmel!« Sie deutete nach oben, und die Menge tobte.

Stryke beobachtete unterdessen, dass die Gestalt etwas aus dem Mantel hervorholte. Er konnte nicht erkennen, was es war.

»Peczan hat uns lange genug geknechtet! Jetzt ist Grilan-Zeat gekommen – der Hammer, der unsere Ketten zerschmettern wird!«

Die Gestalt warf das Objekt in die Luft. Oder besser, sie gab es frei. Was es auch war, es schwebte anscheinend aus eigener Kraft in die Höhe. Dann flog es geradeaus weiter und zog über der Menge dahin.

»Wir haben ein Erbe! Ein wildes, kämpferisches Erbe, das uns den Sieg über unsere Feinde verheißt. Dieses Erbe werden wir nicht vergessen. Nun ist der Augenblick gekommen, den schlafenden Geist zu erwecken und die Kriegshunde freizulassen!«

Als es sich näherte, konnte Stryke erkennen, dass das Objekt Flügel besaß. In diesem Augenblick dachte er nicht mehr an ein unbelebtes Objekt, sondern an einen Vogel. Ein weißer Vogel, nicht einmal besonders groß, flatterte zielstrebig in ihre Richtung. Stryke fragte sich, welchen Schaden ein Vogel schon anrichten konnte.

»Coilla«, flüsterte er und knuffte sie. »Siehst du das?« Er deutete möglichst unauffällig auf das Tier.

Sie blinzelte. »Ein Vogel? Sieht aus wie eine Taube.«

»Ja, es könnte eine Taube sein.« Die Gestalt, die sie freigelassen hatte, war verschwunden.

»Was ist damit?«, fragte sie ein wenig gereizt, weil er sie daran hinderte, Sylandyas Rede anzuhören.

»Es ... da stimmt was nicht.«

»Wenn wir gemeinsam die Hand gegen unsere Unterdrücker erheben, dann tun wir dies, um einer gerechten Sache zu dienen! Wir tun es für unsere Freiheit!«

»Was meinst du damit, dass etwas nicht stimmt?«, zischelte Coilla. »Das ist doch bloß ein verdammter Vogel.«

»Nein«, erwiderte Stryke. »Ich weiß nicht, was es ist, aber ...«

Die Taube war nur noch einen Steinwurf entfernt und hielt direkt auf sie zu.

»Wir werden nicht mehr elend in der Dunkelheit hocken! Wir nehmen unsere Klingen in die Hand und schneiden uns den Weg ins Licht frei! Ganz egal, wie viele Menschen sich uns in den Weg stellen!«

»Brelan, Chillder!«, rief Stryke. »Gefahr!«

Die Oberste unterbrach sich und sah ihn an. Alle anderen auf der Veranda folgten ihrem Beispiel, einige mit offenem Mund, andere mit zorniger Miene.

»Da kommt etwas!«, rief Stryke. »Da!« Er streckte den Arm aus, um ihnen zu zeigen, woher die Bedrohung kam.

Gleichzeitig verwandelte sich die Taube. Sie verschwamm irgendwie, und ihre äußere Form veränderte sich. Doch sie flog unbeirrt weiter. Jetzt hatten sie auch einige Zuschauer bemerkt und stießen Rufe aus.

Stryke entriss einem Rebellen den Bogen, spannte ihn und zielte.

Die Taube hatte sich inzwischen in eine wirbelnde schwarze Wolke verwandelt, in deren Zentrum goldene und silberne Blitze zuckten.

Auf dem Balkon brach Panik aus. Stryke ließ seinen Pfeil fliegen.

Im gleichen Moment schoss ein greller, rein weißer Lichtstrahl aus der Wolke hervor, überwand im Nu die Entfernung zum Balkon und traf Sylandya. Mit einem rauchenden Loch in der Brust brach sie zusammen.

Die Wolke, die kein Vogel gewesen war, löste sich auf.

Die Zuschauer schrien vor Wut. Brelan und Chillder schleppten und zerrten mit aschgrauen Gesichtern ihre schwer verletzte Mutter nach drinnen. Stryke, Coilla und einige Rebellen begleiteten sie.

Die Menge war außer sich.

Sie legten Sylandya auf einen Stapel leerer Säcke. Brelan zog sein Wams aus und schob es ihr als Kissen unter den Kopf. Er und Chillder waren verzweifelt und der Panik nahe. Ein Arzt der Rebellen drängte sich nach vorn. Ein Blick auf die klaffende, verkohlte Wunde sagte ihm alles, was er wissen musste. Er wandte sich an die Zwillinge und schüttelte langsam den Kopf.

Sylandya war noch bei Bewusstsein und bewegte schwach die Lippen. Brelan und Chillder beugten sich über sie.

»Vergesst es nicht«, flüsterte die Oberste. »Vergesst nicht euer ... Versprechen.«

»Ganz bestimmt nicht«, versprach Brelan ihr und drückte ihre Hand.

Dann schloss Sylandya die Augen und hauchte ihren letzten Atemzug aus.

Die Zwillinge gaben sich ihrer Verzweiflung hin.

Schließlich richtete Chillder sich verwirrt auf. Der Schmerz stand ihr überdeutlich ins Gesicht geschrieben.

Coilla legte ihr die Hände auf die Schultern. »Nur Mut«, sagte sie.

»Sie hat es gewusst«, erwiderte Chillder, als spräche sie aus weiter Ferne zu einer Welt, mit der sie nichts zu tun hatte. »Irgendwie hat sie es gewusst.«

Unten war in der Menge ein gewaltiger Tumult ausgebrochen. Stryke ging wieder nach draußen.

Haskeer war dort geblieben und betrachtete die Zuschauer. »Verdammt«, fluchte er. »Und ausgerechnet, während wir die Wache hatten.«

»Das konnte niemand vorhersehen«, beruhigte Stryke ihn, obwohl er selbst nicht ganz sicher war. »Hör mal, ich glaube nicht, dass dies die Magie des Helixordens war.«

»Jennesta?«

»Wer sonst? Es passt hervorragend zu ihr, einen Handlanger zu schicken und den einzigen Ork zu ermorden, der die Massen aufrütteln kann.«

»Um die Einwohner einzuschüchtern?« Haskeer betrachtete die Menge und schüttelte den Kopf. »Die sehen nicht so aus, als wären sie eingeschüchtert. Ganz im Gegenteil.«

»Nein«, stimmte Stryke zu. »Gut möglich, dass dies Jennestas größter Fehler war.«

10

Sehr bald schon sollte sich zeigen, dass Strykes Einschätzung völlig richtig war.

Der Mord an Sylandya hatte die Einwohner von Acurial keineswegs eingeschüchtert. Vielmehr nahmen die Angriffe auf die Besatzer schlagartig um das Zehnfache zu, und zwar nicht nur in der Hauptstadt, sondern im ganzen Land. Viele Attacken geschahen spontan, weil sich gerade eine passende Gelegenheit ergab, und wurden von Einzelnen oder kleinen, nicht organisierten Gruppen durchgeführt. Dem Widerstand fiel nun die Aufgabe zu, die Aktionen zu koordinieren und aus der wachsenden Zahl der Unzufriedenen eine schlagkräftige Kampftruppe aufzubauen. Binnen weniger Tage entstand etwas, das man schon fast ein Rebellenheer nennen konnte.

Brelan und Chillder stürzten sich in die Arbeit, um

ihren Kummer zu vergessen, und setzten mit dämonischer Energie das Werk ihrer Mutter fort.

Die Vielfraße hatten vollauf damit zu tun, die vielen Neulinge auszubilden. Die größte Befriedigung zog die Kriegertruppe jedoch aus dem, was sie am besten konnte: die Besatzer in den Straßen von Taress angreifen.

Bei diesen Unternehmungen konnten sich Jup, Spurral und Pepperdyne einmal richtig hervortun. Besonders die Zwerge freuten sich darüber, endlich wieder mitmischen zu können, nachdem sie so lange eingesperrt gewesen waren. Die drei wurden allerdings immer von Mitgliedern der Truppe oder Rebellenkämpfern begleitet, damit niemand sie für Feinde oder Ungeheuer hielt. Einzig für Standeven änderte sich wenig. Als Kämpfer war er sowieso nicht zu gebrauchen, und deshalb beschränkte sich sein Beitrag darauf, in verschiedenen sicheren Häusern Handlangerarbeiten zu verrichten, was er mürrisch auf sich nahm. Sein Gejammer ließ er vorsichtshalber nur die Vielfraße hören. Der Vorfall mit dem toten Eindringling war zwar vom beginnenden Aufstand überschattet worden, aber keineswegs vergessen.

Stryke für seinen Teil nahm die Instrumentale überallhin mit, selbst wenn er in den Kampf zog. Er wollte nicht noch einmal den Fehler begehen, sie irgendjemand anders anzuvertrauen, nicht einmal seinen ältesten Kameraden. Die Truppe nahm diese Entscheidung mit einem gewissen Unmut zur Kenntnis.

Zu ihrem Entsetzen mussten die Vielfraße feststellen, dass sich einige Orks auf die Seite der menschlichen Besatzer schlugen. Es waren nicht viele, und sie bekannten sich nicht etwa offen dazu, sondern wirkten als fünfte Kolonne und als Informanten. Die Rebellen mussten dringend etwas dagegen unternehmen, dass diese Verräter die Moral der Widerständler untergruben.

Chillder und Brelan waren über diese Entwicklung besonders schockiert, denn sie hatten ihre Mitbürger immer als Patrioten gesehen. Daher gingen die beiden mit ertappten Verrätern ganz besonders hart ins Gericht. All dies fügte der ohnehin schon chaotischen Situation noch weitere unbekannte Faktoren hinzu.

Die wachsende Zahl der Widerstandskämpfer führte auch dazu, dass sich die Art der Angriffe auf die Besatzer veränderte. Es gab immer noch zahlreiche Guerillaaktionen, doch mit der Zeit fanden auch immer häufiger große konventionelle Gefechte statt. In diesen Situationen war die Erfahrung der Vielfraße von unschätzbarem Wert.

Eine Woche nach dem Tod Sylandyas, die inzwischen von vielen aus dem Volk als Märtyrerin verehrt wurde, stand die Kriegertruppe auf einer Hauptdurchgangsstraße von Taress. Hinter ihnen war eine mehrere Hundert Köpfe starke Kampfeinheit der Aufständischen versammelt, teils in Lumpen und schlecht bewaffnet, aber ausgesprochen blutdurstig.

Vor ihnen, einen starken Lanzenwurf entfernt, waren

ebenso viele menschliche Milizionäre angetreten. Sie waren besser organisiert und ausgerüstet, aber nicht daran gewöhnt, gegen Wesen vorzugehen, deren Kampfgeist gerade erst erwacht und von daher noch ungebrochen war.

Im Augenblick beschränkte sich die Auseinandersetzung auf Drohungen, Beschimpfungen und Scheinangriffe. Die Vielfraße kannten sich mit diesen Täuschungsmanövern, ehe der Kampf wirklich begann, bestens aus.

»Was meinst du, wie sie sich schlagen werden?« Coilla deutete mit dem Daumen auf die Reihen hinter ihnen.

»Was ihnen an Erfahrung fehlt, werden sie durch ihre Wut mühelos wettmachen«, meinte Stryke.

»Trotzdem, die meisten von ihnen werden umkommen«, murmelte Haskeer. »Verdammte Amateure.«

»Selbst eine legendäre Heldentruppe kann ohne Heer keine Revolution gewinnen«, erwiderte Stryke.

Jup platzte vor Lachen heraus.

»Was ist dein Problem, Pisspott?«, fauchte Haskeer.

»Ich stehe direkt neben dem größten Helden.«

»Ich sterbe gleich vor Lachen.«

»Kümmere dich nicht um ihn, Jup«, sagte Coilla. »Er ist noch immer ganz aus dem Häuschen, weil er gestern einen Menschen getötet hat.«

»Warum? Was ist daran so Besonderes?«

»Es war kein Soldat.«

»Was war er denn?«, fragte Pepperdyne.

»Ein Steuereinnehmer.«

Pepperdyne dachte einen Moment darüber nach. »Tja, dann hat's doch nicht gerade den Falschen getroffen.«

Die anderen murmelten zustimmend.

»Wann geht das hier endlich los?«, wollte Dallog wissen, als er die feindlichen Reihen musterte.

»Ja«, krähte Wheam. »Wann können wir kämpfen?« Er fuchtelte mit seinem Schwert herum.

»Pass auf mit dem Ding!«, protestierte Haskeer. »Du stichst noch jemandem die Augen aus!«

»Es wird bald beginnen«, erklärte Stryke. »Achte gut auf deine Grünschnäbel, Dallog.« Er blickte zu den Rekruten der Truppe, die sie auf Ceragan angeworben hatten. Alle waren angespannt und bleich. »Besonders auf den da.« Er nickte in Wheams Richtung.

Wheam war darüber nicht begeistert.

»Es wird schon gutgehen«, versicherte Dallog ihm und machte offenbar gute Miene zum bösen Spiel.

»Nun kommt schon, haut los.« Spurral pochte ungeduldig mit ihrem Stab aufs Pflaster.

»Deine Frau will was zu tun bekommen, Kurzarsch«, bemerkte Haskeer. Es klang durchaus bewundernd.

»Ja, und sie wird es an dir auslassen, wenn es nicht bald losgeht«, meinte Jup.

»Passt auf«, warnte Coilla. »Sie rücken vor.«

Die Menschentruppe näherte sich ihnen. Sie hielten Disziplin und kamen dicht gestaffelt.

»*Vorstoß!*«, brüllte Stryke und hob die Klinge.

Erheblich unordentlicher rückte nun auch die Orktruppe vor, doch ihre Leidenschaft war nicht zu verkennen. Sie trommelten auf die Schilde und stießen Kriegsrufe aus.

Als die Menschen schneller wurden und ebenfalls zu rufen begannen, stellte sich heraus, dass die Orks verborgene Verbündete hatten. Von Dächern und aus hohen Fenstern warfen die Bürger Gegenstände auf die menschlichen Besatzer herab. Ein Trommelfeuer von Ziegelsteinen, Dachschindeln, Töpfen und einigen Pfeilen kam wie ein tödlicher Regen herunter.

Als die feindlichen Truppen einander nahe genug waren, um in den Gesichtern der Gegner Furcht, Blutdurst, Wut und düstere Vorahnungen auszumachen, ging der Kampf ernstlich los.

Die beiden Parteien rannten gegeneinander an und gingen in wildem Gemetzel ineinander auf.

In der letzten Zeit hatte es fast täglich ähnliche Schlachten gegeben, und diese ereignete sich nun im Zentrum der Stadt. Nahe genug am Zentrum jedenfalls, dass man sie von der Festung von Taress aus, wenn schon nicht beobachten, aber immerhin doch deutlich hören konnte.

Für Jennesta und Hacher, deren Quartiere in den höchsten Stockwerken der Festung lagen, bildete der Kampflärm mittlerweile ein beinahe stetiges Hintergrundgeräusch. Nicht, dass sie bewusst hinhörten. Was sich in Jennestas Gemächern abspielte, war viel wichtiger als die Schlacht da draußen.

»Nun? Ich warte.« Sie verschränkte empört die Arme vor der Brust.

»Mir ist nicht ganz klar, was Ihr von mir erwartet, Gnädigste«, erwiderte der General.

»Ja, und genau das ist das Problem, nicht wahr? Vielleicht könntet Ihr damit beginnen, dass Ihr mir erklärt, was Ihr gegen die Anarchie da draußen zu unternehmen gedenkt.« Sie deutete zum Fenster.

»Bei allem Respekt, Gnädigste, die gegenwärtige Situation ist doch vor allem durch die Ermordung der Frau entstanden, welche die Orks ihre Oberste nannten. Man könnte fast meinen, es sei eine Tat gewesen, die eigens die Unruhen verstärken sollte …«

»Stellt Ihr etwa meine Methoden infrage?«

»Ich fürchte, das muss ich tun, Gnädigste. Schon vor dem Tod der Obersten haben einige unserer Maßnahmen die Lage in dieser Provinz nur noch verschlimmert. Diese Entwicklung habt Ihr, wie ich feststellen muss, gefördert.«

»Auf einmal findet Ihr den Mut! Es ist eine Schande, dass Ihr diese Entschlossenheit nicht gezeigt habt, als Ihr Peczans Interessen verteidigen solltet.«

»Ich habe im Dienst des Reichs stets so gewissenhaft gehandelt, wie es mir nur möglich war«, erwiderte er gereizt.

»Nein. Ihr glaubt das vielleicht, doch erreicht habt Ihr überhaupt nichts. Eure Entscheidungen haben alles untergraben, was hier hätte getan werden müssen. Was ein kompetenter Befehlshaber längst getan hätte.«

Hacher ließ seinem Unmut freien Lauf. »Vor Eurer Ankunft, *Gnädigste*, hatten wir eine Lage, mit der wir zurechtkommen konnten. Erst Eure ... Eure *Eingriffe* haben eine Situation heraufbeschworen, die sich mit normalen Polizeiaktionen nicht mehr bewältigen lässt.«

»Ich will Euch sagen, wo das Problem wirklich liegt, Hacher.« Sie zählte es an den mit Ringen geschmückten Fingern ihrer Hand ab. »Ihr habt den rebellischen Geist dieser Tiere unterschätzt. Ihr habt ihre Fähigkeit zu Gewalttaten nicht erkannt, obwohl ich es Euch gesagt habe. Ihr habt Eure Truppen liederlich geführt. Ihr habt mit Euren internen Machtkämpfen gegen den Helixorden die Einsatzfähigkeit der Truppen des Reichs gefährdet. Vor allem habt Ihr Euch störrisch einzusehen geweigert, dass die Eingeborenen dieses gottverlassenen Landes sich nur eine klare Machtdemonstration wirklich zu Herzen nehmen. Kurz und gut, *Ihr* seid das Problem, General.«

»Seht doch, wohin uns diese übermäßigen Machtdemonstrationen geführt haben, Gnädigste. Werft einen Blick auf die Straßen. Seht, was Ihr mit Eurer Stärke und Brutalität erreicht habt.«

»Zu wenig Brutalität, die viel zu *spät* gekommen ist! Ich muss mich doch sehr über Euch wundern. Ihr standet im Ruf, ein Gouverneur zu sein, der sich nicht von Gefühlsduselei beirren lässt. Du meine Güte, man nannte Euch die *Eisenhand*. Dennoch schreckt Ihr davor zurück, die harte Hand aus dem Samthandschuh zu ziehen.«

»Verwechselt meine Einwände nicht mit Nachsicht, meine Teuerste. Ich spreche keineswegs aufgrund moralischer Bedenken. Ich würde die gesamte Einwohnerschaft Acurials hinrichten lassen, wenn es unseren Zwecken föderlich wäre. Ich hätte selbst befohlen, die Oberste zu töten, wenn ich überzeugt gewesen wäre, dass es unseren Zielen dient. Meine Einwände betreffen ausschließlich die Frage, ob wir die richtige Strategie ergriffen haben. Eure Maßnahmen und nicht zuletzt die Ermordung Sylandyas haben die Atmosphäre vergiftet und beanspruchen unsere Kräfte nun aufs Äußerste.«

»Ihr werdet es wohl nie verstehen, was?«

»Ich würde es lieber so ausdrücken, dass wir uneins sind, was Eure Politik angeht, Gnädigste.«

»Ich dulde keinen Widerspruch. Ich sage meinen Untergebenen, wo sie Fehler begangen haben, und sie fügen sich meinem Willen. So geht das.« Sie warf verzweifelt den Kopf zurück. »Oh, warum verschwende ich nur meine Worte an Euch? Und nicht nur an Euch. Das ganze System hier ist durchsetzt von viel zu viel Eigensinn, und Ihr seid nicht der einzige Schuldige. Das wird sich allerdings radikal ändern.«

»Gnädigste?«

Vor ihrer Tür ertönte ein Geräusch. Es war eigentlich kein Klopfen, sondern eher ein scharfes Kratzen. Gleich darauf ging die Tür auf, und zwei untote Leibwächter schlurften herein. Sie schleppten etwas, das in eine dunkle Decke gehüllt war, einem Grabtuch nicht unähnlich. Sie ließen das Bündel vor Jennestas Füßen fallen und schauten sie an wie treue Hunde, die ihrer Herrin einen großen Knochen gebracht hatten.

»Ah«, sagte sie. »Die ersten Früchte meiner Reformen.«

Statt die Aufgabe ihren unbeholfenen Dienern zu überlassen, kniete sie selbst nieder und öffnete das Bündel. Was sie freilegte, erschütterte Hacher bis ins Mark.

»Bruder ... Grentor?«, murmelte er und wusste nicht einmal, ob seine Vermutung zutraf.

Seine Unsicherheit wuchs, sobald ihm bewusst wurde, in welcher Verfassung sich der Leichnam des Geistlichen befand. Er war schrecklich verstümmelt, und zu Hachers Entsetzen waren einige Körperteile anscheinend sogar abgenagt worden. *Gut möglich, dass Jennesta ihren Untoten einen Leckerbissen vorgeworfen hat,* vermutete er.

»Ihr seid entsetzt, General?«

»Aber ... aber natürlich bin ich erschüttert. Was ist geschehen? Wurde er ein Opfer der Rebellen?«

Die Frage war ein verzweifelter Ausdruck seiner Hoffnung, es könne so sein, weil er die einzige andere Möglichkeit lieber nicht ins Auge fassen wollte.

»Nein, er fiel mir zum Opfer«, erwiderte sie gelassen und bestätigte damit seine ärgsten Befürchtungen. »Der Anführer des Ordens war in einem ebenso gefährlichen Geisteszustand wie das Militär. Es war an der Zeit, für eine Veränderung zu sorgen.«

»Aber das ist doch gewiss eine sehr grobe Art und Weise, dies zu erreichen.«

»Es ist die *einzige* Art und Weise«, gab sie mit zusammengebissenen Zähnen zurück. »Ich sage es Euch noch einmal: Eine Demonstration der Rücksichtslosigkeit ist der einzige Weg, um seine Untertanen in Schach zu halten. Warum sollte ich untätig zuschauen, wie der Helixorden endlos lange tratscht und zankt und palavert, bis dann doch wieder nur ein neuer Grentor auftaucht, der den Platz dieses Schwächlings hier einnimmt? Es war weitaus besser, die Angelegenheit rasch zu entscheiden und ihnen zugleich eine heilsame Lektion zu erteilen.«

Wieder gab es ein Geräusch, dieses Mal klopfte jedoch jemand energisch und laut an.

»Herein!«, rief sie.

Hachers Adjutant Frynt trat ein und verneigte sich knapp vor Jennesta.

Der General war verwundert, ihn hier zu sehen. »Frynt? Ich dachte, Ihr hättet heute im Westen zu tun.«

Frynt antwortete nicht, und Hacher blickte zu Grentors sterblichen Überresten. »Ich fürchte, der Bruder hatte ein sehr unglückliches ...«

»Keine Sorge«, unterbrach Jennesta ihn. »Er weiß es bereits.«

»Ich ... ich verstehe nicht, Gnädigste.«

»Begrüßt den Gouverneur der Provinz Acurial und den Oberkommandierenden der Truppen.«

»Soll dies bedeuten, dass ...«

»Ihr seid hiermit Eurer Aufgaben und Ämter entbunden, Hacher. Frynt tritt Eure Nachfolge an.«

Hacher wandte sich an seinen ehemaligen Adjutanten. »Frynt? Ist das wahr?«

»Es tut mir leid, Herr.« Das entsprach sicher nicht der Wahrheit. »Doch ein Diener des Reichs kann sich nicht verweigern, wenn das Vaterland ihn ruft.«

»Und wenn es seinen eigennützigen Interessen dient. Ich dachte, Ihr wärt loyal.«

»Das bin ich, Herr. Ich diene dem R...« Jennesta fing seinen Blick ein. »Ich diene unserer Herrin Jennesta und dem Reich. Das ist nichts Persönliches.«

»Wie könnt Ihr so etwas gutheißen?« Hacher deutete auf den toten Grentor. »Wie kann man einen solch bestialischen Tod rechtfertigen?«

»Die Herrin Jennesta hat mich überzeugt, dass Veränderungen notwendig waren, die mit ... mit einem gewissen Nachdruck in Angriff genommen werden mussten.«

»Ich hätte mehr von Euch erwartet, Frynt. Ihr enttäuscht mich.«

»Dann wisst Ihr ja, was ich Euch gegenüber empfinde«, sagte Jennesta. »Es ist sinnlos zu streiten. Wir wollen uns das bitte ersparen.«

»Ich werde ganz gewiss streiten, Gnädigste. Ich werde dieses eigenmächtige Verhalten den Höchsten in Peczan zu Ohren bringen. Wenn ich entehrt nach Hause geschickt werde, dann ...«

»Oh nein, General. Ihr werdet nicht nach Hause

geschickt. Mit Euch habe ich etwas viel Besseres vor.«

Ihre untoten Sklaven hatten sich unterdessen aufgestellt. Jetzt bewegten sie sich auf ihr Zeichen hin mit überraschender Geschwindigkeit und packten den abgesetzten General. Er schrie auf, protestierte und fluchte, doch sie hielten ihn unerschütterlich fest.

Jennesta ging zu ihm und hob die Hände, um einen Zauber zu wirken.

»Wie ich schon sagte«, wiederholte sie liebenswürdig, »wir wollen uns die Mühe sparen.«

Verblüfft beobachtete Frynt die Szene. Er hatte keine Ahnung, was geschehen würde, ganz zu schweigen davon, dass er das Ende des Generals miterleben sollte.

Der entsetzliche Anblick gab ihm einen Vorgeschmack, wie es sein würde, unter seiner neuen Herrin zu dienen.

Als Hacher zu schreien begann, schloss Frynt die Augen.

11

Am Ende der dritten Woche, während die Reihen des Widerstands stetig weiter anschwollen, kam es zu einer dramatischen Veränderung der Machtverhältnisse. Die täglichen Angriffe der bewaffneten Rebellen hatten das peczanische Militär dezimiert, und der zivile Ungehorsam griff weiter um sich, bis ein Wendepunkt erreicht wurde. Die Invasoren, bislang die unumschränkten Herrscher des besetzten Landes, waren auf dem Rückzug.

Das war genau der Wandel, auf den die Rebellen hingearbeitet hatten, den sie erhofft und für den sie gestorben waren. Doch auch die optimistischsten unter ihnen waren verblüfft, wie schnell es dann ging. Immer größer wurde der Anteil der Einheimischen, die ihre Schüchternheit abschüttelten und den alten Kampfgeist durchbrechen ließen, der so lange in ihnen geschlummert hatte. Der aufgestaute Zorn äußerte sich nun als ungestümer Freiheitsdrang, bis sie unter dem strahlenden Antlitz von Grilan-Zeat mit einer Wildheit kämpften, die noch nie ein Mensch gesehen hatte.

Ungefähr zu dieser Zeit, als die Kämpfe besonders hitzig geführt wurden, unternahm Wheam die ersten zögernden Schritte, um sich zu bewähren.

In den Kämpfen, soweit er hatte daran teilnehmen dürfen, hatte er sich bislang wacker geschlagen, oder wenigstens hatte er der Kriegertruppe weder katastrophale Schwierigkeiten eingebrockt noch sich selbst versehentlich umgebracht. Andererseits war es ihm bisher nicht gelungen, einen Feind zu töten, zu verletzen oder auch nur ernsthaft zu gefährden. Dennoch nahmen ihn die anderen nun ohne großes Nachdenken mit, solange Dallog und andere erfahrene Kämpfer auf ihn achtgeben konnten.

Die Vielfraße hatten bei einem Überfall auf ein Haus mitgewirkt, in dem Armeeoffiziere einquartiert waren. Es war nicht wie geplant verlaufen, denn dank der Weitsicht der Gegner oder weil ein Informant geplaudert hatte, war in der Nähe eine Kompanie Soldaten in Bereitschaft gewesen. Die Orks hatten die Absicht gehabt, blitzschnell zuzuschlagen und wieder zu verschwinden, doch auf einmal hatte sich auf einem der wenigen Märkte, die in der Hauptstadt noch abgehalten wurden, ein hitziges Gefecht entwickelt. Dabei war die Truppe verstreut worden, und Coilla, Haskeer und Wheam hatten sich von der Hauptstraße in eine schmale, stinkende Gasse zurückziehen müssen.

Haskeer war nicht gerade erbaut darüber, mit dem Novizen in der Falle zu sitzen.

»Hier rein!«, rief er und zog Wheam von der Einmündung der Gasse weg. »Soll dir etwa jemand ein Loch in den Kopf schießen? Nicht, dass es mir was ausmachen würde.«

»Entschuldigung«, gab der Bursche mit bebender Stimme zurück.

»Nimm ihn nicht so hart ran«, sagte Coilla. »Er muss immer noch ganz schön die Zähne zusammenbeißen.«

»Von mir aus kann er ins Gras beißen. Und was soll das da eigentlich bedeuten?« Er klopfte auf die Laute, die Wheam sich auf den Rücken geschnallt hatte. »Was denkst du dir dabei, das Ding in den Kampf mitzunehmen?«

»Nur so kann ich sicher sein, sie nicht zu verlieren«, erklärte der Bursche. »Wir ziehen doch dauernd in neue sichere Häuser um und ...«

»Ja, ist gut. Ich dachte mir schon, dass du irgendeinen verdammten Grund dafür hast. Aber geh mir damit bloß aus den Augen.«

»Beruhigt sich die Lage da draußen wieder?«, fragte Coilla.

Haskeer spähte um die Ecke. »Sieht so aus.«

»Wollen wir uns verdrücken?«

»Ja. Unsere Leute sind irgendwo da vorne rechts.« Er

wandte sich an Wheam. »Ich meine diese Seite.« Er zeigte es ihm mit dem Daumen. »Falls du nicht weißt, wo rechts und links ist.«

»Sobald wir draußen sind, rennst du einfach los, Wheam. So schnell du kannst«, erklärte Coilla ihm.

Er nickte.

»Bereit?«, fragte Haskeer. »Gut. Drei ... zwei ... *los!*«

Sie stürmten aus der Gasse heraus, bogen nach rechts ab und liefen durch die Trümmer des zerstörten Markts. Überall waren Stände umgeworfen, zwischen dem zertrampelten Obst und Gemüse lagen gefallene Orks und Menschen, geborstene Töpferwaren und verstreute Kleidungsstücke.

Coilla sah sich um. »Wir bekommen Gesellschaft.«

Eine große Gruppe feindlicher Soldaten hatte die Verfolgung aufgenommen.

Wheam hatte Mühe, mit Coilla und Haskeer mitzuhalten.

»Komm schon«, drängte Coilla ihn. »Beeil dich!«

Ein feindlicher Soldat, ein guter Läufer, war den anderen aus seinem Trupp weit voraus und schloss rasch zu Wheam auf. Der Bursche taumelte, und der Soldat kam nahe genug, um mit den Fingerspitzen Wheams Rücken zu erreichen. Dabei erwischte er den Riemen der Laute und riss ihn durch. Wheam rannte weiter. Das Instrument fiel klappernd zu Boden, zwei Saiten gingen mit einem melodischen Klang entzwei. Ohne sein Tempo zu vermindern, trat der Mensch die Laute zur Seite. Sie flog quer über die Straße, landete mit einem Krachen auf der anderen Seite und zerbrach.

Wheam blieb stehen, drehte sich um und keuchte.

Coilla und Haskeer riefen nach ihm. »Nun komm schon! Lass das Ding liegen! Beweg dich endlich!«

Die übrigen Soldaten holten auf und kamen rasch näher.

»Meine ... meine Laute«, flüsterte Wheam. Er sah den Soldaten an, der ihn fast erreicht hatte. *»Du Schweinehund!«*

Mit einem untypisch wilden Gesichtsausdruck zog Wheam sein Schwert. Als der Soldat es sah, wurde er langsamer und griff nach seiner eigenen Waffe.

Wheam ging auf ihn los, schwenkte seine Waffe und schrie etwas Unverständliches. Wie von Sinnen warf er sich dem Mann entgegen und hieb und stach um sich. Der Mensch warf sich vor diesem wilden Angriff ein, zwei Schritte zurück. Er hatte sein eigenes Schwert gezogen, blieb aber vorerst auf die Abwehr beschränkt.

Jetzt hielten auch Coilla und Haskeer inne und beobachteten Wheam, der den Soldaten mit Hieben eindeckte, während sich die übrigen Verfolger rasch näherten.

»Wir müssen den kleinen Scheißer holen«, sagte Coilla.

Haskeer gab ein unschönes Geräusch von sich, das tief aus seiner Kehle kam, und ballte die Hände zu Fäusten. Er nickte wortlos.

Sie zogen die Waffen und kehrten um.

Wheams wütende Schläge hatten den Soldaten immer weiter zurückgetrieben. Der Gegner konnte nicht hoffen, das Trommelfeuer zu durchbrechen, sondern musste warten, bis seine Gefährten ihm zu Hilfe kamen.

Seine Hoffnung war vergebens.

Wheam traf seinen Unterarm und brachte ihm eine tiefe, stark blutende Wunde bei. Dann stach er dem Mann das Schwert in die Seite, und der Soldat taumelte. Mit einem unverständlichen Geschrei, aus dem man nur das Wort »Laute« mehrmals klar heraushören konnte, schlug Wheam weiterhin erbarmungslos auf den Gegner ein, bis er ihm mehrere Knochen gebrochen und ihn tödlich verwundet hatte.

Er hackte immer noch auf die Leiche ein, als Coilla und Haskeer ihn erreichten. Wheam wirbelte herum und funkelte sie mit blitzenden Augen und erhobenem Schwert an.

»He!«, rief Coilla. »Wir sind's!«

Wheam blinzelte und erkannte sie. Sein Blutrausch ebbte ab. Er betrachtete das Schwert, das er in der Hand hielt, und sein totes Opfer.

»Gut gemacht«, lobte Haskeer ihn.

»Ich kann das nicht glauben«, sagte Coilla. »Ein freundliches Wort zu Wheam.«

»Übertreib's nicht«, knirschte Haskeer. »Einen Verdienstorden gebe ich ihm dafür nicht.«

»Äh ... die Soldaten«, unterbrach Wheam sie. Er deutete mit der Klinge die Straße hinunter.

Die Verfolger hatten sie fast erreicht.

»Zu spät, um noch wegzulaufen«, meinte Coilla.

»Wir stellen uns«, stimmte Haskeer zu.

Sie bauten sich nebeneinander auf und machten sich auf den Angriff gefasst. Die Soldaten johlten und schwenkten die Schwerter, weil sie sich ihrer Beute sicher glaubten.

In diesem Augenblick fuhr ein Wagen aus einer Seitenstraße schleudernd um die Ecke und blieb abrupt zwischen den Parteien stehen. Zwei weitere folgten. Sie waren voller Rebellen, die eilig heraussprangen, um sich die Soldaten vorzunehmen.

Stryke war zusammen mit Brelan auf dem ersten Fuhrwerk gekommen. Er bedeutete Haskeer, Coilla und Wheam, auf die Ladefläche zu springen. Sie kletterten rasch hinauf, und der Wagen fuhr mit hoher Geschwindigkeit los.

Jetzt konnte Coilla endlich aufatmen. »Das war Rettung im letzten Augenblick.«

»Ich bin froh, dass ihr es geschafft habt«, sagte Stryke. »Wie ist es bei euch gelaufen?«

»Wir haben ein paar umgebracht«, informierte Haskeer ihn schlicht.

»Wheam bekommt die goldene Feder«, ergänzte Coilla. »Er hat seinen ersten Gegner getötet.«

Stryke war beeindruckt. »Gut gemacht. Du wirst feststellen, dass es in Zukunft einfacher wird.«

Wheam murmelte etwas. Die Worte *Laute* und *Schweinehund* waren gerade noch zu verstehen.

»Was?«

»Er hat meine Laute kaputt gemacht«, knurrte Wheam. »Der Drecksack.«

Stryke sah Coilla fragend an.

»Ein Mensch hat Wheams Dings zertreten«, erklärte sie. »Das hat ihn wohl in Rage versetzt.«

»Wir besorgen dir eine neue«, versprach Stryke.

»Verdammt nochmal, das könnt ihr nicht machen«, rief Haskeer erschrocken. Als er Strykes Miene sah, hielt er den Mund.

»Wohin fahren wir?«, fragte Coilla.

Brelan ergriff zum ersten Mal das Wort. »Es ist nicht weit. Wir haben in der Nähe des Zentrums ein Haus eingenommen. Es gibt da etwas, das ihr Vielfraße wissen solltet.«

Er ließ sich nicht weiter darüber aus, was es war, und so fuhren sie schweigend durch die Straßen, die viel leerer waren als vor dem Beginn des Aufstandes.

Bald erreichten sie eine große Versammlungshalle mit Säulen, die von einem verzierten Eisenzaun umgeben war. Es war ein altes Gebäude, das noch in der fernen, ruhmvolleren Vergangenheit der Orks entstanden war. Die Besatzer hatten es vor einiger Zeit für sich beansprucht. Es war ein Anzeichen für die Fortschritte der Rebellen, dass sie es zurückerobert hatten.

Brelan schlug vor, dass Coilla, Wheam und Haskeer sich vom blutigen Kampf erholen und etwas essen sollten, während er mit Stryke sprach. Widerwillig fügten sie sich.

Stryke wurde durch reich geschmückte Flure, auf denen zahlreiche Orks unterwegs waren, in einen Raum geführt, in dem sich außer Chillder niemand sonst aufhielt.

»Es gibt Neuigkeiten«, verkündete Brelan übergangslos.

»Dann spuck's schon aus«, drängte Stryke ihn.

»Bisher konnten wir nur hoffen, dass wir den Menschen arg zugesetzt haben. Jetzt wissen wir es. Wir haben erfahren, dass Jennesta Vorbereitungen trifft, die Stadt zu verlassen.«

»Woher weißt du das?«

»Aus einer zuverlässigen Quelle. Wir haben viele Informanten, von denen einige hohe Positionen bekleiden. Es heißt, Jennesta hätte eine Reihe treuer Kämpfer um sich geschart und wolle nach Süden zur Küste, wo sie möglicherweise ein wartendes Schiff erreichen will. Vielleicht ist sie auch schon fort.«

»Ihr könnt sie doch nicht entkommen lassen.«

»Leider doch.«

»Aber ...«

Brelan brachte ihn mit erhobener Hand zum Schweigen. »Wir haben keine freien Kräfte. Letzten Endes ist sie ja auch nur eine einzige Person. Es ist uns egal, ob sie fort ist oder tot. Hauptsache, sie stört uns nicht mehr.«

»Brelan, ihr könnt doch nicht ...«

»Du und deine Truppe, ihr seid allerdings frei. Außerdem wissen wir, dass ihr eine Art persönlichen Groll gegen Jennesta hegt, also ...«

»Einen Groll?«

»Wir sind nicht dumm. Unsere Mutter hat euch eure Geschichte sowieso nicht geglaubt, und wir hatten immer Zweifel, woher ihr kommt und was ihr hier eigentlich wirklich wollt.«

»Du musst jetzt nichts sagen, Stryke«, schaltete sich Chillder ein. »Wir sind dir und deiner Truppe sehr dankbar, und alles, was vorher war, ist nicht wichtig.«

»Werdet ihr es tun?«, fragte Brelan. »Wir haben frische Pferde und Vorräte für euch. Nur Kämpfer können wir euch nicht mitgeben.«

»Die würden wir auch nicht wollen, aber ein Führer könnte sehr nützlich sein.«

»Wir haben Karten.«

»Das wird reichen. Ich muss allerdings mit meinen Leuten darüber reden.«

»Sie sind alle unten. Beeilt euch. Jennesta hat vielleicht schon einen Vorsprung.«

Sie führten Stryke in einen größeren Raum, der früher anscheinend als Bankettsaal gedient hatte. Alle Vielfraße, Pepperdyne und Standeven waren dort versammelt und mit Krügen voll Wasser und Wein versorgt. Haskeer kostete gerade den Wein, und Wheam stand im Mittelpunkt der Aufmerksamkeit einiger anderer Neulinge und nicht eben weniger Vielfraße.

»Wir dürfen keine Zeit verlieren«, informierte Stryke seine Truppe. »Wisst ihr schon, was los ist?« Die anderen schüttelten die Köpfe. »Es heißt, Jennesta wolle zur Küste fliehen. Vielleicht ist sie schon fort.«

»Was tun die Rebellen dagegen?«, wollte Coilla wissen.

»Sie überlassen es uns. Falls wir die Mission übernehmen wollen.«

»Und ob wir wollen«, donnerte Haskeer. »Lasst uns das Miststück schnappen.«

Zustimmendes Gemurmel erhob sich.

»Sieht jemand einen Grund, warum wir es nicht tun sollten?«, fragte Stryke.

Niemand antwortete.

»Hast du schon einen Plan?«, fragte Pepperdyne.

»Warte mal«, unterbrach ihn Haskeer. »Was sagtest du, wer mitkommt?«

»Ich verschwende meine Zeit nicht mit Diskussionen über die beiden«, erklärte Stryke und winkte in Richtung von Pepperdyne und Standeven. »Die einzige Frage wäre, ob wir sie hierlassen oder mitnehmen. Ich denke, wir nehmen sie besser mit.«

»Warum?«

»Auch sie haben mit Jennesta ein Hühnchen zu rupfen«, schaltete sich Coilla ein. »Das stimmt doch, Jode, oder?«

»Äh ... ja.« Es war nicht der richtige Augenblick, von der Geschichte abzuweichen, die er und Standeven sich ausgedacht hatten.

»Jode ist im Kampf durchaus von Nutzen«, fuhr Coilla fort.

»Mag sein«, knirschte Haskeer. »Aber wozu brauchen wir den anderen da? Der nützt uns nichts.«

»Ja, redet nur über mich, als wäre ich nicht da«, protestierte Standeven.

»Jederzeit gern«, erwiderte Stryke. »Ich will dich da haben, wo ich dich sehen kann, Standeven, besonders wenn ich an diese Sache mit dem Eindringling denke. Oder was auch immer er war.«

»Wie oft soll ich denn noch erklären ...«, begann Standeven.

»Nicht schon wieder. Ihr zwei kommt mit. Und wie ich schon sagte, wir diskutieren nicht darüber. Macht euch fertig, und zwar zügig. Wir brechen auf, sobald ich mit Brelan und Chillder gesprochen habe.«

»Ich komme mit«, beschloss Coilla.

Sie ließen die Truppe allein.

»Dann geht ihr also?«, fragte Chillder, kaum dass sie Stryke und Coilla sah.

Stryke nickte.

»Ich habe so ein Gefühl, als würden wir uns nicht wiedersehen.«

»Wer weiß?« Seltsamerweise hatte er ein ganz ähnliches Gefühl.

»Ich hoffe sehr, dass wir uns wiedersehen«, sagte Brelan.

»Nach dem, wie es hier läuft, werdet ihr zwei wohl reichlich damit zu tun haben, das Land zu regieren«, überlegte Coilla.

»Das haben wir teilweise euch zu verdanken. Wir sind euch wirklich sehr dankbar.«

»Ja, schon gut«, erwiderte Stryke. »Wir dürfen nur

nicht nachlässig werden. Wenn wir Jennesta verpassen, sind wir morgen wieder hier.«

»Vielleicht.«

»Ich würde mich gern von den Füchsinnen verabschieden«, sagte Coilla.

»Die meisten sind draußen«, erklärte Brelan.

»Hast du was dagegen, Stryke? Ich beeile mich auch.«

»Geh nur.«

Sie wünschte den Zwillingen alles Gute und ging hinaus.

Chillder lächelte. »Was auch immer dein wahres Ziel sein mag, Stryke, wir hoffen, dass du es erreichst.« Und als er ging, fügte sie hinzu: »Diese Prophezeiung über eine legendäre Truppe von Helden ...«

»Was ist damit?«

»Vielleicht entsprach sie ja der Wahrheit.«

12

Es gab nur eine einzige Straße, die zur Südküste führte. Oder, genauer gesagt, es gab nur eine einzige, auf der Jennesta mit ihrem kleinen Heer reisen konnte. Die Vielfraße nahmen den gleichen Weg.

Bevor sie aufbrachen, erfuhren sie noch einiges von den Spionen der Rebellen. General Hacher war anscheinend spurlos verschwunden. Jennesta hatte einen Adjutanten befördert, um die Position neu zu besetzen, und ihn prompt seinem Schicksal überlassen.

Interessanter für die Truppe war, dass die Hexe darauf bestanden hatte, in einer Kutsche zu fahren und außerdem Wagen mit Vorräten mitzunehmen. Die Vielfraße dagegen reisten mit leichtem Gepäck.

Nachdem sie einige Stunden scharf geritten waren, entdeckten sie in der Ferne das Meer. Sie befanden sich auf einer Anhöhe und konnten in die Bucht mit dem winzigen Hafen hinunterblicken.

»Da liegt kein Schiff«, stellte Coilla fest.

»Und Jennesta ist auch nicht da.«

»Ob sie schon fort ist?«

»Das bezweifle ich. Sie hatte nicht genug Zeit. Wir müssten mindestens noch ein Segel am Horizont ausmachen. Ich würde sagen, das Schiff, das sie gerufen hat, ist noch nicht da.«

»Aber wo steckt sie dann?«

»Keine Ahnung. Sendet Späher aus.« Dann fiel ihm etwas ein. »Wartet mal. Jup! Hierher!«

Der Zwerg galoppierte zu ihm. »Boss?«

»Sie ist nirgends zu entdecken.«

»Das sehe ich auch.«

»Könnte uns dein Fernblick helfen? Das geht schneller, als sie zu suchen.«

Der Zwerg stieg ab, was angesichts seiner geringen Größe gar nicht so einfach war. Haskeer beobachtete ihn amüsiert, worauf Jup eine obszöne Geste machte. Dann entfernte er sich ein Stück von den anderen, kniete nieder und bohrte seine Finger in den Sandboden. Die Neulinge und die beiden Menschen, die noch nichts über Jups Gabe wussten, sahen neugierig zu.

»Was ist, wenn sie wirklich schon weg ist, Stryke?«, fragte Coilla. »Vielleicht hat sie ihr Schiff längst erreicht. Was tun wir dann?«

Er seufzte und dachte darüber nach. »Falls sie schon verschwunden ist, könnten uns möglicherweise die Rebellen helfen, sie zu finden, und wir sollten überlegen, ob ...«

»Ob wir ihr nach Peczan folgen? Das ist ein verdammtes *Reich*, Stryke. Willst du gegen einen ganzen Staat kämpfen?«

»Wir könnten auch zurückkehren und weiter den Widerstand unterstützen.«

»Wir haben für sie getan, was wir tun konnten, das weißt du so gut wie wir. Was haben wir hier noch verloren, wenn die Revolution vorbei ist? Oder sollen wir etwa nach Hause zurückkehren, obwohl wir die Mission erst zur Hälfte erledigt haben?«

»Wenn sie wirklich fort ist, bleibt uns wohl nichts anderes übrig.«

»Verdammt auch«, zischte Coilla.

Jup rief und winkte sie zu sich. Stryke gab den Befehl zum Absitzen und sammelte die Truppe um sich.

»Hattest du Erfolg?«, fragte Coilla.

Der Zwerg nickte. Seine Hand steckte noch im Boden.

»Wo ist sie?«, wollte Stryke wissen.

»Nicht weit entfernt landeinwärts, allerdings in westlicher Richtung.«

»Bist du sicher, dass sie es ist?«

»Der Fernblick ist nicht so, als würdest du ein Bild oder eine Zeichnung in einem Buch betrachten. Es ... es ist schwer zu erklären. Sagen wir mal, es ähnelt Edelsteinen auf einem schwarzen Tuch. Vielen Edelsteinen. Das bedeutet, dass ich eine große Zahl Lebewesen ausmache. Keine Tiere, denn die strahlen anders. Mitten darin ist ein großer, blutroter Diamant, der pulsiert wie ... nein, ich will nicht näher erklären, wie sich das anfühlt.«

»Und das ist Jennesta?«

»Ich würde einen Jahressold darauf verwetten. Falls wir jemals bezahlt werden. Sie muss es sein, Stryke. Jedoch ...« Er schien verwirrt.

»Was denn?«

»Da ist noch etwas. In der Richtung, aus der wir gekommen sind. Weiter entfernt, aber trotz der Entfernung sogar noch stärker.«

Alle drehten die Köpfe in die Richtung, in die er deutete.

»Was willst du damit sagen? Eine andere Kraft?«

»Kann sein. So was habe ich noch nie gesehen.«

»Könnte das nicht Jennesta sein?«, überlegte Coilla. »Und die Truppe im Westen gehört jemand anders?«

»Nein. Sie haben einen ... einen unterschiedlichen Geschmack. Jennesta ist wie ein trüber Diamant. Das andere da ... es sind mehrere, und sie sind rein weiß. Würde ich sie mit bloßen Augen sehen, dann würde ich erblinden.«

»Kann es natürliche Ursachen haben?«, fragte Stryke.

»Das ist möglich. Manchmal bekommt man von einem großen, schnell fließenden Fluss oder gewissen ergiebigen Erzadern einen starken Eindruck. Außerdem kennen wir Acurial nicht besonders gut. Es könnte viele verschiedene Dinge geben, die den Fernblick beeinflussen. Jedenfalls ist es sehr seltsam.« Er zog die Hand aus der Erde. »Wollt ihr vielleicht auch Spurrals Meinung hören? Ihre Begabung ist mindestens so stark wie meine.«

Stryke dachte über das Angebot nach. »Sie wird uns aber auch nicht mehr sagen als du, oder?«

»Kaum.«

»Dann wollen wir hoffen, dass es etwas Natürliches und Harmloses ist. Vergiss es. Wir haben es auf Jennesta abgesehen. Also gehen wir nach Westen.«

Da Jup ihm versichert hatte, die Entfernung sei nicht sehr groß, befahl er seinen Kämpfern, die Pferde zu führen und sich den Gegnern möglichst unauffällig zu nähern.

Sie gingen den länger werdenden Schatten der Abenddämmerung entgegen. Schließlich kehrte ein Kundschafter lautlos zurück und berichtete, das Lager sei direkt vor ihnen.

Es befand sich in einer mit Gras bewachsenen Senke vor einer Kalkklippe. Jennesta hatte Wächter aufgestellt, die jedoch im Handumdrehen erledigt waren. Auf dem Bauch rutschte die Truppe zum Rand der Klippe und spähte ins Lager hinunter. Dort unten waren etwa zweihundert Menschen versammelt, die meisten uniformiert. Am Rand der Lichtung standen drei gedeckte Wagen, und im Zentrum war eine Kutsche aufgefahren, die vermutlich Jennesta gehörte.

»Wie wollen wir mit so vielen Gegnern fertigwerden, Stryke?«, fragte Coilla.

»Wir haben schon unter schwierigeren Bedingungen gekämpft.«

»Hm. Vielleicht denken wir uns lieber etwas Gutes aus.«

»Du bist unsere Strategin. Das wäre dann deine Aufgabe.«

Sie lächelte. »Ich lass mir was einfallen.«

Spurral, die ganz in der Nähe lag, bohrte müßig die Finger in die Grasnarbe und schloss die Augen.

»*Verdammt!*« Sie zog die Finger so schnell wieder zurück, als hätte sie die Hand in kochendes Wasser getaucht.

»Still! Bleib ruhig!«, flüsterte Jup. Dann bemerkte er ihren Gesichtsausdruck. »Was ist denn los?«

»Ich habe gerade den Fernblick eingesetzt und das Gleiche aufgefangen wie du. Allerdings schien es erheblich stärker und näher zu sein. Es ist wirklich überwältigend, Jup.«

»Wo?«, fragte Stryke.

Sie drehte sich um und deutete zur Ebene, die sich hinter ihnen in der Dämmerung erstreckte.

Stryke wandte sich an die Vielfraße, die hinter ihnen wachten. »Sieht jemand etwas?«

Niemand konnte ihm helfen.

»Wenn das ein weiterer Trupp ist, der Jennesta unterstützt, dann könnten sie uns in die Zange nehmen«, warnte Coilla.

»Richtig, wir sitzen hier auf dem Präsentierteller. Weg vom Rand, wir ziehen uns zurück.«

Verstohlen brachten sie sich in Sicherheit. Jennesta hatte rings um das Lager sicherlich noch mehr Wachen und wahrscheinlich sogar Patrouillen eingesetzt. Sie durften auf keinen Fall einen Alarm auslösen.

Wieder auf der Ebene, spähten sie angestrengt in die Dämmerung.

Haskeer funkelte Jup an. »Bist du sicher, dass deine Frau richtigliegt? Ich kann nichts erkennen.«

»Seine Frau«, erklärte Spurral ihm, »ist durchaus fähig, für sich selbst zu sprechen. Ja, ich bin sicher.«

Haskeer grunzte, hielt aber den Mund.

Sie blieben mehrere Minuten schweigend stehen und beobachteten die Umgebung. Stryke war nicht der Einzige, der allmählich glaubte, dass es doch nur ein Irrtum war.

Schließlich aber streckte Pepperdyne den Arm aus. »Was ist das denn?«

Stryke kniff angestrengt die Augen zusammen. »Ich kann nichts erkennen.«

Coilla stimmte dem Menschen zu. »Ich sehe was! Schau mal da, gleich rechts neben der Baumgruppe.«

Dort schälte sich etwas aus der Dämmerung. Als es sich weiter genähert hatte, erkannten sie es als Reiter auf einem weißen Pferd. Eine zierliche Gestalt, schlank und mit geradem Rücken.

Kurz darauf erkannten sie auch, was für ein Wesen es war.

»Was, zum Teufel?«, rief Haskeer und brachte damit das Erstaunen zum Ausdruck, das sie alle empfanden.

Die Reiterin gehörte unverkennbar einer Rasse an, die es auf Acurial nicht gab.

Sie hielt kurz vor der Truppe an und hob die Hand zum Gruß. »Ich komme in Frieden. Ich will euch nichts tun.«

Stryke fand die Sprache wieder. »Wer bist du?«

»Mein Name lautet Pelli Madayar.«

»Du bist eine Elfe.«

»Sehr gut beobachtet, Hauptmann Stryke.«

»Woher kennst du meinen Namen? Was, zur Hölle, ist …«

»Es gibt einige Dinge, die du einfach hinnehmen musst.«

»Wie etwa die Tatsache, dass hier auf einmal eine Frau vom Elfenvolk auftaucht?«, warf Coilla ein. »Wir brauchen schon etwas mehr als Vertrauen, um so was zu schlucken. Woher kommst du?«

»Das spielt keine Rolle.«

»Gibt es denn hier in Acurial einen Stamm der Elfen, von dem wir nichts wissen?«, bohrte Stryke.

»Wie ich schon sagte, das ist nicht wichtig.«

»Wenn du nicht von hier bist, dann kommst du … von woanders.«

»Genau wie ihr.«

Stryke erschrak, und den anderen erging es nicht besser. »Du weißt anscheinend eine ganze Menge über uns.«

»Mag sein. Aber wie ich schon sagte, ich habe nicht die Absicht, euch etwas anzutun.«

»Du kommst nicht zufällig aus Maras-Dantien?«, fragte Jup.

»Nein. Meine Rasse ist nicht auf eine bestimmte Welt beschränkt. So wenig wie die Orks, wie ihr ja inzwischen erkannt habt.«

»Gehörst du zu Jennesta?«, wollte Stryke wissen.

»Nein. Ich arbeite für jemand anders, aber das soll nicht eure Sorge sein.«

»Ist sie nicht entgegenkommend?«, murmelte Haskeer.

»Es gibt einige Dinge, die ihr besser nicht erfahren solltet.«

»Wirklich? Und wenn wir sie aus dir herausprügeln?«

Die Elfenfrau war unbeeindruckt. »Das würde ich dir nicht raten. Wir wollen euch nicht wehtun.«

Haskeer lachte geringschätzig. »Uns wehtun? Du und welches Heer?«

Kaum hatte er es ausgesprochen, da stießen einige aus der Truppe Rufe aus und deuteten zur Ebene. Eine Gruppe von Reitern, ungefähr ebenso stark wie die Vielfraße, löste sich aus den Schatten. Viele Orks griffen nach den Schwertern.

Als sie sich langsam näherten, zeigte sich auch, von welcher Art die Neuankömmlinge waren. Unter ihnen befanden sich Goblins, Trolle und Harpyien, Zentauren, Gremlins, Gnome, Satyrn, Kobolde, Wertiere, Wechselbälger und Angehörige vieler anderer Rassen, darunter einige, welche die Orks noch nie gesehen hatten.

»Das wird ja immer unheimlicher.« Jup umklammerte seinen Stab so fest, dass seine Knöchel weiß hervortraten.

»Wer bist du, Madayar, und was willst du hier?«, fragte Stryke.

»Wir sind gekommen, um zu verhandeln.«

»Worüber denn?«

»Du hast gewisse Dinge, die dir nicht rechtmäßig gehören. Es ist unsere Pflicht, sie zurückzuholen.«

»Was für Dinge?«

»Sie meint wohl die Sterne, Stryke«, warf Coilla ein.

»Ja«, bestätigte die Elfenfrau. »Diese Artefakte, die gewöhnlich Instrumentale genannt werden. Du darfst sie nicht behalten.«

»Sie gehören von Rechts wegen uns!«, donnerte Stryke. »Wir haben sie gefunden und dafür geblutet. Ein paar von uns sind dafür gestorben.«

»Ja«, stimmte Haskeer zu. »Wenn du sie haben willst, dann musst du sie uns mit Gewalt abnehmen.«

»Ihr wisst nicht, welche Macht sie haben.«

»Wir haben eine recht gute Vorstellung davon«, erwiderte Stryke.

»Nein, die habt ihr nicht. Ihr kennt nicht ihre wahre Macht und wisst nicht, wofür sie stehen. Bisher habt ihr nur einen Bruchteil ihrer Möglichkeiten erkannt.«

»Umso mehr ein Grund, sie nicht irgendwelchen Fremden auszuhändigen, die darum betteln.«

»Wir betteln nicht, wir bitten euch.«

»Die Antwort ist nein«, sagte Haskeer. »Und jetzt verpisst euch.«

Die Elfenfrau ging nicht darauf ein. »Von den Instrumentalen geht eine schreckliche Gefahr aus. Unsere Aufgabe ist es, dafür zu sorgen, dass sie nicht in falsche Hände geraten.«

»Und deine wären die richtigen, ja?«, gab Stryke zurück. »Das kaufe ich dir nicht ab.«

»Sei doch vernünftig und denk über das nach, was ich dir gesagt habe. Wenn du auch nur im Entferntesten wüsstest, worauf du dich da einlässt ...«

»Dann erklär es uns doch.«

»Wie ich schon sagte, in einigen Punkten müsst ihr mir einfach vertrauen«, antwortete Pelli.

»Kommt nicht infrage. Wenn du etwas von einem Ork haben willst, dann musst du es dir holen. Falls du das schaffst.«

Ihre Antwort klang sehr versöhnlich. »Die Wildheit der Orks und ihre Tapferkeit sind mir wohl bekannt, auch wenn euch deshalb viele schmähen. Ich weiß, wie beharrlich und mutig ihr seid. Ihr könnt aber nicht hoffen, gegen uns zu bestehen.«

Stryke betrachtete ihre Begleiter, die in Pfeilschussweite warteten.

»Wir haben im Lauf der Zeit viele Angehörige der Rassen getötet, die da in deinen Reihen stehen. Nichts, was ich sehe, könnte mich auf die Idee bringen, dass es jetzt anders verlaufen sollte.«

»Beurteile uns nicht nach unserer äußeren Erscheinung, Stryke. Dein Instinkt sagt dir, dass du kämpfen musst, und das verstehe ich. Es liegt dir im Blut. Aber du darfst diesem Impuls dieses Mal nicht nachgeben. Versuche doch, wirklich nachzudenken, ehe ihr die Waffen gegen uns erhebt.«

»Willst du damit sagen, dass wir nichts im Kopf haben?«

»Ich sage damit nur, dass euch am Ende doch nichts anderes übrigbleiben wird, als die Instrumentale auszuliefern.«

»Ausliefern ist ein Wort, das wir nicht kennen«, gab Stryke kalt zurück.

»Dann fasse es nicht als Aufgeben, sondern als Triumph der Vernunft auf.«

»Und wenn nicht?«

»Dann muss ich verlangen, dass ihr mir die Artefakte übergebt. Jetzt sofort.«

»Von Forderungen halten wir auch nicht viel.«

»Das nervt«, schimpfte Haskeer. »So langsam werde ich sauer, Elflein!«

»Ist das euer letztes Wort?«, fragte Pelli.

Stryke nickte. »Die weiteren Verhandlungen werden mit der Klinge durchgeführt.«

»Schade, dass wir nicht zu einer Übereinkunft gekommen sind.«

»Was könntest du schon dagegen tun?«

»Ich werde jetzt nachdenken und mich mit meinen Begleitern beraten.« Sie nahm ihr Pferd herum und setzte sich in Bewegung.

»Ja, denk du nur nach«, rief Haskeer ihr hinterher. »Es wird dir bloß nichts nützen.«

Wie die anderen hatten auch einige Neulinge Pfeile auf die Bogensehnen gelegt, sobald die Fremden aufgetaucht waren. Jetzt gab einer von ihnen, unerfahren und nervös, wie er war, versehentlich die Sehne frei. Der Pfeil sauste so dicht am Kopf der Elfenfrau vorbei, dass sie den Luftzug spürte.

Pelli Madayar drehte sich noch einmal um.

Stryke wollte etwas rufen und sagen, dass es ein Unfall war. Dass die Truppe bis zum letzten Blutstropfen ohne Gnade kämpfen würde und es nicht nötig hatte, jemandem einen Pfeil in den Rücken zu schießen, der als Parlamentär gekommen war. Er kam nicht mehr dazu.

Die Elfenfrau deutete mit einer Hand auf sie und schwenkte den Arm rasch nach links. Eine rot gefärbte Energielanze schoss blitzschnell zur Truppe herüber und traf sie mit der Wucht eines Unwetters. Und zwar alle gleichzeitig. Sämtliche Krieger wurden umgeworfen und gingen zu Boden, als wären sie von Keulenschlägen getroffen worden. Gleichzeitig empfanden sie starke Schmerzen, die sich eine ganze Weile in den Knochen hielten.

»Bei den Göttern.« Coilla wollte sich stöhnend aufrichten.

»Bleib unten!«, zischte Stryke. »Ihr alle, lauft zu den Bäumen, aber zieht die Köpfe ein.«

Sie huschten gebückt und im Zickzack zum Wald

hinüber, um nicht abermals getroffen zu werden. Auf halbem Wege flammten über ihnen grelle bunte Lichtstrahlen auf. Unter den knisternden Lichtbalken rasten sie los und schafften es bis in das kleine Waldstück.

»Ist jemand getroffen?«, keuchte Stryke.

Wie durch ein Wunder war keinem etwas passiert.

»Verdammt, was waren das für Typen?«, fluchte Haskeer.

»Egal. Das Wichtigste ist, dass wir ihrer Magie entgehen.«

»Also kein Frontalangriff?«, meinte Coilla.

»Wie stellst du dir das vor? Bei einer so starken Magie könnten wir von Glück reden, wenn wir zehn Schritte schaffen.«

»Sie kommen!«, warnte Dallog die anderen.

Die bizarre, bunt gemischte Truppe näherte sich ihnen. Ruhig und in einer geraden Linie ritten sie herüber.

»Wir müssen eine bessere Position finden und uns überlegen, wie wir sie bekämpfen können«, entschied Stryke.

Jup, der mit zwei Spähern etwas tiefer in den Wald eingedrungen war, kehrte eilig und schwer atmend zurück. »Nicht da lang. Da sind Jennestas Truppen.«

»Verdammt«, fluchte Coilla. »Anscheinend haben sie den Lärm gehört.«

»Na, wundervoll«, knurrte Haskeer. »Jennesta und zweihundert Menschen da drüben, vor uns das Kuriositätenkabinett, und wir genau dazwischen.«

»Was sollen wir jetzt tun, Stryke?«, drängte Pepperdyne.

»Kommt darauf an, wie du am liebsten sterben möchtest.«

Coilla schüttelte den Kopf. »Nein, Stryke. Es muss doch einen anderen Weg geben.«

Sie musste nicht aussprechen, was sie damit meinte. Dennoch zögerte er.

Inzwischen konnten sie Jennestas Soldaten hören, die durch den Wald trampelten und sich keine Mühe gaben, heimlich vorzugehen. Auch die Reiter waren inzwischen viel näher herangekommen.

»Beeil dich, Stryke!«, flehte Coilla ihn an.

Er griff in den Beutel, in dem er die Sterne aufbewahrte.

Standeven starrte ihn offenen Mundes an. »Du willst doch wohl nicht ...«

»*Halt die Klappe*«, fuhr Stryke ihn an, während er die Artefakte zusammenfügte. Dann griff er nach dem Amulett, das er am Hals trug.

»Dazu haben wir keine Zeit«, rief Coilla.

Die Türhüter hatten die ersten Bäume erreicht. Auf der anderen Seite bewegten sich Jennestas Soldaten durch den Wald, auch sie nicht mehr weit entfernt.

Stryke ließ das Amulett los und konzentrierte sich auf die Sterne. Er schob sie willkürlich irgendwie zusammen.

Instinktiv drängte sich die ganze Truppe dicht um ihn.

Standeven wollte etwas rufen. Die Worte konnte man nicht verstehen, er war in Panik aufgelöst und konnte den Lärm, den Wheam machte, sowieso nicht übertönen.

Stryke warf durch die Zweige einen letzten Blick zum Kometen am Himmel. Er strahlte wie eine nächtliche Sonne.

Dann schob er den letzten Instrumental in seine Position.

13

Sie stürzten ins Bodenlose.

Sie waren lebendige Fünkchen, die in Spiralen durch einen gewundenen, mit Licht erfüllten Tunnel flogen. Auf den biegsamen Wänden blitzten unzählige andere Realitäten auf und zogen so schnell vorüber, dass man die Bilder kaum erfassen konnte. Dahinter, außerhalb des schrecklichen Strudels, spannte sich ein grenzenloses Firmament, auf dem Milliarden von Sternen blinkten.

Die Truppe hatte vor allem das Gefühl, hilflos zu fallen. Ein unaufhaltsamer, tödlicher Sturz ins schwarze Maul des Unbekannten.

Nach einer Ewigkeit näherten sie sich einem bestimmten Abgrund, in dem fahles Licht wirbelte.

Die Kluft verschlang sie.

Die Landung war hart, und der Aufprall auf den festen Boden schüttelte sie bis auf die Knochen durch. Allerdings hatten sie keine Zeit, sich vom Sturz zu erholen. Wo sie auch gelandet waren, es war eine feindselige, gefährliche Umgebung.

Hier tobte gerade ein heftiger Sandsturm. Unzählige winzige Körnchen peitschten und peinigten die Neuankömmlinge wie eine Wolke aus Glassplittern oder winzigen Diamanten. Der Sand schürfte ihnen nicht nur die Haut ab, sondern geriet ihnen auch in die Augen. Sie waren praktisch blind und konnten kaum stehen, geschweige denn laufen. Eine schreckliche Hitze herrschte, die auch der tosende Wind nicht mildern konnte. Selbst für eine gestählte Kriegertruppe war es unerträglich.

Irgendwie spürte Coilla, dass die anderen ganz in der Nähe waren. Sie hatte dicht neben Stryke gestanden, als er die Instrumentale zusammengesetzt hatte. Wäre sie weiter entfernt gewesen, dann hätte sie ihn jetzt nicht finden können. Es war reines Glück, dass sie seinen Arm berührte, als sie nach ihm tastete.

Sie hielt ihn eisern fest. Dann zog sie ihn an sich und brüllte ihm ins Ohr: »*Schaff uns hier weg!*«

Coilla hatte keine Ahnung, ob er es gehört hatte. Jedenfalls hatte er die Sterne noch in der Hand und fummelte blind herum, um sie zu einem neuen Ziel zu bringen.

Nach einer quälend langen Zeit, während der feiner, beißender Sand ihm in den Mund und die Nase drang, schaffte er es, eine weitere willkürliche Anordnung der Instrumentale zustande zu bringen.

Wieder wurden sie in die Leere gerissen, wieder flogen sie durch den wirbelnden, unendlichen Tunnel und taumelten schwindelnd und benommen einem neuen Ziel entgegen.

Die Truppe kam in einem Schneesturm heraus, die unerträgliche Hitze war einer schrecklichen Kälte gewichen. Sie sahen nichts als eine weiße Wand vor sich, unzählige Schneeflocken stachen sie wie kleine Nadeln. Die Temperatur war so niedrig, dass sie kaum atmen konnten. Strykes Finger wurden sofort taub, und er schaffte es beinahe nicht mehr, die Sterne zu bewegen. Mit klappernden Zähnen und zitternden Händen brachte er sie schließlich in eine weitere Position.

Wieder stürzten sie in die komische Falltür hinein.

Jetzt standen sie in einem sintflutartigen Regen in einer Landschaft, die offenbar aus nichts anderem als beinahe flüssigem Schlamm bestand. Die Luftfeuchtigkeit war unerträglich hoch, und nach einigen Augenblicken stellten sie fest, dass der Regen ätzend war. Er fraß sich in die Haut und zerstörte ihre Kleidung wie Vitriol. Stryke spielte mit den Sternen.

Sie standen im Dschungel. Zuerst fanden sie es ganz erträglich, dann aber tauchten riesige Schwärme fliegender Insekten auf, die sich hungrig und unerbittlich auf sie stürzten. Die Tiere fielen über die Truppe her, flatterten mit durchsichtigen Flügeln und suchten mit ihren Stacheln nach ungeschützter Haut. Stryke brachte die Sterne in eine neue Anordnung.

Sie kamen in einer weiten, eintönigen Ebene heraus. In der Ferne erhob sich eine bläulich schwarze Gebirgskette. Drei Sonnen brannten auf sie herab, eine davon war blutrot. Viel wichtiger aber war, dass die Vielfraße sich genau zwischen zwei Heeren befanden, die gegeneinander marschierten. Eines bestand aus Geschöpfen, die riesigen Eidechsen mit purpurnen Häuten und zuckenden gezackten Zungen ähnelten. Die andere Partei setzte sich aus Wesen zusammen, die anscheinend eine Kreuzung zwischen Bären und Affen waren, nur dass sie vier Arme besaßen. Jede Abteilung war Hunderte oder sogar Tausende Kämpfer stark, und sie rückten rasch vor. Die Kriegertruppe war zwischen sie geraten wie eine Nuss im Schraubstock.

Stryke fummelte an den Instrumentalen herum.

Eiskalte salzige Gischt spritzte ihnen in die Gesichter. Sie standen auf einem winzigen Fels in einem wild bewegten Meer, ein starker Wind warf unter einem zornigen Himmel turmhohe Wellen auf. Der Fels war zerklüftet und glitschig, und die Krieger mussten sich aneinander festhalten, um nicht in die Tiefe zu stürzen und fortgespült zu werden. Stryke machte weiter.

Immer wieder stellte er die Sterne neu ein, während sie auf der Suche nach einer erträglichen Umgebung von einer Welt zur anderen sprangen.

Blitzschnell reisten sie durch verblüffend vielfältige Landschaften, darunter mehr als eine, die sie nicht nur fremdartig, sondern auch feindselig fanden. Sie wurden von Raubvögeln angegriffen oder landeten in einer giftigen Atmosphäre, der sie nur mit Mühe rechtzeitig entkamen. Sie sahen riesige Fische, so groß wie ein Ork, aus dem Wasser eines großen Sees springen und entdeckten, dass diese Tiere sogar Beine und gefährliche Reißzähne besaßen. Sie begegneten intelligenten Schlangen, so groß wie Elefanten, die sich gegenseitig fraßen. Sie stießen auf ein Land, das ständig von Erdbeben erschüttert wurde, sodass sich mit erschreckender Geschwindigkeit gewaltige Erdspalten direkt vor ihnen auftaten und wieder schlossen. Sie entdeckten eine Welt voller Schwefel, in der blaue Lava strömte, und sie fanden einen mächtigen Fluss, in dem Untiere mit vielen Tentakeln und den Gesichtern von Nagetieren lebten. Sie begegneten Riesenfliegen, die zuckende Spinnen in bebenden Netzen fraßen, die ganze Täler überspannten. Sie beobachteten große Rudel von Katzentieren, die gegeneinander Krieg führten, sie sahen tobende Würmer in der Größe von ausgewachsenen Eichen und Länder, die von Rattenplagen heimgesucht wurden. Es wollte kein Ende nehmen.

Irgendwann kamen sie in einer Welt heraus, die nicht unmittelbar bedrohlich schien. Es war eine tote Welt. Sie konnten nicht erkennen, ob die Trostlosigkeit die Folge eines Krieges oder einer Naturkatastrophe war, aber sie schien alles zu umfassen. Nicht weit entfernt erstreckte sich über Meilen hinweg ein Trümmerfeld, in dem nur noch die letzten Ruinen einer zerstörten Stadt aufragten. Kein Lebenszeichen weit und breit, nicht einmal Pflanzen, und die Erde machte ohnehin nicht den Eindruck, als könnte in ihr etwas wachsen. Alles war grau und leblos.

Die Vielfraße standen mehrere Minuten stumm beisammen und rechneten damit, dass jeden Augenblick wieder etwas Unfreundliches geschehen würde. Mittlerweile waren sie in einer bejammernswerten Verfassung – durchnässt, zerschlagen, voller Kratzer und blutend. Die Neulinge waren der Verzweiflung nahe, und Standeven war am Boden zerstört. Einige Angehörige der Truppe übergaben sich, andere pflegten ihre Wunden oder kauerten, die Hände auf den Kopf gelegt, am Boden.

»Das war ... ein Höllenritt«, schnaufte Coilla, als sie wieder halbwegs bei Atem war.

»Konnte ... die Sterne nicht ... ordentlich zusammenbauen«, keuchte Stryke. »Keine Zeit ...«

Coilla riss sich zusammen, wie es auch die meisten anderen versuchten. »Ich weiß. Wer ... wer hätte gedacht, dass so viele Welten so ... so beschissen sind.«

»Wenigstens sind wir hier vorerst sicher.«

»Hoffentlich.« Sie sah sich misstrauisch in der öden Landschaft um.

»Wir wollen eine Weile rasten und unsere Wunden versorgen. Dann stelle ich die Sterne auf Ceragan ein.«

Sie nickte und hockte sich auf einen halb geschmolzenen Fels, ließ den Kopf hängen und die Arme baumeln.

Sobald es möglich war, teilte Stryke einige Gemeine, die sich wieder erholt hatten, zum Wachdienst ein. Dann wies er Dallog an, sich um die Verletzten zu kümmern, doch glücklicherweise war niemand schwer verwundet. Darauf ließ er die eisernen Rationen verteilen.

Sie rasteten etwa eine Stunde, um sich zu erholen und wieder zu sich zu kommen. Irgendwann wandte sich Jup an Stryke, weil er eine Frage hatte.

»Was machen wir mit den Menschen?«

»Wie meinst du das?«

»Na ja, willst du sie nach Ceragan mitnehmen? Da wir gerade dabei sind – was wird aus mir und Spurral?«

»Ich habe das nicht richtig durchdacht«, gab Stryke zu. »Dieses Problem habe ich nicht erkannt.«

»Ich mach dir keinen Vorwurf. Aber was willst du mit uns Nicht-Orks tun?«

»Du bist mit Spurral bei uns in Ceragan willkommen. Ihr wärt die einzigen Zwerge, aber ihr hättet dort jedenfalls Kameraden.«

»Das ist ein großzügiges Angebot, Stryke. Vielen Dank. Ich nehme jedoch an, du würdest es nicht ebenso freimütig auf Pepperdyne und Standeven ausdehnen.«

»Nein, für die ist dort kein Platz. Wie wär's, wenn wir sie nach Maras-Dantien zurückbringen?«

»Daran hatte ich nun wieder nicht gedacht. Scheint mir aber richtig zu sein, da wir sie dort aufgelesen haben.«

»Das Gleiche könnten wir auch für euch tun. Wir könnten euch zu euren Leuten zurückbringen.«

Jup seufzte. »Ich weiß nicht, Stryke. Wir hatten gute Gründe, dort wegzugehen. Ich bin nicht sicher, ob wir gern zurückkehren würden, obwohl wir dort geboren sind. Maras-Dantien bricht einem heutzutage das Herz.«

»Wie gesagt, in Ceragan seid ihr willkommen. Wer weiß, vielleicht können wir auch herausfinden, wie wir die Sterne für euch auf eine Zwergenwelt einstellen.«

Jup grinste. »Du willst uns schon wieder loswerden, obwohl wir nicht einmal richtig angekommen sind. Vermutlich ist es wohl das Beste, wenn wir vorerst bei euch bleiben. Ich habe meine Zweifel, ob wir in diesem Heuhaufen von Welten, die wir gerade besucht haben, jemals eine Zwergennadel finden.«

»Mag sein. Jedenfalls ist das damit erst einmal geklärt. Die Menschen gehen nach Maras-Dantien, und ihr bleibt bei uns.«

»Ich muss das noch mit Spurral besprechen, aber ich denke, sie wird mir zustimmen.«

Stryke nickte. »Lass dir nicht zu viel Zeit. Ich will hier bald wieder verschwinden.«

Der Zwerg betrachtete die Einöde, die sie umgab. »Da bist du nicht der Einzige.« Er ließ Stryke allein.

Kurz darauf kam Coilla. »Hast du eine Ahnung, wer sie waren?«

»Wen meinst du?«

»Dein Schwert ist noch nicht wieder scharf, Stryke. Wen meine ich wohl? Natürlich diese bunte Truppe, die uns braten wollte.«

»Nein, das weiß ich nicht. Wir haben in den letzten paar Stunden vieles gesehen, was wir nicht erklären können, und ich habe überhaupt nicht mehr an sie gedacht.«

»Aber was denkst du? Waren sie Banditen oder Söldner?«

»Das passt nicht zu ihrer Vielfalt. Außerdem besitzen sie magische Kräfte. Enorme Kräfte. So seltsame Diebe habe ich noch nie gesehen.«

»Zumal sie nur die Sterne haben wollten. Warum?«

Er zuckte mit den Achseln. »Wenn ich das wüsste.«

»Es gibt da etwas, das mir einfach nicht in den Kopf will. Warum hat diese Elfenfrau ... wie hieß sie noch gleich?«

Er überlegte. »Madayar. Pelli Madayar.«

»Genau. Warum hat sie uns nicht einfach getötet, als sie die Gelegenheit dazu hatte? Ich denke doch, das hätte sie mit ihrer starken Magie ohne Weiteres tun können, meinst du nicht auch?«

Stryke nickte.

»Dennoch hat sie uns nur gewarnt. Es ist doch seltsam, dass sie mit ihren magischen Strahlen, oder was es auch war, niemanden getroffen hat, nicht wahr?«

»Das ist wirklich komisch«, räumte er ein. »Vielleicht hatte sie ja doch mit Jennesta zu tun, oder es waren Söldner, die den Wert der Sterne erkannt haben.«

»Woher wussten sie, dass wir sie haben? Und dass sie überhaupt existieren?«

»Ich ... keine Ahnung. Spielt das denn eine Rolle? Wie hoch ist die Wahrscheinlichkeit, dass wir ihnen noch einmal begegnen?«

»Du vergisst etwas. Diese Madayar hat uns mehr oder weniger zu verstehen gegeben, dass sie von woanders herkommen, genau wie wir. Das kann doch nur eines bedeuten, Stryke. Auch sie können von Welt zu Welt springen.«

»Dazu müssten sie die Sterne haben.«

»Es sei denn, es gibt noch eine andere Möglichkeit, von der wir nichts wissen. Wer sagt denn überhaupt, dass wir den einzigen Satz haben, den es gibt?«

»Wenn sie eigene Sterne haben, warum wollen sie dann unsere?«

»Frag mich nicht. Vielleicht sammeln sie die verdammten Dinger. Ich will damit nur sagen, dass wir ihnen möglicherweise nicht zum letzten Mal begegnet sind.«

Sie ließ ihn allein, damit er über ihre Worte nachdenken konnte.

Kurz danach rief Stryke die Truppe zum Appell.

»Wir hatten einen interessanten Tag«, erklärte er, worauf einige Kämpfer humorlos lachten. »Aber jetzt haben wir uns etwas erholt, und nun kann ich die

Sterne so einstellen, dass sie uns dorthin bringen, wo wir hinwollen.«

»Wo wäre das?«, fragte Standeven.

»Wir und die Zwerge springen zu unserer eigenen Welt, nach Ceragan. Ihr zwei kehrt dorthin zurück, wo wir euch gefunden haben.«

»Zentra... Maras-Dantien?«

»Es sei denn, ihr möchtet hierbleiben.«

»Aber ...«

»Aber was? Schätzt ihr unsere Gesellschaft so sehr, dass ihr uns nicht verlassen wollt? Oder wollt ihr lieber nach Acurial? Ich bin sicher, dass die Orks dort sehr erfreut wären, euch zu sehen.«

»Haben wir denn überhaupt nichts zu sagen?«

»Was wollt ihr? Hierbleiben oder nach Maras-Dantien springen? Das sind eure Möglichkeiten.«

»Ich glaube, du bist jetzt sehr überheblich«, protestierte Standeven. »Du solltest doch wenigstens ...«

»Lass nur«, sagte Pepperdyne zu ihm. Er wusste, dass sein ehemaliger Herr immer noch mit dem Gedanken spielte, an die Instrumentale zu kommen, und hielt inzwischen noch weniger von dieser Idee als am Anfang.

»Wenn ich deine Meinung hören will ...«

»Lass es bleiben«, wiederholte Pepperdyne und betonte jedes Wort, damit Standeven endlich verstand, was er meinte. »Wir haben Glück, dass Stryke uns nicht einfach hier aussetzt. Oder an einem noch schlimmeren Ort.«

»Da hast du verdammt Recht«, unterbrach Haskeer. »Obwohl ich denke, dass wir genau das tun sollten.«

»Wir tun es so, wie ich es will«, erinnerte Stryke ihn. »Also Maras-Dantien.« Er holte die Instrumentale hervor und legte sie neben sich auf einen Stein. Dann griff er nach seinem Anhänger. »Macht euch bereit.«

Inzwischen ging er viel geschickter und viel umsichtiger mit den Sternen um und achtete genau auf die richtige Reihenfolge, damit sie ihre frühere Heimatwelt erreichten.

Bevor er den fünften Stern in die richtige Position brachte, betrachtete er noch einmal die Gesichter, die ihn anstarrten. Viele zeigten Angst. Einige, darunter Standeven und vor allem Wheam, erweckten den Eindruck, ihnen würde gleich übel werden. Stryke konnte ihnen keinen Vorwurf machen. Er freute sich auch nicht auf das, was sie auf ihrer Reise erwartete.

Er schob den letzten Stern in die richtige Position.

Sofort verschwand die Realität, und wieder hatten sie das inzwischen vertraute, schreckliche Gefühl, sie würden in unendliche Tiefen stürzen. Als sie durch das höllische Kaleidoskop gerissen wurden, hatten sie auf ihren Flug so wenig Einfluss wie ein Blatt in einem Sturm. Der einzige Trost war, dass sie dieses Mal wussten, wo sie landen würden.

Eine Ewigkeit später kamen sie in einer anderen Wirklichkeit wieder zu sich.

Sie befanden sich in einer gewaltigen Höhle auf einem großen runden Felsblock, der sich wie ein Podium erhob. Die Oberfläche war glatt poliert, und ringsherum standen mehrere Hundert erschrockene Zwerge, die anscheinend mit irgendeinem Ritual beschäftigt gewesen waren. Stryke fummelte sofort wieder mit den Sternen herum, doch die Zwerge waren schneller. Mehrere Trupps stürmten auf das Podium, und binnen eines Augenblicks sahen sich die Vielfraße von zahlreichen Speerspitzen bedroht.

»Ich glaube, das ist gar nicht Maras-Dantien«, bemerkte Coilla.

14

Zwei Dinge retteten den Vielfraßen das Leben. Zuerst einmal ihre überraschende Ankunft und zweitens die Anwesenheit von Jup und Spurral. Alle Zwerge, die sie umgaben, waren männlich. Sie trugen Kilts, die aus grobem Stoff gewoben waren, und Sandalen. Ihre Oberkörper waren nackt. Viele hatten sich Halsketten aus Tierzähnen umgehängt, einige hatten sich bunten Federschmuck ins Haar gesteckt. Bewaffnet waren sie mit Dolchen und kräftigen, mit Knochenspitzen versehenen Speeren, die im Augenblick auf die Kriegertruppe zielten.

Offensichtlich waren die Zwerge noch nie einem Ork begegnet und gafften nun mit unverhohlenem Erstaunen. Dagegen beäugten sie die Menschen voller Abscheu, wenngleich nicht mit offenem Hass. Besonders verblüfft waren sie jedoch über Jup und Spurral, und anscheinend hielten sie sich vor allem wegen diesen beiden zurück. Sie betrachteten das Paar mit einer Art Ehrfurcht, wichen ihren Blicken beinahe schüchtern aus und neigten die Köpfe.

»Sie scheinen ja sehr von dir und Spurral eingenommen, Jup«, sagte Stryke. Sofort drückte eine Speerspitze gegen seinen Hals. »Rede mit ihnen.«

Jup war nicht überzeugt, doch er versuchte es. »Äh ... wir kommen in Frieden.«

»Das war sehr einfallsreich«, murmelte Coilla.

»Sieht nicht so aus, als hätte es funktioniert«, wandte Stryke ein.

Die Zwerge starrten sie verständnislos an.

Jup versuchte es noch einmal und betonte jedes Wort. »Wir sind Freunde. Es gibt keinen Grund, gegen uns zu kämpfen.«

»Uns zu töten, meinst du«, berichtigte Coilla ihn halblaut.

Die Zwerge waren immer noch wie vor den Kopf geschlagen.

»Probier's doch mal mit Mutual«, schlug Stryke vor.

Jup zog skeptisch eine Augenbraue hoch. »Meinst du wirklich?«

»Hast du eine bessere Idee?«

»Wir wollen euch nichts tun, und wir sind als Freunde gekommen«, sagte Jup in der Gemeinsprache, die von den meisten Rassen Maras-Dantiens bevorzugt wurde.

Die Zwerge schienen zu verstehen.

Einer von ihnen, ein älterer Mann mit besonders beeindruckendem Kopfputz, vermutlich eine Art Stammesältester, antwortete in der gleichen Sprache. »Kommt ihr aus dem Himmel?«

»Was weißt du schon«, flüsterte Haskeer.

Jup sah sich fragend zu Stryke um, der unauffällig nickte.

»Ja«, verkündete Jup, auch wenn er sich dabei etwas lächerlich vorkam. »Ja, wir kommen aus dem Himmel.« Er blickte theatralisch nach oben.

Die Zwerge keuchten erschrocken und stießen leise Rufe aus.

»Sind die dort deine Diener?«, fragte der Älteste, indem er auf die Vielfraße deutete.

»Oh, sicher«, bestätigte Jup. »Sie dienen mir.«

»Und die dort?« Sein Speer zielte auf Pepperdyne und Standeven. »Sind sie Gefangene?«

»Äh ... also ...«

»Sollen wir sie jetzt hinrichten?«

»Hinr... nein. *Nein*. Auch sie ... ich habe beschlossen, dass auch sie mir als Diener zur Verfügung stehen sollen.«

»Es ist nicht klug, diese Kreaturen am Leben zu lassen.«

»Ganz deiner Meinung«, grollte Haskeer.

Die Menschen, die kein Mutual sprachen, hatten indessen keine Ahnung, was vor sich ging.

»Was ist los?«, erkundigte Pepperdyne sich leise bei Stryke.

»Keine Sorge«, hauchte Stryke.

Jup war ein wenig ins Stocken geraten, doch nun schaltete sich Spurral ein und übernahm das Kommando.

»Wir haben beschlossen, sie vorerst am Leben zu lassen«, erklärte sie herrisch dem Ältesten. »Jetzt gib uns frei. *Auf der Stelle.*«

Der Älteste zuckte erschrocken zusammen und rief seinen Gefährten etwas in der kehligen Landessprache zu.

Die Zwerge senkten die Speere und zogen sich widerstrebend ein wenig von den Vielfraßen zurück. Immer noch beäugten sie die Neuankömmlinge voller Misstrauen. Stryke stopfte die Instrumentale in den Beutel und hoffte, dass niemand es bemerkte.

»Nach eurer langen Reise braucht ihr sicher Trank und Speise«, sagte der Älteste liebenswürdig. »Bitte erlaubt uns, euch unsere bescheidenen Opfergaben anzubieten.«

»Wir erlauben es«, erwiderte Jup und gab sich Mühe, von oben herab zu sprechen.

Der Älteste bat sie von dem erhöhten Stein herunter und führte sie fort. Zum Erstaunen der Truppe verneigten sich viele Zwerge, an denen sie vorbeigingen. Nicht wenige warfen sich sogar zu Boden. Pepperdyne und Standeven wurden nicht ganz so respektvoll empfangen. Sie ernteten wilde Blicke.

»Sie halten uns für Götter«, flüsterte Coilla.

»Eine Heldentruppe«, stimmte Haskeer zu. »Genau das sind wir.«

»Übertreib's nicht«, warnte Jup ihn. Er tätschelte Spurrals Arm. »*Wir* sind die Götter. Du bist nur ein Diener.«

Voll ohnmächtiger Wut knirschte Haskeer mit den Zähnen und ballte die Hände zu Fäusten.

Die Höhle war offenbar auf natürliche Weise entstanden. Sie war riesig und wie ein Kegel geformt. Weit droben im Dach klaffte eine runde Öffnung, durch die sie den blauen Himmel erkennen konnten.

Die Zwerge führten sie zu einer der zahlreichen Tunnelöffnungen. Der Gang war breit und verlief aufwärts. Erhellt wurde er von an den Wänden befestigten Fackeln. Bald erreichten sie eine Kreuzung, an der sie sich nach rechts wandten und weiter bergauf liefen. Nach einigen weiteren Windungen und Biegungen standen sie im Tageslicht.

Sie waren an einer hoch gelegenen Stelle herausgekommen, wo sie einen guten Blick auf die ganze Umgebung hatten. Offenbar befanden sie sich auf einer tropischen Insel – sie war groß, aber doch klein genug, dass man ihren Umriss erkennen konnte. Zwei Drittel des Landes waren von üppigem Urwald bewachsen. An weißen Stränden brachen sich türkisfarbene Wellen.

Besonders bemerkenswert waren die beiden Vulkankegel, die sich aus dem Dschungel erhoben. Einer war erheblich größer als sein Gegenüber, und aus beiden stieg Rauch auf. Als sie zurückblickten, erkannten die Krieger, dass sie gerade einen dritten Vulkan verlassen hatten, der sogar noch erheblich größer war als die beiden anderen. Dieser war allerdings erloschen.

Es war ein warmer, beinahe schon heißer Tag. Kein Wölkchen stand am Himmel. Als die Vielfraße ihrem betagten Führer folgten, sammelte sich eine Schar von Zwergen hinter ihnen. Kinder liefen in kleinen Banden umher, und zum ersten Mal sahen sie auch weibliche Zwerge. Wie bei den Männern waren auch ihre Oberkörper nackt, was Jup stark interessierte, bis Spurral seine Begeisterung mit einem energischen Knuff dämpfte.

Coilla versetzte auch Stryke einen Stoß, wenngleich vorsichtiger und aus ganz anderen Gründen. Er folgte ihrem Blick. Hoch droben am Vulkankegel, aus dem sie gerade herausgetreten waren, lief auf der Seeseite ein breiter Sims entlang, auf dem fünf oder sechs Bliden nebeneinander aufgestellt waren. Es waren große Katapulte, mindestens so stark wie jene, die sie bereits bei Belagerungen gesehen und auch selbst eingesetzt hatten.

Ein Stück weiter kamen sie an einem niedrigen Holzbau vorbei, der einer gedrungenen Scheune ähnelte. Die Türen waren geschlossen, und draußen hielt ein halbes Dutzend Zwerge mit ernster Miene Wache.

Die Menge starrte, grinste und lachte, als die Prozession zu einer Lichtung zog, auf der Dutzende von unterschiedlich großen Hütten standen. Sie wurden zur größten geführt, einem Steinbau auf Pfeilern mit einer

Veranda. Der Älteste riss die Tür auf und hieß sie willkommen.

Das Langhaus war so geräumig, dass es nicht einmal überfüllt wirkte, als sämtliche Vielfraße mit Anhang eingetreten waren.

»Meine Gemächer«, erklärte der Älteste. »Ich hoffe, es ist euch nicht zu bescheiden.«

»Das geht schon«, sagte Jup.

Drinnen hielt sich eine Horde von Frauen auf. Vielleicht Familienangehörige des Ältesten, seine Ehefrauen oder Dienerinnen. Sie starrten die seltsamen Neuankömmlinge mit offenen Mündern an. Der Älteste fuhr sie an, worauf sie kichernd durch die offene Tür flohen.

»Ich schicke euch Erfrischungen«, versprach er seinen Gästen. »Habt ihr sonst noch einen Wunsch?«

»Nein«, erwiderte Spurral hoheitsvoll. »Du darfst uns jetzt allein lassen.«

Der alte Zwerg verneigte sich linkisch und ging hinaus.

»Verdammt will ich sein«, sagte Haskeer, als er gegangen war.

»Ich muss schon sagen, Spurral«, lobte Stryke sie. »Als hättest du nie etwas anderes getan.«

»Sie halten uns für wichtige Leute. Ich habe einfach nur die Gelegenheit ergriffen.«

Haskeer sah sich um. »Nicht übel, dieser Schuppen. Besser als viele Drecklöcher, die wir in der letzten Zeit gesehen haben.«

»Das ist ja alles gut und schön«, schaltete sich Coilla ein, »aber was, verdammt nochmal, haben wir hier zu suchen? Stryke, wie kommt es, dass wir nicht in Ceragan sind?«

»Keine Ahnung.«

»Hast du einen Fehler gemacht, als du die Sterne zusammengebaut hast?«

»Ich bin absolut sicher, dass es so richtig war.«

»Wenn wir es genau wissen wollen, gibt es nur eins«, sagte Dallog. »Probiere es sofort noch einmal.«

»Nein«, entschied Stryke. »Wenn es beim letzten Mal schiefgegangen ist, dann kann es genauso gut noch einmal schiefgehen.«

»Und wir könnten irgendwo landen, wo es längst nicht so reizend ist wie hier«, ergänzte Jup. »Es gibt schlimmere Orte, um Quartier zu nehmen.«

»Vielleicht ist es nicht ganz so reizend, wie du denkst«, widersprach Coilla. »Hast du die Katapulte bemerkt? Die stehen sicher nicht von ungefähr da oben.«

»Außerdem haben sie da in der Hütte etwas, das sie uns nicht sehen lassen wollen«, fügte Pepperdyne hinzu.

»Ich stimme Jup zu«, erklärte Stryke. »Wir bleiben erst einmal hier.«

»Wie lange?«, wollte Coilla wissen.

»So lange, wie ich brauche, um herauszufinden, warum die Sterne nicht richtig funktioniert haben. Wir sitzen alle in der Klemme, aber es kann nicht schaden, hier eine kleine Pause einzulegen.«

Die Tür ging auf, und eine größere Gruppe von Frauen brachte gefüllte Teller herein. Sie trugen ein wahres Festmahl auf und zogen sich unter Verbeugungen wieder zurück. Der aus dicken Balken gebaute Esstisch, der ein Ende des Raums einnahm, war mit Brot, Fisch und Früchten fast überladen. Die meisten Sorten kannten sie nicht einmal. Außerdem gab es Flaschen mit einem Getränk, das an Reiswein erinnerte. Pepperdyne, der das Inselleben kannte, sagte, das Getränk sei höchstwahrscheinlich aus Seetang destilliert. Einige zogen misstrauische Gesichter, doch es schmeckte gut.

Sie setzten sich an den Tisch und aßen, bis sie satt waren, was eine ganze Weile dauerte, und anschließend ruhten sie ein wenig. Stryke war allerdings so vorsichtig, einige Gemeine an der Tür und an den Fenstern zu postieren. Die Soldaten nahmen Teller voll Essen mit und stopften sich weiter voll, während sie Wache hielten.

»Wäre das nicht eine nette Zwergenwelt?«, wollte Dallog von Jup und Spurral wissen.

»Tja, sie sind nicht so fortgeschritten wie unsere Stämme in Maras-Dantien«, erwiderte Jup. »Aber es ist durchaus angenehm.«

»Jedenfalls wenn man das Glück hat, ein verdammter Gott zu sein«, knurrte Haskeer.

»Noch eine derartige Unbotmäßigkeit, und ich lasse dich auspeitschen, Lakai«, neckte ihn der Zwerg.

»Wir sind ja nicht ewig hier«, drohte Haskeer. »Wart's nur ab.«

Jup lachte ihn aus.

»Diese Sprache, die ihr da gesprochen habt«, unterbrach Pepperdyne das Geplänkel. »Was war das?«

»In Maras-Dantien oder wenigstens in unserem Teil der Welt haben so gut wie alle Mutual gesprochen«, klärte Stryke ihn auf. »Anders hätten sich die vielen Rassen gar nicht miteinander verständigen können.«

»Jetzt entdecken wir, dass diese Sprache auch hier gesprochen wird«, bemerkte Coilla. »Wie kann das sein?«

»Sieht aus, als gäbe es zwischen den Welten mehr Wanderungen, als wir es uns ausgemalt haben.«

»Wie lange ist die Sprache schon in Maras-Dantien verbreitet?«, wollte Pepperdyne wissen.

»Schon ewig«, sagte Coilla. »Niemand weiß, wer sie ursprünglich entwickelt hat.«

»Vielleicht war ihr Ursprung gar nicht dort. Wenn der Austausch zwischen den Welten stärker war, als wir angenommen haben, könnte sie wer weiß wo entstanden sein.«

»Das ist möglich.« Coilla wusste, dass Maras-Dantien nicht die Heimat der älteren Rassen war. Eigentlich war es eine Menschenwelt. So schien es nur logisch anzunehmen, dass die verschiedenen Rassen, die unversehens dort gelandet waren, irgendwann das Mutual entwickelt hatten. Sie behielt ihre Gedanken jedoch für sich. »Nach allem, was wir gehört haben, sind die Menschen in dieser Gegend nicht sehr beliebt.«

»Das ist uns auch schon aufgefallen«, sagte Jode.

»Tja, es handelt sich offenbar um mehr als nur eine kleine Meinungsverschiedenheit. Pass gut auf.«

»Ah, wie niedlich«, spottete Haskeer. »Sie macht sich Sorgen um ihr kleines Schoßtier.«

»Du machst dir bald Sorgen um das Tierchen zwischen deinen Beinen, wenn du nicht die Klappe hältst«, versprach sie ihm.

Eine Weile schwiegen sie. Schließlich fragte Wheam: »Was glaubt ihr, wie sie in Acurial zurechtkommen?«

»Ich denke, das wird schon gutgehen«, erwiderte Stryke.

»Du grübelst wohl immer noch, was sie von uns halten, was?«, fragte Dallog.

»Vielleicht bekommen wir einen Platz in ihren Geschichtsbüchern«, meinte Coilla nicht ganz ernst.

»Ja!«, stimmte Haskeer begeistert zu. »Eine Truppe legendärer Helden, die ...«

Die Pfiffe der anderen brachten ihn zum Schweigen.

»Du hast sicher Recht damit, dass der Widerstand siegen wird«, sagte Pepperdyne, als sie sich beruhigt hatten. »Ich mache mir eher Gedanken wegen der Truppe, die deine Sterne haben wollte, Stryke.«

Das dämpfte ihre Stimmung erheblich.

»Verdammt will ich sein, wenn ich das einschätzen könnte«, gestand der Hauptmann. »Falls sie wirklich von woanders her nach Acurial gekommen sind, wie die Elfenfrau sagte, dann könnten sie auch hier auftauchen. Wir müssen wachsam bleiben.«

»Also war's wohl nichts mit der Pause«, bemerkte Coilla trocken.

»Wenn die Zwerge uns nicht festhalten, suchen wir uns eine Stellung, die sich gut verteidigen lässt. Beim nächsten Mal sind wir dann besser vorbereitet.«

»Trotz der Magie, über die sie offensichtlich verfügen?« Sie schwieg einen Moment und fasste Mut, ehe sie weitersprach. »Stryke, was die Sterne angeht ...«

»Was soll damit sein?«

»Da sie so wertvoll sind, und da nun diese Truppe hinter ihnen her ist, wäre es vielleicht gut, sie auf fünf von uns zu verteilen, und ...«

»Nein.«

»Lehne das nicht vorschnell ab, Stryke. Es könnte eine gute Möglichkeit sein, die Dinger zu schützen.«

»Wenn wir auch nur einen verlieren, sind die anderen nutzlos.«

»Es geht hier nicht nur um dich. Die Sterne sind auch für uns alle die einzige Möglichkeit, wieder nach Hause zu kommen.«

»Nein, Coilla. Nicht nach dem, was beim letzten Mal passiert ist.«

»Gibst du mir die Schuld daran?«

»Du weißt genau, dass es nicht so ist. Wie könnte ich, da ich selbst vier davon an Jennesta verloren habe?«

»Warum verteilst du sie dann nicht?«

»Es ist besser so.«

»Manchmal bist du wirklich ein störrischer Esel«, fauchte sie. »Wann wirst du endlich einsehen, dass ...«

Draußen kam Unruhe auf. Sie hörten laute Rufe und Schreie.

Als sie zur Tür stürmten, liefen Dutzende von Zwergen voller Panik in alle möglichen Richtungen.

Die Truppe verließ das Langhaus und machte auf dem Meer eine kleine Flotte von Beibooten aus, die dem Ufer zustrebte. In der Ferne lag ein größeres Schiff vor Anker.

Die Vielfraße eilten zum Strand. Dort unten waren noch mehr Zwerge, die Hals über Kopf vor den Booten flohen. Sie hielten einige auf, um zu fragen, was im Gange sei, bekamen aber keine klare Antwort.

»Schaut!« Coilla deutete auf die vorderen Boote.

Sie waren mit Menschen besetzt.

»Das dürfte wohl kaum ein Freundschaftsbesuch sein«, bemerkte Stryke.

»Jetzt wissen wir auch, warum die Zwerge auf Jode und Standeven nicht gut zu sprechen sind.«

Inzwischen rannten mehrere männliche Zwerge zum Strand. Sie waren wieder mit ihren Speeren bewaffnet.

»Was tun wir?«, fragte Dallog.

»Wir kämpfen auf ihrer Seite«, erwiderte Stryke. »Was sonst?«

»Eine Schande, dass sie niemanden haben, der die Bliden bedient.« Der Gefreite deutete auf den Sims am Vulkan.

»Keine Zeit. Sie sind wohl überrumpelt worden.«

»Ja«, stimmte Coilla zu. »Wahrscheinlich, weil sie viel zu sehr mit uns beschäftigt waren.«

»Es geht los!«, brüllte Haskeer.

Die ersten Menschen wateten ans Ufer.

»An die Arbeit«, befahl Stryke und zog sein Schwert. *»Los!«* Er führte sie in die Brandung. Nur Standeven blieb zurück und versteckte sich weiter hinten am Strand.

Im knietiefen Wasser fielen sie über die Angreifer her. Die Menschen waren schockiert, als sie eine unbekannte Rasse sahen und noch dazu derart wilde Kämpfer. Mindestens ebenso entsetzt waren sie, dass Pepperdyne zu den Angreifern zählte. So waren die Vielfraße zunächst im Vorteil. Bald färbte sich die Gischt rot.

Es dauerte jedoch nicht lange, bis Stryke seinen Fehler erkannte. Dies war nicht die Hauptstreitmacht oder jedenfalls nicht die einzige Abteilung, die der Feind ins Feld geschickt hatte. Ein Stück entfernt waren weitere Boote gelandet. Dort waren die Menschen schon ein ordentliches Stück auf dem Strand vorgestoßen, und die Zwerge machten im Kampf keine gute Figur.

Stryke befahl ein paar Vielfraßen zu bleiben und die schwindende Zahl der menschlichen Angreifer zu erledigen. Spurral, die eine gute Läuferin war, hatte die Gefahr bereits erkannt und rannte los, ehe er überhaupt den Befehl dazu gegeben hatte. Sie hatte einen guten Vorsprung und näherte sich rasch einer Gruppe von Menschen, die gerade ans Ufer watete.

Stryke rannte mit Haskeer, Jup und Coilla hinterher und stieß einen Warnruf aus. Eine andere Gruppe von Menschen, die bereits ins Innere der Insel vorgedrungen war, kehrte zum Strand zurück. Ihr Weg kreuzte den der Vielfraße. Die Menschen, es waren etwa zwanzig, zerrten und schleppten kreischende Zwerge zum Wasser.

Strykes Truppe prallte auf die Entführer, die erschrocken die Truppe von Wesen anstarrten, denen sie noch nie begegnet waren. Sie ließen ihre Opfer los, um sich zu verteidigen. Die befreiten Zwerge, die meisten waren noch sehr jung, flohen in den Dschungel.

Die Krieger stürzten sich auf die Angreifer und machten sie mit wilden Hieben nieder. Pepperdyne holte mit seiner Klinge weit aus und trennte einem den Kopf ab. Haskeer, der zugleich mit Beil und Messer kämpfte, nahm sich zwei auf einmal vor. Einen erstach er, dem anderen zertrümmerte er den Schädel. Dallog stieß einem Gegner den Speer mit solcher Wucht in den Bauch, dass es den Mann vom Boden hob. Sogar Wheam schlug sich wacker, jedenfalls für seine Verhältnisse. Zwar erledigte er keinen Gegner, doch er griff beherzt an und verwundete einige Angreifer.

Sie kämpften die Entführer so schnell wie möglich nieder und eilten dann zu einer größeren Gruppe von Menschen, die zappelnde Zwerge in die tanzenden Boote warfen.

Als der letzte Gegner ausgeschaltet war, stießen mehrere Gemeine aufgeregte Warnschreie aus und wedelten mit den Armen. Stryke und die anderen sahen zu der Stelle, auf die sie hektisch deuteten.

Draußen im tieferen Wasser kämpfte Spurral gegen

drei Männer, die sie in diesem Augenblick bewusstlos schlugen und ins Boot warfen. Dann kletterten sie selbst an Bord.

»*Verdammt!*«, schrie Jup. Er raste los.

Die restliche Truppe folgte ihm sofort. Alle rannten aus Leibeskräften.

Ein stämmiger Mann versuchte, Jup aufzuhalten. Der Zwerg zerschmetterte dem Angreifer im Laufen den Schädel, ohne auch nur einen Moment innezuhalten. Das Wasser spritzte hoch, als er in die Brandung lief.

»Spurral!«, rief er. »*Spurral!*«

Das Boot, in dem sie lag, entfernte sich bereits. Vier Männer zogen kräftig die Riemen durch.

Jup watete hinaus, was ihm aber immer schwerer fiel, je tiefer das Wasser wurde. Die Wellen brachen sich über ihm, und er konnte sich kaum auf den Beinen halten.

Die anderen waren dicht hinter ihm. Als sie ihn einholten, stand er bis zur Brust im Wasser und schlug ohnmächtig um sich.

Spurrals Boot entfernte sich rasch, genau wie das andere Dutzend Beiboote, in denen die entführten Zwerge lagen.

Sie konnten nur noch hilflos zusehen, wie es sich dem Schiff näherte, das am Horizont wartete.

15

Jup war außer sich. Er kochte vor Wut, wusste dabei aber ganz genau, dass er einen kühlen Kopf bewahren musste, wenn er Spurral wiederfinden wollte.

Stryke tat das Naheliegende und gab Befehl, ein Boot zu suchen. Sie sahen sich am Strand um, entdeckten jedoch nur ein paar kleine Kanus, mit denen sie sich nicht aufs offene Meer wagen konnten. Vorübergehend spielte er mit dem Gedanken, ein Boot oder möglicherweise ein Floß zu bauen. Dazu hatten sie allerdings nicht genug Zeit, und außerdem waren sie wohl sowieso nicht fähig, etwas Seetüchtiges zu konstruieren – ganz abgesehen davon, dass sie nicht einmal wussten, wie lang die Seereise überhaupt werden würde. So verwarf er den Gedanken wieder.

Ob die Orks nun ein Boot hatten oder nicht, die wichtigste Frage war, wohin die Menschen Spurral gebracht hatten. Jups Fernblick nützte ihnen nichts. Ein großes Gewässer wie das Meer, so erklärte er ihnen, strahlte eine eigene Energie ab und verdeckte die Fünkchen der Menschen, die auf ihm fuhren. Also brauchten sie die Hilfe der Zwerge. Das erwies sich allerdings als schwieriger, als sie zunächst angenommen hatten, weil die Einheimischen anscheinend verschwunden waren. Einige waren offenbar von den Menschen entführt worden. Die anderen hatten sich wahrscheinlich irgendwo im tiefen Dschungel oder im Labyrinth der Tunnel unter dem toten Vulkan versteckt.

Stryke beschloss, als Erstes die anderen Zwerge zu suchen. Der höchste Punkt, den sie ohne große Mühe erreichen konnten, war der Felsvorsprung mit den Katapulten. Dort oben zeichnete er eine grobe Skizze der Insel, die er in mehr oder weniger gleich große Abschnitte unterteilte. Dann bildete er aus seiner Truppe acht kleinere Gruppen von vier oder fünf Kämpfern, die sich jeweils einen Abschnitt vornehmen sollten.

In seiner eigenen Gruppe waren Jup, Coilla und Reafdaw, ein erfahrener Späher der Vielfraße. Stryke sorgte dafür, dass Haskeer eine der Abteilungen anführte, die sich um die entfernteste Spitze der Insel kümmern sollte. Er wollte ihn und Jup so weit wie möglich voneinander trennen, da sie sich viel zu oft gegenseitig das Leben schwermachten. Solche Komplikationen konnten sie in dieser Lage wirklich nicht gebrauchen.

Strykes Gruppe hatte ein Stück Dschungel übernommen. Es war nicht sehr dicht bewachsen, und sie konnten den größten Teil einfach abschreiten und sich dabei aufmerksam nach Spuren der Zwerge umsehen.

»Diese Menschen waren sicher Sklavenhändler«, sagte Coilla, während sie durch das üppige Grün wanderten. »Ich wüsste keinen anderen Grund, warum sie lebende Gefangene nehmen sollten.«

»Oh, wie schön«, stöhnte Jup. »Das soll mich wohl aufmuntern, was?«

»Ja. Sklaven haben einen Wert. Es nützt den Sklavenhändlern nichts, wenn sie ihre Ware beschädigen.«

»Vorausgesetzt, es sind tatsächlich Sklavenhändler. Wer weiß schon, was auf dieser Welt vorgeht?«

»Ich glaube, Coilla hat Recht«, schaltete sich Stryke ein. »Sie haben junge und kräftige Opfer ausgesucht, also passt das zusammen. Spurral geht es vielleicht nicht sehr gut, aber die Entführer haben nichts davon, wenn sie ihr allzu viel antun.«

»Nicht allzu viel antun«, gab der Zwerg verbittert zurück. »Das ist wirklich nicht geeignet, mir das Herz froh zu machen, Stryke.«

»Ich weiß. Aber ist es nicht sinnvoll, vor jeder Mission alle Einzelheiten genau zu bedenken?«

»Ja«, seufzte Jup. »Da hast du wohl Recht.«

»Also«, wechselte Coilla das Thema, »immerhin wissen wir jetzt, dass auf dieser Welt nicht nur Zwerge leben.«

»Was für ein Glück.«

»Da es hier Menschen gibt, könnte es auch noch weitere Rassen geben«, fuhr sie fort.

»Wie in Maras-Dantien?«, fragte Stryke. »Denkst du, sie seien auf ähnliche Weise hierhergekommen?«

»Das ist möglich. Soweit wir wissen, war Maras-Dantien einst eine Art riesiger Strudel, der alle Rassen, die Orks eingeschlossen, aufgesogen hat. Das könnte auch hier geschehen sein.«

»Warum muss das lange her sein?«, fragte Jup, der sich trotz seiner Sorgen für das Thema erwärmte. »Du denkst doch, es sei irgendwann viel früher geschehen, nicht wahr?«

Sie nickte. »So muss es gewesen sein. Die Rassen waren gut verwurzelt, und so etwas dauert eine Weile. Außerdem sind keine weiteren Rassen einfach so aus dem Nichts aufgetaucht. So etwas haben wir noch nie gehört.«

»Das würde doch bedeuten, dass es eben in der Vergangenheit passiert ist und sich jetzt nicht wiederholen kann. Aber warum hat es aufgehört?«

»Um das zu erforschen, braucht es klügere Köpfe als unsere.«

»Vielleicht passiert es trotzdem auch heute noch«, beharrte Jup. »Wenn nicht in Maras-Dantien, dann an anderen Orten. Hier zum Beispiel.«

»Ob die Truppe, die unsere Sterne haben wollte, auf diese Weise nach Acurial gekommen ist?«, überlegte Coilla. »Durch Zufall? Vielleicht sind sie irgendwie …«

»Ich glaube nicht«, unterbrach Stryke sie. »Aus dem, was Pelli Madayar gesagt hat, kann man das nicht schließen. Ich hatte nicht den Eindruck, dass sie zu den Leuten gehören, die sich einfach herumschubsen lassen.«

Reafdaw hatte die Vorhut gebildet und aufmerksam das Unterholz beobachtet. Jetzt blieb er stehen und hob eine Hand. Sie schwiegen sofort und hielten inne. Er deutete auf einen bestimmten Bereich des Dschungelbodens, der sich in ihren Augen nicht von der Umgebung unterschied. Leise schlossen sie zu ihm auf.

Er deutete nach unten, und sobald sie näher hinschauten, wurden zwei Dinge deutlich. An einer bestimmten Stelle waren die Pflanzen zertreten, und als sie die Umgebung auf sich wirken ließen, erkannten sie auf dem Boden einen Bereich, der ihnen unecht vorkam. Sie konnten gerade eben die Linien ausmachen, die den Umriss einer Falltür bildeten. Schweigend stellten sie sich darum herum auf und zogen die Waffen. Mithilfe der Zeichensprache gab Stryke seine Anweisungen.

Jup und Reafdaw bückten sich und schoben die Klingen in die fast unsichtbaren Fugen. Auf Strykes Zeichen hin hebelten sie die Falltür ein Stück auf, und dann packten Stryke und Coilla zu, hoben sie ganz hoch und warfen sie zur Seite.

Aus der Grube, die sie freigelegt hatten, drang ein durchdringender Schrei herauf.

Sie blickten hinunter. Eine junge Zwergenfrau kauerte in einem Loch, das nicht viel größer war als sie selbst. Sie war nicht allein. Drei Zwergenkinder, alle männlich, klammerten sich an sie und starrten mit schmutzigen, ängstlichen Gesichtern nach oben.

Jup sprach auf Mutual leise mit ihnen und versicherte ihnen, dass ihnen nichts geschehen würde. Die Orks zogen sich unterdessen ein wenig zurück, um die Frau und die Kinder nicht noch mehr zu erschrecken. Schließlich hatte Jup ihr Vertrauen gewonnen, und sie waren bereit zu glauben, dass die Orks ihnen nichts Böses wollten. Sie halfen den Zwergen aus der klammen Grube heraus und gaben ihnen Wasser zu trinken, das sie dankbar annahmen.

Stryke hielt es für das Beste, sie zum Langhaus des Ältesten zu bringen. Die Zwerge schwiegen unterwegs, offenbar hatten sie immer noch große Angst. Doch die Orks und sogar Jup hielten sich zurück und bedrängten sie nicht mit Fragen.

Als die vier wieder im Dorf waren und das Langhaus betreten hatten, beruhigten sie sich. Sie waren nicht völlig entspannt, wurden aber etwas umgänglicher. Dort bekamen sie auch etwas zu essen und noch mehr zu trinken.

Das Mädchen hieß Axiaa oder so ähnlich und war auf irgendeine komplizierte Weise mit den drei Kindern verwandt. Kompliziert war es, weil in dieser kleinen Gemeinschaft auf der Insel praktisch jeder mit jedem verwandt war, wie sie erklärte.

Die Jungs hießen Grunnsa, Heeg und Retlarg, soweit Stryke und die anderen es verstehen konnten. Ihre Namen hatten im Mutual keine Entsprechung, und die kehlige Sprache der Zwerge erschwerte die Verständigung. Grunnsa war der Älteste, er war zehn oder elf Jahreszeiten alt. Heeg und Retlag waren Brüder und etwa sieben oder acht. Grunnsa war ihr Vetter und dank der komplizierten Beziehungen auf der Insel möglicherweise auch ihr Onkel.

Anscheinend hatten die Menschen die Eltern der Brüder verschleppt. Grunnsa hätten sie um ein Haar auch erwischt, oder sie hätten beinahe sein Versteck entdeckt. Es war nicht ganz klar.

»Wer waren diese Menschen, Axiaa?«, fragte Stryke.

Sie reagierte etwas schüchtern, als ein Ork, noch dazu der Diener eines Gottes, sie direkt ansprach. »Sammler«, antwortete sie zögernd.

»Hast du sie schon einmal gesehen?«

»Oh ja. Sie kommen hin und wieder und nehmen unsere Verwandten mit. Niemals alle auf einmal. Sie wollen, dass wieder welche da sind, wenn sie zurückkehren.«

»Warum nehmen sie euch mit?«

»Um zu handeln. Sie verkaufen uns, und wir müssen auf anderen Inseln arbeiten.«

»Gibt es viele andere Inseln?«

»Ja, sehr viele.«

»Haben die Zwerge sie besucht?«

»Einige schon. Die Mutigsten. Aber die meisten gehen niemals hier weg.«

»Warum nicht?«

»Da draußen ...« Sie deutete zum Meer. »Da ist der Tod.«

»Oh Gott«, stöhnte Jup.

»Axiaa«, fragte Coilla, »weißt du, wohin unsere Freundin gebracht wurde? Die Zwergin, mit der wir gekommen sind?«

»Die Göttin.«

»Äh, ja. Die meine ich. Wohin wird sie gebracht?«

»Böser Ort.«

»Dann weißt du also, wo es ist? Wie können wir sie finden?«

Das Mädchen schien es nicht zu verstehen.

»Wir wissen es!«, krähte Retlarg.

Coilla drehte sich zu den Jungs um. »Wirklich?«

»Ja«, bestätigte Heeg.

»Die Erwachsenen wissen nicht, dass wir es wissen, aber wir haben es herausgefunden«, vertraute Grunnsa ihnen an.

»Wie denn?«

»Soll ich es dir zeigen?«, bot Retlarg an.

Sie nickte verblüfft.

Die drei Jungen sprangen auf und rannten zu einer Seite des großen Raumes. Dort stürzten sie sich auf ein Möbelstück, das einer Ottomane nicht unähnlich war – ein Sofa, das zugleich als Lagerkiste diente. Sie warfen die Decken zur Seite und klappten den Deckel hoch. Ein buntes Sammelsurium von Haushaltsgegenständen kam zum Vorschein. Fröhlich wühlten sie herum und warfen alles auf die Binsenmatten, die den Boden bedeckten. Endlich hatten sie ein zusammengerolltes, vergilbtes Pergament gefunden, das ungefähr so lang war wie der Arm eines Orks. Es war mit einem glatten Faden zusammengebunden. Sie liefen zu Coilla zurück und überreichten ihr die Beute.

Zusammen mit Stryke, Jup und Reafdaw räumte sie die Reste ihres letzten Mahls vom großen Esstisch, knotete die Schnur auf und entrollte das Dokument. Die Ecken beschwerten sie mit Trinkbechern aus Kokosnüssen und dicken Kerzen.

Es war eine Karte. Wer sie auch gezeichnet hatte, nach dem Zustand musste es schon eine Weile her sein, hatte eine sichere Hand gehabt. Sie war sogar mit mehrfarbigen Pigmenten gemalt, die inzwischen jedoch größtenteils verblasst waren.

Die Karte zeigte eine vom Meer dominierte Welt. Allerdings gab es zahlreiche Inseln in allen möglichen Formen und Größen. Einige gehörten zu Inselgruppen, andere lagen isoliert. Es waren Hunderte.

»Ich vermute, wir sind auf der hier«, sagte Stryke.

Er deutete auf ein Eiland im Süden, das jedoch nicht sehr weit von einigen anderen entfernt war. In den Umriss der Insel hatte der Zeichner ein rotes Kreuz und einige unbeholfene Symbole gemalt. Außer dieser war nur noch eine einzige Insel besonders markiert. Im Zentrum jener anderen Insel war ein stilisierter Totenkopf eingezeichnet und von einem schwarzen Kreis eingerahmt. Sie lag nordwestlich von der ersten und schien, auch wenn der Maßstab der Karte nicht bekannt war, nicht sehr weit entfernt zu sein.

»Das muss sie sein«, stimmte Jup zu.

Die Kinder wollten es unbedingt sehen, doch der Tisch war zu hoch. Die Orks hoben sie auf Stühle.

»Sind wir hier?«, fragte Coilla und deutete auf die Insel mit dem Kreuz.

Sie bestätigten es.

»Und wo ist der Ort, von dem die Sammler kommen?«

»*Da!*«, sagten sie im Chor und deuteten mit ihren schmierigen Fingern auf die Insel mit dem Schädel.

»Das passt«, erklärte Stryke.

»Aber wie kommen wir dorthin?«, fragte Jup düster.

»Mit einem Boot«, schlug Grunnsa vor.

»Die sind alle zu klein«, widersprach Coilla.

»Nein«, beharrte Heeg. »Mit einem *großen* Boot.«

»Gibt es hier große Boote? Wo denn?«

»Natürlich im Bootshaus«, erwiderte der Junge, als wäre er der Erwachsene und sie das Kind.

»Wo ist das Bootshaus?«

»Da unten.« Grunnsa deutete ungefähr in die Richtung des erloschenen Vulkans.

»Es muss das Gebäude sein, das sie bewacht haben«, überlegte Stryke.

»Worauf warten wir dann noch?«, drängte Jup.

In diesem Moment ging die Tür auf, und Haskeer trat mit zwei Rekruten ein. Der Älteste war bei ihnen.

»Wir haben ihn und zwei andere in den Tunneln gefunden«, erklärte Haskeer. »Er ist sauer auf uns.«

Der zornige Gesichtsausdruck des Ältesten bestätigte diese Einschätzung.

»Warum?«, wollte Jup wissen.

»Frag ihn selbst. Er redet nicht mit *Dienern*.«

Jup wandte sich an den Ältesten. »Es tut uns leid, dass die Sammler euch angegriffen haben. Was können wir tun, um euch zu helfen?«

»Dein Angebot kommt zu spät. Ihr hättet sie aufhalten müssen.«

»Das haben wir versucht.«

»Wer vom Himmel herabfällt, muss stärker sein als die Sammler. Anscheinend seid ihr das aber nicht.«

»Wir wollen euch rächen und die Inselbewohner zurückholen. Dazu brauchen wir jedoch eure Hilfe.«

»*Unsere* Hilfe? Was können wir schon tun, das ihr, die ihr vom Himmel kommt, nicht zu tun vermögt?«

»Wir brauchen seetüchtige Boote, damit wir die Sammler verfolgen und bestrafen können.«

Der Älteste presste die Lippen zusammen.

»Wir wissen, dass ihr Boote habt«, drängte Stryke. »Wir wissen auch, wo wir die Sammler finden können.«

Der Älteste warf den Kindern einen scharfen, missbilligenden Blick zu. »Das ist verboten.«

»Was ist verboten?«

»Unsere Gebräuche verbieten es uns, die Insel zu

verlassen und zu anderen Inseln zu reisen. Das bringt großes Unglück. Wir glauben, die Sammler hätten nie von uns erfahren, wenn sich nicht einige von uns aufs Meer gewagt hätten und gefangen worden wären.«

»Das verstehen wir«, sagte Jup mitfühlend. »Allerdings sind wir nicht durch eure Gebräuche gebunden. Außerdem haben die Sammler eine von uns verschleppt. Wir wollen sie zurückholen.«

»Es sind ja nicht nur die Sammler. Da draußen lauern noch ganz andere Gefahren. Große Gefahren.«

»Damit werden wir schon fertig«, gab Stryke unwirsch zurück. »Was ist nun mit den Booten? Gibst du sie uns, oder sollen wir sie uns einfach nehmen?«

Er sagte es so nachdrücklich, dass der Älteste sich besann. »Es sind zwei«, gab er zu. »Wir haben sie einigen aus unserem Volk abgenommen, die sie unseren Sitten zum Trotz heimlich gebaut haben. Sie wollten damit wegfahren und sich woanders, außer Reichweite der Sammler, ein neues Heim schaffen.«

»Das wäre gar keine so schlechte Idee gewesen.«

»Habt ihr diese Welt nicht vom Himmel aus betrachtet? Anscheinend wisst ihr wenig darüber. Sosehr wir auch unter den Sammlern leiden, diese Insel ist ein sicherer Hort, wenn man daran denkt, was da draußen lauert.«

»Das Risiko gehen wir gern ein.«

»Die Boote, die wir beschlagnahmt haben, waren noch nicht vollendet. Sie sind nicht seetüchtig.«

»Würde es viel Arbeit erfordern, sie fertigzustellen?«

»Ich glaube nicht.«

Coilla fiel etwas ein. »Warum habt ihr sie behalten, obwohl seetüchtige Boote nicht erlaubt sind?«

»Wir wollten sie nicht behalten. Sie sollten als Warnung an alle, die ähnliche Dummheiten planen, öffentlich verbrannt werden. Dann seid ihr eingetroffen.«

»Ein Glück, dass wir in diesem Augenblick gekommen sind.«

»Können wir einige von euch bewegen, uns bei der Arbeit an den Booten zu helfen?«, fragte Stryke.

Der Älteste schüttelte den Kopf. »Das widerspricht unseren Gebräuchen und würde nur Unruhe stiften.«

»Das Gleiche gilt natürlich auch für alle, die vielleicht bereit wären, uns beim Segeln zur Hand zu gehen?«

»So ist es.«

»Zur Hölle mit euren stinkenden Gebräuchen. Wir kommen schon allein zurecht.«

»Nun ja«, warf Coilla ein, »Jode sagte mir, er sei auf einer Insel geboren worden. Er kann vermutlich segeln.«

»Du scheinst erheblich mehr über diesen Menschen zu wissen als wir«, stichelte Haskeer.

»Ja, glücklicherweise.«

»Damit ist das geklärt«, sagte Stryke. »Wir beginnen sofort mit der Arbeit an den Booten.« Er sah den Ältesten scharf an. »Und du wirst dich hüten, die Kinder zu bestrafen, weil sie uns geholfen haben. Sonst bekommst du es mit uns zu tun.«

»Haben wir jetzt genug palavert?«, flehte Jup. »Während wir hier herumstehen und schwafeln, macht Spurral wer weiß was durch.«

16

Spurral hatte nach den Schlägen, die sie am Strand hatte einstecken müssen, vorübergehend das Bewusstsein verloren. Als sie im Ruderboot wieder zu sich kam, war die Insel bereits zu einem dunklen Fleck in der Ferne geschrumpft, zu erkennen nur noch an den Rauchsäulen, die von den aktiven Vulkanen aufstiegen.

Im Boot saßen fünf Menschen. Vier ruderten, einer steuerte. Außer ihr selbst befanden sich noch drei weitere Zwerge an Bord, zwei Männer und eine Frau, alle noch jung. Auch sie waren, genau wie Spurral, gefesselt. Die Menschen schwiegen und gaben sich damit zufrieden, von Zeit zu Zeit ihre Gefangenen finster anzustarren und an den Rudern zu schwitzen. Als Spurral etwas sagen wollte, befahlen sie ihr barsch, den Mund zu halten.

Es waren kräftige, wettergegerbte Männer, deren Haut

nach einem Leben unter der erbarmungslosen Sonne die Farbe von altem Leder angenommen hatte. Die meisten waren bärtig, einige hatten Narben. Ihre Kleidung entsprach den Bedürfnissen von Kämpfern und Seeleuten.

Spurral hob vorsichtig den Kopf und blickte über das Dollbord. Ein Dutzend ähnlicher Beiboote fuhr in die gleiche Richtung wie das ihre. Sie nahm an, dass auch auf ihnen gefangene Zwerge waren. Die Boote hielten auf einen großen Dreimaster zu, der die Segel hisste, als sie sich näherten.

Aus der Nähe erhob sich das Schiff wie eine Klippe, und die Ruderboote wirkten im Vergleich dazu wie Spielzeug. An den Seiten hingen Strickleitern. Spurral und die anderen wurden von ihren Fesseln befreit und bekamen einige Drohungen zu hören, sie sollten sich ja benehmen. Dann mussten sie die Strickleitern hinaufklettern. Es war gefährlich, und als Spurral hochstieg, hörte sie die Spanten des Schiffs knarren, während die Wellen gegen den Rumpf schwappten.

Auf Deck wurden sie vor der Brücke zusammengetrieben. Spurral schätzte, dass es vierzig oder fünfzig Zwerge waren. Ungefähr ebenso viele Menschen waren damit beschäftigt, die Boote einzuholen und zu verstauen oder festzuzurren. Neun oder zehn Männer behielten die Zwerge im Auge, die jedoch keinen Widerstand leisteten. Sie waren niedergeschlagen, einige Frauen weinten. Abgesehen von einem gelegentlichen geflüsterten Wort schwiegen sie.

Auf der Brücke tauchte ein Mann auf. Er war jünger als die meisten anderen, was Spurral bei jemandem, der anscheinend der Kapitän war, erstaunlich fand. Er trug keinen Bart, sein Haar war eine dichte, gelockte Mähne. Er hatte eine sinnliche Ausstrahlung und bewegte sich geschmeidig wie eine Raubkatze, die gerade die nächste Mahlzeit ins Auge fasst. Zweifellos war er stark, und selbst aus der Ferne bewies seine Ausstrahlung, dass er ein strenges Regiment führte.

Mit dem Heft eines reich verzierten Schwerts klopfte er auf das Geländer der Brücke. Nötig war es nicht, denn die Menschen und Zwerge sahen ihn bereits an.

»Ich bin Kapitän Salloss Vant«, verkündete er mit kräftiger, weit tragender Stimme. »Es ist üblich, dass der Herr eines Schiffs seine Gäste begrüßt. Ich habe allerdings das Gefühl, dass ihr meine Gastfreundschaft nicht zu schätzen wisst.« Die Mannschaft lachte. Er lächelte kurz und wurde sofort wieder ernst. »Aber eines solltet ihr euch merken. Wenn ihr andere Götter habt, dann vergesst sie. Ab jetzt bin *ich* euer Gott.«

Spurral bemerkte, dass die Zwerge sie verstohlen ansahen. Sie bereute bereits, dass sie die Einheimischen getäuscht hatten.

»Was euch angeht«, fuhr Vant fort, »so bin ich der Gott dieses Schiffs, solange ihr euch darauf befindet, und mein Wort ist das einzige Gesetz. Ihr solltet wissen, dass jeder, der meine Gesetze bricht, einen Zorn zu spüren bekommt, wie nur ein Gott ihn aufbieten kann.« Nach diesen harschen Worten gab er sich liebenswürdig und breitete die Hände aus, um an die Vernunft der Gefangenen zu appellieren. »Wir sind Sammler. Wir haben euch gesammelt. Nehmt euer Schicksal hin und erlaubt uns, dem unseren gerecht zu werden. Schaut nicht so mürrisch drein! Euer neues Leben als Diener, Ruderer, Hilfsarbeiter und so weiter wird euch zweifellos gefallen.« Wieder lachte die Mannschaft. »Ihr werdet euch sicher freuen, dass ihr gleich schon für das neue Leben üben könnt«, fuhr er fort und wurde wieder ernst. »Auf diesem Schiff gibt es keine Passagiere. Ihr werdet arbeiten.«

Ohne ein weiteres Wort drehte er sich um und entfernte sich.

»Das wäre mal ein Gott, den ich gern stürzen würde«, sagte Spurral gerade laut genug, dass es einige Zwerge in der Nähe hören konnten.

Die nächste Morgendämmerung auf der Insel brachte einen kühlen Wind und die Erinnerung, dass ihnen die Zeit davonlief.

Die beiden Boote, die der Älteste ihnen überlassen hatte, waren recht groß. In jedem Fall waren sie geräumig genug, um die ganze Kriegertruppe und Vorräte zu befördern und obendrein noch etwas Bewegungsfreiheit zu haben. Im Grunde waren es übergroße Ruderboote oder kleine Galeeren, je nachdem, wie man es betrachtete. Auf beiden konnten je acht bis zehn Männer die Ruder bedienen. Außerdem hatten sie kurze Masten, um auch den Wind zu nutzen. Die Steuerruder waren mächtige Konstruktionen, die bei schwerem Wetter wohl von zwei Händepaaren bedient werden mussten. Abgedeckte Bereiche gab es nicht, nur einige geschlossene Fächer für die Vorräte.

Die Rümpfe erforderten die meiste Arbeit. Sie waren unvollendet, und die Schiffe lagen mit dem Kiel nach oben. Die Truppe tummelte sich darum herum, brachte Bretter in die richtige Form, flocht Seile und kochte Teer. Der Lärm von Hämmern, Sägen und Meißeln erfüllte die Luft. Einige beschafften Vorräte für die Reise – Wasser und Nahrung, die sich hoffentlich eine Weile halten würde.

Wie der Älteste erklärt hatte, halfen die Zwerge ihnen nicht. Viele schauten allerdings zu, einige mit unverhohlener Neugierde, ein paar mit missbilligender Miene. Die drei Kinder Grunnsa, Heeg und Retlarg folgten der Truppe wie Schatten, auch wenn sie darauf achteten, ja nicht beim Helfen erwischt zu werden.

Angesichts des Zeitdrucks und da Jup immer unruhiger wurde, lagen bald die Nerven blank. Pepperdyne, der Einzige, der etwas Erfahrung mit der Seefahrt hatte, leitete im Grunde die Arbeiten und diente daher zwangsläufig allen anderen als Blitzableiter.

»Kannst du sie nicht schneller arbeiten lassen?«, drängelte Jup.

»Sie vollbringen jetzt schon ein Wunder«, versicherte Pepperdyne ihm. »Sei geduldig.«

»Du hast gut reden. Es ist ja nicht deine Frau, die entführt wurde und wer weiß was erleidet.«

»Vertrau uns, Jup. Wir wollen Spurral genauso dringend zurückholen wie du.«

»Das wage ich zu bezweifeln.« Dann nahm er sich zusammen und lenkte ein. »Entschuldige. Ich weiß ja, dass du dein Bestes gibst.«

»Wir werden nicht nachlassen.«

»Es ist schon komisch. Ich hätte nie gedacht, dass ich mich eines Tages mal mit einem Menschen zusammentun müsste, und noch dazu in einer so wichtigen Angelegenheit. Ist nicht als Kritik gemeint.«

»Schon gut. Das Leben wartet eben manchmal mit Überraschungen auf, was?«

»Ich hätte auch nie gedacht, dass mich mal ein Mensch herumkommandieren würde«, murmelte Haskeer, der in der Nähe arbeitete.

»Jode kommandiert uns nicht herum«, erwiderte Jup. »Er hilft uns.«

»Ach, heißt er jetzt schon Jode, ja? So nennt Coilla ihn auch. Ein paar in dieser Truppe sind für meinen Geschmack zu dicke mit Typen wie ihm.«

»Er heißt nun einmal Jode. Außerdem hat er sich bewährt.«

»Du weißt doch, was uns blüht, wenn wir Menschen vertrauen. Oder ist dein Gedächtnis so kurz wie deine Beine?«

»Ich hab's nicht vergessen. Wenn aber jemand zeigt, dass er für uns wertvoll ist ...«

»Menschen und wertvoll? So wertvoll sind sie.« Er spuckte aus.

»Niemand verlangt von dir, dass du mich und mein Volk magst«, schaltete sich Pepperdyne an. »Umgekehrt kann mich niemand zwingen, für dich große Achtung zu empfinden. Aber all das spielt keine Rolle. Tatsache ist, dass wir zusammenarbeiten müssen.«

»Dir ist das vielleicht egal ...«

»Verdammt nochmal, Haskeer«, fluchte Jup aufgebracht. »Kannst du das nicht mal lassen? Es geht nicht um dich. Es geht darum, Spurral zu finden.«

»Ja, eben.«

»Was soll das denn heißen?«

»Weiber kommen und gehen wie Huren. Du kannst dir jederzeit eine neue suchen.«

»*Du Schweinehund!*«

Der Zwerg explodierte und sprang ihn an. Er ließ rasch nacheinander mehrere Schläge los und packte den vorübergehend benommenen Haskeer an der Kehle. Der Ork versetzte den Beinen des Zwergs jedoch einen bösen Tritt.

Dann gingen Stryke und Dallog dazwischen und packten Haskeer von hinten. Pepperdyne tat das Gleiche mit Jup, bis die Kämpfenden getrennt waren.

»Seid ihr verrückt geworden?«, brüllte Stryke. »Wir haben keine Zeit für diesen Mist.«

Jup starrte ihn finster an. »Er hat gesagt ...«

»Das ist mir völlig egal. Ihr seid Feldwebel in dieser Truppe. *Feldwebel.* Im Augenblick arbeitet ihr hart daran, wieder als Gemeine Dienst zu tun. Kapiert?«

»Ja«, murmelte Jup, als Pepperdyne ihn losließ.

Haskeer antwortete nicht.

»Haskeer?«, sagte Stryke. Er und Dallog hielten ihn immer noch fest. Stryke drückte unsanft seinen Arm.

»Ja«, antwortete Haskeer. »Ja, verdammt!«

Sie ließen ihn los. Er war wütend und warf Dallog einen giftigen Blick zu, beherrschte sich jedoch.

»Spurral gehört zu unserer Truppe«, sagte Stryke zu Haskeer und achtete sehr darauf, dass dieser auch begriff, was er meinte. »Und diese Truppe hält zusammen. Wenn einer von uns in Schwierigkeiten gerät, hauen alle anderen ihn da wieder raus. Ganz egal, wen es gerade trifft«, fügte er nachdrücklich hinzu. »Und jetzt seht zu, dass ihr die Arbeit erledigt. Es ist noch genug zu tun.«

Sie machten sich wieder ans Werk, einige erheblich würdevoller als die anderen.

Als Stryke sich ein Stück entfernt hatte, wandte sich Coilla an Pepperdyne. »Nimm es nicht persönlich. Haskeer ist ein Drecksack, aber wenn es darauf ankommt, kannst du auf ihn zählen.«

»Was hat er denn bloß?«

»Das ist eine alte Geschichte zwischen ihm und Jup. Ist schon lange her.«

»Er sollte den Mund halten. Jup war drauf und dran, ihn zu töten.«

»Nein. Er hätte ihn höchstens verkrüppelt.«

Pepperdyne musste grinsen.

»Aber mal was anderes«, fuhr Coilla fort. »Was glaubst du, wann diese Dinger vom Stapel laufen können?«

»Möglicherweise sind wir schon heute Abend fertig. Wir sollten aber keinesfalls im Dunkeln in See stechen. Also würde ich sagen, morgen früh.« Er blickte in Haskeers Richtung. »Wollen wir hoffen, dass alle so lange durchhalten.«

»Ja, hoffen wir's. Die Inselbewohner verraten uns nicht viel, aber nach dem, was sie sagen, könnten wir da draußen auf alles Mögliche treffen.«

Sie blickten zum weiten Meer und der langsam versinkenden Sonne hinaus.

Pelli Madayar stand auf einem Hügel und sah zu, wie der Tag langsam zu Ende ging und die Nacht begann.

Ihr Stellvertreter Weevan-Jirst war an ihrer Seite. Wie alle Goblins war er ein gewandter, starker Kämpfer. Er war hager und sehnig gebaut, und seine knollige, jadegrüne Haut erinnerte an straff gespanntes Leder. Auf dem eiförmigen Kopf wuchs kein einziges Härchen. Seine Ohren waren winzig und mit Hautlappen halb verschlossen. Der Mund war kaum mehr als eine dünne Linie, und die Nasenlöcher waren schmale Schlitze. Die Augen waren jedoch unverhältnismäßig groß, tintenschwarze Löcher in einem fahlen Augapfel.

Das unheilvolle Äußere der Goblins weckte bei anderen Rassen oft den Eindruck, sie seien stets feindlich gesonnen. Ganz unbegründet war das nicht, in Weevan-Jirsts Fall entsprach es allerdings nicht der Wahrheit.

Er hatte sein Leben dem Corps der Torhüter gewidmet und wurde den hohen ethischen Maßstäben der Einheit gerecht. Selbstverständlich war er dennoch fähig, im Namen ihrer Sache Gewalttaten zu begehen.

»Kurz nachdem wir hier eingetroffen sind, habe ich mich noch einmal mit Karrell Revers beraten«, erklärte Pelli.

»Was hatte der Anführer zu sagen?« Der Goblin lispelte ein wenig, ein Vermächtnis des kehligen Zischelns, das die Muttersprache der Goblins ausmachte.

»Mehr oder weniger das, was ich erwartet habe. Über den Ausgang unserer ersten Begegnung mit den Orks war er nicht erfreut.«

»Man könnte dieses Erlebnis auch kaum als Triumph bezeichnen.«

»Ich weiß. Karrell hat mir jedoch bei dieser Mission freie Hand gelassen, und er wusste, dass ich es mit gutem Zureden versuchen würde, ehe wir zur Gewalt greifen.«

»Niemand kann bestreiten, dass Verhandlungen immer der beste Weg sind. Allerdings habe ich noch keine Welt gesehen, auf der das Ideal tatsächlich der Normalfall wäre.« Er dachte einen Moment nach. »Mir ist eingefallen, dass sie vielleicht so heftig reagiert haben, weil sich in unserer Gruppe Goblins befinden.«

»Wieso das?«

»Goblins und Orks kommen gewöhnlich nicht sehr gut miteinander aus, um es vorsichtig zu formulieren. Dafür gibt es gewisse Gründe.«

»Ich glaube nicht, dass es daran lag. Tatsache ist, dass ich es schlecht angepackt habe.«

»Ihr geht zu hart mit Euch ins Gericht.«

»Nicht härter, als es die Sache erfordert. Dies ist mein erster echter Einsatz, und ich hatte gehofft, meine Sache besser zu machen.«

»Es gibt nicht viele Beispiele, an denen wir uns orientieren könnten, Pelli. Instrumentale sind derart rar, dass es solche Einsätze nur sehr selten gibt. Manch einer wird sein ganzes Leben lang nicht mit dem konfrontiert, was das Corps jetzt von Euch verlangt.«

»Das entschuldigt nicht mein Versagen.«

»Mag sein, aber es ist doch eine Begründung. Zu welcher Schlussfolgerung ist Karrell gekommen?«

»Er überlässt es nach wie vor mir, aber lange wird er sich nicht mehr zurückhalten. Außerdem warnte er mich, dass angesichts der Natur der Orks, die jetzt im Besitz der Artefakte sind, die Gewalt möglicherweise das einzige Mittel ist, um zum Ziel zu gelangen.«

»Damit könnte er durchaus Recht haben. Ist es denn überhaupt möglich, mit Orks zu verhandeln?«

»Allmählich glaube ich ebenfalls, dass es aussichtslos ist.«

»Was bleibt uns dann noch?«

»Das war noch nicht alles. Karrell hat mich schon vor einer Weile gewarnt, dass sich noch eine weitere Partei eingeschaltet hat. Irgendeine einzelne Person oder eine Gruppe weiß die Portale zu nutzen. Auf Acurial wurde ihre Gegenwart entdeckt. Wenn diese Gruppe aber dort war, dann ...«

»Verstehe. Was wissen wir über sie?«

»Nichts, und das macht mir Sorgen. Ein Satz Instrumentale in verantwortungslosen Händen ist schlimm genug. Aber gleich zwei davon ...«

»Das ist ein beispielloses Zusammentreffen.«

Sie nickte. »Diese Welt ist ohnehin schon gefährlich, auch ohne zusätzliche Störfaktoren wie diese.«

»Umso mehr ein Grund, uns im Hinblick auf die Orks dem weisen Urteil unseres Anführers zu beugen.«

»Darauf läuft es anscheinend hinaus.«

»Wissen wir eigentlich, wo die Orks jetzt sind?«

»Ja. Wenigstens ungefähr. Karrell hat mir die Koordinaten gegeben.«

»Wie lauten dann Eure Befehle?«

»Wir folgen ihnen im Morgengrauen. Wenn wir sie gefunden haben, schlagen wir dieses Mal hart zu.«

Sie beobachteten das letzte Stückchen der Sonnenscheibe, die am Horizont versank.

Die Nacht legte sich über den Flickenteppich der Inseln, der sich vor ihnen erstreckte.

17

Es dauerte nicht lange, bis Spurral einen genaueren Eindruck von Salloss Vants Gerechtigkeit bekam.

Die Menschen hatten den Gefangenen umgehend verschiedene Arbeiten an Bord zugewiesen, überwiegend sinnlos, aber grundsätzlich sehr anstrengend. Spurral wurde mit fünf anderen Zwergen in einen schlecht beleuchteten Bereich unter Deck geschickt, wo sie ungeheuer lange und steife Taue, die so dick waren wie ihre Arme, auf mächtige hölzerne Spulen wickeln mussten, die man nur zu zweit herumdrehen konnte. Spurrals Aufgabe bestand darin, das Seil zu lenken, damit es sich sauber aufwickelte. Es dauerte nicht lange, bis sie Blasen bekamen und ihre Hände sogar bluteten.

Ein einziger Matrose überwachte die Arbeiten. Nachdem er eine Weile geschrien und gedroht hatte, machte er es sich auf einem Haufen dreckiger Säcke bequem und schlief prompt ein. Spurral ergriff die Gelegenheit, sich flüsternd mit den anderen zu verständigen. Die meisten waren zu ängstlich, um ihr zu antworten, doch zwei reagierten immerhin, und so kam eine halbwegs flüssige Unterhaltung zustande.

Einer der Zwerge war ein wenig älter als die anderen Gefangenen. Anscheinend hieß er Kalgeck. Spurral fand, dass er womöglich etwas Kampfgeist besaß. Die Frau war in gewisser Weise sein genaues Gegenteil. Sie hieß Dweega oder so ähnlich und zählte zu den jüngsten an Bord. Sie war sehr ängstlich und fand doch den Mut zu antworten, worüber Spurral sich zunächst freute. Erst später fand sie heraus, dass Dweega nicht aus Mut, sondern aus Verzweiflung gesprochen hatte.

Nachdem sie mehrere Stunden geschuftet hatten, ertönte irgendwo eine Glocke. Der Wächter erwachte, begutachtete mit einem kurzen Blick ihre Arbeit und schickte sie hinaus. Als sie nach draußen schlurften, bemerkte Spurral, dass das Mädchen nur unter Schwierigkeiten laufen konnte. Bevor der Matrose misstrauisch wurde, nahmen jedoch mehrere andere, allen voran Kalgeck, Dweega in die Mitte und sorgten dafür, dass man ihr Humpeln nicht bemerkte.

Inzwischen war es Nacht geworden. Die Entführer trieben die Gefangenen in den Laderaum des Schiffs, und als Dweega hinunterstieg, blieb Kalgeck dicht bei ihr, um sie abermals vor Blicken abzuschirmen.

Zum ersten Mal seit ihrer Gefangennahme bekamen

sie etwas zu essen. Es gab hartes, altes Brot und schmutziges Wasser. Der Laderaum war schrecklich überfüllt, doch Spurral sorgte dafür, dass sie sich direkt neben Dweega niederlassen konnte. Kalgeck hatte den Platz auf der anderen Seite des Mädchens für sich beansprucht.

Die Gefangenen mussten schweigen, doch sobald die wenigen Kerzen gelöscht waren und der Laderaum zugesperrt war, begannen einige Zwerge zu flüstern, auch wenn stilles Weinen vorherrschte.

Spurral rutschte näher an das Mädchen heran. »Alles klar bei dir?«, fragte sie leise.

»Kann das irgendeiner hier von sich sagen?«

»Ich meine besonders dich. Was ist mit deinem Bein?«

Dweega antwortete nicht. Kalgeck beugte sich herüber. »Sie ist lahm.«

Spurral spürte, wie das Mädchen zusammenzuckte.

»Ist das passiert, als sie uns gefangen haben?«, fragte Spurral.

»Nein«, erklärte Dweega. »Ich war … schon immer so.«

»Aber die Sammler sollen es nicht erfahren.«

»Für beschädigte Ware bekommen sie keinen guten Preis«, hauchte das Mädchen verbittert.

»Bisher hattest du Glück. Was meinst du, wie lange du es ihnen noch verheimlichen kannst?«

»Ich hatte gehofft, ich könnte ans Ufer schleichen, wenn wir irgendwo ankommen, und …«

»Das wird dir nicht gelingen. Die passen viel zu gut auf.«

»Ich dachte, du könntest uns vielleicht helfen.« Dweega war wütend und offensichtlich auch verzweifelt. »Du bist doch angeblich eine Art Göttin.«

»Sie kann uns nicht helfen«, flüsterte Kalgeck. »Sonst wäre sie nicht hier.«

»Euer Ältester hat angenommen, wir wären Götter«, erklärte Spurral ihr. »Ich bestehe jedoch aus Fleisch und Blut, genau wie du.«

Dweega seufzte. »Dann ist unsere letzte Hoffnung dahin.«

»Du musst kein Gott sein, um etwas an deiner Lage zu ändern.«

»Woran denkst du?«, wollte Kalgeck wissen.

»Wir sind ebenso viele wie sie. Wenn wir ein paar von ihnen überwältigen und ihre Waffen in die Hände bekommen ...«

»Meuterei? Das kann nicht gutgehen.«

»Welche Möglichkeiten haben wir denn? Wir können uns demütig unserem Schicksal ergeben oder uns wehren. Ich weiß jedenfalls, was ich lieber tun würde.«

»Dann fang doch an«, sagte Dweega.

»Allein schaffe ich das nicht. Wir müssen uns organisieren.«

»Du kennst die Sammler nicht so gut wie wir«, wandte Kalgeck ein. »Sie würden keine Gnade walten lassen.«

»Das würden sie bei Dweega sowieso nicht tun, wenn sie herausfinden, dass sie lahm ist. Ist nicht allein das schon ein guter Grund, als Erster zuzuschlagen?«

»Es wäre unser sicherer Tod. Vielleicht kann sie ja vom Schiff fliehen, und wir anderen werden schon irgendwie als Sklaven überleben.«

»Du kannst das meinetwegen ein Leben nennen. Ich sehe das anders.«

»Ich freue mich auch nicht darauf. Und wenn ich hoffen könnte, die Sammler zu überwältigen, dann würde ich dir helfen. Die anderen sind aber sicher nicht bereit, sie anzugreifen.«

»Was ist mit dir, Dweega?«, fragte Spurral. »Wie siehst du es?«

»Ich lasse es darauf ankommen.« Damit drehte sie sich um und kehrte Spurral den Rücken.

Danach schwiegen sie erschöpft und fielen schließlich in einen unruhigen Schlaf.

Es schien fast so, als wären nur wenige Augenblicke vergangen.

Im ersten Morgengrauen wurden sie unsanft mit Tritten und Flüchen geweckt und durften ein paar Schlucke unreines Wasser trinken. Dann mussten sie wieder arbeiten.

Dieses Mal bekamen sie andere Aufgaben zugeteilt. Statt am Seil zu arbeiten, musste Spurrals Gruppe das Deck schrubben. Wieder bemühten sich Kalgeck und einige andere, Dweega abzuschirmen, doch es war nicht so leicht wie in der schlecht beleuchteten Seilkammer.

Unweigerlich kam es dazu, dass Dweega ihre Behinderung nicht weiterhin verbergen konnte.

Einer der Matrosen befahl ihr, sich von der kleinen Gruppe von Gefährten zu entfernen, die sie abschirmen wollten, um ein anderes Stück des Decks zu schrubben. Dweega zögerte, was erst recht die Aufmerksamkeit der Seeleute auf sie lenkte. Unter der ungeduldigen Tirade von mehreren Matrosen stand sie schließlich auf, schnappte sich ihren Eimer und ging zu dem Platz, den man ihr zugewiesen hatte. Sie bemühte sich sehr, normal zu gehen, doch man sah ihr an, welche Mühe es sie kostete. Überdeutlich zeichnete sich die Anstrengung auf ihrem Gesicht ab.

Es war nicht weit, doch für sie war es die reinste Qual, zumal ihr inzwischen alle schweigend zusahen. Als sie unter Schmerzen niederkniete, lief ein Matrose davon und kehrte wenig später mit dem Kapitän zurück.

Salloss Vant marschierte geradewegs zu Dweega und baute sich mit empörter Miene vor ihr auf.

»Steh auf«, befahl er barsch.

Linkisch gehorchte sie.

»Jetzt geh. Da entlang.« Er deutete auf die Stelle, von der sie gerade gekommen war und wo Spurral und die anderen arbeiteten.

Es war nicht zu übersehen, dass sie auf einem Bein

hinkte, und als sie ankam, brach sie fast zusammen und sank Spurral in die Arme.

»Auf diesem Schiff ist kein Platz für jemanden, der kaum sein eigenes Gewicht tragen kann und keinen Wert für uns hat«, donnerte Vant. »So jemand verschwendet unser teures Essen!«

»Ich kann doch arbeiten!«, protestierte Dweega.

»Aber nicht gut, wie es scheint. Wir Sammler sind kein Wohltätigkeitsverein und nehmen keine Passagiere mit.« Er nickte mehreren Matrosen zu und entfernte sich.

Die Männer wollten Dweega packen. Als sie das Mädchen aus Spurrals Armen zu zerren versuchten, entstand ein kurzes Handgemenge. Die anderen Zwerge taten nichts und schauten entsetzt zu.

»*Kapitän!*«, rief Spurral.

Salloss Vant blieb abrupt stehen und drehte sich erstaunt um, weil sein Frachtgut es gewagt hatte, ihn anzusprechen.

»Ihr müsst das nicht tun«, erklärte Spurral. »Wir können für sie arbeiten. Sie muss Euch nicht zur Last fallen.«

Vant nickte einem anderen Matrosen zu. Einer versetzte Spurral mit einem Belegnagel einen kräftigen Schlag auf die Schläfe. Sie ging zu Boden und musste Dweega loslassen. Dann schleppten sie das Mädchen fort.

Jetzt kam auch Kalgeck zu sich und versuchte einzugreifen. Er stürmte los und rief: »*Nein, nein!*«

Auch er wurde brutal niedergeschlagen.

»*Ich dulde keine Frechheiten auf diesem Schiff!*«, brüllte Vant und starrte die Gefangenen an.

Keiner rührte sich, als die Matrosen die kreischende Dweega zur Reling zerrten.

»Passt gut auf!«, sagte Vant. »Und vergesst nicht, dass jeden, der meine Befehlsgewalt infrage stellt, das gleiche Schicksal erwartet!«

Die Matrosen hoben die strampelnde Dweega an Armen und Beinen hoch, schwenkten sie einige Male hin und her und warfen sie über Bord. Das Mädchen kreischte, als es fiel, dann ertönte ein fernes Platschen.

Die entsetzten Zwerge keuchten und schrien.

»*Schweinehunde!*«, rief Spurral. »*Ihr stinkenden feigen Schweinehunde!*«

Vant richtete seine Aufmerksamkeit wieder auf sie und auf Kalgeck, der zitternd neben ihr auf dem Deck hockte.

»Mut ist gut«, sagte er, während er sich vor ihnen aufbaute. »Mutige Sklaven sind normalerweise gute Arbeiter, und das erhöht den Preis, den wir für euch bekommen. Jedenfalls, nachdem ihr gebrochen seid.«

»Fahr zur Hölle«, fluchte Spurral.

»Da sind wir schon. Falls ihr daran noch Zweifel hattet, werde ich es euch gern vor Augen führen.« Er winkte den Matrosen, die Dweega über Bord geworfen hatten.

Sie rissen Spurral und Kalgeck hoch und stießen sie

zum Hauptmast. Dort mussten sie sich zur Säule drehen und die Arme herumlegen, damit ihnen auf der anderen Seite die Handgelenke gefesselt werden konnten. Anschließend rissen ihnen die Matrosen den Rücken ihrer Hemden auf.

Die anderen Gefangenen mussten direkt davor antreten und sich alles ansehen.

Vant brüllte einen Befehl, worauf ein muskulöser Matrose erschien und eine Lederpeitsche entrollte.

»Für den Anfang dürften sechs Schläge reichen«, entschied der Kapitän.

Die Peitsche sauste knallend auf Spurrals Rücken herab. Es tat unglaublich weh, doch verdammt wollte sie sein, wenn sie auch nur einen Ton von sich gab. Der nächste Schlag traf Kalgeck. Auch er schüttelte sich vor Schmerzen, doch er folgte ihrem Beispiel und blieb still.

Sie wurden abwechselnd geschlagen, zwischen den Hieben gab es kleine Pausen, bis jeder sechs Schläge bekommen hatte. Die ganze Zeit über blieben sie stumm. Das Blut lief ihnen von den Lippen herunter, weil sie daraufgebissen hatten.

Irgendjemand spülte ihre blutigen Rücken mit Salzwasser ab. Es brannte wie Feuer. Dann wurden sie, immer noch gefesselt, sich selbst überlassen, damit sie den anderen, die sich wieder an die Arbeit machen mussten, als warnendes Beispiel dienten.

Schließlich flüsterte Kalgeck. »*Diese ... diese Meuterei ...*«

»Was ist damit?«, quetschte Spurral heraus.
»Wie ... wie wollen wir es anfangen?«

Die Vielfraße beendeten in der Nacht die Arbeit an den Booten. Sobald die Sonne aufging, waren sie wieder auf den Beinen, schleppten die Fahrzeuge zum Wasser und luden Vorräte ein. Inzwischen war es schon recht warm geworden.

Die Truppe war müde und immer noch sehr angespannt. Besonders Haskeer und Jup kochten innerlich. Daher musste Stryke sich genau überlegen, wie er die Gruppen einteilte. Er beschloss, mit Jup und Dallog auf einem Boot die Aufsicht zu übernehmen, während Pepperdyne als eine Art Berater bei ihnen blieb. Außerdem hielt er es für ratsam, auch Standeven auf seinem Boot mitzunehmen, damit er ihn im Auge behalten konnte. Auf das zweite Boot kamen Haskeer und Coilla, wobei Letztere das Kommando übernahm. Es gefiel ihm nicht, den Feldwebel einer Gefreiten unterzuordnen, doch Stryke konnte nicht riskieren, ihm die Befehlsgewalt zu geben, wenn er so schlechte Laune hatte. Außerdem schickte er Wheam auf das zweite Boot und hoffte, Haskeer würde sich darüber nicht zu sehr aufregen. Die Neulinge und die Gemeinen der Vielfraße wurden gleichmäßig auf beide Boote verteilt. Sie würden sich beim Rudern und am Steuer abwechseln.

Auch die drei Zwergenkinder Grunnsa, Heeg und Retlarg waren in der Morgendämmerung aufgestanden, falls sie überhaupt geschlafen hatten. Als die Vielfraße die letzten Vorbereitungen trafen, kamen die Kinder schüchtern zu Stryke und Coilla.

Grunnsa, der Älteste, rückte als Erster mit ihrem Anliegen heraus. »Dürfen wir mitfahren?«

»Nein«, lehnte Stryke ab. »Tut mir leid.«

Die Kinder waren offenbar sehr enttäuscht.

»Das wäre zu gefährlich«, erklärte Coilla ihnen geduldig. »Außerdem werdet ihr jetzt hier gebraucht. Ihr müsst helfen, nach dem Überfall alles wieder in Ordnung zu bringen.«

»Werdet ihr denn unsere Eltern finden?«, fragte Retlarg.

»Das weiß ich nicht«, gab Stryke zu. »Ich verspreche dir aber, dass wir ihnen helfen, so gut wir können, wenn wir ihnen begegnen.«

Haag stellte eine Frage, die sie nicht gern hörten. »Wann kommt ihr zurück?«

Stryke und Coilla wussten genau, dass sie aus guten oder weniger guten Gründen möglicherweise nie mehr zurückkehren würden.

Coilla wich aus. »Es könnte schon bald sein. Also haltet nach uns Ausschau, ja?« Sie fühlte sich mies, weil sie ihnen damit eine sinnlose Aufgabe gab, doch andererseits wollte sie nicht alle Hoffnungen zunichtemachen.

»Danke für eure Hilfe«, lobte Stryke sie. »Ohne euch hätten wir das nicht geschafft.«

Grunnsa strahlte. »Wirklich?«

»Aber klar.« Er hob die Seekarte. »Wie hätten wir sonst erfahren sollen, in welche Richtung wir uns wenden müssen?«

»Wir sollten jetzt aufbrechen«, verkündete Coilla. »Und ihr müsst euch wieder um eure anderen Aufgaben kümmern.«

Mit stolzgeschwellter Brust liefen die Kinder laut rufend am Strand entlang.

»Da wir gerade über die Karte reden«, sagte Coilla, während sie ihnen nachblickte, »woher wissen wir, dass die Sammler direkt zurückfahren? Vielleicht bringen sie ihre Beute auch gleich zu den Käufern.«

»Das ist alles, was wir haben. Wenn sie nicht dort sind, müssen wir warten, bis die Entführer wieder auftauchen.«

»Das wird Spurral nicht viel nützen.«

»Ich weiß. Aber wie gesagt, wir haben keine andere Möglichkeit.«

Bevor sie ablegten, vollzog Dallog noch eine kleine Zeremonie für die Tetrade, jene vier wichtigsten Gottheiten der Orks, die häufig auch »das Kleeblatt« genannt wurden. Er rief Aik, Zeenoth, Neaphetar und Wystendel an und bat um eine glückliche Reise und dass ihre Klingen nie die Schärfe verlieren sollten. Normalerweise nahm sich die Truppe nur vor den wichtigsten Kämpfen Zeit für diese Zeremonie. Stryke hatte es jedoch auch dieses Mal erlaubt, um die Moral zu heben. Wie es aussah, konnten sie jede Hilfe brauchen, die sie nur bekommen konnten.

Als Dallog die einfachen Worte des Rituals aufsagte, erinnerten sich die Veteranen der Truppe an Alfray, den gefallenen Vorgänger, der früher diese Aufgabe übernommen hatte. Einigen wenigen, darunter Haskeer, sah man an, dass Dallog im Vergleich zu ihm schlecht abschnitt.

Anschließend befahl Stryke seinen Leuten, in die Boote zu steigen. Anscheinend hatten sich mittlerweile alle Dorfbewohner versammelt, allen voran der Älteste, um den Aufbruch der Kriegertruppe zu beobachten. Schweigend sahen sie zu.

Stryke stellte sich in den Bug seines Bootes und klopfte unwillkürlich auf den Beutel, in dem er die Instrumentale aufbewahrte.

Dann tauchten sie die Ruder ins schäumende Wasser und brachen auf.

18

Der junge Offizier, der Jennesta die Neuigkeiten übermittelte, gehörte zu dem Gefolge, das sie schon auf dem Herweg von Peczan begleitet hatte. Er kannte ihre Launen und fürchtete ihre Reaktion.

Als er sich im behelfsmäßigen Lager an der Küste von Acurial in ihrem Zelt anmelden wollte, fand er sie allein. Jedenfalls waren keine anderen Lebewesen zugegen, sondern nur einige ihrer untoten Leibwächter, die im Hintergrund unruhig mit den Füßen scharrten.

»Was willst du?«, fragte sie matt, als er eintrat. Sie blickte nicht einmal auf.

Er verneigte sich. »Meine Herrin, wie von Euch befohlen, habe ich Neuigkeiten über die Suche nach den Vielfraßen zu überbringen.« Da sie schwieg, fuhr er nach einer kleinen Pause fort: »Ich muss Euch leider mitteilen, dass sie ... entkommen sind.« Er machte sich auf ein Unwetter gefasst.

Doch sie blieb ruhig. »Auf welche Weise?«

»Es ist sehr ungewöhnlich, Herrin. Wir konnten sie im Wald deutlich vor uns sehen. Dann aber sind sie ... sie sind irgendwie verschwunden. Sie ... ich finde nicht die richtigen Worte, um es zu beschreiben, Herrin.«

Sie schien nicht einmal überrascht. »Dann versuche es gar nicht erst, Dummkopf. Es übersteigt offenbar dein Fassungsvermögen.«

»Herrin, wenn es Euch beliebt, das war noch nicht alles.«

»Wir werden gleich sehen, ob es mir beliebt. Was ist geschehen?«

»Unsere Truppe war nicht die einzige dort draußen. Eine weitere Gruppe ist dort aufgetaucht. Klein nur, aber offenbar mit mächtiger Magie ausgestattet. Anscheinend waren auch sie hinter der Orkbande her. Sobald die Orks ... verschwunden waren, mussten wir fürchten, dass diese Gruppe ihre Magie gegen uns richten würde.«

»Wie hat sich diese Gruppe zusammengesetzt?«

»Auch das ist höchst merkwürdig, Herrin.«

Sie wandte sich ihm zu. »Ah, Herr Major. Demnach war es eine sehr beunruhigende Nacht für Euch, hm?«

Der junge Offizier ließ sich von ihrem Sarkasmus nicht in seinem Bericht aufhalten. »Wir sind ihnen nicht sehr nahe gekommen, Herrin, aber viele Männer schwören, dass es keine Menschen waren. Auch keine Orks oder ...« Beinahe hätte er gesagt: *Wesen wie Ihr,* doch er konnte sich gerade noch beherrschen. »Nein, es waren keine Orks. Es waren viele ganz unterschiedliche Wesen, die wir noch nie gesehen haben.«

»Wenn Ihr in meinen Diensten alt werden wollt, dann solltet Ihr lernen, Euch nicht über seltsame Dinge zu wundern. War das alles?«

Er war überrascht oder gar schockiert, dass sie die offenbar ungünstigen Neuigkeiten so gefasst aufnahm. »Wir hörten auch Berichte über eine Gruppe von befreiten ... nein, von *rebellischen* Orks, die sich in dieser Gegend herumtreiben. Herrin, wir befinden uns hier nicht gerade in einer sehr sicheren Position.«

»Wir werden nicht lange bleiben.«

»Wie lauten Eure Befehle, Herrin?«

»Ich habe die Absicht, sie zu verfolgen.«

»Herrin?«

»Die Orkbande. Die *Vielfraße*.«

Er war wie vor den Kopf geschlagen. »Ich bitte um Verzeihung, Herrin, aber ... aber wie? Mit dem Schiff?«

»Nein, Dummkopf. Ich habe nie ein Schiff erwartet. Dorthin, wo sie hingegangen sind, könnte ihnen sowieso kein Schiff folgen.«

»Aber Herrin, wie wollt Ihr dann ...«

»Ich verfüge über gewisse Möglichkeiten. Allerdings muss ich Euch warnen, dass Ihr die Reise womöglich ein wenig ... aufregend finden werdet. Was ist los,

Major? Ihr wirkt etwas unglücklich.« Sie scherzte nur, denn ihr war nicht wirklich an seinem Wohlbefinden gelegen.

»Danke, Herrin. Es ist alles in Ordnung.«

»Gut. Denn falls ich auf die Idee käme, dass Ihr oder ein anderer aus meinem Gefolge davor zurückschreckt, diesen Ort zu verlassen ... nun ja, vielleicht kann ich es Euch ein wenig veranschaulichen.« Sie griff nach einem silbernen Glöckchen, das auf der Armlehne stand, und schellte damit.

Sofort raschelten die Zeltplanen, als jemand sie ungeschickt zur Seite zog und eintrat. Es handelte sich um einen weiteren untoten Sklaven, der oberflächlich wie alle anderen aussah, denen der Major bisher begegnet war. Seine Augen waren glasig, und er zeigte nicht die geringste Gefühlsregung. Die Haut im Gesicht und an den Händen hatte die kranke Farbe einer alten Mumie.

Das Wesen kam schlurfend einige Schritte näher, blieb stehen und ahmte auf groteske Weise die Habachtstellung eines Soldaten nach. Dem Major stieg der üble Geruch von verwesendem Fleisch in die Nase.

»Mein neuester Diener«, erklärte Jennesta. »Betrachtet ihn genau. Ich glaube, Ihr kennt ihn bereits.«

Er starrte die schwankende Abscheulichkeit an.

»Kommt schon, Major«, drängte sie ihn. »Vom ursprünglichen Gesicht ist noch genug da, um ihn zu erkennen. Er war eine Zeit lang ein recht bekannter Mann.«

Da dämmerte es ihm. Der Major schnitt eine angewiderte Grimasse.

»Ah, nun erkennt Ihr unseren Besucher. Doch ich will Euch in aller Form vorstellen. Dies ist also General Kappel Hacher, der letzte Gouverneur dieser Provinz.«

Das Wesen, das einst Kappel Hacher gewesen war, begann zu sabbern.

»Betrachtet ihn genau«, forderte Jennesta mit eiskalter Stimme. »Denn in ihm erblickt Ihr das Schicksal eines jeden, der nicht mit gebotenem Eifer daran arbeitet, meine Wünsche zu erfüllen. Vergesst eines nicht, Major. Ich könnte ebenso leicht ein ganzes Heer von seiner Sorte befehligen wie eine Truppe von Soldaten, die noch für sich selbst denken können. Sorgt dafür, dass Ihr und Eure Kameraden mir keinen Grund gebt, es mir anders zu überlegen.«

Er nickte stumm, denn er fand keine Worte.

»Bereitet alles für den Abmarsch vor«, befahl sie. »Ach, und erzählt ruhig weiter, in welchem Zustand sich der General jetzt befindet, ja? Ihr dürft gehen.«

Er verneigte sich und machte kehrt.

»Noch etwas, Major.«

»Herrin?«

»Sorgt dafür, dass ich nicht gestört werde.«

Nach einer weiteren raschen Verbeugung eilte der Offizier mit aschfahlem Gesicht hinaus.

Jennesta achtete nicht weiter auf Hacher und ihre anderen Puppen. Sie bückte sich und zog unter ihrer

Liege ein kleines Kästchen hervor. Es war mit Stahl verstärkt und hatte ein kompliziertes Schloss, doch der wahre Schutz beruhte auf dem Zauber, den Jennesta darüber gewirkt hatte. Es war ein Spruch, den nur sie selbst ohne gefährliche Konsequenzen wieder aufheben konnte. Drinnen lag ein weiterer, kleinerer Kasten aus reinem Silber. Auch er war mit einem Spruch gesichert. Als sie beide Behälter geöffnet hatte, betrachtete sie ihren größten Schatz.

Die Instrumentale waren mit jenen identisch, die sie den Orks gestohlen hatte: gelb, grün, dunkelblau, grau, rot. Jeder besaß eine unterschiedliche Anzahl von Stacheln. Nicht einmal ihre Magie war stark und präzise genug, um einen Satz Instrumentale zu erschaffen, doch sie hatte jahrelang studiert und sich bemüht, um einen Weg zu finden, die Sterne zu vervielfältigen. Die makellosen Kopien, über die sie jetzt liebevoll die Fingerspitzen gleiten ließ, waren der Lohn ihrer Mühen. Nun konnte Jennesta alles tun, was die tölpelhaften Orks mit ihren Sternen tun konnten. Sogar noch mehr, denn sie besaß magische Kräfte und wusste mit den gegebenen Möglichkeiten besser umzugehen.

Sie freute sich schon sehr darauf, die Kriegertruppe zu verfolgen. Vorher musste sie jedoch noch einen anderen Ort aufsuchen.

Unendlich viele Welten entfernt segelten die beiden tüchtigen Boote der Vielfraße dahin.

Sie hatten Glück mit dem Wetter, denn das Meer war

ruhig, und der Himmel blieb klar. Das bedeutete, dass die beiden Boote in Rufweite nebeneinanderfahren konnten. Dies wiederum half Pepperdyne, denn er konnte jederzeit zum zweiten Boot Anweisungen hinüberrufen, wenn die Besatzung einen Fehler machte. Coilla, die drüben das Kommando hatte, war dankbar für jede Anleitung. Haskeer war nicht ganz so begeistert, dass ein Mensch ihnen Befehle zubrüllte.

Stryke, Jup und Dallog waren die Offiziere auf dem Boot, das Pepperdyne selbst lenkte. Standeven war ebenfalls dort, hielt sich jedoch wie gewohnt von den anderen fern und war trotz der ruhigen See ein wenig grün angelaufen.

Pepperdyne hatte nach der Sonne und vorher in der Dämmerung nach den rasch verblassenden Sternen navigiert. Dazu hatte er eine einfache Sternenkarte benutzt, die der Älteste ihm überlassen hatte. Es war eine ungenaue Methode, und er sehnte sich nach einem Stück Land, das seine Schätzungen bestätigen konnte. Etwa gegen Mittag bekam er, worauf er gewartet hatte.

Jup bemerkte es als Erster. »Da!«

In der Ferne entdeckten sie drei oder vier dunkle Hügel, die sich aus dem sonst glatten Meer erhoben.

»Du hast ein gutes Auge«, lobte Pepperdyne ihn.

»Das sind doch Inseln, oder?«

»Gewiss«, bestätigte Stryke. Er hatte die Karte auf einer Bank ausgebreitet und tippte auf eine bestimmte Stelle. »Diese hier, würde ich sagen.«

Pepperdyne beugte sich herüber. »Ich glaube, du hast Recht.«

»Demnach sind wir auf dem richtigen Kurs?«

Der Mensch nickte. »Mehr oder weniger.«

»Aber wie weit können wir der Karte trauen?«, fragte sich Jup.

»Bis jetzt scheint sie zu stimmen. Ich habe allerdings so ein Gefühl, als decke sie nur die unmittelbare Umgebung ab.«

»Ist das ein Problem?«

»Nur wenn wir aus irgendeinem Grund den Bereich, den die Karte zeigt, verlassen und in unbekannte Gewässer vorstoßen müssen. Falls der Ozean die ganze Welt umspannt, gibt es vermutlich erheblich mehr Inseln als diese hier.«

»Ich habe gehört, wie eines der Zwergenkinder einen alten Spruch aufgesagt hat«, schaltete sich Dallog ein. »Demnach gibt es so viele Inseln wie Sterne am Himmel.«

»Das ist poetisch, aber nicht sehr hilfreich, wenn wir weiter reisen müssen, als die Karte reicht.«

»Ich glaube, das ist nicht nötig«, sagte Stryke. »Die Karte zeigt uns, wo wir aufgebrochen sind und wo wir hinfahren müssen. Wenn sich noch etwas anderes ergibt, werden wir schon damit fertigwerden.«

»Hoffentlich hast du Recht«, bemerkte Jup. »Um Spurrals willen.«

Auch die Besatzung des zweiten Bootes hatte die Inselkette bemerkt.

Vor allem Wheam war begeistert über die Sichtung. »Das ist ein wichtiger Augenblick, den man feiern sollte. So wird es auch in der Heldenballade geschehen, die ich über diese Reise dichten werde.«

»Oh welche Freude«, gab Haskeer trocken zurück.

»Wenn ich nur meine Laute hätte. Es fällt mir viel leichter, die richtigen Worte zu finden, wenn ich mein Instrument in der Hand habe. Es ist schlimm, dass ich sie verloren habe.«

»Ja, das ist eine echte Tragödie.«

»Du musst eben so lange im Kopf komponieren«, schlug Coilla vor.

»Falls da drin überhaupt genug Platz ist«, murmelte Haskeer.

Wheam war für solche Seitenhiebe völlig unempfänglich. »Mit dieser Ballade könnte mir der Durchbruch als Verseschmied gelingen. Wenn ich sie vortrage ...«

»Weißt du«, unterbrach Coilla ihn, »du hast in Acurial wirklich gezeigt, was in dir steckt, als du wegen dieses Menschen, der deine Laute zerstört hat, die Beherrschung verloren hast.«

»Er hat mich wütend gemacht. Aber ...«

»Genau. Dadurch ist der Ork in dir zum Vorschein gekommen. Wäre es nicht besser, wenn du weiterhin versuchen würdest, das zu sein, wozu du geboren bist ...«

»... statt dich wie eine lahme Tucke zu bewegen, die Wasser statt Blut in den Adern hat«, beendete Haskeer ihren Satz.

»Ich hätte es nicht ganz so drastisch ausgedrückt«, meinte Coilla, »aber es ist auch nicht sehr daneben.«

»Warum kann ich nicht zugleich ein Krieger und ein Barde sein? Ein Kriegsbarde sozusagen?«

»Ich glaube, von dieser Sorte hat es in unserer Geschichte nicht viele gegeben.«

»Dann werde ich der Erste sein!«

»Konzentriere dich erst einmal auf den kriegerischen Teil. So bleibst du vorläufig wenigstens am Leben.«

»Ich wüsste nicht, warum …«

»Warte mal.« Sie starrte zum Meer hinaus und streckte den Arm aus. »Schaut nur.«

»Was ist?«, fragte Haskeer. »Noch eine Insel?«

»Nein. Etwas Kleines und nicht sehr weit entfernt. Siehst du es?«

Er blinzelte und schirmte die Augen mit einer Hand ab. »Ja. Was ist das?«

»Keine Ahnung. Vielleicht nur Treibgut. Halt, da hat sich etwas bewegt.«

»Ich glaube, da winkt jemand«, meinte Wheam.

»Das könnte stimmen.« Coilla stand auf, rief etwas zum anderen Boot hinüber und deutete auf das Objekt.

Stryke dachte, es könnte sich lohnen, die Sache zu untersuchen, und gab Befehl, den Kurs zu ändern.

Als sie sich näherten, konnten sie eine Gestalt ausmachen, die sich an ein Stück Treibholz klammerte.

»Ein Zwerg!«, rief Jup.

»Weiblich«, fügte Pepperdyne hinzu.

Als sie die Schiffbrüchige erreichten, zogen die Ruderer auf einer Seite die Riemen ein, hievten sie an Bord und legten sie aufs Deck. Die Zwergin war offenbar erschöpft und von der Sonne versengt, aber zumindest nicht schwer verletzt. Allerdings hatte sie große Angst.

»Schon gut«, beruhigte Jup sie. »Hier, trink das.« Er drückte ihr eine Feldflasche mit Wasser an die Lippen. »Ruhig, ruhig. Nicht zu schnell.«

»Ich erkenne sie wieder«, meinte Dallog.

»Ich glaube, ich auch. Sie war auf der Insel«, bestätigte Pepperdyne.

»Dann wurde sie mit den anderen entführt«, sagte Jup aufgeregt. Er tätschelte die Wangen des Mädchens. »Komm schon, wach auf.«

»Sei vorsichtig mit ihr«, warnte Stryke. »Sie wird schon zu sich kommen, wenn es so weit ist.«

»Hier.« Pepperdyne reichte Jup eine Flasche Branntwein. »Gib ihr ein wenig davon.«

Nach ein paar Tropfen des scharfen Gebräus begann das Mädchen zu husten, bekam aber wieder etwas Farbe im Gesicht. Flatternd öffnete sie die Lider und starrte die Orks ängstlich an.

»Es ist alles in Ordnung«, versicherte Jup ihr sanft. »Wie fühlst du dich?«

Sie stöhnte und wollte etwas sagen.

»Wie heißt du?«

»Dweega«, quetschte sie hervor. Dann erkannte sie ihn. »Du bist der ... Gott.«

»Nein, eigentlich nicht.«

»Ich ... ich weiß. Sie hat es mir gesagt.«

»Sie? Wer hat es dir gesagt? War es Spurral? Erinnerst du dich? Sie ist mit uns auf die Insel gekommen.«

Dweega nickte.

»Also lebt sie noch?«, fragte Jup und schöpfte neue Hoffnung.

»Ja.«

Jup stieß die Faust in die Luft. »Ich wusste es doch!«

»Aber ...«

Er wurde sofort wieder ernst. »Was denn?«

»Die ... die Sammler ... Salloss Vant ...«

»Wer?«

»Die Kleine ist erledigt«, schaltete sich Stryke ein. »Lass sie eine Weile ruhen. Wenigstens wissen wir jetzt, dass Spurral noch lebt.«

»Oder sie hat noch gelebt, als die beiden sich das letzte Mal gesehen haben.«

»Das ist vermutlich noch gar nicht so lange her«, erklärte Pepperdyne. »Wenn man in der Sonne im Wasser treibt und nichts zu trinken hat, kann man sich nicht lange halten. Sie war höchstens ein paar Stunden hier draußen.«

»Das bedeutet, dass das Schiff der Sammler keinen großen Vorsprung hat.«

»Genau. Vorausgesetzt, das Mädchen war auf diesem Schiff, aber das ist wohl anzunehmen.«

»In welche Richtung sind sie gefahren?« Jup blickte aufs Meer.

»Wir sollten weiter Kurs auf ihren Stützpunkt halten«, entschied Stryke. »Wahrscheinlich wollen sie dorthin.«

Jup betrachtete Dweega und nickte. »Aber wie kommt es, dass sie im Wasser gelandet ist?«

»Hast du ihr Bein gesehen?«, fragte Dallog.

Erst jetzt bemerkten die anderen, dass ein Bein des Mädchens verdreht und verwachsen war.

»Das ist keine frische Verletzung«, fuhr Dallog fort. »Ich würde sagen, sie hat sie schon länger. Vielleicht wurde sie damit geboren.«

Jups Gesicht verfinsterte sich. »Willst du damit sagen, dass die Drecksäcke das Mädchen wegen der Behinderung über Bord geworfen haben?«

»Sie sind Sklavenhändler und können keine fehlerhafte Ware gebrauchen.«

»Verdammt. Wo ist Spurral da nur hineingeraten?«

»Sie haben keinen Grund, das Gleiche auch mit ihr zu tun«, beruhigte Stryke ihn.

»Das können wir nur hoffen. Sie lässt sich aber nichts gefallen, und wenn sie die Entführer provoziert, dann …«

»Sie ist klug, Jup. Sie wird schon wissen, wie sie sich zu verhalten hat.«

Der Zwerg nickte, auch wenn er nicht wirklich überzeugt schien.

»Wir fahren weiter«, entschied Stryke. »Gebt der Zwergin trockene Sachen und seht zu, dass sie etwas zu sich nimmt. Wenn sie wieder bei sich ist, kann sie uns vielleicht noch mehr erzählen.«

Es wurde allmählich Zeit, die ersten Ruderer abzulösen, deshalb befahl Stryke, die Gelegenheit zu nutzen und die Männer auszuwechseln. Er wies Coilla an, auf dem anderen Boot seinem Beispiel zu folgen. Als frische Kräfte am Ruder saßen, fuhren sie rasch weiter.

Einige Stunden vergingen, bis Dweega wieder zu sich kam. Zögernd berichtete sie ihnen, was sie über Spurral und Salloss Vant wusste.

»Weißt du, wohin sie fahren?«, fragte Stryke sie.

Das Mädchen schüttelte den Kopf.

»Wo sind sie jetzt?«

»Ich kann nur ungefähr den Kurs angeben.«

»Wirst du uns denn helfen, sie zu finden?«

»Ich ... ich habe Angst. Ich will nicht ... zu diesem Mann zurück.«

»Dieses Mal wird es anders laufen«, versprach Jup ihr. »Dir wird niemand mehr wehtun.«

Sie blickte zwischen den Kriegern hin und her, zwischen den wettergegerbten, vernarbten Gesichtern, in denen entschlossene Augen funkelten. »Also gut.«

»Wie weit liegen wir hinter ihrem Schiff?«, wollte Stryke wissen.

»Möglicherweise sind sie näher, als wir dachten«, unterbrach Dallog. »Schaut nur.«

Weit hinter ihnen war ein Schiff aufgetaucht. Wegen der Entfernung konnte man keine Einzelheiten erkennen, doch die weißen Segel waren deutlich auszumachen.

»Ob sie das sind?«, fragte Jup mit belegter Stimme.

»Nein«, widersprach Pepperdyne. »Das ist eine ganz andere Schiffsklasse.«

»Was meinst du, Dweega?«, fragte Jup. »Erkennst du es?«

»Er hat Recht. Das ist nicht das Schiff der Sammler, auf dem ich war.«

»Wer sagt denn, dass sie nur ein Schiff haben?«, überlegte Dallog. »Es könnten durchaus mehrere sein.«

»Das ist möglich«, stimmte Stryke zu. »Möglicherweise sind es sogar sehr viele Schiffe, weil es auf dieser Welt so viele Inseln gibt.«

»Ich glaube nicht, dass es Sammler sind«, widersprach Pepperdyne. »Ich konnte das Schiff beobachten, während ihr das Mädchen versorgt habt. Es wechselt nicht die Geschwindigkeit und fällt nicht zurück, kommt aber auch nicht näher. Es behält die Peilung bei. Ich würde eher sagen, sie beschatten uns, wer auch immer das ist.«

19

Viele der gefangenen Zwerge waren aus ihrer Lethargie gerissen worden, als die Entführer Dweega brutal über Bord geworfen hatten. Doch sie kannten die Sammler und ihren schrecklichen Ruf schon lange. Die Zwerge waren erbost und bekümmert über Dweegas Verlust und wollten handeln, blieben jedoch ängstlich. Spurral bemühte sich, dies zu ändern.

Nachdem sie und Kalgeck ausgepeitscht worden waren, tat beiden der wunde Rücken weh. Die Sammler kümmerten sich nicht weiter um sie, aber das erwartete auch niemand. Allerdings bemühten sich einige Mitgefangene, ihnen zu helfen. Die wenigen bescheidenen Habseligkeiten, die sie am Körper getragen hatten, hatten die Entführer ihnen weggenommen und ihnen nur ein paar Gegenstände gelassen, die sie für wertlos hielten, darunter gewisse Kräuter und Salben, welche die Zwerge gern bei sich führten. Diese Mittel verschafften den Verletzten nun ein wenig Erleichterung, denn sie nahmen dem Schmerz die Spitze und beschleunigten die Heilung.

Natürlich freute Spurral sich nicht über die Auspeitschung, doch war sie auf eine verdrehte Weise beinahe dankbar dafür. Die Schläge hatten ihre Rachsucht geweckt, und ihre Tapferkeit hatte ihr die Achtung der anderen Gefangenen eingetragen. Seitdem waren sie etwas empfänglicher für geflüsterte aufrührerische Worte. Auch Kalgeck schien dank seiner Bestrafung eine neue Entschlossenheit gefunden zu haben.

Spurral leitete die anderen umgehend an, sich Waffen anzufertigen. Sie konnten nichts stehlen, was sich in Klingen verwandeln ließ, daher bastelten sie sich Keulen aus Holzresten. Aus Tuchstreifen bauten sie Schleudern, und aus den Abfalleimern der Besatzung stahlen sie Pfirsichkerne, die sie als Munition benutzen konnten. Das alles fiel vor allem deshalb nicht auf, weil die Sklavenhändler kaum auf sie achteten. Sie waren viel zu sehr daran gewöhnt, die Insel der Zwerge auszuplündern, ohne je auf Gegenwehr zu stoßen, und betrachteten ihre Gegner als ängstliche, schwache Kreaturen. Die Sammler waren selbstgefällig geworden, und das kam Spurral durchaus gelegen.

Sie konnten nur nachts in ihrem primitiven Schlafsaal an den Waffen arbeiten. In der nahezu völligen

Dunkelheit waren sie vor allem auf ihr Tastgefühl angewiesen.

Nachdem sie Wachen aufgestellt hatten, ließen sich Spurral und Kalgeck auf ihren groben Decken nieder und stellten hölzerne Beile her.

»Wie sollen wir damit nur kämpfen?«, flüsterte Kalgeck, während er das primitive Ergebnis seiner Bemühungen hob.

»Sie müssen nur einmal oder zweimal funktionieren, bis wir richtige Waffen haben.«

»Oh, das ist wahr. Du weißt in der Tat viel über den Kampf, Spurral.«

»Das liegt daran, dass ich oft gekämpft habe. Und du?« Sie wusste im Grunde, dass er keinerlei Erfahrung hatte.

»Nein, eigentlich nicht.«

»Dann vertrau mir.«

»Ich habe heute etwas gehört, das Vant gesagt hat.«

»Was denn?«

»Er sagte, wir wären bald da.«

»Wie bald?«

»Das hat er nicht erwähnt. Es kann aber nicht mehr lange dauern.«

»Je eher wir zuschlagen ...«

»Wäre es nicht besser zu warten, bis wir unser Ziel erreicht haben? Dann können wir vielleicht fliehen.«

»Nein. Wir wissen nicht, was uns erwartet, wenn wir

in einem Hafen angelegt haben. Hier haben wir es nur mit der Mannschaft zu tun.«

»*Nur?*«

»Hör zu, Kalgeck. Typen wie Salloss Vant beherrschen die anderen mit zwei Mitteln. Zuerst einmal mit Gewalt. Zweitens mit der Angst. Sie bauen darauf, dass ihre Opfer vor dem Angst haben, was sie tun könnten. Um die Sammler zu bezwingen, musst du deine Furcht überwinden.«

»Das ist leichter gesagt als getan.«

»Was ist das Schlimmste, was sie uns antun können?«

»Uns töten?«

»Das kommt darauf an, ob du den Tod schlimmer findest als Sklaverei und Not.«

»Du siehst das nicht so.«

»Ich will ebenso wenig sterben wie du. Noch weniger behagt mir allerdings der Gedanke, diese Dreckskerle weiterleben zu lassen.« Sie versuchte, im schwachen Licht, das durch die Ritzen fiel, seinen Gesichtsausdruck zu erkennen. »Bist du dabei?«

Er zögerte kurz. »Ja«, sagte er dann.

»Und die anderen?«

»Die meisten wohl schon. Aber wir haben alle Angst.«

»Das ist keine Schande, Kalgeck. Die Angst ist etwas, das wir überwinden müssen.«

»Sogar du?« Er konnte es kaum glauben.

»Natürlich.«

»Du traust uns mehr Mut zu, als wir tatsächlich haben. Wir sind nicht gerade wegen unserer Tapferkeit berühmt.«

»Der sogenannte Mut bedeutet nicht, dass man etwas ohne Angst tut. Er bedeutet vielmehr, etwas *trotz* der Angst zu tun. Zeige mir jemanden, der sich in einer Lage wie dieser nicht fürchtet, und ich zeige dir einen Dummkopf.«

»Können wir denn hoffen, Hilfe zu bekommen? Ich meine, von den anderen, die mit dir vom Himmel gefallen sind?«

Sie musste lächeln, auch wenn er es nicht sehen konnte. »Ich weiß genau, dass Jup und die anderen alles in ihrer Macht Stehende tun werden, um uns zu finden. Aber darauf können und dürfen wir uns nicht verlassen. Wir müssen davon ausgehen, dass wir allein sind.«

»Was sollen wir denn nun tun?«

»Wir müssen möglicht bald eine günstige Gelegenheit ergreifen. Sage allen Bescheid, dass sie sich bereithalten und auf mein Zeichen warten sollen.«

Der Himmel bot eine atemberaubende Kulisse voller kristallklarer Sterne.

Die nächtliche Dunkelheit hatte das Schiff, das die Boote der Vielfraße verfolgte, nicht abhalten oder ablenken können. Es blieb stets in gleicher Entfernung und änderte die Geschwindigkeit nicht. Offenbar hatte es keinerlei Schwierigkeiten, den richtigen Kurs zu bestimmen, obwohl die Boote der Orks völlig unbeleuchtet waren. Auf dem Schiff brannte ein Licht, das sicherlich nicht von Laternen herrührte. Es war ein gespenstischer Schein, als trieben sich dort Geister herum.

Pepperdyne, der das erste Boot dirigierte, hatte seit ihrem Aufbruch jeglichen Kontakt mit Standeven vermieden. Jetzt fühlte er sich aber doch verpflichtet, nach dem Mann zu sehen, den er wider besseres Wissen nach wie vor als seinen Herren betrachtete.

Standeven hockte immer noch dort, wo er schon zu Beginn der Reise gesessen hatte, und hatte in der ganzen Zeit nur ein paar belanglose Worte mit den anderen gewechselt. Die Tatsache, dass er im beinahe überfüllten Boot allein saß, zeigte überdeutlich, was die Orks von ihm hielten. Als Pepperdyne sich zu ihm setzte, starrte er gerade das Schiff an, das sie verfolgte.

»Was glaubst du, wer das ist?«, fragte er.

Standeven zuckte mit den Achseln. »Wer weiß? Aber es ist offensichtlich, worauf sie es abgesehen haben.«

»Wirklich?«

»Natürlich. Was ist denn das Wertvollste, was wir an Bord haben?« Er sah sich verstohlen um, ehe er flüsternd seine Frage selbst beantwortete. »Die Instrumentale!«

»Woher sollten sie wissen, dass wir sie haben?«

»Woher wusste es die Gruppe, die uns in Acurial angegriffen hat?«

»Meinst du, sie sind es?«

»Gut möglich. Oder jemand anders. Eigentlich ist es egal. Wichtig ist nur, dass sie um den Wert der Artefakte wissen.«

»Was willst du damit sagen?«

»Wir haben inzwischen ganz vergessen, welchen Wert sie darstellen.«

»Ich dachte, wir hielten es für sinnvoll, uns von dieser Idee zu verabschieden.«

»Nenne es nur sinnvoll. Ich sage dagegen, nur ein ausgemachter Narr kehrt einem solchen Vermögen einfach den Rücken.«

»Du kannst doch nicht immer noch darauf spekulieren, sie zu stehlen. Dies ist eine Kriegertruppe aus Orks. Es ist der helle Wahnsinn.«

»Wenn man bedenkt, welche Macht die Sterne besitzen und welche Reichtümer sie verheißen, dann ist es durchaus das Risiko wert.«

»Angenommen, wir bekommen sie. Was dann?«

»Wir benutzen sie, um diese elende Welt zu verlassen, und dann ...«

»Wie denn? Dazu brauchen wir auch Strykes Amulett, und er lässt die Kette oder die Sterne niemals aus den Augen.«

»Es gibt immer Mittel und Wege, Pepperdyne.«

»Ja, du willst einfach alles stehlen. Genauso, wie irgendjemand in Acurial Coillas Stern gestohlen hat.«

Standeven schnitt eine Grimasse und hob die Stimme. »Wie oft soll ich dir noch sagen ...«

»Still! Halt den Mund. Wenn die anderen auch nur eine Ahnung hätten, was du denkst ...«

Einige hatten in der Tat bereits die Köpfe zu ihnen herumgedreht. Pepperdyne lächelte sie freundlich an. Als sie das Interesse verloren hatten, fuhr er leise fort: »Du vergisst etwas. Die verdammten Sterne funktionieren nicht richtig. Was willst du denn tun? Willst du sie behalten und darauf hoffen, dass sie uns irgendwann nach Hause bringen? Und wenn wir es wie durch ein Wunder schaffen, wie willst du deine Schulden bei Kantor Hammrik begleichen?«

»Wer die Instrumentale hat, muss keine Schulden begleichen und erst recht nicht nach Hause zurückkehren. Wir könnten uns irgendwo eine angenehme Welt suchen. Vielleicht eine, wo die Eingeborenen so rückständig sind, dass wir über sie herrschen können. Wir könnten *Könige* sein, Pepperdyne.«

»Hast du zu viel Salzwasser getrunken? Das ist doch verrückt.«

»Nur für jemanden, der nicht mehr Fantasie als ein Wurm hat.«

»Du bildest dir ja ganz schön viel ein. Ist dir eigentlich nie die Idee gekommen, dass diese Orks inzwischen unsere Freunde sind? Na ja, mindestens Kameraden. Willst du sie wirklich einfach so im Stich lassen?«

»Vielleicht sind sie ja deine Freunde, aber wir hatten nichts als Ärger, seit wir mit ihnen zu tun haben. Sieh doch nur, was sie uns jetzt schon wieder eingebrockt haben.«

»Wir versuchen, einer Kameradin zu helfen, die zu uns gehört. Das nennt man Treue, falls dir das Wort irgendetwas bedeutet.«

»Es bedeutet, dass wir umkommen werden.«

»Stryke sagt, er bringt uns nach Hause. Ich glaube ihm.«

»Selbst wenn er Wort hält, er hätte immer noch die Instrumentale. Ich ... wir müssen sie unbedingt bekommen.«

»Vergiss es. Das sind vergebliche Hoffnungen.«

Standeven hörte nicht mehr hin. Er legte den Kopf schief und starrte abwesend ins Leere, als konzentriere er sich auf irgendetwas.

»Was ist?«, fragte Pepperdyne.

»Hörst du es nicht?«

»Was denn?«

»Ich höre eine ... eine Melodie. Sie ist ganz leise, aber es klingt so ... als würde jemand singen. Da – hörst du es nicht auch?«

Pepperdyne lauschte. Da war nichts außer dem Rauschen der Ruder, die durchs Wasser strichen, und hin und wieder einem gemurmelten Wort. »Nein, nichts.«

»Du musst es doch hören.«

»Da ist nichts. Es ist das Meer. Manchmal spielt es einem solche Streiche.«

Standeven schien verwirrt. »Wirklich? Vielleicht hast du Recht. Ich kann ... nein, jetzt höre ich es auch nicht mehr.«

»Du hast letzte Nacht nicht genug geschlafen, genau wie wir anderen. Wahrscheinlich ist das die Erklärung, und es erklärt auch den Unsinn, den du erzählt hast.«

»Ich kann immer noch klar denken«, gab Standeven empört zurück. »Ich vermag die Folgerichtigkeit darin zu erkennen, auch wenn du es nicht begreifst. Ich muss die Sterne bekommen. Sie wollen es so.«

»Was? Komm zu dir, Standeven.«

»Vor gar nicht so langer Zeit hättest du es nie gewagt, so mit mir zu reden.«

»Das war damals. Jetzt läuft ein neues Spiel. Ich weiß nicht, was in deinem hinterhältigen Kopf vorgeht, aber eines weiß ich genau: Wenn du etwas Dummes tust, bist du allein.«

»Das merke ich auch gerade«, erwiderte Standeven giftig.

»Hör mal, ich werde auf keinen Fall ...«

Er unterbrach sich, als er bemerkte, dass Stryke aufgestanden war und zu ihnen kam.

»Alles klar?«, fragte der Ork.

Vielleicht bildete Pepperdyne es sich nur ein, doch er glaubte, aus Strykes Frage eine Spur von Misstrauen herauszuhören. Einen Augenblick lang dachte er daran, Stryke zu offenbaren, was Standeven gerade gesagt hatte, doch er entschied sich dagegen.

»Alles klar«, sagte er. »Kein Problem.«

Auf dem Schiff der Sammler begann mit dem Morgengrauen ein weiterer Tag voll mühseliger Plackerei. Die

Zwerge mussten eilig ihr übliches Mahl aus altbackenem Brot und trübem Wasser zu sich nehmen. Dann wurden sie an Deck getrieben, wo sie blinzelnd antraten und für ihre Aufgaben eingeteilt wurden.

Die Sklaventreiber hatten die Zwerge schon zu Beginn ihrer Gefangenschaft recht willkürlich in verschiedene Arbeitsgruppen eingeteilt und schienen es für den Rest der Fahrt dabei belassen zu wollen. Deshalb kamen Spurral und Kalgeck wieder in dieselbe Gruppe, was die Verschwörung erheblich vereinfachte. An diesem Morgen wurden sie in die Kombüse geschickt.

Es war ein langer und nicht sehr breiter Raum, in dem trotz der frühen Stunde schon eine unbeschreibliche Hitze herrschte. An einer Seite stand eine Reihe von Öfen, die mit Holz befeuert wurden. Alle waren voll in Betrieb, und eine Reihe von Pfannen, Töpfen und Kesseln brodelte und dampfte darauf. Die beiden größten Öfen waren mächtigen Kesseln mit Wasser vorbehalten, in denen ein hockender Zwerg bequem Platz gefunden hätte.

Auf den nicht eben sauberen Arbeitsflächen waren verschiedene Kochutensilien und Zutaten verteilt – vor allem Fisch, außerdem irgendein nicht sehr vertrauenerweckend aussehendes Fleisch, Räder von steinhartem Käse und staubtrockene Brotlaibe.

In einem der Brote steckte ein Messer, andere Klingen waren nirgends zu sehen. Vermutlich hatten die Matrosen sie absichtlich versteckt und jenes eine dort übersehen.

Spurral versetzte Kalgeck einen Stoß und blickte zum Messer.

Als der Matrose, der sie beaufsichtigte, seine Aufmerksamkeit einem Kameraden zuwandte, der gerade zusammengestaucht wurde, flüsterte Spurral: »Kannst du ihn ablenken?«

Kalgeck erschrak, dann fasste er sich und nickte.

Als die Zwerge sich an ihre jeweiligen Aufgaben machten, schlich er zu einem Regal mit Steingut. Am Ende stand ein hoher Krug. Kalgeck warf einen ängstlichen Blick zu dem Matrosen, der ihm jetzt den Rücken kehrte. Dann langte er hoch und warf den Krug vom Brett. Er zerschellte mit einem lauten Krachen auf dem Boden.

Es wurde totenstill, und der Matrose fuhr wütend herum. Dann marschierte er mit knallrotem Gesicht auf Kalgeck zu.

»Was fällt dir eigentlich ein?«

»Es war ein Versehen, ich wollte doch nur …«

»Ein Versehen? Du ungeschicktes kleines Schwein.« Er holte aus und versetzte Kalgeck eine kräftige Ohrfeige. »Ich geb dir gleich dein Versehen.« Er schlug weiter auf den Kopf und die Schultern des Zwergs ein.

Da alle anderen abgelenkt waren, schnappte Spurral sich rasch das Messer und schob es sich in den Ärmel. Die Klinge war kurz, aber rasiermesserscharf. Es tat gut, den kühlen Stahl auf der Haut zu spüren.

Kalgeck musste immer noch Prügel von dem fluchenden Matrosen einstecken und hatte die Arme erhoben, um sich zu schützen. Spurral bedauerte, ihn hineingezogen zu haben, und fragte sich, wann der Matrose endlich aufhören würde. Sie dachte gerade daran, das Messer jetzt schon einzusetzen, doch da hatte der Matrose seiner Wut offenbar genügend Luft gemacht und hörte auf. Er stieß einige farbenfrohe Beleidigungen aus und befahl Kalgeck, die Scherben aufzuräumen.

Als er auf Händen und Knien herumrutschte, um die Trümmer einzusammeln, fing Kalgeck Spurrals Blick ein und zwinkerte ihr zu.

Ihre Gruppe war abgestellt, um abzuwaschen, Lebensmittel zu holen und wegzubringen, aus dem Lager Feuerholz herbeizuschleppen, die Öfen zu versorgen und eine Reihe anderer Tätigkeiten zu verrichten. Bei keiner einzigen bekamen sie jedoch ein scharfes Werkzeug in die Hand, und sie durften auch keine Nahrung zubereiten. Die menschlichen Küchenhelfer übernahmen diese Arbeiten selbst, und Spurral fürchtete, es würde bald jemandem auffallen, dass ein Messer fehlte. Als es keinen Aufschrei gab, beruhigte sie sich jedoch wieder und nahm an, die Matrosen seien nicht aufmerksam genug, um es zu bemerken.

So mühten sie sich den Morgen über ab. Die Entführer übertrugen ihnen eine beschwerliche Arbeit nach der anderen, und wenn die Zwerge Glück hatten, wurden sie nur mit Flüchen angetrieben. Hatten sie Pech, dann setzte es Tritte und Hiebe. Gegen Mittag durften sie aufs Deck hinaus, um etwas zu essen. Wie üblich war ihr Essen sogar noch schlechter als das fade Zeug, das die Matrosen bekamen. Doch da die Gefangenen nach der anstrengenden Arbeit großen Hunger hatten, stopften sie sich voll.

Während sie auf dem heißen Deck hockten und darauf warteten, dass ihre kurze Pause ein abruptes Ende finden würde, nickten einige ein. Andere unterhielten sich unter den missbilligenden Blicken der Entführer im Flüsterton, wieder andere saßen einfach nur erschöpft herum. Spurral und Kalgeck, die mit dem Rücken zur Reling saßen, konnte sich zum ersten Mal austauschen, seit sie das Messer gestohlen hatte.

»Alles in Ordnung?«, fragte sie, fast ohne die Lippen zu bewegen.

Er nickte. Die aufblühenden Blutergüsse schienen allerdings eine ganz andere Geschichte zu erzählen.

»Tut mir leid, dass ich dir das eingebrockt habe«, fuhr sie fort.

»Schon gut, das war es wert.«

»Ja. Wir haben die erste echte Waffe.«

»Ich habe inzwischen die hier geklaut.« Er öffnete unauffällig eine Hand, in der er vier oder fünf Nägel hatte. »Das ist ausgezeichnete Munition für die Schleudern.«

Sie war beeindruckt. »Eine gute Idee.«

»Wann legen wir los, Spurral? Alle sind bereit, so gut es eben geht. Sie warten nur noch auf dein Zeichen.«

»Wir müssen den richtigen ...«

Kalgeck knuffte sie ans Bein und nickte in Richtung des Decks.

Salloss Vant war dort erschienen. Es war sein erster Auftritt seit dem Vortag. Er kam in Begleitung zweier besonders grobschlächtiger Handlanger und wirkte ausgesprochen ungnädig. Der Kapitän schritt mit der katzenhaften Gewandtheit, die Spurral schon einmal an ihm beobachtet hatte, übers Deck und baute sich vor den Zwergen auf. Die anderen Matrosen umringten die Gefangenen.

»*Aufstehen!*«, brüllte er.

Die Zwerge erhoben sich widerstrebend.

»Irgendjemand hat mein Vertrauen missbraucht«, sagte Vant.

»Was für ein Vertrauen?«, meinte Spurral halblaut.

»Als ihr an Bord gekommen seid, habe ich euch gebeten, euch eurem Schicksal zu ergeben«, fuhr er fort. »Anscheinend haben nicht alle von euch erkannt, wie weise mein Ratschlag war.« Er starrte sie böse an. »Ein Messer ist verschwunden.«

Spurral hätte sich selbst einen Tritt versetzen können, weil sie angenommen hatte, der Diebstahl würde nicht auffliegen.

»Anscheinend geht es eher los, als wir dachten«, flüsterte sie Kalgeck zu.

Er riss die Augen auf und schob unauffällig eine Hand in das halbgeöffnete Hemd, um schnell eine Waffe ziehen zu können.

Spurral bemerkte, dass einige Zwerge in der Nähe verstohlen in ihre Richtung blickten.

»Ist jemand bereit, den Diebstahl zuzugeben und die Strafe auf sich zu nehmen?«, fragte Vant. Niemand sprach oder rührte sich. »Dann seid ihr nicht nur Feiglinge, sondern auch Dummköpfe. Genau wie man es bei einem inzüchtigen Pack wie euch erwarten kann. Also werdet ihr jetzt *alle* für eure Unverschämtheit verprügelt. Wer heute Morgen in der Kombüse eingeteilt war, bleibt stehen. Ihr anderen, setzt euch wieder hin.«

»Jetzt geht es los«, murmelte Spurral.

Sie, Kalgeck und fünf, sechs andere blieben mehr oder weniger dicht beisammen wie ein paar aufrechte Getreidehalme auf einem Feld, das ein Sturm niedergelegt hatte.

Vant musterte sie, und dann fiel sein Blick auf Spurral und Kalgeck. »Ihr zwei da«, grollte er böse. Dann, an seine Mannschaft gewandt: »Bringt sie her.«

Zwei Matrosen näherten sich den stehenden Zwergen. Sie zogen nicht einmal ihre Waffen, denn sie nahmen an, es würde wie sonst auch keinerlei Widerstand geben.

Einer kam geradewegs auf Spurral zu und grinste gehässig. Sie hielt die Arme hinter dem Rücken, damit er sie nicht sehen konnte, und ließ das gestohlene Messer aus dem Ärmel in ihre Hand gleiten.

»Mach schon, Miststück«, knurrte er.

Spurral stach schnell und entschlossen zu und traf

seinen Rumpf. Um sicher zu sein, wiederholte sie den Angriff noch zweimal. Der Mann verzog ebenso vor Überraschung wie vor Schmerzen das Gesicht und starrte den rasch wachsenden roten Fleck auf seinem Hemd an. Als seine Beine nachgaben und er zusammenbrach, packte sie sein Entermesser und zog es aus der Scheide. Als er aufs Deck prallte, wandte sie sich schon dem zweiten Mann zu. Auch dieser war völlig verblüfft. Sie nutzte sein Zögern aus und stach ihm die Klinge mit aller Kraft in den Leib. Auch er ging zu Boden.

Tiefe Stille senkte sich über das Schiff. Gefangene und Matrosen starrten Spurral ungläubig und wie gebannt an. Einen schrecklichen Augenblick lang fürchtete sie, sie wäre allein, und keiner der anderen würde sie unterstützen.

Dann aber rief Kalgeck: »Jetzt! Jetzt!«

Schlagartig setzten sich die Zwerge in Bewegung und stießen laute Rufe aus.

Auch die Männer schrien, und einige kreischten vor Angst. Spurral konnte beobachten, wie drei Zwerge über einen Matrosen herfielen und mit ihren behelfsmäßigen Beilen auf ihn einschlugen. Jemand entriss dem Mann das Schwert und richtete es gegen ihn. Ein anderer Matrose torkelte vorbei. Auf seinem Rücken hatte sich eine Zwergin festgeklammert, die unablässig mit einem erbeuteten Dolch auf ihn einstach. Wieder ein anderer sah sich von einem halben Dutzend Gefangenen hochgehoben. Sie warfen den schreienden Mann über Bord. Einer der Handlanger, die Salloss Vant begleitet hatten, bekam eine Ladung aus einer Schlinge mitten ins Gesicht. Er sank zuckend auf die Knie. Überall herrschte das Chaos.

Kalgeck hatte dem zweiten Mann, den Spurral erledigt hatte, das Entermesser abgenommen. Er war kein geübter Schwertkämpfer, wusste den Mangel jedoch durch wilde Entschlossenheit auszugleichen. Brüllend stürzte er sich auf eine Gruppe Matrosen, die schon von anderen Gefährten angegriffen wurde. Sie mussten zur Reling zurückweichen und hatten alle Mühe, die Zwerge abzuwehren.

Die Zwerge hatten die Sammler überrumpelt, und so gerieten die Entführer rasch ins Hintertreffen. Spurral wusste jedoch, dass das Überraschungsmoment bald verspielt sein würde, wenn die Zwerge die Gelegenheit nicht auf der Stelle nutzten. Vant ging, wie ein Irrer mit dem Schwert fuchtelnd, auf die Zwerge los. Spurral beschloss, ihre Rechnung mit ihm zu begleichen.

Sie war kaum sechs Schritte weit gekommen, da versperrte ihr schon ein Mannschaftsmitglied den Weg. Der Mann war mit einem Entermesser bewaffnet und beugte sich vor, um sie aufzuhalten. Spurral hätte lieber mit dem Stab gegen ihn gekämpft, konnte mit der Klinge jedoch ebenso gut umgehen wie mit jeder anderen Waffe. Außerdem war ihr Blutdurst erwacht. Sie griff an.

Er war stark. Als ihre Klingen klirrend aufeinandertrafen, fuhr ihr der Ruck durch den ganzen Körper. Sie wechselten unnachgiebige Schläge, die so hart waren, als pralle Stein auf Stein. Obwohl Spurral als Zwergin nicht sehr groß war, bewegte sie sich gewandter als ihr Gegner und blieb außerhalb seiner Reichweite. Der Kerl war jedoch ausgesprochen stur und setzte verbissen nach. Außerdem gelang es ihm recht gut, ihre Hiebe abzuwehren; geschickt unterband er jeden ihrer Versuche, seine Deckung aufzubrechen.

In dieser Pattsituation kam ihr das Glück zu Hilfe. Einige Zwerge hatten einen Matrosen in der Takelage bemerkt und mit ihren Schleudern unter Beschuss genommen. Als ihn die scharfen Geschosse trafen, verlor er den Halt, stürzte kreischend aufs Deck und landete mit einem lauten Krachen hinter Spurrals Gegner. Er drehte sich erschrocken um und ließ für einen Moment in seiner Wachsamkeit nach. Die kurze Ablenkung reichte aus.

Spurral zögerte nicht länger. Sie stürmte los, das Entermesser vorgestreckt. Ihr Schwung trieb ihm die Klinge tief in die Brust. Wie ein nasser Sack fiel er rückwärts um und riss ihr dabei das Schwert aus der Hand. Sie stemmte den Stiefel auf die Brust des Toten und zog es wieder heraus.

Dann richtete sie sich keuchend auf und wischte sich den Schweiß von der Stirn. Als sie aufblickte, stand Salloss Vant, mit einem blutigen Entermesser bewaffnet, direkt vor ihr.

Er hatte das Gesicht zu einer dämonischen Fratze verzerrt. Seine Augen waren wie glühende Kohlen, und er konnte vor Wut kaum sprechen. »Du ... wirst ... jetzt ... sterben.«

»Versuch's doch.« Sie bemühte sich sehr, ihm ihre Angst nicht zu zeigen.

Er aber hatte genug geredet, stieß einen Schrei aus und griff an.

20

In seiner blinden Raserei vergaß Vant jegliche Fechtkunst, die er vielleicht einmal erlernt hatte, und ging wie ein wilder Stier auf Spurral los. Abgesehen von dem Entermesser fuchtelte er auch noch mit einem langen Dolch herum. Er schwenkte die Waffen wie ein besessener Jongleur, dass die Klingen nur so durch die Luft zischten.

Spurral zog sich hastig zurück, blieb ständig in Bewegung und versuchte zu erahnen, wo und wie er als Nächstes zuschlagen würde. Wie sie bald herausfand, war das bei einem Gegner, der mit dämonischem Ingrimm kämpfte, praktisch unmöglich. So musste sie sich darauf beschränken, ihm weiterhin auszuweichen. Lange würde das jedoch nicht mehr gutgehen. Irgendwann musste sie sich ihm stellen.

Der erste Schlag, den sie abwehrte, ließ sie taumeln.

Der zweite hätte sie beinahe niedergestreckt. Wieder zog sie sich zurück, immer nur ein paar Schritte auf einmal, und täuschte einen Angriff vor, der ihn auf dem falschen Fuß erwischen sollte. Doch sie musste sich rasch ducken, als seine Klinge über ihren Kopf hinwegpfiff.

Im Hintergrund schrien und kreischten die Zwerge und Menschen, während ihre Klingen klirrten. Überall kämpften die Gefangenen jetzt gegen die Sammler an. Die Überraschung hielt doch länger an, als Spurral angenommen hatte, und die Inselbewohner wussten den Vorteil zu nutzen. Zahlreiche tote und verwundete Matrosen lagen schon auf dem Deck oder wehrten sich verzweifelt, während sie sich vor der Übermacht der Zwerge zurückzogen. Einige Mannschaftsmitglieder, die Nachtwache gehabt hatten, wurden nun, da der Aufstand begann, brutal aus dem Schlaf gerissen.

Nicht dass die Zwerge in jeder Hinsicht überlegen gewesen wären. Sie hatten es mit erfahrenen Piraten zu tun. Der Beweis dafür waren die vielen toten und verletzten Zwerge.

Spurral hatte große Mühe, ihrem Gegner auszuweichen, der wie ein Wilder mit zwei Klingen gleichzeitig herumfuchtelte. Schon bewegte sie sich etwas langsamer, und ihre Arme wurden bleischwer. Bevor die Ermüdung sie vollends im Griff hatte, ergriff sie die Initiative, ging auf Vant los und schwenkte ihr Schwert wie eine Sichel.

Nun musste er eilig ausweichen. Er war wendig genug, um ihrem niedrig geführten Streich zu entkommen. Doch seine Wut nahm noch zu, und er ging seinerseits sofort wieder zum Angriff über. Erneut kreuzten sie die Klingen, und wieder erschütterte der Schlag Spurral bis ins Mark.

Es war kein ausgeglichener Kampf. Spurral musste sich rasch eine neue Strategie einfallen lassen, denn sonst wäre sie verloren. Ihr fiel ein, dass sie vielleicht nicht beeinflussen konnte, *wie* er kämpfte, während sie durchaus bestimmen konnte, *wo* sie gegen ihn antrat. Sie drehte sich um und lief fort. Er stieß einen wilden Schrei aus und stürmte hinterher.

Sie rannte in einen der wenigen Bereiche des Schiffs, die ihr vertraut waren. Unterwegs musste sie über Leichen hinwegspringen und anderen Kämpfern ausweichen. Irgendwann versuchte ein Sammler, ihr den Weg zu versperren. Ohne langsamer zu werden, wehrte sie sein Entermesser ab und überließ ihn den drei Zwergen, die sich ihm von hinten näherten.

Keuchend erreichte Spurral die halb offen stehende Tür der Kombüse und warf sie mit einem Tritt ganz auf. Vant war ihr dicht auf den Fersen. Erleichtert stellte sie fest, dass der Raum leer war. Sie eilte hinein, und im nächsten Augenblick polterte der Kapitän hinter ihr her.

»Du kleines Biest!«, kreischte er. Ihm stand inzwischen der Schaum vor dem Mund. »Bleib stehen und nimm, was du verdient hast!«

»Wenn du mich haben willst, dann musst du mich holen«, fauchte sie. Es war eine kühne Herausforderung, denn er stand zwischen ihr und dem einzigen Ausgang.

Sie konnte nur hoffen, dass er in der Enge nicht richtig ausholen konnte. Möglicherweise hatte sie hier, da sie kleiner war, einen gewissen Vorteil. Hilfreich war auf jeden Fall, dass es in der Kombüse reichlich Waffen gab. Wurfgeschosse, um es genauer zu sagen. Sie schnappte sich einen eisernen Kochtopf und schleuderte ihn nach dem Kapitän. Der Wurf war zu kurz, der Topf fiel ihm klappernd vor die Füße. Vant beförderte ihn mit einem Tritt aus dem Weg und rückte weiter vor. Spurral bombardierte ihn mit allem, was ihr in die Finger fiel: Kessel, Pfannen, ein hölzerner Schlegel, Spieße, Flaschen, Schneidebretter und eine schwere Schöpfkelle. Mehrere Objekte trafen ihn, doch er schien die Schmerzen nicht einmal zu bemerken. Die einzige Wirkung bestand darin, dass er, wenn möglich, sogar noch wütender wurde. Sie fragte sich, ob ihn überhaupt irgendetwas aufhalten würde.

Als sie keine Wurfgeschosse mehr hatte, machte sie sich auf seinen Ansturm gefasst. Ohne sich durch das zerbrochene Geschirr und die Utensilien auf dem Boden stören zu lassen, hielt Vant auf sie zu. Sie rührte sich nicht vom Fleck. Ihr blieb auch kaum etwas anderes übrig, denn die hintere, fensterlose Wand der Kombüse war höchstens noch zehn Schritte hinter ihr.

Spurral musste ihr Schwert mit beiden Händen führen, damit er es ihr mit seinen wuchtigen Hieben nicht einfach aus der Hand schlug. Mit letzter Kraft schaffte sie es gerade eben, seine Angriffe abzublocken, und konnte auf keinen Fall hoffen, einen Gegenangriff zu starten. Er drängte sie mit fast verächtlicher Leichtigkeit in die Defensive. Obwohl sie entschlossen war, nicht nachzugeben, zwang sie das Trommelfeuer seiner Schläge, immer weiter zurückzuweichen. Wenn sie erst mit dem Rücken an der Wand stand, würden ihre Aussichten, den Kampf zu überleben, verschwindend gering sein.

Aus Verzweiflung erwächst Erfindungsgeist oder manchmal wenigstens ein tollkühner Entschluss. Was sie aus dem Augenwinkel bemerkte, und die Idee, die es ihr eingab, hätte in beide Rubriken gepasst. Sie waren jetzt auf gleicher Höhe mit den beiden größten Öfen. Die Feuer waren vor kurzer Zeit geschürt worden, und das Wasser in den riesigen Kesseln brodelte heftig. Die Dampfschwaden, die dort aufstiegen, zogen sich durch die ganze Küche. An den Wänden rann sogar Kondenswasser herab, und von der Decke tropfte es.

Was Spurral sich ausgedacht hatte, konnte ihr selbst ebenso sehr schaden wie Vant, und sie war sich nicht sicher, ob sie behände genug war, um sich rechtzeitig in Sicherheit zu bringen. Dennoch tat sie es.

Sie zog, so fest sie konnte, das Schwert herum, zielte aber nicht auf den Kapitän, sondern auf einen der Kessel. Sobald sie getroffen hatte, sprang sie blindlings zurück und prallte im gleichen Augenblick auf den Boden, als der Kessel vom Herd kippte und das siedende Wasser über ihren Gegner entleerte.

Vant kreischte vor Schmerz, ließ beide Klingen fallen und sank auf die Knie. Von seiner nassen Kleidung stieg Dampf auf. Seine Haut war im Nu verbrüht, schon entstanden die ersten Blasen. Ein paar Tropfen des kochenden Wassers hatten auch Spurral getroffen. Es brannte teuflisch auf der Haut. Sie konnte sich kaum vorstellen, wie sich der Kapitän fühlte.

Seine Schreie trafen sie wie Messerstiche. Spurral war sicher, dass es auf dem ganzen Schiff zu hören war. Dann brach er zusammen und wand sich stöhnend.

Sie richtete sich auf und betrachtete ihn. Das Wasser hatte auch sein Gesicht verbrüht und bis fast zur Unkenntlichkeit entstellt. Es roch nach gekochtem Fleisch.

Spurral war nicht sicher, ob die Verbrennungen schlimm genug waren, um ihn zu töten, doch falls dem so war, würde es gewiss ein langsamer, qualvoller Tod sein. Sosehr sie Salloss Vant und alles, was er darstellte, auch hasste, so empört sie auch über die Demütigungen war, denen er sie unterworfen hatte, sie wollte nicht sadistisch sein.

Irgendwo hatte sie ihr Entermesser verloren. Es lag am Ofen, dessen Feuer durch den Guss erloschen war. Die Klinge war zerbrochen, vermutlich hatte sie den

Zusammenprall mit dem Kessel nicht überstanden. So hob sie Vants großes Messer auf.

Er wand sich und wollte wohl etwas sagen oder fluchen, bekam aber kein verständliches Wort heraus. In seinen Augen glomm allerdings immer noch die alte Bosheit. Er ließ sich nicht anmerken, ob er Spurral erkannte, als sie sich über ihn beugte.

Sie fasste das Messer mit beiden Händen, hob es hoch und trieb es ihm ins Herz.

Danach fand die Welt allmählich zu ihrer gewohnten Ordnung zurück. Erst jetzt bemerkte sie den muffigen Geruch des erloschenen Feuers. Auch hörte sie nun wieder den Lärm, der auf dem Schiff herrschte – ferne Schreie, trampelnde Füße, klirrende Klingen.

Jemand riss die Tür auf, mehrere Gestalten stürmten herein. Sie hob Vants Entermesser und erkannte, dass es Kalgeck und zwei oder drei andere Zwerge waren.

Sie starrten erst Vants leise dampfenden Leichnam und dann Spurral an und rissen mit einem Ausdruck, der zwischen Unglauben und Bewunderung schwankte, die Augen weit auf.

»Bei allen Göttern«, flüsterte Kalgeck. »Ist dir auch nichts passiert, Spurral?«

Sie schüttelte den Kopf. »Wie steht es da draußen?«

Er riss sich von Vant los. »Wir haben die meisten Sammler erledigt. Ein paar halten sich noch.«

»Die werden bald den Mut verlieren, wenn sie erfahren, dass ihr Anführer tot ist. Schaffen wir ihn hinaus, damit sie es sehen.«

Sie schleppten den Toten nach draußen, wobei sie eine feuchte Schleifspur hinterließen, und legten ihn aufs Deck. Das Messer steckte noch in seiner Brust.

Inzwischen hatte sich ein Patt ergeben. Die Mehrheit der Sammler, die noch nicht aufgegeben hatten, drängten sich auf der Brücke. Doch der Besitz des Steuerruders bedeutete nichts, da die Zwerge fast das gesamte Schiff und vor allem die Takelage in Besitz genommen hatten. Ohne Kontrolle über die Segel konnte das Schiff nicht manövrieren.

Als die letzten Sammler Vants Leichnam sahen, verflog ihre Entschlossenheit. Die Zwerge versicherten ihnen, dass ihnen nichts geschehen würde. Ob sie dies glaubten oder nicht, den Matrosen blieb nichts anderes übrig, als sich zu ergeben.

Die Inselbewohner hatten nun zwanzig körperlich unversehrte und etwa ein Dutzend verwundete Gefangene, die sie unter Deck in das Gefängnis scheuchten, in dem sie vorher selbst gehockt hatten.

Als die Gefangenen hinabstiegen, sagte Spurral: »Es sieht so aus, als hättet ihr jetzt selbst ein paar Sklaven.«

»Das ist nicht unsere Art«, widersprach Kalgeck.

»Das ist lobenswert. Also Geiseln, um die Sammler davon abzuhalten, euch noch einmal heimzusuchen.«

»Ich dachte, wir könnten sie vielleicht gegen einige von unserem Volk eintauschen, die sie früher mitgenommen haben.«

»Das ist eine gute Idee.«

»Immer vorausgesetzt, wir finden sie. Das könnte schwierig werden.«

»Ich weiß. Aber ihr solltet dies als eine günstige Gelegenheit sehen.«

»Warum?«

»Ihr könntet eure alte Heimat verlassen. Es gibt eine ganze Welt, die ihr erkunden könnt. Die Furcht hat euch auf eurer Insel ebenso sicher festgehalten, wie die Entführer es auf dem Schiff getan haben.«

So hatte Kalgeck es noch gar nicht betrachtet. »Ja«, meinte er traurig. »Vielleicht sollten wir das tun.«

Als sie ein Platschen hörten, drehten sie die Köpfe herum. Die Zwerge warfen die toten Menschen über Bord.

»Ich kann gar nicht glauben, dass wir sie besiegt haben«, sagte Kalgeck. »Es scheint ... es kommt mir so unwirklich vor.«

»Wir haben es geschafft, weil sie nicht damit gerechnet haben. Das ist eine gute Lektion. Vergesst sie nicht.«

»Wir haben es nur deinetwegen geschafft. Wärst du nicht gewesen ...«

»Nein, ihr habt es selbst vollbracht. Ihr musstet nur begreifen, dass ihr dazu fähig seid und eure Angst überwinden könnt.«

»Es hatte seinen Preis.« Er nickte in Richtung der toten Zwerge, die mit Laken verhüllt auf dem Deck lagen.

»Die Freiheit hat immer ihren Preis, Kalgeck. Hoffentlich gelangt ihr zu der Überzeugung, dass es richtig war, diesen Preis zu bezahlen.«

»Was tun wir jetzt?«

»Wir segeln zu eurer Insel.«

»Wie denn? Wir verstehen ein wenig von der Seefahrt, aber wir bleiben immer dicht an der Küste und fahren vor allem mit Kanus.«

»Wir werden schon zurechtkommen. Wenn nötig, können wir auch ein paar Menschen dazu bringen, uns zu helfen.«

»Ob sie dazu bereit sind?«

»Welche anderen Möglichkeiten haben sie schon? Wollen sie vielleicht ewig mit uns auf dem Meer treiben? Wir können ihnen jedenfalls erklären, dass ihr Leben davon abhängt.«

Er lächelte. »Genau.«

»Du lernst schnell. Aber jetzt lass uns aufbrechen, ja? Es gibt da jemanden, dessen Gesellschaft ich vermisse.«

Jup war in seiner Melancholie versunken. Die meiste Zeit stand er allein im Bug und hielt Ausschau nach einem Segel oder sonst etwas, das ihm neue Hoffnung schenken mochte.

Stryke legte ihm eine schwielige Hand auf die Schulter. »Es bringt doch nichts, wenn du immer nur brütest.«

»Was soll ich sonst tun?«

»Du könntest dich ans Ruder setzen, wenn wir das nächste Mal wechseln. So kannst du deine Sorgen durch Arbeit vergessen.«

Jup lächelte ironisch. »Das mag ich so an euch Orks. Ihr seht immer alles so ... so praktisch. Aber manchmal ist es schwer, Gefühle zu unterdrücken.«

»Du wirst schon wieder munter werden, sobald wir auf die Sammler treffen.«

»Glaubst du, wir holen sie ein?«

»Auf jeden Fall.«

»Danke.« Der Zwerg beäugte seinen Hauptmann. »Wahrscheinlich denkst du jetzt, ich wäre viel zu verweichlicht.«

»Nein.«

»Wir Zwerge tun uns fürs ganze Leben zusammen. Spurral zu gewinnen und dann wieder zu verlieren ...«

»Ich weiß, wie ich mich fühlen würde, wenn Thirzarr oder den Kindern etwas zustoßen würde.«

»Sie ist sicher eine gute Gefährtin, deine Thirzarr. Ich wünschte, ich könnte sie mal kennenlernen.«

»Ihr würdet euch gut verstehen. Ihr seid euch sogar etwas ähnlich.«

»Inwiefern?«

»Ihr seid beide so störrisch wie ein Maultier.«

Calthmon, ein Veteran der Vielfraße, rief etwas vom Ruder herüber. »Sie schließen zu uns auf!« Er deutete auf das geheimnisvolle Schiff, das sie verfolgte.

»Er hat Recht«, bestätigte Pepperdyne. »Sie fahren schneller.«

Stryke rief zum zweiten Boot hinüber: »Habt ihr das gesehen?« Er deutete auf das Schiff.

»Haben wir!«, rief Coilla zurück. »Was sollen wir tun?«

»Verdoppelt die Schlagzahl und entfernt euch ein Stück.«

»Weglaufen?«, rief Haskeer. »Seit wann weichen wir einem Kampf aus?«

»Wenn es die sind, denen wir in Acurial begegnet sind, dann will ich ihre Magie nicht in einem offenen Boot zu spüren bekommen«, erwiderte Stryke. »Jetzt beeilt euch!«

Alle griffen zu den Rudern, und die Boote beschleunigten und entfernten sich voneinander.

»Sie holen weiter auf!«, warnte Dallog.

Pepperdyne sah sich um. »Bei diesem Tempo haben sie uns im Handumdrehen eingeholt.«

»Können wir sie nicht abhängen?«, fragte Stryke.

»Sie haben viel bessere Segel. Ich kann nur vorschlagen, dass wir in verschiedene Richtungen fahren, damit sie uns nicht alle gleichzeitig treffen können.«

Stryke dachte darüber nach. »Nein. Wenn wir kämpfen müssen, dann tun wir es gemeinsam.«

Mit geblähten Segeln kam das Schiff unaufhaltsam näher. Schließlich wurde es langsamer und ragte hoch über ihnen auf. Da es sinnlos war, weiter die Muskelkraft zu verschwenden, gab Stryke den Befehl, die Ruder einzuholen. Allerdings wies er die Truppe an, sich bereitzuhalten, um im Bedarfsfall sofort weiterzufahren.

»Was jetzt?«, fragte Jup. Er betrachtete die mächtige Holzwand, die sich vor ihnen erhob.

An der Reling erschienen einige Gestalten und blickten auf die Boote herab. Sie gehörten verschiedenen Rassen an und waren den Orks bereits bekannt.

»Ja, sie sind es«, bestätigte Dallog. »Die Truppe aus Acurial. Da ist auch die Elfenfrau, die sie anführt.«

»Achtung, Vielfraße!«

»Was wird das jetzt?«, rief Jup.

»Hier spricht Pelli Madayar.«

»Warum ist das so laut?«, wunderte sich Dallog.

»Sie hat ihre Stimme auf unnatürliche Weise verstärkt«, vermutete Pepperdyne.

»Wahrscheinlich magisch«, stimmte Stryke zu.

»Hört zu, Vielfraße! Wir müssen uns unterhalten.«

»Worüber?«, rief Stryke zurück.

»Über das Thema, das ich schon in Acurial zur Sprache gebracht habe.«

»Sie hat es wieder auf die Sterne abgesehen«, meinte Jup.

Stryke nickte. »Du hast die Antwort bereits bekommen«, rief er zurück. »Daran hat sich nichts geändert.«

»Ich muss darauf bestehen, dass wir verhandeln. Geht längsseits und kommt an Bord.«

»Keinesfalls!«

»Soll ich lieber zu euch hinunterkommen, um meinen guten Willen zu beweisen?«

»Du kapierst es einfach nicht, was? Es gibt nichts zu bereden.«

»Eine Weigerung ist nicht hinnehmbar, Hauptmann Stryke. Wenn ihr nicht verhandelt, muss ich verlangen, dass ihr uns die Artefakte aushändigt.«

»Verlangen? Zur Hölle mit ihr!«, fluchte Haskeer laut genug, dass es alle hören konnten.

»Für wen hält die sich eigentlich?«, fügte Coilla zornig hinzu.

»Ruhig!«, warnte Stryke sie. Dann rief er zu Pelli Madayar hinauf: »Wir haben es dir schon einmal gesagt. Mit Forderungen kommst du bei uns nicht weiter.«

»Dann übernehmen wir keinerlei Verantwortung für die Konsequenzen eurer Halsstarrigkeit.«

»Warum kann die nicht normal reden wie jeder andere auch?«, grollte Haskeer.

»Gib den anderen Bescheid, dass sie sich bereithalten sollen«, sagte Stryke halblaut zu Dallog.

»Dies ist die allerletzte Warnung, Vielfraße«, fuhr Pelli fort. *»Ich möchte euch dringend raten, die Waffen zu strecken und mit uns zu verhandeln.«*

»Los!«, brüllte Stryke. »An die Ruder! Zieht durch!«

Die Ruderer legten sich ins Zeug, und die Boote entfernten sich vom Schiff. Stryke war kein Seemann, doch er wusste, dass ein Segelschiff nicht auf die gleiche Weise beschleunigen konnte wie seine Boote. Er hoffte nur, dass sie genügend Vorsprung herausholen würden, um den Verfolgern zu entkommen.

Doch das Corps der Torhüter musste sie nicht verfolgen.

Die Orks hatten gerade erst den Schatten des Schiffs verlassen, als die Luft knisterte. Ein blendend heller Strahl schlug genau zwischen den beiden Booten ein. Direkt danach folgten weitere rote, purpurne und grüne Lichtbalken. Alle kamen den Booten nahe, trafen aber wie der erste nur das Wasser. Das Meer kochte, wo die Strahlen auftrafen. Dampfwolken stiegen auf.

»Sind das Warnschüsse?«, überlegte Pepperdyne.

»Entweder das, oder sie sind lausige Schützen«, gab Stryke zurück.

Kaum hatte er es ausgesprochen, da traf eine Feuerlanze das Heck des von Coilla kommandierten Bootes. Der Strahl streifte das Dollbord und durchtrennte ein Ruder. Es war ein sauberer Schnitt. Der Aufprall brachte das ganze Boot zum Schaukeln.

»Zur Hölle damit«, fluchte Stryke. »Wenn wir uns eine volle Ladung fangen, sind wir erledigt.«

»Was jetzt?«, fragte Jup.

»Wir zahlen es ihnen mit gleicher Münze heim.« Er rief den Befehl laut genug, damit er auch auf dem zweiten Boot zu verstehen war.

Stryke war so vorausschauend gewesen, in den Booten jeweils eine annähernd gleich große Zahl guter Bogenschützen unterzubringen. Der Befehl, den er gab, hätte einem Außenstehenden nichts gesagt. Die Orks aber wussten sofort, welche Strategie sie anwenden sollten.

Sie nahmen Pfeile heraus, deren Spitzen mit geteerten Tuchstreifen präpariert waren. Dann schlugen sie Funken und entzündeten die Munition. Auf Strykes Zeichen schossen sie aufs Schiff – allerdings nicht auf die Wesen an Bord, sondern auf die Segel. Die meisten der brennenden Geschosse fanden ihr Ziel und entzündeten das Tuch. Wenig später gingen die Segel in Flammen auf. An Deck liefen mehrere Gestalten aufgeregt herum.

»Jetzt aber los!«, rief Stryke.

Die Boote fuhren weiter. Die Segel brannten inzwischen lichterloh. Vom Schiff zuckten einige weitere Energielanzen herüber, fanden jedoch kein Ziel.

»Darüber müssen sie erst einmal nachdenken«, meinte Jup.

»Im Augenblick haben wir Ruhe«, stimmte Stryke zu. »Ich glaube aber nicht, dass sie sich so leicht geschlagen geben. *Los doch, Ruderer! Legt euch ins Zeug!*«

Sie brauchten nicht lange, um sich ein gutes Stück vom brennenden Schiff zu entfernen. Trotzdem gönnte Stryke ihnen keine Pause. Er wollte so weit kommen, wie es nur möglich war.

»Wie schätzt du den Schaden auf unserem anderen Boot ein?«, fragte er Pepperdyne.

»Das ist schwer zu sagen. Von hier aus sieht es nicht sehr schlimm aus. Es ist nicht leckgeschlagen, und das ist das Wichtigste. Wir können es sicher leicht reparieren, sobald sich eine Gelegenheit bietet.«

»Gut.«

Die ganze Zeit über hatte Standeven genau das getan, was von ihm erwartet wurde. Er hatte den Kopf eingezogen und sich bedeckt gehalten. Jetzt stand er auf und ging vorsichtig zu Stryke und Pepperdyne.

Als Stryke ihn bemerkte, sagte er: »Ach, kommst du etwa, um uns zu helfen?«

»Nein«, erwiderte Standeven, als hätte er die sarkastische Frage ernst genommen. »Ich habe mich nur gefragt …«

»Spuck's schon aus.«

»Ich wollte mich nur vergewissern, dass die Instrumentale sicher verwahrt sind.«

Stryke funkelte ihn an. »*Was?*«

»Sie sind doch sicher, oder?«

»Was, zur Hölle, geht dich das an?«

»Es betrifft uns alle. Sie sind unsere einzige Möglichkeit, wieder nach …«

»Sie sind sicher.« Unwillkürlich tastete Stryke nach der Gürteltasche.

»Bist du auch ganz sicher, dass …«

»Warum auf einmal das Interesse? Was geht es dich an?«

»Wie gesagt, wir …«

»Hör nicht auf ihn, Stryke«, schaltete sich Pepperdyne ein. »Aus ihm spricht nur die Angst einer schwachen Seele.«

Standeven warf ihm einen giftigen Blick zu.

»Vielleicht könnte er in Zukunft seine Ängste für sich behalten und es mir überlassen, auf die Sterne aufzupassen.«

»Aber gewiss, Hauptmann.« Standeven zerfloss beinahe vor Unterwürfigkeit. »Ich will es ja auch gar nicht anders.« Damit drehte er sich um und kehrte zu seinem Platz zurück.

Pepperdyne wich Strykes fragendem Blick aus.

21

Es gab kaum etwas, das Jennesta mehr genoss als Gemetzel und Brandstiftung.
Nachdem sie Ersteres ausgekostet hatte, dachte sie über den zweiten Punkt nach.
Der Überraschungsangriff, den sie mit überwältigenden Kräften und der Unterstützung ihrer Magie geführt hatten, war ein voller Erfolg gewesen. Jetzt brannte die Siedlung. Einige Kreaturen kämpften noch, wie es bei dieser Art zu erwarten war, doch es handelte sich nur noch um isolierte Widerstandsnester. Da das Lager im Randbereich lag, hatte es hier ohnehin nicht viele gegeben, die es verteidigen konnten. Sogar Jennesta hätte gezögert, ehe sie sich in eine dichter bevölkerte Region gewagt hätte.

Sie hatte strikte Anweisungen gegeben, nach welchen Kreaturen ihre Anhänger suchen sollten und wer auf jeden Fall lebendig zu ergreifen war. Die anderen waren ihr egal.

Jetzt aber wurde sie ungeduldig. Diejenigen, die sie gesucht hatte, waren immer noch nicht gefunden. Ihre Untertanen würden sich mit Schrecken an diesen Tag erinnern, falls sie persönlich eingreifen musste. Viele waren nach dem Übergang noch sehr benommen, doch damit waren sie in Jennestas Augen eher Schwächlinge als Not leidende Geschöpfe, denen man etwa helfen müsste. Sie verbrachte die Wartezeit damit, sich einige besonders interessante Bestrafungen auszudenken.

Ein nervöser Offizier riss sie abrupt aus ihren Tagträumen. Wie alle anderen, die ihre Köpfe behalten wollten, übermittelte auch er ihr zuerst die guten Nachrichten. Die wichtigste Beute war in ihren Händen, auch wenn mehrere von Jennestas Anhängern ums Leben gekommen waren und eine erschreckend große Streitmacht eingesetzt worden war. Die weniger gute Nachricht lautete, dass die beiden anderen Ziele, die Jüngeren, entkommen waren.

Jennesta brachte ihren Zorn über diesen nicht eben perfekten Ausgang zum Ausdruck, doch der Zweck dieser Übung war vor allem der, dem Offizier das zu geben, was zu bekommen er ohnehin erwartete. In Wirklichkeit war sie ganz zufrieden. Das wichtigste Opfer hatten sie gefunden.

Das gefangene Wesen wurde zu ihr gebracht. Es war gefesselt und wurde bewacht, und doch mussten mehrere ihrer untoten Wächter, darunter auch Hacher, gut aufpassen, um es in Schach zu halten. Das Wesen gab sich überheblich und spuckte sogar vor Jennesta aus, als diese sich näherte. Dafür ließ sie es verprügeln.

Sobald das Biest behandelt war und das Feuer, die Brände und das Blutvergießen draußen etwas nachließen, machte Jennesta sich an die Arbeit.

Spurral sollte Recht behalten. Die gefangenen Sammler waren durchaus bereit, bei der Bemannung des Schiffs mit den Zwergen zusammenzuarbeiten. Allerdings bekamen sie keinerlei Spielraum, um irgendwelchen Ärger zu machen. Zweifellos hofften die Gefangenen, am Ende nachsichtig behandelt zu werden.

Das Selbstvertrauen der Zwerge war enorm gestiegen, nachdem sie ihre ehemaligen Peiniger festgesetzt hatten. Das Verhältnis zwischen den noch lebenden Sammlern und ihren einstigen Gefangenen war kaum herzlich zu nennen, bisher hatte es jedoch keine nennenswerten Streitigkeiten gegeben.

Als das Schiff zur Insel der Zwerge zurückkehrte, stellte sich allmählich sogar etwas wie Normalität ein.

Spurral und Kalgeck standen auf der Brücke und sahen den Zwergen und Sammlern zu, die die Segel trimmten.

»Warum müssen wir denn nun langsamer fahren?«, fragte Spurral. Jede unnötige Verzögerung reizte sie zum Zorn.

»Die Sammler haben es uns erklärt«, entgegnete Kalgeck. »Und hier haben wir die Unterlagen.« Er klopfte auf Vants Seekarten, die vor ihnen ausgebreitet waren. »Im Augenblick fahren wir noch in tiefem Wasser. In sehr tiefem sogar. Doch bald wird es flach. Da unten gibt es ein Riff oder so etwas, durch das wir vorsichtig manövrieren müssen.«

»Warum können wir nicht darum herumsegeln?«

»Das würde die Reise beträchtlich verlängern, und wir müssten außerdem durch Gewässer mit gefährlichen Strömungen fahren.«

»Na, wunderbar«, seufzte sie. »Was tun wir jetzt?«

»Wir tasten uns langsam weiter und messen die Wassertiefe. Schau her.« Er deutete zur Reling, wo eine Gruppe von Zwergen neben einer dicken Seilrolle mit einem Bleigewicht am Ende bereitstand. Knoten im Seil zeigten, wie tief das Lot sank.

Als das Schiff nur noch träge dahintrieb, warfen sie die Leine über Bord und konnten sie fast vollständig auslassen, ehe sie den Grund erreichte.

»Wie tief ist das?«, fragte Spurral.

»Das müssten etwa fünfzig Faden sein«, erklärte Kalgeck. »Keine Gefahr.«

Das Schiff schlich weiter, während die Sonne über den azurblauen Himmel wanderte. Sie warfen regelmäßig das Lot aus, doch es veränderte sich nichts.

Spurral wurde immer ungeduldiger, je länger sie dahinkrochen. »Werden wir denn jemals die flache Stelle erreichen, Kalgeck?«

»Nach der Karte müssten wir schon mitten darin sein.«

»Das sollte mal jemand dem Meer erklären.«

»Die Karten sind nicht immer genau, sagen die Sammler.«

»Hoffentlich sehen wir bald ...«

Sie wurde von den Zwergen mit dem Senkblei unterbrochen, die plötzlich aufgeregte Rufe ausstießen.

»Was hat das zu bedeuten?«, fragte Kalgcck.

»Das werden wir gleich sehen.« Spurral war schon zur Leiter unterwegs, um aufs Deck hinunterzuklettern.

Als sie unten ankamen, hielt einer der Zwerge das Ende des Seils hoch. Es war durchtrennt, und das Blei war verschwunden.

»Wie ist das passiert?«

»Keine Ahnung«, antwortete der junge Zwerg mit dem Seil. »Was es auch war, es ist in zwölf Faden Tiefe passiert.«

Kalgeck untersuchte das Seil. »Sieht aus wie durchgeschnitten oder ...«

»Oder was?«, fragte Spurral.

»Wahrscheinlich hat es sich nur irgendwo verfangen.«

»Dann lass es uns noch einmal versuchen.«

Sie holten eine andere Seilrolle und befestigten ein neues Gewicht daran. Dann warfen sie die Leine über Bord, und ein Zwerg bekam die Aufgabe, die Markierungen laut abzuzählen.

»Ein Faden ... zwei ...«

»Jetzt wird sicher nichts mehr passieren«, meinte Kalgeck.

»Ja, hoffen wir's.« Spurral war eine gewisse Unsicherheit anzumerken.

»... vier Faden ... fünf ... sechs ...«

»Es war sicher nur ein dummer Zufall.«

»Hm.«

»... elf ... zwölf ... dreizehn ...«

»Dieses Mal scheint es zu klappen.«

»Gut. Vielleicht können wir dann einfach weiterfahren und ...«

Auf einmal spannte sich das Seil, dann bewegte es sich schnell hin und her. Hätten es nicht mehrere Zwerge gepackt, dann wäre das Ende über Bord gezogen worden. Sie hielten verbissen fest, während ihnen das Seil schmerzhaft durch die Hände glitt. Kalgeck, Spurral und die anderen packten mit an und hatten gemeinsam immer noch Mühe, es zu halten.

»Wir verlieren es!«, warnte Spurral.

»Es muss sich irgendwo verfangen haben«, meinte Kalgeck.

»Warum bewegt es sich dann so schnell?«

Wieder pendelte das Seil von links nach rechts und zurück und wand sich in ihren Händen wie ein Lebewesen. Kalgeck rief um Hilfe. Drei weitere Zwerge kamen und packten das Seil. Jetzt hingen nicht weniger als neun von ihnen daran, doch das bizarre Tauziehen ging weiter.

Auf einmal war es abrupt zu Ende. Ohne Vorwarnung erschlaffte die Leine so plötzlich, dass sich alle aufs Hinterteil setzten. Eilig rappelten sie sich wieder auf und holten das Seil ein. Dieses Mal gab es keinen Widerstand. Abermals war die Leine durchgeschnitten.

»Was ist denn hier los?«, fragte Spurral.

Kalgeck blies auf seine geröteten Handflächen. »Vielleicht hat es sich an einem Schiffswrack verfangen.«

»Ein Wrack, das sich bewegt?«

»Da unten gibt es starke Strömungen. Möglicherweise ...«

Ein lauter Knall erschütterte das ganze Schiff. Er kam irgendwo von unten. Gleich darauf gab es einen zweiten, lauteren und noch stärkeren Aufprall. Das Schiff bebte und legte sich schräg, bis die Zwerge fast das Gleichgewicht verloren.

Irgendjemand rief und deutete aufs Meer. Keinen Pfeilschuss entfernt brodelte und wogte die Meeresoberfläche. Das Wasser war weiß vor Schaum.

»Was, zur Hölle, ist das?«, wollte Spurral wissen.

Einer der gefangenen Sammler, der in der Nähe eine langweilige Arbeit verrichtet hatte, kam zur Reling. Ängstlich starrte er auf das brodelnde Wasser.

»Weißt du, was das ist?«, fragte Spurral ihn.

Er nickte, schien aber unfähig, es auszusprechen.

»Nun?«, bohrte sie.

»Die Kraken«, flüsterte er.

»Was ist das?«

Der Mensch antwortete nicht. Sie wandte sich an die Übrigen. Kalgeck war erbleicht, und auch die anderen Zwerge in Hörweite hatten jegliche Farbe verloren.

»Kalgeck?«, drängte sie. »Kalgeck!«

Er riss sich vom aufgewühlten Wasser los. »Wir haben Geschichten gehört. Die Kraken sind die Herren der Tiefe. Viele sagen, sie seien Götter. Sie können jedes Schiff zerquetschen, egal wie groß, oder es in den Abgrund ziehen.«

»Um das zu tun, müssten sie … gigantisch sein.«

»Es heißt, sie seien größer als manche Insel.«

»Aber du hast noch nie eines dieser Wesen mit eigenen Augen gesehen?«

»Nein … bis heute nicht.« Er starrte über ihre Schulter hinweg.

Sie drehte sich um.

Irgendetwas stieg aus dem brodelnden Wasser empor. Zuerst verdeckte die Gischt die Sicht, und keiner an Bord vermochte es genau zu erkennen. Dann schälte es sich immer deutlicher aus dem Dunst.

Es war ein Anhängsel, ein Tentakel vom Umfang einer Tempelsäule. Wie ein blinder Höhlenwurm war er grau und weiß, und die knorpelige Haut war von dicken blauen Adern überzogen. Bald war er so hoch wie das Schiff, und er wand sich immer weiter in die Höhe.

Dann brach ein zweiter Tentakel aus dem Wasser hervor, viel näher am Schiff. Nahe genug, um es zu erschüttern und eine Welle über die Reling zu heben. Nass und bestürzt zogen sich die Zwerge zurück.

Als hinter ihnen Rufe ertönten, drehten sie sich um. Auch an der anderen Reling erhoben sich Tentakel aus dem Wasser. Wie gebannt schauten die Zwerge zu, während immer mehr Arme erschienen und grotesk hin und her pendelten. Einige waren höher als der Hauptmast. Rings um das Schiff kochte das Wasser.

Einer der Tentakel fuhr unvermittelt herunter und versetzte dem Deck einen gewaltigen Schlag. Ein anderer fegte horizontal herbei, demolierte die Reling und zwang die Besatzung, sich rasch zu ducken. Als ein dritter auf die Brücke krachte, erwachten die Zwerge aus ihrer Betäubung.

Sofort machten sie sich daran, die abscheulichen Gliedmaßen mit Entermessern und Äxten zu bearbeiten. Die gummiartige Haut war jedoch recht widerstandsfähig. Viele Schläge prallten wirkungslos ab, und erst wenn man mehrmals auf dieselbe Stelle hackte, konnte man sie beschädigen. Wo die Klingen durchbrachen, quollen große Mengen einer geleeartigen, ockerfarbenen Flüssigkeit heraus. Die Zwerge übergaben sich beinahe angesichts des widerwärtigen Gestanks.

Die Tentakel zerstörten nicht nur das Schiff. Irgendwie schienen sie die Menschen und Zwerge zu spüren und zuckten mit bemerkenswerter Geschwindigkeit umher, um sie zu fangen und zu umschlingen. Mehrere kreischende Opfer wurden hochgehoben und über Bord gezogen.

Ein Greifarm legte sich um den Mast und knickte ihn ab wie ein Streichholz. Er kippte um und klemmte Menschen und Zwerge ein.

Es stand so schlimm um das Schiff, dass sich auch die Sammler daran beteiligten, den Kraken abzuwehren. Sie griffen nach behelfsmäßigen Waffen oder schnappten sich Schwerter und Äxte, die einige vom Schiff gerissene Zwerge fallen gelassen hatten. In einer Notlage wie dieser machten die Sklavenhändler und ihre einstigen Gefangenen gemeinsame Sache. Nicht, dass sie viel ausrichten konnten.

»Das ist hoffnungslos!«, rief Spurral, als sie auf einen zuckenden Tentakel einschlug.

»Wir müssen das Schiff aufgeben!«, antwortete Kalgeck. Er war über und über mit der stinkenden gelbbraunen Flüssigkeit bedeckt.

»Allein im offenen Meer haben wir noch schlechtere Aussichten!«

»Was sollen wir dann tun?«

»Einfach weiterkämpfen!«

Ein brüllender Mensch wurde von einem Tentakel, der sich um seine Beine gelegt hatte, über Bord gezogen. Spurral und Kalgeck versuchten, ihn freizuhacken, doch ihre Klingen konnten dem Greifarm nichts anhaben. Der Unglückliche wurde fortgerissen und verschwand.

Von unten, aus dem Bauch des Schiffs, drang ein unheilvolles Knacken und Knarren herauf, während oben die Tentakel durch die Aufbauten fegten, als bestünden sie aus dünnem Pergament. Die Planken bogen sich, die noch stehenden Masten bebten, die Segel stürzten herunter.

Ein heftiger Ruck fuhr durch das ganze Schiff, dann begann es langsam zu sinken.

»Wir gehen unter!«, rief Kalgeck.

Das Wasser schwappte über die Reling und breitete sich auf dem Deck aus. Binnen Kurzem war es knöcheltief, dann stieg es bis zum Knie und wenig später bis zur Hüfte der Zwerge. Panik brach aus.

Spurral fühlte ebenso sehr, wie sie hörte, dass der Schiffsrumpf brach. Zwerge wie Menschen wurden über Bord gespült. Als sie sich nach Kalgeck umsah, wurde er gerade von einer Sturzflut vom Deck gerissen.

Dann wurde ihr schwindlig, als das, was vom Schiff noch übrig war, unter Wasser gezogen wurde.

Spurral tauchte. Unter der Oberfläche herrschte das Chaos. Alle möglichen Gegenstände lösten sich vom sinkenden Schiff. Ein Durcheinander von Fässern, Kisten, Seilen, Fetzen der Segel, sich windenden Körpern, zuckenden Tentakeln.

Ihr Blick streifte etwas Lebendiges, fahlweiß und grotesk. Sie waren riesig, und ihre widerwärtigen Körper pulsierten. Klaffende, gewaltige Mäuler mit Reißzähnen so groß wie Breitschwerter. Und ein einziges, ungeheures Auge, das nicht blinzelte und böse und gierig starrte.

Dann umfing sie gnädige Dunkelheit.

22

Sobald das Schiff, das sie in Brand gesetzt hatten, außer Sicht war, untersuchten die Vielfraße das zweite Boot. Pepperdyne, der Einzige unter ihnen, der wirklich etwas davon verstand, war der Ansicht, der Schaden sei schlimmer, als er zunächst angenommen hatte.

»Der magische Strahl hat an zwei Stellen den Rumpf durchschlagen«, erklärte er. »Es sind zahlreiche kleine Löcher, wie in einem Sieb. Hier sieht man noch die verkohlten Stellen.«

Stryke beugte sich vor und nickte. »Was bedeutet das?«

»Wir haben mehrere Lecks. Sie sind klein, und es dringt nicht viel Wasser durch, aber es ist lästig. Wir können sie notdürftig flicken, und dann muss jemand Wasser schöpfen.«

»Wo ist dann das Problem?«

»Ich weiß nicht, wie sehr die Spanten durch den Treffer geschwächt sind. Wenn es schlimmer wird, haben wir nicht die nötigen Hilfsmittel, um eine größere Reparatur durchzuführen.«

»Was können wir dann tun?«

»An der nächsten Insel anhalten und hoffen, dass es dort Bäume gibt.«

»Das würde uns vom Kurs abbringen und uns aufhalten.«

»Wenn wir sinken, werden wir noch viel langsamer. Wo ist die nächste Insel?«

Stryke holte die Karte hervor und faltete sie auf. »Dort.« Er deutete auf das Eiland.

»Ich bin nicht sicher, ob das Boot es noch bis dahin schafft.«

»Na, wunderbar«, seufzte Stryke. »Hast du Vorschläge?«

»Wenn uns in Trougath so etwas passiert ist, haben wir die Boote zusammengebunden.«

»Würden dann nicht beide untergehen, sobald eines sinkt?«

»Du musst es anders herum betrachten. Der Auftrieb des intakten Boots hält beide über Wasser. Es ist nicht ideal, aber wir müssten unser Ziel erreichen. Allerdings werden wir dadurch langsamer, und die vertäuten Boote lassen sich so schwerfällig lenken wie eine störrische Kuh.«

»Da Pelli Madayar hinter uns her ist, sollten wir allerdings so schnell wie möglich fahren.«

Pepperdyne zuckte mit den Achseln. »Die einzige andere Möglichkeit wäre, dieses Boot aufzugeben und alle in das intakte Boot zu pferchen. Auch das würde uns allerdings bremsen. Mal abgesehen von der Enge.«

Stryke dachte darüber nach. »Nein, das werden wir nicht tun. Wenn wir so eng beisammenhocken, können wir nicht kämpfen. Nimm dir alle Helfer, die du brauchst, und flicke, was du kannst. Aber beeil dich. Ich komme mir hier vor wie auf dem Präsentierteller.«

»Gut. Wir sollten Jup erklären, welchen Grund die Verzögerung hat.«

»Ich weiß, und es wird ihm nicht gefallen. Mach nur weiter, ich sage es ihm.«

Die Boote waren bereits mit mehreren Seilen miteinander verbunden und lagen nahe genug nebeneinander, damit Stryke mühelos umsteigen konnte.

Wie gewohnt stand Jup im Bug. Er hatte sich vorgebeugt und den Arm ins Wasser getaucht.

»Was machst du da?«, fragte Stryke.

Jup richtete sich auf und wischte sich die Hand an der Hose ab. Wenn überhaupt, dann war seine traurige Miene nach ihrem Aufbruch noch verschlossener geworden. »Ich habe es mit dem Fernblick versucht.«

»Ich dachte, das Wasser stört dabei.«

»Das ist richtig. Ich wollte nur ... ich wollte einfach etwas tun.«

Stryke nickte.

»Ich habe tatsächlich etwas aufgefangen«, fuhr der Zwerg fort.

»Was denn?«

»Etwas Lebendiges. Oder mehrere Lebewesen, die dicht zusammen sind. Wirklich groß. Groß genug, um die dämpfende Wirkung des Wassers zu überwinden.«

»Hast du eine Ahnung, was es ist?«

»Nein. Aber es hat ... es hat eine Ausstrahlung, die mir nicht gefällt. Es fühlt sich eindeutig nicht freundlich an.«

»Wie weit entfernt?«

»Schwer zu sagen. Da es so starke Energien entwickelt, könnte es weit entfernt sein. Wenn ich raten soll, würde ich allerdings sagen, es ist in der Nähe.«

»Also eine Bedrohung?«

»Wer weiß? Wie gesagt, es hat sich nicht sehr freundlich angefühlt.«

»Wir werden aufpassen.« Er musterte seinen Feldwebel. »Das heißt aber nicht, dass es etwas mit Spurral zu tun hat.«

»Nein. Nicht direkt. Nur, dass sie irgendwo da draußen ist mit ... mit dem, was sich nicht gut anfühlt.«

»Wir müssen einen Umweg machen, Jup.«

»*Was?* Warum denn?«

»Pepperdyne meint, das andere Boot könnte sinken, wenn wir nicht bald eine Insel finden und es flicken.«

»Verdammt.« Er schaute zum zweiten Boot hinüber.

Pepperdyne und ein paar Vielfraße hatten bereits mit der Arbeit begonnen.

»Was tun sie da?«

»Sie binden die Boote zusammen.«

»Aber wenn eines sinkt, dann ...«

»Das dachte ich auch. Pepperdyne meint jedoch, es funktioniert.«

»Verdammt, Stryke. Erst will uns diese Elfenfrau braten, und jetzt das hier. Ob ich Spurral jemals wiederfinde?«

»Ich werde sie antreiben, so gut es möglich ist. Wir arbeiten ohne Pause.«

»Das hoffe ich doch.«

»Inzwischen solltest du versuchen, mit deinem Fernblick alles herauszufinden, was du nur kannst. Es wäre gut, wenn wir eine Vorwarnung bekämen, falls sich uns das nähert, was du aufgefangen hast.«

»Klar. Aber wenn das, was ich gespürt habe, hierherkommt, nützt uns auch die Warnung nicht viel.«

Sie brauchten nicht lange, um die Boote fest miteinander zu vertäuen und den neuen Kurs festzulegen. Das Ungetüm aus zwei Booten war unbeholfen und schwer zu manövrieren, doch Pepperdyne war sicher, dass sie damit wohlbehalten die nächste Insel erreichen würden.

Anfangs war es schwierig, doch nach einer Weile lernten sie, mit der neuen Situation umzugehen. Sie ruderten kräftig, und es kam sogar ein leichter Wind auf, der es rechtfertigte, die kleinen Segel zu setzen.

Wer nicht ruderte, dachte über Pelli Madayars geheimnisvolle Gruppe nach. Einige freuten sich schon darauf, die Sammler anzugreifen, und erzählten einstweilen von früheren Schlachten, wie es Orks gern taten. Natürlich schmückten sie ihre Erzählungen hier und da mit ein wenig Prahlerei aus. Einige beschäftigten sich auch damit, ihre Waffen zu schärfen. Jup blieb ständig im Bug, machte eine grimmige Miene und tauchte gelegentlich eine Hand ins Wasser. Standcven blieb an seinem einsamen Platz im Heck. Er wirkte unruhig, und Pepperdyne, obwohl eigentlich viel zu beschäftigt, um sich mit ihm zu befassen, bemerkte durchaus, dass sein ehemaliger Herr Stryke nicht aus den Augen ließ.

Sie ruderten unentwegt, wechselten sich ab und versorgten ihre Blasen. Zwei Stunden später hatte die Sonne den höchsten Punkt am Himmel erreicht, und es wurde still auf den Booten.

Wheam versuchte, das Schweigen zu füllen. Er stand auf und räusperte sich. Niemand achtete auf ihn. Theatralisch und erheblich lauter räusperte er sich noch einmal. Höchstens zwei oder drei Köpfe drehten sich herum.

»Kameraden!«, begann er. »Schiffsgefährten!«

Haskeer stöhnte.

»Mir ist eingefallen«, fuhr Wheam fort, »dass dies der richtige Augenblick ist, euch den ersten Teil meiner Heldenballade vorzutragen, die ich in den vergangenen Stunden komponiert habe.« Er deutete mit dem Zeigefinger auf seine Schläfe. »Im Kopf.«

»Du hast doch gar keine Laute«, erinnerte Coilla ihn verzweifelt.

»Das macht nichts. Ein guter Vers hat Kraft, ob er nun gesprochen oder gesungen wird.«

»Wie kraftvoll ist er denn, wenn du ihn für dich behältst?«, wollte Haskeer wissen.

Wheam ließ sich nicht beirren. »Dieser Abschnitt dreht sich um das, was wir jetzt gerade tun. Er geht so:

So fuhren sie durch Gischt und Meeresblau
Zu suchen jene, die sie dort verloren.
Sie mussten retten ihre tapf're Zwergenfrau
Weil sie den heil'gen Eid geschworen.

Oh, wie sie kämpften gegen Zauber und Magie
Stolz war ihr Sieg, und groß danach die
    Völlerie ...«

»Völlerie?«, murmelte Haskeer verblüfft.

»Eigentlich heißt es ja Völlerei. Ich muss mir noch etwas überlegen, das sich auf ›Magie‹ reimt.«

»Ich will sterben«, sagte Coilla. »Jetzt sofort.«

»Wir könnten ihn über Bord werfen«, schlug Stryke vor. Er meinte es offenbar ernst.

»Also«, fuhr Wheam fort, »der nächste Teil ist eine Art Refrain. Ihr könnt ruhig einstimmen.

Sie besiegten die Hexe
Sie bekämpften die Elfenfrau

*Die eine war widerlich
Die andere 'ne dumme Sau*

*Hoch die Flaschen
Spielt die Trompeten
Mit den Vielfraßen
Ist nämlich nicht zu spaßen!*

Danach, Kameraden, läuft es besser. In den nächsten dreißig Versen ...«
»Land in Sicht!«
Es hätte eine Lüge sein können – der verzweifelte Versuch eines Rekruten, der Qual zu entkommen. Es war den anderen egal.
Tatsächlich aber tauchte vor ihnen Land auf. Am Horizont zeichneten sich die Umrisse einer Insel ab.
Haskeer hob den Blick zum Himmel. »Den Göttern sei Dank.«
»Wie gehen wir das jetzt an, Stryke?«, wollte Coilla wissen. »Die Insel könnte ja bewohnt sein.«
»Welche Möglichkeiten haben wir?«
»Die üblichen. Heimlich, Frontalangriff oder verhandeln.«
»Hast du keine genaueren Vorschläge?«
»Da ich nicht weiß, womit wir es zu tun bekommen – nein, leider nicht.«
»Wir versuchen es mit Verhandeln. Natürlich erst, nachdem wir uns umgesehen haben.«
»Natürlich.«

»Was tun wir, falls die Insel bewohnt ist, und die Einwohner feindselig sind?«, fragte Dallog.

»Ob Freund oder Feind, wir werden bekommen, was wir brauchen«, versprach Stryke. »Wir haben keine Zeit zu verlieren.«

Als sie sich der Insel näherten, konnten sie mehrere Schiffe ausmachen, die in der größten Bucht vor Anker lagen.

»Also bewohnt«, stellte Coilla fest. »Oder jemand besucht gerade die Insel.«

»Ich würde sagen, dort ist eine Siedlung«, meinte Stryke. »Schau nur, direkt vor den Bäumen. Da stehen doch ein paar Gebäude, oder?«

Sie blinzelte. »Ja, ich glaube, du hast Recht.«

»Dann schlagen wir einen großen Bogen und suchen uns eine ruhige Stelle, an der wir landen können.« Er drehte sich um und rief: »Refft sofort die Segel! Wir wollen nicht bemerkt werden!«

Auf der anderen Seite der Insel fanden sie keinerlei Anzeichen einer Besiedlung. Sie hielten auf eine kleine, einsame Bucht zu und gingen an einem Sandstrand an Land. Stryke gab Befehl, die beiden Boote ans Ufer zu ziehen und zwischen den Bäumen zu verbergen. Vier Gemeine, darunter Wheam, bekamen den Auftrag, die Boote zu bewachen. Auch Standeven sollte dort warten. Er versuchte, Einwände zu erheben, was überhaupt nicht seiner sonstigen Art entsprach, doch vergebens.

Stryke führte die anderen ins Landesinnere.

»Warum gehen wir so weit ins Land hinein?«, fragte Jup. »Haben wir nicht direkt am Strand genau das, was wir suchen?«

»Nein, leider nicht«, antwortete Pepperdyne. »Für die Reparatur brauchen wir gutes, abgelagertes Holz, und am Strand ist nichts Passendes zu finden. Schade, dass wir kein schweres Gerät haben.«

»Unser Proviant und das Wasser gehen schneller zur Neige, als ich es vermutet hätte«, fügte Stryke hinzu. »Die Siedlung, die wir gesehen haben, ist vielleicht ein guter Ort, neue Vorräte aufzunehmen. Wenn wir Glück haben, erfahren wir dort noch etwas über die Sammler.«

Das Herz der Insel war mit dichtem Dschungel bewachsen, und sie kamen nur mühsam voran. Um die Sache zu beschleunigen, schlug Jup vor, an der Küste entlangzulaufen. Stryke war jedoch der Ansicht, dort würden sie sofort auffallen, und verwarf den Vorschlag.

Verglichen mit der Heimat der Zwerge war die Insel jedoch klein, und die Sonne war noch längst nicht untergegangen, als sie die Siedlung am Strand erreichten. Aus einem Versteck am Saum des Dschungels beobachteten sie den Ort.

Es waren etwa ein halbes Dutzend Gebäude unterschiedlicher Größe. Seltsam war nur der große Teich, den die Bewohner vor den Gebäuden gegraben hatten. Er wurde mit Meerwasser gespeist, das über Kanäle hineinströmen konnte, und war ringsherum mit einem stabilen Holzzaun gesichert. Im Wasser planschten irgendwelche Lebewesen herum. Sie waren anscheinend recht groß und hatten dunkle Haut, doch man konnte sie nicht genau erkennen.

Auch andere Wesen waren zugegen, die offenbar die Befehlsgewalt innehatten. Die Orks erkannten sie sofort.

»Die verdammten Goblins!«, fluchte Haskeer.

»Anscheinend sind sie nicht eure Freunde«, bemerkte Pepperdyne.

»Wir hatten gewisse Schwierigkeiten miteinander«, räumte Stryke ein.

»Vielleicht sind sie hier anders«, überlegte Coilla.

»Träum weiter«, spottete Haskeer.

Pepperdyne war neugierig. »Was ist denn mit ihnen?«

»Sie sind hässliche, hinterhältige, ehrlose, gemeine, gierige, heimtückische, betrügerische, feige, stinkende Hunde.«

»Und das wären noch ihre guten Seiten«, fügte Coilla hinzu.

»Aufgrund unserer bisherigen Erfahrungen mit ihnen vergessen wir das Verhandeln«, entschied Stryke. »Wir werden ein paar Späher ausschicken.«

Nachdem die Kundschafter gegangen waren und sich lautlos durch den Dschungel bewegten, beobachteten die anderen weiter, was im Ort vor sich ging.

Nach einer Weile sagte Coilla: »Ich glaube, die Tiere im Teich sind Pferde. Vielleicht Ponys.«

»Warum sollten Goblins Pferde in einem Teich voller Salzwasser halten?«, fragte Jup.

»Ich glaube, Coilla liegt gar nicht so falsch«, meinte Stryke nachdenklich.

»Denkst du wirklich, dass es Pferde sind? Was wollen die Goblins damit erreichen? Geben sie den Tieren Schwimmunterricht?«

»Nein, es sind keine Pferde. Keine normalen Pferde jedenfalls. Wenn ich Recht habe, dann müssen diese Wesen das Schwimmen auch nicht eigens lernen.«

»Was sind sie denn dann?«

»Ich will sie erst aus der Nähe sehen, um mich zu vergewissern. Lasst uns überlegen, wie wir das schaffen.«

Zoda kehrte vom Erkundungsgang zurück. »Boss, komm lieber mal mit und sieh dir an, was wir gefunden haben.«

Stryke bedeutete Coilla, Jup und Pepperdyne, ihn zu begleiten, und übergab Haskeer das Kommando über die anderen.

Sie folgten Zoda in den Dschungel. Nach wenigen Minuten erreichten sie eine Lichtung, wo die Pflanzen niedergetrampelt und mehrere Bäume brutal entwurzelt waren. Gleadeg, einer der anderen Späher, wartete dort auf sie. Er war nicht allein.

Stryke warf nur einen Blick darauf und sagte: »Das hatte ich mir doch gedacht.«

Das Wesen ähnelte einem Pferd, doch es gab gewisse Unterschiede. Es war ungefähr so groß wie ein

Pony, aber viel kräftiger und eindrucksvoller. Mit Ausnahme der dunkelgrauen Mähne war es völlig schwarz und hatte keinerlei Zeichnung bis auf einen grauen Fleck um die Augen. Das Fell war allerdings einem Pferd völlig unähnlich. Es war glatt, wirkte ölig und entsprach annähernd der Haut einer Robbe. Auch die Mähne war ungewöhnlich. Aus ihr rann ein steter Strom von Wasser wie aus einem sachte ausgedrückten Schwamm. Das Wasser lief an den glänzenden Flanken des Wesens herunter und tropfte auf den Boden.

»Bist du ein Kelpie?«, fragte Stryke.

»Allerdings«, erwiderte das Wasserpferd mit tiefer, kehliger Stimme. »Und ihr seid Orks.«

»Dann kennst du uns?«

»Ich kenne eure Rasse.« Er blickte Jup an. »Auch mit Zwergen hatte ich schon zu tun.« Der Kelpie neigte den mächtigen Kopf in Pepperdynes Richtung. »Noch besser kenne ich diese Art dort. Leider.«

»Ich kann für diesen Menschen bürgen. Er wird dir und deinen Artgenossen nichts tun.«

»Das ist bei einem von seiner Rasse kaum anzunehmen. Doch bisher hat er mich nicht niedergeschlagen und nicht versucht, mich zu versklaven, also muss ich dir glauben.«

Pepperdyne war die Sache offenbar sehr peinlich.

»Dort, wo wir herkommen, gibt es nicht viele von deiner Art«, meinte Coilla. »Man sagt aber, es sei klug, sich von euch fernzuhalten, weil ihr die Kinder ins nasse Grab lockt, damit ihr deren Herzen fressen könnt.

Es heißt sogar, ihr wärt in Wahrheit die Geister böser Kreaturen, die auf üble Weise ums Leben gekommen sind.«

»Auch über Orks werden viele unwahre Dinge erzählt«, erwiderte der Kelpie. »Esst ihr eure Jungen? Seid ihr die verkommene Brut von Elfen? Ermordet ihr Unschuldige einfach nur, weil ihr Freude daran habt? Wie ihr sind auch wir Kelpies dem Hass und der Angst einfach nur deshalb ausgesetzt, weil wir anders sind und unter uns bleiben.«

»Gut gesprochen.«

»Eines, was man über uns erzählt, entspricht jedoch der Wahrheit. Wichtiger als alles andere ist uns die Freiheit.« Das Thema war schmerzlich genug, um die strahlend blauen Augen des Kelpies zu trüben. »Für uns ist die Versklavung schlimmer als der Tod.«

»Allerdings hat es den Anschein, als würde euch genau dieses Schicksal drohen«, erwiderte Stryke. »Warum bist du hier?«

Der Kelpie wandte sich wieder an Pepperdyne. »Weil sein Volk uns mit Gewalt hierhergebracht hat. So halten sie es schon immer, solange wir zurückdenken können.«

»Warum ist niemand je erfreut, mich zu sehen?«, murmelte Pepperdyne.

»Jetzt weißt du, wie wir uns fühlen«, gab Coilla zurück.

»Diejenigen, die euch hergebracht haben – nennt man sie die Sammler?«, wollte Jup wissen.

»Ja«, bestätigte der Kelpie.

»Aber was haben die Goblins damit zu tun?«

»Die Sammler fangen Sklaven. Die Goblins kaufen sie. Ein paar für sich selbst, aber die meisten werden weiterverkauft. Die Goblins vermitteln zwischen den Sklaventreibern und den späteren Herren der Beute. Ihre Aufgabe besteht darin, passende Sklaven für die entsprechenden Aufgaben zu finden. Trolle und Gnome kommen auf Inseln, wo es Bergwerke gibt. Elfen und Kobolde gehen in Freudenhäuser, Gremlins übernehmen die langweilige Arbeit von Gelehrten. Selbst Orks finden als Leibwächter für kleine Tyrannen ihre Käufer. Ihr werdet allerdings voller Stolz hören, dass sie bekanntermaßen schwer zu brechen sind.«

Coilla runzelte die Stirn. »Gibt es denn hier Inseln, auf denen Orks leben?«

»Oh ja. Allerdings nicht in dieser Gegend, und die Sammler plündern sie nicht oft.«

»Was ist mit euch Kelpies? Welche sogenannten Besitzer wollen euch für welchen Zweck haben?«

»Wir werden auf vielen Inseln verlangt.«

»Habt ihr denn besondere Fähigkeiten?«

»Nein. Aber anscheinend schmeckt unser Fleisch recht gut.«

Jup brach das Schweigen, das darauf folgte. »Wie bist du den Goblins entkommen?«

»Durch reines Glück. Sie waren, was selten genug geschieht, einen Moment unaufmerksam, und ich konnte die Gelegenheit ergreifen und fliehen. Ich glaube, sie haben mich nur deshalb nicht gesucht, weil ich nach den Maßstäben meiner Art schon alt bin. Sehr alt sogar. Mein Fleisch wäre zu zäh.« Er stieß ein gluckerndes, schnaubendes Lachen aus. »Es würde ihnen nichts einbringen, ihre Kräfte auf mich zu verschwenden. Außerdem sind sie im Augenblick nur in kleiner Zahl hier.«

»Wie klein ist die Zahl?«, fragte Stryke sofort.

»Es sind nicht einmal vierzig. Sonst sind viel mehr hier, doch die anderen sind fort, um die letzte Ladung ihrer … ihrer *Waren* auszuliefern. Nur ein paar sind geblieben und bewachen die Kelpies.«

»Warum habt ihr sie nicht selbst überwältigt, da sie doch so wenige sind?«

»Zwei Dinge behindern uns. Zuerst einmal haben wir keine Anführer. Das entspricht nicht unserer Art. Wir sind ein äußerst unabhängiges Volk.« Er seufzte. »Seht nur, wohin uns dies geführt hat.«

»Und zweitens?«

»Könnt ihr, die ihr allein auf dem Land lebt, euch vorstellen, wie es ist, vom Wasser abhängig zu sein? Wir müssen mehrmals am Tag in dieses Leben spendende Elixier eintauchen. Unser Leben hängt davon ab. Ein Kelpie, dem das Wasser verwehrt wird, stirbt einen langsamen, schrecklichen Tod. Wir können kaum einen Aufstand wagen, wenn uns diese wichtige Quelle versagt bleibt. Auch ich muss mehrmals täglich ans Ufer und ein Bad nehmen. Zweifellos werden sie mich eines Tages dort fangen und töten.«

»Nein, das werden sie nicht. Wir helfen dir.«

»Wirklich?«

»Und ob«, sagte Coilla.

»Ganz sicher«, stimmten Pepperdyne und Jup zu.

Der Kelpie fuhr erschrocken auf. »Der Mensch auch? Womit haben wir das verdient?«

»Wir wollen einfach sagen, dass wir die Freiheit genauso lieben wie ihr«, sagte Stryke. »Hast du einen Namen?«

»Natürlich.«

»Wie lautet er?«

»Es würde dir nichts nützen, ihn zu hören, sofern du nicht unter Wasser sprechen kannst.«

»Äh, nein. Das können wir nicht.«

»Dann nenne mich einfach Kelpie.«

»Du stehst unter unserem Schutz. Komm mit. Sicher brauchst du auch etwas zu essen. Was isst du überhaupt?«

»Nicht die Herzen eurer Kinder. Wir nehmen verschiedene Dinge zu uns, aber wenn wir die Wahl haben, bevorzugen wir Fisch.«

»Wir werden sehen, was wir tun können.«

Auf dem Rückweg zu den anderen fragte Stryke Jup, wie dieser sich fühlte.

»Ich habe Angst, Spurral könnte diesem Goblin-Abschaum in die Hände fallen.«

»Dann lasse deine Wut an ihnen aus, bis wir die Sammler gefunden haben.«

»Darauf kannst du dich verlassen.«

»Gut. Ich wusste doch, dass es dich aufheitern würde.«

Im Schutze der Dunkelheit postierten sie sich rings um das Dorf der Goblins. Stryke hatte auch die fünf holen lassen, die ihre Boote bewacht hatten, um seine Reihen zu verstärken. Standeven sollte allerdings außen vor bleiben, und Wheam kam in eine Reserveabteilung.

Etwa ein Dutzend Goblins waren zu sehen. Die meisten trugen die Dreizacke mit den Metallspitzen, die sie als Waffen bevorzugten, einige führten aber auch Klingen mit sich. Die übrigen Goblins hielten sich entweder in den Gebäuden oder am Strand in der Nähe der ankernden Schiffe auf.

»Wir halten es einfach«, wandte Stryke sich flüsternd an Coilla. »Wir gehen schnell rein und töten sie.«

»Ist das ein Unterschied zu unserer sonstigen Vorgehensweise?«

»Bereit?«, sagte er nur.

Sie nickte.

Er gab das Zeichen, das die anderen sofort weitergaben.

Zuerst waren die Bogenschützen an der Reihe. Ihre Pfeile erledigten fünf oder sechs Goblins, bevor die anderen überhaupt etwas bemerkten. Die nächste Salve bestand aus Brandpfeilen, die auf die Schilfdächer der Häuser gezielt waren, um das Durcheinander zu vergrößern.

Die Brandpfeile waren das Signal für den Angriff.

Aus allen Richtungen brachen die Vielfraße aus ihren Verstecken hervor. Die Goblins, die in Deckung gegangen waren und den Beschuss überstanden hatten, rappelten sich gerade wieder auf, und einige kamen jetzt auch aus den brennenden Häusern gestürzt. Diejenigen, die sich am Strand aufgehalten hatten, kehrten, von den Bränden aufgeschreckt, ins Dorf zurück.

So bekamen es die Orks mit einer ganzen Horde von Verteidigern zu tun. Sie genossen es.

Stryke verpasste dem ersten Goblin, der ihm begegnete, einen mächtigen Schlag. Seine Klinge durchtrennte den kräftigen Hals, der Kopf des Gegners polterte über den Sand davon. Der Nächste bekam den Stahl in den Bauch. Den dritten Goblin entwaffnete Stryke, indem er ihm einfach den Schwertarm abschlug und weiterrannte.

Coilla konnte der Versuchung nicht widerstehen, ihre Wurfmesser einzusetzen. Sie zog sie aus den Scheiden, die sie an den Armen trug, und warf sie rasch hintereinander. Ein Goblin fiel mit einer Klinge im Auge, ein anderer bekam ein Messer in den Rücken. Als einer mit gesenktem Dreizack auf sie losging, versenkte sie eines in seiner Brust. Wieder ein anderer bekam das Messer dorthin, wo seine Männlichkeit war, sofern er überhaupt so etwas besaß.

Pepperdyne hatte wieder einmal den Vorteil, gegen Feinde zu kämpfen, die nicht mit einem menschlichen Angreifer rechneten. Ein Mensch war für die Goblins offenbar jemand, der zu den Sammlern gehörte und mehr oder weniger die gleichen Ziele verfolgte wie sie selbst. Nun waren sie verblüfft, dass er sie angriff. Pepperdyne wusste das verdutzte Zögern seiner Gegner gut zu nutzen und hackte auf die drahtigen Kerle ein.

Haskeer, der in der Nähe kämpfte und sich große Mühe gab, für den Fechtstil des Menschen keine Bewunderung zu empfinden, verzichtete wie üblich auf jegliche Raffinesse. Den ersten Goblin, der ihm über den Weg lief, betäubte er mit bloßen Fäusten, dann brach er ihm das gekrümmte Rückgrat über dem Knie. Dem zweiten schlitzte er den Bauch auf.

Alle schlugen sich gut, auch die unerfahrenen Rekruten. Jup aber zeichnete sich wirklich aus. Er kämpfte mit einer Wildheit, wie sie sonst nur die unvergleichlichen Orks aufbieten konnten. Angespornt durch Frustration und Zorn und berauscht vom Blutdurst, kannte er keine Gnade. Er war mit dem gewohnten Stab bewaffnet und führte in der anderen Hand zusätzlich ein Messer mit einer langen Klinge. So fuhr er wie ein kleiner Wirbelwind in die Reihen der Goblins hinein, zerschmetterte Schädel und schlitzte Kehlen auf. Ein besonders böser Hieb warf einen Goblin über den Zaun in den Teich der Kelpies hinein. Mit ihren Hufen und den scharfen Zähnen gaben sie ihm den Rest.

Wie in jeder Schlacht kam der Moment, in dem den Siegern dämmerte, dass es niemanden mehr gab, gegen den sie kämpfen konnten. Eine rasche Erkundung der näheren Umgebung und der Gebäude, die vom Feuer verschont geblieben waren, bestätigte, dass kein Gegner mehr am Leben war.

Endlich konnten die Orks die gefangenen Kelpies befreien. Sie stiegen aus dem Teich heraus und schüttelten sich. Einige scharrten mit den Hufen, als sei es eine Freude, die sie lange nicht mehr gehabt hatten.

Stryke rief seine Offiziere zu sich, und der alte Kelpie gesellte sich zu ihnen.

»Wir müssen uns jetzt entscheiden«, erklärte Stryke. »Entweder wir reisen weiter zur Insel der Sammler, oder wir bleiben hier und hoffen, dass Spurral und die Sklaventreiber bald auftauchen. Du sollst als Erster deine Meinung dazu sagen, Jup.«

»Ich ... ich weiß es ehrlich nicht, Boss. Mein Instinkt drängt mich weiterzufahren. Andererseits, da dies der Ort ist, zu dem die Sklaven gebracht werden ...«

»Dies ist einer der Orte, zu denen sie gebracht werden«, korrigierte ihn der Kelpie. »Es ist nicht die einzige Insel, auf der die Goblins oder andere Rassen Sklaven in Empfang nehmen.«

»Verdammt. Demnach ist es möglich, dass Spurral gar nicht hergebracht wird?«

»Verzweifelt nicht, dies ist der wahrscheinlichste Ort. Doch ist deine Gefährtin bisher noch nicht angekommen, und wenn ich berücksichtige, wann sie verschleppt wurde, dann scheint es mir, als hielten sich die Sammler an ihren üblichen Ablauf.«

»Was meinst du damit?«

»Man kann nie vorhersagen, wann sie kommen, aber

die Reihenfolge ihrer Besuche ist immer gleich. Nachdem die Sammler die Insel der Zwerge besucht haben, kommen sie immer zu unserer eigenen. Bringt uns zu unserer Insel, Vielfraße, und es ist gut möglich, dass ihr eure Spurral dort findet. Hier gibt es für uns nichts mehr zu tun. Wir wollen nach Hause.«

»Was meinst du, Jup?«, fragte Stryke.

»Bei den Göttern, jetzt wird es kompliziert. Aber ich sehe es ein.«

»Du vergisst, dass wir nur zwei kleine Boote haben«, erinnerte Coilla ihn. »Und eins davon ist auch noch beschädigt.«

»Und du vergisst die da«, antwortete der Kelpie. Er nickte in die Richtung der ankernden Schiffe. »Wer braucht ein Boot, wenn er ein Schiff haben kann?«

»Auf so einem Schiff würde ich mich erheblich besser fühlen«, verkündete Haskeer.

Stryke wandte sich an Pepperdyne. »Können wir eins dieser Goblinschiffe steuern?«

»Ich glaube schon«, antwortete der Mensch.

»Schön. Dann brechen wir im Morgengrauen auf.«

Der Kelpie nickte zufrieden. »Gut. Ich kann euch versichern, dass man euch begeistert willkommen heißen wird. Nur wenige sind so gastfreundlich wie die Kelpies.«

23

Die Dunkelheit schwand und wich blendend hellem Licht.

Spurral lag auf dem Rücken und starrte in die Sonne. Sie drehte den Kopf, um den schmerzhaften Strahlen auszuweichen. Helle Flecken tanzten vor ihren Augen, und sie blinzelte, um sie loszuwerden. Sie hatte keine Ahnung, wo sie war. Als die Flecken verschwanden und sie wieder sehen konnte, kehrten auch die Erinnerungen an das Schiff, die Kraken und die jüngsten Ereignisse zurück.

Sie hörte die dumpfen Schläge brechender Wellen, und als sie eine Hand ausstreckte, spürte sie feuchten Sand. Wasser spülte um ihre Füße und Beine. Ihre feuchte Kleidung dampfte leicht in der Wärme.

Langsam und unter Schmerzen stemmte sie sich hoch und sah sich um.

Sie kauerte an einem langen, goldenen Sandstrand. Am Ufer lagen Trümmer und Wrackteile verstreut, darunter auch zwei größere Stücke der Schiffsaufbauten. Vermutlich hatte sie sich am Treibgut festgehalten, auch wenn sie keine Erinnerung daran besaß.

Hinter ihr erstreckte sich der Strand recht weit bis zu einem dichten Dschungel voller Palmen und anderer Pflanzen. Hinter den Bäumen konnte sie mehrere kleine Berge aus grauem Fels ausmachen, die in der Sonne schimmerten. Anzeichen einer Besiedlung waren nirgends zu entdecken.

Dann hielt sie inne. Abgesehen vom Donnern der Wellen und den kreischenden Möwen nahm sie noch etwas anderes wahr. Sie brauchte einen Augenblick, um zu erkennen, dass jemand rief. Es dauerte noch einmal einen Moment, bis sie begriff, dass es sogar mehrere Stimmen waren.

Als sie am Strand entlangblickte, konnte sie jedoch nichts entdecken. Auf der rechten Seite sah es anders aus. In der Ferne bewegten sich einige Gestalten, es mochten sieben oder acht sein. Sie kamen ihr vor wie Zwerge oder Menschen, die ihr winkten. Während sie beobachtete und sich noch überlegte, wer oder was sie wohl waren, wurde ihr klar, dass die anderen sich in ihre Richtung bewegten. Spurral zögerte einen Augenblick. Dann, von neuer Hoffnung beflügelt, lief sie auf die Gestalten zu.

Es kam ihr vor, als brauchte sie eine Ewigkeit, um den weiten Strand bis zu den Neuankömmlingen zu überwinden. Ihr wurden die Beine schwer, als sie durch den tiefen Sand stapfte, und erst jetzt wurde ihr bewusst, wie stark ihre Schmerzen wirklich waren. Die Prellungen, die sie sich beim Untergang des Schiffs und vermutlich auch danach zugezogen hatte, als sie wie Treibgut der Gnade der Gezeiten ausgeliefert gewesen war, machten sich nun bemerkbar. Ihre Ellenbogen waren aufgeschürft, im Rücken spürte sie einen dumpfen Schmerz, und auf den Armen zeichneten sich blauschwarze Blutergüsse ab. Die Aussicht, jemand anders auf der Insel zu treffen, die sie für verlassen gehalten hatte, beflügelte sie jedoch.

Als sie endlich nahe genug heran war, konnte sie erkennen, dass es Zwerge waren. Gleich darauf entdeckte sie Kalgeck unter ihnen. Erleichtert umarmten sie einander. Sie staunte, dass auch ihr Freund die Katastrophe überlebt hatte. Seine Begleiter, fünf Männer und zwei Frauen, alle noch sehr jung, scharten sich fröhlich um sie.

»Bist du verletzt?«, fragte Kalgeck, während er sie musterte.

»Ich hatte Glück, es sind nur ein paar Kratzer. Und ihr?«

»Auch uns war die Glücksgöttin hold. Wir haben nur leichte Verletzungen erlitten, es war ein Wunder.«

»Man muss es wohl so nennen. Aber … sind wir denn alle, die überlebt haben?«

Er wurde wieder ernst. »Ja, soweit wir es sagen können. Wir haben die Umgebung erkundet, nicht sehr lange zwar, aber getrennt voneinander, und du bist die Einzige, die wir gefunden haben.«

»Ihr habt ja bei Weitem nicht überall gesucht. Irgendwo auf dieser oder sogar auf einer ganz anderen Insel könnten weitere Überlebende gestrandet sein.«

»Das hoffen wir auch. Es kommt mir wie der Hohn des Schicksals vor, dass meine Gefährten den Kraken zum Opfer gefallen sein sollen, nachdem sie die Sammler besiegt haben.«

»So ist es«, erwiderte sie bedrückt. »Was ist aus den Sammlern geworden? Seid ihr keinem von ihnen begegnet?«

Kalgeck schüttelte den Kopf. »Die meisten waren unter Deck eingesperrt.«

»Ja, richtig. Beinahe könnten sie mir leidtun.«

»Es fällt uns schwer, Mitgefühl für sie zu empfinden, nachdem sie uns so viel Elend gebracht haben.«

»Ich weiß, und ich mache euch keinen Vorwurf. Dennoch, es ist möglich, dass es einige bis hierher geschafft haben. Wir müssen uns in Acht nehmen.«

»Was sollen wir jetzt tun?«

»Wisst ihr, wo wir sind? Kennt ihr diese Insel?«

»Nein.«

»Also gut. Dann wollen wir herausfinden, ob sie bewohnt ist, und wenn ja, ob uns die Einheimischen freundlich gesonnen sind oder nicht. Zuerst müssen wir aber die Wrackteile durchsuchen. Vielleicht entdecken wir etwas Nützliches oder sogar Proviant.«

»Ich habe bereits das hier gefunden.« Er hielt ihr eine Feldflasche mit Wasser hin.

»Oh, schön. Darf ich? Ich bin halb verdurstet.«

Als sie trank, sagte Kalgeck: »Es hat nicht den Anschein, als wäre hier noch viel zu holen.« Er betrachtete die Trümmer, die zusammen mit ihr angetrieben waren.

Beinahe sollte er Recht behalten. Ein wenig Glück hatten sie dann doch noch, denn sie fanden eine weitere, zur Hälfte geleerte Flasche, die Branntwein enthielt. Ein kleiner Schluck weckte ihre Lebensgeister. Außerdem klaubten sie einige Stücke Holz auf, die sie als Keulen hernehmen konnten. Sonst war kaum etwas zu gebrauchen. Zwei Zwerge hatten es geschafft, ihre Waffen mitzunehmen: ein Messer der Sammler und eins der Holzbeile, die sie heimlich angefertigt hatten.

Sie brachen ins Landesinnere auf. Direkt hinter dem Saum des Urwalds entdeckten sie einige Büsche mit gelben, stachligen Früchten in der Größe von Äpfeln. Spurral kannte sie nicht, doch die Zwerge waren entzückt. Sobald sie die harte Schale entfernt hatten, kam süßes, saftiges, weißes Fruchtfleisch zum Vorschein. Es schmeckte köstlich. Sie stopften sich voll.

»Na bitte«, sagte Spurral, während sie sich die Finger ableckte. »Dann wollen wir mal sehen, was die Insel sonst noch zu bieten hat.«

Gestärkt setzten sie die Wanderung fort.

Der Dschungel war dicht und schwer zu durchdringen. Nachdem sie unter Spurrals Führung eine Weile marschiert waren, wobei sie das Blattwerk mit dem Messer zerhackt hatten und immer wieder über Ranken gestolpert waren, begannen sie sich zu fragen, ob es überhaupt der Mühe wert sei. Dann blieb Spurral auf einmal stehen und wies die anderen mit erhobener Hand an, sich still zu verhalten. Direkt vor ihnen lag eine große Lichtung. Da sich nichts bewegte, traten sie vorsichtig ins Freie.

Die Bäume waren gefällt oder, genauer gesagt, entwurzelt und am Rand der Lichtung zu mehreren Haufen aufgestapelt worden. Das Unterholz war platt getrampelt. Mitten auf der Lichtung erstreckte sich eine recht große Wasserfläche.

Spurral schöpfte mit der hohlen Hand etwas Wasser, kostete und spuckte es gleich wieder aus. »Salz. Anscheinend wird der Teich vom Meer gespeist.« Sie sah sich um. »Die Lichtung ist nicht auf natürliche Weise entstanden. Irgendjemand hat den Wald gerodet.«

Kalgeck hob einen Finger an die Lippen und deutete auf das Unterholz. Es raschelte, und die Zwerge hoben ihre bescheidenen Waffen. Noch mehr Rascheln, jetzt aus mehreren Richtungen zugleich. Die Zwerge bildeten einen Kreis, der sie alle so gut wie möglich schützte, und beobachteten die Umgebung.

Irgendein Wesen schob sich krachend durch die Pflanzen, dann folgten einige weitere. Sie waren groß und schwarz.

»Pferde?«, rief Spurral. Doch dann erkannte sie ihren Irrtum.

Die Wesen, die auf die Lichtung strömten, ähnelten zwar äußerlich Pferden, doch es gab bedeutende Unterschiede. Das Fell war anders, beinahe wie das einer Robbe, und aus den wallenden Mähnen tropfte Wasser. Außerdem waren sie viel stärker und robuster als gewöhnliche Pferde. Und vor allem schimmerte hinter ihren Augen eine viel größere Intelligenz.

Kalgeck bestätigte ihre Vermutung. »Das sind keine gewöhnlichen Pferde. Es sind …«

»Kelpies«, knirschte eins der Wesen. Es trabte herbei. »Wir würden euch auf unserer Insel willkommen heißen, wenn wir sicher sein könnten, dass ihr uns nichts Böses wollt.«

»Ganz sicher nicht«, antwortete Spurral, die sich wieder gefasst hatte. »Sehen wir denn wie Räuber aus?«

»Nein, eher wie nasse Zwerge. Da kein Schiff vor unserer Küste ankert, nehme ich an, die See hat euch hierher gespült.«

»Das ist richtig. Wir haben einen Schiffsuntergang überlebt.«

»Ihr könnt euch glücklich schätzen, wenn man bedenkt, welche Gefahren in diesen Gewässern lauern.«

»Wir sind einer davon begegnet.«

»Dann seid ihr doppelt glücklich.« Er betrachtete die zerzauste Truppe. »Ihr müsst uns unser Misstrauen verzeihen. Wir bekommen nur selten Besuch, und diejenigen, die kommen, sind gewöhnlich unerwünscht und wollen uns nichts Gutes.«

»Du redest nicht zufällig über Menschen?«

»Wie ihr Zwerge sicher wisst, zählen sie zu den schlimmsten Rassen.«

»Du meinst die Sammler.«

»Das ist der Name, der uns verhasst ist. Umso mehr, als wir glauben, dass ein Besuch von ihnen fällig ist. Das bringt immer Schmerz und Kummer.«

»In dieser Hinsicht kann ich euch beruhigen. Sie sind mit dem Schiff untergegangen, auf dem wir gefahren sind.«

»Wirklich?«

»Ja.«

»Und ihr böser Kapitän?«

»Salloss Vant? Der ist tot.«

»Bist du sicher?«

»Ich habe es mit eigenen Augen gesehen.«

»Spurral ist zu bescheiden«, schaltete sich Kalgeck ein. »Sie ist diejenige, die ihn getötet hat.«

Soweit sie die Miene des Kelpies überhaupt deuten konnten, schien es beeindruckt. »Wir haben uns versteckt, weil wir wider alle Erfahrung hofften, die Sklavenhändler würden uns dieses Mal in Ruhe lassen. Ihr bringt uns frohe Kunde. Kommt, eure Verletzungen sollen versorgt werden, und dann könnt ihr euch ausruhen. Anschließend wird es zu euren Ehren eine Feier geben.«

»Das lasse ich mir gefallen«, antwortete Spurral. »Wir

haben tagelang nur Haferschleim bekommen. Aber sag mir, wie sollen wir dich nennen?«

»Bevor ich diese Frage beantworte, muss ich dir eine andere stellen«, antwortete der Kelpie. »Wie gut können Zwerge unter Wasser sprechen?«

Als Pelli Madayars Helfer die brennenden Segel gelöscht hatten, waren die Vielfraße längst geflohen. Sie befahl, alles aufzuräumen, und zog sich in ihre Kabine zurück.

Für die Magie, die sie einsetzte, um sich mit der Heimatwelt der Torhüter auszutauschen, konnte sie ganz unterschiedliche Medien benutzen. Meerwasser war das einfachste, denn es war reichlich vorhanden und zugleich der beste Kanal, den es gab. Sie starrte in ihre große Schale. Nachdem sie gewisse Zutaten in das Wasser gegeben und eine gestenreiche Beschwörung vollzogen hatte, war es besonders empfänglich, und der Zauber war aktiv.

Das Meerwasser schimmerte und nahm eine ganze Reihe unterschiedlicher Farben an, ehe es sich wieder beruhigte. Sodann tauchte das Gesicht von Karrell Revers auf, dem menschlichen Leiter des Corps.

»Ich hoffe, Ihr habt dieses Mal erfreulichere Nachrichten für mich«, sagte er ohne Einleitung.

»Wir sind den Orks ein zweites Mal begegnet.«

»Und es verlief nicht erfolgreich, wenn ich Eure Miene richtig deute.«

»Sie sind tatsächlich herausragende Kämpfer.«

»Das seid Ihr auch. Jedenfalls dachte ich das.« Er war in der letzten Zeit immer sarkastischer geworden. Auch ihm war die Belastung anzumerken. »Ob Euer Versagen womöglich damit zu tun hat, dass Ihr viel zu behutsam mit dieser Kriegertruppe umgeht?«

»Es ist wahr, ich habe zunächst auf Verhandlungen gesetzt, aber ...«

»Die Situation muss so schnell wie möglich bereinigt werden. Schnell und entschieden. Ihr hättet von vornherein wissen sollen, dass es sinnlos ist, mit Orks zu verhandeln. Gewalt ist die einzige Sprache, die sie verstehen.«

»Ich dachte, sie folgen durchaus moralischen Prinzipien.«

»Wenn Instrumentale in die Hände von Orks oder anderen Unbefugten fallen, gibt es keine Prinzipien mehr.« Revers beruhigte sich ein wenig. »Es tut mir leid, Pelli, aber die jüngsten dramatischen Ereignisse erfordern einen raschen Abschluss Eures Einsatzes. Verzeiht mir meine Offenheit, aber ich habe den Eindruck, dass Ihr die Lage nicht mehr unter Kontrolle habt.«

»Das trifft nicht zu«, versicherte sie ihm, obwohl sie selbst nicht so recht daran glaubte. »Ich habe durchaus die Absicht, die Angelegenheit rasch zu regeln.«

»Dann befolgt den Rat, den ich Euch schon einmal gegeben habe.«

»Bitte?«

»Setzt die Spezialwaffen ein.«

»Das könnte Unschuldige das Leben kosten.«

»Nicht, wenn Ihr dabei Umsicht walten lasst. Bisher hattet Ihr kein Glück damit, die Vielfraße zu zähmen. Die Waffen könnten der einzige Weg sein, sie zu besiegen.«

»Ich werde Euren Ratschlag ernsthaft in Erwägung ziehen.«

»Tut das, Pelli.«

Ohne ein weiteres Wort verblasste sein Bild und verschwand.

Sie stand seufzend auf.

Draußen auf Deck blickte ihr Stellvertreter Weevan-Jirst in seine offene Hand. Darin lag ein fast handtellergroßer, äußerst seltener Edelstein. Die irisierende Oberfläche blinkte und zeigte verschiedene Bilder.

»Habt Ihr sie ausfindig gemacht?«, fragte sie.

»Ich glaube schon«, erwiderte er heiser. »Sie haben den Kurs gewechselt, doch es ist klar, wohin sie fahren.«

»Dann werden wir so bald wie möglich die Verfolgung aufnehmen.«

Er sah auf. »Ihr scheint beunruhigt. Darf ich fragen, wie das Gespräch mit unserem Anführer verlaufen ist?«

»Wir ziehen die Samthandschuhe aus.«

»Also keine Verhandlungen mehr.«

»Das will Revers, ja.«

»Aber Ihr nicht.«

»Ich glaube, wir sollten nur in einer extremen Situation zu extremen Mitteln greifen.«

»Ist diese Voraussetzung nicht längst erfüllt?«

»Ich glaube schon.«

»Übrigens stimme ich mit Euch überein. Verhandlungen sind immer dem Krieg vorzuziehen. Doch dafür dürfte es inzwischen wohl zu spät sein.«

Pelli lächelte grimmig. »Nun, vielleicht hätte ich ja *Euch* mit den Vielfraßen verhandeln lassen sollen.«

24

Stryke wählte nicht das größte Schiff der Goblins, denn er fürchtete, dies könnte die Fähigkeiten seiner Truppe übersteigen. Pepperdyne hatte sich damit einverstanden erklärt, mehr oder weniger die Rolle des Kapitäns zu übernehmen.

Zuerst luden sie alle Vorräte ein, die sie in den Ruinen der Goblinsiedlung finden konnten, dann brachten sie die befreiten Kelpies an Bord und brachen auf. Die Reise, so versicherten ihnen ihre neuen Verbündeten, würde nicht lange dauern.

Für Jup, der vor Angst fast außer sich und ungewöhnlich schweigsam war, konnte es natürlich nicht schnell genug gehen. Er sonderte sich die meiste Zeit ab, und die anderen ließen ihn in Ruhe.

Das Schiff pflügte durchs Meer, und der Tag verging ereignislos. Pepperdyne blieb fast die ganze Zeit am Steuer, Coilla stand neben ihm.

»Anscheinend bist du jetzt wirklich in deinem Element«, bemerkte sie.

»Das hier ist das Erste, was mir tatsächlich Spaß macht, seit wir uns auf diese verrückte Reise begeben haben.« Er sah sie schräg von der Seite an. »Abgesehen von den paar Gelegenheiten, als wir uns unterhalten haben.«

Sie lächelte. »Ja, das habe ich auch genossen.« Sie brach den Blickkontakt ab. »Das Schiff ist auf jeden Fall viel schneller als die Boote der Zwerge.«

»Die Kraft der Segel.« Er nickte in die Richtung der geblähten Tücher. »Außerdem hatten wir bisher Glück mit dem Wind.«

»Das muss für dich sein wie eine Reise in die Vergangenheit.«

»In gewisser Weise schon. Allerdings haben wir auf Trougath eher so gelebt wie die Zwerge hier. Meist sind wir nur entlang der Küste gesegelt. Natürlich hatten wir auch größere Schiffe, um Handel zu treiben.«

»Hast du schon einmal ein so großes Schiff gesteuert?«

»Nein ... eigentlich nicht. Aber sag's nicht den anderen.«

Sie lachten wie zwei Verschwörer.

»Die Prinzipien sind jedenfalls immer die gleichen«, fuhr er fort. »Segeln ist Segeln.«

»Ohne dich hätten wir das alles nicht geschafft.«

»Oh doch. Wenn es eine Eigenschaft gibt, die euch

Vielfraße besonders auszeichnet, dann ist es eure Entschlossenheit.«

»Uns blieb ja meist nichts anderes übrig. Aber ein Schiff zu steuern ...«

»Das ist gar nicht so schwer. Hier, versuch's mal.«

»Wirklich?«

»Klar. Komm schon, nimm das Steuerruder.«

Er trat zur Seite, und sie packte zu.

»Warte mal.« Er trat hinter sie, legte die Arme um sie und führte ihre Hände in eine etwas andere Position. »So ist es richtig. Nicht zu fest zupacken. Entspanne dich. Am besten, du berührst es nur leicht.«

»Das macht Spaß.«

»Wenn du es lange genug tust, bekommst du ein Gefühl für das Schiff. Ich meine, ein echtes Gefühl. Wer so etwas sein Leben lang macht, kann die Laune seines Schiffs spüren.«

»Was denn, Schiffe haben Launen?«

»Oh ja. Sie sind genau wie Menschen. Entschuldige. Sie sind wie Menschen oder Orks oder ...«

Sie lächelte. »Du musst dich nicht verrenken, Jode. Ich weiß schon, was du sagen wolltest.«

»Vielleicht liegt es daran, dass ich manchmal die Unterschiede vergesse.«

»Wir sind aber unterschiedlich.«

»Äußerlich schon. Es gibt jedoch tiefere Ebenen, auf denen alle Rassen einander ähnlich sind. Auch das habe ich während unserer gemeinsamen Zeit gelernt, und dafür bin ich wirklich dankbar.«

»Aber du kommst nicht aus Maras-Dan... Hoppla, jetzt habe ich es auch gemacht. Jedenfalls stammst du nicht von dort. Nicht auf die Weise, wie ich es meine.«

»Nein. Dieselbe Welt, aber ein anderer Kontinent. Die Gegend, aus der ihr kommt, lag für uns immer im Nebel. Es war ein verbotener Ort. Erst als ich dort war, wurde mir klar, wie viele verschiedene Formen das Leben annehmen kann. Halt! Du lässt sie zu sehr abdriften.« Er korrigierte das Steuerruder. »Als ich sagte, dass du es nur leicht berühren sollst, meinte ich nicht, dass es *so* leicht sein sollte. Du musst sie unter Kontrolle halten, sonst macht sie, was sie will.«

»Das habe ich nie verstanden.«

»Was denn?«

»Warum Schiffe immer weiblich sind. Liegt es daran, dass Männer sie bauen?«

»Kann sein. Darüber habe ich noch gar nicht nachgedacht.«

»Möglicherweise hat es damit zu tun, dass Männer die Frauen als etwas betrachten, das sie besitzen und kontrollieren können.«

»Ich denke eher, es liegt daran, dass ein Schiff Anmut und Liebreiz hat wie eine Frau.«

Sie grinste. »Gut ausgedacht.«

»Ja, das ist gerade nochmal gutgegangen.« Auch er musste lächeln. »Allerdings könnte ich mir nicht vorstellen, dass irgendjemand dich kontrolliert.«

»Die Götter mögen dem Mann helfen, der es versucht. Was ist mir dir?«

»Wie meinst du das?«

»Gab es für dich in Trougath auch eine *Sie*?«

Sein Lächeln verflog, und er zögerte kurz, ehe er antwortete. »Es gab mal eine.«

»Und?«

»Wie mein ganzes Volk und mein früheres Leben wurde sie ... weggefegt.«

»Tut mir leid. Ich wollte nicht an alten Wunden rühren.«

»Schon gut.«

»Ich will auch nicht weiter ...«

»Nein. Geschehen ist geschehen. Ich klammere mich nicht an die Vergangenheit.«

»Ich verstehe. Weißt du, die Geschichte deines Volks und deine eigene – das ist dem, was wir erlebt haben, gar nicht so unähnlich. Auch wir haben alles verloren.«

»Ich weiß, auch wenn mir die Einzelheiten nicht bekannt sind. Du hast mir nie erzählt, wie es dazu kam, dass eure Truppe Maras-Dantien verlassen musste.«

»Das ist eine lange Geschichte.«

»Irgendwann würde ich sie gern mal hören.«

»Klar. Aber wahrscheinlich findest du sie langweilig.«

»Das bezweifle ich.«

Sie hörten Schritte auf der Leiter, die zum Ruderdeck führte. Stryke tauchte auf, und Pepperdyne zog sich rasch von Coilla zurück.

»Was ist denn hier los?«, fragte Stryke, als er Coilla am Ruder bemerkte.

»Nichts!«, erwiderten die beiden wie aus einem Munde.

»Das heißt«, erklärte Coilla, »Jode zeigt mir, was ein Seemann zu tun hat.«

»Vielleicht sollten wir hier lieber von Seeorks reden«, meinte Pepperdyne. Er und Coilla kicherten.

»Ja, schon klar.« Stryke reagierte nicht auf den Scherz. »Du stehst jetzt schon ziemlich lange am Ruder. Soll dich jemand ablösen?«

Pepperdyne übernahm das Steuer von Coilla. »Hystykk und Gleadeg haben schon eine Weile übernommen. Sie kommen anscheinend gut damit zurecht. Aber im Augenblick kann ich noch bleiben, Stryke.«

»Sicher?«

»Es ist lange her, dass ich das letzte Mal ein Schiff steuern durfte. Ich möchte es noch eine Weile genießen.«

»Wie du willst. Aber rufe, wenn du eine Pause brauchst. Ich gehe zu den anderen zurück.«

»Ich komme mit«, verkündete Coilla. Sie grinste Pepperdyne kurz an und folgte Stryke.

Unten auf dem Hauptdeck und außer Hörweite sagte der Hauptmann: »Ihr habt euch ja anscheinend ziemlich angefreundet.«

»Wir kommen ganz gut zurecht.«

»Das könnte von Nachteil sein.«

»Was meinst du damit?«

»Muss ich dich eigens erinnern, wie die Menschen sind? Wenn du einem von ihnen zu nahe kommst ...«

»Jode ist anders.«

»Wirklich?«

»Er hat uns geholfen. Er hilft uns in diesem Augenblick. Ganz zu schweigen davon, dass er mir mehrmals das Leben gerettet hat. Da halte ich es nur für recht und billig, ein wenig Zeit mit ihm zu verbringen.«

Sie erreichten eine Reihe von Fässern, die an der Reling standen. Stryke blieb stehen und setzte sich. Coilla zögerte, dann nahm sie die wortlose Einladung an und ließ sich ebenfalls nieder.

»Ich sage es ja nur zu deinem Besten«, versicherte Stryke ihr. »Wir wissen, dass man den Menschen im Allgemeinen nicht trauen kann.«

»Warte mal – wir haben wegen eines Menschen diese Mission übernommen. Wegen Seraphim. Warum sollte er anders sein?«

»Er hat uns in Maras-Dantien gerettet.«

»Wie gesagt, Jode hat in Acurial einigen von uns das Leben gerettet.«

»Seraphim gab uns die Möglichkeit, den Orks in Acurial zu helfen und uns an Jennesta zu rächen.«

»Und was ist daraus geworden? Ja, wir haben den Rebellen in Acurial geholfen, aber was unsere Rache an Jennesta angeht, haben wir nicht viel erreicht. Wir wären nicht in dieser Lage, wenn Seraphim nicht gewesen wäre.«

»Du konntest schon immer besser argumentieren als ich«, räumte Stryke ein. »Was ich über Menschen gesagt habe, gilt allerdings nach wie vor. Du musst dir nur den anderen ansehen, diesen Standeven, um zu erkennen, wie erbärmlich sie sein können.«

»Über den reden wir ja gar nicht. Jode ist aus einem anderen Holz geschnitzt.«

»In dieser Hinsicht sind wir wohl unterschiedlicher Meinung, was?«

»Allerdings.«

Er zog eine Flasche aus dem Wams. »Was zu trinken?«

Sie lächelte und nickte.

Nach mehreren kräftigen Schlucken Branntwein waren sie beide versöhnlicher gestimmt.

»Da wir gerade von Seraphim sprechen«, fuhr Coilla wesentlich entspannter fort. »Hast du dich eigentlich mal gefragt, warum er uns überhaupt auf diese Mission geschickt hat?«

»Wir kennen den Grund. Wir sollen anderen Orks helfen und uns an Jennesta rächen.«

»Denk mal darüber nach. Warum kümmert er sich so um uns Orks? Außerdem darfst du nicht vergessen, dass Jennesta seine eigene Tochter ist.«

»Vielleicht ist er gerade deshalb darauf aus, sie zu bestrafen, weil sie sein eigen Fleisch und Blut ist. Ihre bösen Taten gereichen ihm selbst zur Schande, und er will es wiedergutmachen, indem er das Leben nimmt, das er in die Welt gesetzt hat.«

»Was ist mit uns Orks?«

»Er sagte, er schäme sich für das, was seine Rasse in Acurial der unseren angetan hat.«

»Ah, dann können Menschen also durchaus edelmütig handeln.«

Stryke sagte nichts und trank einen Schluck.

»Da ist noch etwas, Stryke ...«, fuhr Coilla fort. »Ich weiß nicht, irgendetwas stimmt nicht. Ich meine, dieser Diener, der in Ceragan mit einem Messer im Rücken aufgetaucht ist. Wer hat ihn getötet? Und warum? Überhaupt, wie hat Seraphim in Ilex den Einsturz des Eispalasts überlebt?«

»Das sind aber viele Fragen.«

»Ich habe noch eine. Wie kommt es, dass Jennesta noch lebt, nachdem sie durch dieses ... wie nannten sie es? Durch dieses Portal geflogen ist. Nicht nur dass sie nicht gestorben ist, sie ist sogar in einem Reich der Menschen zu einer führenden Position aufgestiegen. Wie ist das möglich?«

»Keine Ahnung, Coilla. Über solche Fragen denke ich auch selbst nach, aber manchmal glaube ich, dass es Geheimnisse gibt, die wir nie entschlüsseln werden.«

»Mag sein.«

Er stand auf. »Ich sehe mal nach Jup.«

»Was tut er denn?«

»Er versucht, seinen Fernblick einzusetzen. Erinnerst du dich an diese große Lebensform, die er entdeckt hat? Ich dachte, es kann nicht schaden, eine Vorwarnung zu bekommen, falls wir ihr begegnen.«

»Hat er schon etwas herausgefunden?«

»Bis jetzt noch nicht. Haskeer stichelt aber schon

wieder, und das wirft ihn aus der Bahn. Deshalb sehe ich lieber mal nach ihm.«

»Alles klar. Ich bin bei den Kelpies, falls du mich brauchst.«

Sie nickte in Richtung des Decks, wo die Wasserpferde beisammenstanden. Ein paar Gemeine hatten Seile an Eimer gebunden, schöpften Wasser und benetzten die Kelpies.

»Vergiss nur nicht, was ich über Pepperdyne gesagt habe«, schärfte Stryke ihr ein. Dann drehte er sich um und entfernte sich.

Er kam dicht an einem Stapel Kisten vorbei und bemerkte nicht, dass Standeven dahinterhockte, das Kinn auf die angezogenen Knie gelegt und aufmerksam lauschend.

Der Rest dieses und der größte Teil des folgenden Tages verliefen ohne Zwischenfälle.

Am Nachmittag entdeckten sie Land. Die sonst so ruhigen Kelpies reagierten aufgeregt, und die Truppe bereitete sich darauf vor, von Bord zu gehen.

Als sie nahe genug waren, um Einzelheiten auszumachen, zeigte sich der alte Kelpie, dem sie zuerst begegnet waren, reichlich verwirrt.

»Mein Volk ist am Strand«, polterte er.

»Was ist daran so seltsam?«, fragte Stryke.

»Du verstehst es nicht. Meine Gefährten sollten nicht offen im Meer herumtollen, und ganz gewiss nicht tagsüber, denn die Sammler könnten kommen.«

»Ob sie schon hier waren und wieder fort sind?« Jups Herz sank.

»Wenn das so wäre, dann würden sich die Kelpies gewiss nicht am helllichten Tag vergnügen.«

Als sie langsam heranfuhren und Anker warfen, klärte sich das Bild. Bei den Kelpies am Strand war eine Gruppe zweibeiniger Wesen, die wie besessen winkten.

»Das ... das sind Zwerge«, flüsterte Jup, der noch nicht wagte, wieder zu hoffen.

Er wartete nicht, bis die Laufplanke angebracht war, sondern warf ein Seil über die Reling und kletterte gewandt hinunter. Dann platschte er durch das knietiefe Wasser und schließlich auf den hellen Sand. Jemand rannte ihm entgegen.

Spurral flog förmlich in seine Arme.

Die folgenden Stunden verbrachten sie mit Erklärungen und erneuerten die Freundschaft zwischen Orks und Kelpies. Irgendwann kam Haskeer zu den glücklichen Zwergen und klopfte Spurral kräftig auf die Schulter.

»Gut gemacht! Mir war von Anfang an klar, dass wir dich wiederfinden würden«, dröhnte er.

Jup sah ihm offenen Mundes nach, als er vorbeistakste.

»Vielleicht ist er doch kein so übler Kerl«, meinte Spurral.

Haskeer drängelte sich zu Stryke durch und fragte: »Können wir jetzt endlich hier verschwinden?«

»So bald wie möglich.«

»Gut. Ceragan kommt mir verglichen mit einigen Orten, an denen wir unlängst waren, beinahe paradiesisch vor.«

»Ja. Allerdings dauert es noch etwas. Die Sterne haben uns beim letzten Mal nicht zu dem Ort befördert, den wir erreichen wollten. Dieses Problem müssen wir erst einmal lösen.«

»Du hast bestimmt etwas falsch gemacht, Stryke.«

»Wenn das stimmt, dann habe ich es schon oft falsch gemacht.«

»Was soll denn nun werden?«

»Keine Ahnung. Vielleicht …«

»Entschuldigt mal«, mischte sich Spurral ein. »Was ist mit den anderen Zwergen?« Sie deutete auf die Überlebenden, die ein Stück entfernt bedrückt am Strand saßen.

»Was soll mit ihnen sein?«, fragte Haskeer.

»Wir müssen sie nach Hause bringen. Auf ihre Insel.«

»Verdammt, kann das nicht jemand anders tun?«

»Wer denn? Die Kelpies fahren nicht zur See. Selbst wenn die Zwerge sich zutrauen, ein Schiff zu steuern, wäre keines mehr da, nachdem wir fort sind.«

Coilla nickte. »Sie hat Recht.«

»Ja«, stimmte Stryke zu. »Wir bringen sie nach Hause, und dann denken wir über die Sterne nach.«

»Aber nicht heute Abend«, verkündete Spurral. »Die Kelpies richten uns zu Ehren ein Fest aus, und ich kann euch sagen, sie verstehen sich darauf, Feste zu feiern.«

»Um der Sache die rechte Würze zu geben«, fügte Coilla hinzu, »kann ich eine Kleinigkeit beisteuern, die ich auf dem Goblinschiff in einer Kabine gefunden habe.« Sie zückte einen kleinen Beutel, öffnete die Schnüre und kippte einen Teil des Inhalts in ihre Hand.

Die anderen drängten sich um sie und erkannten sofort den Haufen winziger rosafarbener Kristalle.

»Pelluzid.« Haskeer sabberte beinahe.

Coilla schloss die Hand. »Natürlich nur, wenn unser Hauptmann es erlaubt.«

»Was meinst du, Stryke?«, fragte Spurral. »Haben wir nach allem, was wir erlebt haben, nicht eine kleine Pause verdient?«

»Es ist schon einige Male vorgekommen, dass uns die Kristalle Schwierigkeiten eingebrockt haben«, erwiderte er streng. Dann grinste er. »Aber ich glaube nicht, dass wir dieses Mal etwas zu befürchten haben.«

25

Es war ein schönes Fest. Jedenfalls musste man das annehmen, weil die meisten, die an ihm teilgenommen hatten, sich später nicht mehr daran erinnern konnten.

Sie tranken, feierten, prahlten und kicherten wie irre. Letzteres lag am Pelluzid, das alles in einem verträumten, schillernden Dunst versinken ließ.

Ein Höhepunkt für Wheam, wenngleich nicht für die anderen, war es, als der Rekrut, der noch keine Kristalle genommen hatte und daher nüchtern war, aufgeregt zu ihnen kam und triumphierend etwas hochhielt.

»Seht mal, was ich auf dem Schiff gefunden habe!«, rief er.

»Wasnlos?«, murmelte Haskeer, in dessen geröteten Augen die Pupillen klein wie Nadelspitzen waren.

»Ich dachte, wenn Coilla die Kristalle gefunden hat, müsste es auf dem Schiff noch andere wertvolle Dinge geben. Ich habe das hier entdeckt.« Strahlend hielt er noch einmal seinen Fund hoch.

»Wasndas?«

»Eine *Laute*! Sie sieht anders aus als diejenigen, die ich bisher gesehen habe. Wahrscheinlich hat sie einem Goblin gehört. Nicht dass ich diesen Kreaturen viel Musikgeschmack zutrauen würde, aber man kann ja nie wissen. Jedenfalls ist sie der unseren nicht ganz unähnlich, und ich kann sicherlich damit ...«

»Hrmpf. Rede deutlich und langsam.«

»Ah, ja. Ich habe diese Laute hier gefunden.« Noch einmal hob er das Instrument und schwenkte es. »Das ist ein guter Ersatz für diejenige, die ich verloren habe. Jetzt kann ich wieder meine Balladen singen.«

»Bürschchen, wenn ich aufstehen könnte, würde ich dich töten.«

»Dann willst du jetzt also kein Lied hören?«

Später erzählten sie, dass Wheam bereits gerannt sei, als Haskeer noch hinter ihm herkroch.

Am nächsten Morgen waren viele Köpfe schwer, und Dallog hatte damit zu tun, kleine Wunden zu versorgen, die sie sich beim Herumtollen zugezogen hatten. Doch die Truppe war daran gewöhnt, sich nach Ausschweifungen rasch wieder zu erholen, und der Rest wurde mithilfe von Bädern im lauwarmen Meer, ob freiwillig oder nicht, rasch wieder nüchtern.

Obwohl sie alle möglichst bald aufbrechen wollten, bestanden die Kelpies auf einer ausgedehnten Abschiedszeremonie mit langwierigen Ansprachen und zahlreichen Trinksprüchen. Stryke befahl allerdings, dass Letztere mit Kokosmilch statt mit Alkohol auszubringen waren.

Am Vormittag konnten sie endlich in See stechen.

Die Rückreise zur Insel der Zwerge verlief ereignislos, was der Truppe die Gelegenheit gab, sich völlig zu erholen. Jup war wieder bester Laune, auch wenn während der Rückreise von ihm und Spurral nicht viel zu sehen war. Die einzige dunkle Wolke am Himmel war Standeven, der, wenig überraschend, vor sich hin brütete, wenn er nicht gerade Stryke auf Schritt und Tritt folgte.

Ihre Ankunft löste zunächst eine Panik aus, denn die Inselbewohner glaubten, die Sichtung eines Dreimasters könne nur bedeuten, dass die Sammler sie abermals heimsuchten. Sobald dies geklärt war und alle erfahren hatten, dass die Sklaventreiber besiegt waren, gab es freudige Wiedersehensszenen. Die Vielfraße, gerade erholt vom letzten Gelage, ließen die Dankesbezeugungen mit starrer Miene und zusammengebissenen Zähnen über sich ergehen.

Sobald sie konnten, stahlen sich Stryke und seine wichtigsten Offiziere davon. Pepperdyne begleitete sie, und auch Standeven folgte ihnen wie ein treues Hündchen. Sie stiegen am Hang eines erloschenen Vulkans bis zu einem Plateau hinauf.

Stryke blickte in die Runde. »Es scheint mir ganz richtig zu sein, dass wir die Welt an dem Ort verlassen, an dem wir angekommen sind.«

»Und tschüss«, meinte Haskeer.

»Oh, ich weiß nicht«, sagte Coilla. »Schau dich doch um. Es gibt viel schlimmere Orte.«

»Zur Hölle damit. Ich will wieder nach Ceragan.«

»Immer vorausgesetzt, wir können tatsächlich zurückkehren. Hierher wollten wir ja auch nicht springen.«

»Weißt du noch, was die Kelpies sagten?«, schaltete sich Spurral ein. »Sie erwähnten Inseln, auf denen Orks leben. Falls uns die Sterne im Stich lassen, könnten wir auch hier leben. Vielleicht finden wir eine unbewohnte Insel und ...«

»Du vergisst etwas«, unterbrach Stryke sie. »Einige von uns haben in Ceragan Gefährten und Kinder zurückgelassen.«

»Entschuldige. Du hast natürlich Recht, das war taktlos von mir. Aber ... versteh mich nicht falsch. Eine Ausweichmöglichkeit, falls ihr nicht nach Hause kommt, wäre sicher nicht schlecht.«

»Das werden wir allerdings erst wissen, wenn wir es probiert haben«, erwiderte Coilla. »Falls uns die Sterne aber nicht nach Ceragan, sondern woandershin bringen, ist es unwahrscheinlich, dass wir hierher zurückkehren können.«

»Das ist ein berechtigter Einwand«, stimmte Dallog zu. »Die einzige Entscheidung, die wir treffen müssen, ist doch die, ob wir die Sterne überhaupt benutzen wollen oder nicht.«

»Ich weiß. Ich denke an nichts anderes. Mein Instinkt sagt mir, ich solle es versuchen. Ich will alles tun, was mir nur möglich ist, um zu meiner Familie zurückzukehren.«

»Das kann ich verstehen«, sagte Jup.

»Bin dafür«, pflichtete Haskeer ihm bei.

»Vielleicht hast du ja Recht damit, dass ich einen Fehler gemacht habe, Haskeer«, räumte Stryke ein. »Ich habe sie bestimmt falsch zusammengesetzt.«

Coilla nickte. »Das ist auch kein Wunder, weil wir es sehr eilig hatten.«

»Glaubst du denn, du machst es dieses Mal richtig?«, wollte Standeven wissen.

»Was geht dich das an?«, knurrte Haskeer.

»Ich will nur sichergehen, dass wir keinen Fehler begehen.«

»*Wir?* Wie kommst du denn darauf, dass du eingeschlossen bist?«

»Ihr könnt uns doch nicht hier lassen!«

»Warum nicht? Wir sind nicht eure Mütter.«

»Das ist längst entschieden«, wandte Stryke streng ein. »Wir sind übereingekommen, dass wir die Menschen nach Maras-Dantien zurückbringen. Ich habe es versprochen.«

»Was denn, sind wir auf einmal sogar Kindermädchen?«, grollte Haskeer.

»Ich dulde keinen weiteren Streit darüber. Diese Angelegenheit ist geklärt.«

»Tut mir leid, dass ich noch mal nachfragen muss«, warf Jup ein, »aber haben wir uns schon überlegt, was aus Spurral und mir werden soll?«

»Wie gesagt, ihr seid in Ceragan willkommen«, erwiderte Coilla.

»Ja, und das wissen wir durchaus zu schätzen«, antwortete Spurral. »Aber so freundlich das Angebot auch ist, ich weiß nicht, ob wir den Rest unseres Lebens auf einer Orkwelt verbringen wollen.«

»Und was Maras-Dantien angeht, habt ihr eure Ansicht nicht geändert? Dorthin wolltet ihr doch auf keinen Fall zurück.«

Jup und Spurral wechselten einen Blick. Beide schüttelten die Köpfe.

»Warum können sie nicht hierbleiben?«, fragte Haskeer und deutete mit dem Daumen auf sie. »Das ist doch eine Welt für Zwerge.«

»Es ist keine Zwergenwelt«, erklärte Spurral, als spräche sie mit einem Kind, »sondern … eine Art Müllkippe.«

»Bleiben wir bei dem, was wir schon geklärt haben«, sagte Stryke. Er deutete auf Pepperdyne und Standeven. »Wir bringen die beiden nach Maras-Dantien zurück, wo wir sie gefunden haben. Jup und Spurral können uns nach Ceragan begleiten.«

»Und was dann?«, wollte Jup wissen. »Ich meine, was wird dann aus Spurral und mir?«

»Wir können versuchen, die Sterne und das Amulett besser zu verstehen. Vielleicht …«

»Vielleicht finden wir einen Weg, sie zu einer Zwergenwelt zu schicken?«, beendete Coilla den Satz. »Das ist aber sehr gewagt, Stryke. Was ist, wenn wir niemals ...«

»Weißt du denn etwas Besseres?«

»Nein.«

»Dann ist das, was ich vorgeschlagen habe, unsere einzige Möglichkeit.«

»Das ist doch alles hinfällig, solange wir nicht einmal wissen, ob die Sterne überhaupt richtig funktionieren«, brachte Pepperdyne vor. »Es führt zu nichts, wenn wir uns im Kreis drehen.«

Stryke nickte. »Du hast Recht. Wir müssen uns alle beruhigen, und ich muss nachdenken. Wir versuchen es noch einmal mit den Sternen, aber das werden wir erst später tun. Ich will sie mir noch einmal gründlich ansehen, und ihr solltet euch alle wieder abregen. Hat jemand Einwände dagegen?«

Niemand sagte etwas.

Als die anderen fort waren und Stryke sich an einen ruhigen Ort zurückgezogen hatte, um die Instrumentale und das Amulett zu untersuchen, waren Coilla und Pepperdyne auf einmal allein.

»Das kommt selten vor«, bemerkte er.

»Es ist ungewöhnlich, nicht mit allen anderen zusammen zu sein, was?«

»Wir müssen nehmen, was wir kriegen. Jede Wette, dass gleich wieder jemand hier auftaucht.«

»Das könnten wir vermeiden.«

»Wie denn?«

»Die Vulkane sind sicher von Höhlen durchzogen, und der Blick von da oben muss überwältigend sein. Hast du Lust auf einen Erkundungsgang?«

»Ich bin dabei.«

Der Anstieg war sanft, und sie kletterten, so weit es nur ging, denn sie dachten, dass sie weiter oben wahrscheinlich kaum noch jemandem begegnen würden. Nicht lange, und sie hatten eine Höhle gefunden. Sie setzten sich in die geräumige Öffnung.

Pepperdyne schnaufte anerkennend. »Hier drinnen ist es angenehm kühl.«

»Ich sagte doch, dass es gut wird, oder?«

»Wirklich gut daran ist, dass ich die Gelegenheit bekomme, etwas Zeit mit dir zu verbringen, ohne dass jemand etwas will oder uns zu töten versucht.«

Sie lächelte. »Ich habe hier etwas, das die Sache noch angenehmer machen könnte.« Sie zog den kleinen schwarzen Beutel aus der Tasche. »Es ist noch etwas da.«

»Vom Kristall?«

»Ja. Mir ist aufgefallen, dass du gestern Abend nichts genommen hast.«

»Ich habe es noch nie probiert. Natürlich habe ich davon gehört, hielt es jedoch bisher nie für nötig.«

»Das hat nichts mit Notwendigkeit zu tun. Es ist hin und wieder einfach ganz nett. Ich lade dich ein.«

Sie füllte und stopfte eine Tonpfeife. »Aber nur wenn du willst.«

»Warum nicht? Auf jeden Fall lieber so, als dass mir beim ersten Mal eine ganze Horde zuschaut.«

Sie rauchte die Pfeife an, inhalierte tief und gab sie ihm weiter. Bei ihr setzte die Wirkung praktisch sofort ein.

Nach einer Weile fragte sie: »Na, wie ist es?«

»Nicht so, wie ich es mir vorgestellt hatte.«

»Gut oder schlecht?«

»Angenehm. Entspannend.« Er nahm noch einen Zug und atmete wieder aus. »Also ... ga, es ist gut. Äh, ich meinte: Ja, es ist gut.«

»Dein Gesicht!« Sie kicherte.

»Was ist damit?«

»Es sieht so komisch aus.«

»Du siehst selbst ziemlich komisch aus.« Auch er musste kichern.

Sie lachten, bis sie sich nicht mehr halten konnten, und ließen sich rückwärtsfallen.

Als das Lachen nachließ, wurden sie ruhiger. Sie lagen da, starrten die Decke der Höhle an und bewunderten die Muster, die das Sonnenlicht auf den weichen Stein zeichnete.

Schließlich sagte Coilla: »Wenn der heutige Tag vorbei ist ...«

»Ja?«

»Wahrscheinlich werden wir uns nicht wiedersehen.«

»Ich habe versucht, nicht daran zu denken.«

»Ich auch. Aber es fällt mir immer wieder ein.«

»Wenn Stryke die Sterne nicht hinbekommt, bleibe

ich vielleicht doch irgendwie und irgendwo bei dir hängen.«

»Ich kenne Stryke. Irgendwie wird er es schon schaffen. Selbst wenn er hundert Versuche braucht. Er ist störrisch.«

»Noch einmal hundert Welten wie jene, die wir schon gesehen haben? Das wage ich mir nicht auszumalen.«

»Doch wenn er es schafft, dann war's das. Du bist dann in Maras-Dantien, und ich bin in Ceragan.« Sie drehte sich zu ihm um. »Ich werde dich vermissen. Du warst ein guter Waffenbruder.«

»Wenn ein Ork so etwas sagt, ist das ein hohes Lob.«

»So ist es auch gemeint. Wir kämpfen gut zusammen. Das ist in meinem Volk wichtig. Besonders für einen …«

»Für einen was?«

»Schon gut. War nur so dahingesagt. Es liegt wohl am Kristall.«

»Wirklich?«

»Könntest du etwas für mich tun, Jode?«

»Was denn?«

»Kratz mir mal den Rücken. In dieser Hitze juckt er höllisch.«

Sie lachten.

»Gern«, willigte er ein. »Zeig mal her.«

Sie richtete sich auf, und er kratzte sie.

»Hm, das tut gut. So was kann man nämlich nicht jeden machen lassen.«

»Dann ist es mir eine Ehre.«
»Etwas höher. Ah, ja. Aaah. Schön.«

Das Kratzen verwandelte sich in eine sanfte Massage. Aus der Massage wurde zärtliches Streicheln. Sie drehte sich um.

Sie küssten sich.

26

Es war schon fast Abend, als Stryke aus dem Langhaus auftauchte, das ihm der Älteste der Zwerge zur Verfügung gestellt hatte. Auf seinen Befehl hin war die Truppe bereits am Strand versammelt und zum Sprung bereit, der sie hoffentlich nach Maras-Dantien bringen würde. Doch als Stryke selbst am Strand eintraf, waren nicht alle anwesend.

»Wo ist Coilla?«, fragte er.

»Keine Ahnung«, meldete Jup. »Pepperdyne und Standeven sind auch nicht da.«

»So was hör ich gern«, bemerkte Haskeer.

»Fang nicht wieder damit an«, warnte Stryke ihn.

»Na ja, es wäre kein großer Verlust, wenn wir die beiden einfach zurückließen.«

»Coilla sieht es allerdings gar nicht ähnlich, einen Befehl zum Antreten zu missachten.«

»Um ehrlich zu sein«, antwortete Jup, »ich glaube, dass sie schon vor einer ganzen Weile verschwunden ist. Gut möglich, dass sie gar nichts von deinem Befehl weiß.«

»Hat vor Kurzem jemand Coilla gesehen?«, fragte Stryke in die Runde. Niemand antwortete. »Wir warten noch ein paar Minuten, und dann lässt du die anderen antreten, Jup. Wenn du fertig bist und sie ist immer noch nicht da, schicke ich einen Suchtrupp los.«

Jup nickte und machte sich daran, die Krieger ordentlich aufzustellen.

Nicht weit entfernt, auf der anderen Seite des Vulkans, stiegen Coilla und Pepperdyne von der Höhle hinunter. An einer Biegung des schmalen Weges konnten sie den Strand überblicken.

»Verdammt«, sagte sie. »Das sieht so aus, als ließe Stryke die Truppe antreten. Sie bereiten sich auf den Aufbruch vor. Er wird mich umbringen, weil ich den Appell verpasst habe. Komm schon!«

»Warte mal!«

»Was ist?«

»Da unten.« Er deutete auf einen Abschnitt des Strandes, der vor den Blicken der anderen verborgen war. »Das ist Standeven.«

»Warum sitzt der Kerl da unten alleine herum?«

»Wer weiß? Er hat sich unlängst recht merkwürdig verhalten.«

»Tut er das nicht immer?«

»Nicht so sehr wie jetzt.«

»Das könnte doch die beste Gelegenheit sein, ihn endgültig loszuwerden.«

»Was denn, ich soll ihn hier zurücklassen?«

»Hätte er das nicht verdient?«

»Nun ja ... eigentlich schon. Aber ... nein, das kann ich nicht.«

»Wirklich nicht?«

»Nein. Ich meine, wie könnte ich den unschuldigen Zwergen so etwas zumuten?«

Sie lachte. »Das mag ich an dir, Jode. Du hast klare Wertvorstellungen. Auch wenn sie bei einer Ratte wie Standeven verschwendet sind.«

»Geh du schon zur Truppe, ich hole ihn.«

»Lass dir nicht zu viel Zeit. Es gibt ein paar, die euch nur zu gern zurücklassen würden.«

»Würde Stryke das denn erlauben?«

»Nun schau nicht so erschrocken drein. Natürlich nicht. Aber lass ihn nicht warten.«

»Wenn nötig, zerre ich Standeven am Kragen dorthin.«

»Gut. He, bevor du gehst ...« Sie beugte sich vor und küsste ihn, dann liefen sie in unterschiedliche Richtungen davon.

Standeven saß am Strand und warf Steine in die Wellen, als Pepperdyne keuchend bei ihm ankam.

»Was tust du hier?«

»Nichts.«

»Die Truppe versammelt sich da unten am Strand. Ich nehme an, sie wollen jetzt aufbrechen.«

»Na und?«

»*Na und?* Willst du etwa hierbleiben?«

»Es ist doch sowieso alles egal.«

»Bist du verrückt? Stryke wird uns wieder nach Hause bringen.«

»Es ist möglich, dass er es *versucht*.«

»Du hast Angst vor dem Übergang, was?«

»Wie kannst du es wagen anzudeuten, dass ich ...«, empörte sich Standeven.

»Ach, vergiss es. Du hast dich auf unserem kleinen Ausflug nicht gerade als Held gezeigt, oder? Da darf man ruhig Feigheit unterstellen.«

»Das ist nicht der Grund.«

Pepperdyne hatte Zweifel. »Was denn sonst?«

»Nehmen wir mal an, er bringt uns zurück. Wir wären dann keineswegs besser dran als jetzt, denn Hammrik wird sich bald wieder an unsere Fersen heften, und Stryke wird immer noch im Besitz der Instrumentale sein.«

»Ach, das schon wieder.«

»Was willst du damit sagen?«

»Du bist ja förmlich besessen von den Sternen. Die Sache mit Hammrik können wir irgendwie klären, und sei es nur dadurch, dass wir uns so weit wie möglich von ihm entfernen. Trotzdem willst du unbedingt die Sterne haben. Kennt deine Gier denn überhaupt keine Grenzen?«

»Das ist es nicht.«

»Ach, nein?«

»Ich denke nur ... sie wären bei mir besser aufgehoben.«

»Die Instrumentale wären bei dir besser aufgehoben«, wiederholte Pepperdyne ungläubig.

Standeven nickte.

»Du bist verrückt.«

»Es ist schwer zu erklären. Ich ...«

»Versuch's lieber gar nicht erst. Wir haben keine Zeit für deine Tollheiten. Steh auf.«

Standeven blieb, wo er war.

»Wenn wir nicht sofort zur Truppe zurückkehren, dann werden wir den Rest unseres Lebens hier verbringen«, warnte Pepperdyne ihn.

»Soll mir recht sein. Nur, dass du dann auf deine kleine Freundin verzichten müsstest, was?«

»Wie bitte?«

»Coilla. Ihr seid euch ja recht nahegekommen. Aber du solltest aufpassen. Den anderen gefällt es nicht. Stryke ist sicher nicht erbaut davon. Ob er möglicherweise ähnliche Gelüste hegt? Immerhin ...«

»Also gut, das reicht jetzt.« Er packte seinen ehemaligen Herrn und Meister und zerrte ihn hoch.

»Nimm deine dreckigen Hände ...«

Pepperdyne versetzte ihm einen kräftigen Schlag in die Magengrube. Standeven krümmte sich keuchend. Dann fasste Pepperdyne ihn an den Armen und schleppte ihn am Strand entlang hinter sich her.

Jup war mit dem Appell gerade fertig, als Coilla atemlos auftauchte.

»Wo hast du gesteckt?«, fragte Stryke.

»Entschuldigung«, keuchte sie. »Ich wusste nicht … dass wir … hier sein sollten.«

»Du hättest es gewusst, wenn du in der Nähe geblieben wärst. Wo warst du?«

»Hab nur … einen Spaziergang gemacht.«

Das brachte ihr ein paar verwunderte Blicke ein.

»Blümchen gepflückt?«, spottete Haskeer.

Coilla funkelte ihn an. »Ich wollte einen letzten Blick auf die Insel werfen. Hast du was dagegen?«

Haskeer zuckte mit den Achseln.

»Hast du die Menschen gesehen?«, fragte Stryke sie.

»Jode und Standeven?«

»Kennst du noch andere, die wir mit uns herumschleppen?«

»Oh, richtig. Nein. Äh, ja.«

»Was denn nun?«

»Ich hab sie gerade da hinten gesehen. Sie sind unterwegs.«

»Sie sollten sich beeilen.«

»Da kommen sie schon.«

Die beiden Menschen eilten in ihre Richtung. Pepperdyne trieb Standeven nicht mehr an. Letzterer humpelte und wirkte arg zerzaust.

»Entschuldige, Stryke«, sagte Pepperdyne.

»Dann können wir endlich beginnen, ja?« Er blickte in die erwartungsvollen und teils auch ängstlichen Gesichter, während er die Instrumentale und das Amulett hervorholte.

»Gib dir dieses Mal etwas mehr Mühe«, brummte Haskeer.

Stryke schoss einen mörderischen Blick auf ihn ab. »Ich habe den größten Teil des Tages damit verbracht, mir die Markierungen anzusehen. Ich werde keinen Fehler machen.« Er begann, die Sterne zusammenzufügen.

Die anderen umringten ihn und sahen aufmerksam zu, während er alle bis auf das letzte Artefakt ineinanderschob.

»Also«, sagte er. »Jetzt geht es los.«

Coilla und Pepperdyne wechselten einen verstohlenen Blick. Jup und Spurral fassten sich bei den Händen. Dallog klopfte dem zitternden Wheam aufmunternd auf die Schulter. Standevens Miene ähnelte einem in die Enge getriebenen Nagetier. Alle spannten sich an.

Stryke schob den fünften und letzten Stern an die richtige Stelle.

Auf einmal hörten sie Rufe und Schreie. Am Strand stoben die Zwerge panisch auseinander. Die Ursache der Angst war ein Schiff, das anscheinend unbemerkt von der Truppe aufgetaucht war.

»Oh verdammt«, fluchte Haskeer. »Nicht schon wieder!«

Stryke hielt inne.

»Nun mach schon!«, drängte Haskeer.

Stryke nahm den fünften Stern wieder heraus.

»Was tust du da?«

»Wir bekommen Besuch.« Er nickte in Richtung des Schiffs.

»Du meinst, *sie* bekommen Besuch.«

Stryke betrachtete die rennenden Zwerge. »Wir lassen keine Kameraden im Stich.«

»Bei allen Göttern, Stryke!«

»Wir brechen nicht auf, solange wir nicht wissen, was das zu bedeuten hat.«

»Erkennt ihr das Schiff?«, fragte Pepperdyne. »Es ist dasselbe, das uns schon einmal angegriffen hat.«

»Vergiss nicht, was sie das letzte Mal angestellt haben, Stryke«, warnte Coilla. »Sie haben eine starke Magie.«

»Trotzdem«, erwiderte er ruhig. »Wollt ihr nicht auch wissen, wer sie sind?«

»Nein!«, protestierte Haskeer.

»Nur weil du dich vor dem Kampf drücken willst …«, begann Coilla.

»Willst du mich wirklich beschuldigen …«, begann Haskeer aufgebracht.

»Haltet die Klappe«, knurrte Stryke. »Dies ist nicht der richtige Augenblick.« Er steckte die Sterne weg und schob das Amulett wieder unter sein Hemd.

Kalgeck traf im Laufschritt bei ihnen ein und hielt direkt auf Spurral zu. »Sind sie es? Sind sie zurückgekommen?«

»Die Sammler?«, fragte sie. »Nein, das sind sie nicht. Du weißt, dass sie es nicht sein können. Aber die dort sind mindestens ebenso gefährlich. Schaff deine Leute vom Strand weg.«

»Sie ziehen sich schon zurück. Ich will kämpfen.«

»Nicht dieses Mal, Kalgeck. Diese Gegner sind viel zu mächtig.«

»Warum setzen wir nicht die Bliden ein?« Er deutete zum Vulkan.

»Natürlich!«, rief Coilla. »Die Katapulte, Stryke.«

»Gute Idee. Lasst uns hinaufsteigen.«

»Katapulte werden den Bastarden nichts anhaben«, grollte Haskeer.

»Komm schon!«, rief Coilla.

»Du gehst in Deckung!«, wies Spurral Kalgeck streng an.

Die Truppe rannte zum Pfad, der zum Plateau führte. Alle bis auf Standeven, der sich im allgemeinen Getümmel davonstahl.

Als sie die in einer Reihe aufgestellten Katapulte erreichten, begannen sie sofort mit dem Laden. Dank ihrer langen Erfahrung arbeiteten sie hervorragend zusammen.

»Wir wissen nicht genau, wie weit ihre Magie reicht«, überlegte Dallog. »Möglicherweise sitzen wir hier auf dem Präsentierteller.«

»Jede Waffe hat ihre Grenzen«, meinte Stryke.

»Auch magische Waffen?«

Stryke ignorierte die Bemerkung und brüllte ein paar Befehle.

Das Schiff war schon nahe beim Ufer, als sie die erste Ladung mit schweren Steinen abschossen. Sie war zu kurz gezielt und ließ hohe Wellen über das

Deck schwappen. Die nächste Salve war da schon besser.

Ein Fels traf die Seite des Schiffs und zerstörte einen großen Teil der Reling. Kurz darauf legte eine weitere Ladung einen der Masten sauber um. Holz und Segel stürzten in einem wilden Durcheinander herab.

Dann ging vom Schiff so etwas wie ein langsamer Blitz aus. Die purpurne, knisternde Erscheinung traf ein Katapult und sprengte es in Stücke. Der Einschlag ließ ein paar Orks durch die Luft fliegen.

»Verletzte?«, brüllte Stryke.

Dallog rannte umher und sah sich um. »Nichts Schlimmes«, rief er zurück.

Die Arme der Katapulte wippten auf und nieder und schossen die nächsten Salven ab. Sie verfehlten alle, einige nur sehr knapp, während andere hoch über das Schiff hinwegsegelten und weit dahinter im Meer versanken.

Dieses Mal fiel die Reaktion des Schiffs etwas anders aus. Dort unten entstand etwas, das an ringförmige Wellen in einem Teich erinnerte, nur dass sie durch die Luft schwebten. Die Erscheinung kam schnell heran, ließ der Truppe aber genügend Zeit, sich auf den Boden zu werfen. Die Wellen, abwechselnd schwarz und golden, zerstörten alle Katapulte und zerlegten sie unter ohrenbetäubendem Knallen zu Kleinholz.

»So viel zu der Behauptung, wir wären außer Reichweite«, maulte Haskeer.

Coilla deutete nach unten. »Seht nur, sie gehen an Land!«

Eine kleine Flotte von Beibooten hielt auf den Strand zu.

»Jetzt heißt es weglaufen oder kämpfen«, verkündete Stryke.

»Wir laufen nicht weg«, erinnerte Coilla ihn.

»Dann gehen wir ihnen also entgegen, was?«

Er stieß einen lauten Kampfschrei aus, und sie folgten ihm hinab.

27

Falls die Vielfraße geglaubt hatten, sie könnten auf herkömmliche Weise gegen die Fremden kämpfen, dann sollten sie rasch eines Besseren belehrt werden.

Noch bevor die Boote den Strand erreichten, gingen die aus zahlreichen Rassen bestehenden Mannschaften zum Angriff über. Grelle Energiestrahlen in unterschiedlichen Farben flammten auf. Die Lichtlanzen trafen den Sand, ließen große Staubwolken auffliegen und schlugen tiefe Löcher. Anscheinend handelte es sich zunächst nur um Zielübungen. Die nächste Salve kam der Orktruppe gefährlich nahe.

Auf Strykes Befehl hin gingen sie hinter ein paar verstreuten Findlingen in Deckung, die nicht weit vom Strand entfernt herumlagen.

Die Vielfraße schossen mit Pfeilen zurück, einige sogar mit Brandpfeilen. Es waren Stöckchen in einem Wirbelsturm. Einige Geschosse gingen in den mächtigen Energielanzen unter, andere verdampften in der Luft, bevor sie ihrem Ziel auch nur nahe gekommen waren. Ein beinahe unsichtbarer Energieschild bildete vor den ans Ufer watenden Wesen eine flimmernde Barriere.

»Wir dringen nicht zu ihnen durch«, sagte Coilla.

»Sie werden uns gleich überrennen«, warnte Dallog. »Was sollen wir tun, Stryke?«

»Vielleicht haben wir im Nahkampf mehr Glück.«

»Träum weiter«, polterte Haskeer. »Diese Magier sind viel zu mächtig, als dass unser Stahl ihnen etwas anhaben könnte. Benutze die Sterne, um uns hier wegzubringen.«

»Nein. Selbst wenn ich wollte, die Truppe ist zu weit verstreut. Wir würden die Hälfte unserer Leute zurücklassen.«

»Da kommen sie!«, rief Coilla.

Ein gutes Dutzend Angreifer näherte sich. Pelli Madayar hatte die Führung unternommen, hinter ihr trampelte ein buntes Sortiment von Vertretern der älteren Rassen einher.

»Die haben ja sogar ein paar verdammte Goblins dabei!«, rief Haskeer.

»Wir hätten uns denken können, dass diese Schweinehunde damit zu tun haben«, fauchte Jup.

Die anrückende Gruppe deckte immer noch die Umgebung mit ihren magischen Strahlen ein.

»Bereit zum Angriff!«, befahl Stryke.

Die Orks zogen ihre Nahkampfwaffen, spannten die Bogen und luden ihre Schleudern.

Als sie höchstens noch zehn Schritte entfernt waren, hob Pelli Madayar eine Hand. Alle blieben stehen, und die Bombardierung hörte auf.

»Wir müssen nicht kämpfen, Stryke«, rief sie.

Aus irgendeinem Grund fand Coilla die scheinbar so freundliche Bemerkung besonders beunruhigend.

Stryke war ebenfalls ein kalter Schauer über den Rücken gelaufen, auch wenn er es niemals zugegeben hätte. Er ignorierte die Gesten der anderen, bei ihnen zu bleiben, und trat hinter dem Felsen hervor.

»Was willst du von uns? Und woher kennst du uns überhaupt?«

»Wir wissen einiges über dich und deine Truppe, Stryke. Wir wissen viel über das, was ihr in der Vergangenheit durchgemacht habt.«

»Wer seid ihr? Was soll das alles?«

»Wir sind nicht eure Feinde, auch wenn ihr das vielleicht glaubt. Ihr wisst, was wir wollen. Die Instrumentale. Das ist alles.«

»Ach, mehr also nicht?«

»Ihr könnt euch ganz leicht weitere Schwierigkeiten ersparen. Übergebt sie uns einfach.«

»Einen Teufel werden wir tun.«

»Ihr habt nicht das Recht, sie zu besitzen.«

»Und du hast es?«

»Moralisch betrachtet ... ja.«

»Das ist ein komisches Wort aus dem Munde von jemandem, der uns gerade zu töten versucht hat.«

»Das haben wir gar nicht versucht. Hör mal, wenn ihr euch Sorgen macht, ihr könntet hier festsitzen, nachdem ihr die Instrumentale abgegeben habt, kann ich euch beruhigen. Vielleicht kann ich dafür sorgen, dass ihr auf eure Heimatwelt zurückgeschickt werdet.«

»Vielleicht? Das finde ich nicht gerade überzeugend.«

»Ich muss mich erst mit einer höheren Autorität beraten.«

»Das hier ist meine höhere Autorität.« Stryke hob sein Schwert. »Und die sagt *Nein*.«

»Sei doch vernünftig. Was du gerade gesehen hast, ist nur ein kleiner Vorgeschmack auf die Macht, die wir besitzen. Wenn wir euch mit voller Kraft angreifen würden, dann hättet ihr keine Hoffnung zu überleben.«

»Darauf lassen wir es einfach mal ankommen.«

Pelli seufzte. »Das ist doch sinnlos. Warum bist du so versessen darauf, euer Leben aufs Spiel zu setzen, nur um ...« Sie hielt inne, als hörte sie eine Stimme, die außer ihr niemand wahrnehmen konnte. Dann drehte sie sich zum Meer um.

Eine kleine Armada hielt auf die Insel zu.

Auch die anderen Fremden drehten sich um und kehrten den Vielfraßen verächtlich den Rücken. Die

Orks kamen hinter der Deckung hervor und starrten aufs Wasser.

»Hier ist ja mehr los als in einem Freudenhaus am Zahltag«, brummte Haskeer.

Offensichtlich waren die Fremden über die Neuankömmlinge ebenso überrascht wie die Orks.

Da er gewissermaßen entlassen war, kehrte Stryke zu seinen Gefährten zurück.

»Wer ist das denn schon wieder?«, fragte Coilla.

»Keine Ahnung. Noch mehr Sammler vielleicht?«

»Nein«, klärte Pepperdyne sie auf. »Das sind ganz sicher nicht die Sammler. Seht nur!«

Eines der fünf anrückenden Schiffe griff das Fahrzeug der Fremden bereits an, und zwar mit magischen Kräften. Grellbunte Energielanzen schossen hin und her.

Pelli und ihre vielgestaltigen Helfer hatten die Vielfraße völlig vergessen. Sie rannten zum Ufer zurück und ließen, noch bevor sie das Wasser erreicht hatten, eigene magische Entladungen los.

»Was hat das zu bedeuten, verdammt?«, fragte Haskeer.

»Sieht so aus, als hätte unser Feind einen Feind«, erwiderte Stryke.

»Das wäre ja ganz erfreulich«, schaltete sich Jup ein, »wenn der Feind unseres Feindes nicht zugleich auch unser eigener Feind wäre.«

»Was redest du da?«

»Schau dir doch mal das vordere Schiff genau an,

das sich gerade dem Strand nähert. Es hält mit dem Bug direkt auf uns zu. Siehst du es? Und wer steht da dreist und frech vorne an der Reling?«

»Ja.« Haskeer blinzelte und beschattete mit einer Hand die Augen.

»Na, wer ist das wohl?«

Coilla antwortete ihm. »Jennesta«, flüsterte sie.

28

»Ich dachte, die Sterne wären so unglaublich seltene Stücke«, sagte Coilla. »Aber jetzt sieht es aus, als hätte fast jeder so etwas.«

»Vielleicht begegnen uns nur lauter Leute, die sie haben«, wandte Pepperdyne ein.

Unten am Strand tobte die magische Schlacht. Die Neuankömmlinge hatten eigene Boote zu Wasser gelassen, die im Pendelverkehr Soldaten am Strand absetzten und sofort zurückkehrten, um die nächste Abteilung zu holen. Bei den Kämpfern handelte es sich um Jennestas persönliches Gefolge, außerdem um eine erheblich kleinere Zahl ihrer untoten Leibwächter. Sie konnten gegen die Magie der Fremden offenbar jedoch ebenso wenig ausrichten wie die Orks. Also musste Jennesta sich persönlich einschalten. Sie war inzwischen an Land, schritt majestätisch am Strand entlang und kämpfte den Krieg praktisch allein aus. Wenn man sah, wie mächtig ihre Gegner waren, dann machte sie ihre Sache nicht schlecht.

Stryke war der Ansicht, dass sie sich wenigstens Jennestas Truppen vornehmen sollten, wenn sie schon die Magie der Fremden nicht abzuwehren vermochten. Da sie sowieso nicht entkommen konnten, so überlegte er, konnten sie wenigstens ein paar Gegner töten.

Zuerst lief es ganz gut. Sie stürzten sich ins Getümmel und schlugen sich wacker, fällten feindliche Kämpfer und hackten die Untoten in Stücke. Es dauerte jedoch nicht lange, bis sowohl Jennesta als auch die Fremden sie bemerkten. Ein Bombardement von Zaubersprüchen zwang die Truppe zum Rückzug. Stryke war nicht der Einzige, dem dabei auffiel, dass beide Seiten sich trotz der bösen Magie offenbar keine allzu große Mühe gaben, die Orks tatsächlich zu töten.

Sie zogen sich wieder bis in den Schutz der Felsblöcke zurück.

»Die Sterne!«, flehte Haskeer. »Benutze sie jetzt!«

»Bleib ruhig«, fauchte Stryke. »Coilla! Sind alle da?«

»Nein. Dallog, Wheam und ein paar Neue fehlen noch.«

»Das ist mal wieder typisch«, stöhnte Haskeer.

»Ich suche sie«, entschied Stryke.

»Ich komme mit«, bot Coilla an. »Nein, keine Widerrede. Du brauchst jemanden, der dir den Rücken freihält.«

»Na schön.«

»Ich auch«, sagte Pepperdyne.

»Nein.«

»Willst du mich daran hindern?«

»Wenn es nötig ist, mit Gewalt. Jedenfalls ist es besser, wenn du hierbleibst und hilfst, die Stellung zu halten.«

»Aber ...«

»Tu es einfach, Jode«, sagte Coilla. »Ich ... uns wird schon nichts passieren.«

»Wenn ihr gehen wollt«, knurrte Haskeer, »dann solltet ihr euch beeilen.«

Stryke nickte. »Komm schon.«

Sie rannten wieder ins Kampfgetümmel.

Unterwegs begegneten sie ausschließlich Menschen und Untoten. Das magische Gefecht fand weiter unten am Strand direkt am Wasser statt. Doch die Soldaten und die Untoten bildeten immer noch ein nicht zu unterschätzendes Hindernis.

Stryke und Coilla hackten, schlugen, stachen und prügelten sich durch. Hin und wieder mussten sie hastig einigen fehlgegangenen Energielanzen ausweichen. Ein paar aus Jennestas Truppe hatten weniger Glück als sie.

»Da sind sie!«, rief Coilla. Sie deutete nach vorn.

Dallog und zwei Neulinge kämpften gegen die doppelte Zahl von Soldaten.

Coilla und Stryke schlugen sich zu ihnen durch.

Der Einsatz ihrer Klingen änderte rasch die Lage. Nach einem kurzen, blutigen Gefecht waren die Gegner besiegt.

»Wo steckt Wheam, Dallog?«

»Da unten!«

Ein Stück entfernt versuchte Wheam, zwei Untote abzuwehren. Er hatte sich sein neues Instrument auf den Rücken geschnallt und schien eher die Laute als sein Leben zu beschützen.

»Ich hole ihn«, sagte Stryke.

»Wir kommen mit!«, sagten Coilla und Dallog im Chor.

»Nein. Ich will nicht, dass sich die Truppe noch einmal verstreut. Geht sofort zu den anderen zurück.«

Widerstrebend ließen sie ihn allein. Er machte sich ans Werk.

Coilla, Dallog und die Neulinge hatten es auf dem Rückweg so schwer, wie sie und Stryke es auf dem Hinweg gehabt hatten. Überall waren Soldaten, und keiner ließ sie durch, ohne sie anzugreifen. Als ihr Ziel endlich in Sicht war, troffen ihre Klingen vor Blut.

»Schaffst du das restliche Stück allein, Dallog?«, fragte Coilla.

»Klar doch.«

»Dann geh weiter.«

»Und du?«

»Ich helfe Stryke.«

»Aber er meinte doch …«

»Bring du nur die beiden da wohlbehalten zurück, ja?« Dann rannte sie los.

Stryke erwischte einen der Untoten von hinten und trieb ihm die Klinge durch den Leib. Wie erwartet schien er den Stich kaum zu spüren. Also verlegte Stryke sich darauf, ihn zu zerhacken, so als wollte er einen Baum fällen. Endlich hüpfte das armlose Wesen auf seinem einzigen verbliebenen Bein fort und brach zusammen. Den zweiten Untoten enthauptete Stryke mit einem einzigen Hieb, der Kopf kullerte über den mit Blut getränkten Sand.

»Schön dich zu sehen, Hauptmann«, keuchte Wheam.

»Ich hol dich hier raus. Bleib dicht hinter mir.«

Bevor sie aufbrechen konnten, traf Coilla bei ihnen ein.

»Ich habe dir doch gesagt ...«

»Du brauchst mich«, unterbrach sie ihn. »Sieh dich nur um. Irgendjemand muss dir den Rücken freihalten.«

»Na gut. Los jetzt.«

Es wurde immer schwieriger, den feindlichen Truppen auszuweichen. Also mussten sie sich den Weg freihacken, den gefährlichsten Stellen ausweichen und auf einem anderen Weg zurückkehren. Dabei kamen sie an einem großen Felsvorsprung vorbei.

Es sollte noch ein wenig dauern, bis Stryke dämmerte, dass sie gezielt in diese Richtung abgedrängt worden waren.

Jennesta trat hinter dem Felsen hervor.

Die drei blieben wie angewurzelt stehen.

»Lauf, Wheam!«, rief Coilla. »Verschwinde!«

Der Bursche floh.

Jennesta lachte. Es war ein schrecklicher Laut. »Anscheinend sind doch nicht alle Orks mutig.«

Stryke und Coilla gingen mit erhobenen Klingen auf sie los.

Sie machte eine rasche Geste, und sofort verharrten die beiden, starr wie Statuen.

Seltsamerweise hielten auch ihre eigenen Kämpfer inne. Entweder Jennestas magischer Trick wirkte sich auch auf sie aus, oder die Soldaten hielten sich bewusst zurück, nachdem die Falle zugeschnappt war.

»Da ihr jetzt schön ruhig seid«, erklärte die Hexe, »können wir endlich ein höfliches Gespräch führen.«

Stryke und Coilla waren völlig hilflos. Sie wollten sich wehren oder etwas sagen, doch es gelang ihnen nicht.

»Wenn ich sage, dass wir ein Gespräch führen wollen, dann bedeutet dies natürlich nicht, dass ihr dabei irgendeine Rolle spieltet sollt. Allerdings habe ich hier jemanden, der dich kennt – oder kannte, Stryke.« Sie schnippte laut mit den Fingern.

Zwei Untote schlurften herbei. Sie hatten jemanden in die Mitte genommen. Es war Thirzarr.

Strykes Gefährtin war nicht anzumerken, ob sie ihn überhaupt erkannte. Äußerlich wirkte sie gesund, wenn man von einigen Prellungen absah. Allerdings schien sie sich in einer leichten Trance oder im Koma zu befinden.

»Überrascht?«, höhnte Jennesta. »Das dachte ich mir schon. Sie ist nicht ganz und gar untot wie meine Diener hier. Sie ... sagen wir mal, sie ist in einem Stadium kurz davor, und es könnte sich in die eine oder die andere Richtung wenden. Sie wird zur Untoten oder wieder so, wie sie früher war. Die Entscheidung liegt bei dir.«

Trotz seiner Qualen gelang es Stryke nicht, den Zauber abzuschütteln.

»Die Sache ist ganz einfach«, erklärte Jennesta. »Ich lasse deine Gefährtin frei, wenn du dich mir mit deiner Truppe ergibst. Nur die Orks – für die anderen Gestalten, die mit dir herumlaufen, habe ich keine Verwendung. Wenn du das tust, wirst du nicht nur Thirzarr befreien, sondern auch bei einem wundervollen Unternehmen mitwirken können. Die Vielfraße werden den Kern meines Heeres von Ork-Untoten bilden. Das ist doch eine schöne Kombination, oder? Bedingungsloser Gehorsam, gepaart mit euren unvergleichlichen kämpferischen Fähigkeiten und eurer unverwüstlichen Gesundheit. Das wäre gegenüber den derzeitigen Modellen eine erhebliche Verbesserung.« Sie deutete geringschätzig auf ihre untoten Sklaven. »Denk darüber nach, Stryke. Du wirst nach Herzenslust kämpfen und erobern können. Nicht nur in dieser, sondern in vielen Welten. In *allen* Welten. Wenn die Instrumentale erst in großem Maßstab hergestellt werden ... oh ja. Auf diese Weise bin ich hergekommen. Ich habe deine kopiert. Nachdem ich jetzt die Methode vervollkommnet habe, kann ich ein Heer von absolut willigen Orks aufbauen, mit dem ich ... nun ja, praktisch alles erobern kann. So sieht mein Vorschlag aus. Ich werde jetzt den Bann auflösen, der dich hält, damit du mir antworten kannst. Eine falsche Bewegung, und du bist wieder hilflos.« Sie machte erneut eine Geste.

Stryke taute auf. Trotz seines Zorns und seiner Qualen kämpfte er den Impuls nieder, ihr einfach an die Kehle zu gehen. Er wusste, dass es vergeblich wäre, und wollte Zeit schinden. Sofern er überhaupt noch Zeit hatte. Also beschränkte er sich auf eine verbitterte Antwort. »Du stinkendes Miststück! Was hast du Thirzarr angetan? Und was ist mit unseren Kindern? Wo sind sie?«

»Du erwartest doch nicht, dass ich dir das sage, oder? Es geht hier nicht um deine Gören. Deine Gefährtin oder deine Truppe. Wie lautet deine Antwort?«

»Ich kann das nicht für die anderen entscheiden. Sie haben hart für ihre Freiheit gekämpft. Das darf ich nicht wieder zunichtemachen.«

»Dann wird deine Gefährtin eine geistlose Marionette. Womöglich gefällt es dir ja, eine tumbe Sklavin an deiner Seite zu haben. Das hätte vielleicht sogar gewisse Vorteile. Ist das der Grund, Stryke?«

»Wenn du dich mir im gerechten Zweikampf stellen würdest …«

Sie platzte vor Lachen heraus. »Oh, bitte. Als ob ich das jemals tun würde. Aber vielleicht gibt es noch eine andere Möglichkeit, die Sache zu klären.«

»Welche denn?«

»Wenn du nicht kapitulierst, legen wir die Angelegenheit auf eine Weise bei, die dir eher zusagen dürfte. Im Kampf. Falls mein Vertreter siegt, unterwirfst du dich. Na ja, du wärst dann sowieso tot, aber dann wäre jedenfalls klar, dass du verloren hast. Gewinnst du aber, dann bekommst du deine Gefährtin so gut wie neu zurück.«

Auch Coilla wehrte sich gegen die unsichtbaren Fesseln.

»Wer ist dein Vertreter?«, fragte Stryke.

»Sie steht direkt neben mir.«

»Thirzarr? Das werde ich nicht tun. Sie auch nicht.«

»Wirklich nicht?« Jennesta machte eine Geste in Thirzarrs Richtung.

Die Orkfrau schien halb zu erwachen.

»Kämpfe gegen ihn«, befahl Jennesta. »Bis zum Tod.« Sie gab Thirzarr ein Schwert.

Die Gefangene nahm es und ging sofort auf Stryke los. Er blieb benommen stehen, weil er nicht glauben mochte, was seine Augen ihm zeigten. Dann musste er sich eilig in Sicherheit bringen, um der durch die Luft zischenden Klinge zu entgehen.

Stryke drehte sich, wand sich und wich den Hieben aus, die sie gegen ihn losließ. Nur widerwillig hob er das Schwert, als er keine andere Möglichkeit mehr sah, sie abzuwehren. Er war nur darauf aus, sich zu verteidigen. Sie aber versuchte mit jedem Hieb, ihn zu töten.

Er war verzweifelt. Stryke riskierte alles, während sie ihn unermüdlich angriff. Er fürchtete den Moment, wenn sein Instinkt die Kontrolle übernähme und er, ob es Thirzarr war oder nicht, auf die gleiche Weise zurückschlagen würde.

Auf einmal tauchte Wheam wieder auf. Er erschien hinter dem Felsvorsprung. Hätte er raten sollen, dann wäre Stryke im Leben nicht darauf gekommen, was der Bursche als Nächstes tat. Er warf einen Stein nach Jennesta. Das Wurfgeschoss traf ihre Schulter, und die Hexe stieß einen Schrei aus, der eher nach verletztem Stolz als nach echten Schmerzen klang.

Der unverhoffte Angriff störte ihre Konzentration, und die geistige Kontrolle, mit der sie ihren Zauber aufrechterhielt, brach zusammen.

Coilla löste sich aus dem Bann. Thirzarr hielt inne, senkte die Arme und ließ das Schwert fallen. Anscheinend war sie nun wieder in dem Zustand, in dem sie sich vorher befunden hatte.

Jennesta tobte und versuchte angestrengt, die Kontrolle wiederzuerlangen. Unterdessen packte Coilla Stryke am Ärmel und zerrte ihn fort. Zuerst sträubte er sich, weil er zu Thirzarr wollte, dann musste er trotz seiner Wut einsehen, dass es hoffnungslos war. Er ließ sich von Coilla und Wheam fortziehen.

Sie rannten. Etwas, das ihnen wie ein Blitzschlag vorkam, brach hinter ihnen los, dröhnte aber harmlos über ihnen in der Luft.

Die Kämpfe waren deutlich abgeflaut. Zwar stießen sie immer noch auf Widerstand, um den sich vor allem Coilla kümmerte, doch sie kehrten unbeschadet zu den anderen zurück.

Rasch berichteten sie, was vorgefallen war. Die meisten nahmen die Neuigkeit in betäubtem Schweigen auf.

Coilla sagte: »Bring uns nach Ceragan, Stryke. Wir heben ein Heer aus und kommen hierher zurück, um Jennesta so fest in den Arsch zu treten, dass ...«

»Wir wissen nicht, ob die Sterne uns wirklich dorthin bringen. Und das ist noch nicht einmal das Schlimmste.«

»Was könnte noch schlimmer sein?« Sie hatte einen eiskalten Klumpen im Magen.

»Siehst du es nicht? Jennesta war offensichtlich dort, um Thirzarr zu holen. Thirzarr ist sicher nicht freiwillig mitgekommen. Kein Ork würde sich Jennesta einfach so fügen. Sie haben sich ganz bestimmt gewehrt. Es würde durchaus zu Jennesta passen, alle Orks auf dem Planeten zu töten, wenn es ihr gerade gelegen käme.« Stryke umfasste das Heft seines Schwertes und holte Luft. »Coilla ... wir wissen nicht einmal, ob Ceragan überhaupt *noch* existiert.«

BLUTJAGD

*Für Jacob Harry Fifer,
der dies hoffentlich eines Tages lesen
und sich wahrscheinlich wundern wird,
was der alte Knabe
schon wieder ausgeheckt hat*

Was bisher geschah ...

Ins Feuer

Unzufrieden mit dem beschaulichen Leben in Ceragan, ließ sich die Kriegertruppe der Vielfraße gern zu neuen Abenteuern verlocken, als sie eine Botschaft von Tentarr Arngrim erhielt. Der Magier, der auch unter dem Namen Seraphim auftrat, hatte ihnen bei einer früheren Gelegenheit geholfen. Arngrim beschrieb ihnen nun eine Welt, in der die Orks von menschlichen Eindringlingen brutal unterdrückt wurden. Schlimmer noch, zu den Unterdrückern zählte auch Seraphims niederträchtige Tochter, die Hexe Jennesta. Einst war sie die Herrscherin der Kriegertruppe gewesen, die bislang angenommen hatte, die Hexe sei tot. Auch wenn er Arngrims Motiven misstraute, überzeugte Stryke, der Hauptmann der Vielfraße, seine Truppe, eine Mission zu übernehmen, um den unterjochten Orks zu helfen und sich möglicherweise sogar an Jennesta zu rächen.

Die Vielfraße besaßen fünf eigenartige Artefakte, die Instrumentale genannt wurden. Seraphim, der sie geschaffen hatte, bezeichnete sie als Sterne. Mit ihrer Hilfe war die Truppe nach Ceragan gelangt, denn die Sterne konnten den Besitzer zwischen verschiedenen Welten hin und her befördern. Stryke war nicht in ihrer Bedienung unterwiesen, doch er besaß ein Amulett, das er Arngrims ermordetem Boten abgenommen hatte. Die Markierungen auf dem Schmuckstück waren der Schlüssel für die Benutzung der Sterne.

Ein vollständiger Kriegertrupp bestand aus fünf Offizieren und dreißig Soldaten. Stryke hatte den Oberbefehl, unter ihm dienten zwei Feldwebel. Einer davon war Haskeer. Jup, der zweite Feldwebel und der einzige Zwerg in der Truppe, war in Maras-Dantien geblieben, der verfallenden Geburtswelt der Vielfraße. Außerdem hätte es zwei Gefreite geben sollen. Coilla, das einzige weibliche Mitglied und eine Meisterin der Strategie, war anwesend. Alfray, der den zweiten Posten bekleidet hatte, war im Kampf gefallen. Außerdem hatte der Tod sechs Gemeine ereilt.

Um die Gruppe aufzustocken, rekrutierte Stryke in Ceragan einige Novizen und ersetzte Alfray durch einen alternden Ork namens Dallog, was bei einigen Vielfraßen auf Unmut stieß. Noch unwirscher reagierten sie, als ein einheimischer Klanhäuptling namens Quoll ihnen seinen Sohn aufnötigte, den nichtsnutzigen Wheam.

Stryke verabschiedete sich von seiner Gefährtin Thirzarr und ihren Kindern Corb und Janch und führte die

Truppe zunächst nach Maras-Dantien, um Jup zu suchen, weil sie hofften, er werde seinen alten Posten als Feldwebel wieder übernehmen. Sie fanden ihn, und Jup schloss sich zusammen mit seiner Partnerin Spurral der Truppe an. Einer der neuen Rekruten und der Veteran Liffin wurden jedoch von Plünderern getötet. Haskeer gab vor allem Wheam und den anderen Neulingen die Schuld und brachte offen seine Verachtung zum Ausdruck.

Bevor sie Maras-Dantien wieder verließen, begegneten sie zwei Menschen, Micalor Standeven und Jode Pepperdyne, die sich als Händler ausgaben. In Wirklichkeit war Pepperdyne Standevens Sklave, und sie waren vor dem tyrannischen Herrscher Kantor Hammrik auf der Flucht, der Standeven in der Hand hatte. Standeven hatte die Absicht, den Orks die Instrumentale zu stehlen und damit seine Schulden bei Hammrik zu begleichen. Stryke hätte die beiden sitzenlassen oder ihnen sogar noch Schlimmeres angetan, hätten sie ihn nicht vor einem bevorstehenden Überfall gewarnt. In dem anschließenden Kampf rettete Pepperdyne Coilla das Leben. Als die Vielfraße mithilfe der Sterne Hals über Kopf aus einer gefährlichen Lage fliehen mussten, nahmen sie Pepperdyne und Standeven mit. Ihr Ziel war die Welt, auf der die Kriegertruppe die Mission durchführen sollte.

Die Vielfraße wussten nicht, dass eine unbestimmtc Anzahl weiterer Instrumentale existierte, die auf unendlich vielen Welten verstreut waren. Ebenso wenig ahnten sie, dass ihnen eine geheime Gruppe, das Corps der Torhüter, auf den Fersen war. Das Corps hatte die Aktivierung von Strykes Sternen bemerkt, und der menschliche Anführer Karrell Revers hatte seiner Stellvertreterin, der Elfenfrau Pelli Madayar, befohlen, die Instrumentale um jeden Preis zu beschlagnahmen. In Begleitung einer militärischen Einsatztruppe aus vielen verschiedenen Rassen, die über mächtige magische Waffen verfügte, nahm Pelli die Verfolgung der Vielfraße auf.

Als die Krieger in Acurial eintrafen, einer nach dem heruntergekommenen Maras-Dantien sehr üppigen Welt, mussten sie zu ihrem Entsetzen feststellen, dass man den einheimischen Orks schon vor vielen Generationen den Kampfgeist ausgetrieben hatte. Das Menschenreich Peczan hatte auf diese Unterwürfigkeit sowie auf die Lüge gebaut, Acurial besitze magische Zerstörungswaffen, und das Land der Orks besetzt.

Im Kampf gegen die Besatzer, die über gewisse, unter Menschen sehr seltene magische Fähigkeiten verfügten, stellten die Vielfraße fest, dass nicht alle Orks in Acurial unterwürfig waren. Sie retteten eine Schar von Widerstandskämpfern, in denen der alte Kampfgeist wiedererwacht war. Die Anführer waren Brelan und seine Zwillingsschwester Chillder, vor allem aber deren im Verborgenen lebende Mutter Sylandya, die abgesetzte ehemalige Herrscherin Acurials. Die Vielfraße schlossen sich den Aufständischen an und bildeten die Rebellen aus. Coilla gründete eine ausschließlich aus

Frauen bestehende Kriegertruppe, die sie »die Füchsinnen« nannte.

Hauptgegner des Widerstandes waren General Kappel Hacher, der Gouverneur des Landes, das Peczan inzwischen als Provinz betrachtete, und Bruder Grentor, Hohepriester des Helixordens und oberster Hüter der Magie. Als Vertreter von Militär und Religion, den wichtigsten Stützpfeilern des Reichs in der Präfektur, gerieten Hacher und Grentor oft miteinander in Streit. Die Ankunft Jennestas, erbarmungslose Gesandte aus Peczan und Vorgesetzte beider Männer, ließ sie jedoch ihre Differenzen vergessen.

Pelli Madayars Corps der Torhüter traf ebenfalls ein, beobachtete insgeheim die Ereignisse und schmiedete Pläne, um den Vielfraßen die Sterne wegzunehmen.

Der Widerstand fand heraus, dass ein Komet mit Namen Grilan-Zeat, der an Wendepunkten der acurialischen Geschichte erschienen war, erneut auftauchen sollte. Sie hofften, dies sei ein gutes Omen, unter dem Sylandya das ganze, bislang unterwürfige Volk zu den Waffen rufen könne. Mit Grilan-Zeat war auch eine Prophezeiung verbunden. Es hieß, eine Gruppe von Befreiern werde zusammen mit dem Kometen in Erscheinung treten. Manche Kräfte im Widerstand glaubten, die Vielfraße könnten die lang ersehnten Helden sein, und stellten sie in dieser Weise dar, um die Bürger zu ermutigen.

Da Komet und Prophezeiung als Möhren vorhanden waren, mussten die Rebellen nur noch den passenden

Stock finden. Sie drangsalierten die Besatzer, um sie zu Vergeltungsmaßnahmen zu verleiten, welche wiederum die Massen wachrütteln sollten. Die Vielfraße nahmen an einigen Angriffen auf die Invasoren teil. Dann aber schlug ein ehrgeiziger Überfall fehl, und ihr Versuch, Jennesta zu ermorden, scheiterte ebenfalls. Es endete damit, dass ihnen vier der fünf Sterne entwendet wurden. Stryke fragte sich, ob es im Widerstand oder sogar unter den Vielfraßen selbst einen Spion gab. Der fünfte Instrumental, der sich in Coillas Obhut befand, wurde in einem Versteck der Rebellen gestohlen. Es gab keinen Zweifel, dass Jennesta dahintersteckte. Als der Komet sichtbar wurde, mussten die Vielfraße annehmen, sie würden Ceragan niemals wiedersehen.

Ihnen blieb nichts anderes übrig, als auf der Seite des Widerstands den Kampf fortzusetzen. In den folgenden Wochen erwachte der kriegerische Instinkt der Orks von Acurial, was die menschlichen Unterdrücker teuer zu stehen kam.

Die Vielfraße wussten nicht, dass Jennesta mithilfe einer esoterischen Hexerei die Instrumentale dupliziert hatte. Dank ihrer eigenen magischen Mittel bemerkten die Torhüter jedoch, dass auf einmal ein weiterer Satz Instrumentale im Spiel war, und bemühten sich sehr, die Objekte möglichst schnell in ihren Besitz zu bringen.

Trotz der Feindseligkeit zwischen ihren Völkern kamen sich Coilla und Pepperdyne näher, während die Widerstandsbewegung wuchs, und der normalerweise sehr zurückhaltende Mensch erzählte einige Dinge über sich.

Er war ein Trougathianer, der Angehörige eines Inselvolks auf Maras-Dantien, das unglücklicherweise an einem strategisch wichtigen Ort zwischen rivalisierenden Nationen beheimatet gewesen war. Trougath hatte über Generationen hinweg im Krieg gelebt, bis ein vermeintlicher Verbündeter das Land hinterging und zerschlug. Die Menschen wurden in alle Winde verstreut, einige gar versklavt. So war Pepperdyne für Standeven kaum mehr als ein Gegenstand. Die überwiegend nomadisch lebenden Trougathianer wurden, ähnlich wie die Orks, allseits geschmäht und geächtet.

In Acurial nahmen die Ereignisse eine dramatische Wendung, als Standeven in einem Unterschlupf des Widerstands mit einem toten Eindringling aufgegriffen wurde. Er gab zu, den fremden Ork getötet zu haben, behauptete aber, in Notwehr gehandelt zu haben. Noch rätselhafter war, dass der tote Ork Coillas gestohlenen Instrumental bei sich hatte. Vielfraße und Widerstand misstrauten Standeven, konnten ihm jedoch nichts nachweisen.

Ermutigt, nachdem sie den Stern zurückgewonnen hatten, machte sich die Truppe daran, Jennesta auch die anderen Instrumentale abzunehmen. Sie planten einen Überfall und erreichten ihr Ziel, allerdings waren manche in der Truppe der Ansicht, es sei zu leicht gegangen.

Da sie mit Hachers Regentschaft in der Provinz unzufrieden war, verwandelte Jennesta ihn in einen Zombie-Leibwächter und ließ auch Bruder Grentor beseitigen. Als Sylandya ihr Versteck verließ und sich öffentlich an die Bevölkerung wandte, sorgte Jennesta auch für deren Ermordung. Dies erwies sich jedoch als Fehler. Der Aufstand wurde keineswegs im Keim erstickt, sondern gewann sogar noch an Kraft.

Als der Sieg des Widerstands nahe war, flohen Jennesta und eine Gruppe loyaler menschlicher Anhänger zur Küste. Die Vielfraße verfolgten sie, doch als die Truppe angreifen wollte, tauchten die Torhüter auf, und Pelli Madayar verlangte von den Vielfraßen die Herausgabe der Instrumentale. Stryke weigerte sich, woraufhin das Corps mit machtvoller Magie angriff. Da er zwischen den Torhütern und Jennestas anrückender Streitmacht in der Falle saß, hatte Stryke keine Zeit mehr, die Koordinaten festzulegen, und aktivierte die Instrumentale aufs Geratewohl.

Die Truppe reiste durch eine Reihe feindseliger Realitäten und verweilte in jeder gerade lange genug, um die Sterne neu einzustellen und erneut zu fliehen. Schließlich erreichten sie eine öde, aber ungefährliche Welt, wo Stryke die Instrumentale ordentlich einstellen konnte. Er wollte Pepperdyne und Standeven nach Maras-Dantien bringen und dann mit der Truppe nach Ceragan zurückkehren.

Aus einem unerfindlichen Grund beförderten die Sterne sie jedoch in eine von Zwergen bewohnte Inselwelt. Da die Orks auf so geheimnisvolle Weise erschienen waren, wurden sie von den Einheimischen nicht hingerichtet, sondern als Götter verehrt. Kurz danach überfielen menschliche Sklaventreiber, die Sammler, die Insel und verschleppten eine Reihe von Zwergen, darunter auch Spurral. Die Vielfraße beschafften sich zwei Boote und eine ungenaue Karte und machten sich auf, Jups Frau zu retten. Doch die Torhüter waren der Truppe gefolgt und blieben ihnen auf den Fersen.

Spurral sah sich unterdessen der Gnade des rücksichtslosen Anführers der Sammler ausgeliefert. Unter den Mitgefangenen stiftete sie umgehend eine Meuterei gegen Kapitän Salloss Vant an. Die Sklaventreiber warfen eine Mitverschwörerin namens Dweega über Bord. Die Vielfraße konnten sie jedoch aus dem Wasser fischen und erfuhren von ihr, welchen Kurs die Sammler eingeschlagen hatten. Bevor die Orks die Verfolgung fortsetzen konnten, mussten sie jedoch auf dem Meer einen Angriff der Torhüter überstehen. Außerdem entwickelte Standeven ein geradezu krankhaftes Interesse an den Sternen der Kriegertruppe.

Die Zwerge an Bord des Schiffs der Sammler rebellierten, Spurral kämpfte gegen Vant und tötete ihn. Nachdem sie die Kontrolle über das Schiff gewonnen hatten, kehrten die Zwerge auf ihre Heimatinsel zurück. Unterwegs wurden sie von schrecklichen Kreaturen angegriffen, die »Kraken« genannt wurden – die Herren der Tiefe. Das Schiff ging unter.

Da das Corps eines ihrer Boote beschädigt hatte, mussten die Vielfraße die nächste Insel anlaufen, um die Reparaturen vornehmen zu können. Wie sich herausstellte, lebte dort eine Gruppe Goblins, die eine Reihe von Kelpies gefangen hielt. Obwohl die Kelpies intelligente Wesen waren, wurden sie als Fleischlieferanten betrachtet. Die Orks verbündeten sich mit ihnen und töteten die Goblins. Als sie erfuhren, dass die Sammler einer vorbestimmten Route folgten und dass sich der nächste Hafen, den sie ansteuern würden, auf der Insel der Kelpies befand, übernahmen die Vielfraße ein Schiff der Goblins und machten sich auf den Weg. Spurral und eine Handvoll anderer verschleppter Zwerge hatten den Schiffsuntergang überlebt, waren inzwischen auf der Insel der Kelpies gestrandet und wurden von diesen gepflegt.

Jup und Spurral waren endlich wieder vereint. Stryke hielt es für eine Ehrensache, die befreiten Zwerge nach Hause zu bringen. Unterwegs vertiefte sich die Freundschaft zwischen Coilla und Pepperdyne, die von vielen mit Misstrauen beäugt wurde. Die beiden wurden heimliche Geliebte.

Kurz nachdem die Orks die Insel der Zwerge erreicht hatten, tauchten auch die Torhüter wieder auf, und Pelli Madayar verlangte abermals die Instrumentale von Stryke. Er weigerte sich, es kam zum Kampf, und die Vielfraße sahen sich der Magie des Corps ausgesetzt. Mit knapper Not entging die Truppe der Vernichtung, als auch noch Jennesta mit ihrer eigenen Streitmacht auftauchte. Zwischen ihr und dem Corps entbrannte ein magischer Kampf.

Inmitten des Chaos wandte Jennesta sich an Stryke. Zu dessen Erstaunen hatte sie seine Gefährtin Thirzarr mitgebracht, die sich in einem hypnotischen Bann befand. Sie stand kurz davor, ein Zombie zu werden und war ganz und gar Jennestas Kontrolle unterworfen. Entsetzt musste Stryke erkennen, dass Jennesta eigens nach Ceragan gereist war, um Thirzarr zu entführen. Wahrscheinlich hatte sie in seiner zweiten Heimat auf grausamste Weise Angst und Schrecken verbreitet.

Jennesta machte Stryke ein Angebot: Die Vielfraße sollten sich ihr ergeben und als Untote dienen, dann würde sie Thirzarr aus dem Bann entlassen. Wenn sie sich aber weigerten, würde Thirzarr nie mehr aus der Verzauberung befreit werden. Stryke rang mit sich und lehnte ab. Daraufhin erklärte Jennesta, die Angelegenheit solle durch einen Zweikampf zwischen Stryke und Thirzarr entschieden werden. Auf Jennestas Befehl hin begann Thirzarr mit einem mörderischen Angriff auf Stryke. Verzweifelt rang er seine Mordlust nieder, weil er seine Gefährtin nicht umbringen wollte. Nur der Zufall und Coillas und Wheams Eingreifen verhinderten dies.

Nachdem sie Jennestas bösartigem Einfluss entflohen waren, verfiel Stryke in tiefe Verzweiflung. Die Vielfraße zogen sich ungeordnet und mit dem Gefühl zurück, endgültig verloren zu haben.

Fünf Jahre zuvor

In Maras-Dantien spitzten sich die Ereignisse zu.

Jennesta hatte im verschneiten Norden ihr Heer bis in den Schatten des vorrückenden Gletschers geführt, um den mächtigen Eispalast von Ilex zu belagern.

Das Schicksal ihrer Manni-Armee war ihr egal. Das Bündnis aus Menschen, Orks und Zwergensöldnern, die im Kampf gegen die gottesfürchtigen Unis vereint waren, betrachtete sie als zweckdienliches Hilfsmittel. Jennesta interessierte sich ausschließlich für das, was sich im Palast befand.

Verrat hatte die Lage komplizierter gemacht. Die Manni-Drachenherrin Glozellan hatte sich auf die Seite von Jennestas Feinden geschlagen und ihre Schutzbefohlenen ins Spiel gebracht. Ein Trupp von ledrigen Ungetümen mit wild schlagenden Flügeln, die wie Sägeblätter schneiden konnten, spie Flammenlanzen auf ihr Heer aus. Jennestas Vater Seraphim nutzte seine magischen Kräfte, um trügerische Bilder an den dräuenden Himmel zu malen, die ihre Soldaten in die Irre führen und die Kampfmoral untergraben sollten. Aus dieser Richtung hatte sie aber ohnehin nichts Besseres erwartet.

Als der Schneefall stärker wurde, bis die Flocken auf der Haut der Krieger stachen und die Sicht behinderten, wurde sie ungeduldig. In Begleitung ihres Ork-Kommandanten General Mersadion und eines halben Dutzends ihrer fähigsten königlichen Gardisten verschaffte sie sich Eintritt in den Palast.

Durch die düsteren Gänge wehte der Gestank von Alter und Fäulnis, und allenthalben hallten gespenstische, unmenschliche Geräusche durch das brüchige Gemäuer.

Jennesta und ihre Gruppe waren jedoch nicht die Ersten, die eingedrungen waren. Mehrere Vorausabteilungen der Mannis waren ihnen zuvorgekommen. Überall lagen ihre Leichen herum, ausnahmslos schrecklich verstümmelt. Viele sahen so aus, als seien sie teilweise aufgefressen worden. Sogar der General, der immerhin ein Ork war, fühlte sich offenbar unwohl. Die Wächter, die Öllampen hielten, hatten Angst. Jennesta kümmerte es nicht.

Kaum dass sie das Labyrinth der gewundenen Gänge und Kammern hinter sich gelassen hatten, tauchten unförmige Gestalten aus dem Schatten auf.

Die Sluagh, ein widerliches Volk von Gestaltwandlern, die viele für Dämonen hielten, hatten sich im Palast breitgemacht. Dem Äußeren wie dem Verhalten nach waren sie fremd und zudem völlig erbarmungslos. Dies zeigte sich sogleich, als zwei Nachzügler in Jennestas Gruppe niedergestreckt und zerfetzt wurden. Ohne auf deren Schreie zu achten, eilte sie weiter. Der General und die anderen Kämpfer folgten mit aschfahlen Gesichtern.

Es dauerte nicht lange, bis die Kreaturen abermals zuschlugen. Sie lauerten im Zwielicht, die widerstandsfähigen Häute glänzten feucht im schwachen Licht. Einer von ihnen packte einen Wächter mit geschmeidigen Tentakeln. Dieses Mal waren die Kameraden und der Soldat jedoch bereit und hackten auf den Sluagh ein.

»Lasst ihn«, fauchte Jennesta.

Die Angst vor ihr wog schwerer als jeder Kameradschaftsgeist. Sie ließen den kreischenden Kämpfer im Stich. Mersadion blickte sich noch einmal um und beobachtete, welches Schicksal der Mann erlitt.

Es gab eine kurze Verschnaufpause, als Jennesta weiterlief und den Zugang zu den unteren Ebenen des Palasts suchte. Sie war jedoch nicht von Dauer. In einem schmalen Gang stießen sie erneut auf ein Rudel Sluagh. Die Wesen geiferten, stießen unverständliche Laute aus und rückten vor. Da nun auch ihre eigene Sicherheit gefährdet war, griff Jennesta ein und wirkte mit komplizierten Handbewegungen einen Spruch. Dabei setzte sie eine Miene blasierter Ungeduld auf, als sei sie eher gereizt denn verängstigt. Ein greller Blitz zuckte, und die Sluagh zerplatzten wie reife Melonen, die eine unsichtbare Axt getroffen hatte. Sie stürzten, und die dampfenden Eingeweide brachen aus ihnen heraus.

Jennesta ging weiter und lupfte den Saum ihres Gewands, um sich nicht zu beschmutzen. Die anderen folgten ihr und stiegen vorsichtig über die Kadaver hinweg, dabei pressten sie sich die Hände vor die Münder, um den Gestank abzuhalten.

Schließlich erreichten sie einen Bogengang, hinter dem eine Treppe nach unten in tiefste Finsternis führte. Von dort drang ein stetiges Pochen herauf. Jennesta befahl zweien ihrer drei noch lebenden Soldaten, am Eingang aufzupassen. Die beiden wussten nicht, ob sie mit Erleichterung oder Entsetzen reagieren sollten. Der dritte Soldat war sich dagegen seiner Gefühle völlig sicher, als sie auf die Treppe wies und ihm befahl, die Führung zu übernehmen.

Nach einem kurzen Abstieg tat sich etwas bei den Wächtern, die sie oben zurückgelassen hatten. Es begann mit Schreien und endete mit einem Kreischen, das rasch erstarb. Ungerührt forderte Jennesta die beiden noch lebenden Untertanen zum Weitergehen auf. Die Lampe, die der vorausgehende Soldat hielt, zitterte heftig und malte groteske Schatten auf die feuchten Wände.

Je tiefer sie kamen, desto lauter wurde das Pochen, doch nun waren auch andere, misstönende Geräusche zu hören. Steine knirschten aufeinander, Balken knarrten. Der Boden bebte. Winzige Eisbrocken lösten sich durch die Erschütterungen und rieselten herunter. Es fühlte sich an wie ein schwaches Erdbeben.

Am Fuß der Treppe standen sie in einem weiten Flur, der sich in beiden Richtungen in der Dunkelheit verlor. Nein, nicht ganz – rechts war ein fahler Lichtschein zu erkennen. Jennesta befahl dem Wächter, die Lampe zu löschen. In der nun entstehenden Dunkelheit konnten sie das pulsierende Licht besser erkennen. Es entsprach den Umrissen einer großen Tür. Sie bewegten sich darauf zu.

Inzwischen fielen auch größere Trümmerstücke herab, Staub wallte auf, und das Grollen wurde stärker. Sie spürten die Erschütterungen unter den Füßen, und die

Luft schmeckte seltsam. Sie war wie aufgeladen, drückend und viel wärmer, als sie es in diesem Eispalast hätte sein dürfen.

Hinter ihnen bewegte sich etwas. Ein Sluagh war am unteren Ende der Treppe angelangt, einige weitere folgten ihm. Der Wächter verlor die Nerven, ließ die gelöschte Laterne fallen und rannte weg, vorbei an der Tür, aus der das Licht drang, und tiefer in den Gang hinein. Er kam nicht einmal zwanzig Schritte weit. Die Tentakel eines Sluagh griffen von der Decke herab, umschlangen ihn und zerrten ihn hoch. Heulend und strampelnd verschwand er in der Finsternis.

Jennesta nutzte die Ablenkung zu ihrem Vorteil und eilte zur Tür. General Mersadion folgte ihr. Der Zugang war nicht verriegelt, die schwere Tür ließ sich jedoch nur mit großer Kraftanstrengung bewegen. Sie überließ es ihm, sich anzustrengen. Auf der anderen Seite traten sie in einen weiteren, aber viel kürzeren Flur, der zu einem Bogengang führte. Der Bereich dahinter war hell erleuchtet.

Sie wies ihn an, die Tür zu sichern, dann sagte sie: »Es scheint so, als wären nur noch wir beide übrig, General.«

Er deutete zum Licht. »Was ist das, Herrin?«

»Ihr könnt es als eine Art Tor betrachten. Es ist sehr alt und veranlasste meinen Vater, die Artefakte zu erschaffen, die von Rechts wegen mir gehören.«

Er nickte, als hätte er es verstanden.

»Die Aktivierung des Portals hat Kräfte freigesetzt, die jetzt den Palast zerstören«, fuhr sie beiläufig fort.

Mersadion war angesichts dieser Erläuterung alles andere als beruhigt.

Sie näherten sich dem Bogengang. Er führte zu einer breiten Treppe, hinter der in einem geräumigen Gewölbe fünf mächtige, unebene Steine im Halbkreis aufgestellt waren. Im Zentrum befand sich ein niedriges steinernes Podium, das anscheinend mit Edelsteinen ausgelegt war. Von der Oberfläche des Podiums ging etwas Wunderbares aus.

Es erinnerte an einen umgekehrten Wasserfall, bestand jedoch nicht aus einer Flüssigkeit, sondern aus reinem Licht. Millionen und Abermillionen winziger Funken kreisten und wirbelten umeinander und stiegen in einem unendlichen, ständig erneuerten Strom empor. Der blendend helle Strudel war auch der Ursprung des Pochens. Schwefelgeruch hing in der Luft.

Mehrere Wesen waren bereits dort. Jennesta blieb vor dem Torbogen stehen und betrachtete sie. Ganz vorn befand sich ihr Vater Tentarr Arngrim, der in der geheimen Welt der Zauberei unter dem Namen Seraphim bekannt war. Jennestas Schwester Sanara, dem Äußeren nach die menschlichste unter Arngrims Nachkommen, stand neben ihm. Die Übrigen waren Vielfraße, die verdammte Orks-Bande, die Jennesta auf so schmähliche Weise hintergangen hatte. Alle starrten wie gebannt das glitzernde Schauspiel an.

Die Orkfrau Coilla hatte sich bis dicht vor das Podium vorgewagt und betrachtete versunken die Strömung. »Es ist schön«, hauchte sie.

Der Zwerg Jup, der neben ihr stand, nickte. »Ehrfurchtgebietend.«

»Und es gehört mir!«, rief Jennesta. Sie hatte die Geduld verloren und schritt, gefolgt von Mersadion, die Treppe hinunter.

Die anderen drehten sich zu ihr um. Einen Moment lang schwankte Jennestas stählerne Entschlossenheit, doch sie konnte darauf vertrauen, dass ihre Magie allem anderen hier überlegen war, ob Zauberspruch oder Waffe.

»Du kommst zu spät.« Seraphims Antwort klang erheblich kühler, als es ihr lieb war.

»Wie schön, dich zu sehen, mein lieber Vater«, gab sie bissig zurück. »Ich habe eine Abteilung Palastwachen mitgebracht«, log sie. »Ergebt euch oder sterbt, mir ist es egal.«

»Es wäre mir neu, dass du dir eine Gelegenheit entgehen lässt, diejenigen zu töten, die dich deiner Ansicht nach betrogen haben«, widersprach Sanara.

»Du kennst mich wirklich gut, Schwesterherz.« Dann fiel ihr ein, wie zimperlich Sanara im Grunde war. »Es freut mich, dich wieder in Fleisch und Blut zu sehen. Noch mehr freue ich mich darauf, dies wieder zunichtezumachen.«

Nun mischte sich der Anführer der Vielfraße ein. »Wenn Ihr glaubt, wir würden uns kampflos ergeben, dann liegt Ihr falsch.« Er deutete mit einer kräftigen Hand auf seine Truppe. »Wir haben nichts zu verlieren.«

»Ah, Hauptmann Stryke.« Verächtlich ließ sie den Blick über die Truppe wandern. »Und die Vielfraße. Auf das Wiedersehen mit euch habe ich mich ganz besonders gefreut.« Ihre Stimme wurde hart. »Jetzt streckt die Waffen.«

Eine Unruhe entstand, dann kam jemand mit gezogenem Schwert nach vorn. Jennesta erkannte den Heiler der Truppe, einen dummen alten Ork namens Alfray.

Sofort war Mersadion zur Stelle und trat dem Angreifer in den Weg. Die Klinge des Generals blitzte, der Hieb traf Alfray. Der Ork schwankte, verdrehte die Augen, bis nur noch das Weiße zu erkennen war, und stürzte hin.

Einen Moment lang verharrten alle wie angewurzelt und schnappten nach Luft.

Dann fielen Stryke, Coilla, Jup und der riesige Schlägertyp Haskeer über den General her und hackten ihn in Stücke. Die anderen hätten sich ebenfalls eingeschaltet, wäre es nicht so schnell vorbei gewesen.

Jennesta sah keinen Grund, ihre Magie zu verschwenden und einzugreifen. Dies änderte sich jedoch schlagartig, als die rachsüchtigen Orks sich gegen sie wandten. Auf ihrer ausgestreckten Hand erschien eine apfelgroße Feuerkugel. Sie wurde heißer und heißer und schmerzte dem Betrachter in den Augen.

»Nein!«, schrie Seraphim hinter den vorrückenden Vielfraßen.

Jennesta schleuderte die Feuerkugel. Die Orks verteilten sich und wurden nicht getroffen, einige spürten allerdings die sengende Hitze. Die Feuerkugel traf die hintere Wand und explodierte, der Knall dröhnte laut in der Kammer. Polternd brachen Stücke aus dem Mauerwerk. Jennesta war bereits dabei, eine neue Kugel zu formen, doch nun griffen Seraphim und Sanara ein.

Daraufhin hüllte Jennesta sich in einen Zaubermantel, ein schützendes Energiefeld, das fast durchsichtig war und leicht grünlich schimmerte. Ihr Vater und ihre Schwester folgten ihrem Beispiel, und nun entbrannte ein magisches Duell.

Heiße Kugeln und sengende Blitze flogen hin und her, Energielanzen und Kraftentladungen wurden geschleudert. Einige Treffer konnten die blasenförmigen Schilde einfach schlucken, andere wurden abgelenkt, und die magischen Geschosse sausten unberechenbar umher. Bunte Bahnen entstanden in der Luft, im Gewölbe hallten mächtige Explosionen und spalteten Holz und Stein.

Die Orks mussten sich in Sicherheit bringen. Eine kleine Schar achtete jedoch nicht auf das Zerstörungswerk, sondern sammelte sich um den gefallenen Kameraden.

Die magische Schlacht und die zunehmende Kraft des Strudels zerstörten den Palast. Das Grollen wurde lauter, Risse liefen über die Bodenplatten und Wände.

Vereint waren Seraphim und Sanara stärker als Jennesta. Auf ihrer Stirn bildete sich ein Schweißfilm, sie atmete schwer und rang darum, nicht die Konzentration zu verlieren. Ihre Kräfte und ihr Selbstvertrauen schwanden.

Sobald ihr Vater und ihre Schwester spürten, dass sie schwächer wurde, griffen sie umso wilder an. Ihr Schutzschild flackerte, und als das Smaragdgrün langsam einem rosafarbenen Schimmern wich, wussten Seraphim und Sanara, dass sie die Oberhand gewonnen hatten. Sie verdoppelten ihre Anstrengungen.

Jennesta verlor. Ihr Schild zerbarst und verschwand in einem goldenen Dunst. Sie taumelte leicht und hielt sich nur mit Mühe aufrecht. Erschöpft atmete sie aus.

Seraphim stürzte zu ihr und packte sie am Handgelenk. Sie war viel zu benommen, um sich zu sträuben. Er zerrte sie durch den Raum.

Die Vielfraße wollten sie töten und kamen mit gezogenen Klingen herbei.

»Nein!«, brüllte Seraphim. »Sie ist meine Tochter! Für alles, was sie getan hat, bin ich mitverantwortlich! Das hier muss ich selbst erledigen!«

Widerwillig gehorchten sie.

Seraphim zerrte Jennesta weiter zum Podium und dem funkelnden Portal. Als sie fast dort waren, kam sie wieder zu sich und erkannte, was er tun wollte. Angst verspürte sie allerdings nicht.

»Das wagst du nicht«, höhnte sie.

»Früher vielleicht nicht«, gab er zurück. »Als ich das ganze Ausmaß deiner Verderbtheit noch nicht erkannt hatte. Das hat sich geändert.« Eisern hielt er sie fest und schob ihre Hand zu dem glitzernden Strom, bis sie ihn fast mit den Fingerspitzen berührte. »Ich habe dich auf diese Welt gebracht, und jetzt schaffe ich dich wieder heraus. Du musst doch anerkennen, dass dies völlig logisch ist.«

»Du bist ein Narr«, zischelte sie. »Das warst du schon immer. Und ein Feigling dazu. Ich habe hier eine ganze Armee. Wenn mir irgendetwas zustößt, wirst du einen Tod sterben, den du dir in den wildesten Träumen nicht ausmalen kannst.« Sie heftete den Blick auf ihre Schwester. »Du ebenfalls.«

»Ist mir egal«, antwortete Seraphim.

Ihre Schwester unterstützte ihn.

Es kam Jennesta so vor, als ständen Sanara dabei sogar die Tränen in den Augen. Schwächlinge, alle beide.

Seraphim gab etwas über das Böse von sich, und dass man für alles einen Preis zahlen müsse, dann zog er ihre Hand noch näher an den funkelnden Strom heran.

Sie blickte ihm in die Augen und erkannte, dass er es ernst meinte. Es gelang ihr nicht, einen Spruch zu wirken, um ihn abzuwehren. Ihr selbstsicheres Gehabe löste sich in Wohlgefallen auf, und sie begann, verzweifelt zu strampeln.

»Geh deinem Ende wenigstens mit Würde entgegen«, sagte er. »Oder ist das zu viel verlangt?«

Sie fauchte trotzig.

Er stieß ihre Hand in den Strudel und zog sich einen Schritt zurück.

Sie wand sich und zerrte, um die Hand zu befreien, doch die sprudelnde Energiequelle hielt sie fest wie ein Schraubstock. Die gefangene Hand veränderte sich, sie verflüssigte sich und löste sich auf, während Tausende von Partikeln im wirbelnden Strom emporgerissen wurden. Der Vorgang beschleunigte sich sogar noch, und der Strudel sog auch ihr Handgelenk ein. Bald war der ganze Arm verschwunden, der sich ebenfalls auflöste und verstreut wurde.

Die Orktruppe stand wie angewurzelt da und sah mit einer Mischung aus Entsetzen und makabrer Faszination zu.

Inzwischen geriet ihr Bein in den Strom und zerfloss vor ihren Augen. Dann folgten die Haare, als atmete ein unsichtbarer Riese die Strähnen ein. Jennestas Auflösung beschleunigte sich, ihr Körper wurde immer schneller von dem Strudel aufgesogen.

Als ihr Gesicht zerfiel, schrie sie endlich.

Das Geräusch brach sofort ab, als die Energie sie in mehreren Schüben vollends verschlang.

Sie stürzte durch einen endlosen Tunnel, der sich wand und bog wie ein Blutgefäß. Feste Wände konnte sie allerdings nicht entdecken, es war eher wie ein riesiger, durchsichtiger Schlauch – durchscheinend, aber leicht schimmernd. Draußen, falls das Wort überhaupt eine Bedeutung hatte, war zugleich nichts und alles. Nichts in dem Sinne, dass es keinerlei erkennbare Bezugspunkte gab. Alles insofern, als der dunkelblaue Samt jenseits der Wände von unzähligen Sternen überzogen war.

Hilflos stürzte sie, bis sie weit, weit unter sich ein stecknadelkopfgroßes Licht entdeckte. Es wuchs bemerkenswert schnell heran, bis es die Größe einer Münze, einer Faust, eines Schildes, eines Wagenrads hatte. Dann sah sie nichts mehr außer dem Licht, auf das sie zustürzte.

Sie fiel, jedoch nicht ins Licht, sondern in völlige Finsternis.

Zu ihrem eigenen Erstaunen wachte sie wieder auf.

Sie lag auf dem Rücken und spürte unter sich etwas, das sich wie weiches Gras anfühlte. Die Luft war mild und roch süß nach blühenden Blumen. Abgesehen von fernem Vogelzwitschern war es still. Blinzelnd blickte sie zum strahlend blauen Himmel hinauf, auf dem einige rein weiße Wolken vorbeizogen. Die Sonne stand hoch.

Zwei Dinge erkannte sie, als ihr Denkvermögen zurückkehrte. Zuerst einmal die Tatsache, dass sie noch lebte. Zweitens, dass dies offensichtlich nicht Maras-Dantien war. Außerdem bemerkte sie, dass sie nackt war.

Ihre Gliedmaßen waren bleischwer, und sie fühlte sich zerschlagen, hatte aber offenbar keine größeren Verletzungen erlitten. Sie versuchte, die Hand zu heben, war jedoch zu schwach, und ihr war übel. Es war zu anstrengend. Anscheinend waren auch ihre magischen Kräfte völlig erschöpft. Nicht einmal der einfachste Spruch, um sich zu verjüngen, wollte ihr gelingen.

Immerhin war ihre Wahrnehmung nicht getrübt, sodass sie die Kräfte spüren konnte, die unter ihr durch den Boden liefen. Die magische Energie dieses Orts war viel stärker und reiner als im fast verbrauchten Maras-Dantien.

Vorerst konnte sie nur liegen bleiben, wo sie war, und hoffen, dass sie sich auf natürliche Weise erholte.

Sie wusste nicht, wie lange sie dort lag, und fühlte sich ein wenig fiebrig. Die Gedanken, die sie fasste, hatten ohnehin nichts mit der Tatsache zu tun, dass die Zeit verstrich, sondern drehten sich vor allem darum, dass sie sich an ihrem Vater, ihrer Schwester und den verhassten Vielfraßen rächen wollte. Falls sie ihre Feinde jemals wiedersah.

Das Tageslicht wich der Abenddämmerung. Es wurde dunkel, die Luft kühlte sich ab. Droben erschienen die ersten Sterne.

Schließlich hörte sie Geräusche. Es dauerte einen Augenblick, bis sie begriff, dass es Hufschläge waren. Sie kamen langsam näher, und als sie das Quietschen von Rädern und das Klirren von Ketten vernahm, war klar, dass das Tier einen Wagen zog. Der Karren hielt ganz in der Nähe an, und jemand stieg ab. Stiefel knirschten im Kies, dann war nichts mehr zu hören, als liefe der Betreffende über weiches Gras.

Jemand blickte auf sie herab. Sie konnte lediglich erkennen, dass es ein stämmiger menschlicher Mann war. Er starrte sie, wie es schien, eine Ewigkeit an und betrachtete ausgiebig ihren nackten Körper und ihre ganze Erscheinung. Eigentlich hätte man sie eine Schönheit nennen können, doch hatte ihre Schönheit Facetten, die viele Betrachter beunruhigend fanden. Dies betraf ihre einzigartigen Augen ebenso wie ihr ungewöhnliches Gesicht. Es war an den Schläfen eine Spur zu breit, das Kinn war beinahe spitz zu nennen, die Nase leicht konvex geformt, und der Mund war wohlgeformt, aber zu breit. Sie hatte volles, pechschwarzes Haar, das bis zur Hüfte reichte. Vor allem aber fiel ihre Haut auf. Sie hatte einen leichten silbergrünen Glanz und wirkte wie gesprenkelt, als sei sie mit winzigen Schuppen bedeckt wie ein Fisch.

Ihr war durchaus bewusst, wozu die Menschen imstande waren, denn sie hatte mehr als nur einmal die unerschöpfliche Grausamkeit dieser Geschöpfe bewundern dürfen. Hätte er unehrenhafte Absichten gehabt, dann hätte sie nicht viel dagegen tun können.

Doch statt sie zum Opfer seiner Lust oder Brutalität zu machen, legte er ein Mitgefühl an den Tag, das er später, wenngleich nur kurz, bereuen sollte. Er rührte sich endlich und sprach sie mit freundlicher, besorgter Stimme an. Als sie nicht antwortete, bückte er sich und hüllte sie in seinen groben Mantel. Mühelos wie eine Mutter, die ihr Kind hochhebt, und ebenso sanft nahm er sie auf und trug sie zu seinem Wagen.

Endlich gewann Jennesta einen Eindruck, wo sie sich befand. Im verblassenden Licht betrachtete sie die grüne Landschaft, die Wiesen und bestellten Felder, einen Wald. Nicht weit entfernt erstreckten sich grüne Hügel.

Sie erreichten die Straße und den Wagen. Der Mann legte sie vorsichtig auf die Ladefläche und schob ihr ein paar zusammengefaltete Säcke als Kissen unter den Kopf, dann fuhr er vorsichtig weiter.

Vom Schaukeln des Wagens eingelullt, blickte sie schläfrig nach oben zu den aufgehenden Sternen. Trotz des Fiebers und ihrer Schwäche ging ihr unablässig ein und derselbe Gedanke durch den Kopf.

Sie hatte das Glück gehabt, einem guten Mann zu begegnen.

Die folgende Woche verging wie im Traum.

Er hatte sie zu einem bescheidenen Bauernhaus gebracht, dessen Dach geflickt werden musste. Im Hof tummelten sich Hühner und Schweine. Im Haus lebten die Frau des Bauern und ihre Brut, es waren vier Jungen.

Der Bauer und seine Frau kümmerten sich um Jennesta. Sie fütterten sie, badeten sie und redeten beruhigend auf sie ein, bis sie zu sich kam.

Sie tat so, als habe sie das Gedächtnis verloren und wiegte sie in dem Glauben, sie sei angegriffen und vollständig ausgeraubt worden. Ohne großes Misstrauen nahmen die einfachen Leute die Erklärung hin, der grünliche Schimmer ihrer Haut sei die Folge einer Erkrankung in der Kindheit, und bald achteten sie nicht mehr darauf. In einer Welt, in der auch Orks lebten, sei das ja sowieso nicht so ungewöhnlich, erklärten sie ihr.

Die Erwähnung der Orks weckte Jennesta wie ein Guss kalten Wassers. Sie fragte die beiden aus und verlangte alle möglichen Informationen zu bekommen. Wie wurde das Land regiert, wo lag die Macht? Die Bauern waren über diese Fragen verblüfft und konnten nicht verstehen, warum sie etwas so Einfaches nicht wusste. Jennesta schob es auf ihren angeblichen Gedächtnisverlust und behauptete, sich lediglich an einen Schlag auf den Kopf zu erinnern.

So erfuhr sie, dass sie sich in Peczan befand, dem Zentrum eines großen Reichs. Es war ungeheuer mächtig, hatte aber dennoch Feinde. Die meisten davon waren barbarische Königreiche, die sich oft gegenseitig an die Kehle gingen, und spielten keine große Rolle. Peczans einziger unmittelbarer Rivale war das Land der Orks, das weit entfernt war und Acurial hieß. Doch auch die stellten keine große Bedrohung dar, wie Jennesta erfuhr, da sie keinesfalls kriegerisch gesinnt waren. Natürlich mochte die Hexe es nicht glauben, als ihre Gastgeber erklärten, die Orks von Acurial seien unterwürfig, und war sicher, dass die Bauersleute nur aus Unwissenheit gesprochen hatten. Sie hielt jedoch den Mund und sagte nichts dazu.

Sobald sie genug erfahren hatte, machte sie sich ans Pläneschmieden. Sie hatte jetzt ein Ziel und richtete ihre ganze Willenskraft darauf, es zu erreichen.

Körperlich war sie fast vollständig genesen. Ihre magischen Fähigkeiten dagegen waren ein anderes Kapitel. Sie waren zwar zurückgekehrt, blieben allerdings schwach, obwohl die Hexe immer noch die erstaunliche Kraft des Landes unter sich spürte. In einem verfallenen Bauernhaus auf dem Land konnte sie freilich nichts erreichen, sie musste weiterziehen. Vorher galt es jedoch, auch ihre magischen Kräfte wiederzubeleben und Leute zu finden, die ihr dienen konnten.

Den Bauerntölpel fing sie mit einer anderen Art von Macht. Es dauert nur wenige Tage, ihn zu erobern. Sobald sie ihn verführt hatte, war er wie Wachs in ihren Händen, und sie formte ihn nach ihrem Bild. Wo Menschlichkeit gewesen war, existierte nur noch dumpfe Unterwerfung unter ihre Launen. Wo er zärtliche Gefühle für seine Familie gehegt hatte, war jetzt hartherzige Gleichgültigkeit.

Sie hatte den Mann so fest im Griff, dass er bereitwillig half, ihre magischen Kräfte zu erneuern. Der Beitrag seiner Frau bestand aus schlechtem Essen, aus fadem und zähem Fleisch. Die Herzen der vier Knaben erwiesen sich jedoch als äußerst nahrhaft. Als ihre Fähigkeiten wiederhergestellt waren, hatte Jennesta keine Verwendung mehr für den Bauern. Sie entledigte sich seiner, indem sie ihm einfach den Schleier von den Augen riss und ihm zu sehen erlaubte, was er getan hatte. Sein Selbstmord verschaffte ihr eine kurze Zerstreuung.

Der Bauer war ihr erster Jünger gewesen, und sie würde noch viele weitere finden.

Sie hatte von einer Stadt gehört, die nicht weit entfernt sein sollte, und verlor keine Zeit. Sie nahm den Wagen des Bauern und das bisschen Geld, das sie finden konnte. Die sogenannte Stadt war im Grunde kaum mehr als ein Dorf, doch immerhin gab es dort einen Schneider. So konnte sie sich der abgetragenen Kleider der Bauersfrau entledigen. Die neuen Sachen besaßen eine Kapuze und einen Schleier, womit sie gegebenenfalls ihr Äußeres verbergen konnte.

Außerdem erfuhr sie dort etwas höchst Interessantes, das der Bauer nicht erwähnt hatte. Im Gegensatz zur großen Mehrheit der Menschen in Maras-Dantien gab es in dieser Welt einige, die magische Kräfte besaßen. Diese Magier gehörten dem Helixorden an, einer Sekte, die im Reich ebenso großen Einfluss besaß wie die politischen Anführer.

Die nächstgelegene Loge des Ordens befand sich einen Tagesritt entfernt in der Provinzhauptstadt. Verglichen mit den verschlafenen Weilern und Dörfern, die sie während der Reise sah, schenkten ihr die geschäftigen Straßen des Orts ein gewisses Maß an Anonymität. Noch wichtiger war, dass sie hier einen Zugang zu den Machtstrukturen des Reichs fand.

Es war nicht schwer, die Helixloge zu finden. Sie stand an einem bevorzugten Platz und galt als bedeutender Tempel. Weniger Glück hatte sie, als sie in einer anderen Rolle denn als Bittstellerin einzudringen suchte. Der Orden wurde von Männern beherrscht. Zwar dienten auch Frauen in seinen Reihen, doch es waren nur wenige, die zudem nicht viel Macht besaßen. Enttäuscht suchte sie nach einer Schwachstelle.

Der örtliche Aufseher des Ordens war ein älterer und wirrer Junggeselle, der jemandem wie Jennesta noch nie begegnet war. Mühelos schlug sie ihn in ihren Bann, und ein halbes Jahr später war sie seine unersetzliche Adjutantin und wurde dank seiner Fürsprache widerwillig in die Reihen des Helixordens aufgenommen.

Mithilfe der kundigen Anwendung von Gift konnte sie zum Jahresende seinen Posten übernehmen.

Nun hatte sie eine Machtbasis.

Die rücksichtslose Effizienz, mit welcher Jennesta die Loge führte, und die Berichte über ihre herausragenden magischen Fähigkeiten erweckten die Neugierde der höheren Ränge im Orden, wie sie es sich gewünscht hatte. Schließlich wurde sie in die Hauptstadt und in den Hauptsitz des Helixordens berufen.

Der Wettstreit um Beförderungen wurde viel härter, sobald sie der Großloge beigetreten war. Sie kam nur noch frustrierend langsam voran und musste ihre ganze Arglist aufbieten, um Druck auf störrische Beamte auszuüben, Eide zu leisten, die sie sowieso wieder brechen würde, fragwürdige Bündnisse zu schmieden, Empfängliche zu bestechen, Schwache einzuschüchtern und Rivalen zu beseitigen. Das alles dauerte ihr viel zu lange.

Zwei weitere Jahre vergingen, bis der Helixorden ihr endlich gehörte.

Dann richtete sie ihre Aufmerksamkeit sofort darauf, die Regierung zu unterwandern. Da Magie und Politik in Peczan eng verwoben waren, hatte sie schon ein gewisses Maß an Bekanntheit erworben, welche ihr zuvor verschlossene Türen öffnete. Dank ihrer Machtposition im Helixorden bekam sie Zutritt zu den Zitadellen der herrschenden Klasse und den Salons der einflussreichen Bürger, obwohl diese ihre Abneigung gegen eine

Frau von so hohem Rang kaum verhehlen konnten. Abermals machte sie sich daran, weiter emporzusteigen.

Wieder verging ein Jahr voller Ränke und Morde. Schließlich war sie eine hochrangige Beamtin und besaß beachtliche Macht, die aber noch nicht vollkommen war. Die Hoffnungen, sie könne die höchste Stellung im Reich erlangen, gab sie auf. Sie wurde nicht von einer unstillbaren Machtgier getrieben, sondern hatte nun alles, was sie brauchte, und sah keinen Grund, auch noch den höchsten Gipfel zu erstürmen, wo sie zudem für ihren Geschmack viel zu sehr in der Öffentlichkeit gestanden hätte.

Jennesta hörte nie auf, über die Orks nachzudenken. An den Vielfraßen wollte sie sich rächen, und die Einwohner von Acurial kamen ihr gerade recht.

Sie hegte schon lange den Wunsch, eine unvergleichliche Armee zu befehligen, und da sie eine unbändige Kriegslust besaßen, war niemand besser für ihre Wünsche geeignet als die Orks. Auf diese Weise setzte Jennesta den Traum ihrer Mutter fort. Die Hexe Vermegram hatte vor langer Zeit die Orks von Maras-Dantien zur Schlacht gerufen. Mit einer solchen Streitmacht und mit Instrumentalen gerüstet, waren der Eroberung keine Grenzen mehr gesetzt. Doch wie Vermegram besaß Jennesta nicht die magischen Mittel, dieses Volk ganz und gar zu kontrollieren. Die Orks, die ihr in Maras-Dantien gedient hatten, hatte sie mit eiserner Disziplin und brutalen Strafen bei der Stange gehalten. Diese Doktrin der Angst erlegte Jennesta grundsätzlich allen ihren Untergebenen auf. Wie sich am Beispiel der verfluchten Vielfraße gezeigt hatte, war dies jedoch nicht immer ausreichend. Die Ironie dabei war, dass ihr Vater sie in diese Welt geschickt hatte, als sie die Methode der Kontrolle fast vervollkommnet hatte. Hier lebten die einzigen Orks jedoch in einem fernen Land.

Deshalb war sie sehr von den Gerüchten angetan, die im vierten Jahr die Runde machten. Es hieß, gegen Acurial seien militärische Maßnahmen geplant. Der Grund war nicht etwa, dass Acurial für das Reich und dessen Interessen irgendeine Gefahr dargestellt hätte. Vielmehr waren der Drang nach Expansion und die Gier nach Bodenschätzen das Motiv. Außerdem wollte Peczan seinen Einfluss in der betreffenden Region vergrößern. Doch selbst ein Diktator muss gelegentlich auf die Ansichten seiner Untertanen Rücksicht nehmen, und dies besonders, wenn er ihre Kinder in den Krieg schicken will. Auch wenn die bekannte Passivität der Orks den Glauben der Bürger stärkte, die Invasion werde ein Kinderspiel, brauchte man einen passenden Vorwand.

Jennesta kam auf die Idee, das Gerücht zu streuen, die Orks verfügten über zerstörerische magische Kräfte, mit denen sie das Reich bedrohen könnten. Die Unwissenheit über das ferne Acurial war derart verbreitet, dass man der Geschichte weithin Glauben schenkte. Jennesta wurde für diesen Trick gelobt. Die Bitte, die Invasionstruppen begleiten zu dürfen, wurde jedoch abgeschlagen. So plante sie neue Intrigen, um doch noch zu bekommen, was sie wollte.

Die Invasion begann und hatte Erfolg, dabei kam es auf Seiten Peczans nur zu geringfügigen Verlusten. Dies schien die Annahme zu bestätigen, dass die Orks von Acurial zu passiv waren, um Widerstand zu leisten, auch wenn Jennesta dies immer noch nicht recht glauben konnte. Die Bürokratie des Reichs setzte sich knirschend in Bewegung und verwaltete das Land, das fortan als Provinz galt. Brutale Gesetze wurden erlassen und drakonische Strafen verhängt, einige Logen des Helixordens entstanden. Währendessen hatte Jennesta Mühe, ihre Ungeduld zu zügeln, was ihr noch nie gut gelungen war, und einen Weg zu finden, doch noch nach Acurial zu gelangen.

Ein halbes Jahr nach der Besetzung des Landes wurde einer ihrer Anträge genehmigt. Sie hatte erklärt, es sei doch wichtig, den Feind gut zu kennen und die Orks genau zu studieren. Sie hoffte, nun endlich nach Acurial reisen zu dürfen, doch dazu kam es nicht. Peczan schleppte eine beträchtliche Zahl von Gefangenen herbei. Sie wurden als lebende Zeugnisse für den Triumph des Reichs durch die Hauptstadt geführt und Jennesta übergeben, die nach offizieller Lesart eine »Einschätzung« vornehmen sollte.

Was sie sah, verwirrte sie. Diese Orks waren in der Tat passiv und sogar unterwürfig. Instinktiv begann sie, die vermeintliche Schwäche auf die Probe zu stellen. Auf ihren Befehl hin wurden die Gefangenen erniedrigt, beschimpft, geschlagen, gefoltert und willkürlich hingerichtet. Die meisten leisteten nicht mehr Widerstand als das Vieh im Schlachthof. Ein paar aber, wenige nur, erwachten aus ihrer Stumpfheit und wehrten sich ernsthaft und mit jener Wildheit, die sie bereits kannte. Das überzeugte sie, dass die kriegerischen Neigungen dieses Volks keineswegs verschwunden waren, sondern lediglich schlummerten und wiedererweckt werden konnten.

Sie berichtete dies ihren Vorgesetzten und demonstrierte es, indem sie ausgewählte Orks bis zur Weißglut reizte. Die Tatsache, dass zumindest einige unter ihnen fähig waren, sich aufzulehnen, überraschte freilich niemanden. Unterdessen gab die Lage in Acurial Anlass zu einer gewissen Sorge. Es hatte organisierte Angriffe auf die Besatzungstruppen gegeben, und die Auseinandersetzungen eskalierten. Jennesta überzeugte die Machthaber von der Notwendigkeit, einen Statthalter zu entsenden, der in der Provinz für Ordnung sorgte. Ihr Ruf im Helixorden und nicht zuletzt ihre Rücksichtslosigkeit gaben den Ausschlag.

Kurz bevor sie aufbrach, traf sie jedoch auf ihren Vater.

Hin und wieder, gewöhnlich aber nachts, wanderte Jennesta unerkannt durch die Straßen. Teilweise tat sie dies, um die Stimmung in der Stadt zu erkunden, vor allem aber war sie auf der Suche nach Opfern, wenn sie sich nähren musste. Sie ging stets allein aus, denn sie war sicher, dass sie mit ihren Kräften alles bezwingen konnte, was in der nächtlichen Stadt drohen mochte, auch wenn es einige Zeitgenossen gab, die sie liebend gern ermordet hätten, wenn sich nur die Gelegenheit geboten hätte.

Wie so oft zog es sie in ein Elendsviertel. Dort gab es viele Einwohner, die niemand vermissen würde. Unangenehm war nur, dass sich ihr immer wieder Männer aufdrängten und sie belästigten. Die meisten wandten sich ab, sobald Jennesta den Blick auf sie richtete. Die Beharrlichen bekamen die magische Kunst zu schmecken und blieben verletzt zurück, sofern nicht noch Schlimmeres geschah. Die Hexe ließ sich jedenfalls nicht beirren.

Als sie durch eine Straße lief, in der es offenbar nichts außer Schenken und Bordellen gab, erregte etwas ihre Aufmerksamkeit. Es war ein Mann, der ein Stück vor ihr ging. Genau wie sie trug er eine Kapuze. Von hinten konnte sie nicht ganz sicher sein, glaubte aber seine Gestalt und den Gang zu erkennen, obwohl er leicht humpelte. Gewiss hatte sie sich geirrt, doch ihre Neugierde war geweckt, und so entschloss sie sich, ihm zu folgen. Er bemühte sich sehr, im Schatten zu bleiben. Sie tat es ihm gleich.

Nachdem sie ihn eine Weile durch belebte Straßen verfolgt hatte, erreichten sie ein ruhigeres, aber nicht minder heruntergekommenes Viertel. Irgendwann wurde der Mann langsamer und drehte sich um. Zum Glück konnte Jennesta sich in einen überdachten Hauseingang drücken. Im Schatten einer bröckeligen Säule stehend, konnte sie einen raschen Blick auf sein Gesicht erhaschen. Es war schmaler als bei ihrer letzten Begegnung, und er wirkte erschöpft. Doch es gab keinen Zweifel.

Gewöhnlich ließ sich Jennesta durch nichts aus der Ruhe bringen. Dies war eine der seltenen und bemerkenswerten Ausnahmen. Die Überraschung wich jedoch schon bald einer kalten Wut.

Anscheinend hatte ihr Vater sie nicht bemerkt, denn er ging weiter. Sie folgte ihm mit noch größerer Vorsicht. Er führte sie tiefer in das Elendsviertel hinein. Hier lauerten finstere Gestalten, doch Vater und Tochter strahlten etwas aus, das die nächtlichen Unholde beunruhigend fanden, und blieben unbehelligt. Aus den Straßen wurden Wege und schließlich gewundene Gassen. Endlich erreichten sie eine Schmiede mit einigen zugehörigen Ställen. Die Gebäude waren baufällig und vermutlich verlassen. Ihr Vater blieb am Seiteneingang stehen und sah sich über die Schulter um. Jennesta hatte sich gut versteckt. Dann stieß er die Tür auf, huschte hinein und schloss sie leise hinter sich.

Sie harrte noch einen Augenblick aus. Es war keine Frage, dass sie etwas unternehmen würde. Die Frage war nur, wie sie vorgehen sollte. Nach der letzten Begegnung mit ihrem Vater lag es nahe, den Helixorden und militärische Kräfte zu rufen. Allerdings war es gut möglich, dass er längst verschwunden wäre, wenn sie endlich auftauchten. Andererseits wirkte er lange nicht mehr so robust wie früher und war vielleicht für sie ein leichter Gegner. Natürlich konnte sie nicht wissen, wer dort drinnen bei ihm war. Am Ende überwogen die Wut auf ihn und die Rachsucht alle anderen Überlegungen. Sie schlich weiter.

Die Tür war nicht abgeschlossen und ging sofort auf. Drinnen führte ein kurzer Flur zu einer zweiten Tür, die ein Stück offen stand. Leise huschte sie den Gang hinunter und spähte durch den Spalt in eine Art Scheune, an deren Seiten Standplätze für Pferde abgeteilt waren. Alles wirkte verlassen. Vor ihr lagen zundertrockene Heuballen. Sie schlich hinüber und versteckte sich dahinter.

Jetzt hörte sie auch Stimmengemurmel. Hier drinnen gab es kaum Licht, aber immerhin konnte sie zwei Gestalten erkennen. Einer der beiden war ihr Vater, der andere war viel jünger, eigentlich noch ein Bursche, der einen erstaunlichen roten Haarschopf und Sommersprossen hatte. Wie Seraphim trug auch er keine sichtbare Waffe. Die beiden führten ein ernstes Gespräch. Seraphim griff in die Tasche, nahm ein Amulett heraus und gab es dem Jungen. Dieser starrte es einen Moment an, legte sich die Kette um den Hals und verstaute den Anhänger unter dem Hemd. Dann redeten sie weiter. Jennesta blieb in Deckung und schlich näher heran, bis sie lauschen konnte.

Seraphim hatte gerade die Hand gehoben, um den Jungen zu unterbrechen. Jetzt drehte er sich zu ihr herum. »Du kannst ruhig herauskommen«, sagte er ruhig und mit kräftiger Stimme.

Jennesta verfluchte sich selbst, weil sie angenommen hatte, er werde ihre Gegenwart nicht bemerken. Sie verließ ihr Versteck. Der Bursche schien erschüttert, ihr Vater ließ sich nichts anmerken. Er blieb völlig ruhig, als sie zu den beiden ging. Allerdings war er wohl tatsächlich schwächer als bei ihrer letzten Begegnung.

»Du siehst mies aus«, sagte sie.

»Du hast dich nicht verändert«, erwiderte ihr Vater.

»Danke«, antwortete sie spöttisch.

»Das war kein Kompliment.«

»Ich hielt dich für tot.«

»Hast du es nicht sogar gehofft?« Er wartete ihre Antwort nicht ab. »Glück und die Magie haben es mir erlaubt, mit knapper Not aus dem Palast zu fliehen.«

»Deinem Aussehen nach ging es wohl nicht so glimpflich vonstatten.« Als er schwieg, fügte sie hinzu: »Wieso bist du eigentlich hier? Falls die Frage überhaupt vonnöten ist?«

»Ich dachte, ich hätte die ... Aufgabe in Ilex erledigt. Erst später erkannte ich, dass du nicht vernichtet worden bist und auch nicht an einem Ort herausgekommen bist, wo du keinen Schaden mehr anrichten kannst. Als ich dann gesehen habe, was du in dieser Welt verbrichst ...«

Sie verkniff sich die erstaunte Frage, wie er so etwas überhaupt wahrzunehmen vermochte. »So vorausschauend kannst du gar nicht sein, wenn du nicht einmal bemerkt hast, dass ich dir gefolgt bin.«

»Ich war zerstreut. Menschen sind manchmal so. Wir sind nicht vollkommen.«

»Das ist die Untertreibung des Jahres. Ich darf doch annehmen, dass deine Ankunft ausgerechnet in diesem Moment etwas zu bedeuten hat?«

»Ich bin schon eine ganze Weile hier und habe dich beobachtet. Ich weiß auch, dass du nach Acurial willst.«

»Ach, deine geliebten Orks. Deshalb bist du hier.«

»Wir sind ihnen etwas schuldig, Jennesta. Für das, was wir ihnen angetan haben, und für das, was Vermegram tun wollte.«

»Meine Mutter war eine Visionärin!«, fauchte sie. »Ich werde nie verstehen, warum sie sich mit einem Schwächling wie dir eingelassen hat.«

»Vielleicht war ich schwach, weil ich vor ihrem Tun die Augen verschlossen habe ... fehlgeleitete Gedanken hatte ich. Aber ich glaube, sie hat ihren Irrtum eingesehen.«

»An ihrem Ehrgeiz war nichts Falsches«, erwiderte Jennesta eisig. »Es war richtig, und es wäre ihr beinahe gelungen.«

»Ich kann nicht erlauben, dass du fortsetzt, was sie begonnen hat.«

»Wie willst du mich denn davon abhalten? Willst du wiederholen, was du in Maras-Dantien getan hast? Dort hast du jedenfalls versagt.« Sie schlug mit einer Faust auf eine Kiste. »Ich stehe hier vor dir und verspreche dir, dass du abermals scheitern wirst.«

»Ich habe Verbündete.«

»Nicht in dieser Welt. Nicht im Reich und gewiss nicht in …« Sie hielt inne, als hätte sie eine Ohrfeige bekommen.

Sein schmales Lächeln bestätigte ihren Verdacht. »Nicht alle Orks sind wie die in Acurial. Das weißt du ja selbst am besten.«

Nein, dachte sie. *Nicht auch noch in dieser Welt.* Sie richtete die Aufmerksamkeit auf den Burschen, um sich zu sammeln und nachzudenken. Er schien verängstigt. »Und das da … ist einer deiner Verbündeten?«, fragte sie verächtlich.

»Parnol ist ein Lehrling. Ein vielversprechender Lehrling.« Er legte dem Jungen eine Hand auf den Arm und erwiderte gelassen Jennestas Blick. »Außerdem steht er unter meinem Schutz.«

Sie war sicher, dass ihr Vater nicht eigens darauf hingewiesen hätte, wenn er sicher gewesen wäre, dass dieser Parnol sich mit magischen Mitteln wirkungsvoll selbst verteidigen konnte. Deshalb musste der Bursche eine andere Aufgabe haben. Sie ahnte bereits, worin sie bestand. »Vorsicht, Vater«, sagte sie. »Sanara ist nicht hier und kann dir nicht helfen.« Sie warf dem Burschen einen Blick zu. »Und der da ist sowieso zu nichts zu gebrauchen.« Parnol trat unsicher von einem Fuß auf den anderen.

»Ich warne dich, Jennesta«, mahnte Seraphim.

»Tu es jetzt.«

»Was?«

»Wenn du so sicher bist, dass du mich besiegen kannst, brauchst du keine Pläne und Manöver mehr. Wir können das gleich hier an Ort und Stelle klären.«

»So muss es doch nicht enden«, redete er auf sie ein. »Überdenke noch einmal, was du da sagst.«

»Ach, spar dir doch die Puste, alter Mann«, gab sie angewidert zurück.

»Wenn du nur das Licht sehen könntest, wie es deine Mutter vermochte ...«

»Zur Hölle damit.« Sie hob die Hand und schoss eine Faust voll Flammen auf ihn ab.

Trotz seines Alters und seiner Gebrechlichkeit war Seraphim noch schnell genug. Sofort erschien ein Energievorhang, der ihn und seinen Schüler einhüllte. Als Jennestas brennendes Geschoss einschlug, löste es sich harmlos auf. Nun beschwor sie auch selbst einen Schild zu ihrer Verteidigung herauf und setzte den Angriff mit Flammen fort. Zuerst reagierte ihr Vater nicht, doch als der Beschuss stärker wurde, schlug er zurück. Feuer und Gegenfeuer zuckten durch die geräumige Scheune.

Es erinnerte sehr an ihr Gefecht in Ilex, doch nun hatte Jennesta ein ganz anderes Ziel im Auge. Sie richtete ihre ganze Konzentration und ihre beachtlichen Fähigkeiten darauf, die Verteidigung ihres Vaters zu durchbrechen. Trotz ihrer Entschlossenheit und Seraphims offenkundiger Schwäche gelang es ihr jedoch nicht.

Dann bemerkte sie, dass ihr Vater einen Gegenstand aus den Falten seines Mantels hervorzog. Genauer gesagt handelte es sich um eine Gruppe von ineinandergesteckten Objekten. Es waren Instrumentale. Sie riss die Augen auf und musste frustriert erkennen, dass das, was sie am dringendsten besitzen wollte, ganz nahe und doch außer Reichweite war.

Als ihr Vater die Artefakte manipulierte, geriet sie erst recht in Rage. Er richtete die Sterne auf Parnol, der recht wenig tat, außer verängstigt dreinzuschauen. Jennesta ahnte, was gleich passieren würde, doch sie hatte keine magischen Waffen im Arsenal, mit denen sie Seraphims Barriere durchdringen konnte, um es zu verhindern.

Dann wurde ihr plötzlich klar, dass die Strategie ihres Vaters einen entscheidenden Fehler hatte. Die Energiebarriere, die er heraufbeschworen hatte, war einzig darauf ausgerichtet, Magie abzuwehren. Dies eröffnete ihr eine ganz andere Möglichkeit. Inzwischen schob Seraphim jedoch schon den letzten Instrumental an die richtige Stelle, und ihr blieben nur noch Sekunden, um ihr Vorhaben zu verwirklichen. Eher verzweifelt als hoffnungsvoll begann sie.

Der Sonnenspruch, den sie losließ, war recht einfach. Es gab lediglich einen blendend hellen Lichtblitz. Als sie die Augen öffnete, erkannte sie, dass Seraphim und Parnol vorübergehend die Orientierung verloren hatten. Beide hatten ihr instinktiv den Rücken gekehrt. Doch ihr Vater hantierte immer noch mit den Instrumentalen herum. Jennesta zog den Rocksaum hoch und riss den Dolch aus der Scheide am Schenkel. Sie holte aus und warf mit aller Kraft.

In diesem Moment geschahen zwei Dinge gleichzeitig. Seraphim aktivierte die Instrumentale, und sein Lehrling, der immer noch benommen war, bewegte sich und trat in die Flugbahn des Dolchs. Ungehindert vom magischen Schild, traf die Waffe den Burschen zwischen den Schulterblättern. Seraphim stieß einen Schrei aus. Parnol taumelte unter dem Aufprall, dann schleuderte ihn die Kraft der Instrumentale davon, und er verschwand.

Diese erschreckende Wendung riss Seraphim aus der Konzentration, und sein Schutzschild löste sich auf. Sobald dies geschehen war, beschwor Jennesta einen tödlichen Schlag herauf. Ihr Vater verstellte rasch die Instrumentale und verschwand ebenfalls, nachdem er ihr einen letzten Blick voller Kummer und Zorn zugeworfen hatte.

Sie stand allein in der Scheune und war vor allem enttäuscht, da sie ihren Vater nicht ausgeschaltet und die Instrumentale nicht ergattert hatte. Immerhin, so dachte sie, konnte sie einen Teilsieg für sich verbuchen.

Der Schwefelgeruch der Magie hing noch in der Luft und mischte sich mit dem Geruch von brennendem Holz. Einige Funken ihrer magischen Explosionen hatten das Gebäude an mehreren Stellen in Brand gesetzt.

Sie ließ es brennen.

Kurz danach brach Jennesta nach Acurial auf, und viele waren froh, sie gehen zu sehen.

Sie wusste nicht, was sich dort entwickeln würde, und ahnte nicht, dass ihre Suche nach den Instrumentalen von Erfolg gekrönt sein würde, während ihre anderen Pläne dank der Einmischung der widerlichen Vielfraße vereitelt werden sollten.

Auch konnte sie sich nicht vorstellen, dass sie in einer Inselwelt auf einem von Leichen übersäten Strand herauskommen würde und nicht einmal mehr sicher war, ob sie wirklich siegen oder alles in Schutt und Asche legen würde.

1

Chaos herrschte.

Auf der ganzen Insel tobten Kämpfe zwischen Jennestas Truppen und dem Corps der Torhüter. Die meisten Zwerge, die auf der Insel wohnten und den ersten Zusammenstoß überlebt hatten, waren in die Schlupflöcher oben auf den Hängen der heiligen Vulkane geflohen. Am Strand und im Dschungel donnerten magische Entladungen, überall klirrten die Waffen.

Die Vielfraße sammelten sich auf einem Streifen zwischen dem Strand und den Bäumen, wo der Boden mit Kieselsteinen bedeckt war, und gingen hinter einem Felsvorsprung in Deckung. Das Entsetzen über das, was Stryke und Coilla ihnen erzählt hatten, hatte sich noch nicht gelegt. Zwei der besten Späher der Truppe, die Gemeinen Hystykk und Zoda, waren ausgesandt worden, um Jennesta zu finden. Geknickt kehrten sie zurück.

»Sie ist nicht da, wo du sie zuletzt gesehen hast, Hauptmann«, meldete Zoda. »Dort waren auch zu viele ihrer Kämpfer. Wir konnten uns nicht weiter vorwagen.«

»Verdammt, wo steckt sie bloß?«, sagte Haskeer.

Coilla zuckte mit den Achseln. »Überall und nirgends.«

»So groß ist die Insel doch gar nicht«, bemerkte Stryke. »Wir können sie finden.« Als die Nachwirkungen von Jennestas Spruch abebbten, empfand er nur noch reine Wut.

»Wohin wird sie sich wohl wenden?«, überlegte Pepperdyne.

Haskeer warf dem Menschen einen giftigen Blick zu. »Wenn wir das wüssten, dann würden wir nicht hier rumsitzen und dummes Zeug labern, Käsegesicht.«

»Ich meine, überleg doch mal. Es hat nicht gerade so ausgesehen, als würde sie die Schlacht gewinnen, oder? Es war höchstens ein Patt. Mir scheint es auch, als hätte die Truppe dieser Elfenfrau den Strand besetzt. Also wird Jennesta nicht so bald zu ihren Schiffen zurückkehren.«

»Das ist wahr«, stimmte Coilla zu.

»Typisch, dass du ihm beispringst«, murmelte Haskeer.

Coilla warf ihm einen mörderischen Blick zu, antwortete jedoch nicht.

»Also, was hat sie vor?«, fuhr Pepperdyne fort.

»Sie geht ins Landesinnere«, meinte Jup.

»Sie hat ja kaum eine andere Möglichkeit«, fügte seine Gefährtin Spurral hinzu und knuffte ihn.

Pepperdyne nickte. »Genau. Aber wird sie durch den Dschungel trampeln? Ich glaube nicht. Sie lässt sich bestimmt etwas Besseres einfallen.«

»Das Dorf der Zwerge!«, rief Wheam.

Die anderen waren bereits darauf gekommen, und der Beifall, auf den er gehofft hatte, blieb aus.

»Was meinst du, Stryke?«, fragte Coilla.

»Ich denke, wir verschwenden unsere Zeit«, fauchte er. »Thirzarr braucht mich.«

»Ja. Also zum Dorf?«

Er seufzte. »Im Grunde ist es egal, wo wir anfangen.« Dann wandte er sich an die anderen. »Wir brechen auf! Falls wir jemandem begegnen, machen wir ihn fertig.«

»Machen wir das nicht sowieso immer?«, staunte Haskeer.

»Sie ist sicher nicht allein«, wandte Dallog ein, was ihm einen weiteren verächtlichen Blick von Haskeer eintrug.

»Ich weiß«, gab Stryke zu. »Aber damit kommen wir schon zurecht.«

»Was ist mit Jennesta selbst?«, wollte Jup wissen. »Was ist, falls …« Er bemerkte Strykes Miene. »*Wenn* wir sie finden? Wie kommen wir damit zurecht?«

»Ich lass mir was einfallen«, erwiderte der Hauptmann unwirsch, drehte sich ohne ein weiteres Wort um und marschierte los.

Die Truppe folgte ihm.

Coilla legte Pepperdyne einen Arm um die Hüfte, als sie losgingen, was ihnen neugierige Blicke eintrug.

»Wie schlimm war es?«, wollte er wissen.

»Ziemlich schlimm. So ... so fassungslos habe ich Stryke noch nie erlebt.«

»Jetzt scheint er fast wieder der Alte zu sein.«

»Mach dir nichts vor und hör auf meinen Rat: Halte dich von ihm fern. Er kocht vor Wut.«

»Nach allem, was seiner Frau passiert ist, kann ich das gut verstehen. Ich weiß nicht, wie ich mich fühlen würde, wenn so etwas jemandem zustößt, der ... der mir etwas bedeutet.« Er lächelte sie an.

Coilla erwiderte das Lächeln, dann wurde sie ernst. »Es geht nicht nur um Thirzarr. Er muss auch an Corb und Janch denken. Seine Kinder«, fügte sie erklärend hinzu. »Wer weiß schon, was Jennesta in Ceragan angerichtet hat. Die ganze Truppe ist verdammt sauer, Jode.«

»Kaum zu glauben.«

»Was meinst du damit?«

»Ihr seid Orks. Sauer sein ist bei euch doch der Normalzustand.«

Sie musste grinsen. »Nicht immer.«

»Ein Glück auch.«

»Vergiss nicht, wie gut es war, dass Wheam sauer wurde. Das hat uns sehr geholfen.«

»Das klingt, als hätte er sich wacker geschlagen.«

»Hat er auch. Aber nicht, dass Haskeer sich davon überzeugen lässt.«

Sie blickten zu Wheam, der neben Dallog trottete. Dallog schien sich jedoch eher auf Pirrak zu konzentrieren, einen der neuen Rekruten aus Ceragan, mit dem er ein angeregtes Gespräch führte.

»Sieht so aus, als ließe Dallog ihn links liegen«, meinte Pepperdyne.

»Er muss sich um alle Neuen kümmern.«

»Mir fällt auf, dass er sich in der letzten Zeit vor allem um diesen einen kümmert.«

»Vielleicht braucht Pirrak besonders viel Hilfe. Die Anfänger haben doch von nichts eine Ahnung.«

»Das war eine nette Feuertaufe für sie, was?«

»Ja. Es ist ein Wunder, dass wir nicht noch mehr verloren haben, der Tetrade sei Dank.«

»Was?«

»Hast du diesen Ausdruck noch nicht gehört? Das ist die Versammlung unserer Götter. Es sind vier. Ich kann es dir gelegentlich mal erklären, wenn es dich interessiert.«

»Ja, das würde ich gern hören. Glaubst du denn an die Götter? Betest du zu ihnen?«

»Eigentlich nur, wenn mir jemand den Kopf abschlagen will.«

Pepperdyne lächelte. »Das kenne ich. Bei meinem Volk war es nicht anders.« Er warf einen Blick zur dahintrottenden Truppe. »Ich glaube, im Augenblick werden viele Gebete gesprochen.«

»Und ob.«

»Und wie sind eure … *verdammt!* Obacht.« Er nickte.

Coilla folgte seinem Blick und bemerkte Standeven, der sich zu ihnen durchdrängelte. Sie verdrehte die Augen.

Pepperdynes ehemaliger Herr und Meister traf schwitzend bei ihnen ein. »Ich muss mit dir reden«, sagte er mit wichtigtuerischem Unterton zu Coilla.

»Worüber?«

Besorgt, weil er nicht belauscht werden wollte, sah er sich um. »Über die Instrumentale«, hauchte er.

Pepperdyne stöhnte. »Nicht schon wieder.«

Standeven funkelte ihn an. »Ich will nur die Gefreite fragen, ob die Sterne noch sicher sind«, erklärte er empört.

»Sind dir die Dinger wirklich so wichtig?«, fragte Coilla.

»Allerdings. Sie sollten jedem hier wichtig sein, denn sie sind unsere einzige Möglichkeit, nach Hause zurückzukehren.«

»Ich weiß. Sie sind in Sicherheit. Du müsstest Stryke töten, um sie zu bekommen. Das halte ich in deinem Fall aber für die unwahrscheinlichste aller Möglichkeiten.«

Er ignorierte den Seitenhieb. »Beherrscht er sie denn jetzt? Hat er schon herausgefunden, was mit ihnen nicht stimmt?«

Sie deutete mit dem Daumen in Strykes Richtung. »Frag ihn doch selbst.«

Standeven blickte zu Stryke, der an der Spitze der Truppe marschierte, betrachtete den breiten Rücken und das Spiel der Muskeln, sah die mordlüsterne Miene, als Stryke sich umdrehte und sein Gefolge ermahnte. »Ich ... ich warte lieber, bis er mehr Zeit hat.«

»Vorläufig ist er wohl anderweitig beschäftigt«, bestätigte Pepperdyne trocken.

»Aber die Sterne sind in Sicherheit, ja? Sie ...«

»Es reicht. Du bist ja geradezu besessen von den Dingern. Lass es doch endlich gut sein.«

Die Rötung von Standevens Gesicht vertiefte sich. »Es gab mal eine Zeit, in der du es nicht gewagt hättest, so mit mir zu reden«, knirschte er.

»Das hast du schon öfter gesagt. Und ich sage dir, diese Zeiten sind vorbei. Finde dich damit ab.«

Zitternd vor ohnmächtiger Wut, kehrte sein ehemaliger Herr in die Marschkolonne zurück. Die Orks rückten deutlich von ihm ab.

»Ich fürchte, er dreht bald durch«, bemerkte Pepperdyne. Es war höchstens zur Hälfte als Scherz gemeint.

Coilla schüttelte den Kopf. »Das kann ich nicht beurteilen. Aber ich weiß, welche Wirkung die Sterne haben können.«

»Eine Wirkung?«

»Wenn du sie zu lange hast, wirst du seltsam. Wir haben es in der Truppe erlebt.«

»Seltsam?«

»Bist du jetzt mein Echo, oder was?«

»Erklär's mir doch einfach, Coilla.«

»Später. Das ist eine lange Geschichte. Jedenfalls haben die Sterne die Macht, jemanden in ihren Bann zu schlagen, und der Betreffende ist dann ... nun ja, ein wenig wie Standeven.«

»Was ist mit Stryke? Er trägt sie doch ständig bei sich.«

»Ja, und das macht mir Sorgen. Aber es wirkt sich nur bei manchen aus, nicht bei allen. Anscheinend kommt er damit klar. Meistens jedenfalls.«

»Wundervoll.«

»Ich meine nur, wir sollten Standeven im Auge behalten.«

»Das tu ich sowieso die ganze Zeit.«

Nachdenklich und schweigend liefen sie weiter.

Stryke führte die Truppe oberhalb des Strands entlang, der Dschungel befand sich zu ihrer Rechten. Vor ihnen lag eine Reihe von Sanddünen. Dort mussten sie sich ins Landesinnere wenden und den Weg einschlagen, der zur Siedlung der Zwerge führte.

Da Jup und Spurral selbst Zwerge waren, hegten sie naturgemäß große Sympathie für die Einwohner, aber ihr Mitgefühl galt Stryke. Sie marschierten vier oder fünf Reihen hinter ihm und beobachteten ihn besorgt.

»Er ist völlig außer sich«, erklärte Spurral. »Kurz davor überzuschnappen. Meinst du, er kann sich beherrschen?«

»Sicher doch. Er ist hart im Nehmen. Aber es ist schon unglaublich, wie sich die Dinge wiederholen.«

»Du meinst mich und die Sammler.«

Jup nickte. »Deshalb weiß ich, wie er sich fühlt.«

»Er hat dir geholfen, es durchzustehen.«

»Ja. Dafür bin ich ihm was schuldig.«

»Du kannst dich jetzt revanchieren. Er braucht deine Unterstützung, und je nachdem, wie es sich entwickelt, wird es vielleicht sogar noch schlimmer.«

»Im Augenblick wagt sich niemand in seine Nähe.«

»Na ja, du musst eben einfach ...«

»Halt! Schau mal!« Er deutete auf die Sanddüne, der sie sich näherten.

Eine Anzahl Menschen waren dort ausgeschwärmt. Sie trugen peczanische Uniformen und gehörten offenbar zu Jennestas Gefolge. Mehrere untote Sklaven begleiteten sie. Letztere bewegten sich unbeholfen und ruckartig, und die Leichenblässe war selbst aus der Ferne deutlich zu erkennen. Die überraschten Mienen der Menschen verrieten den Orks, dass die Begegnung eher dem Zufall geschuldet als ein geplanter Hinterhalt war.

»Verdammt«, fluchte Spurral. »Das hat gerade noch gefehlt.«

»Genau«, sagte Jup.

»Noch mehr Ärger können wir wirklich nicht brauchen.« Sie zog das Kurzschwert.

»Es ist besser, dem Feind an die Kehle zu gehen, als sich gegenseitig zu zerfleischen. Das baut Spannungen ab, was für Stryke besonders wichtig wäre.«

Noch während Jup sprach, stürmte Stryke auf die Feinde los und stieß einen Kampfruf aus. Der Rest der Truppe folgte seinem Beispiel und trampelte hinterdrein. Alle bis auf Standeven, der sich zurückhielt und verdrossen dreinschaute.

Mit lautem Gebrüll und schepperndem Stahl prallten die Reihen aufeinander.

Stryke drang in die feindlichen Linien ein wie ein heißer Keil in Schweineschmalz. Binnen weniger Herzschläge hatte er bereits die ersten beiden Gegner niedergestreckt und nahm sich den dritten vor. Er kämpfte wie ein Berserker und achtete nicht auf die vorbeisausenden Klingen und die drohenden Speere. Sein einziges Ziel war es, alles umzuhauen, was sich ihm in den Weg stellte.

Coilla und Pepperdyne kämpften Seite an Seite und hackten sich in die Reihen der Menschen hinein, bis sie einem Untoten begegneten. Der magische Prozess, mit dem Jennesta ihre Zombie-Untertanen erschuf, verlieh den Opfern große Kräfte und ein Standvermögen, das sie im Leben nie besessen hatten. Dieser hier war eine Ausnahme, denn er musste auch im Leben schon ein Hüne gewesen sein. Er war mit etwas bewaffnet, das an einen Baumstamm erinnerte, und versetzte Pepperdyne einen überraschenden Hieb. Der Schlag streifte ihn nur, reichte aber aus, um ihn auf die Knie zu zwingen. Der nächste Hieb hätte Pepperdyne getötet, doch Coilla griff rechtzeitig ein und schwang das Schwert. Sie traf den Zombie in der Hüfte und brachte ihm eine tiefe Schnittwunde bei. Pepperdyne kam hoch und sprang Coilla bei. Gemeinsam hackten sie den Gegner in Stücke.

Auch Jup und Spurral fochten nebeneinander. Aufgrund ihrer geringen Körpergröße beruhte dies mehr auf Notwendigkeit denn auf freiwilliger Entscheidung. Wie er es oft geübt hatte, benutzte Jup den Stab, um Kniescheiben zu zertrümmern, Gegner umzuwerfen und sie in Reichweite von Spurrals Klinge zu bugsieren.

Haskeer hielt nichts von raffinierter Kampftechnik. Nachdem er den ersten Soldaten mit einem Stoß in die Brust erledigt hatte, riss ihm ein abgelenkter Schlag das Schwert aus der Hand. Da er sich nun von drei anrückenden Soldaten bedroht sah, hob er den Toten einfach hoch und warf ihn. Die Gegner gingen zu Boden wie eine Reihe Kegel. Haskeer schnappte sich das Schwert und griff an.

Die neuen Rekruten kämpften instinktiv in einer Gruppe unter Dallogs Aufsicht und schlugen sich recht wacker. Sogar Wheam, dessen Selbstvertrauen wuchs, konnte den Gegnern einigen Schaden zufügen.

Die ganze Truppe machte ihrer Frustration und ihrer Wut auf typisch orkische Weise Luft. Sie stachen, hackten und prügelten erbarmungslos auf die Gegner ein und richteten ein Massaker an.

Schließlich zog Stryke die Klinge aus dem Bauch des letzten Menschen, hielt keuchend inne und betrachtete das Gemetzel.

»Geht es dir jetzt besser?«, fragte Coilla.

Er wischte sich mit dem Handrücken das Blut aus dem Gesicht. »Etwas.«

Jup gesellte sich zu ihnen. »Kaum Verletzte«, berichtete er. »Dallog flickt ein paar zusammen.«

Stryke nickte. »Dann lasst uns aufbrechen.« Er setzte sich in Bewegung.

Sie schlugen den Weg durch den Dschungel ein, der zum Dorf der Zwerge führte, und waren darauf gefasst, jederzeit wieder kämpfen zu müssen. Die Wanderung verlief jedoch ereignislos, bis sie die Siedlung fast erreicht hatten. Vor ihnen stiegen schwarze Rauchwolken auf, und kurz darauf traten sie auf die Lichtung.

Alle bis auf zwei oder drei Hütten brannten, mindestens ein Dutzend tote Zwerge lagen herum. Einige Krieger bemerkten rasche Bewegungen im Dschungel. Anscheinend waren es Einheimische, die in ihre Verstecke flohen. Coilla rief ihnen etwas hinterher, bekam jedoch keine Antwort. Sie durchsuchten die intakten Hütten und die Umgebung. Alles war verlassen. Schließlich stellten sie Wachen auf, und ein schwindelfreier Gemeiner namens Nep stieg auf einen hohen Baum, um sich einen Überblick zu verschaffen. Die anderen versammelten sich um Stryke.

»Keine Spur von Jennesta.« Haskeer starrte Pepperdyne böse an. »So viel zu deinem brillanten Plan.«

»Es war eine plausible Annahme«, protestierte der Mensch.

»Außerdem hatte niemand eine bessere Idee«, fügte Coilla hinzu.

Haskeer richtete den wütenden Blick auf sie. »Schon recht so, hilf ihm nur. Wie üblich.«

»Es war tatsächlich die beste Idee, die wir hatten«, wiederholte sie nachdrücklich.

»Ja, sicher, alles klar.«

»Haskeer, wenn du etwas zu klären hast, dann sag es.«

»Ich find's nicht gut, dass Menschen sich in die Führung der Truppe einmischen.«

»Hab ich nicht«, widersprach Pepperdyne. »Ich wollte nur helfen.«

»Und wie du uns geholfen hast. Wir brauchen deine Hilfe nicht. Also mach, dass du …«

»Halt den Mund«, warnte Stryke ihn drohend. »Wir stecken hier zusammen in der Klemme, und ich will kein Gekeife mehr hören.«

»Jetzt schlägst auch du dich noch auf seine Seite«, maulte Haskeer.

»Ich sagte, du sollst den Mund halten. Ich dulde keine Disziplinlosigkeit in der Truppe. Wenn jemand das anders sieht, soll er sich auf der Stelle bei mir melden.«

Haskeer schien fast geneigt, auf den Vorschlag einzugehen, wurde aber von Nep unterbrochen, der etwas vom Baum herunterrief.

»Was ist los?«, rief Stryke zurück.

»Die Schiffe! Sie sind weg!«

»Welche?«

»Alle bis auf unseres.«

Stryke winkte ihm, wieder herunterzukommen.

»Also hat Jennesta wohl doch die Insel verlassen«, meinte Jup.

»Und der andere Haufen auch, wie es scheint«, fügte Spurral hinzu.

»Verdammt«, knurrte Haskeer mit zusammengebissenen Zähnen.

»Was tun wir jetzt?«, fragte Coilla.

2

Das Schiff der Torhüter hatte die Segel gesetzt und sich von der Insel der Zwerge entfernt. Die Elfenfrau und Kommandantin Pelli Madayar hatte das Steuerruder übernommen. Noch war sie unschlüssig, wohin sie sich wenden sollte. Daher beriet sie sich mit ihrem Stellvertreter, dem Goblin Weevan-Jirst. Er betrachtete einen dicken, glänzenden Edelstein, den er in der Handfläche hielt.

»Gibt es etwas Neues?«, fragte Pelli.

»Nichts.«

»Übernehmt Ihr das Ruder, ich versuche es selbst.«

Sie tauschten die Plätze. Nachdem sie den Edelstein in der Hand aufgewärmt hatte, starrte sie angestrengt hinein. Auf der Fläche wirbelten undurchdringliche Wolken.

»Stimmt etwas nicht?« Weevan-Jirst sprach wie alle Angehörigen seiner Art ein wenig lispelnd.

»Angesichts der Qualität seiner Magie müsste alles in Ordnung sein. Ich überprüfe es trotzdem.«

»Wie denn?«

Obwohl er in der magischen Hierarchie des Corps einen hohen Rang bekleidete, musste ihr Stellvertreter noch viel lernen. »Indem ich ihn mit einem Satz von Instrumentalen vergleiche, von denen wir bereits wissen.«

»Diejenigen, die sich im Besitz der Orktruppe befinden?«

Sie nickte. »Ihr wisst ja, dass jeder Satz Artefakte eine einzigartige Signatur hat, die manche sogar als ein Lied bezeichnen. Wir kennen den Takt derjenigen, die sich die Orks angeeignet haben. Ich versuche, mich darauf einzustimmen. Moment.« Sie konzentrierte sich, runzelte die Stirn und rezitierte den erforderlichen Spruch. Schließlich sagte sie: »Da.« Sie hielt ihm den Edelstein hin.

Auf der Vorderseite erschienen Bilder. Sie waren fremdartig und überlagerten einander, waren für den Kundigen allerdings leicht zu deuten.

»Die Instrumentale der Orks«, erklärte Weevan-Jirst. »Auf der Insel der Zwerge.«

»Genau. Das bedeutet, dass der Fehler nicht in unserem Spürgerät liegt.«

»Verstehe. Warum aber können wir Jennestas Artefakte nicht entdecken?«

»Weil ich inzwischen sicher bin, dass sie etwas Beispielloses und sehr Unwahrscheinliches getan hat. Die Instrumentale, die sie benutzt, sind Kopien, die wahrscheinlich nach den Exemplaren der Orks gefertigt sind. Ihre Ausstrahlung entspricht nicht den Originalen, und deshalb fällt es uns so schwer, sie aufzuspüren.«

»Kopien? Das wäre eine bemerkenswerte Leistung.«

»Oh, gewiss. An ihren herausragenden magischen Fähigkeiten besteht kein Zweifel. Außerdem glaube ich, dass sie auch die Originale manipuliert hat, um sie in gewisser Weise kontrollieren zu können.«

»Das würde die willkürliche Art und Weise erklären, auf welche die Vielfraße von einer Welt zur nächsten gesprungen sind, ehe sie hier ankamen.«

»So ist es. Jennesta spielt mit ihnen.«

»Dennoch bin ich verwirrt.«

»Warum?«

»Unser Auftrag lautet, die Instrumentale der Orks zu beschlagnahmen, und wir wissen, wo sie sich befinden. Warum haben wir sie dann auf der Insel zurückgelassen?«

»Jetzt haben wir es sogar mit zwei Sätzen von Instrumentalen zu tun, die sich in verantwortungslosen Händen befinden. Jennestas Fähigkeit, die Objekte zu kopieren, kommt einer Katastrophe gleich. Stellt Euch nur vor, Dutzende oder Hunderte Instrumentale kämen in Umlauf. Das wäre eine Situation, die das Corps nicht mehr beherrschen könnte.«

»Ich wage gar nicht, mir das auszumalen«, stimmte Weevan-Jirst bedrückt zu.

»Wir haben nur zwei Möglichkeiten. Wir können auf die Insel zurückkehren und die Orks angreifen. Dabei verlieren wir Jennesta möglicherweise völlig aus den Augen. Oder wir konzentrieren uns auf die Hexe, denn die Orks können wir jederzeit wiederfinden, solange sie die Artefakte besitzen, und freiwillig würden sie sich niemals von ihnen trennen.«

»Wir wissen nicht, wo sie ist.«

»Ich glaube, wir können sie entdecken, wenn wir unsere Spürmethoden darauf einstellen, dass sie Kopien benutzt.«

»Ist das möglich?«

»Theoretisch schon. Es könnte allerdings eine Weile dauern. Andererseits gibt es etwas, das sich zu unserem Vorteil auswirkt. Jennesta hat Strykes Gefährtin als Geisel genommen, und wir können ziemlich sicher davon ausgehen, dass auch er sie verfolgen will. Mit etwas Glück erwischen wir sie beide auf einen Schlag.«

»Woher weiß er denn, dass Jennesta fort ist?«

»Unterschätzt nie die Zähigkeit der Orks. Ich würde viel darauf verwetten, dass sie es herausfinden.«

Der Goblin war nicht überzeugt. »Weichen wir damit nicht zu sehr von unseren Befehlen ab?«

»Ich genieße eine gewisse Handlungsfreiheit.«

»Ja«, zischelte er, »in gewissen Grenzen. Wollt Ihr Euch nicht lieber mit unserem Vorgesetzten beraten?«

»Mit Karrell Revers? Nein. Jedenfalls jetzt noch nicht.«

»Darf ich fragen, warum nicht?«

»Ich empfinde Hochachtung für sein Urteilsvermögen, aber er ist nicht hier.«

»Meint Ihr, er könnte Euch befehlen, Euch an den ursprünglichen Auftrag zu halten?«

»Wahrscheinlich. Und während die Lage auf der Heimatwelt erörtert wird, verlieren wir wertvolle Zeit.« Sie blickte ihn besorgt an. »Natürlich ist mir klar, dass Ihr möglicherweise nicht mit meiner Entscheidung einverstanden seid, aber ich übernehme die volle Verantwortung für …«

»Ich füge mich gern jeder Entscheidung, die Ihr trefft, Pelli.«

»Danke. Unterdessen gibt es noch einige Dinge, um die wir uns kümmern müssen.« Sie betrachtete das Schiffsdeck. Dort lagen drei tote Kameraden in blutigen Tüchern. »Und dann haben wir mit Jennesta ein Hühnchen zu rupfen.«

Auch auf Jennestas Schiff gab es Leichen. Einige gingen noch umher und atmeten in gewisser Weise sogar. Andere würden dies nie wieder tun.

Einige der Letzteren wurden von einer Gruppe der Ersteren über Bord geworfen.

Bei den derart entsorgten Toten handelte es sich um Zwerge, die dank Jennestas erfinderischer Verhörmethoden blutig und verstümmelt gestorben waren. Abgesehen von der schlichten Notwendigkeit dienten die über Bord geworfenen Toten auch als Warnung an ihre Anhänger. Jennesta genoss die Rolle der Tyrannin und suhlte sich förmlich in ihrer Machtfülle, wusste aber auch, dass man den Untergebenen hin und wieder etwas gönnen musste, wenn man sie bei der Stange halten wollte. Dies konnte mehrere Formen annehmen. Eine Möglichkeit war, dem Gefolge Macht und Reichtum zu versprechen. Eine andere bestand darin, Freude zu spenden. Ihre Magie konnte bei den Betroffenen ebenso leicht Wohlbefinden und sogar Ekstase hervorrufen wie Angst und Schrecken.

Es gab jedoch eine Art von Anhängern, bei denen weder Strafe noch Glückseligkeit etwas ausrichten konnten. Diese seltenen Personen teilten ihre Vorliebe für Grausamkeiten. Jennesta hatte einen von dieser Sorte gefunden. Er hieß Freiston und war ein junger Offizier von niedrigem Rang im Militär von Peczan. Er zählte zu denen, die in der Hoffnung auf außerordentliche Belohnungen ganz und gar auf sie gesetzt hatten. Da er ein Mensch war, misstraute sie ihm natürlich. Schließlich war ihr Vater auch ein Mensch.

Freiston hatte mit seiner Geschicklichkeit als Folterknecht und seiner Begeisterung für diese Aufgabe ihre Aufmerksamkeit erregt. Diese Neigungen hatten sich bereits als sehr nützlich erwiesen, und schließlich hatte sie ihn zu ihrem zweiten Stellvertreter ernannt.

Nach dem Debakel auf der Insel hatten sie sich in Jennestas Kabine zurückgezogen. Sie saß in Herrscherpose da, er musste stehen. Außerdem war Strykes Gefährtin Thirzarr zugegen, die bewusstlos auf einer Pritsche lag. Äußerlich wirkte sie, als schliefe sie, doch sie befand sich in einem Zustand, aus dem nur Jennestas Hexerei sie erlösen konnte.

»Habt Ihr bekommen, was Ihr wollt, Herrin?«, fragte Freiston.

Sie lächelte. »Meine Wünsche übertreffen alles, was du dir vorstellen kannst. Wenn du damit aber die Informationen meinst, die ich brauche, um den Kurs zu setzen, dann ja.«

»Wenn ich es so ausdrücken darf, Herrin, es ist eine Ironie.«

»Was denn?«

»Dass die Zwerge bereit sind, für etwas so Banales wie eine Ortsangabe ihr Leben hinzugeben.«

Sie warf ihm einen vernichtenden Blick zu. »Für mich ist das keineswegs banal. Außerdem ging es eher darum, dass sie begreifen, wie ernst ich es meine, und nicht so sehr darum, dass sie mir verweigert haben, was ich wollte. Aber du wirst dich doch sicher nicht beschweren, oder? Offensichtlich hast du es genossen.«

»Ich bin bereit, Euch in jeder nur erdenklichen Hinsicht zu dienen, Herrin.«

»Vielleicht hättest du lieber Diplomat als Soldat werden sollen.« Als er antworten wollte, hieß sie ihn mit einer Geste schweigen. »Wir werden gewiss in Kämpfe verwickelt, sobald wir an Land gehen. Meine Truppe muss in bester Verfassung und gut auf den Gegner vorbereitet sein. Kümmere dich darum.«

»Herrin, wir sind in einigen wichtigen Bereichen doch ein wenig unterbesetzt, da einige unserer Leute auf der Insel der Zwerge bleiben mussten.«

»Sehe ich aus wie jemand, den so etwas kümmert? Wenn sie zu nachlässig waren, meinen Rückzugsbefehl zu beachten, dann brauche ich sie auch nicht mehr.«

»Jawohl, Herrin. Darf ich fragen, wann wir unser Ziel erreichen?«

»In etwa zwei Tagen. Was ich suche, ist offenbar näher als erwartet. Deshalb wirst du ein stark beschäftigter kleiner Mann sein, Freiston.« Sie stand auf. »Also bringen wir es in Gang.« Sie blickte zu der liegenden Thirzarr und führte ihn aus der Kabine.

Vom Deck aus waren die anderen vier Schiffe ihrer Flottille zu erkennen, die dem Flaggschiff folgten. Einer von Jennestas Untoten stand in der Nähe vor einem toten Zwerg. Mit Freiston im Schlepptau stürmte sie hinüber.

Aus der Nähe erkannte sie, dass der Zombie General Kappel Hacher war. Oder vielmehr, er war es gewesen. Er starrte den Leichnam an. Freiston zeigte keinerlei Regung, als er seinen ehemaligen Befehlshaber auf so grässliche Weise verändert sah.

Jennesta kochte vor Wut. »Was tust du da, du Tölpel?«, tobte sie. »Du hast deine Befehle bekommen. Nimm das da«, sie deutete auf die Leiche, »und wirf es über Bord.«

Der sabbernde Kerl, der einst ein großer General und der Gouverneur einer peczanischen Provinz gewesen war, starrte weiter ins Leere.

»Mach schon!«, fauchte Jennesta. »Gehorche mir!«

Hacher hob den Blick und sah sie an, rührte sonst aber keinen Finger. Ihre Geduld war nun endgültig erschöpft. Sie beschimpfte ihn und knuffte ihn mit der mit Ringen geschmückten Faust. Aus den Überresten seiner zerfallenden Uniform stiegen Staubwolken auf. Dann flackerte es in seinen bisher glasigen Augen, und er zeigte etwas wie Vernunft und vielleicht sogar eine Spur von Trotz.

Freistons Hand wanderte wie von selbst zum Schwertgriff.

»Mach, was ich dir gesagt habe«, befahl Jennesta und fixierte Hacher mit ihrem bösen Blick.

Das Licht erstarb in seinen Augen, und er verfiel wieder in die gewohnte Dumpfheit. Mit einer Art rasselndem Seufzen bückte er sich, hob scheinbar mühelos die Leiche auf, kam wieder hoch und warf sie über die Reling. Unten klatschte es.

»Jetzt erledige deine übrigen Pflichten«, befahl Jennesta ihm.

Hacher drehte sich langsam um und schlurfte zum Bug, wo andere Zombies Vorratskisten schleppten.

Jennesta hatte Freistons Miene bemerkt und beantwortete die unausgesprochene Frage. »Wenn sie eine große Willenskraft besaßen, sind die Untertanen manchmal nicht so gefügig, wie sie es sein sollten.« Sie deutete auf die Gruppe, der Hacher sich anschloss. »Es sind unvollkommene Geschöpfe, weit entfernt von dem Ideal, das mir vorschwebt.«

»Kann man sie denn verbessern, Herrin?«

»Oh, gewiss. Aus schlechtem Ton kann auch der beste Handwerker nur minderwertige Gefäße herstellen, und auf ganz ähnliche Weise hat diese erste Gruppe Fehler, die auf dem Material beruhen, das zu benutzen ich gezwungen war. Sobald die richtigen Objekte vorhanden sind und nachdem ich einige Verfeinerungen vorgenommen habe, wird die nächste Gruppe diesen da weit überlegen sein. Du wirst schon sehen. Aber dich beschäftigt doch irgendetwas, Freiston. Was ist es?«

»Wir haben die Orkfrau«, erwiderte er zögernd.

»Strykes Gattin, ja. Was ist mit ihr?«

»Wenn er so ein Idiot ist, wie Ihr sagt, meine Herrin, dann wird er uns doch mit seiner Truppe verfolgen.«

»Darauf hoffe ich.«

»Ah.« Er war klug genug, ihre Beweggründe nicht zu hinterfragen, brachte dafür aber einen anderen Gedanken zur Sprache. »Und die Gruppe, die uns angegriffen hat? Wer waren sie?«

»Das kann nur das Corps der Torhüter gewesen sein. Ich hielt sie für eine Legende, aber das war offenbar falsch.«

»Stellen sie nicht ebenfalls eine Bedrohung dar?«

»Sie mischen sich überall ein. Selbst ernannte Hüter der Portale. Für das, was sie heute getan haben, werden sie schon noch die Quittung bekommen.«

Freiston bezweifelte es, da Jennesta gerade eben gezwungen gewesen war, vor ihnen zurückzuweichen. Auch diesen Gedanken behielt er klugerweise für sich.

»Weder die Orks noch dieses Lumpenpack von älteren Rassen wird sich mir in den Weg stellen«, fuhr sie fort. »Wenn sich unsere Wege das nächste Mal kreuzen, wird es ganz anders verlaufen.«

3

Strykes Wut hatte sich gelegt, und an ihre Stelle trat nun kalte Zielstrebigkeit.

Er sorgte dafür, dass alles richtig organisiert wurde. Kurz vor Einbruch der Dämmerung besetzten sie die unbeschädigten Langhäuser der Zwerge und stellten in der Umgebung Wachen auf. Eine Gruppe wurde zum Goblin-Schiff geschickt, mit dem die Truppe gekommen war, um die Vorräte zu ergänzen und es ebenfalls zu bewachen. Suchtrupps durchkämmten die Insel.

Nachdem er alles getan hatte, was im Augenblick überhaupt möglich war, setzte Stryke sich auf die Treppe vor einem Langhaus und verfiel in trübsinniges Brüten. Jeder in seiner Truppe wusste genau, dass man sich ihm besser nicht nähern sollte. Mit einer Ausnahme.

Jup kam mit einer dampfenden Schale und einer Feldflasche zu ihm. »Hier.« Er bot dem Hauptmann das

Essen an. Stryke würdigte es kaum eines Blicks und schwieg. »Du musst doch was essen«, ermahnte der Zwerg ihn. »Für Thirzarr. Verhungert bist du zu nichts zu gebrauchen.«

Stryke nahm die Schale und starrte den Inhalt an. »Was ist das?«

Jup setzte sich. »Eidechse. Der Dschungel ist voll davon. Das andere Zeug da sind Blätter und Wurzeln«, fügte er hilfsbereit hinzu. »Es gibt auch Früchte, aber ich dachte, du willst lieber Fleisch.«

Stryke begann ohne große Begeisterung zu essen.

Nach einer Weile ergriff Jup wieder das Wort. »Was Thirzarr angeht ...« Er überging Strykes bekümmerten Blick und fuhr fort: »Ich sage dir jetzt, was du mir gesagt hast, als Spurral entführt wurde. Deine Gefährtin hat für Jennesta einen gewissen Wert, und was einen Wert hat, beschädigt man nicht.«

»Welchen Wert? Warum sollte Jennesta etwas darum geben, ob Thirzarr lebt oder stirbt?«

»Das weiß ich nicht. Die einfachste Möglichkeit ist, dass sie dich herausfordern will. Wichtig ist nur, dass Jennesta Thirzarr lebendig verschleppt hat. Sie hat sie nicht einfach tot am Strand liegen lassen.«

»Aber denk nur an die Verfassung, in der sie sich befunden hat. Genau wie die verdammten Untoten der Hexe.«

»Nicht ganz. Jennesta hat gedroht, Thirzarr in einen Zombie zu verwandeln, aber sie hat cs nicht getan. Das ist doch ein Grund, die Hoffnung nicht aufzugeben, Stryke.«

»Wir wissen nicht, ob sie es nicht doch getan hat. Und es geht ja nicht nur um Thirzarr, sondern auch um Corb und Janch. Welchen Wert haben die beiden für sie?«

»Es gibt keinen Grund anzunehmen ...«

»Und Ceragan. Was hat sie wohl dort angerichtet?«

»Stryke.«

»Da fällt mir gerade ein, was ist, wenn ...«

»Stryke. Hätte sie Ceragan in ein schlimmeres Dreckloch als Maras-Dantien verwandeln können?«

Jup freute sich, weil dies Stryke ein kleines Lächeln entlockte. »Wie geht es jetzt weiter?«, fragte der Hauptmann.

»Ich bin nicht sicher. Wir müssen einfach annehmen, dass es irgendeinen Weg gibt. Jedenfalls solltest du wissen, dass wir zu dir halten, Stryke. Die ganze Truppe. Koste es, was es wolle.«

Stryke nickte und aß mechanisch weiter.

Schweigend saßen sie da.

In der Nähe plünderten Coilla und Pepperdyne, was der Dschungel hergeben wollte.

Er bückte sich und riss eine Handvoll purpurfarbener Blätter ab. »Glaubst du, die sind richtig?«

Coilla betrachtete sie und schnüffelte daran, dann schnitt sie eine Grimasse. »Das würde ich nicht riskieren, es sei denn, du willst uns alle vergiften.«

Er warf das Büschel weg. »Es ist schwerer, als ich dachte. Vieles hier sieht so ähnlich aus wie daheim, aber wenn man es näher betrachtet ...«

»Ja, es gibt kleine Unterschiede. Aber vergiss nicht, wie fremd manche der anderen Welten waren, die wir gesehen haben. Wir können von Glück reden, dass wir hier sind.«

»Da fällt mir gerade ein, du wolltest mir etwas darüber erzählen, dass eure Heimatwelt gar nicht eure richtige Heimat ist, obwohl du dort geboren bist. Was hatte das zu bedeuten?«

»Sie ist nicht das wahre Heim irgendeiner älteren Rasse. Angeblich gehört sie von Rechts wegen den Menschen.«

»Und?«

»Willst du das jetzt wirklich hören?«

»Was gibt es sonst zu tun? Es sei denn, du würdest lieber …« Er langte nach ihr.

Lachend entzog sie sich. »Halt, immer mit der Ruhe. Also gut. Es ist kompliziert, und ich weiß nicht, ob es wahr ist, aber …«

»Also nur ein Feenmärchen.«

»Die Geschichten, die dir die Feen erzählen könnten, würden dir das Blut in den Adern gefrieren lassen. Nein, wir nehmen an, dass die Geschichte wahrscheinlich sogar der Wahrheit entspricht, aber … wer weiß?«

»Also raus damit.« Er setzte sich hin und klopfte neben sich auf das Gras. Sie ließ sich ebenfalls nieder.

»Na gut.« Sie ordnete ihre Gedanken. »Es heißt, dass die Welt, von der wir beide gekommen sind, eigentlich die Welt der Menschen war. Wir kannten nur unser eigenes Land. Wir nannten es Maras-Dantien, bei den

Menschen hieß es Zentrasien. Wir dachten, Maras-Dantien gehörte allen älteren Rassen, die dort lebten, und die Menschen seien erst später von außen gekommen und hätten alles zerstört.« Sie bemerkte den Blick, den er ihr zuwarf. »Ist nicht persönlich gemeint.«

Er lächelte. »So habe ich es auch nicht aufgefasst. Was ist nun die Wahrheit?«

»Auch vor dem großen Zustrom gab es schon Menschen in Maras-Dantien. Einige zumindest. Einer von ihnen war Tentarr Arngrim, der sich Seraphim nennt.«

»Vor dem Zustrom? Du sagst, er hätte euch auf eine Mission geschickt. Wie alt ist dieser Mann überhaupt?«

»Sehr alt, nehme ich an. Aber er ist ein Zauberer, also …« Sie zuckte mit den Achseln. »Seraphims Gefährtin war eine Hexe namens Vermegram. Er ist menschlich, aber sie … ich weiß es nicht. Etwas anderes. Sie hatten drei Töchter, eine davon ist Jennesta. Außerdem Adpar, die zum Teil eine Nyadd ist.«

»Was ist das?«

»Eine Art Wassergeist. Jennesta hat sie getötet.«

»Reizend.«

»Die dritte Schwester ist Sanara, die wohl nach ihrem Vater geschlagen ist, weil sie menschlich aussieht. Sie hat uns in Maras-Dantien aus der Klemme geholfen.«

»Was hat das alles mit …«

»Ich komme gleich darauf. Was wir über die Anfangstage wissen …«

»Was ihr zu wissen glaubt.«

»Ja, schon gut. Halt die Klappe. Seraphim oder Vermegram oder vielleicht sogar beide fanden einen Weg, sich zwischen den Welten zu bewegen. Das führte zu den Sternen, die Seraphim geschaffen hat. Vielleicht hat er sie auch nur entdeckt.« Sie wedelte mit einer Hand. »Es ist alles sehr unbestimmt. Aber ihre Herumpfuscherei öffnete eine ... Art von Rissen zwischen den Welten. Löcher, wenn man so will. Und dann sind die älteren Rassen aus ihren Welten nach Maras-Dantien gestürzt.«

»Einschließlich der Orks.«

»Genau. So gerieten wir in Knechtschaft und bildeten das Rückgrat von Jennestas Heer. Aber das ist eine andere Geschichte. Hier kommt es darauf an, dass Seraphim und Vermegram aus irgendeinem Grund Streit bekamen. Sie wurden von Geliebten zu Feinden, und es gab einen Konflikt. Darüber weiß ich aber nichts weiter. Angeblich ist Vermegram tot, aber niemand weiß genau, wie und wann sie gestorben ist.«

»Warte mal. Du hast doch gesagt, sie sei nicht menschlich gewesen.«

Coilla nickte. »Du musstest dir nur Jennesta und Adpar anschauen, um es zu erkennen.«

»Wie konnte sie irgendetwas *anderes* als menschlich gewesen sein, wenn sie schon vor Ankunft der älteren Rassen in Maras-Dantien war?«

»Verdammt will ich sein, wenn ich das wüsste, Jode. Ich bin doch kein Orakel.«

»Du hast gesagt, dein Volk sei in Knechtschaft geraten. Wie ist es ...«

»Genug Fragen. Ein andermal.«

Er erschrak, als sie so brüsk antwortete, und zuckte mit den Achseln. »Gut.«

Sie wechselte das Thema und sprach freundlicher weiter. »Es wird kühl.«

Er nahm sie in den Arm. Sie rückte näher und legte den Kopf an seine Schulter.

Auf einmal hörten sie Rufe auf der Lichtung.

»Verdammt!«, schimpfte Pepperdyne. »Jedes Mal, wenn wir einen ruhigen Moment für uns haben ...«

»Komm.« Coilla sprang auf.

Sie eilten zum Dorf.

Einer der Spähtrupps war zurückgekehrt. Sie brachten vier menschliche Gefangene mit, denen sie die Hände hinter dem Rücken gefesselt hatten. Die verängstigten Männer, deren Uniformen verstaubt und zerfetzt waren, mussten niederknien. Die Truppe versammelte sich vor ihnen, Stryke stand vor den anderen.

Orbon, der die Späher angeführt hatte, machte Meldung. »Die Nachzügler haben wir unten am Strand gefunden, Hauptmann. Kämpfen mochten sie aber nicht mehr.«

Mit grimmigem Gesicht näherte Stryke sich den knienden Gefangenen. Sie wichen seinem Blick aus und hielten die Köpfe gesenkt.

»Ich habe nur eine einzige Frage«, begann er. »Wohin ist eure Herrin gefahren?«

Zwei Gefangene wechselten einen nervösen Blick, keiner sagte etwas.

»Ich will es euch noch mal erklären.« Er marschierte mit blankgezogenem Schwert vor ihnen hin und her. »Ich bekomme eine Antwort, oder ihr seid tot.« Er trat vor den Ersten in der Reihe. »Du da! Wo ist Jennesta?«

Der Mann blickte auf. Er zitterte. »Wir ... das ist nicht ... so etwas ... verrät sie uns nicht.«

»Falsche Antwort.« Stryke jagte ihm das Schwert in die Brust. Der Mann kippte um, zuckte noch einen Moment und blieb still liegen.

Stryke ging zu dem nächsten Menschen. »Wo ist Jennesta?«, wiederholte er und hielt dem Gefangenen die blutige Klinge an die Kehle.

Dieser war entschlossener oder ein dummer Draufgänger. »Leck mich doch, Mistkerl«, knirschte er und wollte Stryke ins Gesicht spucken.

Er kam nicht dazu. Stryke holte aus und schlug zu. Der Hieb war kräftig genug, um den Kopf des Mannes vom Rumpf zu trennen. Der Schädel rollte ein Stückchen weiter und blieb vor Standevens Füßen liegen. Der enthauptete Körper hielt sich noch einen Augenblick aufrecht, während das Blut herausspritzte, dann sackte er in sich zusammen.

Der nächste Mann in der Reihe war älter als die anderen und trug die Uniform eines Offiziers. Das Blut seines toten Kameraden hatte ihn besudelt.

Stryke wandte sich an ihn. »Hat dir das die Zunge gelockert? Oder muss ich das Gleiche mit dir machen?«

Der Mann schwieg, und es war nicht zu erkennen, ob es Mut oder Furcht war. Stryke holte abermals aus.

»Warte!«, rief Pepperdyne und drängte sich nach vorn. »Verdammt, was tust du da, Stryke?«

»Das ist eine Sache der Truppe. Halte dich da raus.«

»Seit wann ist es eure Sache, unbewaffnete Gefangene abzuschlachten?«

»Du musst noch viel über die Orks lernen, Mensch.«

»Ich dachte, ich hätte bereits gelernt, dass ihr ehrenhaft seid.«

Das machte Stryke anscheinend nachdenklich, aber er ließ das Schwert nicht sinken. »Ich muss wissen, wohin das Miststück Thirzarr verschleppt hat.«

»Aus Toten wirst du nichts herausbekommen.«

»Gewalt ist die einzige Sprache, die dieses Volk versteht.«

»Mein Volk, meinst du. Aber sagen die Menschen nicht das Gleiche über die Orks?«

»Nur, dass wir mehr Ahnung davon haben«, warf Haskeer ein.

Pepperdyne deutete mit dem Daumen auf die toten Gefangenen. »Anscheinend hat es ja nicht so gut funktioniert.« Er wandte sich wieder an Stryke. »Komm schon, lass es mich versuchen. Ich gehöre zu ihrem Volk. Vielleicht bekomme ich etwas aus ihnen heraus.«

»Misch dich da nicht ein«, sagte Haskeer. »Du gehörst nicht zu unserer Truppe.«

»Er hat sich bewährt«, erwiderte Coilla. »Ich würde sagen, wir versuchen es.«

»Das schon wieder.«

»Was soll das heißen?«

»Du unterstützt ihn schon wieder. Mir scheint, du solltest eher die Partei deiner eigenen Leute ergreifen und dich nicht dauernd für Außenstehende einsetzen.«

»*Wir* sind die Außenseiter, du Idiot! Alle scheißen auf uns, verfluchen uns und hassen uns. Vergiss das nicht, wenn du über andere urteilst. Auf seine Weise hat Jode ebenso viel durchgemacht wie wir.«

»Du redest da über einen Menschen. Die sind eher Scheißer, als dass sie angeschissen sind, würde ich sagen.«

Jup platzte lauthals heraus. »Entschuldigung.« Mühsam fing er sich wieder. »Aber ... Scheißer und angeschissen? Du übertriffst dich selbst, Haskeer.« Wieder lachte er, und einige Gemeine stimmten ein. Sofort beruhigte er sich wieder. »Coilla hat Recht. Vielleicht bringt Jode sie zum Reden.«

Haskeer kochte vor Wut. »Du auch, was?«

»Was haben wir schon zu verlieren? Wenn nichts dabei herauskommt, können wir ihnen immer noch ein paar Finger oder Zehen abschneiden oder ...« Er betrachtete die erschrockenen Gefangenen. »Und wenn das auch nicht hilft, kann Stryke sie erledigen.«

»Was willst du, Stryke?«, fragte Pepperdyne. »Informationen oder Rache?«

»Rache klingt nicht schlecht.«

»Wir haben einen Spruch: Wenn du auf Rache aus bist, baue gleich zwei Scheiterhaufen.«

»Ich baue hundert«, gab Stryke kalt zurück. »Oder tausend ...«

»Den größten kannst du meinetwegen für Jennesta errichten. Aber du wirst nicht erfahren, wo sie steckt, wenn die Männer tot sind.«

Stryke ließ langsam das Schwert sinken. »Versuch es. Aber beeil dich.«

»Danke. Vielleicht wäre es gut, wenn ihr uns allein lasst. Ich glaube, ihr macht die Gefangenen nervös.«

Stryke bellte einen Befehl, und die anderen zogen sich an den Rand der Lichtung zurück. Haskeer murmelte etwas Unfreundliches, während Pepperdyne sich vor die beiden Überlebenden hockte und ernsthaft mit ihnen redete.

Die Truppe ließ sich nieder und wartete.

Als er es sich auf der festgetrampelten Erde der Lichtung bequem gemacht hatte, sagte Haskeer: »Woher wissen wir, dass er nicht mit ihnen zusammen etwas ausheckt?«

»Was?«, gab Coilla zurück. »Wann hast du dein Hirn gegen einen Pferdeapfel eingetauscht? Jode will uns helfen.«

»Ja, und wir wissen ja, wie hilfreich Menschen sein können.« Er warf Standeven einen scharfen Blick zu. Der Mann saß in der Nähe und zappelte nervös herum.

»Du hast sie nicht alle, Haskeer. So langsam solltest du doch wissen, wer unsere Freunde sind.«

»Freunde, Coilla? Willst du mir etwa einreden, dieser ...«

»Nervt mich nicht!«, rief Stryke. »Hört auf damit, ihr beiden.«

Haskeer und Coilla schwiegen verstimmt.

Auch die anderen Mitglieder der Truppe beruhigten sich. Pepperdyne redete unterdessen mit den Gefangenen.

Als Gant, einer der Wächter am Rand des Lagers, einen Ruf ausstieß, merkten sie auf. Auch die zweite Spähertruppe kehrte zurück.

Sie wurde von Dallog angeführt, der den Neuling Pirrak an seiner Seite hatte. Wheam ging allein und hatte sich etwas zurückfallen lassen. Doch was wirklich die Aufmerksamkeit der anderen erregte, waren die Zwerge, die die Späher mitbrachten. Drei von ihnen waren noch jung.

Spurral stand auf. »Ist das nicht Kalgeck? Und eins der Kinder, die uns die Karte gegeben haben?« Sie rannte zu ihnen. Jup und einige andere folgten ihnen.

Kalgeck, mit dem zusammen sie sich in Gefangenschaft der Sammler befunden hatte, stürmte los, und sie umarmten sich. Die Kinder, es waren Heeg, Retlarg und Grunnsa, drängten sich um die beiden.

»Wie froh ich bin, dich zu sehen.« Spurral sprach Mutual, die universelle Sprache. »Geht es dir gut?«

Kalgeck nickte. »Wir konnten eins unserer Verstecke erreichen, aber es war knapp. Wir sind auf ein paar menschliche Soldaten wie die da gestoßen.« Er deutete auf die Gefangenen, bei denen Pepperdyne war. »Sie hätten uns getötet, aber dann kam diese andere Truppe, die aus vielen verschiedenen Rassen besteht. Wer waren sie?«

»Das wissen wir nicht«, gab Spurral zu. »Nicht genau.«

»Wie auch immer«, fuhr Kalgeck fort, »sie haben uns beschützt und eine Art Feuer auf die Soldaten gesprüht. Das hat sie verscheucht. Dann haben sie uns gesagt, wir sollten weglaufen und uns verstecken.«

Coilla machte eine nachdenkliche Miene. »Interessant.«

»Passt auf, da kommt Jode«, sagte Jup.

Pepperdyne hatte ein kleines Stück Pergament dabei.

»Hast du Glück gehabt?«, fragte Stryke.

»In gewisser Weise schon. Es hat nicht lange gedauert, bis sie es eingesehen haben. Sie wissen ungefähr, wohin Jennesta gefahren ist, aber nicht warum. Einer hat das hier gezeichnet.« Er gab Stryke das Blatt.

Es war eine unbeholfen gezeichnete Karte, auf der eine Inselgruppe zu erkennen war. Eine Insel, die abseits von den anderen lag, war mit einem Kreuz markiert. Sonst gab es nur ein paar einfache Pfeile, um die Himmelsrichtungen anzuzeigen.

»Das wäre östlich von hier«, überlegte Stryke. »Aber wie weit?«

»Sie waren nicht sicher, meinten aber, es seien zwei Tagesreisen. Also nicht sehr weit.«

»Warum stimmen wir das nicht mit der Karte ab, die wir schon haben?«, schlug Spurral vor. »Mit derjenigen, die uns die Kinder gegeben haben?«

»Wollte ich gerade tun.« Stryke fischte sie aus einer Tasche.

Sie entfalteten die Karte, legten die Blätter nebeneinander auf den Boden und verglichen.

»Da.« Pepperdyne deutete auf eine Ecke.

»Ja«, stimmte Stryke zu. »Das passt einigermaßen zusammen.«

»Über diese Insel wissen wir etwas«, verkündete Retlarg.

»Wirklich?«, fragte Coilla. »Wie kommt das?« Die drei Kinder plapperten gleichzeitig los, bis Coilla eine Hand hob. »Kalgeck? Weißt du etwas darüber?«

»Ja. Zwei Älteste waren bei uns im Versteck. Wir haben gehört, wie sie darüber geredet haben.«

»Was haben sie gesagt?«

»Die Menschen, diese Soldaten, wollten herausfinden, wo die Insel liegt. Sie haben ein paar aus unserem Stamm mitgenommen, die es ihnen verraten sollten.«

»Was ist so Besonderes an der Insel?«

»Dort leben die von deiner Art.«

»Was meinst du?«

»Er meint Orks«, erklärte Spurral.

Die Kinder nickten eifrig.

Pepperdyne hatte genug Mutual aufgeschnappt, um das meiste zu verstehen. Er schien erschrocken. »Gibt es wirklich Orks auf dieser Welt?«

»Warum nicht?«, überlegte Coilla. »Anscheinend leben hier viele Rassen, genau wie in Maras-Dantien.«

»Da kommt jetzt wohl wieder Jennestas Plan ins Spiel, eine Sklavenarmee aus Orks aufzubauen, oder?«, warf Jup ein.

»Das würden die Orks nicht mitmachen«, widersprach Coilla.

»Es sei denn, sie sind ähnliche Trantüten wie die in Acurial«, meinte Haskeer.

»Wie wahrscheinlich ist das? Sie würden mit ihr den Fußboden aufwischen.«

»Ach, ja? Sie verfügt über die Magie …«

»Wir verschwenden nur unsere Zeit«, schaltete sich Stryke ein. »Wir haben ein Ziel. Lasst uns aufbrechen.«

Pepperdyne deutete auf die Gefangenen. »Was ist mit denen?«

»Die müssen wir wohl sich selbst überlassen.«

»Was sagst du dazu, Kalgeck?«, wollte Spurral wissen.

»Einige Teile der Insel sind unbewohnt. Da können sie sich einrichten. Wenn sie uns in Ruhe lassen, dann lassen wir sie auch in Ruhe.«

»In Ordnung«, entschied Stryke. »Wir gehen zum Schiff.«

4

Stryke bestand darauf, sofort zu segeln und nicht erst auf die Morgendämmerung zu warten. Im feuerroten Sonnenuntergang, der einen heißen nächsten Tag verhieß, lichteten sie die Anker und entfernten sich von der Insel.

Tatsächlich war es schon früh am nächsten Morgen sehr warm, auch wenn ein stetiger leichter Wind etwas Kühlung brachte und die Segel füllte. In den Kabinen und im Frachtraum herrschte eine drückende Hitze. Die meisten Kämpfer der Truppe zogen es vor, sich auf dem einigermaßen behaglichen Deck einzurichten. In kleinen Grüppchen hockten sie beisammen und unterhielten sich leise über Strykes Behandlung der Gefangenen. Einige pflichteten ihm bei, andere hatten Zweifel. Stryke selbst hielt sich die meiste Zeit im Bug auf, als wollte er das Schiff mit seiner bloßen Willenskraft schneller ans Ziel bringen.

Pepperdyne stand mittschiffs am Ruder. Da er auf einer Insel geboren und aufgewachsen war, hätte er die Seereise normalerweise als Vergnügen empfunden. Leider setzte ihm Standeven zu.

»Du hast gesehen, was er mit den Soldaten gemacht hat. Erschreckt dich das nicht?«

»Stryke hat getan, was er für richtig hielt«, gab Pepperdyne vorsichtig zurück. »Ich kann nicht behaupten, dass es mir gefallen hat, aber ...«

»Das war eine barbarische Tat.«

»Ich könnte so etwas aus deinem Mund ernst nehmen, wenn du nicht diesen Ork in Acurial auf dem Gewissen hättest.«

»Wie oft soll ich dir noch sagen, dass ich ihn nicht vorsätzlich getötet habe?«, gab Standeven hitzig zurück.

»Ja, schon klar.«

»Die beiden, die Stryke umgebracht hat, waren dagegen *Menschen*«, klagte er. »Von unserer Art.«

»Und keine entbehrlichen Orks, ja?«

»Vergiss das! Ich will damit sagen, dass Stryke derjenige ist, der die Instrumentale besitzt.«

»Geht das schon wieder los.«

»Sie sind unsere einzige Möglichkeit, nach Hause zurückzukehren.«

»Du kommst aber nicht an sie heran.«

»Darum geht es nicht. Ich frage doch nur, ob er am besten geeignet ist, auf sie aufzupassen.«

Pepperdyne lachte. »Dabei denkst du an dich selbst, was?«

»Nein, aber er ist so sprunghaft, das hat er gestern bewiesen.«

»Vielleicht ist er das, vielleicht auch nicht. Aber er ist derjenige, mit dem wir zurechtkommen müssen, ob dir das nun gefällt oder nicht. Auf jeden Fall wird er sie nicht abgeben.«

»Natürlich nicht. Ich dachte nur, wenn wir vernünftig mit ihm reden, können wir ihn vielleicht bewegen, uns nach Hause zu bringen, ehe wir noch tiefer in diesen Irrsinn hineingezogen werden.«

»Du sagst, er sei sprunghaft, und dann kommst du mit so einer Idee. Das wird nicht passieren, Standeven. Glaubst du wirklich, er bricht die Suche nach seiner Frau ab, um uns nach Hause zu bringen? Ganz zu schweigen davon, dass die Sterne unberechenbar sind. Wie soll es ihm da gelingen, uns nach Hause zu befördern und wieder hierher zurückzukehren?«

»Dann gibst du also zu, dass er sie nicht kontrollieren kann.«

»Ich nehme an, dass es niemand kann. Wie auch immer, ich lasse die Truppe nicht im Stich. Nicht jetzt, da wir vielleicht bald Thirzarr finden.«

Standeven war sichtlich verblüfft. »Wieso denn das?«

»Das nennt man Loyalität. Ein Gefühl, das dir völlig fremd ist.«

»Wie wäre es denn mit Loyalität gegenüber der Menschheit? Mir gegenüber?«

»So etwas muss man sich verdienen. Die Truppe hat das getan, du nicht.«

»Dein Vertrauen in diese Orks ist fehlgeleitet. Diese ... Beziehung, oder was immer du mit Coilla hast. Sie lachen dich hinter deinem Rücken aus. Jedenfalls die, die dich nicht hassen. Warum hältst du dich nicht an deine eigenen Leute?«

»Diese Frage hast du gerade selbst beantwortet. Trotz allem, was du bei ihnen barbarisch findest, sind diese Wesen nicht so hinterhältig wie du und die meisten anderen Angehörigen unserer Rasse. Sie verbergen ihre Ansichten nicht hinter scheinheiligen Worten. Sie sagen, was sie denken, und folgen ihren Gefühlen. Das gefällt mir.«

»Ist das deine Entschuldigung für deine widerliche Verbindung mit einer von ihnen?«

»Ich werde mich weder dir gegenüber noch gegenüber sonst jemandem rechtfertigen. Und ich muss mir diesen Mist nicht anhören. Verzieh dich.«

»Seit wann gibst du hier die Befehle?«

»Ich bin auf diesem Schiff der Kapitän, und damit ist mein Wort Gesetz.« Pepperdyne warf seinem ehemaligen Herrn und Meister einen harten Blick zu. »Falls dir das nicht reicht, kann ich auch etwas nachdrücklicher werden.« Er nahm eine Hand vom Ruder und ballte sie zur Faust.

Standeven erbleichte, murmelte einige Verwünschungen und trottete davon. Coilla kam gerade die Treppe herauf, als er hinabstieg. Wortlos schob er sich an ihr vorbei.

»Was war das denn, Jode?«, fragte sie.

»Das Übliche.«

»Er ist wohl immer noch scharf auf die Sterne, was?«

»Er behauptet, dem sei nicht so.«

»Ach ja, richtig.«

»Er hat noch etwas anderes gesagt.«

»Dann hör auf, deine Stirn in Falten zu legen, und spuck's aus.«

»Was meinst du, was der Rest der Truppe über ... über uns denkt?«

»Wissen sie es überhaupt?«

»Standeven meint, sie wüssten es, und sie seien nicht glücklich darüber.«

»Mir gegenüber hat niemand etwas verlauten lassen. Natürlich abgesehen von Haskeer, aber der stöhnt ja ständig über irgendetwas, und die Menschen mag er sowieso nicht.«

»Vielleicht sollten wir etwas vorsichtiger sein.«

»Warum? Was hat das denn mit denen zu tun?«

»Na ja, unsere Situation ist ja nicht gerade normal, oder?« Als er ihren Gesichtsausdruck bemerkte, ruderte er eilig zurück. »Nicht, dass ich es anormal finde, ich meine nur ...«

»Schon gut, du kannst aufhören, dich zu winden. Es kommt selten vor, das ist wahr, aber das ist für niemanden ein Grund, die Nase zu rümpfen. Standeven versucht wahrscheinlich sowieso bloß, dich zu piesacken. Lass es nicht an dich herankommen.«

»Da hast du wohl Recht. Mir wäre aber wohler, wenn ...«

»Still. Da kommt Wheam.«

»Verdammt. Hier ist ja mehr los als auf dem Wochenmarkt.«

Sie schenkte ihm ein Lächeln. »Sei nachsichtig mit dem Jungen. Er wirkt so niedergeschlagen.«

Wheam schlurfte bedrückt die Treppe herauf.

»Warum so verdrossen?«, fragte Coilla.

»Oh, dieses und jenes«, antwortete der junge Ork.

»Etwas Bestimmtes?«

»Dallog macht mich fertig.«

»Warum denn?«

»Er sagt, wir haben nicht genug Trinkwasser an Bord, weil wir so eilig aufgebrochen sind und nicht genug geladen haben, und bei dieser Hitze trinken alle sowieso mehr als sonst.«

»Aber das ist doch nicht deine Schuld«, wandte Pepperdyne ein.

»Er gibt mir auch nicht die Schuld. Aber er hat mich losgeschickt, um es Stryke zu sagen.« Er blickte zum Kapitän, der brütend im Bug stand.

»Und du bist nicht begierig darauf, diese Aufgabe zu erledigen?«

Wheam schüttelte den Kopf.

»Warum kann Dallog es ihm nicht selber sagen?«, wunderte sich Coilla.

»Keine Ahnung. Anscheinend ist er mit den Neulingen beschäftigt. Na ja, vor allem mit einem. Mit Pirrak.«

»Es ist ja auch seine Aufgabe, sich um euch Rekruten zu kümmern.«

»Auch wieder wahr.«

»Wie knapp ist das Wasser denn nun?«

»Er sagt, es reicht nicht, um unser Ziel zu erreichen.«

»In Ordnung, ich rede mit Stryke.«

»Wirklich?«

»Klar.«

Wheam grinste breit. »Danke, Coilla. Ich hatte gehofft, dass du das sagen würdest.«

»Das dachte ich mir. Jetzt verschwinde, ich mach das schon.«

Leichteren Schrittes entfernte er sich.

Sie blickte zu Pepperdyne. »Wo ist die Karte?«

Er zog sie aus der Tasche und gab sie ihr. »Glaubst du, du kannst Stryke überreden, einen Zwischenhalt einzulegen?«

»Anscheinend bleibt uns ja nichts anderes übrig.«

»Lieber du als ich.«

»Er wird es schon einsehen.«

»Trotz seiner gegenwärtigen Stimmung?«

»Überlass das nur mir.« Sie faltete die Karte auf. »Wo sind wir?«

Er beugte sich vor und zeigte mit dem Finger auf die Karte. »Ungefähr hier.«

»Die nächste Gelegenheit wäre also ... hier?« Sie zeigte auf einen Archipel, zu dem zwei recht große Inseln gehörten.

Pepperdyne nickte. »Die sind so gut wie jede andere.«

»Wie weit ist es noch?«

»Ein halber Tag. Weniger, wenn der Wind uns hilft.«

»Gut.« Sie wedelte ihm mit der Karte unter der Nase herum. »Ich gebe sie dir gleich zurück.«

»Viel Glück«, murmelte er.

Coilla wusste genau, dass die ganze Truppe sie beobachtete, als sie zum Bug ging.

Stryke hatte sie sicherlich gehört, doch er drehte sich nicht um und sagte auch nichts.

»Stryke?« Dann noch einmal und etwas energischer: »Stryke.«

»Willst du mir jetzt auch Vorwürfe wegen der Gefangenen machen?«

»Nein. Das liegt längst hinter uns.«

»Was gibt es dann?«

»Etwas, das du wissen solltest, damit du entscheiden kannst.«

Er wandte sich an sie, und erst jetzt erkannte sie, wie hager er geworden war. »Was ist denn?«

Coilla holte tief Luft. »Wir haben ein Problem mit den Vorräten.«

»*Was?*«

»Wir sind so eilig aufgebrochen …«

»Zwei Tage ohne Essen halten wir aus.«

»Sicher. Aber uns fehlt Wasser.«

»Verdammt.« Seine Miene verdüsterte sich. »Irgendjemand bekommt dafür die Peitsche zu spüren.«

»Dann fang mal bei dir selbst an.«

»Das ist nahe an einer Insubordination, Gefreite.«

»Mag sein. Der Wahrheit ist es aber noch näher. Wenn wir bei den Vorräten einen Fehler gemacht haben, dann nur, weil du die Truppe zu sehr angetrieben hast.«

»Wenn nötig, treibe ich sie, bis sie auf den Knien rutscht. Ich will Thirzarr finden.«

»*Wir* versuchen, sie zu finden. Anscheinend hast du vergessen, wer wir sind. Wir sind die Vielfraße, und wir kümmern uns um unsere Leute. Aber dazu kommen wir nicht mehr, wenn wir vorher verdursten.«

Stryke dachte über ihre Einwände nach. Schließlich sagte er: »Wo bekommen wir Wasser?«

Sie zeigte ihm die Karte. »Wir sind hier. Die nächsten Inseln sind diese dort.«

»Wann erreichen wir sie?«

»Kurz nach der Mittagsstunde, schätzt Jode.«

»Wir könnten das Wasser rationieren.«

»Dallog hätte nicht Alarm geschlagen, wenn er der Ansicht wäre, dass es reicht. Ich weiß, dass du unbedingt Thirzarr finden willst, Stryke, und jede Verzögerung ist schrecklich, aber uns bleibt nichts anderes übrig.«

Wieder erwog er, was er gehört hatte. »Dann tu es. Aber ich will nicht mehr Zeit verlieren als unbedingt nötig.«

»Alles klar.«

Sie ging zum Ruderhaus zurück.

Gleich darauf änderten sie den Kurs. Die herrschenden Winde waren günstig, sie legten sogar noch ein paar Knoten zu und kamen gut voran. Nicht lange nachdem die Sonne den Zenit überschritten hatte, entdeckten sie die wie auf einer Perlenschnur aufgereihten Inseln. Die erste war ein winziges Eiland, kaum mehr als ein Felsblock, der aus dem Meer ragte. Die nächsten zwei oder drei sahen nicht besser aus. Als die erste größere Insel in Sicht kam, erwies sie sich als ebenso kahl, und eine Stelle, um an Land zu gehen, gab es ohnehin nicht, da die Klippen zu steil waren. Dann folgten zwei kleinere Inseln, die ebenfalls kahl und öde wirkten. Allmählich machten sich die Krieger Sorgen. Stryke marschierte missmutig hin und her.

Die zweite große Insel sah ganz anders aus. Schon aus der Ferne konnte man erkennen, dass sie grün war. Sie hielten darauf zu. Stryke befahl, die Insel einmal zu umrunden. Auch sie war von hohen Klippen geschützt, aber nicht überall. Es gab einen weiten Sandstrand, auf dem sanfte, mit Schaum gekrönte Wellen ausliefen. Hinter dem Strand wuchs ein dichter, von der Sonne besprenkelter Dschungel. Stryke wies Pepperdyne an, darauf zuzuhalten.

So dicht vor dem Strand, wie sie es wagten, gingen sie vor Anker, banden die drei Beiboote los und ließen sie zu Wasser. Stryke beschloss, nur eine kleine Wache an Bord zu belassen und den größten Teil seiner Leute als Landungstrupp mitzunehmen. Er wollte die Unterbrechung der Reise kurz halten und so viele Helfer wie möglich zur Verfügung haben. Standeven zählte zu denjenigen, die an Bord blieben, was nicht nur ihn selbst, sondern auch alle anderen sehr erleichterte. Die Wächter bekamen die Anweisung, scharf auf ihn aufzupassen.

Bevor sie aufbrachen, befahl Stryke Haskeer, sich bemerkbar zu machen.

»Warum sollten wir sie warnen?«

»Weil wir in Frieden kommen. Wenn hier jemand lebt, dann sollte er das wissen.«

»Unser Schiff ist doch wohl auffällig genug«, meinte Jup.

»Trotzdem will ich Bescheid geben«, beharrte Stryke. »Mach schon, Haskeer.«

»Warum ich?«

»Weil du die größte Klappe hast«, sagte Jup.

Haskeer funkelte ihn an, hielt die Hände trichterförmig vor den Mund und legte los.

Stryke ließ ihn den Ruf mehrmals wiederholen. Sie bekamen keine Antwort.

»Wir haben keine Anzeichen von Siedlungen entdeckt, und Schiffe gibt es hier auch nicht. Die Insel ist wohl unbewohnt«, überlegte Jup.

»Wahrscheinlich«, stimmte Stryke zu. »Aber wir gehen kein Risiko ein. Wir bilden drei Suchtrupps. Haskeer, du führst den ersten an, Jup den zweiten, ich nehme den dritten. Die Gruppen teilen wir ein, sobald wir den Strand erreicht haben. Los jetzt.«

Sie kletterten über die Reling und setzten sich in die Boote.

Die Überfahrt war kurz, und bald platschten sie durch das kristallklare flache Wasser zum Strand. Bunte Fische schossen vor ihnen davon. Auf dem Strand wandte Stryke sich an seine Leute.

»Unsere einzige Aufgabe besteht darin, die Behälter zu füllen.« Er deutete auf den Haufen Feldflaschen und Schläuche aus Rindsleder, die sie mitgebracht hatten. »Ihr wisst, worauf es ankommt. Sucht nach natürlichen Quellen oder Stellen, wo man Regenwasser schöpfen kann. Und beeilt euch. Ich will hier nicht länger verweilen als ...«

Jup winkte mit einer Hand und legte einen Finger der anderen Hand auf die Lippen. Dann deutete er zum Dschungel. Die ganze Truppe schwieg und blickte in die angegebene Richtung.

So standen sie reglos da und beobachteten das Grün, bis sie schon dachten, es sei ein falscher Alarm gewesen. Dann entdeckten sie zwischen den Blättern eine Bewegung. Da sich nur an ein oder zwei Stellen etwas tat, konnte es nicht der Wind sein. Außerdem raschelte es, und Zweige knackten.

Auf einmal erschien ein hellrotes Augenpaar im Unterholz.

»Anscheinend sind wir hier doch nicht allein.« Coilla griff nach ihrem Schwert.

5

»Ausschwärmen!«, befahl Stryke. »Haltet die Waffen bereit.«

Die Krieger gehorchten und hoben die Schwerter, Äxte und Speere.

»Gehen wir rein?«, fragte Haskeer, während er in die Richtung des Dschungels nickte, wo sie die Bewegungen bemerkt hatten.

»Nein«, entschied Stryke. »Wenn sie uns freundlich gesinnt sind, kommen sie zu uns. Wenn nicht, ist es eine Falle.«

»Wir können doch nicht ewig hier herumstehen«, wandte Coilla ein.

»Das weiß ich«, gab Stryke gereizt zurück.

Einige Minuten vergingen, nichts geschah.

Pepperdyne durchbrach das Schweigen. »Wer da auch drin ist, wie wahrscheinlich ist es, dass sie herauskommen, wenn wir sie mit gezückten Waffen erwarten?«

Spurral nickte. »Guter Einwand.«

»Ja«, stimmte Jup zu. »Wenn wir vielleicht etwas weniger kriegerisch auftreten ...«

»Stryke?«, sagte Coilla.

Er seufzte. »Also gut. Steckt die Waffen weg, aber bleibt wachsam.«

Die Truppe entspannte sich oder erweckte zumindest den entsprechenden Anschein. Einige setzten sich sogar hin oder stützten sich auf ihre Äxte. Trotzdem behielten sie den Dschungel genau im Auge.

Wieder verging etwas Zeit.

Stryke wurde immer unruhiger und erklärte schließlich: »Das reicht mir jetzt.«

»Und?«, fragte Coilla.

»Wir sollten einfach reingehen und uns mit dem befassen, was dort ist, ob es nun freundlich ist oder nicht.«

»Auf deinen Befehl, Hauptmann«, entgegnete Jup.

Stryke hob das Schwert. »Also gut. Vergesst die Gruppen, wir stürmen einfach rein. Was sich uns in den Weg stellt, wird niedergemacht.«

Die Stimmung der Truppe besserte sich schlagartig. Alle brannten darauf, ihrer Frustration mit einem Kampf Luft zu machen.

Haskeer sprach aus, was alle empfanden. »Das wird aber auch Zeit.«

Stryke übernahm die Führung, als sie sich dem Dschungelrand näherten.

»Halt!«, rief Dallog. »Schaut!«

Aus dem Dschungel kam jemand heraus. Er ging aufrecht und war größer als die meisten Orks. Gleich darauf konnte man mehr erkennen. Von der Hüfte aufwärts ähnelte er einem Menschen, doch er hatte einen dünnen dunklen Pelz. Unterhalb der Hüften setzten Beine an, die an eine Ziege erinnerten. Dort war der Pelz dichter und rötlich gefärbt. Die Beine liefen in Hufen aus. Das Wesen hatte einen langen Schwanz, der dem eines Affen nicht unähnlich war. Der Bart war wie das Haupthaar schwarz, lockig und voll. Über der Stirn entsprangen zwei kleine Hörner, die abermals an eine Ziege erinnerten. Das Gesicht war menschenähnlich, wenn man von den kleinen spitzen Ohren und den strahlenden roten Augen absah.

»Was, zur Hölle, ist das denn?«, flüsterte Pepperdyne.

»Ein Faun«, erklärte Coilla. »In Maras-Dantien haben sie im Wald gelebt.«

»Sind sie freundlich?«

»Wir hatten nicht viel mit ihnen zu tun. Ich glaube, wir haben ein paar getötet.«

»Dann habt ihr wirklich nicht viel mit ihnen zu tun gehabt.«

Der Faun näherte sich ihnen kühn, der Anblick der schwer bewaffneten Orktruppe, bei der sich Zwerge und ein Mensch befanden, schien ihn nicht zu beunruhigen. Er ging sicheren Schrittes und hatte eine Miene aufgesetzt, die man hätte herrisch nennen können. Offensichtlich war er unbewaffnet.

Stryke trat vor, hob eine Hand und wandte sich in Mutual an den Faun. »Wir kommen in Frieden, wir wollen niemandem etwas tun.«

»Für Wesen, die friedliche Absichten hegen, seid ihr gut bewaffnet«, erwiderte der Faun. Die Stimme klang wie die eines Befehlshabers, der daran gewöhnt war, dass man ihm gehorchte.

»Es ist eine gewalttätige Welt. Aber du hast Recht.« Er machte eine Geste, und die Männer steckten die Waffen weg. Mehr als nur ein paar fügten sich eher widerwillig.

»Wer seid ihr?«, fragte der Faun.

»Ich bin Stryke, und das sind meine Gefährten, die Vielfraße.«

»Ich bin Levanda. Wenn ihr friedliche Absichten hegt, dann seid ihr willkommen.« Er betrachtete die Neuankömmlinge, sein Blick blieb an Jup, Spurral und Pepperdyne hängen. »Du bist, wenn ich das sagen darf, recht großzügig, was die Wahl deiner Begleiter angeht.«

»Wir kommen gern mit allen gut aus«, erwiderte Stryke, ohne eine Miene zu verziehen.

»Was wollt ihr hier?«

»Wir brauchen Wasser, weiter nichts.«

»Selbstverständlich.«

»Wir können etwas dafür eintauschen, wenn …«

Levanda tat das Angebot mit einer Geste ab. »Eure Gegenwart ist Bezahlung genug.«

Weiter hinten sagte Spurral hinter vorgehaltener Hand zu Jup: »Der kann ja ein richtiger Schleimer sein.«

»Ihr werdet mir die Ehre erweisen, unsere Gastfreundschaft anzunehmen, für welche wir Faune berühmt sind«, sagte Levanda zu Stryke.

»Danke, aber wir haben anderswo etwas Dringendes zu erledigen. Deshalb möchten wir nur das Wasser haben. Das soll keine Beleidigung sein.«

»Mein Klan wird enttäuscht sein. Wir schätzen unsere Besucher sehr. Kommt.« Er drehte sich um und ging in den Dschungel.

Die Krieger wechselten einige Blicke und folgten ihm.

Unter dem Blätterdach war es viel kühler und dunkler. Zuerst liefen sie blindlings dem Faun hinterdrein und wussten nicht recht, wohin es ging, wenn man davon absah, dass sie sich immer tiefer in das Dickicht bewegten. Der Pfad schlängelte sich zwischen den Bäumen entlang, umrundete dichtes Buschwerk, tauchte in Senken ein und führte über dicht bewachsene Hügel hinweg. Schließlich erreichten sie ebenes Gelände, und der Pfad wurde breiter, und dann betraten sie eine große Lichtung. Dutzende kräftiger, ausgewachsener Bäume standen dort, in die Hütten hineingebaut waren. Sie wirkten ein wenig, als hätte jemand sie hochgeschleudert, bis sie in der Umarmung der Bäume gelandet waren. Sie bestanden aus Balken, Korbweide und Stroh. Viele hatten sogar Veranden, auf denen einige Faune zu entdecken waren, die zu den Besuchern herabstarrten.

Unten auf der Lichtung befanden sich noch mehr Einwohner. Sie gingen ihren alltäglichen Beschäftigungen nach und kochten, kümmerten sich um einige Feuer, die in Gruben brannten, oder lungerten herum und vertrieben sich die Zeit. Einer saß auf einem Baumstumpf und spielte auf einer Knochenflöte eine leise Melodie. Hin und wieder kletterten die Faune an kräftigen Seilen auf und ab, die an den Bäumen hingen. Trotz der unvorteilhaften Gestalt bewegten sie sich mit erstaunlicher Anmut.

Als die Truppe eintraf, unterbrachen alle Faune ihre jeweiligen Tätigkeiten und starrten sie an.

Pepperdyne sah sich um und meinte: »Ich entdecke hier nirgends Frauen. Oder haben die auch Bärte?«

Coilla unterdrückte ein Lachen. »Es gibt keine.«

»Was denn, verstecken sie sie?«

»Nein, es gibt keine weiblichen Faune. So war es jedenfalls in Maras-Dantien.«

»Keine Frauen? Wie können sie dann ...«

»Angeblich paaren sie sich mit Nymphen. Doch sie kommen nur zusammen, wenn es notwendig ist. Ich vermute, es gibt in dieser Gegend eine Insel, auf der Nymphen leben.«

»Du hast doch die anderen Inseln gesehen, da lebt nichts.«

»Na ja, dann eben weiter entfernt.«

»Diese Faune besitzen aber anscheinend keine Schiffe und nicht einmal Boote. Wir haben jedenfalls keine entdeckt.«

»Vielleicht kommen die Nymphen auch zu ihnen. Spielt das denn eine Rolle?«

»Wahrscheinlich nicht.«

Das Flötenspiel hörte auf, als die Neuankömmlinge auf dem Platz versammelt waren. In der Nähe waren viele Faune, die jedoch auf Abstand blieben und sich nicht rührten. Sie schwiegen.

»Wo ist denn nun die berühmte Gastfreundschaft?«, murmelte Jup.

»Und wo ist das Wasser?«, fragte Spurral.

Stryke wandte sich an den Anführer. »Levanda, wenn du uns eure Quelle zeigen könntest, machen wir uns gleich auf den Weg.«

»Kann ich euch wirklich nicht überreden, etwas zu essen und zu trinken?«, fragte der Faun.

»Wie ich schon sagte, wir haben es eilig.«

»Wie schade. Es könnte für eine ganze Weile die letzte Gelegenheit sein, etwas zu euch zu nehmen.«

Die Faune, die in der Nähe herumstanden, brachen in schallendes Gelächter aus.

»Was meinst du damit?«

»Wir mästen die Ware gern noch etwas vor dem Verkauf.«

Wieder entstand Gelächter, lauter als zuvor.

»Wir haben keine Zeit für solche Späße.« Stryke wurde allmählich wütend.

»Oh, das ist kein Scherz. Jedenfalls nicht für euch.«

»Was hat es dann zu bedeuten?«

»Wir treiben Handel mit seiner Art.« Er nickte in Pepperdynes Richtung. »Mit den Sammlern.«

Angesichts der jüngsten Ereignisse fanden Stryke, Jup und Spurral diese Bemerkung äußerst empörend.

»Was?«, knirschte Stryke.

»Im Austausch für alle Wesen, die wir am Strand aufgreifen, liefern uns die Sammler Nymphen. Eure Rasse ist ein wertvolles Handelsgut, dafür erzielen wir einen guten Preis. Ihr müsst euch jetzt einfach nur ergeben.«

Wieder sprach Haskeer aus, was alle dachten. »Ihr könnt uns mal, ihr Ziegenbärte.«

»Wir wissen, dass ihr ein kriegerisches Volk seid, aber ihr müsst doch eure Unterlegenheit erkennen.« Er deutete auf Haskeer. »Streckt die Waffen, sonst entwaffnen wir euch mit Gewalt.«

»Das Entwaffnen übernehmen wir«, erwiderte Stryke. Mit einer fließenden schnellen Bewegung zog er das Schwert und schlug zu.

Die Klinge schnitt glatt durch Levandas ausgestreckten Arm. Der Anführer kreischte, taumelte zurück und sank auf die Knie. Aus dem Stumpf spritzte das Blut, die abgetrennte Hand lag zuckend in einer Pfütze auf dem Boden.

Einen Moment lang verharrten die Faune wie angewurzelt, was den Vielfraßen genug Zeit gab, die Waffen zu ziehen.

Dann brach die Hölle los.

Die Faune zogen ebenfalls Klingen, die sie bisher verborgen getragen hatten, und stürmten von allen Seiten heran. Die Truppe stellte sich zum Kampf auf.

Es entsprach nicht der Art der Orks, einfach abzuwarten, bis die Welle kam. Stryke war der Erste, der sich in Bewegung setzte. Er griff die Gegner an, in einer Hand das Schwert und in der anderen den langen Dolch, und stieß ein Brüllen aus. Für raffinierte Schwertkampftechnik oder Ritterlichkeit war hier kein Platz. Sein einziges Ziel war es, die Feinde niederzumachen, und das tat er mit aller Kraft.

Der erste Faun brach mit gespaltenem Schädel zusammen, der nächste bekam den Stahl in den Bauch. Drei rückten gleichzeitig vor und wollten Stryke erledigen. Einen schaltete er mühelos aus, indem er ihm mit einem heftigen Hieb die Kehle aufschlitzte. Den Zweiten ging er niedrig an und schnitt ihm die Kniesehnen durch, der Dritte bekam einen Schwertstoß in die Brust. Dann sprang Stryke über die erledigten Gegner hinweg und nahm sich den nächsten vor.

Auch der Rest der Truppe schlug sich wacker. Coilla griff zu den kurzen Klingen, die sie in den Scheiden am Arm trug, und machte ihrem Ruf als beste Messerwerferin der Truppe alle Ehre. Die beiden ersten Würfe trafen einen Faun zwischen den Augen und einen zweiten in die Kehle. Der dritte Wurf brachte einem Gegner eine schwere Verletzung bei, ohne ihn zu töten. Dann waren die Feinde zu nahe, und sie musste das Schwert einsetzen.

Pepperdyne kämpfte neben ihr, und gemeinsam hackten sie eifrig auf die Faune ein, die auf sie losgingen. Als Pepperdyne die Klinge aus dem Bauch eines Gegners zog und herumwirbelte, um sich den nächsten vorzunehmen, konnte er einen kurzen Blick auf Haskeer werfen, der in einer Hand ein Beil und in der anderen

Levandas abgetrennten Arm hatte, den er als Keule einsetzte, um einen besonders kräftigen Gegner niederzuschlagen. Levanda selbst lag hingestreckt in einer roten Lache und sah hilflos zu. Seine Miene war eine Mischung aus Qual und ungläubigem Staunen.

Wie üblich arbeiteten Jup und Spurral zusammen. Jup setzte vor allem den Stab ein und zertrümmerte geschickt verschiedene Schädel oder brachte die Gegner zu Fall, damit Spurral sie mit ihren beiden scharfen Messern erledigen konnte. Gemeinsam drangen die Zwerge tief in die Reihen der Faune ein und ließen eine Bahn von Toten und Verletzten zurück.

Auch die neuen Rekruten kämpften wieder gemeinsam wie eine kleine Truppe innerhalb der Truppe. Sie waren nicht so geschickt wie die anderen, wurden aber bei jedem Kampf besser. Wheam, Keick, Pirrak, Harlgo und Chuss zeigten unter Dallogs Anleitung, was sie konnten, und machten durch Tapferkeit den Mangel an Erfahrung wett.

Kaum hatten die Vielfraße etwa die Hälfte der Angreifer niedergemacht, da tauchte aus dem Dschungel eine weitere Gruppe auf. Sie waren mit Speeren und Streitäxten bewaffnet und stürzten sich sofort in den Kampf. Die erfahrenen Angehörigen der Truppe brauchten keinen besonderen Befehl, um auf die neue Gefahr zu reagieren. Wer konnte, löste sich aus dem Getümmel und ging den Neuankömmlingen entgegen: Seafe, Gleadeg, Prooq, Gant, Reafdaw, Nep und Breggin waren dabei.

Coilla überließ es Pepperdyne, einem verwundeten Faun den Todesstoß zu versetzen, und schloss zu Stryke auf. Er stand gerade über seinem letzten Opfer und beäugte einige Gegner, die ihn einkreisen wollten.

»Brauchst du etwas Hilfe?«, fragte sie.

Er sah sie schräg von der Seite an, und ihr wurde klar, dass er sich im Blutrausch befand, in einem traumähnlichen Zustand, der seine Handlungen lenkte, wenn die Blutgier überhandnahm. Die Faune, die noch in der Nähe waren, zogen sich zurück.

»Ich glaube, sie geben auf«, meinte Coilla.

Stryke kam wieder zu sich, der irre Glanz wich aus seinen Augen. »Kann sein, aber wir …«

Es gab ein hohes, pfeifendes Geräusch, in der Nähe schlug etwas ein.

»Bogenschützen!«, rief Coilla.

Aus den Baumhäusern sausten einige weitere Pfeile herbei und blieben im Boden stecken.

»Alle runter!«, brüllte Stryke.

Diejenigen Angehörigen der Truppe, die im Moment nicht mehr in Kämpfe verwickelt waren, tauchten sofort ab, wo immer sie Deckung fanden. Einige, darunter Stryke und Coilla, warfen sich hinter tote Faune, so unzureichend dieser Schutz auch war.

Einige Vielfraße, die mit Bogen bewaffnet waren, vor allem Reafdaw, Eldo, Zoda und Finje, schossen bereits zurück.

Die Bogenschützen der Faune waren trotz der höheren Position nicht im Vorteil, denn sie mussten darauf achten, nicht ihre eigenen Leute am Boden zu treffen. Die Orks dagegen brauchten keinerlei Rücksicht zu nehmen.

Ein Faun wurde getroffen und stürzte herab, was die Orks mit Jubelrufen quittierten. Einige Sekunden später fiel der zweite herunter.

»Auf diese Weise erwischen wir sie nicht alle«, klagte Coilla. »Die können uns wer weiß wie lange hier festnageln.«

Wieder prasselten Pfeile herab.

Hinter ihnen ertönten Rufe. Stryke und Coilla drehten sich um. Ein Ork hatte einen Pfeil abbekommen.

»Kannst du erkennen, wer es ist?«, fragte Stryke.

»Ein Neuer«, berichtete Coilla. »Ich glaube, es ist Chuss. Aber er ist nur am Arm verletzt.«

»Und wer, zur Hölle, ist das?«

Ein Vielfraß rannte im Zickzack zu Chuss und versuchte, den feindlichen Pfeilen auszuweichen.

»Noch ein Neuer. Harlgo.«

»Geh in Deckung!«, rief Stryke. »Runter, Harlgo!«

Zu spät. Ein Pfeil bohrte sich ihm zwischen den Schulterblättern in den Rücken. Der Aufprall ließ ihn stolpern, doch er lief noch ein paar Schritte weiter, wurde langsamer und torkelte wie ein Betrunkener, machte abermals ein paar Schritte und ging wie ein nasser Sack zu Boden, als ein zweiter Pfeil seinen Nacken traf. Jetzt jubelten die Faune.

»Verdammt!«, fauchte Coilla.

»Räuchert sie aus!«, brüllte Stryke. »Brennt alles nieder!«

Die Bogenschützen der Vielfraße waren gut vorbereitet. Zu ihrer Ausrüstung zählten Pfeile, die mit geteertem Tuch umwickelt waren. Die Schützen schlugen Funken und zündeten die Geschosse an. Sekunden später zischten brennende Pfeile zu den Baumhäusern.

Anscheinend hatte es schon eine ganze Weile nicht mehr geregnet, denn die Häuser waren zundertrocken, genau wie das Blattwerk, in dem sie errichtet waren. Die Brandpfeile trafen die Wände oder flogen durch offene Türen und Fenster hinein. Sofort brachen Feuer aus.

Selbst als die Hütten lichterloh brannten, schossen die Faune noch weiter auf die Angreifer. Die Orks schickten jedoch postwendend weitere Brandpfeile zurück. Bald standen alle Baumhäuser in Flammen, und die Faune mussten fliehen. Einige kletterten trotz des Beschusses der Orks herab. Andere stürzten, viele brannten sogar und kreischten vor Schmerzen.

Das versetzte den Faunen auf der Lichtung den entscheidenden Schlag. Wer dazu in der Lage war, floh in den Dschungel. Rachsüchtige Angehörige der Truppe verfolgten sie.

Doch ein Schatten legte sich über den Triumph der Vielfraße.

Stryke und Coilla standen auf und eilten zu Harlgo, der bereits von einer Gruppe knieder Kameraden umgeben war. Dallog war schon da und machte eine grimmige Miene. Als sie ankamen, blickte er auf und schüttelte den Kopf. Wie sie vermutet hatten, war Chass'

Verletzung unangenehm, aber keinesfalls lebensgefährlich. Der Verlust von Harlgo war eine bittere Ironie.

Stryke löste sich aus der Traube und ging zu Levanda, der noch dort lag, wo er gestürzt war. Einige andere Mitglieder der Truppe, darunter Jup und Spurral, kamen mit.

Sie versammelten sich vor dem Anführer der Faune. Er war bei Bewusstsein, hatte jedoch viel Blut verloren, und sein Blick trübte sich.

Spurral drängte sich nach vorn und starrte ihn an. »Weißt du, was der Witz daran ist?«, sagte sie. »Es gibt gar keine Sammler mehr.« Dann nahm sie die Klinge und stach sie ihm ins Herz.

Niemand erhob Einwände. Nur Haskeer wirkte enttäuscht, weil er es lieber selbst getan hätte. So begnügte er sich damit, auf den Toten zu spucken.

»Tja.« Er wischte sich den Mund mit dem Handrücken ab. »Leg dich nicht mit Orks an, du Arsch.«

6

»Und ich sage, es ist deine Schuld.« Haskeer stupste Dallog wütend den Zeigefinger auf die Brust.

»Wie kommst du denn darauf?«

»Du solltest dich doch um die Neulinge kümmern, oder?«

»Das ist die Aufgabe, die Stryke mir übertragen hat, aber …«

»Dann hast du deine Sache wohl nicht sehr gut gemacht, was?« Er deutete zum toten Harlgo.

»Das ist nicht fair.« Dallog bemühte sich, seinen Zorn zu zügeln. »Wir waren in der Schlacht, und das heißt, dass es Verluste geben kann.«

»Schlacht? Das war keine Schlacht, das war ein Scharmützel. Nicht, dass du den Unterschied überhaupt erkennen kannst. Du bist ja trotz deines hohen Alters noch feucht hinter den Ohren.«

In der Erwartung eines handfesten Streits sah die halbe Truppe aufmerksam zu.

»Wir Orks aus Ceragan sind vielleicht unerfahren«, sagte Dallog, »aber wir haben auf dieser Mission unseren Blutzoll entrichtet. Harlgo war nicht der Erste. Vorher sind auch Yunst und Ignar gefallen.«

»Sag ich doch, ihr taugt zu nichts!«, antwortete Haskeer triumphierend. »Da wir gerade darüber reden, *wir* haben Liffin verloren. Und zwar euretwegen und wegen dem da.« Er nickte in Wheams Richtung. Der Bursche starrte betreten seine Füße an. »Aber das ist noch nicht alles, was ich euch vorwerfe. Ihr hättet eigentlich klüger sein sollen.«

»Du besudelst Harlgos Namen. Er war tapfer.«

»Dumm, würde ich eher sagen.«

»Das höre ich aber gar nicht gern.«

»Ist mir doch egal.«

»Nimm das zurück.«

Haskeer ballte die Fäuste und beugte sich drohend vor. »Zwing mich doch dazu.«

Dallog hob die Hände. »Jederzeit.«

In diesem Moment traf Stryke bei ihnen ein und trennte sie grob voneinander. »Was ist nur los mit euch, verdammt?«, fragte er. »Ich sehe einen Augenblick nicht hin, und schon …«

»Nur ein paar Wahrheiten«, erklärte Haskeer.

»Wenn es Wahrheiten zu verkünden gibt, dann übernehme ich das selbst, Feldwebel.«

»Ich sag doch nur …«

»Du sagst zu viel. Es ist mir egal, was ihr zwei für Schwierigkeiten habt. Mich interessiert nur, wie wir hier wegkommen und Thirzarr finden. Wenn euch das nicht passt, könnt ihr gehen und sehen, wie ihr allein klarkommt.«

Sie wussten, dass er es ernst meinte, und beruhigten sich.

Noskaa und Vobe trotteten herbei.

»Wir haben die Quelle gefunden, Hauptmann«, berichtete Vobe. »Es sind sogar zwei. Wir haben genug Wasser, und die Faune haben uns in Ruhe gelassen.«

Noskaa grinste. »Ja, sie haben jetzt Angst vor uns und haben mit der Bekämpfung der Brände genug zu tun.«

»Gute Arbeit«, lobte Stryke ihn und wandte sich wieder an Dallog. »Wie geht es Chuss?«

»Der wird schon wieder«, antwortete der Gefreite mürrisch.

»Gibt es noch mehr Verluste?«

»Nur ein paar geringfügige Verletzungen.«

»Gut. Dann brechen wir auf.«

»Was ist mit Harlgo?«

»Wir haben keine Zeit für eine anständige Bestattung. Tut mir leid.«

»Wir lassen ihn doch nicht etwa hier?«

»Manchmal gibt es keine andere Möglichkeit, wenn ein Ork im Kampf fällt.«

»Es dauert doch nicht lange, einen Scheiterhaufen aufzubauen. Wenn wir alle ...«

»Nein.«

»Stryke, ich muss vor seine Angehörigen treten, wenn wir zurückkommen. Falls wir zurückkommen. Ich habe keine Lust, ihnen zu erklären, dass wir ihn nicht anständig bestatten und ein paar Worte sprechen konnten.«

»Damit fühle ich mich ebenso mies wie du, aber wir müssen weiter«, beharrte Stryke.

»Wir oder du?«, antwortete Dallog nicht ohne eine gewisse Schärfe.

»Darf ich etwas vorschlagen?«, schaltete sich Pepperdyne ein. Alle drehten sich zu ihm um, und einige schauten recht grimmig drein, weil er sich in eine Angelegenheit der Orks einmischte. »Wir könnten Harlgo mitnehmen und auf See bestatten. So habt ihr Zeit, es ordentlich zu machen und ihn mit einer passenden Andacht zu ehren. So hat es mein Volk immer gehalten.«

»Wir sind nicht dein Volk«, murmelte Dallog.

Stryke nickte. »Na schön, so tun wir es.«

»Das geht nicht«, protestierte Dallog. »Ein Ork muss in Flammen die Welt verlassen, oder er muss wenigstens tief begraben werden. Man darf ihn nicht ins Meer werfen wie einen …«

»Entweder das, oder wir lassen ihn hier.«

Dallog sah so aus, als wollte er weitere Einwände erheben. Dann sagte er: »Wie du meinst, Hauptmann.«

Sie luden das Wasser ein und liefen mit der Flut aus. Der Wind stand günstig, und sie kamen rasch voran. Die Rauchsäulen, die von der Insel der Faune aufstiegen, waren in der Ferne immer noch zu sehen.

Als sie auf offener See waren, kümmerten sie sich um Harlgo. Dallog bestand darauf, diese Aufgabe selbst zu übernehmen. Als Hüter der Standarte hatte er einige Banner in Reserve. Sie nähten zwei davon zusammen und wickelten den Toten darin ein.

Dann versammelte sich die Truppe auf dem Deck. Da Spurral die Frau eines Vielfraßes war, gab es keine Einwände gegen ihre Anwesenheit. Stryke war jedoch der Ansicht, einige Krieger könnten etwas dagegen haben, wenn Menschen an der Andacht teilnahmen. Deshalb blieben Pepperdyne und Standeven auf der Brücke, wo sie immerhin zuhören konnten.

Dallog setzte die Tradition fort, die sein Vorgänger Alfray begründet hatte, und leitete die Zeremonie. Da Alfray großen Respekt genossen hatte und einige den Neuen gegenüber feindselig eingestellt waren, stieß dies nicht auf ungeteilte Zustimmung. Besonders Haskeer machte die ganze Zeit eine verdrossene Miene.

Nachdem er etwas über Harlgos Charakter, seine Qualitäten und seinen Klan gesagt hatte, rief Dallog die Tetrade an, die vier wichtigsten Gottheiten der Orks, die man auch als Kleeblatt bezeichnete. Sie empfahlen die Seele des jungen Rekruten zuerst Wystendel, dem Gott der Kameradschaft, dann Neaphetar, dem Kriegsgott. Der Nächste war Aik, der Gott des Weins, und den Abschluss bildete Zeenoth, die Göttin der Unzucht. Schließlich ließen sie den Toten von einer schräg gestellten Planke ins Meer rutschen.

Normalerweise hätten sie als Nächstes reichlich Wein getrunken und Pelluzid genommen, übertriebene Geschichten über die Taten des Verstorbenen erzählt und Heldenlieder gesungen. Doch angesichts der gegenwärtigen Umstände mussten sie die Totenfeier verschieben. Wheam verkündete, er werde zu Ehren von Harlgo ein Heldenepos dichten, dessen Aufführung freilich ebenfalls auf unbestimmte Zeit verschoben werden musste.

Anschließend ging die Truppe wieder ihren Pflichten nach. Stryke nahm Dallog beiseite.

»Das hast du gut gemacht«, sagte er.

»Ich fürchte, es war für einige in der Truppe nicht gut genug«, erwiderte Dallog kühl.

»Es ist wahr, du bist nicht Alfray, und ein paar sind deshalb verstimmt. Aber du bist eben du, und du hast auf deine Weise die Sache so gut gemacht, wie er es getan hätte.«

»Anscheinend glauben viele aber, dass ich mich nicht so gut um meine Schutzbefohlenen kümmere wie er.«

»Hör nicht auf Haskeer. Harlgos Tod war nicht deine Schuld. Das gilt auch für die anderen.«

»Nein, ich fühle mich verantwortlich. Es scheint mir so ... ungerecht, dass sie so jung sterben müssen, während ich so alt geworden bin.«

»Nenne es Schicksal oder eine Laune der Götter. Wir alle leben im Schatten des Schnitters.«

»Stell dir nur vor, wie schön es wäre, wenn das anders wäre.« Echte Leidenschaft erwachte in den Augen des Gefreiten. »Wenn wir zurückspringen und dem Tod ein Schnippchen schlagen könnten ...«

»Früher oder später erwischt es jeden von uns, Dallog.«

»Es ist ungerecht, dass die Zeit so schnell vergeht. In einem Moment bist du stark und jung, im nächsten fast ein Greis. So fühlt es sich jedenfalls an.«

»Die meisten Orks führen ein Leben, in dem für den Luxus, alt zu werden, von vornherein kein Platz ist. Wir sind als Kämpfer geboren, werden verachtet, und alle wenden sich gegen uns. So wird man nicht alt. Du hast überlebt. Schätze dich glücklich.«

»Aber wenn ...« Er riss sich aus den Tagträumen. »Verzeih einem Alten, der sinnloses Zeug plappert, Stryke. Du hast auch ohne meine Grübelei mit der Sorge um Thirzarr schon genug am Hals.«

»Wer da meint, du stündest schon mit einem Fuß auf dem Scheiterhaufen, irrt sich sehr. In dir steckt noch eine Menge Leben.«

Dallog lächelte leicht und nickte, dann gingen sie ohne ein weiteres Wort auseinander.

Am anderen Ende des Schiffs fand eine andere Begegnung statt. Coilla hatte es sich zur Aufgabe gemacht, mit den Neuen zu reden und ihr Beileid für den Tod ihres Kameraden zu bekunden. Nur Pirrak war ihr ausgewichen, aber jetzt hatte sie ihn endlich gefunden. Er stand an der Reling und starrte aufs Meer.

»Pirrak?«

Erschrocken fuhr er herum. »Gefreiter?«

»Immer mit der Ruhe. Du wirkst so nervös wie ein Frosch auf einem heißen Rüttelsieb. Alles in Ordnung?«

»Ja, mir ... mir geht es gut. Ich bin ... ich bin nur erschrocken.«

»Du bist bleich.«

»Wirklich?« Er hob eine Hand an die Wange.

»Denkst du an Harlgo?«

»Harlgo. Ja. Ja, ich habe an ihn gedacht.«

»Habt ihr euch in Ceragan schon lange gekannt?«

»Seit unserer Kindheit.«

»Das macht es noch viel schwerer.«

Pirrak nickte.

»Du bist jung«, fuhr Coilla fort, »und hast noch nicht so oft gekämpft wie wir anderen. Du ... nun ja, man gewöhnt sich nie daran, wenn Kameraden sterben, aber man lernt, es hinzunehmen. Es ist gewissermaßen der Preis für das, was wir tun. Er war tapfer.«

»Ja, tapfer war er.«

»Hör mal, wenn du mal mit jemandem reden willst ...«

»Ja, danke. Mir geht es gut. Wirklich.«

»Nimm's nicht so schwer.«

Coilla wandte sich von ihm ab und bemerkte, dass er sofort zu Dallog ging, der sich weiter hinten aufhielt.

Sie stieg die Treppe zum Ruderhaus hinauf, wo Pepperdyne das Schiff steuerte. Standeven hatte sich in irgendeine Ecke verkrümelt.

»Du wirkst nachdenklich«, sagte Pepperdyne.

»Ich habe gerade mit Pirrak gesprochen. Er ist sehr angespannt.«

»Kannst du's ihm verdenken? Er ist ein Neuling und hat eine Menge durchgemacht.«

»Ja, das stimmt wohl. Manchmal frage ich mich, ob die Neuen das alles aushalten werden.«

»Bisher haben sie es ertragen, und sie haben Dallog, der sich nicht so schnell erschüttern lässt.«

»Es ist nicht leicht.«

»Nein, wir sind alle etwas angespannt.«

»Du auch?«

»Nicht, solange du hier bist und mich beschützt.«

Sie lächelte. »Dummkopf.«

Am nächsten Vormittag segelten sie an einer Reihe gebirgiger Inseln vorbei. Sie waren auf Strykes Karte eingezeichnet, und deshalb war ihr Anblick nicht weiter überraschend. Unerwartet war dagegen der Anblick dreier Schiffe mit schwarzen Segeln, die um eine Landzunge der letzten Insel fuhren und ihnen folgten.

Orbon stand jetzt am Ruder. Er zählte zu den Gemeinen, die eine gewisse Begabung für die Seefahrt besaßen, und Pepperdyne bildete ihn aus, um eine Ablösung zu haben. Pepperdyne selbst war bei den anderen auf dem Deck.

»Sie sind genauso gebaut wie unser Schiff.« Er hatte die Augen mit der flachen Hand abgeschirmt.

»Goblins?«, fragte Jup.

»Viele von ihnen sind umgekommen, als die Truppe die Kelpies befreit hat«, meinte Spurral. »Kann aber sein, dass es noch mehr gibt, die sich jetzt rächen wollen.«

»Vielleicht sind es gar keine Goblins«, überlegte Jup.

»Aber das sind Goblinschiffe, oder?«, gab Haskeer zurück.

»Wir fahren selbst auf einem Goblinschiff und sind trotzdem keine Goblins.«

»Ob es wieder Pelli Madayars Haufen ist?«, warf Coilla ein.

»Also, ich würde sagen, wir halten an und machen die Drecksäcke fertig«, erklärte Haskeer. »Egal, wer sie sind.«

»Kommt nicht infrage«, entschied Stryke.

»Meinst du denn, dies ist ein harmloser Zufall, Stryke?«, fragte Coilla.

»In dieser Welt gibt es viele Schiffe.«

»Ja, aber Goblins ...«

»Wir fahren weiter.«

»Was wollen wir denn tun? Sie zu unserem Ziel führen?«

»Wir kommen schon damit zurecht.«

»Aber ...«

»Zur Hölle mit den Goblins, oder wer das auch ist. Mir ist nur wichtig, das Ziel zu erreichen.« Er blickte Pepperdyne an. »Können wir schneller vorankommen?«

»Wir laufen schon so schnell, wie es überhaupt möglich ist.«

»Versuche es trotzdem.«

»Ich gehe zu Orbon und sehe, was ich tun kann.« Er wandte sich zur Treppe.

»Ich kann gar nicht glauben, dass wir vor einem Kampf davonlaufen«, murmelte Haskeer angewidert.

Pepperdyne bot seine ganze Geschicklichkeit auf, und sie legten noch ein paar Knoten zu. Allmählich vergrößerte sich der Abstand zu den drei anderen Schiffen, und am Nachmittag waren sie nicht mehr zu sehen.

Etwas später erreichten die Vielfraße zwei weitere Inseln. Auch sie waren auf der Karte verzeichnet. Es waren die größten, die sie bisher in dieser Welt gesehen hatten. Eine war grün und hatte goldene Strände, die andere war das genaue Gegenteil: felsig und abweisend, am Ufer nichts als Schiefer. Die Inseln lagen dicht beieinander und waren nur durch eine schmale Lagune voneinander getrennt.

»Bist du sicher, dass wir zwischen ihnen durchfahren müssen?«, fragte Stryke.

»Nach meiner Karte gibt es in dieser Gegend viele Riffe«, erklärte Pepperdyne. »Nur diese Meeresstraße ist frei. Ansonsten müssten wir einen großen Umweg in Kauf nehmen.«

Sie drosselten das Tempo, um sicher durch die Lagune zu navigieren. Kaum dass sie sie erreicht hatten, begann ein Rekrut in der Takelage aufgeregt zu rufen. Er deutete zu der grünen Insel, die steuerbord lag. Von dort kam eine große Zahl von Kanus zu ihnen herüber.

Sofort eilte der größte Teil der Truppe zur Reling, um das Geschehen zu beobachten. Nach den jüngsten Ereignissen rechneten sie mit neuen Feindseligkeiten.

»Kann jemand erkennen, wer das ist?«, fragte Stryke.

»Ich glaube schon.« Jup kniff die Augen zusammen. »Die sehen wie ... wie Elfen aus.«

»Ja«, bestätigte Spurral. »Du hast Recht.«

»Die haben uns bisher keinen Ärger gemacht«, sagte Coilla.

»Wirklich?«, erwiderte Stryke. »Was ist mit Pelli Madayar?«

»Ich meine in Maras-Dantien.«

»Wer weiß schon, wie sie hier sind? Diese Welt ist voller Überraschungen.«

»Feindselig wirken sie jedenfalls nicht.«

»Das ist mir egal. Wir gehen kein Risiko ein.«

»Wenn wir mit dieser Geschwindigkeit weiterfahren, werden sie uns auf jeden Fall einholen«, wandte Pepperdyne ein.

»Geht es nicht schneller?«

»Das ist in so seichten Gewässern zu gefährlich.«

»Dann bereitet euch vor, Enterversuche abzuwehren.«

Die Truppe griff zu den Waffen und beobachtete die Armada von Kanus.

Die Boote hielten mühelos mit dem langsam fahrenden Schiff Schritt. Sie waren zahlreich, und viele Elfen saßen darin. Zwischen sich hatten sie Haufen von Tand, Schmuck und allerhand Krimskrams aufgeschichtet.

»Ob sie Handel treiben wollen?«, überlegte Coilla.

Jup zuckte mit den Achseln. »Keine Ahnung. Für Händler sind sie aber ungewöhnlich still.«

Das traf zu. Hier fehlte der Lärm, den die Händler in den Häfen gewöhnlich verursachten. Die Elfen verharrten reglos, seit sie erkannt hatten, dass sich Orks auf dem Schiff befanden. Sie saßen nur da und starrten herüber. Anscheinend waren sie verwirrt.

Eins der Boote war viel größer und aufwendiger geschmückt als die anderen. Es erinnerte an die Flusskähne, welche die Vielfraße auf ihren Reisen gesehen hatten. Im Bug saßen Ruderer, auf dem Heck war eine erhöhte Plattform eingerichtet, die mit einem Baldachin aus goldenem und blauem Stoff versehen war. Auf dieser Plattform gab es einen Sitz, auf dem sich ein älterer Elf niedergelassen hatte. Er war besser gekleidet als die anderen, und hinter ihm stand ein viel jüngerer Elf, der das Ruder bediente. Mit etwas Mühe manövrierte der Steuermann das Boot längsseits.

»Passt auf«, warnte Stryke die Truppe. »Das kann ein Hinterhalt sein.«

»Wie Räuber kommen sie mir nicht gerade vor«, antwortete Jup. »Schau dir nur an, was sie da für einen Plunder mitbringen, und von Waffen ist nichts zu sehen.«

»Hier ist alles möglich.« Die Bogenschützen hatten bereits die Waffen gespannt, jetzt winkte er ihnen, sich bereitzuhalten. Dann rief er zum Boot hinüber: »Wer seid ihr?«

Der Elf, der wie ein Herrscher aussah, rief zurück: »Das wollte ich auch gerade fragen.«

»Identifiziere dich«, wiederholte Stryke.

»Mallas Sahro! Ich bin der Älteste dieses Stammes!« Mit seiner schlanken Hand deutete er auf die Boote, die auf den Wellen tanzten. »Und wer seid ihr?«

»Hauptmann Stryke von den Vielfraßen.«

»Ihr seid Orks!«

»Offensichtlich!«

»Dann muss ich gestehen, dass ich es nicht begreife!«

Auch Stryke war verwirrt. »Erkläre dich!«, rief er.

»Ich dachte, ihr seid Goblins!«

»Ihr habt *Goblins* erwartet?«

»Ja!«, schallte es zurück. Er deutete auf die Fracht seiner Boote. »Das ist ihr Tribut!«

»Ob er die drei Schiffe meint, die wir gesehen haben?«

»Keine Ahnung«, gestand Stryke und setzte den gebrüllten Wortwechsel fort. »Auf diesem Schiff gibt es keine Goblins!«

»Das sehe ich! Anscheinend haben wir uns schon wieder geirrt!«

»Schon wieder?«

»Ihr seid nicht die Ersten von eurer Art, die wir in der letzten Zeit gesehen haben!«

»Was meinst du damit? Und wann war es?«

»Gestern! Hier sind Schiffe mit Menschen und einem Ork vorbeigekommen!«

Stryke blieb fast das Herz stehen. Es kostete ihn einige Überwindung, die nächste Frage zu stellen. »War es ... war es ein weiblicher Ork?«

»Ja! Wir haben sie auf Deck stehen sehen!«

»Kann das sein?«, flüsterte Coilla.

»Wir müssen reden!«, rief Stryke. »Willst du an Bord kommen?«

»Keinen Fuß setze ich auf ein Goblinschiff!«

»Ich sagte doch, dass keine Goblins hier sind!«

»Es ist ein Tabu!«

»Verdammt«, zischelte Stryke. »Die Brüllerei ist auch nicht gut! Wie können wir vernünftig reden?«

Mallas Sahro dachte nach. »Kommt an Land! Wir treffen uns am Strand!«

»Vorsicht«, warnte Haskeer. »Das könnte eine Falle sein.«

Stryke hörte nicht auf ihn. »In Ordnung, wir vertrauen euch!«

»Und wir vertrauen euch! Ich kehre zurück, dann könnt ihr folgen!« Er winkte den Ruderern, die Insel anzusteuern. Die anderen Kanus folgten seinem Beispiel.

Coilla blickte ihnen nach. »Anscheinend sind sie harmlos.«

»Das dachten wir auch von den Faunen«, erinnerte Jup sie.

»Wir gehen kein Risiko ein«, beruhigte Stryke sie. »Pepperdyne, halte das Schiff an.«

Sie gingen vor Anker und refften die Segel.

Stryke beschloss, Dallog und die Neuen an Bord zu lassen. Sie sollten das Schiff bewachen. Der ältere Gefreite machte eine Miene, als fühlte er sich zurückgesetzt, schwieg aber dazu. Da sie nicht wussten, wie die Elfen auf Menschen reagieren würden, und da sie den Ruf der Sammler kannten, blieben auch Pepperdyne und Standeven zurück. Stryke war allerdings der Ansicht, Zwerge gingen wohl in Ordnung, und nahm Jup und Spurral mit. Als sie alles geregelt hatten, waren die

Elfen schon wieder auf der Insel. Die Truppe verteilte sich auf drei Boote und folgte ihnen.

Mallas Sahro erwartete sie am Strand, er saß auf seinem thronähnlichen Sitz und hatte nur zwei Schreiber oder Diener bei sich. Der Rest seines Stammes hatte sich bis zur weit entfernten Baumlinie zurückgezogen und sich hingesetzt, um die Begegnung zu beobachten. Anscheinend war keiner von ihnen bewaffnet. Stryke fasste das als gutes Zeichen auf, denn offenbar vertrauten die Elfen den Besuchern.

Der Älteste begrüßte ihn. »Ihr seid gut bewaffnet, obwohl ihr nur reden wollt.«

»Wo haben wir das nur schon einmal gehört?«, flüsterte Coilla.

»Wir sind immer bewaffnet«, sagte Stryke und beruhigte ihn sofort: »Für uns ist das wie der schöne Schmuck, den ihr alle tragt.«

Mallas Sahro besaß tatsächlich eine Vielzahl von Ringen, Armreifen und Halsketten, die alle aus Silber hergestellt waren. Der Schmuck war einfach gehalten und doch geschmackvoll. Die Miene des Häuptlings verriet, dass er nicht ganz überzeugt war, doch er sagte: »Nun gut.«

»Ich muss dir auch sagen, dass wir schon einmal mit Elfen zu tun hatten, und dass sie keinen Grund hatten, die Begegnung zu bereuen.«

»Wir kennen die Orks und wissen, dass ihr trotz eures furchteinflößenden Wesens ehrenhaft und gerecht seid.«

»Ja, wir bringen einfach alle um«, murmelte Haskeer.

Der Elf zog die Augenbrauen hoch.

»Hör nicht auf ihn.« Stryke warf Haskeer einen mörderischen Blick zu. »Er hat einen eigenartigen Humor. Aber wie kommt es, dass ihr unsere Rasse kennt?«

Mallas Sahro schien verwirrt. »Auf die gleiche Weise, wie ihr die unsere kennt, nehme ich an. In dieser Welt leben viele Völker, und es gibt viele Begegnungen.«

»Natürlich.« Er sah keinen Grund, dem Elf zu erklären, dass die Vielfraße nicht von dieser Welt stammten. Der Älteste hätte ihn vermutlich sowieso nur für verrückt gehalten. »Wir interessieren uns vor allem für den Ork, den ihr gestern bemerkt habt.«

»Für die Orkfrau.«

»Genau. Wie hat sie ausgesehen?«

»Wir konnten sie nur kurz beobachten. Sie war groß und aufrecht und hatte Haare wie Feuer. Mehr kann ich dir leider nicht sagen.«

»Das könnte Thirzarr sein, oder?«, meinte Coilla.

»Vielleicht. Und du sagst, sie sei mit Menschen unterwegs gewesen, Ältester?«

»Ja.«

»Hast du dort noch eine andere Frau bemerkt? Eine ... ungewöhnliche Erscheinung?«

»Nein. Aber wir sind nicht lange in der Nähe dieser Schiffe geblieben. Wir haben gestern den gleichen Fehler gemacht wie jetzt bei euch.« Er wirkte beunruhigt. »Wir dachten, *er* sei es.«

»Wer?«

»Gleaton-Rouk. Ein Goblin, der die dunkle Magie beherrscht und völlig rücksichtslos vorgeht. Mehr als einmal haben wir unter seinem Zorn gelitten.«

»Demnach war der Tribut für ihn bestimmt?«

»Ja. Wir sind Händler, keine Krieger. Wir stellen Dinge her wie die Geschmeide, die du bewundert hast. Es gibt hier Silberadern, die wir ausbeuten. Die Goblins besitzen solche Fähigkeiten nicht, oder ihnen fehlt die Geduld, es zu lernen. Sie können immer nur nehmen. Ihre Begabung liegt eher in der Grausamkeit und Zerstörung. Wir zahlen ihnen Tribut, damit sie uns in Ruhe lassen.«

»Ja, wir sind schon einmal Goblins begegnet«, sagte Coilla.

»Bei allem Respekt«, sagte der Elf. »Ich glaube, selbst die furchtbaren Orks würden feststellen, dass Gleaton-Rouk ein schrecklicher Gegner ist.«

»Du hast angenommen, er sei es, als du unser Schiff gesehen hast«, überlegte Stryke.

»Ja. Dazu kommt noch die Tatsache, dass sein Besuch fällig ist.«

Unter den Elfen, die hinten auf dem Strand saßen, entstand eine Unruhe. Sie deuteten zum Meer.

Am Horizont zeichneten sich schwarze Segel ab.

7

Auf der Elfeninsel brach beinahe so etwas wie eine Panik aus. Die Insulaner verschwanden allerdings nicht im Dschungel, sondern rannten zum Strand und zu den Booten hinunter.

»Was ist da los?«, sagte Stryke, als sie vorbeiliefen.

»Wir müssen ihnen den Tribut bringen!«, erwiderte Mallas Sahro.

»Oder?«

Der Älteste schien es nicht zu verstehen. »Ich dachte, ich hätte das erklärt.«

»Oder dieser Gleaton-Rouk wird unangenehm.«

»Vorsichtig ausgedrückt!«, entgegnete der Elf aufgeregt. »Er zerstört unsere Ernte, brennt die Häuser nieder und lässt uns mit dem Schwert niederstrecken!«

»Warum?«

»*Warum?*«

»Warum? Weil er es euch angedroht hat, richtig?«

»Ja. Er hat uns schon früher bestraft und einige Angehörige meines Klans getötet.«

»Das ist schlimm, aber es waren nur ein paar. Er hat euch nicht alle getötet und nicht alle Häuser niedergebrannt.«

»Nein, weil wir den Tribut entrichten.«

»Was würde er denn tun, wenn ihr euch weigert oder weniger zahlt?«

Darauf fiel Mallas Sahro keine Antwort ein. »Wie gesagt, er würde uns töten und …«

»Falsch«, erklärte Stryke. »Wenn er euch auslöscht, bekommt er keinen Tribut und kein Silber mehr. Warum sollte er das tun? Verstehst du nicht, was hier los ist? Er tötet ein paar von euch, um euch bei der Stange zu halten. Der Rest ist leeres Geschrei.«

Der Älteste hob hilflos beide Hände. »Aber was können wir sonst tun?«

»Habt ihr schon mal daran gedacht, euch zu wehren?«

»Wir sind keine Krieger!«

»Wir dagegen schon.«

»Das geht uns nichts an, Stryke«, mischte sich Haskeer ein.

»Möglicherweise doch. Vergiss nicht, was Spurral gesagt hat. Vielleicht sind sie auf Rache aus, weil wir uns die Goblin-Sklaventreiber vorgeknöpft haben. Je länger ich darüber nachdenke, desto wahrscheinlicher kommt es mir vor.«

»Ich dachte, du willst keine Zeit verschwenden.«

»Ich habe so eine Ahnung, dass uns nichts anderes übrigbleibt. Coilla, du hattest Recht damit, dass sie uns folgen werden, wohin wir auch fahren. Das wollen wir nicht.«

Haskeer schnaubte empört. »Ach, hör doch auf, Stryke.«

»Weichst du etwa einem Kampf aus, Haskeer? Ausgerechnet du?«

»Also ...«

»Bitte«, flehte Mallas Sahro sie an. »Ich muss jetzt gehen.«

Stryke hielt ihn am Arm fest. »Du könntest dies sofort beenden.«

»Das sagst du so einfach. Wir müssen hier leben.«

»Ein Leben in Angst ist kein Leben.«

»Außerdem haben wir etwas gegen Tyrannen.« Coilla erwärmte sich allmählich für Strykes Idee.

»Du forderst mich auf, mein Volk in Gefahr zu bringen«, protestierte der Elf.

»Ich fordere dich auf, dein Volk zu befreien, und biete dir unsere Hilfe an.«

»Die Schiffe fahren verdammt schnell«, warf Spurral ein.

Sie waren viel näher, als sie es nach dem letzten aufmerksamen Blick der Truppe hätten sein dürfen. Die schwarzen Segel waren so stark gebläht, dass man meinen konnte, sie würden gleich platzen.

»Das ist Magie«, erklärte der Älteste. »Ich sagte doch schon, dass er über mächtige Magie verfügt. Sogar der Wind gehorcht ihm.«

»Besitzt ihr Elfen auch Magie?«, fragte Coilla.

»Ja, aber sie ist ganz anders beschaffen. Unsere Magie heilt, sie ist wohlwollend und behütend.«

»Dann benutze sie, um deinen Stamm zu schützen, und überlass uns das Kämpfen.«

»Ich weiß nicht ...« Sein Blick wanderte zum Strand. Die meisten Elfen waren schon eingestiegen und warteten angespannt auf seinen Befehl zum Ablegen.

»Kommt Gleaton-Rouk normalerweise mit drei Schiffen?«, fragte Stryke.

»Was?« Der Älteste erwiderte seinen Blick. »Oh, äh. Nein. Normalerweise hat er nur eins. Gestern dachten wir, es sei eine Ausnahme, als wir die Frau aus eurem Volk bemerkt haben. Heute, als ihr ...«

»Genau. Ich habe so eine Ahnung, dass sie unseretwegen gleich mit drei Schiffen anrücken.«

»Euretwegen?«

»Sie haben wohl das Gefühl, sie seien uns noch etwas schuldig. Genauer gesagt, eine Blutschuld. Nun, werdet ihr euch gegen sie wehren?«

»Ihr könnt ihn nicht bekämpfen. Er besitzt außerordentliche Fähigkeiten.«

Stryke klopfte auf seine Schwertscheide. »Wir auch.«

»Es tut mir leid. Ich weiß dein Angebot zu schätzen, aber ich darf das Risiko nicht eingehen. Ich muss an meinen Klan denken.« Er senkte den Kopf, als schämte er sich, und entfernte sich in Begleitung seiner Leibwächter.

»Du hast alles getan, was du konntest«, sagte Haskeer. »Lass uns verschwinden.«

»Ich meinte es ernst, als ich sagte, dass wir keine Wahl haben. Glaubst du denn, sie lassen uns einfach ziehen?«

»Ganz zu schweigen davon, dass wir diese Elfen nicht der Willkür der Goblins ausliefern dürfen«, fügte Coilla hinzu.

»Was ist dir wichtiger, Stryke – diese Elfen oder Thirzarr?«, grollte Haskeer.

»Wenn ich nicht wüsste, dass du es nur gesagt hast, weil du ein Idiot bist, würde ich dich niederschlagen. Ich bin sicher, dass die Elfen gestern Thirzarr gesehen haben. Wenn Jennesta sie so lange leben gelassen hat, dann ist anzunehmen, dass Thirzarr auch noch länger leben wird. Bevor wir das herausfinden, müssen wir uns aber erst um dies hier kümmern.«

Haskeer schwieg.

Sie sahen dem Häuptling nach, der mit seinem Boot inmitten der vielen Kanus losfuhr. Die drei Goblinschiffe waren inzwischen nahe genug, um einzelne Gestalten auf den Decks zu erkennen.

»Was tun wir jetzt?«, fragte Jup.

»Wenn ich mich irre, wird der Tribut übergeben, und die Goblins fahren weiter. Wenn ich Recht habe, tun wir das, was wir am besten können.«

Sie sahen zu, wie die Goblinschiffe sich näherten und die Elfen auf sie zuhielten. Auf einmal nahmen die Dinge eine unerwartete Wendung. Eins der Schiffe manövrierte trotz der Enge geschickt in der Lagune und wechselte den Kurs.

»Was haben die vor?«, sagte Spurral.

»Was, zum …«, setzte Jup an.

Ohne langsamer zu werden, hielten die beiden anderen Schiffe weiter auf die kleine Flotte der Elfen zu.

»Das sieht nicht gut aus«, meinte Coilla.

Die Schiffe pflügten durch den Schwarm der Elfenboote. Viele liefen voll Wasser, kenterten oder zerbarsten. Die Elfen sprangen aus den Booten, um nicht überrollt zu werden. Bald war das Wasser mit tanzenden Köpfen, Trümmern und den Resten des Tributs übersät. Die schwimmenden Elfen stießen ängstliche Schreie aus.

Die Schiffe ließen das Durcheinander hinter sich, wendeten und hielten auf das Ufer zu.

»Sieht so aus, als hätten sie es heute nicht auf Tand abgesehen«, meinte Jup.

»Sie wollen zu uns«, sagte Stryke. »Zu den Waffen!«

Die Truppe machte sich bereit.

»He!« Coilla deutete auf das Wasser. »Da!«

Sie hatten nicht auf das dritte Goblinschiff geachtet. Es hielt geradewegs auf das ankernde Schiff der Orks zu.

Die Besatzung an Bord hatte aufgepasst. Sie sahen die beiden Goblinschiffe durch die Elfenboote segeln, worauf Dutzende untergingen oder kenterten. Hinter den Schiffen blieb eine Spur von Trümmern zurück. Nun aber hielt das dritte Schiff auf sie zu.

Pepperdyne blickte seine Gefährten an. Dallog, Wheam, Pirrak, Keick und Chuss. Keiner von ihnen war ein erfahrener Kämpfer, und einer war sogar verwundet. Außerdem Standeven, bei dem man sich nur darauf verlassen konnte, dass er nutzlos oder sogar Schlimmeres war. Also waren sie sechs Verteidiger. Er blickte zu dem sich nähernden Schiff, auf dessen Deck gut viermal so viele Goblins zu erkennen waren.

Da Pepperdyne kein Mitglied der Truppe war und die Orks nach militärischen Prinzipien handelten, hatte er nichts zu sagen. Dallog bekleidete den höchsten Rang. Pepperdyne hielt das nicht gerade für klug, aber statt mit einer Auseinandersetzung Zeit zu verschwenden, setzte er auf Verständigung.

»Wie gehen wir damit um, Gefreiter?«, sagte er.

»Je weniger an Bord kommen, desto besser.«

»So sehe ich das auch. Wie viele Bogenschützen haben wir?«

»Gute? Das wären Keick und Chuss, aber Chuss …«

»Schon klar.« Chuss' Arm war verletzt und mit einer Schlinge fixiert.

»Ich kann einigermaßen mit dem Bogen umgehen«, fuhr Dallog fort. »Und du?«

»Ich bin eher ein Schwertkämpfer, aber zur Not nehme ich auch einen Speer.«

»Also ich und Keick als Bogenschützen. Wheam, Pirrak und du mit Speeren. Chuss muss sehen, was er beisteuern kann. Nur gut, dass nicht sein Schwertarm verletzt ist.«

Das Goblinschiff kam längsseits, was in dem schmalen Gewässer keine schlechte Leistung war.

»Wenn du nicht kämpfen willst, solltest du dich lieber verstecken«, sagte Pepperdyne sarkastisch zu Standeven.

Standeven nickte, wich den Blicken der anderen aus und eilte zum Laderaum.

»Da kommen sie!«, rief Dallog.

Das Goblinschiff glitt herbei, bis die Reling kaum mehr als eine Handspanne vom Schiff der Orks entfernt war. Mit lautem Platschen fiel der Anker ins Wasser. Die Goblins liefen mit Enterhaken los, um die Schiffe miteinander zu verbinden.

Dallog und Keick schossen Pfeile ab. Einer traf die Brust eines Goblins, der zweite die Luftröhre eines anderen Gegners. Sie schossen ununterbrochen, während Pepperdyne, Pirrak und Wheam die Gegner mit den Speeren abhielten. Chuss schlug auf tastende Hände und vorwitzige Köpfe ein.

Die erste bescheidene Welle des Enterkommandos lag bald darauf tot oder verletzt herum, und die zweite Welle stürmte vor. Da sie gesehen hatten, was mit den anderen passiert war, benutzten sie Schilde. Die Pfeile der Orks trafen jetzt seltener und prallten oft von den Schilden ab. Auch die Speere wurden abgelenkt. Die Schlacht an der Reling verwandelte sich in eine Prügelei. Pepperdyne warf den Speer weg und benutzte nun lieber das Schwert und das Messer. Bisher hatte noch kein Goblin einen Fuß auf das Schiff der Orks gesetzt, doch die Verteidiger verloren ständig an Boden.

Unermüdlich schossen die Bogenschützen der Orks und erledigten zwei oder mehr Feinde trotz deren Schilde. Dann kam ein Pfeil zurückgeflogen, allerdings nicht von der Meute, die auf dem Deck kämpfte, sondern von weiter oben. Der Pfeil drang dicht neben Dallog ins Holz ein, die Befiederung streifte sogar sein Bein. Sie blickten nach oben. Ein Bogenschütze der Goblins war hoch in die Takelage geklettert. Er zielte gerade wieder. Als er den zweiten Pfeil abschoss, verstreuten sich die Verteidiger auf dem Deck.

Keick legte einen Pfeil ein und schoss auf den Bogenschützen. Er verfehlte. Der Pfeil flog in einem sanften Bogen weiter und verschwand hinter dem Schiff der Goblins. Der Goblin in der Takelage schoss zurück und hätte Keick getroffen, wenn Dallog ihn nicht zur Seite gestoßen hätte. Dabei hätte es ihn um ein Haar selbst erwischt. Auch Dallog schoss jetzt auf den Gegner, sein Pfeil flog jedoch viel weiter vorbei als Keicks Geschoss. Keick hatte schon wieder angelegt, und dieses Mal traf er den Goblin in den Bauch. Der Gegner hielt sich eisern fest, dann stürzte er mit einem schrillen Schrei auf das Deck und landete auf zweien seiner Kameraden.

Der feindliche Bogenschütze hatte Dallog und Keick von der Reling abgelenkt. Jetzt bemerkten sie das Gedränge. Mehrere Goblins waren bereits an Bord, weitere wollten folgen. Sie ließen die Bogen fallen, zogen die Klingen und schalteten sich in den Kampf ein.

Sie waren viel zu wenig Verteidiger und standen in zu großen Abständen an der Reling. Wheam war gut dreißig Schritte von Pirrak entfernt und konnte nicht mit Hilfe rechnen, obwohl er sie dringend gebraucht hätte. Er kämpfte noch mit dem Speer und zielte gerade auf einen anrückenden Goblin. Der Gegner war mit einer verzierten doppelschneidigen Axt bewaffnet und schäumte vor Wut.

Der Neuling hatte zwar die größere Reichweite, doch der Goblin besaß die Geschicklichkeit und Routine eines erfahrenen Kämpfers. Wie er es inzwischen gelernt hatte, benutzte Wheam den Speer, um es dem Gegner möglichst schwerzumachen, seine Waffe einzusetzen. Der Goblin, dessen Ärger noch zunahm, als Wheam ihn auf diese Weise behinderte, versuchte, den Speer mit wilden Schwingern zur Seite zu drücken. Als die Waffen aufeinanderstießen, ließ der Aufprall Wheams Hände zittern. Beinahe hätte er losgelassen.

Der Goblin benutzte die flache Seite der Axt, um den Speer wegzuschieben. Dann zog er die Waffe geschickt herum, sprang zur Seite und schlug abwärts zu. Der Hieb zerschnitt den Speer in zwei ungleiche Teile, Wheam hatte nur noch ein Drittel des abgebrochenen Schafts in der Hand. Siegessicher kam der Goblin näher und holte abermals aus. Wheam wich rasch zurück, stolperte und stürzte. Schon baute sich der Goblin vor ihm auf, schnitt eine triumphierende Grimasse und holte zum tödlichen Schlag aus.

Wheam hatte immer noch den abgebrochenen Schaft in der Hand. Verzweifelt schrie er auf und stieß ihn mit aller Kraft nach oben. Das ungleichmäßig abgebrochene Holz hatte scharfe Spitzen und drang tief in den Bauch des Goblins ein. Der Gegner schrie erschrocken und vor Schmerzen auf, taumelte rückwärts und ließ die Axt aus den schwieligen Fingern gleiten. Dann stürzte er und blieb zuckend liegen, die Hände um den im Bauch steckenden Schaft gelegt. Wheam rappelte sich rasch wieder auf, zog das Schwert aus der Scheide und trieb es der Kreatur in die Brust.

Keuchend und zitternd wandte er sich ab. So gut hatte er sich noch nie im Leben gefühlt. Weitere Goblins kletterten über die Reling. Wheam hob das Schwert und griff an.

Pirrak befand sich in der umgekehrten Situation. Viele der Goblins, die inzwischen an Bord waren, führten die traditionelle Waffe: einen Dreizack, der so lang war wie ein Speer. Die Spitzen der Gabeln waren äußerst scharf. Pirrak kämpfte nun mit dem Schwert und war im Nachteil. Er wagte es nicht, den Speer zu bergen. So beschränkte er sich darauf, sich zu ducken, sich zu bücken und mit niedrigen Hieben zu kontern. Dabei traf er das sehnige Bein eines Goblins, aus dem ein Schwall von dunklem, fast schwarzem Blut herausschoss. Klagend stürzte der Gegner um, und sofort trat ein anderer Goblin mit erhobenem Dreizack an dessen Stelle.

Sie umkreisten einander, Pirrak wehrte die Stöße des Dreizacks mit dem Schwert ab. Der Goblin stürmte los und stieß abermals zu, und Pirrak konnte sich mit einem flinken Ausweichmanöver retten. Zweimal traf er den metallenen Schaft des Dreizacks, doch außer einem melodischen Klingen geschah nichts weiter. Pirrak musste jederzeit damit rechnen, dass er es mit weiteren Gegnern zu tun bekam, doch gegen die Verteidigung des erfahrenen Goblins konnte er nicht viel ausrichten. Er entschloss sich, energischer anzugreifen, lief neben seinem Gegner vorbei und schlug im Laufen zu. Dabei traf er die Schulter des Goblins und fügte ihm eine klaffende, aber oberflächliche Wunde zu. Das versetzte den Goblin wiederum in Rage. Er verdoppelte seine Anstrengungen, Pirrak aufzuspießen.

Das Duell ging, wie es Pirrak schien, noch eine Ewigkeit weiter. Er glaubte schon, er werde als Erster eine Schwäche zeigen oder aufgrund seiner Unerfahrenheit einen Fehler machen. Beide Kämpfer täuschten, stießen, stachen und schlugen und waren in einem bizarren tödlichen Tanz gefangen.

Auf einmal war es vorbei. Dallog, der eine kleine Verschnaufpause genießen konnte, blickte zu Pirrak hinüber und schnappte sich eine Axt. Der Goblin griff Pirrak gerade wieder an, als die Waffe das Wesen zwischen den Schulterblättern traf. Er wirbelte herum und ging zu Boden. Neuling und Gefreiter wechselten einen Blick, dann kämpften sie weiter.

Dallog und Keick stürzten sich gemeinsam in den Nahkampf und konnten sich nicht mehr daraus lösen. Sie hackten aus Leibeskräften auf die Gegner ein, duckten sich und wanden sich. Keick drosch einem Goblin seine Klinge ins Gesicht und zwang ihn zurückzuweichen. Dallog stieß einen Schild zur Seite und jagte dem Gegner das Schwert in den Bauch. Der harte, insektenähnliche Panzer knirschte.

Schwert und Messer waren Pepperdynes liebste Waffen. Er konnte sie mit der Geschicklichkeit eines Chirurgen anwenden, scheute wenn nötig aber auch vor brutaler Gewalt nicht zurück. Als er vor einem angreifenden Goblin stand, wählte er beides. Er sprang im letzten Augenblick zur Seite, drehte sich herum und hieb dem Goblin die Klinge auf den ausgestreckten Arm. Der amputierte Körperteil fiel zusammen mit dem Dreizack, den die Hand noch umklammerte, auf den Boden. Heulend zog sich der Goblin zurück. Pepperdyne steckte die beiden Klingen ins Holz des Decks und hob den Dreizack auf. Er schleuderte ihn auf einen Goblin, der gerade über die Reling kletterte. Der Dreizack erwischte ihn voll und warf ihn zurück auf sein eigenes Schiff, wo er umkippte. Pepperdyne riss das bebende Schwert und das Messer wieder hoch und suchte sich das nächste Ziel.

Chuss machte sich unterdessen nützlich, indem er die Verletzten erledigte, die die anderen hinterlassen hatten. Einen gefährlichen Moment musste er überstehen, als ein verwundeter Goblin sein Fußgelenk eisern packte. Doch das Wesen lag bereits im Sterben, und Chuss' Schwerthieb machte kurzen Prozess.

Kurz darauf ließ der Ansturm des Enterkommandos nach und hörte ganz auf. Drüben auf dem Schiff der Goblins zogen sich die unverletzten Angreifer zurück und kletterten über die andere Reling. Wahrscheinlich wollten sie ans Ufer waten und sich dort in den Kampf einschalten.

Die Verteidiger standen keuchend und schweigend herum. Sie waren mit Blut bespritzt, und ihnen taten alle Muskeln weh.

»War es das?«, schnaufte Wheam.

»Ich denke schon«, meinte Pepperdyne.

»Kann sein, dass sich da drüben noch mehr verstecken.« Dallog deutete mit der blutigen Klinge zum anderen Schiff.

»Das sollten wir überprüfen. Ich glaube aber, wir haben sie bezwungen. Wahrscheinlich haben sie uns unterschätzt und wollten nicht zu viele von dem Hauptangriff auf den Strand abziehen.«

Dallog nickte. »Gut möglich.«

Pepperdyne betrachtete die Neulinge. »Ich muss schon sagen, deine Schutzbefohlenen haben sich wacker geschlagen.« Er hielt das Heft seines Schwerts vor die Brust und salutierte.

Auf einmal wirkten sie sehr verlegen und waren doch wieder nur ein paar junge Kerle.

»Sie sind eben Orks«, meinte Dallog. »Wenn das Blut fließt, werden sie wach.«

»Ich seh mal nach, wie es Standeven geht«, erklärte Pepperdyne. »Andererseits frage ich mich immer wieder, warum ich mir die Mühe mache ...«

Er fand seinen ehemaligen Herrn und Meister in seinem liebsten Versteck, einem kleinen Lagerraum unter der Brücke. Er riss die Tür auf, hinter der sich der Mann hingekauert hatte.

»Sind sie weg?«, fragte Standeven mit bebender Stimme.

»Ja, du kannst herauskommen.«

»Ich bin ja nicht nur meinetwegen besorgt«, gab Standeven mit gespielter Empörung zurück.

»Nein? Um wen geht es dir denn?«

»Nicht um wen, sondern um *was*. Glaubst du wirklich, Stryke passt gut auf die Instrumentale auf? Ich meine, bei diesen vielen Kämpfen …«

Pepperdyne knallte die Tür zu und kehrte zu den anderen zurück.

»Ich frage mich, wie es auf der Insel läuft«, sagte Dallog.

»Sollen wir zu ihnen stoßen?«, fragte Keick.

»Ich glaube nicht, dass Stryke sich freuen würde, wenn wir unseren Posten verlassen«, erwiderte Pepperdyne.

»Genau«, stimmte Dallog zu. »Wir sollten bleiben. Sie müssen selbst sehen, wie sie zurechtkommen.«

8

Stryke und der Rest der Truppe standen am Strand und sahen zu.

Die Goblins griffen ihr Schiff an, und Coilla machte sich Sorgen um diejenigen, die sie an Bord zurückgelassen hatten. Dann wurde das Goblinschiff, das die Sicht auf ihr eigenes fast vollständig versperrte, evakuiert.

Jup deutete auf die Goblins, die über Bord sprangen oder an Seilen herabkletterten und sich in aufspritzender Gischt dem Ufer näherten. »Sieht aus, als hätten sich Dallog und die anderen wacker geschlagen.«

»Das haben sie gut gemacht«, bekräftigte Coilla.

»Ja«, sagte Stryke. »Aber wir haben hier ganz eigene Probleme.«

Die anderen beiden Goblinschiffe hatten geankert, und auch deren Mannschaften wateten mit erhobenen

Dreizacken zum Ufer. Die ersten Elfen trafen ein, kamen taumelnd an Land und stützten Angehörige.

»Wir haben hier keine Deckung«, sagte Coilla. »Wir sollten sie lieber im Landesinneren angreifen.«

»Weglaufen?«, knurrte Haskeer.

»Ein strategischer Rückzug auf eine Position, die uns einen Vorteil verschafft.« Sie nickte in die Richtung der Angreifer. »Schau nur, wie viele es sind.«

»Coilla hat Recht«, entschied Stryke. »Wir sind nicht vollzählig, und es ist sinnvoll, wenn wir uns das Schlachtfeld selbst aussuchen. Wir müssen uns im Dschungel einrichten und den Hunden auflauern.«

Spurral betrachtete die überlebenden Inselbewohner, die sich auf den Strand schleppten. »Hoffentlich halten sie sich heraus.«

»Da musst du dir keine Sorgen machen«, höhnte Haskeer. »Die haben keinen Mumm zum Kämpfen.«

Als die Truppe zum Dschungel trottete, stiegen die ersten Goblins aus dem Wasser.

Sobald sie unter dem kühlen Blätterdach standen, sammelte Stryke seine Kämpfer um sich. »Wir gehen folgendermaßen vor. Wir bilden vier Gruppen. Da ...«, er deutete auf einen großen umgekippten Baum. »Dort ...« – ein großer, mit Moos bedeckter Felsblock. »Da hinten ...« – ein dichtes Gehölz am Rand des Dschungels – »... und dort« – die Überreste einer verlassenen Hütte der Elfen, die im tropischen Klima rasch verfiel. »Wahrscheinlich haben sie uns gehen sehen, also werden sie uns folgen. Sie dürften mit einer Falle rechnen, deshalb müssen wir uns gut verstecken und leise sein.« Er blickte Haskeer an. »Die Bogenschützen schalten sich erst auf meinen Befehl ein, nicht früher. Wir wollen ihnen die Möglichkeit nehmen, sich zurückzuziehen. Feldwebel, teilt die Gruppen ein.«

Jup und Haskeer bildeten vier Abteilungen aus der unterbesetzten Truppe und führten jeweils eine selbst an. Haskeer übernahm den Felsblock, Jup ging hinter den umgestürzten Baum. Coilla führte die dritte Gruppe und bewegte sich zur verfallenen Hütte. Strykes Abteilung versteckte sich hinter der Baumgruppe. Er hatte diese Positionen gewählt, weil sie die vier Ecken eines quadratischen Pferchs bildeten. Strykes Gruppe sollte die vierte Seite sichern, gewissermaßen das Eingangstor, sobald die Feinde in den Wald eingedrungen waren.

Sie nahmen die Positionen ein und warteten. Stryke war nicht der Einzige, der an die Möglichkeit dachte, dass die Goblins es einfach aussitzen würden. Dann rührte sich etwas an der Grenze zwischen Strand und Dschungel. Blätter raschelten, ein trockenes Bellen ertönte. Dunkle Gestalten zeichneten sich ab.

Die Goblins drangen in den Dschungel ein. Sie gingen einigermaßen verstohlen vor, verließen sich aber wohl hauptsächlich auf ihre überlegene Zahl. Die Orks warteten zunächst ab, blieben in den Verstecken und schwiegen, bis die Feinde in der Falle saßen. Bald, wenn der größte Teil der Goblins eingetroffen war, würden sie ausschwärmen. Die Falle musste zuschnappen, solange die Feinde noch eng zusammen waren.

»Feuer!«, brüllte Stryke.

Die Bogenschützen hatten sich auf die Verstecke verteilt. Jetzt kamen aus allen vier Himmelsrichtungen Pfeile geflogen und trafen die Goblins, die ganz außen gingen. Gut ein halbes Dutzend brach tot oder verwundet zusammen. Sofort darauf schwirrte eine zweite Pfeilsalve heran, und in diesem Moment gingen praktisch alle Goblins zu Boden, ob sie nun getroffen waren oder nicht, um den Pfeilen auszuweichen. Einige Angreifer besaßen selbst Bogen und schossen kniend zurück. Die Orks tauchten jedoch nur kurz aus der Deckung auf, schossen blitzschnell und duckten sich wieder.

So ging es eine Weile weiter, und es sah für die Goblins nicht gut aus. Ihre einzige Hoffnung bestand darin, die Pattsituation aufzubrechen. Schließlich brüllte jemand einen heiseren Befehl, es war vermutlich ein Kommandant der Goblins, und die Feinde standen auf und griffen an. Als hätte sich die Blüte einer exotischen schwarzen Blume geöffnet, stürzten die Goblins in alle vier Richtungen.

Die Orks schossen noch ein paar Pfeile ab, doch die Gegner waren schon zu nahe, und die Bogen mussten den Klingen und Äxten weichen.

Die meisten Goblins kehrten zu der Stelle zurück, wo sie in den Dschungel eingedrungen waren. Dort trafen sie jedoch auf Strykes Abteilung, auf die Türhüter, die nun zwischen den Bäumen hervortraten, um den Zugang zum Strand zu versperren. Diese Gruppe war ein wenig größer als die anderen drei, da sie den größten Ansturm aushalten musste, doch im Vergleich zur Meute der angreifenden Goblins war die Schar immer noch entsetzlich klein. Nicht nur die größere Zahl verschaffte den Goblins einen Vorteil. Viele von ihnen führten Dreizacke.

Die Orks bekämpften sie frontal, eine entschlossene Linie aus spitzem Stahl versperrte den Fluchtweg. Es war ein wildes Gemetzel, und Stryke wütete ganz vorn. Die erste Begegnung war kurz und brutal. Ein Goblin griff mit vorgestrecktem Dreizack an. Stryke wich gewandt aus, schlug den Dreizack weg und ließ einen zweiten Hieb auf die Kehle des Angreifers folgen. Kaum war der Goblin niedergemacht, da stand schon der nächste an seiner Stelle. Stryke und seine Gruppe wichen nicht zurück, sondern duckten sich und dünnten das Gedränge der Gegner aus.

Auf dem Felsblock, hinter dem Haskeer und seine Truppe hockten, tummelten sich die Angreifer, und noch mehr versuchten, das Hindernis zu umrunden. Es war ein Zermürbungskrieg. Die Goblins legten es darauf an, die Orks zu überrennen, und die Orks waren ebenso erpicht darauf, die Gegner genau daran zu hindern. Im heftigen Nahkampf waren die Dreizacke viel zu unhandlich, und die meisten Angreifer warfen sie weg und griffen zu gezackten Kurzschwertern und Dolchen mit gewellten Klingen. Es war allerdings recht schwierig, das Hindernis zu überklettern, denn der Fels triefte vor Blut und war glitschig.

In jeder Hand eine Axt führend, ging Haskeer auf die angreifenden Goblins los, spaltete Schädel und zerschmetterte Knochen. Eine Klinge verfing sich im Handschutz eines Goblinschwerts und wurde Haskeer aus der Hand gerissen. Wütend schlug er mit dem zweiten Beil zu und riss dem Wesen den Bauch auf, der seinen stinkenden Inhalt entließ. Rasch hob er die Waffe wieder und hackte nach einem anderen Goblin, den er mit der flachen Klinge seitlich am Kopf traf. Als der Gegner stürzte, nahmen andere seinen Platz ein. Haskeers Abteilung kämpfte weiter.

Jup und Spurral standen ganz vorn in dem Trupp, der am umgestürzten Baum postiert war. Verglichen mit Haskeers Abteilung hatten sie kaum Deckung, doch das tat ihrer Entschlossenheit keinen Abbruch. Sie befanden sich hinter einer Barriere, die vor Klingen und Speerspitzen starrte und mit Schilden gesichert war und gegen welche die aufgebrachten Goblins anrannten. Dieses Mal hatten die Zwerge auf die Stäbe verzichtet und benutzten Kurzschwerter und Messer, mit denen sie stießen und stachen.

Unablässig wie ein Regenschauer prasselten die Schläge auf die Schilde der Vielfraße herab. Als einer der großen Goblins Spurrals Schild besonders fest traf, musste sie loslassen. Das Wesen sprang sofort vor und wollte ihr die Waffe in die Brust rammen. Glücklicherweise reagierte Jup sehr schnell. Er blockte die Klinge ab, Spurral bückte sich und jagte dem Goblin ihr Schwert in den Bauch.

Die trampelnden Kämpfer stießen ihren Schild weg, bis er außer Reichweite war. Ein Goblin versuchte, die Schwäche zu seinem Vorteil zu nutzen, und ging mit erhobenem Schwert auf sie los. Von Jup konnte sie im Moment keine Hilfe mehr erwarten, denn er war mit einem Axtkämpfer beschäftigt. Sie brauchte ihn aber auch nicht. Ihre stämmige, kräftige Figur täuschte darüber hinweg, wie schnell sie sich bewegen konnte. Ihr Gegner bekam dies nun zu spüren. Sie duckte sich, flitzte hin und her, entging der Klinge und versetzte dem Goblin zwei kräftige Tritte vor das Schienbein. Dieser eigenartige Angriff brachte das Wesen aus dem Konzept, und Spurral konnte den tödlichen Stich anbringen. Sofort drängten die nächsten rachsüchtigen Goblins nach.

An der verfallenen Hütte hockte Coilla auf einem Haufen Balken und blickte auf den tobenden Kampf hinab. Sie erledigte einzelne Goblins mit ihren Wurfmessern, die sie aus den Scheiden an den Armen zog. Schon wieder wählte sie ein Ziel, warf die Waffe und traf den Kopf des Gegners, der sofort zu Boden ging. Instinktiv riss sie sofort das nächste Messer heraus. Einen Mangel an Feinden gab es gewiss nicht. Ihr nächster Wurf traf den ungeschützten Hals eines Angreifers.

Das nächste Messer, der nächste Wurf. Doch dieser Goblin schaffte es noch, den Schild zu heben. Die Klinge prallte ab und landete ein paar Schritte entfernt. Der Goblin bückte sich, hob sie auf und warf sie sofort zurück. Es war ein geschickter Wurf, aber nicht gut genug. Das Messer blieb in der Holzwand der Hütte stecken, nur eine Handbreit von Coillas Kopf entfernt. Das versetzte sie in Rage. Als der Goblin sich in ihre Richtung vorarbeitete, zog sie das zitternde Messer heraus und warf es mit einem angestrengten Grunzen nach ihm. Die Klinge bohrte sich in sein Auge. Coilla tastete nach der Scheide. Nur noch ein Messer. Sie warf es nach dem nächsten Angreifer und traf seinen Bauch. Er war nicht tot, aber immerhin schwer verletzt. Da sie ihre Wurfgeschosse verbraucht hatte, zog sie das Schwert und stürzte sich ins Getümmel.

Der blutige, erbitterte Nahkampf ging weiter. Einige Orks wurden verletzt, doch es wäre ihnen viel schlechter ergangen, hätten ihre festen Häute sie nicht geschützt. Dennoch, sie waren in der Unterzahl und gerieten allmählich ins Hintertreffen.

Die Goblins, die gegen Stryke am Eingang der Falle kämpften, begannen auf einmal zu schreien. Es war ein kehliger, schriller Ausbruch, der ganz anders klang als das dumpfe Grollen, das eine Bande Orks ausgestoßen hätte. Es waren triumphierende Schreie. Stryke und seine Einheit hatten sich gut geschlagen, mussten aber am Ende doch zurückweichen. Die Goblins waren durchgebrochen. Sie strömten hinaus und suchten ihr Heil in der Flucht. Strykes Abteilung machte sich bereit, den Kampf fortzusetzen, doch die eingesperrten Goblins trampelten einfach vorbei und rasten zum Strand. Die Toten und Schwerverletzten ließen sie einfach zurück.

Stryke rief die drei Gruppen zu sich. Sie trotteten herbei, sprangen über Tote hinweg und machten einige Verletzte nieder, die immer noch nicht genug hatten.

»Lasst es uns zu Ende bringen!«, rief Stryke und deutete mit dem Schwert zum Meer.

Sie rannten los, stürzten aus dem Dschungel auf den Strand hinaus und blieben sofort wie angewurzelt stehen.

Die fliehenden Goblins hatten sich mit dem Rest ihrer Truppe vereint. Die zweite Gruppe war fast ebenso groß und formierte sich bereits, um die Orks zu bekämpfen.

»Verdammt«, murmelte Coilla.

Schweigend beäugten sich die beiden Gruppen.

Dann drängte sich ein Goblin nach vorn und stapfte breitbeinig in das Niemandsland zwischen ihnen. Er war vornehmer gekleidet als die anderen und hatte sich einen langen Bogen über eine Schulter geschlungen. Die Waffe war schwarz, mit winzigen goldenen Hieroglyphen verziert, und bestand aus einem unbekannten Material. Holz oder Metall war es jedenfalls nicht. An der Hüfte trug der Goblin einen Lederköcher mit Pfeilen, die ebenso schwarz waren und goldene Symbole trugen.

»Wer ist euer Anführer?«, fragte er. Auch er sprach mit dem Zischeln, das für die Goblins typisch war.

»Ich.« Stryke trat vor.

Der Goblin betrachtete ihn verächtlich. »Ich bin Gleaton-Rouk.«

»Das dachte ich mir schon.«

»Ihr seid mir etwas schuldig«, knirschte der Goblin.

»Wieso?«

»Ihr habt einige meiner Blutsbrüder getötet.«

»Du meinst sicher diejenigen, die die Kelpies als Fleischlieferanten benutzt haben.«

»Was sie getan haben, ging dich nichts an.«

»Das sehe ich anders.«

»Und dafür steht ihr in meiner Schuld. Eine Blutschuld.«

»Willst du diese Schuld jetzt eintreiben?«

»In dieser Hinsicht solltest du keinen Zweifel haben, Ork. Streckt die Waffen.«

Die Vielfraße lachten geringschätzig.

Strykes Lächeln verflog. »Das werden wir ganz sicher nicht tun«, erklärte er dem Goblin ungerührt.

»Gebt auf oder sterbt.«

»Einen Dreck werden wir tun«, warf Haskeer ein.

Der Goblin funkelte ihn an und deutete mit dem knochigen Arm auf seine Streitmacht. »Vergiss nicht das Zahlenverhältnis.«

Stryke betrachtete gelassen die Gegner. »Ja, das scheint euch gegenüber ein bisschen unfair zu sein.«

Gleaton-Rouk wurde wütend. »Also weigert ihr euch?«

»Was denkst du denn?«

»Dann müsst ihr die Konsequenzen auf euch nehmen.«

»Von mir aus«, antwortete Stryke.

Der Goblin kehrte ihnen den Rücken und ging zu seinen Reihen zurück. Als Letztes rief er noch: »So sei es! Bereitet euch auf die Hölle vor!«

»Wir sehen uns da!«, rief Coilla ihm fröhlich hinterher.

Die Reihen der Goblins teilten sich vor ihm, und er verschwand.

»Wie ich sehe, übernimmt er nicht selbst die Führung«, meinte Jup.

Haskeer nickte. »Großes Maul und dicke Hosen.« Er spuckte verächtlich aus.

Die Vielfraße konnten beobachten, wie sich die Goblins auf den Angriff vorbereiteten. Die Orks konnten sich in den Dschungel zurückziehen und die Feinde dort erwarten oder an Ort und Stelle bleiben und sich defensiv aufstellen. Doch ihr Blut kochte.

Stryke musste keinen Befehl geben. Worte waren nicht nötig, alle empfanden das Gleiche.

Wie ein Mann griffen sie an.

Brüllend und Kampfrufe ausstoßend, trampelten die Vielfraße den erschrockenen Goblins entgegen.

Sie näherten sich den Feinden rasch und erwischten sie auf dem falschen Fuß. Verwirrung machte sich breit. Mit ungestümer Wut griffen die Orks an, zerhackten Gliedmaßen, durchbohrten Lungen und trennten Köpfe ab. Dutzende Goblins, die auf diesen Wutausbruch nicht vorbereitet waren, fielen wie das Korn unter der Sichel.

Coilla arbeitete mit zwei Schwertern gleichzeitig und bahnte sich einen Weg durch das Chaos. Sie durchbohrte einen Brustkorb auf der rechten Seite und zerschmetterte links einen Schädel. Eine Klinge zerschnitt eine Kehle, während die andere in den Bauch des Kameraden eindrang. Die Waffen, die sie treffen sollten, schlug sie beiseite, und die Besitzer zahlten für ihre Aufdringlichkeit mit dem Leben. Wie die anderen Mitglieder der Truppe war sie von dem reinen Blutdurst getrieben, der ihr Volk auszeichnete.

Jup und Spurral griffen jedoch ebenso wild an und kämpften mit dem Ingrimm von Berserkern. Fast waren sie darin den Orks ebenbürtig. Beim Vorstoß in die feindlichen Reihen waren sie voneinander getrennt worden, doch sie kämpften einzeln ebenso tapfer wie vereint. Für Spurral waren die Goblins nur das Fleisch, mit dem sie ihre gierige Klinge nährte. Jup benutzte zwei Dolche, folgte seiner Gefährtin und erledigte, was sie übrig gelassen hatte. Als ihm ein besonders hartnäckiger Gegner den Weg versperrte, griff er niedrig und mit großer Kraft an, um den Gegner vor Haskeers wartendes Schwert taumeln zu lassen.

Haskeer verfiel im Kampf in die gleiche Raserei wie alle anderen der Truppe, womöglich war sie bei ihm sogar noch wilder. Er zog die Klinge aus dem Leib des Goblins, den Jup gestoßen hatte, und setzte sie sofort wieder ein, um dem nächsten Gegner einen Arm abzutrennen. Inmitten dieser großen Zahl von Gegnern kam das Schwert nicht zur Ruhe.

Stryke hatte sich darauf konzentriert, Gleaton-Rouk zu suchen und seine Rechnung mit ihm zu begleichen, doch vom Anführer der Goblins war weit und breit nichts zu sehen. Dann musste Stryke sich wieder auf seine

Truppe konzentrieren. Der erste Schreck nach ihrem überraschenden Angriff legte sich, und die Goblins sammelten sich. Der Gegenangriff begann, und vor dieser Masse von Feinden mussten die Vielfraße zurückweichen. Die Ersten hatten bereits Verletzungen erlitten.

Rechts von Stryke, kaum mehr als eine Armeslänge entfernt, war Bhose, einer der Veteranen, mit einem Goblin beschäftigt, der einen Dreizack trug. Bhose verlor, der Goblin durchbrach die Verteidigung des Orks und traf ihn mit dem Spieß. Die rasiermesserscharfen Spitzen drangen tief in die Schulter des Vielfraßes ein. Bhose ging unter dem Angriff in die Knie, dabei musste der Angreifer den festsitzenden Dreizack loslassen. Der Goblin sprang vor, stemmte Bhose den knochigen Fuß auf die Brust und wollte die Waffe herausziehen. Die Hände um den Schaft gelegt und das Gesicht vor Schmerzen verzerrt, wollte Bhose ihn davon abhalten.

Stryke erledigte rasch den Gegner, vor dem er gerade stand, und kämpfte sich zu Bhose hindurch. Als er dort eintraf, hatte der Goblin den Dreizack herausgerissen und holte zum tödlichen Stoß aus. Bhose tastete nach seinem Schwert, das knapp außerhalb seiner Reichweite auf den Boden gefallen war. Stryke jagte dem Goblin seine Klinge in den Rücken. Würgend brach die Kreatur zusammen.

Bhose war nicht der Einzige, der Verletzungen davongetragen hatte. Trotz ihrer Tollkühnheit und ihrer Kriegskunst gerieten sie angesichts einer so großen Zahl von Gegnern ins Hintertreffen, zumal die Goblins sich wieder gefangen hatten. Stryke hielt es für ratsam, den Kampf abzubrechen und sich neu zu formieren. Auf sein Signal hin packten zwei Gemeine den liegenden Bhose und zerrten ihn in Sicherheit. Dann rief Stryke einen Befehl, und die Truppe zog sich sofort zurück. Alle konnten sich aus dem Kampfgeschehen lösen, was ebenso ihrem Glück wie ihrer Geschicklichkeit zu verdanken war. Die Goblins witterten eine Falle und folgten ihnen nicht.

Schließlich standen die Vielfraße wieder an der Stelle, an der sie begonnen hatten. Der Kampf hatte seinen Tribut gefordert. Einige Krieger waren verletzt, alle nach der Anstrengung erschöpft. Sie waren mit Blut besprizt und außer Atem, Jup und Spurral von Schweiß überströmt.

Stryke schätzte die Verletzungen ein. Bhose, den zwei Kameraden stützten, hatte es am schlimmsten getroffen. Coilla kümmerte sich schon um seine Schulter.

»Wie geht es ihm?«, fragte Stryke.

»Es ist eine böse und stark blutende Wunde«, sagte sie.

»Mir geht es gut«, protestierte Bhose.

»Schade, dass Dallog nicht hier ist und sie verbinden kann«, meinte Jup.

»Mist«, widersprach Haskeer. »Wer braucht den schon? So eine Wunde kann jeder verbinden.«

»Jeder außer dir vielleicht.«

»Soll ich dir ein Stück herausschneiden und es versuchen?«

»Hört auf damit!«, donnerte Stryke und zeigte auf die Goblins. »Spart euch eure Gehässigkeiten für die da.« Er wandte sich an die Gemeinen, die Bhose hielten. »Bringt ihn nach hinten.«

»Mir geht es gut«, widersprach Bhose schwach.

»Macht, was ich euch sage.«

Sie schleppten ihn fort.

Die Goblins bereiteten sich auf den Angriff vor.

»Aufpassen«, warnte Stryke die Truppe.

Die Bogenschützen der Orks hatten noch ein paar Pfeile, die sie jetzt einlegten. Alle spannten sich an.

Dieses Mal würden die Vielfraße nicht angreifen. Dieses Überrumpelungsmanöver wirkte nur einmal. Jetzt waren die Goblins an der Reihe.

Drüben rief jemand einen Befehl, die Goblins stießen vor. Langsam zuerst, dann wurden sie schneller.

»Warten!«, rief Stryke.

Die Goblins trotteten erst, schließlich rannten sie.

Als sie die halbe Strecke zurückgelegt hatten, geschah etwas Seltsames.

Zwischen den Orks und den Goblins erschien eine Anomalie. Die Luft schien schwer zu werden, und ein rötliches, staubiges Glühen entstand. Eine Schicht, die an eine riesige schimmernde Seifenblase erinnerte, tauchte dort auf. Rote Wellen liefen über die Fläche. Wie ein halb durchsichtiger Schleier wuchs sie vor den Goblins heran.

Die meisten wurden langsamer und blieben stehen. Einige besonders tapfere, verwegene oder dumme Angreifer liefen weiter und wollten einfach durch den durchsichtigen Schleier brechen. Drei oder vier prallten gleichzeitig gegen die Barriere. Sie wurden zurückgeworfen, flogen durch die Luft wie von einer unsichtbaren Riesenhand geschleudert. In dem Moment, als sie die schimmernde Barriere berührt hatten, waren sie in Flammen aufgegangen. Von Kopf bis Fuß brennend, schlugen sie schwer auf den Boden, wanden sich und kreischten vor Schmerzen.

Die Vielfraße spürten die Hitze, die von der Erscheinung ausging, und wichen unwillkürlich zurück.

Haskeer riss den Mund auf. »Was zum ...«

Coilla deutete zum Strand. »Da!«

Weiter unten hatte sich eine große Gruppe von Elfen versammelt. Ihr Ältester Mallas Sahro stand vor ihnen.

»Sie setzen ihre Magie ein«, sagte Stryke.

»Also haben sie doch so etwas wie ein Rückgrat«, murmelte Haskeer.

Die Kameraden der brennenden Goblins versuchten, die Flammen auszuklopfen, doch in diesem Moment schoss eine weitere, noch stärkere Hitzewelle aus dem Schleier hervor.

Die Truppe zog sich noch weiter zurück. Aus der Erscheinung brach nun eine Wand aus Feuer hervor, die zu den nervös umherlaufenden Goblins raste. Als sie die Ersten erreichte, die sich noch um die Gefallenen kümmerten, brachen auch diese in Flammen aus. Damit hörte es jedoch nicht auf. Der brennende Vorhang schien sich aus sich selbst heraus zu erneuern und zog mit der Geschwindigkeit eines laufenden Mannes weiter. Die Goblins achteten nicht mehr auf die Schreie ihrer brennenden Kameraden und zogen sich weiter zurück. Dann rannten sie los, weil die Erscheinung sie weiter zum Strand scheuchte.

Die Truppe beobachtete, dass ein Goblin es wagte, einen verlorenen Dreizack aufzuheben. Er wählte eine ganz bestimmte Waffe aus, statt sich eine der vielen anderen zu nehmen, obwohl er dadurch Gefahr lief, der vorrückenden Flammenwand zu nahe zu kommen. Sobald er die Waffe geborgen hatte, rannte er mit Höchstgeschwindigkeit zum Meer und hielt den Dreizack hoch über dem Kopf, während das Wasser spritzte. Die anderen folgten ihm. Der brennende Schleier hielt am Ufer inne.

Langsam verblasste die Erscheinung, und auch die Hitze ließ nach. Die Goblins standen längst bis zum Bauch im Wasser und kehrten zu ihren Schiffen zurück.

Jup schirmte die Augen mit der flachen Hand ab. »Ist das ihr Anführer?«, überlegte er.

Im Bug des größten Schiffs stand eine Gestalt.

»Ja«, bestätigte Coilla.

»Der verdammte Feigling«, schimpfte Haskeer.

»Was macht er da?«, fragte Jup.

Coilla kniff die Augen zusammen. »Es sieht aus, als spannte er seinen Bogen.«

Haskeer schnaubte geringschätzig. »Der Idiot. Was will er denn auf diese Entfernung treffen?«

»Was ist nur mit denen los?« Spurral nickte in die Richtung der Elfen, die am Strand standen. Sie riefen und gestikulierten, waren aber zu weit entfernt. Die Worte waren nicht zu verstehen.

»Wahrscheinlich feiern sie den Sieg«, sagte Stryke.

Gleaton-Rouk schoss von seinem Schiff aus den Pfeil ab.

»So wird er bestimmt nichts treffen«, spottete Haskeer. »Selbst wenn er so weit schießen kann, verfehlt er uns meilenweit.«

Die meisten Vielfraße stimmten ihm zu und zeigten ihre Verachtung mit höhnischen Rufen. Ihre Belustigung schien durchaus gerechtfertigt, denn der Pfeil flog rechts an ihnen vorbei und war viel zu hoch. Von den Baumwipfeln abgesehen, konnte er sicher keinen Schaden anrichten.

Dann aber trotzte der Pfeil allen Naturgesetzen und änderte die Flugbahn. Er bog scharf ab, kam herunter und hielt geradewegs auf die Truppe zu.

»Runter!«, brüllte Stryke.

Sie legten sich flach auf den Boden. Bhose saß bereits in der Nähe und versorgte seine Wunde. Einer der Gemeinen, die sich um ihn kümmerten, versetzte ihm einen Stoß. Mit einem schmerzvollen Stöhnen fiel er auf den Rücken.

Der Pfeil flog weiter auf sie zu, und einen Moment lang schien es, als wollte er über ihnen vorbeiziehen. Doch er hatte nur abermals die Flugbahn korrigiert. Es war unmöglich, aber er wurde sogar noch schneller und kam so rasch herab, dass sie ihn nicht mehr mit dem Auge verfolgen konnten.

Der Pfeil traf Bhose mitten in die Brust.

»Zurück!«, rief Stryke. »Rückzug!«

Die Truppe gehorchte hastig, sie eilten geduckt zu den Bäumen und schleppten Bhose mit.

Sobald sie im Schutz des Waldes anhalten konnten, untersuchte Jup den Kameraden.

Umringt von den anderen Vielfraßen, blickte er auf und schüttelte den Kopf. »Genau ins Herz. Er ist tot.«

Coilla blickte zu den Goblinschiffen, die sich bereits wieder entfernten. »Wie, zur Hölle, hat er das gemacht?«

9

Von seinen Waffenbrüdern umringt, liegt ein toter Ork am Strand, das Blut sickert in den Sand.
Der Sand besteht aus unzähligen Körnchen. Die Zahl aller Sandkörnchen an allen Stränden aller Inseln ist eine Kleinigkeit, verglichen mit der Zahl aller existierenden Welten.
Die Leere zwischen ihnen ist unvorstellbar groß und schrecklich. Doch schmale Brücken verbinden die Welten wie ein Spinnennetz. Die Kraft der Instrumentale hat sie gewoben.
Eine unendliche Weite, eine blauschwarze Leinwand mit einer unendlichen Zahl von Lichtpunkten.
Ein Punkt, nicht heller und nicht trüber als die anderen, war voll von saftigem Grün. Ceragan, eine blaue und grüne Sphäre, war das Heim der Orks. Es war eine unverdorbene Welt, doch ein kleiner Teil in ihr war besudelt.

Im Dorf waren sie damit beschäftigt, die Schäden zu beheben. Die Toten hatten sie den Scheiterhaufen überantwortet, und die größere Zahl der toten Angreifer hatten sie weniger zeremoniell beseitigt. Jetzt reparierten die Orks ihre Häuser.

Fast die Hälfte der Langhäuser war ganz oder teilweise den Bränden zum Opfer gefallen. Die Pferche waren zerstört, das Vieh verstreut. Wagen waren umgekippt, eine Scheune völlig zusammengebrochen. Die Gerippe von Pferden und Kühen wurden weggeschleppt.

Überall in der Siedlung waren die Geräusche von Hämmern und Sägen zu hören. Überladene Wagen brachten Bauholz. Schmiede schlugen neben den glühenden Kohlepfannen auf die Werkstücke ein. Andere Einwohner flochten Seile oder deckten die Dächer neu. Zusätzliche Befestigungen wurden errichtet.

Durch dieses lebhafte Treiben wanderten zwei Ork-Kinder. Sie waren Brüder. Der Ältere war vier, der Jüngere drei Jahre alt. Beide trugen schön gearbeitete Beile. Es waren kleinere Versionen der Waffen, welche die Erwachsenen besaßen, aber sie waren ebenso scharf, und wehe dem, der versuchen sollte, den Brüdern die Waffen wegzunehmen. Nicht dass so etwas irgendeinem Ork in den Sinn gekommen wäre.

Getrieben von Langeweile, Neugierde und einer gewissen Angst, streiften die Kinder ziellos umher. Die Eltern waren ihnen genommen worden, und auch wenn man sich um sie kümmerte, sie fühlten sich verloren und waren quengelig. Sie waren achtloser als in der Gegenwart von Erwachsenen, die ihren Respekt genossen und auf sie achteten. Das zeigte sich an ihren mit Schlamm verkrusteten Stiefeln und den schmutzigen Kniebundhosen.

Der Jüngere der beiden lief noch nicht so sicher wie sein Bruder. Genau wie die Kinder vieler anderer Völker torkelte er wie ein kleiner Betrunkener und stolperte gelegentlich sogar. Erst wenn er hinfiel und nicht mehr selbst aufstehen konnte, reichte ihm sein Bruder die Hand.

Sie sahen zu, wie die Dächer repariert, die Zäune geflickt und der Schutt aus dem Brunnen geholt wurde. Einige grüßten sie mit einem Nicken oder ein paar beiläufigen Worten, die meisten ignorierten die Kinder. Ihre Angebote zu helfen wurden mit grobem Gelächter oder scharfen Worten abgewiesen. So blieb ihnen nichts weiter, als zu gaffen.

»Da seid ihr ja!«

Sie drehten sich um, als sie die vertraute und nicht eben willkommene Stimme hörten. Der Häuptling Quoll näherte sich ihnen. Trotz seines fortgeschrittenen Alters war er ein großer und kräftig gebauter Ork. Den Kindern kam er unglaublich alt vor. Er war mit Armreifen, Ringen und Halsketten aus Leopardenzähnen geschmückt, die seinen Rang symbolisierten, und von dem üblichen Gefolge von Verwandten und Handlangern umgeben.

Nun baute er sich vor den Kindern auf, und seine Anhänger schauten zu. »Wo wart ihr?«, fragte er.

»Genau hier«, entgegnete Corb.

»Du bist der Ältere. Es ist deine Pflicht, auf deinen Bruder aufzupassen.«

»Das tut er doch!«, protestierte Janch.

Quoll warf ihm einen eisigen Blick zu, dem der Junge sogar standhielt, auch wenn es ihm nicht gelang, in gleicher Münze zurückzuzahlen. »Nach der Verfassung zu urteilen, in der ihr euch befindet, bin ich da nicht so sicher. Was habt ihr getan?«

»Wir haben nur gespielt.« Corb wollte sich nicht festlegen.

»Hm. Eher habt ihr wohl die anderen Leute gestört.«

»Nein, haben wir nicht«, murmelte Janch. Jetzt starrte er seine Füße an.

»Es ist an der Zeit, die Kinderspiele zu vergessen«, verkündete der Häuptling wichtigtuerisch. »Da eure Eltern verloren sind …«

»Das sind sie nicht!«, protestierte Corb.

»Nicht schon wieder. Hört mir genau zu, ihr beiden. Wenn man erwachsen werden will, dann muss man lernen, das hinzunehmen, was einem die Götter aufbürden. Ihr müsst euch damit abfinden, dass sie verschwunden sind.«

»Sag das nicht!«

»Es ist die Wahrheit, Corb. Das musst du doch endlich einmal einsehen.«

»Nein. Sie sind nicht tot. Ich weiß, dass sie nicht tot sind. Es ist mir egal, was du sagst.«

»Woher willst du das wissen?«

»Sie sind große Krieger. Niemand kann sie töten. Ich ... ich fühle es einfach.«

Janch stimmte seinem Bruder mit heftigem Nicken zu.

Quoll seufzte und sprach etwas milder weiter. »Gewiss, Stryke hat oft seine Tapferkeit unter Beweis gestellt, und Thirzarr war ihm an Mut und Geschicklichkeit ebenbürtig. Schau nur, welchen Preis die Angreifer zahlen mussten, die sie verschleppt haben. Aber schau dir auch die Kommandantin dieser Truppe an, die Hexe.«

Corb und Janch schauderten, denn sie erinnerten sich an die Geschichten, die ihre Mutter ihnen über die Hexe erzählt hatte. Der Überfall hatte es dann bestätigt.

Auch Quoll erinnerte sich noch genau an den wilden Angriff, doch er beherrschte sich, und er beschloss, Stryke nicht im Angesicht seiner Kinder zu kritisieren, auch wenn er halb von der Schuld des Vaters daran überzeugt war, dass sie alle dem Untergang nur mit knapper Not entronnen waren. »Gegen jemanden wie sie zu kämpfen ist, als wollte man gegen den Sturm anpissen«, erklärte er. »Sogar für einen Ork. Ich bewundere eure Loyalität und euren Glauben an eure Eltern, aber man soll sich nicht zu viele Hoffnungen machen.«

»Was ist mit Wheam?«, fragte Janch.

So aufgewühlt er war, der Häuptling ließ sich äußerlich nichts anmerken. »Ich muss davon ausgehen, dass auch mein Sohn verloren ist. Er war eine Enttäuschung für mich. Ich wünsche nur, dass er würdevoll und mutig in den Tod gegangen ist, wie es ein Ork tun sollte.« Er hatte gesprochen wie im Tagtraum und war ihren Blicken ausgewichen. Nun kehrte er in die Gegenwart zurück und sah sie mit klaren Augen an. »Stellt euch den Tatsachen. Stryke und Thirzarr sind tot, dafür hat die Hexe gesorgt.«

Sie war keine Hexe. Sie war eine Zauberin und hasste es, wenn man sie als etwas anderes betrachtete. Jennestas Hass war etwas, das man gewiss nicht auf sich ziehen wollte.

Sie stand am Strand einer Welt, die unendlich weit von Ceragan entfernt war. Die Nacht begann, die Monde gingen auf. Nicht, dass der Anblick sie freundlicher stimmen konnte.

Eine Gestalt erschien. Sie erkannte ihren neuesten Adjutanten, dessen Namen sie schon wieder vergessen hatte. Sie hatte ihn gleich an Ort und Stelle befördert, nachdem sein Vorgänger im Laufe des Tages umgekommen war. Der Ersatzmann war jung und für einen Menschen sogar recht klug, doch sie sagte ihm keine große Zukunft voraus. Mit gesenktem Blick und unsicheren Schritts näherte er sich ihr.

Sie wartete nicht darauf, dass er mit seinem stotternden Bericht begann. »Wie geht es ihnen?«

»Anscheinend haben sie sich beruhigt, Herrin.«

»Nicht zu sehr, hoffe ich. Ich brauche ihre Wildheit ebenso wie ihren Gehorsam.«

»Jawohl, Herrin.«

»Du wirkst unsicher, Major.«

»Ja, Herrin. Sie ... sie sind etwas beunruhigend.«

»Das erwarte ich ja gerade von ihnen, wenngleich es eher meine Feinde als uns treffen soll. Komm mit.« Sie drehte sich um und marschierte ins Innere der Insel. Ihr Adjutant folgte in sicherem Abstand.

Sie erreichten ein improvisiertes Lager. Wie Jugendliche, die man bei irgendeinem Unsinn erwischt hat, verstummten die Krieger, sobald sie auftauchte, und nahmen steif Haltung an. Jennesta ignorierte sie alle und ging weiter. Ihr Ziel war das Zentrum des Lagers.

Direkt neben ihrem eigenen Zelt standen mehrere große Holzkäfige. Sie waren ordentlich gebaut und zwangsläufig sehr stabil. Davor waren Wächter postiert. Zwei oder drei von Jennestas Zombies waren ebenfalls anwesend. Sie hatten die einfache Aufgabe übernommen, durch die Spalten Fleischstücke und Wasserkrüge hineinzuschieben. Die Gefangenen starrten das angebotene Essen an, machten jedoch keinerlei Anstalten, etwas zu essen oder zu trinken. Die meisten standen nur reglos da. Einige hockten auf dem Boden und starrten ins Leere, ein oder zwei wanderten ziellos umher. Als Jennesta sich näherte, merkten sie auf.

Sie stießen eine Art Gebrüll aus, teils Frustration und teils Wut. Es klang jedoch seltsam verzerrt, als hielten sie sich zurück. Jedenfalls waren sie in gewisser Weise sehr aufgeregt und rüttelten heulend an den Stäben ihrer Käfige.

»Ruhe!« Jennesta hob die Arme.

Sofort verstummten sie. Doch sie gehorchten, ohne sich wirklich zu unterwerfen, und aus der Nähe hätte man sehen können, dass eine Spur Trotz in ihren Augen schimmerte.

»Gut.« Jennesta betrachtete sie. »Sie sind vielversprechend.«

»Vielversprechend, Herrin?« Der Major warf einen nervösen Blick zu den Insassen der Käfige.

»Ich brauche ihre Leidenschaft«, erklärte sie. »Aber sie müssen sich zugleich meinem Willen unterwerfen. Das ist ein fragiles Gleichgewicht.«

»Darf ich fragen, welchem Zweck diese Kreaturen dienen sollen, Herrin?«

»Ursprünglich sollten sie der Rache dienen«, antwortete sie. Die Frechheit, dass er es überhaupt gewagt hatte, sie zu fragen, ließ sie ihm kommentarlos durchgehen. »Wegen dieser Terroristen in Acurial wurde ich aus dem Reich von Peczan verstoßen. Dabei haben die Vielfraße eine gewisse Rolle gespielt. Ein günstiger Wind hat mich meinem Ziel näher gebracht. Wenn ich dieser elenden Kriegertruppe das nächste Mal begegne, wird es eine Abrechnung geben.«

»Verzeihung, Herrin, aber wenn wir noch einmal gegen sie kämpfen wollen, müssen wir den Zustand unserer Kräfte berücksichtigen. Nicht wenige sind in Euren Diensten gefallen. Allein die heutigen Verluste …«

»Das ist mir bewusst«, erklärte sie ihm eisig und gab ihm zu verstehen, dass es ihr herzlich gleichgültig war. »Aber hier, direkt vor dir, liegt der Neuanfang. Die Verstärkungen, die unsere Reihen auffüllen werden. Sie sind besser formbar und viel wilder als diese traurigen

Exemplare da drüben.« Sie deutete auf drei menschliche Zombies, die sich vor den Käfigen herumtrieben.

Einer von ihnen war Kappel Hacher, einst ein mächtiger und einflussreicher Mann, der den Fehler begangen hatte, Jennestas Zorn zu erregen. Er schien ihre Verachtung zu spüren, denn in seinen Augen flackerte so etwas wie Erkennen. Sie bemerkte es nicht.

»Wir brechen sofort auf«, verkündete sie abrupt. »Gib die entsprechenden Befehle.«

»Jawohl, Herrin. Und die Vielfraße?«, fragte der Major.

Sie blickte zu ihrem großen Zelt, dessen Klappen offen standen. Drinnen saß Strykes Gefährtin Thirzarr, steif und aufrecht, die Miene leer.

»Die Vielfraße kommen zu mir«, sagte Jennesta. »Und sie werden nicht allein sein.«

Pelli Madayar steckte in einer Zwickmühle und war von Unsicherheit geplagt. Das Problem war, in einer zunehmend komplizierten Situation möglichst sinnvoll zu handeln. Die Unsicherheit entstand, weil sie ihre eigenen Fähigkeiten in Zweifel zog.

Sie stand an der Reling des Schiffs, rings um sie waren die verschiedenen Rassen des Corps der Torhüter mit ihren Aufgaben beschäftigt. Ihr Stellvertreter Weevan-Jirst war an ihrer Seite.

»Ihr macht zu viel Aufhebens«, lispelte er.

»Wirklich?«

»Eure Befehle sind doch sehr einfach: Holt die Instrumentale zurück.«

»Wenn Ihr es so sagt, klingt es wirklich einfach. Die Realität ist leider viel undurchsichtiger.« Sie sah ihn schräg von der Seite an. »Oder ist das nur meine elfische Sichtweise?«

»Mag sein. Andererseits neigen wir Goblins dazu, die Ereignisse ein wenig zu sehr in Schwarz und Weiß zu malen.«

Pell lächelte. »Das ist aber ein enormes Eingeständnis.«

»Wenn man im Corps dient und mit anderen Rassen zu tun hat, lernt man unterschiedliche Standpunkte kennen. Ich bleibe aber bei dem, was ich gesagt habe. Wir haben einen klaren Auftrag.«

»Den hatten wir. Jetzt gibt es jedoch zwei Sätze Instrumentale und mindestens noch einen weiteren Mitspieler in diesem Drama. Diese Faktoren machen die Sache komplizierter. Ich bin mir noch nicht sicher, wie ich das Problem angehen soll.«

»Wir haben die nötigen Waffen. Entschließt Euch einfach, sie gegen die Orks und die Hexe einzusetzen. Und nicht so zurückhaltend wie bisher.«

»Auch das ist leichter gesagt als getan. Ihr berücksichtigt dabei nicht, dass Unschuldige zu Schaden kommen könnten …«

»Ich muss Euch doch nicht eigens daran erinnern, dass das Corps die Instrumentale um jeden Preis beschlagnahmen will. Wenn das möglich ist, ohne Unbeteiligten zu schaden, ist es gut. Aber das ist nicht der wichtigste Aspekt.«

»Genau an dieser Stelle setzen meine Zweifel ein. Es ist Generationen her, dass das Corps so etwas tun musste, und die Regeln wurden vor langer Zeit formuliert.«

»Das heißt noch lange nicht, dass sie falsch sind.«

»Ich halte sie für falsch. Deshalb frage ich mich, ob ich überhaupt geeignet bin, diese Einheit anzuführen.« Sie seufzte. »Es sieht ganz danach aus, als sei mein erster Einsatz zugleich auch mein letzter.«

»Karrell Revers hat Euch den Auftrag erteilt, weil er wusste, dass Ihr es schaffen könnt. Ich bin ganz seiner Meinung. Ihr müsstet nur Eure Skrupel überwinden und unsere Arbeit als Beitrag für das größere Ganze betrachten.«

»Der Tod einiger Unbeteiligter ist ein akzeptabler Preis, ich weiß. Und genau das kann ich eben nicht billigen.«

Weevan-Jirst betrachtete ihr Gesicht. Sein eigenes blieb wie immer ausdruckslos. »Wer genau sind eigentlich diese Unbeteiligten?« Er deutete zum Meer. »Wie viele wirklich Unschuldige treffen wir wohl da draußen auf den Inseln?«

»Genug.«

»Oder sympathisiert Ihr etwa besonders mit einer bestimmten Gruppe?« Es war im Grunde keine Frage.

»Meint Ihr die Orks? Ihr wisst, dass ich … keine Sympathie für sie empfinde, auch wenn ich verstehen kann, dass sie in einem üblen Schlamassel stecken.«

»Aber als unschuldig könnt Ihr sie doch nicht bezeichnen.«

»Ich halte sie für unwissend.«

»Vergesst nicht, dass sie uns angegriffen haben.«

»Ich glaube nicht, dass sie das absichtlich getan haben.«

»Wir reden hier über eine wilde, zerstörerische Rasse. Eine der wenigen, die aus gutem Grund nie von der Existenz des Corps erfahren durften.«

»Viele Rassen sind in Verruf geraten. Manch einer hält allen Goblins vor, was einige wenige getan haben.«

Er nickte ernst. »Das ist wahr.«

»Wie können wir da sicher sein, dass alles zutrifft, was man über die Orks erzählt? Und selbst wenn, es ist ihre Natur, sie werden so geboren. Wer sind wir, dass wir über sie richten wollen?«

»Das Corps richtet ständig. Es entscheidet, wer keine Instrumentale haben darf, und besitzt die Mittel, dies auch durchzusetzen. Wenn die Instrumentale einer Rasse in die Hände fallen, die sich so abwegig benimmt wie die Orks oder auch diese Zauberin, dann muss das Corps einschreiten.«

Sie starrte zum fernen Horizont und seufzte, dieses Mal eher resigniert. »Ihr habt wohl Recht. Es gibt ein Gesamtbild, das ich nicht vergessen sollte.«

»Verzeiht mir, wenn ich noch etwas hinzufüge. Es wäre mir unangenehm, wenn Ihr denken würdet …«

So zögerlich hatte sie ihn noch nie erlebt. »Ja?«

»Ihr sollt nicht glauben, dass meine Worte durch irgendetwas anderes als den Wunsch motiviert sind, dass wir Erfolg haben.«

»Schon gut. Fahrt fort.«

»Ich höre mit Freude, dass Ihr entschiedener vorgehen wollt. Zugleich ist mir aber bewusst, dass dies ... dass dies für Euch schwierig werden könnte. In diesem Fall wäre ich bereit, die Führung dieser Gruppe zu übernehmen.«

Pelli brauchte einen Augenblick, um es zu verdauen. »Stellt Ihr meine Befehlsgewalt infrage?«

»Nein. Ich sage nur, dass ich einspringen kann, falls Ihr nicht fähig seid, Eure Aufgabe zu erfüllen.«

»Das wäre sowieso Eure Pflicht, wenn ich getötet oder schwer verwundet werde, oder ...«

»Das sind nicht die Möglichkeiten, an die ich gedacht habe.«

»Was dann?«

»Euer denkbares Widerstreben, die notwendige Gewalt einzusetzen, wenn es darauf ankommt.«

»Ich verstehe.«

»Ich habe sogar das Recht zu übernehmen«, erinnerte Weevan-Jirst sie. »Es steht in den Richtlinien des Corps. Ihr müsstet mir die Möglichkeit geben, mit Revers Verbindung aufzunehmen, und ich würde ihm melden, dass Ihr unfähig seid.«

»Hat er Euch darauf angesetzt? Ich meine, hat er Euch Anweisungen gegeben, dass Ihr möglicherweise so handeln müsst?«

»Er hat es ... angedeutet.«

»Dann traut Revers mir nicht?«

»Er hält Euch für unerfahren. Als verantwortungsbewusster Anführer musste er sich auf alle ... Fehlerquellen vorbereiten.«

»Wann kommt denn der Punkt, an dem ich für unfähig gehalten werde? Muss ich bei jeder Entscheidung bedenken, wie Ihr darauf reagieren könntet? Ich glaube nicht, dass mir dies die Arbeit leichter macht.«

»Natürlich lasse ich Vernunft walten. Aber falls der Erfolg der Mission dadurch gefährdet wird, dass Ihr untätig bleibt, müsste ich Euch von Euren Kommando entbinden. Nicht, dass ich leichtfertig einen solchen Weg einschlagen würde.«

Sie wusste nicht, ob man einem Goblin überhaupt so etwas wie Verlegenheit ansehen konnte. Offensichtlich meinte er es aber ernst.

»Das wird nicht nötig sein«, versicherte sie ihm.

10

Die Vielfraße errichteten am Strand der Elfeninsel einen Scheiterhaufen.

Dallog übernahm die Aufgabe des verstorbenen Alfray und leitete das Ritual, um den gefallenen Kameraden der Obhut der Götter zu überantworten. Einige in der Truppe waren nicht glücklich darüber, den Gefreiten in dieser Rolle zu sehen. Besonders Haskeers Miene verriet mehr als einfach nur Kummer. Doch er und die anderen Unzufriedenen hielten den Mund.

Sie legten Bhoses Leichnam auf den Scheiterhaufen. Seine Waffen, der Helm und der Schild wurden, wie es der Brauch war, in der Truppe verteilt. Das Schwert gaben sie ihm in die Hand. Dann sprach Stryke ein paar Worte und lobte Bhoses Mut und Treue, und schließlich überließen sie den Toten den Flammen.

Alle Elfen hatten sich versammelt und sahen aus respektvoller Entfernung zu. Um die Spannungen in der Truppe nicht noch weiter anzustacheln, hatten sich Pepperdyne und Standeven etwas zurückgezogen. Coilla hätte Pepperdyne lieber an ihrer Seite gehabt, gab sich aber während der Zeremonie damit zufrieden, ihm hin und wieder einen Blick zuzuwerfen.

Es dauerte mehrere Stunden, bis der Scheiterhaufen seine Arbeit getan hatte. In einer Stimmung, die an Verehrung grenzte, blieben die Vielfraße bis zum Schluss, während die Elfen in ihre Siedlung zurückkehrten. Schließlich brach Stryke den Bann und gab der Gruppe den Befehl, die Totenwache aufzulösen.

Als er an Haskeer vorbeikam, sagte dieser: »Wieder ist ein guter Kamerad tot.«

»Ja.« Stryke nickte.

»Die Mission kommt uns teuer zu stehen.«

»Das ist der Preis, den wir manchmal zahlen müssen.«

»War es nötig, dass Bhosc ihn heute zahlen musste?«

»Was meinst du damit?«

»Ich weiß nicht, ob die Art und Weise, wie wir heute vorgegangen sind, wirklich sinnvoll war. Die Goblins umzingeln und dann am Strand mit ihnen kämpfen.«

»Was hättest du denn getan?«

»Es ist ja nicht nur das, es ist die ganze Mission. Es hat so einfach begonnen. Jetzt fahren wir mit ein paar Anhängseln zwischen diesen verdammten Inseln umher und verlieren Leute.«

»Du malst das zu schwarz. Wir kämpfen, und einige von uns sterben. Du weißt doch, wie es läuft. Das ist das Schicksal der Orks.«

»Schon, aber ...«

»Wir haben sowieso keine Wahl. Das gilt jedenfalls für mich, solange Thirzarr noch irgendwo da draußen ist. Selbst wenn wir bereit wären, hier zu verschwinden – auf die Sterne können wir uns nicht verlassen. Ob es uns gefällt oder nicht, wir müssen uns mit dem abfinden, was wir haben.«

»Und wenn wir nicht mehr nach Hause kommen?«

»Dann beschränken wir uns darauf, Jennesta das Leben schwerzumachen.«

»Träum weiter.«

»Es entspricht uns auch, Risiken einzugehen, egal, wie groß sie sind. Aber du musst dich darauf nicht einlassen. Wenn es dir nicht gefällt, wie es läuft, kannst du hier bei den Elfen bleiben.«

»Nein, nein, ich ...«

»Ansonsten hör damit auf, mir auf die Nerven zu gehen, kapiert?«

Haskeer seufzte. »Kapiert«, murmelte er.

»Gut. Und jetzt wollen wir herausfinden, was mit Bhose passiert ist.« Er drehte sich um und ging. Haskeer folgte ihm, der Rest der Truppe trottete hinterdrein.

Stryke führte sie zum Dorf der Elfen. Dort herrschte eine düstere Stimmung vor. Auch die Elfen hatten Angehörige verloren, sehr viele sogar, und die Toten lagen nun vor Mallas Sahros Hütte. Er saß auf einem imposanten Stuhl, es war eher schon ein Thron, und überblickte die Szene. Zwei Helfer standen neben ihm. Als er die Vielfraße bemerkte, stand er auf und begrüßte sie.

»Im Namen meines Stammes möchte ich euch unser Mitgefühl für den Verlust eures Kameraden aussprechen.«

Stryke nickte und blickte zu den toten Elfen. »Auch ihr habt sehr gelitten. Mein Beileid.«

»Danke. Wir haben einen alten Spruch: Es werden mehr Tränen fließen, als der Ozean fassen kann. Das schien nie so wahr zu sein wie heute.«

»Warum habt ihr euch entschlossen, doch noch eure Magie einzusetzen?«

»Die Antwort liegt vor euch. Früher haben die Goblins hier und dort jemanden getötet. Noch nie gab es ein Gemetzel diesen Ausmaßes. Deshalb, und weil du gesagt hast, wir sollten unsere Kräfte nutzen, um das Joch abzuschütteln.«

»Ihr habt uns geholfen, und dafür sind wir dankbar. Aber es war unsere Schuld. Sie sind unseretwegen hergekommen. Wir haben den Ärger heraufbeschworen, und dafür müssen wir euch um Verzeihung bitten.«

»Nein, nicht nötig. Im Grunde war der Ärger ja schon da. Die Goblins suchen uns schon seit langer Zeit heim, aber die heutigen Ereignisse waren nötig, damit wir handeln konnten. Es war eine Lektion. Eine bittere Lektion, aber sie war notwendig.«

»Es freut mich, dass du es so siehst. Dir muss aber klar sein, dass sie möglicherweise zurückkehren und sich rächen werden.«

»In diesem Fall kann uns die Magie helfen. Hoffentlich reicht das aus, um sie zurückzuwerfen. Aber nach der Abreibung, die ihr ihnen heute verpasst habt, dürfte es eine ganze Weile dauern, ehe sie sich wieder an unsere Gestade wagen.«

»Ich hoffe, du behältst Recht. Wahrscheinlich seid ihr nicht die einzigen Inselbewohner, die von ihnen gequält werden. Vielleicht solltet ihr euch mit euren Nachbarn zusammentun. Das macht euch alle stärker.«

»Ein kluger Gedanke. Ich kümmere mich darum, sobald unsere Trauerzeit vorbei ist.«

»Zögere nur nicht zu lange«, warnte Stryke ihn.

»Wir verstehen allerdings nicht, was mit Bhose geschehen ist«, warf Coilla ein.

»Genau. Wie hat es der Goblin geschafft, einen solchen Schuss loszulassen?«, wollte Jup wissen.

»Schattenflügel«, erwiderte Mallas Sahro.

»Was?«, fragte Stryke.

»Der Bogen, den Gleaton-Rouk benutzt, heißt Schattenflügel. Das ist jedenfalls einer seiner Namen. Er trägt noch viele andere.«

»Und er ist verzaubert.«

»Natürlich. Kein gewöhnlicher Bogen könnte einen Pfeil so fliegen lassen.«

»Wie funktioniert das? Ich meine, warum hat er sich so zielstrebig Bhose ausgesucht?«

»Schattenflügel wirkt mit einer ganz bestimmten Magie. Die Pfeile, die er verschießt, müssen vorher mit dem Blut des Opfers getränkt werden. Wenn das geschehen ist, wird der Pfeil sein Ziel finden. Immer. Es hat nichts mit der Geschicklichkeit des Bogenschützen zu tun.«

»Das erklärt etwas, das wir beim Rückzug der Goblins beobachtet haben«, sagte Coilla. »Einer von ihnen hat sich in Gefahr gebracht und eine Waffe aufgehoben.«

»Es muss die Waffe sein, die euren Kameraden während der Schlacht verletzt hat. Das Blut darauf hat für Schattenflügel den Pfeil geleitet. Wahrscheinlich wusste der Goblin nur, dass die Waffe irgendeinen Ork verletzt hat, und es war eben zufällig euer Freund Bhose. Es hätte jeden anderen treffen können, der eine blutende Wunde davongetragen hatte.«

»Warum hast du uns nicht vor dem Bogen gewarnt?«, fragte Jup.

»Wir wussten nicht, dass Gleaton-Rouk ihn besitzt. Wir haben die Waffe noch nie bei ihm gesehen. Als wir sie erkannten, war es schon zu spät, um euch zu warnen.«

»Was wisst ihr über den Bogen?«, fragte Stryke. »Woher stammt er?«

»Bis jetzt hielten wir ihn für eine Legende. Wie bei allen solchen Märchen gibt es viele verschiedene Versionen, die sich gegenseitig widersprechen. Die bekannteste ist die, dass er vor langer Zeit von den Göttern der Goblins erschaffen wurde. Wie ihr wisst, haben sie seltsame Götter, von denen viele böse sind.«

»Warum haben die Götter die Waffe weggegeben?«

»Auch da gibt es verschiedene Geschichten. Manche sagen, ein Goblinheld, der ebenfalls viele Namen trug, habe den Bogen gestohlen. Andere behaupten, die Götter hätten ihn einem Goblin aus Dankbarkeit geschenkt, weil dieser eine wichtige Aufgabe erfüllt habe. Oder ein Gott habe ihn benutzt, um einen anderen, rivalisierenden Gott zu töten. Der Bogen sei voller Abscheu aus den Wolken herabgeschleudert worden und auf der Erde gelandet, um fortan die Welt der Sterblichen heimzusuchen. Es gibt unzählige Geschichten und noch mehr, die beschreiben, wie Schattenflügel im Verlauf der Geschichte in Erscheinung getreten ist. Allen gemeinsam ist aber, dass der Bogen immer mit Verkommenheit, Verrat und Tod in Verbindung steht. Gleaton-Rouk ist ein Meister dieser schwarzen Künste, deshalb überrascht es wohl nicht, dass er nun die Waffe besitzt. Wie gesagt, bisher hielten wir dies für eine Legende. Ich wünschte, es wäre so geblieben.«

»Nun, wir fahren bald weiter. Wahrscheinlich werden wir Gleaton-Rouk nicht wiedersehen, so gern wir es ihm heimzahlen möchten. Aber ihr werdet es wahrscheinlich noch einmal mit dieser verdammten Waffe zu tun bekommen.«

»Dann müssen wir besonders vorsichtig sein, wo wir unser Blut vergießen.«

»Ich glaube nicht, dass wir Gleaton-Rouk nicht wiedersehen, Stryke«, warf Coilla ein. »Er ist sauer auf uns.«

»Aber wir werden ihn nicht verfolgen. Thirzarr ist wichtiger.«

»Ich dachte, diese Truppe legt Wert darauf, ihre Toten zu rächen«, grollte Haskeer.

»Na gut, wir nehmen ihn uns vor, wenn wir mit Jennesta fertig sind.«

»Falls wir dann noch leben.«

»Ich schwöre dir, dass wir es Gleaton-Rouk heimzahlen werden, falls wir dazu fähig sind.«

»Und pass auf, dass du nicht in seiner Nähe blutest«, fügte Jup hinzu.

Spurral versetzte ihm einen kräftigen Stoß mit dem Ellenbogen.

»Wann müsst ihr aufbrechen?«, fragte Mallas Sahro. »Könnt ihr nicht noch etwas bleiben und Erfrischungen zu euch nehmen und euch ausruhen?«

»Wir brechen so bald wie möglich auf«, erklärte Stryke. »Außerdem …« Er blickte zu den toten Elfen. »Ihr müsst jetzt trauern und nicht mit Fremden feiern.«

»Dann wollen wir euch wenigstens Proviant und frisches Wasser mit auf die Reise geben.«

»Das würde uns helfen, vielen Dank.«

»Und dies hier.« Der Älteste schob eine Hand in die Tasche seines Gewands und zog einen Armreif heraus. Er bestand aus einem silbernen, biegsamen Material, war ungefähr so breit wie der Finger eines Orks und mit blauen Steinen in unterschiedlichen Größen besetzt. Mit einer Klammer, die Scharniere besaß, konnte man ihn öffnen. »Dies ist ein Zauber, der magische Angriffe abwehrt. Auch er ist sehr alt, aber nicht so alt wie der Bogen. Die allerstärkste Magie vermag er nicht abzuhalten, aber er könnte euch eine kleine Verschnaufpause verschaffen. Nimm ihn.«

»Bist du sicher?«

»Ich weiß, dass die Orks keine magischen Fähigkeiten besitzen wie die Elfen, und wir haben noch andere magische Hilfsmittel. Ich ahne, dass ihr ihn dringender braucht als wir.«

»Wir nehmen gern jede Hilfe an, die wir bekommen.«

»Du musst wissen, dass du das Armband, sobald es sich um dein Handgelenk geschlossen hat, erst wieder entfernen kannst, wenn der Schutz nicht mehr gebraucht wird oder wenn es seine Kraft verbraucht hat.«

»Dann kann ich es wenigstens nicht verlieren«, sagte Stryke. »Aber wie lange hält die Kraft? Und wie weiß ich, wann ich den Armreif nicht mehr brauche?«

»Wenn er nicht benutzt wird, hält die magische Energie jahrhundertelang. Falls du dich gegen mächtige Zauberei wehren musst, könnte es weniger als ein Tag sein. Und was die Frage angeht, wann er sich wieder löst ... das weiß er einfach.« Der Elf starrte Stryke an. »Hebst du den Arm?«

Stryke gehorchte, und Mallas Sahro legte ihm das Armband an. Sobald die Klammer eingerastet war, straffte sich das Schmuckstück und schmiegte sich fest an. Stryke spürte einen leichten Druck auf der Haut.

»Am Abend wirst du es nicht einmal mehr bemerken«, versicherte ihm der Älteste.

Stryke drehte das Handgelenk hin und her und betrachtete den Reif. »Ich bin dir sehr dankbar. Aber jetzt müssen wir aufbrechen.«

»Ich lasse euch sofort die Vorräte bringen.« Er nickte einem seiner Leibwächter zu, der rasch davoneilte. »Außerdem habe ich einen Vorschlag. Als die Goblins aufgebrochen sind, haben sie eins ihrer Schiffe zurückgelassen. Es ist dasjenige, das euer Schiff entern sollte. Es ist nicht ganz so groß wie eures, aber schneller. Ich an eurer Stelle würde es übernehmen.«

»Gute Idee, das werden wir tun.«

»Dann geht in Frieden und in der Gewissheit, dass ihr hier jederzeit willkommen seid.«

Bald waren die Vielfraße wieder auf hoher See, und die Elfeninsel geriet außer Sicht. Ein kräftiger Wind wehte. Pepperdyne stand wie gewohnt am Ruder. Mit dem schlankeren Schiff kamen sie rasch voran.

Stryke hielt sich am Heck auf. Er saß auf dem Deck und hatte sich an das Geländer gelehnt, um in Ruhe das Armband zu betrachten. Auf dem Schoß hatte er die Karte ausgebreitet. Seit sie in See gestochen waren, war er immer trübsinniger geworden. Entsprechend vorsichtig näherte Coilla sich ihm.

»Steht dir gut.« Sie nickte in die Richtung des Armbandes.

Er lächelte leicht. »Ich habe mich gefragt, ob es nur mich oder uns alle beschützt. Wie dumm, dass ich nicht gefragt habe.«

»Wir wollen hoffen, dass wir es nicht herausfinden müssen.« Sie blickte zum geblähten schwarzen Segel hinauf. »Sie hatten Recht, dieses Schiff ist wirklich schneller.«

»Ich wünschte, es hätte noch die magische Geschwindigkeit, die wir anfangs bei ihm beobachtet haben.«

»Jode meint, wir seien bald da. Vielleicht schon morgen Nachmittag. Nur Geduld.«

»Was bleibt mir schon übrig?«

Sie hockte sich neben ihn. »Stryke … was Bhose angeht … ich …«

»Du willst doch nicht auch noch jammern, oder? Es ist schon schlimm genug, Haskeers Nörgelei zu ertragen.«

»Ich werfe dir ganz sicher nichts vor. Ich fürchte eher, du könntest dir Bhoses Tod selbst zum Vorwurf machen.«

»Nicht mehr als sonst auch, wenn einer aus der Truppe stirbt.«

»Also sehr.«

»Wir sind geboren, um zu töten, und liebäugeln ständig mit dem eigenen Tod. Das ist das Los der Orks. Aber wenn du das Kommando hast, denkst du eben immer darüber nach, ob irgendeine Entscheidung oder ein Befehl vielleicht falsch war und die Truppe ins Verderben gestürzt hat.«

»Und Thirzarr?«

»Ja, die auch. Ich habe sie und die Kinder in Gefahr gebracht. Ich weiß nicht einmal, ob sie überhaupt noch leben.«

»Wir haben uns alle freiwillig für die Mission gemeldet. Na schön, Thirzarr und die Kinder nicht, aber auch sie sind Orks. Ich will damit sagen: Sie wissen, wie es läuft.«

»Corb und Janch wohl nicht, die sind zu jung.«

»Der Klan in Ceragan weiß es. Alle werden sich um die Kinder kümmern, genau wie wir in der Truppe aufeinander achtgeben.«

»Falls Jennesta überhaupt einen am Leben gelassen hat.«

»Du darfst die Hoffnung nicht verlieren, Stryke. Sonst gäbe es keinen Grund mehr, überhaupt weiterzumachen.«

Er dachte einen Moment darüber nach. »Anscheinend lebst auch du vor allem dank deiner Hoffnungen weiter.«

Sie war verwirrt. »Was meinst du damit?«

»Du und Pepperdyne.«

»Was?«

»Du hoffst, es funktioniert. Aber möglicherweise handelst du dir Ärger ein, Coilla. Orks und Menschen kommen aus verschiedenen Welten, und du weißt, wie viel Abneigung es zwischen ihnen gibt. Gut möglich, dass ihr …«

»Oh, das war wirklich gut, Stryke. Du hast von dir abgelenkt und redest über mich. Wie üblich.«

»Ich meine es ernst. Ich will nicht, dass du verletzt wirst.« Es klang gar nicht unfreundlich.

Deshalb und wegen der Belastung, unter der er stand, beherrschte sie ihren Zorn. »Du hast Zufriedenheit gefunden«, erwiderte sie kühl. »Verwehre sie mir nicht.«

»Vielleicht habe ich sie schon wieder verloren.«

»Um deinetwillen hoffe ich das nicht. Aber was zwischen Jode und mir ist, das geht nur uns und niemanden sonst etwas an.«

»Überleg dir nur gut, was du tust.«

»Ja, sicher.« Sie stand auf. »Wir reden später weiter.« Als sie ging, betrachtete Stryke schon wieder den Armreif.

Kochend vor Zorn ging sie zum Bug.

»Coilla.«

»Ja?«, fauchte sie und drehte sich zu dem Sprecher um. »Oh, Wheam. Entschuldige.«

»Schon gut. Es war ein schwerer Tag, nicht nur weil Bhose gefallen ist.«

»Da hast du Recht. Übrigens hast du dich bei der Verteidigung des Schiffs gut geschlagen. Wir sind alle stolz auf dich.«

Der Bursche war zugleich erfreut und verlegen. »Danke, Coilla.« Dann verflog das Lächeln. »Ich wünschte, die anderen würden das Gleiche empfinden.«

»Bei wem ist es denn nicht so?«

Er nickte nur. Sie folgte seinem Blick. Ein Stück entfernt standen Dallog und Pirrak dicht beisammen und unterhielten sich angeregt.

»Wie ich schon sagte, Dallog muss sich um alle Neulinge kümmern. Du kannst nicht erwarten, dass er jemanden bevorzugt«, sagte Coilla.

»Anscheinend hat er für mich überhaupt keine Zeit mehr, sondern nur noch für Pirrak.«

»Wahrscheinlich braucht er besonders viel Hilfe. Du solltest dich freuen, dass dies nicht auf dich zutrifft.«

Wheams Miene hellte sich etwas auf. »So habe ich das noch gar nicht betrachtet.«

»Die meisten Dinge kann man von mehreren Seiten sehen. Such dir nicht immer die schlimmste aus.«

Haskeer kam mit versteinerter Miene vorbei. Hätte Wheam nichts gesagt, dann wäre er wortlos vorbeigestapft.

»Feldwebel!« Haskeer blieb stehen und starrte ihn an. »Wir sind alle traurig, weil unser Kamerad Bhose gefallen ist.« Wheam griff nach der Goblinlaute, die er sich lässig über den Rücken geschlungen hatte. »Ich habe ihm zu Ehren einige Verse gedichtet. Darf ich ein Klagelied vortragen?«

»Nur wenn ich dir mit einem Tritt in den Arsch danken darf«, knurrte Haskeer. Dann stampfte er mit finsterer Miene weiter.

»Was für ein glückliches Schiff«, bemerkte Coilla. »Achte nicht auf ihn, Wheam. Du könntest dich ruhig schlafen legen. Vielleicht hast du dazu nicht mehr viel Zeit, wenn wir erst das Ziel erreicht haben.«

»Das sollte ich wohl tun. Aber …«

»Was ist denn noch?«

»Einige aus der Truppe haben über den Kraken geredet. Er kann doch ein Schiff unter Wasser ziehen und …«

»Die sollten doch eigentlich klüger sein.« Sie nahm an, die anderen hatten es nur erzählt, um ihm Angst einzujagen. Solche Späße mussten die Neulinge eben über sich ergehen lassen. »Mach dir keine Sorgen, wir müssen uns um dringendere Angelegenheiten kümmern. Und jetzt leg dich in die Koje. Falls wir von Seeungeheuern angegriffen werden, rufe ich dich.«

Sie segelten die ganze Nacht durch und den größten Teil des folgenden Tages. Am Spätnachmittag kam Land in Sicht.

»Das muss es sein«, erklärte Pepperdyne nach einem Blick auf die Karte.

Stryke nickte. »Dann lasst uns an Land gehen.«

»Wir müssen vorsichtig sein. Die Karte ist nicht sehr genau, und vor der Insel könnte es verborgene Riffe geben.« Er deutete nach vorn. »Da, siehst du? Wir müssen loten.«

»Tu, was du tun musst.«

Vorsichtig näherten sie sich der Insel. Pepperdyne ließ einen Gemeinen mit einem Seil und einem Bleigewicht den Wasserstand messen. Es war ungewöhnlich tief, und sie fanden mühelos einen Weg durch unterseeische Felsformationen. Schließlich gingen sie in der Nähe des Hauptstrands vor Anker. Eine Rumpfmannschaft blieb an Bord, um das Schiff zu bewachen, auch Standeven musste bleiben, während die anderen ans Ufer wateten. Sie sahen nirgends ein Lebenszeichen.

»Das ist aber keine sehr große Insel«, meinte Coilla.

»Groß genug für eine Siedlung«, erwiderte Stryke. »Wir gehen ins Landesinnere.«

Das Innere der Insel war mit dichtem Dschungel bewachsen. Anfangs mussten sie sich sogar den Weg frei hacken. Sie hatten damit gerechnet, unzählige Vögel und Scharen von kleinen Tieren aufzuscheuchen, die im Unterholz lebten, doch alles blieb still. Bald erreichten sie eine Lichtung, wo die Einwohner Bäume gefällt und das Unterholz beseitigt hatten. Dort befand sich die Siedlung.

Sie lag in Schutt und Asche. Es gab gut zwanzig Langhäuser und Hütten, und kein einziges Gebäude war unbeschädigt. Etwa die Hälfte war niedergebrannt. Dann entdeckten die Orks die verstümmelten Körper einiger Hunde, aber keine anderen Leichen und ganz gewiss keinen lebenden Bewohner.

»Wir kommen zu spät«, flüsterte Coilla.

»Was tun wir jetzt, Stryke?«, fragte Spurral.

Niedergeschlagen sah er sich um.

»Stryke?«, drängte Coilla ihn.

»Ich weiß es nicht«, sagte er.

11

Die Beziehungen der Elfen zur Außenwelt endeten keineswegs mit dem Abschied von den Orks. Einen Tag nach dem Aufbruch der Vielfraße traf das Corps der Torhüter ein.

Nach den jüngsten Ereignissen waren die Elfen vorsichtig und errichteten ihre magischen Barrieren. Die seltsame Gruppe von Besuchern, die vielen verschiedenen Völkern angehörten, fegten die Hindernisse mit beinahe lässiger Verachtung beiseite. Unruhe entstand, als der Goblin Weevan-Jirst erschien. Auf die Elfenfrau Pelli Madayar reagierten die Einwohner dagegen mit Verwunderung. Ihre Gegenwart und ihr Schwur, dass sie in Frieden kämen, erweckten bei den Elfen ein gewisses Maß an Vertrauen. Sie berichteten den Fremden, was mit den Goblins geschehen war, während sie Weevan-Jirst gereizte Blicke zuwarfen, und erklärten wahrheitsgemäß, dass die Vielfraße die Insel besucht hatten. Doch sie hielten der Kriegertruppe die Treue und verrieten nicht, wohin sie sich gewandt hatte.

Pelli verweilte nicht lange. Sie ging unverzüglich wieder an Bord und befahl, auf dem bisherigen Kurs weiterzusegeln.

Weevan-Jirst war unzufrieden und zeigte ihr seinen Unmut, als sie am Ruder standen.

»Wir hätten sie zwingen sollen, es uns zu sagen.«

»Sind wir etwa gewöhnliche Räuber?«, gab sie zurück. »Außerdem brauchen wir ihre Hinweise nicht. Wir können den Orks auch mithilfe der Magie folgen.«

»Warum haben wir dann überhaupt unsere Zeit verschwendet und dort angehalten?«

»Um Informationen zu gewinnen.«

»Das ist wohl nicht sehr erfolgreich verlaufen.«

»Da muss ich widersprechen. Wir haben die Bestätigung, dass wir auf der richtigen Fährte sind, und wir haben vom Zusammenstoß der Vielfraße mit ...«, sie warf ihm einen Blick zu, »... mit Eurem Volk erfahren.«

Falls ihr Adjutant diese Anspielung empörend fand, so ließ er es sich nicht anmerken. »Ihr hättet sie ruhig etwas stärker bedrängen können. Dann hätten wir vielleicht noch mehr herausgefunden.«

»Habt Ihr die Gräber auf der Insel bemerkt? Es waren viele. Dies war nicht der richtige Moment für ein scharfes Verhör.«

»Es war genau der richtige Moment, denn sie waren im Kummer geschwächt.«

»Ich war anderer Ansicht.«

»Weil sie Elfen sind? Angehörige Eurer eigenen Rasse?«

»Nein. Ich halte mein eigenes Volk nicht für wichtiger als irgendein anderes«, erwiderte sie fest. »So wenig, wie ich Euch für die Missetaten irgendwelcher Goblins verantwortlich mache.«

Mit dem knochigen Unterkiefer machte er ein glucksendes Geräusch, was bei den Goblins einem Schmollmund oder einem entnervten Seufzen entsprach. »Es bleibt die Tatsache«, lispelte er, »dass wir nicht eben zielstrebig vorgehen.«

»Ihr meint wohl, wir sind nicht so rücksichtslos, wie Ihr es gern hättet. Wie gesagt, ich halte es nicht für ehrenhaft, wenn das Corps brutal vorgeht, und will damit nichts zu tun haben.«

»Vielleicht solltet Ihr dann überdenken, ob Ihr auch weiterhin als Kommandantin dieser Mission tätig sein wollt.«

»Das kann am besten unser Vorgesetzter entscheiden.«

»Es sei denn, ich als Euer Stellvertreter beurteile Euch als inkompetent.«

»Darauf habt Ihr schon hingewiesen. Ich würde mich lieber mit Karrell Revers beraten.«

»Wie Ihr wollt.«

»Mein Bericht an ihn ist sowieso überfällig. Wenn Ihr mich entschuldigt ...« Ohne auf seine Antwort zu warten, machte sie auf dem Absatz kehrt und entfernte sich.

Als Pelli ihre Kabine betreten hatte, verschloss sie hinter sich die Tür, was sie normalerweise nicht tat. Dann holte sie den Kristall hervor, über den sie gewöhnlich mit Karrell Revers Verbindung aufnahm. Nur wenige Augenblicke nach den entsprechenden Anrufungen begann er in ihrer Hand zu glühen.

Auf der Oberfläche des Kristalls erschien das Bild eines älteren Mannes. Ohne Einleitung kam er sofort zur Sache. »Seit Eurem letzten Bericht ist viel Zeit vergangen. Was ist los?«

»Die Ereignisse überschlagen sich, und es gab Wichtigeres, als Bericht zu erstatten.« Sie war nicht in der Stimmung, sich zu entschuldigen.

Revers machte den Eindruck, als wolle er sie dafür zurechtweisen, beschränkte sich aber darauf zu sagen: »Dann erzählt es mir jetzt.«

»Wir sind den Vielfraßen auf den Fersen. Ich bin sicher, dass die Hexe ebenfalls in der Nähe ist.«

»Habt Ihr denn schon gegen sie gekämpft?«

»Nicht mehr seit unserer Auseinandersetzung auf der Insel der Zwerge.«

»Die hättet Ihr gewinnen können, wenn Ihr das volle Potenzial Eurer Waffen eingesetzt hättet.«

»Ich hielt es nicht für angemessen. Dabei wären Unschuldige zu Schaden gekommen.«

»Und Orks.«

»Ja, aber …«

»Vielleicht hat Eure Sympathie für die Orks Eure Hand gelähmt?«

»Nein. Ich meine, Ihr wisst ja, dass ich dafür bin, im Zweifelsfall zu ihren Gunsten zu urteilen. Ich glaube, dass sie manipuliert werden. Das beeinflusst jedoch in keiner Weise meine ...«

»Diese Unterhaltung haben wir schon viel zu oft geführt. Euer einziges Ziel sollte darin bestehen, die Instrumentale zu bergen. Sowohl die Originale als auch die Duplikate. Alle anderen Überlegungen sind demgegenüber zweitrangig. Euer Mitgefühl für die Orks ist es ganz gewiss.«

Die Magie des Kristalls sorgte dafür, dass sie die Worte nicht nur im Kopf, sondern auch laut in der Kabine hörte, was sie immer etwas nervös machte. »Ich kann die Instrumentale beschlagnahmen«, versicherte sie ihm, »und wenn man die Sache richtig anpackt, wird dabei auch nicht sehr viel Blut fließen. Das ist doch gewiss auch aus der Sicht des Corps die beste Lösung, oder?«

»Das Einzige, was zählt, ist, in den Besitz der Artefakte zu kommen. Ich glaube, Ihr seid kurz davor, in dieser Hinsicht zu versagen.«

»Warum habt Ihr mir diese Aufgabe überhaupt übertragen?«

»Weil ich überzeugt war, dass Ihr dazu fähig seid oder wenigstens in die Verantwortung hineinwachsen würdet.«

»Meine Aussichten wären besser, wenn meine Führungsposition nicht untergraben würde.«

»Was meint Ihr damit?«

»Weevan-Jirst. Habt Ihr ihm befohlen, meine Entscheidungen zu überwachen und mich meines Kommandos zu entheben, sobald er es für angebracht hält?«

»Pelli, Ihr müsst doch verstehen, dass ...«

»Ja oder nein?«

»Bei jeder Mission muss es einen Ausweichplan geben. Ihr habt Euch noch nicht im Einsatz bewährt. Ich musste dafür sorgen, dass unsere Ziele auf jeden Fall erreicht werden, welchen Preis es auch kosten mag.«

»Deshalb habt Ihr also meinen Stellvertreter angewiesen, mich auszuspionieren.«

»Ich habe ihm aufgetragen, Euch im Auge zu behalten. Nicht mehr und nicht weniger.«

»Und die Führung zu übernehmen, falls ihm nicht gefällt, was er sieht.«

»Das Corps und unsere Berufung sind wichtiger als persönliche Belange, Pelli. Ich entschuldige mich nicht dafür, dass ich mich bemüht habe, dem Einsatz zum Erfolg zu verhelfen.«

»Ich habe Euch und dem Corps meine Treue geschworen. Ist das nun der Dank?«

»Eure Befehlsgewalt stünde nicht infrage, wenn Ihr entschlossen gehandelt hättet.«

»Damit meint Ihr wohl, ich darf auf unschuldige Opfer keine Rücksicht nehmen.«

»Verluste unter Zivilisten sind bedauerlich, aber angesichts des Chaos, das die Instrumentale in den falschen Händen anrichten können, zu vernachlässigen.«

»Den Tod Unschuldiger kann ich nicht als etwas Unwichtiges abtun. Ich war der Ansicht, das Corps folgte ganz anderen Maßstäben.«

»Wenn Ihr Euer einziges Ziel immer noch nicht kennt, besteht womöglich wirklich ein Grund, Euer Urteilsvermögen zu hinterfragen.«

»Anscheinend seid Ihr fest entschlossen, genau dies zu glauben.«

»Nein. Ich glaube, dass Ihr reichlich Gelegenheit hattet, Euch zu bewähren. Doch wir erreichen ein Stadium, wo es nichts mehr zu sagen gibt. Ich will mit Weevan-Jirst sprechen.«

Da sie es sinnlos fand, noch weiter zu streiten, sagte Pelli nur: »In Ordnung.«

Sie schob sich den Kristall in die Tasche und verließ die Kabine, suchte jedoch nicht ihren Stellvertreter auf, sondern begab sich in einen ruhigen Teil des Schiffs und trat an die Reling.

Dort nahm sie den Kristall heraus, hielt ihn in der geballten Faust fest und betrachtete ihn. Gewiss, es gab noch andere Möglichkeiten, mit Karrell Revers Verbindung aufzunehmen, doch dazu waren Anrufungen notwendig, die nur sie beherrschte und die sie gewiss nicht enthüllen würde. Der Kristall stellte den einfachsten, direktesten Weg dar.

Sie zögerte kurz, weil ihr bewusst wurde, was sie zu tun im Begriff war.

Vorsichtshalber sah sie sich um, ob ihr auch niemand zuschaute. Dann warf sie den Kristall über Bord.

Die Truppe machte sich Sorgen um Stryke.

Seine Stimmung schwankte zwischen Verzweiflung und wütenden Ausbrüchen. Sie ließen ihn in den Ruinen des zerstörten Dorfs brüten.

Auf Coillas Beharren hin schickten sie mehrere Spähtrupps aus, um die Insel zu erkunden. Niemand glaubte, dass dabei etwas herauskommen würde, aber das war immer noch besser, als untätig herumzuhocken. Da die Insel nicht sehr groß war, dauerte die Erkundung nicht lange, und die Späher kehrten bald zurück. Sie hatten nichts Aufschlussreiches zu berichten.

Calthmon hatte eine der Gruppen angeführt und die gegenüberliegende Seite der Insel erforscht. Er hatte etwas bemerkt. »Nicht weit entfernt gibt es noch weitere Inseln, es sind drei oder vier.«

Pepperdyne hatte die Karte, die Stryke ihm widerspruchslos überlassen hatte. Er vergewisserte sich. »Ja, das wussten wir schon. Sie sind hier eingezeichnet, der Karte nach ein ganzes Stück entfernt.«

Calthmon schüttelte den Kopf. »Nein. Die nächste könntest du mit einem Bogenschuss erreichen. Das Wasser dazwischen ist flach. Ich vermute, wir könnten sogar waten.«

»Ich wusste doch, dass die Karte nicht sehr genau ist. Was gibt es drüben? Konntet ihr etwas erkennen?«

»Nichts. Es sind öde Felsklötze.«

»Das hilft uns nicht viel weiter, was?«, meinte Jup.

»Was tun wir jetzt?«, schaltete sich Haskeer ein. »Wir können doch nicht herumsitzen, bis Stryke wieder zu sich kommt.«

»Wenn ich das wüsste.«

»Könnten wir nicht zu der Elfeninsel zurückfahren?«, schlug Spurral vor.

»Ich wüsste nicht, wie uns das helfen sollte«, widersprach Coilla. »Hat jemand einen anderen Vorschlag?«

»Vielleicht könnten wir eine Weile in der Nähe kreuzen und herausfinden, wo Jennesta abgeblieben ist«, meinte Pepperdyne. »Aber ich bin ziemlich sicher, dass uns auch das nicht viel weiterbringt.«

»Wie schön«, seufzte Coilla. »Sonst noch jemand? Nein? Na gut. Ich glaube, wir sollten jetzt einfach die Klingen wetzen und abwarten, bis Stryke nicht mehr Trübsal bläst. Er wird schon wissen, was zu tun ist.«

»Wird er?«, fragte Haskeer.

Sie überhörte die Bemerkung. »Wenn jemand einen besseren Vorschlag hat, dann heraus damit.«

»Wenn wir schon warten sollen, dann wohl lieber am Strand«, meinte Spurral. »Dort ist es nicht ganz so trist wie hier.«

Coilla betrachtete die zerstörte Siedlung. »Damit hast du natürlich Recht.«

»Was ist mit Stryke?«, fragte Jup.

»Der kommt schon zurecht.«

Spurral entfernte sich, und der größte Teil der Truppe folgte ihr. Falls Stryke überhaupt etwas bemerkte, so ließ er es sich nicht anmerken.

Am Strand hockten sie beisammen, pflegten die Waffen und unterhielten sich leise über ihre Lage. Die meisten waren niedergeschlagen.

Coilla und Pepperdyne saßen etwas abseits.

»Was meinst du?«, fragte er. »Siehst du einen Ausweg?«

»Ehrlich gesagt nein.«

»Was ist mit Stryke?«

»Was soll mit ihm sein?«

»Wird er wirklich wieder zu sich kommen?«

»Aber natürlich. Ich habe ihn schon einmal so erlebt, auch wenn es nicht so schlimm war. Er braucht nur etwas Zeit.«

»Du hast gesagt, er wüsste schon, was zu tun ist. Weiß er das wirklich?«

»Keine Ahnung. Aber wenn irgendjemandem etwas einfällt, dann ihm.«

»Also warten wir ab.«

Coilla zuckte mit den Achseln. »Was können wir sonst tun?« Sie blickte zu der Truppe hinüber. Genau wie sie und Pepperdyne hatten sich auch zwei andere abseits niedergelassen. »Ich muss mal mit jemandem reden, Jode. Warte hier.«

Er nickte. Sie stand auf und ging.

Kaum dass sie fort war, tauchte Standeven auf.

»Was gibt es?«, fragte Pepperdyne mürrisch.

Standeven tat verletzt. »Brauche ich wirklich einen Grund, wenn ich mit meinem altgedienten Helfer sprechen will?«

»Hinter allem, was du tust, steckt ein Motiv. Und Helfer ist nicht gerade das Wort, das ich für unsere Beziehung benutzt hätte.«

»Worte, Worte, immer nur Worte.« Standeven wedelte geringschätzig mit einer Hand. »Wir messen ihnen viel zu viel Gewicht bei.«

»Beispielsweise einem Wort wie ›Sklave‹? Das ist ein federleichtes Wort. Außer für denjenigen, der damit gemeint ist.«

»Beziehung. Das ist das einzige deiner Worte, das irgendwie von Belang ist.«

»Was, zur Hölle, redest du da, Standeven?«

»Wie du es auch nennen willst, zwischen uns besteht eine Beziehung. Wir haben zusammen eine Menge durchgemacht und alles überwunden, was oder wer sich uns auch in den Weg gestellt hat.«

»*Ich* habe das getan, willst du wohl sagen.«

»Jetzt sitzen wir schon wieder in der Patsche.«

»Damit sagst du mir nichts Neues. Worauf willst du hinaus?«

»Die Instrumentale.«

»Bei allen Göttern! Nicht das schon wieder. Kannst du denn nicht endlich …«

»Hör mir zu. Du glaubst, ich wollte sie in die Finger bekommen.«

»Ich frage mich, was mich auf diese abwegige Idee gebracht hat.«

»In Wirklichkeit will ich nur in unsere Welt zurückkehren.«

»Auch das ist mir wirklich nichts Neues.«

»Nun sei doch mal ernst«, schimpfte Standeven. »Ich habe einen Plan.«

»Den du mir gleich erklären wirst«, ergänzte Pepperdyne resigniert.

Standeven beugte sich verschwörerisch vor, viel näher, als es Pepperdyne lieb war, und flüsterte ihm ins Ohr. »Es ist richtig, dass Stryke die Instrumentale nicht hergeben wird. Deshalb müssen wir ihn überzeugen, sie zu benutzen, um mich zurückzuschicken. Dich natürlich auch«, fügte er hinzu, als sei es ihm im letzten Augenblick noch eingefallen.

»Du willst ihn überreden.«

»Ja.«

»Ausgerechnet du.«

»Nun ja, wenn ich berücksichtige, was er von mir hält, wäre es vielleicht besser, wenn der Vorschlag von dir kommt.«

»Von mir. Und was genau soll ich ihm sagen?«

»Das ist ganz einfach. Er soll mich … *uns* einfach nach Hause bringen, und dann kann er hierher zurückkehren. Er ist uns los und hat nach wie vor die Instrumentale.«

»Das wird er ganz gewiss nicht tun, während er verzweifelt nach seiner Frau sucht, seine Leute wie die Fliegen sterben und ein Haufen Zauberer uns auf den Fersen ist. Ganz zu schweigen von einem rachsüchtigen Goblin mit einem unglaublichen Bogen.«

»Das ist doch gar nicht so viel verlangt, wenn man berücksichtigt, was wir mit dieser Bande von Missgeburten alles durchgemacht haben.«

»Es ist verrückt. Stryke wird keinesfalls einem so haarsträubenden Vorschlag zustimmen. Selbst wenn er es dank irgendeines Wunders tut, bleibt immer noch ein anderes Problem. Es gibt keine Garantie dafür, dass du nach Hause kommst. Die Instrumentale funktionieren nicht ordentlich.«

»Das behauptet er.«

»Was?«

»Du hast nur das, was er sagt. Woher weißt du, dass er nicht lügt?«

»Warum sollte Stryke das tun?«

»Wer weiß schon, was im Kopf einer solchen Kreatur vorgeht?«

»Deinen finde ich viel rätselhafter. Wenn du Stryke bewegen willst, dich zurückzubringen, dann geh zu ihm und frag ihn. Ich ahne, was er antworten wird. Aber halte mich aus deinen lächerlichen Plänen heraus.«

»Was ist denn mit dir? Du willst doch sicher in unsere eigene Welt zurück.«

»Nein. Wenigstens jetzt nicht.«

Standeven nickte wissend. »Oh, ja. Die Orkfrau.« Er zwinkerte übertrieben lüstern. »Die Primitiven haben durchaus ihre Reize, was? Mir würde das zwar nicht gefallen, aber jeder nach seinem Geschmack, und ...«

»Noch ein Wort, und ich schlage dich nieder«, sagte Pepperdyne kalt.

Ein rascher Blick überzeugte Standeven, dass er sich besser verziehen sollte. Halblaut schimpfend entfernte er sich.

Ein Stück entfernt näherte sich Coilla Dallog und Pirrak. Die beiden saßen etwas abseits von den anderen und waren in ein Gespräch vertieft, das sie sofort unterbrachen, sobald sie die Kriegerin bemerkten.

Dallog begrüßte sie mit einem Nicken. »Coilla.«

»Alles klar?«

»Ja, soweit es unter diesen Umständen überhaupt möglich ist.«

»Und du, Pirrak?«

»Ich, Gefreite? Ich ... mir geht es gut.«

»Du hast dich im Kampf gegen die Goblins bewährt. Alle neuen Rekruten haben gut gekämpft.«

»Äh ... danke.«

Sie wandte sich an Dallog. »Können wir uns mal unterhalten?«

»Klar.« Er warf Pirrak einen Blick zu, und der Rekrut stand auf und ging.

»Anscheinend ist er etwas nervös«, sagte Coilla, als sich der Neuling entfernte.

»Das sind wir wohl alle.«

»Auch wieder wahr.«

»Worüber willst du denn mit mir reden?«

»Mach nicht so ein ernstes Gesicht. Ich wollte mich nur nach Wheam erkundigen.«

»Was hat er ausgefressen?«

»Nichts. Er hat nur das Gefühl, dass du … dass du in der letzten Zeit ein wenig auf Abstand zu ihm gehst.«

»Hat er dich gebeten, mit mir darüber zu reden?«

»Nein. Er weiß nichts davon. Und ich glaube, so sollte es auch bleiben.«

»Tja, es ist wahr. Aber ich würde nicht sagen, dass ich auf Abstand bleibe.«

»Wie würdest du es sonst nennen?«

»Ich helfe ihm, erwachsen zu werden. Du kennst doch seine Geschichte, Coilla.« Er zählte es an den schwieligen Fingern ab. »Er hat einen übermächtigen Vater, der ihm ständig im Nacken sitzt. Er hat nicht viel Selbstvertrauen. Obwohl er ein Ork ist, hat er kein instinktives Gefühl für den Kampf. Er ist ein Grünschnabel und …«

»Er wird besser.«

»Das ist wahr. Er hat sich gut gemacht, seit die Mission begonnen hat. Viel weiter wird er sich aber nicht entwickeln, solange er sich auf jemanden stützt. Ich dachte, es sei an der Zeit, ihn loszulassen.«

»Also geht es dir darum, dass er auf eigenen Beinen stehen soll.«

»Genau. Und das wird er nicht tun, solange die Krücken noch da sind.«

Coilla nickte nachdenklich. »Das kann ich verstehen. Noch etwas. Anscheinend stört es ihn, dass du so viel Zeit mit Pirrak verbringst.«

»Er sieht es wohl so, dass er seinen Platz für einen anderen Neuling räumen musste, und das passt ihm nicht.«

»Warum interessierst du dich so für Pirrak?«

»Im Gegensatz zu Wheam braucht er noch eine Stütze.«

»Warum?«

»Auf seine Weise ist er so unsicher wie Wheam, er verbirgt es nur besser. Meistens jedenfalls. Du hast ja selbst erkannt, dass er nervös ist.«

»Dann hältst du es nicht immer für angebracht, hart durchzugreifen?«

»Es sind unterschiedliche Orks. Wheam ist genug verhätschelt worden, Pirrak braucht es noch eine Weile.«

»Können wir uns auf ihn verlassen? Ich meine in einem echten Kampf?«

»So gut wie auf jeden anderen in der Truppe. Er hat sich ja schon bewährt, genau wie Wheam.«

Sie dachte über seine Antwort nach. »In Ordnung. Ich bin dir zu Dank verpflichtet, Dallog.«

»Keine Ursache, Gefreite.«

Coilla verließ ihn mit dem Gedanken, dass er klug war und den Charakter seiner Gefährten gut einschätzen konnte. Sie war beeindruckt.

Als sie zu Pepperdyne zurückkehrte, schlurfte Standeven gerade davon. Auf halbem Wege gesellte sich Spurral zu ihr.

»Weißt du, was ich denke?«, sagte sie.

»Nein«, antwortete Coilla. »Gedankenlesen zählt nicht zu meinen Fähigkeiten.«

»Ich denke daran, wie sehr Strykes Suche nach Thirzarr dem ähnelt, was mir und Jup passiert ist.«

»Du meinst, als dich die Sammler verschleppt haben. Ja, das ist ähnlich. Es war für euch beide schwierig.«

»Ja, aber es nahm ein glückliches Ende.«

»Meinst du, das wird jetzt anders sein?«

»Keine Ahnung. Natürlich hoffe ich, dass es gut ausgeht. Aber der Unterschied zwischen mir und Thirzarr ist, dass ihr wenigstens eine Vorstellung hattet, wohin sie mich gebracht haben.«

»Ja, es ist schwierig, wenn man nicht weiß, was man als Nächstes tun soll.«

»Coilla, hast du dich schon mal gefragt ...«

»Was denn?«

»Hast du dich schon mal gefragt, was du tun würdest, wenn dir und Jode das Gleiche passieren würde? Wenn ihr getrennt werdet und ...«

»Daran habe ich noch nicht gedacht. Ich glaube, ich würde ein bisschen durchdrehen.«

»Dann empfindest du wohl viel für ihn.«

»Das ist aber eine raffinierte Art, mir die Würmer aus der Nase zu ziehen.«

»Entschuldige.«

Coilla grinste. »Schon gut.«

»Und die anderen?«

»Was meinst du?«

»Dir muss doch klar sein, dass einige aus der Truppe argwöhnisch beobachten, was du da tust.«

»Gehörst du dazu?«

»Ich? Hör auf, Coilla. Du solltest mich besser kennen.«

»Tja, mir ist verdammt egal, was die anderen denken.«

»Gut so. Sieht Jode das genauso?«

»Ich denke schon. Warum fragst du?«

»Um dich etwas zu unterstützen, falls du das brauchst, und um dir zu sagen, dass Jode sich vermutlich wie ein Außenseiter fühlt. Genau wie ich, eine Zwergenfrau in einer Kriegertruppe der Orks.«

»Geben wir dir denn das Gefühl, du gehörtest nicht dazu? Dir oder Jup?«

»Nein, keineswegs, und das würde ich von euch Orks auch nicht erwarten. Wenn jemand weiß, wie es sich anfühlt, ausgestoßen zu sein, dann seid ihr es. Aber im Grunde sind wir wohl doch verschieden, und gegen diese Unterschiede können wir nichts tun. Allerdings sollte man auch erwähnen, dass angesichts eurer Geschichte die Zwerge bei den Orks eher willkommen sind als die Menschen.«

»Da mag ich nicht widersprechen.«

»Vergiss nicht, dass Jode nicht typisch für seine Art ist.«

»Nein. Typisch ist wohl eher Standeven.«

Sie kicherten leise und verschwörerisch und blickten zu Standeven, der zwischen den missmutigen Vielfraßen hindurch am Strand entlangstapfte.

»Ich wollte dir vor allem sagen, dass dich einige aus der Truppe unterstützen«, meinte Spurral. »Und ich vermute, Jup und ich sind nicht die Einzigen.«

»Danke, Spurral.«

»Schau mal, da kommt Stryke.« Sie deutete zum Saum des Dschungels.

»Wollen wir hoffen, dass er in einer erträglichen Stimmung ist.«

Als sich der Anführer näherte, hatte Coilla tatsächlich den Eindruck, dass Stryke ein wenig besser aussah. Sein Gang wirkte sogar schon wieder ein wenig zielstrebig.

Er begrüßte sie mit einem knappen Nicken. »Was ist los?«

»Wir haben gehofft, du könntest es uns sagen«, antwortete Coilla. »Hast du einen Plan?«

»Wir geben ein bisschen Branntwein für die Truppe aus. Sie sehen aus, als könnten sie es gebrauchen.«

»Das ist aber kein richtiger Plan, Stryke.«

»Nein, weil ich immer noch nicht weiß, wohin wir uns als Nächstes wenden. Dagegen ist mir völlig klar, dass diese Kampftruppe am besten arbeitet und denkt, wenn sie auf dem Damm ist. Also wollen wir sie aufscheuchen und beschäftigen.«

»Und dann?«

»Wir werden sehen.«

Spurral kam sich ein wenig überflüssig vor. Sie stapfte ein paar Schritte davon und starrte ihr Schiff an, das sich unweit vom Strand sanft am Ankertau wiegte.

Auf einmal bemerkte sie Schaum auf der sonst ruhigen Wasserfläche. Dort schien sich etwas zu bewegen, und die Unruhe verstärkte sich noch. Auch die anderen wurden aufmerksam. Die Orks standen auf, einige stießen Rufe aus.

Stryke und Coilla kamen zu ihr.

Im Wasser regte sich etwas Gewaltiges.

»Was, zur Hölle, ist da los?«, sagte Stryke.

In einem weiten Bereich schäumte das Wasser. Durch die Gischt bemerkten sie glänzende, ledrige Haut.

»Bei meinen Göttern«, murmelte Spurral.

»Was ist es?«, fragte Coilla.

Etwas sehr Großes, Unförmiges hob sich aus dem Wasser.

Spurral wollte etwas sagen, brachte aber kein Wort heraus.

»Was ist das?«, wiederholte Coilla.

Spurral drehte sich zu ihr herum. »Der Krake«, quetschte sie heraus.

12

Eine halbe Ewigkeit lang stand die Truppe wie angewurzelt da und beobachtete das Schauspiel. Das graue, gummiartige Ungetüm stieg immer weiter empor, das Meerwasser strömte in Kaskaden herab. Dutzende Tentakel, die so dick waren wie ausgewachsene Baumstämme, tauchten auf und pendelten drohend.

Stryke gehörte zu den Ersten, die sich wieder fingen. »Es kommt hierher!«, rief er. »Zu den Waffen!«

Die Truppe machte sich bereit. Coilla und Pepperdyne kämpften wie Jup und Spurral Seite an Seite. Die Neulinge versammelten sich um Dallog. Standeven zog sich zurück und stolperte mit zitternden Händen zum Dschungel.

Erstaunlich schnell näherte sich das Wesen dem Strand. Dabei spritzte die Gischt hoch, und dahinter konnte man mehrere Augen erkennen, die so groß waren wie

Wagenräder, außerdem Reißzähne vom Ausmaß von Grabsteinen. Ein Wald von Tentakeln, die wie eigenständige Lebewesen wackelten, wuchs heran. Das Wasser, das der Körper des Ungetüms verdrängte, schwappte ans Ufer.

Auf Strykes Befehl schossen sieben oder acht Angehörige der Truppe ihre Bogen ab. Sie benutzten Bodkin-Pfeile, die gefährlichsten, die sie besaßen. Alle trafen, doch mindestens die Hälfte prallte von der harten Haut ab. Andere bohrten sich in den Körper, zeitigten aber keinerlei Wirkung. Die Bogenschützen feuerten weiter.

»Wir müssen uns etwas Besseres einfallen lassen«, sagte Jup.

»Gegen dieses Wesen können wir nicht kämpfen«, widersprach Spurral.

»Wenn es lebt, kann man es töten.«

»Da bin ich nicht so sicher.«

»Ach, hör doch auf, Spurral!«

»Ich habe gesehen, wozu es imstande ist. Wir müssen uns zurückziehen!«

Doch Rückzug war das Letzte, was der Truppe in den Sinn kam. Einige der bebenden, mit Saugnäpfen bedeckten Glieder ragten über dem Strand auf. Andere tasteten sich vor und glitten wie riesige, aufgeblähte Schlangen herbei. Eine Gruppe Orks rannte mit erhobenen Äxten zu einem Tentakel. Er peitschte umher und traf sie so fest, dass die meisten umfielen. Sie rappelten sich wieder auf, hackten auf das Anhängsel ein und konnten es tatsächlich abtrennen. Eine stinkende grüne Flüssigkeit quoll heraus. Der Rest des zuckenden Tentakels wurde sofort zurückgezogen. Auf dem Strand blieb eine klebrige Pampe zurück, die im Sand versickerte.

Jetzt griff die ganze Truppe an und ging mit Schwertern, Speeren und Beilen auf die vorgeschobenen Tentakel los. Reafdaw hatte das Pech, einem davon zu nahe zu kommen. Blitzschnell wickelte ihn der Ausläufer ein. In der erdrückenden Umarmung brüllend, wurde der Gemeine zum Wasser gezogen. Er verlor das Schwert, hatte aber wenigstens noch einen Dolch. Er stach auf den Tentakel ein, und das, was bei dieser Kreatur als Blut galt, strömte in Massen heraus. Doch der tödliche Griff löste sich nicht.

Einige seiner Kameraden nahmen die Verfolgung auf, Stryke vorneweg. Sie holten den Tentakel ein und schnitten, stachen und schlugen, doch der Krake ließ Reafdaw nicht los. Dann hob sich der Tentakel mit dem Gemeinen. Das Ziel war offensichtlich das riesige Maul der Kreatur.

Stryke sprang, hielt sich am Tentakel fest und setzte sich rittlings darauf, als hätte er ein Pferd unter sich. Die Aufwärtsbewegung hörte einen Moment auf. Die anderen Orks begriffen, was er vorhatte, und folgten dem Beispiel ihres Hauptmanns. Auch sie sprangen auf den erhobenen Tentakel und klammerten sich fest, bis ihn ihr gemeinsames Gewicht zu Boden zwang. Nach einer wilden Hackerei war der Ausläufer durchtrennt, und Reafdaw war befreit. Wo seine Haut entblößt war, zeichneten sich rote Male von den Saugnäpfen ab. Er stolperte zu seinem verlorenen Schwert und nahm den Kampf wieder auf.

Haskeer hielt sich nicht mit Feinheiten auf. Er kletterte auf einen großen Felsblock, der im Sand lag, und warf sich auf einen tastenden Tentakel. Der Speer, den er festhielt, durchbohrte die dicke Haut und drang tief ein. Ein Schwarm Neulinge konnte den vorübergehend festgesetzten Tentakel mühelos abhacken.

Kühner geworden, versuchte Haskeer es noch einmal. Er sprang von einem anderen Stein auf den nächsten sich windenden Ausläufer hinab. Dieses Mal brach der Speer jedoch entzwei. Haskeer wurde zur Seite geschleudert und prallte schwer auf den Sandstrand. Atemlos und schwindlig blieb er liegen, bis etwas Unangenehmes sein Bein streifte.

Der Tentakel schoss auf ihn los. Das Ding war so dick, dass Haskeer es mit beiden Armen nicht hätte umfangen können, und bewegte sich erschreckend schnell. Der Krieger rollte sich ab und entging knapp der Umarmung. Er bewegte sich weiter, wich zurück, stieß sich mit den Händen im Sand ab und trat mit den Füßen aus. Er krabbelte wie ein Krebs, denn er musste in Bewegung bleiben und hatte keine Zeit, sich aufzurichten. Der Tentakel verfolgte ihn. Endlich rappelte er sich auf und entging dem Ausläufer mit knapper Not. Er führte einen grotesken Tanz auf, als er sich rückwärts weiter zurückzog und versuchte, das Ding mit dem hastig gezückten Dolch abzuwehren.

Wheam und die Neulinge Keick und Chuss trafen ein und fielen über den Fangarm her.

»Was hat euch so lange aufgehalten?«, bellte Haskeer.

Sie waren zu beschäftigt, um ihm zu antworten. Er bewaffnete sich zusätzlich mit einem Beil und half ihnen.

Pepperdyne und Coilla kämpften gegen einen sich aufbäumenden Tentakel. Mit ihren Klingen hatten sie ihn schon ein Dutzend Mal verletzt, und immer noch kam er drohend näher. Nach viel Ducken und Ausweichen nahmen sie das Ding endlich in die Mitte, hackten energisch darauf ein und trennten ein ordentliches Stück davon ab. Der üble Geruch stieg auf, und der gekappte Arm zog sich zurück. Allerdings war sofort eine Legion intakter Angreifer zur Stelle.

»Das ist harte Arbeit«, keuchte Pepperdyne.

»Es wird noch schwieriger.« Sie deutete zum Wasser.

Der Krake war erheblich näher gekommen. Dicht vor dem Ufer verharrte nun ein Gebirge aus bebendem grauem Fleisch, unter dem immer mehr Tentakel zum Vorschein kamen.

»Was meinst du, ist er fähig, an Land zu klettern?«

Sie schüttelte den Kopf. »Das weiß ich nicht.«

»Wir müssen zurückweichen.«

»Allerdings.« Sie blickte sich um, bis sie Stryke entdeckte. »Stryke! Stryke! Schau mal, da!«

Er sah es und gab sofort Befehle.

Die Vielfraße lösten sich aus dem Kampfgetümmel, überließen den Strand der schlängelnden Invasion und scharten sich um ihn.

»Ins Landesinnere!« Er drängte sie weiter. »Zu den Bäumen!«

Haskeer war der Letzte. Er kam an einem forschenden Tentakel vorbei und versetzte ihm einen gewaltigen Tritt, der sich äußerst befriedigend anfühlte, auch wenn er nicht viel ausrichten konnte.

Als die Truppe sich in Sicherheit brachte, fiel der Schatten des Kraken auf den Strand. Krachend drangen sie in den Dschungel ein und liefen, bis Stryke der Ansicht war, sie seien weit genug gekommen, und die Krieger anhalten ließ. Als sie eine Bewegung im Unterholz bemerkten, hoben sie sofort die Waffen. Unsanft beförderten sie die Ursache ans Licht und waren nicht sonderlich überrascht, Standeven vor sich zu sehen.

»Was jetzt, Stryke?«, fragte Jup.

»Ich denke, wir warten einfach ab.«

»Machen wir es uns so einfach, ja? Wir verstecken uns hier und warten, bis dieses Biest von selbst verschwindet?«, maulte Haskeer.

»Hast du einen besseren Plan?«

»Es bekämpfen.«

»Fang schon mal an.«

»Aber so halten wir es doch, Stryke. Wir laufen nicht vor einem Kampf davon wie ein paar verschreckte Kinder.«

»Wir verschwenden auch kein Leben im Kampf gegen einen Gegner, den wir nicht besiegen können. Vielleicht hätten wir bessere Aussichten, wenn wir ein Heer und keine Kriegertruppe wären, aber so ist es leider nicht.«

»Also ich denke ...«

Am Strand waren Geräusche zu hören, ein Rauschen und ein Knacken. Irgendetwas bewegte sich in ihre Richtung.

»Da!«, rief Coilla.

Ein Tentakel pflügte durch den Dschungel, erreichte einen besonders großen Baum, wickelte sich darum, riss ihn mühelos aus und warf ihn beiseite. Mit kaum verminderter Geschwindigkeit hielt der Ausläufer weiter auf sie zu. Ein Stück weiter links erschien ein weiterer Tentakel und zerstörte alles, was ihm im Weg war.

»Zurück!«, befahl Stryke. »Alles zurück!«

Sie brauchten keine Aufforderung. Als sie sich tiefer in den Dschungel zurückzogen, hörten sie hinter sich und ringsherum die Geräusche des Zerstörungswerks. Weiter im Innern wuchsen die Pflanzen viel dichter, und die Luft roch süßlich nach verwesenden Blättern und fauligem Wasser. Es war eine Erinnerung daran, dass dort, wo es Leben gab, der Tod stets nahe war.

Ein Stückchen weiter, sie konnten die forschenden Tentakel immer noch hören, kamen sie an einer kleinen Lichtung vorbei, in deren Zentrum ein kleiner Altar stand. Er war aus Stein gebaut und schlicht gehalten. Auf die Fläche waren vier Symbole eingraviert, die den meisten in der Truppe bekannt vorkamen.

Wachsam drängten sie sich weiter durch den Wald. Die Krieger hackten sich mit Schwertern den Weg frei. Jup und Spurral schoben die Hindernisse mit den Stäben zur Seite. Wie üblich blieben die Neulinge unter Dallogs Führung dicht beisammen. Wheam tappte mit grimmigem Gesicht durch den Urwald, die kostbare Laute auf den Rücken geschlungen. Standeven folgte Coilla und Pepperdyne, den er immer noch für seinen Beschützer hielt. Tatsächlich beschränkten Pepperdynes Rettungsversuche sich darauf, Standeven hochzuzerren, wenn dieser über eine Wurzel gestolpert war.

Der nächste Angriff kam ohne Vorwarnung, abgesehen von einem Rascheln im Blätterdach. Auf einmal fuhr ein Tentakel herab wie der Finger eines wütenden Riesen, prallte auf den Boden und schlängelte sich in ihre Richtung. Die Truppe warf Speere und jagte Pfeile hinein. Coilla nahm ein Wurfmesser heraus und schleuderte es so fest, dass es völlig in die harte Haut eindrang. Der Tentakel zog sich zurück – nicht ganz und gar, aber weit genug, damit sie die Flucht fortsetzen konnten.

»Anscheinend haben wir ihn etwas gebremst«, meinte Pepperdyne, als sie sich weiter durch den Dschungel kämpften.

»Ich habe ein Messer verloren und nichts erreicht«, beklagte sich Coilla.

»Die Tentakel sind blind, sie haben offensichtlich keine Augen. Was meinst du, wie sie uns trotzdem finden können?«

»Wer weiß? Instinkt?«

»Vielleicht können sie Bewegungen spüren. Du weißt schon, die Erschütterungen im Boden oder …«

»Spielt das eine Rolle? Es ist doch viel wichtiger, sich vor dem Ding in Sicherheit zu bringen, oder?«

»Ja, klar.«

Sie liefen weiter, hinter ihnen verklangen die Geräusche.

»Meinst du, er hat es aufgegeben, Stryke?«, fragte Jup.

»Keine Ahnung. Kann schon sein.«

»Was denkst du, wie weit die Gliedmaßen reichen?«, überlegte Coilla.

»Unglaublich weit«, erklärte Spurral.

»Schon wieder gute Neuigkeiten«, knurrte Haskeer.

Stryke mochte es nicht recht glauben. »Aber doch bestimmt nicht bis hierhin, oder?«

»Darauf würde ich mich nicht verlassen«, antwortete Spurral.

»Die Insel ist nicht sehr groß«, erinnerte Jup die anderen. »Sie ist auch eher länglich und nicht sehr breit. Möglicherweise befinden wir uns überall in seiner Reichweite.«

»Vielleicht auch nicht«, widersprach Pepperdyne.

»Wie meinst du das?«

»Eine Kreatur von der Größe des Kraken kann nur in tiefem Wasser leben. Vielleicht ist er genau wie die Fische gar nicht fähig, an Land zu kommen. Deshalb benutzt er die Tentakel, um seine Beute zu fangen.«

»Wie hilft uns das weiter?«, fragte Stryke.

»Vor dem Strand, zu dem wir jetzt laufen, gibt es noch einige Inseln. Die Späher sagten, das Wasser sei flach genug, um hinüberzuwaten.«

»Da drüben sind aber nur Felsen.«

»Wichtig ist die Wassertiefe rings um die Inseln. Für ein großes Wesen wie den Kraken ist es nicht tief genug.«

»Das vermutest du nur, ebenso wie du vermutest, dass die Tentakel die anderen Inseln nicht erreichen.«

»Falls sie es doch können, sind wir da drüben ohne Deckung und werden einfach abgepflückt«, gab Jup zu bedenken.

»Damit hast du Recht«, gab Pepperdyne zu. »Es sind nur Mutmaßungen. Hat denn jemand eine bessere Idee?«

Die darauf folgende Stille wurde durch neues Getöse hinter ihnen durchbrochen. Zwei oder drei Tentakel arbeiteten sich in ihre Richtung vor.

»Wir versuchen es«, entschied Stryke. »Los jetzt.«

Ohne Rücksicht auf die Hindernisse stürmten sie weiter, die Tentakel folgten ihnen und schlossen rasch auf. Nach einer halben Ewigkeit wurde der Dschungel lichter. Die Bäume standen hier in größeren Abständen, und dahinter erstreckte sich eine helle, offene Fläche.

Kurz darauf verließen sie den Urwald und standen wieder am Strand, der auf dieser Seite jedoch überwiegend aus Kies bestand. Nicht weit voraus, vielleicht einen guten Bogenschuss entfernt, erhob sich die erste der benachbarten Inseln. Sie war viel kleiner als diejenige, auf der sie standen, und völlig kahl.

Haskeer nahm einem Neuen einen Speer ab und schleuderte ihn in hohem Bogen. Etwa ein Drittel des Weges zur Insel legte er zurück und landete fast senkrecht im Wasser. Etwas weniger als die Hälfte ragte noch heraus, als er stecken blieb.

»Wenn es überall so aussieht, ist es höchstens hüfttief«, meinte Coilla.

Haskeer deutete mit dem Daumen auf die Zwerge. »Außer für die beiden Kurzärsche. Denen geht es bis zum Hals.«

»Wir kommen schon klar«, unterrichtete Spurral ihn kühl.

Ausnahmsweise mischte sich auch Standeven ein. »Selbst wenn es zu tief zum Waten ist, ihr könnt doch schwimmen.«

»Mit all den Waffen und der Ausrüstung?«, fragte Pepperdyne.

»Schon gut, schon gut. War ja nur so eine Idee. Ich kann sowieso nicht schwimmen.«

Die anderen stöhnten im Chor.

Pepperdyne starrte ihn böse an. »Halt doch einfach die Klappe.«

Leise, aber unverkennbare Geräusche drangen aus dem Dschungel herüber.

»Wollen wir jetzt weiter, Stryke?«, fragte Coilla, während sie die kahle Insel beäugte.

»Ja.«

»Angenommen, die Tentakel reichen wirklich bis hierher«, überlegte Haskeer. »Wenn sie uns da draußen erwischen, sind wir im Eimer.«

»Dann trödele nicht«, antwortete Pepperdyne.

»Wenn du dich irrst, Mensch …«

»Bleibt uns etwas anderes übrig?«

»Lasst uns gehen«, befahl Stryke.

Sie liefen zum Wasser. Viele hielten die Waffen über den Köpfen.

Als sie etwa ein Drittel des Weges geschafft hatten, stieß einer der Neulinge einen Ruf aus und deutete nach hinten. Alle drehten sich um. Zwei Tentakel durchwühlten den Strand, den sie gerade verlassen hatten. Dann erschienen noch weitere, die sich hoch über den Bäumen wanden.

»Sie folgen uns nicht«, sagte Coilla. »Vielleicht haben sie jetzt wirklich ihre Grenzen erreicht.«

»Vielleicht«, antwortete Stryke. »Wir wollen nicht trödeln und es auf die unangenehme Weise herausfinden.«

Sie eilten weiter und drehten sich immer wieder ängstlich um. Die Arme des Kraken blieben, wo sie waren, und untersuchten das Gelände wie schnüffelnde Hunde. Zwei weitere tauchten aus den Bäumen auf und gesellten sich zu den anderen.

Endlich erreichten die Vielfraße die trostlose Insel und schleppten sich auf das felsige Ufer. Sie stiegen bis zum höchsten Punkt hinauf, der in Wahrheit eine eher bescheidene Erhebung war, und hielten Ausschau.

»Was ist, wenn er nicht verschwindet?«

»Wenn sich der Krake verhält wie andere Tiere, dann wird er irgendwann müde oder hungrig und sucht nach einfacher zu erlegender Beute«, erklärte Stryke.

»Wie lange kann das dauern?«, fragte Jup.

»Wir werden sehen.«

Sie ließen sich nieder. In der heißen Sonne dampfte die feuchte Kleidung.

Es verstrich genug Zeit, um die Sachen völlig zu trocknen. Die Stimmung verschlechterte sich deutlich.

»Seht mal!«, rief Jup schließlich.

Gleichzeitig zogen sich die Tentakel rasch zurück.

»Er verschwindet«, sagte Dallog.

»Immer mit der Ruhe«, warnte Stryke die anderen. »Es ist noch nicht vorbei. Wir warten erst einmal ab, ob das Wasser wirklich flach genug ist, um das Wesen von dieser Seite der Insel abzuhalten.«

»Genau.« Haskeer warf einen feindseligen Blick zu Pepperdyne.

Wieder warteten sie. Stryke ließ sich viel Zeit, um ganz sicher zu sein. Die Schatten wurden schon merklich länger, als er fand, der richtige Augenblick sei gekommen. Vorsichtig watete die Truppe zur Hauptinsel zurück. Sie liefen schweigend, wenn man von Haskeers gemurmelten Flüchen absah, weil er schon wieder nass wurde. Drüben schickte Stryke Nep, Eldo und Seafe als Späher voraus.

Bevor die Truppe den Strand erreichte, wo ihr Schiff ankerte, kehrten die Kundschafter zurück.

»Er ist weg«, berichtete Seafe.

»Bist du sicher?«, fragte Stryke.

»Wir konnten ihn nicht sehen, und er ist zu groß, um übersehen zu werden.«

»Gut.«

»Aber so leicht werden wir hier nicht wegkommen, Hauptmann. Unser Schiff ist beschädigt.«

»Verdammt. Schlimm?«

»Es schwimmt noch, sieht aber mitgenommen aus. Offenbar hat ihm der Krake einen Schlag verpasst, als er sich verzogen hat.«

Stryke schickte eine Gruppe zum Schiff, darunter Pepperdyne, die den Schaden einschätzen sollte.

»Es sieht übel aus, aber ich glaube, der größte Teil kann repariert werden«, erklärte der Mensch ihm schließlich. »Das Schiff zieht Wasser, und der Hauptmast hat etwas abbekommen. Das wären die wichtigsten Dinge, um die wir uns kümmern müssen.«

»Wie lange?«

»Oh, zwei Tage.«

»Zu lange.«

»Vielleicht reicht einer, wenn wir uns alle ins Zeug legen.«

»Was brauchst du?«

»Vor allem Holz. Das kann der Dschungel liefern. Es ist nicht ideal, aber …«

»Lass uns beginnen.«

»Der Abend kommt. Sollen wir im Dunkeln arbeiten?«

»Das muss wohl sein.«

»Stryke, was tun wir, wenn das Schiff repariert ist?«

»Alles zu seiner Zeit.«

»Wir wissen nicht wohin, ganz zu schweigen davon, dass wir noch einmal dem Kraken begegnen könnten, wenn wir aufbrechen.«

»Wie gesagt, alles zu seiner Zeit.« Stryke sprach mit einer Schärfe, die Pepperdyne verriet, dass er besser nicht weiter drängen sollte.

Der Hauptmann schickte die meisten Gemeinen in den Dschungel, wo sie nach geeignetem Holz suchen sollten, um die Reparaturen durchzuführen und Feuer zu entfachen. Kaum waren die Krieger fort, da kam Breggin schon zurückgerannt.

»Was ist los?«, fragte Stryke.

»Wir sind nicht allein.« Der Gemeine schnaufte heftig.

»Wer ist es? Wie viele sind es?«

»Keine Ahnung. Nur einer vielleicht. Konnte es nicht genau erkennen. Hab nur eine Bewegung im Unterholz bemerkt. Da drüben.« Er deutete in die entsprechende Richtung. »Ich bin dann lieber gerannt.«

Stryke zog das Schwert und eilte zum Dschungel, die anderen folgten ihm sofort. Sogar Standeven schloss sich an, obwohl er darauf achtete, ganz hinten zu bleiben. Im zunehmenden Zwielicht unter dem Blätterdach gesellten sich weitere Gemeine zu ihnen. Stryke ließ sie ausschwärmen und die Gegend durchkämmen. Er ging weiter, und die anderen Unteroffiziere, die Zwerge und Pepperdyne begleiteten ihn.

Sie mussten nicht weit laufen.

Inzwischen war es so dunkel, dass Stryke nicht sicher war, was er sah. Dann erkannte er, dass im Schatten jemand stand. Vorsichtig näherte er sich der Gestalt, die ihm den Rücken kehrte. Der Fremde blieb völlig reglos, obwohl er, wer es auch war, ihn und die anderen längst gehört haben musste, sofern er nicht völlig taub war.

»Mach keine plötzlichen Bewegungen«, rief Stryke. »Dreh dich um und lass deine Hände sehen.«

Die Gestalt blieb reglos stehen wie eine Statue.

Stryke ging zwei Schritte weiter. »Zeig dich uns!«

Langsam drehte sich die Gestalt um.

Stryke war jetzt nahe genug, um das Gesicht zu erkennen. Was er sah, ließ ihn an seinem Verstand zweifeln.

Er betrachtete sich selbst.

13

Stryke war viel zu verblüfft, um etwas zu sagen. Er starrte das Wesen an, das vor ihm stand, und hatte das Gefühl, in einen Spiegel zu blicken. Nur die irgendwie schlecht sitzende, unauffällige Kleidung, die sein Doppelgänger trug, störte das Bild: ein Wams aus Stoff über einem Baumwollhemd, eine dicke, rostfarbene Hose, die in kniehohen Lederstiefeln steckte. Außerdem war sein Gegenüber nicht bewaffnet, jedenfalls trug er keine sichtbaren Waffen.

Haskeer riss Stryke aus der Benommenheit. »Hexerei! Bring ihn um!«

Stryke blieb wie angewurzelt stehen, während Haskeer und die anderen mit gezückten Klingen vorrückten.

Der Fremde, der ihm so ähnlich sah, hob beide Hände und sagte mit ruhiger, wohltönender Stimme, die ebenfalls nicht zu Stryke passte: »Ihr könnt die Waffen sinken lassen. Ich bin keine Bedrohung.«

»Und das sollen wir dir so einfach glauben?« Jup hob drohend den Stab.

Stryke bedeutete ihnen, sich zurückzuhalten, und bekam endlich ein paar Worte heraus. »Wer ... was bist du?«

»Verzeih mir«, antwortete sein Ebenbild. »Das war ein kleiner Kunstgriff von mir. Wartet bitte und habt keine Angst vor dem, was ihr seht.«

Haskeers Kinn war nicht das Einzige, das vor Empörung über diese Bemerkung trotzig vorgeschoben wurde.

»Passt auf!«, warnte Coilla die Gefährten. »Er macht irgendwas.«

Der Fremde verwandelte sich, die Gesichtszüge verschwammen. Die Haut schien zu schmelzen, zu zerlaufen und sich neu zu formieren. Es gab ein Geräusch wie von brechenden Knochen, als sich die Gestalt wand, zusammenzog und wieder dehnte. Gleich darauf hatte sich das Wesen völlig verändert.

Nun stand eine schlankere und größere Gestalt als der imitierte Stryke vor ihnen. Das Gesicht ähnelte eher einem Menschen als einem Ork, war aber doch nicht völlig menschlich zu nennen. Man konnte nicht erkennen, ob es männlich oder weiblich war. Die smaragdgrünen Augen waren schräg, die Nase klein und ein wenig gekrümmt. Das volle rotbraune Haar, das ebenfalls entstanden war, fiel bis auf die Schultern. Es war ein schön proportioniertes Gesicht mit feinen Zügen, das je nach Geschlecht als gut aussehend oder schön hätte gelten können.

»Was, zur Hölle, bist du?«, fragte Stryke.

»Ein Freund.« Die Stimme des Wesens hatte sich nicht verändert.

»Das behauptest du«, murmelte Jup.

»Mein Name ist Dynahla.«

»Du bist ein Doppelgänger, oder?«, überlegte Coilla. »Ein Gestaltwandler.«

»Ja, ich besitze die Fähigkeit, andere Erscheinungsformen anzunehmen.«

»Warum hast du mich nachgeahmt?«, fragte Stryke.

»Um mich zu schützen. Meiner Erfahrung nach zögern die meisten Wesen, ehe sie jemanden angreifen, der so aussieht wie sie selbst.«

»Bist du männlich oder weiblich?«, fragte Haskeer. »Oder kannst du das auch verändern?«

Dynahla lächelte. »Ich erkenne, dass du es lieber mit einem männlichen Wesen zu tun hättest.« Sogleich setzte eine weitere Verwandlung ein, die im Vergleich zu der vorherigen allerdings geringfügig war. Die Haut zerfloss nur an wenigen Stellen, einige Einzelheiten des Gesichts veränderten sich. Das Kinn, die Wangenknochen und die Stirn erschienen härter, der Körper entwickelte bescheidene Muskeln, die Hüften wurden schmaler. Das Ergebnis war offenbar männlich, nur ein geringes Maß an Zweideutigkeit blieb.

»Hoffentlich machst du das jetzt nicht andauernd«, bemerkte Spurral.

»Was willst du hier?«, fragte Stryke.

»Man hat mich geschickt«, antwortete Dynahla.

»Etwa die Zauberer, die uns verfolgen?«, wollte Haskeer wissen.

»Das Corps der Torhüter? Nein, mit denen habe ich nichts zu schaffen.«

Stryke war verwirrt. »Wer dann?«

»Es gibt vieles, was du nicht weißt, Stryke, und wenn du etwas Geduld zeigst, wirst du Erklärungen hören.«

»Woher kennst du meinen Namen?«

»Ich kenne alle eure Namen.« Dynahla deutete mit einem schlanken Finger auf Strykes Gefährten. »Coilla, Haskeer, Jup. Du musst Spurral sein. Dallog. Das da ist Jode Pepperdyne, und dort ...«

»Wie kommt es, dass du so viel über uns weißt?«

»Das ist wirklich Hexerei«, erklärte Haskeer. »Hier ist Magie im Spiel, und das gefällt mir nicht.« Er hob die Klinge ein wenig höher.

»Nein«, widersprach Dynahla. »Oder doch, ja. Aber nicht so, wie du es dir vorstellst. Es ist eine gütige Magie, die außerdem nicht mir gehört, sondern dem, der mich geschickt hat.«

»Du hast uns immer noch nicht verraten, um wen es sich handelt«, erinnerte Stryke ihn. Er hatte beschlossen, dass es einfacher war, das Wesen als männlich zu betrachten.

»Jemand, den ihr kennt und der euch nichts Böses will. Tentarr Arngrim hat mich geschickt. Ihr nennt ihn Seraphim.«

»Er hat dich geschickt?«

»Um euch zu helfen, ja.«

»Was bist du für ihn?«

»Das ist eine interessante Frage. Ich bin ein … ein Lehrling.«

»Wer so etwas behauptet, sollte es auch beweisen können«, verlangte Jup.

»Ich kann es beweisen, aber wem? Allen, oder willst du mit mir allein sein, Stryke?«

»Nein, wir hängen hier alle mit drin.« Er warf Pepperdyne und Standeven, der weiter hinten herumschlich, einen kurzen Blick zu. »Was du zu sagen hast, ist für alle bestimmt.«

»Dann willst du vielleicht die ganze Truppe versammeln.«

Stryke nickte. »Aber nicht hier. Wir wollen es irgendwo tun, wo noch etwas Licht ist.« Auf seinen Befehl hin stieß Dallog zweimal ins Horn, um die Späher zurückzurufen. »Du bekommst eine bewaffnete Eskorte«, sagte Stryke zu Dynahla. »Ich traue dir nicht. Ob sich das ändert, hängt von deinem sogenannten Beweis ab.«

»Ich verstehe.«

»Wenn du dich noch einmal verwandelst …«

»Das werde ich nicht tun.«

Sie kehrten zum Strand zurück.

Coilla blieb mit gezogenem Schwert dicht neben Dynahla. Sie wandte sich an ihn und sagte: »Es gibt nicht viele Gestaltwandler, nicht wahr? Wenigstens nicht in Maras-Dantien.«

»Nein, wohl nicht.«

»Es heißt, man müsse mit einem schnellen Tod rechnen, wenn man seinen Doppelgänger sieht, wie es Stryke gerade geschehen ist.«

»Außerdem heißt es, ihr Orks könntet kein Tageslicht ertragen.«

»Blödsinn.«

»Genau.«

Sie schwiegen, bis sie den Strand erreicht hatten. Als die letzten Späher zurückkehrten, stellte Stryke ihm noch einige Fragen.

»Kommst du von dieser Welt?«

»Nein.«

»Wie bist du hierhergelangt?«

»Auf die gleiche Weise wie ihr.«

»Hast du Sterne?«

»Seraphim hat mich und meinen Vorgänger Parnol persönlich zu euch befördert.«

»Wen?«

»Einen anderen Lehrling. Ihr habt ihn nur tot kennengelernt. Er war der Bote, den Seraphim nach Ceragan geschickt hat.«

»Der Mensch mit dem Messer im Rücken.«

»Ja. Dafür war Jennesta verantwortlich.«

»Das überrascht mich nun wirklich nicht«, sagte Haskeer.

Stryke hob die Hand zum Hals. »Ich habe sein Amulett.«

»Gut«, erwiderte Dynahla. »Das war klug von dir.«

»Aber es nützt nichts. Die Sterne funktionieren nicht richtig.«

»Hast du sie noch?«

»Ja.«

»Haben sie … irgendeine Wirkung auf dich ausgeübt? Du kannst ruhig ehrlich sein. Ich weiß, dass sie dich und Haskeer früher schon einmal beeinflusst haben.« Fragend sah er den Feldwebel an, der eine finstere Miene aufgesetzt hatte.

»Nein«, antwortete Stryke. »Ich habe nichts gespürt.«

»Das ist gut. Hoffentlich hast du dich auf sie eingestimmt.«

»Was bedeutet das?«

»Jeder Satz Instrumentale hat eine eigene Signatur. Manche nennen es ein Lied. Ein Wesen, das sich eine gewisse Zeit in ihrer Nähe aufhält, leidet entweder oder harmonisiert sich mit ihnen, wie es anscheinend dir geschehen ist. Verstehst du das?«

»Ich glaube schon.«

»Aber es ist nicht klug, sich zu lange in ihrem Einflussbereich aufzuhalten, selbst wenn die Wirkung günstig zu sein scheint.«

»Warum nicht?«

»Weil die Instrumentale eine ungeheure Macht verkörpern. Eine Macht, die nicht einmal die fähigsten Magier wirklich verstehen.«

»Ich gebe sie nicht her«, erklärte er, weil er ahnte, welche Wendung die Dinge bald nehmen würden.

»Das verlange ich auch nicht von dir.«

»Wie gesagt, sie funktionieren sowieso nicht richtig. Nicht so zuverlässig, wie es sein sollte. Kennst du den Grund dafür?«

»Genau«, fügte Jup hinzu. »Und hat Jennesta etwas damit zu tun?«

»Was ist mit diesem Corps der Torhüter?«, wollte Coilla wissen. »Wer sind sie? Was wollen sie?«

»Und wo ist Thirzarr?«, fragte Stryke.

Dynahla bat mit erhobener Hand um Schweigen. »Diese Dinge werden am besten durch den Beweis erklärt, den ich anbieten kann. Ist deine Truppe jetzt vollzählig versammelt, Stryke?«

Er sah sich um. Die letzten beiden Nachzügler trabten gerade herbei. »Ja.«

»Dann sollst du einige Antworten bekommen. Erwarte aber nicht, dass alles auf einen Schlag aufgeklärt wird.«

»Das klingt nicht gerade vielversprechend«, meinte Coilla düster.

»Vertraut mir«, bat Dynahla.

Sie sahen aufmerksam zu, die Hände auf die Hefte der Waffen gelegt, wie der Gestaltwandler einen kleinen Seidenbeutel aus der Tasche zog und sich den Inhalt in die Hand schüttete. Soweit sie es sagen konnten, handelte es sich dabei um Sand, der sich in nichts von dem am Strand unterschied. Er warf ihn in die Luft. Der Sand fiel nicht herunter, sondern schwebte als Wolke vor ihm, dann formierte er sich neu, bis knapp über ihren Köpfen eine Art Leinwand entstand, die nicht dicker war als ein einzelnes Körnchen.

Auf einmal war es gar kein Sand mehr, oder jedenfalls nicht der äußeren Erscheinung nach. Er verwandelte sich in ein Rechteck aus sanft pulsierendem weißem Licht, das wiederum nacheinander den Grundfarben wich, bis das ganze Spektrum durchlaufen war. Als sich die Erscheinung wieder beruhigte, entstand ein Bild. Die Zuschauer keuchten und stießen erschrockene Rufe aus.

Der Mensch Tentarr Arngrim, der in der Bruderschaft der Magier und Seher auch Seraphim genannt wurde, blickte auf sie herab.

Wheam bekam es mit der Angst. Dallog, die anderen Neulinge, Spurral, Pepperdyne und Standeven, die nicht viel über den Magier wussten, waren nicht minder beeindruckt.

»Das Bild ist in den Sandkörnchen gespeichert«, erklärte Dynahla. »Ihr könnt nicht mit ihm sprechen.«

»Genau wie beim ersten Mal in Ceragan«, flüsterte Haskeer.

Stryke hieß ihn schweigen.

Seraphim sprach mit lauter, fast dröhnender Stimme. Alle konnten es hören. »Sei gegrüßt, Stryke. Vielfraße, ich grüße euch. Ich muss euch zu eurem Erfolg in Acurial beglückwünschen. Euer Eingreifen dort hat sehr viel dazu beigetragen, euer Volk aus den Ketten der Knechtschaft zu befreien.«

»Jennesta haben wir leider trotzdem nicht erwischt«, murmelte Jup.

Als hätte er die Bemerkung gehört, fuhr Seraphim fort: »Es ist bedauerlich, dass ihr im Hinblick auf meine

Tochter nicht ganz so erfolgreich wart. Aber macht euch deshalb keine Vorwürfe, und stellt euch darauf ein, dass dieser Teil eurer Mission noch lange nicht vorbei ist.« Der Zauberer hielt einen Moment inne. Als er fortfuhr, sprach er nicht mehr so förmlich, und es klang sogar ein wenig müde. »Ich muss euch viel erzählen, auch wenn ich fürchte, dass ich eure Neugierde nicht ganz und gar befriedigen kann. Noch nicht.« Endlich kam er zur Sache. »Zuerst einmal will ich euch Dynahla empfehlen. Ihr habt in ihm einen treuen, verlässlichen Verbündeten, der mein vollstes Vertrauen genießt und das eure verdient. Dynahlas Kräfte können euch sehr nützlich sein. Ich bitte euch nur darum, darauf zu achten, dass mein treuester Diener nicht zu Schaden kommt. Ich wäre sehr bekümmert, wenn es mit Dynahla ein ebenso schreckliches Ende nehmen sollte wie mit Parnol, über dessen Schicksal ihr inzwischen zweifellos im Bilde seid.« Er seufzte leise, ehe er weitersprach. »Wie in so vielen Fällen, wenn etwas Übles geschieht, war Jennesta für Parnols Tod verantwortlich. Für sie war es lediglich einer von vielen gedankenlosen Morden, für mich und unser Anliegen ein schwerer Schlag.«

»Seit wann haben wir ein Anliegen?«, murmelte Coilla.

»Mir ist bekannt, dass Jennesta eine Weile eure Instrumentale in ihrem Besitz hatte«, fuhr Seraphim fort. »Seit ihr sie zurückbekommen habt, funktionieren sie nicht mehr richtig. Habt ihr euch nicht über die Leichtigkeit gewundert, mit der ihr sie Jennesta wegnehmen konntet? Ich will eure Fähigkeiten nicht schmälern, aber wäre sie entschlossen gewesen, die Artefakte zu behalten, dann hättet ihr viel heftiger kämpfen müssen. Tatsache ist, dass Jennesta euch die Instrumentale absichtlich überlassen hat. Sie hat dies aus zwei Gründen getan. Zuerst einmal hat sie einen alten magischen Prozess angewandt, der es ihr erlaubte, die Objekte zu kopieren. Zweitens hat sie auf die Originale, die sie euch wieder zugespielt hat, einen Bann gelegt. Der Zauberspruch ist der Grund für das unberechenbare Verhalten der Instrumentale. Möglicherweise erlaubt er es ihr sogar, eure Bewegungen zu verfolgen.«

Einige nickten wissend. Die klügeren Kämpfer der Truppe hatten dies ohnehin schon vermutet.

»Soweit ich es sagen kann, verkörpern die falschen Instrumentale, die Jennesta nun besitzt, ebenso viel Macht wie die echten. Ich muss euch nicht eigens darauf hinweisen, dass sie aus diesem Grund gefährlicher ist denn je. Dynahla besitzt die Fähigkeit, diesem Zauber entgegenzuwirken, wenngleich nur in begrenztem Maße. Der Einfluss lässt sich ganz aufheben, aber dazu müsst ihr mir die Instrumentale bringen.«

»Warum kommst du nicht selbst her?«, fragte Haskeer.

»Er kann dich nicht hören«, erinnerte Dynahla ihn.

»Ach, ja.«

Einige andere funkelten ihn an und winkten, er möge still sein.

»Wie ihr inzwischen wisst«, sagte Seraphims Abbild, »sind wir nicht die Einzigen, die sich für die Artefakte interessieren. Die Gruppe, die euch jetzt verfolgt, gehört einem Orden an, der sich das Corps der Torhüter nennt. Es ist eine unglaublich alte Gemeinschaft, die möglicherweise schon so lange aktiv ist, wie es die Instrumentale gibt. Ihre einzige Aufgabe besteht darin, die Artefakte ausfindig zu machen und zu beschlagnahmen. Sie tun dies mit den besten Absichten, und wenn man sieht, welche Macht die Instrumentale haben, ist ihre Sorge verständlich. Allerdings verfolgen sie ihr Ziel mit einer übermäßigen Entschlossenheit, die man schon als Fanatismus bezeichnen könnte. Auch sie sind gefährlich. Ihre Magie ist sehr mächtig, und sie besitzen fortschrittliche Waffen.«

»Was du nicht sagst«, meinte Coilla.

»Auch in dieser Hinsicht kann Dynahla euch helfen und euch in gewissem Maße vor dem Corps schützen. Eure beste Strategie sollte aber die sein, um das Corps einen möglichst großen Bogen zu machen. Lasst mich noch einmal darauf hinweisen, dass ihr meinem Lehrling in dieser und in allen anderen Angelegenheiten vertrauen könnt. Lasst euch von Dynahla leiten. Er wird euch zu mir bringen. Bleibt rein im Herzen, und verliert nicht den Glauben daran, dass euer Weg zum Sieg führen wird.«

Seraphims Abbild verschwand, das Schimmern verblasste, und die Sandkörnchen rieselten als kleiner, knirschender Schauer auf den Strand.

»Was ist mit Thirzarr?«, fragte Stryke böse. »Er hat nichts über sie gesagt. Wo ist sie?«

»Seraphim hat euch gewarnt, dass nicht alle eure Fragen sofort beantwortet werden«, erklärte Dynahla.

»Das nützt mir jetzt auch nichts.«

»Dies bedeutet aber nicht, dass die Antworten nicht gefunden werden können. Unter anderem deswegen hat er mich zu euch geschickt. Ich soll euch helfen, die Wahrheit zu finden.«

»Die einzige Wahrheit, die mich interessiert, ist der Aufenthaltsort von Thirzarr und unseren Kindern.«

»Falls es dich tröstet, wir glauben, dass deine Kinder in Sicherheit sind.«

»Woher willst du das wissen?«

»Seraphim hat gewisse Möglichkeiten, so etwas herauszufinden.«

»Aber wo Thirzarr ist, kann er mir nicht sagen?«

»Deine Gefährtin befindet sich im Einflussbereich von Jennestas Magie. Daher ist sie versteckt und schwer aufzuspüren. Aber Seraphim arbeitet angestrengt daran, die Barriere zu durchdringen.«

»Was sollte diese Bemerkung, dass wir zu Seraphim reisen müssen?«, fragte Coilla. »Warum sollten wir das tun?«

»Von mir selbst abgesehen ist er der einzige Verbündete, auf den ihr euch wirklich verlassen könnt«, erklärte Dynahla. »Und der mächtigste.«

»Warum ist er nicht selbst gekommen?«

»Dafür gibt es gute Gründe. Ihr werdet schon sehen.«

»Wo ist Seraphim?«, fragte Stryke.

»Unser Zugang zu ihm befindet sich auf dieser Welt.«

»Was hat das denn nun wieder zu bedeuten?«

»Es ist nicht weit. Zuerst müssen wir aber in See stechen, und dazu muss euer Schiff repariert werden.«

»Was du nicht sagst. Aber wohin sollen wir fahren?«, fragte Stryke.

»Nach Westen.«

Pepperdyne hatte Strykes Karte. Er zog sie hervor und betrachtete sie. »Wohin genau im Westen?«

Dynahla warf einen Blick darauf und zeigte es ihm. »Da.«

»Dort ist nichts, nur offenes Meer.«

»Das behauptet jedenfalls deine Karte.«

»Ich weiß ja, dass sie stellenweise etwas ungenau ist, aber ...«

»Es gibt vieles, was sie nicht zeigt. Vertrau mir.«

Stryke war nicht der Einzige, der sich fragte, ob sie ihm tatsächlich vertrauen konnten. »Und wenn wir nun beschließen, dich nicht zu begleiten?«

»So dumm seid ihr nicht. Ihr wisst, dass euch nichts anderes übrigbleibt.«

Das musste Stryke zwar einräumen, aber er sprach es nicht aus.

»Was ist mit diesem Corps der Torhüter?«, fragte Jup.

»Ja, was ist mit denen?«, schaltete sich Haskeer ein. »Werden die uns noch mehr Ärger machen?«

»Sie werden nicht aufhören, euch zu hetzen, solange ihr ihnen nicht die Instrumentale ausgehändigt habt«, sagte Dynahla. »Oder bis ihr jeden Einzelnen von ihnen getötet habt. Wenn man aber bedenkt, wie mächtig sie sind, dann ist dies auch für eine Kriegertruppe der Orks so gut wie unmöglich. Dies setzt übrigens stillschweigend voraus, dass ihr den Fangarmen des Kraken entgehen könnt. Und anschließend müsst ihr euch für die Begegnung mit Jennesta wappnen.«

»Kinderspiel«, bemerkte Coilla sarkastisch.

Dynahla lächelte humorlos. »Niemand hat behauptet, dass es leicht wird.«

14

Die Vielfraße arbeiteten hart, um das Schiff zu reparieren. Sie schufteten die ganze Nacht und den nächsten Vormittag durch. Stryke trieb sie erbarmungslos an. Kurz nach der Mittagszeit hatten sie das Schiff fast wieder seetüchtig gemacht.

Als einziger erfahrener Seemann hatte Pepperdyne die Arbeiten beaufsichtigt. Stryke wollte so bald wie möglich aufbrechen und rief ihn an den Strand, um sich über die Fortschritte zu informieren.

»Wie lange noch?«

»Wir sind fast fertig«, erklärte der Mensch. »Noch ein paar kleinere Arbeiten, und dann müssen wir Frischwasser und den Proviant bunkern, den der Dschungel hergeben will.«

»Das soll die Truppe erledigen. Bist du sicher, dass das Schiff die Reise aushält?«

»Perfekt ist es nicht, aber es müsste gehen.«

»Mehr brauchen wir nicht.«

»Vergiss nicht, dass einige Reparaturen eher provisorisch sind. Sie werden nicht sehr lange halten. Ich will es bei nächster Gelegenheit ordentlich machen.«

»Ich weiß nicht, wann das sein wird. Im Augenblick muss es reichen.«

»Und … die Truppe.«

»Was ist mit ihnen?«

»Sie haben die ganze Nacht wie die Wilden geschuftet. Sie könnten eine Pause gebrauchen.«

»Keine Zeit.«

»Sie schlafen fast im Stehen ein. Wenn sie nicht …«

»Du kümmerst dich um das Schiff.« Stryke versetzte ihm mit dem Finger einen Stoß vor die Brust. »Ich kümmere mich um meine Truppe. Sie sind an Entbehrungen gewöhnt. Ist sonst noch was?«

»Nein.«

»Dann mach dich wieder an die Arbeit.« Damit drehte er sich auf dem Absatz um und ließ Pepperdyne stehen.

Als er sich entfernte, bemerkte Stryke Dynahla, der ein Stück entfernt am Strand stand und zum Meer blickte. Da er keine Lust auf weitere Rätsel hatte, ließ er das Wesen in Ruhe.

Anschließend begegnete er Haskeer, der gerade mit einer Gruppe von Kriegern zurückkehrte. Sie rollten Fässer zum Strand, einige schleppten Säcke. Er ging ihnen entgegen.

»Habt ihr alles?«

Der Feldwebel nickte. »Fast. Es gibt reichlich Wasser, aber nur wenig zu essen.«

»Wir kommen schon zurecht.« Er musterte die Gruppe, die Haskeer anführte. »Ich hatte dir doch gesagt, du sollst ein paar Neulinge mitnehmen.«

»Tja, das hab ich eben nicht gemacht.«

»Das war ein Befehl, Haskeer. Die neuen Rekruten sollen sich in die Truppe einfügen. Sie lernen nicht schnell genug. Seit wann ignorierst du einfach meine Befehle?«

»Du kannst dich nicht auf sie verlassen, sie sind noch feucht hinter den Ohren.«

»Was erwartest du denn, wenn wir ihnen nichts beibringen?«

»Ich bin Kämpfer, kein Kindermädchen. Soll doch Dallog seine Brut aufpäppeln.«

»Was geht nur zwischen euch beiden vor? Warum hackst du so auf den Neuen herum?«

»Nun, erst mal ist er nicht Alfray.«

»Verdammt, nicht das schon wieder. Du musst dich so langsam damit abfinden, dass Alfray tot ist und nicht wiederkommt.«

»Umso schlimmer. Und wen haben wir an seiner Stelle? Einen aufgedunsenen, selbstzufriedenen …«

»Dallog versucht nicht, Alfray zu ersetzen. Das kann niemand.«

»Was du nicht sagst.«

»Geh nicht so hart mit ihm ins Gericht. Mit ihnen allen. Die Neuen haben auf dieser Mission ihren Blutzoll entrichtet – Ignar, Harlgo, Yunst. Sie sind tot.«

»Und wir haben Liffin und jetzt Bhose verloren. Jeder von ihnen war ein Dutzend dieser Neuen wert. Wenn du über das Sterben redest, solltest du vielleicht lieber die Truppe betrachten, Stryke.«

»Was soll das heißen?«

»Als wäre es nicht genug, dass wir auf ein paar Anfänger aufpassen müssen, haben wir außerdem auch noch zwei *Menschen* am Hals.« Er spie das Wort förmlich aus. »Und einer von ihnen hat in Acurial einen Ork umgebracht.«

»Das wissen wir nicht mit Sicherheit.«

»Ja, richtig«, höhnte Haskeer. »Wahrscheinlich wirst du auch den anderen verteidigen, der wer weiß was mit Coilla anstellt.«

»Was Coilla und Pepperdyne tun, geht uns nichts an, solange es die Truppe nicht in Gefahr bringt.«

»Bist du sicher, dass es dazu nicht noch kommen wird? Wir reden immerhin über einen Menschen.«

»Er hat nichts getan, was mein Misstrauen rechtfertigen würde. Wenn überhaupt, dann trifft das Gegenteil zu.«

»Was er mit Coilla macht, reicht mir völlig. Das ist widernatürlich, Stryke. Es ist … krank. Außerdem haben wir jetzt diesen Gestaltwandler am Hals, oder was er auch ist, der uns sagt, was wir tun sollen. Wie ich das sehe, kann es mit der Truppe jetzt nur noch bergab gehen.«

Stryke wollte gerade antworten oder den Wortschwall seines Feldwebels mit einem Fausthieb beenden, als Haskeer sich herumdrehte und finster an ihm vorbeistarrte.

Stryke folgte dem Blick. Dynahla hatte sich leise zu ihnen gesellt.

»Störe ich euch bei irgendetwas?«, fragte der Gestaltwandler.

»Mich nicht.« Haskeer drängte sich an ihnen vorbei und marschierte davon.

Dynahla blickte ihm nach. »Er hat viel Wut in sich.«

»So ist es bei uns allen. Was willst du?«

»Es sieht aus, als sei das Schiff fast fertig.«

»Fast.«

»Also brechen wir bald auf?«

»Sobald wir können.«

»Möglicherweise gibt es ein Problem. Ich spüre, dass der Krake noch in der Nähe ist.«

»Ist das auch eine deiner besonderen Fähigkeiten? Kannst du so etwas spüren?«

»In gewissem Maß besitze ich diese Fähigkeit, ja. Es ist so ähnlich wie die Fernsicht der Zwerge, nur dem Wesen nach etwas anders. Es spielt aber keine Rolle, woher ich es weiß. Wichtig ist nur, was ihr mit dem Kraken tun wollt.«

»Hast du Vorschläge?«

»Nur den, dass ihr euch eine Strategie überlegen solltet, ehe ihr die Segel setzt. Die Kreatur belästigt uns vielleicht gar nicht, aber wenn doch ...«

»Ja, ich hab's verstanden. Mehr hast du nicht anzubieten?«

»Möglicherweise bin ich fähig, den Geist des Untiers, sofern es einen besitzt, zu verwirren und es ein wenig zu behindern. Viel mehr kann ich leider nicht tun.«

Da fiel Stryke etwas ein. »Ich habe das hier.« Er zeigte dem Gestaltwandler das Armband, das Mallas Sahro ihm geschenkt hatte. »Hilft das vielleicht?«

Dynahla betrachtete das Armband, beugte sich vor und schnüffelte. »Elfenmagie.«

»Erkennst du das, indem du daran riechst?«

Der Gestaltwandler nickte. »Verschiedene Arten von Zauberei haben verschiedene Gerüche, an denen man sie erkennen kann. Was die Wirkungsweise dieses Totems angeht, so könnt ihr damit kleinere magische Angriffe abwehren. Ich würde aber nicht darauf hoffen, dass es euch vor Jennesta schützt.«

Stryke zog den Ärmel wieder herab. »Und der Krake?«

»Dieses Wesen ist vom reinen Instinkt getrieben. Wir brauchen einen physischen Schutz. Vielleicht fällt deinen Kriegern etwas ein.«

»Noch mehr Zeit vertrödelt«, grollte er.

»Lieber dies, als unvorbereitet auf das Ungeheuer treffen.«

Stryke musste ihm zustimmen.

Er ordnete die meisten Angehörigen der Truppe ab, um beim Einladen der Vorräte zu helfen, und rief eilig seine Offiziere zusammen. Trotz Haskeers stummer, aber unübersehbarer Ablehnung nahmen neben Dallog auch Pepperdyne und Dynahla an der Besprechung teil. Da Haskeer jedoch genau wusste, dass Stryke keinen weiteren Widerspruch dulden würde, hütete er seine Zunge.

»Wir sind bereit aufzubrechen, aber wir haben ein Problem«, eröffnete Stryke den anderen. »Der Krake treibt sich noch da draußen herum.«

»Woher weißt du das?«, fragte Jup.

»Dynahla kann ihn spüren.«

»Wirklich?«, fragte Coilla. »Das kannst du?«

»Ja«, bestätigte Dynahla.

»Wie kommen wir nun an dem Kraken vorbei?«, fragte Stryke. »Hat jemand eine Idee?«

»Wir kommen nicht daran vorbei«, meinte Haskeer. »Wir bringen das verdammte Biest um.«

»Hat jemand eine *nützliche* Idee?«, fragte Stryke und ignorierte den beleidigten Blick seines Feldwebels.

»Können wir ihm nicht davonfahren?«, schlug Dallog vor, was Haskeers Groll noch verstärkte.

»Das ist unwahrscheinlich«, erklärte Pepperdyne. »Wenn wir von hier aus lossegeln, würde es uns nicht einmal mit einem starken Wind im Rücken gelingen, den es hier aber sowieso nicht gibt. Ich nehme allerdings an, wir könnten ihm entkommen, wenn wir eine anständige Ablenkung zuwege bringen.«

»Woran denkst du?«, fragte Stryke.

»Weißt du noch, was der Widerstand gegen die Truppen von Peczan eingesetzt hat? Sie haben es acurialisches Feuer genannt. Vielleicht könnten wir so etwas benutzen.«

»Wie denn?«

»Auf die gleiche Weise wie der Widerstand. Als Sperrfeuer. Vielleicht können wir Speere und Pfeile damit präparieren.«

»Das bringt das Mistvieh bestimmt nicht um«, wandte Haskeer ein.

»Möglicherweise wird es dadurch aber langsamer.«

»Wissen wir denn, wie man dieses Zeug herstellt?«, fragte Stryke.

Pepperdyne nickte. »Es ist einer Waffe ähnlich, die wir auf Trougath benutzt haben. Überwiegend besteht sie aus Öl. Der Rest ist ein Gemisch, damit das brennende Öl am Ziel haftet. Wir haben verschiedene Bestandteile genommen: Baumharz, Seifenspäne, Honig, klebrigen Beerensaft. Vermutlich brauchen wir aber eine ganze Menge davon, um etwas so Großes wie den Kraken zu beeindrucken.«

»Auf dem Schiff gibt es viele Fässer mit Lampenöl«, sagte Jup. »Außerdem Töpfe und andere Behälter, in die man es abfüllen kann.«

»Gut«, entschied Stryke. »Wir versuchen es. Bringt das Öl zum Strand.«

»Warum machen wir uns die Mühe, es herzuschaffen? Wir können die Sachen doch auf dem Schiff herstellen.«

»Und was passiert, wenn der Krake auftaucht, ehe wir fertig sind? Nein, Coilla, wir müssen voll bewaffnet und bereit sein, ehe wir die Segel setzen. Eine Gruppe bringt das Öl herüber, eine andere sucht die nötigen Zutaten zusammen. Pepperdyne, du kennst dich damit aus, also gehst du mit. Eine dritte Gruppe durchsucht die Siedlung nach Töpfen und dergleichen. Der Rest macht Pfeile und Speere. Wir brauchen viele davon.

Außerdem irgendeine Art Tuch, um die Brandsätze einzuwickeln. Abmarsch, los jetzt.«

Jup und Haskeer holten den Rest der Truppe zusammen und teilten die Gruppen ein. Jeder bekam eine Aufgabe, sogar Standeven und Dynahla wurden eingespannt. Der Mensch suchte Lumpen, der Gestaltwandler half beim Mischen des Gebräus.

Die Fässer benutzten sie, um das Öl und verschiedene zähe Flüssigkeiten zusammenzukippen. Manche waren besser geeignet als andere. Sobald die Mischung bestimmt war, schöpften sie sie in alle brauchbaren Behälter, die sie nur finden konnten: Töpfe, Flaschen, Trinkflaschen, Krüge und Becher. Alles, was beim Aufprall zerspringen konnte. Mit Öl getränkte Tücher, die sie in die Öffnungen der Behälter stopften, dienten als Zünder.

Außerdem stellten sie zahlreiche Pfeile und Speere her. Eigentlich hätte dies eine einfache Aufgabe sein sollen, doch es erwies sich als schwierig, weil das Holz, das sie im Dschungel fanden, von unterschiedlicher Qualität war. Sobald sie es zugehauen hatten, härteten sie die geschnitzten Spitzen über einem Feuer. Auch die gewohnten Waffen vernachlässigten sie nicht. Sie wetzten Schwerter, Beile und Wurfäxte und spannten die Bogensehnen.

Schließlich erprobten sie das acurialische Feuer. Stryke wählte willkürlich einen gefüllten Topf aus und stellte sich am Strand fünfzig Schritte vor einen großen, halb vergrabenen Felsklotz. Er zündete die Lunte an und warf die Bombe. Sie traf den Felsen weit oben und explodierte sofort. Das klebrige, lodernde Öl bedeckte gut zwei Drittel des Steins. Über den hellen orangefarbenen Flammen wallte schwarzer Rauch empor. Es brannte erheblich länger als erwartet.

»Das wird gehen«, verkündete Stryke und wandte sich an Pepperdyne. »Ist das Wetter gut?«

»Es ist Flut, und der Wind dürfte ausreichen. Aber wenn wir nicht sofort aufbrechen, müssen wir bis morgen warten. Ich möchte das Schiff nicht im Dunklen durch die engen Fahrrinnen steuern.«

Stryke brüllte einen Befehl, und sie gingen an Bord.

Sobald alle eingetroffen waren, ließ er die Behälter an Deck aufreihen. Sie bereiteten Kohlenpfannen vor, um die Lunten rasch anzünden zu können. Bogenschützen und Speerwerfer stellten sich an der Reling auf. Jad stieg ins Krähennest, andere Gemeine kletterten in die Takelage. Sie setzten die Segel, und der geschmückte Anker des Goblinschiffs wurde gelichtet.

Pepperdyne übernahm das Ruder, Coilla war neben ihm. Sie hatte sich mit einem Bogen bewaffnet. Stryke wanderte auf dem Deck umher und schimpfte, ermunterte und fluchte. Dynahla stand allein im Bug, das rote Haar flatterte im leichten Wind.

Sie brachen auf.

Gespanntes Schweigen herrschte auf dem Schiff, als es sich langsam in Bewegung setzte. Die Erschöpfung, nachdem sie die ganze Nacht geschuftet hatten, fiel von den Kriegern ab, während sie das Wasser absuchten, um auch nicht das geringste Anzeichen von Gefahr zu verpassen.

Schließlich erreichte das Schiff quälend langsam die offene See.

»So weit, so gut«, flüsterte Pepperdyne.

Coilla riss sich vom Anblick des Ozeans los. »Vielleicht war die ganze Arbeit umsonst.«

Die Segel blähten sich, allmählich nahmen sie Fahrt auf.

»Wenigstens haben wir unsere Bewaffnung erheblich verstärkt«, sagte er. »Dieses acurialische Feuer könnte nützlich sein, wenn …«

Dynahla drehte sich zu ihnen um. Der Gestaltwandler rief etwas, das sie nicht verstehen konnten. Gleich darauf schrie Jad etwas vom Krähennest herunter und deutete auf das Wasser. Es war das Vorspiel zu einem größeren Aufruhr an Deck.

Steuerbord voraus rührte sich etwas. Eine ledrige Kuppel brach durch die Oberfläche. Sie war größer als alles, was sie je auf einem Tempel oder dem Prunkbau eines Tyrannen gesehen hatten. Unaufhaltsam stieg das Ungetüm empor und wuchs immer weiter heran, verdrängte das Wasser und glitzerte feucht in der Sonne. Mehrere Tentakel erschienen. Sie waren dicker als der Hauptmast und mit Tang bekränzt.

Pepperdyne kurbelte hektisch am Ruder. Träge wendete das Schiff nach backbord.

Dynahla kam zu ihnen. Stryke trampelte die Treppe zum Ruderhaus herauf und war als Erster am Steuerruder.

»Können wir ihn abhängen?«

Pepperdyne schüttelte den Kopf. »Das weiß ich nicht. Vielleicht, wenn wir schon etwas mehr Fahrt aufgenommen hätten …«

Immer noch stieg der Krake empor, Bäche perlten auf seiner groben Haut herunter. Das Schiff wiegte sich in der Dünung.

Dynahla traf bei ihnen ein.

Bevor der Gestaltwandler etwas sagen konnte, fuhr Stryke ihn an: »Hast du nicht behauptet, du könntest den Geist des Ungeheuers verwirren?«

»Was glaubst du denn, wie wir überhaupt so weit gekommen sind? Ich habe uns ein wenig Zeit erkauft. Nutze sie!«

Pepperdyne musste seine ganze Geschicklichkeit aufbieten, um das Schiff zu steuern. Der Krake war immer noch vor ihnen und inzwischen viel näher. Er würde nicht direkt ihren Kurs kreuzen, aber es war knapp. Als das Schiff auswich, um sich von der Kreatur zu entfernen, schoss der Krake vorwärts und schnitt ihnen den Weg ab. Es war schwer zu sagen, wer schneller war.

Sie entgingen dem Zusammenprall, kamen dem Untier aber gefährlich nahe. Das Wendemanöver war noch nicht abgeschlossen, da nahm der Krake die Verfolgung auf. Der Abstand verringerte sich stetig, schon streckte das Ungeheuer die ersten Tentakel nach ihnen aus.

»Jetzt haben wir keine Wahl mehr.« Coilla blickte Stryke an.

»Dann nehmen wir es mit dem Biest auf.«

Obwohl Pepperdyne die Orks inzwischen besser kannte als die meisten anderen Menschen, entsetzte ihn das wilde, fast irre Lächeln, das Coilla und Stryke zeigten. Die Kampflust der Orks, wie schlecht die Aussichten auch waren, steckte ihnen ebenso tief in den Knochen wie seiner eigenen Rasse die Grausamkeit.

»Versuche, etwas Abstand zu halten«, brüllte Stryke.

Pepperdyne nickte und drehte am Steuerruder. Coilla legte einen Pfeil ein, dessen Spitze mit Tuch verhüllt war. Dynahla hielt sich an der Reling fest und starrte aufmerksam zu dem aufragenden Ungeheuer hinüber.

Stryke war schon wieder auf der Treppe und stieg hinunter. Der Krake war jetzt ein bebender Berg, der sich vor die Sonne schob. Es stank nach Fisch.

»Achtung!«, rief Stryke. »Auf meinen Befehl!«

Die Krieger hielten die Speere und Pfeile über die Kohlenpfannen. Die Fackeln waren bereit, um die Brandsätze zu zünden.

Ein Tentakel streifte das Schiff. Für den Kraken war es wohl nicht mehr als ein leichtes Klopfen, ähnlich einem Ork-Kind, das einem Spielzeugboot einen Stoß versetzt. Für die Vielfraße war es wie ein kleiner Hurrikan. Das Schiff krängte stark, mehrere Krieger verloren das Gleichgewicht und stürzten. Lose Gegenstände rutschten über das Deck, und auf der Backbordseite schwappte Wasser herein.

»Jetzt!«, rief Stryke.

Zuerst waren die Bogenschützen an der Reihe. Ein Schwarm brennender Pfeile flog zu den forschenden Tentakeln. Alle trafen ihr Ziel. Der Krake war so nahe, dass viele Pfeile tief in die Haut eindrangen und zischend ihre brennende Fracht entluden. Diejenigen, die nicht eindrangen, hinterließen ein sengendes Mal auf der feuchten Haut des Ungeheuers. Der vordere Tentakel, der nun mit glühenden, zischenden Pfeilen übersät war, verschwand im Wasser. Sogleich tauchte an dessen Stelle ein anderer Fangarm auf. Ein zweiter Schwarm von Pfeilen flog hinüber.

Der Körper des Kraken, die gierigen Augen und das klaffende Maul waren hinter dem Wald von pendelnden Gliedmaßen deutlich zu erkennen. Die Pfeile flogen wie brennende Libellen. Ein Tentakel, der inzwischen lichterloh brannte, sank herab. Der Krake wurde zwar langsamer, ließ sich aber nicht abschrecken.

Stryke befürchtete, das Tier könne die Greifarme unter das Schiff schieben, um es zum Kentern zu bringen oder es zu zerschmettern, wenn es nahe genug heran-käme. Die richtige Entfernung dazu hatte das Untier fast schon erreicht. Andererseits war der Krake noch zu weit entfernt, um ihm mit Bomben und Speeren zuzusetzen. Es war schwer zu erkennen, wann dieser Punkt erreicht war, während das Ungeheuer das Schiff noch nicht gefährden konnte. So konnte Stryke nur die Bogenschützen antreiben und abwarten.

Auf der Brücke sahen Pepperdyne und Coilla zu, wie der Schauer aus brennenden Pfeilen auf das anrückende Ungeheuer herabregnete.

»Der Vorrat an Pfeilen müsste doch bald erschöpft sein.« Pepperdyne drehte am Steuerruder.

Coilla hatte ebenfalls einen Pfeil eingelegt. Sie zündete ihn an, zielte und schickte ihn dem Kraken entgegen. »Richtig«, erwiderte sie, während sie den nächsten Pfeil aus dem Köcher zog. »Ich staune sogar, dass es nicht schon längst geschehen ist, denn wir verbrauchen sie sehr schnell.«

Er betrachtete die Masse von lebendigem Fleisch, die sich ihnen näherte, dann wieder sie. »Ich weiß nicht, wie wir diesem Ding entkommen sollen.«

»Wenn es überhaupt jemand schafft, dann du.«

»Ich fühle mich geschmeichelt, aber dein Vertrauen ist möglicherweise nicht gerechtfertigt. Der Krake bewegt sich fast so schnell wie wir, ganz egal, was wir nach ihm werfen.«

»Geworfen haben wir doch noch gar nichts.«

Wieder drehte er das Steuerruder herum. »Vielleicht sollten wir damit anfangen.«

Coilla ließ den Pfeil fliegen.

Eine Woge von verdrängtem Wasser schwappte herbei und ließ das Schiff abermals schaukeln, heftiger als je zuvor. Die Orks in der Takelage klammerten sich verzweifelt fest.

Stryke hielt den Augenblick für gekommen, ihren Angriff zu verstärken. Der Krake schien jetzt nahe genug zu sein. Er hoffte, dass er die Entfernung richtig abgeschätzt hatte.

Auf seinen Befehl zündete die Truppe die Lunten der Bomben an. Gleich darauf schleuderten sie die Geschosse hinüber und ergänzten den Pfeilhagel. Es war recht weit, und die Werfer mussten ihre ganze Kraft aufbieten, doch die meisten Wurfgeschosse trafen das Ziel. Bei Aufprall explodierten sie und erzeugten weitaus größere Flammen als die Pfeile. Manche platzten mit rötlichem Glühen auf, andere mit gelblich blauen Flammen, je nachdem, ob sich die zähe Körperflüssigkeit des Kraken mit dem Öl vermischte.

»Besser kannst du das nicht?«, spottete Haskeer.

Jup funkelte ihn an. »Ich werfe vielleicht nicht so weit wie du, aber wenigstens treffe ich das Mistvieh.«

»Ach ja? Dann mach mir das mal nach.« Er zündete eine Lunte an, holte aus und zielte. Mit einem Grunzen warf er den gezündeten Topf hinüber.

Sie sahen zu, wie das Geschoss durch den dunkelnden Himmel flog. Zwischen den zahlreichen anderen Explosionen, den Brandpfeilen, dem Rauch und den peitschenden Tentakeln verloren sie die Bombe vorübergehend aus den Augen. Dann explodierte ein rotoranges Flammenmeer auf dem riesigen Kopf des Wesens. Feurige Ströme rannen über die ledrige Haut herab.

Haskeer grinste den Zwerg überheblich an.

»Mach Platz.« Jup hob eine Bombe.

Er warf sie wie einen Diskus, drehte sich mehrmals um sich selbst und ließ mit einem Brüllen los. Das Geschoss flog hoch und war sehr schnell. Auch Jup traf den glänzenden Kopf des Ungeheuers. Eine rote Blüte entstand, aus der Lavabäche herausrannen.

»Na gut«, knirschte Haskeer. Er krempelte sich die Ärmel hoch und nahm sich eine neue Bombe.

Abermals traf eine Woge das Schiff und ließ es heftig erbeben. Danach krängte es schlimmer denn je. Viele lose Gegenstände hatten sich bereits an der Backbordseite gesammelt. Jetzt rutschten schwerere Gegenstände hinterher, darunter auch die Kohlenpfanne, neben der Jup und Haskeer standen. Sie kippte um, die glühenden Kohlen fielen auf das Deck. Das war nicht schlimm, weil das Deck sowieso nass war. Leider ließ Haskeer durch den Ruck auch die Bombe fallen, die er gerade angezündet hatte. Der Topf zerbarst, und der Inhalt ging sofort in Flammen auf. Sie sprangen zur Seite und konnten gerade noch der Flüssigkeit entgehen, die so klebrig wie eine Napfschnecke und so scharf wie Säure war. Doch nun standen sie vor einer sich ausbreitenden Feuerwand. Sie schlugen die Flammen aus. Haskeer benutzte sein Wams, Jup einen leeren Sack.

Mehrere Gemeine waren zusätzlich als Feuerwehr eingeteilt. Für Standeven war dies die einzige Aufgabe, weil man dachte, dabei könne er nicht viel falsch machen. Zufällig war er auch der nächste Feuerwehrmann, und nun kam er mit zwei Eimern herbei. In einem schwappte Wasser, der zweite war mit Sand gefüllt.

Er warf einen Blick auf das Feuer und blieb wie angewurzelt stehen.

Jup und Haskeer befanden sich auf der anderen Seite. Sie mussten sich vor der Hitze schützen und konnten nicht zu ihm gelangen. So gaben sie sich damit zufrieden, Flüche auszustoßen, während Standeven wie angewurzelt herumstand.

Endlich kam Dallog mit Wheam und Pirrak, und Spurral folgte ihnen. Sie rissen Standeven die Eimer aus den Händen und stießen ihn so grob zur Seite, dass er stürzte und auf dem Deck liegen blieb. Mit Tüchern und Säcken schlugen sie auf die Flammen ein. Das Wasser nützte nichts, sie mussten Sand mit einer Eimerkette herbeischleppen, bis sie die restlichen Flammen austrampeln konnten.

Standeven lag da, stützte sich auf die Ellenbogen und starrte benommen die Szene an.

Haskeer stürzte zu ihm, packte ihn am Kragen und holte mit der Faust aus. »Du verdammter, nutzloser kleiner ...«

Keuchend traf auch Stryke ein. »Lass ihn.«

»Der dumme Hund hätte uns verbrennen lassen«, protestierte Haskeer.

»Wir haben Wichtigeres zu tun. Geh auf deinen Posten zurück.«

»Aber ...«

»Mach schon!«

Haskeer warf Standeven einen mörderischen Blick zu und ließ los. Der eingeschüchterte Mensch, dessen Gesicht aschfahl war, sackte in sich zusammen. Haskeer nahm den Kampf wieder auf.

Stryke warf Standeven einen angewiderten Blick zu und schickte auch die anderen zurück auf ihre Posten. Inzwischen setzten sie bereits die Speere ein.

Der Angriff auf den Kraken ging weiter. Die Truppe verschoss gerade die letzten Pfeile. Ununterbrochen explodierten die Bomben, inzwischen verstärkt durch einen Schauer brennender Speere.

Das Wesen stand in Flammen. Nicht nur stellenweise wie vorher, sondern ganz und gar. Selbst als es völlig untergetaucht war, konnte man das Feuer noch gespenstisch heraufscheinen sehen.

Stryke stieg zur Brücke hinauf, wo Dynahla stand und das Geschehen beobachtete.

»Ist das Biest erledigt?«, fragte Coilla.

»Keine Ahnung.« Stryke blickte zum aufgewühlten Wasser, wo der Krake versunken war. »Aber wir werden uns hier nicht aufhalten, um es herauszufinden.« Er wandte sich an Pepperdyne. »Jetzt liegt es bei dir, Mensch. Schaff uns hier weg.«

Pepperdyne nickte und warf das Ruder herum.

Sie fuhren nach Westen.

15

In dieser Inselwelt war nicht jedes Stück Land bewohnt. Auf einem, das sich in nichts von vielen anderen unterschied, hielten sich jedoch heimliche Besucher auf.

So schwer es ihre Untergebenen auch hatten, Jennesta mangelte es nicht an Bequemlichkeit. Die Untertanen richteten sich, so gut es ging, in Biwaks ein, während ihr Zelt eine angenehme Zuflucht darstellte und sogar ein gewisses Maß an Luxus bot. Am wichtigsten aber war die Abgeschiedenheit, wenn sie, wie jetzt, gewissen magischen Praktiken nachging.

Sie stand vor einem kleinen Tisch, auf dem sich eine Darstellung des Kraken befand. Es war eine Miniatur, ein unbeholfen geformtes Modell, und es brannte. Die Flammen loderten auf der ganzen Oberfläche, konnten jedoch den Empfängerstoff, aus dem Jennesta das Ebenbild geschaffen hatte, nicht beschädigen.

In diesem Augenblick war sie buchstäblich in einem Zauberbann versunken. Sie löste die Magie auf, bis die Verbindung zwischen ihrer Nachbildung und dem echten Untier abbrach und sie die Kontrolle verlor. Sie hatte in die Flammen gestarrt, die sie jetzt mit einer kleinen Geste löschte.

Die Begegnung zwischen den Vielfraßen und dem Meeresungeheuer betrachtete sie keineswegs als Niederlage. Abermals hatte sie den Orks zugesetzt, wie sie es schon mithilfe der Faune getan hatte. Das hatte ihren Feinden Schwierigkeiten bereitet und sie aufgehalten. Es war ein angenehmer Zeitvertreib. Befriedigend.

Der Empfängerstoff kühlte rasch ab, falls er überhaupt jemals heiß gewesen war. Jennesta hob den Klumpen auf, drückte ihn mit der Hand zusammen und ließ ihn zu seinem normalen, formlosen und farblosen Zustand zurückkehren. Das Zeug fühlte sich unangenehm an, verströmte aber einen süßen, fast berauschenden Duft. Sie fügte die Masse wieder ihrem kostbaren Vorrat hinzu, der in einem schlichten silbernen Kästchen ruhte, und stellte den Behälter weg.

Die Anstrengung, den Spruch so lange aufrechtzuerhalten, hatte sie ermüdet. Bald musste sie sich wieder nähren, am besten mit einem frischen, warmen Körper, in dem noch das Herz schlug. Das musste aber noch eine Weile warten.

Sie war nicht allein, auch wenn ihre Gefangene nicht viel mitbekam. Thirzarr saß in einer Ecke ihrer Gemächer. Sie regte sich nicht und blickte ins Leere.

Jennesta ging zum Eingang des Zelts, blieb dicht davor stehen und klatschte zweimal kräftig in die Hände. Gleich darauf tat sich etwas an der Segeltuchklappe. Zwei ihrer untoten Helfer kamen linkisch herein und waren bereit, ihr zu dienen. Ihre Mienen waren so leer wie Thirzarrs Gesicht.

»Bringt sie zu den anderen in den Käfig zurück.« Jennesta deutete auf die Orkfrau.

Einer der Zombies gehorchte und schlurfte zu Thirzarr. Der zweite, es war Hacher, blieb unschlüssig stehen. Träge drehte er den Kopf zu Jennesta herum und fixierte sie mit stumpfem, unbewegtem Blick. Etwas energischer wiederholte sie den Befehl, doch Hacher zögerte immer noch.

»Was ist los mit dir, du Tropf?«, fauchte Jennesta. »Tu, was ich dir gesagt habe!«

Langsam setzte er sich in Bewegung, aber nicht zu Thirzarr, sondern auf Jennesta zu. Sie ließ einen Energiestoß auf ihn los, wie ein Hirte sein Vieh mit einer Peitsche dirigiert. Der Einschlag drehte Hacher halb um die eigene Achse. Er wäre gestürzt, wäre nicht irgendein tiefer Instinkt erwacht, der ihn nach einem Halt tasten ließ. Seine Hand prallte schwer auf den Tisch, dabei brach einer seiner ausgedörrten Finger ab und fiel auf den mit dicken Teppichen ausgelegten Boden.

Jennesta lachte böse. »Da ist nicht mehr viel von der Eisenhand übrig, was?« Ihre Miene wurde hart. »Führe meinen Befehl aus«, sagte sie kalt.

Hacher hatte dumpf den verlorenen Finger angestarrt. Jetzt hob er den Blick, schwankte kurz und torkelte in Thirzarrs Richtung.

Jennesta befahl Thirzarr, sich zu erheben. Die Orkfrau besaß keinen eigenen Willen mehr und gehorchte sofort. Hacher und der andere Untote nahmen sie in die Mitte und führten sie aus dem Zelt. Alle drei bewegten sich nur zögernd.

Gleich darauf trat ein menschlicher Offizier ein, neigte den Kopf und entschuldigte sich für die Aufdringlichkeit.

»Was gibt es?«

»Euer … Euer Gast ist eingetroffen, Herrin. Er hat eine Art Gefolge mitgebracht.«

»Schick ihn herein. Allein.«

»Jawohl.«

»Und nimm das da mit.« Sie deutete auf Hachers abgetrennten Finger.

Der Offizier bemühte sich sehr, den Ekel zu unterdrücken, und fasste den Finger mit Daumen und Zeigefinger an. Er hielt ihn vor sich wie eine nervöse Küchenmagd, die aus einer Suppenterrine eine ertrunkene Ratte entfernt.

Jennesta musste nicht lange auf den nächsten Besucher warten. Er schritt herein, den schwarzen Bogen über eine knochige Schulter geschlungen, einen Köcher mit Pfeilen an der Hüfte.

»Ich bin Gleaton-Rouk«, lispelte der Goblin.

»Willkommen.« In ihrer Stimme lag eine klebrige, falsche Freundlichkeit. »Es freut mich sehr, dass Ihr meiner Einladung gefolgt seid.«

»Es waren nicht Eure Worte, die mich hergeführt haben.«

»Dann haben Euch die Edelsteine und Münzen überzeugt, die ich Euch schicken ließ. Ich verstehe. Allerdings war das nur eine unbedeutende Gabe im Vergleich zu dem, was Ihr noch gewinnen könnt.«

Gierig flackerten die dunklen Augen, doch er blieb misstrauisch. »Was wollt Ihr von mir?«

»Zweierlei. Zuerst einmal brauche ich ein weiteres Schiff.«

»Warum?«

Jennesta kämpfte den Impuls nieder, dieser Kreatur zu sagen, dass sie sich um ihre eigenen Angelegenheiten kümmern sollte. »Ich rekrutiere auf meinen Reisen eine Reihe von … Helfern. Ich brauche ein weiteres Schiff, um sie zu befördern, und soweit ich weiß, seid Ihr am besten in der Lage, mir eines zur Verfügung zu stellen.«

»Das könnte möglich sein, wenn sich die Sache für mich lohnt.«

»An Mitteln mangelt es mir nicht.«

»Ich werde sehen, was ich tun kann. Ihr sagtet, es gebe zwei Dinge zu besprechen.«

»Ich nehme an, dies ist Euer berühmter Bogen?« Sie beäugte ihn, ohne auf die Frage einzugehen. »Eine schöne Waffe.«

»Er steht nicht zum Verkauf«, zischelte Gleaton-Rouk.

Sie lachte. »Ich wollte Euch auch kein Angebot machen.«

»Man kann ihn mir auch nicht wegnehmen«, fügte er vorsichtshalber hinzu.

»Wirklich? Keine Sorge, ich brauche ihn nicht.«

»Warum redet Ihr dann darüber?«

»Teilweise aus einem beruflichen Interesse, wie man sagen könnte. Ich übe selbst die alte Kunst aus.«

Er schnaubte geringschätzig. »Die Kräfte, die Ihr besitzt, können sich gewiss nicht mit Schattenflügel messen.«

»Wie dem auch sei, ich habe Euch nicht hergebeten, um über die Wirksamkeit von Magie zu streiten. Der Bogen hat allerdings mit dem zweiten Grund zu tun, aus dem ich Euch treffen wollte.«

»Wie das?«

»Ihr habt ihn unlängst benutzt, um einen Ork zu töten.«

»Was hat das mit Euch zu tun?«

»Ich bin Euch dafür dankbar. Auch ich befinde mich in einer Blutfehde mit den Vielfraßen und besonders mit ihrem Anführer. Wenn wir zusammenarbeiten, können wir ihn zur Rechenschaft ziehen.«

»Mir steht nicht der Sinn danach, rekrutiert zu werden.«

»Ich sprach von Zusammenarbeit. Ich schlage ein Bündnis vor.«

»Ihr habt ein kleines Heer und besitzt angeblich auch magische Kräfte. Wozu braucht Ihr mich da noch?«

»Ihr habt etwas Größeres als Magie. Euch erfüllt ein leidenschaftlicher Durst nach Rache.«

»Ihr sucht einen Verbündeten.«

»Einen, dem ich vertrauen kann. Ich bin von Narren umgeben.«

»Und was würden wir zusammen erreichen?«

»Wir könnten gemeinsam Druck auf die Kriegertruppe ausüben und ihrem elenden Hauptmann Stryke das Leben nehmen.«

»Was ist dabei für mich drin?«

»Ich hatte gehofft, die süße Rache allein wäre Belohnung genug.« Als sie seinen Gesichtsausdruck bemerkte, fuhr sie fort: »Natürlich würde ich meine Anerkennung auch in Form von weiteren Reichtümern zum Ausdruck bringen.«

Gleaton-Rouk dachte darüber nach und lispelte schließlich: »Einverstanden. Vorausgesetzt, die Einzelheiten sind nach meinem Geschmack.«

»Selbstverständlich«, antwortete Jennesta glatt und überlegte dabei, wie sie ihren neuen Partner am besten hintergehen konnte. Sie hatte keinen Zweifel, dass er etwas Ähnliches dachte. »Als Zeichen meines guten Willens möchte ich Euch ein weiteres Geldgeschenk machen. Nennen wir es eine Anzahlung.« Da sie vor ihrer Flucht aus Acurial die Schatzkammern geplündert hatte, fiel es ihr leicht, großzügig zu sein. Außerdem konnte sie sich auf die eine oder andere Weise jederzeit Nachschub verschaffen.

Der Goblin nickte leicht. »Ich für meinen Teil werde sogleich dafür sorgen, dass Euch das gewünschte Schiff übergeben wird.«

»Wie lange wird es dauern?«

»Es müsste noch vor Ende des Tages erledigt sein.«

»Dann schlage ich vor, dass Ihr später hierher zurückkehrt, damit wir die Erörterung fortsetzen können.«

Gleaton-Rouk nickte, und sie verließen gemeinsam das Zelt.

Draußen herrschte viel Betrieb. Die Truppen und einige Zombies gingen ihren Aufgaben nach. Besonders die Letzteren beäugten Gleaton-Rouks Begleiter misstrauisch. Sie zählten rund ein Dutzend und standen, mit den Dreizacken in den Händen, in der Nähe von Jennestas Zelt.

Als Gleaton-Rouk sich ihnen nähern wollte, hielt Jennesta ihn zurück. »Es gibt noch eine Kleinigkeit, die ich klären möchte.«

»Was wäre das?« Er drehte sich zu ihr herum.

»Als meine Abgesandten sich Euch näherten, um dieses Treffen zu verabreden, wurde einer von ihnen getötet.«

»Ein bedauerlicher Zwischenfall. Wir hatten keine Ahnung, um wen es sich bei dieser Gruppe von Menschen handelte, und ob sie womöglich feindselig waren. Wir hielten es für angebracht, uns zunächst zu verteidigen.«

»Ich verstehe.«

»Ich darf doch annehmen, dass Ihr Euch nicht anders verhalten hättet.«

»Wenn ich recht im Bilde bin, dreht sich Euer Streit mit den Vielfraßen doch darum, dass sie einige Eurer Blutsverwandten getötet haben, oder?«

Er war sichtlich verwirrt angesichts der Wendung, die das Gespräch genommen hatte. »Ihr wisst bereits, dass dies zutrifft.«

Jennesta betrachtete sein Gefolge. »Sind dies Eure Verwandten?«

»Einige ja, einige nein. Alle gehören zu meinem Klan.«

Sie zeigte auf einen Goblin. »Ist der da ein Blutsverwandter?«

»Ja.«

»Und der da?« Sie deutete auf einen anderen.

»Der? Nein, mit dem bin ich nicht verwandt.«

Ohne ein weiteres Wort hob Jennesta die flache Hand unter das Kinn. Wie ein Kind, das eine Pusteblume vor sich hat, blies sie leicht darüber, worauf ein schwarzer Dunst aus der Handfläche aufstieg. Der Rauch verdichtete sich zu etwas, das einem Bündel Katapultbolzen glich. Schneller, als das Auge folgen konnte, schoss die Erscheinung zu dem Goblin, den sie sich ausgesucht hatte, und traf ihn mit einer gewaltigen Wucht. In seinem Körper entstanden unzählige winzige Explosionen, viele rasten ganz durch ihn hindurch. Er zerfloss zu Brei, und gleich darauf lag nur noch ein blutiger Haufen auf dem Boden.

Jennestas Spruch hatte so gut getroffen, dass die Kameraden des toten Goblins, obwohl sie neben ihm standen, völlig unberührt blieben, wenn man von den Blutspritzern absah. Sie standen einen Moment lang erschüttert da, dann zogen sie die Waffen und machten wütende Gesichter. Jennestas Anhänger merkten auf und tasteten ebenfalls nach den Klingen.

»Ihr habt einen von meinen Leuten genommen, ich einen von Euren«, erklärte sie Gleaton-Rouk laut genug, damit es auch sein Gefolge hörte.

Zum ersten Mal, seit er eingetroffen war, verriet die Miene des Goblins, was wirklich in ihm vorging: ungläubiges Staunen. Dann dämmerte ihm, mit wem er es zu tun hatte, und das Gefühl wich dem widerwilligen Respekt, den ein Tyrann für einen anderen empfindet. Es war so schnell vorbei, wie es gekommen war, und er wirkte gleich darauf wieder unbeteiligt wie immer, doch Jennesta war es nicht entgangen.

»Ich sehe die Notwendigkeit eines … Ausgleichs ein«, sagte er und winkte seinen Leibwächtern mit der knochigen Hand, die Waffen zu senken. Widerstrebend gehorchten sie. »Wir wollen davon ausgehen, dass die Schuld beglichen ist.«

»Ich werde auch keine Zinsen erheben.« Sie bemühte sich, charmant zu lächeln. Es gelang ihr nicht.

»Dann bis später.« Er nickte und fügte nach einem Blick auf die dampfenden Überreste seines Gefolgsmanns leise hinzu: »Das müsst Ihr mich irgendwann einmal lehren.«

»Vielleicht werde ich das sogar tun«, antwortete sie.

Die Besucher gingen, und Jennesta kehrte in ihr Quartier zurück.

Es hatte sie noch weiter ermüdet, den Goblin zu töten. Schlimm war die Erschöpfung nicht, nur gerade tief genug, um ihr lästig zu werden. Bevor sie sich nähren konnte, musste sie jedoch noch etwas anderes erledigen.

Sie erteilte den strengen Befehl, sie unter keinen Umständen zu stören, und vollzog in ihrem kühlen Zelt ein Ritual, um mit einem Gegenüber eine geistige Verbindung herzustellen. Es war jemand, der nicht weit entfernt war und sich näherte.

Dynahla lehnte in einem stillen Teil des Schiffs an der Reling und hatte den Kopf auf die Hände gestützt. Die roten Locken flatterten im Wind.

»He.«

Keine Antwort.

»He, Dynahla!«

Der Gestaltwandler regte sich und drehte sich langsam um.

»Alles in Ordnung?«, fragte Stryke, der mit Jup gekommen war.

»Ja, mir … mir geht es gut. Ich wusste nicht, dass du …«

»Was hast du getan?«

»Ich habe mich verbunden.«

Stryke runzelte die Stirn. »Das solltest du etwas genauer erklären.«

»Ich habe mit jemandem Verbindung aufgenommen. Geistig, meine ich.«

»Mit wem?«

»Mit Seraphim.«

»Kannst du wirklich so etwas tun?«, fragte Stryke verblüfft.

»Unter gewissen Umständen. Einfach ist es nicht.«
»Wie tust du das?«
»Zwischen uns besteht gewissermaßen ein geistiges Band. Es ist schwer zu erklären.«

»Du sagtest, Seraphim könne nicht direkt mit uns sprechen«, erinnerte sich Jup. »Deshalb hast du seine Botschaft mitgebracht.«

»Mit euch kann er sich nicht direkt austauschen. Es muss eine Verbindung geben, und selbst wenn sie existiert, ist es schwierig. Aber das ist jetzt nicht von Belang. Wichtig ist nur, was er mir gesagt hat.«

»Spuck's schon aus«, verlangte Stryke.

»Er hat eine Ahnung, wo Jennesta sich aufhält. Sie ist nicht weit entfernt. Wir müssen den Kurs wechseln.«

»Eine Ahnung?«

»Mehr als das. Ein … Gefühl.«

Langsam schüttelte Stryke den Kopf. »Ich weiß nicht …«

»Ich dachte, du willst unbedingt deine Frau finden.«

»Allerdings. Aber ich habe Bedenken, mich nur aufgrund einer Ahnung auf so etwas Ungewisses einzulassen.«

»Vertrau mir, Stryke, es spricht viel dafür, dass es stimmt. Außerdem bleibt dir sowieso nichts anderes übrig.«

»Du sagtest, du willst uns zu Seraphim bringen«, erinnerte Jup ihn. »Du sagtest auch, wir brauchen ihn, um Jennesta zu finden.«

»Im günstigsten Fall treffen wir ihn dort. Aber sie ist näher als er, und wir müssen diese Gelegenheit ergreifen, ehe sie weiterzieht. Was meinst du, Stryke?«

»Ich dachte, wir brauchen Seraphims Magie, um gegen sie zu bestehen.«

»Wir müssen eben mit meiner Magie und den großartigen kriegerischen Fähigkeiten deiner Truppe zurechtkommen.«

Er dachte darüber nach. »Also gut, ich gebe Pepperdyne Bescheid, dass er den Kurs wechseln soll. Hoffentlich ist das keine Zeitverschwendung.«

»Ich wollte sowieso gleich hinauf und ihn am Ruder ablösen«, bot Jup an. »Ich kann das übernehmen.«

»Gut, dann geh.«

»Aber was soll ich Pepperdyne nun eigentlich sagen? Welchen Kurs soll er einschlagen?«

Stryke wandte sich an den Gestaltwandler. »Geh mit, Dynahla. Ich unterrichte die Truppe.«

Jup und der Gestaltwandler gingen schweigend zur Brücke. Wie üblich war Coilla bei Pepperdyne. Sie hörten sich an, in welche Richtung sie nun segeln sollten und warum es zu der Änderung gekommen war.

»Wohin genau wollen wir eigentlich?« Pepperdyne zog die abgegriffene Karte heraus.

»Wir müssen ein Stück nach Süden«, erklärte Dynahla und zeigte es ihm auf der Karte. »In diese Richtung.«

»Da ist nichts. Genau wie beim letzten Mal, als wir auf die Karte geschaut und den gegenwärtigen Kurs festgelegt haben. Kennst du denn nur unsichtbare Inseln?«

»Ich denke nicht, dass irgendjemand schon einmal eine vollständige Karte dieser Welt angefertigt hat. Glaube mir, unser Ziel ist dort.«

Pepperdyne zuckte mit den Achseln. »Wenn Stryke es so haben will.« Er zog das Steuerruder herum.

»Ich sollte dich doch ablösen«, meinte der Zwerg. Er warf Coilla einen scharfen Blick zu. »Und ja, ich kann das Steuerruder erreichen.«

»Ich hab doch gar nichts gesagt!«, protestierte sie. »Du verwechselst mich mit Haskeer.«

Jup lächelte. »Ja. Er war wohl derjenige, der mir eine Kiste geben wollte, damit ich hoch genug stehe. Der gemeine Hund.«

»Ich glaube, wegen des Kurswechsels ist dies kein guter Augenblick für eine Übungsstunde«, entgegnete Pepperdyne.

»Schon gut. Wenn ich ehrlich bin, ist mir die Aussicht auf einen Kampf sowieso viel lieber, als Seemann zu spielen.«

»Ich muss euch jetzt verlassen«, sagte Dynahla, als brauchte er dazu ihre Erlaubnis. Als sich niemand rührte, fügte er hinzu: »Wir sehen uns später.«

Sie nickten, und der Gestaltwandler ging.

»Was hältst du von ihm, Jode?«, fragte Coilla leise. »Ist er vertrauenswürdig?«

»Dynahla? Keine Ahnung.«

»Der neue Kurs ist seltsam«, sagte Jup.

»Wieder steuern wir ein Ziel an, von dem die Karte behauptet, dass es nicht existiert. Andererseits hat er doch nichts davon zu lügen. Wir werden es ja bald erfahren, wenn dort wirklich nichts ist.«

»Es kann nicht schaden, ihn im Auge zu behalten«, schlug Coilla vor.

»Das mache ich sowieso schon«, erklärte Jup.

»Gute Idee«, stimmte Pepperdyne zu. »Es ist doch denkbar, dass ...«

Coilla legte einen Finger an die Lippen und hieß ihn schweigen. Sie nickte kurz in die Richtung der Treppe. Schweren Schrittes trampelte jemand herauf.

Haskeer erschien. Als er Jup sah, entstand in seinem Gesicht etwas, das die anderen nicht sofort erkannten. Ein Lächeln.

»Jup!«, dröhnte er. »Genau dich habe ich gesucht.«

»Wenn du dich prügeln willst, vergiss es.« Jup ballte die Fäuste. »Ich bin nicht in Stimmung.«

»Eine Prügelei? Du verkennst mich, alter Freund. Warum sollte ich dir wehtun?«

»Alter Freund?«, hauchte Coilla.

»Du könntest mir nicht wehtun, selbst wenn ich der Nagel wäre und du ein Hammer«, versicherte Jup ihm. »Was ist los, Haskeer?«

»Liegt es nicht nahe, wenn man den Besten zum Freund haben will?«

»Du scheinst ungewöhnlich guter Stimmung zu sein«, bemerkte Pepperdyne.

»Warum denn nicht?«, rief Haskeer. »Ich bin von treuen Gefährten umgeben, zu denen nicht zuletzt auch unsere menschlichen Kameraden zählen.« Er hob eine

Hand, Pepperdyne spannte sich an. Doch statt des erwarteten Schlages klopfte Haskeer ihm kräftig auf die Schulter, dass er fast taumelte.

»Ich dachte, du bist nicht gut auf Menschen zu sprechen«, sagte Coilla.

»Aber woher denn! Sind wir nicht alle Waffenbrüder und bereit, uns gegenseitig bis in den Tod beizustehen?«

»Hast du Meerwasser getrunken?«, fragte Jup.

»Wie immer ein Witzbold, was, alter Kumpel? Mein guter Jup, mein kleiner Juppi-Puppi.«

»Das reicht jetzt aber«, meinte der Zwerg. »Er ist verrückt.«

»Wenn ich verrückt bin«, meinte Haskeer ernst, »dann vor Leidenschaft und Zärtlichkeit für dich.« Er grinste breit und trampelte mit ausgebreiteten Armen weiter. »Lass dich umarmen, Bruder!«

»Haltet ihn mir vom Leib!«

Haskeer blieb stehen und kicherte.

»Warte mal«, meinte Coilla. »Da stimmt doch was nicht.«

Haskeer nickte. »Erwischt.«

Seine Gestalt veränderte sich, die Konturen wurden weicher und formten sich neu. Gleich darauf stand Dynahla vor ihnen.

»Entschuldigung«, sagte er. »Das konnte ich mir einfach nicht verkneifen.«

Als sich ihr Erstaunen gelegt hatte, lachten die anderen.

»Das war … beeindruckend«, gab Pepperdyne zu.

»Und ob«, pflichtete Coilla ihm bei. »Ich hätte schwören können, dass er es ist. Natürlich abgesehen von dem Unfug, den du erzählt hast.«

»Wie hast du das gemacht, Dynahla?«, wollte Jup wissen.

»Wie funktioniert deine Fernsicht?«

»Ich bin damit geboren wie alle Angehörigen meines Volks.«

»Aber es wird durch Übung verbessert?«

»Ja, sicher.«

»Die meisten Wesen werden mit gewissen magischen Anlagen geboren. Sicher, bei manchen Rassen sind sie stärker ausgeprägt als bei anderen. Bei Orks schlummern sie tief, aber sie sind trotzdem da. Der Trick ist, sie zu entwickeln.«

»Dazu gehört Willenskraft, oder?«

»Die Dominanz des Willens ist der geringste Aspekt.«

»Das verstehe ich nicht.«

»Fantasie ist viel wichtiger.«

»Wirklich?«

»Was ist dein Lieblingsessen, Jup?«

»Äh …«

»Nehmen wir an, es gibt Wild. Magst du das?«

»Ja, klar. Wer mag das nicht?«

»Hast du Hunger?«

»Da du es jetzt erwähnst …«

»Wir haben wohl alle Hunger«, erklärte Coilla. »Wir haben nichts gegessen.«

Dynahla lächelte. »Gut. Stell dir jetzt eine schöne Rehkeule vor, die sich über dem Feuer am Spieß dreht. Sie trieft vor Saft. Stelle sie dir genau vor. Rieche den köstlichen Duft.«

»Mir läuft das Wasser im Mund zusammen«, gestand Jup.

»Beiße in das saftige Fleisch. Stell dir vor, wie gut es schmeckt.«

»Hmmmm.«

»Jetzt nehmen wir an, du darfst das Stück Wild nicht essen. Es ist sehr wichtig, dass du es nicht isst. Sagen wir, dein Leben hängt davon ab. Du musst deine Willenskraft einsetzen, um dem Drang zu widerstehen, das Fleisch zu essen.«

»Das ist leichter gesagt als getan, wenn ich so hungrig bin.«

»Nutze deine Willenskraft. Konzentriere dich. Lehne das Fleisch ab. Schließ die Augen, wenn es hilft.«

Er tat es, und die anderen sahen schweigend zu.

»Wie ist es dir ergangen?«, fragte Dynahla.

»Tja …«

»Nicht so gut?«

»Du hast mir ein sehr verlockendes Bild eingegeben. Es ist schwer, das Fleisch nicht zu wollen.«

»Gut. Stell dir noch einmal den Braten vor.«

Wieder schloss Jup die Augen.

»Sieh nur, wie köstlich er ist«, fuhr Dynahla fort. »Goldbraun, saftig. Rieche den köstlichen Duft von bratendem Fleisch. Aber halt! Was ist das? Sieh genau hin.

Das Stück Fleisch liegt in einer Latrine. Es ist mit Dreck bedeckt, es wimmelt vor Maden und Käfern.«

»Igitt!« Jup schnitt eine Grimasse. Auch Coilla und Pepperdyne schauten nicht sehr glücklich drein.

»Wie leicht ist es dir dieses Mal gefallen, es abzulehnen?«, fragte Dynahla.

»Kein Problem.« Jup war etwas blass um die Nase. »Ich bin gar nicht mehr so hungrig. Aber was beweist das jetzt?«

»Magie hat nur zum Teil mit Willenskraft zu tun. Viel wichtiger ist, sich das Unmögliche stark genug vorzustellen, damit es real wird. Die Fantasie ist stärker als die Willenskraft. Wenn du das begriffen hast, dann bist du auf dem besten Wege, die Magie zu verstehen.«

Jup fand das höchst interessant und stellte Dynahla einige Fragen. In ihr Gespräch vertieft, winkten der Zwerg und der Gestaltwandler Coilla und Pepperdyne zu und verließen die Brücke.

»Was für ein Kerl«, sagte Pepperdyne.

»Wirklich beeindruckend«, antwortete Coilla. »Er war ganz und gar wie Haskeer.« Sie grinste. »Du musst doch zugeben, dass es witzig war.«

»Ja. Nur eines macht mir Sorgen.«

»Was denn?«

»Dynahla kann jeden von uns perfekt nachahmen. Wie fühlst du dich damit, dass jemand, der so etwas kann, in der Nähe ist?«

16

Der Schleier zwischen den Welten ist wie dünne Gaze und so unüberbrückbar wie ein Ozean. Er trennt eine unermesslich große Anzahl von Welten voneinander, eine unendliche Ansammlung glitzernder Stecknadelköpfe im samtenen Firmament. Aus der Nähe betrachtet, sofern dies möglich gewesen wäre, hätten die meisten die Gestalt einer Kugel gehabt. Manche waren kahle Felsblöcke, voller Vulkane oder mit Eis bedeckt. Einige wenige waren fruchtbar.

Zwei Spezies lebten unter dem blauen Himmel und den strahlend weißen Wolken einer solchen Welt. Die Rasse der Menschen hatte ein großes Reich geschaffen, das Peczan hieß und nun trotz seiner gewaltigen militärischen Macht und seiner Magie den ersten Rückschlag erlebte. Das soeben befreite Volk der Orks, die Ursache dieser Demütigung, bewohnte einen fernen, viel kleineren Teil des Planeten. Beflügelt vom wiedererwachten Kampfgeist waren sie entschlossen, sich nie wieder den Menschen unterzuordnen.

Das Land der Orks hieß Acurial. Taress, der weitaus größte Ort und die Hauptstadt des Landes, hatte unter der unlängst beendeten Besetzung besonders schwer gelitten. Nun waren die Einwohner frei und machten sich daran, alle Spuren der peczanischen Herrschaft zu tilgen. Besetzte Gebäude wurden wieder ihrer ursprünglichen Bestimmung zugeführt. Was das Reich erbaut hatte, wurde niedergerissen, wobei besonders die Gefangenenlager, die Folterkammern und Hinrichtungsanlagen den Zorn der Orks erregten. Wachstationen, Quartiere, Hinweisschilder und alles andere, was an die überwältigten Herrscher erinnerte, wurde demoliert und in lodernden Feuern verbrannt, auf die auch die Porträts der peczanischen Beamten und Militärführer flogen. Marmorne Büsten wurden in tausend Stücke zerschlagen.

Gleichzeitig bauten die Orks Taress wieder auf. Invasion und Rebellion hatten viele Stadtteile verwüstet, und die Scharen von Helfern arbeiteten eifrig an den Reparaturen.

Der Hauptplatz war einer der ersten Bereiche, die sie wieder in Besitz nahmen. Dort richteten sie eine Art Gedenkstätte ein und stellten Statuen auf. Die größte, wenngleich in vielerlei Hinsicht die schlichteste, ehrte die verstorbene Oberste Sylandya. Sie war vor der Besetzung durch Peczan die Herrscherin Acurials gewesen und hatte den Widerstand angeführt. Ihr Märtyrertod hatte den Funken entfacht und die Revolution in Gang gebracht. Sie war sitzend dargestellt, erweckte aber nicht den Eindruck, auf einem Thron zu sitzen, wie es einem Staatsoberhaupt eigentlich zugestanden hätte. Ihre Haltung und ihre Miene waren eher demütig, der Gesichtsausdruck milde. Der Bildhauer hatte nicht etwa versucht, ihr nachträglich zu schmeicheln und die Anzeichen des fortgeschrittenen Alters zu übertünchen, wie es ein eitleres Modell vielleicht verlangt hätte. Sie war von zierlicher, fast zerbrechlicher Gestalt und strahlte doch eine unverkennbare Autorität aus.

Zwei Orks standen am Fuß des Denkmals und blickten zu der Gestalt hinauf. Sie waren Geschwister und sogar Zwillinge und zählten weniger als dreißig Sommer.

»Was hätte sie wohl davon gehalten?«, überlegte Chillder.

»Nicht viel, würde ich meinen«, antwortete ihr Bruder. »Unsere Mutter hatte nicht viel Zeit für den Dünkel der Macht. Das war eine ihrer vielen Tugenden.«

»Außerdem hat sie sich ohne Murren mit den unzähligen Pergamenten befasst, die uns jetzt plagen.«

»Das ist nicht so aufregend wie der Kampf einer Rebellin, was?«

»Nein, Brelan, ganz sicher nicht.«

»Aber so etwas ist wichtig, wenn man einen Staat verwalten will. Es muss erledigt werden.«

»Du bist in dieser Hinsicht unserer Mutter ähnlicher als ich. Ich glaube fast, du magst es, den ganzen Tag Papiere umherzuschaufeln.«

Er lächelte. »Wie gesagt, es muss erledigt werden. Dieser Papierkram ist der Preis, den wir für unsere Freiheit bezahlen müssen.«

»Ich wünschte, sie wäre noch hier und könnte uns anleiten.« Chillder nickte in die Richtung der Statue.

»Ich auch.«

»Und wäre nicht dieses Miststück von Jennesta gewesen, dann wäre unsere Mutter tatsächlich noch hier«, fügte sie bitter hinzu.

»Ich weiß. Aber sie ist nicht vergebens gestorben. Wäre es mit ihr nicht auf diese Weise zu Ende gegangen, dann wäre die Revolution womöglich nicht so heftig ausgebrochen.«

»Da bin ich aber nicht so sicher. Wie auch immer, Jennesta ist uns ungestraft entwischt, und das liegt mir schwer im Magen.«

Er schwieg einen Moment, ehe er weitersprach. »Komm«, drängte er sie sanft. »Wir müssen gehen.«

Sie überquerten den Platz.

»Vielleicht ist es ja doch geschehen«, sagte Brelan.

»Was denn?«

»Jennesta. Vielleicht wurde sie doch noch bestraft. Soweit wir wissen, wollte die Kriegertruppe mit ihr abrechnen.«

»Oder die Krieger haben das gleiche Schicksal erlitten wie unsere Mutter. Das Ärgerliche ist ja, dass wir es wohl nie erfahren werden.«

Sie traten in den Schatten eines anderen Monuments und blieben abermals stehen, obwohl dringende Angelegenheiten auf sie warteten. Es war größer als Sylandyas Denkmal und wirkte eher gedrungen als hoch. Auf dem hüfthohen Sockel standen fünf lebensgroße Gestalten: vier Orks, von denen einer weiblichen Geschlechts war, und ein Zwerg. Sie posierten mit gezogenen Waffen wie Helden. Die niedrige Steinmauer im Hintergrund der Gruppe war auf ganzer Länge mit Gravuren geschmückt, die zwanzig oder mehr Kameraden der Obersten zeigten. Vielen in Taress behagte es nicht, dass dort auch ein Mensch abgebildet war.

Vor dem Denkmal lagen Halsketten aus Reißzähnen, Weinkrüge, geschmückte Waffen, Zeichnungen der Helden, die zum Teil recht gekonnt ausgeführt waren, und andere Opfergaben. Auch einige für Orks eher untypische Blumensträuße waren darunter. Der Sockel trug die schlichte Inschrift: *Die Vielfraße.*

Brelan wiederholte die Frage, die seine Schwester vorher gestellt hatte. »Was würden *sie* erst dazu sagen?«

»Haskeer hätte das gefallen. Den anderen wäre es vermutlich egal.« Sie drehte sich zu ihm um. »Wohin sind sie nur verschwunden, Brelan? Glaubst du, sie leben noch?«

»In ihr sogenanntes Nordland sind sie gewiss nicht zurückgekehrt. Das habe ich ihnen nie abgekauft. Ob sie noch leben …« Er zuckte mit den Achseln. »Wer weiß?

Ich bin nur dankbar, dass sie im richtigen Augenblick hier waren.«

»Abgesehen von dem Menschen. Dieser schmierige Kerl.«

»Standeven.«

Sie nickte. »Der Orktöter.«

»Vielleicht.«

»Wie kannst du das bezweifeln?«

»Wahrscheinlich hast du ja Recht. Irgendwie muss ich aber immer denken, dass er eigentlich nicht dumm genug war, um in unserem Land einen von uns zu ermorden.«

»Nur schade, dass wir es ihm haben durchgehen lassen.«

»Es gab keine Beweise.«

»Wie viele Beweise brauchst du denn noch?«

»Das ist ohnehin alles Schnee von gestern, Chillder. Wir können jetzt nichts mehr ändern. Wollen wir nun endlich gehen? Wir müssen uns um ein Problem kümmern.«

Sie liefen weiter.

Auf den Straßen, die zum Platz führten, herrschte viel Betrieb. Überall waren Bauarbeiten im Gange, beladene Karren verstopften die Durchgangsstraßen. Einige Passanten starrten Brelan und Chillder an, manche winkten. Sie waren inzwischen bekannte Persönlichkeiten.

Als sie weitergingen, sagte Chillder: »Manchmal frage ich mich, ob sich all die Mühe überhaupt lohnt.«

»Warum denn nicht?«

»Peczans Stolz ist angeschlagen. Woher wissen wir, dass sie nicht wieder eine Invasion beginnen? Und sei es nur, um ihr Gesicht zu wahren?«

»Wir haben ebenso viele Kräfte für die Verteidigung wie für den Wiederaufbau eingesetzt. Mehr sogar. Wenn die Menschen zurückkommen, werden wir es rechtzeitig erfahren, und dieses Mal ist das ganze Volk bereit zu kämpfen.«

»Wirklich? Grilan-Zeat ist vorbeigezogen. Ich mache mir Sorgen, dass unser Kampfgeist zusammen mit dem Kometen verblassen könnte.«

»Ich glaube nicht. Unser Volk hat Geschmack an der Freiheit gefunden, die es sich erkämpft hat. Das wird so schnell niemand vergessen.«

»Hoffentlich hast du Recht.«

»Vertrau mir. Wir haben jetzt wichtigere Dinge zu erledigen. Nicht zuletzt müssen wir die Schatzkammern auffüllen, die Jennesta geplündert hat.«

»Und jetzt diese … diese seltsamen Entwicklungen. Was, zur Hölle, ist hier nur los, Brelan?«

»Verdammt will ich sein, wenn ich es wüsste. Vielleicht erfahren wir etwas Wichtiges aus diesem neuen Ereignis.«

Sie liefen weiter, verließen das Zentrum und erreichten ruhigere Straßen. Je weiter sie vorankamen, desto öfter sahen sie die Verteidigungsanlagen, die Brelan erwähnt hatte. Auf Plätzen oder an Kreuzungen, wo während des Aufstands Häuser niedergebrannt waren, übten sich die Bürger in Kampftechniken. Mit Steinen beladene Heuwagen dienten als mobile Straßensperren und standen an den Rändern der großen Prachtstraßen bereit. Auf den Dächern waren Spähposten eingerichtet, mehrere Wachtürme waren im Bau. Sie nahmen die Gefahr einer neuerlichen Invasion durchaus ernst.

Endlich erreichten die Zwillinge einen Bezirk, in dem sich früher vorwiegend Viehhöfe und Lagerhäuser befunden hatten. Jetzt war hier ein Kontingent von Acurials neu gegründeter regulärer Miliz stationiert. Zusätzlich zur Bewaffnung der Einwohner hielt man es auch für angebracht, ein stehendes Heer zu unterhalten, dessen Kern die ehemaligen Widerstandskämpfer bildeten. Die Truppe war noch im Aufbau, die Uniformen waren improvisiert und die Waffen ein buntes Sammelsurium, die Quartiere noch nicht fertig. Wie in vielen anderen Vierteln von Taress befand sich auch dort eine Baustelle.

Chillder und Brelan bahnten sich einen Weg durch salutierende Wachen und näherten sich der kürzlich errichteten Kaserne. Draußen begrüßte sie ein Offizier, ein Kamerad aus der Widerstandszeit, der ihnen die Tür aufschloss und sie hineinbugsierte.

»Nicht dass man viel sehen kann«, erklärte er.

In dem verlassenen Gebäude gab es nur geringe Anzeichen von Unordnung. Zwei Pritschen standen schief, ein Stuhl war umgekippt, ein paar Gerätschaften waren auf dem Boden verstreut.

»Habt ihr es genauso belassen, wie es war?«, fragte Brelan.

Der Offizier nickte. »Wir haben nichts verändert.«

»Wie viele?«

»Elf.«

»Wann?«

»Irgendwann während der Nacht. Wir haben es erst bemerkt, als sie zum Wecken nicht angetreten sind.«

»Habt ihr das Lager durchsucht?«

»Selbstverständlich.«

»Waren einige von ihnen auf irgendeine Weise … unzufrieden?«, fragte Chillder.

»Unruhestifter waren sie gewiss nicht. Sie waren so zuverlässig und treu, wie man es sich nur wünschen kann.«

»Und die Waffen sind auch weg?« Sie deutete auf einen leeren Ständer.

»Ja.«

»Hast du mit jemandem darüber gesprochen?«

»Nein«, erwiderte der Offizier.

»Gut. Dabei soll es auch bleiben. Du kannst jetzt gehen. Vielen Dank.«

Als der Offizier fort war, wandte Chillder sich an ihren Bruder. »Der wievielte Vorfall ist dies?«

»Der siebte, glaube ich. Vielleicht schon der achte. Und das sind nur die Vorfälle in Taress. Diese hier dazugezählt, schätze ich, dass mehr als siebzig Milizionäre verschwunden sind.«

»Womit haben wir es hier zu tun? Fahnenflucht? Geiselnahme?«

»Soweit wir es wissen, hatte keiner von ihnen einen Grund zu desertieren. Ich kann mir auch nicht vorstellen, dass es so einfach ist, eine Gruppe bewaffneter Krieger zu entführen. Schon gar nicht von einem bewachten Gelände wie diesem.«

»Ist es nicht anderswo ganz ähnlich abgelaufen?«

»Einige sind aus ihren Quartieren verschwunden, genau wie die hier. Eine Gruppe ging auf Streife und kehrte nicht zurück. Zwei während des Wachdienstes, vier weitere, wenn ich mich recht entsinne, auf einem Abstellplatz für Wagen. Wirkliche Gemeinsamkeiten gibt es nicht, wenn man davon absieht, dass niemand etwas bemerkt hat.«

»Ob Peczan dahintersteckt? Vielleicht haben sie Agenten eingeschleust und …«

»Menschen, die sich in einem Volk aus Orks verstecken? Ich glaube nicht, Chillder.«

»Oder es waren unsere eigenen Leute. Verräter, die auf Geheiß der Menschen handeln.«

»Dazu braucht es viele Helfer und dazu eine recht große Verschwörung. Ich kann mir nicht vorstellen, dass es so viele Verschwörer gibt. Nein, das glaube ich nicht. Vielleicht ein oder zwei Abtrünnige, die irgendwelche kranken Beweggründe haben, aber nicht so viele.«

»Es gibt noch eine andere Möglichkeit. Ist dir der Geruch aufgefallen?«

Ein leichter Schwefelgeruch hing in der Luft, der sich mit dem Duft des frischen Holzes mischte, aus dem das Quartier gebaut war.

»Ich bin nicht sicher.«

»Ach, hör schon auf, Brelan. Du weißt genau, was es ist.«

»Magie?«

»Genau. Könnte das nicht der Grund sein?«

»Ich wüsste nicht, wie. Die Menschen besitzen Magie, aber nicht die Orks. Wie ich schon sagte: Wo sollen sich in Acurial Menschen verstecken?«

»Jennesta ist nicht menschlich. Vielleicht ist sie dafür verantwortlich.«

»Dann gilt das Gleiche. Ich meine, sie würde doch sofort auffallen, oder? Ich glaube aber sowieso nicht, dass sie noch hier in der Nähe ist. Der Mob würde sie in Stücke reißen, und da würde ihr auch die Hexerei nicht mehr helfen. So ein Risiko würde sie nie eingehen.«

»Was ist es dann? Wer tut so etwas?«

»Wer oder was auch dafür verantwortlich ist, wir müssen uns darauf gefasst machen, dass dies nicht das letzte Mal war.«

»Meinst du?«

»Wir haben keinen Grund zu der Annahme, dass es von selbst wieder aufhört. Was es auch ist.«

»Wie können wir uns schützen?«

»Abgesehen davon, dass wir ein Heer aufstellen und gut aufpassen, fällt mir nichts weiter ein. Und wer weiß schon, ob das wirklich hilft.«

»Es muss doch irgendetwas geben, das wir tun können, Brelan.«

»Wir wissen nicht, wogegen wir uns schützen müssen. Im Augenblick wissen wir nur …«

»… dass unsere Kameraden ebenso gewiss verschwunden sind wie die Vielfraße«, beendete sie den Satz.

Er nickte grimmig.

17

Lange nach Sonnenuntergang, als der kühle Nachthimmel längst mit Sternen übersät war, pflügte das Schiff der Vielfraße immer noch durch das Meer.

Sie unterhielten sich mit gedämpften Stimmen und benutzten, wenn sie Licht brauchten, abgeblendete Lampen. Nur Dynahla konnte sie zu ihrem Ziel geleiten, und da sie unsicher waren, wie weit es noch war und ob andere Schiffe in der Nähe kreuzten, fuhren sie im Dunkeln und möglichst leise.

Stryke versammelte seine Offiziere in der ehemaligen Kapitänskajüte oder wie die Goblins, denen das Schiff früher gehört hatte, den Raum auch bezeichnet hatten. Die Fensterläden waren fest verschlossen.

»Was tun wir, wenn wir eintreffen?«, fragte Haskeer, noch ehe sich alle niedergelassen hatten.

»Das müssen wir uns jetzt überlegen«, antwortete Stryke. »Also setz dich und halt den Mund.«

Mürrisch gehorchte der Feldwebel.

»Wir wissen nicht, womit wir es zu tun bekommen«, fuhr Stryke fort. »Deshalb brauchen wir einen Plan. Coilla, du bist unsere beste Strategin. Sag was dazu.«

»Wir wissen durchaus, womit wir es zu tun bekommen: mit Jennesta. Die Frage ist, wie wir sie am besten besiegen und unsere Mission durchführen können, ohne dabei getötet zu werden.«

»Darum geht es doch immer, wenn wir auf sie stoßen«, meinte Jup.

»Außerdem«, schaltete sich Haskeer ein, »seit wann kümmern wir uns um die Kräfteverhältnisse, wenn wir kämpfen müssen? Ich sage, wir gehen mit gezückten Klingen rein und gewähren keine Gnade. Also alles wie gewohnt, Stryke.«

»Diesmal ist es anders. Ich will Thirzarr wohlbehalten herausholen. Das meinte Coilla mit der Mission. Es geht nicht nur darum, Jennesta zu töten.«

»Ja, willst du etwa nicht gegen sie kämpfen?« Haskeer konnte es kaum glauben.

»Natürlich will ich das. Aber wir sollten klug vorgehen.«

»Möglicherweise stoßen wir sehr schnell auf Widerstand«, überlegte Coilla. »Das wäre dann ein Kampf auf Leben und Tod. Wenn wir aber unbemerkt an Land gehen, wäre ein Überfallkommando die beste Lösung, um Thirzarr schnell zu befreien.«

»Was ist mit Jennesta?«, fragte Jup.

»Sobald wir Thirzarr haben, können wir sie direkt angreifen.«

»Das Problem dabei ist nur«, wandte Stryke ein, »dass wir dabei unsere Kräfte zersplittern.«

»Ja«, stimmte Coilla zu. »Drei Gruppen. Ein kleines Überfallkommando. Die Haupttruppe bleibt zurück, bis sie den Angriffsbefehl bekommt. Die letzte Gruppe verteidigt das Schiff.«

»Das könnten wir übernehmen«, schlug Dallog vor. »Ich und die anderen aus Ceragan. Wir könnten das Schiff bewachen.«

»Damit bist du ja schnell bei der Hand«, höhnte Haskeer. »Hast wohl Angst vor dem Kampf, was?«

»Nein, aber wir arbeiten gut zusammen. Das haben wir schon bewiesen.«

»Ihr habt beim letzten Mal das Schiff tapfer verteidigt«, räumte Stryke ein. »Also übernehmt ihr dies auch jetzt.«

»Ohne sie sind wir sowieso besser dran«, murmelte Haskeer.

»Allerdings kann ich euch nicht alle entbehren«, fuhr Stryke fort. »Du nimmst Chuss, Pirrak und Keick. Wheam kommt mit uns.«

Haskeer stöhnte laut. »Als ob wir nicht schon genug Ärger hätten.«

Stryke zeigte ihm die geballte Faust. »Ich sag's dir nicht noch einmal. Wir brauchen jeden, den wir bekommen können, und er gehört dazu.«

»Aber doch nicht zum Überfallkommando?«, fragte Jup einigermaßen beunruhigt.

»Nein, er kommt in die Haupttruppe.«

»Und wer bildet dann das Überfallkommando?«, fragte Coilla.

»Ich, du, Jup und zwei Gemeine. Ich denke an Eldo und Reafdaw. Dynahla sollte auch mitkommen.«

»Warum?«

»Er sagt, er hat magische Kräfte. Die könnten wir brauchen. Und bevor du es aussprichst: Ja, wir wissen wirklich nicht viel über ihn. Das Risiko gehe ich aber ein.« Er blickte zu Haskeer. »Du führst die Hauptstreitmacht.«

»Dann bekomme ich also das Vergnügen von Wheams Gesellschaft. Ich Glückspilz. Ist Pepperdyne auch dabei?«

»Ja.«

»Was ist mit dem anderen?«

»Standeven bleibt auf dem Schiff. Du behältst ihn im Auge, Dallog.«

Jemand klopfte an und stürmte sofort danach herein. Es war Finje, der schwer atmete, nachdem er gerannt war.

»Wir haben sie ausgemacht«, meldete er. »Die Insel. Sie ist in Sicht.«

»Sie ist groß«, sagte Stryke, während er den langgestreckten dunklen Schemen betrachtete, der sich in der beginnenden Morgendämmerung am Horizont abzeichnete.

»Seltsam, dass sie nicht auf der Karte eingezeichnet ist.« Er warf Dynahla einen forschenden und etwas misstrauischen Blick zu.

»Es gibt viele Karten. Ich bezweifle, dass es überhaupt welche gibt, die diese Welt genau beschreiben. Aber warum machst du dir Sorgen? Wir haben die Insel gefunden.«

»Bist du sicher, dass Jennesta und Thirzarr dort sind?«

»Ja.«

»Weil Seraphim es dir gesagt hat?«

»Nicht nur das. Da wir jetzt so nahe sind, kann ich die Ausstrahlung selbst spüren.«

»So etwas kannst du? Wie machst du das?«

»Wie so vieles in der Kunst ist auch dies für die nicht Eingeweihten schwer zu verstehen. Sagen wir einfach, dass alle Lebewesen eine ... eine gewisse Kadenz aussenden, die manche von uns auffangen können.«

»Ich kann nicht behaupten, dass ich das verstehe.«

»Dann musst du es mir einfach glauben. Jedenfalls kann ich dir versichern, dass Jennesta und deine Gefährtin auf dieser Insel sind.«

Sie standen im Bug, und Stryke starrte noch einen Moment die Insel an, ehe er wieder etwas sagte. »Wir wollen ein Überfallkommando reinschicken, das Thirzarr holt, ehe wir mit einem größeren Angriff beginnen. Wirst du das Kommando begleiten?«

»Ich denke, das sollte ich tun. Dir sollte aber klar sein, dass Jennestas Magie stärker ist, als du glaubst, und wahrscheinlich auch stärker als alles, was ich aufbieten kann.«

»Was du hast, ist immerhin besser als gar nichts. Allerdings solltest auch *du* etwas bedenken. Ich weiß nur das über dich, was du uns selbst erzählt hast. Ich fand es überzeugend und glaube dir. Wenn du dieses Vertrauen missbrauchst oder etwas tust, das Thirzarr schadet, dann wirst du diese Mission nicht überleben, ganz egal, was uns anderen sonst noch passiert. Ist das klar?«

»Ich verstehe. Du kannst dich auf mich verlassen, Stryke. Wenn es sonst nichts zu besprechen gibt, würde ich mich gern vorbereiten.«

»Was hat das zu bedeuten?«

»Nichts Beunruhigendes. Ich brauche nur eine ruhige Ecke, um zu meditieren und mich zu konzentrieren.«

»Auch ich muss Vorbereitungen treffen. Ich lasse dich rufen, wenn wir so weit sind.«

Von der Brücke aus sahen Coilla und Pepperdyne zu, wie Stryke und der Gestaltwandler ihr Gespräch beendeten.

»Ob wir ihm trauen können?«, fragte Pepperdyne.

»Stryke scheint es zu glauben. Ihm bleibt sowieso nichts anderes übrig. Aber es wird Dynahla schlecht ergehen, wenn er uns hereinlegt.«

»Dann wird es uns allen schlecht ergehen.«

»Die Truppe ist daran gewöhnt, sich aus schwierigen Situationen herauszukämpfen.«

»Ich sorge mich nicht um die Truppe, sondern um dich.«

»Du machst dir Sorgen, wenn ein Ork in den Kampf zieht.« Sie musste lächeln. »Das ist ungefähr so, als machte man sich Sorgen, weil ein Vogel fliegen oder ein Fisch schwimmen will.«

»Jäger schießen Vögel ab, und Fische enden am Haken.«

»Ich bin kein Fisch und kein Vogel. Also brauche ich mir doch keine Sorgen zu machen, oder?«

»Du weißt doch genau, was ich meine.«

»Pass auf, Jode, mein Volk ist zum Kampf geboren. Wir sind eben so. Hast du das noch nicht bemerkt? Ich dachte, du könntest das verstehen, weil du selbst ein Kämpfer bist.«

»Nur aus Notwendigkeit.«

»Hast du denn keine Freude daran, einen Kampf zu gewinnen? Kein Siegesrausch, wenn du einen Feind niedermachst?«

»Na ja ... vielleicht schon. Ein bisschen. Aber ich bin nicht davon begeistert, jeden Tag mein Leben aufs Spiel zu setzen wie du.«

»Das liegt uns im Blut. Wir kämpfen, und wenn wir kämpfen, dann wollen wir töten. Wenn der Tod uns holt, dann ist das der Preis, den wir dafür zahlen müssen. Natürlich bemühen wir uns sehr, dass immer nur die anderen bluten müssen. Wir vertrauen auf unsere Fähigkeiten, unser Glück und die Tetrade. Wenn du ein Glaubensbekenntnis der Orks hören willst, dann müsste es ungefähr so klingen.«

»Ich will dir ja nicht dein Wesen nehmen, Coilla. Genau deshalb liebe ich dich doch, und daran will ich bestimmt nichts ändern. Ich will nur, dass du vorsichtig bist.«

»Warum hast du das nicht gleich gesagt?«

Pepperdyne klatschte sich die flache Hand auf die Stirn, als sei er völlig verzweifelt, dann lachten sie.

»Wie sieht nun der Plan aus?«, fragte er. »Wie gehen wir bei diesem Überfall vor?«

»Stryke wird uns bald einweisen. Wir wollen jedenfalls ein gutes Stück vor dem Strand ankern und mit Booten übersetzen. Wenn wir dort unbemerkt ankommen, teilen wir uns in zwei Gruppen auf, und es geht los.«

»Und wenn sie uns erwischen?«

»Dann wird es hässlich.«

Es kam, wie Coilla es vorhergesagt hatte. Sie löschten alle Lichter an Bord und gingen so weit vor der Insel, wie es nur möglich war, vor Anker. Dallogs Einheit bewachte das Schiff, die anderen ließen vorsichtig die Boote zu Wasser, umwickelten die Ruder, um die Geräusche zu dämpfen, und fuhren zum Ufer.

Glücklicherweise war das Meer sehr ruhig, was aber kaum dazu beitrug, die Anspannung während der Bootsfahrt zu mindern. Sie schwiegen, hielten die Ohren offen und lauschten aufmerksam, weil sie jederzeit damit rechnen mussten, entdeckt zu werden und einen Alarm auszulösen. Doch sie kamen unbemerkt am Strand an.

Von Jennestas Schiffen war keine Spur zu sehen. Die Truppe nahm an, dass sie auf der anderen Seite der Insel vor Anker lagen.

Direkt voraus war die Küste zu felsig und zu steil, um an Land zu gehen. Sie ruderten weiter, hielten sich dicht unter Land und entdeckten einen Sandstrand. Dort stiegen sie aus und suchten sogleich Schutz zwischen den Bäumen. Die Boote zogen sie hinter sich her.

Um Jennesta zu bekämpfen, mussten sie die Hexe zunächst finden. Stryke sandte so viele Späher aus, wie er erübrigen konnte. Zoda, Prooq, Nep, Breggin und Orbon übernahmen diese Aufgabe. Fast lautlos huschten sie in den Dschungel. Der Rest der Vielfraße hielt sich bedeckt und wartete ab.

Es sollte nicht lange dauern. Die Insel war groß, doch Jennesta hatte keinen Grund gesehen, tief in das unbekannte Gebiet vorzudringen, um ein provisorisches Lager einzurichten. Ihre Streitmacht befand sich in westlicher Richtung ein Stück im Landesinneren. Natürlich hatte sie Wachen aufgestellt, und Breggin und Zoda, die besonders nahe herankamen, waren der Ansicht, Jennestas Heer sei sogar ein wenig gewachsen. Stryke hielt sich nicht damit auf, über das Wie und Warum nachzudenken.

Er teilte die Truppe in zwei Gruppen auf. Die größere Hauptmacht sollte unter Haskeers Führung dem Überfallkommando etwas langsamer folgen. An einem verabredeten Punkt würden sie anhalten und auf das

Zeichen zum Angriff warten. Wenn das Signal nicht kam, würden sie natürlich irgendwann trotzdem angreifen.

Coilla warf Pepperdyne einen kurzen Blick zu, als sie sich trennten. Er zwinkerte zurück, was Haskeer mit finsterer Miene zur Kenntnis nahm.

Das Überfallkommando zog vorsichtig los, um sich nicht zu früh zu verraten. Bald hatten sie die Haupttruppe, die ihnen folgte, aus den Augen verloren. Nach den Anweisungen der Späher bahnten sie sich einen Weg durch einen dichten Wald, der beinahe ein Dschungel war. Das Gelände behinderte sie, war aber nicht undurchdringlich. Endlich erreichten sie offeneres Land, wo sie wieder Mond und Sterne sehen und sich sicherer bewegen konnten, bis sie eine mit Gras bewachsene Anhöhe erreichten. Sie krochen auf dem Bauch hinauf und spähten über die Kuppe in das Tal dahinter. Dort unten entdeckten sie mehrere Zelte, angeleinte Pferde und Gestalten, die sich im Schein der Kochfeuer und vor den Kohlenpfannen der Waffenschmiede abzeichneten.

Stryke verzichtete darauf, Dynahla zum Kampf einzusetzen, als es darum ging, die Wachen auszuschalten. Anscheinend waren es vier, die jedoch nicht auf festen Posten standen. Auf ihren Gängen kreuzten sie den Weg, auf dem sich die Orks dem Lager nähern wollten. Stryke überlegte, ob Eldo und Reafdaw sie mit den Bogen ausschalten konnten. Die Wachen patrouillierten zu zweit, was die Sache einfacher machte. Das

Problem war nur, ein Paar auszuschalten, ohne die Aufmerksamkeit des anderen zu erregen. Die Orks mussten warten, bis die Wächter einander nicht mehr sehen konnten.

Am Ende jeder Runde trafen sich alle vier Wächter. Hätten die beiden Bogenschützen sie dort beschossen, dann hätten die überlebenden Wächter Alarm geschlagen, ehe die Schützen neue Pfeile eingelegt und abermals geschossen hätten. Endlich trennten sich die Wachen wieder voneinander und bewegten sich in entgegengesetzte Richtungen. Stryke schickte Reafdaw und Eldo nach rechts, um die ersten beiden Wachen zu erledigen. Bald verschwanden Jäger und Beute. Auch die anderen beiden Wächter, die sich nach links bewegt hatten, waren bald nicht mehr zu sehen.

»Wie gut sind deine Bogenschützen?«, flüsterte Dynahla.

»Gut genug«, meinte Stryke. »Deshalb habe ich sie ausgewählt.«

»Wir müssen auf die anderen aufpassen, die in diese Richtung gegangen sind.« Coilla blickte nickend nach links. »Wenn sie wieder auftauchen und ihre Kameraden nicht sehen ...«

»... dann fangen sie an zu schreien«, beendete Jup den Satz.

Dynahla nickte. Sie beobachteten weiter.

Es dauerte so lange, dass sie bereits das Gefühl bekamen, es sei etwas schiefgegangen. Endlich tauchten Eldo und Reafdaw wieder auf und hoben die gestreckten

Daumen. Genau in diesem Augenblick erschienen auch die anderen beiden Wächter. Mit hektischen Gesten warnten Stryke und seine Begleiter die Bogenschützen und drängten sie zur Eile. Gebückt wie Menschenaffen liefen Eldo und Reafdaw herüber.

Die beiden Wächter, die von links kamen, waren jetzt deutlich auszumachen. Sie redeten lebhaft miteinander und wurden langsamer. Sie hatten das Ausbleiben ihrer Kameraden bemerkt.

Eldo und Reafdaw kamen schwer atmend an und tasteten hastig nach den Pfeilen.

»Nun macht schon«, zischte Stryke. »Sie wissen, dass etwas nicht stimmt!«

Die Gemeinen mussten sich aufrichten, um über die Hügelkuppe hinwegzuschießen. Als sie es taten, blickte ein Wächter in ihre Richtung und entdeckte sie. Sein Mund formte sich zu einem großen »O«. Es war zu spät. Die Pfeile flogen und trafen die Ziele. Beide Wächter gingen geräuschlos zu Boden.

»Kommt!«, befahl Stryke.

Die Truppe krabbelte über die Kuppe hinweg und lief ins Tal hinab.

Unterwegs vergewisserten sie sich, dass die Wachen wirklich tot waren, bargen die Pfeile und versteckten die Toten im Unterholz. Dann tasteten sie sich verstohlen zu Jennestas Lager vor.

Im Schutz eines kleinen Gehölzes konnten sie sich einen ersten Überblick verschaffen. Es sah nicht gut aus. Das Lager war hell erleuchtet, vor ihnen lag offenes

Gelände, und wenigstens ein Dutzend Soldaten waren in der Nähe zugange oder ruhten sich aus. Weiter hinten im Schatten glaubte Stryke Gestalten zu erkennen, die möglicherweise Goblins waren, vielleicht auch andere nichtmenschliche Kreaturen. Seine Begleiter bemerkten es ebenfalls.

»Jennesta hat tatsächlich ihr kleines Heer aufgestockt«, sagte Coilla.

Stryke nickte und wandte sich an Dynahla. »Fühlst du etwas? Ich meine, ist sie hier? Und wo genau steckt sie?«

»Ja, sie ist hier. Dort entlang.« Er deutete zum westlichen Ende des Lagers. »In einem der Zelte.«

»Um das zu erkennen, muss man kein Magier sein«, wandte Jup ein.

Dynahla ignorierte den Seitenhieb. »Möglicherweise müssen wir mit stärkerem Widerstand rechnen als erwartet.«

»Vielleicht ein paar Goblins und wer weiß was noch«, sagte Stryke geringschätzig. »Damit werden wir fertig.«

»Die meine ich nicht. Hier ist mehr als nur eine Art von Magie vertreten.«

»Bist du sicher?«

»Ziemlich. Es sind verschiedene Arten und unterschiedliche Disziplinen. Vermutlich zwei verschiedene Rassen. Jennesta strahlt etwas aus, das ich als großen, schwarzen, zornigen Ozean empfinde. Die andere Quelle ... ich kann sie nicht identifizieren, aber der Vergleich wäre ein See voller Blut.«

»Klingt witzig«, meinte Coilla, ohne eine Miene zu verziehen.

»Es ist schon gefährlich genug, gegen Jennesta zu kämpfen. Gegen zwei magische Kräfte anzugehen ... das ist etwas viel verlangt.«

»Willst du verschwinden?«, fragte Stryke. »Wenn du hier nicht mitmachen willst, solltest du lieber gleich gehen.«

Dynahlas Blick wanderte zum Lager, dann sah er wieder Stryke an. »Nein, nein, ich bin dabei und werde tun, was ich kann. Ich wollte euch nur vor dem warnen, was uns da blühen könnte.«

»Das hast du getan. Lasst uns anfangen.«

Er führte sie in die Richtung des Lagers. Sie mussten sich heimlich bewegen und kamen viel langsamer voran, als ihnen lieb war, doch schließlich hatten sie die Zelte erreicht. In deren Nähe herrschte weniger Betrieb, nur hin und wieder wanderte ein Soldat vorbei. Hier, ein ganzes Stück von den Kochfeuern entfernt, war auch das Licht gedämpft. Ein oder zwei Kohlenpfannen standen in der Nähe.

»Das dort dürfte Jennestas Zelt sein.« Jup deutete auf das größte Zelt, das zudem stärker geschmückt war als die anderen.

»Das muss es sein«, stimmte Stryke zu. »Das heißt aber nicht, dass auch Thirzarr hier ist. Dynahla, hast du eine Ahnung, wo man sie festhält?«

Der Gestaltwandler schüttelte den Kopf. »Es ist viel schwerer, ein Wesen ausfindig zu machen, das keine magischen Kräfte besitzt. Jedenfalls kann ich euch sagen, dass Jennesta sich in diesem Teil des Lagers aufhält, aber nicht in diesem Zelt.«

»Kannst du denn erkennen, wo sie steckt?«

»Nicht genau genug. Nur, dass sie in der Nähe ist.«

Stryke seufzte. »Na schön. Dann fangen wir einfach mit ihrem Zelt an.«

»Vor allem müssen wir da rein, ohne bemerkt zu werden«, sagte Coilla trocken.

»Das würde ich gern schaffen, ohne einen Soldaten zu töten und einen Aufruhr zu veranstalten. Deshalb bleiben wir in Deckung, bis es da drüben ruhiger wird.«

»Und wenn das nicht passiert?«

»Dann denken wir noch einmal darüber nach.«

Wieder warteten sie, blieben außer Sicht und ließen das Lager nicht aus den Augen. Je weiter die Nacht voranschritt, desto ruhiger wurde es, wenn man von den Wächtern absah, die gelegentlich ihre Runden drehten. In dem großen Zelt, von dem sie annahmen, dass es Jennesta gehörte, brannte kein Licht. Niemand kam heraus oder ging hinein.

»Besser als jetzt wird es wohl nicht«, entschied Stryke, während er den verlassenen Bereich zwischen ihnen und ihrem Ziel betrachtete. »Wir dringen von der Rückseite in das Zelt ein.«

»Und wenn es leer ist?«

»Dir fallen heute aber viele Fragen ein, Coilla. Wenn es leer ist, sehen wir uns weiter um. Jup, ist das Horn bereit?«

Der Zwerg klopfte auf den Ranzen, den er an der Hüfte trug. »Jederzeit.«

»Gib sofort das Signal, wenn ich es sage.« Wieder betrachtete Stryke das Lager. Nichts rührte sich. »Wir gehen zu zweit. Du machst mit Coilla den Anfang. Los!«

Die beiden nutzten die Schatten und eilten zum Zelt, das sie ohne Zwischenfälle erreichten. Sie gingen hinten herum und waren nicht mehr zu sehen.

»Reafdaw, Eldo, ihr seid die Nächsten«, befahl Stryke. »Ihr deckt den Eingang. Geht das?«

»Kein Problem«, knirschte Eldo.

»Los!«

Auch die Gemeinen erreichten ohne Schwierigkeiten das Zelt. Sie befanden sich vorn in einer gefährlicheren Position, schafften es aber recht gut, zu beiden Seiten des Eingangs mit den Schatten zu verschmelzen.

»Jetzt wir?«, fragte Dynahla.

»Warte!« Er hielt den Gestaltwandler am Ärmel fest und deutete zum Lager.

Auf der anderen Seite war ein Wächter aufgetaucht, der sich Jennestas Zelt näherte.

Sie hielten den Atem an, als er kam. Er schritt geradezu aufreizend langsam aus, erweckte aber den Eindruck, er wolle an dem großen Zelt vorbeigehen. Das erwies sich jedoch als Trugschluss. Als er fast vorbei war, bog er rechts ab und hielt auf den Eingang zu. Stryke war klar, dass er jeden Moment Eldo und Reafdaw bemerken konnte. Er spannte sich an und war bereit, die Deckung zu verlassen und den Mann anzugreifen.

»Was jetzt?«, flüsterte Dynahla.

»Bleib ruhig, ich mach das schon.«

Der Wächter hatte Jennestas Zelt fast erreicht. Stryke richtete sich halb auf, die Hand auf den Schwertgriff gelegt.

Auf einmal tauchte Eldo mit erhobenen Händen auf, als wollte er sich ergeben. Erschrocken zog der Wächter das Schwert, schlug jedoch keinen Alarm. Eldo ging langsam auf ihn zu und sagte etwas, das Stryke und Dynahla nicht hören konnten. So lenkte er den Wächter ab und näherte sich ihm weiter, wobei er so geschickt war, einen Bogen zu schlagen, bis der Mann dem Zelt den Rücken zuwandte. Dann blieb Eldo stehen.

Reafdaw kam aus seinem Versteck geschlichen, in seiner Hand schimmerte ein Messer. Rasch und lautlos huschte er hinter den Wächter, presste ihm blitzschnell eine Hand auf den Mund und jagte ihm die Klinge ins Kreuz. Der Wächter stöhnte und ging zu Boden. Eldo und Reafdaw schleppten den Toten rasch beiseite und verfrachteten ihn am Rand des Lagers in ein Gebüsch.

»Gut.« Stryke hatte sich vergewissert, dass keine weiteren Wachen in der Nähe waren. »Jetzt gehen wir rüber.«

Er und der Gestaltwandler stürmten zum Zelt. Reafdaw und Eldo kehrten zu ihren Positionen neben dem Eingang zurück und winkten ihnen kurz zu. Stryke und

Dynahla gingen nach hinten, wo Coilla und Jup sie erwarteten.

»Was hat dich so lange aufgehalten?«, fragte Coilla ein wenig gereizt.

»Wir haben Gedichte geschrieben«, erklärte Stryke. »Dann mal los.« Er zog ein Messer. »Bereit?«

Die anderen nickten und machten sich auf das gefasst, was drinnen auf sie warten mochte.

Stryke stieß die Klinge in den Stoff und machte einen langen Schnitt. Er zog die Ränder auseinander, bis sie hineinblicken konnten. Drinnen war es finster, nur ein leichter Schein von den Lagerfeuern drang herein. Da er weder Geräusch noch Bewegung wahrnahm, stieg er hinein. Die anderen folgten ihm.

Im Zelt standen mehrere Polsterstühle herum, über die sie stolperten. Anscheinend war aber niemand da. Dann fiel Stryke etwas auf.

An einem Ende, fast in völliger Dunkelheit, glaubte er eine sitzende Gestalt zu erkennen. Er tappte zu ihr. Es dauerte einen Moment, doch sobald sich seine Augen an das Zwielicht gewöhnt hatten, stürmte er los.

»Thirzarr? Thirzarr!« Er fasste sie bei der Hand, die sich sehr kalt anfühlte. »Thirzarr!« Sie antwortete nicht. »Es ist so verdammt dunkel!«, fluchte er.

»Vielleicht hilft das hier.«

Dynahla legte die hohlen Hände zusammen. Erst jetzt bemerkte Coilla, wie elegant und fast feminin sie waren. Als er sie wieder öffnete, ruhte eine glühende purpurne Kugel zwischen ihnen, die ungefähr so groß war wie ein Hühnerei. Das Licht warf einen weichen, gespenstischen Schein auf die Umgebung. Nun war auch die stocksteif dasitzende Thirzarr gut zu erkennen. Die Augen waren geöffnet, blickten jedoch glasig ins Leere.

»Thirzarr!«, hauchte Stryke besorgt.

»Jennesta hat sie in … eine Art Trance versetzt«, erklärte der Gestaltwandler.

»So war sie auch, als wir sie das letzte Mal gesehen haben«, erinnerte sich Coilla.

»Kannst du sie da herausholen, Dynahla?«, fragte Stryke.

»Möglicherweise, aber nicht hier. Wir müssen sie an einen sicheren Ort bringen.«

»Wie soll das gehen?«, fragte Jup. »Tragen wir sie?«

»Vielleicht ist das nicht nötig. Sag ihr, sie soll aufstehen, Stryke.«

»Wird sie das denn tun?«

»Sie ist jetzt höchst beeinflussbar. Die Magie, die sie lähmt, sollte eigentlich nur auf Jennestas Stimme ansprechen, aber eine vertraute Stimme, die sie gut kennt, könnte ebenfalls etwas bewirken. Versuch es.«

»Steh auf, Thirzarr«, sagte Stryke.

Nichts geschah.

»Vielleicht sollten wir sie wirklich tragen«, murmelte Coilla.

»Versuch es noch einmal, Stryke«, schlug Dynahla vor. »Etwas energischer. Gib ihr einen Befehl.«

Stryke war nicht überzeugt, doch er versuchte es. »Steh auf! Auf die Füße, Thirzarr. Sofort!«

Sie stand auf.

»Solange du ihr nichts Kompliziertes aufträgst, müsste sie tun, was du sagst«, fügte Dynahla hinzu.

Coilla kicherte. »Das wäre mal was ganz Neues.« Sie wurde sofort wieder ernst, als sie Strykes Miene bemerkte.

Energisch, aber nicht unfreundlich wandte er sich an seine Gefährtin. »Thirzarr, komm mit.« Er ging ein paar Schritte und sah sich über die Schulter um. Etwas steifbeinig machte sie Anstalten, ihm zu folgen. »Es ist wohl besser, wenn wir sie führen«, sagte er. »Peile mal draußen die Lage, Jup.«

Der Zwerg ging zum Eingang und pfiff leise. Reafdaw streckte den Kopf herein.

»Alles klar da draußen?«, fragte Jup.

Reafdaw nickte und zog für sie die Klappe zur Seite.

Stryke lenkte Thirzarr am Arm, die anderen folgten. Dynahla bildete die Nachhut und schloss die Faust fest um die Feuerkugel, um sie zu löschen.

Draußen war alles still, auch aus dem anderen Teil des Lagers war nichts mehr zu hören.

»Wir bringen Thirzarr heimlich weg«, erklärte Stryke. »Dann rufen wir die Haupttruppe. Kommt schon.«

So schnell, wie es ihm möglich war, während er Thirzarr am Arm hielt, lief er zum Rand des Lagers.

Sie waren noch nicht weit gekommen, als sich in der Dunkelheit etwas regte. Gestalten tauchten dort auf. Es waren viele, und alle waren bewaffnet. Sie kamen von drei Seiten, und Stryke zweifelte nicht daran, dass sich auch in ihrem Rücken die Feinde versammelten. Sie hatten Licht mitgebracht, viele in ihren Reihen trugen Fackeln. Bald war es hell genug, um Jennesta zu erkennen, die vor ihren Kriegern stand.

Zehn Schritte vor Strykes Gruppe baute sie sich auf. Ihre Anhänger folgten ihrem Beispiel und hielten ebenfalls inne.

»Du bist voller Überraschungen, Stryke«, sagte Jennesta. »Ich hätte nicht gedacht, dass du den Grips hast, mich zu finden. Aber es war auf jeden Fall dumm, hier hereinzumarschieren und zu glauben, ich merke es nicht.«

»Genau das hätte dir doch ebenfalls klar sein müssen.«

»Ah, ja. Dies ist ein Überfall, was? Ein Überfallkommando aus … sechs Kriegern. Oder hoffst du, deine Gefährtin könne eure Schar auf die schwindelerregende Zahl von sieben Angreifern steigern?«

»Was hast du mit Thirzarr gemacht?«

»Ich finde es ganz rührend, wenn Tiere wie ihr tatsächlich Gefühle füreinander entwickeln. Oder das, was in eurer Nahrungskette eben als Gefühl gilt.«

»Ich nehme sie mit.«

»Ich glaube nicht. Thirzarr? Komm her zu mir.« Jennesta deutete neben sich auf den Boden.

Thirzarr setzte sich in Bewegung. Stryke wollte sie festhalten, doch sie befreite sich mit einem heftigen Ruck. Schneller als vorher lief sie zu Jennesta.

»Thirzarr!«, rief Stryke. »Nicht! Bleib hier!«

Sie hörte nicht auf ihn, sondern reihte sich bei den Feinden ein und blieb bei Jennesta stehen. Dann drehte sie sich, immer noch mit abwesendem Blick, zu Stryke und seinen Begleitern um.

»Wie schön, dass du wieder bei mir bist, meine Liebe«, gurrte Jennesta.

Thirzarr hatte Jennestas Blick auf Dynahla versperrt. Jetzt erst konnte sie ihn richtig sehen, und auf einmal war in ihrer Miene eine Spur von Unsicherheit zu erkennen.

Sie behielt ihn genau im Auge, als sie sagte: »Die Vielfraße waren schon immer ein bunter Haufen, der anscheinend mit jedem Tag noch bunter wird. Kennen wir uns?«

»Kennst du mich?«, erwiderte der Gestaltwandler.

»Ich erwarte eine Antwort, kein Rätsel.«

»Das war eine Antwort. Hier ist eine Frage. Kennst du dich selbst?«

Der Anflug von Besorgnis wich aus ihrem Gesicht. »Ich muss mich berichtigen, Stryke. Du hast fünf Kämpfer und einen wirren Menschen mitgebracht.« Wieder fasste sie Dynahla ins Auge. »Du bist doch ein Mensch, oder?«

Der Gestaltwandler schwieg.

»Egal.« Sie wandte sich an Stryke. »Es ist das Beste für dich, wenn du jetzt einfach aufgibst. Alles andere wird für dich höchst unerfreuliche Folgen haben.«

Stryke riss sich von Thirzarr los. »Meinst du wirklich?«

»Oh, ich bin sicher, dass der Rest deiner Truppe ganz in der Nähe ist. Siegen könnt ihr trotzdem nicht.«

Er betrachtete ihr Gefolge. Zweifellos war es zahlreicher als seine Truppe. Trotzdem erwiderte er: »Bist du sicher?«

»Das mag ich an euch Orks. Ihr weicht nie einem Kampf aus. Dann wollen wir es für euch ein wenig interessanter machen.« Sie hob einen Arm und ließ ihn, anscheinend voller Überdruss, wieder sinken.

Weitere Gestalten tauchten aus der Dunkelheit auf. Gleaton-Rouk führte seine Goblin-Truppe an, die ungefähr ein Dutzend Krieger zählte. Dahinter zeichneten sich noch einmal ebenso viele Gestalten ab, die die Orks für Angehörige der älteren Rassen hielten.

Gleaton-Rouk hatte den Bogen dabei, der Schattenflügel hieß, einen Pfeil hatte er bereits eingelegt. »Es freut mich, dich wiederzusehen, Hauptmann Stryke«, lispelte er.

»Ach, leck mich doch.«

Jennesta lachte. »Genau das meine ich. Jederzeit bereit für eine Keilerei. Das ist schon sehr … orkisch.« Die nächsten Worte fielen erheblich schärfer aus. »Aber dies ist nicht der Augenblick zum Kämpfen. Eure einzige Möglichkeit ist die Kapitulation.«

»Sag das lieber dem da.« Er nickte in die Richtung des Goblins.

»Du kannst unerhört störrisch sein.«

»Wollen wir nun quatschen oder kämpfen?« Aus dem Augenwinkel bemerkte er, dass Jup schon nach dem Ranzen tastete.

»Angesichts der Umstände bist du ausgesprochen überheblich.«

»Wir schätzen unsere Feinde nach deren Fähigkeiten ein, nicht nach der Zahl.«

»In diesem Fall«, erwiderte sie lächelnd, »will ich dir Gegner zeigen, die deiner Vermessenheit würdig sind.« Wieder hob sie den Arm.

Weitere Wesen kamen aus der Finsternis herbei. Sie waren gut bewaffnet, und ihre Zahl entsprach der einer Kriegertruppe. Ihre Augen waren freilich ebenso stumpf wie Thirzarrs Augen. Sie waren muskulös, hatten versteinerte Gesichter und blickten wild drein.

Sie waren Orks.

18

Die Haupttruppe der Vielfraße vertrödelte unter Haskeers Führung an der verabredeten Stelle die Zeit. Sie waren zu weit von Jennestas Lager entfernt, um etwas zu sehen, aber nahe genug, um das Signal zu hören.

Die Krieger überbrückten die Zwangspause, indem sie leise die Waffen prüften oder schärften. Manche nutzten die Gelegenheit, an dem Notproviant zu knabbern und die Zwischenmahlzeit nachzuholen, die sie vorher ausgelassen hatten. Einige reichten Wasserschläuche herum. Ein paar streckten sich auch im Gras aus und legten sich die Helme über das Gesicht. Vielleicht schnarchten sie sogar.

Pepperdyne und Spurral bestätigten unwillkürlich ihren Status als Außenseiter, indem sie beisammenblieben. Sie waren nebeneinander marschiert und hockten nun etwas abseits von den anderen auf einem Felsblock.

In der Nähe kanzelte Haskeer Wheam wegen irgendeiner Kleinigkeit ab. Da er leise sprechen musste, hatte er aber nicht viel Freude daran.

»Du machst so ein ernstes Gesicht, Jode«, sagte Spurral.

»Du wirkst selbst nicht sehr fröhlich.«

»Na ja, wir haben beide jemanden, um den wir uns sorgen müssen, oder?«

»Das ist wahr. Aber vielleicht ist das gar nicht nötig.«

»Wie meinst du das? Oh, richtig. Jup und Coilla sind gewiss keine Neulinge, wenn es ums Kämpfen geht.«

»Genau. Das rede ich mir jedenfalls selbst ein.«

»Ich auch. Aber sie haben es mit Jennesta zu tun, nicht mit irgendeinem gewöhnlichen Gegner.«

»Früher oder später werden wir alle mit ihr zu tun bekommen.«

»Wenigstens haben wir Dynahla. Er kann uns bestimmt helfen.«

»Hm.«

»Zweifelst du daran?«

»Wir wissen, dass er magische Kräfte besitzt, aber er ist ihr sicher nicht ebenbürtig. Abgesehen von dem, was er uns selbst erzählt hat, wissen wir eigentlich rein gar nichts über ihn. Beunruhigt dich das nicht?«

»Also, ich sehe das so: Wenn Stryke ihm traut, dann ...«

»Ja, das sagt Coilla auch. Hoffentlich habt ihr beiden Recht.«

Nachdem er Wheam zur Schnecke gemacht hatte, kam Haskeer zu ihnen. Auch er schaute grimmig drein, was in seinem Fall allerdings mehr oder weniger normal war.

»Wir haben gerade über Dynahla gesprochen«, erklärte Spurral. »Was hältst du von ihm?«

»Er gehört nicht zur Truppe. Ich mag keine Fremden.«

»Das trifft auch uns.«

Haskeer warf einen verächtlichen Blick zu Wheam. »Ihr zwei könnt wenigstens kämpfen.«

»Von dir so etwas zu hören, das ist ein seltenes Lob«, meinte Pepperdyne.

»Tja, ich kriech dir aber nicht in den Arsch, also freu dich nicht zu früh.«

»Ich glaube, du bist etwas ungerecht zu Wheam«, wandte Spurral ein. »Er macht sich doch gar nicht so schlecht.«

»Wie lange wird es wohl noch dauern, bis er sich *gut* macht? Wenn es nach mir ginge ...«

Ein Hornsignal durchbrach die nächtliche Stille.

»Es geht los«, sagte Pepperdyne.

Die Truppe kam sofort in Bewegung, die Kämpfer sprangen auf und schnappten die Waffen und Schilde.

»Macht schon, ihr Drecksäcke«, brüllte Haskeer.

Wieder ertönte das Horn. Dieses Signal war länger und höher als das erste.

Sie rannten zum Lager.

Jup hatte Glück, dass er überhaupt zwei Signale abgeben konnte. Danach war er viel zu beschäftigt.

Seltsamerweise ist es nicht unbedingt ein Nachteil, wenn eine kleinere Gruppe von einer viel größeren angegriffen wird. Zwangsläufig ist die Anzahl der Kämpfer, die an einer bestimmten Stelle eingreifen können, begrenzt. Natürlich änderte dies nichts an der Tatsache, dass Stryke und seine Krieger in großer Gefahr schwebten.

Jennesta war klar, dass Jup mit den Signalen die anderen Vielfraße gerufen hatte, doch sie vertraute auf ihre zahlenmäßige Überlegenheit. Mit einem Fingerschnippen schickte sie einen Teil ihrer menschlichen Kämpfer nach vorn, sodass Stryke und seine Gefährten jeweils gegen mindestens zwei Gegner kämpfen mussten. Sie selbst hielt sich zurück und überließ es ihren Untergebenen, den ersten Angriff vorzutragen. Gleaton-Rouk blieb ebenfalls passiv. Sein Schattenflügel war für den Nahkampf nicht geeignet. Außerdem hatten die Pfeile des Bogens noch nicht das Blut eines Gegners gekostet.

Jup warf das Horn weg und hob den Stab. Er zog ihn rasch herum und täuschte einen anstürmenden Gegner. Blitzschnell ließ er ihn heruntersausen, drosch ihn dem Mann auf den Kopf und brach ihm den Schädel. Sofort übernahm ein zweiter Gegner. Er hatte beobachtet, wie es seinem Kameraden ergangen war, und blieb vorsichtshalber auf Abstand, um den Zwerg mit ausholenden Schwingern und Stößen einzudecken, wann immer dieser in Reichweite kam. Sie umkreisten einander und suchten nach einer günstigen Gelegenheit.

Coilla zog unterdessen die kleinen Klingen aus den Ärmeln und hielt die Gegner mit Messerwürfen auf Distanz. Der erste Wurf traf den Hals eines Angreifers und tötete ihn auf der Stelle, die zweite Waffe flog vorbei, weil sich der Mann rasch duckte. Sofort nahm sie ein weiteres Messer und machte den Fehler wett. Dieser Gegner wich nicht schnell genug aus, und die Klinge bohrte sich in sein Auge.

Eldo und Reafdaw kämpften auf die typische Art der Orks und zettelten eine wilde Prügelei an. Sie schlugen auf die Schilde der Gegner ein, Stahl klirrte auf Stahl, und steckten die Schläge der Feinde mühelos weg. Anfangs trug die brutale Kraft den Sieg über ausgeklügelte Kampftechnik davon. Einer der Menschen konnte sich nicht mehr verteidigen und ging mit einer klaffenden Brustwunde zu Boden.

Stryke hatte am meisten zu tun, denn gegen ihn traten gleich drei oder vier Gegner an. Sie waren unterschiedlich bewaffnet, und der gefährlichste schwang eine mit Stacheln bewehrte Pike, die eine größere Reichweite hatte als Strykes Schwert. Der Hauptmann täuschte einen Angriff auf einen anderen Gegner an, fuhr im letzten Augenblick herum und trennte dem Pikenträger mit einem bösen Hieb die Hand am Handgelenk ab. Dann nahm er sich die anderen vor.

Die größte Angst hatte er davor, dass wieder Thirzarr gegen ihn antreten würde. Doch Jennesta hatte die Orkfrau noch nicht in den Kampf geschickt.

Als ihre Untertanen tot oder verwundet zu Boden gingen, schickte Jennesta Verstärkung, um den Druck auf die Orks aufrechtzuerhalten. Die Zombie-Orks hatten jedoch noch nicht eingegriffen, sondern standen im Hintergrund und sahen mit leeren, unbewegten Mienen zu. Abgesehen von der Furcht, gegen Thirzarr kämpfen zu müssen, waren diese Orks seine größte Sorge. Er wusste nicht, wie die Vielfraße reagieren würden, wenn sie andere Orks niedermachen mussten. Er wusste nicht einmal genau, wie er selbst damit zurechtkommen würde. Vorerst konnte er jedoch nur kämpfen, so gut es ging, und hoffen, dass die Haupttruppe bald eintraf.

Stryke, Coilla, Jup, Reafdaw und Eldo hatten alle Hände voll damit zu tun, einen Gegner nach dem anderen niederzumachen und ein paar von Jennestas menschlichen Zombies auszuschalten.

Eine Ausnahme gab es. Dynahla blieb völlig reglos stehen, während rings um ihn der Kampf tobte. Zwei Gegner wollten auf ihn losgehen, doch als sie auf eine Schwertlänge herangekommen waren, wurden sie unsicher, wie es nun weitergehen sollte, denn jemand, der unbewaffnet und zugleich unversehrt war, musste äußerst gefährlich sein. Er achtete nicht auf sie, sondern fixierte Jennesta. Die Hexe fing seinen Blick ein und starrte zurück. Was in ihr vorging, war nicht zu erkennen.

Während er reihenweise die Gegner bezwang, überlegte Stryke, ob er zu Thirzarr vorstoßen und sie wegzerren sollte, so schwer dies vielleicht auch war. Aus dem Augenwinkel bemerkte er Jup, dessen Gedanken sich möglicherweise in eine ganz ähnliche Richtung bewegten und der ihm vielleicht helfen würde. Wieder schaltete er einen von Jennestas torkelnden, ehemals menschlichen Zombies aus, dessen Haut sich wellte wie altes Pergament, und machte einen Schritt auf seine Gefährtin zu.

Dann änderte sich das Kräfteverhältnis abrupt.

Die Hauptstreitmacht der Vielfraße traf ein, stürzte aus der Dunkelheit heraus und stieß Kampfschreie aus.

Jennesta reagierte sofort. Sie ließ ihre gesamten Truppen los, auch die mit magischem Zwang versklavten Orks. Alle bis auf Thirzarr, die neben ihr stehen blieb.

Das Scharmützel entwickelte sich zu einer Schlacht.

Da es außer dem Lagerfeuer und den Fackeln, die Jennestas Anhänger mitgebracht hatten, keine weiteren Lichtquellen gab, war die Sicht sehr schlecht. Die anrückenden Vielfraße brauchten einen Moment, ehe sie erkannten, dass sie nun gegen Angehörige ihres eigenen Volks kämpfen mussten. Manche zögerten, und sei es nur für einen Sekundenbruchteil. Haskeer zählte jedoch nicht zu den Zauderern. Wenn sein Blut kochte, dann wütete er wild entschlossen gegen alles und jeden.

Schon beim ersten Ansturm war die Verstärkung tief in die Reihen der Feinde eingedrungen. Haskeer war ganz vorn und schlug mit der Axt in einer und einem langen Messer in der anderen Hand um sich. Die weniger gewandten menschlichen Zombies sollten seinen Zorn als Erste zu spüren bekommen. Er hackte mit der Klinge auf die Gliedmaßen ein und benutzte die Axt, um ihnen die Schädel einzuschlagen, die manchmal unter der Wucht der Hiebe geradezu explodierten.

Spurral und Pepperdyne zogen gemeinsam in den Kampf. Er verließ sich auf das gewohnte Schwert und verzichtete wie üblich darauf, sich mit einem Schild zu schützen. Er verließ sich lieber auf seine Geschwindigkeit und Gewandtheit. Sie kämpfte mit dem vertrauten Stab und wusste ihn wirkungsvoll einzusetzen. Mit derselben Strategie, die sie mit Jup entwickelt und die Pepperdyne beobachtet und bewundert hatte, arbeiteten die beiden zusammen. Wann immer sich eine Gelegenheit bot, brachte Spurral die Gegner zum Straucheln, und Pepperdyne versetzte ihnen den Todesstoß.

Sosehr sie sich auf den Kampf konzentrieren mussten, die beiden behielten trotzdem Wheam im Auge. Allerdings sah es nicht so aus, als brauchte er ein Kindermädchen. Seine Fähigkeiten als Kämpfer hatten sich entwickelt, und sein Selbstvertrauen war gewachsen. Er war in dem Keil, den sie in die feindlichen Linien getrieben hatten, und kämpfte inmitten der Veteranen. Als er im Getümmel verschwand, die völlig unpassende Laute hatte er sich auch jetzt auf den Rücken geschlungen, konnten Pepperdyne und Spurral gerade noch beobachten, wie er einem feindlichen Krieger das Schwert in den Bauch rammte.

Chaos breitete sich unter den verunsicherten Gegnern aus. Jup und Coilla nutzten die Gelegenheit und schlugen sich zu ihren Kameraden durch. Stryke kam seinerseits Thirzarr etwas näher, die immer noch regungslos neben Jennesta stand. Doch nun schalteten sich die stärksten Gegner ein, die Zombie-Orks. Etwas unsicher auf den Beinen, aber gnadenlos rückten sie vor. Wer ihnen in die Quere kam, ganz egal, ob Freund oder Feind, wurde einfach weggeschoben oder kurzerhand niedergestreckt. Ein paar von Jennestas menschlichen Zombies, die nicht schnell genug ausweichen konnten, wurden abgestochen. Im magischen Bann der Hexe nahmen die Orks auf nichts und niemanden Rücksicht, wenn es darum ging, die Befehle ihrer Herrin auszuführen.

Auch Gleaton-Rouk und seine Goblintruppe mischten sich nun in den Kampf ein. Doch er konnte den Bogen nicht benutzen, der die zweite Quelle magischer Kraft darstellte, die Dynahla entdeckt hatte. Einerseits war das Gedränge sowieso zu dicht, und andererseits waren die Pfeile nicht mit Blut getränkt. Stryke machte sich Sorgen, weil sich dies bald ändern konnte.

Obwohl sie in der Unterzahl waren, hatten die Vielfraße einen großen Vorteil auf ihrer Seite. Im Gegensatz zu Jennestas unterschiedlichen Gefolgsleuten und Helfern waren sie eine geeinte Streitmacht, die daran gewöhnt war, gemeinsam zu kämpfen. So hatten sie im Gemetzel einen leichten Vorteil. Nicht dass sie sich lange gegen so viel Gegner hätten behaupten können. Bisher hatten sie beachtliches Glück gehabt, doch Stryke wusste genau, dass es nur eine Frage der Zeit war, bis auf seiner Seite die ersten Toten zu beklagen waren.

Er riss die Klinge aus der Brust eines Goblins und ließ das Wesen fallen. Dann blickte er zu Thirzarr. Sie rührte sich immer noch nicht, blieb äußerlich unbewegt und war in ihrem Empfinden offenbar ebenso gelähmt. Doch es war Jennesta, die schließlich seine Aufmerksamkeit anzog. Sie starrte wie gebannt etwas an, das sich hinter Stryke befand. Er drehte sich um und entdeckte Dynahla, der Jennestas Blick erwiderte.

In diesem Moment gab es einen blendend hellen Blitz. Er war so grell, dass augenblicklich alle Kämpfer innehielten. Sogar die verhexten Orks schlurften langsamer und schlichen nur noch. Als Stryke wieder etwas sehen konnte, erkannte er, was geschehen war.

Zwischen Jennesta und Dynahla war ein magischer Kampf entbrannt. Sie beschossen einander mit Energiestrahlen. Beide hatten die Hände erhoben und die Handflächen nach außen gedreht. Die Gesichter waren vor Anstrengung zu Masken erstarrt. Die magischen Strahlen, die sie erzeugten, pulsierten in verschiedenen Farben. Auf Jennestas Seite war es rot, bei Dynahla war es überwiegend grün, auch wenn andere Pastelltöne in den Strahlen wirbelten. Schwefelgeruch erfüllte die Luft, und die Strahlen waren heiß.

Ein menschlicher Zombie der Hexe, in dessen Rückgrat eine Axt steckte, taumelte in die Strahlenbahnen hinein. Er stürzte nach vorn und berührte sie. Sofort ging sein ganzer Körper in orangefarbenen Flammen auf. Von Kopf bis Fuß brennend und erbärmlich stöhnend, verging das Wesen und brach zusammen. Nur ein Aschehaufen und ein paar gelblich verfärbte Knochen blieben zurück.

Dynahla schwitzte stark. Auch Jennesta war völlig in den Kampf vertieft. Die strahlenden Energiebahnen, mit denen sie sich eindeckten, gewannen noch an Helligkeit, und auch die Hitze nahm zu. Alle anderen schauten wie gebannt zu.

Ohne die magische Verteidigung aufzugeben, hob Jennesta eine Hand und machte eine Geste. Einige ihrer Anhänger setzten sich träge in Bewegung. Wütend wiederholte sie die Geste. Dieses Mal gehorchten sie alle. Stryke nahm an, sie wollten den Kampf wieder aufnehmen, doch sie lösten sich von den Vielfraßen und zogen sich eilig zurück. Da er nicht wusste, was geschehen würde, beorderte er vorsichtshalber auch seine Leute zurück. Sie kamen zu ihm.

Gleich darauf waren die beiden Seiten voneinander getrennt, im freien Raum zwischen ihnen lagen Jennestas Tote und Verwundete. Stryke blickte rasch nach links und rechts. Die Vielfraße keuchten nach der anstrengenden Schlacht, einige waren verletzt, zwei sogar schwer, aber keiner schwebte in Lebensgefahr.

Als hätten sie eine wortlose Übereinkunft getroffen, brachen Jennesta und Dynahla gleichzeitig den Kampf ab. Die Strahlen erloschen, nur in den Augen der Zuschauer brannten die Nachbilder weiter. Jennesta stieß ein erschöpftes Seufzen aus. Auch Dynahla war am Ende. Ein oder zwei Sekunden lang flackerte sein Gesicht und verschwamm, dann stabilisierte es sich wieder.

Er schwankte und wäre gestürzt, wenn Jup und Noskaa ihn nicht an den Armen festgehalten hätten.

Nun kam Bewegung in Jennestas Reihen. Gleaton-Rouk und sein Klan zogen sich weit zurück, die menschlichen Zombies folgten ihnen, dann die verhexten Orks und die bunte Schar der anderen Rassen, die noch auf den Beinen standen. Sie gingen weg und verschwanden in der Nacht.

Stryke rechnete mit einer Falle und nahm an, die Gegner würden einen Bogen schlagen und aus einer unerwarteten Richtung erneut angreifen. Doch die Zeit verstrich, bis es schien, als hätten sie sich tatsächlich vollständig zurückgezogen.

Jennesta und ihre menschlichen Krieger waren noch da, Thirzarr harrte gebannt neben der Hexe aus. Stryke entschloss sich, einen Angriff zu befehlen, seine Gefährtin zu ergreifen und dem Spiel ein Ende zu setzen.

Dann bemerkte er, dass Jennesta etwas in den Händen hielt. Zuerst konnte er es wegen des schlechten Lichts nicht richtig erkennen. Dann begriff er, dass sie ihre kopierten Instrumentale zusammensetzte.

Ihre Blicke trafen sich. Jennesta lächelte.

Stryke schrie Thirzarrs Namen und sprang los.

Der letzte Stern rastete klickend ein.

Jennesta und ihre Truppe verschwanden.

19

Pelli Madayar entdeckte dank ihrer Intuition und ihrer natürlichen Empfänglichkeit, die durch Jahre des Trainings geschult worden war, eine gewisse Störung im Äther. Es gab keinen Zweifel daran, was dies zu bedeuten hatte.

Das Corps der Torhüter war auf See und näherte sich dem Ziel. Pelli verließ die Kabine und suchte ihren Stellvertreter, den Goblin Weevan-Jirst. Sie fand ihn mittschiffs, wo er steif allein an der Reling stand. Er machte ein ernstes Gesicht.

»Es hat einen Sprung gegeben«, erklärte sie.

»Wirklich.« Er drehte sich nicht einmal zu ihr herum.

»Ja, und allem Anschein nach war es Jennesta, die ihre kopierten Instrumentale eingesetzt hat.«

»Und was sollen wir nun tun?«

»Was wir tun sollen? Wir müssen ihr natürlich folgen.«

»Was ist mit den Orks und der Beschlagnahme der Artefakte, die sie besitzen? War das nicht unsere wichtigste Mission?«

»Es gibt hier einen Unterschied. Keine Frage, es ist gefährlich, dass die Vielfraße die Instrumentale besitzen. Aber es gibt kein Anzeichen dafür, dass sie sie böswillig einsetzen. Jennesta dagegen verfolgt finstere Absichten. Ich halte sie für die größere Gefahr. Wir können uns mit den Orks immer noch beschäftigen, wenn wir mit ihr fertig sind.«

Nun riss er sich vom sternenübersäten Nachthimmel los und blickte sie an. »Was sagt denn Karrell Revers zu dieser Änderung der Pläne?«

Sie hatte gehofft, er würde diese Frage nicht stellen. »Ich habe nicht mit ihm darüber gesprochen.«

»Warum nicht?«

»Es gab praktische Probleme.«

»Ah, ja. Der Verlust des Kristalls.« Damit stand ihnen die direkteste und zuverlässigste Methode, mit dem Hauptquartier Verbindung aufzunehmen, nicht mehr zur Verfügung.

Nachdem sie in einem Augenblick des Zorns den Kristall über Bord geworfen hatte, hatte sie ihm berichtet, der Kristall sei verloren, was in gewisser Weise sogar zutraf. »Ja«, antwortete sie und hielt seinem Blick stand.

»Es gibt jedoch noch andere Methoden, um mit unserem Kommandanten Verbindung aufzunehmen.«

»Richtig«, bestätigte sie.

»Methoden, die nur Ihr benutzen könnt, da Ihr hier unter uns die stärksten magischen Fähigkeiten besitzt.«

Weevan-Jirst hatte mit einem Unterton gesprochen, der Pelli, zum ersten Mal überhaupt, auf die Idee brachte, er könne sie beneiden. Sie beschränkte sich darauf, wortlos zu nicken.

»Da Ihr den Kristall ... verlegt habt, müssen wir nun anscheinend auf Eure Fähigkeiten zurückgreifen, um mit Revers Verbindung aufzunehmen«, fuhr der Goblin fort.

»Falls wir uns mit ihm austauschen wollten, würden wir das tun, ja.«

»Was meint Ihr damit?«, lispelte der Goblin.

»Ich sehe keinen Grund, ihn in diesem Moment um Rat zu fragen.«

»Ich schon. Außerdem bestehe ich auf meinem Recht als Euer Stellvertreter, selbst mit ihm zu sprechen, wie es in der Verfassung des Corps vorgesehen ist.«

»Diese Regeln besagen auch, dass der Kommandant einer Einheit wie dieser im Einsatz sämtliche Entscheidungen allein trifft.«

»Also wollt Ihr mir verweigern, was mein gutes Recht ist.«

»Ich verweigere Euch lediglich das Recht, ständig meine Führungsposition infrage zu stellen«, erwiderte Pelli gereizt. »Wir können unser Ziel nicht erreichen, wenn wir gegeneinander arbeiten.« Sie holte tief Luft, um sich zu beruhigen, und sprach in versöhnlicherem Ton weiter. »Nun kommt schon, wir haben zwar Meinungsverschiedenheiten, aber wir wollen beide, dass die Mission ein Erfolg wird. Können wir die Differenzen nicht beilegen und in diesem Geist fortfahren?«

»Anscheinend bleibt mir kaum etwas anderes übrig.« Es war immer schwer, die Stimmung eines Goblins einzuschätzen, doch man musste kein Experte sein, um zu erkennen, dass Weevan-Jirst verstimmt war. »Ich will aber mein Unbehagen angesichts Eurer Entscheidungen zu Protokoll geben«, fügte er hinzu.

»Wird hiermit zur Kenntnis genommen. Ich für meinen Teil finde, wir sollten den Orks unsere volle Aufmerksamkeit widmen, nachdem wir uns mit Jennesta befasst haben.«

»Dieser Entscheidung muss ich mich wohl fügen«, erwiderte er missmutig. »Ich wünsche nur, dieses Fiasko so bald wie möglich zu beenden.«

»Glaubt mir, die Hexe stellt eine viel größere Gefahr dar als alles, was die Vielfraße aushecken könnten.«

»Um unser aller willen hoffe ich, dass Ihr Recht habt.«

Die Vielfraße starrten die Stelle an, wo Jennesta und ihr Gefolge gerade noch gestanden hatten.

Jup brach das Schweigen als Erster. »Was jetzt?«

»Wir folgen ihr«, erwiderte Dynahla.

»Können wir das?« Stryke riss sich aus der Benommenheit. »Weißt du denn, wohin sie verschwunden sind?«

»Nicht genau, aber ich kann der Fährte folgen.«

»Dann lasst uns bloß keine Zeit verlieren!«, stimmte Coilla zu.

In der Truppe wurde zustimmendes Gemurmel laut.

»In Ordnung«, verkündete Stryke. »Was müssen wir tun?«

»Moment. Wenn wir Jennesta verfolgen, wissen wir vorher nicht, wo wir herauskommen. Was ist mit Dallog und den anderen auf dem Schiff?«

»Die können bleiben, wo der Pfeffer wächst«, grollte Haskeer.

Wheam schien schockiert.

Stryke bedachte seinen Feldwebel mit einem scharfen Blick. »Wir kehren zum Schiff zurück. Allerdings entsteht dadurch eine Verzögerung. Wird die Fährte, von der du gesprochen hast, in der Zwischenzeit erkalten, Dynahla?«

»Eine Weile dürfte sie sich noch halten. Je länger wir warten, desto weiter wird sich Jennesta natürlich von dem Ort entfernen, wo sie angekommen ist.«

»Oder sie zieht gleich weiter zu einer anderen Welt«, meinte Spurral.

Der Gestaltwandler zuckte mit den Achseln. »Gut möglich.«

»Könntest du sie denn trotzdem verfolgen, wenn sie das tut?«, wollte Stryke wissen.

»Vielleicht. Immer vorausgesetzt, wir warten nicht zu lange.«

»Dann fangen wir sofort an. Wir kehren so schnell wie möglich zum Schiff zurück.«

Der Rückweg zum Strand war mühsam, doch sie kamen recht schnell an, und als sie die Boote aus dem Unterholz zogen, dämmerte bereits der Morgen.

An Bord unterrichtete Stryke Dallog, die anderen Neulinge und Standeven über die jüngsten Ereignisse. Er ließ Dallog die Verletzten versorgen, dann befahl er den Gemeinen, alle Waffen und Vorräte einzupacken, die sie schleppen konnten, und sich möglichst zu beeilen.

Als sie diese Aufgaben erledigt hatten, stieß einer der Gemeinen einen Schrei aus und deutete aufs Meer. Am anderen Ende der Insel fuhren drei Schiffe aufs offene Meer hinaus. Es waren unverkennbar Goblin-Schiffe.

»Das muss Gleaton-Rouk mit seinen Leuten sein«, meinte Coilla.

»Und zweifellos ist Jennestas Sammlung von Zombies dabei«, fügte Pepperdyne hinzu.

»Verfolgen wir sie?«

»Nein, Coilla«, antwortete Stryke. »Ich will Jennesta und Thirzarr.«

»Jennestas Streitmacht ist gewachsen, oder?«

»Ja«, bestätigte Pepperdyne. »Abgesehen davon, dass sie sich mit dem Goblin zusammengetan hat, rekrutiert sie anscheinend neue Krieger. Sie hatte alle möglichen Gefolgsleute im Lager.«

»Warum ist überhaupt jemand bereit, ihr zu dienen?«, staunte Jup.

»Die Aussicht auf Macht und Reichtum oder einfach aus Lust auf Schlachten«, erklärte Stryke. »Wer weiß, vielleicht stehen sie sogar wie die Zombies unter irgendeinem Bann.«

»Die Zombie-Orks waren ... sie waren irgendwie nicht in Ordnung, oder? Ich meine, unter einem Zauberbann sind sie wie gelähmt, aber trotzdem, irgendwie hat ihnen der Lebensfunke gefehlt.«

»Ich wette, dass die Hexe angestrengt daran arbeitet.«

»Du verschwendest deine Zeit, Stryke«, mahnte Dynahla.

»Du hast Recht.« Er winkte und rief die Truppe zusammen. »Dann tun wir es.«

»Ich brauche deine Instrumentale.«

Stryke warf dem Gestaltwandler einen besorgten Blick zu. »Ich halte sie lieber selbst.«

»Habe ich meine Zuverlässigkeit nicht bewiesen?«

»Tja ...«

»Offenbar ist es mir nicht gelungen.«

»Es ist ja nicht so, dass ich dir nicht traue, es ist nur ...«

»Verstehe. Aber es ist schwierig, die Instrumentale zu bedienen, wenn du sie nicht aus der Hand gibst. Vor allem, wenn es schnell gehen muss. Du musst mir jetzt einfach vertrauen, sonst wird das nichts.«

Stryke rang mit sich, dann griff er in die Gürteltasche, holte die Sterne heraus und übergab sie nach einem kurzen Zögern.

»Danke.« Dynahla schob die Sterne mit überraschender Geschicklichkeit zusammen.

Am Rand der Gruppe stand Standeven und schaute gierig zu.

»Wie verhindern wir, dass Jennesta unseren Zielort manipuliert, wie sie es schon einmal getan hat?«, fragte Coilla.

Dynahla hielt inne. »*Ich* verhindere das. Jedenfalls in gewissem Maße.« Er machte weiter, bis nur noch ein Instrumental fehlte. »Achtung.«

Die Truppe rückte enger zusammen. Wheam machte eine tapfere Miene, Spurral griff nach Jups schwieliger Hand. Standeven hatte schreckliche Angst.

»Wir wissen nicht, was uns da erwartet«, erklärte Stryke ihnen. »Ganz egal, wie schlimm der Übergang wird, wir müssen sofort kampfbereit sein, wenn wir ankommen. Was auch immer dort ist.« Er nickte Dynahla zu.

Der Gestaltwandler schob den letzten Stern an seinen Platz.

So oft sie schon gesprungen waren, und auch wenn sie für Angst völlig unempfänglich waren, sie fanden das Erlebnis höchst verstörend.

Nachdem sie anscheinend unendlich lange in schwindelerregende Tiefen gestürzt waren, in einen Brunnenschacht, dessen Wände aus bunten Lichtern bestanden, trafen sie endlich wieder auf feste Erde.

Die meisten Mitglieder der Truppe waren erschüttert, aber sofort kampfbereit. Einige, namentlich Standeven, Wheam und zwei Neulinge, hatte es schlimmer getroffen. Doch auch sie rappelten sich trotz ihrer Übelkeit mit wackligen Beinen und aschfahlen Gesichtern rasch wieder auf.

Sie standen auf einer flachen, leeren Ebene. Ein kräftiger Wind wehte und trieb eine graue Substanz hoch, die eher an Asche denn an Erde oder Sand erinnerte.

Hier und dort ragten große Felsblöcke daraus hervor. Die Felsen wirkten wie Glas, als hätte sie irgendeine unvorstellbare Hitze geschmolzen, bis sie zerflossen und erst dann wieder abgekühlt waren.

Der Himmel über ihnen war von einem trüben Grün. Die kränkliche rote Sonne war kaum größer als eine Münze, die man auf Armeslänge vor sich hielt. Es war kalt, und die Luft roch schlecht. Ähnlich dem Gestank, der entstand, wenn nach einer Schlacht tausend Scheiterhaufen brannten.

Von Jennestas Streitmacht war nichts zu sehen, auch andere Bewohner waren nirgends auszumachen, nicht einmal Bäume, Pflanzen oder Tiere.

Am Horizont zeichnete sich etwas ab, das eine Stadt sein mochte. Selbst im schwachen Sonnenlicht schimmerte sie wie Kristall. Doch viele der zahlreichen Türme waren halb eingestürzt oder standen schief. Die Silhouette erinnerte an ein Gebiss voller abgebrochener Zähne.

Die Truppe starrte hinüber.

Haskeer sprach schließlich aus, was sie alle dachten: »Wo, verdammt noch mal, sind wir hier?«

»An einem ziemlich ungemütlichen Ort.« Coilla knöpfte ihr Wams zu, um sich vor der Kälte zu schützen.

»Es spielt keine Rolle, wo wir sind«, erklärte Stryke ihnen. »Wichtig ist nur, wo sich Jennesta befindet. Dynahla, bist du sicher, dass du uns zum richtigen Ort geführt hast?«

»Ja. Sie ist hier.«

»Kannst du sagen, wo genau sie steckt?«

»Meine Fähigkeiten lassen mich hier im Stich. Die Energie ist ... irgendwie getrübt, ich kann nicht viel erkennen. Aber ich würde sagen, dort drüben.« Er nickte in die Richtung der Stadt.

Stryke erteilte einen entsprechenden Befehl, und sie setzten sich in Bewegung.

Der Marsch dauerte viel länger, als sie am Anfang vermutet hatten. Erst nach und nach erkannten sie, wie groß die Stadt war, und auf der Asche kamen sie nur langsam voran. Andererseits hatte der pulvrige Untergrund auch einen Vorteil. Als sie ungefähr die halbe Strecke zurückgelegt hatten, soweit sie das überhaupt einschätzen konnten, entdeckten sie Spuren, die zur Stadt führten.

»Menschen.« Jup kniete nieder. »Mehr als einer. Das muss sie sein.«

Stryke nickte. »Dann lasst uns weitergehen, und haltet die Augen offen.«

Vorsichtig marschierten sie weiter.

Bevor sie die Stadt erreichten, verloren sich die Spuren, der Wind hatte sie verweht. Über das Ziel konnte es allerdings keinen Zweifel mehr geben.

Kurz darauf erreichten sie die Ausläufer. Auch vor der Zerstörung hatte der Ort keinem anderen geglichen, den sie je zuvor gesehen hatten. Die meisten Gebäude waren schlicht unverständlich. Es gab schlanke Bauten ohne Türen und Fenster, Konstruktionen in der Form von Spiralen und Würfeln oder andere, auf denen

Pyramiden thronten. Ein Bauwerk war über und über mit fremdartigen Symbolen geschmückt, ein anderes war kegelförmig und hatte so spitzwinklige Ecken, dass dort drinnen sicher niemand gelebt hatte. Sie entdeckten die Überreste von Schildern, die in einer völlig unverständlichen Sprache beschriftet waren, sofern es sich überhaupt um eine Sprache handelte, und umgestürzte Objekte, die vielleicht einmal Statuen gewesen waren, nur dass sie verrückte, abstrakte Formen besaßen. Sie gingen näher heran, strichen mit den Fingern über Wände, Säulen und umgestürzte Brüstungen und stellten fest, dass ihnen auch das Baumaterial völlig unbekannt war.

Soweit sie es sehen konnten, war die Stadt verlassen und lag in Trümmern. Allgegenwärtig waren die Anzeichen des Verfalls: bröckelnde Mauern, Risse, die sich wie Spinnweben auf Gebäuden und den Straßen ausbreiteten. Außerdem gab es Spuren von gewalttätigen Zerstörungen in Form von gezackten Löchern, umgestürzten Türmen und Narben, die von unglaublich kraftvollen Projektilen stammen mochten. An manchen Stellen zeigten verkohlte Trümmer und unverkennbare Rußspuren, dass auch Feuer eine Rolle gespielt hatte.

»Ich verstehe diesen Ort nicht«, gab Spurral zu. »Was für Wesen können hier gelebt haben?«

»Und was hat sie umgebracht?«, fragte sich Jup.

»Ein Krieg?«, überlegte Dallog. »Oder die Natur hat sich erhoben, sich gegen sie gewandt und ein Erdbeben geschickt ...«

»Vielleicht waren es die Götter«, meinte Gleadeg bedrückt. »Irgendetwas hat sie geärgert.«

»Es ist sinnlos, darüber nachzudenken«, wandte Stryke ein. »Lasst uns bei dem bleiben, was wir hier tun wollen.«

Coilla schirmte die Augen ab und sah sich um. »Der Ort ist riesig. Wohin gehen wir?«

Stryke wandte sich an Jup. »Könntest du es vielleicht mit der Fernsicht versuchen?«

»Klar.« Der Zwerg hockte sich auf die Knie und schob die Hand in die Asche. Mit geschlossenen Augen verharrte er einen Moment. »Verdammt auch!« Er sprang auf und wedelte mit der Hand, als hätte er sich verbrannt.

»Was ist los?«, fragte Spurral besorgt.

»Die Energie ist schmutzig. Es ist noch viel schlimmer als in Maras-Dantien.«

»Ist dir auch nichts passiert?«

»Schon gut.« Er holte tief Luft und beruhigte sich. »Alles in Ordnung.«

»Was hier auch geschehen ist, die Magie oder die Waffen, die man hier eingesetzt hat, haben diese Welt besudelt.«

»Du hast nicht zufällig trotzdem etwas aufgeschnappt, Jup?«, wollte Stryke wissen.

»Absolut nichts, tut mir leid.«

Haskeer drängte sich nach vorn. »Was jetzt, Stryke?«

»Wir bilden Abteilungen und suchen.«

»Das kann ewig dauern.«

»Hast du eine bessere Idee?«

»Stryke«, unterbrach Coilla.

»Was ist?«

Sie deutete auf einen Trümmerhaufen, wo mehrere Gebäude zusammengebrochen waren. »Da hat sich etwas bewegt.«

»Bist du sicher?«

»Ja.«

»Ich glaube, ich habe es auch bemerkt«, fügte Pepperdyne hinzu.

»Waffen«, befahl Stryke. Alle zogen die Klingen, und dann führte er sie an.

Sie gingen vorsichtig und erreichten die Stelle, wo außer dem Zerstörungswerk nichts zu erkennen war. Die Suche zwischen den Trümmerhaufen verlief ergebnislos.

»Ihr zwei seht Gespenster«, grollte Haskeer und funkelte Coilla und Pepperdyne an.

»Sch-scht!« Jup hieß sie mit einer Geste schweigen und deutete auf einen Bereich, wo Schutthaufen im Halbdunkel lagen.

Dort waren leise Geräusche zu hören. Ein Scharren und Rascheln, ein paar Trümmerstücke gerieten ins Rutschen.

Stryke übernahm die Führung, als sie langsam weitergingen. Abermals fanden sie nichts, und die Geräusche hatten längst wieder aufgehört. Doch sie stießen auf einen schmalen Durchgang zwischen zwei benachbarten Gebäuden, an dessen Ende ein schwaches Licht schimmerte. Sie drangen in ihn ein, und während sie sich dem Ausgang näherten, wurde das Licht stärker. Als sie draußen ankamen, sahen sie auch die Quelle.

Sie standen auf einer freien Fläche, die früher einmal ein öffentlicher Platz gewesen sein mochte. Er war mit Unrat übersät und wurde von mehreren Feuern beleuchtet, die hier und dort brannten. Die Flammen warfen Schatten auf die Wände der umgebenden Gebäude, die noch standen.

»Wo, zur Hölle, ist Jennesta?«, schimpfte Coilla.

»Sie ist hier irgendwo«, versicherte Dynahla ihr. »Ganz bestimmt.«

»Ich verstehe nur nicht, warum die Feuer nicht schon lange ausgebrannt sind«, sagte Pepperdyne. »Was speist sie?«

»Ich mache mir größere Sorgen über das da.« Stryke starrte nach vorne.

Aus der Finsternis am anderen Ende des Platzes schlich ein Wesen heraus. Als es vom tanzenden Feuerschein erfasst wurde, konnten die Krieger es besser erkennen. Es war ein Tier, aber von einer Art, der sie noch nie begegnet waren.

Auf den ersten Blick hielten manche es für katzenartig, andere dachten an einen Hund. Tatsächlich war es wohl eine Mischung aus beidem, während es in anderer Hinsicht auch an ein Insekt erinnerte.

Es reichte einem Ork ungefähr bis zur Hüfte und hatte sechs Beine, die in langen, wie Hörner gekrümmten Krallen ausliefen. Das Fell war gelblich braun. Der Kopf glich ein wenig dem eines Löwen, besaß jedoch keine Mähne, und die Schnauze war stärker ausgeprägt. Das Wesen hatte ein großes, mit vielen Zähnen gefülltes Maul und nicht nur zwei, sondern sechs rubinrote Augen.

Die Truppe blieb reglos stehen, beobachtete das Wesen und machte sich auf einen Angriff gefasst. Doch obwohl es sie anscheinend bemerkt hatte, galt sein Interesse anderen Dingen. Es stieß ein heiseres Grunzen aus und näherte sich dem nächsten Feuer. Zum großen Erstaunen der Orks schob es den Kopf in die Flammen und leckte sie auf.

»Mein Gott«, rief Coilla. »Es trinkt das Feuer.«

»Wie kann das sein?«, fragte Jup.

»In einer unendlichen Anzahl von Welten ist einfach alles möglich«, meinte Dynahla.

Zwei weitere Tiere kamen aus dem Schatten. Sie gesellten sich zu dem ersten und schluckten ebenfalls die Flammen. Dabei schnappten und knurrten sie, als stritten sie um Beute.

Haskeer betrachtete sie verblüfft. »Die müssen Häute aus Stahl haben.«

»Hoffentlich nicht«, erwiderte Pepperdyne.

Sein Wunsch war durchaus angebracht. Als sie satt waren, richteten die Wesen ihre Aufmerksamkeit auf die Truppe. Viele böse rote Augen starrten sie an.

»Oh-oh«, machte Coilla.

Die Feuerfresser griffen an.

Einer von ihnen, offenbar der Anführer, öffnete das riesige Maul und stieß eine Flammenlanze aus. Die

Orks verstreuten sich und konnten es gerade noch vermeiden, geröstet zu werden.

»Jetzt wissen wir, was die Feuer in Gang hält«, sagte Coilla. »Sie tun das.«

Sie und Pepperdyne sprangen zur Seite, um einem anderen Wesen zu entgehen, das sie aufs Korn genommen hatte. Es folgte ihnen und spie das Feuer dem fliehenden Paar hinterher. Sie liefen zu einem zerstörten Gebäude am Rand des Platzes.

Stryke und Haskeer konnten sich gerade noch ducken, um dem Flammenstoß auszuweichen, den ein anderes Tier auf sie gerichtet hatte. Das Feuer raste knapp über ihre Köpfe hinweg und verkohlte eine Mauer in der Nähe. Dann wichen sie dem Wesen aus, so gut es ging, und wollten zum Angriff übergehen. Jup und Spurral blieben bei ihnen, außerdem unterstützten sie Hystykk und Gleadeg.

Der Rest der Truppe kümmerte sich um den dritten Feuerfresser. Diese Gruppe war stark genug, um das Wesen einzukreisen. Sie griffen aus der Ferne mit Pfeilen und Speeren an. Die meisten prallten von der harten Haut ab, und sie mussten sich immer wieder vor den Flammenstößen in Sicherheit bringen.

Niemand war überrascht, dass Standeven sich heraushielt. Er krabbelte hinter einen Schutthaufen.

Zu allem Überdruss tauchte nun auch noch ein viertes Wesen auf und mischte sich ein. Dallog bemerkte es und rief einen Befehl. Er und die Neulinge Wheam, Chuss, Keick und Pirrak rannten ihm entgegen.

Stryke und seine Leute setzten ihrem Gegner zu, auch wenn sie ihn nicht bezwingen konnten. Als sich das Wesen abwandte und entfernte, waren sie der Ansicht, sie hätten es besiegt. Doch es blieb am nächsten Feuer stehen und trank wieder, dann kehrte es zurück.

»Das Feuer hält nicht lange an!«, rief Stryke. »Sie müssen es auffüllen!«

Jetzt wussten sie, was zu tun war. Jup, Spurral und die beiden Gemeinen blockierten den Zugang zu den Feuern, um die Wesen vom Nachschub abzuschneiden. Danach mussten sie nur noch außer Reichweite bleiben und zuschlagen, wann immer sich eine Gelegenheit bot. Es dauerte nicht lange, bis die Flammen des Wesens versiegten. Mit seinen Klauen und Zähnen war es immer noch ein bemerkenswerter Gegner, aber weitaus weniger gefährlich. Sie gingen auf das Tier los und hackten mit den Klingen. Ein kräftiger Hieb von Stryke schlitzte die braune Brust auf, worauf das Tier den Kopf herunternahm. Haskeer schlug sofort mit der Axt zu und spaltete ihm den Schädel. Das Wesen brach zusammen und blieb zuckend liegen, winzige Rauchwolken drangen aus den Nüstern.

»Die Biester können die Köpfe in die Flammen stecken, aber unbesiegbar sind sie nicht«, stellte Haskeer triumphierend fest.

Die anderen Mitglieder der Truppe, die gegen das zweite Tier kämpften, hatten ebenfalls herausgefunden, dass es die Flammen erneuern musste, und folgten Strykes Beispiel. Es dauerte nicht lange, bis sie mit mehreren brutalen Hieben den Kopf vom zuckenden Rumpf abtrennen konnten.

Dann eilten sie alle zu Dallog und den Neuen hinüber, um ihnen zu helfen. Stryke sah sich unterdessen um. »Weiß jemand, wo Coilla und Pepperdyne abgeblieben sind?«

Jup schüttelte den Kopf.

Coilla und Pepperdyne waren Hals über Kopf vor dem Feuerfresser geflohen, der ihnen fast den Rücken versengt hätte, und hatten eine Tür gefunden. Sie stand zwar offen, war jedoch zu zwei Dritteln blockiert. Dennoch schafften sie es, sich in aller Eile durchzuzwängen. Das unförmige Wesen konnte den Kopf und einen Teil des Oberkörpers hereinstecken, kam aber nicht weiter. Mit mehreren Feuerstößen machte es seinem Unmut Luft. Sie zogen sich tiefer in das Gebäude zurück und entgingen dem Angriff.

Drinnen lag alles in Trümmern, doch sie entdeckten ein Licht, das nicht von dem Feuerfresser stammte. Es drang durch eine kleine Öffnung herein, vielleicht ein Fenster, das in halber Höhe die gegenüberliegende Wand durchbrach. Ein Haufen Schutt, der vermutlich sogar durch die Öffnung hereingefallen war, bildete eine natürliche Rampe.

»Kommen wir da durch?«, fragte Pepperdyne.

Coilla nickte. »Es ist eng, aber es müsste gehen.«

Das Wesen jagte einen weiteren Feuerstoß in den Raum, der dadurch kurz erhellt wurde. Auf dem Boden herrschte ein großes Durcheinander, dort lagen viele seltsame Dinge herum, bei denen es sich möglicherweise um die Überreste eigenwilliger Möbelstücke handelte.

»Dann lass uns hier verschwinden.«

»Warte mal.«

Über der Tür und über dem neugierig hereingestreckten Kopf des Wesens klemmte ein großer Schutthaufen, darunter waren einige Blöcke aus irgendeinem Gestein. Die Masse wurde lediglich durch zwei Stützen gehalten, die möglicherweise aus Holz bestanden. Pepperdyne fand, dass es äußerst wacklig aussah.

Coilla bemerkte seinen Blick und erriet, was er dachte. »Wenn du denkst, was ich jetzt denke, dann fürchte ich, das ganze Gebäude könnte über uns einstürzen.«

»So schlimm wird es wohl nicht.«

»Warum sollten wir uns die Mühe machen, wenn wir einfach da durch verschwinden können?« Sie deutete mit dem Daumen zum Fenster.

»Das löst nicht das Problem. Was sollte das Ungeheuer davon abhalten, draußen auf uns zu warten?«

Coilla dachte darüber nach. »Na gut, lass es uns versuchen.«

»Gut. Du steigst zum Fenster hoch, und ich kümmere mich um das Biest.«

»Kommt nicht infrage. Wir machen das zusammen.«

»Dazu reicht einer von uns. Schau dir nur die morschen Stützen an. Ein kräftiger Tritt und …«

»Ich bin kein hilfloses Frauchen, Jode, und wage es ja nicht, mich so zu behandeln, als wäre ich es.«

Trotz ihrer schwierigen Lage musste er lachen. »Den Fehler, dich so zu sehen, würde ich niemals begehen, Coilla. Es ist bloß vernünftig. Wenn etwas passiert, stecken wir beide in der Klemme. Es ist besser, wenn einer von uns frei ist und Hilfe holen kann.«

Das Wesen in der Tür wurde wild und spie einen weiteren Feuerstoß herein.

Sie nickte. »Gib nur gut auf dich acht.« Sie ging zum Schutthaufen und kletterte hinauf.

Pepperdyne wartete, bis sie das Fenster erreicht hatte. »Kommen wir da durch?«

»Ja«, rief sie zurück. »Ich bin ziemlich sicher, dass es geht.«

Er wandte sich wieder zur Tür. Um die Stützen zu erreichen, musste er näher an das wütende Tier heran, als ihm lieb war. Zuerst dachte er daran, Trümmerstücke nach den Stützen zu werfen, doch ihm war klar, dass dies nicht reichen würde. Deshalb rutschte er mit den Beinen voran auf dem Rücken darauf zu und versetzte einem Pfosten einen kräftigen Tritt, als er nahe genug war. Die Stütze knackte laut und kippte um. Pepperdyne zog sich krabbelnd zurück, doch es geschah weiter nichts. Offensichtlich reichte die zweite Stütze aus, um das gewaltige Gewicht über der Tür zu halten.

Das tobende Wesen versuchte immer noch, sich durch die schmale Öffnung zu zwängen, und spie abermals Feuer. Der Flammenstoß erreichte Pepperdyne nicht, doch er spürte die Hitze sogar durch die Sohlen der Stiefel. Er kroch zurück und bearbeitete die letzte Stütze.

Ein kräftiger Tritt bewirkte nichts, also wiederholte er die Attacke. Nach mehreren Versuchen zeigte sich endlich eine Wirkung. Bei jedem Tritt entstand ein knarrendes Geräusch, und der Pfosten bebte.

Dann brach er auf einmal mit einem lauten Knacken. Pepperdyne rollte sich ab und hob instinktiv die Hände schützend vor das Gesicht. Donnernd stürzten die Trümmer herab. Einige Tonnen Mauerwerk polterten auf den Kopf und den Oberkörper des Wesens und zerquetschten es zu Brei. Eine klebrige grüne Flüssigkeit quoll hervor.

Zwar stürzte nicht das ganze Gebäude ein, wie sie es befürchtet hatten, doch in dem Raum waberte eine dichte Staubwolke.

»Alles in Ordnung, Jode?«, rief Coilla besorgt.

Er antwortete nicht sofort, weil er hustete und den Dreck ausspucken musste. »Es ... es geht mir gut.«

Er richtete sich auf, stieg den Schutthaufen hinauf und fand Coillas ausgestreckte Hand. Sie zog ihn zu sich, und dann zwängten sie sich durch das Fenster. Draußen war es nur ein kurzer Sprung bis zum Boden.

Ohne Schwierigkeiten fanden sie den Rückweg zum Platz. Dort waren die übrigen Mitglieder der Truppe versammelt, und die toten Feuerfresser lagen herum. Standeven kam mit bleichem Gesicht aus seinem Versteck hervorgekrochen.

»Na, habt ihr euch ein schönes Plätzchen zum Knutschen gesucht?«, lästerte Haskeer, was einige Gemeine mit heiserem Gelächter quittierten.

Coilla und Pepperdyne gingen nicht auf ihn ein.

»Ich wollte gerade einen Suchtrupp losschicken«, sagte Stryke.

»Alles klar«, versicherte Coilla. »Habt ihr schon eine Spur von Jennesta entdeckt?«

»Nein.« Er warf Dynahla einen scharfen Blick zu. »So langsam glaube ich …«

Wie auf Stichwort rief einer der Gemeinen: »Da drüben!«

Sie drehten sich alle um. Am anderen Ende des Platzes, wo die Kreaturen aufgetaucht waren, standen mehrere Gestalten. Jennesta war ganz vorn, neben ihr war Thirzarr zu erkennen.

Stryke rannte auf sie zu, die Truppe folgte ihm. Er rief Thirzarr.

Jennesta bewegte die Hände und verschwand mit ihrer Truppe.

»Das war wohl zu erwarten«, sagte Coilla, als sie Stryke eingeholt hatte.

»Dynahla!«, brüllte er.

Der Gestaltwandler hatte schon die Instrumentale in den Händen und gruppierte sie neu. Rasch versammelte sich die Truppe.

»Jetzt geht es wieder los«, meinte Jup.

Dynahla schob den letzten Stern an seinen Platz, und die Umgebung verschwand.

20

Der Ort, an dem sie herauskamen, sah völlig anders aus.

Es war angenehm mild, die Luft war klar, der Himmel blau, das Land grün und fruchtbar.

Sie befanden sich an einem erhöhten Platz, vor ihnen erstreckte sich die einladende Landschaft. Sanfte Hügel, saftige Weiden, Büsche, Wälder, ein friedlicher See, in der Ferne schlängelte sich ein glitzernder Fluss. Wiesen und eingezäunte Felder zeigten, dass hier Ackerbau betrieben wurde, nur Gebäude waren nirgends zu entdecken. Immerhin gab es eine gut unterhaltene Straße mit einer Decke aus festgetrampelter Erde. In einer Richtung verlief sie gerade und offen, so weit das Auge reichte. In der anderen verschwand sie in einem Wald.

»Wo ist die Hexe bloß abgeblieben?«, brummte Haskeer, während sie sich umsahen.

»Sie muss irgendwo da draußen sein.« Stryke machte eine ausholende Geste.

»Ich kann nichts entdecken, dabei müsste ihre Gruppe doch eigentlich groß genug sein«, wandte Jup ein.

»Es liegt wohl nahe, dass sie in den Wald gegangen ist«, sagte Pepperdyne.

Coilla nickte. »Eine ausgezeichnete Stelle für einen Hinterhalt.«

»Dann bewegen wir uns vorsichtig«, entschied Stryke. »Kommt.«

Nicht alle freuten sich über den Marsch. Viele waren nach dem Kampf gegen die Feuerfresser noch erschöpft und angeschlagen. Jene Welt schien jetzt unendlich weit entfernt zu sein, was natürlich auch zutraf.

Auch Standeven war nicht begeistert. Sein Unbehagen rührte aber eher von einem Leben voller Schwelgereien her und war keinesfalls darauf zurückzuführen, dass er sich im Kampf und in gefährlichen Situationen überanstrengt hätte. Er verließ seinen üblichen Platz am Ende der Truppe und arbeitete sich bis zu Pepperdyne vor, der allein wanderte, da Coilla vorne bei Stryke war.

»Oh«, sagte Pepperdyne. »Du bist es.«

»Ja, ich bin es. Dein Herr und Meister, auch wenn du das anscheinend vergessen hast.«

»Du willst dir das einfach nicht aus dem Kopf schlagen, was? Die Vergangenheit hat hier überhaupt nichts mehr zu bedeuten. Die Spielregeln haben sich verändert.«

»Vielleicht für dich. Ich denke dagegen, dass ein Treueschwur niemals seine Gültigkeit verliert.«

»Hast du eine Ahnung, wie lächerlich du dich mit deiner Mischung aus Hinterlist und Erbärmlichkeit machst?«

»Es gab mal eine Zeit, da hättest du es nicht gewagt, so mit mir zu reden.«

Pepperdyne riss der Geduldsfaden. »Warum reden wir überhaupt? Was willst du von mir, Standeven?«

»Ich will wissen, wie lange ... wie lange diese Schnitzeljagd noch dauern soll.«

»Schnitzeljagd?«

»Diese Sprünge von einer stinkenden Welt zur nächsten.«

»So übel kommt mir diese Welt gar nicht vor. Wenn du genug hast, kannst du dich gern hier niederlassen.«

»Oh, das würde dir wohl gefallen, ja? Jedenfalls müssen wir sehr aufpassen, damit wir nicht irgendwo landen, wo wir nicht sein wollen.«

»Was soll das heißen?«

Standeven nickte in Dynahlas Richtung, der mit Stryke und Coilla ganz vorne ging. »Glaubst du etwa, man kann dieser Missgeburt trauen?«

Auch Pepperdyne hatte gewisse Zweifel, doch das wollte er diesem Mann gegenüber gewiss nicht zugeben. »Mir scheint, Dynahla hat für die Truppe erheblich mehr getan als du, obwohl er noch nicht lange bei uns ist.«

»Genug, um ihm die Instrumentale auszuhändigen?«

»Darauf läuft es bei dir wohl immer hinaus, was? Stryke weiß schon, was er tut.«

»Wirklich? Was du auch von mir hältst, Jode, ich bin nicht verrückt. Ich will ebenso wie du lebendig aus diesem Schlamassel herauskommen. Wenn du glaubst, Stryke schätzt die Sache richtig ein, dann hast du sie nicht alle.« Er sagte nichts mehr, und Pepperdyne ging schweigend weiter.

Sie näherten sich der Wegbiegung. Stryke ließ seine Leute anhalten und schickte vier Späher aus. Vier weitere sollten sich am Waldrand umschauen, ob dort unangenehme Überraschungen lauerten. Bald kehrten sie zurück und berichteten, dass der Weg frei sei. Die Truppe marschierte weiter.

Der Weg beschrieb noch mehrere Kurven, die jedoch gut zu überblicken waren. Schließlich umrundete er einen Hügel, der den Blick auf das dahinter liegende Land versperrte. Um kein Risiko einzugehen, verließen sie den Weg und stiegen auf die Hügelkuppe. Auf der anderen Seite stand in einiger Entfernung ein einzelnes Gebäude.

Es war kein Bauernhaus, wie man hätte erwarten können. Anscheinend war es aus Stein gebaut und ähnelte eher einem Schloss oder einer kleinen Burg, auch wenn es keine sichtbaren Verteidigungsanlagen gab. An jeder Ecke erhob sich ein niedriger runder Turm, und die mächtigen Türen standen weit offen. Das Gebäude passte überhaupt nicht in diese ländliche Umgebung.

Vor dem Haus bewegten sich einige Gestalten. Abgesehen davon, dass sie aufrecht gingen und weiß gekleidet waren, konnte man aus der Ferne jedoch keine Einzelheiten erkennen.

»Endlich ein Lebenszeichen«, sagte Coilla.

»Ja«, antwortete Stryke. »Ich frage mich nur, was davon zu halten ist.«

Sie stiegen den Hügel hinab, überquerten die Straße an dessen Fuß und gingen über das Weideland weiter.

»Lasst die Waffen stecken, aber haltet sie bereit«, befahl Stryke. »Wir wollen sie nicht verschrecken, falls sie nicht feindselig sind.«

»Mir kommen sie ziemlich friedlich vor«, warf Spurral ein.

»Falls das zutrifft, können sie uns vielleicht verraten, wo Jennesta ist.«

»Glaubst du denn, sie und Thirzarr sind hier?«

Er zuckte mit den Achseln.

»Nur nicht den Kopf hängen lassen, Stryke. Wir finden sie schon.«

»Hoffentlich.«

Als die Truppe sich näherte, wurden die weiß gekleideten Wesen auf sie aufmerksam. Sie hielten einfach mit dem inne, was sie gerade taten, und starrten die Neuankömmlinge an. Der Anblick einer Kriegertruppe der Orks in Begleitung von Zwergen und Menschen, die offenbar allesamt aus dem Nichts aufgetaucht waren, schien sie nicht sonderlich zu beunruhigen.

Endlich waren die Vielfraße nahe genug heran, um die Gestalten genauer betrachten zu können.

»Sie sind Menschen.« Coilla brachte die Überraschung zum Ausdruck, die die meisten Mitglieder der Truppe empfanden.

»Warum denn nicht?«, fragte Dynahla. »Es gibt eine unendliche Anzahl von Welten …«

»Ja, ich weiß. Alles ist möglich. Ich habe nur nicht damit gerechnet.«

Es waren fünf, und das Verblüffende war die Ähnlichkeit zwischen ihnen. Sie waren groß, schlank, blond und offenbar männlich, aber mit femininen Zügen. Die Haut war hell wie Elfenbein, sie hatten keine Bärte. Als Kleidung trugen sie weiße Gewänder, die sie vom Hals bis zu den Füßen bedeckte, Arme und Füße blieben jedoch entblößt. Nach menschlichen Maßstäben sahen sie gut aus, vielleicht sogar schön, und wenn man die lächelnden Gesichter sah, musste man wohl annehmen, dass sie von heiterem Gemüt waren.

»Menschen, die wie verdammte Idioten grinsen«, bemerkte Haskeer mürrisch. »Das hat uns gerade noch gefehlt.«

»Hier stimmt etwas nicht«, sagte Pepperdyne.

»Deine Rasse kann tatsächlich lächeln«, erwiderte Coilla. »Ich hab's mindestens einmal selbst gesehen.«

»Ich meine damit, dass die Menschen nicht alle gleich aussehen.«

»Für die meisten Orks schon.«

»Im Ernst, Coilla, die sind wie Erbsen in der Schote. Das ist nicht natürlich.«

Standeven war wieder neben Pepperdyne getreten. Auch er war beunruhigt.

Coilla bemerkte es. »Was ist mit euch beiden? Jode?«

»Irgendetwas ist nicht richtig. Ich weiß auch nicht, es ... es kommt mir bekannt vor.«

Standeven nickte, ohne die vermeintlichen Menschen aus den Augen zu lassen.

Stryke ging zu ihnen, hob beschwichtigend eine Hand und wandte sich in Mutual an das nächste Wesen. »Wir kommen in Frieden.«

»Frieden«, wiederholte das Wesen unverwandt lächelnd.

»Ja. Wir wollen nichts von euch.«

»Ihr wollt nichts«, antwortete einer der anderen.

Stryke sah ihn an. »Genau. Wir wollen nur eine Frage stellen.«

»Eine Frage?«, sagte das dritte Wesen.

Bevor Stryke antworten konnte, sagte der Vierte: »Welche Frage?«

»Äh ... wir möchten wissen, ob eine andere Gruppe hier vorbeigekommen ist.«

»Eine andere Gruppe, sagst du«, antwortete der Fünfte.

Stryke war einigermaßen verwirrt, bohrte aber weiter. »Eine Gruppe unter Führung einer Frau, die ... etwas seltsam ist.«

»Seltsam?«, fragte der Zweite oder vielleicht auch der Dritte zurück.

»Sie wäre euch bestimmt aufgefallen«, beharrte Stryke.

»Wirklich?«, erwiderte der Erste.

»Das ist doch verrückt«, murmelte Jup.

Der absonderliche Wortwechsel ging weiter, als Stryke versuchte, etwas Brauchbares aus den Wesen herauszubekommen, wobei er nie wusste, wer als Nächster antworten würde.

Schließlich verlor er jedoch die Geduld und brüllte: »Hört zu! Es ist doch ganz einfach! Habt ihr heute noch andere Fremde gesehen oder nicht?«

»Fremde ...«

»... sind ...«

»... hier ...«

»... nicht ...«

»... willkommen.«

Dann geschah etwas Erschreckendes. Gleichzeitig entfalteten sie mächtige Flügel, die bisher verborgen gewesen waren. Die Schwingen waren rein weiß und schienen aus weichen Federn zu bestehen.

»Eine Engelsschar«, flüsterte Standeven ergriffen.

Coilla sah ihn an, dann bemerkte sie, dass Pepperdyne fast genauso hingerissen war. »Was ist los?«, fragte sie.

Er riss sich von dem Anblick los. »Engel haben für die Menschen eine große Bedeutung. Besonders für Unis und so weiter.«

»Gut oder schlecht?«

»Oh, sie sind gut«, erklärte Standeven. »Engel sind der Inbegriff des Guten.«

»Tja, dann hat man dir wohl etwas Falsches erzählt. Oder diese Wesen sind etwas anderes. Schau nur.«

Die schönen, wohlwollenden Gesichter der geflügelten Wesen verzerrten sich zu wilden, hasserfüllten Fratzen. Die Kiefer öffneten sich und entblößten rasiermesserscharfe Zähne. Die Augen, vor einem Moment noch sanft und blau wie der Himmel, verwandelten sich in tintenschwarze, rot umränderte Kugeln. Nicht nur die Gesichter wurden hässlich, auch ihr Verhalten änderte sich entsprechend.

Gleichzeitig schossen sie in die Luft hinauf und flatterten mit den mächtigen Flügeln. Zunächst kreisten sie über den Vielfraßen, und nun entdeckte die Truppe auch die bisher versteckten Waffen. Es waren goldene Streitkolben mit scharfen Dornen. Dann stießen die Wesen herab.

Die Orks, die Schilde besaßen, hoben sie über die Köpfe. Sie schlugen mit den Klingen und Äxten nach den Angreifern, konnten jedoch nichts ausrichten. Einige schossen Pfeile ab, ohne die beweglichen Flieger zu treffen. Wieder und wieder fuhren die Wesen herab und bedrohten die Vielfraße mit den Streitkolben.

Stryke erkannte, dass sie den Kampf im Handumdrehen verlieren würden, wenn sie keine Deckung fanden. Er wartete, bis die Flugwesen den höchsten Punkt erreicht hatten und sich für den nächsten Angriff sammelten. »Ins Haus!«, rief er. »Ins Haus!«

Sie rannten aus Leibeskräften zur Tür, um den Wesen zu entkommen, die doch eigentlich viel schneller waren. Coilla und Pepperdyne zeigten impulsiv ein wenig Barmherzigkeit, packten Standeven links und rechts an den

Armen und zerrten den keuchenden Menschen mit. Es bestand durchaus die Möglichkeit, dass dort drinnen noch weitere Wesen lauerten, doch dieses Risiko musste die Truppe eingehen, denn eine andere Deckung gab es nicht.

Sie erreichten das Haus einen Herzschlag vor den Fliegern und sprangen hinein, dann warfen sie die Türflügel zu und stemmten sich dagegen. Erfreulicherweise prallte mindestens ein Flugwesen von draußen gegen das Holz.

Die Truppe keuchte, und Standeven war einem Anfall nahe. Sie nahmen sich einen Augenblick Zeit, um zu Atem zu kommen.

Unterdessen sahen sie sich um. Sie standen in einem langen, steinernen Flur, von dem zu beiden Seiten mehrere Türen abgingen. Ganz hinten an der Stirnseite befand sich die größte Tür. Die Seitentüren führten in fensterlose Räume oder in blind endende Gänge, also machten sie sich zur großen Doppeltür auf. Nachdem sie sie mit Tritten geöffnet hatten, betraten sie einen weitläufigen Raum, vielleicht einen Festsaal. Er war mit Holz vertäfelt, und mächtige Kandelaber dienten als Beleuchtung. Am hinteren Ende und nach rechts versetzt zweigte ein weiterer Korridor ab.

»Was jetzt?«, fragte Dallog.

»Ich würde sagen, wir suchen einen Ausgang«, erwiderte Stryke.

»Und wenn es keinen gibt?«, fragte Haskeer.

»Es gibt bestimmt einen. Und wenn nicht, hacken wir uns einen frei.«

»Stryke«, sagte Dynahla drängend.
»Was ist?«
»Ich spüre etwas.«
»Sie?«
»Sie muss es sein.« Er deutete zum Flur. »Da entlang.«
Sie stürmten hinein.
Der Gang war schwach beleuchtet und lang, weiter unten zeichneten sich jedoch mehrere Gestalten ab. Unter ihnen befand sich Jennesta, die die Truppe sofort erkannte. Sie fummelte mit den Objekten herum und verschwand abermals mit ihrer Begleitung.
Dynahla holte die Instrumentale hervor und schob sie auf Strykes Nicken hin zusammen.

Die Vielfraße kamen in einem Sumpf heraus, sie standen bis zu den Knien in warmem, stinkendem Wasser, im Falle der Zwerge sogar bis zu den Hüften. Die Luft war schwül und unangenehm. Unzählige Mücken schwirrten herum, und die Orks klatschten ständig die Hände auf entblößte Hautstellen. Kleine, unbekannte Tiere schossen im Zickzack durch das Wasser. Unter dem dichten Blätterdach herrschte ein grünes Zwielicht.

Haskeer schlug sich seitlich gegen den Hals und zerquetschte ein Insekt. »Das ist nicht gerade eine Verbesserung.«

»Und wo, verdammt noch mal, steckt Jennesta?«, beschwerte sich Coilla.

»Ja, hier ist keine Spur von ihr zu entdecken«, stimmte Wheam zu. »Wie kommt es eigentlich, dass wir nicht direkt dort landen, wo sie ist?«

»Wir treffen zwangsläufig an unterschiedlichen Stellen ein«, erklärte Dynahla. »Das liegt teilweise an mir, weil es schwer ist, genau zu treffen. Vor allem aber wird es durch die Instrumentale verursacht.«

»Wie meinst du das?«, fragte Jup.

»Sie schützen uns. Wenn wir genau an der gleichen Stelle wie Jennesta herauskämen, könnte es hässliche Zusammenstöße geben. Also wird das verhindert. Wir können auch nicht in massivem Fels oder am Grund eines Meeres landen.«

»Demnach könnte sie überall und nirgends sein«, meinte Coilla.

Dynahla schüttelte den Kopf. »Nein. Wir kommen immer in einem gewissen Umkreis an. Sie ist hier, und sie ist nicht weit entfernt.« Er sah sich um. »Die Frage ist nur, wo.«

»Du weißt anscheinend eine Menge über die Sterne.«

»Seraphim war ein guter Lehrer. Er hat mir beigebracht, dass …«

»Können wir nicht ein andermal darüber reden?«, unterbrach Stryke.

»Also wohin gehen wir nun?«, fragte Jup.

»Da drüben ist trockenes Gelände. Dort beginnen wir.«

Sie wateten hinüber und stellten fest, dass es sich um die Spitze einer Landzunge handelte. Sie war voller

Schlamm und Wurzeln, aber immer noch besser als das stinkende Wasser. Die Orks waren froh, als sie hinaufsteigen konnten.

»Und was jetzt?«, fragte Coilla.

»Wir folgen dieser Landzunge und sehen, wohin sie uns führt«, entschied Stryke.

»Also stochern wir im Dunkeln herum, ja?«

»Ja.« Er wandte sich an Jup und Spurral. »Was ist mit eurer Fernsicht?«

»Ich bin nicht sicher, ob sie uns hier nützt«, erwiderte Jup. »Das Land hat verschwommene Konturen. Vielleicht kann Dynahla helfen.«

»Ich empfange nur verwirrende Botschaften«, gestand der Gestaltwandler. »Es ist alles zu verschwommen, um Jennesta ausfindig zu machen.«

Stryke seufzte. »Großartig.«

»Aber ich kann vielleicht auf andere Weise helfen.«

»Tu, was immer du tun kannst.«

»Also gut. Hier.« Er gab Stryke die Instrumentale zurück. »Du passt am besten auf sie auf, bis ich wieder da bin.«

»Was hast du vor?«

»Ich benutze meine Fähigkeiten als Gestaltwandler, um die Gegend zu erkunden. Hast du etwas dagegen?«

»Nein.«

»Dann macht mir Platz.«

Die Truppe zog sich zurück.

Dynahla streckte sich auf dem Boden aus und verwandelte sich. Er wand sich, während sein Körper schmaler und erheblich länger wurde. Arme und Beine zog er ein, bis sie völlig verschwunden waren. Die Haut wurde schwarz, während sich der Körper in die Länge zog. An einem Ende entstand ein spitzer Schwanz, am anderen ein glatter, unbehaarter Kopf. Winzige Schuppen schimmerten auf dem Leib.

Gleich darauf blickte sie eine riesige Wasserschlange mit starren goldenen Augen an. Die gespaltene Zunge fuhr aus dem lippenlosen Maul heraus. Sie drehte sich um, glitt ins Wasser und verschwand.

Jup brach schließlich das Schweigen, das darauf folgte. »Das war … bizarr.«

Sie warteten und tauschten sich flüsternd über das aus, was Dynahla gerade getan hatte, sahen sich um, ob ein Hinterhalt drohte, und erschlugen vorwitzige Mücken.

Es dauerte nicht lange, bis sich das Wasser regte. Die Schlange tauchte auf und glitt ans Ufer, und Dynahla verwandelte sich rasch in die ursprüngliche Gestalt zurück. Als es geschehen war, hockte er mit gesenktem Kopf auf Händen und Füßen, die nassen Haare hingen schlaff herab. Wie ein Hund schüttelte er das Wasser ab und stand auf.

»Da entlang«, sagte er nur und deutete zum Wasser. »Es ist nicht weit. Sie sind an einem anderen trockenen Ort. Es ist sogar trockener als hier.«

»Alles in Ordnung?«, fragte Coilla.

Er nickte. »Die Verwandlungen sind manchmal anstrengend, besonders die extremeren. Sonst geht es mir gut.«

»Können wir weiter?«, fragte Stryke.

»Ja.«

»Dann sind die hier bei dir besser aufgehoben.« Stryke reichte ihm die Instrumentale.

Dynahla schien zu erschrecken, dann nahm er sie und flüsterte: »Danke.«

Die anderen sammelten ihre Siebensachen ein und machten sich auf den Weg, Stryke und der Gestaltwandler hatten die Führung übernommen.

Als Dynahla ihnen zu verstehen gab, dass sie sich ihrem Ziel näherten, bewegten sie sich so leise wie möglich durch das Wasser. Im Grunde mussten sie ohnehin beinahe schwimmen. Dennoch trafen sie fast unerwartet auf Jennestas Gruppe, als sie ein dichtes, weit ins Wasser ragendes Gebüsch umrundet hatten.

Die beiden Seiten bemerkten einander praktisch im gleichen Augenblick. Zwei Pfeile flogen der Truppe entgegen. Sie konnten sich jedoch im dichten Blattwerk verstecken und zurückschießen. Das Gefecht wurde schärfer, ständig flogen die Pfeile durch das Gebüsch, während die Vielfraße auf die gleiche Weise dagegenhielten.

Einer von Jennestas Bogenschützen war so kühn oder so dumm, sich zu lange blicken zu lassen, als er einen Pfeil abschoss. Ein Pfeil der Orks traf ihn mitten in die Brust, und er stürzte ins Wasser. Dort regte sich sofort etwas, Wellen entstanden, und die Gischt flog, als die Aasfresser, die dort lebten, vom Blut angelockt wurden und den Toten fraßen.

Jennesta griff jetzt selbst ein und schleuderte eine grelle Feuerkugel auf die Kriegertruppe. Dynahla lenkte sie ab und schoss auf die gleiche Weise zurück. Jennesta wehrte den Angriff ab, als wischte sie eine lästige Fliege weg.

Das Duell dauerte nicht lange. Jennesta bediente abermals die Sterne und verschwand mit ihrer Truppe.

Dynahla vergewisserte sich rasch, dass alle beisammen waren, und tat, was nötig war, um ihr zu folgen.

»Die verarscht uns!«, tobte Haskeer.

Sie standen in einer Tundra, einer ungeheuren, vor Eis gläsern schimmernden Ebene. Das Einzige, was sich darin abhob, war eine schwarze Bergkette am Horizont.

Es schneite, ein bitterkalter Wind wehte, und die Truppe, die vom Waten im Sumpf noch nass war, fror bis auf die Knochen durch.

»Da!«, rief ein Gemeiner. Der Atem stand ihm wie Dampf vor dem Mund.

Jennesta und ihre Gefolgsleute waren ein Stück entfernt zu erkennen. Eigentlich war es gar nicht weit, doch das Schneetreiben behinderte die Sicht. Stryke glaubte sogar, er habe Thirzarr entdeckt.

»Hinterher!«, überbrüllte er den Sturm. »Ehe sie ...«

Die Hexe und ihre Anhänger verschwanden.

»Verdammt!«, fluchte Jup.

»Dynahla!«, rief Stryke.

»Schon dabei!«

Die Truppe sprang hinterher.

Sie standen im Halbdunkel.

Es dauerte einen Augenblick, bis sie bemerkten, dass sie sich unter der Erde befanden. Das spärliche Licht stammte von unzähligen Kristallen, die in den Wänden einer riesigen Höhle saßen.

Pepperdyne wusste, dass Coilla sich in beengten Räumen nicht wohlfühlte, und drückte beruhigend ihre Hand.

Von der Kammer, in der sie standen, gingen mehrere Tunnel ab.

»Wohin jetzt, verdammt?«, schimpfte Haskeer.

»Sch-scht!« Spurral hielt sich einen Finger vor die Lippen.

Er wollte sie beschimpfen, doch dann gewahrte er endlich, was die anderen längst vernommen hatten. Hallende Geräusche, womöglich Schritte.

»Da entlang!« Keick machte sich bereits auf den Weg.

Sie liefen zu einem Gang, der etwas größer war als die anderen.

Er war lang und gewunden, und die Stiefeltritte prasselten wie ein Hagelschauer zwischen den Wänden.

Nach einer Weile erreichten sie eine zweite, noch größere Höhle, die einem kleinen Canyon glich. Ein unterirdischer Fluss lief durch sie hindurch, dicht an der Wand blieb ringsherum ein kleiner Vorsprung. Auf der anderen Seite gab es eine größere natürliche Plattform, eine gewaltige Platte aus gelblichem Gestein. Dort stand Jennesta mit ihrer Horde. Allerdings nicht lange.

»Nicht schon wieder!«, rief Spurral.

Dynahla tat, was nötig war.

Zuerst dachten sie, sie seien wieder in der Welt der bösen Engel gelandet.

Es war mild, und die Umgebung war keineswegs unangenehm. Allerdings schien diese Gegend ärmer und nicht ganz so fruchtbar zu sein. Es gab Gras, stellenweise war die Erde jedoch kahl, und auch die Bäume hätten dichteres Laubwerk tragen können. In der Ferne entdeckten sie niedrige, gräulich weiße Klippen.

Die Truppe stand auf einer Straße oder eher einem Weg, der jedoch recht breit und gut ausgetreten war. Ihre Gegner waren nirgends zu entdecken.

»Hört mal«, sagte Coilla. »Was ist das für ein Geräusch?«

21

»Trommeln.« Jup legte den Kopf schief, um aufmerksam zu lauschen. »Sie kommen näher.«

»Nicht nur Trommeln«, fügte Pepperdyne hinzu. »Hört ihr die Hornsignale?«

Sie hörten es, und Jup behielt Recht. Der Lärm kam näher. Bald vernahmen sie rhythmische Gesänge und das Trampeln marschierender Füße.

»Ein großes Heer?«, überlegte Dallog.

»Wenn es eins ist, dann ist es undiszipliniert, weil es so viel Krach macht«, wandte Stryke ein. »Aber wer sie auch sind, es sind sehr viele. Wir gehen lieber in Deckung.«

Am Straßenrand lag eine Reihe großer Felsblöcke. Die Truppe versteckte sich dahinter, während die Geräusche lauter wurden.

»Kann jemand verstehen, was sie singen?«, fragte Coilla.

»Es sind verschiedene Sprachen«, erklärte Spurral. »Verdammt viele Sprachen.«

»Ich kapier das alles nicht«, räumte Jup ein.

»Aufpassen!«, warnte Dallog. »Da sind sie!«

Nicht weit entfernt war eine Wegbiegung, um die gerade einige Gestalten kamen. Die Truppe erkannte sie sofort.

»Elfen?«, staunte Coilla. »Es liegt ihnen doch gar nicht, so einen Radau zu machen.«

»Es sind nicht nur Elfen.« Pepperdyne nickte in die Richtung der Straße.

Die Elfen, es mochten zwanzig oder dreißig sein, führten den Zug an, stellten aber keineswegs die größte Untergruppe. Direkt hinter ihnen kam eine Herde von Zentauren, die jeweils zu zweit nebeneinandertrabten. Viele hielten sich lange silberne Trompeten an die Lippen. Dann folgte ein Oger, der ein Geschirr trug. Er führte eine Reihe von Trollen an, die sich im verhassten Tageslicht die Augen verbunden hatten und sich an zwei dicken Seilen festhielten, die mit dem Geschirr verbunden waren. Dahinter torkelten zahlreiche Goblins einher, und hinter diesen liefen die Rassen mehr oder weniger bunt gemischt. Gnome gingen neben Satyrn, Zwerge zusammen mit Kobolden. Menschen schritten zwischen Truppen von tanzenden, Tamburine schlagenden Kobolden. Heinzelmännchen begleiteten Gremlins und Wichtelmänner. Es gab Waldschrate, Irrwische, Harpyen, Faune, Schimären und kichernde Nymphen. Schwärme von Feen, bei deren Anblick den Orks das Wasser im Mund zusammenlief, flatterten über der

Horde. Es waren noch viele weitere Wesen vertreten, welche die Vielfraße nicht einmal erkannten: Säugetiere, Insektenartige, Reptilische und Unbestimmbare.

Die meisten gingen, glitten, hüpften oder flogen, manche ritten oder fuhren auf Kutschen, Pferden, Eidechsen und riesigen Vogelwesen. Im Zug polterten auch Wagen mit Behältern, in denen Nixen und Flussgeister transportiert wurden. Viele winkten mit Flaggen und Bannern, spielten Musikinstrumente und trommelten und zupften, um das Getöse unzähliger Stimmen zu bereichern. Tausende Wesen nahmen an dem Zug teil, und der Lärm schmerzte in den Ohren.

»Hier sind Rassen vereint, die sonst nicht gerade gut miteinander auskommen«, meinte Coilla. »Jedenfalls nicht in Maras-Dantien.«

»Wir sind allerdings nicht in Maras-Dantien«, erinnerte Dynahla sie.

»Ich könnte schwören, dass ich auch Orks gesehen habe«, platzte Haskeer schockiert heraus.

»Warum nicht? Alles ist möglich …«

»… in einer unendlichen Zahl von Welten«, beendete Coilla den Satz. »Ja, wir haben es begriffen.«

Der Gestaltwandler war keineswegs beleidigt, sondern lächelte sogar.

Immer mehr Kreaturen strömten vorbei und liefen wegen des Gedränges sogar neben der Straße.

»Was ist hier nur los?«, überlegte Jup. »Ob das mit dem Haufen zu tun hat, der uns verfolgt? Dieses Corps der Torhüter?«

»Nein, das hier ist etwas anderes«, versicherte Dynahla ihm. »Und wenn das Corps euch bisher gefolgt ist, dann wird es das auch weiterhin tun.«

»Wie schön. Noch etwas, über das wir uns Sorgen machen können.« Er wandte sich an Stryke. »Es ist aussichtslos, in diesem Durcheinander können wir Jennesta nicht finden. Was meinst du, wohin sie gehen?«

»Da gibt es nur eine Möglichkeit. Wir schließen uns ihnen an.«

»Warum nicht? In dieser Meute fallen wir kaum auf.«

Stryke musste rufen, damit es alle hörten. »Wenn wir mithilfe der Sterne schnell verschwinden wollen, müssen wir dicht beisammenbleiben. Also lauft nicht weg, sonst bleibt ihr in diesem Tollhaus sitzen!« Er bemerkte, wie sein Feldwebel ein Geschwader Feen beäugte. »Haskeer, hier wird nichts gegessen!«

Sie verließen ihr Versteck, blieben dicht zusammen und drängten sich in die Prozession hinein, was die Menge wohlwollend hinnahm. Die Teilnehmer wirkten begeistert, aber keineswegs feindselig. Das war für die Truppe eine angenehme Abwechslung.

Der Marschzug riss sie mit. Die Bewegung, der Lärm, das Farbengepränge, die Gerüche nach Weihrauch und Exkrementen, all das war überwältigend. Das Gelände, das sie jenseits des Getümmels ausmachen konnten, war dagegen wenig bemerkenswert. Überwiegend gab es dort Büsche, ein paar einzelne Bäume und die Straße zu sehen. Immer die Straße.

Einige Angehörige der Truppe, namentlich Coilla und Jup, versuchten, die anderen Marschierenden in Gespräche zu verwickeln. Außer einem Grunzen oder begeisterten Rufen konnten sie jedoch nicht viel aus ihnen herausbekommen.

Dynahla, der neben Stryke ging, rief ihm ins Ohr: »Ich glaube, das hier ist eine Kreuzungswelt!«

»Eine was?«

»Eine Kreuzungswelt. Wenn man die Instrumentale benutzt, kann man nicht immer zielgenau zwischen den Welten reisen«, erklärte er laut genug, um sich verständlich zu machen. »Manchmal stößt man auf Welten, die Wurmlöcher haben. Wesen aus vielen anderen Welten fallen einfach hindurch. Zufällig, meine ich.«

»Ich erinnere mich, dass Seraphim einmal gesagt hat, in Maras-Dantien sei früher etwas Ähnliches geschehen. Deshalb leben dort so viele verschiedene Rassen.«

Der Gestaltwandler nickte. »Ich glaube, diese Leute hier …«, er deutete auf die anderen Wanderer in ihrer Nähe, »… sie könnten Pilger sein. Vielleicht ist dies eine Art religiöses Fest.«

»Könnte sein«, räumte Stryke ein.

»Die Frage ist nur, was eine solche Mischung verschiedener Wesen vereinen könnte.«

Es ging nun bergauf, doch was jenseits des Hügels lag, konnten sie nicht erkennen. Stryke blickte zurück. Da er etwas Höhe gewonnen hatte, vermochte er die Vielfalt der Wesen, die ihnen folgten, zu überblicken. Es war ein schier endloser Zug.

Er fragte sich, was er hier zu suchen hatte.

Dynahla berührte ihn am Arm und deutete nach vorn. Die Straße hatte eine Kurve beschrieben, und nun erblickten sie einen hohen Hügel oder vielleicht einen Berg, auf dessen Gipfel ein Gebäude stand. Es kam ihnen zunächst wie eine Festung vor, konnte auf den zweiten Blick aber auch ein Tempel sein. Andererseits war es wohl keines von beidem.

Pelli Madayar stand in den Ruinen der Kristallstadt. Weevan-Jirst war an ihrer Seite, die übrigen Vertreter des Corps sahen sich in der Nähe um. Der nie abflauende Wind wehte über die Ebene und fegte unablässig wirbelnde Asche wie feinen Schnee herbei, bis das fahle Licht der schwachen roten Sonne fast erlosch.

»Sie war hier«, erklärte Pelli. »Die Spuren sind eindeutig.«

»Und nicht nur sie«, bestätigte der Goblin. »Anscheinend war auch die Kriegertruppe hier.«

»Ja, das ist richtig.«

»Wir geben die Suche nach den Orks auf und folgen Jennesta, nur um abermals auf die Spur der Orks zu stoßen. Ist das nicht köstlich?« Es klang ein wenig selbstgefällig.

Wenigstens triumphiert er nicht: Ich hab's doch gleich gesagt, dachte sie. Aber verdammt wollte sie sein, wenn sie sich entschuldigte. »Man könnte einwenden, dass dies nicht beabsichtigt war, aber ein willkommener Nebeneffekt ist. Da die beiden Sätze der Instrumentale offenbar hintereinander herjagen, sind wir beiden zugleich auf der Spur. Ich würde das als sparsamen Einsatz unserer Ressourcen bezeichnen.«

»Wie gut, dass Euch das pure Glück so sehr zur Seite steht.«

Sie ignorierte den Seitenhieb. »Wir haben noch etwas anderes erfahren. Die Vielfraße springen nicht willkürlich von einer Welt zur anderen. Sie bewegen sich zielstrebig. Entweder sie wissen auf einmal, wie man die Instrumentale benutzt, was gelinde gesagt sehr unwahrscheinlich ist, oder etwas hilft ihnen. Und nicht nur das. Uns ist bekannt, dass Jennesta den Satz der Orks manipuliert und ein gewisses Maß an Kontrolle über ihn ausgeübt hat. Das scheint nicht mehr der Fall zu sein. Offenbar können die Orks dank dieser Hilfe auch Jennestas Einfluss ausschalten.«

»Also noch ein weiterer Mitspieler. Es wird immer komplizierter. Ich würde sagen, wenn Ihr bereit seid, mit Karrell Revers Kontakt aufzunehmen, dann wäre dies ein günstiger Augenblick, eine zweite Einheit anzufordern. Wir könnten gewiss etwas Hilfe brauchen.«

»Wir sind sehr gut imstande, allein damit fertigzuwerden. *Ich* bin dazu imstande.« Sie konnte nur hoffen, dass er ihre Unsicherheit nicht bemerkte.

»Wenn Ihr meint.«

In den Ruinen tat sich etwas. Aus der Dunkelheit kam ein massiger Körper heraus. Als er ins wässrige Licht trat, entpuppte er sich als sechsbeiniger, vieläugiger

Feuerfresser. Er kam in ihre Richtung und stieß schnaubend eine orangefarbene Flamme aus.

Beiläufig hob Pelli eine Hand, zielte mit der Handfläche auf das Wesen und schickte einen Energiestoß hinüber. Der purpurfarbene Strahl traf das Tier und ließ es in unzählige winzige Fünkchen zerspringen, die der ewige Wind sofort davontrug.

Sie schämte sich ein bisschen dafür, dass sie das Wesen getötet hatte. Es war ein Ausdruck ihrer Gereiztheit gewesen, zumal das Tier ihnen dank des Schutzzaubers sowieso nichts hätte anhaben können.

»Was glaubt Ihr, was hier geschehen ist, Weevan-Jirst?«, fragte sie, um die Spannung zwischen ihnen etwas zu vermindern.

»Wer weiß? Ich vermute, es gab eine Art Konflikt, da ja sowieso alle Lebensformen auf Vernichtung aus sind.«

»Das ist aber eine pessimistische Sichtweise.«

»Sie hat sich durch Erfahrung und Beobachtung gebildet. Wo immer es Leben gibt, ist der Tod nicht weit.«

»Was ist mit dem Corps? Wir setzen Gewalt nur ein, wenn wir unbedingt müssen, und immer für ein gutes Ziel.«

»So wie Ihr gerade?« Er nickte in die Richtung der Stelle, wo soeben noch der Feuerfresser gestanden hatte.

Darauf wusste sie keine Antwort. Immerhin kam sie ihm ein wenig entgegen: »Vielleicht lauert in uns allen unter der Oberfläche ein primitiver Barbar, ganz egal, wie zivilisiert wir uns geben. Aber das spricht doch eher für das Corps und alle anderen, die versuchen, ein wenig Ordnung und Gerechtigkeit durchzusetzen.«

»Wie passt das nun zu Eurer Sympathie für die Orks? Man kann sie doch kaum eine konstruktive Kraft nennen.«

»Das Kämpferische liegt ihnen eben im Blut.«

»Das könnte man auch über das Wesen sagen, das Ihr gerade getötet habt.«

»Ich empfinde für die Orks nicht mehr Zuneigung als für jedes andere intelligente Wesen, aber auch keine größere Feindseligkeit. Wie gesagt, mein Augenmerk gilt der Gerechtigkeit, und ich habe so ein unbestimmtes Gefühl, dass sie jemand anders als Schachfiguren dienen.«

»Wie könnt Ihr eine Spezies, die nur für den Krieg lebt, mit einer anderen, die Toleranz erstrebt, auf eine Stufe stellen?«

»Sagtet Ihr nicht, dass alle Lebensformen fähig sind, andere zu töten? Widersprecht Ihr Euch jetzt nicht selbst?«

»Manche geben sich eben mehr Mühe als andere, ihre Impulse zu beherrschen.«

»Bisher bin ich noch keiner Rasse begegnet, so wild sie sich auch gezeigt hat, die nicht letzten Endes doch fähig war, ein gewisses Maß an Mitleid und sogar Ehrgefühl an den Tag zu legen. Warum sollten die Orks da eine Ausnahme sein?«

»Ihre Taten sprechen für sich.«

»Nehmt es nicht persönlich, aber auch die Goblins haben keine blütenweiße Weste. Zweifellos werdet Ihr einwenden, diese Bemerkung sei ungerecht, und Eure Mitgliedschaft im Corps sei der Beleg dafür. Aber genau das ist ja mein Argument. Es ist nicht immer alles nur schwarz und weiß, wie Ihr zu glauben scheint. Das Leben ist ein großes Durcheinander, und wir können uns nur bemühen, so gut es eben möglich ist.«

Weevan-Jirst antwortete ihr nicht, sondern setzte die undurchdringliche Miene auf, die so typisch für sein Volk war.

Sie blickte in die Runde, zu den gekappten Türmen, den Trümmerbergen, und nahm die Trostlosigkeit dieser ganzen Welt in sich auf. »Wisst Ihr, was ich denke? Was ist, wenn das, was hier geschehen ist, auf einen Konflikt zwischen mehreren Welten zurückgeht, weil jemand, der nicht dazu berechtigt war, dennoch in den Besitz von Instrumentalen kam? Ich behaupte nicht, dass es sich so zugetragen hat, aber es ist doch möglich, oder? Jedenfalls mag dies als Beispiel für das gelten, was geschehen kann, wenn wir scheitern. Ich glaube, dieser Anblick sollte uns als Erinnerung an unsere Aufgabe dienen. Also lasst uns tun, was wir tun müssen.«

»Ich habe nie etwas anderes verlangt.«

»Dann wollen wir die Jagd fortsetzen.«

22

Erst aus der Nähe erkannten die Vielfraße, wie groß das Gebäude auf dem Hügel wirklich war. Es sah so aus, als sei es über Generationen hinweg immer wieder umgebaut und erweitert worden und als habe jede Epoche ihre Spuren in Form der jeweils gerade aktuellen Architektur hinterlassen. Das Ergebnis war eine eigenartige Mischung verschiedener Stilrichtungen. Vieles bestand aus weißem Stein, es gab jedoch auch rote oder schwarze Abschnitte und sogar aus Holz erbaute Erweiterungen. In der Mitte erhob sich ein schlanker Turm wie eine Nadel, anderswo waren Zwiebelkuppeln mit goldenem Zierrat geschmückt. Neben diesen gab es noch weitere Türme von unterschiedlicher Höhe und verschiedenen Umrissen. Fenster, einige davon mit Buntglas versehen, wetteiferten mit Balkonen um den freien Platz. Stützpfeiler hielten das Ganze an Ort und Stelle.

Während die Menge emporstieg, wuchs auch die Begeisterung. Die Gesänge waren laut wie nie, die Trommeln schlugen heftig, die Hörner tönten schrill.

Als die Krieger endlich den mit Platten ausgelegten Platz vor dem Gebäude erreichten, standen sie inmitten unzähliger anderer Besucher.

»Was wollen wir jetzt hier oben, Stryke?«, fragte Coilla.

»Reingehen, denke ich.« Er sah über die Schulter zu der Menge, die von hinten nachdrängte. »Was bleibt uns schon übrig?«

»Ja, aber schau dir mal den Eingang an. Sie lassen immer nur kleine Gruppen ein.«

Sie hatte Recht. Vor dem großen Torbogen standen Gestalten in braunen Gewändern. Die hochgezogenen Kapuzen verdeckten die Gesichter, deshalb konnte man nicht erkennen, welchem Volk sie angehörten, wenn man einmal davon absah, dass sie der äußeren Gestalt nach menschenähnlich waren. Streng regulierten sie den Zustrom. Einer von ihnen, der im Unterschied zu den anderen blaue Gewänder trug, schien eine Art Vorgesetzter zu sein, denn er gab den andern Befehle. Hin und wieder ging er hinein; vermutlich, um die Situation einzuschätzen.

»Wenn wir das Gebäude betreten wollen, können wir wohl nicht zusammenbleiben«, sagte Jup.

Haskeer hatte einen Vorschlag, der seinem Wesen entsprach. »Warum stürmen wir nicht einfach den Laden und prügeln uns den Weg frei?«

»Ich denke, wir sollten ein wenig feinfühliger vorgehen«, widersprach Stryke.

»Dabei kann ich helfen«, schaltete sich Dynahla ein.

»Wie denn?«

Er erklärte es.

Stryke nickte. »Es ist einen Versuch wert.«

»Wir müssen aber näher heran.«

Die Vielfraße drängten sich bis fast nach vorne durch. Das schien den sonst freundlichen Besuchern etwas auf die Nerven zu gehen, doch niemand protestierte. Als sie alle beisammen waren, warteten sie, bis der Aufseher das Gebäude betrat.

»Jetzt, rasch«, sagte Dynahla.

Die Truppe scharte sich um ihn und verbarg ihn vor neugierigen Blicken. Sekunden später teilten sie sich wieder. Er trug jetzt eine blaue Robe. Sie drängten sich mit ihm zusammen nach vorn.

Allerdings mussten sie befürchten, sofort aufzufliegen, da sie die hier gebräuchliche Sprache nicht beherrschten. Für diesen Fall hatte Stryke vor, genau das zu tun, was Haskeer vorgeschlagen hatte, und ohne Rücksicht auf die Konsequenzen mit Gewalt einzudringen. Er spekulierte darauf, dass die Menge friedfertig war und keinen großen Widerstand leisten würde.

Als die Truppe den Eingang erreichte, schienen die Türhüter skeptisch, weil ihr Vorgesetzter aus der Menge erschien, obwohl er gerade das Gebäude betreten hatte. Dynahla begegnete dem Misstrauen und dem Kommunikationsproblem, indem er energische und universell verständliche Gesten machte. Nach etwas Armwedeln, Deuten und Fäusteschütteln hatte er die Türhüter so weit eingeschüchtert, dass sie zur Seite traten und die Vielfraße hineinließen.

Sobald sie drinnen waren, sammelte sich die Truppe erneut um den Gestaltwandler, der sich bereits zurückverwandelt hatte.

»Das ist wirklich eine sehr nützliche Fähigkeit«, sagte Jup bewundernd.

»Danke.« Dynahla streckte sich. »Es kam mir fast zu leicht vor.«

»Mir auch«, warnte Stryke die anderen. »Bleibt wachsam.«

Sie sahen sich um und bemerkten viele Besucher, doch dank der strikten Zugangskontrolle war es nicht gerade überfüllt.

Das Innere war kostbar eingerichtet: überall weißer, rosafarbener und schwarzer Marmor, der makellos poliert war. Die Wände waren mit prächtigen Fresken, Gobelins und samtenen Vorhängen geschmückt. Auch die Decke, die sich hoch über ihnen spannte, war dekoriert. Zu beiden Seiten erhoben sich hohe Säulen, durch wundervolle Buntglasfenster fiel das Licht herein.

Am anderen Ende der großen Eingangshalle befand sich eine ähnlich mächtige Tür, durch welche die Pilger wieder nach draußen gingen.

»Das erklärt es«, sagte Coilla. »Ich habe mich schon gefragt, warum wir niemanden haben herauskommen sehen. Anscheinend führt auf der anderen Seite eine Straße hinunter.«

»Genau da müssen wir wohl hin«, meinte Jup.

Zwischen Pfosten gespannte Seidenbänder dirigierten die Besucher durch einen Flur, der ebenso prächtig war wie die Halle. Auf Friesen waren anscheinend irgendwelche Fabeln dargestellt, aber die Orks achteten kaum darauf. Ihre ganze Aufmerksamkeit galt der Kammer im Herzen des Tempels, zu welcher der Gang führte.

Auch hier war alles in Marmor gehalten, wenngleich die Wände im Gegensatz zur Halle streng wirkten. Irgendwie waren sie deshalb allerdings umso beeindruckender. Fenster gab es keine, als Lichtspender dienten zahlreiche Kerzen und mehrere mächtige Leuchter. Auch Möbel oder Schmuck gab es nicht. Die Luft war mit Weihrauch geschwängert, der aus zwei schweren, an silbernen Ketten aufgehängten Schalen aufstieg.

Im Zentrum des Raums war ein großer Sarkophag aus Marmor auf einem Podium aufgestellt. Ein Dutzend Angehörige verschiedener Rassen hatten sich rundherum versammelt, einige waren niedergekniet. Auf dem Grabmal stand eine lebensgroße Statue. Sie näherten sich ihr.

»Ein Mensch?«, rief Haskeer, worauf alle die Köpfe zu ihm herumdrehten. »All das zu Ehren eines verdammten *Menschen*?«

So schien es. Die Statue zeigte einen Mann von etwa dreißig Jahren. Er war groß und eher schlank als muskulös. Mit der schlichten Hose, den hohen Stiefeln und dem bis zur Hüfte offenen Hemd machte er eine blendende Figur. Außerdem trug er eine Art Kopfputz, ein Zwischending aus Helm und Kappe. Die erhobene rechte Hand führte ein Schwert.

»Da ist eine Inschrift.« Coilla bückte sich.

Die anderen drängten sich um sie.

»Der Befreier«, las sie laut. »Und da ist der Name – Tomhunter.«

»Tomhunter, Tomhunter, Tomhunter«, leierte Spurral. »Das haben sie die ganze Zeit gesungen.«

»Die haben aber wirklich komische Namen, die Menschen«, kicherte Prooq.

Hystykk grinste. »Kann man wohl sagen.«

Gleadeg, Nep und Chuss fanden das auch. Sie knufften sich in die Rippen und schnaubten geringschätzig.

Pepperdyne und Standeven sahen das ein wenig anders. Ersterer war leicht amüsiert, Letzterer empört.

»Was, zur Hölle, hat dieser Tomhunter getan, dass er so etwas verdient hat?«, dröhnte Haskeer.

»Lasst es uns herausfinden.« Stryke hatte in der Nähe einen jungen Elfen entdeckt, der ehrerbietig die Statue betrachtete. Er schnappte sich den Burschen. »Was hat das mit diesem Tomhunter denn nun auf sich?«

Der Elf sah ihn verwirrt und ausgesprochen schockiert an. »Was?«

»Das alles hier.« Stryke machte eine ausholende Geste. »Was hat das zu bedeuten?«

»Weißt du das nicht?«

»Nein.«

»*Wirklich nicht?*«

»Nein. Wir … wir sind ganz neue Anhänger.«

»Wisst ihr denn nichts über die Selarompischen Kriege und die Revolution in Gimff?«

»Nein.«

»Auch nicht über die Besiedlung von Rectarus und die Schlacht am Letzten Pass?«

»Irgendwie nicht, nein.«

»Oder die …«

»Stell dir einfach vor, wir wüssten rein gar nichts.«

»Warum seid ihr dann hier?«

»Um zu lernen.« Er deutete mit dem Daumen zur Statue. »Erzähle uns etwas über diesen Tomhunter.«

»Über den Befreier? Den unbezwingbaren Erlöser? Die am meisten verehrte Person in der ganzen Geschichte der Zivilisation?«

»Ganz genau.«

»Wenn ihr die berühmte Geschichte von Tomhunter, gesegnet sei sein Name, wirklich nicht kennt, dann beneide ich euch. Die Geschichte seiner Taten zum ersten Mal zu hören ist ein unvergleichliches Erlebnis, das euer Leben verändern wird.«

»Erzähl schon.« Stryke knirschte mit den Zähnen.

»Es gibt einen einzigen Vorfall, der, sobald ihr darüber Bescheid wisst, den Charakter dieses Märtyrers, dieses Heiligen, dieses Symbols für alles, was edelmütig und wohlwollend ist, vortrefflich beleuchten kann.«

»*Als da wäre …?*«

»Die wundervolle, selbstlose Heldentat, die er vollbrachte, die Leistung, durch die er sich für immer und für alle Zeiten dem Gedächtnis und den Herzen aller Bürger einprägte, war ...«

Ein Pfeil zischte zwischen ihnen hindurch und verfehlte nur knapp ihre Köpfe. Er traf das Grabmal, prallte ab und fiel klappernd auf den Marmorboden.

»Angriff!«, brüllte Haskeer.

Ein paar von Jennestas Handlangern hatten die Kammer betreten. Es waren fünf oder sechs, zwei davon zielten gerade wieder auf sie.

»In Deckung!«, schrie Stryke und stieß den erschrockenen Elfen zu Boden.

Die Truppe ging hinter dem Grabmal in Deckung. Wieder prallten Pfeile dagegen, und nun schossen die Orks zurück.

Unter den Pilgern entstand eine Panik. Wer sich nicht auf den Boden geworfen hatte, rannte zum Ausgang. Rufe und Schreie ertönten, die Gläubigen flehten den Befreier an. Die fliehenden Anhänger sorgten dafür, dass sich das Chaos rasch auf dem Flur und in der großen Eingangshalle ausbreitete.

Sobald Jennestas Gruppe ihre Pfeile verschossen hatte, führte Stryke den Angriff gegen sie an. Die Feinde drehten sich um und flohen, die Vielfraße folgten ihnen sofort. Sie rannten durch den Gang in die Eingangshalle, dann quer durch den Raum hindurch, wobei sie alle Gläubigen über den Haufen rannten, die ihnen nicht rechtzeitig ausweichen konnten.

»Die wollen zum Ausgang!« Coilla deutete nach vorn.

»Beeilt euch!«, trieb Stryke seine Truppe an.

Sie spurteten los, Standeven tappte heftig keuchend hinter ihnen her. Die Gegner, die sich gewaltsam Platz verschafft hatten, erreichten unterdessen schon die Hintertür und stürzten hinaus. Stryke, Coilla und Pepperdyne führten die Truppe an und waren ihnen am nächsten. Ein Pfeilhagel strich dicht genug über sie hinweg, um ihnen Scheitel zu ziehen. Sie duckten sich.

»Hast du Jennesta da draußen gesehen?«, fragte Pepperdyne.

Stryke nickte. »Ich glaube, ich habe auch Thirzarr entdeckt. Wollen wir es noch einmal versuchen?«

Sie waren bereit.

Mit eingezogenen Köpfen und gezückten Waffen rannten sie nach draußen. Vor der Tür erstreckte sich ein gepflasterter Bereich, der dem Platz vor dem Eingang des Mausoleums ähnlich war. Dort hatten sich bereits unzählige Gläubige vor Angst flach auf den Boden geworfen und schützend die Hände oder Pfoten auf die Köpfe gelegt. Rechts, in der Nähe des Weges, der nach unten führte, und kaum einen Messerwurf entfernt, stand Jennesta mit ihrer Bande, mitten darunter Strykes Gefährtin.

Doch sobald die Orktruppe auf sie losgehen wollte, verschwanden sie schon wieder.

»Verdammt!«, fluchte Stryke.

Während Dynahla die Vorbereitungen traf, um die Vielfraße abermals zu transportieren, murmelte Coilla: »So etwas hat es in Ceragan nicht gegeben.«

So etwas hatte es in Ceragan noch nie gegeben.

Janch und Corb waren Kinder und hatten nicht erfahren, was vor sich ging, doch sie wussten, dass etwas nicht stimmte. Natürlich bemerkten sie, dass manche Erwachsene sich nicht mehr in der Siedlung blicken ließen, aber niemand wollte ihnen verraten, wohin sie verschwunden waren. Corb, der Ältere, vermutete, dass es auch die Erwachsenen nicht wussten. Sein kleiner Bruder spürte ebenfalls das allgemeine Unbehagen, auch wenn er es nicht in Worte fassen konnte. Da ihre eigenen Eltern wer weiß wohin verschwunden waren, ihr Vater bereitwillig, die Mutter als Opfer einer Entführung, fanden sie diese neue Entwicklung sehr beunruhigend.

Auch Quoll, der Häuptling des Klans, hatte offenbar Schwierigkeiten, sich damit abzufinden. Natürlich ließ er sich zwei Kindern wie Corb und Janch gegenüber nichts anmerken. Dennoch konnte er nicht verbergen, dass er genau wie die Ältesten und Wahrsager, die ihn berieten, und trotz der vielen Beratungen und Anrufungen der Götter nicht weiterwusste.

Schließlich versuchte Quoll etwas Neues. Er räumte ein, dass aus dem Rätsel eine Bedrohung geworden war, und rief die noch vorhandenen kampffähigen Krieger des Stammes zusammen. Im Grunde waren damit alle außer den sehr Alten und Kranken und den Jungen gemeint, die kein Schwert im Kampf schwingen konnten. Corb und Janch waren in die Obhut der anderen übergeben worden und hatten die Gelegenheit ergriffen, sich fortzuschleichen und sich in der Nähe des Langhauses herumzutreiben, wo das Palaver stattfinden sollte.

Sie setzten sich auf einen Stapel Feuerholz und beobachteten die Krieger, die hineingingen. Helfer schleppten Fässer mit Bier und Weinflaschen herbei, um die Verhandlungen voranzutreiben, außerdem einige große, dampfende Stücke Wildbret frisch vom Grillspieß, damit auch ja kein Magen knurrte. Quoll, der einen Hang zum Theatralischen hatte, traf in Begleitung seiner engsten Berater als Letzter ein. Er wirkte verschlossen und ungewöhnlich bedrückt.

Als er die Kinder bemerkte, verlangsamte sich sein Schritt, und sie fürchteten schon, eine Standpauke zu bekommen, doch er sah sie nur mit einer Miene an, die zu deuten sie noch nicht alt genug waren. Dann ging er weiter und betrat die Hütte.

Obwohl der Abend nahte und die Luft kühl wurde, harrten die Brüder aus, wo sie waren. Vielleicht hofften sie, die Erwachsenen würden herauskommen und wie durch ein Wunder irgendeine Antwort auf die Frage geben können, was ihren Eltern denn zugestoßen war.

Im Langhaus konnten sie Gemurmel hören, gelegentlich erhob auch jemand die Stimme. Das verzerrte Zeitgefühl, das besonders jungen Wesen zu eigen ist, schien ihnen zu sagen, dass sie eine halbe Ewigkeit dort saßen. Janch wurde mürrisch. Corb langweilte sich und dachte an das Bett.

Drinnen rührte sich etwas. Es entsprach nicht den üblichen Auseinandersetzungen, die immer zu hören waren, wenn Orks etwas besprachen. Dies war ein Aufruhr, der sich einmütig gegen irgendetwas erhob, und kein Streit unter ihresgleichen. Ein allgemeiner Aufschrei ging mit Krachen und Poltern einher, als würden Möbel umgeworfen. Das Getöse erreichte einen Höhepunkt, dann brach es ab. Die Stille, die darauf folgte, war sogar noch beunruhigender.

Die beiden kamen nicht auf die Idee wegzulaufen und sich zu verstecken. Das entsprach nicht der Art der Orks und galt auch schon für sehr junge Angehörige dieses Volks. Dennoch zögerte Corb eine Weile. Schließlich stand er auf, Janch folgte seinem Beispiel. Aufgeregt schnaufend lief er zur Hütte, sein verblüffter Bruder wich ihm nicht von der Seite.

An der Tür des Langhauses zögerte er abermals. Corb nahm die kleine Axt, die Haskeer ihm geschenkt hatte, und Janch hielt seine eigene bereit. Auf diese Weise gerüstet, schlich Corb auf Zehenspitzen weiter, bis er den Türgriff erreichen konnte. Er drehte ihn herum und stieß die Tür auf. Als sie aufschwang, konnte er ins Innere spähen.

Der Raum war leer. Ein langer, schwerer Tisch war umgekippt, einige Stühle lagen auf der Seite. Essensreste und Krüge waren auf den Boden gefallen. Die Fenster waren nach wie vor abgedeckt.

In der Luft hing ein Geruch, den die beiden als schweflig bezeichnet hätten, wenn sie das Wort gekannt hätten.

Es waren seltsame Zeiten in Acurial.

Niemand wusste genau, woran es lag, obschon es eine Fülle von Theorien gab. Die Unwissenheit erzeugte Misstrauen und sogar etwas, das der Angst nahe kam. Dies war reines Gift für die neue, noch zerbrechliche Ordnung.

Brelan und Chillder, Zwillinge und Herrscher des Landes, hatten den Ort des letzten Vorfalls aufgesucht. Sie hatten sich bemüht, ihn wie alle anderen geheim zu halten, doch Gerüchte und Hörensagen waren schneller als jede Anordnung zu schweigen. Die Vorfälle hatten sich immer häufiger ereignet, bis die Geheimhaltung nicht nur unmöglich, sondern vielleicht sogar schädlich war, zumal die Zwillinge sich doch so sehr für Offenheit eingesetzt hatten. Inzwischen war es fast sinnlos, darüber nachzudenken, ob die Wahrheit vielleicht den Spekulationen vorzuziehen sei.

Dieses Mal war es in der Nähe der Hauptstadt Taress geschehen. Zwanzig Kämpfer aller Ränge waren aus einem Speisesaal in einem Armeelager verschwunden, das ursprünglich die peczanischen Besatzer gebaut hatten. Alles hatte sich abgespielt wie bei den vorherigen Ereignissen. Es hatte keinerlei Vorwarnung gegeben, und man fand im Nachhinein keine Hinweise, wie die Opfer aus einem eingegrenzten und gesicherten Bereich hatten verschwinden können. Zwischen den Vermissten gab es keinerlei Verbindung, wenn man davon absah, dass sie alle der Miliz angehörten. Anzeichen von Gewalt gab es auch nicht, höchstens ein wenig Unordnung. Niemand war zurückgeblieben, der erzählen konnte, was geschehen war.

Um sich etwas Raum zum Nachdenken zu verschaffen und den Lauschern und den neugierigen Blicken zu entkommen, hatten die Zwillinge am Stadtrand einen Spaziergang unternommen.

»Wir müssen den Ausnahmezustand ausrufen und das Kriegsrecht verhängen«, meinte Brelan.

»Du weißt doch, dass ich da meine Zweifel habe«, wandte seine Schwester ein. »Das würde die Einwohner nur verschrecken und vielleicht sogar eine Panik auslösen.«

»Die Bürger haben das Recht, beschützt zu werden.«

»Wie denn? Das wird nichts, denn das Militär kann sich nicht einmal selbst schützen. Ich würde sagen, wir setzen sie lieber ins Bild, als drakonische Maßnahmen zu ergreifen.«

»Glaubst du etwa, das löst *keine* Panik aus? Ja, sie sollen erfahren, was vorgeht, aber wir brauchen Truppen auf den Straßen, eine Ausgangssperre, Kontrollposten und …«

»Das riecht nach der Zeit der Besetzung.«

»Es ist zu ihrem eigenen Besten.«

»Und das klingt wie die Sprache, die Peczan benutzt hat, um die Besetzung zu rechtfertigen.«

»Wir sind nicht Peczan.«

»Natürlich nicht. Es kommt aber darauf an, wie man uns wahrnimmt. Vergiss nicht, dass unser Volk endlich seinen Kampfgeist zurückgewonnen hat. Wenn du den falschen Eindruck erweckst, riskieren wir einen weiteren Aufstand, dieses Mal aber gegen uns. Du vergisst, welche politischen Auswirkungen so etwas haben kann.«

»Bei den Göttern, Chillder, sind wir wirklich so weit gekommen? Denken wir jetzt wie Politiker?«

»Ob es dir gefällt oder nicht, genau das sind wir. Wir können nur hoffen, dass wir von einer anderen Art sind. Von der Art, die das Volk über den Eigennutz stellt.«

»Ich frage mich, ob alle Politiker so beginnen. Du weißt schon – mit guten Absichten, die später durch Macht und Sachzwänge korrumpiert werden.«

»Unsere Mutter ist diesen Weg nicht gegangen, und das werden auch wir nicht tun.«

»Ich kann es gar nicht erwarten, dass die Bürgerkomitees eingerichtet werden. Da können die gewöhnlichen Leute mitreden, die Bürde verteilt sich, mehr Schultern tragen die Entscheidungen.«

»Ja. Das wird zwar gewiss zu ganz eigenen Problemen führen, aber ich stimme dir unbedingt zu. Allerdings nützt es jetzt nichts, sich darüber den Kopf zu zerbrechen. Wir haben etwas Dringenderes zu tun.«

»Leider sind wir der Lösung keinen Schritt näher.«

»Hör mal, es ist doch die Miliz, die … die vor allem unter dem leidet, was da passiert. Das stimmt doch, oder? Bisher sind anscheinend keine Zivilisten verschwunden.«

»Soweit wir es wissen, nicht. Aber es ist schwer festzustellen.«

»Nehmen wir an, es trifft zu. Wir könnten die Sicherheitsvorkehrungen für das Militär verstärken.«

»Wie denn?«

»Vielleicht ein System, bei dem jeder auf die anderen aufpasst. Eine Einheit bewacht die andere.«

»Und wer bewacht die Bewacher?«

»Alle militärischen Kräfte könnten sich in kurzen, regelmäßigen Abständen melden. Oder sie essen und schlafen im Freien, wo man sie sehen kann. Oder ... was weiß ich. Ich will damit nur sagen, dass wir doch ein paar zusätzliche Sicherungen einbauen könnten.«

»Das würde unser Militär zu stark behindern. Wie wirkungsvoll ist eine Kampftruppe, die solchen Beschränkungen unterliegt? Ganz zu schweigen davon, dass wir uns lächerlich machen würden, und das wird die Einwohner ganz gewiss nicht beruhigen.«

»Was dann?«

»Mir fällt nur der Ausnahmezustand ein, auch wenn ich dir Recht geben muss. Die ideale Lösung ist das nicht.«

»Es ist überhaupt keine Lösung, Brelan.« Sie zeigte ihm offen ihre Frustration und fügte gereizt hinzu: »Wenn wir nur wüssten, was dahintersteckt!«

»Du meinst, wer. Ich denke, dass Peczan irgendwie dafür verantwortlich ist.«

»Darüber haben wir doch schon gesprochen. Wie könnte das sein? Ich glaube nicht, dass sie hier bei uns Agenten eingeschleust haben.«

Er seufzte. »Ich auch nicht. Hör mal, ich muss nachdenken. Könntest du allein zurückgehen? Ich will noch eine Weile hierbleiben.«

»Wie du willst. Geht es dir auch gut?«

»Aber sicher. Bis später dann.«

Sie waren während des Gesprächs ein ganzes Stück gelaufen und hatten inzwischen eine Landstraße erreicht. Häuser gab es hier kaum noch, das nächstgelegene war fast schon außer Sicht. Zu beiden Seiten der Straße erstreckten sich offene Felder. Sonst gab es nicht viel außer einem träge fließenden Fluss und hin und wieder einer Baumgruppe. Brelan wanderte zum Saum eines Ackers und betrachtete das Feld. Chillder warf ihm einen letzten Blick zu und ging gedankenverloren in die Richtung zurück, aus der sie gekommen waren.

Sie wusste selbst nicht, was sie kurze Zeit später innehalten ließ. Es war kein Geräusch, sondern eher ein Gefühl. Sie drehte sich um.

Brelan war nirgends zu entdecken. Chillder verharrte noch einen Moment, weil sie damit rechnete, dass er wieder auftauchte. Das geschah jedoch nicht, und so kehrte sie zurück. Dann rannte sie.

Als sie dort ankam, wo sie sich getrennt hatten, war nirgends eine Spur von ihm zu entdecken. Sie sah sich links und rechts auf den Feldern um, doch dort war nichts. Einen Unterschlupf gab es nirgends, oder jedenfalls nicht so nahe, dass er ihn hätte in so kurzer Zeit erreichen können. Schließlich fiel ihr ein, dass er vielleicht über eine Weide gelaufen und ins hohe Gras gestürzt war. Doch sie wusste, wie unwahrscheinlich dies war. Sie rief seinen Namen und bekam keine Antwort. Wieder rief sie, lauter als zuvor, und legte die Hände wie einen Trichter an den Mund.

Es lief ihr kalt den Rücken hinunter. Dann bemerkte sie den Geruch, ebenso widerwärtig wie vertraut.

Das Gefühl, das sie gerade vorher gehabt hatte, erwachte wieder. Sie konnte es nicht in Worte fassen, doch es war deutlich genug. Eine schreckliche Bedrückung legte sich über sie, in ihrem Kopf drehte sich alles. Sie fühlte sich schwach, und ihr war ein wenig übel. Die Umgebung verschwamm vor ihren Augen, sie konnte kaum noch aufrecht stehen. Sie kämpfte dagegen an.

Es war zwecklos.

Dunkelheit umfing sie.

23

Die Vielfraße landeten mit einem lauten Platschen.

Sie befanden sich in einem Gewässer, das salzig schmeckte.

»Wir sind in einem verdammten Ozean!«, schimpfte Jup.

»Da ist das Ufer!« Pepperdyne deutete zu dem nicht weit entfernten Sandstrand.

Stryke zählte die tanzenden Köpfe der Truppe. »Wo ist Standeven?«

»Verdammt!«, rief Pepperdyne. »Er kann nicht schwimmen.«

»Endlich sind uns die Götter gnädig«, seufzte Haskeer.

»Ich kann ihn doch nicht ertrinken lassen.«

»Warum nicht?«

Pepperdyne holte tief Luft und tauchte. Die anderen traten Wasser.

Es dauerte schrecklich lange, bis er wieder nach oben kam. Coilla machte sich unterdessen große Sorgen. Sie wollte gerade selbst tauchen, da brachen zwei Köpfe durch die Wellen empor. Pepperdyne hatte Standeven gepackt, der blau angelaufen war und nach Luft schnappte. Jode schleppte ihn zu den anderen, die ihm widerstrebend halfen. Dann machten sie sich zum Ufer auf.

»Da ist etwas im Wasser!«, rief jemand.

Hinter ihnen war ein großes, schuppiges Wesen erschienen, das sich rasch in ihre Richtung bewegte. Der Kopf, auf dem Dornen saßen, war im Dunst gerade noch zu erkennen. Die Truppe schwamm schneller, bald spürten sie mit den Füßen festen Grund unter sich.

Sie taumelten auf den Strand und zogen sich so weit wie möglich zurück. Standeven zerrten sie mit, bis sie ihn irgendwo fallen ließen. Das Wesen folgte ihnen jedoch nicht. Vielleicht war es dazu gar nicht in der Lage. Es blieb im tiefen Wasser und schwamm hin und her.

»Dynahla, hast du nicht behauptet, die Sterne brächten uns nicht an einen Ort, an dem wir umkommen können?«, beklagte Stryke sich.

»Nein, das habe ich nicht behauptet. Ich sagte lediglich, dass sie uns nicht an einen Ort versetzen, an dem wir ganz sicher umkommen. Wenn sie jede Möglichkeit einer Gefahr ausschalten wollten, könnten sie uns überhaupt nicht mehr transportieren.«

Stryke schnaubte. »Na ja, meinetwegen …« Er schaute sich um. Mittlerweile waren sie bis zum Fuße einer weißen Klippe gelaufen, die den Strand überragte. Abgesehen von ein paar Flecken kümmerlicher Pflanzen gab es nicht viel zu sehen. »Was glaubst du, wo wir sind?«

»Vielleicht wieder auf der Inselwelt?«, überlegte Spurral.

»Nein«, widersprach Coilla. »Die hatte zwei Monde. Diese hier hat zwei Sonnen.«

Sie hatte Recht, aber sie mussten sich sehr anstrengen, um die beiden trüben Lichter durch die milchig weiße Bewölkung zu erkennen.

»Wo steckt Jennesta dieses Mal?« Wheam kippte Wasser aus dem Bauch seiner kostbaren Laute. Alle waren überrascht, dass sie überhaupt so lange gehalten hatte.

»Sie ist in der Nähe«, erwiderte Dynahla. »Wie immer.«

»Hast du eine Ahnung, wo genau?«

»Nein, aber spielt das überhaupt eine Rolle?«

»Ob das eine Rolle spielt? Aber *natürlich* spielt das eine Rolle.«

»Nein, du hast mich falsch verstanden. Wir müssen nicht genau wissen, wo sie ist, weil sie früher oder später sowieso auftaucht. Sie spielt mit uns.«

»So weit waren wir doch schon«, brummte Haskeer.

»Richtig, für sie ist das alles nur ein Spiel«, stimmte Spurral zu.

»Mag sein«, räumte der Gestaltwandler ein. »Allerdings handelt sie wohl nicht nur aus reiner Bosheit.«

Stryke sah ihn fragend an. »Was meinst du damit?«

»Wer weiß? Aber vielleicht steckt tatsächlich nicht mehr dahinter. Selbst mir fällt es manchmal schwer, sie zu verstehen.«

»Selbst dir? Seit wann bist du ein Experte für Jennesta?«

Dynahla zögerte einen Moment, ehe er antwortete. »Vergiss nicht, dass ich viel Zeit mit ihrem Vater verbracht habe. Seraphim ist ... sehr mitteilsam.«

»Aufpassen!«, rief Jup. »Da kommt sie wie auf's Stichwort.« Er deutete auf eine Landzunge am Ende des Strandes, etwa eine Bogeschussweite entfernt.

Dort standen einige Gestalten. Sie harrten gerade lange genug aus, um bemerkt zu werden, dann verschwanden sie.

»Müssen wir ihr wirklich folgen, Stryke?«, fragte Dallog. »Ich meine, wenn das ein verrücktes Spiel ist, müssen wir doch nicht unbedingt mitmachen.«

»Was bleibt uns übrig? Und was ist mit Thirzarr? Soll ich sie ihrem Schicksal überlassen?«

»Nein ...« Der ältere Gefreite war sichtlich verlegen. »Natürlich nicht.«

»Tu, was du tun musst, Gestaltwandler«, befahl Stryke.

Dynahla bediente die Instrumentale.

»Wenn ich dieses Miststück nur endlich in die Finger bekäme.« Haskeer starrte die Stelle an, wo sich Jennesta gerade noch gezeigt hatte.

»Da musst du dich hinten anstellen«, antwortete Coilla.

Sie kamen in dunkler Nacht heraus, die noch viel finsterer gewesen wäre, hätten nicht ein großer Vollmond und unzählige Sterne am Himmel gestanden.

Die Landschaft war, soweit die Truppe es erkennen konnte, nichts Besonderes. Unter ihren Füßen wuchs kräftiges Gras, in der Nähe zeichneten sich einige gespenstische Bäume ab, am Rand ihres Gesichtsfelds schien sich eine Bergkette zu erheben. Es war mild und windstill, die Luft trocken. Das war ein Glück, denn sie waren immer noch bis auf die Haut durchnässt.

Standeven, der noch von der Tauchpartie schnaufte und keuchte, war einfach auf den Boden gesunken. Sie ließen ihn in Ruhe.

»Wo steckt sie denn nun?« Haskeer erwartete mit gezogenem Schwert Jennestas Erscheinen.

»Man kann nicht viel erkennen«, erwiderte Coilla.

Breggin deutete in die Finsternis. »Was ist das da?«

Alle kniffen die Augen zusammen. Mehrere Umrisse, dunkler als die Nacht, kamen ihnen entgegen.

»Also«, erklärte Haskeer. »Dieses Mal warten wir nicht ab, bis sie verschwindet.« Er rannte los.

»Warte!«, rief Stryke ihm hinterher. »Das ist sinnlos. Sie wird nur … ach, verdammt.«

Die anderen waren offenbar seiner Meinung, oder sie waren zu müde, um überhaupt noch etwas zu unternehmen. Niemand folgte Haskeer.

Als er sich seinem Ziel näherte, rechneten sie damit, dass die Gestalten verschwinden würden. Angesichts der Entfernung und des schwachen Lichts waren keine Einzelheiten zu erkennen, jedenfalls verschwanden sie nicht. Die Gestalten blieben, wo sie waren, und er schien sie anzugreifen.

»Glaubst du wirklich, sie stellt sich dieses Mal zum Kampf?«, fragte Coilla.

Jup hob den Stab. »Wenn sie das tut, dann müssen wir dahin.«

Im Nu war die Truppe wieder hellwach und bereit, sich in den Kampf zu stürzen.

»Wartet!«, brüllte Stryke. »Haskeer kommt zurück.«

Das tat er, und zwar mit höchster Geschwindigkeit. Die Gestalten folgten ihm. Als sie näher waren, bemerkte die Truppe etwas Seltsames.

Spurral blinzelte verwundert. »Laufen die auf allen vieren?«

»Sie sind größer als Menschen«, bemerkte Pepperdyne.

»Ah«, machte Jup.

Haskeer kam mit rudernden Armen und keuchend an. Ein halbes Dutzend ausgewachsener Braunbären war hinter ihm her.

Es war einer jener Augenblicke, in denen sich die Truppe instinktiv auf ihre Ausbildung besann. Sie hatten sich schon öfter mit wilden Tieren herumschlagen müssen. Sofort bildeten sie einen Abwehrkreis. Klingen und Speere hielten sie nach außen. Dann riefen sie und schlugen die Waffen auf die Schilde. Die Bären wurden langsamer, umkreisten die Truppe in einiger Entfernung und suchten nach einer Schwachstelle in der Verteidigung.

»Toche! Vobe! Die Bogen!«, befahl Stryke.

Die Angesprochenen legten Pfeile ein. Der Hauptmann deutete auf den größten Angreifer, der sich gerade auf die Hinterbeine stellte. Beide Pfeile trafen und blieben in der Brust stecken. Der Bär stürzte, drehte sich und blieb auf der Seite liegen. Seine Gefährten heulten laut und zogen sich rasch zurück, wenngleich nicht vollständig. Sie umkreisten die Truppe nun in größerer Entfernung und waren im Dunklen nur noch verschwommen zu erkennen. Anscheinend hofften sie immer noch auf eine Gelegenheit zum Angriff.

»Die müssen sehr hungrig sein«, meinte Noskaa.

»Ein Glück, dass sie Haskeer nicht ein Stück aus dem dicken Arsch gebissen haben«, sagte Jup. Die anderen lachten. »Aber sie hätten es sowieso wieder ausgespuckt.« Die Gemeinen brüllten vor Lachen.

Als sie Haskeers Miene bemerkten, verstummten sie sofort.

Auch Stryke war nicht zum Lachen zumute. »Haltet die Augen offen. Sie sind immer noch da draußen.«

»Nicht nur sie, Hauptmann.« Gant zeigte ihm mit einem Nicken die Richtung, die er meinte.

Er hatte Recht. Irgendetwas, wahrscheinlich ein magischer Einfluss, hatte die Bären verscheucht. Was jetzt dort im Zwielicht geschah, überraschte keinen mehr. Auch das spöttische Lachen hatten sie schon oft gehört.

Dynahla bediente die Instrumentale.

Der Regen prasselte auf sie herab, ein schneidend kalter Wind wehte. Donner grollte, Blitze zuckten.

»Oh, wie schön«, stöhnte Coilla. »Jetzt werden wir schon wieder nass.«

Im Regenguss war schwer zu erkennen, wo sie herausgekommen waren. Wo auch immer sie sich befanden, sie standen bis zu den Knöcheln im Wasser. Darunter lag anscheinend massiver Fels, über dem das Wasser das Erdreich und die Pflanzen weggeschwemmt hatte. Ein Baumstamm und zwei tote Fische trieben vorbei.

Stryke fragte sich, ob es hier immer nur regnete. Wie um ihm zu antworten, öffnete der zornige schwarze Himmel die Schleusen und warf noch mehr Wasser auf sie herab.

Er ließ die Truppe die unmittelbare Umgebung nach einem Unterstand absuchen, doch es gab nichts. Also blieben sie eine Weile elend stehen, wie sie waren, wurden klatschnass und wussten nicht recht, wie es weitergehen sollte.

Dann bemerkten sie in der Sintflut ein purpurnes Glühen. Es wurde stärker und entpuppte sich als Jennesta, die in einer Blase aus magischer Energie trocken blieb. Diesen Schutz hatte sie allerdings nicht auf ihr durchnässtes Gefolge und die betäubte Thirzarr ausgedehnt. Es war eine beiläufige kleine Gemeinheit, die Stryke fast wütender machte als alles andere, was die Hexe getan hatte. Auch wenn er wusste, dass es vergeblich war, entriss er einem Gemeinen den Bogen und schoss einen Pfeil auf Jennesta ab, der wie erwartet im Kraftfeld der Hexe verdampfte.

Als er missmutig dem Gemeinen den Bogen zurückgab, verschwand Jennesta mit ihrem Gefolge.

Die Vielfraße folgten ihr.

Die nächste Welt erinnerte sie stark an Maras-Dantien.

Allenthalben wurde deutlich, dass es sich um eine sterbende Welt handelte. Vielleicht ging sie an inneren Konflikten zugrunde, oder es hatte zu viele Naturkatastrophen gegeben. Vielleicht hatte sie auch einfach nur das Ende ihrer Zeit erreicht. Die Krume war verbraucht, die Pflanzen welk und grau. Primitive Flechten konnten wohl als Einzige gedeihen, sofern man überhaupt von Gedeihen reden konnte. Dies erklärte auch, warum ihnen die Luft so dünn vorkam. In der Nähe war ein Fluss, der jedoch nur abgestandenes verfärbtes Wasser führte. Nirgends ließ sich eine Vogelstimme vernehmen.

»Was für ein trübseliger Ort«, meinte Dallog.

»Welten haben wie Lebewesen eine ihnen zugemessene Lebensspanne«, erklärte Dynahla. »Diese hier hat schon zu viele Sommer erlebt. Es ist die natürliche Ordnung aller Dinge.«

»Manch einer wünscht, es wäre anders«, sagte der Gefreite sehnsüchtig.

Jup machte sie auf etwas aufmerksam. »Wir haben Gesellschaft.« Er sagte es ohne besonderen Nachdruck.

Zwei Wesen hatten sich angeschlichen. Sie waren Leoparden ähnlich, glichen ihnen aber nicht völlig. Das Fell war struppig und fehlte stellenweise ganz, und sie waren so abgemagert, dass die Rippen hervorstanden. In den grünen Augen schimmerte nicht mehr viel Kraft.

Die Tiere blieben auf Abstand und stellten keine Gefahr dar. Die Truppe machte sich nicht einmal die Mühe, sie zu töten.

»Zeit zu gehen«, verkündete Dynahla.

Stryke erschrak. »Wieso? Wir haben Jennesta noch nicht gesehen.«

»Sie muss sich nicht mehr zeigen. Sie weiß jetzt, dass ich ihre Sprünge spüren kann. Sie ist soeben verschwunden.«

»Bist du sicher?«

»Vertrau mir.«

»Was bleibt mir schon übrig?«

Der Gestaltwandler antwortete nicht. Er bewegte bereits die Sterne.

Sie waren in großer Höhe. In schwindelerregender Höhe.

Es war das Dach eines unglaublich hohen Gebäudes, das ihnen einen atemberaubenden Ausblick bot. So weit das Auge reichte, erstreckte sich eine gewaltige Stadt. Andere Türme erhoben sich in der Nähe, einige waren sogar noch höher als der, auf dem sie gelandet waren. Wenn sie nach unten blickten, sahen sie nichts außer eng beisammenstehenden Gebäuden von allen nur denkbaren Formen und Farben und viele von einer Gestalt, die den kühnsten Träumen entsprungen schien.

Durch die gigantische Metropole zogen sich Straßen, die teilweise sogar übereinander und untereinander gebaut waren, als hätte ein nachlässiger Riese Papierstreifen verstreut. Auf den Straßen fuhren unzählige Fahrzeuge von einer unbekannten Art, die offenbar nicht auf Pferde oder Ochsen angewiesen waren. Alles war in Bewegung, es erinnerte an einen riesigen Ameisenhaufen. Selbst aus dieser großen Höhe konnten die Krieger die hässlichen Laute hören, die damit einhergingen.

Noch erstaunlicher waren die Dinge, die den Himmel bevölkerten. Es waren keine Drachen, Greifen oder Hippogryphen. Manche hatten nicht einmal Flügel, und wenn sie vorbeiflogen, spiegelte sich auf ihnen das Sonnenlicht, als bestünden sie, was ja ganz und gar unmöglich war, aus Metall.

»Hier sind aber mächtige Magier am Werk«, staunte Wheam.

»Wenn das zutrifft, dann haben sie sich einen höllischen Ort gebaut«, erwiderte Stryke und brachte damit zum Ausdruck, was alle empfanden. »Wer will schon so abgeschnitten von allen natürlichen Dingen leben? Wo sind die Bäume, die Flüsse, die Blumen?«

»Und wo ist Jennesta?«, warf Coilla ein.

»Ich denke, in so einem Ameisenhaufen fühlt sie sich wohl. So eine böse Gegend gefällt ihr sicher.«

»Aber anscheinend nicht gut genug«, verkündete Dynahla. »Sie ist fort.«

»Dieses Mal bedaure ich es nicht, ihr zu folgen.«

Den Ort, an dem sie herauskamen, hätten sie normalerweise als langweilig oder möglicherweise feindselig beschrieben. Verglichen mit dem letzten Anblick war ihnen dies jedoch beinahe willkommen.

Es war eine Wüste. Sand von Horizont zu Horizont, hier und dort erhob sich eine Düne. Es war heiß, aber noch gut zu ertragen, und es wehte sogar ein leichter Wind. In unmittelbarer Nähe drohte keine erkennbare Gefahr.

»Seid ihr alle in Ordnung?«, erkundigte sich Stryke.

»Mir ist übel«, stöhnte Wheam.

»Was auch sonst«, kommentierte Haskeer.

Standeven schien auch nicht sehr glücklich, war aber so klug, den Mund zu halten.

Sie wussten nicht, wie lange sie bleiben würden, ergriffen jedoch sofort die Gelegenheit, sich etwas auszuruhen. Die meisten setzten oder legten sich in den feinen Sand. Stryke ließ sie die Verschnaufpause genießen.

Coilla hockte sich neben Dynahla, beide saßen ein wenig abseits von den anderen. Es war eine Gelegenheit, ihn etwas zu fragen, das ihr schon die ganze Zeit im Kopf herumging.

»Hat es eigentlich eine Wirkung auf dich, wenn du die Sterne bei dir hast?«

»Was meinst du damit?«

»Einmal haben sie jedenfalls Strykes Bewusstsein beeinflusst. Auch Haskeer war betroffen, als er ihnen eine Weile zu nahe war.«

»So mächtige Objekte können auf jeden, der sie besitzt, einen Einfluss ausüben. Besonders, wenn er sich lange in ihrer Nähe aufhält. Sie sind kein Spielzeug.«

»Was für ein … Einfluss ist es denn?«

»Gut oder schlecht, je nach dem Wesen des Betreffenden. Es kommt auch darauf an, wie gut man vorbereitet ist. Ich nehme an, bei Stryke und Haskeer war es nicht so gut.«

»Seltsam wäre vielleicht das passende Wort.«

»Jeder Satz Instrumentale hat seine eigene Signatur.«

»Das haben wir schon gehört. Seraphim hat es uns erklärt, wenn ich mich recht entsinne. Er nannte es ein Lied.«

»Das ist eine gute Art, es auszudrücken. Weil jeder Satz einzigartig ist, fällt auch die Wirkung unterschiedlich aus. Aber wer sie bei sich trägt, wird auf jeden Fall sehr deutlich ihre Ausstrahlung spüren.«

»Ist das bei dir anders?«

»Ich bin dazu ausgebildet, ihrem negativen Einfluss zu widerstehen und den positiven zu nutzen. Vergiss nicht, dass Seraphim diesen Satz erschaffen hat.« Er klopfte auf die Tasche, in der er sie aufbewahrte. »Einen besseren Lehrer als ihren Schöpfer kann es nicht geben.«

»Demnach üben sie auch auf Jennesta einen Einfluss aus?«

»O ja. Das ist einer der Gründe dafür, dass es so gefährlich ist, wenn sie die Sterne besitzt. Von den negativen Ausstrahlungen wird sie sicherlich profitieren. Sie hat allerdings Duplikate, die auf diesen hier beruhen. Ich weiß nicht, ob das etwas ändert. So etwas ist noch nicht vorgekommen.«

»Danke, dass du es mir erklärt hast. Ich kann aber nicht behaupten, das alles wirklich zu verstehen.«

Dynahla lächelte. »Selbst die größten Magier konnten die Geheimnisse der Instrumentale nie zur Gänze erforschen. Nicht einmal Seraphim ist dies gelungen, und ich vermag es ganz bestimmt nicht.« Er hielt inne und schloss kurz die Augen. »Sie springt schon wieder.«

»Ich finde es erstaunlich, dass du dies so genau weißt.«

»Wie gesagt, ich bin dazu ausgebildet.« Er drehte sich um. »Stryke! Es wird Zeit, wir müssen weiter!«

Stryke kam herüber. »So bald schon?«

»Ja. Ich glaube, die Dinge werden sich jetzt etwas anders entwickeln.«

»Woher willst du das wissen?«, fragte der Hauptmann misstrauisch.

»Ich erkläre es später. Inzwischen ...«

»Ich weiß schon. Ich muss dir vertrauen.«

Er rief einen Befehl, und die Truppe sammelte sich.

Der Übergang war der längste und der unangenehmste, den sie bisher erlebt hatten.

Als sie die Augen öffneten, erblickten sie eine beispiellose Welt.

Sie befanden sich auf einer gewaltigen, völlig konturlosen Ebene. Nichts hob sich auf der Fläche ab. Über ihnen spannte sich ein einförmiger roter Himmel, dem nicht zu entnehmen war, woher das Licht überhaupt stammte. Der Boden unter ihren Füßen war einförmig grau und bestand aus einer unnatürlichen Substanz. Er federte leicht unter ihren Schritten. In der Ferne bemerkten sie ein rein weißes, kastenförmiges Objekt. Es war schwer, den Maßstab zu schätzen, doch es schien recht groß zu sein. Die Luft roch klebrig nach Schwefel und Parfüm.

Niemand war zu sehen, am allerwenigsten Jennesta und ihr Gefolge.

»Wo zur Hölle sind wir?«, flüsterte Coilla.

»Was weißt du darüber, Dynahla?«, fragte Stryke.

»Es war anzunehmen, dass wir hier landen würden.«

»Du hast das gewusst? Und nichts gesagt?«

»Es war nur eine Möglichkeit. Ich war keineswegs sicher ...«

Stryke packte den Gestaltwandler am Kragen und zog ihn dicht an sich heran. »Erzähle uns sofort, was du über diesen Ort weißt.«

»Ich kann euch sagen, dass nicht alles hier real ist, aber alles kann gefährlich sein. Und nichts von dem, was ihr bisher erlebt habt, lässt sich mit dem messen, was jetzt kommt.«

24

»Was redest du da für einen Unfug?«, fragte Stryke. »Wo sind wir?«

»Es wäre einfacher zu erklären, wenn du mich atmen lassen würdest«, keuchte Dynahla.

Stryke hatte den Gestaltwandler am Kragen gepackt und drückte ihm die Luft ab. Widerwillig grunzend gab er ihn frei.

»Also, was ist das hier für eine Welt?«

»Sie hat viele Namen. Der gesperrte Sektor, die geächtete Zone, die ewige Diskontinuität ...«

»Vergiss die Namen«, unterbrach Haskeer ihn. »Was *soll* das hier?«

»Vor langer Zeit, vor sehr langer Zeit, wurde dies hier ... errichtet. Vier große Magier haben bei der Erschaffung zusammengearbeitet.«

»Warum?«, drängte Stryke ihn weiter.

»Den Zweck verstehen wir nicht ganz, aber es heißt,

die vier hätten sich zerstritten und diese Umgebung eingerichtet, um ihre Streitigkeiten beizulegen.«

»Als eine Art Arena?«, fragte Pepperdyne.

»In gewisser Weise schon, aber es ist noch komplizierter. Wir wissen nicht, wie die Schlacht zwischen den Zauberern hier ausgegangen ist. Sie sind schon lange fort, aber diese Zone ist geblieben und wahrscheinlich sehr gefährlich. Deshalb dürfen auch die wenigen, die eigentlich dazu fähig wären, sie nicht betreten.«

»Warum sind wir dann hier?«, wollte Stryke wissen.

»Seraphim hat uns hergebracht.«

»Wozu?«

»Weil er selbst hier ist.«

Stryke sah sich in der seltsamen Landschaft um. »Ich kann ihn nirgends entdecken.«

»Nun ja, er ist ... beinahe da.«

»Willst du uns veräppeln?«, fragte Haskeer drohend. »Entweder er ist hier oder nicht.«

»Erkläre das, Dynahla«, verlangte Stryke. »Und zwar auf eine Weise, die wir alle verstehen.«

»Seraphim hat etwas Ähnliches getan wie die vier alten Magier. Er hat sich ein kleines eigenes Universum erschaffen.«

»Ich sagte, du sollst es auf eine Weise erklären, die wir verstehen«, warnte Stryke ihn.

»Er hat die Magie benutzt, um sich eine private Welt zu erschaffen, eine geheime Zuflucht außerhalb von Raum und Zeit.«

»Warum?«

»So bleibt er am Leben. Er ist alt. Viel älter, als ihr glauben würdet, aber selbst er kann das Altern nicht ewig hinausschieben. Die Welt, die er erschaffen hat, hilft ihm, die Folgen des Alterns zu mildern. Sie verlangsamt diesen Vorgang.«

»Wie kann das sein?« Dallogs Interesse war geweckt.

»Wie ich schon sagte, diese Welt existiert außerhalb von Raum und Zeit. Er kann die Geschwindigkeit verringern, mit der die Zeit vergeht. Die Bedingungen hier machen ihn zwar nicht unsterblich, verlängern aber immerhin sein Leben.«

»Ich verstehe immer noch nicht, wo er ist«, gestand Jup. »Wie kann er *beinahe* hier sein?«

»Genauer gesagt, sind wir beinahe dort, wo er ist. Um ehrlich zu sein, es ist doch nicht ganz so nahe.« Als Dynahla ihre Mienen sah, versuchte er es noch einmal. »Seraphim hat diesen Ort als Ausgangspunkt für sein Privatuniversum benutzt. Er hat seine Magie mit dieser hier verschmolzen, um seine Sphäre an diese hier zu koppeln. Stellt es euch so vor, als würdet ihr einen Flügel an ein Haus anbauen oder eine Festung durch einen Turm ergänzen. Der Eingang in sein Reich ist hier in dieser Welt. Wir müssen ihn nur erreichen.«

»Wie tun wir das?«

»Indem wir immer nach Norden reisen.«

Stryke sah sich in der bizarren Umgebung um. »Woher wissen wir, wo Norden ist?«

Der Gestaltwandler deutete auf einen Punkt knapp über dem Horizont. Dort hing ein Licht, das so hell strahlte wie ein Diamant. »Der Polarstern. Nicht dass Norden hier das Gleiche ist wie in Maras-Dantien, Ceragan oder irgendeiner anderen Welt.«

»Mir schwirrt der Kopf«, klagte Coilla. »Ist hier überhaupt irgendetwas normal?«

»Du kannst hier sterben.«

»Das klingt wie die Normalität, die wir kennen. Wer könnte uns töten?«

»Fast alles. Es ist unvorhersehbar, alles geschieht hier sehr willkürlich. Das ist eine der Eigenarten dieses Orts, und deshalb ist das Reisen hier so gefährlich.«

»Was müssen wir tun?«, fragte Pepperdyne. »Ich meine, wie reisen wir? Und könnte Seraphim uns nicht sofort in sein Privatuniversum befördern?«

»Nein. Trotz seiner großen Kräfte vermag er uns nicht direkt in seine Welt zu versetzen.«

»Was hält ihn davon ab?«

»Wenn es so leicht wäre, seine Welt zu betreten, könnte sie ihn kaum schützen. Wir müssen den Weg zum Eingang selbst finden.«

»Warum sollten wir?«, fragte Stryke.

»Weil Seraphim der Einzige ist, der uns retten kann. Wenn ihr mit Jennesta abrechnen und die Katastrophe abwenden wollt, die uns alle treffen kann, dann braucht ihr seine Hilfe. Euch bleibt sowieso nichts anderes übrig. Die Instrumentale sind neutralisiert. Sie funktionieren in dieser Welt nicht.«

»Also können wir nicht weg?«

»Nein. Selbst wenn wir könnten, würdest du damit Thirzarr nicht finden. Sie ist irgendwo hier, genau wie Jennesta.«

»Dann gib sie mir zurück.« Stryke streckte die Hand aus.

Dynahla holte die Sterne hervor und gab sie ihm.

Stryke steckte sie in die Gürteltasche und vergewisserte sich, dass sie gut verwahrt waren. »Gibt es sonst noch irgendwelche Perlen deiner Weisheit, die du uns mitteilen möchtest, ehe wir aufbrechen?«

»Nur dass ich mich sehr bemühen werde, alles abzufangen, was diese Welt uns entgegenschleudern könnte. Ich weiß, dass es auch mein Herr tun wird, so gut er es eben vermag.«

»Wir können selbst kämpfen, wir brauchen keine Fremden.«

»Natürlich. Versucht nur, an Seraphim zu glauben.«

»Einem Menschen vertrauen. Aber sicher doch.«

»Es besteht kein Zweifel.« Pelli Madayar betrachtete die endlose Weite der Wüste. »Sie waren hier, und es ist noch nicht lange her. Jetzt sind sie in einen verbotenen Sektor gesprungen, in die Sphäre der Vier.«

»Sind sie *alle* dorthin gegangen?«, fragte Weevan-Jirst.

»Die Vielfraße und Jennesta auf jeden Fall. Es gibt Anzeichen, dass sich auch andere dorthin begeben.«

»Andere?«

»Ich glaube, die Hexe holt den Rest ihres Heeres und die Rekruten, die sie in der Inselwelt gesammelt hat, zu sich.«

»Ich hatte keine Ahnung, dass sie solche Kräfte besitzt.«

»Ihre Magie ist außerordentlich stark, und die Macht der Instrumentale hilft ihr sehr, auch wenn es nur Duplikate sind. Allerdings ist sie wohl nicht die Einzige, die Lebewesen herüberholt. Es gibt Anzeichen, dass noch eine andere Kraft am Werke ist.«

»Die Situation gleitet ins Chaos ab«, lispelte der Goblin. »Wesen treiben sich ohne Genehmigung in einer verbotenen Zone herum und sind mit zwei Sätzen von Artefakten bewaffnet. Stellt Euch nur vor, was sie dort anrichten können. Dies ist eine ungeheuer ernste Krise geworden.«

»Das war es schon immer«, erwiderte Pelli. »Es ist nur gerade noch etwas schlimmer geworden.«

»Das ist mehr, als wir bewältigen können. Wart Ihr schon einmal in einem verbotenen Sektor?«

»Nicht öfter als Ihr.«

»Dann müsst Ihr wie ich wissen, welche Gefahren in so einer Umgebung drohen.«

»Gewiss.«

»Gerade diese Sphäre hat einen ausgesprochen unerfreulichen Ruf.«

»Ich weiß.«

»Dann ist jetzt der Augenblick gekommen, uns mit Karrell Revers zu beraten.«

»Später.«
»Wann denn? Ihr *müsst* ihm dies berichten.«
»Das werde ich tun. Aber zuerst gehen wir in die Sphäre.«

25

Die graue Substanz, die hier als Erdboden galt, federte leicht. Der rote Himmel änderte sich nie.

Es fiel den Vielfraßen schwer, ihre Fortschritte einzuschätzen. Die Umgebung war öde, und abgesehen von dem weißen Gebäude, auf das sie zugingen, war weit und breit nichts zu sehen. Das Bauwerk war hell und gleichförmig beleuchtet, doch man konnte nicht erkennen, woher das Licht kam. Sie marschierten schweigend.

Irgendwann wandte Stryke sich an Coilla, die neben ihm ging, und sprach leise mit ihr. »Glaubst du, wir tun das Richtige?«

»Was bleibt uns schon übrig?«

Er schüttelte den Kopf. »Was ist mit Dynahla?« Der Gestaltwandler ging vor ihnen und war außer Hörweite.

»Keine Ahnung. Ich entdecke immer wieder neue Seiten an ihm.«

»Mir scheint, wir werden an der Nase herumgeführt. Für Thirzarr würde ich bis ans Ende dieser oder irgendeiner anderen Welt gehen, aber …«

»Aber die Frage ist, ob wir dabei Dynahla folgen sollten.«

»Genau.«

»Trotzdem, wir haben doch keine Wahl, oder?«

Stryke blickte sich seufzend zu den anderen um, die hinter ihnen trotteten. »Ich habe die Neuen vernachlässigt. Ich sehe mal nach ihnen.«

Coilla nickte, und er ging.

Dallog und Pirrak waren ganz hinten, mehrere Schritte von Wheam, Chuss und Keick entfernt, an die Stryke sich zuerst wandte.

»Alles klar?«, fragte er.

»Alles klar, Hauptmann«, antwortete Keick.

»Wir hätten uns nicht träumen lassen, so etwas zu sehen, als wir uns gemeldet haben«, fügte Chuss hinzu.

»Man muss immer mit dem Unerwarteten rechnen«, sagte Stryke weise.

»Es ist unglaublich.« Wheam machte eine ausholende Geste, um die bizarre Weite zu umfassen, durch die sie liefen. »Ich kann es kaum erwarten, dies in meinem Heldengesang zu beschreiben.«

»Arbeitest du immer noch daran?«

»In jeder freien Minute. Überwiegend natürlich im Kopf.« Er tippte sich an die Stirn. »Gerade heute habe ich wieder einen Teil komponiert.« Er griff nach seiner Laute. »Vielleicht möchtest du …«

»Nein. Wir haben auch so schon genug Ärger.«

Er ließ den enttäuschten Wheam zurück.

Dallog und Pirrak waren tuschelnd in ein Gespräch vertieft, das sofort abbrach, als er sich näherte.

»Gefreiter.«

»Hauptmann«, grüßte Dallog.

Pirrak nickte nervös und schwieg.

»Ihr steckt ja immer noch zusammen«, sagte Stryke.

»Hauptmann?«

»Ich wollte, dass sich die Ceraganer unter die anderen mischen, Dallog, aber das ist nicht passiert.«

»Sind wir nicht alle Ceraganer? Egal, ob dort geboren oder später hinzugekommen?«

Stryke fragte sich, ob er das als Seitenhieb auffassen sollte. »Ich meinte die neuen Rekruten. Sie können nur von den erfahrenen Leuten lernen, wie die Truppe funktioniert.«

»Bei allem Respekt, Hauptmann, du hast doch gesehen, wie gut wir als Einheit sind. Es war gut, dass wir eng beisammengeblieben sind.«

»Nicht so gut war, dass du einen meiner Befehle nicht ausgeführt hast.« Er hieß den Gefreiten mit einer raschen Geste schweigen. »Ich will jetzt nicht weiter darauf eingehen. Wir klären das später.« Er blickte zu Pirrak. »Du sagst ja nicht viel, Gemeiner.«

Pirrak stotterte und bekam kein Wort heraus.

»Er … er ist schüchtern«, meinte Dallog.

»Schüchtern?«, erwiderte Stryke. »Ich habe schon vieles gehört, was man über Orks gesagt hat, aber schüchtern war noch keiner.«

»Die neuen Rekruten sind jung und weit von zu Hause weg. Sie sind sehr beunruhigt, und jeder geht auf seine Weise damit um. Das ist ein Grund dafür, dass ich sie zusammenhalte.«

»Sie wachsen am besten im Kampf.«

»Du kannst nicht behaupten, dass wir das nicht reichlich bekommen haben, und vielleicht steht uns noch mehr bevor.« Er nickte in die Richtung, in die sie sich bewegten.

Stryke folgte dem Blick. Das weiße Gebäude war auf unerklärliche Weise plötzlich viel näher gerückt, es war nur noch eine Bogenschussweite entfernt. Er hatte keine Ahnung, ob die eigenartige Geografie dieser Welt nur den unzutreffenden Eindruck großer Ferne erweckt hatte, oder ob dank irgendeiner Magie eine abrupte Annäherung stattgefunden hatte.

Stryke ging nach vorn, überholte alle anderen und stieß zu Dynahla.

»Was ist das für ein Ding?« Er betrachtete die weiße Wand.

»Der eigentliche Zugang zu dieser Welt.«

»Heißt das, wir sind noch gar nicht drin?«

»Das hier ist nur ein Vorraum. Die wirkliche Reise beginnt dort.«

Das Gebäude, wenn man es überhaupt so nennen konnte, war ein riesiger, rein weißer Klotz, einem gewaltigen Ziegelstein nicht unähnlich. Es war so breit, so tief und so hoch wie die größten Festungen, die sie gesehen hatten, auch wenn es sich in jeder anderen Hinsicht von diesen unterschied.

Stryke näherte sich der Wand und legte eine Hand darauf. Sie war so eben wie Glas und strahlte ein wenig Wärme aus. Woraus sie bestand, konnte er nicht erkennen.

Die anderen trafen ein und sahen sich ebenfalls um.

»Es ist völlig glatt«, sagte Coilla, als sie mit der Hand darüberstrich. »Keine Fugen und Nähte oder ...«

»Du wirst keine finden«, versicherte Dynahla ihr. »Es gibt keine Tür. Es ist völlig undurchdringlich.«

»Wenn das heißen soll, dass es uns draußen halten will, dann ist das Unfug«, erklärte Haskeer. »Das hier wird helfen.« Er hob die Streitaxt.

»Das würde ich nicht tun«, warnte ihn der Gestaltwandler.

Haskeer hörte nicht auf ihn, sondern holte aus und versetzte der Wand einen kräftigen Schlag. Die Axt prallte ab und flog ihm aus der Hand. Mehrere Vielfraße mussten sich ducken, als das Ding über ihre Köpfe hinwegflog. Zugleich wurde auch Haskeer zurückgeworfen, als hätte ihn ein mächtiger Fausthieb getroffen. Er landete schwer auf dem Hinterteil.

»Wenn du der Barriere mit Gewalt begegnest, zahlt sie es dir auf gleiche Weise heim«, erklärte Dynahla. »Erhöhe die Gewalt, und sie zahlt es mit Zinsen zurück.«

»Das sagt er jetzt«, grollte Haskeer, als er sich wieder aufrappelte. Das böse Funkeln seiner Augen fegte das Lächeln aus den Gesichtern der Gemeinen.
»Wie kommen wir denn nun hinein?«, fragte Stryke.
»Dazu brauche ich die Instrumentale.«
»Ich dachte, sie funktionieren hier nicht.«
»Sie können uns nicht an einen anderen Ort versetzen, aber man kann sie auch anders verwenden.«
Stryke zuckte mit den Achseln, holte die Sterne heraus und gab sie ihm.
Dynahla schob sie so schnell und geschickt zusammen, dass die anderen den Bewegungen kaum folgen konnten. Dann hielt er die zusammengeführten Instrumentale einen Moment vor die Wand und trat zurück.
Zwei parallele Vertiefungen erschienen in der Barriere. Sie entstanden ganz unten, zogen sich hinauf und waren ungefähr so weit voneinander entfernt, wie ein Ork mit seitlich ausgestreckten Armen reichen konnte. Als sie die Höhe des größten Mitglieds der Truppe erreicht hatten, bogen sie nach links und rechts ab und bewegten sich weiter, bis ein Rechteck entstand. Die Fläche erinnerte zwar an eine Tür, hatte aber keinerlei Mechanismus, um sie zu öffnen. Stryke wollte gerade eine entsprechende Bemerkung machen, als der Ausschnitt die Farbe wechselte. Aus Weiß wurde Grau, aus Grau schließlich Schwarz. Nach Sekunden wirkte es wirklich wie ein Eingang, hinter dem freilich alles in tiefster Dunkelheit lag.

Dynahla gab Stryke die Instrumentale zurück. »Willst du vorgehen?«

»Wie werden wir da drinnen etwas sehen?«

»Das wird kein Problem sein.«

»Geh du vor.«

Dynahla nickte, schritt ohne Zaudern durch die Tür und verschwand.

Stryke zögerte kurz, zog das Schwert und folgte ihm.

Er trat nicht etwa in völlige Dunkelheit, sondern in strahlendes Licht. Das hätte er sicher für bemerkenswert gehalten, hätte er nicht gelernt, mit dem Außergewöhnlichen zu leben.

Dynahla erwartete ihn schon in einem riesigen Saal, dessen Boden, Wände und Decke ebenso blendend weiß waren wie die Außenseite.

»Der Raum ist groß, aber nicht so groß, wie man von außen hätte vermuten könnten«, sagte Stryke.

»Nein. Dies ist nur ein Abschnitt des Inneren, aber es ist der einzige Teil, der für uns wichtig ist.«

Angeführt von Coilla und Pepperdyne, kamen nach und nach auch die anderen Mitglieder der Truppe herüber. Als alle im Inneren standen, wurde die Tür wieder weiß, und auch der Umriss verschwand. Selbst bei genauester Betrachtung konnte man keine Spur mehr von ihr entdecken.

Sie sahen sich um, obwohl es nicht viel zu sehen gab. Der Raum war völlig leer und schmucklos. Am anderen Ende erwartete sie eine weitere, eher normal wirkende Tür. Dynahla machte sich auf, und sie folgten ihm.

Als sie direkt vor der Tür standen, bemerkten sie, wie unpassend sie war. Sie bestand aus Holz oder aus etwas, das wie Holz wirkte, und hatte einen klobigen Messinggriff. Dynahla öffnete. Dahinter begann ein ebenfalls weißer Tunnel, auch er wurde von einer unsichtbaren Lichtquelle hell erleuchtet.

»Und jetzt?«, fragte Jup.

»Es ist nicht mehr weit«, antwortete der Gestaltwandler.

Er betrat den Tunnel als Erster, Stryke und die anderen folgten ihm. Sobald sie losgegangen waren, blickte Spurral sich noch einmal um. Sie war nicht überrascht, dass die Tür, die sie gerade noch benutzt hatten, nicht mehr da war.

Der Tunnel verlief schnurgerade. Wie lang er war, konnte man nicht einmal erahnen. In der Zeit, die sie liefen, bis sie das Ende erreichten, hätten sie vielleicht zehn Verse eines Marschlieds singen können.

»Oh, schau nur«, meinte Haskeer sarkastisch. »Noch eine Tür.«

Diese bestand möglicherweise aus Eisen. Jedenfalls war sie massiv und mit Beschlägen verstärkt. Der Riegel konnte mit einem dicken Metallring bewegt werden. Dynahla griff danach und drehte ihn herum. Als die Tür aufging, legten die Krieger unwillkürlich die Hände auf die Schwertgriffe.

Ein ganz anderes Licht fiel herein. Verglichen mit dem Licht im Gang wirkte es natürlich, und ein leichter, duftender Wind wehte. Sie eilten hinaus.

Was sie sahen, hätten sie als gewöhnliche Landschaft bezeichnet. Es gab grüne Pflanzen und Bäume. Der Himmel hatte die richtige Farbe, eine große gelbe Sommersonne schien herab. Doch aus irgendeinem Grund war der Polarstern immer noch sichtbar und blinkte über smaragdgrünen Hügeln. Sie hörten leise Vogelstimmen.

»Lasst euch nicht einlullen«, warnte Dynahla sie. »Was alltäglich scheint, könnte etwas ganz anderes sein.«

»Gehen wir weiter nach Norden?«, fragte Stryke.

»Ja.«

»Wie weit noch?«

»Wer kann das schon sagen? Es könnte eine kurze Reise oder ein langer Marsch werden.«

»Können wir die Sache nicht beschleunigen?«

»Wir könnten uns Reittiere suchen.«

»Gibt es hier so etwas?«

»Wie ihr seht, gibt es hier Leben.«

»Warst du denn schon einmal hier?«

»Ja«, gestand der Gestaltwandler. »Nur einmal, als ich Seraphim in seinem Privatuniversum aufgesucht habe. Es ist schon lange her, und ich bin dort geblieben, bis ich zu euch geschickt wurde.«

»Bist du auf diesem Weg herausgekommen?«

»Nein. Seraphim benutzte die Kraft der Instrumentale, um mich direkt zu euch zu bringen.«

»Aber da du schon einmal hier warst, weißt du auch, was uns erwartet.«

»Nur in sehr allgemeinen Begriffen. Wie gesagt, hier geschieht vieles willkürlich. Ich glaube nicht, dass alles genauso ist wie bei meinem ersten Besuch.«

Stryke dachte darüber nach, während sie weitergingen.

Nach einer Weile erreichten sie einen Fluss.

»Hier können wir vielleicht ein Reittier finden«, sagte Dynahla leise und gab ihnen mit einem Zeichen zu verstehen, dass sie still bleiben sollten.

Leise kamen sie überein, dass Dynahla, Stryke, Coilla und Jup sich nach den Tieren umsehen würden. Sie ließen den Rest der Truppe im Schutz eines Gehölzes zurück und schlichen bis zum Flussufer.

Sie hatten Glück und fanden dicht am Wasser, was sie gesucht hatten. Es waren vier oder fünf Wesen, jedes so groß wie drei Kriegspferde, mit langen, gebänderten Körpern von weißlich brauner Farbe und einem wahren Wald von Beinen. Die kaum ausgeprägten Gesichter der Tausendfüßler wurden von einem großen Maul und zwei lidlosen schwarzen Knopfaugen dominiert.

»Sind sie gefährlich?«, fragte Stryke, während er um den Felsen spähte, hinter dem sie saßen.

»Eher unangenehm als gefährlich«, erwiderte Dynahla. »Aber man kann sie dazu bringen, uns zu tragen.«

»Wie das?«

Der Gestaltwandler erklärte es ihm.

Stryke kehrte zurück, um die anderen Mitglieder der Truppe zu informieren, und holte sie zum Flussufer, damit sie es selbst verfolgen konnten. Den Anblick der riesigen vielbeinigen Geschöpfe nahmen sie kommentarlos hin, nur Wheam wurde ein wenig bleich. Standeven, der nicht wusste, ob er entsetzt oder angewidert sein sollte, fluchte, er werde sich den Wesen keinesfalls nähern. Eine Drohung brachte ihn zum Schweigen.

Als sie so weit waren, sagte Stryke: »Fertig, Dynahla?«

»Ja.«

»Bist du sicher, dass du etwas so Großes nachahmen kannst?«

»Ja. Es braucht viel Kraft, die Verwandlung festzuhalten, aber sobald sie tun, was wir wollen, kann ich sie aufgeben. Wenn ihr mir jetzt etwas Platz lassen könntet ...«

Sie zogen sich etwas zurück und sahen ihm zu, wie er sich hinlegte und sich wand, sich verzerrte und aufblähte. Unzählige Beine sprossen aus seinem Rumpf, dann die pechschwarzen Augen und das gierige Maul.

Endlich war er fertig und sah genauso aus wie die Geschöpfe, die am Ufer Wasser tranken. Die Frage war allerdings, ob sie ihn einfach akzeptieren würden. Er setzte die zahlreichen geschmeidigen Gliedmaßen in Bewegung und krabbelte auf die anderen Tausendfüßler zu. Dabei berührte er Standeven am Bein. Der Mensch schauderte und schloss die Augen.

Sie hätten sich keine Sorgen machen müssen. Nach etwas Schnüffeln, Zwitschern und einem ringelnden Insektentanz nahmen sie Dynahla in ihre Reihen auf. Kurz darauf führte er sie zu der Truppe.

Die Tausendfüßler erwiesen sich als überraschend zahm. Das Aufsteigen war schwierig, und noch schwieriger war es, oben zu bleiben. Für Standeven war es die reinste Qual, und er bekam eine Menge unerwünschter Hilfe. Die Wesen waren groß genug, um die ganze Truppe aufzunehmen. Auf jedem breiten Rücken konnten rittlings sechs oder sieben Krieger sitzen. Die Orks flochten sich Ranken, die sie als Zügel und zum Festhalten benutzen konnten.

Dynahla, noch als Tausendfüßler, trug keine Reiter. Seine Aufgabe war es, die anderen zu führen, was ihm leichtfiel, weil er eine weibliche Gestalt angenommen hatte. Die echten Wesen waren alle männlichen Geschlechts.

Zuerst krochen sie nur dahin, bis die Truppe sich an die ausholenden Schlängelbewegungen gewöhnt hatte.

Das Gelände, durch das sie ritten, änderte sich kaum. Es war ein ländliches Gebiet, soweit sie es sagen konnten. Allerdings entdeckten sie keinerlei Hütten, Gehöfte oder andere Anzeichen von Besiedlung. Tiere gab es dagegen in Hülle und Fülle. Hauptsächlich machten sie sich durch lautes Rascheln im Unterholz bemerkbar, wenn die Truppe vorbeikam. Nur hin und wieder war ein Stück Fell oder Haut zu sehen, als ein Wesen in die Deckung schoss. Einmal begegneten sie einer ganzen Herde von Tieren, die auf abschüssigem Gelände auf einer Weide standen. Sie waren jedoch zu weit entfernt, um Einzelheiten zu erkennen.

Die Reise zog sich dahin, bis ihnen irgendwann bewusst wurde, dass sich die Tageszeit nicht verändert hatte. Die Sonne stand immer noch an derselben Stelle am Himmel.

»Dynahla sagte mir, hier sei immer Mittag«, erklärte Stryke den anderen.

»Also wird es hier niemals Nacht?«, rief Coilla über seine Schulter zurück.

»Das habe ich ihn auch gefragt. Er sagte, wir wollen nicht hier sein, wenn das passiert.«

Kurz danach veränderte sich die Landschaft. Der Bewuchs war spärlicher, es wurde felsig. Bleiche Klippen erhoben sich vor ihnen, dazwischen verlief eine enge Schlucht.

Der Tausendfüßler Dynahla, der die Führung innehatte, hielt an, worauf auch alle anderen langsamer wurden und stehen blieben. Er verwandelte sich, zog sich zusammen und zuckte, bis er wieder die alte Gestalt angenommen hatte. Die echten Tausendfüßler schien der Verlust ihrer Liebsten nicht zu stören.

Der Gestaltwandler klopfte sich den Staub ab. Stryke rutschte von seinem Reittier herunter und ging zu ihm.

»Was ist los?«

»Das da.« Er deutete zu der Klippe.

Stryke kniff die Augen zusammen. Vor dem hellen Hintergrund der Felsen konnte er nur einen dunklen Umriss erkennen. »Was ist das?«

»Das müsst ihr mitnehmen. Vorausgesetzt, ihr überlebt es.«

26

»Was müssen wir mitnehmen?«, fragte Stryke.
»Und was ist daran so wichtig?«
»Ich glaube, was da drüben steht, wird für uns noch eine große Rolle spielen. Aber wir brauchen mehr Informationen. Lasst ihr es mich erkunden?«
»Nur zu.«

Dynahla nahm die Gestalt eines Vogels an. Die Art war schwer zu bestimmen, vielleicht eine große Möwe, auch wenn das Gefieder schwarz war. Rasch flog er davon.

»Warum habe ich dauernd den Eindruck, dass er mehr weiß, als er uns verrät?«, überlegte Jup.

»Das habe ich mich auch schon gefragt«, stimmte Haskeer zu.

»Es wird wohl nur ein kurzer Ausflug.«

Dynahla kehrte tatsächlich bald zurück. Kaum dass er sich verwandelt hatte, sagte er: »Es ist eine Waffe.«

»Von was für einer Art?«, fragte Stryke.

»So etwas hast du noch nicht gesehen. Du solltest es genauer untersuchen.«

»Warum?«

»Wie gesagt, sie wird bei dem, was noch kommt, nützlich sein.«

»Und was kommt noch?«

»Das weiß ich nicht.«

»Du hilfst uns unheimlich weiter«, murmelte Haskeer.

»Die Einzelheiten sind mir unbekannt«, erklärte Dynahla. »Aber mir ist klar, dass es Herausforderungen geben wird, und ich weiß ganz bestimmt, dass dieses Gerät euch auf dem weiteren Weg nützlich sein wird.«

»Und wie hast du das schon wieder erfahren?«

»Seraphim hat es mir gesagt.«

»Warum erfahren wir das jetzt erst?«

»Ich wusste es bis gerade eben selbst noch nicht. Seraphim hat mir nur verraten, dass wir in dieser Welt auf keinen Fall irgendwelche Geschenke ignorieren sollten. Die Waffe ist aus gutem Grund hier. Alles ist aus gutem Grund da. Ihr müsst sie mitnehmen.«

»Na ja …«

»Seht sie euch wenigstens an. Das kann doch nicht schaden, oder?«

»Also gut. Ich hoffe, es lohnt sich.«

»Davon bist du sicher bald überzeugt.«

Die Truppe machte sich zu den Klippen auf.

Das Objekt, das sie dort vorfanden, war wirklich außergewöhnlich. Im Grunde handelte es sich um ein langes dunkles Metallrohr vom Umfang eines Schweinekopfs, das auf einem Fahrgestell montiert war. Einige Zahnräder und Handkurbeln ermöglichten es anscheinend, die Neigung des Rohrs zu verändern. Am unteren Ende gab es auf einer Seite ein großes Rad, auf der anderen einen Hebel. Oben auf der Röhre war ein Ring mit einem Kreuz im Inneren montiert, der zum Zielen diente. Auf beiden Seiten des Fahrgestells gab es breite Rinnen, in denen jeweils ein Dutzend recht große schwarze Kugeln lagen, die möglicherweise aus Eisen bestanden.

»Wie funktioniert das?«, fragte Coilla.

»Ich glaube, ich weiß es«, antwortete Dynahla.

Haskeer sah ihn groß an. »Ach, bist du jetzt auch noch ein Waffenexperte, ja?«

»Nein, aber als ich das letzte Mal hier war, habe ich mich in etwas verwandelt, das in die Röhre kriechen konnte. Nein, nicht ganz, ich hatte nur ein Anhängsel mit einem Auge, das hat gereicht.«

»Hast du es dir denn damit zusammengereimt?«, sagte Stryke.

»Ich glaube schon. In dieser Röhre steckt eine sehr starke Spiralfeder aus irgendeinem belastbaren, biegsamen Metall. Du schiebst eine Kugel in die Röhre und drehst an diesem Rad am Ende. Damit wird die Feder gespannt, und die Kugel sinkt tiefer hinein. Wenn sie ganz unten ist, kannst du mit dem Hebel die Spiralfeder freigeben. Sie fährt nach oben und schießt die Kugel aus dem Rohr, anscheinend mit sehr großer Kraft.«

»Klug gemacht«, sagte Jup bewundernd.

»Die sind ganz schön groß.« Haskeer deutete auf die schweren Metallkugeln.

»Fast so groß wie dein Kopf, aber mit mehr drin.«

Haskeer beschränkte sich darauf, dem Zwerg einen mörderischen Blick zuzuwerfen.

»Das Ding muss eine Tonne wiegen«, überlegte Stryke.

»Wir können die Tausendfüßler anspannen«, schlug Dynahla vor. »Sie sind stark. Vielleicht wird es etwas umständlich, aber glaube mir, Stryke, wir sollten die Waffe mitnehmen.«

»Schon gut, ich glaube dir. Hoffentlich ist die Mühe nicht vergebens.«

Wheam starrte die Waffe an. »Wie kommt es, dass sie einfach so hier herumsteht? Gehört sie nicht irgendjemandem?«

»Gut möglich«, erwiderte der Gestaltwandler. »Vielleicht müsst ihr sogar darum kämpfen.«

Wheam sah sich um. »Gegen wen?«

»Wenn wir Glück haben, gegen niemanden. Aber wir sollten wachsam bleiben.«

»Das tun wir gern«, klärte Stryke ihn auf.

Sie benutzten die Seile, welche die Truppe sowieso immer mitführte, und einige geflochtene Ranken, um primitive Geschirre herzustellen. Zwei Tausendfüßler reichten aus, um die Last zu ziehen und außerdem noch einige Reiter zu tragen.

Als sie endlich fertig waren, sagte Stryke: »Wir müssen diese Klippen umgehen, also von der nördlichen

Route abweichen und wieder umschwenken, wenn wir vorbei sind.«

»Können wir nicht durch die Schlucht?«, fragte Coilla. »Sie führt doch nach Norden.«

Der eigenartige Stern, der auch am hellen Tag sichtbar blieb, stand direkt darüber.

»Das stimmt. Falls es keine Sackgasse ist.«

Dynahla bot an, es herauszufinden. Er verwandelte sich wieder in einen schwarzen Vogel und flog davon. Kurz darauf konnte er tatsächlich berichten, dass die Schlucht mitten durch die Klippen führte.

»Was ist auf der anderen Seite?«, wollte Stryke wissen.

»Es sieht dort mehr oder weniger so aus wie hier, ist aber felsiger. Es gibt auch einige Höhlen.«

»Na gut, dann lasst uns aufbrechen.«

Etwas ruckelnd setzten sie sich in Bewegung und schleppten die Waffe hinter sich her.

Die Schlucht war schmal und hatte hohe Seitenwände. Auf dem steinigen Boden wuchsen hier und dort einige kümmerliche Pflanzen. Der Weg verlief nicht geradeaus, sondern beschrieb zahlreiche Kurven.

An einer solchen Biegung entdeckten sie den Schatten von etwas, das ihnen entgegenkam. Es war sehr groß. Stryke ließ den Konvoi anhalten. Gleich darauf stampfte ein Wesen um die Biegung.

Abgesehen von der Größe hätte man es fast für einen Menschen halten können. Es war so hoch wie eine ausgewachsene Eiche, ebenso widerstandsfähig und männlichen Geschlechts. Abgesehen von einem Lendenschurz aus Fellen war das Wesen nackt. Dies war ein ausgesprochen stark behaarter Gigant. Er hatte einen Urwald auf dem Kopf, einen Vollbart und eine Mähne auf der Brust, alles in der Farbe von Rost. Um die Hüften trug er einen Gürtel, in dem eine Keule steckte, die so groß war wie ein junger Baum. Die Schweinsäuglein glitzerten böse.

Als es sie sah, schrie das Wesen wütend auf.

»Verdammt, ein Oger«, sagte Jup. »Das hat uns gerade noch gefehlt.«

»Jetzt wissen wir wohl auch, wem die Waffe gehört«, fügte Spurral hinzu.

»Warum hast du ihn nicht bei deiner Erkundung gesehen, Dynahla?«, sagte Stryke.

Bevor der Gestaltwandler antworten konnte, rief jemand: »Vorsicht!«

Der Oger hatte einen recht großen Stein aufgehoben und wollte damit nach ihnen werfen.

»Zurück!«, befahl Stryke. »Rückzug!«

»Hast du schon mal versucht, die Biester umkehren zu lassen?« Haskeer zog fest an den Zügeln eines Tausendfüßlers.

Den beiden, die vor die Waffe gespannt waren, fiel es sogar noch schwerer, sich in der engen Schlucht umzudrehen. Schließlich konnten sie sich jedoch ein Stück zurückziehen, wenngleich in großer Unordnung.

Der Felsen landete mit lautem Krachen, zwar ein paar Schritte hinter der Truppe, aber viel zu nahe, um gelassen zuzuschauen. Der Oger suchte schon mit wutverzerrtem Gesicht nach dem nächsten Stein.

»Bogenschützen!«, rief Stryke.

Sie holten die Waffen heraus und schossen. Die Pfeile flogen zu dem verdutzten Wesen hinüber, und die meisten trafen. Vor allem schien der Oger überrascht. Die Schäfte blieben zwar in seiner Haut stecken, schienen ihm aber nicht wehzutun. Die Bogenschützen suchten sich empfindlichere Ziele und schossen auf Gesicht und Hals.

Der Oger warf den nächsten Stein. Auch dieses Geschoss erreichte sie nicht, kam aber schon viel näher herunter. Eine Staubwolke stieg auf und hüllte die Truppe ein. Sofort rückte das Wesen vor, ein wenig durch den lästigen Pfeilhagel behindert. Dann durchbohrte einer seine Wange, was dem Riesen ein wütendes Brüllen entlockte. Er zog ihn heraus, starrte ihn benommen an und warf ihn weg. Ein Blutrinnsal strömte ihm über das Gesicht. Nun hob er die gefährliche Keule und versuchte, nach den fliegenden Pfeilen zu schlagen.

»Das könnte die Gelegenheit sein, die neue Waffe zu erproben«, schlug Coilla vor.

»Das dachte ich auch gerade.«

»Hoffentlich können wir sie rechtzeitig spannen«, fügte Jup hinzu und rutschte vom Rücken des Tausendfüßlers herunter.

Die Bogenschützen hatten nur einen begrenzten Vorrat an Pfeilen, doch sie schossen unermüdlich. Stryke befahl allen anderen, die Waffe abzuspannen, was dadurch erschwert wurde, dass die Tausendfüßler angesichts des sich nähernden Ogers nervös wurden.

Um ihnen etwas Zeit zu verschaffen, verwandelte Dynahla sich in einen Adler und flog los, um dem Oger mit seinen scharfen Krallen zuzusetzen. Weit unten rang die Truppe mit der Waffe, die losgebunden und ausgerichtet werden musste.

Der Oger schlug mit der Keule nach Dynahla. Inzwischen war die Waffe umgedreht und wurde geladen. Zwei Gemeine schoben eine Metallkugel in die Röhre. Mehrere andere drehten unter Haskeers brüllender Anleitung das Rad, um die Feder zu spannen.

Dynahla entging den Keulenhieben nur knapp. Er kreiste, stieß herab und wurde beim zweiten Mal fast getroffen. Der Gestaltwandler gab es auf und flog wieder zu der Truppe hinunter. Er landete und verwandelte sich mit einer fließenden Bewegung, während die Waffe ausgerichtet wurde. Nep und Seafe sprangen auf dem stumpfen Ende herum, um den Vorgang zu beschleunigen.

Endlich waren sie so weit. Der vor Wut tobende Oger war ihnen inzwischen bedrohlich nahe. Stryke hatte schon die Hand auf den Hebel gelegt und spähte durch die Zielvorrichtung.

»Worauf wartest du?«, fragte Haskeer.

»Wir haben nur einen Schuss. Er muss näher kommen.«

Der Oger gehorchte nur zu gern. Er trottete mit erhobener Keule auf sie zu, seine Schritte hallten wie Donnerschläge.

»Bei allen Göttern, Stryke!«, rief Coilla.

Er zögerte immer noch.

Der Oger war so nahe, dass sein Schatten über sie fiel.

Stryke zog den Hebel zurück. Die Waffe bockte, die Kugel schoss aus dem Zylinder.

Blitzschnell erreichte sie ihr Ziel und traf den Oger mit einem üblen Schmatzen mitten auf die Brust. Er schnaufte schwer und verzerrte vor Schmerzen das Gesicht. Dann stürzte er hin, landete krachend auf dem Boden, dass es ringsherum bebte, und blieb still liegen.

Die Krieger warteten einen Moment, ehe sie sich ihm vorsichtig näherten.

»Tot wie ein Türknauf«, bemerkte Jup.

»Wenigstens wissen wir jetzt, dass dieses Ding funktioniert«, sagte Coilla.

»Hoffentlich war er der Einzige hier.«

Sie bargen das tödliche Geschoss. Danach ließ Stryke die ganze Truppe den riesigen Kadaver zur Seite hieven, damit sie vorbeikamen. Als Nächstes mussten sie die Waffe wieder anschirren und die Reittiere wenden. Anschließend konnten sie sich eine kleine Verschnaufpause gönnen und ließen die Wasserflaschen herumgehen. Stryke fand, dass die Truppe auch eine kleine Alkoholration verdient hatte, und ließ starken Branntwein ausgeben. Wheam musste husten, als er einen Schluck nahm. Standeven leerte seinen Becher in einem Zug und verlangte mehr. Niemand achtete auf ihn. Ein betrunkener und verrückter Mensch war eine zusätzliche Bürde, auf die Stryke gut verzichten konnte.

Sie machten sich wieder auf den Weg und zwängten sich an dem riesigen Ogerkadaver vorbei.

Wenig später fuhren sie jenseits der Schlucht durch eine Buschlandschaft. Coilla sagte: »Diese unendliche Mittagszeit schafft die Leute ganz schön, Stryke.«

»Ja das fühlt sich seltsam an.«

»Vor allem brauchen sie Schlaf. Wir alle müssen schlafen. Bevor wir hergekommen sind, hatten wir nicht viel Gelegenheit dazu. Außerdem müssen die Leute etwas essen.«

»Ich will so schnell wie möglich weiter.«

»Wenn wir es übertreiben, sind sie zu nichts mehr zu gebrauchen.«

Der Hauptmann seufzte. »Na gut. Aber nicht zu lange. Teile die Wachen ein.«

In der Nähe einiger Felsblöcke fanden sie eine Stelle, die leicht zu verteidigen war. Sie sicherten die Waffe, kümmerten sich ein wenig um die Zugtiere und stellten Posten auf. Stryke wollte keine Zeit mit der Jagd auf Wild verschwenden, falls es hier überhaupt welches gab, und ließ die Truppe die eisernen Rationen anbrechen. Im unerbittlichen Sonnenlicht war es schwer zu schlafen, doch sie waren müde genug, und einigen fielen tatsächlich die Augen zu.

Viel zu bald schon befahl Stryke ihnen, das Lager abzubrechen. Etwas ausgeruht, wenngleich nicht völlig erholt, setzten sie die Reise fort.

Sie ritten lange Zeit und hielten stetig auf den Polarstern zu. Die Gegend war hier fruchtbarer, sie zogen über weites Grasland. Glücklicherweise wuchsen die Pflanzen nicht hoch genug, um sie zu behindern. Ob dies daran lag, dass hier tatsächlich Geschöpfe weideten, oder ob die Magie der alten Zauberer dafür gesorgt hatte, konnten sie nicht erkennen.

Pepperdyne war der Erste, dem etwas Ungewöhnliches auffiel. In der Ferne erstreckte sich eine ununterbrochene gelbbraune Linie von rechts nach links, so weit das Auge reichte. Dynahla erbot sich abermals, das Gelände zu erkunden. Dieses Mal wählte er die Gestalt einer Taube. Die Truppe nutzte die Gelegenheit für eine kurze Rast.

»Du musst schon zugeben, er ist ganz nützlich«, bemerkte Coilla, als Dynahla davonflatterte.

»Mir ist er trotzdem unheimlich«, gestand Haskeer.

Sie blickten zu den Tausendfüßlern. »Müssen die eigentlich nicht gefüttert oder getränkt werden? Seit sie bei uns sind, habe ich nicht gesehen, dass sie etwas zu sich genommen haben.«

»Sicher, ich weiß nur nicht, was sie brauchen.«

»Anscheinend sind sie damit zufrieden, am Gras zu knabbern«, erklärte Spurral.

»Ja«, stimmte Jup zu. »Dynahla meint, sie seien keine Fleischfresser, obwohl sie sehr danach aussehen.«

»Ich finde sie irgendwie niedlich.«

Jup schnitt eine Grimasse.

»Hässliche Viecher«, knurrte Haskeer.

»Ungefähr das sagt man auch oft über uns«, erinnerte Coilla ihn.

»Mir sagt so was keiner ins Gesicht.«

»Aber nur, weil sie deinen Anblick nicht ertragen«, wandte Jup grinsend ein.

»Soll ich dir deines mal ein bisschen umgestalten, du Affe?«

»Jederzeit, wenn du genug Kraft hast, um es zu versuchen, du Ochse.«

Stryke wollte ihnen gerade befehlen, sich zurückzuhalten, als jemand rief: »Er kommt zurück!«

Die Taube flatterte herbei und verwandelte sich in Dynahla.

»Nun?«, fragte Stryke.

»Es ist eine Mauer, und sie wird gut verteidigt.«

»Von wem?«

»Von Werwesen, soweit ich es erkennen konnte.«

»Mit so etwas hatten wir schon mal zu tun. Was für eine Sorte ist es?«

»Die Sorte, die sich sehr schnell von einem Menschen in einen Bären verwandeln kann.«

»Die kennen wir noch nicht. Wie stehen die Aussichten, mit ihnen zu verhandeln?«

»Das könnt ihr versuchen, aber ich glaube, es wird nichts nützen. Wenn ihr ihnen allerdings etwas Wertvolles als Tribut anbieten könntet …«

»Wir haben nichts.«

»Das dachte ich mir schon. Es liegt ohnehin in der Natur dieses Ortes, dass man sich durchkämpfen muss und mit Reden nicht weiterkommt. Jetzt seht ihr sicher ein, warum wir die Waffe mitnehmen mussten.«

»Kann man die Mauer nicht umgehen?«

»Nein. Nun ja, vielleicht endet sie irgendwo, wenn wir sehr weit reisen. Aber ich würde mich nicht darauf verlassen.«

»Wir gehen näher heran.«

»Es gibt mindestens ein Tor. Ich zeige euch, wo es ist.«

Als sie nahe genug waren, erkannten sie auch, dass die Mauer schon sehr alt, aber trotzdem massiv war. Auf dem Wehrgang liefen Wächter herum, und wie Dynahla gesagt hatte, gab es ein mächtiges Doppeltor aus Holz mit eisernen Beschlägen.

Stryke beschloss, es zunächst doch mit Reden zu versuchen. Wie immer dachte er an Thirzarr und überlegte sich, dass ein Pakt schneller zu schließen war, als er eine Schlacht gewinnen konnte.

»Ich hege da keine großen Hoffnungen«, meinte Dynahla. »Und nähere dich ihnen vorsichtig. Ich finde sie nicht besonders aufgeschlossen.«

Stryke nahm einen Tausendfüßler und ritt mit Haskeer, Jup und Calthmon, der die Zügel führte, hinüber. Sie schwenkten eine weiße Flagge, das überall anerkannte Zeichen des Waffenstillstands. Jedenfalls hofften sie, dass dieses Zeichen hier verstanden wurde. Haskeer hasste weiße Flaggen. Er verabscheute alles, was nach Kapitulation oder auch nur nach Vernunft aussah, und unterschied sich darin kaum von dem, was die anderen Mitglieder der Truppe empfanden. Er wollte die Flagge nicht halten, deshalb fiel diese Aufgabe Jup zu.

Sie ritten zur Mauer.

Die Gestalten auf den Wällen beobachteten sie. Sie wirkten in der Tat wie normale Menschen, was nach Haskeers Ansicht von vornherein jede Verständigung ausschloss.

Kurz vor der Mauer hielten sie an. Stryke legte die Hände trichterförmig vor den Mund und rief in Mutual hinüber: »Wir kommen in Frieden. Können wir reden?«

Einige Werwesen berieten sich miteinander, doch keines antwortete ihm.

Stryke versuchte es noch einmal. »Wir haben friedliche Absichten! Wir wollen verhandeln!«

Die Gestalten schienen dunkler und massiger zu werden.

»Anscheinend verwandeln sie sich«, meinte Jup.

»Ist das gut?«, fragte Haskeer.

Ein Pfeilhagel flog zu ihnen herab.

»Nein«, antwortete Jup.

Sie hatten Glück, dass sie nicht getroffen wurden. Ein Pfeil bohrte sich allerdings in den Rumpf des Tausendfüßlers, der sich erschrocken wand. Stryke beugte sich vor und zog ihn heraus.

Weitere Pfeile kamen geflogen, auch einige Speere. Keiner erreichte sie.

»Bring uns hier weg, Calthmon!«, rief Stryke.

Unter den Jubelrufen der Bewacher zogen sie sich von der Mauer zurück.

»Die Waffe?«, fragte Jup, als sie bei der Truppe eintrafen.

»Genau«, bestätigte Stryke.

Sie schleppten die Waffe bis zu einer Stelle, von der aus sie die Wand treffen konnten, aber ihrerseits nicht mehr durch Pfeile der Werwesen gefährdet waren. Wieder luden und spannten sie die Röhre.

Gleadeg und Prooq waren ruhige, zuverlässige Arbeiter. Stryke überließ es ihnen, die Kugel abzuschießen.

»Sollen wir zuerst auf die Tür zielen, Hauptmann?«, fragte Prooq.

»Versucht es mit der Mauer selbst.«

Sie richteten den Lauf aus.

»Bereit?«, fragte Gleadeg.

Stryke nickte.

Sie legten den Hebel um, und die Waffe bockte. Mit einem lauten Knall flog die Kugel los. Sie war beinahe zu schnell, um mit bloßem Auge verfolgt zu werden.

Das Geschoss traf die Mauer. Krachend barsten die Steine, eine Staubwolke stieg auf. Als sie sich verzog, konnte man ein Loch in der Mauer entdecken, und die Werwesen waren verschwunden.

»Jetzt die Tür«, befahl Stryke.

Sie hatten das Rohr bereits neu ausgerichtet und schoben die Kugel hinein. Als sie so weit waren, befahl Stryke den anderen aufzusitzen und sich bereitzuhalten.

Die Waffe schoss, und in einem Schauer von Holzspänen und Eisensplittern zerbarst das Tor.

»Los jetzt, los!«, rief Stryke.

Die meisten stürmten schon zum Tor, Stryke ritt ganz vorn. Die Übrigen arbeiteten hektisch daran, die Waffe wieder anzuschirren, um ihnen zu folgen.

Zuerst dachten sie, die Tür sei doch nicht vollständig zerstört. Doch aus der Nähe schimmerte Tageslicht durch die Öffnung, und sie konnten das Land hinter der Mauer erkennen. Der Plan war einfach: die Verteidiger vom Wall fegen, die Tür zerstören, schnell durchreiten. Die beiden ersten Aufgaben waren erfüllt, die dritte würde schwierig.

Sie rasten auf ihr Ziel zu. Die beiden Tausendfüßler, die die Waffe zogen, liefen ganz hinten. Als die Mauer vor ihnen auftragte, war Stryke nicht der Einzige, der sich fragte, ob die Bresche groß genug war, um sie aufzunehmen.

Auf den Wehrgängen erschienen schon wieder Werwesen, die offenbar von Außenposten herbeigeströmt waren. Sie schossen Pfeile ab, worauf die Vielfraße sich mit erhobenen Schilden schützten. Dann stiegen sie über die Trümmer der Tore hinweg und waren durch. Auf der anderen Seite ging ein weiterer Pfeilhagel auf sie nieder, konnte aber nicht viel bewirken. Nur zwei Reittiere trugen kleine Verletzungen davon.

Der Rest der Truppe raste hindurch und trotzte dem Hagel der feindlichen Geschosse, zu denen jetzt auch Steine und der Inhalt von Eimern zählten. Als Letztes kam die röhrenförmige Waffe. Die Zugtiere trippelten eilig, ein Dutzend Orks hielt sich auf dem Rücken der Tiere fest. Die Waffe hüpfte über die Trümmer der Tore und drohte einmal sogar umzukippen, doch sie stabilisierte sich wieder, und es ging weiter.

Die Vielfraße wurden erst wieder langsamer, als sie schon ein gutes Stück entfernt waren.

27

Pelli Madayar und das Corps der Torhüter mussten ihre ganze Geschicklichkeit aufbieten, um Zugang zu der Welt der Vier zu erlangen.

Jetzt standen sie unter einem roten Himmel auf dem nachgiebigen grauen Material, das hier den Boden bedeckte. Ringsherum erstreckte sich die Ebene, in der es nichts gab außer dem riesigen weißen Gebäude in der Ferne. Dies war für die aus vielen Spezies bestehende Einheit eine ganz neue Erfahrung. Aufmerksam sahen sie sich um.

Weevan-Jirst schnüffelte. »Hier scheint es außerordentlich viel Magie zu geben.«

»Es stinkt förmlich danach«, stimmte Pelli nachdrücklich zu. »Ich bin nicht einmal sicher, ob unsere Waffen hier zuverlässig funktionieren.«

»Um das herauszufinden, müssten wir zunächst wissen, in welche Richtung sich unsere Ziele bewegen.«

»Wir haben gewisse Hinweise. Es muss einen Grund dafür geben, dass dieses Gebäude dort drüben das einzige hervorstechende Merkmal ist. Ich würde sagen, der Stern, oder was auch immer darüber hängt, weist uns ebenfalls den Weg. Andere Hinweise kann ich nicht erkennen. Stimmt Ihr mir nicht zu?«

»Würde es denn eine Rolle spielen, wenn nicht?«

»Aber gewiss. Es sei denn, Ihr haltet mich für eine Tyrannin.«

Der Goblin ging nicht auf die unterschwellige Herausforderung ein. »Ich stimme Euren Schlussfolgerungen zu. Wir sollten uns von dem Stern leiten lassen.«

»Gut. Dann wollen wir uns jetzt beeilen. Wenn wir schon zu einem Ort wie diesem geführt werden, dann dürfte die Stunde der Entscheidung nahe sein.«

»Hoffentlich kommen wir noch rechtzeitig«, meinte Weevan-Jirst ernst. »Denn wenn nicht, dürften die Konsequenzen schrecklich sein.« Er blickte sie mit seinen glänzenden starren Augen an. »Für uns alle.«

Als sie außer Sichtweite der Mauer waren und Stryke sich vergewissert hatte, dass ihnen niemand folgte, hielten die Vielfraße an und gruppierten sich neu.

Sobald die Waffe überprüft und gesichert war, versorgten sie die Tausendfüßler und kümmerten sich um kleine Verletzungen. Dann durfte die Truppe eine kleine Verschnaufpause einlegen.

Die meisten kauerten sich einfach ins Gras. Einige entfernten sich ein Stück, darunter auch Coilla und Pepperdyne, die in ein angeregtes Gespräch vertieft waren. Stryke bemerkte, dass sich auch Dallog zurückgezogen hatte. Er hielt sich abseits von den anderen und kehrte der Truppe den Rücken. Ausnahmsweise war nicht einmal Pirrak bei ihm. Der saß, wie Stryke bemerkte, allein am Rand der Gruppe. Der Hauptmann beschloss, mit dem Neuling zu reden.

Der neue Rekrut wirkte angespannt, als Stryke kam, und stand linkisch auf.

»Schon gut«, beruhigte Stryke ihn.

»Herr.« Der Bursche entspannte sich keineswegs.

»Alles in Ordnung, Pirrak?«

»Ja, Herr. Sollte es denn nicht auch so sein?«

»Ja, so sollte es sein, aber ich werde das Gefühl nicht los, dass dem nicht so ist.«

»Mir geht es gut.« Das kam ein wenig zu schnell und zu gereizt heraus.

Stryke versuchte es auf eine andere Weise. »Behandelt dich die Truppe gut? Sind sie kameradschaftlich?«

»Ja, Herr.«

»Und Dallog?«

Es dauerte etwas, bis die Antwort kam. »Was meinst du damit, Hauptmann?«

»Er kümmert sich doch um dich?«

»Ja.«

»Hör mal, Pirrak, vielleicht war ich nicht immer so für meine Leute da, wie ich es hätte sein sollen. Aber du weißt ja, dass sich die Ereignisse seit unserem Aufbruch in Acurial überschlagen haben.«

Die Miene des Gemeinen verhärtete sich. »Ja, Herr«, sagte er mit belegter Stimme.

Stryke schrieb die Unsicherheit des Burschen dessen mangelnder Erfahrung zu. »Ich habe mich auf die Mission und andere Dinge konzentriert, und vielleicht habe ich dabei meine Pflichten der Truppe gegenüber vernachlässigt. Du sollst aber wissen, dass du jederzeit mit mir reden kannst, wenn es nötig ist. Oder mit einem anderen Offizier. Vielleicht solltest du dich aber nicht unbedingt an Feldwebel Haskeer wenden.« Falls Pirrak den Humor erkannte, der in dieser Bemerkung lag, so ließ er es sich nicht anmerken. »Du kannst das jederzeit tun, wenn Dallog nicht erreichbar ist«, fügte er hinzu.

»Ich verstehe.« Nach kurzem Zögern sagte er: »Danke, Herr.« Das klang beinahe aufrichtig und vielleicht sogar freundlicher als alles, was Pirrak bisher gesagt hatte.

»Also gut. Vergiss es nicht. Und mach dich bereit, wir brechen bald auf.«

»Jawohl.«

Stryke drehte sich um und ließ den betretenen Gemeinen stehen.

Gleich darauf stieß er auf Coilla und Pepperdyne, die von ihrem Stelldichein zurückkehrten.

»Du hast wohl gerade mit Pirrak gesprochen«, sagte Coilla. »Hast du ihn etwas aufgemuntert?«

»Sozusagen. Ich weiß nur nicht, wie viel hängengeblieben ist.«

»Er ist ziemlich verstört, was?«

»Er ist nicht der Gesprächigste unter den neuen Rekruten«, meinte Pepperdyne. »Aber sie sind ja alle etwas unerfahren, nicht wahr, Stryke?«

»Ich hatte gehofft, dass sich das mit der Zeit legt, aber das habe ich nun davon, dass Dallog sie von den anderen abgesondert hat.«

»Brechen wir jetzt auf?«, fragte Coilla.

»Ja«, erwiderte Stryke. »Weck die Leute.«

Coilla ging und führte den Befehl aus, und Pepperdyne folgte ihr.

Spontan beschloss Stryke, auch noch mit Dallog zu reden.

Als er ihn erreichte, sah er, dass Dallog die Augen geschlossen hatte und offenbar mit sich selbst murmelte.

»Dallog?«

Der Gefreite kam zu sich, erschrak und wirkte einen Moment lang sehr verlegen. Sein forsches »Hauptmann!« klang aber so leidenschaftlich wie immer.

»Was hast du da gemacht?«

»Gebetet.«

»Du hast gebetet?«

»Ich habe die Tetrade gebeten, wohlwollend auf unsere Mission zu blicken.«

Stryke wusste, dass viele Mitglieder der Truppe gelegentlich beteten. Ab und zu, wenn es besonders haarig wurde, tat er es sogar selbst, und nach Thirzarrs Entführung hatte er sich schon mehr als einmal an die Götter gewandt. Allerdings redete man nicht über so etwas. Er hielt es für eine Privatsache, die niemanden etwas anging. Deshalb sagte er nur: »Tut mir leid, dass ich dich gestört habe.«

»Nicht der Rede wert, Hauptmann. Was kann ich für dich tun?«

»Ich habe gerade mit Pirrak gesprochen.«

Dallog blickte rasch zu dem Gemeinen, der gerade seine Sachen packte. »Wirklich?«

»Ja. Ich frage mich immer noch, ob er sich gut einfügt.«

»Oh, deshalb. Wie ich schon sagte, er ist zurückhaltend. Er grübelt viel, wenn du weißt, was ich meine. Aber das heißt nicht, dass er im Gefecht nicht zuverlässig wäre.«

»Wohl nicht. Er könnte aber besser kämpfen, wenn er sich mehr auf die Truppe einließe. Genau wie die anderen Neuen.«

»Darauf hast du mich schon hingewiesen, Hauptmann.«

»Du sollst nur wissen, dass ich es ernst meine. Es wird in Zukunft einige Änderungen geben.«

»Falls es für uns überhaupt eine Zukunft gibt.«

»*Wie bitte?*«

»Ich meine, ich war der Ansicht, diese Mission sei eine einmalige Sache. Ich weiß nicht, ob du danach noch weitere Pläne für die Truppe hast, oder ob wir ein Teil davon wären.«

»Das weiß ich selbst noch nicht. Vielleicht hast du sogar Recht: Vielleicht gibt es für uns keine Zukunft. Wer weiß schon, wie sich die Dinge entwickeln?«

»Das ist eine düstere Betrachtungsweise, Hauptmann. Ich bin sicher, dass wir unter deinem Kommando ...«

»Ja, schon gut. Wir werden sehen. Behalte inzwischen Pirrak im Auge.«

»Darauf kannst du dich verlassen.«

»Und mach die Leute bereit. Wir ziehen weiter.«

Sie ritten eine Weile, die ihnen etwa wie ein Viertel eines Tages vorkam, auch wenn sie die Zeit nicht genau messen konnten, denn die Sonne stand unverändert hoch am Himmel. Ihr Zeitgefühl ließ sie im Stich.

Auch die Landschaft veränderte sich nicht. Sie war nicht richtiggehend fruchtbar zu nennen, aber auch keine Savanne. Irgendwann erblickten sie vor sich den Saum eines Waldes, der sich weit, sehr weit nach Westen und Osten erstreckte. Stryke ließ den Marschzug anhalten.

»Hindurch oder darum herum?«, fragte er Dynahla.

»Den Wald zu umgehen würde uns lange aufhalten und wäre wahrscheinlich ebenso gefährlich.«

»Wälder eignen sich viel zu gut für Hinterhalte. Ich mag sie nicht. Es sei denn, ich lege den Hinterhalt selbst.«

»Ich könnte die Gegend erkunden. Aber falls es dort keine offensichtliche Falle gibt ...«

»Dann kannst du sie von oben auch nicht entdecken. Schon klar. Genau deshalb mag ich keine Wälder.«

»Soll ich nun nachsehen oder nicht?«

Stryke nickte.

Abermals verwandelte sich Dynahla in einen Vogel, dieses Mal in einen kleinen, um sich leichter im Wald umsehen zu können. Die Orks blickten dem Vogel nach, verloren ihn jedoch bald aus den Augen.

Sie mussten so lange warten, dass sie schon fast glaubten, sie würden den Gestaltwandler nie wiedersehen. Auf einmal aber schoss der Vogel herbei.

In seine alte Form zurückgekehrt, berichtete Dynahla: »Der Wald ist groß. Ich habe lange gebraucht, um ihn ganz zu überfliegen. Dabei habe ich nichts Gefährliches bemerkt, aber das heißt nichts. Stellenweise stehen die Bäume sehr dicht, und unten ist es dunkel.«

»Kriegen wir das Ding da durch?« Stryke deutete mit dem Daumen auf die seltsame Waffe.

»Vermutlich schon, aber auf geradem Weg können wir sicher nicht gehen.«

»Dann müssen wir es eben versuchen.«

»Wie gesagt, in dieser Welt dient alles einem Zweck. Der Wald ist da, weil wir hineingehen sollen.«

»Das ist nur eine andere Art zu sagen, dass wir garantiert auf irgendetwas stoßen werden.«

»Nicht unbedingt. Es könnte wirklich einfach nur ein Wald sein. Aber es lohnt sich, mit Ärger zu rechnen.«

»Was soll's«, sagte Haskeer. »Wir mögen Ärger.«

»Du wirst sicher nicht enttäuscht werden«, prophezeite Dynahla.

Stryke vergewisserte sich, dass alle eine Waffe zur Hand hatten, und wies die Bogenschützen an, Pfeile auf die Sehnen zu legen.

Dann setzten sie die Reise fort.

Je näher sie dem Wald kamen, desto stärker schlug er sie in seinen Bann. Viele Bäume waren ungeheuer groß, und zwischen sie zu treten war, als würde man von einem riesigen Wesen verschluckt, das aus Holz statt aus Fleisch und Blut bestand.

Eine dicke Schicht aus unzähligen verrottenden Blättern bedeckte den Boden. Die Krieger sanken beim Gehen ein und wurden langsamer, waren aber nur mäßig behindert. Meist standen die Bäume weit genug auseinander, um zwischen ihnen durchzukommen, einige Male stießen sie jedoch auf Schwierigkeiten. Die meisten Hindernisse konnten sie einfach umgehen, mehrmals war es aber auch nötig umzukehren und sich einen anderen Weg zu suchen. Dennoch kamen sie recht gut voran.

Das änderte sich, als sie nach Dynahlas Schätzung ungefähr die Hälfte der Strecke geschafft hatten. Der Bereich, den sie nun passierten, war sumpfig und trügerisch, weil das unlängst gefallene Laub die Gefahren verdeckte. Die Tausendfüßler, die nur Reiter trugen, sanken teilweise ein, krabbelten aber weiter. Stryke erkannte die Gefahr und gab den Befehl, die Tiere, die vor die Waffe gespannt waren, sofort anzuhalten. Es war jedoch schon zu spät. Unter dem Gewicht der Waffe und der Reiter sanken die Tiere ein und stolperten. Auch die Last, die sie zogen, versank langsam, und die Truppe musste die Tausendfüßler losschneiden. Als sie das erledigt hatten, steckte die Waffe schon tief im Morast.

Sie versuchten, die Lafette herauszuziehen, was der ganzen Truppe jedoch auch mit vereinten Kräften nicht gelang.

»Wir brauchen einen Hebel«, schlug Haskeer vor.

»Wir sind im Wald«, meinte Coilla. »Bedien dich.«

»Der da wäre gut.« Stryke deutete auf einen Baum in der Nähe. »Fällt ihn.«

Haskeer war als Erster zur Stelle. Er schwang die Axt und trieb die Schneide tief in den Stamm.

In der Ferne ertönte sofort ein Klagelaut, der sie alle innehalten ließ. Er klang herzerweichend und in seiner tiefen Verzweiflung zugleich auch schön. Andere Stimmen fielen ein, doch sie waren zornig, und bald war ein gespenstischer, wütender Chor entstanden.

»Das kommt mir bekannt vor«, sagte Jup.

»Ja«, stimmte Coilla zu. »Nyadd.«

»Was sind sie?«, fragte Wheam. Es war ihm offenbar unheimlich.

»Waldgeister. So wurden sie jedenfalls manchmal in Maras-Dantien genannt. Sie sind Waldfaune und allesamt weiblich. Wenigstens hat noch niemand, den ich kenne, jemals ein männliches Exemplar gesehen. Normalerweise sind sie so schüchtern, dass du sie nicht einmal bemerkst, wenn du direkt an ihnen vorbeiläufst.«

»Außer wenn du ihren Bäumen etwas tust«, fügte Stryke hinzu.

»Ist das in ihren Augen ein schweres Verbrechen?«, fragte Pepperdyne.

»Jede Nyadd ist geistig mit einem bestimmten Baum verbunden. Wenn der Baum stirbt, dann stirbt auch sie. Wenn ein Baum verletzt wird wie dieser hier, dann spüren alle die Schmerzen.«

»Und sie werden ziemlich wütend«, fügte Coilla hinzu. »Jennesta ist angeblich zum Teil eine Nyadd. Das nur, damit du eine Vorstellung davon bekommst.«

»Was machen wir jetzt, Stryke?«, wollte Spurral wissen.

»Es klingt, als seien sie weit entfernt, und wir müssen auf jeden Fall die Waffe bergen. Wir lassen es darauf ankommen, dass sie eine Weile brauchen, ehe sie hier auftauchen. Haskeer, fäll den Baum.«

Spurral protestierte. »Nach dem, was du über die Nyadd gesagt hast, kommt mir das jetzt fast grausam vor.«

»Hast du eine bessere Idee?«

»Bei der Hölle, nein.«

Haskeers Axt grub sich in den Baum. Mehrere Gemeine halfen ihm, und kurz darauf war er gefällt. Sie schnitten das Holz zurecht, wie sie es brauchten. Bald hatten sie zwei kräftige Hebel und mehrere lange Planken angefertigt, auf denen die Räder greifen konnten.

Selbst mit dieser Hilfe war es mühsam, die Waffe zu befreien. Erst als sie geborgen und wieder angespannt war, bemerkten sie, dass die Klagelaute aufgehört hatten. Es war still im Wald.

Aber nicht lange. Zahlreiche Gestalten traten ringsherum aus den Bäumen heraus. Sie waren groß, schlank und hatten olivbraune Haut. Die nackten Körper waren unter kastanienbraunem Haar verborgen, das bis zu den Waden reichte. Die hübschen Gesichter waren vor Wut verzerrt, strahlend weiße und ungewöhnlich scharfe Zähne waren entblößt. Sie waren bewaffnet. Die meisten hatten gekrümmte Dolche, einige trugen kurze Schwerter.

Sie stießen wieder einen schrillen Klagelaut aus und gingen auf die Truppe los.

Die Nyadd hatten ihre Wut. Die Vielfraße besaßen Waffen mit größerer Reichweite, die sie auf Strykes Befehl hin einsetzten. Neun oder zehn Nyadd stürzten mit Pfeilen in der Brust. Das hielt die anderen jedoch nicht auf, und während die Bogenschützen nachluden, erreichten die ersten Angreiferinnen die Truppe.

Mit einem ausholenden Hieb streckte Stryke gleich zwei von ihnen nieder. Coilla erwischte eine weitere mit einem Wurfmesser, und Jup sprang hoch und zertrümmerte mit dem Stab einen Schädel. Die überwiegend mit Dolchen bewaffneten Nyadd kamen nicht nahe genug heran, um großen Schaden anzurichten, drohten aber dennoch die Truppe zu überrennen. Immer mehr strömten aus dem Wald herbei.

Pepperdyne stand vor dem kauernden Standeven und durchbohrte den Bauch einer angreifenden Nyadd. In der Nähe schwang Haskeer die Axt. Dallogs inoffizielle Einheit hackte wie ein Mann. Doch obwohl es ihnen so vorkam, als würden sie Fische im Heringsfass erlegen, war der Ansturm unerbittlich. Immer neue Angreiferinnen stolperten über die toten Gefährtinnen hinweg und setzten der Truppe zu.

»Wir können uns so nicht ewig halten«, sagte Coilla, nachdem sie den Dolch einer Nyadd weggeschlagen hatte.

Stryke parierte den Stich einer Gegnerin, erwischte sie auf dem falschen Fuß und schlug ihr den Kopf ab. Goldenes Blut spritzte auf sein Wams. »Dann reißen wir ihnen das Herz aus dem Leib. *Bogenschützen! Brandpfeile auf die Bäume!*«

Sie verstanden es und luden die Brandpfeile, schlugen Funken am Feuerstein an und setzten das mit Pech getränkte Tuch in Brand. Die Pfeile flogen und trafen ein Dutzend Bäume. Die meisten fingen sofort Feuer.

Darauf klagten die Nyadd noch viel lauter als zuvor. Sie wichen zurück und starrten entsetzt die brennenden Bäume an. Währenddessen schossen die Bogenschützen der Orks eine zweite Salve ab, und das Feuer breitete sich aus.

Die Nyadd waren nicht etwa besiegt, sondern hatten ganz einfach den Kampf vergessen. Viele litten sichtlich und hatten Schmerzen. Manche zitterten heftig, einige sanken auf die Knie, andere brachen zusammen. Ein grausames Leiden fegte durch ihre Reihen, während die Brände und damit auch die Qualen wuchsen.

Hier und dort brachen jetzt auch Nyadd in Flammen aus. Manche stürzten und verbrannten mit einer Art trauriger Resignation. Andere stolperten lichterloh brennend umher und kreischten. Wieder andere rannten in den Wald und trugen die Flammen in das Zwielicht. Der Geruch von verkohltem Fleisch erfüllte die Luft.

Die Vielfraße rückten vor und räumten mit ihren Klingen auf. Kurz danach stand nur noch eine Handvoll Nyadd in der Nähe herum, und auch um die war es bald geschehen.

Stryke betrachtete das Gemetzel. »Lasst uns hier verschwinden!«

»Was ist mit dem Feuer?« Spurral nickte in die Richtung der brennenden Bäume. »Wir können doch nicht zusehen, wie es sich immer weiter ausbreitet.«

»Wir haben keine Zeit zum Feuerlöschen.«

»Willst du wirklich den ganzen Wald zerstören?«

»Schau dich um. Selbst wenn wir es versuchten, wir könnten es nicht löschen.«

»Willst du es nicht einmal versuchen?«

»Ich würde mir keine großen Sorgen machen«, schaltete sich Dynahla ein. »Vergesst nicht, dass wir uns in einer magischen Welt befinden, die auf sich selbst achtgibt. Ich denke aber, wir sollten so schnell wie möglich verschwinden. Das Feuer könnte uns bald einkreisen.«

Sie brachen auf, bevor dies geschah. Das Feuer brannte hinter ihnen und beleuchtete sie, sodass sie vor sich lange Schatten warfen. Nicht lange, und es verblasste hinter ihnen und war schließlich im dichten Wald nicht mehr zu sehen.

Ohne auf weitere Feinde zu stoßen, erreichte die Truppe den Waldrand.

Sie kamen auf einem Hügel heraus, ein sanfter Abhang führte zu einer grünen Ebene hinab, über die quer eine schnurgerade künstliche Wasserstraße verlief. Der Blick reichte nicht weit genug, um das Ende oder den Anfang zu erkennen.

Auf dem Wasser fuhren mehrere Kähne, ein sehr großer war neben einer Hütte festgemacht. Das Häuschen bestand aus verwittertem rotem Ziegelstein und hatte ein marodes Strohdach. In der Nähe bewegten sich Gestalten.

Coilla schirmte die Augen mit den Händen ab. »Das sieht nach ... Gnomen aus.«

»Die armen Schweine«, sagte Haskeer.

»Der Kanal verläuft nach Norden«, überlegte Stryke. »Und sie haben einen Kahn.«

Coilla nickte. »Ob er uns alle und dazu die Waffe aufnehmen kann?«

»Ich denke schon. Wir müssen aber wohl die Tausendfüßler laufen lassen.«

»Schade.«

»Mal sehen, ob wir verhandeln können.«

Sie ritten zur Wasserstraße. Die Panik brach aus, bevor sie überhaupt dort eintrafen. Der Anblick einer Kriegertruppe aus Orks, die auf riesigen vielbeinigen Insekten hockten und eine schwarze Röhre mitschleppten, reichte aus, um die Gnome aus der Fassung zu bringen, und im Nu war eine wilde Flucht im Gange. Sie sprangen auf Wagen und rannten über den Treidelpfad.

»Die unhöflichen Hunde!«, rief Haskeer. »Sie hätten doch wenigstens mit uns reden können.«

Jup zuckte mit den Achseln. »Das erspart uns das Verhandeln.«

Stryke verschwendete keine Zeit. Er ließ die Waffe in den Kahn einladen, was sich als schwierig erwies. Dann stieg auch die Truppe ein, und sie legten ab. Sie benutzten die Ruder, die im Kahn bereitlagen, und es gab sogar ein kleines Segel. Obwohl es fast windstill war, ließ Stryke es setzen.

Als sie sich entfernten, schlängelten sich die befreiten Tausendfüßler zum Wald zurück. Alle bis auf Standeven waren traurig, sie gehen zu sehen.

28

Die Wasserstraße verlief durch überwiegend ebenes Gelände, in dem es so gut wie nichts zu sehen gab. Im Grunde war es nur eine weite Wiesenfläche, in der sich hin und wieder ein Baum oder ein Felsblock abzeichnete. Hier und dort erhob sich in der Ferne auch ein kleiner Hügel, was bereits als bemerkenswerter Anblick galt. Die Truppe nutzte die Pause, ruhte sich aus und pflegte die Waffen. Seltsamerweise begegneten ihnen keine anderen Boote.

Soweit sie es abschätzen konnten, verging ein ganzer Tag, während sie bedächtig zu ihrem unbekannten Ziel glitten. Einige Kämpfer der Truppe fragten sich allmählich, ob es überhaupt ein Ziel gab, oder ob der Kanal womöglich überhaupt kein Ende nehmen wollte. Diejenigen, die an ein Ziel glaubten, fragten sich dagegen, wie sie es erkennen würden. Sicher war nur, dass der

Polarstern immer vor ihnen blieb und sie stetig in seine Richtung fuhren.

Am zweiten Tag entdeckten sie voraus eine Bergkette, und auch der Stern darüber hatte sich verändert.

»Er wird größer«, meinte Coilla.

»Du hast Recht«, stimmte Stryke ihr zu. Er wandte sich an den Gestaltwandler. »Dynahla?«

»Das ist zu erwarten, wenn wir uns unserem Ziel nähern.«

»Heißt das, wir sind endlich da?«

»Es liegt in der Luft. Spürst du es nicht?«

Haskeer schnüffelte ausgiebig. »Ich rieche nichts.«

»Glaube mir, Feldwebel, wir sind sehr bald da. Wir sollten aber nicht zu viel erwarten. Möglicherweise ist es nur der Entfernung nach nahe.«

Der Stern und die Berge wuchsen rasch heran.

Schließlich wurde auch die Frage beantwortet, wie sie ihr Ziel erkennen konnten. Der Kanal endete einfach in einem bescheidenen Hafen. Dort gab es sogar eine kräftige Winde, mit der sie den Kahn entladen konnten. Doch damit war ihr Glück, was den Transport der Waffe anging, auch schon erschöpft. Ohne Tiere, die ihnen helfen konnten, mussten sie selbst anpacken. Die Truppe war nicht gerade erbaut davon, doch sie hatten Erfahrung darin, Belagerungsgerät über große Entfernungen zu schleppen. Sobald die Waffe vertäut war, stellten sie fest, dass sie ungefähr die Hälfte der Truppe brauchten, um sie zu ziehen, was bedeutete, dass sie sich abwechseln konnten.

Der Stern, inzwischen fast so groß wie der Herbstmond und ein Rivale der Sonne, stand direkt über den Bergen. Glücklicherweise führte ein breiter Pass hindurch. Sie hielten darauf zu.

Auf halbem Wege wich der Kiesboden des Tals Flecken von feinem Sand. Am Ausgang des Passes liefen sie nur noch auf einer dicken Sandschicht, außerdem war es erheblich wärmer geworden.

Vor ihnen lag ein niedriger Höhenzug aus Granitgestein. Sie ließen die Waffe an dessen Fuß stehen und erklommen den sanften Hang, um die Gegend dahinter zu erkunden. Oben legten sie sich auf den Bauch und betrachteten eine weite Wüste. Viel interessanter war jedoch das, was sich in mittlerer Entfernung erhob. Es war eine Pyramide, und zwar die größte, die sie je gesehen hatten. Anscheinend bestand sie aus Milchglas, und auf der Spitze saß etwas, das ihnen vorkam wie ein riesiger Edelstein mit vielen Facetten. Das Sonnenlicht glitzerte darauf.

»Was, zur Hölle, ist das?«, fragte Coilla.

»Etwas Legendäres«, erklärte Dynahla. »Wenn ich mich nicht irre, ist dies das Prisma von Sina-Cholm.«

»Und das heißt?«

»Es ist ein Artefakt, geschaffen von den Magiern, die diese Welt erbaut haben.«

»Was tut das Ding?«, fragte Stryke.

»Es tötet.«

»Wie?«

»Könntest du einen Bogenschützen anweisen, einen Pfeil darauf abzuschießen?«

»Klar, es ist in Reichweite. Aber meinst du, ein Pfeil kann ihm etwas anhaben?«

»Darauf kommt es jetzt nicht an.«

Stryke zuckte mit den Achseln und befahl einem Gemeinen, den Bogen zu spannen.

»Es wäre gut, wenn ihr alle die Köpfe einzieht«, meinte Dynahla.

Der Schütze ließ den Pfeil geradewegs zur Pyramide fliegen. Als er sie fast erreicht hatte, schoss vom Edelstein auf der Spitze ein greller weißer Strahl herunter, traf den Pfeil und vernichtete ihn.

»Es feuert auf alles, was sich nähert«, erklärte Dynahla.

»Sitzt da jemand drin, der das Ding bedient?«, fragte Pepperdyne.

»Nein. Es funktioniert ganz von selbst. Es benutzt die Energie der Sonne, bündelt sie und setzt sie ein, um sich zu verteidigen.«

»Müssen wir es besiegen?«, fragte Stryke.

»Du kennst inzwischen die Natur dieser Welt. Die Pyramide ist dort, weil sie das Nächste ist, was wir bezwingen müssen. Vielleicht ist sie sogar das letzte Hindernis. Glücklicherweise stehen unsere Aussichten nicht schlecht, weil wir die Waffe haben.« Er nickte in die Richtung der Röhre, die sie weiter unten abgestellt hatten.

»Wird die Pyramide nicht einfach alles zerstören, was wir abschießen?«

»Was ist denn, wenn wir gleichzeitig mehr als einen Gegenstand schleudern?«

»Das ist keine schlechte Idee. Könnte das klappen, Dynahla?«

»Dein Glaube an mein Wissen über diesen Ort ist rührend, Stryke. Ehrlich gesagt weiß ich es nicht genau. Aber es ist doch einen Versuch wert, oder?«

Sie mussten eine Stelle suchen, von der aus sie auf das Ziel schießen und trotzdem für die Truppe Deckung finden konnten. Die Späher fanden einen solchen Ort nicht weit von der Anhöhe entfernt, auf die sie gestiegen waren. Es war eine ebenerdige Steinplatte, die groß genug war, um die Waffe aufzunehmen, und einen ungehinderten Blick auf die Pyramide erlaubte. In der Nähe lagen genug Felsblöcke herum, hinter denen sich die Vielfraße verstecken konnten. Sie schleppten die Waffe hinüber.

»Also gut«, sagte Stryke, als sie so weit waren, »dann laden wir das Ding und zielen.«

Unterdessen wählte er sechs Bogenschützen aus.

Sie brauchten eine Weile, bis die Waffe richtig stand, und als er endlich zufrieden war, stellte Stryke sich neben den Hebel. Die Bogenschützen legten die Pfeile ein und spannten die Sehnen.

»Jetzt!«, rief er und zog am Hebel.

Die Waffe spie die Kugel aus, und sechs Pfeile sausten los.

Die Pfeile waren schneller als die Kugel, die in einem deutlichen Bogen flog. Ein Blitz brach aus dem Edelstein hervor, und ein Pfeil löste sich auf. Ein zweiter Blitz, und der zweite Pfeil verschwand. Dann war die

Kugel an der Reihe. Ein Strahl erfasste sie, und sie zersprang in tausend Stücke. Die übrigen Pfeile kamen durch und prallten gegen die Pyramide, ohne etwas auszurichten.

»Verdammt!«, fluchte Haskeer.

»Wir haben bewiesen, dass sie nicht mehrere Geschosse gleichzeitig ausschalten kann«, sagte Stryke.

»Aber das wichtigste hat sie erwischt, oder?«

»Wir versuchen es noch einmal und setzen mehr Bogenschützen ein.«

Zehn Bogenschützen stellten sich auf, während die Waffe nachgeladen und der Lauf um eine Winzigkeit neu ausgerichtet wurde.

Wieder schossen sie gleichzeitig. Der Strahl aus dem Edelstein erfasste zwei, drei und sogar vier Pfeile, die nicht einmal so weit kamen wie die erste Salve. Doch die Kugel schlug ein. Sie traf die Pyramide weit unten in der Nähe der Basis und richtete etwas Schaden an, konnte die Pyramide jedoch nicht ausschalten. Die Krieger stießen Jubelrufe aus.

Noch einmal luden sie die Waffen und veränderten nach den Vorgaben des letzten Schusses den Winkel. Die Schützen legten die Pfeile auf die Sehnen.

»*Jetzt!*«, rief Stryke. Er zog am Hebel und stürmte nach vorn, um das Ergebnis zu beobachten.

Dieses Mal erwischte der Strahl sogar fünf Pfeile und zerstörte sie viel näher am Standort der Truppe als vorher. Unterdessen flog die Kugel in hohem Bogen ungehindert durch die Luft.

Es gab einen grellen Blitz, dann setzte lautes Getöse ein. Stryke und die anderen lagen auf einmal auf dem Boden und wussten nicht, wie sie dorthin gekommen waren. Als sie sich aufrappelten, bemerkten sie, dass die Kugel an der Stelle getroffen hatte, wo der Edelstein auf der Pyramide befestigt war. Immer noch dröhnte ihnen das Geräusch des Aufschlags in den Ohren. Der Edelstein wackelte einen Moment, dann stürzte er herunter, während die Pyramide selbst zahlreiche Sprünge bekam und zerbarst. Große Splitter des glasartigen Materials brachen heraus und zersprangen auf dem Boden in tausend Stücke. Zwei Herzschläge später sackte das ganze Gebäude in sich zusammen, und die Überreste versanken in einer Staubwolke.

Die Truppe jubelte. Es dauerte einen Moment, bis sie Coilla rufen hörten und bemerkten, dass etwas nicht stimmte. Stryke drehte sich um. Die Waffe lag auf der Seite, die Röhre war in mehrere Stücke zerbrochen, und die Lafette war geschwärzt und verkohlt. Die eisernen Kugeln lagen überall verstreut. Manche waren geborsten.

Coilla kniete neben jemandem, der halb unter der zerstörten Waffe begraben war. Stryke und die anderen eilten hinüber.

»Kurz vor dem Einschlag der Kugel hat die Pyramide auf uns geschossen«, erklärte sie. »Vobe stand direkt neben der Waffe.«

Stryke sah sofort, dass ihr Kamerad zerquetscht war, blutig und unverkennbar tot.

Sie hätten sich gern von Vobe auf die Art und Weise verabschiedet, die er verdient hatte, doch das war auf dem Schlachtfeld nicht immer möglich. Deshalb sprachen Stryke und Coilla nur einige Worte über einen ihrer ältesten Waffenbrüder, und Dallog empfahl seinen Geist dem Wohlwollen der Tetrade an, während Haskeer verächtlich dreinschaute. Dann vergruben sie ihn so tief sie konnten im Wüstensand.

»Seltsam, dass wir ihn an einem Ort beerdigt haben, der eigentlich gar nicht existiert«, meinte Coilla, als sie sich vom Grab entfernten.

»Inzwischen überrascht mich gar nichts mehr«, erwiderte Stryke. »Ich wünschte nur, wir hätten ihm in Ceragan, wo er hingehört, einen Scheiterhaufen errichten können. Dazu ein ordentliches Fest und ein Umtrunk zu seinen Ehren. Das hätte er verdient gehabt.«

»Wir können auf ihn anstoßen, sobald wir hier heraus sind.«

»Glaubst du, wir werden das jemals schaffen?«

»Aber sicher. Lass die anderen bloß nicht hören, dass du so mutlos bist.«

»Nein, du hast Recht. Aber nachdem Thirzarr verschleppt wurde und jetzt das mit Vobe ...«

»Ich weiß. Am besten können wir ihrer gedenken, indem wir die Mission zu Ende bringen, wie es geplant war.«

»Es kommt mir vor, als wären wir schon unendlich lange unterwegs und als sei früher alles viel einfacher gewesen.«

»Erzähl mir gelegentlich davon.«

Dynahla kam zu ihnen. »Ich will euch in eurem Kummer nicht stören«, sagte er, »aber wir sollten weitergehen.«

»Ja«, stimmte Stryke zu. »Nur in welche Richtung?«

»Zu dem Ort, den Sina-Cholm bewacht hat. Da das Prisma zerstört ist, sollte der Weg jetzt frei sein.«

Schweren Herzens wanderte die Truppe über den Sand zur Ruine der Pyramide. Erst als sie sich durch die Trümmerberge einen Weg suchen mussten, wurde ihnen klar, wie groß sie gewesen war. Die meisten Bruchstücke waren scharfkantige Scherben des glasähnlichen Materials, aus dem sie bestanden hatte. Doch sie kämpften sich bis zur Basis vor und entdeckten nach einigem Suchen in dem Durcheinander eine Öffnung im Boden. Eine Steintreppe führte ins Dunkel hinab. Mit gezogenen Waffen stiegen sie im Gänsemarsch hinunter.

Unten am Fuß der Treppe stellten sie fest, dass der Gang ebenso beleuchtet war wie alle anderen Bereiche dieser Welt, die sie bisher betreten hatten. Das Licht kam aus einer unbekannten Quelle. Sie befanden sich in einem breiten und hohen Tunnel, der anscheinend nicht aus Steinblöcken, Ziegeln oder irgendwelchen anderen erkennbaren Bauteilen bestand. Es gab nur eine Richtung, in die sie sich bewegen konnten.

»Über dies hier weiß ich etwas«, erklärte Dynahla. »Ich war schon einmal in diesem Labyrinth, als ich Seraphims Privatuniversum zum ersten Mal aufgesucht habe. Nur Mut, wir sind dem Ziel jetzt sehr nahe.«

Sie trotteten eine halbe Ewigkeit durch den Gang. Die Umgebung veränderte sich nicht, das Licht blieb, wie es war. Mehr als einer bemerkte den Schwefelgeruch in der Luft, der von einer magischen Aufladung herrührte. Der Geruch wurde stärker.

Ein Stück vor ihnen war es auch heller. Das Licht wurde immer stärker, je näher sie kamen, und als sie die Quelle erreichten, standen sie vor einem Wasserfall aus vielfarbigem Licht, vor dem der Tunnel endete.

»Wir sind da«, verkündete Dynahla. »Wir müssen nur noch durch diesen Energievorhang, um Seraphims Welt zu erreichen.«

»Ist es auch sicher?«

»Absolut. Stryke, ich glaube, du solltest die Ehre haben, als Erster einzutreten.«

»Ich denke, dieser ... dieser Eingang, oder was es auch ist, dürfte groß genug sein, um gemeinsam durchzugehen.«

»Gute Idee«, sagte der Gestaltwandler. »Wollen wir dann?«

Die Truppe stellte sich vor der glitzernden Kaskade auf. Die meisten mochten nicht recht glauben, dass sie wirklich einen Durchgang vor sich hatten. Standeven hielt sich wie üblich im Hintergrund und schaute ängstlich drein.

Auf Strykes Kommando traten sie vor und drangen in den leuchtenden Strudel ein.

Das Gefühl war jenem, wenn sie mit den Instrumentalen zwischen den Welten sprangen, nicht unähnlich.

Es fühlte sich an, als stürzten sie aus großer Höhe durch ein Chaos aus wirbelnden Farben und explodierenden Sternen.

Als sie die Augen öffneten, erblickten sie etwas, das einem Paradies gleichkam.

Die Sonne strahlte auf eine fruchtbare Landschaft voller Weiden, sanfter Hügel, dicht belaubter Bäume und silbern schimmernder Seen herab. Der Himmel war so blau, dass es fast in den Augen schmerzte. Einige Schäfchenwolken zogen vorüber. Die Luft war frisch, ein sanfter Wind wehte, der nach tausend üppig wachsenden Pflanzen duftete. Von dem pulsierenden Vorhang, den sie gerade passiert hatten, war nichts zu sehen.

»Das ist aber mal was«, meinte Pepperdyne bewundernd.

Spurral nickte. »Es ist schön.«

»Es ähnelt Maras-Dantien, bevor dessen Verfall begann«, dröhnte hinter ihnen eine Stimme.

Sie fuhren herum. Seraphim stand breit lächelnd vor ihnen. »Mein Glückwunsch, dass ihr es bis hierher geschafft habt«, sagte er. »Willkommen in meiner Welt.«

29

Tentarr Arngrim, den man in der Welt der Magier Seraphim nannte, sah genauso aus wie bei der ersten Begegnung der Truppe in Maras-Dantien. Er war älter, strahlte aber trotz allem, was Dynahla über seine sich verschlechternde Gesundheit gesagt hatte, große Kraft aus. Er hielt sich gerade und war schlank, hatte schulterlanges rotbraunes Haar und einen ordentlich gestutzten Bart. Er trug ein blaues Seidengewand und glänzende schwarze Lederstiefel. Der Gestaltwandler stand neben ihm.

»Seid gegrüßt, Vielfraße«, sagte er. »Es ist schön, euch wiederzusehen, und es ist mir eine Freude, auch neue Gesichter zu erblicken.« Er wandte sich an die Rekruten aus Ceragan, an Spurral und an Pepperdyne und Standeven. Dann wurde er ernst. »Erlaubt mir, mit euch über die zu trauern, die auf dem Weg hierher gefallen sind. Ich weiß, dass euch der Verlust eurer Kameraden sehr getroffen hat.«

»Ich glaube, du hast einiges zu erklären«, wandte Stryke ein.

»Ja, das ist richtig. Ihr habt es verdient. Aber kommt, wir können es bequemer haben und müssen nicht hier herumstehen.«

Er führte sie zu einer Villa aus weißem Marmor. Sie war elegant und geschmackvoll eingerichtet. Kaum zu glauben, dass all dies ein Produkt der Magie sein sollte. In einem Raum, der so groß war wie ein Festsaal, lud er die Vielfraße ein, sich auszuruhen und Erfrischungen zu sich zu nehmen. Mehrere junge Diener und Dienerinnen, alle in ähnliche blaue Trachten gekleidet, erschienen mit Tabletts und servierten Wasser, Säfte, Bier, Teller mit Brot und Käse, Obst und frisch gebratenes Fleisch und Geflügel.

Seraphim ließ den Gästen Zeit, sich etwas zu essen auszusuchen und etwas zu trinken, ehe er wieder auf wichtige Dinge zu sprechen kam, obwohl Stryke und mehrere andere voll sichtlicher Ungeduld darauf warteten.

Endlich sagte er: »Ich kann eure Frustration und euer Erstaunen verstehen, weil die Dinge nun diese Wendung genommen haben.«

»Wirklich?«, erwiderte Stryke eisig. »Wir haben uns auf die Mission eingelassen, um uns an Jennesta zu rächen. Aber es ist inzwischen erheblich komplizierter geworden, nicht wahr?«

»Eigentlich nicht.« Er hob eine Hand, um Strykes Protest zu unterbinden. »Ihr habt euch auf zwei Ziele verpflichtet. Eines war die Befreiung der Orks von Acurial, was ihr erreicht habt. Darauf könnt ihr stolz sein. Im Übrigen widerlegt dies auch die Verleumdung, Orks seien selbstsüchtige und zerstörerische Geschöpfe. Der zweite Grund für eure Mission, die Abrechnung mit meiner Tochter, war und ist auf jeden Fall der wichtigere.«

»Welche Hoffnung besteht denn jetzt noch, dies zu erreichen?«

»Große Hoffnung. Deshalb seid ihr hier. Lass mich noch hinzufügen, Stryke, dass mir die Situation deiner Gefährtin völlig bewusst ist. Thirzarrs Wohlbefinden ist ebenso wichtig wie der Sieg über Jennesta. Ich gebe dir mein Wort, dass wir alle nur denkbaren Anstrengungen unternehmen werden, um euch wieder zu vereinen.«

»Hätten wir uns nicht auf diese verrückte Sache eingelassen, dann wäre sie gar nicht erst in diese Lage geraten.«

»Falls irgendeine meiner Handlungen dazu beigetragen hat, Thirzarr in Gefahr zu bringen, so tut es mir aufrichtig leid. Das war nicht meine Absicht. Ihr müsst aber verstehen, dass sie durch Jennesta früher oder später so oder so in Gefahr geraten wäre. Uns allen droht Unheil durch meine Tochter. Ihr kennt doch ihren Plan, ein Heer aus gehorsamen Ork-Zombies zu erschaffen?«

»Natürlich«, blaffte Stryke. »Thirzarr ist eine von ihnen.«

»Nein, das trifft nicht zu. Sie wird in einem Zustand zwischen Normalität und geistloser Unterwürfigkeit festgehalten. Jennesta hat dies getan, um dich einfacher manipulieren zu können. Das dachte sie jedenfalls. Ihr Tod beendet den Bann, den sie Thirzarr und allen anderen auferlegt hat, die ihr in die Hände gefallen sind.«

»Dann töten wir sie ...«

»Und die Opfer überleben, genau.« Er blickte zu den anderen, die aufmerksam zugehört hatten. »Einige unter euch, besonders diejenigen, die neu in dieser Kriegertruppe sind, verstehen vielleicht nicht, wie ich so gelassen über den Tod meines eigen Fleisch und Blut reden kann. Doch Jennesta ist nicht mehr meine Tochter als irgendjemand anders, den ich nicht gezeugt habe. Ich habe mich vor langer Zeit von ihr losgesagt, und mir ist das Herz deshalb schwerer, als ihr es euch vorstellen könnt. Tatsache ist, dass ich bei ihrer Geburt geholfen habe, das Böse zur Welt zu bringen. Ich wünsche nichts sehnlicher, als diesen Fehler wiedergutzumachen.«

»Das hast du schon einmal versucht«, erinnerte Stryke ihn.

»Ja, und irgendwie und durch irgendeinen Zufall hat sie den Sturz durch den Strudel überlebt. Dieses Mal habe ich ihr ein Schicksal zugedacht, aus dem es kein Entrinnen gibt.« Er verlor sich einen Moment in Tagträumen, und in seinem Blick trat tiefer Kummer zutage. Dann riss er sich zusammen. »Aber was ihre Sklavenarmee angeht – weißt du eigentlich, wer ihr diese Idee eingab?«

»Nein. Woher auch?«

»In gewisser Weise weißt du es bereits. Ich fürchte, Dynahla und ich haben euch ein wenig getäuscht. Auch dafür möchte ich mich entschuldigen.«

»Was meinst du damit?« Coilla hatte endlich ihre Stimme wiedergefunden.

Seraphim wandte sich an Dynahla. »Wollen wir es ihnen zeigen?«

Der Gestaltwandler lächelte und nickte. Er stand auf und veränderte sich sofort.

Staunend sah die Truppe zu, wie sich Dynahlas Körper wand und verzerrte, bis schließlich eine gut aussehende, wenn nicht gar schöne Frau vor ihnen stand. Nur das rote Haar war geblieben und fiel auf ihre weißen Schultern. Das Alter war schwer zu schätzen, aber sie schien eine menschliche Frau in den besten Jahren zu sein.

»Erlaubt mir, euch Vermegram vorzustellen«, sagte Seraphim. »Meine Gefährtin, meine Partnerin, meine Braut. Und Jennestas Mutter. Sie ist so alt wie ich, also sehr alt – hoffentlich verzeihst du mir diese Indiskretion, meine Liebe –, und ebenso kundig in der Kunst der Magie wie ich.«

»Warum?«, fragte Stryke. »Warum die Täuschung?«

»Um sie und deine Truppe zu schützen. Hätte Jennesta erfahren, dass du dich mit ihrer Mutter zusammengetan hast, die sie verachtet, dann hätte sie mit dir und Thirzarr nicht nur gespielt. Wahrscheinlich wärt ihr dann schon alle tot.«

»Es tut mir leid«, sagte Vermegram. »Wir wollten euch nicht hintergehen. Es schien nur der sicherste Weg zu sein, euch etwas Schutz zu gewähren und euch durch diese Welt zu geleiten.« Es fiel den Kriegern schwer, sich an die weiche, fast melodische Stimme des Wesens zu gewöhnen, das sie als Mann betrachtet hatten. »Was meine Tochter inspiriert hat, eine Sklavenarmee aufzustellen, so sollten doch einige unter euch von Seraphim bereits etwas erfahren haben. Im Grunde lag es daran, dass ich vor langer Zeit versucht habe, etwas Ähnliches zu tun, als Maras-Dantien noch so schön war wie diese künstliche Welt. Im Gegensatz zu Jennesta verfolgte ich jedoch wohlwollende Absichten und wollte Gutes tun. Doch wie man so sagt, der Weg in den Hades ist mit dem Gold der guten Absichten gepflastert. Ich wurde dafür verdammt und versuche seitdem, meinen Fehler wiedergutzumachen.« Sie blickte liebevoll zu Seraphim. »Das haben wir beide getan.«

Haskeer brach das Schweigen, das darauf herrschte, nach einer Weile mit einer ganz direkten Frage: »Bist du eine echte Gestaltwandlerin, oder wie ist das?«

Vermegram lächelte. »Ich bin ein Mensch. Ich wurde mit dieser Fähigkeit nicht geboren, sondern habe sie im Laufe meiner magischen Studien erworben.«

»Deine Kinder ...«

»Warum sie sich so sehr voneinander unterscheiden? Warum Jennesta so aussieht und nicht anders, und warum ihre verstorbene Schwester Adpar ein Mischwesen war? Auch sie war missraten, wie ich leider sagen muss. Der Grund war, dass ich an mir selbst herumgepfuscht und den Kern meines Wesens verändert habe, als ich die Fähigkeit des Gestaltwandelns erwarb. Dies waren die unvorhersehbaren Konsequenzen. Eine davon war auch, dass ich gewisse ungewöhnliche Eigenschaften an meine Nachkommen vererbt habe. Nur Sanara, meine jüngste Tochter, ist von normalem menschlichem Aussehen. Glücklicherweise hat sie im Gegensatz zu ihren Schwestern immer den Weg des Guten beschritten.«

»Da wir gerade von ihr sprechen.« Seraphim streckte eine Hand aus, und aus dem Nichts erschien eine samtene Glockenschnur. Er zog zweimal daran, und sie verschwand wieder.

»Netter Trick«, bemerkte Coilla.

Eine Tür ging auf, und Sanara trat ein. Sie trug ähnliche blaue Gewänder wie ihr Vater. Als sie Jup sah, ging sie direkt zu ihm, umarmte ihn und küsste ihn auf die Wange. Spurral sah mit versteinertem Gesicht zu. Jup errötete. Dann begrüßte Sanara die anderen Krieger, soweit diese sich erinnern konnten, mit einem Winken und setzte sich neben ihre Eltern.

»Vermegram und ich können trotz unserer Kräfte Jennesta nicht allein bezwingen, weil sie inzwischen mindestens so stark ist wie wir«, erklärte Seraphim. »Ich muss auch gestehen, dass meine eigenen Kräfte nachlassen. Da dieses Privatuniversum durch meine Willenskraft erhalten wird, brauche ich zusätzlich die Kraft meiner Schüler, das sind die jungen Leute, die euch das Essen gebracht haben, und meiner noch lebenden Angehörigen.« Er wechselte Blicke mit Vermegram und seiner Tochter. »Sanara ist in diesem Kampf unsere Verbündete. Möchtet ihr einige andere kennenlernen?«

Das wollten sie. Er führte sie durch eine Tür und durch einen zugigen Gang. Eine weitere Tür entließ sie auf ein Freigelände, das an einen Aufmarschplatz erinnerte, nur dass er mit Gras bewachsen war. Er war voller Wesen.

Quoll, der Orkhäuptling und Wheams Vater, war ebenso dort wie alle kampffähigen männlichen Stammesangehörigen. Auch Brelan und Chillder waren dabei, die früher dem Widerstand von Acurial angehört hatten, und mehrere Hundert ihrer Kämpfer.

Es gab lautstarke Begrüßungen, die Krieger klatschten einander in die Hände und umarmten sich.

»Erstaunlich«, bemerkte Coilla.

»Nach allem, was ihr für uns getan habt, helfen wir nur zu gern«, entgegnete Chillder.

»Allerdings hätten wir uns eine angenehmere Art vorstellen können, hierherzugelangen«, fügte Brelan hinzu. »Seraphims Transportmethode ist etwas beunruhigend.«

Wheam ging mit ängstlichem Gesicht zu seinem Vater.

»Du musst nicht so schüchtern sein«, versicherte Quoll ihm. Er klopfte dem Burschen mit einer mächtigen Pranke auf die Schulter. »Nach allem, was ich gehört habe, kann ich wirklich stolz auf dich sein, und ich weiß, du wirst mich auch im kommenden Kampf nicht enttäuschen.«

Wheam strahlte.

Stryke ging ebenfalls zum Häuptling. »Quoll«, sagte er und fürchtete sich fast zu fragen. »Wie geht es Janch und Corb? Sind sie ...«

»Es geht ihnen gut, Stryke. Sie sind in Sicherheit und genießen den Schutz des Klans. Wie könnte es auch anders sein? Aber natürlich vermissen sie ihren Vater und ihre Mutter.«

Stryke war unendlich erleichtert. »Danke.«

»Ich bedaure nur, dass wir Thirzarrs Entführung nicht verhindern konnten. Das tut mir leid.«

»Schon gut. Jennesta ist kaum zu bezwingen.«

»Das Miststück. Sie hat einige unserer Besten getötet und unsere Langhäuser zerstört. Ich kann es kaum erwarten, ihr das heimzuzahlen.« Er klopfte auf sein Breitschwert.

»Wisst ihr überhaupt, worauf ihr euch hier eingelassen habt?«

»Ja«, antwortete Brelan. »Seraphim hat uns alles erklärt.«

»Das ist mehr, als er bei uns getan hat.«

»Mein Versäumnis.« Der Magier trat neben Stryke. »Du musst erfahren, was wir planen. Komm mit, dann sage ich es dir.«

Er führte Stryke nach drinnen in einen Raum, der sehr nach dem Studierzimmer eines Magiers aussah. Dicke, in Leder gebundene Wälzer standen in Regalen, es gab Fläschchen mit Tränken und Pulver, verschiedene Skelette nicht erkennbarer kleiner Wesen von bizarrem Aussehen.

»Jennesta ist hier«, verkündete Seraphim, als sie sich gesetzt hatten.

»Hier? Wo denn?«

»Sie hat Zutritt in die Welt der Vier erlangt, die dieser hier benachbart ist. Außerdem hat sie ihr Gefolge nachgeholt. Vermutlich stammen ihre Kämpfer von einer Inselwelt. Es ist nur eine Frage der Zeit, bis sie hier eindringt.«

»Kannst du sie nicht aufhalten?«

»Aufhalten? Nein. Ich will ja, dass sie herkommt. Das ist ein Teil des Plans.«

»Warum?«

»Dafür gibt es mehrere Gründe. Zunächst einmal, falls es zwischen ihren und unseren Kräften ein Gefecht gibt, sollte es besser hier stattfinden, wo nur die Kämpfer und keine Unschuldigen betroffen sind. Zweitens funktionieren ihre Instrumentale hier nicht. Ich glaube aber nicht, dass sie es weiß, und so soll es auch bleiben. Damit hat sie keine Möglichkeit mehr, im Notfall zu fliehen. Drittens muss der Plan, den wir uns zurechtgelegt haben, von Vermegram, Sanara und mir ausgeführt werden. Da ich diese Welt nicht so leicht verlassen kann, habe ich beschlossen, Jennesta herzulocken.«

»Wie willst du sie besiegen?«

»Nimm's mir nicht übel, Stryke, aber das behalte ich lieber für mich. Was du nicht weißt, kann man dir auch nicht entreißen. Oh, gewiss, du bist hart und verrätst keinen Verbündeten, aber wir haben es mit Jennesta zu tun.«

»Schon gut. Welche Aufgabe haben wir dabei?«

»Die Vielfraße sollen ein Teil unserer kleinen Armee sein, die ihre Kräfte angreifen. Du sollst jedoch mit zwei oder drei Angehörigen deiner Truppe noch eine besondere Aufgabe übernehmen.«

»Also nicht kämpfen?«

»Ich rechne durchaus damit, dass ihr kämpfen müsst, aber ihr sollt nicht an der Schlacht teilnehmen. Mir schwebt etwas anderes vor, es ist aber viel gefährlicher. Falls du dazu bereit bist.«

»Wenn ich dadurch Jennesta erwischen kann, soll es mir recht sein.«

»In unserem Kampf gegen sie wird ein Punkt kommen, an dem es äußerst wichtig ist, dass sie abgelenkt wird. Sie muss mit dem, was auf sie zukommt, überfordert sein, aber dennoch klar denken können. An dieser Stelle kommt ihr ins Spiel.«

»In Ordnung.«

»Ich sage es dir, wenn der richtige Augenblick gekommen ist, und sorge dafür, dass ihr an sie herankommt. Such dir jetzt deine Helfer aus.« Er winkte Stryke, sich wieder zu setzen. »Nein, halt, es gibt doch noch etwas. Es hat nichts mit der bevorstehenden Aufgabe zu tun, aber du findest es vielleicht interessant. Wie du weißt, hat eine Gruppe Magier, die man die Vier nannte, die Welt erschaffen, durch die ihr gerade gereist seid. Aber kennst du auch ihre Namen?«

»Nein, warum sollte ich sie kennen?«

»Sie waren Aik, Zeenoth, Neaphetar und Wystendel.«

»Die Tetrade?« Stryke war schockiert, obwohl er kurz zuvor noch behauptet hätte, dass ihn mittlerweile rein gar nichts mehr erschüttern konnte.

»Ich sage das nicht, um deinen Glauben zu untergraben. In gewisser Weise waren sie wohl wirklich Götter. So betrachten sie jedenfalls nicht nur die Orks, sondern auch eine Reihe anderer Völker. Du musst dir nur anschauen, was sie erschaffen haben, um ihnen gottähnliche Fähigkeiten zuzuschreiben. Was ich sage, ist als Lektion für dich gemeint. Die Lektion besteht darin, dass man sich nie auf das verlassen sollte, was man zu wissen glaubt, was man denkt oder vermeintlich sieht. Dies könnte in der Zukunft wichtig sein.«

»Ich glaube, das verstehe ich.«

»Vergiss es nicht. Und jetzt solltet ihr ...«

Die Tür ging auf, und Sanara stürzte herein. »Vater! Jennesta ist da. Sie und ihre Anhänger haben die westliche Membran durchbrochen.«

»Das war zu erwarten. Ich hatte es sogar gehofft. Geh auf deinen Posten, Sanara. Stryke, weise deine Truppe ein und warte auf mein Kommando.«

Auch das Corps der Torhüter war in Seraphims Versteck eingedrungen, wenngleich unter großen Schwierigkeiten.

»Dieser Ort ist wundervoll«, meinte Pelli, als sie die Szenerie betrachtete.

»Der erste Anblick kann täuschen«, warnte Weevan-Jirst sie.

»Trotzdem, es ist schwer zu glauben, dass in dieser Umgebung etwas Ruchloses vor sich gehen könnte.«

»Und doch wissen wir, dass dem so ist.«

Sie gab es auf, gegen seine Halsstarrigkeit anzukämpfen, und hielt den Mund.

Sie hatten sich von ihrer Truppe entfernt, um die Möglichkeiten auszuloten und zu entscheiden, wohin sie gehen wollten. Straßen gab es nicht, und sie konnten keinerlei Anzeichen einer Besiedlung entdecken. Pelli dachte, es sei ein einziger riesiger Garten.

»Was ist das?« Weevan-Jirst deutete auf einen Hügel in der Nähe.

Auf der Kuppe standen Gestalten.

Pelli kniff die Augen zusammen. »Die sehen aus wie ... Goblins.«

»Allerdings.«

»Ich frage mich, was sie hier zu suchen haben.«

»Wir könnten sie fragen.«

»Wäre das klug?«

Er schenkte ihr das, was unter Goblins als herablassender Blick galt. »Sie sind von meiner Art. Ich bin sicher, dass ich mich zivilisiert mit ihnen unterhalten kann.«

»Also gut, wir gehen da rauf und ...«

»Es wäre wohl besser, wenn ich allein ginge. Meine Leute reagieren nicht immer sehr freundlich auf andere Rassen.«

»Wie Ihr wünscht. Aber seid vorsichtig. Ich bin entweder hier oder drüben bei den anderen.«

Er machte sich auf den Weg, und sie sah ihm nach. Sie rührte sich nicht, weil sie neugierig war, wie er die Sache anpacken würde.

Als er an einem größeren Gebüsch vorbeikam, sprang eine Gestalt daraus hervor und wollte ihn niederringen. Pelli stieß einen erschrockenen Ruf aus und eilte ihm zu Hilfe. Als sie sich näherte, rannte die Gestalt weg.

Keuchend kam sie bei ihrem Stellvertreter an. »Was ... was ist passiert?«

Er zeigte ihr seinen Arm, auf dem eine große, stark blutende Risswunde klaffte. »Er hat mich angegriffen.«

»Wer denn?«

»Ein Goblin.«

»Wollte er Euch töten?«

Weevan-Jirst versorgte den Arm mit einem Verband, den er aus der Gürteltasche geholt hatte. »Ich weiß nicht. Ich glaube nicht. Es war sinnlos. Er sprang hervor, verletzte mich am Arm und floh. Ich wollte ihn festhalten, doch er ist entkommen.«

Sie bemerkte eine Bewegung auf dem Hügel. Einer rannte hinauf zu den anderen. »Ist er das?«

Er folgte ihrem Blick. »Das ist gut möglich. Ich würde jetzt gern da hinaufgehen und ...«

»Ich glaube, das ist keine gute Idee.«

»Sie sind Goblins, sie sind von meiner Art. Warum hat er so etwas getan?«

»Wie bei allen anderen Rassen gibt es auch bei ihnen Gute und Böse. Allmählich ahne ich freilich, wer die dort sind und was sie mit Jennesta zu tun haben.«

Bevor sie fortfahren konnte, sagte er: »Hat einer von ihnen einen Bogen?«

Wieder blickte sie hinauf. »Ich glaube schon. Wir sollten hier verschwinden oder uns darauf einstellen, uns mit magischen Mitteln zu verteidigen. Er scheint auf uns zu zielen.«

»Dann ist er ein Dummkopf. So einen Schuss vermag kein Schütze abzugeben. Es ist zu weit weg, und der Winkel stimmt nicht.« Etwas pfiff durch die Luft. »Wie kann er nur glauben ...« Auf einmal erbebte er und stieß ein ersticktes Keuchen aus. In seiner Brust steckte ein schwarzer Pfeil.

»Weevan-Jirst«, sagte Pelli wie vom Donner gerührt. »Weevan-Jirst!«

Er brach zusammen. Sie kniete neben ihm nieder, tastete nach dem Herzschlag, was angesichts des Panzers gar nicht so einfach war, und versuchte es an der Halsschlagader. Er war tot.

Sie blickte zum Hügel. Der Bogenschütze und die anderen waren verschwunden. Sie fand, dass man jemandem, der auf diese Entfernung einen Bogen auf diese Weise einsetzen konnte, am besten aus dem Weg ging. Geduckt und immer noch wie betäubt von den jüngsten Ereignissen, eilte sie zu den anderen zurück.

In dem Gebiet, das Seraphim beansprucht hatte, herrschte ein reges Treiben, während sich die bunte Streitmacht auf die Schlacht vorbereitete. Seraphims Schüler, es waren etwa ein Dutzend, hatten sich zu ihm gesellt und waren bereit, ihre Magie für ihn einzusetzen.

Stryke stand mit drei anderen abseits. Mit Unwillen hatte die Truppe vernommen, dass er nicht an ihrer Seite kämpfen würde. Doch die Krieger hatten den Grund erfahren und zugestimmt.

Er hatte beschlossen, Gleadeg, Coilla und Pepperdyne auf die Mission mitzunehmen, die Seraphim ihm zugedacht hatte. Eigentlich hätte er den Menschen nicht ausgewählt, auch wenn er ein guter Kämpfer war, aber Coilla hatte darauf bestanden, mit ihm zusammenzubleiben, und so hatte Stryke nachgegeben. Keiner von ihnen hatte eine Ahnung, wo Standeven steckte. Es war ihnen auch egal.

Unruhe entstand, mehrere Stimmen riefen: »Sie sind da, sie sind da!« Stryke und die anderen eilten hinüber, um die Entwicklung zu verfolgen.

Auf der Ebene, die sich nicht weit vor Seraphims Villa erstreckte, rückte eine Streitmacht vor. An der Spitze erkannten sie Jennesta. Die menschlichen Kämpfer aus Acurial hatte sie ebenso mitgebracht wie die schlurfenden menschlichen Zombies und die etwas aufgeweckteren Orks. Außerdem waren zahlreiche Versprengte aus anderen Völkern dabei, die sie auf der Inselwelt rekrutiert hatte, darunter wohl auch die Überreste der Sammler. Hinten kam Gleaton-Rouk mit seiner Piratenbande gerannt, um zu ihnen aufzuschließen. Auch Thirzarr musste irgendwo in der Horde sein, doch Stryke konnte sie nicht entdecken. Er wollte gar nicht daran denken, dass sie vielleicht doch nicht dort war.

Jennestas Truppe war sogar noch heruntergekommener als Strykes Verband, dafür aber mindestens im Verhältnis zwei zu eins überlegen.

»Stryke!«

Seraphim kam zu ihm, und er war nicht allein. Pelli Madayar und ihre bunte Truppe von Kameraden aus dem Corps der Torhüter waren ebenfalls da.

»Sei gegrüßt, Hauptmann«, sagte sie.

»Du willst doch wohl nicht wieder gegen uns kämpfen, oder?«

»Nicht gegen dich, nein. Aber es kommt die Zeit, da man sich entscheiden und auf die Konsequenzen pfeifen muss. Ich habe beschlossen … wir alle haben beschlossen, dass wir euch unsere Dienste anbieten wollen.«

»Willkommen an Bord«, sagte Stryke.

30

Die beiden Heere standen einander gegenüber. Dank einer Kombination von Magie und Pfeilen begannen die Feindseligkeiten schon in größerer Entfernung, wobei Erstere Letztere abblockte. Gelbe, weiße und rote Energiebahnen zogen hin und her und erinnerten an bunte Flaggen, die Kinder in der Luft schwenkten. Schimmernde Schutzschirme entstanden, um Jennesta auf der einen und die Torhüter auf der anderen Seite abzuschirmen. Der Unterschied war allerdings der, dass Jennesta sich selbst und einen kleinen Hofstaat deckte, während das Corps versuchte, alle Kämpfer auf der eigenen Seite zu schützen.

Als die Heere schließlich aufeinanderprallten, war es kein Angriff in vollem Lauf, sondern eher ein gemächlicher, fast gemessener Gang, wenn man einmal von den Schmähungen und Flüchen absah, mit denen sich die Gegner eindeckten. Letzten Endes aber mussten sie doch gegeneinander antreten, und als es so weit war, floss das Blut.

Das Dach von Seraphims Villa bot einen ausgezeichneten Ausblick. Von dort aus konnten Stryke, Coilla, Pepperdyne und Gleadeg die Schlacht beobachten. Sie alle hätten sich viel lieber mitten hineingestürzt.

Seraphim kam zu ihnen. »Dort«, sagte er. »Jennesta ist da drüben auf der anderen Seite. Sobald der Kampf entbrannt war, hat sie sich in sichere Gefilde zurückgezogen.«

Stryke blickte hinüber und kniff angestrengt die Augen zusammen. Er konnte Jennesta erkennen, neben ihr standen noch andere Gestalten, eine davon mochte sogar Thirzarr sein, aber er war nicht sicher.

»Ihr müsst zu ihr«, fuhr Seraphim fort. »Entweder, ihr umrundet das Schlachtfeld ...«

»Zu weit«, widersprach Stryke.

»Oder ihr müsst mitten hindurch. Soll ich euch ein paar Wachen mitgeben, die euch helfen?«

Sie wechselten einen Blick, und Stryke antwortete für sie alle. »Nein, das schaffen wir schon.«

»Das hatte ich gehofft. Wir können wirklich niemanden entbehren.«

Coilla konnte sich einen kleinen Seitenhieb nicht verkneifen. »Was für eine nette Armee.«

»Tapfer sind sie, aber nicht sie spielen die wichtigste Rolle. Ihr tragt die größte Verantwortung. Passt auf euch auf.«

Stryke und die anderen machten sich auf den Weg.

Gerade als sie die Ebene erreichten, wurde die Schlacht hitziger, und ein großes Getöse erhob sich. Stryke hatte gehofft, einfach durch ihre eigenen Reihen nach vorn laufen zu können, doch inzwischen herrschte ein gewisses Durcheinander. Zwar befand sich der größte Teil von Jennestas Truppe immer noch auf der rechten und Strykes Verband auf der linken Seite, doch überall waren feindliche Kämpfer tief in die feindlichen Reihen eingedrungen, und es wurde immer schlimmer.

Sie zogen die Waffen. Stryke suchte eine Stelle aus, wo eher Freunde als Feinde standen, und dann stürzten sie sich in den Kampf.

Die Vielfraße waren dort, wo sie am liebsten waren, mitten im dichtesten Getümmel.

Haskeer machte sich mit Begeisterung daran, mit der Streitaxt Schädel zu zertrümmern und Gliedmaßen abzutrennen. Er bevorzugte die lebendigen Gegner. Die Zombies stellten im Grunde nur staubige Abbrucharbeiten dar und besaßen kaum Kampfkraft. Die Zombie-Orks waren lebhafter, aber auch ihnen fehlte der entscheidende Funke. Haskeer hatte keine Gewissensbisse, sie niederzumachen.

Jup und Spurral kämpften wie üblich Seite an Seite mit Stäben und Messern. Sie pickten sich vor allem Goblins heraus und gingen gerade gegen zwei von ihnen vor, Stäbe gegen Dreizacke. In der Nähe fochten die Ceraganer unter Dallogs Führung zusammen. Wheam stand bei seinem Vater und hatte sich sogar durchgerungen, die Laute in der Villa zu lassen.

Das Corps der Torhüter war überall unterwegs, fällte Gegner mit magischen Schlägen und ließ die Zombies in Staubwolken explodieren. Pelli Madayar kämpfte konventionell. Auch darin waren alle Angehörigen des Corps geübt. Sie erledigte einen Sammler mit einem Schwertstoß, fuhr herum und prallte gegen Wheam. Sie nickten einander zu und nahmen sich die nächsten Gegner vor.

Kurz danach, als der Kampf etwas abflaute, erblickten sie Gleaton-Rouk, der sich am Rand des Getümmels herumtrieb und Ziele suchte.

»Kennst du ihn?«, fragte Pelli.

Wheam nickte. »Das ist Gleaton-Rouk. Er hat einen aus unserer Truppe getötet.«

»Mit einem Pfeil?«

»Ja. Sein Bogen ist verzaubert. Wusstest du das nicht?«

»Ich habe es geahnt.«

»Ein Pfeil, auf den man das Blut des Opfers schmiert, findet immer sein Ziel. *Immer.*«

»Das erklärt so einiges.«

»Was denn?«

Ein uniformierter Mensch kam ihnen zu nahe. Pelli wehrte ihn ab und musste sich sofort um weitere Gegner kümmern. »Ist nicht so wichtig.«

»Ich habe eine Idee, was Gleaton-Rouk angeht«, erklärte Wheam. »Etwas, das ihn verletzen könnte.«

»Kann ich dir dabei helfen?«

Während sie sich durch das Getümmel kämpften, taten Dallog und Pirrak etwas Ähnliches, bewegten sich jedoch in eine ganz andere Richtung.

Anfangs kam Stryke mit seiner winzigen Abteilung gut voran. Sie waren tief in das Durcheinander auf dem Schlachtfeld eingedrungen, ehe sie überhaupt einen Feind getroffen hatten, aber dann war es knüppeldick gekommen.

Inzwischen hatten sie sich schwitzend und schwer atmend bis auf Sichtweite an Jennesta herangearbeitet. Thirzarr war bei ihr und stand stocksteif und mit leeren Augen da. Auch ein menschlicher Zombie und eine Handvoll anderer Krieger warteten in der Nähe.

»Wie gehen wir es an, Stryke?«, fragte Pepperdyne, als sie weiter vordrangen.

»Ich denke, wir stoßen geradeaus zu und erledigen die Wachen.«

»Was ist mit der größten Bedrohung?«

»Ich zähle immer noch darauf, dass Jennesta mich und die Truppe in Dienst nehmen will. Warum sonst hätte sie Thirzarr am Leben lassen sollen?«

»Hoffentlich hast du Recht«, sagte Coilla. »Vielleicht hält sie sich Thirzarr auch einfach als Schoßhündchen.«

»Wenn dir etwas Besseres einfällt, bis wir …«

»Nein, lass es uns tun. Ich habe gelernt, deinen Ahnungen zu trauen.«

Sie kämpften sich bis zum Rand des Schlachtfelds vor, warteten im Gedränge auf einen passenden Moment und rannten über das freie Gelände. Die Wächter waren die ersten Ziele. Es waren fünf, allesamt Menschen, die kein Problem darstellten. Gleadeg überraschte den Ersten mit einem Bogenschuss. Pepperdyne hatte keine Mühe mit seinem Gegner. Einige rasche Schläge streckten ihn nieder. Stryke und Coilla hatten etwas mehr zu tun. Ihre Gegner kämpften gut, und es dauerte einen Moment, sie zu bezwingen.

Auch ein menschlicher Zombie war zugegen, den Jennesta aus irgendeinem Grund aber nicht auf sie ansetzte. Er stand reglos da. Sie erkannten ihn als das, was von Kappel Hacher übrig war.

Jennesta hielt Thirzarr einen mit Edelsteinen besetzten Dolch an die Kehle.

»Gib auf«, riet Stryke ihr.

»Wagst du wirklich, so mit mir zu sprechen, du kleiner Wurm? Obwohl ich deiner Gefährtin die Klinge an den Hals gesetzt habe?«

»Auf Höflichkeiten habe ich noch nie viel gegeben.« Er wünschte, Seraphim und die anderen würden endlich auftauchen. Ebenso inbrünstig hoffte er, dass keiner von Jennestas Anhängern auf dem Schlachtfeld bemerkte, was vor sich ging, und ihr zu Hilfe kam.

»Wenn jemand aufgeben sollte, dann bist du es«, erklärte Jennesta von oben herab. Sie presste den Dolch noch fester gegen Thirzarrs Hals. Die Delle in der Haut war deutlich zu erkennen.

»Ich glaube, wenn du Thirzarr töten wolltest, dann hättest du es längst getan.« Er konnte nur hoffen, dass sie ihm nicht gleich das Gegenteil beweisen würde. Außerdem dachte er an die Tetrade und das, was Seraphim ihm erzählt hatte.

»Meinst du wirklich, das werde ich nicht tun?«

Ein Patt hatte sich entwickelt, und Stryke fragte sich, wie lange es noch so weitergehen konnte. Auf einmal wurden sie alle durch Bewegungen und Lärm abgelenkt.

Zwei von Jennestas Kriegern hatten sich aus dem Kampf gelöst, wie Stryke es befürchtet hatte, und eilten herbei, um sie zu retten. Sie gingen direkt auf Stryke los, doch als sie sich näherten und er seine Waffe zog, stellte sich ihnen jemand in den Weg und griff sie wütend an. Es war Pirrak. Er machte den ersten Gegner rasch nieder, doch der zweite jagte Pirrak das Schwert in den Bauch. Stryke rannte los und erledigte den Angreifer.

Jetzt trottete auch Dallog aus dem Gedränge herbei und gesellte sich zu den Kriegern, die sich um Pirrak sammelten.

Alle wussten es, der Bursche war dem Tode nahe. Er verlor viel Blut und konnte kaum sprechen. Dennoch versuchte er es. »Tut mir leid ... wegen ... Acurial.«

»Wie war das?«, fragte Stryke.

»Acurial ... wollte nicht ... er ...«

»Ich verstehe das nicht«, sagte Coilla. »Was meinst du?«

»Hatte ... keine Wahl ... in Acurial ... m... – oooh!«

Auf einmal steckte ein Dolch in Pirraks Herz, und Dallog hatte ihn geführt. Es war blitzschnell und fast mühelos gegangen.

»Was, zur Hölle ...«, explodierte Stryke.

»Was soll *das* denn?«, rief Coilla.

»Er hat gelitten, und ich habe sein Leiden beendet. Es war eine Gnade.«

»Bist du verrückt? Er wäre sowieso gleich gestorben.«

»Oder wolltest du ihn daran hindern, etwas auszuplaudern?«, fragte Stryke.

»Ah.« Dallog erhob sich.

In all dem Aufruhr hatten sie Jennesta fast vergessen. Jetzt ging Dallog zu ihr, blieb neben ihr stehen und drehte sich herum. »Ja, es wäre peinlich gewesen, wenn Pirrak geredet hätte. Nicht, dass es jetzt noch eine Rolle spielt, da klar ist, wem meine Treue gehört.«

»Deine *was*?«, fauchte Coilla.

»Ich diene der Herrin Jennesta. Wenigstens hier und heute.«

»Du dienst mir, wann immer ich es will«, wies sie ihn kühl zurecht.

»Es hat schon in Acurial begonnen, oder?«, sagte Stryke. »Du warst es.«

»Was?«, fragte Coilla. »Was ist in Acurial geschehen, Stryke?«

»Wir wissen, was geschehen ist, wir wussten nur noch nicht, wer es getan hat. Der tote Ork, den wir im Haus des Widerstands gefunden haben.«

»Glaubst du, er war das?« Sie deutete auf Dallog.

»Ich leugne es ja gar nicht«, erklärte dieser.

»Und wir haben es Standeven angekreidet«, sagte Pepperdyne. »Der arme Hund.«

»Wie hast du das gedreht, Dallog?«, wollte Stryke wissen.

»Ich habe den jungen Burschen dazu gebracht, mir zu helfen. Wir haben Informationen über den Widerstand an meine Herrin hier weitergegeben. In der letzten Zeit dann über die Truppe.« Er deutete auf seinen Kopf, dann auf Jennesta. »Wir können uns unterhalten. Ich nannte es beten. Du wirst dich erinnern, Hauptmann.« Er lächelte. »Der Ork, den ich in Acurial getötet habe, war nur ein Handlanger, der vor allem auf Geld aus war. Er wurde gierig und drohte, mich zu verraten. Es passte mir gut, dass Standeven für mich den Kopf hinhalten musste.«

»Du sagst, du hast Pirrak dazu gebracht, dir zu helfen. Ich frage mich nur, wie dir das wohl gelungen ist.«

»Er war kein Heiliger und ist leicht auf meinen Plan hereingefallen.«

»Er ist einen ehrenhaften Tod gestorben.«

»Weil er *dich* gerettet hat?«

»Warum hast du das getan, Dallog?«, wollte Coilla wissen. »Was hat sie dir versprochen?«

»Etwas, das du mir nie bieten könntest. Etwas, das bei Pirrak, Wheam und den anderen Milchgesichtern, denen ich die Ärsche abwischen musste, nie wirken würde. Sie hat versprochen, mir meine Jugend zurückzugeben. Ich werde wieder jung sein, jetzt und für immer.«

»Du bist ein Narr«, erklärte Stryke ihm.

»Das ist ja alles gut und schön«, brachte sich Jennesta in Erinnerung, »aber ich war gerade dabei, deiner Gefährtin die Kehle durchzuschneiden.«

»Belohne mich jetzt, meine Herrin«, verlangte Dallog.

Sie schenkte ihm den Blick, mit dem sie gewöhnlich einen Hundehaufen betrachtete. »Was?«

»Ich habe getan, was du von mir gefordert hast, sogar noch mehr. Wir haben ein Abkommen, und ich habe meinen Teil erfüllt.«

»Dies ist ein etwas ungünstiger Augenblick. Vielleicht ist deiner geschätzten Aufmerksamkeit entgangen, dass ich momentan ein wenig mit dem Krieg und so weiter beschäftigt bin.«

»Ich habe offen bekannt, wem ich die Treue halte. Es gibt keinen Grund, noch länger zu zögern. Wenn meine Jugend wiederhergestellt ist, kann ich dir umso besser dienen. Ich weiß, dass du es mühelos tun kannst.«

»Genug.« Sie streckte die freie Hand aus. »Dann komm her und empfange deine Belohnung.«

Strahlend trat er einen Schritt näher und verneigte sich leicht, damit sie ihn an der Stirn berühren konnte.

»Wenn das Alter deine Bürde ist, dann will ich dem ein Ende setzen«, erklärte sie.

Er veränderte sich, aber gewiss nicht in der Weise, die er erwartet hatte. Immer mehr Falten und nicht etwa weniger waren im Gesicht zu erkennen, und seine Haut färbte sich grau. Die Fingernägel liefen gelb an. Das Lächeln verschwand, nun stand das blanke Entsetzen in seinen trüben Augen. Er wollte sich wehren, doch der Spruch, den sie wirkte, hinderte ihn zugleich daran, sich ihrer Macht zu entziehen.

Die anderen sahen erschüttert zu, wie sich Hautschuppen lösten und das Gesicht verfiel. Sein Körper schrumpfte, unter der fahlen Haut zeichneten sich die Knochen ab. Die faulenden Zähne fielen ihm aus, als er den Mund zu einem stummen Schrei öffnete. Er schrumpfte in sich zusammen, und die Haut zerfiel zu Staub, bis man das Skelett erkennen konnte. Dann zerkrümelten auch die Knochen und strömten wie Sand zu Boden. Nach Sekunden war er nur noch ein Haufen Asche.

Jennesta hielt noch einen Teil seines Schädels fest, an dem etwas verfärbte Haut hing. Lässig warf sie den Knochen zur Seite. Er zerschellte, als er auf den Boden prallte. »Die Alten sind manchmal wirklich eine Last«, sagte sie.

»Wir gehen ein großes Risiko ein«, warnte Pelli, als sie sich ihrem Ziel näherten.

»Wenn wir schnell sind, müsste es uns gelingen«, versicherte Wheam ihr.

»Bist du sicher, dass du dich nicht irrst?«

»Ganz sicher.« Er deutete nach vorn. »Dieser Goblin da ist anscheinend ein Heiler. Er kümmert sich aber ausschließlich um Gleaton-Rouk. Ich habe ihn beobachtet. In dem Eimer dort liegen blutige Verbände.«

»Das heißt noch nicht, dass es Gleaton-Rouks Blut ist.«

»Nein, aber die Wahrscheinlichkeit ist hoch. Als wir ihm das erste Mal begegnet sind, trug er zwei Verbände am Oberarm und am Unterarm. Selbst wenn es nicht sein Blut ist, gehört es einem anderen Goblin, und das zählt ja auch etwas, oder?«

»Schon.«

»Bist du bereit?«

»Ja. Aber vergiss nicht, die Augen zu schließen, wenn ich es sage. Dir wird nichts passieren. Wenn du sie aber nicht schließt, dann …«

»Ja, ich weiß. Lass es uns tun.«

Der vermeintliche Heiler hielt sich abseits vom Schlachtfeld auf, ein Stück von seinem Herrn entfernt, aber in Sichtweite. Er war allein und kramte in einer Verbandtasche herum. Sie schlichen so nahe heran, wie sie es wagten.

»Jetzt!«, befahl Pelli. »Schließ die Augen.«

Auch sie tat es und ließ einen im Grunde recht einfachen, aber sehr wirkungsvollen Spruch los. Er erzeugte ein ungeheuer starkes Licht, das vorübergehend jeden in der Nähe blendete. Davon war nicht nur der Heiler betroffen, aber das war vertretbar, weil es im Grunde niemandem einen echten Vorteil verschaffte, es sei denn, irgendjemand hätte tatsächlich mit geschlossenen Augen gekämpft.

Der starke Blitz wirkte wie erwartet. Als Pelli und Wheam die Augen wieder öffneten, presste sich der Heiler die Hände vor das Gesicht und stolperte blind umher. Er war nicht der Einzige.

»Schnell!«, drängte Pelli ihn. »Es hält nicht lange an!«

Wheam schoss zu dem Heiler und wich mehreren vorübergehend geblendeten Kämpfern aus. Er erreichte den Eimer, schnappte sich einen Verband und kehrte zurück. Dann zogen sie sich in der allgemeinen Verwirrung zurück.

In einer ruhigen Ecke holte Wheam den auffälligen schwarzen Pfeil hervor, den er vorher auf dem Schlachtfeld geborgen hatte. Sie schmierten das Blut vom Verband darauf.

»Der nächste Schritt ist etwas schwieriger«, sagte Pelli.

»Das schaffst du schon.«

»Mal sehen.«

Sie gingen zu der Stelle, wo sie Gleaton-Rouk das letzte Mal beobachtet hatten. Er war noch da und zielte gerade mit dem Bogen anscheinend willkürlich über die Köpfe der Kämpfer hinweg. Der Pfeil flog, kreiste zweimal und raste auf jemanden in der Menge herab.

»Wieder einer auf unserer Seite, den er getötet hat«, klagte Wheam aufgebracht.

»Komm, wir müssen noch näher heran.«

Sie näherten sich dem Goblin so weit, wie sie es wagten. Der Köcher, den er trug, war schon fast geleert, doch neben ihm stand ein zweiter gefüllt auf dem Boden. Wahrscheinlich waren die Pfeile darin ebenfalls mit dem Blut getränkt, das seine Handlanger gesammelt hatten.

Pelli nahm Wheam den Pfeil ab. »Jetzt musst du mich beschützen, ja? Ich muss mich stark konzentrieren.« Leise fügte sie hinzu: »Hoffentlich sieht das niemand.«

Sie legte den Pfeil auf die vorgestreckten Handflächen und starrte ihn an. Zuerst geschah nichts, dann ruckte er, schließlich bebte er lebhaft, und auf einmal flog er los und bewegte sich auf ihre Anweisung hin direkt zum Köcher. Er kippte und stürzte hinein. Es ging so schnell, dass niemand es bemerkt hatte, am allerwenigsten Gleaton-Rouk.

»Gut gemacht«, gratulierte Wheam ihr.

»Wir wissen nicht, wann er ihn abschießen wird, oder ob überhaupt.«

»Wir haben getan, was wir tun konnten. Jetzt lass uns verschwinden.«

Sie kehrten zum Schlachtfeld zurück, doch wann immer sie eine kleine Verschnaufpause hatten, blickten sie zu dem Goblin. Zweimal konnten sie beobachten, wie er Pfeile abschoss, die ihre Ziele jagten, als wären sie Lebewesen, und beide Male schlugen sie mit untrüglicher Sicherheit ein. Wheam und Pelli dachten schließlich, ihr Plan sei gescheitert.

Etwas später, wieder in einer kurzen Kampfpause, als sie keine unmittelbaren Gegner hatten, knuffte Wheam Pelli und nickte in die Richtung des Goblins, der erneut den Bogen spannte. Ohne große Hoffnungen sahen sie zu.

Auch dieser Pfeil flog weit über das Schlachtfeld hinweg, kreiste zweimal und kehrte in die Richtung des Schützen zurück. Gleaton-Rouk schaute zu, weil er offenbar beobachten wollte, wer das nächste Opfer wäre. Doch der Schaft flog unbeirrt in seine Richtung. Als es keinen Zweifel mehr gab, worauf er zielte, versuchte der Goblin wegzulaufen. Der Pfeil traf ihn mitten in den Rücken. Andere Goblins rannten zu ihm, doch selbst aus der Ferne konnte man gut erkennen, was sie dort vorfanden.

Wheam und Pelli klatschten die hoch erhobenen Hände gegeneinander und stießen einen Jubelruf aus. Andere erfreute Zuschauer stimmten ein.

Stryke spielte mit dem Gedanken, einfach auf Jennesta loszugehen und sie zu überwältigen. Es war bezeichnend für seine Verzweiflung, dass er überhaupt auf so etwas kam. Alles sprach dafür, dass Thirzarr darunter leiden und sie alle sterben würden. Doch Seraphim und seine Angehörigen waren immer noch nicht aufgetaucht, und nach Dallogs Hinrichtung hatte sich die Lage keineswegs entspannt.

Er gewann den Eindruck, dass auch Gleadeg, Coilla und Pepperdyne daran dachten, Jennesta anzugreifen. Er fing ihre Blicke ein und versuchte, ihnen unauffällig zu verstehen zu geben, dass sie von einem so tollkühnen Vorhaben absehen sollten. Er konnte nur hoffen, dass sie es auch begriffen.

»Das wird mir jetzt zu langweilig«, verkündete Jennesta, ohne das Messer von Thirzarrs Kehle zu nehmen.

»Es muss schwer für dich sein«, erwiderte Coilla.

»Wie soll ich dem nur ein Ende machen? Soll ich die hier töten?« Sie drehte den Dolch ein wenig herum. »Oder euch vier? Am besten wohl euch alle.«

»Reden kannst du gut«, entgegnete Stryke. »Lass doch Thirzarr los und stelle dich mir im Zweikampf.«

Sie lachte. »Glaubst du wirklich, du könntest gegen mich bestehen?«

»Dann versuch's doch mit mir«, schaltete sich Pepperdyne ein. »Ich nehme es jederzeit mit dir auf.«

Jennesta betrachtete ihn von oben bis unten. »Hm. Gar nicht so übel für einen Menschen. Vielleicht sollten wir zwei es wirklich mal versuchen, du hübscher Junge.«

Coillas Blicke waren wie Dolche.

In diesem Moment veränderte sich etwas in der Luft, gleich darauf flammte grelles Licht auf. Als sie alle wieder klar sehen konnten, standen drei Neuankömmlinge zwischen ihnen. Seraphim, Vermegram und Sanara waren endlich angekommen.

»Ah«, gurrte Jennesta. »Was für eine angenehme Überraschung. Ein Familientreffen.«

»Lass die Orkfrau los, Jennesta«, sagte Seraphim. »Sie hat nichts mit dem hier zu tun.«

»Ich denk nicht dran.«

»Leg es nicht darauf an, dass ich dich zwinge.«

»Sei nicht so melodramatisch, Vater.«

»Ausgerechnet du musst das sagen«, schaltete sich Vermegram ein.

»Hast du etwa keinen Hang zum Melodramatischen, Mutter? Hast du nicht um Aufmerksamkeit gebuhlt, als du die Gestalt eines räudigen Tiers angenommen hast?«

»Ich halte jedenfalls keiner Unschuldigen ein Messer an den Hals.«

»Du solltest es mal versuchen. Es könnte dein langweiliges, scheinheiliges Leben bereichern.«

»Das reicht jetzt«, sagte Sanara.

»Oh, bitte, Schwesterchen. Du bist doch auch nichts weiter als ein zimperliches Ebenbild unserer Mutter. Es ist mir so was von egal, wenn du zur Hölle fährst.«

»Nimm das Messer weg«, verlangte Seraphim mit eisiger Stimme.

»Ihr könnt mich mal.«

Er machte eine rasche Handbewegung, und der Dolch, den Jennesta hielt, wurde weich und schmolz wie ein Eiszapfen in der Sonne. Schließlich breitete sich eine schimmernde Lache vor ihren Füßen aus.

Im gleichen Moment wirkte auch Vermegram ihren Spruch. Thirzarr fuhr auf, taumelte und kam wieder zu sich.

»Stryke!«, sagte Seraphim drängend.

Stryke stürzte zu seiner verwirrten Gefährtin, packte sie und riss sie weg.

Sie hatten Jennesta überrumpelt, und deren erste Verblüffung wich rasch der Wut. Nun hob sie die Hände und bewegte die Lippen wie bei einer Beschwörung, um es ihnen heimzuzahlen.

»Deckung!«, rief Seraphim.

Stryke und die anderen ließen es sich nicht zweimal sagen. Sie zogen sich aus der Schusslinie zurück.

Jennesta schleuderte einen Energiestoß auf ihre Verwandten, die den Angriff mit einem durchsichtigen Schutzschirm abfingen und glühende Strahlen zurückfeuerten. Diese wiederum fegte Jennesta zur Seite, als seien sie nicht gefährlicher als die Pfotenhiebe eines Kätzchens.

»Was, zur Hölle, ist hier los, Stryke?«, fragte Thirzarr. Sie war ebenso erschöpft wie verdutzt.

»Das erkläre ich dir später.« Er zog sie an sich.

Das Gefecht nahm an Heftigkeit zu, auch die anderen Kämpfer in der Nähe wichen unwillkürlich vor ihren jeweiligen Gegnern zurück und sahen zu.

Dann geschah etwas, womit niemand gerechnet hatte. Der Zombie Hacher, der die ganze Zeit stumpf und unbeachtet bei Jennesta gestanden hatte, regte sich auf einmal. Vielleicht war noch genug Menschlichkeit in ihm, vielleicht auch noch ein wenig unbarmherzige Gemeinheit. Jedenfalls torkelte er von hinten auf sie zu, packte Jennesta und umklammerte sie, als wollte er sie zerquetschen.

»Lass mich los, du dreckiger Idiot!«, kreischte sie und wehrte sich verzweifelt.

Als sie seine Umklammerung nicht aufbrechen konnte, griff sie zu extremeren Maßnahmen. Eine kleine Handbewegung reichte aus. Das Wesen, das einmal Hacher gewesen war, stieß ein gequältes Stöhnen aus und wand sich. Er ließ los und griff sich an den Kopf. Beide Hände reichten jedoch nicht aus, um den Schädel zusammenzuhalten. Er platzte, als hätte eine Keule eine Melone getroffen. Eine klebrige schwarze Flüssigkeit quoll zwischen den Fingern hervor und rann über die Brust. Er brach zusammen, jetzt war er endgültig tot.

Seraphim und die anderen hatten in ihrem magischen Angriff nicht nachgelassen, und nun wurde es Jennesta zu viel. Sie griff in ihr Gewand und zog die kopierten Instrumentale hervor. Vier waren bereits richtig gesteckt. Mit triumphierendem Grinsen schob sie den fünften hinein und verschwand.

»Ich dachte, die funktionieren hier nicht«, beschwerte sich Stryke. »Du hast sie entkommen lassen!«

Jennestas Eltern und ihre Schwester wirkten sehr betrübt. In Vermegrams und Sanaras Augen schimmerte es sogar feucht, wie es bei Menschen eben manchmal geschah.

Schließlich antwortete Seraphim ihm, und er war sehr ernst. »Nein, sie funktionieren hier nicht, und Jennesta ist auch nicht geflohen. Genau dies war unser Plan.«

»Das verstehe ich nicht.«

»Wir mussten zusammenarbeiten und unsere ganze Kraft aufbieten, obwohl die Instrumentale nur Kopien waren. Wir haben sie aus der Ferne manipuliert. Jennesta glaubte, sie könne sie zu ihrer Flucht nutzen, und wählte zweifellos einen sicheren Zielort aus. Wir haben die Koordinaten verändert.«

»Wohin ist sie denn verschwunden?«, fragte Coilla.

Seraphim blickte zum Himmel hinauf. »Das erkläre ich euch gleich.«

Die Welt, die Seraphim erschaffen hatte, war in jeder Hinsicht künstlich, erhalten und belebt durch die Magie und seine Willenskraft. Doch für jeden, der sich in ihr befand, war sie völlig real. Die Nahrung, die sie bot, war essbar, der Regen war nass, der Duft der Blumen so süß wie anderswo. Hier konnte man Freuden erleben, aber auch Schmerzen und den Tod erleiden. Auch die Sonne war real. Sie spendete Wärme und Licht, wie es die Sonnen in dem sogenannten natürlichen Universum taten.

Seraphim erklärte ihnen, was mit seiner verderbten Tochter auf der Oberfläche der Sonne geschah, die er selbst erschaffen hatte. Dort entstand jetzt ein winziges Flackern. Es gab einen kleinen, ganz kurzen Energieausbruch, als ein fremder Körper, der soeben eingetroffen war, von dem schrecklichen Inferno verzehrt wurde.

Jennestas Tod wirkte sich nachhaltig auf das Schlachtfeld aus. Ihre menschlichen Zombies erstarrten mitten in der Bewegung und zerfielen zu Staub. Die verzauberten Orks wurden von den Ketten befreit, die ihre Seelen gebunden hatten, und kamen zu sich. Andere, die Angehörigen vieler weiterer Völker, spürten ebenfalls ihren Einfluss schwinden und streckten sofort die Waffen. Wieder andere, die bereitwillig wie die Hexe selbst den Weg der Verderbtheit beschritten hatten, machten weiter. So hielten einige benommen inne, während andere entschlossen waren, bis in den Tod zu kämpfen. Letztere waren für das verantwortlich, was als Nächstes geschah.

Stryke und Thirzarr standen mit Coilla und Pepperdyne etwas abseits und mussten zusehen, wie ein Kämpfer auf dem Schlachtfeld zielte und einen Pfeil abschoss.

Der Schuss mit dem Langbogen war kaum berechenbar und hätte jeden treffen können. Der Pfeil wählte Pepperdyne, bohrte sich ihm in die Brust und verletzte sein Herz. Er brach lautlos zusammen.

Kaltes Entsetzen packte Coilla. Sie kniete neben ihm nieder, und hätte es noch einer Bestätigung bedurft, so war sie in dem weißen Hemd zu finden, das sich rasch rot färbte.

Auf dem Schlachtfeld hackten ein paar rachsüchtige Vielfraße den Sammler, oder welcher zwielichtige Kerl den Pfeil abgeschossen hatte, in Stücke.

Pepperdyne lebte noch, schwand aber rasch dahin. Er versuchte zu sprechen, und Coilla musste das Ohr dicht über seinen Mund halten, um ihn zu verstehen. Was er auch sagte, sie musste darüber lächeln, ehe der Kummer sie überwältigte.

Erster Epilog

Stryke, Jup, Spurral, Pelli Madayar und Standeven standen in der Halbwüste des von einer Dürre heimgesuchten Maras-Dantien. Die Sonne brannte erbarmungslos herab, die Luft stank übel.

»Das ist nicht fair«, heulte Standeven. »Ihr hättet mich doch nicht in Kantor Hammriks Lehen absetzen müssen.«

Stryke deutete zur Wüste. »Ich schätze, wenn du drei Tage in diese Richtung marschierst, bist du draußen.«

»Ich habe keine Vorräte, keine richtige Kleidung, kein …«

»Hier ist eine Flasche Wasser. Teile es dir gut ein.«

Standeven schnappte sie sich. »Ich war ebenso entsetzt wie ihr über das, was mit Jode passiert ist.«

»Wer's glaubt.«

Er murmelte immer noch Flüche, als die anderen verschwanden und ihn sich selbst überließen.

Als Nächstes besuchten Stryke, Jup, Spurral und Pelli eine erheblich angenehmere Welt. Sie war fruchtbar und weitgehend unverdorben. Unter ihnen im Tal lag ein kleines Dorf mit runden Hütten und Langhäusern. Träge stieg Rauch von den Kochherden auf, in der Nähe graste Vieh auf einer Weide.

»In dieser Welt leben ausschließlich Zwerge«, erklärte Pelli und machte eine ausholende Geste. »Das Corps hatte schon einmal Kontakt mit den Einheimischen, und wir stehen auf gutem Fuße mit ihnen. Sie erwarten euch bereits. Sagt ihnen einfach, dass ich euch hergebracht habe.«

Jup und Spurral bedankten sich und wandten sich an Stryke. Pelli zog sich diskret ein wenig zurück.

»Tja, wir haben uns ja schon verabschiedet«, erklärte Jup, »und ich halte nicht viel von Gefühlsduselei, also gebe ich dir einfach die Hand, Stryke.«

Der Hauptmann schlug energisch ein wie ein Krieger und drückte fest zu.

»Ihr und eure Angst vor Gefühlen«, neckte Spurral sie und drängte sich an Jup vorbei. »Ich hab keine Probleme damit.« Sie umarmte Stryke wie ein kleiner Bär, da sie ihm gerade einmal bis zur Brust reichte. »Danke, Hauptmann. Für alles.«

»Ebenso«, gab er zurück.

Spurral hatte Tränen in den Augen, und Jup tat so, als wäre ihm ein Staubkorn hineingeflogen.

Sie hielten sich nicht mehr lange auf, sondern wanderten den Hügel hinab, um ein neues Leben zu beginnen.

Stryke und Pelli blickten ihnen nach.

»Ob Coilla sich wieder fängt?«, fragte sie.

Er seufzte. »Hoffentlich. Sie ist sehr traurig, aber kurz bevor wir hierhergekommen sind, hat sie mir etwas erzählt, das sie sicherlich sehr aufmuntern wird.«

»Die Zeit heilt alle Wunden. Oh, da wäre noch etwas, Stryke.« Sie streckte die Hand aus.

Er wühlte in der Gürteltasche herum und zog die Instrumentale hervor. Einen Moment lang betrachtete er sie, dann händigte er sie Pelli aus.

»Hängst du sehr an ihnen?«, fragte sie, als sie die Sterne unter der Jacke barg.

»Nein.« Er dachte nach. »Irgendwie aber doch ein wenig.«

Sie lächelte. »Sie haben etwas Verlockendes an sich. Aber das Corps hat Recht. Niemand sollte so etwas besitzen.«

»Darauf werde ich anstoßen.«

»Komm, jetzt geht es nach Hause.«

Zweiter Epilog

In den folgenden Monaten räumten sie auf, was Jennesta in der Siedlung der Orks in Ceragan zerstört hatte. Sie bauten neue Langhäuser und reparierten die Koppeln.

Die seelischen Wunden heilten nicht ganz so schnell.

Eines schönen Sommertages wanderte Stryke in der Gegend umher. Der Himmel war blau, die Vögel zwitscherten, und die Täler, Wälder und Flüsse wimmelten vor Wild und Fischen.

Er kam an Thirzarr vorbei, die vor ihrer Hütte auf einer Holzbank saß und mit einem rasiermesserscharfen Beil ein Stück Wild bearbeitete. Sie lächelten einander an. Haskeer tobte in der Nähe mit Corb und Janch herum, und die Kinder brüllten vor Lachen. Stryke ging eilig weiter, damit Haskeer ihn nicht schon wieder am Kragen packte und ihm sagte, er habe, was Dallog anging, doch wohl Recht behalten.

Wheam und sein Vater Quoll saßen vor dem Langhaus des Häuptlings. Wheam klimperte auf der angeschlagenen Goblinlaute, und Quoll tat so, als hätte er Freude daran.

Nach ein paar Schritten bemerkte er Coilla in einer stillen Ecke. Sie hockte, wie so oft, vor Pepperdynes Grab. Er ging zu ihr.

Als sie ihn bemerkte, sagte sie: »Was meinst du, was Jode zu dem hier gesagt hätte?«

»Ich nehme an, es hätte ihm gefallen. Es ist auf jeden Fall anders als das, was er früher erlebt hat.«

»Er hatte nichts gegen Veränderungen. Wir alle müssen uns manchmal umstellen. Hat nicht mal jemand gesagt, das einzig Beständige sei der Wandel?«

»Kann sein. Es ist gut, dass du es so siehst.« Er beugte sich vor und tätschelte liebevoll ihren mächtig angeschwollenen Bauch. »Nichts wird mehr so sein, wie es war.«